UNE COLONNE DE FEU

Ken Follett est né à Cardiff en 1949. Diplômé en philosophie de l'University College de Londres, il travaille comme journaliste à Cardiff puis à Londres avant de se lancer dans l'écriture. En 1978, *L'Arme à l'œil* devient un best-seller et reçoit l'Edgar des auteurs de romans policiers d'Amérique. Ken Follett ne s'est cependant pas cantonné à un genre ni à une époque : outre ses thrillers, il a signé des fresques historiques, tels *Les Piliers de la Terre*, *Un monde sans fin*, *La Chute des géants* ou encore *L'Hiver du monde*. Ses romans sont traduits dans plus de vingt langues et plusieurs d'entre eux ont été portés à l'écran. Ken Follett vit aujourd'hui à Londres.

Paru au Livre de Poche :

APOCALYPSE SUR COMMANDE
L'ARME À L'ŒIL
LE CODE REBECCA
CODE ZÉRO
COMME UN VOL D'AIGLES
L'HOMME DE SAINT-PÉTERSBOURG
LES LIONS DU PANSHIR
LA MARQUE DE WINDFIELD
LA NUIT DE TOUS LES DANGERS
PAPER MONEY
LE PAYS DE LA LIBERTÉ
PEUR BLANCHE
LES PILIERS DE LA TERRE
LE RÉSEAU CORNEILLE
LE SCANDALE MODIGLIANI
LE SIÈCLE
1. La Chute des géants
2. L'Hiver du monde
3. Aux portes de l'éternité
TRIANGLE
LE TROISIÈME JUMEAU
UN MONDE SANS FIN
LE VOL DU FRELON

KEN FOLLETT

Une colonne de feu

ROMAN TRADUIT DE L'ANGLAIS (ROYAUME-UNI)
PAR CÉCILE ARNAUD, JEAN-DANIEL BRÈQUE, ODILE DEMANGE,
NATHALIE GOUYÉ-GUILBERT ET DOMINIQUE HAAS

ROBERT LAFFONT

Titre original :

A COLUMN OF FIRE

ISBN : 978-2-253-07154-9 – 1re publication LGF

À Emanuele :
49 ans de soleil

« Le SEIGNEUR lui-même marchait à leur tête : colonne de nuée
le jour, pour leur ouvrir la route – colonne de feu la nuit,
pour les éclairer ; ils pouvaient ainsi marcher jour et nuit. »

EXODE, XIII, 21, TOB

LES PERSONNAGES

J'espère que ce mémento vous sera inutile. Chaque fois que j'ai craint que vous n'ayez oublié un personnage, j'ai pris la précaution d'ajouter un discret rappel au fil du texte. Je sais cependant par expérience qu'il arrive que l'on pose un livre et qu'on ne trouve plus le temps de lire pendant une semaine, sinon plus. Alors on oublie… Voici donc une liste des personnages qui apparaissent à plusieurs reprises, au cas où…

Il arrive également que des lecteurs me demandent quels personnages d'un roman ont réellement vécu et lesquels sont purement fictifs. Pour ceux qui se posent cette question, j'ai fait suivre chaque liste de personnages fictifs par pays de celle des personnages historiques qui apparaissent dans *Une colonne de feu*.

ANGLETERRE

Maison Willard
Ned Willard
Barney, son frère
Alice, leur mère
Alfo, fils de Barney
Malcolm Fife, palefrenier
Janet Fife, gouvernante
Eileen Fife, fille de Malcolm et Janet

Maison Fitzgerald
Margery Fitzgerald
Rollo, son frère
Sir Reginald, leur père
Lady Jane, leur mère
Naomi, domestique
Sœur Joan, grand-tante de Margery

Maison de Shiring
Bart, vicomte de Shiring
Swithin, son père, comte de Shiring
Sal Brendon, gouvernante

Les puritains
Philbert Cobley, armateur
Dan Cobley, son fils
Ruth Cobley, fille de Philbert
Donal Gloster, employé de Philbert Cobley
Père Jeremiah, pasteur de Saint-Jean du champ aux Amoureux

Autres
Susannah, comtesse de Brecknock, amie de Margery et de Ned
Jonas Bacon, capitaine du *Hawk*
Jonathan Greenland, second à bord du *Hawk*
Stephen Lincoln, prêtre
Rodney Tilbury, juge
Mgr Julius, évêque de Kingsbridge

Personnages historiques
Marie Tudor, reine d'Angleterre
Élisabeth Tudor, sa demi-sœur, future reine
Tom Parry, trésorier d'Élisabeth
Sir William Cecil, conseiller d'Élisabeth
Robert Cecil, fils de William
William Allen, fondateur du Collège anglais de Douai, chef des catholiques anglais en exil
Sir Francis Walsingham, chef des services secrets d'Élisabeth
Robert Dudley, comte de Leicester, favori d'Élisabeth

Sir Nicholas Throckmorton, diplomate
Sir Francis Throckmorton, neveu de Nicholas Throckmorton, conspirateur
Nicholas Heath, lord-chancelier
Sir Francis Drake, commandant de la flotte anglaise
Sir John Hawkins, navigateur également considéré comme un pirate
George Talbot, comte de Shrewsbury, un des geôliers de Marie Stuart
Bess de Hardwick, son épouse
Sir Amias Paulet, un des geôliers de Marie Stuart
Gilbert Gifford, espion
William Davison, secrétaire d'État provisoire de la reine Élisabeth
Anthony Babington, traître
Margaret Clitherow, martyre catholique
Philip Herbert, comte de Pembroke, comte de Montgomery, proche de Jacques Ier
Edmund Doubleday, parlementaire
Guy Fawkes, conspirateur
Thomas Percy, conspirateur

FRANCE

Famille Palot
Sylvie Palot
Isabelle Palot, sa mère
Gilles Palot, son père

Autres
Pierre Aumande
Vicomte de Villeneuve, condisciple de Pierre
Père Moineau, directeur d'études de Pierre
Nath, servante de Pierre
Guillaume de Genève, pasteur itinérant
Louise, marquise de Nîmes
Luc Mauriac, courtier de fret

Aphrodite de Beaulieu, fille du comte de Beaulieu
René Dubœuf, tailleur
Françoise Dubœuf, sa jeune épouse
Marquis de Lagny, aristocrate protestant
Bernard Housse, jeune courtisan

Membres fictifs de la maison de Guise
Gaston Le Pin, chef de la garde personnelle de la famille de Guise
Brocard et Rasteau, deux hommes de main de Gaston
Véronique de Guise
Odette, servante de Véronique
Georges Biron, espion
Alain de Guise, fils d'Odette

Personnages historiques
François, duc de Guise
Henri, fils de François
Charles, cardinal de Lorraine, frère de François
Marie de Guise, sœur de François, mère de Marie reine des Écossais
Louis de Guise, « cardinal des bouteilles »
Anne d'Este, duchesse de Guise
Henri II, roi de France
Catherine de Médicis, reine de France
Diane de Poitiers, maîtresse du roi Henri II
Enfants d'Henri et de Catherine :
    François II, roi de France
    Charles IX, roi de France
    Henri III, roi de France
    Marguerite de Valois (Margot), reine de Navarre
Antoine, roi de Navarre
Henri, fils d'Antoine, futur roi Henri IV
Louis, prince de Condé
Gaspard de Coligny, amiral de France
Charles de Louviers, assassin
Ambroise Paré, chirurgien royal
Jean de Poltrot, assassin

Jean de Hangest, seigneur de Genlis, chef de l'armée huguenote défaite à Mons
Jean Le Charron, prévôt de Paris

Écosse

Alison McKay, dame de compagnie de Marie Stuart

Personnages historiques
Marie Stuart, reine des Écossais
James Stuart, demi-frère illégitime de Marie Stuart, reine des Écossais
James Stuart, fils de Marie Stuart, reine des Écossais, futur roi Jacques VI d'Écosse et roi Jacques Ier d'Angleterre
Anne de Danemark, reine d'Écosse
John Leslie, évêque de Ross
Sir William Douglas, geôlier de Marie Stuart
Lady Agnes, sa femme
George « Beau Geordie », leur fils
Willie Douglas, fils illégitime de sir William

Espagne

Famille Cruz
Carlos Cruz
Tante Betsy (Elisa)

Famille Ruiz
Jerónima
Pedro, son père

Autres
Archidiacre Romero
Père Alonso, inquisiteur
Capitaine Gómez, dit « Main-de-Fer »

Personnages historiques
Philippe II, roi d'Espagne
Comte de Feria, diplomate
Álvaro de la Quadra, ambassadeur
Bernardino de Mendoza, ambassadeur à Londres
Alonzo Perez de Guzman, septième duc de Medina Sidonia, amiral de l'armada espagnole

PAYS-BAS

Famille Wolman
Jan Wolman, cousin d'Edmund Willard
Hennie, sa femme
Imke, leur fille

Famille Willemsen
Albert
Betje, sa femme
Drike, leur fille
Evi, sœur d'Albert, veuve
Matthus, fils d'Evi

Personnages historiques
Marguerite de Parme, « gouvernante » des Pays-Bas, demi-sœur illégitime du roi Philippe II d'Espagne
Guillaume Ier d'Orange-Nassau, chef de la révolte contre Philippe II d'Espagne
Pieter Titelmans, Grand Inquisiteur

Autres pays
Ebrima Dabo, esclave mandingue
Bella, distillatrice de rhum à Hispaniola, mère d'Alfo Willard

Prologue

Nous l'avons pendu sur le parvis de la cathédrale de Kingsbridge. C'est là qu'ont habituellement lieu les exécutions. Après tout, si vous n'êtes pas capable de tuer un homme à la face de Dieu, mieux vaudrait sans doute ne pas le tuer du tout.

Le shérif l'a fait sortir du cachot de la halle de la guilde, mains liées dans le dos. Il marchait très droit, le visage pâle mais résolu, sans crainte.

La foule lançait des huées et des malédictions sur son passage. Il semblait ne pas la voir. Mais il m'a vu, moi. Nos regards se sont croisés et ce bref échange contenait toute une vie.

J'étais responsable de sa mort, et il le savait.

Je lui avais fait la chasse pendant des dizaines d'années. C'était un poseur de bombes qui aurait, si je ne l'en avais empêché, assassiné en un unique acte de barbarie sanguinaire la moitié des gouvernants de notre pays, dont la quasi-totalité de la famille royale.

J'ai passé ma vie à traquer ce genre de meurtriers en puissance et nombre d'entre eux ont été exécutés – non seulement pendus, mais traînés sur une claie, démembrés puis décapités, le supplice le plus effroyable, réservé aux crimes les plus graves.

Oui, j'ai fait cela maintes fois : regarder un homme mourir en sachant que c'était moi qui, plus que quiconque, étais responsable de ce juste mais terrible châtiment. Je l'ai fait pour mon pays, qui m'est cher ; pour ma souveraine, que je sers ; et pour autre chose, un principe, la conviction que tout homme a le droit de se faire sa propre opinion sur Dieu.

Il a été le dernier de tous ceux que j'ai envoyés en enfer, mais il a fait resurgir le premier à ma mémoire…

PREMIÈRE PARTIE

1558

1

Ned Willard arriva à Kingsbridge, sa ville natale, en pleine tempête de neige.

Il avait remonté lentement le fleuve depuis le port de Combe dans la cabine d'une barge chargée de drap d'Anvers et de vin de Bordeaux. Quand il estima qu'ils devaient approcher de Kingsbridge, il serra sa grande cape française plus étroitement sur les épaules, rabattit le capuchon sur ses oreilles, sortit sur le pont ouvert et regarda devant lui.

Il fut tout d'abord déçu : il ne voyait que la neige qui tombait. Mais son désir d'apercevoir la ville était comme une douleur et il plissa les yeux dans les rafales, frémissant d'espoir. Enfin, son vœu fut exaucé : la tourmente s'apaisa. Une échappée de ciel bleu apparut soudain. Portant le regard au-delà des cimes des arbres qui l'entouraient, il distingua la tour de la cathédrale – haute de quatre cent cinq pieds, comme le savaient tous les écoliers de Kingsbridge. L'ange de pierre qui veillait sur la ville depuis le sommet de la flèche avait aujourd'hui les ailes ourlées de neige, et l'extrémité de leurs plumes avait viré d'un gris tourterelle à un blanc éclatant. Sous les yeux de Ned, un rayon de soleil fugace frappa la statue et la neige en renvoya l'éclat, telle une bénédiction ; puis la tempête reprit de plus belle, et l'ange disparut.

Pendant un moment, Ned ne vit plus rien que des arbres, mais un flot d'images lui envahissait l'esprit. Il allait retrouver sa mère après une absence d'un an. Il ne lui dirait pas combien elle lui avait manqué : à dix-huit ans, un homme devait être indépendant et n'avoir besoin de personne.

Celle qui lui avait le plus manqué pourtant était Margery. Il s'était épris d'elle au mauvais moment, quelques semaines seulement avant de quitter Kingsbridge pour aller passer un an à Calais, un port sous domination anglaise situé sur la côte nord de la France. Il connaissait depuis toujours la fille malicieuse et intelligente de sir Reginald Fitzgerald. Mais elle avait grandi, et son espièglerie s'était parée de nouveaux attraits. Il était arrivé à Ned de se surprendre à l'église, les yeux rivés sur elle, la bouche sèche et le souffle court. Alors qu'il se serait contenté de la dévorer du regard, car elle avait trois ans de moins que lui, elle n'avait eu que faire de tels scrupules. Ils s'étaient embrassés dans le cimetière de Kingsbridge, dissimulés derrière la tombe massive du prieur Philip, le moine qui avait commandé la construction de la cathédrale quatre siècles auparavant. Leur long baiser passionné n'avait rien eu d'enfantin ; puis elle s'était enfuie dans un éclat de rire.

Elle lui avait accordé un nouveau baiser dès le lendemain. Et le soir qui avait précédé le départ de Ned pour la France, ils s'étaient avoué leur amour.

Les premières semaines, ils avaient échangé des lettres enflammées. Ils n'avaient pas parlé de leurs sentiments à leurs parents – c'était prématuré, estimaient-ils –, ce qui leur interdisait de s'écrire ouvertement, mais Ned s'était confié à Barney, son frère aîné, qui avait bien voulu leur servir d'intermédiaire. Malheureusement, Barney avait dû quitter Kingsbridge pour Séville. Si Margery avait un grand frère elle aussi – Rollo –, elle ne se fiait pas à lui comme Ned à Barney. Ils avaient donc été contraints de mettre un terme à leur correspondance.

L'absence de communication n'avait pas eu raison de l'inclination de Ned. Il savait ce qu'on disait des jeunes amours, et ne cessait de sonder son âme, s'attendant à voir évoluer ses sentiments ; ils n'avaient pas changé. Quelques semaines après son arrivée à Calais, sa cousine Thérèse lui avait fait comprendre qu'elle était folle de lui et prête à tout, ou peu s'en fallait, pour le lui prouver. Ned n'avait même pas été tenté. Cette sagesse n'était pas sans le surprendre, car il n'avait jamais été du genre à renoncer à une occasion d'embrasser une jolie fille aux seins appétissants.

Un autre motif de préoccupation l'agitait à présent. Après avoir éconduit Thérèse, il s'était convaincu que l'éloignement ne changerait rien à ses sentiments pour Margery ; et voilà qu'il se demandait comment il réagirait en la revoyant. La vraie Margery lui paraîtrait-elle aussi ravissante que le souvenir qu'il en avait gardé ? Son amour résisterait-il à leurs retrouvailles ?

Et elle ? Une année, c'était bien long pour une jeune fille de quatorze ans – quinze maintenant, certes, mais tout de même. Peut-être son affection s'était-elle émoussée lorsque leur correspondance s'était interrompue. Elle avait fort bien pu en embrasser un autre derrière la tombe du prieur Philip. Quelle déception s'il lui était devenu indifférent ! Et même si elle l'aimait encore, le vrai Ned pourrait-il rivaliser avec l'image idéalisée qu'elle s'était faite de lui ?

À la faveur d'une nouvelle accalmie, il constata que la barge traversait les faubourgs ouest de Kingsbridge. Les deux rives étaient occupées par les industries grosses consommatrices d'eau : teinture, foulage des tissus, papeterie et abattoirs. Du fait des odeurs nauséabondes que dégageaient généralement ces opérations, le quartier ouest était le moins prisé de la ville.

L'île aux Lépreux surgit à l'horizon. Son nom était ancien : cela faisait des siècles qu'il n'y avait plus de lépreux. Sur la pointe la plus proche se dressait l'hôpital de Caris, fondé par la religieuse qui avait sauvé la ville au moment de la peste noire. Lorsque la barge s'approcha, Ned distingua, derrière l'hôpital, les gracieux cintres jumeaux du pont de Merthin qui reliait l'île à la terre, au nord et au sud. Les amours de Caris et Merthin faisaient partie de la légende locale, transmise de génération en génération quand les habitants se rassemblaient devant les flambées hivernales.

La barge s'introduisit doucement dans un mouillage, au pied des quais bondés. Ned trouva que la ville n'avait pas beaucoup changé en un an. Les lieux comme Kingsbridge évoluaient lentement, supposa-t-il ; les cathédrales, les ponts et les hôpitaux étaient faits pour durer.

Il avait une sacoche à l'épaule, et le capitaine lui tendit alors le reste de ses bagages, constitués en tout et pour tout d'une petite malle de bois contenant quelques vêtements, une paire de pistolets et plusieurs livres. Il souleva le coffre, fit ses adieux et prit pied sur le quai.

Il se tourna vers le vaste entrepôt en pierre construit le long du fleuve, siège de l'entreprise familiale, mais il avait à peine fait trois pas qu'une voix typiquement écossaise résonna à ses oreilles :

« Alors ça ! Ce serait-y pas notre Ned ? Bienvenue chez toi, mon gars ! »

C'était Janet Fife, la gouvernante de sa mère. Tout heureux de la voir, Ned lui adressa un immense sourire.

« Je suis sortie acheter du poisson pour le dîner de ta maman », lui dit-elle. Janet était maigre comme une brindille, ce qui ne l'empêchait pas d'adorer nourrir les autres. « Il y en aura pour toi aussi. » Elle le couva d'un regard affectueux. « Tu as changé, remarqua-t-elle. Tes joues sont plus creuses, mais tes épaules plus larges. As-tu au moins mangé correctement chez ta tante Blanche ?

— Oui, mais oncle Dick m'a fait pelleter des cailloux.

— Ce n'est pas un travail pour un garçon qui a étudié comme toi.

— Ça ne me déplaisait pas. »

Janet éleva la voix.

« Malcolm, Malcolm, regarde qui est là ! »

Malcolm, le mari de Janet, était le palefrenier de la famille Willard. Il traversa le quai en boitant ; il avait pris un mauvais coup de sabot plusieurs années auparavant, quand il était jeune et inexpérimenté. Il serra cordialement la main à Ned et lui annonça :

« Le vieil Acorn est mort.

— C'était le cheval préféré de mon frère », lui répondit Ned en dissimulant un sourire : donner des nouvelles des bêtes avant celles des gens, c'était du Malcolm tout craché. « Ma mère va bien ?

— La patronne est en excellente santé, grâce à Dieu. Ton frère aussi, enfin, il l'était la dernière fois qu'il a donné de ses nouvelles – c'est qu'il n'écrit guère et puis, les lettres mettent un ou deux mois à arriver d'Espagne. Attends, je vais t'aider avec tes bagages, jeune Ned. »

Ned n'avait pas l'intention de rentrer chez lui immédiatement. Il avait d'autres projets en tête.

« Tu veux bien porter mon coffre jusqu'à la maison ? » demanda-t-il à Malcolm. Il inventa un prétexte au débotté. « Dis que je suis allé à la cathédrale remercier le ciel d'avoir fait bon voyage. Je n'en ai pas pour longtemps.

— Très bien. »

Malcolm repartit en claudiquant et Ned lui emboîta le pas plus lentement, se repaissant du spectacle familier des bâtiments au milieu desquels il avait grandi. Il neigeait encore un peu. Les toits étaient tout blancs, mais les rues étaient encombrées de gens et de charrettes qui transformaient la chaussée en boue. Ned passa devant la célèbre taverne du Cheval blanc, lieu habituel des rixes du samedi soir, et remonta la rue principale jusqu'à la place de la cathédrale. Passant devant le palais de l'évêque, il s'arrêta un instant devant l'école, pris de nostalgie. À travers les étroites fenêtres en ogive, il aperçut des étagères de livres éclairées. C'était là qu'il avait appris à lire et à compter, à savoir quand se battre et quand prendre ses jambes à son cou, et à se faire corriger avec des verges de bouleau sans verser une larme.

Le prieuré de Kingsbridge se dressait du côté sud de la cathédrale. Il tombait en ruine depuis que le roi Henri VIII avait dissous les monastères et offrait un triste spectacle avec ses toits percés, ses murs à demi écroulés, ses fenêtres envahies par la végétation. Les bâtiments étaient à présent la propriété de l'actuel maire, le père de Margery, sir Reginald Fitzgerald, mais il les laissait à l'abandon.

Heureusement, la cathédrale était bien entretenue, et s'élevait plus altière et solide que jamais, symbole de pierre de la ville vivante. Ned entra dans la nef par le grand portail ouest. Il rendrait grâce à Dieu d'être rentré chez lui sain et sauf, transformant ainsi en vérité le mensonge fait à Malcolm.

Comme à l'accoutumée, l'église était un lieu de transactions autant que de culte : frère Murdo avait installé un plateau de flacons contenant de la terre de Palestine, dont il garantissait l'authenticité ; un homme que Ned ne connaissait pas proposait des pierres brûlantes à un penny pièce pour se réchauffer les mains ; quant à Puss Lovejoy, frissonnante dans sa robe rouge, elle vendait ce qu'elle vendait toujours.

Ned observa les nervures de la voûte, semblables aux bras d'une foule dressés vers le ciel. Chaque fois qu'il venait là, il pensait aux hommes et aux femmes qui avaient construit cette cathédrale. La mémoire de nombre d'entre eux était célébrée dans le Livre de Timothée, une histoire du prieuré que l'on étudiait à l'école : les maçons Tom le Bâtisseur et son beau-fils Jack, le prieur Philip, Merthin Fitzgerald qui avait construit non seulement le pont mais aussi la tour centrale, auxquels s'ajoutaient les carriers, les préparatrices de mortier, les charpentiers et les vitriers, tous ces gens ordinaires qui avaient accompli une œuvre extraordinaire et s'étaient hissés au-dessus de leur humble condition pour créer une beauté éternelle.

Ned s'agenouilla quelques instants devant l'autel. Un voyage sans incident était un réel motif de reconnaissance. Même lors de la courte traversée de la Manche, les navires n'étaient pas à l'abri de tout danger et il arrivait que des gens trouvent la mort.

Mais il ne s'attarda pas. Son étape suivante était la demeure de Margery.

La taverne de la Cloche était située au nord de la place de la cathédrale, en face du palais de l'évêque, et, juste à côté de cet établissement, on construisait un nouveau bâtiment. Celui-ci occupant un terrain qui appartenait au prieuré, Ned supposa que les travaux avaient été entrepris par le père de Margery. L'édifice serait imposant, constata-t-il, avec des fenêtres en encorbellement et plusieurs cheminées : cette demeure serait assurément la plus grandiose de Kingsbridge.

Ned continua à remonter la rue principale jusqu'au carrefour. L'actuelle maison de Margery se trouvait à un angle, en face de la halle de la guilde. Bien que moins majestueux que ne promettait de l'être la future résidence des Fitzgerald, c'était un grand bâtiment à colombages qui occupait tout un arpent de terrain, dans le quartier le plus cher de la ville.

Ned s'arrêta sur le seuil. Cela faisait un an qu'il attendait ce moment, mais à présent, l'appréhension lui serrait le cœur.

Il frappa.

Une vieille servante, Naomi, lui ouvrit et l'invita à entrer dans la grande salle. Bien qu'elle connût Ned depuis toujours, elle avait l'air aussi inquiète que s'il était un inconnu suspect ; et quand il demanda à voir Margery, elle lui répondit qu'elle allait voir si c'était possible.

Ned examina la peinture du Christ en croix suspendue au-dessus de la cheminée. On trouvait à Kingsbridge deux sortes de tableaux : des scènes bibliques et de majestueux portraits de nobles. Ned avait été surpris de découvrir dans les demeures de riches Français des représentations de dieux païens comme Vénus et Bacchus dans des forêts fantastiques, vêtus de tuniques qui semblaient toujours sur le point de tomber.

Mais une autre image retint son regard. Sur le mur opposé à celui de la crucifixion était accrochée une carte de Kingsbridge. N'ayant jamais vu pareil plan, Ned l'étudia avec intérêt. On y voyait clairement la ville coupée en quatre par la rue principale qui suivait une orientation nord-sud, et par la grand-rue, d'est en ouest. La cathédrale et l'ancien prieuré occupaient le quart sud-est, le quartier industriel malodorant le quart sud-ouest. Toutes les églises étaient indiquées ainsi que certaines maisons, dont celles des Fitzgerald et des Willard. Le fleuve marquait la limite est de la ville, avant de dessiner un coude brutal. Autrefois, il avait aussi borné la ville du côté sud, mais elle s'était développée de l'autre côté du cours d'eau grâce au pont de Merthin, et un vaste faubourg s'était construit sur la rive opposée.

Les deux tableaux étaient à l'image des parents de Margery, songea Ned : son père, l'homme politique, avait dû accrocher la carte ; et sa mère, la fervente catholique, la scène de crucifixion.

Au lieu de Margery, ce fut Rollo, son frère, qui fit son entrée dans la salle. Plus grand que Ned, c'était un beau jeune homme aux cheveux noirs. Ned et Rollo avaient fréquenté la même école, sans être amis pour autant. De quatre ans l'aîné de Ned, Rollo était l'élève le plus brillant de l'établissement et en tant que tel, il s'était vu confier la responsabilité des plus jeunes. Mais Ned avait obstinément refusé de le considérer comme un maître et n'avait jamais reconnu son autorité. Pour comble, il était vite apparu que Ned était aussi intelligent que Rollo, sinon plus. Les querelles et les pugilats s'étaient multipliés jusqu'à ce que Rollo parte à Oxford faire ses études à Kingsbridge College.

Ned s'efforça de réprimer sa contrariété et de masquer son aversion en faisant une remarque courtoise :

« J'ai vu qu'un chantier s'était ouvert à côté de la Clôche. Ton père construirait-il une nouvelle maison ?

— Oui. Celle-ci est pour le moins vieillotte.

— Il faut croire que les affaires marchent bien à Combe. »

Sir Reginald était receveur des douanes du port de Combe. C'était un poste lucratif, que lui avait accordé Marie Tudor lors de son accession au trône, pour le récompenser de son soutien.

« Te voilà donc de retour de Calais, observa Rollo. Comment était-ce ?

— J'ai beaucoup appris. Mon père y avait construit un appontement et un entrepôt. C'est mon oncle Dick qui s'en occupe. » Edmund, le père de Ned, était mort dix ans plus tôt, et sa mère avait alors pris la tête du négoce familial. « Nous expédions du minerai de fer, de l'étain et du plomb du port de Combe à Calais, d'où il est vendu dans toute l'Europe. »

L'établissement de Calais était la pierre angulaire de l'entreprise des Willard.

« Vos affaires ont-elles été affectées par la guerre ? »

L'Angleterre était en lutte contre la France. Mais la sollicitude de Rollo était visiblement feinte : en vérité, il était ravi de voir la fortune des Willard en péril.

Ned minimisa les risques.

« Calais est solidement défendue, répondit-il avec une feinte assurance. La ville est entourée de forteresses qui la protègent depuis qu'elle a été rattachée à l'Angleterre il y a deux siècles. » Sa patience commençait néanmoins à être à bout. « Margery est-elle là ?

— Aurais-tu une raison particulière de souhaiter la rencontrer ? »

La question était grossière, mais Ned fit comme si de rien n'était. Il ouvrit sa sacoche.

« Je lui ai rapporté un cadeau de France, dit-il en sortant une pièce de soie lavande chatoyante. Il m'a semblé que cette couleur devrait lui plaire.

— Elle ne veut pas te voir. »

Ned fronça les sourcils. Que tramait-il ?

« Voilà qui me surprendrait.

— Je ne vois pas pourquoi. »

Ned répondit en pesant soigneusement ses mots.

« J'admire ta sœur, Rollo, et il me semble qu'elle éprouve quelque affection pour moi.

— Tu apprendras que la situation a changé en ton absence, jeune Ned », rétorqua Rollo d'un ton condescendant.

Ned ne prit pas la rebuffade au sérieux, n'y voyant que malveillance sournoise de la part de Rollo.

« Il n'empêche, fais-la venir je te prie. »

Rollo sourit et Ned s'en inquiéta, car c'était l'expression qu'il affichait à l'école quand on l'autorisait à fouetter un des jeunes élèves.

« Margery est fiancée.

— Comment ? »

Ned le dévisagea, bouleversé et hébété. Il avait l'impression d'avoir reçu un coup de gourdin sur la tête. S'il s'était interrogé sur les dispositions dans lesquelles il trouverait Margery, il était loin d'avoir imaginé pareille nouvelle.

Rollo soutint son regard, sans se départir de son sourire.

Ned posa la première question qui lui vint à l'esprit.

« Avec qui ?

— Elle va épouser le vicomte de Shiring.

— Bart ? »

Ned n'en croyait pas ses oreilles. De tous les jeunes gens du comté, Bart Shiring, un garçon obtus et dénué d'humour, était certainement le moins susceptible de conquérir le cœur de Margery. La perspective qu'il soit un jour comte de Shiring aurait sans doute suffi à bien des filles – mais pas à Margery, Ned en était certain.

Ou, plus exactement, il en aurait été certain un an plus tôt.

« Tu viens d'inventer ça ? » demanda-t-il.

C'était une question stupide, il s'en rendit immédiatement compte. Rollo pouvait être retors et méchant, mais il n'était pas idiot : il n'échafauderait pas une telle histoire, par peur de se ridiculiser lorsque la vérité éclaterait au grand jour.

Rollo haussa les épaules.

« Les fiançailles seront annoncées demain, au banquet du comte. »

Le lendemain, c'était l'Épiphanie. Si le comte de Shiring donnait une réception, la famille Willard serait certainement invitée, elle aussi. Ned serait donc présent au moment de l'annonce, si Rollo disait vrai.

« Elle l'aime ? » laissa-t-il échapper.

Rollo ne s'attendait pas à cette question et ce fut à son tour d'être pris de court.

« Je n'ai aucune raison de discuter de cela avec toi. »

Sa dérobade incita Ned à soupçonner que la réponse était négative.

« Pourquoi es-tu aussi fuyant ?

— Tu ferais mieux de t'en aller, se cabra Rollo, avant qu'il ne me prenne l'envie de t'administrer une bonne correction, comme autrefois.

— Nous ne sommes plus à l'école, répliqua Ned d'un air bravache. Qui te dit que ce n'est pas toi qui te ferais étriller ? »

Il brûlait d'envie d'en découdre et était suffisamment en colère pour ne pas se soucier de savoir qui aurait le dessus.

Rollo fit preuve de plus de circonspection. Il se dirigea vers la porte qu'il ouvrit.

« Au revoir », dit-il.

Ned hésita. Il ne voulait pas partir sans avoir vu Margery. S'il avait su où était sa chambre, peut-être aurait-il gravi quatre à quatre les marches menant à l'étage. Mais il aurait eu l'air idiot à ouvrir au hasard les portes des chambres de la maison d'autrui.

Reprenant la pièce de soie, il la rangea dans sa sacoche.

« Je n'ai pas dit mon dernier mot, répliqua-t-il. Tu ne peux pas la garder éternellement sous clé. Je lui parlerai. »

Rollo l'ignora et attendit patiemment sur le seuil.

Ned lui aurait volontiers flanqué un bon coup de poing mais il se retint, non sans effort ; ils étaient des hommes désormais, et il ne pouvait pas engager la bagarre sans autre provocation. Il avait l'impression de s'être fait manœuvrer. Il hésita longuement, ne sachant que faire.

Alors il sortit.

« Ne te presse surtout pas de revenir », lui lança Rollo.

Ned parcourut la courte distance de la rue principale qui le séparait de la demeure qui l'avait vu naître.

La maison des Willard se trouvait vis-à-vis de la façade ouest de la cathédrale. Au fil des ans, le bâtiment avait été agrandi par l'ajout de nouvelles ailes construites au fur et à mesure des besoins, et elle constituait désormais une bâtisse hétéroclite qui couvrait plusieurs milliers de pieds carrés. Elle n'en était pas moins confortable, avec des cheminées massives, une vaste salle à manger où l'on prenait des repas en bonne compagnie et des lits de plume moelleux. C'était là qu'habitaient Alice Willard, ses deux fils, ainsi que Grandma, la mère du défunt père de Ned.

À son arrivée, Ned trouva sa mère dans le petit salon de devant qui lui servait de bureau quand elle n'était pas à l'entrepôt, au bord du fleuve. Assise devant la table à écrire, elle bondit de sa chaise, serra son fils dans ses bras et l'embrassa. Elle avait pris un peu d'embonpoint en un an, constata-t-il immédiatement, préférant toutefois garder cette observation pour lui.

Il regarda autour de lui. La pièce n'avait pas changé. Le tableau préféré de sa mère était toujours à la même place, une représentation du Christ avec la femme adultère, entourés d'une foule de pharisiens hypocrites prêts à la lapider. Alice aimait à citer Jésus: «Que celui d'entre vous qui n'a jamais péché lui jette la première pierre.» C'était en même temps un tableau érotique, car la femme avait les seins dénudés, une vision qui avait jadis inspiré au jeune Ned des rêves agités.

Jetant un œil par la fenêtre de l'autre côté de la place du marché, il admira l'élégante façade de la grande église et les lignes allongées de ses fenêtres et de ses arcs en ogives. Il l'avait vue là tous les jours de sa vie: seul le ciel au-dessus d'elle changeait au gré des saisons. Elle lui inspirait un sentiment vague mais puissant de réconfort. Des gens naissaient et mouraient, des villes étaient construites et détruites, des guerres débutaient et s'achevaient, mais la cathédrale de Kingsbridge résisterait jusqu'au Jugement dernier.

«Il paraît que tu es allé rendre grâce à Dieu, dit sa mère. Tu es un bon garçon.»

Il ne voulut pas la tromper.

«Je suis aussi passé chez les Fitzgerald», avoua-t-il. Voyant une ombre de déception voiler fugitivement les traits de sa mère, il ajouta : « J'espère que tu n'es pas contrariée que je m'y sois rendu avant de rentrer à la maison.

— Un peu, reconnut-elle. Mais je n'ai pas complètement oublié ce que c'est que d'être jeune et amoureux. »

Elle avait quarante-huit ans. Après la mort d'Edmund, tout le monde lui avait conseillé de se remarier et le petit Ned, alors âgé de huit ans, avait été terrifié à l'idée de se voir imposer un beau-père cruel. Mais cela faisait maintenant dix ans qu'elle était veuve, et il supposait qu'elle resterait seule.

« Rollo m'a appris que Margery va épouser Bart, le fils du comte de Shiring, reprit Ned.

— Oh, vraiment ? Je le craignais. Mon pauvre Ned. J'en suis navrée.

— Pourquoi son père a-t-il le droit de lui imposer un mari ?

— Les pères ont à cœur de tenir leurs filles en bride. C'est un souci que nous n'avons pas connu, ton père et moi. Je n'ai jamais eu de fille… qui ait vécu. »

Ned le savait. Avant Barney, sa mère avait donné naissance à deux filles. Ned connaissait bien les deux petites pierres tombales du cimetière, du côté nord de la cathédrale de Kingsbridge.

« Une femme doit aimer son mari. Tu n'aurais jamais obligé une de tes filles à épouser une brute comme Bart.

— Non. Certainement pas.

— Alors pourquoi ces gens-là agissent-ils de la sorte ?

— Sir Reginald croit aux vertus de la hiérarchie et de l'autorité. En qualité de maire, il estime que les échevins sont là pour prendre des décisions et pour les faire appliquer. Quand ton père était maire, il disait au contraire que les échevins devaient gouverner la ville en se mettant à son service.

— Ce sont les deux faces d'une même médaille, me semble-t-il, observa Ned avec impatience.

— Détrompe-toi, répondit sa mère. Ce sont deux mondes différents. »

*

« Je n'épouserai pas Bart ! » dit Margery Fitzgerald à sa mère.

Margery était bouleversée et furieuse. Cela faisait douze mois qu'elle attendait le retour de Ned, qu'elle pensait à lui tous les jours, qu'elle aurait tout donné pour revoir son sourire en coin et ses yeux brun doré ; et voilà qu'elle venait d'apprendre, par les domestiques, qu'il était rentré à Kingsbridge, qu'il s'était présenté chez eux, mais qu'on ne l'avait pas prévenue et qu'il était reparti ! Elle en voulait à sa famille de cette trahison et en pleurait de rage.

« Je ne te demande pas d'épouser le vicomte de Shiring aujourd'hui, observa lady Jane. Va lui parler, c'est tout. »

Elles étaient dans la chambre de Margery. Un angle était occupé par un prie-dieu où la jeune fille s'agenouillait deux fois par jour, face au crucifix mural, tenant le compte de ses prières sur un chapelet de perles d'ivoire. Le reste de la pièce n'était que luxe : un lit à baldaquin couvert d'un matelas de plume et entouré de draperies aux riches couleurs ; un grand coffre de chêne sculpté où ranger ses nombreuses robes ; une tapisserie représentant une scène sylvestre.

Cette chambre avait été le témoin de nombreuses querelles entre Margery et sa mère au fil des années. Mais Margery n'était plus une enfant. Bien que petite, elle était un peu plus grande et plus robuste que sa mère, une femme aussi minuscule qu'inflexible ; si elles en venaient aux mains, songeait Margery, leur désaccord ne s'achèverait plus inéluctablement par la victoire de lady Jane et sa propre humiliation.

« À quoi bon ? rétorqua Margery. Il est venu me faire la cour. Si je lui parle, il y verra un encouragement. Et il n'en sera que plus contrarié quand il apprendra la vérité.

— C'est la plus élémentaire des politesses. »

Margery n'avait pas envie de parler de Bart.

« Comment avez-vous pu ne pas me prévenir que Ned était là ? C'était malhonnête.

— Je n'ai pas été informée de sa présence avant qu'il soit reparti. Rollo est le seul à l'avoir vu.

— Rollo accomplissait votre volonté.

— Les enfants doivent accomplir la volonté de leurs parents. Tu connais le commandement : Honore ton père et ta mère. C'est ton devoir envers Dieu. »

Cette prescription avait donné du fil à retordre à Margery

tout au long de sa brève existence. Elle savait que Dieu voulait qu'elle soit obéissante, mais elle avait un tempérament opiniâtre et rebelle – on le lui avait bien souvent reproché – et avait le plus grand mal à être une bonne fille. Néanmoins, quand on le lui faisait remarquer, elle s'efforçait de réprimer sa nature et de se montrer docile. La volonté de Dieu l'emportait sur tout le reste, elle le savait.

« Pardonnez-moi, Mère, murmura-t-elle.

— Va parler à Bart, insista lady Jane.

— Soit.

— Tu devrais te recoiffer un peu, mon enfant.

— Je suis très bien comme cela », répliqua Margery dans un dernier geste de défi et elle sortit sans laisser à sa mère le temps de discuter.

Bart était dans la grande salle, arborant de nouveaux hauts-de-chausses jaunes. Il taquinait un des chiens, lui offrant un morceau de jambon qu'il lui retirait au dernier moment.

Lady Jane descendit l'escalier derrière Margery.

« Conduis lord Shiring à la bibliothèque, suggéra-t-elle, et montre-lui les livres.

— Il n'a que faire des livres, rétorqua sèchement Margery.

— Margery !

— Je serais très heureux de voir vos livres », protesta Bart.

Margery haussa les épaules.

« Suivez-moi, je vous prie », dit-elle en se dirigeant vers la pièce voisine.

Elle laissa la porte ouverte, mais sa mère ne les suivit pas.

Les livres de son père étaient disposés sur trois rayonnages ;

« Par Dieu, quelle quantité ! s'exclama Bart. On passerait sa vie à vouloir tous les lire. »

Il y en avait une cinquantaine, un nombre plus important que ce qu'on avait coutume de voir, hormis dans les bibliothèques universitaires ou épiscopales, qui était synonyme de richesse. Certains étaient en latin ou en français.

Margery fit un effort pour se montrer aimable. Elle choisit un volume en anglais.

« Tenez, voici *Le Passe-Temps du plaisir*, dit-elle. Peut-être cet ouvrage pourrait-il vous intéresser. »

Il lui jeta un regard concupiscent et s'approcha d'elle.

« Le plaisir, lança-t-il, apparemment très satisfait de son trait d'esprit, est un remarquable passe-temps. »

Elle recula d'un pas.

« Il s'agit d'un long poème qui traite de l'éducation d'un chevalier.

— Ah ! » fit Bart en se détournant. Promenant son regard sur l'étagère, il en sortit *Le Livre fort excellent de Cuysine.* « Voilà qui est très important, remarqua-t-il. Une épouse devrait veiller à ce que son mari fasse toujours bonne chère, n'êtes-vous pas de cet avis ?

— Bien sûr. » Margery cherchait désespérément un sujet de conversation. Pour quoi Bart pouvait-il bien se passionner ? La guerre, peut-être. « Les gens reprochent à la reine notre conflit avec la France.

— Pourquoi en serait-elle responsable ?

— On dit que l'Espagne et la France se battent pour des possessions en Italie, un différend qui ne concerne en rien l'Angleterre. Nous n'y sommes paraît-il mêlés que parce que notre reine Marie est l'épouse du roi Philippe d'Espagne, ce qui l'oblige à lui accorder son soutien.

— Une femme doit se laisser guider par son mari, approuva Bart.

— Raison pour laquelle une fille sera bien avisée de faire judicieusement son choix. » Cette réflexion lourde de sous-entendus passa au-dessus de la tête de Bart. « Certains disent, poursuivit Margery, que notre reine n'aurait pas dû épouser un monarque étranger. »

Bart était las de ce sujet.

« Nous ne devrions pas parler politique, vous et moi. Il convient que les femmes laissent ce genre de questions à leur mari.

— Les femmes ont tant de devoirs à l'égard de leur mari, observa Margery, sachant fort bien que Bart ne relèverait pas l'ironie de son ton. Nous devons leur faire servir de bons repas, nous laisser guider par eux et ne pas nous mêler de politique… Je suis bien heureuse de ne pas en avoir, la vie est plus simple ainsi.

— Toutes les femmes ont besoin d'un mari.

— Changeons de sujet, voulez-vous ?

— Je suis sérieux. » Il ferma les yeux, se livrant à un effort manifeste de concentration, puis se lança dans un bref discours visiblement préparé : « Vous êtes la plus belle femme du monde et je vous aime. Voulez-vous être mon épouse ? »

Margery eut une réaction viscérale : « Non ! »

Bart en fut totalement désemparé. De toute évidence, on lui avait fait espérer la réponse inverse. Après un instant de silence, il ajouta :

« Mon épouse sera comtesse un jour !

— Dans ce cas, épousez une jeune fille qui aspire à cela de toute son âme.

— N'est-ce pas votre cas ?

— Non. » Elle s'appliqua à n'être pas trop brutale. C'était difficile : il n'était pas homme à comprendre la litote. « Bart, vous êtes vigoureux et séduisant, et je suis certaine que vous êtes également courageux, mais je ne pourrai jamais vous aimer. » L'image de Ned lui traversa l'esprit : avec lui, elle n'avait jamais eu à se forcer pour trouver un sujet de conversation. « Celui que j'épouserai sera intelligent, attentionné et attendra de son épouse qu'elle ne soit pas seulement la première de ses domestiques. »

Voilà, se dit-elle, *même Bart devrait comprendre cela.*

Il réagit avec une promptitude étonnante, l'attrapant par les deux bras. Sa poigne était robuste.

« Les femmes aiment qu'on les mate, dit-il.

— Qui vous a raconté pareille fable ? Croyez-moi, ce n'est pas mon cas ! »

Elle chercha à se dégager, vainement.

Il l'attira contre lui et l'embrassa.

Un autre jour, peut-être aurait-elle simplement détourné le visage. Les lèvres ne blessaient pas. Mais elle était encore chagrine et amère d'avoir manqué la visite de Ned. Elle imaginait tout ce qui aurait pu se passer entre eux : la façon dont elle l'aurait embrassé, lui aurait caressé les cheveux, aurait serré son corps contre le sien. Il était si présent à son esprit que l'étreinte de Bart lui inspira un dégoût proche de la panique.

Sans réfléchir, elle leva un genou et le frappa aux testicules de toutes ses forces.

Il la lâcha dans un rugissement de douleur et de surprise, se plia en deux, gémissant de souffrance, paupières plissées, les deux mains serrées entre les cuisses.

Margery courut à la porte, mais avant qu'elle ait pu l'atteindre, sa mère apparut. Elle les avait manifestement épiés depuis le vestibule.

Lady Jane n'eut besoin que d'un coup d'œil pour comprendre ce qui s'était passé. Se tournant vers Margery, elle lança :

« Petite sotte !

— Je n'épouserai jamais cette brute », sanglota Margery.

Son père les rejoignit alors. C'était un homme de haute taille, aux cheveux noirs comme ceux de Rollo, mais à la différence de son fils, il avait le visage couvert de taches de son. Il rétorqua avec froideur :

« Tu épouseras l'homme que ton père choisira pour toi. »

Ces propos menaçants effrayèrent Margery, qui commença à se demander si elle n'avait pas sous-estimé la détermination de ses parents. Elle n'aurait pas dû se laisser emporter par son indignation. Elle fit un effort pour se calmer et réfléchir posément.

Toujours enflammée, mais avec davantage de mesure, elle remarqua :

« Je ne suis tout de même pas une princesse ! Nous faisons partie de la petite noblesse, pas de la haute aristocratie. Mon mariage n'est pas une alliance politique. Je suis la fille d'un marchand. Les gens comme nous ne font pas de mariages arrangés. »

Sa sortie irrita sir Reginald, qui s'empourpra sous ses taches de rousseur.

« Je suis chevalier tout de même !

— Mais pas comte !

— Je n'en descends pas moins du Ralph Fitzgerald qui est devenu comte de Shiring il y a deux siècles – exactement comme Bart. Ralph Fitzgerald était le fils de sir Gerald et le frère de Merthin, le bâtisseur du pont de Kingsbridge. Le sang de la noblesse anglaise coule dans mes veines. »

Consternée, Margery dut se rendre à l'évidence : elle ne se heurtait pas seulement à la volonté inflexible de son père mais aussi à son orgueil familial. Elle n'était pas certaine d'être capable de triompher d'une telle association. Sa seule certitude était qu'il ne fallait montrer aucun signe de faiblesse.

Elle se tourna vers Bart. Il ne voudrait certainement pas épouser une jeune fille contre son gré.

« Pardonnez-moi, milord, dit-elle, mais j'ai l'intention d'épouser Ned Willard.

— Certainement pas, ventrebleu, répliqua sir Reginald interloqué.

— Je suis amoureuse de lui.

— Tu es bien trop jeune pour être amoureuse de qui que ce soit. De plus, les Willard sont des protestants, ou peu s'en faut.

— Ils vont à la messe comme tout le monde.

— Il n'empêche que tu épouseras le vicomte de Shiring.

— Je ne l'épouserai pas », répéta-t-elle avec une fermeté tranquille.

Enfin remis, Bart marmonna :

« Je savais qu'elle ferait des histoires.

— Elle a besoin qu'on la tienne fermement, voilà tout, fit sir Reginald. Ce dont elle a besoin, c'est du fouet. »

Lady Jane intervint.

« Réfléchis, Margery. Tu seras comtesse un jour et ton fils sera comte !

— C'est tout ce qui vous intéresse, n'est-ce pas ? » s'écria Margery. Elle entendit sa voix s'élever dans un cri de révolte qu'elle ne put contenir. « Vous voulez que vos petits-enfants soient des aristocrates, c'est tout ce qui vous intéresse ! » Elle comprit à leurs visages qu'elle avait touché juste et lâcha avec mépris : « eh bien, je refuse de jouer les poulinières pour satisfaire vos délires de grandeur. »

Au moment même où elle prononçait ces paroles, elle sut qu'elle était allée trop loin. L'insulte avait touché son père au vif.

Sir Reginald défit sa ceinture.

Margery recula, effrayée, mais fut arrêtée par la table. De la main gauche, sir Reginald l'attrapa par la nuque. Elle remarqua alors que la pointe de la ceinture était gainée de laiton et poussa un cri de terreur.

Sir Reginald l'obligea à se pencher sur la table à écrire. Elle se débattit de toutes ses forces, mais il était bien plus robuste qu'elle et n'eut aucun mal à la maîtriser.

Elle entendit sa mère dire :

« Veuillez sortir, milord, je vous en prie. »

Sa terreur s'accrut encore.

La porte claqua puis elle perçut le sifflement de la ceinture traversant l'air avant de s'abattre sur l'arrière de ses cuisses. Sa robe était trop mince pour assurer la moindre protection et elle cria à nouveau, de douleur cette fois. La ceinture la cingla une deuxième fois, puis une troisième.

« Je pense que cela suffit, Reginald, intervint alors sa mère.

— Qui aime bien châtie bien », rétorqua son père.

C'était un proverbe sinistrement familier : tout le monde estimait qu'il était bon pour les enfants d'être fouettés, tout le monde, sauf les enfants.

« La teneur du verset biblique est très différente en réalité, rectifia lady Jane. "Qui épargne le bâton n'aime pas son fils, mais qui l'aime se hâte de le châtier." Cela s'applique aux garçons, et non aux filles. »

Sir Reginald répliqua par un verset différent :

« Un autre proverbe biblique ne dit-il pas : "N'épargne pas la correction à l'enfant" ?

— Margery n'est plus vraiment une enfant. De plus, nous savons parfaitement que c'est une méthode inefficace avec elle. La punir ne fait que renforcer son obstination.

— Que proposez-vous, dans ce cas ?

— Laissez-moi faire. Je lui parlerai quand elle sera calmée.

— Fort bien », acquiesça sir Reginald et Margery crut l'épreuve terminée ; mais la ceinture siffla à nouveau, fouettant ses jambes déjà endolories et elle hurla encore.

Immédiatement après, elle entendit les pas lourds de son père faire grincer le plancher et s'éloigner. Cette fois, c'était fini.

*

Ned était certain de voir Margery au banquet du comte Swithin. Ses parents pouvaient difficilement lui interdire d'y assister. Autant annoncer publiquement qu'elle leur donnait du souci. Tout le monde s'interrogerait sur les raisons de son absence et les langues iraient bon train.

Les ornières laissées par les roues de charrettes dans les rues boueuses étaient gelées, et le cheval de Ned avançait précautionneusement sur cette surface traîtresse. La chaleur de sa monture lui réchauffait le corps, mais il avait les mains et les pieds engourdis par le froid. À côté de lui sa mère, Alice, chevauchait une jument râblée.

Le Château Neuf, demeure du comte de Shiring, se trouvait à cinq lieues de Kingsbridge. Il fallait presque la moitié d'une courte journée d'hiver pour s'y rendre et Ned était fou d'impatience. Il fallait qu'il voie Margery, d'abord parce qu'il en mourait d'envie, mais aussi pour essayer de tirer la situation au clair.

La silhouette du Château Neuf se dessina à l'horizon. Neuf, il l'avait été un siècle et demi auparavant et le comte avait récemment fait construire une autre demeure au milieu des ruines de la forteresse médiévale. Ce jour-là, le brouillard givrant parait de rubans et de guirlandes les vestiges des remparts, bâtis dans la même pierre grise que la cathédrale de Kingsbridge. Tandis qu'ils approchaient, le bruit des festivités parvint aux oreilles de Ned : des cris de bienvenue, des rires et un orchestre campagnard – les battements graves d'un tambour, les mélodies d'un violon endiablé et le gémissement strident des cornemuses emportés par la brise glaciale. Ces sons contenaient la promesse de grands feux de bois, de nourriture chaude et de boissons revigorantes.

D'un léger coup de talons, Ned mit son cheval au trot, désireux d'arriver et de mettre un terme à son incertitude. Margery aimait-elle Bart, et avait-elle vraiment l'intention de l'épouser ?

La route menait droit à l'entrée du château. Des corbeaux qui se pavanaient sur les murailles accueillirent les visiteurs par des croassements malveillants. Le pont-levis avait disparu depuis longtemps et les douves avaient été comblées, mais le corps de garde était toujours là, percé de meurtrières. Sans descendre de monture, Ned traversa la cour bruyante où se bousculaient des invités vêtus de couleurs vives, des chevaux et des charrettes, ainsi que les domestiques du comte, fort affairés. Ned confia son cheval à un palefrenier et rejoignit la foule qui se dirigeait vers la demeure.

Il n'aperçut pas Margery.

Au fond de la cour se dressait un manoir moderne de brique, relié aux bâtiments de l'ancien château, la chapelle d'un côté, la brasserie de l'autre. Ned n'y était venu qu'une fois depuis sa construction quatre ans auparavant, et il admira à nouveau les rangées de grandes fenêtres et les alignements de multiples cheminées. Plus luxueuse que les habitations des plus riches marchands de Kingsbridge, c'était la plus grande du comté ; peut-être y en avait-il cependant de plus vastes encore à Londres, où il n'était jamais allé.

Le prestige du comte Swithin avait décliné sous le règne d'Henri VIII, parce qu'il s'était opposé à la rupture du roi avec le pape ; mais depuis cinq ans, le sort avait recommencé à lui sourire grâce à l'avènement de l'ultra-catholique Marie Tudor, et Swithin était à nouveau bien en cour, riche et puissant. Le banquet promettait d'être fastueux.

Après être entré dans la maison, Ned se dirigea vers une vaste et longue salle ouverte sur deux étages, lumineuse même par un jour d'hiver grâce à la hauteur des fenêtres. Les murs lambrissés de chêne vernis étaient ornés de tapisseries représentant des scènes de chasse. Des bûches crépitaient dans deux immenses cheminées situées aux extrémités. Sur la galerie qui courait autour de trois murs, l'orchestre qu'il avait entendu depuis la route jouait avec entrain. Suspendu très en hauteur sur le quatrième mur trônait un portrait du père du comte Swithin, tenant un bâton, symbole de puissance.

Certains invités étaient déjà en train d'exécuter une vigoureuse danse paysanne à huit, se tenant par la main pour former une ronde endiablée avant de s'arrêter et de sautiller à l'intérieur et à l'extérieur du cercle. D'autres bavardaient par petits groupes, haussant la voix pour couvrir la musique et les piétinements des danseurs. Ned prit un bol de bois rempli de cidre chaud et parcourut la salle du regard.

Quelques personnes se tenaient à l'écart des danseurs : l'armateur Philbert Cobley et l'ensemble de sa famille, tous vêtus de gris et de noir. Les protestants de Kingsbridge formaient une communauté semi-clandestine : tout le monde pouvait deviner leur identité et connaissait leur existence, mais elle n'était pas ouvertement reconnue – un peu comme la société cachée des hommes qui aimaient les hommes, songea Ned. Les protestants n'avouaient pas leurs convictions ; s'ils l'avaient fait, ils auraient été torturés jusqu'à ce qu'ils abjurent, et envoyés au bûcher en cas de refus. Quand on les interrogeait sur leur foi, ils tergiversaient. Ils assistaient aux offices catholiques, comme la loi les y obligeait, mais ne manquaient pas une occasion de s'élever contre les chansons paillardes, les robes trop décolletées et les prêtres ivrognes. Et aucune loi n'interdisait de porter des tenues austères.

Ned connaissait presque tout le monde. Les plus jeunes des invités étaient les garçons avec qui il avait fréquenté l'école de Kingsbridge et les filles dont il avait tiré les cheveux le dimanche après la messe. La génération précédente de notables locaux lui était également familière, il les avait toujours vus aller et venir chez sa mère.

Tandis qu'il cherchait Margery, son regard se posa sur un inconnu : un homme au long nez qui semblait approcher la quarantaine, dont les cheveux brun moyen commençaient déjà à s'éclaircir et dont la barbe était soigneusement taillée en pointe, comme le voulait la mode. Petit et sec, il portait un manteau rouge sombre d'un luxe discret. Il s'entretenait avec le comte Swithin et avec sir Reginald, et Ned fut frappé par l'attitude des deux notables. De toute évidence, ils n'appréciaient guère cet éminent visiteur – Reginald se penchait en arrière, bras croisés, tandis que Swithin se tenait jambes écartées, mains sur les hanches – ce qui ne les empêchait pas de l'écouter avec attention.

Les musiciens conclurent un morceau par une fioriture et dans le calme relatif qui suivit, Ned adressa la parole à Daniel, le fils de Philbert Cobley, un garçon corpulent au visage rond et pâle, de deux ans son aîné.

« Qui est-ce ? demanda-t-il en désignant l'étranger en manteau rouge.

— Sir William Cecil. L'intendant de la princesse Élisabeth. »

Élisabeth Tudor était la jeune demi-sœur de la reine Marie.

« J'ai entendu parler de lui, acquiesça Ned. N'a-t-il pas été secrétaire d'État un moment ?

— Si, en effet. »

Ned avait été trop jeune à l'époque pour suivre les affaires politiques de près, mais il se rappelait que sa mère mentionnait le nom de Cecil avec admiration. Cecil n'étant pas suffisamment catholique au goût de Marie Tudor, celle-ci l'avait renvoyé dès son avènement, l'obligeant à accepter la fonction moins prestigieuse de responsable des finances d'Élisabeth.

Que faisait-il ici ?

Sa présence éveillerait sûrement la curiosité de la mère de Ned. Les visiteurs étaient toujours porteurs de nouvelles et Alice s'intéressait passionnément aux nouvelles. Elle avait appris à ses fils qu'une information pouvait faire la fortune d'un homme – ou le préserver de la ruine. Mais en regardant autour de lui, Ned aperçut Margery et en oublia immédiatement William Cecil.

Il eut peine à la reconnaître : elle avait l'air plus âgée de cinq ans, alors que son absence n'avait duré que douze mois. Ses boucles brunes étaient relevées dans une coiffure élaborée et couronnées d'une toque de page coquettement piquée d'une plume. Une petite fraise blanche semblait illuminer son visage. Elle était petite, mais bien en chair, et malgré sa raideur dictée par la mode, le corsage de sa robe de velours bleu ne dissimulait pas entièrement sa silhouette délicieusement arrondie. Son visage n'avait rien perdu de son expressivité. Elle souriait, haussait les sourcils, inclinait la tête et traduisait successivement la surprise, la perplexité, le dédain et le ravissement. Il constata qu'il la dévorait des yeux, exactement comme autrefois. L'espace de quelques instants, il eut l'impression qu'il n'y avait qu'eux dans la salle.

S'éveillant de sa transe, il traversa la foule pour la rejoindre.

Elle le vit venir. Son visage s'éclaira de plaisir, ce qui enchanta Ned ; mais son expression changea plus vite que le temps par un jour de printemps, et une ombre soucieuse voila ses traits. Lorsqu'il approcha, les yeux de la jeune fille s'écarquillèrent de crainte et toute sa mimique semblait lui enjoindre de s'éloigner. Il l'ignora pourtant : il fallait qu'il lui parle.

Il ouvrit la bouche. Sans lui laisser le temps de prononcer un seul mot, elle lui dit tout bas :

« Suivez-moi quand la partie de chasse au cerf commencera. Et pour le moment, taisez-vous. »

La chasse au cerf était un jeu de cache-cache très apprécié des jeunes gens lors des réceptions. Ned fut ravi de l'invitation. Il n'avait cependant pas l'intention de la quitter sans avoir obtenu quelques réponses.

« Êtes-vous amoureuse du vicomte Bart ? demanda-t-il.

— Non ! Mais partez à présent – nous parlerons plus tard. »
Ned était aux anges, mais il n'en avait pas fini.

« Allez-vous l'épouser ?

— Pas aussi longtemps que j'aurai assez de souffle pour lui dire d'aller au diable. »

Ned sourit.

« Fort bien, maintenant, je peux patienter. »

Il s'éloigna, tout heureux.

*

Rollo avait observé avec alarme l'échange entre sa sœur et Ned Willard. Il avait été très bref, mais d'une intensité manifeste. Rollo était soucieux. Il avait écouté la veille à la porte de la bibliothèque quand Margery s'était fait corriger par leur père, et partageait l'avis de leur mère : punir sa sœur ne faisait que la cabrer davantage.

Il ne voulait pas que sa sœur épouse Ned. Rollo ne l'avait jamais aimé, mais ce n'était pas l'essentiel. Le vrai problème était l'indulgence coupable des Willard à l'égard du protestantisme. Edmund Willard s'était fort bien accommodé de la lutte du roi Henri contre l'Église catholique. Certes, la volte-face de la reine Marie n'avait guère semblé le contrarier – une attitude qui avait pareillement heurté Rollo. Il ne supportait pas ceux qui prenaient la religion à la légère. L'autorité de l'Église devait primer.

Chose presque aussi importante, un mariage avec Ned Willard ne servirait en rien le prestige des Fitzgerald ; ce serait une simple alliance entre deux prospères familles de marchands. En revanche, une union avec le vicomte de Shiring les ferait accéder aux rangs de l'aristocratie. Aux yeux de Rollo, le prestige de la famille Fitzgerald comptait plus que tout, volonté de Dieu mise à part, bien sûr.

Lorsque les danses s'achevèrent, les domestiques du comte apportèrent des planches et des tréteaux pour dresser une table en T, la traverse étant située à une extrémité de la salle et le fût occupant toute sa longueur ; ils commencèrent ensuite à mettre le couvert. Ils accomplissaient leur tâche avec un certain laisser-aller, estima Rollo, jetant brutalement et sans soin les bols de terre cuite et les miches de pain sur la nappe blanche. Sans doute était-ce parce que la maison n'était pas tenue par une femme : la comtesse avait rendu l'âme deux ans auparavant et Swithin ne s'était pas encore remarié.

Un serviteur s'approcha alors de Rollo.

« Votre père veut vous voir, messire Fitzgerald. Il vous attend dans le petit salon de milord. »

L'homme conduisit Rollo dans une pièce latérale meublée d'une table à écrire et d'une étagère couverte de grands livres. C'était manifestement là que le comte Swithin administrait ses affaires.

Swithin était assis dans un immense fauteuil, presque un trône. Il était grand et bel homme, comme Bart, mais de longues années de repas abondants et copieusement arrosés lui avaient épaissi la taille et rougi le nez. Il avait perdu presque tous les doigts de la main gauche à la bataille de Hartley Wood, quatre ans plus tôt. Au lieu de chercher à dissimuler cette infirmité, il semblait en tirer vanité.

Le père de Rollo, sir Reginald, était assis à côté de Swithin, mince et tavelé, léopard auprès d'un ours.

Le vicomte Bart était présent lui aussi, ainsi que, constata Rollo avec consternation, Alice et Ned Willard.

William Cecil avait pris place sur un tabouret bas devant les six habitants de Kingsbridge mais, malgré le symbolisme de sa position, Rollo eut l'impression que c'était lui qui conduisait l'entrevue.

Reginald s'adressa à Cecil :

« Vous ne voyez, je l'espère, pas d'inconvénient à ce que mon fils se joigne à nous ? Il a fréquenté l'université d'Oxford et a étudié le droit aux Inns of Court de Londres.

— Je suis ravi que la nouvelle génération soit parmi nous, répondit aimablement Cecil. Je fais moi-même participer mon fils aux réunions, bien qu'il n'ait que seize ans – plus ils débutent tôt, plus ils apprennent vite. »

Observant Cecil, Rollo releva qu'il avait trois verrues sur la joue droite et que sa barbe brune commençait à grisonner. Il avait été un courtisan puissant sous le règne d'Édouard VI, alors qu'il avait moins de trente ans, et bien qu'il n'en eût pas encore quarante, la sagesse pleine d'assurance qui marquait ses traits aurait pu appartenir à un homme nettement plus âgé.

Le comte Swithin manifesta quelque impatience.

« J'ai une centaine d'invités dans la salle, messire. Peut-être pourriez-vous me dire ce que vous avez à me communiquer de si important que cela mérite de me tenir éloigné de ma propre réception.

— Tout de suite, milord, acquiesça Cecil : la reine n'est pas grosse. »

Rollo laissa échapper un grognement de surprise et de désarroi.

La reine Marie et le roi Philippe souhaitaient désespérément offrir des héritiers à leurs deux couronnes, l'Angleterre et l'Espagne. Malheureusement, ils ne passaient guère de temps ensemble, étant fort occupés à gouverner leurs royaumes très distants. Aussi s'était-on réjoui dans les deux pays quand Marie avait annoncé qu'elle attendait un enfant pour le mois de mars. Manifestement, les choses ne s'étaient pas passées comme on pouvait l'espérer.

Sir Reginald observa sombrement :

« Ce n'est pas la première fois.

— C'est sa seconde fausse grossesse », confirma Cecil.

Swithin parut perplexe.

« Fausse grossesse ? Qu'entendez-vous par là ?

— Il n'y a pas eu fausse couche, déclara Cecil solennellement.

— Son désir d'enfant est si ardent qu'elle se persuade qu'elle est grosse, alors qu'elle ne l'est pas, expliqua Reginald.

— Je vois, fit Swithin. Sottise de femme. »

Alice fronça le nez avec mépris en entendant cette remarque, mais Swithin n'en eut même pas conscience.

« Nous sommes contraints à ce jour, reprit alors Cecil, d'envisager que notre souveraine n'enfante jamais. »

Rollo passa mentalement en revue les conséquences possibles de pareille tragédie. L'enfant si longtemps attendu de la reine Marie et du roi d'Espagne tout aussi pieux que son épouse aurait été élevé dans le catholicisme le plus rigoureux et aurait, à n'en pas douter, favorisé des familles comme celle des Fitzgerald. En revanche, si Marie mourait sans héritier, nul ne pouvait présager l'avenir.

Cecil l'avait compris depuis longtemps, supposa le jeune homme.

« La transition entre deux règnes est une période dangereuse pour tous les pays », remarqua alors Cecil.

Rollo réprima à grand-peine un sentiment de panique. L'Angleterre pouvait revenir au protestantisme – et tout ce que la famille Fitzgerald avait accompli au cours des cinq dernières années serait anéanti.

« Je souhaite préparer, bien à l'avance, une succession sans heurt, et sans bain de sang, ajouta Cecil d'un ton raisonnable. Je suis venu vous parler à tous les trois en qualité de puissants notables provinciaux – le comte, le maire de Kingsbridge et la plus importante négociante de la ville – et vous prier de m'accorder votre aide. »

Il se posait en serviteur zélé élaborant des plans avisés, mais Rollo avait déjà compris que c'était un dangereux révolutionnaire.

« Et comment pourrions-nous vous aider ? demanda Swithin.

— En vous engageant à soutenir ma maîtresse, la princesse Élisabeth.

— Vous présumez donc qu'Élisabeth serait l'héritière du trône ? intervint Swithin d'un ton provocateur.

— Henri VIII a laissé trois enfants, fit remarquer Cecil, rappelant doctement ce que tous savaient. Son fils, Édouard VI, le roi-enfant, a rendu l'âme avant d'avoir pu engendrer un héritier, de sorte que la royauté est revenue à la fille aînée d'Henri, Marie Tudor. La logique ne saurait être disputée. Si la reine Marie meurt sans enfant à l'image du roi Édouard, la suivante sur la lignée du trône est sans conteste la princesse Élisabeth, la seconde fille d'Henri. »

Rollo jugea qu'il était temps d'intervenir. On ne pouvait pas laisser proférer des absurdités aussi dangereuses sans réagir, et il était le seul juriste présent. Il chercha à s'exprimer aussi calmement et rationnellement que Cecil, mais malgré ses efforts, sa voix étranglée trahissait son émotion.

« Élisabeth est illégitime, remarqua-t-il. Henri n'a jamais été réellement marié à sa mère. Son divorce de sa précédente épouse a été rejeté par le pape.

— Les bâtards ne sauraient hériter ni des biens ni des titres, ajouta Swithin. Tout le monde sait cela. »

Rollo tressaillit. Traiter Élisabeth de bâtarde en présence de son conseiller particulier était d'une brutalité inutile. Malheureusement, Swithin était coutumier du fait. Il était pourtant imprudent, estimait Rollo, de se mettre à dos Cecil, toujours si maître de lui-même. L'homme avait beau ne pas être en faveur à la Cour, il n'en donnait pas moins une impression de puissance tranquille.

Cecil ne releva pas l'incivilité du comte.

« Le divorce a été ratifié par le Parlement anglais, affirma-t-il avec une insistance courtoise.

— On lui prête, reprit Swithin, une inclination pour le protestantisme. »

On touchait là au cœur de l'affaire, pensa Rollo.

Cecil sourit.

« La princesse m'a dit, maintes fois, que si elle devait être reine un jour, son plus cher désir était qu'aucun Anglais ne perde la vie à cause de ses convictions. »

Ned Willard prit alors la parole.

« Voilà qui est de bon augure, messire, observa-t-il. Personne n'a envie de continuer à voir des gens monter sur le bûcher. »

C'était typique des Willard, songea Rollo : prêts à tout pour pouvoir vivre paisiblement.

L'ambiguïté de cette position exaspérait aussi le comte Swithin.

« Catholique ou protestante ? insista-t-il. Il faut bien qu'elle soit l'un ou l'autre.

— Au contraire, objecta Cecil. Son credo est la tolérance. »

Swithin était outré.

« La tolérance ? lâcha-t-il avec mépris. Vis-à-vis de l'hérésie ? Du blasphème ? De l'impiété ? »

Rollo comprenait son indignation, mais préférait l'argument juridique à toute autre considération. L'Église catholique avait une idée parfaitement claire de l'identité du prochain souverain légitime de l'Angleterre.

« Aux yeux du monde, la véritable héritière du trône est l'autre Marie, la reine des Écossais.

— Certainement pas, rétorqua Cecil qui s'attendait manifestement à cette riposte. Marie Stuart n'est que la petite-nièce du roi Henri VIII, alors qu'Élisabeth Tudor est sa fille.

— Sa fille illégitime. »

Ned Willard reprit la parole.

« J'ai vu Marie Stuart lorsque je suis allé à Paris. Je ne lui ai pas parlé mais j'étais dans une des salles extérieures du palais du Louvre lorsqu'elle est passée. Elle est grande et d'une beauté remarquable.

— Et alors ? Quel est le rapport ? » lança Rollo avec impatience.

Ned s'obstina.

« Elle a quinze ans, ajouta-t-il en jetant un regard dur à Rollo. Le même âge que ta sœur Margery.

— Je ne vois pas où... »

Ned haussa le ton pour passer outre à l'interruption.

« Certains estiment qu'une jeune fille de quinze ans est trop jeune pour choisir un mari. Alors de là à gouverner un pays... »

Rollo prit une brusque inspiration et son père poussa un grognement d'indignation. Cecil plissa le front, devinant que les propos de Ned avaient un sens bien précis, indéchiffrable pour un observateur extérieur.

Ned ajouta :

« On m'a dit que Marie parle français et écossais, mais qu'elle ne sait presque pas un mot d'anglais.

— Ces considérations n'ont aucune valeur juridique », rappela Rollo.

Ned n'en avait pas fini.

« Ce n'est pas tout. Marie est fiancée au prince François, héritier de la couronne de France. Le peuple anglais qui n'a pas apprécié l'union de notre actuelle souveraine avec le roi d'Espagne sera encore plus hostile à une reine qui épouserait le roi de France.

— Ce n'est pas au peuple anglais de prendre pareilles décisions, objecta Rollo.

— Il n'empêche. Quand il y a doute, il peut y avoir lutte, et le cas échéant, le peuple peut fort bien brandir faux et haches pour faire connaître son opinion.

— Voilà précisément ce que je désire éviter», intervint Cecil.

C'était une menace implicite, releva Rollo furieux ; mais avant qu'il n'ait eu le temps de le faire remarquer, Swithin reprit la parole.

« Comment est Élisabeth, en tant que femme ? Je ne l'ai jamais rencontrée. »

Rollo fronça les sourcils, irrité de cette diversion à la question de la légitimité, mais Cecil répondit de bonne grâce :

« C'est la femme la plus instruite que j'aie jamais rencontrée. Elle est capable d'entretenir une conversation en latin aussi aisément qu'en anglais, et parle également français, espagnol et italien. Elle écrit aussi le grec. On ne lui reconnaît pas une grande beauté, mais elle a une façon d'ensorceler les hommes qui les porte à la trouver charmante. Elle a hérité de la force de volonté de son père, le roi Henri. Elle fera une souveraine d'une grande fermeté. »

Cecil était visiblement amoureux d'elle, constata Rollo ; mais ce n'était pas le plus ennuyeux. Les adversaires d'Élisabeth étaient en effet contraints de s'appuyer sur des arguments légalistes, parce qu'ils n'avaient pas grand-chose d'autre à quoi s'accrocher. Élisabeth semblait suffisamment âgée, suffisamment sage et suffisamment résolue pour gouverner l'Angleterre. Peut-être était-elle protestante, mais elle était trop fine pour en faire étalage, et ils n'avaient aucune preuve.

La perspective d'une protestante régnant sur l'Angleterre horrifiait Rollo. Elle serait certainement hostile aux familles catholiques. Les Fitzgerald risquaient de ne jamais s'en remettre.

« Ma foi, lança alors Swithin, si elle épousait un mari catholique, un homme ferme, capable de la dompter, elle serait sans doute plus à notre convenance. »

Son gloussement lascif fit frissonner Rollo. L'idée de mater une princesse n'était visiblement pas pour déplaire à Swithin.

« J'y songerai », dit sèchement Cecil. Comme une cloche

sonnait pour annoncer aux invités qu'il était temps de prendre place à table, il se leva. « Tout ce que je vous demande, c'est de vous abstenir de tout jugement précipité. Accordez une chance à la princesse Élisabeth. »

Reginald et Rollo s'attardèrent tandis que les autres quittaient la pièce.

« Je pense que nous lui avons fait entendre raison », commenta Reginald.

Rollo secoua la tête. Il regrettait parfois que son père n'ait pas l'esprit plus retors.

« Cecil savait parfaitement en venant ici que des catholiques loyaux tels que Swithin et vous ne s'engageraient jamais à soutenir Élisabeth.

— On peut le penser, acquiesça Reginald. Il est évidemment bien informé.

— Et c'est, à l'évidence, un homme intelligent.

— Mais alors, pourquoi est-il venu ?

— Je me suis posé la question, dit Rollo. Je pense qu'il est venu évaluer la force de ses ennemis.

— Oh, s'exclama son père. Je n'y aurais pas pensé.

— Allons dîner », suggéra Rollo.

*

Ned ne tint pas en place pendant tout le repas. Il avait le plus grand mal à attendre que tous aient fini de manger et de boire pour que la partie de chasse au cerf puisse commencer. Mais au moment précis où l'on débarrassait les desserts, son regard croisa celui de sa mère qui lui fit signe de la rejoindre.

Il avait bien vu qu'elle était en grande conversation avec sir William Cecil. Vêtue d'une coûteuse robe en écarlate de Kingsbridge brodée de fil d'or, elle portait une médaille de la Vierge autour du cou pour se prémunir de toute accusation de protestantisme. Ned caressa l'idée d'ignorer son appel. Le jeu se déroulerait pendant que les serviteurs retireraient les tables et que les acteurs se prépareraient pour leur représentation. Ned ne savait pas très bien ce que Margery avait en tête, mais en tout état de cause, il ne voulait pas laisser passer cette occasion.

D'un autre côté, sa mère était aussi stricte qu'affectueuse et ne tolérerait pas qu'il lui désobéît. Il la rejoignit donc.

« Sir William souhaiterait te poser quelques questions, annonça Alice.

— J'en suis très honoré, répondit Ned poliment.

— Je veux des informations sur Calais, commença Cecil. Si j'ai bien compris, vous en revenez tout juste.

— Je suis parti une semaine avant la Noël et suis arrivé hier.

— Je n'ai sans doute pas besoin de vous dire, à votre mère et vous, à quel point cette ville est essentielle pour le commerce anglais. J'ajouterais que continuer à gouverner une petite partie de la France est également un motif de fierté nationale.

— Au grand dam des Français, bien sûr, répliqua Ned en hochant la tête.

— Quelle est l'humeur de la communauté anglaise sur place ?

— Bonne », répondit Ned pris d'une vague inquiétude.

Cecil ne l'interrogeait pas par vaine curiosité : il avait certainement une excellente raison de le faire. Et à y bien réfléchir, sa mère faisait grise mine. Il poursuivit tout de même.

« Quand je suis parti, les Anglais se réjouissaient encore de la défaite française de Saint-Quentin au mois d'août dernier. Ils avaient le sentiment que la guerre entre l'Angleterre et la France ne les toucherait pas.

— Une certaine présomption, peut-être », murmura Cecil.

Ned fronça les sourcils.

« Calais est entouré de forts : Sangatte, Fréthun, Nielles…

— Et si les forteresses tombaient ? l'interrompit Cecil.

— La ville est équipée de trois cent sept canons.

— Vous avez la tête bien faite et le sens du détail. Mais la population pourrait-elle résister à un siège ?

— Elle a des vivres pour trois mois. »

Ned avait vérifié les chiffres avant son départ, car il savait que sa mère souhaiterait un rapport circonstancié. Il se tourna alors vers Alice.

« Qu'est-il arrivé, Maman ?

— Les Français ont pris Sangatte le 1er janvier, répondit-elle.

— Comment est-ce possible ? » demanda Ned, bouleversé.

Ce fut Cecil qui lui répondit.

« L'armée française s'était massée dans les villes voisines en grand secret. L'attaque a pris la garnison de Calais par surprise.

— Qui commande les forces françaises ?

— Le duc François de Guise.

— Le Balafré ! s'écria Ned. C'est un personnage de légende. » Le duc était le plus grand général de France.

« La ville doit être assiégée à l'heure qu'il est.

— Mais elle n'est pas tombée.

— À notre connaissance, non, mais mes informations les plus récentes remontent à cinq jours. »

Ned se tourna à nouveau vers Alice.

« Pas de nouvelles d'oncle Dick ? »

Alice secoua la tête.

« Il lui est évidemment impossible de faire passer un message depuis une ville assiégée. »

Ned songea aux membres de sa famille établis à Calais : sa tante Blanche, bien meilleure cuisinière que Janet Fife, ce qu'il s'abstiendrait soigneusement d'avouer à cette dernière ; son cousin Albin, qui avait le même âge que lui et lui avait appris les noms français des parties intimes du corps et d'autres choses dont la décence interdisait de parler ; et Thérèse qui lui avait fait des avances. En sortiraient-ils vivants ?

Alice reprit doucement :

« Presque tout ce que nous possédons est bloqué à Calais. »

Ned plissa le front. Était-ce possible ?

« N'avons-nous pas de cargaisons en route pour Séville ? » demanda-t-il.

Le port espagnol de Séville abritait l'arsenal du roi Philippe, et son appétit de métaux était insatiable. Un cousin du père de Ned, Carlos Cruz, achetait tout ce qu'Alice pouvait expédier, transformant ces matières premières en canons et en boulets pour alimenter les interminables guerres de l'Espagne. Le frère de Ned, Barney, était à Séville, où il vivait et travaillait avec Carlos, s'initiant ainsi à un autre volet des affaires familiales, comme Ned l'avait fait à Calais. Mais la traversée maritime était longue et périlleuse, et l'on n'y envoyait de navires que lorsque l'entrepôt bien plus proche de Calais était plein.

Alice répondit à la question de Ned :

« Non. Pour le moment, nous n'avons aucun navire à destination ou en partance de Séville.

— Autrement dit, si nous perdons Calais…

— Nous perdons presque tout. »

Ned avait cru ne rien ignorer des règles du commerce, mais il n'avait pas pris conscience que la ruine pouvait survenir aussi promptement. Il éprouva la même impression que lorsqu'un cheval généralement sûr trébuchait et bronchait, lui faisant perdre son assiette. C'était un rappel brutal de l'imprévisibilité de l'existence.

Une cloche tinta pour annoncer le début de la partie. Cecil sourit et dit :

« Je vous remercie pour ces informations, Ned. Il est rare que les jeunes gens soient aussi rigoureux que vous.

— Je suis heureux d'avoir pu vous être utile, milord », répondit Ned, flatté.

Ruth, la jolie sœur de Dan Cobley aux cheveux dorés, passa en disant :

« Viens vite, Ned, c'est l'heure de la chasse au cerf.

— J'arrive », répondit-il, mais il ne bougea pas. Il était déchiré. Il mourait d'envie de parler à Margery, mais après pareilles nouvelles, il n'était pas d'humeur à s'amuser.

« J'imagine que nous ne pouvons rien faire, dit-il à sa mère.

— Attendre d'autres informations – ce qui risque de prendre un certain temps. »

Un silence lugubre se fit.

« À propos, reprit finalement Cecil, je cherche un assistant pour m'aider dans mon travail auprès de la princesse Élisabeth : un jeune homme qui vivrait au palais de Hatfield et ferait partie de son personnel, et qui pourrait agir à ma place quand je suis contraint de me rendre à Londres ou ailleurs. Je sais que votre destinée est de travailler avec votre mère dans l'entreprise familiale, Ned, mais si par hasard, vous connaissiez un jeune homme de votre espèce, intelligent et digne de confiance, attentif aux détails… prévenez-moi. »

Ned acquiesça.

« Bien sûr, messire. »

Il avait dans l'idée qu'en réalité, c'était à lui que sir Cecil offrait ce poste. Celui-ci poursuivit :

« Il conviendrait qu'il partage l'attitude tolérante de la princesse Élisabeth à l'égard de la religion. »

La reine Marie Tudor avait fait monter plusieurs centaines de protestants au bûcher.

Ned remplissait indéniablement cette condition, comme Cecil avait pu s'en convaincre au cours de la discussion qui s'était tenue dans la bibliothèque du comte à propos de la succession royale. Des millions d'Anglais partageaient ces idées : catholiques ou protestants, ils étaient las de ces massacres.

« La princesse Élisabeth m'a dit maintes fois que si elle devenait reine un jour, son vœu le plus cher était qu'aucun Anglais ne perde la vie à cause de ses convictions, reprit Cecil. J'estime que c'est un idéal qui mérite qu'un homme lui accorde sa foi. »

Alice paraissait légèrement contrariée.

« Comme vous l'avez dit, messire, mes fils sont destinés à travailler dans l'entreprise familiale. Allons, file, Ned. »

Ned pivota sur ses talons et partit à la recherche de Margery.

*

Le comte Swithin avait engagé une troupe itinérante de comédiens qui s'affairaient à monter une estrade surélevée contre un des longs murs de la grande salle. Margery les observait et lady Susannah Brecknock la rejoignit pour en faire autant. Cette femme séduisante au sourire chaleureux âgée d'une bonne trentaine d'années était une cousine du comte Swithin et venait fréquemment à Kingsbridge où elle avait une maison. Margery, qui l'avait déjà rencontrée, la trouvait aimable et sans prétention.

La scène était faite de planches posées sur des barriques. « Cela n'a pas l'air très stable, remarqua Margery.

— Voilà précisément ce que j'étais en train de me dire ! renchérit Susannah.

— Savez-vous ce qu'ils vont jouer ?

— La vie de Marie-Madeleine.

— Oh ! »

Marie-Madeleine était la sainte patronne des prostituées.

Les prêtres avaient beau rectifier systématiquement en précisant « des prostituées repenties », le personnage n'en était pas moins fascinant.

« Comment est-ce possible ? Tous les comédiens sont des hommes.

— Vous n'avez encore jamais vu de pièce de théâtre ?

— Pas de ce genre, avec une scène et des acteurs professionnels. Je n'ai vu que des processions et des spectacles historiques.

— Les personnages féminins sont toujours interprétés par des hommes. Les femmes n'ont pas le droit de monter sur scène.

— Pourquoi ?

— Oh, sans doute parce que nous sommes des créatures inférieures, physiquement faibles et légèrement simples d'esprit. »

Le sarcasme était évident. Margery aimait Susannah pour la franchise de ses propos. La plupart des adultes répondaient aux questions gênantes par des platitudes creuses, mais on pouvait compter sur lady Brecknock pour parler sans ambages. Enhardie, Margery laissa échapper la question qui la préoccupait :

« Vous a-t-on obligée à épouser lord Brecknock ? »

Susannah eut l'air interloquée.

Comprenant immédiatement qu'elle avait passé les bornes, Margery ajouta promptement :

« Pardon, rien ne m'autorise à vous poser cette question, je vous prie de bien vouloir m'excuser. »

Les larmes lui vinrent aux yeux.

Susannah haussa les épaules.

« Rien ne vous autorise, en effet, à me poser cette question, mais je n'ai pas oublié que j'ai eu quinze ans un jour. » Elle baissa la voix. « Qui veut-on vous faire épouser ?

— Le vicomte Bart de Shiring.

— Oh mon Dieu, ma pauvre ! » s'écria-t-elle bien que Bart fût son petit cousin. Sa compassion rendit Margery encore plus malheureuse. Susannah réfléchit quelques instants.

« Mon mariage a été arrangé, ce n'est pas un secret, reprit-elle alors, mais personne ne m'a contrainte. J'ai rencontré lord Brecknock et il m'a plu.

— L'aimez-vous ? »

Elle hésita encore et Margery comprit qu'elle était partagée entre le devoir de discrétion et la pitié.

« Je ne devrais pas vous répondre.

— Bien sûr. Pardonnez-moi – encore une fois.

— Je vois bien que vous êtes dans la peine et je vais donc vous faire confiance. Mais promettez-moi de ne jamais répéter ce que je vais vous dire.

— Je vous le promets.

— Nous sommes amis, Brecknock et moi. Il est bon pour moi et je fais tout ce que je peux pour lui être agréable. Nous avons quatre enfants merveilleux. Je suis heureuse. » Elle s'interrompit et Margery attendit la réponse à sa question. Enfin, Susannah reprit : « Je sais pourtant qu'il existe une autre sorte de bonheur, l'extase insensée d'adorer quelqu'un et d'en être adorée en retour.

— Oui ! »

Margery était ravie que Susannah comprenne.

« Cette joie-là ne nous est pas donnée à toutes, ajouta celle-ci avec gravité.

— Elle devrait pourtant ! »

Margery ne supportait pas de penser qu'on puisse être privé d'amour.

L'espace d'un instant, une profonde affliction assombrit les traits de Susannah.

« Peut-être, murmura-t-elle. Peut-être. »

Jetant un coup d'œil par-dessus l'épaule de Susannah, Margery vit Ned approcher dans son pourpoint vert français. Susannah suivit son regard. Fine mouche, elle demanda :

« C'est Ned Willard que vous voulez ?

— Oui.

— Vous avez du goût. Il est beau garçon.

— Il est merveilleux. »

Susannah lui adressa un sourire teinté de tristesse.

« J'espère que vous obtiendrez ce que vous désirez. »

Ned s'inclina devant elle, et elle répondit à son salut par un petit signe de tête, avant de s'éloigner.

Les comédiens étaient en train de suspendre un rideau à travers un angle de la pièce.

« À quoi cela peut-il servir, à votre avis ? demanda Margery à Ned.

— Je pense qu'ils se dissimuleront derrière le rideau pour enfiler leurs costumes, répondit-il, avant d'ajouter, baissant la voix : Quand pourrons-nous parler ? Je n'en peux plus d'attendre.

— La partie va commencer. Suivez-moi. »

Le séduisant employé de Philbert Cobley, Donal Gloster, fut choisi pour être le chasseur. Son visage sensuel était couronné d'une masse de cheveux bruns ondulés. Il ne plaisait pas à Margery – elle le trouvait trop mou –, mais elle était certaine que plusieurs jeunes filles espéraient vivement qu'il découvrirait leur cachette.

Le Château Neuf convenait idéalement à ce jeu. Il contenait plus de lieux secrets qu'un terrier de lapin. Les bâtiments qui rattachaient la nouvelle demeure à l'ancien château étaient particulièrement bien pourvus en placards biscornus, en cages d'escalier dérobées, en niches et en chambres aux formes irrégulières. C'était un jeu destiné aux enfants et quand elle était petite, Margery s'était toujours demandé pourquoi des grands de dix-neuf ans y participaient avec un tel empressement. Elle comprenait à présent que ce jeu offrait aux adolescents l'occasion d'échanger baisers et caresses.

Donal ferma les yeux et commença à réciter le *Pater Noster* en latin. Tous les jeunes se dispersèrent pour aller se cacher.

Margery savait déjà où aller, car elle avait reconnu le terrain à l'avance pour être certaine de trouver un endroit où parler à Ned en toute intimité. Quittant la grande salle, elle longea en courant un couloir qui menait aux chambres du vieux château, assurée que Ned la suivrait. Elle franchit une porte au bout du corridor.

Se retournant, elle aperçut Ned – escorté, malheureusement, par plusieurs autres invités. C'était fâcheux : elle tenait à le voir seul.

Traversant une petite réserve, elle gravit précipitamment un escalier de pierre en colimaçon, avant de redescendre une courte volée de marches. Elle entendait les autres derrière elle, mais ils ne pouvaient plus la voir. Elle obliqua alors dans un couloir qui s'achevait, elle le savait, en cul-de-sac. Il était éclairé par une unique chandelle disposée dans un bougeoir mural. À mi-chemin elle passa devant un âtre immense : la boulangerie médiévale, dont la cheminée avait été démolie lors de la construction du bâtiment moderne. À côté, cachée par un contrefort de pierre, s'ouvrait la porte de l'énorme four, presque invisible dans la pénombre. Margery se glissa à l'intérieur, retroussant ses jupes. Il était étonnamment propre, avait-elle remarqué lors de ses repérages. Elle referma la porte aux trois quarts et colla l'œil contre la fente.

Ned arrivait dans le couloir, ventre à terre, suivi de près par Bart, puis par la jolie Ruth Cobley, qui devait avoir des visées sur celui-ci. Margery gémit d'agacement. Comment séparer Ned des autres ?

Ils passèrent si vite devant le four qu'ils ne virent pas la porte. Un moment plus tard, constatant qu'il n'y avait pas d'issue, ils revinrent sur leurs pas en ordre inverse : Ruth, puis Bart, et enfin Ned.

C'était l'occasion qu'attendait Margery.

Bart et Ruth disparurent aux regards et Margery héla :

« Ned ! »

Il s'arrêta et regarda autour de lui, intrigué.

Elle ouvrit tout grand la porte du four.

« Par ici ! »

Elle n'eut pas à le lui dire deux fois. Il la rejoignit à l'intérieur et elle referma la porte.

On n'y voyait goutte, mais ils étaient allongés l'un contre l'autre, genoux contre genoux, menton contre menton, et elle sentait toute la longueur de son corps collé au sien. Il l'embrassa.

Elle lui rendit son baiser avec ardeur. Quoi qu'il pût advenir, il l'aimait toujours et pour le moment, rien d'autre ne comptait à ses yeux. Elle avait eu peur qu'il ne l'oublie pendant son séjour à Calais. Elle s'était persuadée qu'il ferait la connaissance de Françaises plus raffinées et plus excitantes que la petite Marge Fitzgerald de Kingsbridge. Ce n'était manifestement pas le cas, constata-t-elle, à en juger par la passion avec laquelle il la serrait dans ses bras, l'embrassait et la caressait. Aux anges, elle prit la tête de Ned entre ses mains, ouvrit les lèvres pour accueillir sa langue et arqua tout son corps contre le sien.

Il roula sur elle. En cet instant, elle lui aurait volontiers offert son corps, et se serait laissé déflorer. Mais un bruit sourd retentit alors, comme si le pied de Ned avait heurté quelque chose, suivi d'un fracas semblable à celui d'un panneau de bois tombant au sol ; soudain, elle aperçut distinctement les murs du four autour d'elle.

La surprise fut telle qu'ils s'interrompirent en pleine action. Levant les yeux, ils constatèrent que la paroi postérieure du four s'était écroulée, donnant accès à un autre local faiblement éclairé. Margery s'alarma à l'idée qu'il pouvait s'y trouver des gens qui les surprendraient ensemble, Ned et elle. Se redressant, elle regarda par la brèche.

Il n'y avait personne en vue. Elle distingua un mur percé d'une meurtrière qui laissait passer les dernières lueurs du soleil de l'après-midi. Un espace exigu situé derrière l'ancien four avait simplement été condamné au moment de la construction de la nouvelle demeure. Il ne menait nulle part : on ne pouvait y accéder que par le four. Par terre gisait un panneau de bois qui avait dû obturer le passage jusqu'à ce que, dans sa fougue, Ned donne une ruade qui l'avait fait basculer. Margery entendait des voix, mais elles provenaient de la cour, dehors. Elle respira plus librement : nul ne les avait vus.

Elle passa en rampant dans le petit local, suivie de Ned. Ils parcoururent les lieux du regard avec étonnement, et Ned murmura :

« Nous pourrions rester ici pour l'éternité. »

Sa réflexion ramena Margery à la réalité et elle songea qu'elle avait été bien près de commettre un péché mortel. Le désir avait failli faire table rase de sa connaissance du bien et du mal. Elle l'avait échappé belle.

Quand elle avait décidé de conduire Ned ici, c'était dans l'intention de lui parler, et non de l'embrasser.

« Ned, dit-elle alors, ils veulent que j'épouse Bart. Qu'allons-nous faire ?

— Je ne sais pas », répondit-il.

*

Swithin était ivre, ou peu s'en fallait, constata Rollo. Le comte était affalé dans un grand fauteuil en face de la scène, un verre à pied dans la main droite. Une jeune servante le lui remplit, et il en profita pour lui attraper le sein de sa main mutilée. Elle poussa un cri d'effroi et recula précipitamment, renversant le vin. Swithin éclata de rire.

Un comédien monta sur scène et se mit à réciter un prologue, expliquant que, pour pouvoir exposer le repentir, il était indispensable de montrer d'abord le péché, présentant d'avance ses excuses à l'assistance si quelqu'un en était froissé.

Rollo aperçut Margery, qui se glissait furtivement dans la salle en compagnie de Ned Willard. Il fronça les sourcils. Ils avaient profité de la partie de chasse au cerf pour s'éclipser ensemble, comprit-il, et avaient, sans nul doute, commis quantité de sottises.

Rollo ne comprenait pas sa sœur. Elle prenait la religion très au sérieux, mais avait toujours été indocile. Comment expliquer cela ? Pour Rollo, l'essence même de la religion était la soumission à l'autorité. C'était bien là le problème avec les protestants : ils estimaient avoir le droit de se faire leur propre opinion. Margery était pourtant une fervente catholique.

Un personnage représentant l'Infidélité apparut sur scène, reconnaissable à sa braguette surdimensionnée. Il multipliait les clins d'œil, parlait derrière sa main et regardait à gauche et à droite comme pour s'assurer que les autres personnages ne pouvaient pas l'entendre. Le public s'esclaffa, reconnaissant une image outrancière d'un type humain familier à tous.

La conversation avec sir William Cecil avait troublé Rollo, qui songea alors que sa réaction avait peut-être été excessive. La princesse Élisabeth était probablement protestante, mais il était trop tôt pour se soucier d'elle : après tout, la reine Marie Tudor n'avait que quarante et un ans et était en bonne santé, abstraction faite de ses grossesses imaginaires – elle pouvait régner encore plusieurs dizaines d'années.

Marie-Madeleine apparut alors sur scène. Il s'agissait, nul ne pouvait se méprendre, de la sainte avant son repentir. Elle glissait sur les planches en robe rouge, minaudant avec son collier, battant des cils en direction de l'Infidélité. Ses lèvres avaient été rougies avec une sorte de teinture.

Rollo s'étonna : il n'avait pas vu de femme parmi les comédiens. De plus, bien qu'il ne fût jamais allé au théâtre, il était persuadé que les femmes n'avaient pas le droit de se produire sur scène. La troupe lui avait paru formée de quatre hommes et d'un garçon de treize ans environ. Intrigué, Rollo plissa les yeux, observant attentivement Marie-Madeleine ; il lui vint alors à l'esprit qu'elle avait la même taille et la même corpulence que le jeune garçon.

Le reste du public se rendit aussi peu à peu à l'évidence, et un brouhaha d'admiration et de surprise s'éleva dans la salle. Rollo perçut également quelques bruits, discrets mais évidents, de protestation et, jetant un coup d'œil alentour, il constata qu'ils provenaient du coin où Philbert Cobley avait pris place avec sa famille. Les catholiques étaient tolérants en matière de théâtre, pourvu que le message fût religieux, mais certains protestants intransigeants désapprouvaient les spectacles. Un garçon déguisé en femme était particulièrement propre à susciter leur vertueuse indignation, surtout quand le personnage féminin affichait un comportement grivois. Tout le groupe des Cobley avait le visage fermé – à une exception près, remarqua Rollo : le jeune et jovial employé de Philbert, Donal Gloster, qui riait d'aussi bon cœur que le reste du public. Rollo et tous les jeunes gens de la ville savaient que Donal était amoureux de Ruth, la jolie fille de Philbert, et Rollo soupçonnait le jeune homme de n'être protestant que dans l'espoir d'obtenir sa main.

Sur scène, l'Infidélité prit Marie-Madeleine dans ses bras et lui donna un long baiser lascif. Ce jeu de scène fut salué par des rires tonitruants, des huées et des sifflets, surtout de la part des jeunes gens, qui avaient compris à présent que Marie-Madeleine était un garçon.

La plaisanterie n'amusa cependant pas Philbert Cobley. C'était un homme bien en chair, petit mais robuste, aux cheveux clairsemés et à la barbe hirsute. Il s'était empourpré, agitait le poing et proférait des paroles inaudibles. Personne ne lui prêta tout d'abord attention, mais quand les comédiens interrompirent leur baiser et que les rires refluèrent, les gens se retournèrent, cherchant la source de ces vitupérations.

Rollo remarqua que le comte Swithin avait pris conscience

de l'incident et paraissait contrarié. *Ça va chauffer*, songea le jeune homme.

Philbert cessa de protester, dit quelques mots à ceux qui l'entouraient et se dirigea vers la porte. Sa famille s'aligna derrière lui. Donal les suivit, bien qu'il eût, constata Rollo, quelque mal à cacher sa déception.

Swithin quitta son fauteuil et se dirigea vers eux.

« Restez où vous êtes ! rugit-il. Je n'ai accordé à personne la permission de sortir. »

Les comédiens s'interrompirent et se tournèrent pour voir ce qui se passait dans la salle, une inversion des rôles qui amusa fort Rollo.

Philbert s'arrêta, fit demi-tour et répliqua à Swithin d'une voix forte :

« Nous ne passerons pas une minute de plus dans ce palais de Sodome ! »

Et il continua à s'approcher de la porte.

« Espèce de protestant vaniteux ! » hurla Swithin en se précipitant vers Philbert.

Le fils de Swithin, Bart, s'interposa, levant une main apaisante.

« Laissez-les partir, Père, adjura-t-il, ils n'en valent pas la peine. »

Swithin le repoussa d'une violente bourrade et se jeta sur Philbert :

« Je te tuerai, palsambleu ! »

Il l'attrapa à la gorge et entreprit de l'étrangler. Philbert tomba à genoux et Swithin se pencha, resserrant sa poigne malgré sa main mutilée.

Tout le monde se mit à crier en même temps. Plusieurs spectateurs s'agrippèrent aux manches de Swithin, cherchant à lui faire lâcher prise, tout en veillant à ne pas risquer de blesser un comte, même si celui-ci avait des intentions meurtrières. Rollo demeura à l'écart. Que Philbert vive ou meure, cela le laissait parfaitement froid.

Ned Willard fut le premier à intervenir énergiquement. Crochetant le cou de Swithin de son bras droit, le menton du comte dans le creux de son coude, il le souleva, le faisant basculer vers l'arrière. Swithin fut obligé de reculer et de lâcher Philbert.

Ned avait toujours été comme ça, songea Rollo. Même quand il n'était encore qu'un petit écolier effronté, il était incroyablement pugnace, toujours prêt à défier ses aînés, et Rollo avait été obligé de lui administrer une ou deux bonnes corrections avec des verges de bouleau. Et puis Ned avait mûri, et avait soudainement eu des mains et des pieds démesurés. Bien qu'il fût encore de plus petite taille que la moyenne, les grands avaient appris à respecter ses poings.

Ned libéra alors Swithin et s'écarta vivement, se fondant dans la foule. Rugissant de fureur, le comte se retourna, cherchant son agresseur qu'il n'avait pas pu identifier. Il finirait bien par apprendre qui c'était, devina Rollo, mais à ce moment-là, il aurait dessoûlé.

Philbert se releva, se frotta le cou et repartit vers la sortie en titubant, pendant que Swithin regardait ailleurs.

Bart attrapa son père par le bras.

« Reprenons un verre de vin et regardons la pièce, proposa-t-il. La Concupiscence Charnelle ne va pas tarder à entrer en scène. »

Philbert et ses proches avaient atteint la porte.

Swithin jeta à Bart un long regard furieux. Il semblait avoir oublié contre qui se dirigeait sa colère.

Les Cobley sortirent et le lourd battant de chêne se referma bruyamment derrière eux.

Swithin cria :

« Que le spectacle continue ! »

Les comédiens reprirent place sur l'estrade.

2

Pierre Aumande gagnait sa vie en soulageant les Parisiens de leur excédent d'argent, une besogne généralement plus facile en des jours de réjouissances comme celui-ci.

Tout Paris était en liesse. Une armée française venait de conquérir Calais, reprenant la ville aux barbares anglais qui avaient réussi à s'en emparer deux siècles auparavant. Dans tous les débits de boissons de la capitale, les hommes levaient le coude à la santé du Balafré, le duc de Guise, le grand général qui avait lavé l'orgueil national de cette souillure ancienne.

La taverne Saint-Étienne, dans le quartier des Halles, ne faisait pas exception. Au fond de la salle, un groupe de jeunes gens jouaient aux dés, brandissant leur verre en l'honneur du Balafré chaque fois que l'un d'eux gagnait. Près de la porte, une tablée d'hommes d'armes ripaillaient comme s'ils avaient personnellement pris Calais, tandis que dans un coin, une fille de joie s'était effondrée sur une table, ses cheveux baignant dans une mare de vin.

Cette atmosphère de fête offrait des possibilités en or à un homme tel que Pierre.

Étudiant à la Sorbonne, il racontait à ses condisciples que ses parents, établis en Champagne, lui accordaient une généreuse rente. En réalité, son père ne lui donnait pas un sou. Quant à sa mère, elle avait dépensé toutes ses économies pour renouveler la garde-robe de son fils avant son départ pour Paris et elle n'avait plus rien. Il était censé assurer son entretien, comme le faisaient de nombreux étudiants, grâce à des travaux d'écriture, la copie d'actes juridiques, par exemple. Mais Pierre avait trouvé d'autres moyens pour profiter des plaisirs de la ville en dépensant sans compter. Ce jour-là, il portait un pourpoint dernier cri en drap bleu dont les crevés laissaient apparaître la doublure blanche : il n'aurait jamais pu se payer une telle tenue même s'il avait passé un an à copier des textes.

Il suivait attentivement la partie de dés. Les joueurs étaient des fils de riches citoyens, supposait-il ; joaillers, juristes, bâtisseurs. L'un d'eux, Bertrand, gagnait gros. Pierre le soupçonna tout d'abord d'être un coquin, comme lui, et l'observa attentivement, essayant de percer à jour sa combine. Il finit par conclure à l'absence de piperie. Bertrand avait simplement une chance exceptionnelle.

C'était une aubaine pour Pierre.

Quand Bertrand eut gagné un peu plus de cinquante livres,

ses compagnons quittèrent la taverne les poches vides. Bertrand commanda une bouteille de vin et une tournée de fromage. C'est alors que Pierre intervint.

« Le cousin de mon grand-père était chanceux, comme vous, dit-il du ton d'amabilité désinvolte qui l'avait déjà bien servi par le passé. Quand il jouait, il gagnait. Il s'est battu à Marignan et en est revenu sur ses deux jambes. » Pierre brodait au fur et à mesure. « Il a épousé une jeune fille pauvre, parce qu'elle était belle et qu'il l'aimait, et figurez-vous qu'elle a hérité d'un moulin. Son fils est devenu évêque.

— Je n'ai pas toujours autant de chance, vous savez. »

Bertrand n'était pas complètement idiot, songea Pierre, mais il était sans doute suffisamment benêt pour servir ses desseins.

« Je parie que vous avez connu une fille dont vous étiez certain qu'elle ne vous appréciait guère jusqu'au jour où elle vous a embrassé. »

Il avait constaté que c'était une expérience qu'avaient faite la plupart des jeunes gens.

Bertrand fut estomaqué par tant de clairvoyance.

« En effet ! s'écria-t-il. Clothilde – comment avez-vous deviné ?

— Je vous l'ai dit, vous êtes chanceux. » Se penchant vers lui, il lui parla à voix basse comme pour lui confier un secret. « Un jour, alors que le cousin de mon grand-père était vieux, un mendiant lui a révélé le secret de sa bonne fortune. »

Bertrand ne put résister.

« Et quel était-il ?

— Le mendiant lui a dit : "Quand tu étais encore dans le sein de ta mère, elle m'a donné un denier – voilà pourquoi tu as eu de la chance toute ta vie." C'est la vérité. »

Bertrand parut dépité.

Pierre leva l'index, tel un prestidigitateur s'apprêtant à faire un tour de magie.

« Et voilà qu'ensuite, le mendiant s'est dépouillé de ses haillons crasseux et s'est révélé à lui : c'était un ange ! »

Bertrand hésitait entre scepticisme et stupéfaction.

« L'ange a béni le cousin de mon grand-père, avant de s'envoler jusqu'au paradis. » Pierre baissa la voix jusqu'au murmure. « Je pense que *votre* mère a, elle aussi, fait l'aumône à un ange. »

Bertrand, qui n'était pas encore complètement ivre, murmura : « Ça se peut.

— Votre mère est-elle une brave femme ? insista Pierre, sachant que peu d'hommes répondraient à une telle question par la négative.

— C'est une sainte.

— Vous voyez bien. »

Pierre songea un moment à sa propre mère, et à la déception qu'elle éprouverait si elle savait qu'il vivait en escroquant son prochain. Bertrand l'a bien mérité, lui répondit-il en pensée ; c'est un joueur et un ivrogne. Mais cette excuse ne suffisait pas à le disculper, même dans son imagination.

Il chassa cette pensée de son esprit. Ce n'était pas le moment de douter de lui : Bertrand commençait à mordre à l'hameçon.

Pierre poursuivit :

« Vous avez connu un homme plus âgé – ce n'était pas votre père – qui vous a donné un précieux conseil, au moins en une occasion. »

Les yeux de Bertrand s'écarquillèrent d'étonnement.

« Je n'ai jamais su pourquoi M. Larivière s'était montré aussi obligeant.

— Il vous a été envoyé par votre ange. Vous est-il arrivé d'échapper de justesse à une blessure ou à la mort ?

— Un jour, quand j'avais cinq ans, je me suis perdu. J'ai cru qu'il fallait que je traverse le fleuve pour rentrer chez moi. J'ai failli me noyer, mais un moine qui passait par là m'a sauvé.

— Ce n'était pas un moine, c'était votre ange.

— C'est incroyable – vous avez raison !

— Votre mère a fait une bonne action en secourant un ange déguisé en mendiant et cet ange veille sur vous depuis. Je le sais. »

Pierre accepta une coupe de vin et un morceau de fromage. La nourriture gratuite ne se refusait jamais.

Il avait entrepris des études de théologie pour les possibilités d'ascension sociale qu'elles offraient. Mais quelques jours sur les bancs de l'université lui avaient suffi pour constater que les élèves se répartissaient en deux groupes aux destinées diamétralement différentes. Les fils d'aristocrates et de riches négociants deviendraient abbés et évêques – de fait, certains savaient déjà quelle abbaye ou quel diocèse assurant de grosses prébendes leur reviendraient, ces bénéfices ecclésiastiques étant souvent, dans les faits, la propriété réservée de telle ou telle famille. En revanche, les fils de médecins de province et de marchands de vin, aussi intelligents fussent-ils, seraient simples curés de campagne.

Pierre, qui faisait partie du second groupe, était bien décidé à rejoindre le premier.

La fracture n'avait été d'abord qu'à peine perceptible et au cours des premières journées, Pierre s'était solidement lié à l'élite. Il avait été prompt à perdre son accent régional et avait appris à s'exprimer du ton traînant des aristocrates. La chance lui avait souri le jour où le riche vicomte de Villeneuve, étant sorti distraitement de chez lui sans argent, l'avait prié de lui prêter vingt livres jusqu'au lendemain. C'était la totalité de la fortune de Pierre, mais il y avait vu une occasion unique.

Il avait remis l'argent au vicomte comme si de rien n'était.

Le lendemain, Villeneuve avait oublié de le rembourser.

Bien qu'aux abois, Pierre s'était tu. Ce soir-là, n'ayant pas suffisamment d'argent pour s'acheter du pain, il avait mangé du gruau. Villeneuve avait encore oublié sa dette le jour suivant.

Pierre n'avait toujours rien dit. Il savait que s'il réclamait son dû, Villeneuve et ses amis comprendraient immédiatement qu'en réalité, il n'était pas des leurs ; et il avait plus faim de leur amitié que de nourriture.

Un mois plus tard seulement, le jeune aristocrate lui avait lancé d'un ton nonchalant :

« Dites donc, Aumande, je crains fort d'avoir négligé de vous rembourser ces vingt livres, me trompé-je ? »

Pierre avait fait appel à toute sa force de volonté pour répondre :

« Mon cher, je ne saurais vous le dire. Oublions cela, voulez-vous ? », avant d'ajouter sous le coup d'une inspiration soudaine : « Vous avez manifestement grand besoin de cet argent. »

Les autres avaient éclaté de rire, sachant Villeneuve cousu

d'or, et le mot d'esprit de Pierre avait scellé son appartenance à leur groupe.

Le jour où Villeneuve lui tendit une poignée de pièces d'or, il les laissa tomber dans sa poche sans les compter.

Il avait été accepté, ce qui l'obligeait à se vêtir comme eux, à se déplacer en calèche, à jouer en feignant l'insouciance et à commander plats et vins dans les tavernes comme si le prix était sans importance à ses yeux.

Pierre empruntait constamment, ne remboursant ses dettes que lorsqu'il y était contraint et imitant la distraction financière de Villeneuve. Mais il lui arrivait d'avoir vraiment besoin d'argent.

Il remerciait alors le ciel d'avoir créé des nigauds tels que Bertrand.

Lentement mais sûrement, pendant que Bertrand faisait consciencieusement baisser le niveau de la bouteille de vin, Pierre mit sur le tapis l'affaire unique qu'il avait à lui proposer.

Il changeait chaque fois de scénario. Ce jour-là, il inventa un Allemand stupide – le benêt de l'histoire était toujours un étranger – qui avait hérité de bijoux de sa tante et était prêt à les vendre à Pierre moyennant cinquante livres, ignorant qu'ils en valaient plusieurs centaines. Pierre ne disposait pas des cinquante livres nécessaires, expliqua-t-il à Bertrand, mais celui qui les posséderait serait assuré de décupler sa mise. La vraisemblance du récit n'avait guère d'importance, ce qui comptait, c'était son interprétation. Pierre devait feindre une certaine réticence à mêler Bertrand à cette affaire, hésiter en apparence à accepter qu'il achète les bijoux, se montrer troublé par la proposition de Bertrand de lui confier les cinquante livres qu'il venait de gagner aux dés pour qu'il effectue cette transaction en son nom.

Bertrand suppliait Pierre d'accepter son argent et Pierre était sur le point d'empocher la somme et de disparaître à jamais de la vie de Bertrand quand la veuve Bauchêne entra.

Pierre s'efforça de garder son calme.

Paris comptant trois cent mille habitants, il ne risquait guère, avait-il pensé, de croiser fortuitement l'une de ses précédentes victimes, d'autant qu'il veillait à se tenir à l'écart des lieux qu'elles fréquentaient habituellement. Quelle malchance !

Il se détourna, mais il n'avait pas été assez prompt. Elle l'avait repéré.

« Toi ! » hurla-t-elle d'une voix perçante en le montrant du doigt.

Il l'aurait tuée.

C'était une belle femme de quarante ans au grand sourire et au corps généreux. Pierre avait beau être deux fois plus jeune qu'elle, il l'avait séduite de bon cœur. En échange, elle lui avait enseigné avec enthousiasme des façons de faire l'amour dont il ignorait tout et – chose plus importante – lui avait prêté de l'argent chaque fois qu'il lui en avait demandé.

Quand le frisson de cette liaison avait commencé à s'émousser, elle s'était lassée de lui ouvrir sa bourse. À ce moment-là, une femme mariée aurait fait la part du feu et tiré sa révérence en songeant que la leçon avait été coûteuse. Une épouse ne pouvait pas accuser Pierre de l'avoir escroquée, car c'eût été avouer son adultère. La situation d'une veuve était fort différente, comme Pierre avait pu s'en convaincre quand Mme Bauchêne s'était retournée contre lui. Elle s'était plainte abondamment et bruyamment de son comportement à tous ceux qui voulaient bien lui prêter l'oreille.

Saurait-il l'empêcher d'éveiller les soupçons de Bertrand ? Ce serait difficile, mais il avait accompli bien d'autres prodiges.

Il fallait lui faire quitter la taverne le plus rapidement possible.

Il chuchota à Bertrand :

« Cette pauvre femme est complètement folle. » Puis il se leva, s'inclina et dit d'un ton d'une politesse glaciale : « Madame Bauchêne, je suis à votre service, comme toujours.

— Dans ce cas, rends-moi les cent douze livres que tu me dois. »

L'affaire se présentait mal. Pierre aurait volontiers jeté un coup d'œil à Bertrand pour jauger sa réaction, mais il aurait ainsi trahi sa propre inquiétude et il se força donc à rester impassible.

« Je vous apporterai cette somme demain matin, à l'endroit que vous voudrez bien m'indiquer.

— Vous m'avez dit tout à l'heure que vous ne disposiez même pas de cinquante livres ! » remarqua Bertrand d'une voix pâteuse.

La situation prenait décidément mauvaise tournure.

« Pourquoi demain ? insista Mme Bauchêne. Pourquoi pas tout de suite ? »

Pierre redoubla d'efforts pour conserver un air insouciant.

« Qui irait se promener avec autant d'or dans sa bourse ?

— Tu es un fieffé menteur, observa la veuve, mais je ne me laisserai plus berner. »

Pierre entendit Bertrand émettre un grommellement de surprise. Il commençait à comprendre.

Pierre ne désarma pas pour autant. Il se redressa de toute sa taille, l'air offusqué :

« Madame, je suis Pierre Aumande de Guise. Peut-être le nom de ma famille ne vous sera-t-il pas inconnu. Soyez assurée que notre honneur ne nous permet pas de nous livrer à une quelconque fourberie. »

Un des soudards assis à la table près de la porte en train de boire à la « Calais française » leva la tête et jeta un regard mauvais à Pierre. L'homme avait perdu l'essentiel de son oreille droite dans un combat quelconque, remarqua Pierre. Il éprouva un vague malaise, mais la veuve réclamait toute son attention.

« Je ne connais pas ton nom, dit-elle, mais je sais que tu n'as pas d'honneur, jeune brigand. Rends-moi mon argent.

— Vous l'aurez, soyez-en sûre.

— Conduis-moi chez toi tout de suite.

— Je crains fort de ne pas pouvoir vous donner satisfaction. Ma mère, Mme de Châteauneuf, n'acceptera certainement pas de recevoir une femme de votre espèce.

— Ta mère ne s'appelle certainement pas Mme de je-ne-sais-quoi, lança la veuve avec mépris.

— J'avais cru comprendre que vous étiez étudiant et que vous logiez à l'université », intervint Bertrand, qui semblait dégriser de minute en minute.

L'affaire était manquée, comprit Pierre. Bertrand ne se laisserait pas duper. Il s'en prit alors au jeune homme.

« Oh, va au diable, toi ! » s'écria-t-il, furieux.

Il se retourna ensuite vers Mme Bauchêne. Il éprouva un élan de regret en songeant à son corps chaud et lourd, à sa sensualité pleine d'entrain ; mais il endurcit son cœur.

« Et puis toi aussi », lui lança-t-il.

Il jeta sa cape sur ses épaules. Quelle perte de temps ! Il allait devoir tout recommencer le lendemain. Et s'il croisait une autre de ses victimes ? Le dépit l'envahit. Chienne de soirée ! Un nouveau cri saluant « Calais française » s'éleva. *Au diable Calais*, pensa Pierre. Il s'approcha de la porte.

À sa grande surprise, le soldat à l'oreille mutilée se leva et se campa dans l'embrasure.

Grand Dieu, songea Pierre, *qu'y a-t-il encore* ?

« Écartez-vous, fit-il avec morgue. Cette affaire ne vous concerne pas. »

L'homme ne bougea pas.

« Je vous ai entendu dire que vous vous appeliez Pierre Aumande de Guise.

— En effet, et vous feriez mieux de dégager au plus vite si vous ne voulez pas avoir d'ennuis avec ma famille.

— La famille de Guise ne me fera aucun ennui, répondit l'autre avec une assurance tranquille qui désarçonna Pierre. Je m'appelle Gaston Le Pin. »

Pierre envisagea de repousser l'importun et de prendre ses jambes à son cou. Il mesura Le Pin du regard. L'homme avait une trentaine d'années, il était plus petit que Pierre, mais avait une forte carrure. Son regard bleu était inflexible. Son oreille arrachée suggérait une certaine habitude de la violence. Il ne se laisserait pas bousculer aisément.

Pierre s'efforça de conserver son ton hautain.

« Que voulez-vous, Le Pin ?

— Je suis au service des Guises. Je suis le chef de leur garde personnelle. » Le cœur de Pierre se serra. « Et je vous arrête, au nom du duc de Guise, pour usurpation de filiation aristocratique.

— J'en étais sûre ! s'écria la veuve Bauchêne.

— Mon brave, fit Pierre, je vous ferais savoir…

— Tu diras cela au juge, coupa Le Pin avec dédain. Rasteau, Brocard, emparez-vous de lui. »

Sans que Pierre s'en fût aperçu, deux autres hommes d'armes s'étaient levés et avaient pris place silencieusement à sa gauche et à sa droite. Ils l'empoignèrent alors par les bras. Leurs mains étaient comme des rubans de fer : Pierre renonça à résister. Sur un signe de tête de leur chef, ils escortèrent Pierre hors de la taverne.

Derrière lui, il entendit la veuve glapir :

« Puissent-ils te pendre ! »

Il faisait sombre, mais les rues médiévales, étroites et sinueuses, étaient remplies de fêtards et résonnaient de chansons patriotiques et de « Vive le Balafré ! ». Rasteau et Brocard marchaient vite, et Pierre devait presser le pas pour les suivre et éviter de se faire traîner le long de la rue.

Il était terrifié à l'idée du châtiment qui l'attendait : usurper l'identité d'un aristocrate était un crime grave. Et même s'il s'en tirait à bon compte, quel serait désormais son avenir ? Sans doute pourrait-il trouver d'autres pigeons comme Bertrand, ainsi que des femmes mariées à séduire, mais plus il faisait de dupes, plus les risques de se voir demander des comptes étaient grands. Pendant combien de temps encore pourrait-il vivre sur un tel pied ?

Il jeta un coup d'œil à ses gardes. Rasteau, l'aîné de quatre ou cinq ans, n'avait en guise de nez que deux trous entourés de tissu cicatriciel, conséquence, à n'en pas douter, d'une bagarre au couteau. Pierre espérait qu'ils commenceraient à s'ennuyer et relâcheraient leur vigilance en même temps que leur étreinte ; il pourrait alors leur échapper, filer à toutes jambes et se perdre dans la foule. Mais ils restaient aux aguets, la main toujours fermement serrée autour de son bras.

« Où m'emmenez-vous ? » demanda-t-il.

Ils ne prirent pas la peine de lui répondre. Ils discutaient entre eux de combat à l'épée, poursuivant apparemment une conversation engagée à la taverne.

« Oublie le cœur, conseillait Rasteau. Ta pointe peut glisser sur les côtes et n'infliger qu'une égratignure à ton adversaire.

— Alors tu vises quoi, toi ? La gorge ?

— C'est une cible trop petite. Moi, je frappe au ventre. Une lame dans les tripes ne tue pas un homme sur-le-champ, mais elle le paralyse. Il souffre tellement qu'il ne peut plus penser à rien d'autre. »

Il émit un gloussement suraigu, tout à fait inattendu de la part d'un homme à la mine aussi patibulaire.

Pierre ne tarda pas à comprendre où ils allaient. Ils s'engagèrent dans la Vieille-rue-du-Temple. Pierre savait que c'était là que les Guises avaient construit leur nouvel hôtel, qui occupait tout un pâté de maisons. Il avait souvent rêvé de gravir ces marches polies et de pénétrer dans la grande salle. Mais ses cerbères le conduisirent à la porte du jardin pour le faire passer par l'entrée de service. Ils descendirent un escalier menant à un sous-sol qui sentait le fromage et était encombré de barriques et de coffres. On le jeta brutalement dans une pièce et la porte claqua derrière lui. Il entendit retomber une barre. Il essaya de pousser le battant, en vain.

Un froid glacial régnait dans cette cellule et, à l'odeur, on se serait cru dans les lieux d'aisances d'une taverne. Une bougie allumée dans le couloir laissait pénétrer un faible jour par une fenêtre à barreaux percée dans la porte. Il distingua un sol de terre battue et un plafond de brique voûté. Le mobilier se limitait à un pot de chambre qui avait servi, mais n'avait pas été vidé – d'où la pestilence.

Il s'étonna de la rapidité avec laquelle sa vie avait basculé.

Il allait rester là toute la nuit, supposa-t-il. Il s'assit en s'adossant contre le mur. Au matin, on le conduirait devant un juge. Il devait réfléchir à ce qu'il lui dirait. Il fallait qu'il mette au point une bonne histoire à présenter au tribunal. Si son numéro était convaincant, peut-être pourrait-il encore échapper à une lourde sanction.

Mais il était trop abattu pour inventer une fable. Il continuait à se demander ce qu'il ferait quand cet épisode fâcheux serait terminé. Il avait aimé côtoyer les riches. Perdre de l'argent en pariant sur des combats de chiens, donner aux servantes des gratifications démesurées, acheter des gants confectionnés dans les peaux de chevreaux nouveau-nés – tout cela lui avait offert un frisson de plaisir qu'il n'oublierait jamais. Allait-il devoir y renoncer à jamais ?

Le plus doux à son cœur avait été d'être accepté par les autres. Ses compagnons étaient loin d'imaginer qu'il n'était qu'un bâtard, fils de bâtard. Il n'y avait pas trace de condescendance dans leur attitude à son égard. Ils passaient même souvent le prendre quand ils se rendaient à une partie de plaisir. S'il se laissait distancer pour quelque raison alors qu'ils passaient de taverne en taverne dans le quartier de l'Université, il y en avait toujours un pour demander : « Où est passé Aumande ? » et ils s'arrêtaient, attendant qu'il les rejoigne. Ce souvenir faillit lui tirer des larmes.

Il resserra sa cape autour de lui. Réussirait-il à trouver le sommeil sur ce sol glacial ? Quand il se présenterait au juge, il voulait avoir suffisamment d'allure pour pouvoir passer pour un authentique membre de la famille de Guise.

La lumière se fit soudain plus vive dans sa cellule. Il entendit du bruit dans le corridor, puis quelqu'un retira la barre de la porte qui s'ouvrit toute grande.

« Debout », dit une voix grossière.

Pierre se releva péniblement.

Une main de fer se referma à nouveau sur son bras, décourageant toute velléité de fuite.

Gaston Le Pin attendait à la porte. Pierre mobilisa les derniers débris de son arrogance passée.

« Sans doute avez-vous enfin décidé de me libérer, fit-il. J'exige des excuses.

— Ferme-la », répliqua Le Pin.

Il le précéda dans le couloir jusqu'à l'escalier du fond, lui fit traverser le rez-de-chaussée et gravir des marches monumentales. La perplexité de Pierre était à son comble. On le traitait comme un criminel, mais, tel un invité, on le conduisit au *piano nobile* de l'hôtel.

Le Pin l'introduisit dans une pièce que réchauffait un tapis à riches motifs et de lourdes tentures de brocart aux couleurs flamboyantes. Au-dessus de la cheminée, un grand tableau représentait un nu féminin voluptueux. Deux hommes élégamment vêtus étaient assis dans des fauteuils rembourrés, devisant paisiblement. Ils étaient séparés par une petite table sur laquelle étaient disposés un pichet de vin, deux verres à pied ainsi qu'un plat rempli de noix, de fruits secs et de friandises. Ignorant les nouveaux arrivants, les deux hommes continuèrent leur conversation sans se soucier d'être entendus.

Ils étaient visiblement frères, bien bâtis l'un et l'autre, les cheveux clairs, la barbe blonde. Pierre les reconnut. C'étaient les hommes les plus illustres et les plus puissants de France après le roi.

L'un avait les deux joues marquées d'affreuses cicatrices, traces d'une lance qui lui avait traversé la bouche. La légende disait que le fer y était resté planté et qu'il avait regagné sa tente à cheval. Il n'avait pas poussé un cri quand le chirurgien avait retiré la pointe de la plaie. C'était François, duc de Guise, dit le Balafré. Il fêterait ses trente-neuf ans dans quelques jours.

Son cadet, né le même jour cinq ans plus tard, était Charles, cardinal de Lorraine. Il portait la robe rouge vif de sa fonction ecclésiastique. Devenu archevêque de Reims à quatorze ans, il bénéficiait désormais de si nombreuses et si lucratives prébendes qu'il était l'un des hommes les plus riches de France, avec un revenu annuel faramineux de trois cent mille livres.

Pierre rêvait depuis des années de rencontrer les deux frères. Dans ses fantasmes, ils appréciaient ses talents de conseiller, lui parlaient quasiment d'égal à égal et lui demandaient systématiquement son avis avant de prendre des décisions politiques, financières et même militaires.

Malheureusement, c'était pour rendre compte d'un crime qu'il se tenait devant eux.

Il écouta leur conversation. Le cardinal Charles disait calmement :

« Le prestige du roi ne s'est pas vraiment relevé de la défaite de Saint-Quentin.

— Tout de même, ma victoire à Calais n'aura pas été vaine ! » protesta le duc François.

Charles secoua la tête.

« Nous avons remporté cette bataille, mais nous sommes en train de perdre la guerre. »

Malgré son appréhension, Pierre était fasciné. La France se heurtait à l'Espagne, les deux pays se disputant le royaume de Naples et d'autres États de la péninsule italienne. L'Angleterre avait rejoint le camp de l'Espagne. Bien que la France eût repris Calais, les États italiens lui échappaient toujours. L'affaire était mal engagée, mais peu de gens osaient le dire aussi ouvertement. Il fallait, pour parler ainsi, que les deux frères fussent incroyablement sûrs de leur pouvoir.

Le Pin profita d'une pause pour glisser : « Voici l'imposteur, messeigneurs », et les frères levèrent les yeux.

Pierre se ressaisit. Il s'était sorti maintes fois de situations périlleuses grâce à ses talents de beau parleur et à son imagination fertile. Il décida de considérer cette épreuve comme un défi à relever. S'il restait alerte et gardait l'esprit vif, l'entrevue pourrait même lui être profitable.

« Je vous souhaite le bonsoir, messeigneurs, dit-il avec dignité. Quel honneur inattendu !

— Tu parleras quand on te le dira, merdeux », lança Le Pin.

Pierre se tourna vers lui.

« Abstenez-vous de tenir des propos grossiers en présence de Son Éminence le cardinal. Faute de quoi, je veillerai à ce qu'on vous administre une bonne leçon. »

Le Pin se hérissa mais hésita à corriger Pierre en présence de ses maîtres.

Les deux frères échangèrent un regard et Charles leva un sourcil amusé. Pierre les avait étonnés. Un bon point.

Ce fut le duc qui prit la parole.

« Vous vous faites passer pour un membre de notre famille. C'est un grave délit.

— Je sollicite très humblement votre indulgence. » Sans laisser aux frères le temps d'intervenir, il poursuivit : « Mon père est le fils illégitime d'une fille de laiterie de Thonnance-lès-Joinville. »

Il avait horreur de raconter cette histoire parce qu'elle était vraie et qu'il en avait honte. Mais il était acculé. Il continua donc :

« Selon la légende familiale, elle avait pour amant un fringant jeune homme de Joinville, cousin de la famille de Guise. »

Le duc François émit un bougonnement dubitatif. Le domaine ancestral des Guises se trouvait effectivement à Joinville, en Champagne, et Thonnance-lès-Joinville en était très proche, comme son nom l'indiquait. Mais bien des mères célibataires cherchaient à se décharger de leur faute sur un représentant de l'aristocratie. Force était cependant de reconnaître qu'elles ne mentaient pas toutes, et de loin.

« Mon père a fréquenté le collège, précisa encore Pierre, et est devenu curé, grâce à la recommandation du défunt père de vos seigneuries, paix à son âme. »

C'était parfaitement plausible, Pierre le savait. Les familles nobles ne reconnaissaient pas ouvertement leurs bâtards mais leur prêtaient souvent une main secourable, sans plus de façon qu'un homme se pencherait pour retirer une épine de la patte d'un chien boiteux.

« Comment pouvez-vous être le fils d'un prêtre célibataire ? s'étonna le duc François.

— Ma mère est employée chez lui comme gouvernante. »

Les prêtres n'avaient pas le droit de se marier, ce qui ne les empêchait pas de prendre des maîtresses, couramment désignées sous l'appellation euphémistique de « gouvernante ».

« Vous êtes donc doublement illégitime ! »

Pierre s'empourpra, et son émotion était sincère. Il n'avait pas besoin de feindre d'avoir honte de sa naissance. En même temps, le commentaire du duc l'encouragea. Il donnait à penser qu'on prenait son récit au sérieux.

« Même si la légende de votre naissance contient une part de vérité, reprit le duc, cela ne vous autorise pas à utiliser notre nom – je ne vous apprends certainement rien.

— Je sais que j'ai mal agi, monseigneur, reconnut Pierre. Mais toute ma vie, mes regards se sont portés vers la famille de Guise. Je donnerais mon âme pour vous servir. Je sais que vous avez le devoir de me châtier, mais, je vous en conjure – utilisez-moi plutôt. Confiez-moi une tâche, et je l'accomplirai avec zèle, je vous en donne ma parole. Je ferai tout ce que vous me demanderez – tout. »

Le duc secoua la tête avec mépris.

« Je ne puis imaginer quel service vous pourriez nous rendre. »

Pierre était au désespoir. Il avait mis tout son cœur et toute son âme dans son discours – et il avait échoué.

C'est alors que le cardinal Charles intervint.

« À vrai dire, je verrais peut-être quelque chose. »

Le cœur de Pierre battit plus vite ; il reprit espoir.

Le duc François eut l'air vaguement agacé.

« Réellement ?

— Oui. »

D'un geste de la main, le duc invita Charles à développer.

Le cardinal reprit :

« Il y a des protestants à Paris. »

Charles était ultra-catholique – ce qui n'avait rien de surprenant compte tenu de tout l'argent que l'Église lui rapportait. Et il avait raison à propos des protestants. Bien que Paris fût une ville fermement catholique où les prédicateurs populaires fulminaient en chaire contre l'hérésie tous les dimanches, une minorité d'habitants prêtait une oreille attentive aux accusations portées contre les prêtres qui empochaient leur prébende et ne faisaient rien pour secourir leurs paroissiens. Certains étaient suffisamment exaspérés par la corruption de l'Église pour prendre le risque d'assister à des cultes protestants clandestins, même si c'était un crime.

Pierre fit mine d'être scandalisé.

« Ces gens devraient être mis à mort !

— Ils le seront, acquiesça Charles. Encore faut-il les démasquer.

— Je peux le faire ! lança Pierre promptement.

— Il nous faut aussi les noms de leurs épouses et de leurs enfants, de leurs amis et relations.

— Plusieurs de mes camarades de la Sorbonne ont des tendances hérétiques.

— Demandez-leur où il est possible d'acheter des livres et des opuscules critiques à l'égard de l'Église. »

Vendre des écrits protestants était un crime passible de la peine de mort.

« Je lancerai de discrètes allusions, suggéra Pierre. Je feindrai d'éprouver des doutes sincères.

— Ce que je tiens à savoir plus que tout, c'est où les protestants se réunissent pour célébrer leurs offices blasphématoires. »

Pierre fronça les sourcils : une idée venait de lui traverser l'esprit. Charles n'avait certainement pas pris conscience de la nécessité de se procurer ces informations au cours des dernières minutes.

« Votre Éminence a sans doute des gens déjà chargés de telles enquêtes.

— Vous n'avez pas à connaître leur existence, pas plus qu'ils n'ont à connaître la vôtre. »

Pierre s'apprêtait donc à rejoindre une équipe d'espions dont il ignorait les effectifs.

« Je serai le meilleur d'entre eux !

— Si vous l'êtes, vous en serez récompensé. »

Pierre avait peine à croire à sa chance. Son soulagement était tel qu'il serait bien reparti immédiatement, de crainte que le cardinal ne change d'avis. Mais il devait donner une impression d'assurance tranquille.

« Monseigneur, je remercie Votre Éminence de m'accorder ainsi sa confiance.

— Oh, n'allez pas croire que je vous fasse confiance, lança Charles avec un mépris désinvolte. Lorsqu'il s'agit d'exterminer les hérétiques, on est contraint d'employer les outils dont on dispose. »

Pierre regimbait à l'idée de prendre congé sur une note aussi négative. Il devait trouver le moyen d'impressionner les frères. Il se rappela la conversation qu'ils tenaient lors de son arrivée. Faisant fi de toute prudence, il déclara alors :

« J'approuve pleinement ce que disait Votre Éminence sur la nécessité de rétablir la réputation de Sa Majesté le roi auprès de la population. »

Charles parut se demander s'il devait s'offenser ou s'amuser de l'impertinence de Pierre.

« Ah oui, vraiment ? s'exclama-t-il.

— Ce qu'il nous faut, monseigneur, c'est une grande célébration, somptueuse, haute en couleur pour faire oublier l'humiliation de Saint-Quentin », suggéra Pierre.

Le cardinal hocha doucement la tête.

Encouragé, Pierre poursuivit :

« Quelque chose dans l'esprit d'une noce royale. »

Les deux frères échangèrent un regard.

« Vous savez, murmura alors le duc François, je me demande si ce fripon n'a pas raison. »

Charles acquiesça.

« J'ai connu des hommes de plus grande qualité qui avaient une moindre intelligence de la chose politique.

— Merci, monseigneur », fit Pierre, aux anges.

Se désintéressant alors de lui, Charles prit son verre de vin et dit :

« Vous pouvez disposer. »

Pierre se dirigea vers la porte, où son œil se posa sur Le Pin. Il se retourna, pris d'une idée soudaine.

« Monseigneur, reprit-il en s'adressant à Charles, quand j'aurai mis la main sur les adresses des lieux où les protestants tiennent leurs offices, dois-je les apporter à Votre Éminence ou les remettre à quelqu'un de vos gens ? »

Le cardinal, qui portait son verre à ses lèvres, interrompit son geste.

« À moi, personnellement, répondit-il. Sans aucune exception. Et maintenant, filez. »

Il but.

Le regard de Pierre croisa celui de Le Pin et le jeune homme adressa au garde un sourire triomphant.

« Merci, monseigneur », dit-il et il sortit.

*

Sylvie Palot avait remarqué le beau jeune homme la veille, au marché aux poissons. Ce n'était pas un vendeur : il était trop bien vêtu, avec son pourpoint bleu à crevés laissant apparaître une doublure de soie blanche. Elle l'avait vu acheter du saumon, mais lui avait trouvé une attitude curieusement désinvolte, sans rien du vif intérêt de celui qui s'apprête à manger ce qu'il achète. Il lui avait souri plusieurs fois.

Cela lui avait fait plaisir, elle ne pouvait pas le nier.

C'était un jeune homme de belle prestance aux cheveux blonds et à la barbe naissante. Elle lui donnait vingt ans, trois de plus qu'elle. Il affichait un aplomb irrésistible.

Elle avait pourtant déjà un admirateur. Les Mauriac étaient des amis de ses parents. Le père et le fils étaient de petite stature, l'un comme l'autre, ce qu'ils cherchaient à compenser par un naturel jovial et blagueur. Le père, Luc, était un charmeur que tout le monde appréciait, ce qui expliquait peut-être sa remarquable réussite comme courtier de fret ; en revanche, le fils,

Georges, le prétendant de Sylvie, était une pâle imitation de son père, multipliant les plaisanteries médiocres et les boutades maladroites. *Il ferait mieux*, songeait-elle, *de prendre le large un an ou deux et de mûrir un peu.*

Son nouvel admirateur du marché lui adressa pour la première fois la parole par un froid matin de janvier. Les berges de la Seine étaient poudrées de neige et une pellicule de glace s'était formée sur l'eau, dans les barriques des poissonniers. Des mouettes affamées par l'hiver décrivaient de grands cercles dans le ciel, poussant des cris de frustration devant toute cette nourriture inaccessible. Le jeune homme demanda à Sylvie :

« Comment reconnaît-on qu'un poisson est frais ?

— À ses yeux, répondit-elle. S'ils sont voilés, le poisson est trop vieux. Les yeux doivent être clairs.

— Comme les vôtres. »

Elle rit. Au moins, il avait de l'esprit. Georges Mauriac ne proférait que des niaiseries du genre de : « Un garçon vous a-t-il déjà embrassée ? »

« Il faut aussi écarter les ouïes, ajouta-t-elle. L'intérieur doit être rose et humide. Oh, pardon ! »

Confuse, elle porta la main à sa bouche. Elle venait de lui donner une excellente occasion de faire une réflexion salace à propos d'autre chose dont l'intérieur était rose et humide, et elle se sentit rougir.

Il parut vaguement amusé mais se contenta de dire :

« Je m'en souviendrai. »

Elle apprécia sa délicatesse. De toute évidence, il ne ressemblait pas à Georges Mauriac.

Il resta à côté d'elle pendant qu'elle achetait trois petites truites, le poisson préféré de son père, qu'elle paya un sou et six deniers. Il lui emboîta le pas quand elle s'éloigna avec les emplettes dans son panier.

« Comment vous appelez-vous ? demanda-t-elle.

— Pierre Aumande. Quant à vous, je connais déjà votre nom : Sylvie Palot. »

N'étant pas du genre à s'embarrasser de détours, elle lui demanda :

« Vous m'avez épiée ? »

Il hésita, parut gêné et finit par répondre :

« Oui. Je pense qu'on peut dire cela.

— Pourquoi ?

— Parce que vous êtes très belle. »

Sylvie savait qu'elle avait un visage ouvert et avenant, la peau claire et les yeux bleus. Mais de là à se dire belle…

« Est-ce la seule raison ? insista-t-elle.

— Vous êtes remarquablement perspicace. »

Il avait donc un autre motif, ce qui la déçut un peu. Mais c'était faire preuve de vanité que d'avoir cru, ne fût-ce qu'un moment, qu'il ait pu être ensorcelé par sa beauté. Peut-être ne méritait-elle pas mieux que Georges Mauriac, après tout.

« Vous feriez bien de parler franchement, suggéra-t-elle, cherchant à cacher son dépit.

— Avez-vous entendu parler d'Érasme de Rotterdam ? »

Elle connaissait ce nom, bien sûr, et sentit les poils de ses bras se hérisser. L'espace de quelques minutes, elle avait oublié que ses parents et elle étaient des criminels, passibles d'exécution s'ils se faisaient prendre ; la peur familière l'envahit à nouveau.

Elle n'était pas sotte au point d'aborder un tel sujet, même avec un tel Adonis.

« Pourquoi me posez-vous cette question ?

— Je suis étudiant à l'université. On nous apprend qu'Érasme était un mauvais homme, l'ancêtre du protestantisme, mais j'aimerais bien lire ses écrits par moi-même. La bibliothèque ne possède pas ses livres.

— Comment pourrais-je être informée de pareilles choses ? »

Pierre haussa les épaules.

« Votre père est imprimeur, si j'ai bien compris. »

Il l'avait effectivement épiée. Mais il était impossible qu'il sache la vérité.

Dieu avait confié une mission à Sylvie et à ses parents. Ils avaient le devoir sacré d'aider leurs compatriotes à découvrir la vraie religion. Ils le faisaient en vendant des livres, la Bible essentiellement, bien sûr, en français, pour que tout le monde puisse facilement voir et comprendre les erreurs de l'Église catholique ; mais aussi les commentaires d'érudits comme Érasme qui expliquaient les choses clairement, pour les lecteurs qui pouvaient avoir du mal à parvenir par eux-mêmes aux justes conclusions.

Chaque fois qu'ils vendaient un livre de ce genre, ils prenaient un risque terrible : le châtiment était la mort.

« Comment pouvez-vous imaginer que nous vendons ce genre de littérature ? s'offusqua Sylvie. C'est contraire à la loi !

— Un autre étudiant m'a dit que cela vous arrivait peut-être, voilà tout. »

Ce n'était donc qu'une rumeur – ce qui était déjà bien assez inquiétant.

« Eh bien, faites-lui savoir qu'il se trompe, je vous prie.

— Fort bien. »

Il eut l'air déçu.

« Ne savez-vous pas que les autorités peuvent faire fouiller les locaux des imprimeurs à tout moment pour vérifier s'ils ne détiennent pas de livres interdits ? Notre atelier a été inspecté à plusieurs reprises. Notre réputation est sans tache.

— Je ne puis que vous en féliciter. »

Il fit encore quelques pas à son côté avant de s'arrêter.

« Quoi qu'il en soit, j'ai été ravi de faire votre connaissance.

— Attendez », se reprit Sylvie.

La plupart des acheteurs de publications prohibées étaient des gens de leur connaissance, des hommes et des femmes qui assistaient avec eux aux offices illicites qui se tenaient dans des lieux discrets. Quelques autres arrivaient munis de la recommandation d'un coreligionnaire connu. Ces gens-là eux-mêmes étaient dangereux : s'ils se faisaient arrêter et torturer, il était à craindre qu'ils ne racontent tout ce qu'ils savaient.

Mais un bon protestant devait prendre le risque encore plus important de parler de sa foi à des inconnus : c'était la seule façon de répandre la bonne parole. Sylvie avait choisi de vouer sa vie à convertir des catholiques, et une occasion de le faire venait de se présenter. Si elle laissait partir ce jeune homme, elle ne le reverrait peut-être jamais.

Pierre paraissait sincère. Et il l'avait abordée avec prudence, comme s'il était vraiment inquiet. Il ne lui faisait pas l'effet de parler à tort ou à travers, ni d'être un farceur, un benêt ou un ivrogne : elle n'avait aucune raison valable de le rabrouer ainsi.

Était-elle, peut-être, légèrement plus disposée que d'ordinaire à assumer ce risque parce que son converti potentiel était un jeune homme séduisant qu'elle ne semblait pas laisser indifférent ? Cette question n'était pas pertinente, songea-t-elle.

Il fallait qu'elle accepte de mettre sa vie en jeu et prie Dieu de l'avoir en sa sainte garde.

« Passez à la boutique cet après-midi, dit-elle. Apportez de l'argent : quatre livres. Achetez un exemplaire de *La Grammaire du latin.* Et surtout, je vous en conjure, ne prononcez pas le nom d'Érasme. »

Visiblement interloqué par sa résolution soudaine, il répondit pourtant :

« Fort bien.

— Ensuite, à la nuit tombée, retrouvez-moi au marché aux poissons. »

Les bords de Seine seraient déserts à cette heure-là. « Apportez la *Grammaire.*

— Et puis ?

— Et puis, fiez-vous à Dieu. »

Elle se retourna et s'éloigna sans attendre sa réponse. Tout en rentrant chez elle, elle espéra avoir bien agi.

Paris était divisé en trois parties. La plus vaste, appelée la Ville, était située du côté nord de la Seine, la rive droite. Les quartiers moins étendus au sud du fleuve, sur la rive gauche, étaient appelés l'Université, ou parfois le Quartier latin, en raison de tous les étudiants qui parlaient latin. L'île située entre les deux était la Cité, et c'était là qu'habitait Sylvie.

Sa maison se dressait à l'ombre de la grande cathédrale Notre-Dame. Le rez-de-chaussée abritait la boutique, les livres rangés dans des placards à façade grillagée dont les portes fermaient à clé. Sylvie et ses parents vivaient à l'étage. Sur l'arrière se trouvait l'imprimerie. Sylvie et sa mère, Isabelle, gardaient le magasin à tour de rôle tandis que son père, Gilles, qui n'était pas bon commerçant, travaillait à l'atelier.

À la cuisine de l'étage, Sylvie fit frire les truites avec de l'oignon et de l'ail et posa du pain et du vin sur la table. Sa chatte, Fifi, arriva, surgie de nulle part et se mit à grignoter délicatement la tête de truite que Sylvie lui avait donnée, en commençant par les yeux. Sylvie était préoccupée par ce qu'elle venait de faire. L'étudiant viendrait-il ? Ou serait-ce au contraire un officier de justice qui se présenterait en compagnie d'un groupe d'hommes d'armes pour arrêter toute la famille sous l'accusation d'hérésie ?

Gilles mangea le premier, servi par sa fille. C'était un grand gaillard, aux bras et aux épaules musclés à force de soulever les lourdes casses de chêne remplies de caractères en alliage de plomb. Sous l'effet de la colère, un coup de son bras gauche pouvait suffire à envoyer Sylvie à l'autre bout de la pièce ; mais la chair de la truite était tendre et se détachait aisément, et il était de bonne humeur.

Quand il eut terminé, Sylvie surveilla la librairie pendant que sa mère mangeait, puis elles changèrent de place ; mais Sylvie manquait d'appétit.

Après le repas, elle retourna à la boutique. Il n'y avait pas de clients et Isabelle lui demanda immédiatement :

« Tu as l'air bien soucieuse. Que t'arrive-t-il ? »

Sylvie lui parla de Pierre Aumande.

« Tu aurais dû essayer de le revoir et d'en apprendre davantage à son sujet avant de lui proposer de passer ici, répondit Isabelle, inquiète.

— Je sais bien, mais quelle raison aurais-je eue de lui donner un rendez-vous ? »

Isabelle lui adressa un regard malicieux.

« Les badinages ne sont pas mon fort, tu le sais, continua Sylvie. Je regrette.

— J'en suis fort heureuse, approuva Isabelle. C'est parce que tu es trop honnête. De toute façon, nous devons prendre certains risques, c'est notre croix.

— Tout ce que j'espère, remarqua Sylvie, c'est qu'il n'est pas du genre à être pris de remords et à tout avouer à son confesseur.

— Il est plus probable qu'il aura peur et renoncera à son entreprise. Tu ne le reverras sans doute jamais. »

Ce n'était pas ce qu'espérait Sylvie, mais elle n'en dit rien.

Leur conversation fut interrompue par l'arrivée d'un client. Sylvie le dévisagea avec curiosité. La plupart des gens qui entraient dans leur boutique étaient bien vêtus, car les pauvres n'avaient pas les moyens d'acheter des livres. La tenue du jeune homme était commode, mais quelconque et usée. Son lourd manteau était souillé et ses robustes souliers couverts de poussière. Sans doute était-ce un voyageur. Il paraissait à la fois épuisé et inquiet, songea la jeune fille avec un élan de compassion.

« Je souhaiterais parler à Gilles Palot, dit-il avec un accent qui n'était pas de la ville.

— Je vais le chercher », répondit Isabelle, quittant la boutique pour passer dans l'atelier.

Sylvie était curieuse. Que pouvait bien vouloir ce voyageur à son père, sinon acheter un livre ? Elle lui demanda, cherchant à le sonder un peu.

« Vous venez de loin ? »

Avant que l'inconnu n'ait eu le temps de répondre, un autre acheteur entra. Sylvie reconnut l'archidiacre Raphaël, un dignitaire de la cathédrale. Sylvie et sa mère prenaient grand soin de faire des courbettes aux prêtres. Gilles s'en abstenait, mais ce n'était pas grave car il était bougon avec tout le monde.

« Je vous souhaite le bonjour, mon père, c'est toujours un plaisir de vous voir. »

Le jeune homme au manteau sale eut soudain l'air contrarié. Sylvie se demanda s'il avait des raisons de ne pas apprécier les archidiacres.

« Auriez-vous une édition des Psaumes ? demanda le père Raphaël.

— Bien sûr. » Sylvie ouvrit un placard dont elle sortit un ouvrage en latin, estimant que l'archidiacre ne voudrait probablement pas d'une traduction française, même approuvée par la faculté de théologie de la Sorbonne. Elle devina qu'il souhaitait en faire cadeau à quelqu'un, parce qu'il possédait déjà, évidemment, le texte intégral de la Bible.

« Cela ferait un beau présent, remarqua-t-elle. La reliure est estampée à la feuille d'or et l'impression est en deux couleurs. »

Le père Raphaël feuilleta le volume.

« Un bel ouvrage, en vérité.

— Nous le vendons cinq livres, précisa Sylvie. Un prix très raisonnable. »

C'était une petite fortune pour les gens ordinaires, mais les archidiacres n'étaient pas des gens ordinaires.

Un troisième client entra à cet instant et Sylvie reconnut Pierre Aumande. Elle rougit légèrement de plaisir en reconnaissant son visage souriant, mais espéra avoir eu raison de se fier à sa discrétion : s'il se mettait à parler d'Érasme en présence d'un archidiacre et d'un mystérieux inconnu, ce serait un désastre.

Sortant de l'arrière-boutique, sa mère s'adressa au voyageur :

« Mon mari sera à vous dans un instant. »

Constatant que Sylvie était occupée à servir l'archidiacre, elle se tourna vers l'autre client :

« Puis-je vous montrer quelque chose, monsieur ? »

Sylvie réussit à capter l'attention de sa mère et écarquilla les yeux pour lui signaler que ce nouveau client était l'étudiant dont elles avaient parlé. Isabelle lui répondit par un signe de tête presque imperceptible : elle avait compris. À force de vivre avec Gilles, la mère et la fille avaient appris à communiquer silencieusement.

« Je voudrais un exemplaire de *La Grammaire du latin*, dit Pierre.

— Tout de suite. »

Isabelle se dirigea vers un placard, en sortit le volume demandé et l'apporta jusqu'au comptoir.

Gilles apparut au fond du magasin. Il y avait à présent trois acheteurs, dont deux en train d'être servis. Il supposa donc que le troisième était celui qui avait demandé à le voir.

« Oui ? » dit-il.

Son attitude était toujours revêche, raison pour laquelle Isabelle n'aimait pas qu'il vienne à la boutique.

Le voyageur hésita, visiblement gêné.

Gilles reprit avec impatience :

« Vous avez demandé à me voir ?

— Hum… auriez-vous un volume de récits bibliques en français, avec des illustrations ?

— Bien sûr, répondit Gilles. C'est l'ouvrage que nous vendons le plus. Mais vous auriez pu le demander à ma femme au lieu de m'obliger à quitter l'imprimerie. »

Sylvie regretta, et ce n'était pas la première fois, que son père ne fût pas plus aimable avec la clientèle. Il n'en était pas moins étrange que le voyageur eût demandé à le voir en l'appelant par son nom pour présenter ensuite une requête aussi banale. Le léger froncement de sourcils de sa mère lui révéla que cette discordance ne lui avait pas échappé non plus.

Elle remarqua que Pierre tendait l'oreille, apparemment aussi intrigué qu'elle.

L'archidiacre lança d'un ton maussade :

« Les gens feraient mieux d'entendre les récits bibliques de la bouche du curé de leur paroisse. S'ils se mettent à lire par eux-mêmes, on peut être assuré qu'ils se feront des idées erronées. »

Il posa quelques pièces d'or sur le comptoir pour payer les Psaumes.

Ou des idées justes, au contraire, songea Sylvie. Du temps où le commun des mortels était incapable de lire la Bible, les prêtres pouvaient raconter n'importe quoi – ce qui leur convenait à merveille. L'idée que la lumière de la parole divine puisse éclairer leur enseignement et leurs pratiques les terrifiait.

Pierre prit la parole d'un ton flagorneur :

« Vous avez raison, mon père – si vous autorisez un modeste étudiant à exprimer son opinion. La plus grande fermeté s'impose si nous ne voulons pas que chaque savetier ou chaque tisserand finisse par constituer une secte distincte. »

Les artisans indépendants comme les cordonniers et les tisserands semblaient particulièrement enclins à se convertir au protestantisme. Leur métier leur laissait le temps de réfléchir dans la solitude, supposait Sylvie, et ils craignaient moins les prêtres et les nobles que les paysans.

Elle ne s'en étonna pas moins de l'intervention obséquieuse de Pierre, alors qu'il avait manifesté un si vif intérêt pour la littérature subversive. Elle lui jeta un regard étonné, et il lui répondit par un clin d'œil appuyé.

Décidément, il avait des manières absolument charmantes.

Sylvie se détourna pour emballer les Psaumes de l'archidiacre dans un carré de lin brut, nouant le paquet avec de la ficelle.

La critique de l'archidiacre n'avait pas plu au voyageur.

« La moitié des Français ne voient jamais leur curé », lança-t-il d'un ton provocant.

Il exagérait, songea Sylvie, mais la vérité était que de trop nombreux prêtres touchaient les revenus attachés à leur ministère sans jamais mettre les pieds dans leur paroisse.

L'archidiacre le savait et demeura coi. Il prit son livre et sortit, vexé.

Isabelle s'adressa à l'étudiant :

« Voulez-vous que je vous emballe cette *Grammaire* ?

— Oui, je vous en prie. »

Pierre lui tendit quatre pièces d'une livre.

« Alors, ce volume de récits bibliques, vous le voulez, oui ou non ? » demanda Gilles au voyageur.

Ce dernier se pencha sur le livre que lui montrait l'imprimeur et examina les illustrations.

« Ne me bousculez pas », répliqua-t-il fermement.

Il n'avait pas craint de contester les propos de l'archidiacre et la brutalité de Gilles ne paraissait pas l'impressionner. Sans doute ne fallait-il pas se fier à sa piètre apparence.

Pierre prit son paquet et sortit. Il n'y avait plus qu'un client dans la boutique. Sylvie eut l'impression que la marée refluait.

Le voyageur referma brusquement le volume qu'il tenait, se redressa et déclara :

« Je suis Guillaume de Genève. »

Sylvie entendit sa mère pousser un petit cri de surprise.

L'attitude de Gilles changea instantanément. Il serra la main du voyageur en disant : « Soyez le bienvenu. Entrez », et le guida dans l'escalier conduisant à leur logement privé.

Sylvie comprit plus ou moins la situation. Elle savait que Genève était une ville protestante indépendante, dominée par le grand Jean Calvin. Mais Genève était à plus de cent lieues, un voyage de deux semaines voire davantage.

« Que fait cet homme ici ? demanda-t-elle.

— Le collège des Pasteurs de Genève forme des missionnaires qu'il envoie dans toute l'Europe prêcher le nouvel Évangile, lui expliqua Isabelle. Le dernier que nous avons reçu s'appelait Alphonse. Tu avais treize ans.

— Alphonse ! s'écria Sylvie se rappelant un jeune homme zélé qui l'avait superbement ignorée. Je n'ai jamais compris pourquoi il logeait chez nous.

— Ils nous apportent les écrits de Calvin et d'autres ouvrages pour que ton père les copie et les imprime. »

Sylvie se reprocha sa naïveté. Elle ne s'était jamais demandé d'où venaient les livres protestants.

« Il commence à faire sombre, remarqua Isabelle. Tu ferais bien d'aller chercher un exemplaire d'Érasme pour ton étudiant.

— Quel effet t'a-t-il fait ? » demanda Sylvie en enfilant son manteau.

Isabelle lui adressa un sourire complice.

« Il n'est pas vilain garçon, qu'en penses-tu ? »

Sylvie voulait l'avis de sa mère sur la confiance qu'on pouvait avoir en Pierre, pas sur son physique ; mais à la réflexion, elle préféra ne pas s'engager sur ce terrain, craignant de perdre courage. Marmonnant une réponse évasive, elle sortit.

Elle se dirigea vers le nord et franchit le fleuve. Les joailliers et les chapeliers installés sur le pont Notre-Dame s'apprêtaient à fermer leurs échoppes. Du côté de la Ville, elle longea la rue Saint-Martin, la principale artère nord-sud. Quelques minutes plus tard, elle arriva rue du Mur. C'était plutôt une ruelle, que fermait d'un côté l'enceinte de la ville tandis que de l'autre s'ouvraient les entrées arrière de quelques maisons, interrompues par la haute palissade d'un jardin mal entretenu. Sylvie s'arrêta devant les écuries situées à l'arrière d'un logement occupé par une vieille qui n'avait pas de cheval. C'était un local aveugle dont les murs n'avaient jamais été peints et qui semblait bâti de bric et de broc, à moitié abandonné ; mais c'était une construction solide, équipée d'une porte robuste et d'une serrure plus lourde qu'il n'y semblait. Gilles en avait fait l'acquisition quelques années auparavant.

À côté du jambage, à hauteur de la taille, se trouvait une brique à moitié disjointe. Après s'être assurée que personne ne l'observait, Sylvie la retira, enfonça la main dans la cavité et en sortit une clé avant de remettre la brique en place. Elle tourna la clé dans la serrure, entra, puis referma la porte derrière elle avant de fixer une barre en travers.

Une lanterne était posée sur un support mural. Sylvie avait apporté une boîte à briquet contenant une pierre à feu, un fer en forme de D majuscule dans lequel elle pouvait aisément introduire ses doigts effilés, quelques fragments de bois sec et un tortillon d'étoupe. Lorsqu'elle frotta la pierre contre le D en acier, des étincelles jaillirent et tombèrent dans la boîte, embrasant les morceaux de bois qui prirent rapidement feu. Elle alluma alors l'extrémité de son tampon d'étoupe qu'elle approcha de la mèche de la bougie contenue dans la lanterne.

La lumière vacillante révéla une muraille de vieilles barriques empilées du sol au plafond. La plupart, pleines de sable, étaient trop lourdes pour qu'une seule personne pût les soulever. Cependant, malgré un aspect identique, quelques-unes étaient vides et Sylvie savait les distinguer. Dégageant rapidement une pile de fûts, elle se glissa dans l'interstice. Des caisses de bois remplies de livres étaient dissimulées derrière les barriques.

Pour la famille Palot, le moment le plus dangereux était celui où les ouvrages clandestins étaient imprimés et reliés dans l'atelier de Gilles. Une perquisition malencontreuse, et c'était la mort pour tous. Mais dès que les livres étaient prêts, ils étaient soigneusement rangés dans des caisses – sous une couche de littérature catholique innocente et approuvée en guise de camouflage – et transportés en charrette jusqu'à cet entrepôt. L'imprimerie recommençait ensuite à fabriquer des ouvrages autorisés. La plupart du temps, le local voisin de Notre-Dame ne contenait aucun écrit qui fût illégal, de près ou de loin.

De plus, trois personnes seulement connaissaient l'existence de ce dépôt : Gilles, Isabelle et Sylvie. Cette dernière n'en avait été informée qu'à seize ans. Les ouvriers de l'imprimerie eux-mêmes étaient tenus dans l'ignorance, alors qu'ils étaient tous protestants : on leur avait dit que les ouvrages achevés étaient livrés à un grossiste dont l'identité devait rester secrète.

Sylvie repéra alors une caisse portant l'inscription SA, pour *Les Silènes d'Alcibiade*, qui était sans doute l'ouvrage majeur d'Érasme. Elle en sortit un exemplaire qu'elle enveloppa d'un carré de lin pris sur une pile voisine, puis ficela soigneusement le paquet. Elle replaça les barriques de manière à dissimuler les caisses de livres. On ne voyait plus qu'une pièce à moitié occupée par des barriques.

En reprenant la rue Saint-Martin en sens inverse, elle se demanda si l'étudiant serait au rendez-vous. Il était venu à la boutique, comme convenu, mais pouvait encore s'être ravisé. Pire, il pourrait arriver avec un officier quelconque, prêt à l'arrêter. Elle ne redoutait pas la mort, bien sûr ; aucun chrétien digne de ce nom n'en avait peur, mais la pensée de la torture la terrifiait. Elle imagina des pinces rougies s'enfoncer dans sa chair et dut chasser ces images de son esprit par une prière silencieuse.

Les bords du fleuve étaient calmes en soirée. Les étals des poissonniers étaient fermés par des volets et les mouettes étaient allées chercher leur pitance ailleurs. Le fleuve clapotait doucement sur la berge.

Pierre l'attendait, muni d'une lanterne. Son visage éclairé par-dessous était d'une beauté ténébreuse.

Il était seul.

Elle lui tendit le livre, sans le lâcher pourtant.

« Ne dites jamais à personne qu'il est en votre possession, l'exhorta-t-elle. Je pourrais être exécutée pour vous l'avoir vendu.

— Je comprends.

— Rappelez-vous que vous aussi, vous risquez votre vie si vous l'acceptez.

— Je sais.

— Si vous êtes sûr de vous, prenez-le et rendez-moi la *Grammaire*. »

Les paquets changèrent de mains.

« Au revoir, fit Sylvie. Et n'oubliez pas ce que je vous ai dit.

— C'est promis. »

Puis il l'embrassa.

*

Alison McKay se hâtait dans les couloirs de l'hôtel des Tournelles pleins de courants d'air. Elle avait une nouvelle saisissante à annoncer à sa meilleure amie.

Celle-ci allait devoir honorer une promesse qu'elle n'avait jamais faite. Si la chose était prévue depuis des années, l'émotion n'en était pas moindre. C'était une bonne nouvelle, et une mauvaise.

L'immense bâtisse médiévale située à l'est de Paris était décrépite. Malgré la richesse de l'ameublement, elle était à la fois glaciale et inconfortable. Elle ressemblait à son occupante du moment, prestigieuse mais négligée : Catherine de Médicis, reine de France, était l'épouse d'un roi qui lui préférait sa maîtresse.

Pénétrant dans une pièce latérale, Alison y trouva celle qu'elle cherchait.

Deux adolescents étaient assis par terre sous la fenêtre, occupés à jouer aux cartes à la lumière d'un soleil hivernal capricieux. Leurs vêtements et leurs bijoux révélaient qu'ils comptaient parmi les êtres les plus riches au monde, ce qui ne les empêchait pas de miser quelques sous avec acharnement et de s'amuser comme des fous.

Le garçon avait quatorze ans mais en paraissait moins. Sa croissance avait manifestement été retardée et il semblait fragile. Il était à peine pubère et quand il parlait de sa voix fêlée, il bégayait. C'était François, fils aîné du roi Henri II et de la reine Catherine, héritier du trône de France.

La fille était une superbe rousse, d'une taille exceptionnelle pour ses quinze ans, plus grande que la plupart des hommes. Elle s'appelait Marie Stuart et était la reine des Écossais.

Quand Marie avait cinq ans et Alison huit, elles avaient quitté l'Écosse pour la France, deux fillettes terrifiées dans un pays étrange où elles ne comprenaient pas un mot de ce que les gens disaient. Le chétif François était devenu leur camarade de jeux et les trois enfants avaient noué le puissant attachement de ceux qui traversent l'adversité ensemble.

Alison éprouvait une affection protectrice pour Marie qui avait parfois besoin qu'on la mette en garde contre sa tendance à l'impulsivité et à la témérité. Les deux filles adoraient François, de l'amour qu'on porte à un chiot ou à un chaton sans défense. Et François idolâtrait Marie comme une déesse.

Or ce triangle d'amitiés était sur le point d'être bousculé, et peut-être détruit.

Levant les yeux, Marie sourit mais elle remarqua l'expression d'Alison et s'inquiéta.

« Que se passe-t-il ? demanda-t-elle dans un français dépourvu de tout vestige d'accent écossais. Qu'est-il arrivé ? »

Alison lâcha tout à trac.

« On va vous marier tous les deux le dimanche après Pâques !

— Déjà ! » s'étonna Marie et d'un même mouvement, elles se tournèrent vers François.

Marie avait été fiancée à François quand elle n'avait que cinq ans, juste avant de venir vivre en France. Il s'agissait de fiançailles politiques, comme toutes celles des familles royales. Leur objectif était de cimenter l'alliance entre la France et l'Écosse contre l'Angleterre.

Mais en grandissant, les deux filles s'étaient prises à douter de la réalité du mariage à venir. Les relations entre les trois royaumes évoluaient constamment. Les personnalités influentes de Londres, d'Édimbourg et de Paris envisageaient régulièrement d'autres unions pour Marie Stuart. Rien n'avait paru assuré, jusqu'à ce jour.

Une expression d'angoisse se dessina sur les traits de François.

« Je vous aime, dit-il à Marie. Je veux vous épouser – quand je serai un homme. »

Marie lui tendit une main compatissante, mais il fut submergé par le chagrin. Il éclata en sanglots et se releva péniblement.

« François… », murmura Alison.

Il secoua la tête désespérément, et se précipita hors de la pièce.

« Oh là là, soupira Marie. Pauvre François ! »

Alison referma la porte. Les deux filles étaient seules à présent, dans une parfaite intimité. Alison donna la main à Marie et l'aida à se remettre debout. Se tenant toujours par la main, elles s'assirent ensemble sur une banquette recouverte d'un luxueux velours marron. Après un instant de silence, Alison prit la parole :

« Qu'en pensez-vous ?

— Toute ma vie, on m'a dit que j'étais reine, répondit Marie. En réalité, je ne l'ai jamais été. Je suis devenue reine des Écossais quand j'avais six jours, et on n'a jamais cessé de me traiter comme un tout petit enfant. Mais si j'épouse François et qu'il devient roi, je serai reine de France – pour de vrai. » Ses yeux scintillèrent de désir. « Voilà ce que je veux.

— Mais François…

— Je sais. Il est gentil et je l'aime, mais évidemment, partager son lit et… vous savez… »

Alison hocha la tête énergiquement.

« Mieux vaut ne pas y penser.

— Peut-être pourrions-nous nous marier, François et moi, et nous contenter de faire semblant.

— Dans ce cas, le mariage risque d'être annulé, lui rappela Alison.

— Et je ne serais plus reine.

— En effet.

— Pourquoi cette décision soudaine ? s'étonna alors Marie. En connaissez-vous la raison ? »

Alison l'avait apprise de la reine Catherine, la personne la mieux informée du royaume.

« C'est le Balafré qui a fait cette suggestion au roi. »

Le duc de Guise était l'oncle de Marie, le frère de sa mère. La famille avait le vent en poupe depuis la victoire du duc à Calais.

« En quoi cela regarde-t-il mon oncle ?

— Songez ! Le prestige de la famille de Guise serait encore accru si l'une de ses représentantes devenait reine de France !

— Le Balafré est un homme de guerre.

— Vous avez raison. Cette idée doit venir de quelqu'un d'autre.

— Mais François…

— Nous en revenons toujours au petit François, n'est-ce pas ?

— Il est *tellement* petit. Et tellement malingre. Pensez-vous qu'il soit capable de faire ce qu'un homme est censé faire avec son épouse ?

— Je l'ignore, répondit Alison. Vous l'apprendrez le premier dimanche après Pâques. »

3

La situation entre Margery et ses parents était inchangée quand février succéda à janvier. Sir Reginald et lady Jane étaient fermement décidés à ce que leur fille épouse Bart, tandis qu'elle avait clairement fait savoir qu'elle n'accepterait jamais de devenir sa femme.

Rollo était en colère contre sa sœur. Elle avait la possibilité de faire accéder toute sa famille à la grande aristocratie catholique, et elle préférait s'allier aux Willard, proches des protestants.

Comment pouvait-elle envisager une telle trahison – surtout sous le règne d'une reine favorable à tous égards aux catholiques ?

Les Fitzgerald étaient la plus éminente famille de la ville – et cela se voyait, songea fièrement Rollo pendant que, rassemblés dans le vestibule, ils enfilaient leurs vêtements les plus chauds au son de la grosse cloche de la tour de la cathédrale conviant les fidèles à la messe. Sir Reginald était grand et mince, et les taches de son qui déparaient son visage lui conféraient en même temps une certaine distinction. Il endossa une lourde cape de drap marron. Lady Jane était menue, avec un nez pointu et des yeux perçants auxquels il n'échappait pas grand-chose. Elle portait un manteau doublé de fourrure.

Margery était petite elle aussi, mais plus ronde que sa mère. Furieuse, elle faisait la tête car on ne l'avait pas laissée sortir de la maison depuis la fête du comte. Mais on ne pouvait pas la tenir enfermée éternellement ; et ce matin, l'évêque de Kingsbridge assisterait à la messe. C'était un allié puissant que la famille Fitzgerald ne pouvait pas courir le risque de froisser.

Margery avait visiblement décidé de ne rien laisser paraître de son chagrin. Elle avait revêtu un manteau en écarlate de Kingsbridge avec un chapeau assorti. Au cours de l'année écoulée, elle était devenue la plus jolie fille de la ville – son frère lui-même devait en convenir.

Le cinquième membre du groupe familial était la grand-tante de Rollo. Elle avait été religieuse au prieuré de Kingsbridge et était venue s'installer chez les Fitzgerald quand le roi Henri VIII avait fait fermer son monastère. Elle avait transformé les deux pièces mises à sa disposition au dernier étage de la demeure en petit couvent, avec une chambre à coucher nue comme une cellule et un salon aménagé en chapelle ; sa dévotion impressionnait Rollo. Tout le monde continuait à l'appeler sœur Joan.

Très âgée désormais, et fragile, elle marchait avec deux cannes, mais exigeait d'aller à l'église quand Mgr Julius y était. La servante, Naomi, apportait une chaise à la cathédrale pour sœur Joan, car la vieille dame ne pouvait pas rester debout une heure entière.

Ils sortirent tous ensemble. Ils habitaient à l'intersection située à l'extrémité de la rue principale, en face de la halle de la guilde, et sir Reginald profita de cette position dominante pour s'arrêter un instant et jeter un regard en contrebas, vers les rues étroitement serrées qui rejoignaient le fleuve. Quelques flocons de neige tombaient sur les toits de chaume et sur les cheminées fumantes. « Ma ville », proclamait l'expression orgueilleuse de son visage.

Pendant que le maire et sa famille descendaient la rue en procession solennelle, leurs voisins les saluaient respectueusement, les plus prospères leur souhaitant le bonjour à haute voix, les classes plus humbles portant silencieusement la main à leur chapeau.

À la lumière du jour, Rollo constata que le manteau de sa mère était légèrement mité, et espéra que personne ne le remarquerait. Malheureusement, son père n'avait pas assez d'argent pour renouveler leur garde-robe. Les affaires n'étaient pas florissantes au port de Combe où sir Reginald était receveur des douanes. Les Français s'étaient emparés du port de Calais, la guerre s'éternisait et la navigation était presque paralysée dans la Manche.

En approchant de la cathédrale, ils passèrent devant l'autre cause de la crise financière que traversait la famille : leur nouvelle maison, déjà baptisée la Porte du Prieuré. Elle se dressait du côté nord de la place du marché, sur des terres qui avaient appartenu à la maison du prieur du temps de l'existence d'un prieuré. Les travaux avaient été quasiment interrompus, la plupart des bâtisseurs ayant quitté le chantier afin d'aller travailler pour de meilleurs payeurs. Une palissade de bois grossière avait été dressée, décourageant les curieux de pénétrer dans le bâtiment inachevé.

Sir Reginald possédait également l'ensemble des bâtiments du prieuré au sud de la cathédrale : le cloître, la cuisine et le dortoir des moines, le couvent des religieuses et les écuries. Quand Henri VIII avait dissous les monastères, leurs biens avaient été donnés ou vendus à des notables locaux. C'est ainsi que sir Reginald avait obtenu le prieuré. Ces bâtiments, déjà vieux pour la plupart, étaient désaffectés depuis plusieurs dizaines d'années et commençaient à s'écrouler ; les oiseaux avaient fait leurs nids dans les chevrons et les ronces envahissaient le cloître. Reginald les revendrait probablement au chapitre.

Entre ces deux lopins à l'abandon, la cathédrale se dressait fièrement, inchangée à travers les siècles, à l'image de la foi catholique qu'elle incarnait. Depuis une quarantaine d'années, les protestants cherchaient à réformer les doctrines chrétiennes enseignées dans ce lieu pendant si longtemps. Rollo s'étonnait de leur arrogance. Autant prétendre orner les fenêtres de l'église de vitraux modernes. La vérité était éternelle, à l'instar de la cathédrale.

Ils pénétrèrent par les grandes arches de la façade ouest. Il semblait faire encore plus froid à l'intérieur qu'au-dehors. Comme toujours, l'image de la longue nef aux rangées parfaitement alignées de piliers et d'arches répétitifs inspira à Rollo le sentiment rassurant d'un univers systématique gouverné par une divinité rationnelle. Tout au bout, la lumière hivernale éclairait faiblement la grande rosace, dont le verre coloré montrait comment toutes choses finiraient : Dieu trônant au jour du Jugement dernier, les méchants torturés en enfer, les bons accédant au paradis, l'harmonie restaurée.

Les Fitzgerald descendirent l'allée centrale jusqu'à la croisée du transept au moment où les prières commençaient. De loin, ils observèrent les prêtres célébrer la messe devant le maître-autel. Eux-mêmes étaient entourés des autres grandes familles de la ville – parmi lesquelles les Willard et les Cobley – et de celles du comté, avec notamment le comte de Shiring et son fils Bart, ainsi que lord et lady Brecknock.

Les chants étaient médiocres. Les longs siècles durant lesquels une musique chorale sublime avait résonné sous les voûtes de la cathédrale de Kingsbridge avaient pris fin avec la fermeture du prieuré et la dispersion du chœur. Certains anciens moines en avaient créé un nouveau mais l'esprit n'y était plus. Ils n'avaient pas réussi à instaurer cette discipline fanatique d'un groupe vouant son existence tout entière à la louange de Dieu à travers la beauté de la musique.

Les fidèles se tinrent tranquilles aux instants les plus solennels de la liturgie, comme l'élévation, et écoutèrent poliment le sermon de l'évêque Julius – par obéissance – ce qui ne les empêcha pas de passer le plus clair du temps à bavarder entre eux.

Rollo constata avec déplaisir que Margery s'était éclipsée, s'écartant furtivement du reste de la famille pour aller s'entretenir avec animation avec Ned Willard, l'aigrette de son chapeau dansant avec entrain pour souligner ses propos. Ned était très élégant lui aussi, dans son manteau bleu français, et la présence de Margery le ravissait manifestement. Rollo lui aurait volontiers fait ravaler son insolence.

Pour essayer de rattraper les choses, Rollo s'approcha de Bart et l'assura que tout finirait par s'arranger. Ils parlèrent de la guerre. Le commerce n'était pas le seul à avoir souffert de la perte de Calais. La reine Marie et son mari espagnol étaient de plus en plus impopulaires. Rollo n'allait pas jusqu'à penser que l'Angleterre pût jamais avoir un nouveau monarque protestant, mais Marie Tudor ne favorisait pas la cause catholique.

À la fin de la messe, Rollo fut abordé par Dan, le fils de Philbert Cobley. Étant puritains, les Cobley assistaient à l'office à contrecœur, Rollo en était certain ; il devinait qu'ils abhorraient les statues et les peintures, et que le parfum de l'encens offensait leurs narines. Rollo ne décolérait pas en pensant que l'on pouvait autoriser des gens – des gens ordinaires, ignorants, sans instruction, stupides – à se faire leur propre opinion en matière de religion. Si une idée aussi naïve réussissait un jour à s'imposer, cela sonnerait le glas de la civilisation. Le peuple avait besoin qu'on le guide.

Dan était accompagné de Jonas Bacon, un homme maigre et nerveux, aux traits burinés. C'était l'un des nombreux capitaines de marine qu'employaient les marchands de Kingsbridge.

« Nous avons une cargaison à vendre, annonça Dan à Rollo. Est-ce que cela pourrait vous intéresser ? »

Les armateurs comme les Cobley vendaient souvent leurs

cargaisons d'avance, proposant parfois à plusieurs investisseurs d'en acheter le quart, ou le huitième. Cela leur permettait de disposer des fonds nécessaires pour financer la traversée et, en même temps, de répartir les risques. Les parties prenantes pouvaient, dans certains cas, gagner dix fois leur mise – ou tout perdre. En des temps plus prospères, sir Reginald avait réalisé ainsi d'énormes profits.

« Peut-être », répondit Rollo. Il mentait. Son père n'avait aucun capital à investir dans une cargaison, mais le jeune homme était curieux d'en savoir davantage.

« Le *St Margaret* a entrepris son voyage de retour depuis la mer Baltique, sa cale bourrée de fourrures qui, à quai, vaudront plus de cinq cents livres, expliqua Dan. Je peux vous montrer le manifeste. »

Rollo plissa le front.

« Comment pouvez-vous savoir si le navire est encore en mer ? »

Le capitaine Bacon répondit d'une voix rendue rauque par tant d'années à crier dans le vent.

« Je l'ai doublé au large de la côte des Pays-Bas. Mon navire, le *Hawk*, est plus rapide. Je me suis mis en panne et j'ai consigné tous les détails. Le *St Margaret* s'apprêtait à entrer au port pour des réparations mineures. Il sera à Combe dans deux semaines. »

Le capitaine Bacon avait mauvaise réputation, à l'image de nombreux capitaines. Personne n'étant là pour surveiller les agissements des marins en mer, on avait tendance à les considérer comme des voleurs et des assassins. Mais son récit se tenait. Rollo fit un signe de tête et se retourna vers Dan.

« Dans ce cas, pourquoi vendre la cargaison dès à présent ? »

Le visage blanc et rond de Dan prit un air entendu.

« Nous avons besoin de cet argent pour un autre investissement. »

Il n'allait pas préciser. C'était normal : si une bonne affaire se présentait, il n'allait pas donner à autrui l'occasion de leur couper l'herbe sous le pied. Rollo se méfiait cependant.

« Il y a un problème avec cette cargaison ?

— Non. Et pour le prouver, nous sommes disposés à garantir

la valeur des fourrures à cinq cents livres. Mais nous sommes prêts à vous vendre la cargaison pour quatre cents. »

C'était une somme considérable. Un cultivateur prospère propriétaire de sa terre pouvait gagner cinquante livres par an ; un marchand de Kingsbridge qui faisait de bonnes affaires se serait enorgueilli d'un revenu annuel de deux cents. Quatre cents livres représentaient un énorme investissement – d'un autre côté, on pouvait rarement compter sur cent livres de profit pour deux semaines seulement d'immobilisation du capital.

Cette somme permettrait aux Fitzgerald de rembourser toutes leurs dettes.

Malheureusement, ils ne disposaient pas de quatre cents livres. Ils n'en avaient même pas quatre.

Ce qui n'empêcha pas Rollo de lancer :

« Je vais en parler à mon père. »

Il était certain qu'ils ne pourraient pas conclure cette affaire, mais sir Reginald risquait de ne pas apprécier que son fils prétende parler avec autorité au nom de la famille.

« Ne tardez pas, conseilla Dan. Vous êtes le premier à qui je m'adresse, par respect, parce que sir Reginald est le maire, mais nous pouvons proposer l'affaire à d'autres. Et il nous faut cet argent demain. »

Il s'éloigna, toujours accompagné du capitaine.

Rollo parcourut la nef du regard. Apercevant son père adossé à un pilier cannelé, il se dirigea vers lui.

« Je viens de parler à Dan Cobley.

— Ah oui, vraiment ? »

Sir Reginald n'appréciait pas les Cobley. Peu de gens les aimaient. Ils se comportaient comme s'ils étaient plus vertueux que le commun des mortels, et leur sortie lors de la représentation avait embarrassé tout le monde.

« Que voulait-il ?

— Vendre une cargaison. »

Rollo exposa les détails à son père. Lorsqu'il eut fini, Reginald demanda :

« Et ils sont prêts à garantir la valeur des fourrures ?

— Pour cinq cents livres – contre un investissement de quatre cents. Je sais que nous n'avons pas cette somme, mais j'ai pensé que l'information vous intéresserait peut-être.

— Tu as raison, nous n'avons pas cet argent. » Reginald prit l'air pensif. « Il n'est pourtant pas impossible que je puisse réussir à me le procurer. »

Rollo se demanda comment. Mais son père était un homme astucieux. Il n'était pas le genre de marchand à monter une affaire petit à petit ; c'était un opportuniste vigilant, prompt à saisir une occasion imprévue.

Était-il envisageable de résoudre d'un coup tous les soucis de la famille ? Rollo osait à peine l'espérer.

À sa grande surprise, son père alla parler aux Willard. Alice était à la tête d'un des plus gros négoces de la ville et le maire avait souvent des affaires à discuter avec elle ; mais ils ne s'appréciaient pas, et leurs relations n'étaient pas devenues plus cordiales depuis que les Fitzgerald avaient refusé le jeune Ned comme gendre potentiel. Rollo suivit son père, intrigué.

Reginald parla calmement.

« Puis-je échanger un mot avec vous, madame Willard ?

— Bien sûr, répondit-elle poliment.

— J'aurais besoin d'emprunter quatre cents livres à court terme. »

Alice tressaillit.

« Il faudra peut-être vous adresser à Londres, dit-elle après un instant de réflexion. Ou à Anvers. » La ville d'Anvers, aux Pays-Bas, était la capitale financière de l'Europe. « Nous y avons un cousin, ajouta-t-elle. Mais je ne saurais vous dire s'il serait disposé, lui-même, à prêter une somme aussi importante.

— J'en ai besoin aujourd'hui », précisa sir Reginald.

Alice haussa les sourcils.

Le cœur de Rollo se serra de honte. Quelle humiliation de devoir demander un prêt à la famille qu'ils avaient si récemment rejetée avec mépris !

Mais Reginald ne s'arrêta pas à de tels scrupules.

« Vous êtes la seule marchande de Kingsbridge à pouvoir disposer immédiatement d'une pareille somme, Alice.

— Puis-je vous demander pourquoi vous voulez cet argent ?

— On m'a proposé l'achat d'une cargaison intéressante. »

Reginald n'allait pas dire qui lui avait fait cette offre, devina Rollo, de crainte qu'Alice ne cherche à en profiter elle-même.

« Le navire touchera terre à Combe dans deux semaines », précisa Reginald.

Ned Willard s'immisça alors dans la conversation. Évidemment, songea Rollo, le spectacle des Fitzgerald demandant l'aide des Willard devait le combler d'aise. En réalité, l'intervention de Ned fut purement professionnelle.

« Pourquoi le propriétaire veut-il vendre dès à présent ? demanda-t-il avec méfiance. Il n'a qu'à attendre deux semaines pour obtenir la valeur intégrale de la cargaison débarquée. »

Reginald parut agacé de se faire interroger par un aussi jeune homme, mais il contint son irritation pour répondre :

« Le vendeur a besoin de fonds immédiatement pour un autre investissement.

— Je ne peux pas prendre le risque de perdre une somme aussi considérable, intervint Alice, vous le comprendrez.

— Il n'y a aucun risque, protesta Reginald. Vous serez remboursée dans un peu plus de deux semaines. »

Cela n'avait aucun sens, Rollo le savait. Il y avait toujours un risque.

Reginald baissa la voix.

« Nous sommes voisins, Alice. Nous nous prêtons réciproquement main-forte. Je facilite le passage de vos cargaisons au port de Combe, vous ne l'ignorez pas. En contrepartie, vous m'aidez. C'est ainsi que les choses marchent à Kingsbridge. »

Alice parut décontenancée, et il ne fallut à Rollo qu'un moment pour en comprendre la raison. Les belles paroles de son père à propos de solidarité de voisinage dissimulaient en réalité une menace perfide. Si Alice ne coopérait pas avec Reginald, elle pouvait s'attendre à des tracasseries au port.

Le silence se prolongea pendant qu'Alice réfléchissait. Rollo n'avait pas de mal à deviner le cours de ses pensées. Elle n'avait aucune envie de consentir ce prêt, mais ne pouvait pas se permettre de se faire un ennemi d'un personnage aussi puissant que Reginald.

Alice reprit enfin la parole :

« Il me faudra une caution. »

Rollo fut accablé : un homme qui ne possède rien ne peut pas apporter de caution. Elle avait trouvé le moyen de refuser sans dire ouvertement non.

« Je peux vous offrir mon poste de receveur des douanes en garantie », proposa Reginald.

Alice secoua la tête.

« Vous ne pouvez pas en disposer sans autorisation royale – et vous n'avez pas le temps de la requérir. »

Alice avait raison, Rollo le savait. Reginald risquait fort de trahir qu'il était aux abois.

« Et le prieuré ? » dit-il alors.

Alice secoua la tête.

« Que voulez-vous que je fasse de votre maison à moitié bâtie ?

— La partie sud, dans ce cas, le cloître, les logements des moines et le couvent des religieuses. »

Rollo était persuadé que jamais Alice n'accepterait le vieux prieuré en nantissement. Les bâtiments étaient désaffectés depuis plus de vingt ans et il ne fallait plus compter pouvoir les restaurer.

À sa grande surprise, Alice eut pourtant l'air intéressée.

« Peut-être… », murmura-t-elle.

Rollo intervint.

« Mais, Père, vous savez que Mgr Julius souhaite que le chapitre rachète le prieuré – et vous avez plus ou moins accepté de le lui vendre. »

La pieuse reine Marie s'était efforcée de rendre à l'Église tous les biens confisqués par son rapace de père, Henri VIII, mais les membres du Parlement avaient refusé de voter la loi à cet effet – ils étaient trop nombreux à avoir profité de ces dispositions –, et l'Église cherchait désormais à racheter ses anciennes possessions à bas prix ; Rollo estimait qu'il était du devoir des bons catholiques de favoriser ces transactions.

« Ce n'est pas un problème, le rassura Reginald. Je rembourserai mon emprunt et le cautionnement n'aura donc aucune raison d'être appliqué. L'évêque obtiendra ce qu'il désire.

— Dans ce cas, c'est parfait », approuva Alice.

Un silence se fit. Alice attendait manifestement autre chose, mais n'était pas disposée à en dire davantage. Comprenant enfin, Reginald ajouta :

« Je vous verserai un taux d'intérêt raisonnable.

— Mon taux sera élevé, je vous avertis, précisa Alice. Le seul problème est évidemment que réclamer un intérêt sur un prêt relève de l'usure, ce qui est un crime autant qu'un péché. »

Elle avait raison, mais ce scrupule relevait de l'argutie. Les lois contre l'usure étaient contournées quotidiennement dans toutes les villes marchandes d'Europe. Les scrupules d'Alice étaient de pure forme.

« Ma foi, je suis certain que nous trouverons une solution, fit Reginald du ton jovial de celui qui suggère une innocente tromperie.

— Qu'avez-vous en tête ? demanda Alice méfiante.

— Supposons que je vous cède l'usage du prieuré pendant la durée du prêt, puis que vous me le redonniez en location ?

— Je vous réclamerais alors huit livres par mois. »

L'inquiétude de Ned était manifeste. De toute évidence, il souhaitait que sa mère se retire de ce marché. Rollo comprenait parfaitement pourquoi : Alice allait risquer quatre cents livres pour n'en gagner peut-être que huit.

Reginald feignit d'être outré.

« Quoi ? Mais cela représente un taux de vingt-quatre pour cent par an – et plus encore, en intérêts composés !

— Dans ce cas, n'en parlons plus. »

Rollo reprit espoir. Pourquoi Alice discutait-elle du montant des intérêts ? Cela signifiait forcément qu'elle était disposée à consentir ce prêt. Constatant le début de panique de Ned, Rollo devina qu'il se faisait la même réflexion, mais envisageait cette perspective avec consternation.

Reginald réfléchit longuement.

« Fort bien, dit-il enfin. Affaire conclue. »

Il tendit la main et Alice la serra.

Rollo était impressionné par l'habileté de son père. Pour un homme littéralement sans le sou, investir quatre cents livres était un chef-d'œuvre d'audace. La cargaison du *St Margaret* redresserait les finances familiales. Ils pouvaient remercier le ciel du besoin urgent de fonds de Philbert Cobley.

« Je rédigerai les papiers cet après-midi », conclut Alice Willard et elle s'éloigna.

Lady Jane apparut au même instant.

« Il est temps de rentrer, dit-elle. Le repas va être prêt. »

Rollo regarda autour de lui, cherchant sa sœur.

Elle avait disparu.

*

Dès que les Fitzgerald furent hors de portée de voix, Ned demanda à sa mère :

« Pourquoi as-tu accepté de prêter une somme pareille à sir Reginald ?

— Parce qu'il nous aurait fait des ennuis si j'avais refusé.

— Mais il risque de ne pas tenir ses engagements ! Nous perdrions tout !

— Non. Nous aurions le prieuré.

— Un tas de bâtiments effondrés.

— Ce ne sont pas les bâtiments que je veux.

— Mais alors… »

Ned fronça les sourcils.

« Réfléchis », dit sa mère.

Si ce n'étaient pas les bâtiments qui intéressaient Alice, qu'était-ce ?

« Le terrain ?

— Réfléchis encore.

— Il est situé en plein cœur de la ville.

— Exactement. Dans tout Kingsbridge, tu ne trouveras pas d'autre emplacement d'une telle valeur. Il vaut bien plus que quatre cents livres pour quelqu'un qui saura en tirer le maximum.

— Je vois. Mais qu'aurais-tu l'intention d'en faire ? Y construire une maison, comme Reginald ? »

Alice plissa les lèvres dans une moue dédaigneuse.

« Je n'ai pas besoin d'un palais. Je construirais un marché couvert, qui serait ouvert tous les jours de la semaine, quel que soit le temps. Je louerais des espaces aux marchands – pâtissiers, crémiers, gantiers, cordonniers. Là, juste à côté de la cathédrale, il y a de quoi gagner de l'argent pendant mille ans. »

C'était une idée de génie, estima Ned. Voilà pourquoi elle n'avait pas germé dans son esprit mais dans celui de sa mère.

Son inquiétude n'était pourtant pas entièrement apaisée. Les Fitzgerald ne lui inspiraient aucune confiance.

Il continuait à réfléchir.

« Est-ce un plan de secours dans l'éventualité où nous perdrions tout ce que nous avons à Calais ? » demanda-t-il enfin.

Alice avait tout mis en œuvre pour obtenir des nouvelles de Calais, mais n'avait rien appris de plus depuis que les Français avaient pris la ville. Peut-être avaient-ils purement et simplement confisqué toutes les possessions anglaises, parmi lesquelles l'entrepôt rempli de richesses des Willard ; peut-être l'oncle Dick et sa famille étaient-ils en route pour Kingsbridge, les mains vides. D'un autre côté, la ville devait l'essentiel de sa prospérité aux marchands anglais qui étaient venus y faire du commerce ; il était donc tout aussi envisageable que le roi de France ait compris qu'il était plus judicieux de laisser les étrangers conserver leurs biens et continuer à travailler.

Malheureusement, l'absence de nouvelles était mauvais signe : qu'aucun Anglais n'ait pu quitter Calais et rentrer au pays avec des informations, alors qu'un mois entier s'était écoulé, donnait à penser que peu d'entre eux étaient encore en vie.

« Ce marché couvert est un projet intéressant quelles que soient les circonstances, répondit Alice. Mais tu as raison, il n'est pas impossible que nous soyons heureux de pouvoir nous lancer dans une tout autre activité si les nouvelles de Calais sont aussi mauvaises qu'on peut le craindre. »

Ned hocha la tête. Sa mère avait toujours une longueur d'avance sur lui.

« De toute façon, cela ne se fera certainement pas, conclut Alice. Reginald ne se serait pas abaissé à me demander un prêt s'il n'avait pas une affaire singulièrement lucrative en vue. »

Ned pensait déjà à autre chose. La négociation avec Reginald avait temporairement chassé de son esprit l'image du seul membre de la famille Fitzgerald auquel il s'intéressât vraiment.

Il parcourut les fidèles du regard, sans apercevoir Margery. Elle était déjà partie, et il savait où elle était allée. Il descendit la nef, d'un pas faussement nonchalant.

Malgré son inquiétude, il admira comme il le faisait toujours la musique des arches, certaines dessinant une basse continue régulière, les plus petites, celles de la tribune et de la claire-voie, complétant l'harmonie de leurs notes aiguës.

Sortant de la cathédrale, il resserra sa cape autour de lui et prit vers le nord, comme s'il se dirigeait vers le cimetière. La neige, qui tombait plus dru à présent, se posait sur le toit du tombeau monumental du prieur Philip. Ses dimensions étaient telles que Ned et Margery avaient pu se blottir derrière lui et se lutiner sans craindre de se faire voir. À en croire la légende, le prieur Philip avait été indulgent envers les pécheurs qui cédaient à la tentation charnelle. Aussi Ned imaginait-il que l'âme du moine disparu depuis longtemps ne se formaliserait pas à l'excès que deux jeunes gens viennent s'embrasser sur sa sépulture.

Mais Margery avait songé à un meilleur lieu de rendez-vous que ce tombeau et avait confié son idée à Ned lors d'un bref échange pendant la messe. Suivant ses instructions, le jeune homme contourna alors le chantier du nouveau palais de son père. Arrivé de l'autre côté, il vérifia que personne ne l'épiait. Il y avait là une brèche dans la palissade, par laquelle il se glissa.

La nouvelle demeure de sir Reginald avait déjà été équipée de planchers, de murs, de cages d'escalier et d'un toit, mais n'avait encore ni portes ni fenêtres. Ned entra et gravit prestement le grandiose escalier de marbre italien jusqu'à un vaste palier. Margery l'y attendait. Son corps était enveloppé d'un ample manteau rouge, mais son visage brûlait de désir. Il la prit dans ses bras et ils s'embrassèrent avec passion. Il ferma les yeux, inhalant son odeur, le chaud parfum au creux de son cou.

Ils s'interrompirent pour reprendre haleine :

« Je suis bien ennuyé, dit Ned. Ma mère vient de prêter quatre cents livres à votre père. »

Margery haussa les épaules.

« Ils passent leur temps à faire ce genre de transactions.

— Les prêts entraînent des querelles. Cela pourrait nous rendre les choses plus difficiles.

— Comment pourraient-elles l'être davantage ? Embrassez-moi encore. »

Ned avait déjà embrassé plusieurs filles, mais aucune ne pouvait se comparer à Margery. Elle était la seule à être aussi directe et à dire sans ambages ce qu'elle voulait. Les femmes étaient censées se laisser guider par les hommes, surtout pour tout ce qui touchait aux relations physiques, mais Margery semblait l'ignorer.

« J'adore votre manière d'embrasser, murmura Ned au bout d'un moment. Qui vous a appris cela ?

— Personne, voyons ! Pour qui me prenez-vous ? De toute façon, il n'y a certainement pas une seule façon de s'y prendre. Ce n'est pas de l'arithmétique.

— Vous avez certainement raison. Chacune est différente. Ruth Cobley aime qu'on lui presse les seins avec force, pour faire durer la sensation. En revanche, Susan White…

— Cessez donc ! Je ne veux rien savoir de ces filles.

— Je vous taquine. Il n'y en a jamais eu d'autre comme vous. Voilà pourquoi je vous aime.

— Je vous aime aussi. »

Ils recommencèrent à s'embrasser. Ned écarta les pans de sa cape et déboutonna le manteau de Margery pour qu'ils puissent serrer leurs corps l'un contre l'autre. Ils ressentaient à peine le froid.

Soudain, une voix familière résonna aux oreilles de Ned :

« Cessez immédiatement ! »

C'était Rollo.

Ned eut un sursaut de culpabilité, qu'il réprima promptement : il n'y avait aucune raison pour qu'il n'embrasse pas la fille qui l'aimait. Libérant Margery de son étreinte, il se retourna avec une lenteur délibérée. Rollo ne lui faisait pas peur.

« Tu n'as pas d'ordres à me donner, Rollo. Nous ne sommes plus à l'école. »

L'ignorant, Rollo s'adressa directement à Margery sur un ton de vertueuse indignation.

« Toi, tu vas rentrer à la maison avec moi. Tout de suite. »

Margery avait vécu de longues années avec cet aîné despotique et avait l'habitude de résister à sa volonté.

« Passe devant, dit-elle d'un ton tranquille qui paraissait à peine forcé. Je te rejoins dans une minute.

— J'ai dit tout de suite, répliqua Rollo en s'empourprant et en attrapant Margery par le bras.

— Lâche-la, Rollo, intervint Ned. Je ne te laisserai pas la brutaliser.

— Toi, tais-toi. C'est ma petite sœur et j'agis avec elle comme je l'entends. »

Comme Margery se débattait, les doigts de Rollo s'enfoncèrent plus profondément dans sa chair.

« Arrête, tu me fais mal ! protesta-t-elle.

— Je t'aurai prévenu, Rollo », lança Ned. Il n'aimait pas la violence, mais refusait de se soumettre à la force.

Agrippant Rollo par son manteau, il l'obligea à lâcher Margery et lui donna une solide bourrade qui le propulsa, titubant, jusqu'à l'extrémité du palier.

C'est alors qu'il vit Bart gravir l'escalier de marbre.

Rollo se redressa et, levant un index comminatoire, s'avança vers Ned.

« Maintenant, tu vas m'écouter ! » s'écria-t-il et il lui donna un coup de pied.

Il avait visé l'aine mais Ned s'écarta légèrement et le coup toucha sa cuisse. Sa colère était telle qu'il le sentit à peine. Il se précipita sur Rollo les deux poings serrés et le frappa à la tête et au thorax trois, quatre, cinq fois. Rollo recula, avant de repartir à l'attaque. Il était plus grand que Ned et ses bras étaient plus longs, mais la fureur de son adversaire était sans égale.

Ned entendit Margery crier comme dans un brouillard : « Arrêtez, arrêtez ! »

Il venait de repousser Rollo jusqu'à l'autre bout du palier quand il se sentit soudain ceinturé par derrière. Bart était passé à l'offensive. Bien plus grand et bien plus fort que les deux autres, il maintenait les bras de Ned collés contre ses côtes aussi étroitement que s'il était ligoté. Ned eut beau se débattre furieusement, il fut incapable de se dégager. Il se rendit compte en un éclair qu'il allait se faire proprement étriller.

Pendant que Bart immobilisait Ned, Rollo entreprit de lui administrer une solide correction. Ned cherchait à se baisser pour esquiver, mais l'étreinte de Bart le paralysait. Rollo en profita pour lui donner des coups de poing au visage et dans le ventre, lui assénant de surcroît de douloureux coups de pied réitérés dans les testicules. Bart gloussait de contentement tandis que Margery hurlait et cherchait à retenir son frère, sans grande efficacité ; malgré sa rage, elle était trop petite pour le maîtriser.

Au bout de quelques instants, Bart se lassa du jeu et cessa de rire. Il lâcha Ned tout en le poussant violemment. Celui-ci tomba, chercha à se relever, vainement. Un œil fermé, il vit de l'autre Rollo et Bart empoigner Margery chacun par un bras et l'entraîner de force dans l'escalier.

Ned toussa et cracha du sang. Une dent jaillit de sa bouche et retomba par terre, constata-t-il de son seul œil valide. Puis il vomit.

Il avait mal partout. Il essaya à nouveau de se hisser sur ses pieds, mais la douleur était intolérable. Il s'allongea alors sur le dos, à même le marbre glacé, attendant qu'elle reflue.

« Merde, dit-il. Et merde. »

*

« Où étais-tu passée ? » demanda lady Jane à Margery dès qu'elle fut rentrée avec Rollo.

Margery hurla :

« Rollo a frappé Ned à coups de poing pendant que Bart l'immobilisait – même les bêtes ne se conduisent pas de la sorte !

— Calme-toi, dit sa mère.

— Regardez-le qui se frotte les doigts – en plus, il est fier de lui.

— Je suis fier d'avoir agi comme il fallait, rétorqua Rollo.

— Tu n'aurais jamais pu battre Ned tout seul ! » Elle tendit le bras vers Bart, qui avait suivi Rollo à l'intérieur de la maison. « Il a fallu qu'il t'aide.

— Peu importe, reprit lady Jane. Il y a ici quelqu'un qui souhaite te voir.

— Je ne veux parler à personne maintenant. »

Margery n'avait qu'une envie, se réfugier, seule, dans sa chambre.

« Ne sois pas indocile, la morigéna sa mère. Viens avec moi. »

La force de résistance de Margery s'évanouit. Elle avait vu

le jeune homme qu'elle aimait se faire frapper violemment, ce dont elle était responsable, à cause de cet amour. Elle avait l'impression d'avoir perdu toute faculté d'agir à bon escient. Haussant les épaules mollement, elle suivit sa mère.

Elles gagnèrent le petit salon de lady Jane, la pièce qu'elle occupait pour administrer la maisonnée et donner ses ordres aux domestiques. C'était un lieu austère, meublé de chaises dures, d'un bureau et d'un prie-dieu, dont le seul ornement était la collection de sculptures de saints en ivoire de lady Jane, exposée sur la table à écrire.

L'évêque de Kingsbridge les y attendait.

Mgr Julius était un vieillard maigre, qui devait approcher les soixante-cinq ans mais restait fort alerte. Il était chauve et en le voyant, Margery avait toujours eu l'impression de contempler une tête de mort. Ses yeux bleus brillaient d'intelligence.

Margery le reconnut avec étonnement. Que pouvait-il bien lui vouloir ?

« Mgr Julius souhaite te parler, annonça lady Jane.

— Assieds-toi, Margery », dit Julius.

Elle obéit.

« Je te connais depuis ta naissance, poursuivit-il. Tu as été élevée en chrétienne et en bonne catholique. Tes parents peuvent être fiers de toi. »

Margery garda le silence. C'est à peine si elle voyait l'évêque. Dans sa tête défilaient les images de Rollo, frappant brutalement le visage adoré de Ned.

« Tu fais tes prières, tu ne manques jamais la messe, tu vas à confesse une fois l'an. Dieu est content de toi. »

C'était vrai. Si tout le reste de sa vie était affligeant – son frère était odieux, ses parents cruels et on voulait lui faire épouser une brute –, elle avait au moins le sentiment d'être en accord avec Dieu. C'était une consolation.

« Pourtant, reprit l'évêque, il semblerait que tu aies soudainement oublié tout ce qu'on t'a appris. »

Cette fois, il avait retenu son attention.

« Mais non ! protesta-t-elle, indignée.

— Tu parleras quand Mgr Julius t'invitera à le faire. En attendant, tais-toi, petite effrontée, intervint sa mère.

— Ce n'est rien, lady Jane, fit Julius avec un sourire indulgent. Je comprends que Margery soit bouleversée. »

Margery ne le quittait pas des yeux. Il était l'image vivante du Christ, le divin pasteur du troupeau de chrétiens. Ses paroles émanaient de Dieu. De quoi l'accusait-il ?

« Je crains fort que tu n'aies oublié le quatrième commandement », reprit-il alors.

Un sentiment de honte envahit Margery. Elle savait ce qu'il voulait dire. Elle baissa les yeux.

« Récite-moi le quatrième commandement, Margery. »

Elle marmonna :

« Tes père et mère, tu honoreras.

— Plus fort et plus distinctement, je te prie. »

Elle releva la tête sans réussir pourtant à soutenir son regard.

« Tes père et mère, tu honoreras », répéta-t-elle.

Julius acquiesça.

« Ce dernier mois, tu as déshonoré ton père et ta mère, ne crois-tu pas ? »

Margery hocha la tête. Il avait raison.

« Il est de ton devoir sacré de respecter leur volonté.

— Je regrette, chuchota-t-elle d'un air contrit.

— Il ne suffit pas de te repentir, Margery. Tu le sais.

— Que dois-je faire ?

— Tu dois cesser de pécher. Tu dois obéir. »

Levant les yeux, elle croisa enfin son regard.

« Obéir ?

— C'est ce que Dieu exige de toi.

— Réellement ?

— Oui. »

Il était l'évêque. Il savait ce que Dieu voulait. Et il le lui avait dit. Elle baissa à nouveau les yeux.

« Je te demande d'aller parler à ton père maintenant, reprit Julius.

— Dois-je vraiment le faire ?

— Tu le sais. Et je pense que tu sais également ce que tu as à lui dire. Me trompé-je ? »

Étranglée par l'émotion, Margery ne put lui répondre, mais elle acquiesça de la tête.

L'évêque fit signe à lady Jane, qui se dirigea vers la porte et l'ouvrit. Sir Reginald attendait de l'autre côté du battant. Entrant dans la pièce, il s'avança vers Margery.

« Alors ? demanda-t-il.

— Je vous demande pardon, Père, je suis désolée.

— À juste titre », répondit-il.

Il y eut un silence. Ils attendaient qu'elle parle.

Elle murmura enfin :

« J'épouserai le vicomte Bart de Shiring.

— Tu es une bonne fille », approuva-t-il.

Margery se leva.

« Puis-je partir maintenant ?

— Peut-être pourrais-tu au préalable remercier Mgr Julius de t'avoir ramenée sur la voie de la grâce divine », remarqua lady Jane.

Margery se tourna vers Julius.

« Je vous remercie, monseigneur.

— C'est bien, fit lady Jane. Tu peux te retirer à présent. »

Margery quitta la pièce.

*

Le lundi matin, Ned aperçut Margery en regardant par la fenêtre. Son cœur s'emballa.

Il était dans le petit salon et sa chatte écaille-de-tortue, Maddy, se frottait la tête contre sa cheville. Il l'avait baptisée Mafolle quand elle était chaton, mais c'était désormais une vieille dame digne et réservée, qui manifestait néanmoins qu'elle était satisfaite de son retour.

Il suivit des yeux Margery tandis qu'elle traversait la place en direction de l'école. Trois matins par semaine, elle s'occupait des tout-petits, à qui elle enseignait les chiffres et les lettres ainsi que les miracles de Jésus, les préparant ainsi à entrer à la grande école. Elle avait abandonné sa mission pendant tout le mois de janvier, mais avait manifestement repris ses fonctions. Rollo l'accompagnait. Sans doute lui servait-il d'escorte.

C'était le moment que Ned avait attendu.

Il avait déjà eu des amourettes. S'il n'avait jamais commis le péché de fornication, il en avait été bien près une ou deux fois ; et il ne pouvait nier avoir éprouvé de tendres sentiments pour Susan White et pour Ruth Cobley, à des périodes différentes. Toutefois, dès le jour où il était tombé amoureux de Margery, il avait su que cette fois, c'était différent. Il n'avait pas seulement été impatient de l'entraîner derrière le tombeau du prieur Philip pour l'embrasser et la caresser. Il avait envie de cela, bien sûr, mais il souhaitait aussi passer avec elle de longues heures paisibles, parler théâtre et peinture, échanger les potins de Kingsbridge, évoquer la politique anglaise ; ou tout simplement s'allonger à côté d'elle sur une berge herbeuse près d'un ruisseau, au soleil.

Il réprima l'impulsion qui lui commandait de courir sans plus attendre hors de chez lui pour l'aborder sur la place du marché. Il lui parlerait quand elle aurait fini sa classe, à midi.

Il passa la matinée à l'entrepôt, à consigner des chiffres dans les livres de compte. Son frère aîné, Barney, détestait cette partie du métier – les écritures lui avaient toujours donné du fil à retordre et il n'avait appris à lire qu'à douze ans –, alors que Ned aimait cela : les factures et les reçus, les quantités d'étain, de plomb et de minerai de fer, les traversées en direction de Séville, Calais et Anvers, les prix, les profits. Assis devant une table, une plume d'oie à la main, une bouteille d'encre et un gros catalogue à portée de main, il visualisait un empire commercial international.

C'était malheureusement un empire au bord de l'effondrement. L'essentiel des possessions de la famille Willard se trouvait à Calais, et avait probablement été confisqué par le roi de France. Les réserves de matières premières conservées à Kingsbridge étaient précieuses, certes, mais difficiles à écouler tant que la guerre entravait la navigation entre les deux rives de la Manche. Ils avaient été contraints de se séparer de plusieurs employés parce qu'ils n'avaient plus rien à leur faire faire. Le travail de comptabilité de Ned se limitait à additionner ce qui leur restait et à vérifier si cela serait suffisant pour qu'ils puissent s'acquitter de leurs dettes impayées.

Il était régulièrement interrompu par des gens qui l'interrogeaient sur son œil au beurre noir. Il leur disait la pure vérité, qu'il avait également avouée à sa mère : Bart et Rollo l'avaient roué de coups parce qu'il avait embrassé Margery. Personne n'était vraiment scandalisé, ni même surpris : les rixes étaient fréquentes parmi les jeunes gens, surtout en fin de semaine, et on était habitué aux plaies et aux bosses du lundi matin.

Grandma avait tout de même été offusquée.

« Ce Rollo est un rusé renard, avait-elle commenté. C'était déjà un méchant petit garçon et c'est aujourd'hui un homme vindicatif. Tu devrais te méfier de lui. »

Alice, pour sa part, avait pleuré sur la dent perdue de son fils.

Quand la lumière du jour se fit plus vive, annonçant l'approche de midi, Ned quitta l'entrepôt et remonta la rue principale recouverte de neige fondue. Au lieu de rentrer chez lui, il se dirigea vers l'entrée de l'école. La cloche de la cathédrale sonna douze coups au moment même où il arrivait. Il avait l'impression d'avoir vieilli de plusieurs décennies depuis le jour où, trois ans auparavant, il avait quitté cette école. Les drames qui le passionnaient alors – examens, sport, rivalités – lui paraissaient aujourd'hui d'une banalité risible.

Rollo traversa la place du marché. Il se rendait à l'école, lui aussi. Il était venu chercher Margery pour la raccompagner chez eux, devina Ned. L'apercevant, Rollo eut l'air surpris et vaguement inquiet. Puis il fanfaronna :

« Je te conseille de laisser ma sœur tranquille.

— Parce que tu comptes m'empêcher de la voir, espèce de rustre mal dégrossi ?

— Tu tiens vraiment à ce que je t'arrange l'autre œil ?

— Essaie un peu, pour voir. »

Rollo hésita.

« Je ne m'abaisserai pas à me battre sur la place publique.

— Bien sûr, lâcha Ned avec mépris. Surtout quand tu n'as pas ton grand ami Bart pour te prêter main-forte. »

Margery sortit de l'école.

« Rollo ! s'écria-t-elle. Pour l'amour du ciel, as-tu l'intention d'en venir à nouveau aux mains ? »

Ned la dévorait des yeux, frémissant d'émotion. Elle était toute petite mais superbe, avec son menton relevé, ses yeux verts étincelants de défi et sa jeune voix impérieuse.

« Il n'est pas question que tu adresses la parole au fils Willard, lui dit Rollo. Rentre à la maison avec moi immédiatement.

— Mais il faut que je lui parle, protesta-t-elle.

— Je te l'interdis formellement.

— Ne t'avise pas de m'attraper à nouveau par le bras, Rollo, lança-t-elle, lisant dans ses pensées. Sois raisonnable, veux-tu ? Mets-toi donc devant la porte du palais de l'évêque. De là, tu pourras nous voir sans nous entendre.

— Tu n'as rien à dire à ce Willard.

— Ne sois pas bête. Il faut que je lui raconte ce qui s'est passé hier. Tu ne peux pas me le refuser.

— C'est tout ? insista Rollo, méfiant.

— Je te le promets. Il faut que j'explique cela à Ned, c'est tout.

— Mais qu'il ne s'avise pas de te toucher.

— Va m'attendre à côté de la porte de l'évêché, te dis-je. »

Ned et Margery suivirent Rollo des yeux. Après avoir fait vingt pas, il pivota sur ses talons et resta planté là, l'air mauvais.

« Que s'est-il passé hier, après la bagarre ? demanda Ned.

— J'ai compris quelque chose », murmura Margery et les larmes lui vinrent aux yeux.

Ned fut pris d'un sinistre pressentiment.

« Qu'avez-vous compris ?

— Qu'il est de mon devoir sacré d'obéir à mes parents. »

Elle pleurait. Ned enfonça la main dans sa poche et en sortit un mouchoir de lin que sa mère avait cousu, ourlé et brodé de glands. Il lui en tamponna doucement les joues, séchant ses larmes ; mais elle le lui arracha des mains et se frotta énergiquement les yeux en lançant :

« Il n'y a rien de plus à dire, voilà tout.

— Bien sûr que si. » Ned rassembla ses esprits. Il savait que malgré son caractère passionné et volontaire, Margery était d'une profonde piété. « N'est-ce pas commettre un péché que de partager la couche d'un homme que l'on n'aime pas ?

— Non, l'Église n'enseigne pas cela.

— Elle le devrait pourtant.

— Vous autres, les protestants, vous voulez constamment réviser les lois de Dieu.

— Je ne suis pas protestant ! Est-ce là le fin mot de toute cette affaire ?

— Non.

— Que vous ont-ils fait ? Comment vous ont-ils ainsi retournée ? Vous ont-ils menacée ?

— On m'a rappelée à mon devoir. »

Ned eut le sentiment qu'elle ne lui disait pas tout.

« Qui cela ? Qui vous a rappelée à votre devoir ? »

Elle hésita, comme si elle ne souhaitait pas répondre à cette question ; puis elle haussa légèrement les épaules comme si cela n'avait pas vraiment d'importance et répondit :

« Mgr Julius. »

Ned était scandalisé.

« Il a fait cela pour rendre service à vos parents, c'est tout ! C'est un vieil allié de votre père.

— C'est l'image vivante du Christ.

— Jésus ne nous dit pas qui nous devons épouser !

— Je crois que Jésus désire que je me montre obéissante.

— Cela n'a rien à voir avec la volonté de Dieu. Vos parents profitent de votre piété pour vous contraindre à agir comme ils l'entendent.

— Je regrette que vous pensiez cela.

— Allez-vous vraiment épouser le vicomte Bart de Shiring parce que l'évêque vous enjoint de le faire ?

— Je le ferai parce que c'est la volonté de Dieu. Il faut que je parte à présent, Ned. À l'avenir, il sera préférable que nous nous parlions le moins possible, vous et moi.

— Pourquoi ? Nous habitons la même ville, nous fréquentons la même église – pourquoi ne devrions-nous plus nous parler ?

— Parce que j'en ai le cœur brisé », dit Margery avant de s'éloigner.

4

Barney Willard longeait les quais animés de Séville à la recherche de navires anglais qui auraient pu profiter de la première marée pour remonter le Guadalquivir. On était toujours sans nouvelles de l'oncle Dick, et Barney se rongeait les sangs : il se demandait s'il était encore en vie et redoutait que sa famille ait perdu tous ses biens.

Un vent frais descendait du fleuve, mais le ciel était limpide, d'un bleu profond, et le soleil du matin réchauffait son visage hâlé. Il se disait qu'après avoir vécu ici, il ne pourrait jamais se réhabituer à la grisaille froide, humide et nuageuse du climat anglais.

Séville était construite de part et d'autre d'un méandre du fleuve. Sur la partie intérieure de la courbe, une large plage de boue et de sable montait depuis la limite de l'eau jusqu'à un sol plus ferme où des milliers de maisons, de palais et d'églises se blottissaient les uns contre les autres pour constituer la plus grande ville d'Espagne.

Des hommes, des chevaux et des bœufs se bousculaient sur la grève tandis que les cargaisons étaient débarquées des navires pour être chargées sur des charrettes et inversement, accompagnées de la clameur des vendeurs et des acheteurs qui marchandaient à gorge déployée. Barney inspecta les navires au mouillage, tendant l'oreille dans l'espoir de percevoir les voyelles ouvertes et les consonnes feutrées de sa langue maternelle.

Il y avait quelque chose dans les bateaux qui faisait chanter son âme. Il n'avait jamais été aussi heureux que pendant la traversée qui l'avait conduit jusqu'ici. Malgré la nourriture infecte, l'eau croupie qu'on leur faisait boire, les sentines puantes et les tempêtes effrayantes, il adorait la mer. La sensation de filer à travers les vagues, le vent qui gonflait les voiles lui inspiraient un frisson aussi intense que de coucher avec une femme. Enfin, presque.

Les navires ancrés au bord de l'eau s'alignaient, aussi serrés que les maisons dans la ville. Ils étaient tous au mouillage, proue tournée vers la terre, poupe côté mer. Barney était habitué à la rade du port de Combe, où entre cinq et dix bâtiments étaient amarrés les jours particulièrement animés. À Séville, on en dénombrait régulièrement cinquante.

Il avait une raison concrète de se rendre de bonne heure sur les quais. Il logeait chez Carlos Cruz, son petit-cousin, un fondeur. Séville était spécialisée dans la fabrication d'armes dont les sempiternelles guerres du roi Philippe II faisaient une grande consommation, et les ateliers n'avaient jamais assez de métal. Carlos achetait tout ce qu'exportait la mère de Barney : le plomb des collines de Mendip pour les balles, l'étain des mines de Cornouailles pour les récipients et les ustensiles alimentaires à bord des navires, et – surtout – du minerai de fer. Mais d'autres exportateurs, originaires du sud de l'Angleterre ou du nord de l'Espagne, assuraient aussi le transport maritime de minerai de fer et de métaux jusqu'à Séville et Carlos était obligé de s'approvisionner également chez eux.

Barney s'arrêta pour observer l'approche d'un navire qui s'avançait lentement vers un mouillage. Son apparence lui était familière, et son cœur frémit d'espoir. Le bâtiment mesurait une centaine de pieds de long sur vingt de large, la forme allongée privilégiée par les capitaines qui aimaient filer à vive allure. Barney estima son jaugeage à une centaine de tonneaux. Il comptait trois mâts, avec cinq voiles carrées pour donner de la puissance, auxquelles s'ajoutait une voile latine triangulaire sur le mât central pour plus de manœuvrabilité. Ce vaisseau devait être agile.

Il se demanda si ce n'était pas le *Hawk* appartenant à Philbert Cobley de Kingsbridge, et quand il entendit les marins se héler en anglais, son hypothèse se mua en certitude. Puis un homme courtaud d'une quarantaine d'années au crâne chauve bronzé et à la barbe blonde traversa les hauts-fonds en pataugeant pour rejoindre la plage et Barney reconnut Jonathan Greenland qui naviguait souvent comme second avec le capitaine Bacon.

Il attendit que Jonathan eût fini de nouer un cordage à un pieu enfoncé dans la plage. Au pays, des hommes comme Jonathan savaient pouvoir compter sur un ou deux verres de vin à la table des Willard, car Alice avait une soif inextinguible de nouvelles en provenance du vaste monde. Enfant, Barney avait pris un plaisir infini à écouter Jonathan parler de l'Afrique, de la Russie et du Nouveau Monde, de lieux où le soleil ne se couchait jamais et où la neige ne fondait en aucune saison, et mêler informations sur les prix et sur la situation politique à des récits de tricherie et de flibuste, d'émeutes et de piraterie.

Ce que Barney aimait plus que tout, c'était entendre Jonathan raconter comment il était devenu marin : un samedi soir, alors qu'il avait quinze ans, il s'était enivré au Joyeux Matelot, une taverne du port de Combe. Quand il s'était réveillé le lendemain matin, la rive se trouvait à deux miles et il faisait voile vers Lisbonne. Il n'avait pas revu l'Angleterre pendant quatre ans, mais quand il était enfin rentré au pays, il avait mis suffisamment d'argent de côté pour s'acheter une maison. Ce récit était censé mettre son auditoire en garde, mais le petit Barney n'avait eu qu'une idée en tête : vivre lui aussi un jour cette merveilleuse aventure. Maintenant qu'il avait vingt ans, il trouvait toujours la mer aussi fascinante.

Une fois le *Hawk* solidement amarré, les deux hommes échangèrent une poignée de main.

« Tu portes une boucle d'oreille, remarqua Jonathan avec un sourire étonné. Ça te donne un petit côté exotique. C'est une mode espagnole ?

— Pas vraiment, répondit Barney. Turque, plutôt. Un caprice de ma part, c'est tout. »

Il la portait parce qu'il trouvait ça original et que cela intriguait les filles.

Jonathan haussa les épaules.

« Je n'ai encore jamais mis les pieds à Séville. C'est comment ?

— J'adore cette ville – le vin est corsé et les filles jolies. Mais quelles sont les nouvelles de ma famille ? Que s'est-il passé à Calais ?

— Le capitaine Bacon a une lettre pour toi de la part de ta mère. Il n'y a pas grand-chose à dire. Nous n'avons pas encore d'informations vraiment sûres.

— Si les Anglais de Calais avaient été traités miséricordieusement, remarqua Barney soudain abattu, et s'ils pouvaient continuer à y vivre et à y travailler normalement, ils auraient envoyé des messages, depuis le temps. Plus l'attente se prolonge, plus il est probable qu'ils ont tous été jetés en prison, ou pire.

— C'est ce que disent les gens. » Depuis le pont du bateau, quelqu'un cria le nom de Jonathan. « Il faut que je remonte à bord.

— Vous n'auriez pas de minerai de fer pour mon cousin Carlos ? »

Jonathan secoua la tête.

« Notre cale est pleine de laine, rien d'autre. » On l'appela à nouveau, avec plus d'impatience. « Je t'apporterai ta lettre tout à l'heure.

— Venez donc dîner avec nous. Nous habitons tout près d'ici. Vous voyez la fumée qui s'élève ? C'est là. On appelle ce quartier El Arenal, l'"étendue de sable". C'est ici que sont fabriqués les canons du roi. Demandez Carlos Cruz. »

Jonathan remonta à bord en grimpant prestement à un filin et Barney reprit sa route.

Si les nouvelles – ou plus exactement l'absence de nouvelles – de Calais ne l'étonnaient pas, il n'en était pas moins affligé. Sa mère avait consacré les meilleures années de sa vie à développer l'entreprise familiale, et l'idée qu'on ait pu les déposséder purement et simplement de tous leurs biens emplissait Barney de tristesse et de colère.

Il termina sa tournée des quais sans avoir trouvé de minerai de fer à acheter. Au niveau du pont de Triana, il fit demi-tour et parcourut les étroites rues en zigzag de la ville, trépidante maintenant que les habitants quittaient leurs logis pour vaquer à leurs occupations quotidiennes. Séville avait beau être nettement plus opulente que Kingsbridge, les passants lui semblaient bien plus moroses. L'Espagne était le pays le plus riche du monde, mais aussi le plus conservateur. Il existait même des lois contre les tenues tapageuses. Les riches s'habillaient en noir, les pauvres portaient du brun délavé. Barney songea avec ironie que les catholiques extrémistes étaient très proches des protestants extrémistes.

C'était l'heure du jour la moins dangereuse pour se promener en ville : les coupe-jarrets et les voleurs à la tire dormaient généralement le matin, préférant travailler l'après-midi et le soir, quand le vin émoussait la vigilance de leurs victimes.

Il ralentit le pas en approchant de la maison de la famille Ruiz. C'était un nouveau et imposant bâtiment de brique percé d'une rangée de quatre grandes fenêtres au niveau principal, à l'étage. Plus tard dans la journée, ces fenêtres seraient recouvertes d'un treillis derrière lequel le señor Pedro Ruiz, obèse et essoufflé, s'assoirait comme un crapaud tapi parmi les roseaux, observant les allées et venues. Mais à cette heure-ci, il était encore au lit, et toutes les fenêtres ainsi que tous les treillis étaient grands ouverts pour laisser entrer la fraîcheur matinale.

Levant les yeux, Barney obtint ce qu'il espérait : il put décocher une œillade furtive à Jerónima, la fille du señor Ruiz, âgée de dix-sept ans. Ralentissant encore le pas, il la regarda hardiment, se grisant du spectacle de sa peau pâle, des ondulations luxuriantes de ses cheveux noirs et surtout de ses grands yeux bruns lumineux rehaussés par des sourcils de jais. Elle lui sourit et lui adressa un discret signe de la main.

Les jeunes filles bien élevées n'étaient pas censées se tenir à la fenêtre et encore moins faire signe aux garçons qui passaient, et Jerónima ne manquerait pas de s'attirer des ennuis si cela s'ébruitait. Elle n'en prenait pas moins ce risque, tous les matins à la même heure ; Barney était conscient, avec un frisson d'excitation, que c'était le plus qu'elle pût faire en matière d'avances.

Il dépassa la demeure des Ruiz, puis se mit à marcher à reculons, toujours souriant. Il trébucha, faillit tomber et esquissa une grimace narquoise. Elle pouffa, posant la main sur ses lèvres vermillon.

Barney n'avait aucunement l'intention d'épouser Jerónima. À vingt ans, il n'était pas prêt pour le mariage, et l'eût-il été, il n'était pas certain qu'il aurait jeté son dévolu sur elle. Cela ne l'empêchait pas d'avoir très envie de faire sa connaissance. Il aurait aimé la caresser discrètement à l'abri des regards et lui dérober quelques baisers. Hélas, les filles étaient surveillées plus étroitement en Espagne que dans son pays et, lorsqu'il lui envoya un baiser du bout des doigts, il songea que probablement, il n'en obtiendrait jamais de plus concret.

Elle tourna soudain la tête car elle avait entendu quelqu'un l'appeler. Un instant plus tard, elle avait disparu. Barney s'éloigna à contrecœur.

Carlos n'habitait pas loin, et les pensées de Barney passèrent de l'amour au petit déjeuner avec une promptitude qui lui inspira une légère honte.

La maison des Cruz était percée d'une arche qui menait à une cour servant d'atelier. Les tas de minerai de fer, de charbon et de chaux s'alignaient le long des murs, séparés par des cloisons de bois grossières. Un bœuf était à la longe dans un coin. Au centre se dressait le fourneau de fusion.

Ebrima Dabo, l'esclave africain de Carlos, alimentait le feu pour la première fonte de la journée, son grand front noir tout emperlé de sueur. Barney avait rencontré des Africains en Angleterre, surtout dans les villes portuaires comme Combe, mais ils étaient libres : le droit anglais n'autorisait pas l'esclavage. La situation était différente en Espagne. Séville abritait des milliers d'esclaves : ils représentaient sans doute le dixième de la population selon Barney. Il y avait des Arabes, des Nord-Africains, quelques Indiens d'Amérique et d'autres, comme Ebrima, originaires de la région mandingue d'Afrique de l'Ouest. Barney avait le don des langues et avait même retenu quelques mots de mandingue. Il avait entendu Ebrima saluer ses semblables en disant : « *I be nyaadi* ? » ce qui signifiait : « Comment vas-tu ? »

Carlos était dans la cour, tournant le dos à l'entrée, fort occupé à examiner une structure de brique qui venait d'être construite. Il avait entendu parler d'un type de fourneau différent, où l'admission d'air se faisait par le bas, le minerai de fer et la chaux étant introduits par le haut. Aucun des trois hommes n'avait jamais vu pareille installation, mais ils avaient décidé d'en fabriquer un prototype expérimental, auquel ils consacraient leurs heures de loisir.

Barney s'adressa à Carlos en espagnol :

« Impossible de dénicher du minerai de fer sur les quais aujourd'hui. »

Mais toutes les réflexions de son cousin se focalisaient sur le nouveau fourneau. Il gratta sa barbe noire et bouclée.

« Il faut trouver le moyen de harnacher le bœuf pour qu'il actionne les soufflets. »

Barney fronça les sourcils.

« Je ne vois pas très bien comment on peut y arriver, mais une bête de trait peut actionner n'importe quel mécanisme moyennant un nombre de roues suffisant. »

Ebrima avait surpris leur échange.

« Deux jeux de soufflets, intervint-il. Un qui rejette l'air vers l'extérieur tandis que l'autre l'envoie à l'intérieur.

— Bonne idée », approuva Carlos.

La cuisinière se trouvait dans la cour, un peu plus près de la maison. La grand-mère de Carlos qui remuait le contenu d'une casserole intervint :

« Allez vous laver les mains, les garçons. C'est prêt. »

C'était la grand-tante de Barney. Il l'appelait Tante Betsy alors qu'à Séville, on la connaissait sous le nom d'Elisa. Chaleureuse, cette femme n'était cependant pas une beauté. Un long nez de travers qui lui barrait le visage, le dos très large, de grandes mains et de grands pieds, elle avait déjà atteint soixante-cinq ans, un âge vénérable, mais était encore bien en chair et très active. Barney entendait encore sa Grandma de Kingsbridge dire : « Ma sœur Betsy n'était pas facile quand elle était jeune – c'est même pour cela qu'il a fallu l'envoyer en Espagne. »

Il avait du mal à l'imaginer : Tante Betsy était devenue prudente et raisonnable. Elle l'avait averti posément que Jerónima Ruiz ne se préoccupait que de ses propres intérêts et épouserait certainement un homme plus riche que lui.

Betsy avait élevé Carlos dont la mère était morte en couches. Son père avait rendu l'âme un an auparavant, quelques jours seulement avant l'arrivée de Barney. Les hommes vivaient dans le corps de bâtiment situé d'un côté de l'arche, tandis que Betsy, propriétaire des lieux, occupait l'autre moitié de la maison.

La table avait été dressée dans la cour. Ils prenaient généralement leurs repas dehors dans la journée, sauf s'il faisait exceptionnellement froid. Ils s'assirent pour manger des œufs frits avec des oignons, du pain de froment et un pichet de vin coupé d'eau. C'étaient des hommes robustes qui travaillaient dur toute la journée, et ils avaient bon appétit.

Ebrima prenait ses repas avec eux. Jamais l'esclave d'une riche famille ne mangeait avec ses maîtres, mais Carlos était un artisan et Ebrima travaillait constamment à ses côtés. Ebrima conservait pourtant une distance respectueuse : aucun d'eux ne faisait comme s'ils étaient égaux.

Barney avait été frappé par l'intervention astucieuse d'Ebrima quand ils avaient discuté du nouveau fourneau.

« Tu es très versé dans le travail du métal, lui dit-il pendant qu'ils mangeaient. C'est le père de Carlos qui t'a appris tout ça ?

— Mon propre père était ferronnier, répondit Ebrima.

— Ah bon ! s'étonna Barney. Je n'aurais jamais imaginé que les Africains travaillaient le fer.

— Et comment pensez-vous que nous nous procurons des épées pour faire la guerre ?

— Bien sûr. Mais alors... comment es-tu devenu esclave ?

— Au cours d'une guerre contre un royaume voisin. J'ai été fait prisonnier. Dans mon pays, il est normal que les prisonniers de guerre deviennent esclaves et travaillent dans les champs des vainqueurs. Mais mon maître est mort, alors sa veuve m'a vendu à un marchand d'esclaves arabe... et, au terme d'un long voyage, je me suis retrouvé à Séville. »

Barney n'avait encore jamais interrogé Ebrima sur son passé, et il était curieux. Ebrima avait-il la nostalgie de son pays, ou préférait-il Séville ? Il paraissait avoir la quarantaine : à quel âge était-il devenu esclave ? Sa famille lui manquait-elle ? Mais Ebrima reprit la parole :

« Puis-je vous poser une question, messire Willard ?

— Bien sûr ?

— Les Anglais ont-ils des esclaves ?

— Pas vraiment. »

Ebrima hésita :

« Qu'est-ce que ça veut dire, *pas vraiment* ? »

Barney réfléchit un instant.

« Dans la ville où j'habite, Kingsbridge, il y a un joaillier portugais qui s'appelle Rodrigo. Il achète des tissus fins, des dentelles et des soieries, et y coud des perles pour confectionner des coiffes, des voiles, des écharpes et autres attifets. Les femmes en raffolent. Les épouses des hommes riches viennent de tout l'ouest de l'Angleterre acheter ses articles.

— Et il a un esclave ?

— À son arrivée il y a cinq ans, il était accompagné d'un palefrenier originaire du Maroc qui s'appelle Achmed et qui savait vraiment s'y prendre avec les animaux. Le bruit s'est répandu, et les habitants de Kingsbridge payaient Achmed pour qu'il soigne leurs chevaux. Rodrigo a fini par l'apprendre et a voulu obliger Achmed à lui restituer l'argent qu'il avait touché, mais Achmed a refusé. Rodrigo a porté l'affaire devant la cour de justice trimestrielle, prétendant que l'argent lui revenait puisque Achmed était son esclave ; le juge Tilbury a dit : "Achmed n'a enfreint aucune loi anglaise." Rodrigo a perdu son procès et Achmed a gardé son argent. Il possède maintenant sa propre maison et fait d'excellentes affaires comme médecin vétérinaire.

— Autrement dit, les Anglais peuvent avoir des esclaves, mais si l'esclave s'en va, son maître ne peut pas l'obliger à revenir ?

— Exactement. »

Barney voyait bien que cette idée intriguait Ebrima. Peut-être rêvait-il d'aller en Angleterre et de devenir un homme libre.

Leur conversation fut soudain interrompue. Carlos et Ebrima se tournèrent vers l'arche qui marquait l'entrée de la cour et se figèrent. Suivant leur regard, Barney vit trois individus approcher. En tête marchait un petit homme large d'épaules vêtu d'habits coûteux, au visage barré par une moustache luisante de graisse. Il était suivi, à un ou deux pas, par deux hommes de plus haute taille qui devaient être, à en juger par la modestie de leur tenue, des domestiques, ou des gardes du corps, peut-être. Barney ne les avait jamais vus, mais ce type d'hommes ne lui était pas inconnu. Des brutes, à n'en pas douter.

Carlos s'exprima avec une circonspection manifeste.

« Sancho Sanchez, je vous souhaite le bonjour.

— Carlos ! Mon ami ! » s'écria Sancho.

Barney n'avait pourtant pas l'impression qu'ils fussent très amis.

Tante Betsy se leva.

« Je vous en prie, asseyez-vous, señor Sanchez », dit-elle. Ses paroles étaient accueillantes, mais son ton n'avait rien de chaleureux. « Vous partagerez bien notre petit déjeuner ?

— Non, je vous remercie, señora Cruz, répondit Sancho. En revanche, je prendrais volontiers un verre de vin. »

Il s'assit sur le siège de Tante Betsy. Ses deux compagnons restèrent debout. Il engagea la conversation sur le prix du plomb et de l'étain et Barney en déduisit qu'il était, lui aussi, fondeur. Sancho évoqua ensuite la guerre contre la France, et une épidémie de fièvre frissonnante qui balayait la ville, emportant pareillement riches et pauvres. Carlos lui répondait sèchement. Personne ne mangeait.

Sancho aborda enfin le véritable but de sa visite.

« Tu t'en es bien sorti, Carlos, dit-il d'un ton condescendant. À la mort de ton père, paix à son âme, je ne pensais pas que tu réussirais à poursuivre ses affaires tout seul. Tu avais achevé ton apprentissage et tu avais vingt et un ans donc tu étais autorisé à t'y essayer. Mais j'étais persuadé que tu échouerais. Tu nous as tous étonnés. »

Carlos paraissait sur ses gardes.

« Merci, répondit-il d'un ton neutre.

— Il y a un an, je t'ai proposé de racheter ton entreprise pour cent escudos. »

Carlos redressa le dos et les épaules, il releva le menton. Sancho leva la main, sur la défensive.

« Un prix modeste, j'en conviens, mais c'était la valeur que j'attribuais à ton affaire sans ton père pour la diriger.

— Cette offre était insultante », remarqua Carlos froidement.

Les deux gardes du corps se raidirent. Les accusations d'insulte pouvaient rapidement dégénérer en violence.

Sancho conserva son attitude conciliante, autant que faire se pouvait, songea Barney. Il ne présenta pas d'excuses à Carlos pour l'avoir offensé, mais adopta un ton indulgent, comme si c'était le jeune homme qui l'avait blessé.

« Je comprends ce que tu ressens, dit-il. Mais j'ai deux fils, et j'aimerais laisser une entreprise à chacun d'eux. Je suis prêt aujourd'hui à te donner mille escudos. » Comme s'il jugeait Carlos incapable de compter, il précisa : « C'est dix fois plus que mon offre initiale.

— C'est encore trop peu », répondit Carlos.

Barney s'adressa à Sancho pour la première fois.

« Pourquoi ne construisez-vous pas simplement un second fourneau pour votre deuxième fils ? »

Sancho lui jeta un regard plein de morgue, comme s'il ne remarquait sa présence qu'à l'instant. De toute évidence, il estimait que l'Anglais n'avait pas droit à la parole tant qu'on ne la lui donnait pas. Ce fut Carlos qui répondit :

« Comme la plupart des industries d'Espagne, les métiers du métal sont contrôlés par une "corporation", un peu comme une guilde anglaise, en plus conservateur. La corporation limite le nombre de fourneaux.

— La réglementation veille au maintien d'une qualité de production supérieure et évite que n'importe quel filou puisse se livrer à cette industrie, précisa Sancho.

— Tout en s'assurant que les prix ne seront pas tirés vers le bas par des produits meilleur marché », suggéra Barney.

Carlos ajouta :

« Sancho fait partie du conseil de la corporation du métal de Séville, Barney. »

Sancho ne s'intéressait pas à Barney.

« Carlos, mon ami, mon voisin, veux-tu bien répondre à cette simple question : quel prix demandes-tu de ton entreprise ?

— Elle n'est pas à vendre », fit Carlos en secouant la tête.

Sancho retint visiblement une répartie venimeuse et afficha un sourire forcé.

« Je pourrais aller jusqu'à mille cinq cents.

— Je ne suis pas vendeur, même à mille cinq cents. »

Barney remarqua que Tante Betsy avait l'air inquiète. Elle semblait avoir peur de Sancho et craindre que Carlos ne se le mette à dos. L'expression de sa grand-mère n'échappa pas non plus à Carlos, qui se contraignit à prendre un ton plus amène.

« Je vous remercie tout de même pour cette aimable proposition, voisin Sancho. »

L'intention était bonne, mais le résultat manquait de sincérité.

Sancho cessa de feindre.

« Tu pourrais avoir à t'en repentir, Carlos.

— Pourquoi dites-vous cela, Sancho ? répliqua Carlos d'une voix chargée de mépris. On pourrait y déceler une menace. »

Sancho ne confirma ni ne nia.

« Si les affaires tournent mal, tu pourrais regretter de ne pas avoir accepté ma proposition.

— J'assume le risque. Mais à présent, j'ai du travail qui m'attend. L'armurier du roi a besoin de fer. »

Visiblement furieux de se voir ainsi congédié, Sancho se leva.

« J'espère que le vin vous a plu, señor, dit Tante Betsy. C'est le meilleur que nous ayons. »

Sancho ne s'abaissa pas à répondre à une remarque aussi triviale venant d'une simple femme.

« Nous en reparlerons bientôt », lança-t-il à Carlos.

Barney vit son cousin réprimer une réplique sarcastique. Il répondit d'un hochement de tête silencieux.

Sancho était sur le point de s'éloigner quand il aperçut le nouveau fourneau.

« Qu'est-ce que c'est ? demanda-t-il. Un deuxième fourneau ?

— L'ancien doit être remplacé. » Carlos se mit debout. « Merci pour la visite, Sancho. »

Sancho ne bougea pas.

« Ton ancien fourneau me paraît en excellent état.

— Quand le nouveau sera prêt, l'ancien sera détruit. Je connais les règles aussi bien que vous. Au revoir.

— Le nouveau présente un aspect singulier », insista Sancho.

Carlos laissa transparaître son irritation.

« J'ai apporté quelques améliorations à la conception traditionnelle. La corporation n'a pas de règle qui l'interdise.

— Garde ton calme, fils. Je te pose des questions, rien de plus.

— Et moi, je vous dis au revoir, rien de plus. »

Sancho ne se hérissa même pas devant l'incivilité de Carlos. Il continua à examiner le nouveau fourneau pendant une bonne minute. Puis il fit demi-tour et s'éloigna. Ses deux gardes du corps lui emboîtèrent le pas, sans avoir prononcé un seul mot de toute l'entrevue.

Une fois Sancho hors de portée de voix, Tante Betsy remarqua :

« Il ne fait pas bon avoir un homme pareil comme ennemi.

— Je sais », répondit Carlos.

*

Cette nuit-là, Ebrima coucha avec la grand-mère de Carlos.

Carlos et Barney avaient des lits au premier étage du côté réservé aux hommes, tandis qu'Ebrima dormait sur un matelas au rez-de-chaussée. Ce soir-là, Ebrima attendit une demi-heure qu'un profond silence règne dans toute la maison ; il se releva alors et traversa la cour à pas feutrés, jusqu'au bâtiment qu'occupait Elisa. Il se glissa dans son lit et ils firent l'amour.

C'était une Blanche vieille et laide, mais il faisait sombre et son corps était doux et chaud. Et surtout, elle avait toujours été bonne pour Ebrima. Il ne l'aimait pas et ne l'aimerait jamais, mais lui donner ce qu'elle voulait n'était pas une épreuve.

Elisa s'assoupit ensuite et Ebrima resta éveillé, se rappelant la première fois.

Cela faisait dix ans qu'il était arrivé à Séville dans la cale d'un négrier et avait été vendu au père de Carlos. Il souffrait de la solitude et du mal du pays, il était désespéré. Un dimanche, alors que tous les autres étaient à l'église, la grand-mère de Carlos avait surpris Ebrima qui sanglotait amèrement. À sa grande surprise, elle avait séché ses larmes sous de tendres baisers et pressé sa tête contre ses seins moelleux. Il était tellement avide d'affection humaine qu'il lui avait fait l'amour avec fougue.

Il savait qu'Elisa l'exploitait. Elle était libre de mettre fin à leur relation quand elle le voulait, contrairement à lui. Elle n'en était pas moins le seul être humain qu'il pût tenir dans ses bras et, tout au long d'une décennie d'exil solitaire, elle lui avait apporté un précieux réconfort.

Quand elle se mit à ronfler, il regagna sa propre couche.

Tous les soirs, avant de s'endormir, Ebrima songeait à la liberté. Il s'imaginait dans une maison à lui, avec une femme qui serait son épouse et peut-être quelques enfants aussi. Dans son imagination, il avait en poche de l'argent gagné à la sueur de son front, il portait des vêtements qu'il avait choisis et payés lui-même, au lieu d'habits déjà usés par d'autres. Il sortait de chez lui quand il voulait, revenait quand ça lui chantait, et personne ne pouvait le fouetter pour cela. Au moment de céder au sommeil, il espérait toujours rêver de cette vie-là, et cela lui arrivait parfois.

Il dormit quelques heures et s'éveilla au point du jour. C'était dimanche. Plus tard, il irait à l'église avec Carlos, et le soir, il se rendait souvent dans une taverne qui appartenait à un esclave africain affranchi et jouait les quelques pourboires qu'il recevait parfois à la fonderie. Mais avant cela, il avait un devoir personnel à accomplir. Il s'habilla et sortit.

Franchissant la porte nord de la ville, il longea le fleuve vers l'amont, tandis que la lumière commençait à peine à gagner le ciel. Une heure plus tard, il arriva en un lieu isolé qu'il connaissait bien, près d'un bosquet qui poussait sur la rive. C'était là qu'il accomplissait le rite de l'eau.

Personne ne l'avait jamais surpris, et de toute manière, cela n'aurait pas eu grande importance car on aurait pu penser qu'il se baignait, tout simplement.

Ebrima ne croyait pas au Dieu crucifié. Il faisait semblant parce que cela lui facilitait la vie, et il avait été baptisé dans la religion chrétienne ici, en Espagne, mais il rejetait toutes ces sornettes. Les Européens ignoraient qu'il y avait des esprits partout, dans les mouettes comme dans le vent d'ouest et les orangers. Et le plus puissant de tous était le dieu du fleuve : Ebrima le savait parce qu'il avait grandi dans un village situé au bord d'un cours d'eau. Ce n'était pas le même qu'ici, et il ignorait à combien de centaines de journées de marche il était de son lieu de naissance, mais le dieu était le même.

Quand il pénétra dans l'eau en murmurant les paroles sacrées, la sérénité envahit son âme et il laissa les souvenirs refluer des profondeurs de son esprit. Il se rappela son père, un homme solide dont la peau brune était constellée de cicatrices noires de brûlures dues à des accidents avec le métal en fusion ; sa mère, seins nus, qui désherbait son carré de légumes ; sa sœur qui tenait un bébé, le neveu d'Ebrima, qu'il ne verrait jamais devenir un homme. Aucun d'eux ne savait même le nom de la ville où il vivait à présent, mais ils adoraient tous le même esprit.

Dans sa tristesse, le dieu du fleuve le réconfortait. Lorsque le rite approcha de son terme, le dieu lui accorda un dernier présent : la force. Ebrima sortit du fleuve, l'eau ruisselant sur sa peau, et vit que le soleil était levé. Il sut alors que, pendant encore un peu de temps, il pourrait supporter son sort.

*

Le dimanche, Barney se rendit à l'église avec Carlos, Tante Betsy et Ebrima. Ils composaient un groupe peu ordinaire, songea Barney. Malgré sa barbe broussailleuse et ses larges épaules, Carlos paraissait bien jeune pour être chef de famille. Tante Betsy était sans âge : ses cheveux étaient gris mais elle avait conservé sa silhouette féminine. Dans les vieux vêtements de Carlos, Ebrima marchait avec dignité, réussissant ainsi à donner l'impression d'être endimanché. Quant à Barney, il avait une barbe rousse et les yeux brun doré des Willard, et sa boucle d'oreille était suffisamment insolite pour attirer des regards étonnés, surtout de la part des jeunes femmes ; c'était du reste pour cela qu'il la portait.

La cathédrale de Séville était plus grande que celle de Kingsbridge, reflétant la richesse fabuleuse du clergé espagnol. La nef centrale, d'une hauteur extraordinaire, était flanquée de deux paires de bas-côtés auxquelles s'ajoutaient deux rangées de chapelles latérales, rendant l'édifice presque aussi large que long. Il aurait pu contenir sans difficulté n'importe quelle autre église de la ville. Un millier de fidèles regroupés autour du maître-autel faisaient l'effet d'une assemblée modeste, leurs réponses au célébrant se perdant dans la vastitude des voûtes qui les surplombaient. Il y avait un immense retable et une débauche de sculptures dorées toujours inachevées après soixante-dix ans de travail.

La messe était un événement social majeur, qui offrait en même temps la possibilité de se purifier l'âme. Tout le monde était censé y assister, surtout les notables. L'office donnait l'occasion de parler à des gens que l'on n'aurait pas rencontrés ailleurs. Une jeune fille respectable pouvait même se permettre d'échanger quelques mots avec un célibataire sans compromettre sa réputation, sous l'œil vigilant de ses parents, cela va sans dire.

Carlos portait un nouveau manteau à col de fourrure. Il avait annoncé à Barney qu'il avait l'intention de parler ce jour-là au père de Valentina Villaverde, la jeune fille qui occupait ses pensées. Il avait hésité pendant un an, sachant que la communauté économique se demandait s'il saurait administrer avec succès l'entreprise de son père, mais il estimait avoir suffisamment attendu désormais. La visite de Sancho prouvait que l'on s'accordait à reconnaître sa réussite – et qu'un homme, au moins, ambitionnait de l'en priver. Le moment paraissait bien choisi pour demander la main de Valentina. Si elle acceptait, non seulement, il pourrait épouser la jeune fille dont il était épris, mais il se marierait dans l'élite sévillane, ce qui le mettrait à l'abri de rapaces comme Sancho.

Ils rencontrèrent la famille Villaverde dès qu'ils franchirent le grand portail ouest de la cathédrale. Carlos s'inclina profondément devant Francisco Villaverde, puis adressa un sourire empressé à Valentina. Barney remarqua qu'avec son teint de pêche et ses cheveux blonds, la jeune fille paraissait plus anglaise qu'espagnole. Quand ils seraient mariés, avait confié Carlos à Barney, il construirait une haute maison qui garderait la fraîcheur, avec des fontaines et un jardin tout ombragé d'arbres pour que le soleil ne brûle jamais les pétales de ses joues.

Elle lui rendit gaiement son sourire. Elle était surveillée de près par son père, son frère aîné et sa mère, mais ils ne pouvaient pas l'empêcher de montrer qu'elle était heureuse de voir Carlos.

Barney avait sa propre cour à faire. Il parcourut la foule du regard et repéra Pedro Ruiz et sa fille Jerónima – la mère était morte. Se frayant un passage jusqu'à eux à travers l'assemblée, il s'inclina devant Pedro, tout pantelant après le court trajet entre son domicile et la cathédrale. Don Pedro était un intellectuel qui entreprit immédiatement Barney sur la possibilité que la Terre tournât autour du Soleil plutôt que l'inverse.

Barney s'intéressait davantage à la fille qu'aux idées du père. Il adressa à Jerónima son sourire le plus ravageur. Elle le lui rendit.

« Je vois que c'est l'ami de votre père, l'archidiacre Romero, qui célèbre l'office », observa-t-il.

Romero était une étoile montante du clergé que l'on disait proche du roi Philippe, et Barney savait qu'il fréquentait régulièrement la demeure des Ruiz.

« Père aime discuter avec lui de théologie, commenta Jerónima avant de baisser la voix dans une grimace de dégoût. Il m'importune.

— Romero ? » Barney jeta un regard méfiant en direction

de Pedro, mais celui-ci saluait un voisin et pour le moment, ne regardait pas sa fille. « Que voulez-vous dire par là ?

— Il dit qu'il espère être mon ami lorsque je serai mariée. Et il me touche le cou. J'en ai la chair de poule. »

Apparemment, songea Barney, l'archidiacre s'était pris d'une passion coupable pour Jerónima. Barney pouvait le comprendre, puisqu'il partageait cette attirance. Mais il n'allait certainement pas l'avouer.

« C'est répugnant, observa-t-il. Un prêtre luxurieux. »

Son attention fut alors attirée par un personnage qui montait en chaire, vêtu de la tunique blanche et du manteau noir des dominicains. Le sermon allait commencer. Barney ne connaissait pas le prédicateur. Grand et mince, il avait les joues pâles et une épaisse tignasse raide. Il semblait avoir une trentaine d'années, ce qui était jeune pour être admis à prêcher à la cathédrale. Barney l'avait remarqué pendant les prières, parce qu'il lui avait paru en proie à une extase sacrée, prononçant le texte latin avec passion, les yeux clos, levant son visage blafard vers le ciel, à la différence de la plupart des prêtres qui donnaient l'impression généralement d'accomplir une corvée fastidieuse.

« Qui est-ce ? » demanda Barney.

Pedro dont l'attention s'était reportée sur le jeune homme qui courtisait sa fille lui répondit :

« Le père Alonso, le nouvel inquisiteur. »

Carlos, Ebrima et Betsy surgirent au côté de Barney, s'avançant pour mieux voir le prédicateur.

Alonso commença par évoquer la fièvre frissonnante qui avait tué plusieurs centaines d'habitants dans le courant de l'hiver. C'était un châtiment divin, déclara-t-il. Les habitants de Séville feraient bien d'en tirer des leçons et de scruter leur conscience. Quels terribles péchés avaient-ils commis, pour éveiller ainsi la colère de Dieu ?

La réponse était simple : ils avaient toléré la présence de païens en leur sein. Le jeune prêtre s'échauffa en énumérant les blasphèmes des hérétiques. Il cracha les mots de « juif », « musulman », « protestant » comme s'ils avaient un goût infect sur ses lèvres.

Mais de qui parlait-il ? Barney connaissait l'histoire de l'Espagne. En 1492, Ferdinand et Isabelle – les « Rois très catholiques » – avaient lancé un ultimatum aux juifs d'Espagne : se convertir au catholicisme ou quitter le pays. Plus tard, le même choix impitoyable avait été offert aux musulmans. Depuis, toutes les synagogues et toutes les mosquées avaient été transformées en églises. Quant aux protestants espagnols, Barney n'en avait jamais rencontré un seul, à sa connaissance.

Il se dit que ce sermon n'était que du vent, mais Tante Betsy était troublée.

« Ça ne présage rien de bon, murmura-t-elle.

— Pourquoi ? Il n'y a pas d'hérétiques à Séville, lui répondit Carlos.

— Quand on lance une chasse aux sorcières, il faut trouver des sorcières.

— Comment pourrait-il trouver des hérétiques là où il n'y en pas ?

— Regarde autour de toi ! Il dira qu'Ebrima est musulman.

— Il est chrétien ! protesta Carlos.

— Ils prétendront qu'il est revenu à sa religion d'origine, ce qui ferait de lui un relaps, un péché plus grave encore que s'il ne s'était jamais converti au christianisme. »

Barney songea que Betsy avait sans doute raison : la couleur sombre de la peau d'Ebrima le rendrait suspect, quelle que fût la réalité.

Betsy pointa le menton vers Jerónima et son père.

« Pedro Ruiz lit les textes d'Érasme et débat des doctrines de l'Église avec l'archidiacre Romero.

— Mais Pedro et Ebrima sont ici, remarqua Carlos, ils assistent à la messe !

— Alonso les accusera de pratiquer leurs rites païens chez eux, à la nuit tombée, derrière des volets clos et des portes verrouillées.

— Il lui faudra tout de même des preuves, non ?

— Ils avoueront. »

Carlos était décontenancé.

« Pourquoi le feraient-ils ?

— Tu avouerais ton hérésie, toi aussi, si on te dénudait et qu'on te liait avec des cordes que l'on serrait peu à peu jusqu'à ce qu'elles fassent éclater ta peau et commencent à arracher la chair de tes membres…

— Arrête, j'ai compris. »

Carlos frissonna. Barney se demanda comment Betsy était aussi bien informée des tortures de l'Inquisition.

Alonso arrivait à sa péroraison et appela tous les citoyens à rejoindre une nouvelle croisade contre les infidèles qui s'étaient infiltrés dans leurs rangs. Quand il eut fini, la communion commença. Observant les visages des paroissiens, Barney eut l'impression que ce prêche les avait mis mal à l'aise. C'étaient de bons catholiques, mais ils préféraient vivre paisiblement que partir en croisade. Comme Tante Betsy, ils craignaient que ce sermon n'annonce des ennuis.

Quand l'office s'acheva et que le clergé sortit de la nef en procession, Carlos se tourna vers Barney :

« Tu veux bien m'accompagner pour aller parler à Villaverde ? J'aurais grand besoin d'un soutien amical. »

Barney le suivit de bon gré lorsqu'il aborda Francesco et s'inclina devant lui :

« Puis-je vous demander de bien vouloir me consacrer quelques instants, señor ? Je souhaiterais m'entretenir avec vous d'une affaire de la plus haute importance. »

Francisco Villaverde avait le même âge que Betsy : Valentina était la fille de sa seconde épouse. C'était un homme soigné et imbu de lui-même, mais il n'était pas hostile. Il sourit aimablement :

« Bien sûr. »

Valentina semblait intimidée, constata Barney. Sans doute, contrairement à son père, devinait-elle de quoi il allait être question.

« Une année s'est écoulée depuis la mort de mon père », commença Carlos.

Barney s'attendait à entendre la prière à mi-voix appelant son âme à reposer en paix, formule de politesse conventionnelle à la moindre évocation d'un parent défunt, mais à sa surprise, Francisco conserva le silence.

Carlos poursuivit :

« Tout le monde peut se convaincre que mon atelier est bien administré et que mon entreprise est florissante.

— On ne peut que vous en féliciter, acquiesça Francisco.

— Merci.

— Où voulez-vous en venir, jeune Carlos ?

— J'ai vingt-deux ans, je suis en bonne santé, ma sécurité financière est assurée. Mon épouse ne manquera ni d'amour ni de confort matériel.

— J'en suis certain. Et... ?

— Je vous demande humblement l'autorisation de me présenter chez vous, dans l'espoir que votre délicieuse fille, Valentina, me juge digne de lui faire la cour. »

Valentina devint écarlate. Son frère émit un bredouillement qui pouvait exprimer l'indignation.

L'attitude de Francisco Villaverde changea immédiatement.

« Certainement pas », dit-il avec une vigueur surprenante.

Carlos en demeura bouche bée. Pendant un moment, il fut incapable de parler.

« Comment osez-vous ? reprit Francisco. Ma fille ! »

Carlos retrouva enfin sa voix.

« Mais... puis-je vous demander pourquoi ? »

Barney se posait la même question. Francisco n'avait aucune raison de se sentir supérieur à Carlos. Il était parfumeur, un métier peut-être un peu plus raffiné que celui de fondeur ; mais tout de même, à l'image de Carlos, il fabriquait ses marchandises et les vendait. Il n'appartenait pas à la noblesse.

Francisco hésita avant de répondre :

« Vous n'êtes pas de sang pur. »

Carlos allait de surprise en surprise.

« Parce que ma grand-mère est anglaise ? C'est complètement grotesque. »

Le frère regimba :

« Surveillez votre langage.

— Je ne tolérerai pas qu'on juge mes propos grotesques », renchérit Francisco.

Barney voyait bien que Valentina était désemparée. Visiblement, elle ne s'attendait pas non plus à ce refus hautain.

« Attendez un instant », supplia Carlos, au désespoir.

Mais Francisco demeura inflexible.

« Cet entretien est terminé. »

Il se détourna et, prenant Valentina par le bras, il se dirigea vers le portail ouest. La mère et le frère leur emboîtèrent le pas. Il était inutile de les suivre, Barney le savait ; Carlos ne ferait que se ridiculiser.

Barney voyait bien que son cousin était blessé et furieux. Si le reproche concernant ses origines n'avait aucun sens, l'accusation n'en était pas moins humiliante. Dans ce pays, « impur » signifiait habituellement « juif » ou « musulman », et Barney n'avait jamais entendu appliquer cet adjectif à quelqu'un qui avait des ancêtres anglais ; mais certains ne reculaient devant aucun prétexte pour justifier leur mépris.

Ebrima et Betsy les rejoignirent. Betsy remarqua immédiatement l'humeur de Carlos et jeta un regard interrogateur à Barney. Celui-ci murmura :

« Villaverde l'a refusé.

— Diable ! » s'écria Betsy.

Elle était irritée mais ne semblait pas surprise, et Barney se demanda si elle ne s'y attendait pas.

*

Ebrima était navré pour Carlos, et cherchait un moyen de le dérider. Lorsqu'ils furent tous rentrés chez eux, il proposa d'essayer le nouveau fourneau. Le moment était aussi bien choisi qu'un autre, pensait-il, et cette activité ferait peut-être oublier son humiliation à Carlos. Les chrétiens n'avaient pas le droit de travailler ni de faire des affaires le dimanche, bien sûr, mais ce n'était pas vraiment du travail : c'était une expérience.

Carlos se laissa séduire par cette idée. Il alluma le feu pendant qu'Ebrima équipait le bœuf d'un harnachement de leur invention et que Barney mélangeait du minerai de fer broyé avec de la chaux.

Le système de soufflerie ne donnait pas toute satisfaction, et ils durent revoir le mécanisme actionné par l'animal. Betsy renonça à ses projets d'élégant dîner dominical et apporta du pain et du porc salé, que les trois hommes mangèrent debout. La lumière de l'après-midi déclinait déjà quand toute l'installation fut enfin en état de marche. Lorsque le feu fut bien en train, attisé par les deux soufflets, Ebrima prit une pelle et commença à charger le fourneau de minerai de fer et de chaux.

Pendant un moment, il ne se passa rien. Le bœuf tournait patiemment, les soufflets s'activaient, ventilant à grand bruit, la chaleur rayonnait depuis la cheminée et les hommes attendaient.

Carlos avait entendu parler de ce procédé de production de fer par deux hommes, un Français de Normandie et un Wallon des Pays-Bas, et Barney par un Anglais du Sussex. Tous prétendaient que cette méthode permettait d'obtenir du fer deux fois plus rapidement. Ils exagéraient peut-être, mais même si c'était le cas, la perspective était séduisante. Comme ils affirmaient que du fer en fusion sortirait par la partie inférieure du fourneau, Carlos avait bâti une glissière en pierre chargée de conduire la coulée jusqu'à des moules en forme de lingots creusés dans la terre de la cour. Mais ils ne disposaient d'aucun plan d'un tel fourneau, et avaient donc été obligés de procéder empiriquement.

Le fer n'apparaissait toujours pas. Ebrima commençait à se demander quelle erreur ils avaient pu commettre. Peut-être auraient-ils dû construire une cheminée plus haute. Le fin mot de l'affaire était la température, il en était certain. Il aurait peut-être fallu utiliser du charbon de bois, dont la combustion dégageait plus de chaleur que le charbon, mais il était cher dans un pays qui avait besoin de tous ses arbres pour construire les navires du roi.

Soudain, une demi-lune de fer fondu surgit à la sortie du fourneau et s'avança peu à peu dans la glissière de pierre. Cette protubérance hésitante se mua en vague lente, puis en jaillissement. Les hommes poussèrent des cris de victoire. Elisa vint voir ce qui se passait.

Le métal liquide, rouge tout d'abord, vira rapidement au gris. En le regardant attentivement, Ebrima songea qu'il présentait un aspect de fonte brute et qu'il faudrait probablement le refondre pour le raffiner. Mais ce n'était pas un gros problème. Le fer était par ailleurs recouvert d'une couche vitreuse, du laitier certainement, qu'il allait falloir trouver le moyen d'écumer.

Néanmoins, le processus de fabrication était effectivement rapide. Une fois qu'il avait commencé à couler, le fer sortait comme si on avait ouvert un robinet. Ils n'avaient qu'à continuer à charger du charbon, du minerai de fer et de la chaux par le haut du fourneau, et la richesse liquide se déversait à l'autre extrémité.

Les trois hommes se congratulèrent mutuellement. Elisa leur apporta une bouteille de vin. Ils restèrent là, coupes à la main, à boire en contemplant avec ravissement le fer qui durcissait. Carlos avait l'air un peu plus gai : il se remettait de la vive déconvenue du refus du señor Villaverde. Peut-être choisirait-il ce moment d'euphorie pour annoncer à Ebrima qu'il était un homme libre.

Au bout de quelques instants, Carlos ordonna :

« Alimente le four, Ebrima. »

Ebrima reposa sa coupe :

« Tout de suite », dit-il.

*

Si le nouveau fourneau fut un triomphe pour Carlos, il ne fit pas le bonheur de tous.

Il fonctionnait du lever au coucher du soleil, six jours sur sept. Carlos vendait la fonte brute à une forge d'affinage pour ne pas avoir à effectuer cette opération lui-même et pouvoir se concentrer sur la production, tandis que Barney assurait l'approvisionnement supplémentaire de minerai de fer dont ils avaient besoin.

L'armurier du roi était satisfait. Il avait le plus grand mal à trouver suffisamment d'armes à acheter pour guerroyer contre la France et l'Italie, affronter la flotte du sultan en mer et protéger les galions de retour d'Amérique des attaques de pirates. Les forges et les ateliers de Séville n'arrivaient pas à en produire suffisamment, et les corporations s'opposaient à tout accroissement des capacités de fabrication, obligeant l'armurier à pourvoir à une grande partie de ses besoins par des achats à l'étranger – raison pour laquelle l'argent d'Amérique qui arrivait à Séville en repartait aussi promptement. Aussi était-il ravi de cette production inhabituellement rapide de fer.

En revanche, les autres fondeurs de Séville faisaient grise mine. Ils ne pouvaient que constater que Carlos gagnait deux fois plus qu'eux. Il devait bien y avoir une règle qui interdisait cela, non ? Sancho Sanchez porta officiellement plainte auprès de la corporation. Le conseil devrait trancher.

Barney était inquiet, mais Carlos restait serein : la corporation n'était pas de taille à s'opposer à l'armurier du roi.

C'est alors qu'ils reçurent la visite du père Alonso.

Ils travaillaient dans la cour quand celui-ci fit son entrée, suivi d'une petite escorte de prêtres plus jeunes. Carlos s'appuya sur sa pelle et dévisagea l'inquisiteur, cherchant à prendre l'air dégagé, sans grand succès, songea Barney. Tante Betsy sortit de la maison et se campa, ses grandes mains posées sur ses larges hanches, prête à affronter Alonso.

Barney imaginait mal qu'on pût accuser Carlos d'hérésie. D'un autre côté, pour quelle autre raison l'inquisiteur était-il là ?

Avant de prononcer un seul mot, Alonso parcourut lentement la cour du regard, dressant son nez étroit et busqué, tel un rapace. Quand ses yeux se posèrent sur Ebrima, il prit enfin la parole :

« Cet homme noir est-il musulman ? »

Ebrima répondit lui-même.

« Dans le village où je suis né, mon père, personne n'avait jamais entendu l'Évangile de Jésus-Christ, et le nom du prophète musulman n'avait jamais été prononcé non plus. J'ai été élevé dans l'ignorance païenne, ainsi que mes ancêtres avant moi. Mais la main de Dieu m'a guidé pendant un long voyage et quand on m'a enseigné la vérité sacrée ici, à Séville, je suis devenu chrétien et j'ai été baptisé dans la cathédrale, ce dont je rends grâce tous les jours à mon céleste Père dans mes prières. »

Ce discours était si convaincant que Barney devina que ce n'était pas la première fois qu'Ebrima le prononçait.

Alonso n'était pourtant pas prêt à s'en satisfaire.

« Dans ce cas, pourquoi travailles-tu le dimanche ? N'est-ce pas parce que le jour saint des musulmans est le vendredi ?

— Personne ici ne travaille le dimanche, intervint Carlos. En revanche, nous travaillons tous autant que nous sommes toute la journée du vendredi.

— On a vu votre fourneau allumé le dimanche de mon premier sermon à la cathédrale. »

Barney jura à mi-voix. Quelqu'un les avait épiés. Il jeta un coup d'œil aux bâtiments environnants : de nombreuses fenêtres donnaient sur la cour. L'accusation émanait certainement d'un voisin – un collègue jaloux sans doute, peut-être même Sancho.

« Nous ne travaillions pas, mon père, rétorqua Carlos. Nous nous livrions à une expérience. »

L'excuse était faible, même aux oreilles de Barney.

Carlos poursuivit, cherchant désespérément une échappatoire :

« Voyez-vous, mon père, dans ce type de fourneau, l'air est introduit à la base de la cheminée...

— Je n'ignore rien de ce procédé », l'interrompit Alonso.

Tante Betsy explosa :

« Je me demande comment un prêtre peut être aussi bien informé de la fonte des métaux. Peut-être avez-vous discuté avec les concurrents de mon petit-fils. Qui l'a dénoncé, mon père ? »

Barney comprit à l'expression d'Alonso que Tante Betsy avait vu juste, mais l'inquisiteur ne prit pas la peine de répondre à la question, préférant passer à l'offensive :

« Vous, d'abord, vous êtes née dans l'Angleterre protestante.

— Certainement pas, protesta Betsy avec énergie. Le bon roi catholique Henri VII était sur le trône le jour de ma naissance. Quant à son fils protestant, Henri VIII, il faisait encore pipi au lit quand ma famille a quitté l'Angleterre pour me conduire ici, à Séville. Je ne suis jamais retournée là-bas. »

Alonso se tourna alors vers Barney, qui frémit de crainte. Cet homme avait le pouvoir de torturer des gens et de les mettre à mort.

« Vous ne pouvez certainement pas en dire autant, vous, remarqua Alonso. Vous êtes né et avez été élevé dans le protestantisme, cela ne saurait faire de doute. »

L'espagnol de Barney étant trop rudimentaire pour lui permettre de s'engager dans un débat théologique, il préféra répondre sobrement :

« L'Angleterre n'est plus protestante et je ne le suis pas non plus, mon père. Si vous fouillez cette maison, vous constaterez qu'elle ne contient aucun ouvrage interdit, pas de textes hérétiques, pas de tapis de prière musulmans. Au-dessus de mon lit, il y a un crucifix, et sur mon mur, une image de saint Hubert de Liège, patron des ouvriers du fer. C'est Hubert qui…

— Je connais saint Hubert. »

De toute évidence, l'idée que quelqu'un pût avoir quelque chose à lui apprendre offensait Alonso. Barney pensa néanmoins qu'il commençait sans doute à être à court d'arguments. Chacune de ses accusations avait été parée. Tout ce qu'il pouvait faire valoir était qu'ils avaient fait ce qui pouvait éventuellement être considéré comme du travail dominical. Or Carlos et sa famille n'étaient certainement pas les seuls Sévillans à contourner cette règle.

« J'espère que ce que vous m'avez dit aujourd'hui est la pure vérité, conclut Alonso. Si tel n'était pas le cas, vous subiriez le même sort que Pedro Ruiz. »

Alors que l'inquisiteur faisait demi-tour pour s'éloigner, Barney s'interposa, inquiet pour le père de Jerónima.

« Qu'est-il arrivé à Pedro Ruiz ? »

Alonso savoura manifestement le fait de l'avoir alarmé.

« Il a été arrêté, répondit-il complaisamment. J'ai trouvé chez lui une traduction espagnole de l'Ancien Testament, ce qui est interdit, ainsi qu'un exemplaire de l'*Institution de la religion chrétienne*, un ouvrage hérétique de Jean Calvin, le chef protestant de l'abominable ville de Genève. Comme le veut la procédure ordinaire, l'Inquisition a placé tous les biens de Pedro Ruiz sous séquestre. »

Carlos ne paraissant pas surpris, Barney en conclut qu'Alonso disait sans doute vrai en parlant de procédure ordinaire, mais il n'en fut pas moins bouleversé.

« Tous ses biens ? Mais comment sa fille vivra-t-elle ?

— Par la grâce de Dieu, comme nous tous », lança Alonso avant de sortir, suivi par son escorte.

Le soulagement de Carlos était flagrant.

« Je suis navré pour le père de Jerónima, dit-il, mais je crois que nous avons rivé son clou à Alonso.

— N'en sois pas si sûr, objecta Betsy.

— Que veux-tu dire ? demanda Carlos.

— Tu ne te souviens sans doute pas de ton grand-père, mon mari.

— J'étais encore tout petit quand il est mort.

— Paix à son âme. Il avait été élevé dans la religion musulmane. »

Les trois hommes la regardèrent, stupéfaits. Carlos demanda d'un ton incrédule :

« Ton mari était musulman ?

— Initialement, oui.

— Mon grand-père, José Alano Cruz ?

— Son vrai nom était Youssef al-Khalil.

— Comment as-tu pu épouser un musulman ?

— Quand les musulmans ont été expulsés d'Espagne, il a choisi de se convertir au christianisme plutôt que de s'exiler. Il a été instruit dans cette religion et a été baptisé à l'âge adulte, exactement comme Ebrima. José était son nom de baptême. Pour sceller sa conversion, il a décidé d'épouser une jeune chrétienne. C'était moi. J'avais treize ans.

— Les musulmans ont-ils été nombreux à épouser des chrétiennes ? interrogea Barney.

— Non. Ils se mariaient généralement au sein de leur communauté, même après leur conversion. Mon cher José n'était pas comme les autres. »

Carlos s'intéressait davantage à l'aspect personnel de l'histoire de sa grand-mère.

« Savais-tu qu'il avait été élevé dans la religion musulmane ?

— Je ne l'ai pas appris tout de suite. Il venait de Madrid, et n'en avait parlé à personne ici. Mais il y a constamment des gens qui arrivent de Madrid, et un beau jour, un Madrilène qui l'avait connu en tant que musulman l'a croisé ici, à Séville. Après cela, le secret n'a plus été aussi bien gardé, malgré tous nos efforts. »

Barney ne put réfréner sa curiosité :

« Tu disais que tu avais treize ans, Tante Betsy ? Tu étais amoureuse de lui ?

— Je l'adorais. Je n'ai jamais été jolie, alors qu'il était bel homme et charmant. Il était également affectueux, bon et attentionné. J'étais au paradis. »

Tante Betsy était en veine de confidences.

« Et puis, mon grand-père est mort…, murmura Carlos.

— Et j'ai été inconsolable. Il a été l'amour de ma vie. Je n'ai jamais voulu me remarier. » Elle haussa les épaules. « Mais il fallait que je prenne soin de mes enfants, alors j'ai été trop occupée pour mourir de chagrin. Et puis tu es arrivé, toi, Carlos, orphelin de mère alors que tu n'avais même pas un jour. »

Barney eut l'intuition que malgré sa sincérité, Betsy leur taisait quelque chose. Elle n'avait pas voulu se remarier, certes, mais était-ce vraiment tout ?

Un trait de lumière traversa l'esprit de Carlos.

« C'est pour cela que Francisco Villaverde refuse que j'épouse sa fille ?

— Oui. Ce n'est pas ta grand-mère anglaise qui le chagrine. C'est ton grand-père musulman qu'il tient pour impur.

— Diable !

— Mais ce n'est pas le plus grave de tes problèmes. Je suis certaine qu'Alonso n'ignore rien, lui non plus, de Youssef al-Khalil. Sa visite d'aujourd'hui n'était qu'un début. Fais-moi confiance, il reviendra. »

*

Après la visite d'Alonso, Barney passa chez les Ruiz, soucieux de connaître le sort de Jerónima.

La porte lui fut ouverte par une jeune femme qui paraissait nord-africaine et était de toute évidence une esclave. Elle devait être belle, songea-t-il, mais pour l'heure, elle avait le visage gonflé et les yeux rougis par le chagrin.

« Il faut que je voie Jerónima », annonça-t-il d'une voix forte.

La jeune femme posa l'index sur ses lèvres pour lui intimer le silence, avant de lui faire signe de la suivre et de le conduire à l'arrière de la maison.

Barney s'attendait à voir une cuisinière et quelques servantes affairées à préparer le repas, mais la cuisine était glacée et silencieuse. Il se rappela les propos d'Alonso sur la confiscation habituelle des biens d'un suspect par l'Inquisition, mais il n'aurait jamais pensé que la procédure pût être aussi rapide. Il constata alors que les employés de Pedro avaient déjà été congédiés. Sans doute son esclave serait-elle vendue, ce qui pouvait expliquer ses larmes.

« Je m'appelle Farah, dit-elle.

— Pourquoi m'avez-vous emmené ici ? demanda Barney avec impatience. Où est Jerónima ?

— Parlez plus bas, l'exhorta-t-elle. Mlle Jerónima est à l'étage avec l'archidiacre Romero.

— Peu importe, je veux lui parler, insista Barney qui se dirigea vers la porte.

— Je vous en prie, restez ici, implora Farah. Les choses risquent de mal tourner si Romero vous voit.

— Cela ne me fait pas peur.

— Je vais faire descendre Mlle Jerónima. Je lui dirai qu'une voisine est passée et tient absolument à la voir. »

Barney donna son assentiment après un instant d'hésitation, et Farah sortit.

Il regarda autour de lui. Il n'y avait ni couteaux, ni casseroles, ni pichets, ni plats. On avait fait place nette. L'Inquisition revendait-elle jusqu'à la vaisselle de ceux qu'elle arrêtait ?

Lorsque Jerónima arriva, il faillit avoir du mal à la reconnaître : elle paraissait soudain bien plus que ses dix-sept ans. Un masque d'impassibilité figeait son beau visage, et bien qu'elle eût les yeux secs, son teint caramel avait pris une nuance grisâtre et son corps de liane tremblait comme sous l'effet de frissons incoercibles. L'effort inhumain qu'elle faisait pour contenir son chagrin et sa rage était manifeste.

Barney s'approcha d'elle pour l'étreindre, mais elle recula et tendit les deux bras comme pour le repousser.

Le regard désespéré, il lui demanda :

« Que se passe-t-il ?

— Je n'ai plus rien. Mon père est en prison et je n'ai pas d'autre famille que lui.

— Comment va-t-il ?

— Je l'ignore. Les prisonniers de l'Inquisition ne sont pas autorisés à communiquer avec leurs familles, ni avec qui que ce soit. Mais il n'est pas en bonne santé – vous avez certainement constaté que quelques pas suffisent à le mettre hors d'haleine – et ils vont probablement… » Elle fut incapable de poursuivre, mais son émoi ne dura qu'un instant. Elle baissa les yeux, inspira profondément et se ressaisit. « Ils vont sans doute lui infliger le supplice de l'eau. »

Barney en avait entendu parler. On bouchait les narines de la victime pour l'empêcher de respirer par le nez et on lui ouvrait la bouche de force, avant de lui verser un pichet d'eau après l'autre dans la gorge. Tout ce liquide distendait l'estomac en infligeant d'atroces douleurs, tandis que l'eau qui s'insinuait dans les voies respiratoires étouffait le malheureux.

« Il en mourra, murmura Barney horrifié.

— Ils lui ont déjà volé tout son argent et tous ses biens.

— Qu'allez-vous faire ?

— L'archidiacre Romero est disposé à me prendre à son service. »

Barney était perplexe. Tout allait trop vite. Les questions se bousculaient dans son esprit.

« En quelle qualité ? demanda-t-il.

— Nous étions précisément en train d'en discuter. Il souhaite que je m'occupe de sa garde-robe, que je range et entretienne ses vêtements sacerdotaux, que je prenne sa blanchisseuse sous mes ordres. »

Évoquer ce genre de considérations pratiques l'aidait visiblement à ne pas se laisser emporter par l'émotion.

« Ne faites pas cela, protesta Barney. Enfuyez-vous avec moi. »

C'était une proposition inconséquente, et elle ne l'ignorait pas.

« Pour aller où ? Je ne peux pas vivre en compagnie de trois hommes. Je ne suis pas votre grand-mère.

— J'ai une maison en Angleterre. »

Elle secoua la tête.

« Je ne sais rien de votre famille. Je ne sais presque rien de vous. Je ne parle pas anglais. » Son visage s'adoucit l'espace d'un instant. « Peut-être, en d'autres circonstances, auriez-vous pu me faire la cour puis demander ma main à mon père en bonne et due forme, et peut-être alors, vous aurais-je épousé et aurais-je appris votre langue… Qui sait ? Je dois admettre que j'y ai songé. Mais fuir avec vous dans un pays étranger ? Non. »

Elle était bien plus raisonnable que lui, Barney en convint. Il n'en lâcha pas moins :

« Romero veut faire de vous sa maîtresse clandestine. »

Jerónima regarda Barney et il lut dans ses grands yeux une dureté qu'il n'y avait jamais décelée. Il se rappela les propos de Tante Betsy : « Jerónima ne se préoccupe que de ses propres intérêts. » Mais il y avait sûrement des limites qu'elle n'était pas prête à franchir !

« Et alors ? » lança la jeune fille.

Barney en resta abasourdi.

« Comment pouvez-vous accepter une chose pareille ?

— J'ai eu le temps d'y réfléchir vous savez, en quarante-huit heures d'insomnie. Je n'ai pas le choix. Vous n'ignorez pas plus que moi le sort qui attend les femmes sans foyer.

— Elles sombrent dans la prostitution. »

Cette perspective ne parut pas l'ébranler.

« Voici donc les possibilités dont je dispose : fuir avec vous pour l'inconnu, me vendre aux passants ou occuper une fonction douteuse dans la luxueuse maisonnée d'un prêtre corrompu.

— Vous est-il venu à l'esprit, ajouta Barney timidement, que Romero pourrait avoir dénoncé lui-même votre père, dans l'intention de vous contraindre à consentir à cette position ?

— Je ne doute pas un instant qu'il l'ait fait. »

Barney n'en revenait pas. Elle était d'une redoutable perspicacité.

« Voici des mois que je sais que Romero veut faire de moi sa maîtresse, poursuivit-elle. C'était alors la pire existence que je pusse imaginer. Aujourd'hui, c'est la meilleure que je puisse espérer.

— Alors qu'il a commis pareil forfait !

— Je sais.

— Et vous, vous êtes prête à accepter cela, à coucher dans son lit et à lui pardonner ?

— Lui pardonner ? » Une lueur nouvelle éclaira ses yeux bruns, un regard de haine corrosif comme de l'acide bouillant. « Non, répondit-elle. Je pourrai probablement faire semblant. Mais un jour, c'est moi qui exercerai de l'ascendant sur lui. Et ce jour-là, je me vengerai. »

*

Ebrima avait travaillé aussi dur que les autres pour faire marcher le nouveau fourneau et nourrissait l'espoir secret que Carlos l'en récompenserait en lui offrant la liberté. Mais au fil des jours, puis des semaines, ses espoirs s'amenuisèrent et il comprit que cette idée n'avait même pas effleuré Carlos. Alors qu'il chargeait des lingots de fer refroidis dans une charrette à fond plat, les empilait en les intercalant soigneusement pour éviter qu'ils ne glissent pendant le transport, Ebrima se demanda ce qu'il allait faire à présent.

Il aurait voulu que Carlos lui fasse cette offre spontanément, mais les choses étant ce qu'elles étaient, il allait être obligé d'en faire la requête franchement. Il n'aimait pas quémander ; le simple fait d'implorer suggérerait qu'il n'avait pas droit à ce qu'il demandait – alors qu'il avait *acquis* ce droit, il en était convaincu.

Peut-être pourrait-il essayer d'obtenir le soutien d'Elisa. Elle avait de l'affection pour lui et ne lui voulait que du bien, il en était sûr ; mais sa tendresse irait-elle jusqu'à accepter de l'affranchir, au risque qu'il ne soit plus là la nuit pour étancher sa soif d'amour ?

Tout bien pesé, sans doute était-il préférable de la mettre dans la confidence avant de parler à Carlos. Ainsi, il saurait au moins dans quel camp elle se rangerait le jour où la décision serait prise.

Quel était le meilleur moment pour lui parler ? Une nuit, après l'amour ? Peut-être serait-il plus avisé de lui parler *avant*, alors qu'elle avait le cœur frémissant de désir. Il venait de prendre ce parti quand les agresseurs arrivèrent.

C'était un groupe de six hommes, tous armés de gourdins et de masses. Sans prononcer un mot, ils fondirent immédiatement sur Ebrima et Carlos.

« Que se passe-t-il ? hurla Ebrima. Mais qu'est-ce qui vous prend ? »

Ils ne répondirent pas. Ebrima leva le bras pour se protéger et un coup terrible s'abattit sur sa main, suivi d'un autre sur la tête. Il s'effondra.

Son attaquant s'en prit alors à Carlos, qui battait en retraite au fond de la cour. Encore à moitié assommé, Ebrima observa la scène tout en essayant de reprendre ses esprits. Carlos attrapa une pelle, la plongea dans le métal en fusion qui jaillissait du fourneau et projeta une pluie de gouttelettes brûlantes sur les assaillants. Deux d'entre eux crièrent de douleur.

Ebrima espéra un moment que Carlos allait l'emporter, bien que les agresseurs eussent l'avantage du nombre ; mais avant qu'il ait eu le temps de prendre une nouvelle pelletée de métal, deux autres brutes se jetèrent sur lui et l'assommèrent.

Les hommes s'en prirent ensuite au nouveau fourneau, fracassant le briquetage avec leurs masses de forgeron à tête de fer. La destruction de son œuvre rendit à Ebrima la force de se relever. Il se précipita contre les agresseurs en criant :

« Non, non, vous ne pouvez pas faire ça ! »

Il bouscula un des scélérats, l'envoyant rouler au sol, et écarta brutalement un autre du précieux fourneau. Il ne pouvait se servir que de sa main droite, parce que la gauche était hors d'usage, mais il était robuste. Il lui fallut cependant battre en retraite pour échapper au balancement du marteau meurtrier.

Incapable de renoncer à sauver son fourneau, il ramassa une pelle de bois et se jeta à nouveau contre les vandales. Il en frappa un à la tête, mais un coup porté par-derrière s'abattit sur son épaule droite, le contraignant à lâcher son outil. Il se tourna, face à son agresseur, et esquiva le coup suivant.

Tout en reculant d'un bond pour se mettre hors de portée d'un gourdin menaçant, il vit du coin de l'œil que le fourneau était presque détruit. Son contenu se déversait, le charbon brûlant et le minerai porté au rouge se répandant sur le sol. Affolé, le bœuf se mit à meugler pitoyablement, d'une voix rauque.

Elisa sortit de la maison en courant, invectivant les intrus :

« Laissez-les tranquilles ! Sortez d'ici ! »

Les agresseurs lui rirent au nez et un de ceux qu'Ebrima avait mis à terre se releva, l'attrapa par-derrière et la souleva du sol. Il était grand – ils l'étaient tous – et bien qu'elle se débattît de toutes ses forces, il n'eut aucun mal à la maîtriser.

Deux hommes étaient assis sur Carlos, un troisième immobilisait Elisa, un quatrième avait acculé Ebrima. Les deux derniers se remirent à l'ouvrage avec leurs masses. Ils réduisirent en miettes le mécanisme de soufflerie qui avait coûté tant de réflexions à Ebrima, Carlos et Barney. Ebrima en aurait pleuré.

Quand le fourneau et le système de ventilation ne furent plus qu'un tas de gravats, une des brutes brandit un long poignard et entreprit de trancher la gorge du bœuf. Ce n'était pas facile : le cou de la bête était puissamment musclé et l'homme dut taillader à travers la chair tandis qu'à grands coups de pattes, le bœuf cherchait à se dégager des débris qui jonchaient le sol. L'homme finit par trouver la jugulaire. Les meuglements cessèrent instantanément. Le sang jaillit de la plaie comme d'une fontaine. Le bœuf s'effondra.

Les six hommes repartirent aussi vite qu'ils étaient venus.

*

Jerónima s'était transformée en tigresse calculatrice, songea Barney lorsqu'il quitta la demeure des Ruiz, hébété. Peut-être avait-elle toujours eu une nature inflexible, mais il n'en avait jamais pris conscience. Sans doute une épreuve inhumaine avait-elle le pouvoir de changer les gens – il n'en savait rien. Il avait l'impression de ne plus rien savoir du tout. Plus rien n'était impossible : le fleuve pouvait tout aussi bien sortir de son lit et engloutir la ville.

Ses pieds le portèrent inconsciemment jusqu'à la maison de Carlos, où une nouvelle découverte tragique l'attendait ; Carlos et Ebrima avaient été roués de coups.

Carlos était assis sur une chaise au milieu de la cour, tandis que Tante Betsy soignait ses blessures. Il avait un œil fermé, les lèvres tuméfiées et ensanglantées et il était plié en deux, comme s'il avait affreusement mal au ventre. Ebrima était allongé sur le sol, serrant une de ses mains sous l'aisselle opposée, un bandage maculé de sang autour de la tête.

Derrière eux gisaient les décombres du nouveau fourneau. Il avait été démoli et il n'en restait qu'un amas de tessons de briques. Le mécanisme de soufflerie était réduit à un enchevêtrement de cordes et de petit bois. Le bœuf gisait, égorgé, dans une mare de sang. Quelle impressionnante quantité de sang contenait un bœuf, songea Barney, hagard.

Betsy avait nettoyé le visage de Carlos avec un tampon de lin trempé dans du vin. Se redressant, elle jeta alors le chiffon par terre avec dégoût.

« Écoutez-moi, tous les trois », dit-elle, et Barney comprit qu'elle avait attendu son retour pour prononcer ce discours.

Il lui coupa pourtant la parole.

« Que s'est-il passé ici ?

— Ne pose pas de sottes questions, répondit-elle avec impatience. Tu vois bien ce qui s'est passé.

— Je veux dire, qui a fait ça ?

— Des inconnus. Ils ne sont certainement pas de Séville. Reste à savoir qui les a recrutés, et la réponse est Sancho Sanchez. C'est lui qui a attisé les rancœurs dues à la réussite de Carlos, et c'est lui qui veut racheter cette entreprise. Et je suis convaincue que c'est lui, aussi, qui est allé raconter à Alonso qu'Ebrima est musulman et travaille le dimanche.

— Qu'allons-nous faire ? »

Se relevant, Carlos répondit à la question de Barney :

« Capituler.

— Que veux-tu dire ?

— Nous pourrions nous battre contre Sancho, nous pourrions nous battre contre Alonso, mais nous ne pouvons pas nous battre contre les deux. »

Il s'approcha de l'endroit où gisait Ebrima, l'attrapa par la main droite – la gauche était visiblement blessée – et le hissa sur ses pieds.

« Je vais vendre l'entreprise.

— Cela risque fort de ne plus suffire, commenta Betsy.

— Pourquoi ? s'étonna Carlos.

— Sancho se contentera de la fonderie, mais pas Alonso. Il lui faut un sacrifice humain. Il ne peut pas admettre s'être trompé. Maintenant qu'il vous a accusés, le châtiment doit tomber.

— Je rentre à l'instant de chez Jerónima, intervint Barney. Elle pense qu'ils vont soumettre son père au supplice de l'eau. S'ils nous font ça, nous avouerons tous que nous sommes des hérétiques.

— Barney a raison, approuva Betsy.

— Que faire ? » demanda Carlos.

Betsy soupira.

« Quitter Séville. Quitter l'Espagne. Aujourd'hui même. »

Barney en demeura sans voix, mais elle avait raison, cela ne faisait aucun doute. Les hommes d'Alonso pouvaient venir les arrêter à tout moment, et il serait alors trop tard pour prendre la fuite. Il jeta un coup d'œil inquiet vers l'arche de la cour, redoutant de les voir apparaître. Il n'y avait personne, pour le moment.

Était-il envisageable de partir encore aujourd'hui ? Peut-être – si un navire profitait de la marée d'après-midi pour lever l'ancre et s'il avait besoin de compléter son équipage. Évidemment, il ne fallait pas compter pouvoir choisir leur destination. Barney leva les yeux vers le soleil. Il était midi passé.

« Si nous sommes décidés à le faire, il n'y a pas de temps à perdre », remarqua-t-il.

Malgré le danger, la perspective de reprendre la mer lui mit du baume au cœur.

Ebrima intervint pour la première fois dans la discussion.

« Si nous ne partons pas, nous sommes morts. Moi le premier.

— Et toi, Tante Betsy ? s'inquiéta Barney.

— Je suis trop vieille pour aller bien loin. Et puis, ce n'est pas après moi qu'ils en ont – je ne suis qu'une femme.

— Que comptes-tu faire ?

— J'ai une belle-sœur à Carmona. » Barney se rappela qu'il arrivait à Betsy d'aller y passer quelques semaines en été. « Je peux m'y rendre à pied en une matinée. Même si Alonso apprend où je suis, je serais étonnée qu'il vienne me chercher noise. »

Carlos prit alors sa décision.

« Barney, Ebrima, allez chercher ce qu'il vous faut dans la maison et revenez immédiatement. Je compte jusqu'à cent, dépêchez-vous. »

Aucun d'eux n'avait grand-chose à emporter. Barney fourra une petite bourse d'argent dans sa ceinture, sous sa chemise. Il enfila ses meilleurs souliers et sa lourde cape. Il n'avait pas d'épée : les armes à longue lame étaient faites pour le champ de bataille, destinées à être enfoncées au défaut de la cuirasse de l'ennemi, mais elles étaient peu maniables au corps à corps. Il glissa dans son fourreau une dague espagnole de deux pieds de long, à garde en forme de disque et à lame d'acier à double tranchant. Dans une rixe de rue, un grand poignard comme celui-ci était redoutable.

Carlos regagna la cour, portant une épée sous son nouveau manteau à col de fourrure. Il prit dans ses bras sa grand-mère en larmes. Barney déposa un baiser sur sa joue.

Puis Tante Betsy s'adressa à Ebrima :

« Embrasse-moi une dernière fois, mon ami. »

Ebrima la serra dans ses bras.

Barney fronça les sourcils tandis que Carlos lançait :

« Hé… »

Tante Betsy embrassa Ebrima avec passion, la main enfoncée dans ses cheveux noirs, sous les regards stupéfaits de Carlos et Barney. Elle lui dit ensuite :

« Je t'aime, Ebrima, je n'ai pas envie que tu partes. Mais je ne peux pas te garder ici en sachant que tu mourras dans les salles de torture de l'Inquisition.

— Merci Elisa pour toutes vos bontés », répondit Ebrima.

Après un dernier baiser, Betsy fit demi-tour et rejoignit la maison en courant.

Alors ça ! pensa Barney, tombant des nues.

Carlos avait l'air stupéfait lui aussi, mais l'heure n'était pas aux questions.

« Allons-y, fit-il.

— Un instant, intervint Barney en leur montrant sa dague. Si nous croisons les hommes d'Alonso, je ne me laisserai pas prendre vivant.

— Moi non plus », renchérit Carlos en posant la main sur la poignée de son épée.

Ebrima écarta le pan de sa cape, révélant un marteau à tête de fer coincé dans sa ceinture.

Les trois hommes s'éloignèrent en direction des quais.

Ils étaient aux aguets, craignant de voir surgir les hommes d'Alonso, mais le danger diminua au fur et à mesure qu'ils s'éloignaient de la maison. Les passants les dévisageaient tout de même, et Barney songea qu'ils devaient présenter un aspect terrifiant : Carlos et Ebrima étaient couverts de contusions et saignaient encore de leur combat.

Quelques minutes s'étaient écoulées quand Carlos demanda à Ebrima :

« Grandma ? »

Ebrima s'exprima avec calme.

« Les maîtres d'esclaves leur imposent toujours des relations charnelles. Je ne vous apprends probablement rien.

— Personnellement, je l'ignorais, dit Barney.

— Nous bavardons entre nous au marché. Nous sommes tous la putain de quelqu'un, presque tous. Pas les plus âgés, mais il est rare qu'un esclave fasse de vieux os. » Il se tourna vers Barney. « Pedro Ruiz, le père de votre bonne amie, fornique avec Farah, bien qu'elle soit obligée de se mettre sur lui.

— Est-ce pour cela qu'elle pleurait ? Parce qu'elle l'a perdu ?

— Elle pleurait parce qu'elle va être vendue et que c'est un inconnu qui la foutra désormais. » Ebrima s'adressa alors à Carlos. « Francisco Villaverde, qui est trop fier pour être votre beau-père, achète toujours ses esclaves très jeunes et il les sodomise jusqu'à ce qu'il les trouve trop grands. Il les revend ensuite à un paysan. »

Carlos n'en revenait toujours pas.

« Alors, toutes les nuits, quand je dormais, tu rejoignais Grandma dans sa chambre ?

— Pas toutes les nuits. Uniquement quand elle me le demandait.

— Cela te répugnait-il ? interrogea Barney.

— Elisa est une vieille femme, mais elle est chaleureuse et aimante. Et j'étais fort heureux qu'elle ne fût pas un homme. »

Barney avait le sentiment de n'avoir été encore qu'un enfant. Il savait déjà que les prêtres avaient le pouvoir de jeter un homme en prison et de le torturer à mort, mais il ignorait qu'ils pouvaient aussi lui confisquer tous ses biens et condamner sa famille à l'indigence. Il n'aurait jamais imaginé qu'un archidiacre pouvait emmener une jeune fille chez lui et en faire sa maîtresse. Et il n'avait pas la moindre idée de ce que les hommes et les femmes faisaient avec leurs esclaves. C'était comme s'il avait vécu dans une maison sans jamais entrer dans certaines pièces, partageant cette demeure avec des inconnus qui avaient toujours échappé à ses regards. La découverte de sa propre ignorance le décontenançait. La terre s'ouvrait sous ses pieds. Et pour couronner le tout, sa propre vie était en danger et il cherchait à quitter Séville, à quitter l'Espagne, en toute hâte.

Ils arrivèrent sur les quais. Sur la grève, c'était la bousculade coutumière de débardeurs et de charrettes. D'un coup d'œil, Barney estima qu'une quarantaine de navires étaient à l'amarre. Les marins préféraient lever l'ancre avec la marée du matin, car ils avaient ainsi toute une journée de navigation devant eux ; il en restait cependant souvent un ou deux qui attendaient l'après-midi. Mais la marée changeait déjà : ils seraient bientôt partis.

Les trois hommes coururent jusqu'à l'eau et observèrent attentivement les bateaux, à l'affût de signes d'un départ imminent : écoutilles fermées, capitaine sur le pont, équipage dans les gréements. Le *Ciervo* quittait déjà son mouillage, l'équipage maniant de longues perches pour l'empêcher de heurter les trois-mâts qui l'entouraient. Il était encore temps de monter à bord, tout juste. Mettant les mains en porte-voix, Carlos cria :

« Patron ! Vous avez besoin de trois matelots, des costauds ?

— Non ! Mon équipage est au complet.

— Et trois passagers ? Nous avons de quoi payer.

— Pas la place ! »

Il prévoyait sans doute de se livrer à quelque activité illégale, conjectura Barney, et ne voulait pas avoir pour témoins des gens qu'il ne connaissait pas ou auxquels il ne se fiait pas. La friponnerie la plus courante, dans ces eaux, était le commerce côtier d'argent américain, qui permettait d'échapper aux taxes royales prélevées à Séville. La piraterie pure et simple n'était cependant pas rare non plus.

Ils se remirent à courir le long de la berge, mais la chance n'était pas avec eux. Aucun bâtiment ne semblait sur le départ. Barney était désespéré. Qu'allaient-ils faire à présent ?

Ils atteignirent la limite du port en aval, marquée par une forteresse appelée la tour de l'Or. À cet endroit, il était possible de tendre une chaîne d'une berge à l'autre pour empêcher les pillards qui remontaient le fleuve depuis la mer d'attaquer les navires à l'ancre.

Devant la forteresse, un recruteur haranguait la foule, debout sur une barrique, invitant les jeunes gens à rejoindre l'armée.

« Un repas chaud et une bouteille de vin pour tous ceux qui s'engageront maintenant, criait-il aux badauds. Voyez ce bateau là-bas. Il s'appelle le *José y María.* Ces deux saints bienheureux veillent sur lui et sur tous ceux qui montent à son bord. »

Il tendit le bras, et Barney remarqua qu'il avait une main de fer, sans doute pour remplacer celle qu'il avait perdue au combat.

Barney suivit du regard la direction qu'indiquait l'homme et aperçut un grand galion à trois mâts hérissé de canons, dont le pont grouillait déjà de jeunes gens.

L'enrôleur poursuivit :

« Nous faisons voile cet après-midi pour une destination où vous trouverez de méchants païens à tuer et des filles aussi peu farouches qu'elles sont jolies. Et je vous parle d'expérience, les gars, si vous voyez ce que je veux dire. »

Un rire complice s'éleva de la foule.

« Je ne veux pas de vous si vous êtes faibles, reprit-il avec mépris. Je ne veux pas de vous si vous êtes peureux. Je ne veux pas de vous si vous êtes des lopes, et vous savez de quoi je parle. Je ne m'adresse qu'aux forts, aux braves, aux durs. Aux hommes, aux vrais. »

Sur le pont du *José y María*, quelqu'un cria :

« Tous à bord !

— Dernière chance, les gars, insista le racoleur. Qu'est-ce que vous préférez ? Rester à la maison avec Maman, vous nourrir de pain et de lait et faire ce qu'on vous dit ? Ou venir avec moi, moi, le capitaine Gómez Main-de-Fer, pour mener une vie d'homme, une vie de voyages et d'aventures, de gloire et de fortune ? Tout ce que vous avez à faire, c'est monter sur cette passerelle, et le monde est à vous. »

Barney, Carlos et Ebrima échangèrent un regard.

« Oui ou non ? » demanda Carlos.

Barney répondit :

« Oui. »

Ebrima répondit :

« Oui. »

Les trois hommes s'approchèrent du navire et gravirent la passerelle. Ils étaient à bord.

*

Deux jours plus tard, ils se trouvaient en haute mer.

Ebrima avait déjà fait de longues traversées, mais toujours comme captif, enchaîné à fond de cale. Voir la mer depuis le pont était une expérience nouvelle et grisante.

Les recrues n'avaient rien à faire, sinon se perdre en conjectures sur leur destination qui ne leur avait toujours pas été révélée : c'était un secret militaire.

Une autre question toujours sans réponse agitait Ebrima : son avenir.

Quand ils avaient embarqué sur le *José y Maria*, ils avaient été reçus par un officier muni d'un registre et assis derrière une table.

« Nom ? avait-il demandé.

— Barney Willard. »

L'officier avait pris note dans son grand livre avant de se tourner vers Carlos :

« Nom ?

— Carlos Cruz. »

Il avait écrit son nom puis, jetant un coup d'œil à Ebrima, il avait posé sa plume. Regardant alternativement Carlos et Barney, il avait expliqué :

« Vous ne pouvez pas avoir un esclave dans l'armée. C'est permis aux officiers, mais ils doivent se charger de le vêtir et de le nourrir sur leurs propres deniers. Ce qu'un simple soldat ne peut évidemment pas faire. »

Ebrima avait dévisagé Carlos avec une grande attention. Une ombre de désespoir avait voilé le regard de celui-ci : il voyait se refermer leur dernière possibilité de fuite. Après un très bref instant d'hésitation, il avait prononcé la seule phrase possible : « Ce n'est pas un esclave, c'est un homme libre. »

Le cœur d'Ebrima s'était arrêté.

L'officier avait hoché la tête. Les cas d'esclaves affranchis étaient rares, mais loin d'être inconnus.

« Très bien », avait-il dit. Se tournant alors vers Ebrima, il lui avait demandé : « Nom ? »

Tout s'était fait très vite, et Ebrima ne savait pas très bien où il en était. Barney ne l'avait pas félicité pour sa libération et Carlos ne s'était pas comporté en homme qui vient de consentir une immense faveur. Selon toute apparence, Ebrima serait traité *comme* un homme libre tant qu'ils seraient dans l'armée, mais qu'en était-il en réalité ?

Était-il libre ou non ?

Il l'ignorait.

5

Le mariage de Margery fut repoussé.

Après la chute de Calais, l'Angleterre redoutait d'être envahie, et le vicomte Bart de Shiring fut chargé de lever une centaine d'hommes et de mettre en place une garnison dans le port de Combe. Les noces attendraient.

Ce report rendit un peu d'espoir à Ned Willard.

Les villes comme Kingsbridge réparaient hâtivement leurs enceintes tandis que les comtes renforçaient les défenses de leurs châteaux. Les ports remettaient en état les antiques canons rouillés de leurs fronts de mer et invitaient la noblesse locale à faire son devoir en protégeant la population des redoutables Français.

Les gens en voulaient à Marie Tudor. Tout cela était sa faute. Si elle n'avait pas épousé le roi d'Espagne, Calais serait toujours aux Anglais, l'Angleterre ne serait pas en guerre avec la France, les villes n'auraient pas besoin de murailles ni le littoral de canons.

Ned, en revanche, était ravi. Tant que Margery et Bart n'étaient pas mariés, rien n'était perdu : Bart pouvait changer d'avis, mourir au combat ou encore succomber à la fièvre frissonnante qui balayait le pays.

Margery était la femme que voulait Ned, tout simplement. Le monde regorgeait de jolies filles, mais aucune autre ne comptait :

il n'y avait qu'elle. Il ne comprenait pas vraiment d'où lui venait cette certitude. Il savait seulement que Margery serait toujours là, à l'image de la cathédrale.

À ses yeux, ses fiançailles n'étaient pas une défaite, mais un contretemps.

Bart et son escadron se rassemblèrent à Kingsbridge pour rejoindre en barge le port de Combe le samedi précédant la semaine sainte. Ce matin-là, une foule se massa au bord du fleuve pour encourager les hommes sur le départ. Ned se joignit à eux. Il voulait s'assurer que Bart levait bien le camp.

Le temps était froid mais beau, et une humeur de fête régnait sur les quais. En aval du pont de Merthin, navires et barges étaient amarrés sur les deux rives ainsi que tout autour de l'île aux Lépreux. Sur la berge opposée, dans le faubourg du champ aux Amoureux, les entrepôts et les ateliers s'entassaient les uns sur les autres. Depuis la ville, le fleuve était navigable jusqu'à la côte pour des embarcations à faible tirant d'eau. Kingsbridge avait longtemps été une des plus importantes places marchandes d'Angleterre ; à présent, elle commerçait aussi avec l'Europe.

Une grande barge était en train de s'amarrer sur la rive la plus proche quand Ned arriva sur le quai de l'Abattoir. C'était, selon toute apparence, l'embarcation qui devait transporter Bart et sa troupe jusqu'au port de Combe. Vingt hommes avaient remonté le courant à la rame, avec le concours d'une unique voile. Ils se reposaient à présent, appuyés sur leurs avirons, la barge solidement attachée à un poteau dans un mouillage. La descente du fleuve serait plus facile, même avec une centaine de passagers à bord.

Les Fitzgerald descendirent la rue principale pour faire des adieux chaleureux à celui qui était bien décidé à devenir leur gendre. Sir Reginald et Rollo marchaient côte à côte, telles des éditions ancienne et nouvelle d'un même livre : grands, minces et imbus d'eux-mêmes. Ned leur jeta un regard chargé de haine et de mépris. Margery et lady Jane les suivaient, l'une petite et attirante, l'autre petite et venimeuse.

Ned était persuadé que Rollo ne voyait en Margery qu'un instrument au service de son pouvoir et de son prestige. Beaucoup d'hommes considéraient ainsi les filles de leur famille, mais aux yeux de Ned, c'était le contraire de l'amour. Si Rollo éprouvait quelque attachement pour sa sœur, ce sentiment ne dépassait pas celui qu'aurait pu lui inspirer un cheval : il l'aimait bien, certes, mais n'hésiterait pas à le vendre ou à l'échanger au besoin.

Sir Reginald ne valait pas mieux. Ned soupçonnait lady Jane d'être un peu moins intraitable, sans que cela l'empêche de faire invariablement passer les intérêts de la famille avant le bonheur d'un de ses membres, ce qui la conduisait en définitive à n'être pas moins cruelle que son époux et son fils.

Ned observa Margery qui se dirigeait vers Bart. Celui-ci se pavanait, fier d'avoir pour fiancée la plus jolie fille de Kingsbridge.

Ned ne la quittait pas des yeux. Il avait peine à se défendre de l'impression que c'était une inconnue qu'il voyait là, vêtue de son flamboyant manteau en écarlate de Kingsbridge et coiffée de sa petite toque à plume. Elle se tenait droite et immobile et bien qu'elle parlât à Bart, son visage était figé comme celui d'une statue. Tout en elle exprimait la résolution, et non l'entrain. Le petit lutin espiègle avait disparu.

Personne pourtant ne pouvait changer aussi vite. Sûrement, cet adorable lutin était encore tapi tout au fond d'elle.

Il savait qu'elle était malheureuse et en était tout aussi furieux que triste. Il mourait d'envie de se précipiter à son côté, de la prendre par la main et de s'enfuir avec elle à toutes jambes. La nuit, il se laissait aller à imaginer qu'ils s'échappaient tous les deux de Kingsbridge à l'aube et se cachaient dans les bois. Tantôt ils marchaient jusqu'à Winchester et se mariaient sous de fausses identités ; tantôt ils se rendaient à Londres pour y ouvrir un commerce ; d'autres fois encore, ils rejoignaient le port de Combe et s'embarquaient pour Séville. Mais il ne pouvait pas la sauver malgré elle.

Les rameurs débarquèrent et se dirigèrent vers la taverne la plus proche, l'Abattoir, pour étancher leur soif. Un passager descendit de la barge et Ned le dévisagea avec étonnement. Enveloppé dans une cape malpropre et portant une sacoche de cuir élimée, l'homme avait la mine obstinée mais lasse de celui qui a fait un long voyage. C'était Albin de Calais, son cousin.

Ils avaient le même âge et étaient devenus bons amis pendant le séjour de Ned chez l'oncle Dick.

Ned se précipita sur le quai.

« Albin ? C'est bien toi ? »

Albin lui répondit en français.

« Ned, enfin ! Quel soulagement !

— Que s'est-il passé à Calais ? Nous n'avons pas encore d'informations dignes de foi, malgré tout le temps écoulé.

— Toutes les nouvelles sont mauvaises, murmura Albin. Mes parents et ma sœur sont morts, et nous avons tout perdu. La Couronne française a saisi l'entrepôt et a tout remis aux mains de marchands français.

— Nous le craignions, en effet. »

C'était ce que les Willard avaient redouté pendant si longtemps, et Ned en était accablé. Il était surtout triste pour sa mère, qui voyait ainsi disparaître l'œuvre de toute une vie. Le coup serait terrible. Albin avait néanmoins subi une perte plus tragique encore.

« Je suis profondément navré pour tes parents et pour Thérèse.

— Merci.

— Viens à la maison. Il faut que tu racontes tout à ma mère. »

Ned appréhendait cet instant, mais il fallait en passer par là.

Ils remontèrent la rue principale.

« J'ai réussi à quitter la ville, raconta Albin. Mais je n'avais pas d'argent et de toute manière, la traversée entre la France et l'Angleterre est impossible en ce moment à cause de la guerre. Voilà pourquoi vous êtes restés sans nouvelles.

— Mais alors comment es-tu arrivé jusqu'ici ?

— Il fallait d'abord que je quitte la France, j'ai donc franchi la frontière avec les Pays-Bas. Mais je n'avais toujours pas l'argent nécessaire pour passer en Angleterre. Alors j'ai décidé d'aller voir ton oncle à Anvers. »

Ned hocha la tête.

« Jan Wolman, le cousin de notre père. »

Celui-ci était venu à Calais pendant le séjour de Ned, et Albin et lui l'avaient rencontré.

« Il m'a fallu marcher jusqu'à Anvers.

— Cela fait plus de quarante lieues !

— Et mes pieds se souviennent du moindre pas. Je me suis trompé de chemin je ne sais combien de fois, et j'ai bien failli mourir de faim, mais j'ai fini par arriver à bon port.

— Quelle chance ! Oncle Jan t'a fait bon accueil, j'en suis sûr.

— Il a été merveilleux. Il m'a servi du bœuf et du vin, et Tante Hennie m'a bandé les pieds. Puis Jan a payé ma traversée d'Anvers jusqu'au port de Combe ainsi qu'une nouvelle paire de souliers. Il m'a même remis de l'argent pour le voyage.

— Et te voilà arrivé. »

Ils étaient devant la porte de la maison Willard. Ned accompagna Albin au salon. Assise à une table disposée près de la fenêtre pour profiter du jour, Alice écrivait dans un registre. Malgré le grand feu qui brûlait dans l'âtre, elle était enveloppée dans une cape doublée de fourrure. On n'avait jamais chaud quand on faisait les comptes, disait-elle parfois.

« Maman, voici Albin, il arrive de Calais. »

Alice posa sa plume.

« Sois le bienvenu, Albin. » Elle se tourna vers Ned. « Va vite chercher à manger et à boire pour ton cousin. »

Ned se précipita à la cuisine et demanda à la gouvernante de servir du vin et du gâteau.

Quand Ned eut regagné le salon, Albin raconta son histoire. Il parlait français et Ned traduisait les passages que sa mère ne comprenait pas.

Ned en avait les larmes aux yeux. La silhouette replète de sa mère semblait se recroqueviller dans son fauteuil au fur et à mesure que les détails sinistres s'accumulaient : son beau-frère mort, ainsi que sa femme et sa fille ; l'entrepôt remis à un marchand français, avec tout son contenu ; des inconnus installés dans la demeure de Dick.

« Pauvre Dick, répétait Alice tout bas. Pauvre Dick.

— Je suis tellement navré, Maman », murmura Ned.

Alice fit un effort pour se redresser, se cramponnant à quelques bribes d'optimisme.

« Nous ne sommes pas ruinés, pas tout à fait. Il me reste cette demeure et quatre cents livres. Je suis aussi propriétaire de six maisons près de l'église Saint-Marc. » Elle avait hérité de son père les petites maisons de Saint-Marc dont la location lui rapportait un modeste revenu. « C'est plus de richesses que la plupart des gens n'en voient de toute leur vie. » » Mais un souci lui traversa soudain l'esprit. « Si seulement je n'avais pas prêté mes quatre cents livres à sir Reginald Fitzgerald !

— Au contraire, la rassura Ned. S'il ne te rembourse pas, le prieuré est à nous.

— À propos, Albin, reprit sa mère, aurais-tu par hasard des informations sur un navire anglais, le *St Margaret* ?

— Oui, pourquoi ? Il est arrivé à Calais pour des réparations la veille de l'attaque française.

— Et que lui est-il arrivé ?

— Il a été confisqué par la Couronne française, comme toutes les autres possessions anglaises de Calais : butin de guerre. Sa cale était remplie de fourrures. Elles ont été vendues à l'encan sur le quai – elles ont rapporté plus de cinq cents livres. »

Ned et Alice échangèrent un regard. La nouvelle les avait frappés comme un boulet de canon.

« Reginald a donc perdu son investissement, conclut Alice. Juste ciel ! Je me demande s'il s'en remettra.

— Il va perdre le prieuré, ajouta Ned.

— Cela ne se fera pas sans tracas, prédit Alice.

— C'est certain, approuva Ned. Il va hurler. Mais nous, nous serons à la tête d'une nouvelle entreprise. » Il commençait à retrouver courage. « Nous prendrons un nouveau départ. »

Toujours attentive à ses obligations d'hôtesse, Alice se tourna vers son neveu :

« Albin, tu souhaiteras sans doute faire un peu de toilette et enfiler une chemise propre. Janet te donnera tout ce dont tu as besoin. Nous dînerons ensuite.

— Je vous remercie, Tante Alice.

— C'est moi qui te remercie d'avoir fait ce long voyage pour m'apporter ce message, aussi effroyable soit-il. »

Ned dévisagea sa mère attentivement: La nouvelle l'avait rudement ébranlée, encore que celle-ci fût un peu attendue. Il se demanda ce qu'il pourrait faire pour lui changer les idées.

« Et si nous allions jeter tout de suite un coup d'œil aux bâtiments du prieuré ? suggéra-t-il. Nous pourrions commencer à imaginer comment diviser l'espace, à réfléchir aux travaux à entreprendre. »

Elle fit un effort manifeste pour secouer son apathie.

« Pourquoi pas ? Il est à nous maintenant. »

Elle se leva. Quittant la maison, ils traversèrent la place du marché pour rejoindre le côté sud de la cathédrale.

Le père de Ned, Edmund, avait été maire de Kingsbridge du temps où le roi Henri VIII avait prononcé la dissolution des monastères. Alice avait raconté à Ned qu'Edmund et le prieur Paul – qui serait d'ailleurs le dernier prieur de Kingsbridge – avaient prévu cette décision et s'étaient entendus pour essayer de sauver l'école. Ils avaient séparé celle-ci du prieuré et lui avaient accordé l'autonomie administrative ainsi qu'une dotation. Deux siècles auparavant, l'hôpital de Caris avait fait l'objet d'une démarche analogue, dont Edmund s'était inspiré. Grâce à ces mesures, la ville possédait toujours une remarquable école et un hôpital réputé.

Le reste du prieuré n'était que ruine.

La porte principale était fermée, mais les murs s'effondraient et ils repérèrent un endroit, à l'arrière des anciennes cuisines, où il était possible d'escalader les gravats pour s'introduire dans la place.

Ils n'étaient pas les premiers à avoir eu cette idée. Ned distingua les cendres d'un feu récent, quelques os épars et une outre à vin pourrie : quelqu'un avait passé une nuit là, un couple illégitime sans doute. Une odeur de décomposition régnait dans les bâtiments, et les déjections d'oiseaux et de rongeurs recouvraient tout.

« Quand je pense que les moines étaient toujours si propres, remarqua Alice tristement en regardant autour d'elle. Rien n'est permanent, sinon le changement. »

Malgré ce délabrement, Ned éprouvait un sentiment grisant. Tout cela appartenait désormais à sa famille. On pourrait en faire quelque chose de remarquable. Quelle intelligence de la part de sa mère d'avoir conçu ce projet – au moment précis, qui plus est, où ils avaient besoin d'une planche de salut !

Ils se frayèrent un passage jusqu'au cloître et s'arrêtèrent au milieu d'un jardin de simples envahi par les mauvaises herbes, près de la fontaine en ruine où les moines se lavaient jadis les mains. Observant les arcades qui l'entouraient, Ned constata qu'un certain nombre de piliers et de voûtes, de balustrades et d'arches demeuraient solides malgré plusieurs dizaines d'années d'abandon. Les maçons de Kingsbridge avaient fait du bon travail.

« Nous devrions commencer par ici, proposa Alice. Nous percerons un passage voûté dans le mur ouest, pour permettre aux gens de voir à l'intérieur, depuis la place du marché. Nous pourrions diviser les cloîtres en petites échoppes, une par baie.

— Ce qui en ferait vingt-quatre, compta Ned. Vingt-trois si nous en réservons une pour l'entrée. »

Une image précise se dessinait déjà dans son esprit, comme dans celui de sa mère, de toute évidence : les étals croulant sous les étoffes de couleurs vives, les fruits et les légumes frais, les souliers et les ceintures, les fromages et les vins ; les marchands faisant l'article, charmant les clients, empochant l'argent et rendant la monnaie ; et puis les acheteurs dans leurs plus beaux atours, la main serrée autour de leur bourse, regardant, touchant et humant, tout en bavardant avec leurs voisins. Ned aimait les marchés : c'était la source de la prospérité.

« Inutile dans un premier temps de nous lancer dans de grands travaux, poursuivit Alice. Il faudra évidemment nettoyer les lieux mais les marchands pourront apporter leurs propres tables, et tout ce dont ils ont besoin. Lorsque le marché sera bien lancé et que nous commencerons à gagner de l'argent, nous pourrons penser à réparer la maçonnerie, à refaire le toit et à paver la cour centrale. »

Ned eut soudain l'impression d'être observé. Il se retourna. La porte sud de la cathédrale était ouverte et l'évêque Julius se tenait à l'intérieur du cloître, les mains posées telles des serres sur ses hanches osseuses, ses yeux bleus rivés sur eux, l'air menaçant. Ned se sentit coupable, sans raison : mais les hommes d'Église exerçaient cet effet, il l'avait déjà remarqué.

Alice aperçut l'évêque presque aussitôt et poussa un petit cri de surprise. Puis elle murmura :

« Autant régler cette affaire tout de suite, après tout. »

Julius s'écria d'une voix indignée :

« Mais qu'est-ce que vous faites ici, vous deux ?

— Je vous souhaite le bonjour, monseigneur. » Alice se dirigea vers lui, et Ned la suivit. « J'inspecte ma propriété.

— Que voulez-vous dire ?

— Je suis la nouvelle propriétaire du prieuré.

— Comment cela ? Il appartient à sir Reginald. »

Le visage cadavérique de l'évêque reflétait le mépris, mais Ned remarqua qu'en dépit de ses fanfaronnades, il était alarmé.

« Sir Reginald a engagé le prieuré en nantissement d'un prêt. Or il ne peut s'acquitter de sa dette. Il a en effet acheté la cargaison d'un navire, le *St Margaret*, qui a été confisquée par le roi de France. Il ne récupérera jamais sa mise. Cette propriété me revient donc. Je souhaite évidemment que nous soyons bons voisins, monseigneur, et je serais heureuse de vous exposer mes plans…

— Un instant. Vous ne pourrez pas faire prévaloir cette garantie.

— Bien sûr que si. Kingsbridge est une ville marchande réputée pour respecter les contrats. Notre prospérité en dépend. La vôtre aussi.

— Sir Reginald s'est engagé à revendre le prieuré à l'Église – à laquelle il appartient légitimement.

— Si tel est le cas, sir Reginald a manqué à la promesse qu'il vous avait faite lorsqu'il me l'a donné en nantissement de son emprunt. Néanmoins, je ne demande pas mieux que de vous vendre ce bien, si tel est votre désir. »

Ned retint son souffle. Il savait que telle n'était pas la véritable intention de sa mère.

Alice poursuivit.

« Versez-moi la somme que Reginald me doit, et ces bâtiments sont à vous. Quatre cent vingt-quatre livres.

— Quatre cent vingt-quatre ? répéta l'évêque comme si le chiffre l'étonnait.

— Oui. »

Le prieuré valait davantage que cela, songea Ned. Si Julius avait le moindre sens commun, il ne laisserait pas passer une telle offre. Mais peut-être ne disposait-il pas de cette somme.

L'évêque rétorqua avec indignation :

« Reginald me l'a offert au prix auquel il l'a lui-même acquis – quatre-vingts livres !

— C'eût été un pieux présent, et non une transaction commerciale.

— Vous devriez suivre son exemple.

— L'habitude qu'a sir Reginald de vendre des biens au-dessous de leur valeur explique peut-être ses actuelles difficultés financières. »

L'évêque changea son fusil d'épaule.

« Qu'envisagez-vous de faire de ces ruines ?

— Je ne sais pas encore, mentit Alice. Laissez-moi le temps d'y réfléchir. Je viendrai ensuite vous exposer mes projets. »

Ned devina qu'elle ne voulait pas donner à Julius la possibilité de faire campagne contre le marché avant même que les plans fussent achevés.

« Quoi que vous essayiez de faire, je vous en empêcherai. »

Il ne le pourrait pas, songea Ned. Tous les échevins savaient que la ville avait grand besoin de davantage d'espace pour permettre aux habitants d'écouler leurs marchandises. Certains, qui manquaient eux-mêmes désespérément de locaux, seraient les premiers à louer des emplacements au nouveau marché.

« J'espère que nous pourrons collaborer, reprit Alice, conciliante.

— Vous pourriez vous faire excommunier pour cela », jeta Julius perdant toute mesure.

Alice conserva son calme.

« L'Église a tout tenté pour récupérer les biens monastiques, mais le Parlement s'y est opposé.

— Sacrilège !

— Les moines se sont enrichis, ils ont cédé à la paresse et à la corruption, et ont perdu ainsi le respect du peuple. Voilà pourquoi le roi Henri a pu imposer la dissolution des monastères.

— Henri VIII était un mauvais homme.

— Je ne demande qu'à être votre amie et votre alliée, monseigneur, mais pas si cela m'oblige à m'appauvrir et à appauvrir ma famille. Le prieuré est à moi.

— Non, rétorqua Julius. Il appartient à Dieu. »

*

Rollo offrit à boire à tous les soldats de Bart avant leur embarquement au port de Combe. C'était au-dessus de ses moyens, mais il tenait à rester en bons termes avec le futur époux de sa sœur. Il ne voulait surtout pas que les fiançailles soient rompues. Ce mariage transformerait les destinées de la famille Fitzgerald. Margery deviendrait comtesse, et si elle donnait naissance à un fils, il serait comte un jour. Les Fitzgerald appartiendraient alors, ou peu s'en fallait, à la haute aristocratie.

Mais l'étape qu'il appelait de ses vœux n'avait pas encore été franchie : fiançailles n'étaient pas mariage. Cette tête de mule de Margery pouvait très bien recommencer à se montrer rétive, encouragée par le détestable Ned Willard. On pouvait aussi craindre que sa réticence à peine dissimulée ne finît par offenser Bart et par l'inciter à rompre, dans un sursaut d'orgueil blessé. Rollo dépensait donc, pour entretenir son amitié avec Bart, un argent dont il avait pourtant le plus grand besoin.

Cultiver cette relation n'était pas chose facile. La camaraderie entre beaux-frères devait être teintée de déférence et s'enrober de flatteries. Mais Rollo savait faire cela. Levant sa chope, il déclara :

« Mon noble frère ! Que la grâce de Dieu protège votre vaillante dextre et vous aide à repousser ces Français abhorrés ! »

Ses propos furent bien accueillis. Les soldats poussèrent des vivats et burent.

Lorsqu'une cloche sonna, ils vidèrent tous leurs gobelets et embarquèrent à bord de la barge. Les Fitzgerald leur firent des signes d'adieu depuis le quai. Quand l'embarcation eut disparu, Margery et ses parents rentrèrent chez eux, tandis que Rollo retournait à l'Abattoir.

Il avait remarqué dans la taverne un homme qui ne festoyait pas. Il était assis seul dans un coin, l'air abattu. Il reconnut alors la chevelure noire et brillante et les lèvres charnues de Donal Gloster. Son intérêt s'éveilla : Donal était faible, et les faibles pouvaient être utiles.

Il paya deux nouvelles chopes et alla s'asseoir avec Donal. La distance sociale était trop grande pour qu'ils puissent être amis, mais ils avaient le même âge et avaient fréquenté l'école de Kingsbridge ensemble. Rollo leva son gobelet et lança :

« Mort aux Français !

— Ils ne nous envahiront pas, dit Donal, qui trinqua tout de même.

— As-tu des raisons d'en être aussi sûr ?

— Le roi de France n'a pas les moyens de s'engager dans pareille campagne. Les Français peuvent lancer des rumeurs d'invasion et se livrer à quelques incursions, mais rassembler une vraie flotte capable de traverser la Manche leur coûterait bien plus qu'ils ne peuvent dépenser. »

Rollo songea que Donal ne parlait sans doute pas dans le vide. Son employeur, Philbert Cobley, était mieux informé des coûts des navires que quiconque à Kingsbridge et ses activités dans le négoce international lui permettaient certainement de connaître l'état des finances de la Couronne française.

« Nous devrions fêter ça ! » lança-t-il.

Donal répondit par un grommellement.

« Tu as la mine d'un homme qui a reçu de mauvaises nouvelles, mon vieux camarade, remarqua Rollo.

— Vraiment ?

— Cela ne me regarde pas, bien sûr…

— Autant que ce soit moi qui te l'apprenne, puisque ce sera bientôt de notoriété publique. J'ai demandé Ruth Cobley en mariage et elle m'a refusé. »

Rollo en fut surpris. Tout le monde s'attendait à ce que Donal épouse Ruth. Qu'un jeune employé prît pour femme la fille du patron était la chose la plus commune au monde.

« Son père ne t'apprécie donc pas ?

— Je ferais un bon gendre parce que je connais très bien ses affaires. Mais ma foi n'est pas suffisamment solide aux yeux de Philbert.

— Ah… » Rollo se rappela le spectacle au Château Neuf. Donal s'amusait visiblement et avait paru réticent à suivre les Cobley lorsqu'ils étaient sortis, drapés dans leur dignité. « Mais tu disais que c'était Ruth qui t'avait éconduit. »

Rollo avait toujours pensé que les filles devaient trouver Donal séduisant, avec son physique avantageux dans le genre sombre et mélancolique.

« Elle prétend me considérer comme un frère. »

Rollo haussa les épaules. Décidément, l'amour n'obéissait à aucune logique.

Donal lui jeta un regard entendu.

« Tu ne t'intéresses guère aux filles, toi.

— Pas aux garçons non plus, si telle était ton idée.

— Cela m'a traversé l'esprit.

— Eh bien non. »

La vérité était que Rollo ne comprenait pas pourquoi on en faisait tout un plat. La masturbation était pour lui un doux plaisir, comme de manger du miel, mais l'idée d'avoir une relation charnelle avec une femme, ou avec un autre homme, lui semblait quelque peu écœurante. Sa préférence allait au célibat. Si les monastères avaient encore existé, il aurait pu se faire moine.

« Tu as de la chance, reprit Donal avec amertume. Quand je pense à tout le temps que j'ai consacré à essayer de montrer que je pouvais être un mari idéal pour elle – à faire comme si je n'aimais ni boire, ni danser, ni aller au spectacle, à m'obliger à assister à leurs offices ennuyeux, à parler avec sa mère… »

Rollo sentit les poils de sa nuque se hérisser. Donal avait bien dit : « assister à leurs offices ennuyeux ». Si Rollo avait compris de longue date que les Cobley appartenaient à cette catégorie de gens dangereux qui estimaient avoir le droit de se faire leur propre opinion en matière religieuse, il n'avait encore jamais eu la preuve que leurs activités profanatoires se déroulaient ici même, à Kingsbridge. Il s'efforça de dissimuler de son mieux son intérêt soudain.

« J'imagine que ces offices sont effectivement fastidieux », dit-il d'un ton aussi neutre que possible.

Donal fit immédiatement machine arrière.

« J'aurais dû parler de réunions, se reprit-il. Ils ne célèbrent évidemment pas d'offices – ce serait de l'hérésie.

— Je comprends ce que tu veux dire, acquiesça Rollo. Aucune loi n'interdit aux gens de prier ensemble, de lire la Bible, ou de chanter des cantiques. »

Donal porta sa chope à ses lèvres puis la reposa.

« Je raconte des bêtises, murmura-t-il tandis que la peur obscurcissait son regard. J'ai sûrement trop bu. » Il se mit debout difficilement. « Je ferais mieux de rentrer chez moi.

— Reste donc encore un instant, protesta Rollo, avide d'en savoir davantage sur les réunions de Philbert Cobley. Finis au moins ta chope. »

Mais Donal était inquiet.

« Une sieste me fera du bien, marmonna-t-il. Merci pour la bière. »

Il s'éloigna en titubant.

Rollo but lentement, songeur. Bien des gens soupçonnaient les Cobley et leurs amis de nourrir secrètement des convictions protestantes, mais ceux-ci se montraient prudents et n'avaient jamais livré la moindre preuve d'un comportement illicite. Tant qu'ils gardaient leurs idées pour eux, ils ne commettaient aucun délit. En revanche, célébrer des offices protestants était une autre affaire. C'était un péché et un crime, et la sanction était le bûcher.

Et voilà que Donal, sous le coup de l'ivresse et du dépit, avait momentanément levé le voile.

Rollo ne pouvait pas faire grand-chose car Donal nierait certainement tout dès demain et plaiderait l'ivresse. Néanmoins, cette information lui serait peut-être utile un jour.

Il décida d'en parler à son père. Il termina sa bière et partit.

Il arriva à la demeure familiale de la grand-rue en même temps que l'évêque Julius.

« Nous avons fait de joyeux adieux à nos soldats, annonça-t-il gaiement à l'évêque.

— Peu m'importe, répondit Julius avec irritation. Il faut que je parle à sir Reginald. »

Il était manifestement en colère, mais par bonheur, son courroux ne semblait pas dirigé contre les Fitzgerald.

Rollo le conduisit dans la grande salle.

« Je vais prévenir mon père immédiatement. Je vous en prie, prenez place près du feu. »

Julius refusa d'un geste de la main et se mit à faire les cent pas avec agitation.

Sir Reginald faisait un petit somme. Rollo le réveilla et lui annonça que l'évêque l'attendait en bas. Reginald gémit et sortit du lit.

« Sers-lui une coupe de vin pendant que je m'habille », dit-il.

Quelques instants plus tard, les trois hommes étaient assis

ensemble dans la salle. Julius aborda immédiatement le motif de sa visite.

« Alice Willard a reçu des nouvelles de Calais. Le *St Margaret* a été confisqué par les Français et sa cargaison vendue.

— J'en étais sûr », murmura Rollo au désespoir. Son père avait tenté son dernier coup de dés et il avait perdu. Qu'allaient-ils faire à présent ?

Sir Reginald s'empourpra de colère :

« Que diable allait faire ce navire à Calais ?

— Jonas Bacon nous avait appris qu'au moment où il avait vu le navire, son capitaine avait l'intention de le conduire au port pour quelques réparations, lui répondit Rollo. D'où son retard.

— Mais Bacon n'a pas précisé que le port en question était Calais.

— En effet. »

Le visage tavelé de Reginald se crispa de haine.

« Il le savait pourtant, dit-il. Et je parie que Philbert le savait aussi quand il nous a vendu la cargaison.

— Bien sûr, Philbert le savait, cet escroc protestant, ce menteur hypocrite. » Rollo écumait de rage. « Nous avons été floués.

— Dans ce cas, pouvez-vous obtenir que Philbert vous rembourse ? demanda l'évêque.

— Certainement pas, répondit Reginald. Une ville comme la nôtre ne peut accepter qu'on manque à un engagement, même en cas de pratique déloyale. Un contrat est sacré. »

Rollo, qui avait fait des études de droit, ne pouvait que lui donner raison.

« La cour de justice trimestrielle confirmera la validité de la transaction, estima-t-il.

— Si vous avez perdu cet argent, pourrez-vous rembourser Alice Willard ? interrogea alors l'évêque.

— Non.

— Et vous avez mis en gage le prieuré, comme nantissement du prêt.

— Oui.

— Alice Willard m'a annoncé ce matin même que le prieuré lui appartenait à présent.

— Que le diable l'emporte !

— Elle disait donc vrai.

— Oui.

— Vous vous étiez engagé à restituer le prieuré à l'Église, Reginald.

— Ne me demandez pas de compatir, monseigneur. Je viens pour ma part de perdre quatre cents livres.

— Quatre cent vingt-quatre, selon la Willard.

— En effet. »

Julius paraissait accorder de l'importance au montant exact de la somme et Rollo se demanda pourquoi, mais il n'eut pas l'occasion de lui poser la question. Son père se leva, fort agité, et se mit à arpenter la pièce.

« Philbert me revaudra ça, vous en êtes témoins. Personne ne berne impunément Reginald Fitzgerald, il l'apprendra à ses dépens. Je le verrai souffrir. Je ne sais pas encore comment… »

Rollo eut un éclair d'inspiration :

« Je sais, moi.

— Comment cela ?

— Je connais le moyen de nous venger de Philbert. »

Reginald interrompit ses allées et venues et regarda Rollo en plissant les yeux :

« Qu'as-tu en tête ?

— J'ai vu tout à l'heure l'employé de Philbert, Donal Gloster, à l'Abattoir. La fille de Philbert a refusé de l'épouser et il s'est enivré. La boisson lui a délié la langue, la rancœur l'a rendu malveillant. Il m'a appris que les Cobley et leurs amis célèbrent des offices.

— Des offices ? Sans prêtre ? s'écria l'évêque, scandalisé. C'est de l'hérésie !

— Dès que j'ai essayé d'obtenir plus de détails, Donal a changé de version et a prétendu qu'il ne s'agissait que de réunions ; puis il a pris l'air coupable et s'est refermé comme une huître.

— Cela fait longtemps que je soupçonne ces rats de célébrer des rites protestants en cachette, reprit l'évêque. Mais où ? Et quand ? En présence de qui ?

— Je ne sais pas, répondit Rollo. Mais Donal le sait, lui.

— Parlera-t-il ?

— Peut-être. Maintenant que Ruth l'a éconduit, aucun sentiment de loyauté ne l'attache plus à la famille Cobley.

— Il faut que nous sachions où ils se réunissent.

— Je vais aller lui rendre une petite visite si vous voulez bien. J'emmènerai Osmund.»

Osmund Carter était le chef de la garde. C'était un homme robuste qui ne reculait pas devant la brutalité.

«Que direz-vous à Donal?

— Je lui expliquerai qu'il est soupçonné d'hérésie et qu'il passera en jugement s'il n'avoue pas tout.

— Cela suffira-t-il à l'intimider?

— Il en fera dans ses chausses, soyez-en sûr.»

L'évêque Julius murmura pensivement:

«C'est peut-être le bon moment pour porter un grand coup aux protestants. L'Église catholique est sur la défensive, ce qui m'attriste fort. La perte de Calais a rendu la reine Marie Tudor impopulaire. Son héritière légitime, Marie Stuart, reine des Écossais, est sur le point de célébrer ses noces à Paris, et cet époux français lui vaudra l'hostilité des Anglais. Sir William Cecil et ses compagnons sillonnent le pays, s'employant à recruter des partisans au profit d'Élisabeth Tudor, héritière illégitime de la Couronne. Frapper les hérétiques de Kingsbridge pourrait fort utilement remonter le moral des catholiques.»

Ainsi, songea Rollo, *nous accomplirons la volonté de Dieu tout en prenant notre revanche.* Il sentit une ardeur farouche frémir dans son cœur. Son père partageait visiblement ses dispositions.

«Vas-y, Rollo, dit Reginald. Vas-y tout de suite.»

Rollo enfila son manteau et sortit.

Il traversa la rue pour rejoindre la halle de la guilde. Le shérif Matthewson y disposait d'une pièce au rez-de-chaussée, où un employé, Paul Pettit, rédigeait des lettres et classait soigneusement les documents dans un coffre. On ne pouvait pas compter sur Matthewson pour obéir aux ordres de la famille Fitzgerald: il lui arrivait occasionnellement de défier sir Reginald en lui rappelant qu'il était au service de la reine et non du maire. Par bonheur, le shérif était sorti ce jour-là et Rollo n'avait pas l'intention de l'envoyer chercher.

Il descendit au sous-sol, où Osmund et les autres membres de la garde se préparaient pour le guet du samedi soir. Osmund portait un casque de cuir très ajusté qui lui donnait l'air encore plus pugnace. Il était en train de lacer des bottes qui lui montaient aux genoux.

« Je voudrais que vous m'accompagniez pour aller interroger quelqu'un, lui annonça Rollo. Vous n'aurez pas à dire quoi que ce soit. » Sur le point d'ajouter : « Il vous suffira d'avoir l'air menaçant », il se ravisa, songeant que c'eût été superflu.

Ils descendirent la rue principale côte à côte dans la lumière de la fin d'après-midi. Rollo se demanda s'il avait eu raison d'assurer à son père et à l'évêque que Donal flancherait rapidement. S'il avait dessoûlé, il se montrerait peut-être plus coriace. Il prétendrait avoir proféré des âneries sous l'emprise de la boisson et nierait obstinément avoir jamais assisté au moindre culte protestant. Il serait alors bien difficile de prouver quoi que ce soit.

En passant sur les quais, Rollo croisa Susan White, une fille de boulanger qui avait le même âge que lui. Elle avait un visage en forme de cœur et un naturel plein de douceur. Quand ils étaient plus jeunes, ils avaient échangé quelques baisers et tenté d'autres expériences plutôt innocentes. C'est à cette époque que Rollo avait pris conscience que les questions charnelles n'exerçaient pas la même emprise sur lui que sur des garçons comme Donal Gloster et Ned Willard, et il avait rapidement mis fin à ces enfantillages. Il se marierait peut-être un jour, afin d'avoir quelqu'un pour s'occuper de son ménage, mais le cas échéant, il espérait bien trouver une jeune femme d'un rang plus élevé qu'une simple fille de boulanger.

Susan ne lui en avait pas tenu rigueur : elle avait eu de nombreux soupirants. Elle lui jeta un regard compatissant.

« J'ai appris ce qui est arrivé à votre cargaison, dit-elle. Quel malheur ! Cela paraît vraiment injuste.

— C'est injuste. » Rollo n'était pas surpris que l'histoire circule déjà. La moitié de Kingsbridge participait, de près ou de loin, au commerce maritime et tout le monde s'intéressait aux nouvelles, bonnes ou mauvaises, concernant la navigation.

« La chance sera forcément avec vous la prochaine fois, ajouta Susan. C'est ce que les gens disent, en tout cas.

— Puissent-ils avoir raison. »

Susan jeta un regard curieux à Osmund, se demandant manifestement ce que lui et Rollo tramaient.

Ne souhaitant pas donner d'explication, Rollo mit fin à la conversation.

« Excuse-moi, je suis pressé.

— Au revoir ! »

Rollo et Osmund repartirent. Donal vivait au sud-ouest de la ville, dans le quartier industriel qu'on appelait les Tanneries. Le Nord et l'Est étaient depuis longtemps les lieux les plus prisés de la ville. Le prieuré avait toujours été propriétaire des terres situées en amont du pont de Merthin, où l'eau était limpide. Le conseil de la ville imposait aux industries de s'installer en aval, et toutes les entreprises sales de Kingsbridge – tannage des cuirs, teinture des étoffes, abattoirs, papeterie – déversaient leurs eaux usées dans le fleuve à cet endroit, comme elles le faisaient depuis des siècles.

Le lendemain était un dimanche, et les gens se retrouveraient à l'église pour bavarder, songea Rollo. Avant le soir, tout le monde à Kingsbridge saurait ce qui était arrivé au *St Margaret*. Certains compatiraient, comme Susan, d'autres estimeraient que sir Reginald était un imbécile de s'être laissé duper, mais en tout état de cause, ils considéreraient tous les Fitzgerald avec un mélange de pitié et de mépris. Rollo les entendait déjà se gausser et dire : « Ce Philbert est un rusé. Il n'a jamais cédé une bonne affaire à personne. Sir Reginald aurait dû le savoir. »

Cette perspective lui donnait envie de rentrer sous terre : il ne supportait pas que l'on regarde sa famille de haut.

Mais ils changeraient de chanson le jour où Philbert serait arrêté pour hérésie. Les habitants y verraient un châtiment bien mérité. Ils diraient alors : « on ne gagne jamais rien à vouloir duper sir Reginald – Philbert aurait dû le savoir. »

L'honneur de la famille serait rétabli, et la poitrine de Rollo se gonflerait à nouveau d'orgueil lorsqu'il dirait son nom aux gens.

Encore fallait-il réussir à tirer les vers du nez à Donal.

Passant devant Osmund, Rollo s'approcha d'une petite maison, au-delà des quais. La femme qui lui ouvrit avait les mêmes lèvres pleines et les mêmes cheveux noirs que Donal. Reconnaissant Osmund, elle s'écria :

« Miséricorde ! Que reproche-t-on à mon garçon ? »

Rollo la bouscula pour entrer dans la maison, Osmund sur ses talons.

« Je suis navré qu'il se soit enivré, poursuivit-elle. C'est qu'il a subi une terrible déception.

— Votre mari est-il là ? demanda Rollo.

— Il est mort. »

Rollo avait oublié ce détail. Cela lui facilitait les choses.

« Où est Donal ?

— Je vais le chercher. »

Elle fit mine de s'éloigner. Rollo la rattrapa par le bras.

« Quand je vous parle, écoutez ce que je vous dis. Je ne vous ai pas demandé d'aller le chercher. Je vous ai demandé où il est. »

Un éclair de colère s'alluma dans les yeux bruns de la mère de Donal et l'espace d'un instant, Rollo s'attendit à ce qu'elle rétorque qu'elle était chez elle et agirait comme bon lui semblait ; elle se ressaisit pourtant, craignant sans doute qu'une manifestation de révolte n'aggrave la situation de son fils. Baissant les yeux, elle dit :

« Au lit. Première porte en haut de l'escalier.

— Attendez ici. Osmund, accompagnez-moi. »

Donal était allongé sur le ventre dans son lit, tout habillé hormis ses souliers. Une odeur de vomi flottait dans l'air, mais sa mère avait dû nettoyer l'essentiel. Rollo le secoua pour le réveiller. Il revint à lui, hébété. Apercevant Osmund, il se redressa d'un bond en disant :

« Que le Christ me protège ! »

Rollo s'assit au bord du lit :

« Le Christ te protégera si tu dis la vérité. Tu t'es mis en bien mauvaise posture, Donal.

— Comment cela ? demanda le jeune homme, abasourdi.

— Te rappelles-tu notre conversation à l'Abattoir ? »

L'affolement gagna Donal tandis que les souvenirs lui revenaient.

« Hum… vaguement…

— Tu m'as dit avoir assisté à des offices protestants avec la famille Cobley.

— Je n'ai jamais rien dit de tel !

— J'ai déjà parlé à l'évêque Julius. Tu seras jugé pour hérésie.

— Non ! »

L'opinion commune étant qu'il n'y avait pas de fumée sans feu, il était rare que les tribunaux concluent à l'innocence des accusés.

« Tu t'en tireras à meilleur compte si tu dis la vérité.

— C'est la vérité !

— Voulez-vous que je la lui fasse cracher ? » proposa Osmund.

Donal eut l'air terrifié.

La voix de sa mère s'éleva alors depuis le seuil de la pièce :

« Vous n'allez rien faire cracher à qui que ce soit, Osmund. Mon fils est un citoyen respectueux de la loi et un bon catholique, et si vous touchez à un seul de ses cheveux, c'est vous qui aurez des ennuis. »

C'était pure fanfaronnade – Osmund avait toujours rossé les suspects impunément –, mais Donal se resaisit grâce à l'intervention de sa mère. Il répéta d'un ton plus assuré :

« Je n'ai jamais assisté à un office protestant, que ce soit avec Philbert Cobley ou avec un autre.

— Vous ne pouvez pas retenir contre un homme des propos tenus en état d'ivresse, insista sa mère, et si vous vous obstinez en ce sens, vous vous ridiculiserez, jeune Rollo. »

Rollo jura intérieurement. Mme Gloster avait décidé de jouer au plus fin avec lui. Il avait commis une erreur en interrogeant Donal ici, chez lui, en présence de sa mère. Sa force de résistance en était évidemment accrue. Mais il allait y mettre bon ordre, et vite. Une simple femme n'allait certainement pas faire obstacle à la vengeance des Fitzgerald. Il se releva.

« Chausse-toi, Donal. Tu vas nous accompagner à la halle de la guilde.

— Je viens avec vous, dit Mme Gloster.

— Non », répondit Rollo. Une lueur de révolte brilla dans les yeux de la mère de Donal. « Et si je vous vois là-bas, poursuivit

Rollo, je vous ferai arrêter, vous aussi. Vous saviez certainement que Donal assistait à des offices blasphématoires – vous êtes donc coupable de non-dénonciation de crime. »

Mme Gloster baissa à nouveau les yeux.

Donal se chaussa.

Remontant la rue principale, Rollo et Osmund l'escortèrent jusqu'au carrefour et le firent entrer dans la halle de la guilde par le sous-sol. Rollo envoya un des gardes chercher sir Reginald, qui arriva quelques minutes plus tard, accompagné de l'évêque Julius.

« Eh bien, jeune Donal, fit Reginald avec une fausse amabilité. J'espère que mon fils vous a fait entendre raison et que vous êtes prêt à décharger votre conscience. »

La voix de Donal était tremblante, mais ses paroles vaillantes.

« Je ne sais pas ce que j'ai dit quand j'étais ivre, mais je sais la vérité. Je n'ai jamais assisté à aucun office protestant. »

Rollo commençait à s'inquiéter : finirait-il par céder ?

« Laissez-moi vous montrer quelque chose », dit Reginald. Il se dirigea vers une porte massive, souleva la lourde barre et l'ouvrit. « Entrez, et voyez. »

Donal obéit à contrecœur. Rollo lui emboîta le pas. Ils se trouvaient dans une pièce sans fenêtre, au plafond élevé et au sol de terre battue. Il y régnait l'odeur de sang coagulé et d'excréments commune dans les abattoirs.

« Voyez-vous ce crochet au plafond ? » demanda Reginald.

Ils levèrent tous les yeux.

« Vous aurez les mains liées derrière le dos, poursuivit Reginald. Puis la corde qui entourera vos poignets sera passée dans ce crochet et vous serez hissé en l'air. » Donal gémit. « La souffrance est intolérable, vous vous en doutez, mais dans un premier temps, vos épaules ne se déboîteront pas – ce n'est pas aussi rapide. On vous attachera de lourdes pierres aux pieds, ce qui accroîtra la douleur dans vos articulations. Quand vous perdrez connaissance, on vous jettera de l'eau froide au visage pour vous ranimer – sans répit. Les poids se faisant plus lourds, le supplice devient plus effroyable. Pour finir, vos bras se désarticuleront. Il s'agit, paraît-il, du moment le plus atroce. »

Malgré sa pâleur extrême, Donal ne céda pas.

« Je suis citoyen de Kingsbridge. Vous n'avez pas le droit de me torturer sans ordre du roi. »

C'était exact. On ne pouvait soumettre un suspect à la torture sans l'autorisation du Conseil privé. La règle était fréquemment violée, mais les habitants de Kingsbridge connaissaient leurs droits. Il fallait s'attendre à un tollé général si Donal était torturé illégalement.

« J'obtiendrai l'autorisation, jeune imbécile.

— Dans ce cas, faites-le », rétorqua Donal dont la peur faisait monter la voix dans les aigus, malgré sa détermination.

Allaient-ils devoir renoncer ? songea Rollo avec abattement. Ils avaient fait tout ce qui était en leur pouvoir pour arracher des aveux de Donal par la peur, en vain. Peut-être Philbert échapperait-il finalement au châtiment.

L'évêque Julius intervint alors :

« Je pense qu'il serait bon que nous ayons une petite conversation, vous et moi, jeune Donal. Pas ici, cependant. Suivez-moi.

— Très bien », répondit Donal nerveusement.

Il était soucieux, mais Rollo devina qu'il accepterait tout ce qui pouvait lui faire quitter ce sous-sol.

Julius et Donal sortirent de la halle de la guilde. Rollo et Reginald les suivirent à quelques pas. Rollo se demandait ce que l'évêque avait en tête. Réussirait-il tout de même à rendre sa dignité à la famille Fitzgerald ?

Ils descendirent la rue principale jusqu'à la cathédrale. Julius les fit entrer par une petite porte percée sur le côté droit de la nef. Le chœur chantait les vêpres. L'intérieur de l'édifice était faiblement éclairé par les cierges qui projetaient des ombres dansantes à travers les arches.

Julius prit un cierge et conduisit Donal dans une chapelle latérale où se trouvaient un petit autel et une grande peinture du Christ en croix. Il posa le cierge sur l'autel afin qu'il éclaire le tableau et prit place, dos à l'autel, Donal en face de lui pour qu'il pût voir Jésus crucifié.

L'évêque fit signe à Rollo et à Reginald de se tenir à distance. Ils restèrent hors de la chapelle mais pouvaient voir à l'intérieur et entendre les propos qui s'y tenaient.

« Je te demande d'oublier les châtiments terrestres, dit alors Julius à Donal. Peut-être seras-tu torturé, envoyé au bûcher comme hérétique, mais ce n'est pas ce que tu dois redouter ce soir.

— Vraiment ? » Donal était aussi perplexe qu'inquiet.

« Mon fils, ton âme court un danger mortel. Ce que tu as pu dire à l'Abattoir tout à l'heure n'a pas d'importance – Dieu connaît la vérité. Il sait ce que tu as fait. La souffrance que tu endurerais en enfer serait infiniment pire que toutes celles qui pourraient t'être infligées ici-bas.

— Je sais.

— Mais Dieu nous offre l'espoir du pardon, tu le sais aussi. En toutes circonstances. »

Donal resta muet. Rollo l'observa à la lueur vacillante du cierge sans pouvoir déchiffrer son expression.

« Il faut me dire trois choses, Donal, reprit Julius. Si tu le fais, je remettrai tes péchés, et Dieu fera de même. Si tu me mens, tu iras en enfer. La décision t'appartient, ici et maintenant. »

Rollo vit Donal incliner légèrement la tête en arrière, levant les yeux vers l'image de Jésus.

« Où célèbrent-ils leurs offices, demanda Julius. Quand ? Quelles sont les personnes qui y assistent ? Tu dois me le dire, tout de suite. »

Donal étouffa un sanglot. Rollo retint son souffle.

« Dis-moi d'abord où. »

Donal se tut.

« Dernière chance de rémission, insista Julius. Je ne te reposerai pas la question. Où ?

— Dans l'étable de la veuve Pollard », murmura Donal.

Un soupir de soulagement s'échappa sans bruit des lèvres de Rollo. Il avait parlé.

Mme Pollard avait une petite ferme à la limite sud de la ville, sur la route de Shiring. Il n'y avait pas d'autre maison à proximité, ce qui expliquait que personne n'eût repéré les protestants.

« Quand ?

— Aujourd'hui, répondit Donal. Tous les samedis soir, à la tombée de la nuit.

— Ils se glissent dans les rues à la faveur de l'obscurité

pour éviter d'être vus, murmura Julius. Les hommes préfèrent les ténèbres à la lumière, car leurs actions sont mauvaises. Mais Dieu les voit. » Il leva les yeux vers la pointe de la fenêtre en ogive. « Il fait presque noir. Y seront-ils maintenant ?

— Oui.

— Qui ?

— Philbert, et aussi Mme Cobley, Dan et Ruth. La sœur de Philbert et le frère de Mme Cobley, ainsi que leurs familles. Mme Pollard. Ellis le brasseur. Les frères Mason. Elijah Cordwainer. C'est tout ce que je sais. Peut-être y en a-t-il d'autres.

— Tu es un bon garçon, dit Julius. À présent, dans quelques minutes, je te donnerai l'absolution et tu pourras rentrer chez toi. » » Il leva un index impérieux. « Ne parle à personne de cette conversation. Je ne veux pas qu'on sache d'où je tire mes informations. C'est compris ?

— Oui, monseigneur. »

Julius se tourna vers Rollo et Reginald qui se tenaient juste à l'entrée de la chapelle. Sa voix, basse et mielleuse jusque-là, se fit soudain brusque et autoritaire.

« Rendez-vous immédiatement à cette étable, commanda-t-il. Arrêtez les hérétiques – tous, jusqu'au dernier. Allez ! »

Alors que Rollo s'apprêtait à partir, il entendit Donal dire tout bas :

« Oh mon Dieu, je les ai tous trahis, n'est-ce pas ? »

L'évêque lui répondit d'un ton lénifiant :

« Tu as sauvé leurs âmes – et la tienne. »

Rollo et Reginald sortirent de la cathédrale en courant. Ils remontèrent la rue principale jusqu'à la halle de la guilde et firent sortir les membres de la garde du sous-sol. Ils traversèrent la rue pour rejoindre leur demeure et ceignirent leurs épées.

Les gardes brandissaient tous des gourdins de fabrication personnelle, de formes et de dimensions différentes. Osmund avait également pris un rouleau de corde pour lier solidement les poignets des protestants. Deux hommes portaient des lanternes au bout de perches.

La ferme de la veuve Pollard était à un peu moins d'une demi-lieue de là.

« Nous irions plus vite à cheval, remarqua Rollo.

— Pas beaucoup plus vite, dans le noir, objecta son père. Et le bruit des sabots avertirait les protestants. Il ne faut pas qu'un seul de ces démons nous file entre les doigts. »

Ils descendirent la rue principale et passèrent devant la cathédrale. Les gens leur jetaient des regards alarmés. De toute évidence, quelqu'un devait s'attendre à avoir de graves ennuis.

Rollo s'inquiéta à l'idée qu'un suppôt des protestants ne devine ce qui se tramait. En courant vite, il pourrait les prévenir. Il hâta le pas.

Ils franchirent le double pont de Merthin dans le faubourg du champ aux Amoureux, puis suivirent la route de Shiring en direction du sud. Les alentours de la ville étaient plus silencieux et plus sombres. Heureusement, la route était droite.

La maison de la veuve Pollard donnait sur la rue, mais son étable était située très en retrait, sur environ un arpent de terre. Le défunt Walter Pollard avait élevé un petit troupeau de vaches laitières que sa veuve avait vendu après sa mort. C'est pourquoi elle avait une belle étable de brique, qui restait vide.

Osmund poussa une barrière, et ils suivirent le sentier qu'empruntaient auparavant les vaches pour aller à la traite. Aucune lumière ne filtrait : une étable n'avait pas besoin de fenêtres. Osmund chuchota à l'un des porteurs de lanterne :

« Fais vite le tour et vérifie qu'il n'y a pas d'autre issue. »

Les autres se dirigèrent vers la large porte double. Sir Reginald posa le doigt sur ses lèvres, leur enjoignant le silence, et tous tendirent l'oreille. Un murmure de plusieurs voix qui psalmodiaient un texte leur parvint depuis l'intérieur du bâtiment. Au bout d'une minute, Rollo reconnut le Notre Père.

En anglais.

C'était de l'hérésie. Aucune autre preuve n'était requise.

Le porteur de lanterne revint et chuchota :

« Pas d'autre entrée, pas d'autre sortie. »

Reginald poussa doucement les battants mais c'était apparemment barricadé de l'intérieur.

Le bruit alerta les occupants de l'étable et un profond silence se fit.

Quatre membres de la garde enfoncèrent alors la porte qui s'ouvrit toute grande. Reginald et Rollo entrèrent.

Vingt personnes étaient assises sur des bancs. Devant elles se dressait une table carrée ordinaire, recouverte d'un tissu blanc, sur lequel étaient posés une miche de pain et un pichet contenant probablement du vin. Rollo fut horrifié : ils célébraient leur propre version de la messe ! Il l'avait entendu dire mais n'aurait jamais imaginé voir cela de ses propres yeux.

Philbert était debout derrière la table, vêtu d'un surplis blanc passé sur son pourpoint et ses chausses. Il jouait le rôle du prêtre alors qu'il n'avait jamais été ordonné.

Les intrus furent frappés de stupeur par ce spectacle blasphématoire, tandis que les paroissiens assistaient, impuissants, à leur intervention, les deux camps plongés dans le même état d'hébétude.

Reginald retrouva enfin sa voix.

« C'est de l'hérésie, à l'évidence. Vous êtes en état d'arrestation, tous autant que vous êtes. » Il s'interrompit. « Et surtout vous, Philbert Cobley. »

6

La veille du mariage, Alison McKay fut appelée auprès de la reine de France.

Quand cette convocation lui fut transmise, elle se trouvait en compagnie de Marie Stuart. Alison avait soigneusement rasé les aisselles de la jeune fille, parvenant à l'épiler sans faire couler le sang. Elle était en train d'adoucir la peau de la future épouse en l'enduisant d'huile quand on frappa à la porte. Une des dames d'honneur de Marie entra. C'était Véronique de Guise : âgée de seize ans, cette lointaine cousine d'assez peu d'importance compensait la modestie de son rang par sa beauté, son maintien et ses attraits.

« Un page de la reine Catherine vient d'arriver, annonça-t-elle à Alison. Sa Majesté souhaite vous voir sur-le-champ. »

Elle emboîta le pas à Alison qui quitta les appartements

de Marie et traversa à la hâte les sinistres salles du vieil hôtel des Tournelles pour rejoindre les appartements de Catherine.

« À votre avis, de quoi Sa Majesté désire-t-elle vous entretenir ? demanda Véronique.

— Je n'en ai pas la moindre idée », répondit Alison.

Peut-être Véronique était-elle simplement curieuse, mais peut-être aussi, éventualité plus inquiétante, servait-elle d'espionne aux puissants oncles de Marie.

« La reine Catherine semble avoir de l'affection pour vous, remarqua Véronique.

— Elle en a pour tous ceux qui manifestent quelque bonté envers ce pauvre François. »

Alison n'en était pas moins soucieuse. Les têtes couronnées n'étaient pas tenues d'être cohérentes, et une convocation pouvait annoncer une mauvaise nouvelle aussi bien qu'une bonne.

En chemin, elles furent arrêtées par un jeune homme qu'Alison ne reconnut pas. S'inclinant profondément, il s'adressa à Véronique :

« Quel plaisir de vous voir, mademoiselle. Vous êtes un rayon de soleil dans ce palais si sombre. »

Alison était sûre de ne l'avoir encore jamais vu. Elle s'en serait souvenue, car il était séduisant avec ses cheveux blonds ondulés et son pourpoint vert et or des plus seyants. Il était charmant, en outre, bien que son intérêt se portât manifestement davantage sur Véronique que sur elle.

« Puis-je vous être utile en quoi que ce soit, mademoiselle ? ajouta-t-il.

— Non, je vous remercie », répondit Véronique avec une certaine impatience.

Il se tourna alors vers Alison et s'inclina à nouveau.

« Je suis très honoré de faire votre connaissance, miss McKay. Je m'appelle Pierre Aumande. J'ai le privilège de servir l'oncle de Mlle de Guise, le cardinal Charles de Lorraine.

— Ah oui vraiment ? demanda Alison. En quelle qualité ?

— Je l'aide à tenir à jour sa volumineuse correspondance. »

Pierre n'était de toute évidence qu'un simple employé, et faisait ainsi preuve d'une ambition peu commune en jetant son dévolu sur Véronique de Guise. Il arrivait pourtant que la fortune sourie aux audacieux, et M. Aumande semblait avoir de l'audace à revendre.

Alison en profita pour se débarrasser de sa compagne importune.

« Je ne peux faire attendre Sa Majesté, dit-elle. Je vous souhaite le bonjour, Véronique. »

Et elle s'éclipsa sans laisser à celle-ci le temps de répondre.

Alison trouva la reine allongée sur une banquette en compagnie d'une demi-douzaine de chatons qui faisaient des culbutes, des cabrioles et couraient après un ruban rose que Catherine agitait devant eux. Levant les yeux, celle-ci adressa un sourire amical à Alison, qui poussa intérieurement un soupir de soulagement : elle n'était, apparemment, pas en danger.

Jeune, la reine Catherine avait été laide et, à présent dans sa quarantième année, elle était grasse de surcroît. Cela ne l'empêchait pas d'être coquette et de porter ce jour-là une robe noire constellée d'énormes perles, peu flatteuse mais d'un luxe extravagant. Elle tapota la banquette et Alison s'assit, laissant place aux chatons entre la reine et elle. Alison apprécia ce témoignage de proximité. Elle saisit un tout petit chaton noir et blanc qui lécha la pierre précieuse ornant son annulaire, puis poursuivit son exploration en la mordillant. Ses petites dents étaient acérées, mais sa mâchoire trop faible pour que la morsure fût douloureuse.

« Comment va la future épouse ? demanda Catherine.

— Elle est d'un calme surprenant, répondit Alison tout en caressant le chaton. Un peu inquiète, mais impatiente d'être à demain.

— A-t-elle bien compris qu'il lui faudra perdre sa virginité en présence de témoins ?

— Oui, madame. Elle en éprouve de l'embarras, mais elle l'endurera. »

Une idée traversa immédiatement l'esprit d'Alison : *à condition que François en soit capable.* Elle la réprima, de crainte d'offenser Catherine.

Mais celle-ci partageait cette inquiétude.

« Nous ne savons pas si ce pauvre François est apte à le faire », commenta-t-elle.

Alison ne répondit rien, réticente à s'engager sur ce terrain périlleux.

Catherine se pencha en avant et parla d'une voix basse, pressante.

« Écoutez-moi. Quoi qu'il advienne, il faudra que Marie simule la consommation de l'union. »

Alison savoura profondément le privilège de cette conversation intime, confidentielle avec la reine de France ; mais elle prévoyait des problèmes.

« Cela risque d'être difficile.

— Les témoins ne pourront pas tout voir.

— Certes, mais... » Alison constata que le chaton s'était endormi sur ses genoux.

« Il faudra que François s'allonge sur Marie et qu'il la foute, ou feigne de la foutre. »

La crudité des propos de la reine fit sursauter Alison, qui reconnut cependant que l'importance du sujet ne tolérait ni euphémismes ni ambiguïtés.

« Qui expliquera à François ce qu'il doit faire ? demanda-t-elle dans le même esprit pragmatique.

— Je m'en chargerai. Mais vous devrez parler à Marie. Elle a confiance en vous. »

C'était exact, et Alison était heureuse que la reine l'ait remarqué. Elle en était fière.

« Que devrai-je lui dire ?

— Il faudra qu'elle annonce, à haute et intelligible voix, qu'elle a perdu sa virginité.

— Et si les témoins décident de réclamer un examen médical ?

— Nous prendrons des précautions. C'est à cette fin que je vous ai fait venir. » Catherine sortit un petit objet de sa poche. « Regardez ceci. »

Elle le tendit à Alison. C'était un minuscule sachet, pas plus grand que la base du pouce, fait d'une sorte de cuir très souple, dont l'ouverture étroite était repliée et liée par un petit fil de soie.

« Qu'est-ce ?

— Une vessie de cygne. »

Alison était perplexe.

« Telle que vous la voyez, elle est vide, reprit Catherine. Demain soir, je vous la remettrai pleine de sang. Le fil sera soigneusement noué pour éviter toute fuite. Il faudra que Marie dissimule cette vessie sous sa chemise de nuit. Après l'acte – réel ou feint –, elle tirera sur le fil et répandra le sang sur les draps, afin que chacun puisse le voir. »

Alison hocha la tête. C'était une bonne idée. Les draps souillés constituaient une preuve traditionnelle de consommation. Tout le monde comprendrait le message, et cela dissiperait les doutes éventuels.

Voilà comment des femmes telles que Catherine exerçaient le pouvoir, comprit-elle avec admiration. Elles agissaient intelligemment mais discrètement, œuvrant dans l'ombre, pesant sur les événements tout en laissant les hommes imaginer qu'ils exerçaient un contrôle absolu.

« Marie le fera-t-elle ? demanda Catherine.

— Oui, madame », répondit Alison avec assurance. Marie ne manquait pas de courage. « Mais… les témoins ne risquent-ils pas d'apercevoir la vessie ?

— Lorsqu'elle l'aura vidée, il faudra que Marie l'enfonce dans son con le plus loin possible et l'y laisse jusqu'à ce qu'elle dispose d'un moment d'intimité suffisante pour s'en débarrasser.

— Pourvu qu'il ne tombe pas !

— Ne vous inquiétez pas de cela. » Catherine lui adressa un sourire sans joie. « Marie ne sera pas la première à user de ce subterfuge.

— Fort bien. »

Catherine prit le chaton assoupi sur les genoux d'Alison et il ouvrit les yeux.

« Tout est-il parfaitement clair ? »

Alison se leva.

« Oui. L'affaire me paraît fort simple. Il faudra du sang-froid, mais Marie n'en manque pas. Elle ne vous fera pas défaut.

— Bien. Merci », dit Catherine en souriant.

Une pensée arrêta soudain Alison, qui fronça les sourcils.

« Il faudra que le sang soit frais. Où vous le procurerez-vous ?

— Oh, je ne sais pas encore. » Catherine noua le ruban rose autour du cou du chaton noir et blanc. « Je trouverai bien. »

*

Pierre choisit le jour des noces royales pour confier au redoutable père de Sylvie Palot son intention d'épouser sa fille bien-aimée.

En ce matin du dimanche 24 avril 1558, tous les Parisiens se mirent sur leur trente et un. Pierre endossa son pourpoint bleu à crevés laissant apparaître la doublure de soie blanche. Il savait que Sylvie aimait ce vêtement, infiniment plus pimpant il est vrai que tout ce que portait le cercle d'amis rabat-joie de ses parents. Il soupçonnait que ses tenues n'étaient pas étrangères à la séduction qu'il exerçait sur elle.

Il quitta sa faculté dans le quartier de l'Université, sur la rive gauche du fleuve, et prit vers le nord, en direction de l'île de la Cité. Un climat de joyeuse impatience saturait l'air des rues étroites et bondées. Des vendeurs de pain d'épices, d'huîtres, d'oranges et de vin installaient des étals temporaires pour tirer profit de l'affluence. Un colporteur lui proposa un opuscule imprimé de huit pages à propos des noces imminentes, dont la couverture s'ornait d'une gravure sur bois censée représenter l'heureux couple, malgré une ressemblance des plus approximatives. Des mendiants, des prostituées et des musiciens des rues prenaient le même chemin que Pierre. Paris adorait la pompe et le faste.

Pierre était ravi de ces noces royales. C'était un beau coup pour la famille de Guise. Les oncles de Marie, le Balafré et le cardinal Charles, étaient déjà puissants, mais ils avaient des rivaux : les familles alliées des Montmorency et des Bourbons étaient leurs ennemies. Ce mariage assoirait la supériorité des Guises sur tous les autres. Si les choses suivaient leur cours naturel, leur nièce Marie deviendrait reine de France, et les Guises feraient ainsi partie de la famille royale.

Pierre aspirait à partager leur pouvoir. Il fallait pour cela qu'il accomplisse des prodiges au service du cardinal Charles. Il avait déjà consigné les noms de nombreux protestants parisiens, parmi lesquels des amis de la famille de Sylvie. Il en avait dressé la liste dans un carnet à reliure de cuir – noir, comme il convenait, puisque tous ceux qui y figuraient risquaient fort de périr sur le bûcher. Mais Charles tenait absolument à savoir où les protestants célébraient leur culte. Or Pierre n'avait pas encore découvert l'adresse d'une seule église clandestine.

Il commençait à désespérer. Si le cardinal l'avait payé pour les noms qu'il lui avait livrés, il lui avait promis une généreuse gratification en échange d'une indication de lieu. Ce n'était pas seulement l'argent qui intéressait Pierre, bien qu'il en eût toujours grand besoin. Charles avait d'autres espions : Pierre ignorait combien ils étaient, mais il ne voulait pas être un membre ordinaire de cette équipe – il fallait qu'il se distingue, qu'il prouve qu'il était le meilleur. Il fallait qu'il ne soit pas seulement utile, mais indispensable au cardinal.

Sylvie et sa famille s'éclipsaient tous les dimanches après-midi, certainement pour participer à un office protestant ; pourtant, chose contrariante, Gilles Palot n'avait pas encore invité Pierre à les accompagner, en dépit des allusions de plus en plus lourdes du jeune homme. Pierre avait donc prévu d'entreprendre ce jour-là une démarche plus radicale. Si les Palot acceptaient ses fiançailles avec Sylvie, ils seraient bien obligés d'accepter qu'il assiste aux offices avec eux.

Il avait déjà posé la question à Sylvie : elle était prête à l'épouser dès le lendemain. Mais son père était plus difficile à circonvenir. Pierre parlerait à Gilles le jour même. Sylvie l'avait encouragé en ce sens. C'était un bon jour pour une demande en mariage. Les noces royales mettraient tout le monde d'humeur sentimentale – peut-être même Gilles.

Pierre n'avait, évidemment, aucune intention d'épouser Sylvie. Une épouse protestante suffirait à tuer dans l'œuf sa carrière au service de la famille de Guise. Il ne l'appréciait guère au demeurant : elle était trop sérieuse. Il avait besoin d'une femme qui favoriserait son ascension sociale. Il avait des vues sur Véronique de Guise, qui appartenait à une branche obscure de la famille et avait, devinait-il, de grandes aspirations, elle aussi. S'il se fiançait ce jour-là à Sylvie, il lui faudrait se creuser la cervelle pour trouver de bonnes raisons de retarder le mariage. Mais il était confiant.

Tout au fond de lui-même une petite voix ténue mais agaçante lui reprochait de s'apprêter à briser le cœur d'une jeune fille tout à fait charmante, ce qui était injuste et cruel. Ses précédentes victimes, comme la veuve Bauchêne, l'avaient plus ou moins cherché, alors que Sylvie n'avait rien fait qui méritât ce sort. Son seul tort avait été de tomber amoureuse de celui que Pierre feignait habilement d'être.

Cette petite voix ne changerait rien à ses plans. Il était bien parti pour accéder à la fortune et au pouvoir, et n'allait certainement pas laisser des scrupules se mettre en travers de ses projets. Elle insista pourtant : il avait bien changé depuis le jour où il avait quitté Thonnance-lès-Joinville pour se rendre à Paris ; on aurait pu croire qu'il n'était plus le même. *Je l'espère bien*, songea-t-il. *Je n'étais alors que le bâtard d'un malheureux curé de campagne, alors que je m'apprête à devenir un homme important.*

Il traversa le Petit-Pont qui permettait de rejoindre la Cité, l'île de la Seine sur laquelle se dressait Notre-Dame. Le mariage de François et Marie aurait lieu sur le parvis de la façade ouest de la cathédrale. On y avait dressé une immense estrade de douze pieds de haut, qui partait de l'archevêché pour rejoindre le portail de la cathédrale en traversant la place, afin que le peuple de Paris pût assister à la cérémonie tout en restant à distance de la famille royale et de ses invités. Les spectateurs se rassemblaient déjà autour de la scène, pour s'assurer de bonnes places. On avait dressé au bout de l'estrade du côté cathédrale un dais que gonflait la brise, constitué d'innombrables aunes de soie bleue brodée de fleurs de lys, afin d'éviter que le soleil n'importunât le jeune couple. Pierre frémit à la simple idée du coût de pareille quantité d'étoffe.

Sur l'estrade, il aperçut alors le Balafré : le duc de Guise était, ce jour-là, le maître de cérémonie. Il semblait en train de se quereller avec quelques gentilshommes de moindre qualité qui étaient arrivés tôt pour être avantageusement placés, et à qui il ordonnait de s'écarter. Pierre s'approcha de la scène et s'inclina profondément devant lui, mais le duc François ne le vit pas.

Pierre se dirigea alors vers la rangée de maisons située au nord de la cathédrale. La librairie de Gilles Palot était fermée pour le jour du Seigneur, et la porte donnant sur la rue était verrouillée. Mais Pierre connaissait l'entrée de l'atelier, sur l'arrière.

Sylvie dévala l'escalier pour l'accueillir. Cela leur ménagea quelques secondes de tête-à-tête dans l'imprimerie silencieuse. Elle se jeta à son cou et l'embrassa, lèvres entrouvertes.

Il eut le plus grand mal à feindre une passion réciproque. Il remua énergiquement sa langue dans sa bouche et lui pressa les seins à travers le corsage de sa robe, sans ressentir pourtant la moindre excitation.

Elle interrompit leur étreinte pour lui annoncer avec fièvre :

« Il est de bonne humeur ! Venez, montez ! »

Pierre la suivit jusqu'au logement de l'étage. Gilles et sa femme Isabelle étaient à table avec Guillaume de Genève.

Le père de Sylvie était tout en cou et en épaules, un vrai taureau, pensa Pierre. On avait l'impression qu'il aurait pu soulever une maison. Quelques allusions lâchées par sa fille avaient fait comprendre à Pierre qu'il lui arrivait de se montrer violent avec sa famille et ses apprentis. Qu'adviendrait-il s'il découvrait un jour que Pierre était un espion catholique ? Mieux valait ne pas y penser.

Le jeune homme s'inclina d'abord devant Gilles, reconnaissant sa position de chef de famille.

« Bonjour, monsieur, dit-il. J'espère que vous allez bien. »

Gilles répondit d'un bougonnement, ce qui n'avait rien d'insultant car c'était ainsi qu'il saluait tout le monde.

Isabelle était plus sensible que son mari au charme de Pierre. Elle sourit quand il lui fit le baisemain, et elle l'invita à s'asseoir. Comme sa fille, Mme Palot avait le nez droit et un menton puissant, des traits qui dénotaient une certaine force de caractère. Sans doute l'aurait-on dite plus belle que jolie, et Pierre imaginait qu'elle pouvait se montrer séduisante pour peu qu'elle fût d'humeur à cela. La mère et la fille se ressemblaient par leur personnalité, hardie et résolue.

Guillaume était plus difficile à cerner. Une étrange intensité émanait de cet homme pâle de vingt-cinq ans. Arrivé à la librairie le jour de la première visite de Pierre, il s'était immédiatement installé dans le logement de la famille, à l'étage. Ses doigts étaient maculés d'encre et Isabelle avait prétendu, sans grande conviction, qu'il était étudiant, alors qu'il n'était rattaché à aucune faculté de la Sorbonne. Pierre ne l'avait du reste jamais vu en cours. Il n'aurait su dire s'il était là comme pensionnaire payant ou comme invité. Lorsqu'il leur arrivait de converser, Guillaume ne se livrait jamais. Pierre aurait aimé lui poser des questions mais craignait de paraître indiscret et d'éveiller ainsi les soupçons.

En entrant dans la pièce, Pierre avait remarqué que Guillaume refermait un livre d'un air faussement désinvolte ; il avait gardé la main posée sur le volume abandonné à présent sur la table comme pour empêcher quiconque de l'ouvrir. Peut-être avait-il fait la lecture tout haut à la famille. L'intuition de Pierre lui disait qu'il s'agissait d'un ouvrage protestant interdit. Il fit celui qui ne remarquait rien.

Quand les échanges de civilités furent terminés, Sylvie prit la parole :

« Pierre voudrait te parler, Papa. »

Elle n'était pas du genre à s'embarrasser de circonlocutions.

« Je vous écoute, mon garçon », dit Gilles.

Pierre détestait les formules condescendantes comme « mon garçon », mais le moment était malvenu pour s'en formaliser.

« Peut-être préférerez-vous parler en tête à tête, suggéra Sylvie.

— Je ne vois pas pourquoi », protesta Gilles.

Un minimum d'intimité n'aurait effectivement pas déplu à Pierre, mais il afficha un air indifférent.

« Ce que j'ai à dire peut fort bien être entendu de tous.

— Très bien, alors, acquiesça Gilles, et Guillaume, qui s'était déjà à moitié redressé, se rassit.

— M. Palot, dit Pierre, j'ai l'honneur de vous demander fort humblement l'autorisation d'épouser Sylvie. »

Isabelle poussa un petit cri – pas d'étonnement, sans doute, car elle s'y attendait certainement ; de plaisir, peut-être. Pierre surprit le regard bouleversé de Guillaume et se demanda s'il nourrissait secrètement de tendres sentiments pour Sylvie. Quant à Gilles, il eut simplement l'air contrarié qu'on trouble sa paix dominicale.

Avec un soupir à peine réprimé, Gilles entreprit de faire son devoir en interrogeant Pierre.

« Vous n'êtes encore qu'étudiant, remarqua-t-il d'un ton dédaigneux. Comment pouvez-vous proposer le mariage à une jeune fille ?

— Je comprends votre souci », répondit Pierre avec affabilité.

Il n'allait pas se laisser détourner de son but par de la pure grossièreté. Il se mit à dévider des mensonges, un art dans lequel il était passé maître.

« Ma mère possède une petite terre en Champagne – quelques arpents de vigne seulement, mais ils sont bien loués, ce qui nous assure un revenu. » Sa mère était en réalité la gouvernante sans le sou d'un curé de campagne, et Pierre vivait d'expédients. « Quand j'aurai fini mes études, je compte embrasser la profession de juriste. Mon épouse ne manquera de rien. »

Cette partie-là était plus proche de la vérité.

Sans commenter sa réponse, Gilles enchaîna par une nouvelle question :

« Quelle est votre religion ?

— Je suis un chrétien qui cherche la lumière. »

Prévoyant ce que Gilles lui demanderait, Pierre avait soigneusement répété ses fables. Il espérait qu'elles ne paraîtraient pas trop apprises. Mais il devait faire clairement comprendre qu'il était prêt à se convertir.

« J'ai deux sujets de préoccupation, poursuivit-il, s'efforçant de paraître réellement soucieux et réfléchi. Premièrement la messe. On nous dit que le pain et le vin se transforment pour devenir le corps et le sang de Jésus. Pourtant, ils n'ont l'apparence ni de chair ni de sang, ils n'en ont ni l'odeur ni le goût. Quel est donc le sens de cette prétendue transsubstantiation ? Personnellement, je tiens cela pour de la pseudo-philosophie. »

Pierre avait entendu des condisciples aux tendances protestantes avancer ces arguments. Pour sa part, il avait du mal à comprendre que l'on pût se quereller à propos de telles abstractions.

Bien que Gilles approuvât certainement de tout cœur ces réserves, il n'en dit rien.

« Et le deuxième ?

— Le fait que bien souvent, les prêtres mettent la main sur l'argent que les pauvres paysans leur versent sous forme de dîmes et en profitent pour vivre dans le luxe, au lieu d'accomplir leurs devoirs sacrés. »

Ce comportement était un grief formulé par les catholiques les plus pieux eux-mêmes.

« Ce genre de paroles pourraient vous faire jeter en prison, mon garçon. Comment osez-vous tenir des propos hérétiques sous mon toit ? »

Gilles était un acteur médiocre et son indignation était peu convaincante, sans être moins menaçante pour autant.

« Ne fais pas semblant, Papa, intervint Sylvie courageusement, il sait ce que nous sommes.

— Tu le lui as dit ? demanda Gilles manifestement furieux, brandissant un poing épais.

— Elle n'a pas eu à me le dire, dit Pierre hâtivement. C'est évident. »

Gilles s'empourpra.

« Évident ?

— Il suffit de regarder autour de soi – d'observer tout ce qui est absent de chez vous. Il n'y a pas de crucifix au-dessus de votre lit, pas de statue de la Vierge dans une niche à côté de la porte, pas de peinture de la Sainte-Famille au-dessus de la cheminée. Votre femme n'a pas de perles cousues dans l'étoffe de sa plus belle robe, alors que vous avez certainement les moyens de lui en acheter quelques-unes. Votre fille porte un manteau brun. » Il tendit prestement le bras à travers la table et s'empara du livre que tenait Guillaume. L'ouvrant, il ajouta : « Et vous lisez l'Évangile selon saint Matthieu en français un dimanche matin. »

Guillaume s'exprima alors pour la première fois.

« Songez-vous à nous dénoncer ? » Il paraissait effrayé.

« Non, Guillaume. Si telle était mon intention, je serais venu avec des officiers de la garde municipale. » Pierre se retourna vers Gilles. « Je veux être des vôtres. Je veux devenir protestant. Et je veux épouser Sylvie.

— Je t'en prie, dis oui, Papa, supplia Sylvie en s'agenouillant devant son père. Pierre m'aime et je l'aime. Nous serons tellement heureux ensemble. Et Pierre nous aidera à faire connaître le vrai Évangile. »

Le poing de Gilles se desserra et son teint reprit sa couleur normale. Il s'adressa à Pierre :

« Est-ce exact ?

— Oui, dit Pierre. Si vous m'acceptez parmi vous. »

Gilles échangea un regard avec sa femme. Isabelle hocha imperceptiblement la tête. Pierre soupçonna qu'en dépit des apparences, c'était elle qui tenait les rênes du ménage. Gilles sourit – ce qui lui arrivait rarement – et se tourna vers Sylvie :

« Très bien, dans ce cas. Épouse Pierre et que Dieu bénisse votre union. »

Sylvie bondit de joie, se jeta dans les bras de son père puis embrassa Pierre avec passion. À cet instant précis, des acclamations s'élevèrent devant la cathédrale.

« Ils approuvent nos fiançailles », remarqua Pierre et tous éclatèrent de rire.

Ils s'approchèrent des fenêtres donnant sur la place. Le cortège nuptial s'avançait le long de l'estrade, conduit par une compagnie de soldats appelés les Cent-Suisses, reconnaissables aux manches rayées de leurs pourpoints et aux plumets qui ornaient leurs casques. Sous les yeux de Pierre, une troupe de musiciens apparut, jouant de la flûte et du tambour, suivis des gentilshommes de la Cour, dans une débauche de tenues chamarrées, rouge, or, bleu vif, jaune et lavande. Sylvie s'écria avec fougue :

« On pourrait croire qu'ils défilent en notre honneur, Pierre ! »

La foule se tut et toutes les têtes s'inclinèrent quand les évêques firent leur apparition, brandissant des crucifix ornés de pierreries et portant de saintes reliques abritées dans de somptueuses châsses d'or. Pierre repéra le cardinal Charles dans sa robe rouge, tenant un calice d'or serti de pierres précieuses.

Enfin, le marié apparut. François avait l'air terrifié. Il était mince et frêle pour ses quatorze ans, et toutes les pierreries qui constellaient son chapeau et son manteau ne suffisaient pas à lui conférer une prestance royale. À côté de lui marchait Antoine, roi de Navarre, chef de la maison de Bourbon, ennemie des Guises. Pierre devina que quelqu'un – peut-être la reine Catherine, toujours prudente – avait accordé ce privilège à Antoine pour faire contrepoids à la famille de Guise, qui menaçait de dominer la cérémonie.

Les spectateurs se déchaînèrent quand ils virent le roi en personne – Henri II – et le héros de la guerre, le Balafré, s'avancer de part et d'autre de la mariée.

Celle-ci portait une robe d'un blanc immaculé.

« Du blanc ? » s'étonna Isabelle qui, debout derrière Pierre, regardait par-dessus son épaule. Le blanc était la couleur du deuil. « Elle est en blanc ? »

*

Alison McKay avait été hostile à cette robe de mariée blanche. C'était la couleur du deuil en France et elle craignait que cela ne heurtât les gens. De plus, elle accentuait encore la pâleur de Marie Stuart. Mais celle-ci pouvait se montrer obstinée et avait des idées aussi arrêtées que n'importe quelle jeune fille de quinze ans, surtout en matière vestimentaire. Elle avait exigé du blanc, refusant d'envisager toute autre possibilité.

Elle avait eu raison. La soie semblait faire écho à sa pureté virginale. Au-dessus de sa robe, elle portait une cape de velours d'un bleu-gris très pâle qui miroitait sous le soleil d'avril comme la surface du fleuve, à côté de la cathédrale. La traîne, faite de la même étoffe, était pesante, ce qu'Alison était bien placée pour savoir car elle faisait partie des deux jeunes filles chargées de la porter.

La mariée était coiffée d'une couronne parsemée de diamants, de perles, de rubis et de saphirs : Alison devinait qu'elle attendait avec impatience de pouvoir enfin se débarrasser de ce fardeau. Elle portait en sautoir un énorme diamant qu'elle avait surnommé le « Great Harry », car c'était un cadeau du roi Henri.

Avec sa chevelure rousse et son teint pâle, Marie ressemblait à un ange et le peuple ne pouvait que l'aimer. Tandis qu'elle s'avançait sur l'estrade au bras du roi, les hurlements d'approbation ondoyaient telle une lente vague le long des rangs serrés de spectateurs, au rythme de la progression de la jeune fille.

Alison avait beau n'être qu'un personnage secondaire de cette illustre assemblée de membres de la monarchie et de la noblesse, elle tirait plaisir de la gloire de sa meilleure amie. D'aussi loin qu'elle se souvînt, Marie et elle avaient parlé et rêvé de leurs noces, mais ce mariage éclipsait tout ce qu'elles avaient pu imaginer. C'était la justification même de l'existence de Marie. Alison en était heureuse pour son amie et pour elle-même.

Ils arrivèrent au niveau du dais où attendait le marié.

Quand les deux jeunes gens furent côte à côte, tout le monde ne put que constater que Marie dépassait François d'un bon pied, ce qui suscita quelques rires et quolibets parmi les éléments les plus indisciplinés de la foule. Mais quand le couple s'agenouilla devant l'archevêque de Rouen, le tableau prêta moins à sourire.

Le roi retira un anneau de son propre doigt et le tendit à l'archevêque. La cérémonie commença.

Marie prononça ses réponses d'une voix forte et claire, tandis que François parlait tout bas afin d'éviter que la foule ne se moque de son bégaiement.

Alison se rappela soudain que Marie était déjà vêtue de blanc lorsqu'elles s'étaient vues pour la première fois. Les parents d'Alison venaient de mourir de la peste et elle vivait dans la maison glaciale de sa tante Janice, une veuve, amie de Marie de Guise, la mère de Marie Stuart. Par bonté d'âme, on avait invité en quelques occasions la petite orpheline à venir jouer avec la reine d'Écosse, alors âgée de quatre ans. Les appartements de Marie regorgeaient de coussins moelleux, de beaux jouets et de cheminées où flambaient de grands feux. Quand elle était là, Alison parvenait à oublier qu'elle n'avait pas de mère.

Les visites se multiplièrent. La petite Marie admirait son amie de six ans. Quant à Alison, elle était heureuse d'échapper à l'atmosphère pesante de la demeure de tante Janice. Après une année de bonheur, on leur avait annoncé que Marie partait, qu'elle allait vivre en France. Alison en avait eu le cœur brisé. Mais Marie, manifestant les signes précoces de la jeune femme impérieuse qu'elle serait un jour, avait fait un caprice et exigé qu'Alison l'accompagnât en France ; elle avait fini par obtenir gain de cause.

Elles avaient partagé la même couchette pendant la traversée mouvementée, se cramponnant l'une à l'autre la nuit pour se réconforter, une habitude avec laquelle elles renouaient chaque fois qu'elles étaient tourmentées ou effrayées. Elles s'étaient tenues par la main lors des rencontres avec les nombreux Français vêtus de couleurs vives qui s'amusaient de leur dialecte écossais guttural. Tout était d'une étrangeté angoissante, et Alison, l'aînée, avait eu à cœur de prêter, à son tour, assistance à Marie. Elle l'avait aidée à dompter les mots français rétifs et à s'habituer aux raffinements de la Cour, elle l'avait consolée quand elle pleurait la nuit. Alison savait que jamais elles n'oublieraient, ni l'une ni l'autre, leur solidarité enfantine.

La cérémonie s'acheva. Enfin, l'anneau d'or fut glissé au doigt de Marie, François et elle furent déclarés mari et femme, et ce fut un déferlement de vivats.

À cet instant, deux hérauts royaux chargés de sacs de cuir commencèrent à jeter des poignées de pièces au milieu de la foule. Les spectateurs rugirent de plaisir. Des hommes bondissaient pour attraper les pièces au vol, puis s'accroupissaient pour ramasser celles qui leur avaient échappé. Ailleurs sur le parvis, d'autres réclamaient leur part. Des bagarres éclatèrent. Les malheureux qui étaient tombés se faisaient piétiner tandis que ceux qui avaient réussi à rester debout étaient écrasés les uns contre les autres. Alison jugeait cette bousculade répugnante, mais nombre de nobles invités hurlaient de rire en voyant ces rustres se battre comme des chiffonniers pour de la petite monnaie : ils trouvaient ce spectacle plus divertissant qu'une course de taureaux. Les hérauts jetèrent de l'argent jusqu'à ce que leurs sacs fussent vides.

L'archevêque prit alors la tête du cortège qui se dirigea vers la cathédrale pour la messe nuptiale, suivi des jeunes époux, presque des enfants encore, pris au piège d'une union qui ne pouvait convenir à aucun d'eux. Alison marchait derrière eux, soutenant toujours la traîne. Au moment où ils quittèrent la lumière du soleil pour s'enfoncer dans les ténèbres glaciales de l'immense église, elle songea que les enfants de la royauté jouissaient de tout ce que la vie a de meilleur, hormis la liberté.

*

Sylvie tenait le bras de Pierre dans une attitude possessive tandis qu'ils franchissaient le Petit-Pont en direction du sud. Il lui appartenait à présent. Elle tiendrait son bras à jamais. Il était intelligent, aussi intelligent que son père, et infiniment plus aimable. Et d'une remarquable beauté avec ses cheveux épais, ses yeux noisette et son sourire ravageur. Elle aimait jusqu'à ses vêtements, bien qu'elle se sentît coupable de se laisser fasciner par les tenues extravagantes que méprisaient les protestants.

Mais surtout, elle l'aimait parce qu'il considérait le vrai Évangile avec le même sérieux qu'elle. De sa propre initiative, il en était venu à remettre en question les enseignements mensongers des prêtres catholiques. Elle n'avait eu à lui prodiguer que quelques encouragements pour qu'il trouve le chemin de la vérité. Et il était prêt à risquer sa vie en l'accompagnant dans un lieu de culte protestant clandestin.

La noce royale était terminée, la foule s'était dispersée et la famille Palot, qui incluait désormais Pierre Aumande, se dirigeait vers sa propre église, protestante.

Maintenant qu'elle était fiancée, Sylvie était prise de nouvelles inquiétudes. Qu'éprouverait-elle au lit avec Pierre ? Sa mère lui avait expliqué, plusieurs années auparavant, au moment où ses cycles menstruels avaient commencé, ce que faisaient les hommes et les femmes quand ils couchaient ensemble, mais Isabelle avait fait preuve d'une réserve inhabituelle à propos des sensations qui accompagnaient le commerce charnel. Sylvie était impatiente de les découvrir, impatiente de sentir les mains de cet homme se promener sur son corps nu, de sentir le poids de Pierre sur elle, de découvrir ses parties intimes.

Elle l'avait conquis, mais saurait-elle conserver son amour toute sa vie ? Isabelle avait beau dire que Gilles n'avait jamais ne fût-ce que badiné avec une autre, Sylvie n'ignorait pas que certains hommes se désintéressaient de leur épouse après un certain temps et il était à prévoir que les femmes trouveraient toujours Pierre séduisant. Elle aurait peut-être du mal à le tenir éternellement sous son charme comme à présent. Leur foi les y aiderait pourtant, d'autant plus qu'ils œuvreraient ensemble à répandre l'Évangile.

Quand se marieraient-ils? À ses yeux, le plus tôt serait le mieux. Pierre avait évoqué son désir de faire venir sa mère de Champagne, si son état de santé lui permettait d'assister à la cérémonie. Il s'était montré un peu vague, et Sylvie hésitait à le presser, craignant que sa hâte ne paraisse impudique.

Isabelle était ravie de ces fiançailles. Il arrivait à Sylvie de se demander si sa mère n'aurait pas souhaité épouser Pierre elle-même. Pas pour de vrai, bien sûr, mais…

Quant à son père, il était plus satisfait qu'il ne le montrait, pensait-elle. Il paraissait détendu et de bonne humeur, ce qui était sans doute le mieux qu'on pût attendre de lui.

L'amertume de Guillaume en revanche faisait comprendre à Sylvie que celui-ci avait sans doute éprouvé quelque attirance pour elle. Peut-être même avait-il nourri secrètement le projet de la demander en mariage. Dans ce cas, il arrivait trop tard. Si elle n'avait jamais rencontré Pierre, peut-être aurait-elle pu apprécier Guillaume, un jeune homme intelligent et sérieux. Mais jamais il ne l'aurait regardée d'une manière qui lui faisait tourner la tête et flageoler les jambes au point qu'elle était contrainte de s'asseoir.

Ce qui la ravissait le plus était le bonheur manifeste de Pierre. Il marchait d'un pas allègre, souriait à tout instant et la faisait rire par ses remarques ironiques sur les gens et les bâtiments devant lesquels ils passaient en traversant le quartier de l'Université par la rue Saint-Jacques. Il était de toute évidence enchanté de leurs fiançailles.

Elle savait également qu'il était heureux d'être enfin invité à un office protestant. Il lui avait demandé plusieurs fois où se trouvait son église et avait paru blessé quand elle avait répondu qu'elle n'avait pas le droit de le lui dire. À présent, elle n'avait plus besoin de garder le secret.

Elle était impatiente de s'afficher avec lui. Fière de lui, elle se réjouissait de le présenter à tous les autres fidèles. Ils l'apprécieraient, elle en était sûre. Elle espérait que ce serait réciproque.

Franchissant la porte Saint-Jacques, ils arrivèrent dans les faubourgs, où ils quittèrent la route pour s'engager sur un sentier à peine visible qui s'enfonçait dans un bois. À une centaine de pas, invisibles depuis la route, se tenaient deux grands gaillards qui avaient l'air de gardes bien qu'ils ne portassent pas d'armes. Gilles leur fit signe, puis leva le pouce en direction de Pierre en disant :

« Il est avec nous. »

Ils passèrent devant les deux hommes sans même s'arrêter.

Pierre se tourna vers Sylvie :

« Qui sont-ils ?

— Ils arrêtent tous ceux qu'ils ne connaissent pas, expliqua-t-elle. Si de simples promeneurs s'égarent par hasard dans cette direction, ils leur expliquent que ce bois est privé.

— Et à qui appartient-il ?

— Au marquis de Nîmes.

— Le marquis fait partie de votre communauté ? »

Elle hésita. Mais elle pouvait le lui dire à présent. Plus de secrets.

« Oui. »

Les protestants étaient nombreux dans l'aristocratie. Ils risquaient le bûcher autant que n'importe qui, encore que, s'agissant d'hérésie comme de tout autre crime, les nobles eussent plus de chances d'échapper au châtiment grâce à l'intervention de puissants amis.

Le petit groupe approcha de ce qui ressemblait à un pavillon de chasse désaffecté. Les volets des fenêtres du bas étaient fermés et l'abondance de mauvaises herbes autour de la porte principale révélait que celle-ci n'avait pas été ouverte depuis des lustres.

Sylvie savait que dans quelques villes de France où les protestants étaient majoritaires, ils avaient repris de vraies églises et célébraient leur culte ouvertement, bien que sous la protection de gardes armés. Ce n'était pas le cas à Paris. La capitale était un bastion catholique, où beaucoup d'habitants gagnaient leur vie au service de l'Église et de la monarchie. On y détestait les protestants.

Ils contournèrent le bâtiment jusqu'à une petite porte latérale par laquelle ils pénétrèrent dans une vaste salle où, devinait Sylvie, on avait dû organiser autrefois de somptueux repas froids pour les chasseurs. Les lieux étaient désormais silencieux et sombres. Des chaises et des bancs étaient disposés en rangées devant une table recouverte d'une nappe blanche. L'assistance comptait une centaine de personnes. Comme toujours, il y avait du pain sur une assiette de faïence toute simple et du vin dans un pichet.

Gilles et Isabelle s'assirent, imités par Sylvie et Pierre. Guillaume prit place sur une chaise isolée, en face de l'assemblée des fidèles.

« Guillaume est donc prêtre ? demanda Pierre.

— Pasteur, corrigea Sylvie. Mais il n'est qu'en visite. Le célébrant habituel est Bernard. »

Elle désigna un grand homme d'aspect austère aux cheveux gris clairsemés.

« Le marquis est-il là ? »

Sylvie parcourut la salle du regard et repéra la silhouette corpulente du marquis de Nîmes.

« Première rangée, murmura-t-elle. Le grand col blanc.

— Et la femme qui est à côté de lui, en cape et en chapeau vert foncé ? Est-ce sa fille ?

— Non, c'est Louise, la marquise.

— Elle est très jeune.

— Elle a vingt ans. C'est sa seconde épouse. »

La famille Mauriac était également présente, Luc, Jeanne et leur fils Georges, l'admirateur de Sylvie. Celle-ci remarqua les regards étonnés et envieux que Georges jetait à Pierre. Elle lut sur son visage qu'il avait conscience de ne pas pouvoir rivaliser avec lui et s'autorisa un instant de fatuité coupable. Pierre était tellement plus séduisant que Georges !

Ils entonnèrent un psaume.

« Pas de chorale ? chuchota Pierre.

— La chorale, c'est nous. »

Sylvie adorait chanter les cantiques en français haut et fort. C'est un des plaisirs qu'offrait l'adhésion au vrai Évangile. Dans les églises ordinaires, elle avait l'impression d'assister à un spectacle alors qu'ici, elle y participait.

« Tu as une très belle voix », remarqua Pierre.

C'était vrai, et elle le savait ; en fait, sa voix était même si belle qu'elle était souvent en danger de lui faire commettre le péché d'orgueil.

La cérémonie se poursuivit par des prières et des lectures de la Bible, le tout en français ; vint ensuite la communion. Ici, le pain et le vin n'étaient pas censés être réellement la chair et le sang du Christ. On n'y voyait que des symboles, ce qui semblait infiniment plus raisonnable. Guillaume conclut par un sermon enflammé sur la perversité du pape Paul IV. Âgé de quatre-vingt-un ans, Paul était un conservateur intolérant qui avait renforcé les pouvoirs de l'Inquisition et obligé les juifs des États pontificaux à porter des chapeaux jaunes. Il était autant haï des catholiques que des protestants.

Quand l'office fut terminé, on déplaça les sièges pour former un cercle approximatif, et une réunion d'un autre genre commença.

« Nous appelons cela le temps de partage, expliqua Sylvie à Pierre. Nous échangeons des nouvelles et abordons toutes sortes de sujets. Les femmes sont autorisées à prendre la parole. »

Guillaume commença par une annonce qui étonna Sylvie et le reste de l'assemblée : il quittait Paris.

Il était heureux, déclara-t-il, d'avoir pu aider le pasteur Bernard et les aînés à restructurer la paroisse sur le modèle créé par Jean Calvin à Genève. Le remarquable essor du protestantisme en France au cours des dernières années était partiellement dû à l'organisation et à la discipline de fer des communautés calvinistes comme celle-ci, dans le faubourg Saint-Jacques. Guillaume se félicitait tout particulièrement qu'ils aient suffisamment d'assurance pour envisager d'organiser le premier synode national protestant au cours de l'année à venir.

Mais il avait une mission itinérante à accomplir, et d'autres devoirs l'appelaient. Il ne serait plus là le dimanche suivant.

Ils avaient beau tous savoir qu'il ne resterait pas éternellement, ce départ n'en était pas moins brutal. Il ne l'avait encore jamais évoqué. Sylvie ne put s'empêcher de penser que ses fiançailles n'étaient peut-être pas étrangères à cette décision soudaine. Elle se reprocha toutefois de céder à la vanité et prononça une rapide prière pour se rappeler à plus d'humilité.

Luc Mauriac aborda alors un sujet conflictuel.

« Je regrette que vous nous quittiez aussi rapidement, Guillaume, car il y a une question importante dont nous n'avons pas encore discuté : celle de l'hérésie au sein même de notre mouvement. »

Luc manifestait la pugnacité opiniâtre de nombreux hommes de petite taille mais c'était en réalité un adepte de la tolérance. Il poursuivit :

« Nous avons été plusieurs ici à apprendre avec consternation que Calvin avait fait condamner Michel Servet au bûcher. »

Tout le monde dans la salle savait de qui il parlait. Servet était un intellectuel protestant qui s'était opposé à Calvin à propos du dogme de la Trinité. Il avait été exécuté à Genève, au grand désarroi de protestants comme Luc Mauriac, convaincus jusque-là que seuls les catholiques étaient capables de mettre à mort ceux qui ne partageaient pas leurs idées.

Guillaume répliqua avec impatience :

« Cela remonte à cinq ans déjà.

— Mais la question n'a pas été réglée. »

Sylvie approuva de la tête énergiquement. Cette affaire la troublait profondément. Les protestants réclamaient la tolérance des rois et des évêques qui n'approuvaient pas leurs opinions ; comment pouvaient-ils, dans ces conditions, persécuter autrui ? Et pourtant, ils étaient nombreux à vouloir se montrer aussi intransigeants que les catholiques, voire plus.

Guillaume écarta l'objection d'un revers de main.

« Il faut que la discipline règne dans notre mouvement. » Manifestement, il ne tenait pas à s'engager dans ce débat.

Sa désinvolture exaspéra Sylvie, qui dit tout haut :

« Tout de même, nous ne devrions pas nous entretuer. »

Elle ne prenait généralement pas la parole pendant le temps de partage. Bien que les femmes fussent autorisées à parler, les jeunes n'étaient pas encouragées à exprimer leur avis. Mais Sylvie était presque une femme mariée désormais ; de plus, c'était un sujet qui lui tenait à cœur. Elle poursuivit :

« Puisque Servet a lutté avec sa raison et ses écrits, il aurait dû être récusé par la raison et les écrits – et non par la violence ! » Luc Mauriac manifesta son approbation par des hochements de tête enthousiastes, heureux d'être soutenu avec une aussi belle énergie ; certaines des femmes plus âgées affichèrent cependant une mine réprobatrice.

Guillaume reprit d'un ton dédaigneux :

« Ces paroles ne sont pas de vous : vous ne faites que citer Castellion – un autre hérétique. »

Il avait raison : Sylvie avait repris une phrase de l'opuscule de Sébastien Castellion *De l'impunité des hérétiques*, mais elle n'était pas en mal de ressources. Elle lisait les livres qu'imprimait son père et connaissait aussi bien que Guillaume les œuvres des théologiens protestants.

« Je peux citer Calvin, si vous préférez, rétorqua-t-elle. Il a écrit : "Il n'est pas chrétien d'employer les armes contre ceux qui ont été expulsés de l'Église." C'était, bien sûr, du temps où il était lui-même persécuté comme hérétique. »

Elle vit plusieurs fidèles froncer des sourcils sévères et comprit qu'elle était allée un peu loin en sous-entendant que le grand Jean Calvin aurait pu faire preuve d'hypocrisie.

« Vous êtes trop jeune pour comprendre, lança alors Guillaume.

— Trop jeune ? » Sylvie était indignée. « Vous ne m'avez jamais trouvée trop jeune pour vendre des exemplaires des livres que vous apportiez de Genève ! »

Plusieurs fidèles se mirent à parler en même temps, et le pasteur Bernard se leva pour rétablir le calme.

« Ce n'est pas une question que nous pouvons résoudre en un après-midi, remarqua-t-il. Nous demanderons à Guillaume de transmettre nos préoccupations à Jean Calvin à son retour à Genève. »

Luc Mauriac restait cependant sur sa faim.

« Calvin nous répondra-t-il ? demanda-t-il.

— Bien sûr, répondit Bernard sans justifier sa confiance plus avant. Et maintenant concluons ce temps de partage par une dernière prière. »

Il ferma les yeux, tourna son visage vers le ciel et se mit à prononcer une prière improvisée.

Dans le silence, Sylvie se calma. Elle se rappela combien elle s'était réjouie de présenter Pierre à tout le monde, et s'entendit articuler les mots « mon fiancé ».

Après le dernier « amen », les membres de l'assemblée commencèrent à bavarder entre eux. Sylvie fit faire le tour de la salle à Pierre. Elle était gonflée d'orgueil à l'idée d'avoir un fiancé aussi séduisant et faisait tout son possible pour ne pas trop se rengorger, mais c'était difficile : son bonheur était si grand !

Pierre était aussi charmeur que d'ordinaire. Il s'adressait aux hommes avec respect, débitait d'innocentes galanteries aux femmes plus âgées et enjôlait les plus jeunes. Il se montra très attentif lors des présentations que faisait Sylvie, faisant un effort pour retenir tous les noms et manifestant un intérêt poli pour tout ce qui concernait le domicile et le métier de ses interlocuteurs. Toujours heureux de compter un nouveau converti dans leurs rangs, les protestants l'accueillirent chaleureusement.

La seule fausse note survint au moment où Sylvie présenta Pierre à Louise, la marquise de Nîmes. C'était la fille d'un riche négociant en vins de Champagne. Elle était séduisante, et sa poitrine opulente avait probablement retenu les regards du marquis d'âge mûr. Mais elle avait tendance à se montrer raide et hautaine, sans doute, supposait Sylvie, parce qu'elle n'était pas aristocrate de naissance et n'était pas très à l'aise dans son rôle de marquise. En colère, elle pouvait être cinglante et sarcastique.

Pierre commit un impair en la traitant aimablement en payse.

« Je viens de Champagne, moi aussi, dit-il avant d'ajouter avec un sourire : Nous sommes, en quelque sorte, deux rustauds montés à la ville, vous et moi. »

Il n'en pensait évidemment pas un mot. Il n'y avait rien ni en lui ni en Louise qui manquât de raffinement. Sa remarque n'était qu'un trait d'esprit. Il avait pourtant mal choisi son sujet de plaisanterie. Il ne pouvait guère le savoir, mais Sylvie avait déjà compris que la plus grande crainte de Louise était de passer pour une campagnarde aux yeux d'autrui.

La réaction de la marquise fut instantanée. Elle pâlit et son visage se crispa dans une expression de mépris. Elle rejeta la tête en arrière, narines pincées, comme pour échapper à une odeur fétide. Haussant la voix pour bien se faire entendre de ceux qui les entouraient, elle répliqua d'une voix glaciale :

« Même en Champagne, on devrait apprendre aux jeunes gens à se montrer respectueux de leurs supérieurs. »

Pierre devint rouge comme une pivoine.

Se détournant, Louise adressa comme si de rien n'était la parole à quelqu'un d'autre, laissant Pierre et Sylvie contempler son dos.

Sylvie était mortifiée. La marquise avait pris son fiancé en grippe, et Sylvie était convaincue que cette aversion serait irréversible. Pis encore, de nombreux fidèles l'avaient entendue le remettre à sa place, et tous seraient au courant de l'algarade avant que la salle fût vide. Sylvie craignit qu'à présent, Pierre ne fût jamais accepté parmi eux. Elle était déconfite.

Se tournant alors vers son fiancé, elle découvrit sur son visage une expression qui lui était encore inconnue. Le ressentiment lui tordait la bouche, et ses yeux étincelaient de haine. On aurait cru qu'il était prêt à tuer Louise.

Juste ciel, songea Sylvie. *Pourvu qu'il ne me jette jamais pareil regard.*

*

Quand l'heure du coucher approcha, Alison était épuisée et ne doutait pas que Marie fût dans le même état. Mais la plus grande épreuve restait à venir.

Les célébrations avaient été somptueuses, même selon les critères du Paris monarchique. Après le mariage proprement dit, un banquet, suivi d'un bal, s'était tenu à l'archevêché. Puis tout le cortège nuptial s'était déplacé jusqu'au palais de la Cité – un court trajet qui avait pris des heures en raison de la foule – pour un bal masqué, accompagné de divertissements extraordinaires parmi lesquels douze chevaux mécaniques que pouvaient monter les enfants de la famille royale. Il y avait eu enfin un souper où le buffet proposait plus de pâtisseries qu'Alison n'en avait jamais vu réuni dans une même salle. Mais à présent, le calme était revenu et il ne restait qu'une ultime cérémonie à accomplir.

Alison avait pitié de Marie qui devait remplir ce dernier devoir. L'idée de coucher avec François comme une femme couche avec un homme était aussi troublante que s'il avait fallu le faire avec un frère. Et si l'affaire ne se déroulait pas comme il convenait, ce serait une catastrophe publique, dont on parlerait dans toutes les villes d'Europe. Marie en perdrait certainement toute volonté de vivre. La simple perspective que son amie pût subir pareille humiliation faisait trembler Alison.

Les membres de la famille royale devaient supporter de tels fardeaux, elle le savait ; c'était une partie du prix à payer pour la vie privilégiée qu'ils menaient. Et Marie était, de surcroît, obligée d'affronter toutes ces épreuves sans l'appui d'une mère. Marie de Guise, qui régnait sur l'Écosse à sa place, ne pouvait courir le risque de quitter le pays, même pour les noces de sa fille, tant était faible l'emprise de la monarchie catholique sur les Écossais querelleurs et séditieux. Il arrivait à Alison de se demander s'il ne serait pas plus plaisant d'être la fille insouciante d'un boulanger qui se fait lutiner entre deux portes par un apprenti émoustillé.

Alison faisait partie des dames de la Cour réunies pour faire la toilette de la jeune mariée avant la défloration. Mais elle devait trouver le moyen de se ménager une petite minute seule à seule avec Marie avant le grand moment.

Elles dévêtirent Marie, nerveuse et tremblante mais superbe : grande, pâle et mince, avec des seins menus et parfaits et de longues jambes. Les femmes la lavèrent à l'eau chaude, lui peignèrent les poils pubiens et l'inondèrent de parfum. Elles l'aidèrent enfin à enfiler une chemise de nuit brodée de fil d'or. Marie glissa ses pieds dans des pantoufles de satin, se coiffa d'un bonnet de nuit en dentelle et se drapa dans une légère cape de laine fine pour ne pas avoir froid entre le salon de toilette et la chambre à coucher.

Elle était prête, mais aucune des dames ne manifestait l'intention de se retirer. Alison fut obligée de lui chuchoter :

« Demandez-leur d'aller attendre dehors – il faut que je vous parle seule.

— Pourquoi ?

— Faites-moi confiance. Je vous en prie ! »

Marie ne se le fit pas dire deux fois :

« Je vous remercie, mesdames. Je vous prierai à présent de m'accorder quelques instants en compagnie d'Alison afin que je me prépare mentalement. »

Les dames en furent visiblement froissées – la plupart étaient supérieures en rang à Alison –, mais nulle ne pouvait s'opposer à cette requête de la mariée, et elles sortirent en cortège, à contrecœur.

Alison et Marie étaient enfin seules.

Alison parla à son amie en recourant au langage direct de la reine Catherine.

« Si François est incapable de vous foutre, le mariage ne sera pas consommé. Autrement dit, il pourrait être annulé. »

Marie comprit.

« Et dans ce cas, je ne serai jamais reine de France.

— Exactement.

— Mais j'ignore si François y parviendra ! s'affola Marie.

— Tout le monde l'ignore, renchérit Alison. Voilà pourquoi, quoi qu'il advienne cette nuit, vous devrez faire *comme si* votre union avait été consommée. »

Marie hocha la tête et son visage afficha cette détermination qu'Alison aimait tant chez elle.

« Très bien, approuva-t-elle, mais me croira-t-on ?

— Certainement, si vous suivez les conseils de la reine Catherine.

— Est-ce pour cela qu'elle vous a fait mander hier ?

— Oui. Il faut, m'a-t-elle dit, que vous veilliez à ce que François s'allonge sur vous et fasse au moins semblant de vous foutre.

— C'est très faisable, mais cela risque de n'être pas suffisant pour convaincre les témoins. »

Alison glissa la main dans les plis de sa robe et en sortit ce qu'elle y avait dissimulé.

« La reine m'a remis ceci pour vous. Une poche a été prévue à cet effet dans votre chemise de nuit.

— Qu'y a-t-il à l'intérieur ?

— Du sang.

— D'où vient-il ?

— Je ne sais pas, répondit Alison qui s'en doutait pourtant. Peu importe son origine, ce qui compte, c'est sa destination – les draps du lit nuptial. » Elle montra à Marie l'extrémité du fil qui fermait l'ouverture. « Il suffit de tirer dessus pour défaire le nœud.

— Ainsi, tout le monde pensera que j'ai perdu mon pucelage.

— Assurez-vous que personne ne puisse voir ce sachet – enfoncez-le immédiatement en vous, et laissez-le en ce lieu jusqu'à plus tard. »

L'horreur et le dégoût se dessinèrent sur les traits de Marie, mais cela ne dura pas ; son courage reprit immédiatement le dessus.

« Fort bien », dit-elle.

Alison en aurait pleuré.

Quelqu'un frappa à la porte et une voix féminine annonça : « Le prince François attend Votre Altesse.

— Une chose encore, ajouta Alison tout bas. Si François est défaillant, vous ne devrez jamais avouer la vérité à quiconque – ni à votre mère, ni à votre confesseur, ni même à moi. Vous sourirez toujours pudiquement et affirmerez que François a fait ce qu'un mari doit faire et qu'il l'a fait à la perfection. »

Marie acquiesça lentement.

« Oui, murmura-t-elle pensivement. Vous avez raison. Le seul moyen de garder un secret est le silence éternel. »

Alison serra son amie dans ses bras.

« Ne vous inquiétez pas. François fera tout ce que vous lui direz. Il vous adore.

— Allons-y », fit Marie en composant son visage.

Entourée de ses dames d'honneur, elle descendit lentement l'escalier jusqu'à l'étage principal. Il lui fallut, avant d'arriver à la chambre royale, traverser le vaste corps de garde des mercenaires suisses, puis l'antichambre du roi, tandis que tous la dévisageaient au passage.

Au centre de la chambre trônait un lit à baldaquin que ne recouvraient que de fins draps blancs. À chaque angle, des attaches retenaient aux poteaux du lit de lourdes tentures de brocart et des rideaux de dentelle. François attendait son épouse, debout, vêtu d'une somptueuse robe de chambre au-dessus d'une chemise de nuit de batiste. Il avait l'air d'un enfant coiffé d'un bonnet de nuit trop grand.

Une quinzaine d'hommes et quelques femmes se trouvaient autour du lit, debout ou assis. Les oncles de Marie, le duc François et le cardinal Charles étaient là, ainsi que le roi et la reine de France et une poignée d'éminents courtisans et de dignitaires de l'Église.

Alison ne s'attendait pas à les voir aussi nombreux.

Ils bavardaient tout bas, mais le silence se fit lorsque Marie entra.

Celle-ci s'arrêta et demanda à Alison :

« Vont-ils fermer les rideaux ? »

Alison secoua la tête.

« Les rideaux de dentelle, seulement. Ils doivent être témoins de l'acte. »

Marie déglutit, puis s'avança vaillamment. Prenant François par la main, elle lui adressa un sourire encourageant. Il paraissait terrifié.

Elle retira ses pantoufles et laissa sa cape tomber au sol. Debout devant cette assistance en grande tenue, vêtue en tout et pour tout d'une chemise de nuit blanche de fine étoffe, elle ressemblait aux yeux d'Alison à un agneau sacrificiel.

François semblait paralysé. Marie l'aida à se dépouiller de sa robe de chambre puis le conduisit jusqu'au lit. Les deux jeunes gens grimpèrent sur le haut matelas et tirèrent l'unique drap sur eux.

Alison laissa retomber les rideaux de dentelle qui les entouraient. Ils ne leur accordaient qu'une intimité de pure forme. Leurs têtes restaient visibles, et la forme de leurs corps se dessinait distinctement sous le drap.

Le souffle court, Alison observa Marie qui se blottissait contre François, lui murmurait à l'oreille des paroles que nul autre ne pouvait entendre, lui expliquant sans doute ce qu'il devait faire, ou feindre. Ils s'embrassèrent. Le drap bougea, mais il était impossible de voir ce qui se passait exactement. Alison éprouvait une immense pitié pour Marie. Elle s'imagina devoir faire l'amour pour la première fois en présence de vingt témoins. Cela paraissait impossible. Mais Marie allait courageusement de l'avant. Alison ne pouvait déchiffrer l'expression des jeunes mariés, mais elle supposait que Marie cherchait à rassurer François et à le détendre.

Puis Marie roula sur le dos et François s'allongea sur elle.

La tension était presque intolérable pour Alison. Consommeraient-ils ? Et dans le cas contraire, le subterfuge fonctionnerait-il ? Était-il possible de duper tous ces gens, bien plus expérimentés ?

Un silence de mort régnait dans la pièce. On n'entendait que le murmure des paroles que Marie adressait à François, si bas qu'il était impossible d'en comprendre la teneur. Il pouvait s'agir aussi bien de mots tendres, amoureux, que d'instructions détaillées.

Les deux corps remuaient maladroitement. À en juger par la position des bras de Marie, elle s'efforçait de guider François en elle – ou d'en donner l'apparence.

Marie poussa un petit cri de douleur. Alison n'aurait su dire s'il était authentique, mais l'assemblée murmura son approbation. François eut l'air interloqué et s'immobilisa, mais Marie l'étreignit sous le drap pour le réconforter, attirant son corps contre le sien.

Le couple commença alors à se mouvoir à l'unisson. N'ayant jamais vu personne faire cela, Alison ignorait si la scène pouvait faire illusion. Elle jeta un coup d'œil discret aux hommes et aux femmes qui l'entouraient. Ils étaient tendus, captivés et embarrassés mais n'avaient pas l'air sceptiques. Ils semblaient penser qu'ils assistaient à une vraie relation charnelle, et non à une pantomime.

Elle ne savait pas combien de temps l'acte était censé durer. Elle n'avait pas pensé à s'en informer. Marie non plus. Alison estima intuitivement que la première fois était probablement brève.

Au bout d'une ou deux minutes, les spectateurs observèrent un mouvement soudain : François semblait pris de convulsions – à moins que Marie n'ait imprimé ces secousses à son propre corps afin d'en donner l'impression. Puis ils se détendirent l'un comme l'autre et s'immobilisèrent.

L'assistance regardait, muette.

Alison retint son souffle. L'avaient-ils fait ? Et sinon, Marie se souviendrait-elle du petit sac ?

Après un bref moment, Marie repoussa François et s'assit. Elle se tortilla sous les draps, rabattant apparemment sa chemise de nuit sur ses jambes tandis que François en faisait autant.

Marie prit alors la parole d'une voix impérieuse.

« Qu'on écarte les rideaux de dentelle ! »

Plusieurs dames se précipitèrent.

Une fois les rideaux renoués, Marie repoussa théâtralement le drap du dessus.

Une petite tache de sang maculait la couche nuptiale.

Les courtisans applaudirent à tout rompre. L'acte était accompli. Le mariage était consommé, tout allait pour le mieux.

Alison faillit défaillir de soulagement. Elle applaudit et poussa des acclamations avec les autres, tout en se demandant ce qui s'était réellement passé. Elle ne le saurait jamais.

7

Ned ne décoléra pas quand sir Reginald Fitzgerald refusa de signer les documents transférant la propriété du vieux prieuré à Alice Willard.

Reginald était le maire d'une ville marchande : de tels agissements étaient désastreux pour la réputation de la ville. La plupart des gens prirent parti pour Alice. Ils étaient tous liés par des contrats qu'ils ne pouvaient pas se permettre de voir rompre.

Alice fut obligée de faire appel à la justice pour contraindre sir Reginald à respecter ses engagements.

Ned ne doutait pas que le tribunal confirmerait la validité du contrat, mais les délais étaient insensés. Or ils étaient impatients, sa mère et lui, d'inaugurer leur marché couvert. Dans l'attente de l'audience, les jours et les semaines passaient et la famille Willard ne gagnait pas d'argent. Heureusement, Alice touchait un modeste revenu des petites maisons de la paroisse Saint-Marc.

« Pourquoi sir Reginald agit-il ainsi ? demanda Ned, exaspéré. Il ne peut pas gagner.

— Il s'illusionne, répondit Alice. Il a fait un investissement malavisé et refuse de l'admettre. Alors, il en veut à tout le monde. »

Quatre fois l'an, les affaires importantes étaient tranchées par la cour de justice trimestrielle composée de deux juges de paix assistés d'un greffier. Le procès d'Alice, inscrit à la session de juin, était le premier de la journée.

Le tribunal de Kingsbridge était une ancienne maison d'habitation située dans la rue principale, à côté de la halle de la guilde. La cour siégeait dans ce qui avait été la salle à manger. D'autres pièces faisaient office de bureaux pour les juges et les greffiers. La cave servait de cachot.

Ned accompagna sa mère au tribunal. Une foule bavardait, debout dans la salle. Sir Reginald était déjà présent avec Rollo. Ned constata avec soulagement que Margery n'était pas là : il préférait qu'elle n'assiste pas à l'humiliation de son père.

Ned salua Rollo avec raideur. Il ne pouvait plus se comporter amicalement avec la famille Fitzgerald : le procès avait mis fin à cette hypocrisie. Il saluait encore Margery quand il la croisait dans la rue. Elle avait l'air gênée. Mais Ned l'aimait, et il était convaincu qu'elle partageait ses sentiments, malgré tout.

Il aperçut Dan Cobley et Donal Gloster dans la salle d'audience. Il serait peut-être question de l'infortuné *St Margaret* et les Cobley tenaient à être informés de tout ce qu'on pourrait dire à leur sujet.

Dan et les autres protestants arrêtés dans l'étable de la veuve Pollard avaient été libérés sous caution, tous sauf Philbert, qui était indubitablement le chef. Après avoir été interrogé par l'évêque Julius, il avait été jeté au cachot. Ils seraient tous jugés le lendemain ; l'affaire ne relevait cependant pas de la cour de justice trimestrielle mais du tribunal ecclésiastique indépendant.

Donal Gloster avait échappé à l'arrestation. Il n'était pas avec son employeur dans l'étable de la veuve Pollard. On disait en ville qu'il avait eu de la chance : il était trop soûl pour s'y rendre. Ned aurait pu le soupçonner d'être le traître qui avait dénoncé le lieu de culte des protestants si l'histoire de son ivresse n'avait été confirmée par plusieurs témoins qui avaient vu Donal sortir en titubant de l'Abattoir dans l'après-midi.

Le greffier, Paul Pettit, réclama le silence ; les deux juges firent leur entrée et allèrent s'asseoir à une extrémité de la salle. Le président du tribunal, Rodney Tilbury, était un marchand de tissu à la retraite. Il portait un somptueux pourpoint bleu et plusieurs grosses bagues. Catholique fervent, il avait été nommé par la reine Marie Tudor, mais Ned pensait que cela n'aurait pas d'incidence sur le procès, car la religion n'avait rien à voir avec cette affaire. L'assesseur, Seb Chandler, était en bons termes avec sir Reginald, mais Ned ne voyait pas non plus comment il pourrait s'opposer à la réalité des faits.

Le jury prêta serment : douze hommes, tous citoyens de Kingsbridge.

Rollo s'avança immédiatement.

« Si monsieur le Président veut bien m'y autoriser, dit-il, c'est moi qui parlerai ce matin à la place de mon père. »

Ned ne fut pas étonné. Sir Reginald était tellement irascible qu'il risquait de s'emporter et de nuire ainsi à sa cause. Rollo était tout aussi intelligent que son père, mais se contrôlait mieux.

Le juge Tilbury acquiesça.

« Si je me souviens bien, messire Fitzgerald, vous avez étudié le droit au Gray's Inn de Londres.

— En effet, monsieur le Président.

— Fort bien. »

La procédure venait de commencer quand l'évêque Julius fit son entrée, revêtu de l'habit sacerdotal. Sa présence n'avait rien d'insolite. Il convoitait les bâtiments du prieuré que Reginald avait promis de lui vendre à bas prix et espérait probablement que Reginald trouverait un moyen de se dégager de ce contrat.

Alice s'avança. Elle présenta l'affaire elle-même, et tendit au greffier le contrat signé et scellé.

« Sir Reginald ne peut nier trois faits majeurs, dit-elle sur le ton calme, mesuré, d'une femme qui ne cherche qu'à exposer la vérité. Premièrement, il a signé le contrat ; deuxièmement, il a touché l'argent ; et troisièmement, il ne l'a pas remboursé dans le délai prévu. Je demande à la cour de statuer que de toute évidence, il doit se voir confisquer son nantissement. Après tout, c'est la fonction même d'une garantie. »

Alice était confiante ; elle allait l'emporter, et Ned ne voyait pas comment un tribunal pourrait trancher en faveur de Reginald, à moins que les juges n'aient été soudoyés – et où Reginald aurait-il trouvé de quoi leur graisser la patte ?

Tilbury remercia poliment Alice et se tourna vers Rollo.

« Qu'avez-vous à répondre à cela, messire Fitzgerald ? Cela me paraît tout à fait clair. »

Mais Reginald ne laissa pas à son fils le temps de répondre. « J'ai été abusé ! tonna-t-il, son visage constellé de taches de rousseur virant au rose. Philbert Cobley savait parfaitement que le *St Margaret* avait accosté à Calais et avait toutes les chances d'être confisqué. »

C'était probablement vrai, pensa Ned. Philbert avait toujours été retors. La revendication de Reginald n'en était pas moins scandaleuse. On ne pouvait tout de même pas demander à la famille Willard de payer pour la malhonnêteté de Philbert !

« C'est un mensonge ! s'écria Dan Cobley. Comment aurions-nous pu savoir ce que le roi de France allait faire ?

— Vous saviez certainement quelque chose ! » rétorqua Reginald.

Dan répondit par une citation de la Bible :

« Comme le dit le Livre des Proverbes, "L'homme habile cache sa science". »

Tendant un doigt osseux vers Dan, l'évêque Julius lança rageusement :

« Voilà ce qui arrive quand des imbéciles ignares sont autorisés à lire la Bible en anglais – ils citent la parole de Dieu pour justifier leurs forfaits ! »

Le greffier se leva, réclama le silence avec force, et tout le monde se calma.

« Merci, messire, dit Tilbury. Même s'il s'avérait que Philbert Cobley, ou toute autre tierce partie, vous ait soutiré de l'argent, cela ne vous dégagerait pas de votre engagement à l'égard d'Alice Willard. Si tel est le fondement de votre argumentation, vous êtes manifestement dans l'erreur, et le tribunal vous donnera tort. »

Exactement, pensa Ned avec satisfaction.

Rollo reprit aussitôt la parole.

« Non, messieurs les juges, telle n'est pas notre argumentation, et je vous demande de bien vouloir pardonner l'intervention de mon père. Vous comprendrez qu'il est très en colère.

— Alors, quelle est votre argumentation ? Je suis impatient de l'entendre. Le jury, aussi, j'en suis persuadé. »

Tout comme Ned. Rollo leur préparait-il un sale tour ? C'était une brute, mais il n'était pas stupide.

« Simplement qu'Alice Willard est coupable d'usure, répondit Rollo. Elle a prêté à sir Reginald quatre cents livres, mais elle a exigé qu'il lui en rembourse quatre cent vingt-quatre. Elle réclame des intérêts, ce qui est un délit. »

Ned se remémora soudain la conversation de sa mère avec Mgr Julius, dans le cloître du prieuré en ruine. Alice avait annoncé à Julius le montant exact de la dette, et l'espace d'un instant, l'évêque avait paru frappé par le chiffre, bien qu'en définitive, il n'ait fait aucun commentaire. Et Julius avait tenu à assister à l'audience. Ned fronça les sourcils, inquiet. Le contrat entre Alice et sir Reginald avait été établi avec soin, et il n'y était pas fait allusion à d'éventuels intérêts, mais la définition de l'usure était notoirement un domaine législatif où régnait un certain flou.

« Je n'ai réclamé aucun intérêt, répondit fermement Alice. Le contrat stipule que sir Reginald versera un loyer de huit livres par mois pour continuer à occuper le prieuré jusqu'à ce que le prêt soit remboursé ou la propriété confisquée.

— Pourquoi devrais-je payer un loyer ? protesta Reginald. Je n'y mets jamais les pieds ! C'est de l'usure dissimulée, voilà tout.

— Mais c'est vous-même qui l'avez proposé ! répliqua Alice.

— J'ai été abusé.

— Je vous en prie ! intervint le greffier. Adressez-vous à la cour, et ne discutez pas entre vous.

— Vous avez raison, approuva le juge Tilbury. Merci, messire Pettit. »

Rollo intervint :

« Le tribunal ne peut imposer l'exécution d'un contrat qui exige d'une des parties qu'elle commette un délit.

— Oui, j'ai saisi ce point, répondit Tilbury. Vous demandez donc à la cour de décider si le supplément exigé en vertu du contrat est un véritable loyer ou une forme d'usure dissimulée.

— Non, monsieur le Président, je ne vous demande pas de décider. Avec votre permission, je voudrais produire un témoin autorisé qui attestera qu'il s'agit bien d'usure. »

Ned était perplexe. De quoi parlait-il ?

Les deux juges eurent l'air tout aussi intrigués.

« Un témoin autorisé ? demanda Tilbury. À qui pensez-vous ?

— À l'évêque de Kingsbridge. »

Un murmure de surprise monta de l'assistance. Personne ne s'attendait à cela. Le juge Tilbury parut aussi étonné que les autres. Cependant, après quelques instants, il demanda :

« Fort bien. Monseigneur, qu'avez-vous à dire ? »

Ned était consterné : tout le monde savait dans quel camp était Julius.

L'évêque s'avança lentement vers le devant de la salle, le cou très raide sous son crâne chauve, faisant bien sentir à tous la dignité de sa fonction. Comme il fallait s'y attendre, il déclara :

« Le prétendu loyer est manifestement un intérêt déguisé. Sir Reginald n'a pas utilisé la terre et les bâtiments pendant la période concernée, et n'a jamais eu l'intention de le faire. Ce n'était donc qu'une piètre dissimulation du péché et du crime d'usure.

— Je proteste ! s'exclama Alice. Monseigneur l'évêque n'est pas un témoin impartial. Sir Reginald lui a promis le prieuré.

— Voyons, intervint Rollo, vous n'accusez tout de même pas l'évêque de malhonnêteté !

— Je vous accuse de demander au chat s'il faut libérer la souris », rétorqua Alice.

La foule éclata de rire. Tout le monde appréciait la finesse d'esprit dans les débats. Tout le monde, sauf le juge Tilbury.

« Cette cour ne peut contredire l'évêque sur une question de péché, décréta-t-il gravement. Il semblerait que le jury doive prononcer l'invalidité de cet engagement. »

Il n'avait pas l'air satisfait de cette conclusion, sachant

comme tout le monde qu'un tel jugement risquait de compromettre la validité de nombreux contrats passés par des commerçants de Kingsbridge ; mais Rollo l'avait acculé.

Et celui-ci n'avait pas fini :

« Monsieur le Président, il ne s'agit plus simplement d'annuler le contrat. » Son expression de satisfaction malveillante inquiéta Ned. « Alice Willard a été reconnue coupable d'un délit, poursuivit Rollo. J'affirme qu'il est du devoir de la cour d'appliquer la sanction prévue par la loi de 1552. »

Ned ignorait ce qu'elle contenait.

« Je plaiderai coupable d'usure, intervint alors Alice – à une condition.

— Fort bien, répondit Tilbury. Et quelle est-elle ?

— Il y a dans cette salle une autre personne tout aussi coupable que moi, et qui doit également être sanctionnée.

— Si c'est à sir Reginald que vous pensez, le crime s'attache au prêteur et non à l'emprunteur…

— Je ne songe pas à sir Reginald.

— À qui alors ?

— À l'évêque de Kingsbridge.

— Alice Willard, prenez garde à ce que vous dites ! vitupéra Julius.

— En octobre dernier, reprit Alice, vous avez procédé à la vente anticipée des toisons de mille moutons à la veuve Mercer pour dix pence pièce. » La veuve Mercer était la plus grande négociante en laine de la ville. « Les moutons ont été tondus en avril de cette année, et Mme Mercer a vendu les toisons à Philbert Cobley douze pence pièce, deux pence de plus que ce qu'elle vous avait versé. Vous avez renoncé à deux pence par toison pour toucher le produit de la vente avec six mois d'avance. Vous avez donc payé quarante pour cent d'intérêts annuels. »

Un murmure approbateur s'éleva des rangs du public. La plupart des citoyens les plus en vue étaient des commerçants, et les questions de pourcentages n'avaient aucun secret pour eux.

« Ce n'est pas moi qui suis jugé, ici, mais vous ! » se récria Julius.

Alice l'ignora.

« En février, vous avez acheté des pierres de la carrière du comte pour agrandir votre palais. Le prix était de trois livres, mais le maître carrier du comte vous a offert une réduction d'un shilling par livre si vous acceptiez de payer d'avance, ce que vous avez fait. La pierre a été livrée par barge un mois plus tard. Autrement dit, vous avez réclamé au comte soixante pour cent d'intérêts sur la somme que vous avez payée d'avance. »

L'assistance commençait à s'amuser, et Ned entendit des rires et quelques applaudissements.

« Silence ! » s'écria Pettit.

Alice reprit :

« En avril, vous avez vendu un moulin à farine à Wigleigh…

— Tout cela est hors de propos, coupa Julius. Vous ne pouvez vous disculper en prétendant, à tort ou à raison, que d'autres se sont rendus coupables des mêmes irrégularités.

— Sur ce point, monseigneur a raison, acquiesça Tilbury. Je demande au jury de déclarer Alice Willard coupable d'usure. »

Ned nourrissait le faible espoir que les entrepreneurs qui siégeaient dans le jury protesteraient, mais ils n'eurent pas le courage de contester la directive des juges, et après un bref instant de réflexion, tous opinèrent du chef en signe d'assentiment.

« Nous allons maintenant examiner la question de la sanction », dit ensuite Tilbury.

Rollo reprit la parole.

« Messieurs les juges, la loi de 1552 est très claire. Le coupable sera privé de l'intérêt et du principal du prêt, et devra verser de surcroît "des amendes et pénalités selon la volonté ou le bon plaisir du roi", pour citer les termes précis de la loi.

— Non ! » s'écria Ned. Sa mère ne pouvait tout de même pas perdre ses quatre cents livres en plus des intérêts ?

La population de Kingsbridge était de son avis, et des murmures de protestation s'élevèrent. Paul Pettit dut redemander le silence.

La foule finit par se taire, mais Tilbury ne répondit pas tout de suite. Il se tourna vers son assesseur, Seb Chandler, et ils tinrent un conciliabule à voix basse. Après quoi Tilbury demanda à Pettit de les rejoindre. Le silence devint pesant. Les juges parlèrent à Pettit, juriste confirmé, comme tous les greffiers de justice. Les trois hommes n'étaient visiblement pas d'accord, Pettit secouant la tête en signe de dénégation. Finalement, Tilbury haussa les épaules et se détourna, Seb Chandler acquiesça et Pettit regagna son siège.

Tilbury prit enfin la parole.

« La loi est la loi, déclara-t-il, et Ned comprit que sa mère était ruinée. Alice Willard doit renoncer au montant du prêt et du loyer, ou de l'intérêt, réclamés en sus. » Il dut hausser la voix pour couvrir les protestations. « Aucune sanction supplémentaire ne sera prononcée. »

Ned se tourna vers sa mère. Alice était pétrifiée. Jusque-là, elle avait résisté, mais se dresser contre le pouvoir de l'Église était un combat sans espoir. Sa défaite la laissa diminuée : hébétée, pâle, abasourdie. On aurait cru qu'elle avait été renversée par un cheval emballé.

Le greffier annonça :

« Affaire suivante ! »

Ned et sa mère quittèrent le tribunal et longèrent la rue principale pour rentrer chez eux, sans un mot. La vie de Ned venait d'être bouleversée et il avait peine à en saisir les conséquences. Six mois plus tôt, il était certain de consacrer sa vie au commerce, et presque sûr d'épouser Margery. Et voilà qu'il n'avait plus de travail, et que Margery était fiancée à Bart.

Ils entrèrent au salon.

« Au moins, nous ne mourrons pas de faim, remarqua Alice. Nous avons toujours les maisons de Saint-Marc. »

Ned ne s'attendait pas à un tel défaitisme.

« Tu vas bien trouver le moyen de rebâtir quelque chose, non ? »

Elle secoua la tête avec lassitude.

« J'aurai bientôt cinquante ans – je n'ai pas l'énergie nécessaire. Et quand je considère l'année écoulée, j'ai l'impression d'avoir manqué de jugement. J'aurais dû retirer une partie de nos marchandises de Calais dès le mois de juin dernier, quand la guerre a éclaté. J'aurais dû développer nos liaisons avec Séville. Et je n'aurais jamais dû prêter d'argent à Reginald Fitzgerald, malgré son insistance. Maintenant, je n'ai plus d'entreprise à vous léguer, à ton frère et toi.

— Barney n'en sera pas très affecté, répondit Ned. Il préfère être en mer, de toute façon.

— Je me demande où il est en ce moment. Si nous arrivons à le savoir, il faudra le prévenir.

— Il est probablement dans l'armée espagnole. »

Ils avaient reçu une lettre de Tante Betsy. Barney et Carlos avaient eu des ennuis avec l'Inquisition et avaient dû quitter précipitamment Séville. Betsy ne savait pas où ils étaient allés au juste, mais un voisin pensait les avoir vus écouter un recruteur sur les quais.

Alice reprit sombrement :

« Quant à toi, mon pauvre Ned, je ne sais pas ce que tu vas faire. Je t'ai élevé pour être commerçant.

— Sir William Cecil a dit qu'il aimerait bien prendre un jeune homme comme moi à son service. »

Le visage d'Alice s'illumina.

« C'est vrai. J'avais oublié.

— Il n'est pas impossible que lui aussi ait oublié. »

Alice secoua la tête.

« Je serais surprise qu'il oublie quoi que ce soit. »

Ned se demanda à quoi ressemblerait sa vie s'il travaillait pour Cecil, s'il faisait partie de la maison d'Élisabeth Tudor.

« Penses-tu qu'Élisabeth sera reine un jour ?

— Si tel est le cas, répondit sa mère avec une soudaine amertume, peut-être se débarrassera-t-elle d'un certain nombre de ces évêques arrogants. »

Ned commençait à entrevoir une lueur d'espoir.

« Si tu veux, reprit Alice, je vais écrire à Cecil pour toi.

— Je ne sais pas, répondit Ned. Je pourrais peut-être me présenter tout simplement à sa porte.

— Et il pourrait peut-être te renvoyer à la maison, tout simplement.

— Oui, répondit Ned. Il pourrait. »

*

La vengeance des Fitzgerald se poursuivit le lendemain.

Il faisait chaud, mais dans l'après-midi, la fraîcheur régnait dans le transept sud de la cathédrale de Kingsbridge. Les citoyens les plus éminents étaient venus assister au procès ecclésiastique qui devait juger pour hérésie les protestants arrêtés dans l'étable de la veuve Pollard. Il était rare que les accusés ne soient pas reconnus coupables, tout le monde le savait. La vraie question portait sur la sévérité des sanctions.

Philbert Cobley faisait l'objet des accusations les plus graves. Il n'était pas dans la cathédrale à l'arrivée de Ned, mais Mme Cobley s'y trouvait, pleurant à chaudes larmes. La jolie Ruth Cobley avait les yeux rouges, et le visage rond de Dan était anormalement grave. La sœur de Philbert et le frère de Mme Cobley essayaient de les réconforter.

L'évêque Julius présidait. C'était son tribunal. Il était à la fois juge et procureur – et il n'y avait pas de jury. À côté de lui était assis le chanoine Stephen Lincoln, un jeune acolyte, qui lui présentait des documents et prenait des notes. Le doyen de Kingsbridge, Luke Richards, avait pris place près de Stephen. Les doyens étaient indépendants des évêques et ne respectaient pas toujours leurs ordres : ce jour-là, le seul espoir de clémence des accusés reposait sur Luke.

L'un après l'autre, les protestants avouèrent leurs péchés et abjurèrent leur foi, ce qui leur permettait d'échapper aux sanctions physiques. On leur infligea une amende, que la plupart payèrent immédiatement à l'évêque.

Selon Julius, Dan Cobley était l'adjoint de leur chef, ce qui lui valut un châtiment supplémentaire : l'humiliation de devoir défiler dans les rues de Kingsbridge en chemise de nuit, portant un crucifix et récitant le Notre Père en latin.

Mais leur chef était Philbert, et tout le monde se demandait à quelle peine il serait condamné.

L'attention des spectateurs se dirigea soudain vers la nef.

Ned vit approcher Osmund Carter, avec son casque de cuir et ses bottes lacées au genou. Il était accompagné d'un autre membre de la garde, et les deux hommes portaient entre eux un fauteuil de bois sur lequel reposait une sorte de ballot. En regardant plus attentivement, Ned reconnut Philbert Cobley.

Malgré sa petite taille, Philbert était un personnage robuste, imposant. Ou plus exactement, il l'avait été. Maintenant, ses jambes pendaient mollement au bord du fauteuil et ses bras se balançaient inertes à ses côtés. Il gémissait constamment, les yeux clos. Ned entendit Mme Cobley pousser un hurlement en le voyant.

Les gardes déposèrent le fauteuil devant l'évêque Julius et reculèrent.

Les bras du siège empêchaient Philbert de basculer sur le côté, mais il ne pouvait se tenir droit et commença à glisser vers l'avant.

Sa famille se précipita. Dan le saisit sous les bras et le remonta. Philbert poussa un hurlement de souffrance. Ruth appuya sur les hanches de son père pour le maintenir assis. Mme Cobley gémissait :

« Oh, Phil, mon Phil, que t'ont-ils fait ? »

Ned comprit ce qui s'était passé : Philbert avait subi le supplice du chevalet. Ses poignets avaient été liés à deux poteaux, puis on lui avait attaché aux chevilles des cordes enroulées autour d'une roue dentée. Quand on tournait une manivelle, la roue tendait la corde, étirant atrocement le corps de la victime. Cette torture avait été mise au point parce que les prêtres n'avaient pas le droit de verser le sang.

De toute évidence, Philbert avait résisté et refusé d'abjurer malgré la douleur, et la torture avait continué jusqu'à ce que les articulations de ses épaules et de ses hanches se disloquent irrémédiablement. Il était maintenant définitivement estropié.

L'évêque Julius dit :

« Philbert Cobley a admis avoir entraîné des esprits crédules sur le chemin de l'hérésie. »

Le chanoine Lincoln brandit un document.

« Voici ses aveux signés. »

Dan Cobley s'approcha de la table du juge.

« Montrez-les-moi », demanda-t-il.

Hésitant, Lincoln se tourna vers Julius. Le tribunal n'avait aucune obligation envers le fils de l'accusé. Mais Julius préférait probablement éviter d'autres protestations de la foule. Il haussa les épaules et Lincoln tendit les papiers à Dan.

Dan regarda la dernière page et dit :

« Ce n'est pas la signature de mon père. » Il la montra aux

hommes les plus proches de lui. « Vous connaissez tous l'écriture de mon père. Ce n'est pas de sa main. »

Plusieurs d'entre eux acquiescèrent.

Julius lança d'un ton agacé :

« Il ne pouvait plus signer sans assistance, vous vous en doutez.

— Autrement dit, reprit Dan, vous l'avez torturé jusqu'à ce que… » Il s'étrangla, des larmes ruisselant sur son visage, mais il s'obligea à poursuivre. « Vous l'avez torturé jusqu'à ce qu'il ne puisse plus écrire – et maintenant, vous prétendez qu'il a signé ce document.

— Prétendez ? Accuseriez-vous un évêque de mentir ?

— Je dis que mon père n'a jamais reconnu être coupable d'hérésie.

— Comment pouvez-vous le savoir ?

— Il estimait ne pas être un hérétique, et une seule chose a pu le pousser à dire le contraire, la torture.

— Les vertus de la prière l'ont convaincu de ses errements. »

Dan tendit le doigt théâtralement vers la forme hideuse de son père.

« Est-ce ce qui arrive à un homme quand l'évêque de Kingsbridge prie pour lui ?

— La cour ne tolérera pas d'autre insolence ! »

Ned Willard prit la parole :

« Où est le chevalet ? »

Les trois prêtres le regardèrent en silence.

« Philbert a été soumis au supplice du chevalet, c'est évident – mais où ? reprit Ned. Ici, dans la cathédrale ? Dans le palais de l'évêque ? Dans le cachot du tribunal ? Où le chevalet est-il entreposé ? J'estime que les citoyens de Kingsbridge ont le droit de le savoir. La torture est un crime en Angleterre, sauf avec l'approbation du Conseil privé. Qui a été autorisé à pratiquer la torture à Kingsbridge ? »

Au terme d'un long silence, Stephen Lincoln répondit :

« Il n'y a pas de chevalet de torture à Kingsbridge. »

Ned en prit bonne note.

« Philbert a donc été torturé ailleurs. Croyez-vous que cela autorise néanmoins pareils procédés ? » Il pointa le doigt vers l'évêque Julius. « Même s'il avait été torturé en Égypte, cela n'y changerait rien – si c'est vous qui l'avez envoyé là-bas, c'est vous qui l'avez torturé.

— Taisez-vous ! »

Ned estima en avoir assez dit. Il se détourna et s'éloigna.

Le doyen Luke se leva alors. C'était un homme de haute taille, voûté, d'une quarantaine d'années, aux manières douces et aux cheveux grisonnants, clairsemés.

« Je vous invite, monseigneur, à faire preuve de clémence, dit-il. Philbert est indubitablement un hérétique et un imbécile, mais c'est aussi un chrétien, et malgré ses erreurs, il ne cherche qu'à adorer Dieu. Aucun homme ne devrait être exécuté pour cela. »

Il se rassit.

Un murmure approbateur monta de l'assistance. Les spectateurs étaient presque tous catholiques, mais ils avaient été protestants sous les deux monarques précédents, et aucun ne se sentait parfaitement en sécurité.

L'évêque Julius foudroya le doyen d'un regard méprisant, sans répondre à son exhortation.

« Philbert Cobley est coupable non seulement d'hérésie, déclara-t-il, mais encore d'avoir répandu l'hérésie. Comme le veut la coutume en pareil cas, il est condamné à être excommunié puis à périr sur le bûcher. Les autorités séculières procéderont à l'exécution demain matin, à l'aube. »

Il existait plusieurs méthodes d'exécution. Les nobles bénéficiaient normalement de la plus rapide : on leur tranchait la tête. Une mort instantanée si le bourreau était compétent : s'il était maladroit, il devait abattre sa hache plusieurs fois pour sectionner entièrement le cou de la victime. Les traîtres étaient pendus, étripés encore vivants et découpés en morceaux. Quiconque volait l'Église était écorché vif à l'aide d'un couteau très affûté : un expert pouvait détacher la peau en un seul morceau. Les hérétiques étaient brûlés.

Bien que le jugement n'eût rien de véritablement surprenant, il fut accueilli par un silence horrifié. Personne n'avait encore péri sur le bûcher à Kingsbridge. Ned se dit qu'une limite affreuse avait été franchie et sentit que ses voisins étaient de son avis.

Soudain, la voix de Philbert se fit entendre, sonore et étonnamment claire : il avait dû économiser ce qui lui restait de force pour cette intervention.

« Je rends grâce à Dieu que mes souffrances soient sur le point de prendre fin – mais les tiennes, Julius, n'ont pas encore commencé, démon blasphémateur ! »

Scandalisée par cette insulte, l'assistance tressaillit, et Julius se leva d'un bond, outré, mais un condamné était traditionnellement autorisé à faire une dernière déclaration.

« Tu rôtiras bientôt en enfer, Julius, là où est ta place, et tes tourments n'auront jamais de fin. Et que Dieu maudisse ton âme éternelle ! »

La malédiction d'un mourant était particulièrement puissante, et Julius, censé mépriser pareille superstition, n'en tremblait pas moins de rage et de peur.

« Emmenez-le ! hurla-t-il. Et faites évacuer l'église – l'audience est close ! » Il se détourna et sortit précipitamment par la porte sud.

Ned et sa mère rentrèrent chez eux dans un silence lugubre. Les Fitzgerald avaient gagné. Ils avaient tué l'homme qui les avait dupés ; ils avaient ruiné les Willard ; et ils avaient empêché leur fille d'épouser Ned. La défaite était totale.

Janet Fife leur servit un souper improvisé de jambon froid. Alice but plusieurs verres de vin de xérès.

« Iras-tu à Hatfield ? lui demanda-t-elle alors que Janet débarrassait.

— Je n'ai pas pris de décision. Margery n'est pas encore mariée.

— Même si Bart tombait raide mort demain, ils ne lui permettraient pas de t'épouser.

— Elle a eu seize ans la semaine dernière. Dans cinq ans, elle pourra épouser qui bon lui semble.

— Mais tu ne peux pas rester éternellement ici sans rien faire, comme un vaisseau encalminé. Il ne faut pas que cela gâche ta vie. »

Elle avait raison, il le savait.

Il se coucha de bonne heure mais resta allongé sans trouver le sommeil. Les terribles événements de la journée auraient dû l'inciter plus que jamais à aller à Hatfield, mais il n'arrivait pas à s'y résoudre. C'eût été renoncer à tout espoir.

Il parvint à s'endormir aux petites heures de l'aube, et fut réveillé presque aussitôt par des bruits au-dehors. Regardant par la fenêtre de sa chambre, il vit des hommes rassemblés sur la place du marché, leurs mouvements éclairés par une demi-douzaine de torches enflammées. Ils apportaient du bois sec pour l'exécution. Le shérif Matthewson, un grand gaillard armé d'une épée, surveillait les préparatifs : un prêtre pouvait condamner un homme à mort mais ne pouvait exécuter la sentence lui-même.

Ned enfila un manteau sur sa chemise de nuit et sortit. Une odeur de feu de bois flottait dans l'air matinal.

La famille Cobley était déjà arrivée, et la plupart des autres protestants les rejoignirent bientôt. La foule grossissait de minute en minute. Lorsque le jour fit pâlir la lumière des torches, mille personnes au moins étaient réunies sur le parvis de la cathédrale. Les hommes de guet les tenaient à distance.

D'abord bruyante, l'assistance fit silence quand Osmund Carter apparut venant de la halle de la guilde, en compagnie d'un autre garde, transportant à nouveau Philbert sur un siège de bois. Ils durent se frayer un chemin à travers la foule, qui s'écartait à contrecœur. On aurait dit qu'elle voulait empêcher le fauteuil de passer, mais n'en avait pas tout à fait le courage.

Les femmes de la famille Cobley poussèrent des gémissements pitoyables lorsqu'on ligota l'infirme à un pieu de bois enfoncé dans le sol. Ses jambes sans force cédaient sous lui, et Osmund dut l'attacher très serré pour l'empêcher de s'affaisser.

Les gardes entassèrent du bois autour de lui pendant que l'évêque Julius entonnait une prière en latin.

Osmund saisit l'une des torches qui avaient éclairé leur travail nocturne. Il prit position devant Philbert et regarda le shérif Matthewson, qui leva la main, lui faisant signe d'attendre, avant d'interroger Julius du regard.

Pendant cette pause, Mme Cobley se mit à hurler, et sa famille dut la soutenir.

Julius hocha la tête, Matthewson abaissa le bras et Osmund approcha la torche du petit bois qui entourait les jambes de Philbert.

Le bois sec s'enflamma rapidement et les flammes crépitèrent avec une gaieté démoniaque. Philbert poussa un faible cri lorsque la chaleur l'atteignit. Suffoquant dans la fumée du brasier, les spectateurs les plus proches reculèrent.

Une nouvelle odeur s'éleva bientôt, à la fois familière et écœurante, une odeur de viande grillée. Philbert se mit à pousser des hurlements de douleur entrecoupés de :

« Jésus, emporte-moi ! Emmène-moi, Seigneur ! Maintenant, je t'en supplie, maintenant ! »

Mais Jésus ne l'emmena pas encore.

Ned avait entendu dire que des juges miséricordieux autorisaient parfois la famille à suspendre un sac de poudre à canon au cou du condamné pour accélérer sa fin. Julius n'avait évidemment pas accepté cet acte de mansuétude. La moitié inférieure du corps de Philbert se consumait, et il était toujours en vie. Ses hurlements de souffrance étaient insupportables à entendre, plus proches des glapissements d'un animal terrifié que de sons humains.

Enfin, il se tut. Peut-être son cœur avait-il cédé ; peut-être la fumée l'avait-elle asphyxié ; ou peut-être la chaleur avait-elle fait bouillir son cerveau. Le feu continua de brûler tandis que la dépouille de Philbert se transformait en débris charbonneux. La puanteur était atroce, mais au moins, les bruits avaient cessé. Ned remercia Dieu que ce soit terminé, enfin.

*

Au cours de ma brève existence, je n'avais jamais rien vu d'aussi terrible. Je me demandais comment les hommes pouvaient commettre pareilles atrocités, et ne comprenais pas pourquoi Dieu les laissait faire.

Ma mère prononça une phrase que je n'ai jamais oubliée au cours de toutes les années qui ont suivi : « Quand un homme est convaincu de connaître la volonté de Dieu, et qu'il est résolu à l'accomplir à tout prix, il devient l'être le plus dangereux au monde. »

Lorsque la foule commença à quitter la place du marché, je restai là. Le soleil se leva, mais il ne brilla pas sur les restes fumants, situés dans l'ombre froide de la cathédrale. Je pensai à sir William Cecil, et à notre conversation au sujet d'Élisabeth, au moment de l'Épiphanie. Il avait dit : « La princesse m'a répété maintes fois que si elle devait être reine un jour, son plus cher désir était qu'aucun Anglais ne perde la vie à cause de ses convictions. J'estime que c'est un idéal digne qu'un homme lui accorde sa foi. »

Sur le moment, j'avais pensé que c'était un vœu pieux. Mais j'y repensai après ce que je venais de voir. Et si Élisabeth réussissait à se débarrasser d'évêques dogmatiques comme Julius et à mettre fin à des scènes comme celle à laquelle je venais d'assister ? Se pourrait-il que vienne un temps où les gens de différentes croyances ne s'entretueraient pas ?

Au demeurant, Élisabeth deviendrait-elle reine à la mort de Marie Tudor ? Cela dépendrait probablement des soutiens qu'elle obtiendrait. Elle jouissait déjà de celui du redoutable William Cecil, mais un homme ne suffisait pas. Elle avait besoin d'une armée de partisans.

Je pouvais en faire partie.

Cette perspective me redonna courage. Je contemplai les cendres de Philbert Cobley, convaincu que pareilles abjections n'étaient en rien une fatalité. Il y avait des gens, en Angleterre, qui voulaient y mettre fin.

Et je voulais être des leurs. Je voulais me battre pour les idéaux de tolérance d'Élisabeth.

Plus de bûchers.

Je décidai de partir pour Hatfield.

8

Ned parcourut à pied les vingt-cinq lieues séparant Kingsbridge de Hatfield, sans savoir s'il serait bien accueilli et si on lui offrirait un emploi, ou s'il serait ignominieusement renvoyé chez lui.

Les deux premiers jours, il se joignit à une bande d'étudiants qui allaient à Oxford. Tout le monde voyageait en groupe : un homme seul risquait de se faire dépouiller ; une femme seule était vulnérable à des dangers bien plus redoutables encore.

Comme sa mère le lui avait enseigné, Ned bavarda avec tous ceux qu'il rencontrait, recueillant ainsi des informations dont certaines pouvaient lui être utiles : le prix de la laine, du cuir, du minerai de fer et de la poudre à canon ; les épidémies, les tempêtes et les inondations ; les faillites et les émeutes ; les mariages et les funérailles des aristocrates.

La nuit, il descendait dans des tavernes, partageant souvent son lit avec un autre, une expérience désagréable pour un garçon issu de la classe marchande et habitué à avoir sa propre chambre. Mais les étudiants étaient de joyeux compagnons de route, qui passaient sans transition des blagues les plus grossières à des débats théologiques et vice versa. On était en juillet, il faisait chaud, mais au moins il ne pleuvait pas.

Quand la conversation s'étiolait, Ned s'interrogeait sur ce qui l'attendait au palais de Hatfield. Il espérait que Cecil se souviendrait de sa proposition d'emploi, mais redoutait d'entendre : « Ned qui ? » Il ne savait pas ce qu'il ferait s'il se faisait éconduire. Quelle humiliation s'il devait rentrer à Kingsbridge, la queue entre les jambes ! Peut-être partirait-il alors pour Londres, tenter sa chance dans la grande ville.

À Oxford, il logea à Kingsbridge College. Fondé par le grand prieur Philip pour servir d'annexe au prieuré de Kingsbridge, le collège s'était détaché du monastère, mais hébergeait encore les étudiants de Kingsbridge et accordait l'hospitalité à ses habitants.

Trouver des compagnons de voyage pour se rendre d'Oxford à Hatfield était plus compliqué car la plupart des gens se dirigeaient vers Londres, qui n'était pas sur la route de Ned. Durant les jours où il patienta, il tomba sous le charme de l'université. Il aimait les discussions animées sur les sujets les plus divers, de l'emplacement géographique du jardin d'Éden au mystère qui permettait à la Terre d'être ronde sans que les gens en tombent. Si la plupart des étudiants se destinaient à la prêtrise, quelques-uns voulaient être juristes ou docteurs ; la mère de Ned prétendait qu'un commerçant ne pouvait rien apprendre d'utile à l'université. Il se demandait à présent si elle avait eu raison. Elle était avisée, mais pas omnisciente.

Le quatrième jour, il repartit avec un groupe de pèlerins qui allaient à la cathédrale de Saint-Alban, à trois jours de marche, et prit ensuite le risque de parcourir seul les trois dernières lieues qui séparaient Saint-Alban de sa destination.

Le roi Henri VIII avait confisqué le palais de Hatfield à l'évêque d'Ely, et l'avait parfois utilisé pour y loger ses enfants. C'était là qu'Élisabeth avait passé le plus clair de son enfance, et Ned savait que la reine Marie Tudor, sa demi-sœur aînée, souhaitait qu'elle y restât. Hatfield se trouvait à huit lieues au nord de Londres, c'est-à-dire à une journée de marche, ou une demi-journée de cheval à bonne allure : Élisabeth était ainsi suffisamment loin de Londres pour ne pas risquer d'être importune, mais assez près pour être tenue à l'œil. Sans être prisonnière à proprement parler, elle n'était pas libre d'aller et venir à sa guise.

Situé sur une éminence, le palais était visible de loin. Il ressemblait à une énorme grange de brique rouge, aux vitres serties de plomb. Comme il gravissait la pente montant vers l'arche d'entrée, Ned vit qu'il se composait en réalité de quatre bâtiments réunis en quadrilatère autour d'une cour assez vaste pour loger plusieurs terrains de tennis.

Son appréhension grandit lorsqu'il découvrit la foule qui vaquait à ses activités dans la cour, les palefreniers, les lingères et les garçons de course. Bien qu'en disgrâce, Élisabeth faisait partie de la famille royale, et entretenait une importante maisonnée. Sans doute beaucoup de gens étaient-ils désireux d'entrer à son service. Peut-être les domestiques renvoyaient-ils des requérants tous les jours.

Entrant dans la cour, il regarda autour de lui. Tout le monde était affairé, et personne ne prêta attention à lui. Il s'avisa que Cecil était peut-être absent : il ne pouvait passer tout son temps à Hatfield et c'était précisément l'une des raisons pour lesquelles il avait besoin d'un assistant.

Ned s'approcha d'une femme âgée qui écossait placidement des petits pois.

« Bonjour, madame, fit-il poliment. Où puis-je trouver sir William Cecil ?

— Demandez au gros, là-bas, répondit-elle en indiquant du pouce un personnage corpulent, élégamment vêtu, que Ned n'avait pas remarqué. C'est Tom Parry. »

Ned s'approcha de l'homme.

« Je vous souhaite le bonjour, maître Parry, dit-il. Je suis venu voir sir William Cecil.

— Bien des gens voudraient voir sir William, rétorqua Parry.

— Si vous lui annoncez que Ned Willard, de Kingsbridge, est ici, il vous saura gré de l'en avoir informé.

— Ah oui vraiment ? rétorqua Parry, sceptique. De Kingsbridge ?

— Oui. J'ai fait le voyage à pied. »

Il en aurait fallu davantage pour impressionner Parry.

« Je ne pensais pas que vous étiez venu à tire-d'aile.

— Pourriez-vous avoir la bonté de lui donner mon nom ?

— Et s'il me demande ce que lui veut Ned Willard, que dois-je lui répondre ?

— Lui dire que je suis venu lui parler de l'affaire confidentielle dont nous nous sommes entretenus avec le comte de Shiring, à l'Épiphanie.

— Sir William, le comte et vous ? s'étonna Parry. Et que faisiez-vous, mon garçon ? Vous serviez à boire ? »

Ned esquissa un vague sourire.

« Non. Mais il s'agissait, comme je vous l'ai dit, d'un sujet confidentiel. » Craignant de paraître aux abois s'il se soumettait plus avant à cet interrogatoire agressif, il mit fin à la conversation. « Merci de votre courtoisie, dit-il en se détournant.

— Allons, ne vous froissez pas. Venez avec moi. »

Ned suivit Parry dans la maison. L'endroit était lugubre et quelque peu délabré : Élisabeth avait beau disposer de revenus royaux, ils ne lui permettaient visiblement pas de rénover le palais.

Ouvrant une porte, Parry jeta un coup d'œil et lança :

« Messire, souhaitez-vous recevoir un dénommé Ned Willard de Kingsbridge ? »

De l'intérieur, une voix répondit :

« Certainement.

— Allez-y », fit Parry en se tournant vers Ned.

La pièce était vaste mais peu décorée. C'était un bureau, aux étagères couvertes de registres, plus qu'une pièce de réception. Cecil était assis à une table à écrire, entouré de plumes et d'encre, de papier et de cire à cacheter. Il portait un pourpoint de velours noir qui paraissait trop chaud pour ce temps estival – mais il était immobile entre ces murs, alors que Ned avait marché en plein soleil.

« Ah oui, je me souviens, fit Cecil en voyant Ned. Le fils d'Alice Willard. » Son ton n'était ni amical, ni hostile, seulement un peu réservé. « Votre mère se porte-t-elle bien ?

— Elle a perdu tout son argent, messire, répondit Ned. L'essentiel de notre fortune se trouvait à Calais.

— Un certain nombre de braves gens ont subi le même sort. Nous avons eu tort de déclarer la guerre à la France. Mais pourquoi venez-vous me voir ? Il n'est pas en mon pouvoir de reprendre Calais.

— Lorsque nous nous sommes rencontrés au banquet du comte de Shiring, vous m'avez dit que vous cherchiez un jeune homme dans mon genre pour vous aider dans votre travail auprès de la princesse Élisabeth. Ma mère vous a répondu que j'étais destiné à travailler dans l'entreprise familiale et n'étais donc pas disponible – à présent, nous n'avons plus d'entreprise. J'ignore si vous avez trouvé quelqu'un…

— En effet, répondit Cecil, à la grande consternation de Ned, avant d'ajouter : Mais c'était un mauvais choix. »

Ned reprit espoir.

« Je serais extrêmement honoré et reconnaissant que vous envisagiez de me confier cette position.

— Je ne sais pas, hésita Cecil. Ce n'est pas une de ces positions dont la seule fonction est d'assurer un revenu à un courtisan. Elle exige un réel travail.

— Je suis tout disposé à travailler.

— Peut-être, mais pour être franc, un garçon issu d'un milieu fortuné dont la famille a connu des revers ne fait généralement pas un bon assistant : sans doute trop habitué à donner lui-même des ordres, il risque de trouver étrange qu'on lui demande de faire ce qu'on lui dit, rapidement et consciencieusement. Tout ce qu'il veut, c'est être payé.

— Je veux plus que cela.

— Vraiment ?

— Messire, voici deux semaines, un protestant a été brûlé vif à Kingsbridge – c'était la première fois que cela arrivait chez nous. » Ned savait qu'il n'aurait pas dû trahir son émotion, mais il avait peine à se contenir. « En le regardant mourir, en l'entendant hurler, je me suis rappelé ce que vous m'aviez dit à propos du désir de la princesse Élisabeth que plus personne ne soit tué pour sa foi. »

Cecil hocha la tête.

« Je veux qu'elle règne un jour, reprit Ned avec fougue. Je veux que notre pays soit un lieu où catholiques et protestants ne s'entretuent pas. Le jour venu, je veux être à vos côtés quand vous aiderez la princesse Élisabeth à accéder au trône. C'est la principale raison pour laquelle je suis ici. »

Cecil jeta à Ned un regard acéré, comme s'il essayait de scruter le fond de son cœur et d'évaluer sa sincérité. Après un long instant de silence, il lui répondit :

« Fort bien. J'accepte de vous prendre à l'essai.

— Merci, répondit Ned avec ferveur. Je vous promets que vous ne le regretterez pas. »

*

Ned était encore amoureux de Margery Fitzgerald, mais il aurait couché avec Élisabeth sans l'ombre d'une hésitation.

Pourtant, elle n'était pas belle. Elle avait un grand nez, un petit menton, et des yeux trop rapprochés. Ce qui ne l'empêchait pas, paradoxalement, d'être incroyablement séduisante : d'une intelligence exceptionnelle, gracieuse comme un chaton, elle usait sans vergogne de son charme, qui s'exerçait en dépit de son caractère impérieux et de ses accès de mauvaise humeur. Les hommes et les femmes continuaient à l'adorer même quand elle les avait sévèrement réprimandés. Ned n'avait jamais rencontré quelqu'un qui lui ressemblât de près ou de loin. Elle était irrésistible.

Elle lui parlait français, se moquait de son latin hésitant, et se montra déçue qu'il ne puisse l'aider à travailler son espagnol.

Elle le laissait lire tous les livres qui lui plaisaient, pourvu qu'il en discutât ensuite avec elle. Elle lui posait sur ses finances des questions qui montraient clairement qu'elle comprenait les comptes aussi bien que lui.

En quelques jours, deux questions clés furent résolues.

En premier lieu, Élisabeth ne complotait pas contre la reine Marie Tudor. Elle exprimait même une horreur de la trahison qui semblait sincère à Ned. Ce qui ne l'empêchait pas de se préparer, très méthodiquement, à tenter de monter sur le trône à la mort de Marie, quel qu'en fût le moment. Le voyage de Cecil à Kingsbridge, au début du mois de janvier, s'inscrivait dans un programme : avec d'autres alliés d'Élisabeth, il s'était rendu dans les villes les plus importantes d'Angleterre pour évaluer ses appuis – et mesurer la force de ses adversaires. L'admiration de Ned pour Cecil grandissait rapidement : cet homme se livrait à des réflexions stratégiques, soupesant toutes les questions en fonction de leur effet à long terme sur la destinée de la princesse qu'il servait.

En second lieu, Élisabeth était protestante, en dépit des affirmations de Cecil sur son absence de convictions religieuses affirmées. Elle allait à la messe et respectait tous les rites catholiques, comme on l'attendait d'elle, mais c'était une façade. Son livre préféré était les *Paraphrases sur le Nouveau Testament* d'Érasme. Les propos grossiers et les jurons qu'elle employait alors que les catholiques les considéraient comme scandaleux, étaient très révélateurs à cet égard. En présence d'une société raffinée, elle choisissait des expressions qui n'étaient pas tout à fait blasphématoires : elle disait « Palsambleu » ou « Morbleu » au lieu de « Par le sang » ou « Par la mort de Dieu », et « Vertuchou » au lieu de « Par la vertu de Dieu ». Mais en privé, elle prenait moins de gants et ne se privait pas de lancer : « Par la sainte messe ! » et – son juron de prédilection – « Par le corps de Dieu ! »

Le matin, elle étudiait avec son précepteur, et Ned restait dans le bureau de Cecil, avec les registres. Élisabeth avait de nombreux biens, et une grande partie du travail du jeune homme consistait à s'assurer qu'elle touchait les loyers qui lui étaient dus, intégralement, et en temps voulu. Après le repas de midi,

Élisabeth se détendait, et certains jours, prenait plaisir à bavarder avec ses servantes préférées. Elles allaient s'asseoir dans une pièce appelée le salon de l'évêque, où se trouvaient les fauteuils les plus confortables, un échiquier et un virginal, sur lequel Élisabeth jouait parfois quelques airs. Sa gouvernante, Nell Baynsford, était toujours là, et Tom Parry, son trésorier, les rejoignait quelquefois.

Ned ne faisait pas partie de ce petit cercle d'intimes, mais un jour que Cecil était absent, il fut appelé pour discuter de l'anniversaire d'Élisabeth, qui fêtait ses vingt-cinq ans quelques semaines plus tard, le 7 septembre. Convenait-il de chercher à organiser de grandes festivités à Londres, ce qui exigerait l'autorisation de la reine, ou de se contenter d'une célébration modeste sur place, à Hatfield, où ils pourraient faire ce qu'ils voulaient ?

Ils étaient en pleine conversation quand un visiteur arriva à l'improviste.

Ils entendirent le claquement de sabots de plusieurs chevaux qui franchissaient le portail voûté et s'engageaient dans la cour centrale. Ned s'approcha de la fenêtre et jeta un coup d'œil à travers les vitres fumées serties de plomb. Il dénombra six cavaliers et leurs montures, des bêtes de prix, puissantes. Les palefreniers d'Élisabeth sortirent des écuries pour s'occuper des chevaux. Ned observa plus attentivement le chef du groupe qu'il reconnut avec surprise.

« C'est le comte Swithin ! s'exclama-t-il. Que vient-il faire ici ? »

La première idée de Ned fut que cette visite devait être en rapport avec le prochain mariage de Bart, le fils du comte, et Margery. C'était ridicule, bien sûr. Même si les fiançailles avaient été rompues, jamais le comte n'aurait pris la peine d'en informer Ned.

Alors de quoi pouvait-il s'agir ?

Les visiteurs furent introduits dans le palais, où ils se débarrassèrent de leurs capes poussiéreuses. Quelques minutes plus tard, un serviteur entra au salon pour annoncer que le comte de Shiring demandait à s'entretenir avec la princesse Élisabeth. Celle-ci ordonna qu'on le fasse entrer.

Le comte Swithin était un grand homme à la voix forte, qui emplit immédiatement la pièce de sa présence. Ned, Nell et Tom se levèrent, alors qu'Élisabeth restait assise, peut-être pour souligner que son sang royal l'emportait sur l'âge de Swithin, qui était son aîné. Il se fendit d'une profonde révérence, mais prit la parole sur un ton familier, comme un oncle s'adressant à sa nièce.

« Je me réjouis de vous trouver si bonne mine, madame, et aussi en beauté, dit-il.

— Quel plaisir inattendu », répondit Élisabeth.

Le compliment était excessif, mais le ton prudent. De toute évidence, elle ne faisait pas confiance à Swithin – à juste titre, pensa Ned. Les catholiques loyaux comme le comte avaient eu le vent en poupe sous le règne de Marie Tudor et, craignant le retour du protestantisme, ne voulaient pas qu'Élisabeth devînt reine.

« Aussi belle, et presque vingt-cinq ans ! reprit Swithin. Un homme au sang aussi ardent que moi ne peut s'empêcher de penser, pardonnez-moi ma franchise, qu'il est grand dommage de laisser se perdre pareille beauté.

— Ah oui vraiment ? » répliqua Élisabeth d'un ton glacial. Elle n'avait jamais apprécié les sous-entendus salaces proférés sous des apparences joviales.

Swithin perçut la froideur d'Élisabeth. Il posa les yeux sur les trois serviteurs debout au fond de la pièce, en se demandant manifestement s'il n'aurait pas la partie plus facile en leur absence. Il manifesta un léger étonnement en reconnaissant Ned, mais ne dit rien. Se retournant vers Élisabeth, il suggéra :

« Pourrais-je vous parler en privé, ma chère ? »

Cette familiarité déplacée avait peu de chances de séduire Élisabeth. C'était une fille cadette, que certains disaient illégitime, ce qui la rendait extrêmement sensible aux marques d'irrespect. Mais Swithin était trop sot pour s'en aviser.

Tom Parry intervint :

« La princesse Élisabeth ne doit jamais rester seule avec un homme – ce sont les instructions de la reine.

— Sornettes ! » s'exclama Swithin.

Ned regretta que Cecil ne soit pas là. Il était périlleux pour des domestiques de tenir tête à un comte. Il lui vint à l'esprit que Swithin avait peut-être délibérément choisi de venir à un moment où aucun membre plus éminent de l'entourage d'Élisabeth n'était présent.

Que manigançait-il ?

« La princesse Élisabeth n'a rien à craindre de moi », dit-il avant d'émettre un gloussement lubrique.

Ned en eut la chair de poule.

Mais Élisabeth s'en offusqua :

« Craindre ? » » fit-elle en élevant la voix. Elle prenait fort mal toutes les allusions laissant entendre qu'elle était une créature fragile qu'il fallait protéger. « Pourquoi devrais-je avoir peur ? Je puis, évidemment, m'entretenir avec vous en privé. »

Les trois domestiques quittèrent la pièce à contrecœur.

Quand la porte fut refermée, Tom demanda à Ned :

« Vous qui le connaissez – quel homme est-il ?

— Swithin est un homme violent, répondit Ned. Ne nous éloignons pas. » Se rendant compte que Tom et Nell comptaient sur lui pour les conseiller, il réfléchit vite. « Nell, voulez-vous demander aux cuisines de faire envoyer du vin pour l'invité de la princesse ? »

S'il devenait nécessaire de faire irruption dans la pièce, le vin servirait de prétexte.

« Que fera-t-il si nous revenons ? » demanda Tom.

Ned repensa à la réaction de Swithin lorsque les puritains avaient quitté la représentation.

« Je l'ai vu essayer de tuer un homme qui l'avait offensé.

— Que Dieu nous protège. »

Ned colla l'oreille à la porte. Il entendait les deux voix : celle de Swithin était forte, celle d'Élisabeth portait. Il ne comprenait pas leurs paroles, mais le ton, sans être amical, était calme et il eut l'impression que, pour le moment, la princesse n'était pas en danger.

Ned essaya d'imaginer ce qui se passait. La visite impromptue de Swithin était forcément liée à la succession au trône. C'était la seule raison qui pût inciter un puissant courtisan à s'intéresser à Élisabeth.

Il se rappela qu'une solution maintes fois évoquée pour résoudre ce problème de succession était de faire épouser à

Élisabeth un catholique intransigeant. On supposait que son mari saurait la guider en matière de religion. Si Ned connaissait à présent suffisamment Élisabeth pour être convaincu de l'inefficacité d'un tel plan, d'autres pouvaient y croire. Le roi Philippe avait proposé son cousin, le duc de Savoie, mais Élisabeth avait refusé.

Swithin envisageait-il d'épouser lui-même Élisabeth ? C'était possible. Peut-être espérait-il la séduire au cours de cette visite. Plus vraisemblablement, il devait se dire que s'il passait suffisamment de temps en tête à tête avec elle, les soupçons de fornication pourraient faire de ce mariage le seul moyen de sauver la réputation de la princesse.

Il ne serait pas le premier à essayer. Quand Élisabeth n'avait que quatorze ans, Thomas Seymour – un homme de quarante ans – s'était autorisé des privautés avec elle, intriguant pour l'épouser. Seymour avait été exécuté pour trahison ; ses desseins concernant Élisabeth n'étaient pas son seul crime. Ned n'excluait pas que l'imprudent comte Swithin fût prêt à risquer le même destin.

Le ton des voix qui lui parvenaient à travers la porte changea. Celui d'Élisabeth devint franchement autoritaire tandis que Swithin contrait sa froideur par un timbre d'une telle suavité qu'il en devenait presque libidineux.

Si un événement déplaisant se produisait, Élisabeth pourrait appeler au secours. Mais elle n'admettrait jamais avoir besoin d'aide. Et de toute façon, Swithin pourrait la faire taire.

Nell réapparut, portant un plateau sur lequel se trouvaient un pichet de vin, deux verres à pied et une assiette de gâteaux. Ned leva la main pour l'empêcher d'entrer dans la pièce.

« Pas encore », murmura-t-il.

Une minute plus tard, Élisabeth émit un son assez semblable à un cri. Il fut suivi d'un choc et d'un tintement que Ned identifia comme celui d'une coupe de pommes qui venait de se briser sur le sol. Il hésita, attendant des protestations d'Élisabeth, mais il n'entendit plus un bruit. Il ne savait que faire. Il trouvait ce silence encore plus inquiétant.

Incapable de supporter cette incertitude, il ouvrit la porte à la volée, saisit le plateau de Nell et entra.

Au fond du salon, le comte Swithin serrait Élisabeth dans ses bras et l'embrassait. Les pires craintes de Ned se confirmaient.

Élisabeth tournait la tête en tous sens, essayant d'échapper aux lèvres de Swithin, et Ned vit ses petits poings frapper vainement son large dos. De toute évidence, elle n'était pas consentante. Mais sans doute était-ce l'idée que Swithin se faisait d'une entreprise de séduction, songea Ned. Il devait imaginer qu'une femme pourrait succomber à la force de sa passion, céder à ses étreintes et tomber amoureuse de lui, conquise par son irrésistible virilité.

Jamais Élisabeth ne se rendrait ainsi, quand bien même Swithin serait le dernier homme sur terre.

D'une voix forte, Ned lança :

« Des rafraîchissements pour vous, milord. » Il tremblait de peur, mais réussit à conserver un ton jovial. « Un verre de vin de xérès, peut-être ? »

Il posa le plateau sur une table à côté de la fenêtre.

Swithin se tourna vers lui mais garda le mince poignet d'Élisabeth étroitement serré dans sa main gauche déformée.

« Sors d'ici, petit merdeux ! » s'exclama-t-il.

Son insistance laissa Ned ébahi. Comment Swithin pouvait-il s'obstiner alors qu'il s'était fait surprendre ? Un comte lui-même pouvait être exécuté pour viol, surtout s'il y avait trois témoins indépendants – or Tom et Nell étaient sur le seuil, observant la scène, même s'ils étaient trop terrifiés pour entrer.

Mais Swithin était d'un entêtement sans bornes.

Ned comprit alors qu'il devait rester, quoi qu'il advînt.

Serrant les dents, il contrôla suffisamment le tremblement de ses mains pour verser du vin dans un verre à pied.

« La cuisine a eu la gentillesse d'envoyer quelques friandises. Vous devez avoir faim après ce voyage.

— Lâchez mon bras, Swithin », ordonna Élisabeth. Elle tenta de se dégager sans y parvenir, bien qu'il la tînt avec sa main mutilée, celle qui avait perdu deux doigts et demi.

Swithin porta la main à la dague qu'il avait à la ceinture.

« Quitte la pièce sur-le-champ, jeune Willard, ou par Dieu je te tranche la gorge ! »

Ned l'en savait capable. Au Château Neuf, il lui était arrivé plusieurs fois de blesser des serviteurs dans sa fureur, incidents qui avaient été étouffés par la suite, grâce à un mélange de menaces et d'indemnités. Et si Ned se défendait, il risquait d'être pendu pour avoir blessé un comte.

Mais il ne pouvait pas abandonner Élisabeth.

L'allusion au poignard l'inspira.

« Une bagarre a éclaté aux écuries, improvisa-t-il. Deux membres de votre escorte se sont querellés. Les palefreniers ont réussi à les séparer, mais l'un d'eux semble gravement blessé – une blessure à l'arme blanche.

— Satané menteur ! » s'exclama Swithin, mais il n'était manifestement pas sûr de lui, et l'indécision refroidit ses ardeurs.

Nell et Tom entrèrent enfin derrière Ned, toujours hésitants. Nell s'agenouilla pour ramasser les débris de la coupe à fruits. Brodant sur le récit de Ned, Tom déclara :

« Votre homme saigne assez abondamment, milord. »

La raison commença à reprendre ses droits. Swithin parut comprendre qu'il ne pouvait embrocher trois serviteurs d'Élisabeth sans s'attirer des ennuis. Et que son projet de séduction était un échec. L'air furieux, il lâcha Élisabeth qui s'écarta de lui aussitôt en se frottant le poignet.

Avec un grognement de frustration, Swithin quitta la pièce à grands pas.

Ned faillit s'évanouir de soulagement. Nell fondit en larmes, tandis que Tom Parry buvait une gorgée de xérès directement au pichet.

« Madame, dit Ned, vous devriez regagner vos appartements avec Nell et barricader votre porte. Nous ferions mieux de disparaître également, Tom et moi.

— Vous avez raison », approuva Élisabeth, qui s'attarda cependant. Se rapprochant de Ned, elle lui demanda tout bas : « Il n'y a pas eu de bagarre aux écuries, n'est-ce pas ?

— En effet. Mais c'est la seule fable que j'aie pu imaginer sur le moment. »

Elle sourit.

« Quel âge avez-vous, Ned ?

— Dix-neuf ans.

— Vous avez risqué votre vie pour moi. » Se dressant sur la pointe des pieds, elle déposa sur ses lèvres un baiser, bref, mais tendre. « Merci », dit-elle.

Puis elle sortit.

*

La plupart des gens se contentaient de deux bains par an, un au printemps, l'autre en automne, mais les princesses faisaient davantage de manières, et Élisabeth en prenait plus souvent. C'était une opération de grande envergure : des servantes devaient transporter depuis la buanderie jusqu'à sa chambre à coucher de grands baquets à deux poignées remplis d'eau chauffée sur les feux de la cuisine, se hâtant de gravir les escaliers avant qu'elle refroidisse.

Élisabeth prit un bain le lendemain de la visite de Swithin, comme pour se laver du dégoût qu'il lui avait inspiré. Elle n'avait plus parlé de cette affaire après avoir embrassé Ned, mais celui-ci pensait avoir gagné sa confiance.

Il savait qu'il s'était fait un ennemi d'un comte puissant, mais il espérait que cela ne durerait pas : Swithin était colérique irascible et vindicatif, toutefois, se rassurait Ned, il manquait de constance. Avec un peu de chance, il ne lui en garderait rancune que jusqu'à ce qu'une meilleure querelle l'occupe.

Sir William Cecil était rentré peu après le départ de Swithin et s'était mis au travail dès le lendemain matin avec Ned. Le bureau de Cecil se trouvait dans la même aile que les appartements privés d'Élisabeth. Il envoya Ned au bureau de Tom Parry chercher un registre des dépenses d'une des demeures appartenant à la princesse. Le lourd volume à la main, Ned longea le couloir dont les planchers étaient parsemés de flaques, car les servantes avaient renversé de l'eau. En passant devant les appartements d'Élisabeth, il vit que la porte était ouverte et – sans réfléchir – jeta un coup d'œil à l'intérieur.

Elle venait de sortir du bain. Le baquet était masqué par un paravent, mais elle avait traversé la pièce pour prendre un grand drap de lin blanc afin de se sécher. Une domestique aurait dû se trouver à côté du baquet pour lui tendre la serviette, et la porte aurait évidemment dû être fermée, mais quelqu'un avait tardé, et Élisabeth ne supportait pas les servantes indolentes.

Ned n'avait jamais vu de femme nue. Il n'avait pas de sœurs, n'était jamais allé aussi loin avec ses petites amies, et n'avait pas mis les pieds au bordel.

Il se figea, les yeux rivés sur la princesse. L'eau du bain, fumant légèrement, ruisselait de ses délicates épaules le long de ses petits seins, jusqu'à ses hanches rondes et ses cuisses robustes et musclées. Sa peau était d'une blancheur de crème et sa toison pubienne d'un merveilleux rouge doré. Ned savait qu'il aurait dû se détourner immédiatement, mais il était sous le charme, incapable de bouger.

Élisabeth surprit son regard et tressaillit, l'espace d'un instant seulement. Elle tendit la main et saisit le battant de la porte.

Puis elle sourit.

La porte claqua.

Ned se précipita dans le couloir, le cœur battant à tout rompre. Pour ce qu'il venait de faire, il pouvait être renvoyé de son travail, mis aux fers ou fouetté – ou les trois.

Mais la princesse avait souri.

C'était un sourire chaleureux, amical, et un peu coquet. Ned imaginait qu'une femme nue pouvait sourire ainsi à son mari, ou à son amant. Ce sourire semblait dire que cette beauté dérobée était une faveur qu'elle était heureuse de lui accorder.

Il n'en parla à personne.

Ce soir-là, il s'attendit à une explosion de colère, mais il n'y en eut pas. Élisabeth ne mentionna pas l'incident, ni à lui ni à personne. Peu à peu, Ned acquit la certitude qu'il ne serait pas puni. Puis il commença à douter que cela fût vraiment arrivé. C'était plutôt comme un rêve.

Mais cette vision demeurerait dans son esprit jusqu'à la fin de ses jours.

*

Margery reçut son premier baiser de Bart dans la nouvelle maison des Reginald, la Porte du Prieuré.

Sir Reginald Fitzgerald, lady Jane et Rollo faisaient fièrement visiter les lieux au comte Swithin. Margery suivait avec Bart, qui était rentré de son affectation au port de Combe, la menace d'invasion française semblant s'être évanouie. Margery savait que Reginald avait vendu le reste du prieuré au chapitre de la cathédrale, comme convenu. Le prix n'était pas élevé, mais suffisant pour payer l'achèvement des travaux de la nouvelle maison.

C'était un édifice moderne, grandiose et imposant, bâti sur la place du marché dans la même pierre calcaire de couleur claire que la cathédrale. Il alignait des rangées de grandes fenêtres et de hautes cheminées, et, à l'intérieur, on aurait dit qu'il y avait des escaliers partout et des dizaines d'âtres. Cela sentait la peinture fraîche, certaines cheminées ne tiraient pas correctement et plusieurs portes ne fermaient pas bien, mais la demeure était habitable, et les serviteurs déménageaient déjà le mobilier de l'ancienne maison de la grand-rue.

Margery n'avait pas envie d'y habiter. Pour elle, la Porte du Prieuré sentirait toujours le sang versé et l'escroquerie. Pour permettre l'achèvement des travaux, Philbert Cobley avait été brûlé vif et Alice Willard ruinée. Philbert et Alice avaient commis des péchés, bien sûr, et devaient être châtiés, mais la conscience morale de Margery s'opposait à un tel arbitraire : la sévérité des sentences avait été dictée par des motifs impurs. L'évêque Julius avait remis la main sur le prieuré au profit de la cathédrale, et le père de Margery avait gagné une forte somme qui ne lui revenait pas légitimement.

Une jeune fille n'aurait pas dû nourrir ce genre de pensées, mais c'était plus fort qu'elle, et cela la mettait en colère. C'était en grande partie l'inconduite des évêques et de la hiérarchie catholique qui avait mené au protestantisme – étaient-ils donc incapables de s'en rendre compte ? Mais elle ne pouvait rien faire, sinon enrager.

Comme le groupe s'engageait dans la longue galerie, Bart laissa passer les autres, prit Margery par le coude et la retint ; dès que les autres furent hors de vue, il l'embrassa.

Bart était grand, séduisant et bien vêtu, et Margery savait qu'elle devait l'aimer, parce qu'il avait été choisi pour être son mari par ses parents, investis d'une autorité sur elle par

Dieu lui-même. Elle lui rendit donc son baiser en entrouvrant les lèvres, et le laissa explorer son corps, lui caresser les seins et même glisser la main entre ses jambes. C'était d'autant plus pénible qu'elle ne cessait de penser à Ned qui l'avait embrassée dans cette même maison alors qu'elle était encore en construction. Elle essaya de retrouver les sentiments qui l'envahissaient lorsque Ned la tenait dans ses bras. Sans grand succès, mais l'épreuve en était un peu plus supportable.

Se dégageant, elle constata que Swithin les observait.

« Nous nous demandions où vous étiez passés, tous les deux », dit-il, avant d'esquisser un sourire complice et de leur adresser un clin d'œil égrillard. Margery frissonna en songeant qu'il était resté là à les espionner jusqu'à ce qu'elle remarque sa présence.

Le groupe s'assit dans la pièce destinée à être le salon de sir Reginald afin de parler du mariage qui devait avoir lieu dans un mois tout juste. Margery et Bart échangeraient leurs consentements dans la cathédrale de Kingsbridge, après quoi il y aurait un banquet ici, dans la nouvelle demeure. Margery avait commandé une robe de soie bleu pâle et un chapeau élégant dans le style coquet qu'elle affectionnait. Le comte Swithin l'interrogea sur tous les détails de sa toilette, comme si c'était lui qui allait l'épouser. Ses parents devaient également se faire confectionner des habits neufs, et il restait une foule de décisions à prendre. Il y aurait des attractions, à manger et à boire pour les invités, et sir Reginald était censé offrir de la bière à tous ceux qui se présenteraient à la porte.

Ils discutaient du spectacle approprié à la conclusion des festivités quand Percy, le chef palefrenier, arriva, suivi d'un jeune homme aux vêtements couverts de poussière.

« Un courrier de Londres, messire, annonça Percy à Reginald. Il prétend que vous voudrez savoir sans attendre ce qu'il a à vous dire. »

Sir Reginald se tourna vers le courrier.

« De quoi s'agit-il ?

— Messire, je vous apporte une lettre de Davy Miller. »

Miller était l'agent de Reginald à Londres. Le courrier lui tendit un mince portefeuille de cuir.

« Dites-moi donc de quoi il retourne, mon brave, demanda impatiemment sir Reginald.

— La reine est malade.

— De quoi souffre-t-elle ?

— Les médecins affirment qu'elle a dans ses parties féminines une grosseur maligne qui lui fait enfler le ventre.

— Ah, fit Rollo. Ces fausses grossesses…

— C'est apparemment si grave qu'il lui arrive de perdre connaissance.

— Pauvre reine », murmura Margery. Marie Tudor lui inspirait des sentiments ambigus. C'était une femme admirable de volonté et de dévouement, mais elle n'aurait pas dû envoyer des protestants au bûcher. Les gens ne pouvaient-ils donc pas être à la fois pieux et miséricordieux, comme Jésus ?

« Quel est le pronostic ? demanda Rollo, manifestement inquiet.

— D'après ce que nous avons compris, elle peut mettre plusieurs mois à mourir, mais l'issue est fatale. »

Margery vit Rollo pâlir légèrement, sans comprendre tout de suite pourquoi.

« Voici la plus terrible des nouvelles, soupira-t-il. Marie Tudor n'a pas d'enfants, et la jeune Marie Stuart est devenue une prétendante au trône beaucoup moins attrayante depuis qu'elle a épousé ce pitoyable jeune Français. Ce qui fait d'Élisabeth Tudor la candidate favorite. Or tous nos efforts pour la brider ont échoué. »

Rollo avait raison. Margery avait été moins prompte que lui, mais ses propos lui firent immédiatement saisir la gravité de la situation. Son père et le comte avaient eux aussi compris que l'Angleterre risquait fort de retomber dans le marécage de l'hérésie. Elle frissonna.

« Il ne faut pas qu'Élisabeth soit reine ! s'exclama Swithin. Ce serait une catastrophe. »

Margery regarda Bart, qui avait l'air de s'ennuyer. La politique agaçait son futur mari. Il préférait parler chevaux et chiens. Son indifférence l'irrita : il s'agissait de leur avenir !

« Marie Stuart a épousé un prince français, intervint Reginald, et le peuple anglais ne veut pas d'un nouveau roi étranger.

— Le peuple anglais n'aura pas son mot à dire, grommela Swithin. Il faut lui annoncer dès à présent que la prochaine souveraine sera Marie Stuart. Quand le temps de la succession sera venu, tout le monde se sera fait à cette idée. »

Margery jugea qu'il se berçait d'illusions, et son père montra qu'il était du même avis.

« Nous pouvons raconter n'importe quoi, lança Reginald, mais nous croiront-ils ?

— Peut-être », répondit Rollo d'un ton songeur. Margery constata qu'il ne prenait guère le temps de réfléchir, et pourtant ce qu'il disait était sensé. « Surtout si l'annonce était appuyée par le roi Philippe.

— C'est possible, répondit sir Reginald. Encore faudrait-il obtenir son accord. »

Margery entrevit une lueur d'espoir.

« Eh bien, suggéra Rollo, allons voir le roi Philippe.

— Où se trouve-t-il actuellement ?

— À Bruxelles, à la tête de son armée. Mais la guerre contre les Français est presque terminée.

— Il vaudrait mieux nous hâter, si la reine est aussi gravement malade que son état le laisse supposer.

— En effet. Nous pouvons faire la traversée entre le port de Combe et Anvers – Dan Cobley a des bateaux qui s'y rendent toutes les semaines. Et Anvers n'est qu'à une journée de cheval de Bruxelles. Nous serons rentrés pour le mariage. »

Quelle ironie ! songea Margery. *Ils doivent faire appel à Dan Cobley, un protestant acharné, pour assurer leur transport dans cette mission.*

« Le roi Philippe nous recevra-t-il ? » s'inquiéta Rollo.

Ce fut Swithin qui répondit :

« Il me recevra, moi. L'Angleterre est l'un de ses royaumes, et je fais partie de la plus haute aristocratie du pays. Il a de surcroît passé une nuit au Château Neuf, après son mariage, lorsqu'il s'est rendu de Winchester à Londres. »

Les trois hommes se regardèrent.

« Fort bien, décréta Reginald. Nous irons donc à Bruxelles. »

Margery se sentait mieux. Au moins, ils ne restaient pas inactifs.

Rollo se leva.

« Je vais voir Dan pour organiser notre traversée. Il n'y a pas de temps à perdre. »

*

Ned Willard n'avait pas envie de se rendre à Kingsbridge pour le mariage de Margery, mais il n'avait pas le choix. La cérémonie lui offrait un trop bon prétexte pour mener à bien sa mission secrète.

En octobre, il refit en sens inverse, à cheval cette fois, le trajet qu'il avait effectué au mois de juillet. Sa mission était pressante. La reine était mourante, et l'urgence était grande.

Sa mère n'était plus que l'ombre d'elle-même. C'était moins un déclin physique – elle était encore plutôt bien en chair – que moral ; elle avait perdu tout entrain. Ned ne l'avait pas vraiment crue quand elle lui avait dit à son retour en juin : « J'aurai bientôt cinquante ans – je n'ai pas l'énergie nécessaire. »

Or, trois mois plus tard, elle était toujours abattue et éteinte. Ned était désormais convaincu qu'Alice ne remettrait plus l'entreprise familiale sur pied. La rage le faisait grincer des dents.

Mais les choses allaient changer. Ned faisait partie de la force qui anéantirait le pouvoir d'hommes tels que l'évêque Julius et sir Reginald. Il était ravi d'appartenir à la maison d'Élisabeth. Cecil et Élisabeth l'appréciaient, surtout depuis qu'il avait défié Swithin. Il était pris d'une impatience fougueuse chaque fois qu'il songeait qu'ils allaient changer le monde ensemble. Mais d'abord, ils devaient aider Élisabeth à monter sur le trône d'Angleterre.

Il accompagna sa mère sur la place du marché pour attendre la mariée. Une âpre bise venue du nord balayait l'espace dégagé. Comme toujours, l'échange des consentements se ferait sous le porche de l'église, où le couple entrerait ensuite pour la cérémonie de mariage. La population de Kingsbridge accueillit chaleureusement Ned. Les gens estimaient pour la plupart que sa famille avait été injustement traitée.

Swithin et Bart attendaient devant la foule, le second vêtu d'un pourpoint jaune flambant neuf. La future mariée n'était pas encore arrivée. Aurait-elle l'air heureuse ou affligée ? Avait-elle le cœur brisé, sa vie était-elle gâchée parce qu'elle n'épousait pas Ned ? Ou avait-elle à présent surmonté son amour pour lui et commençait-elle à apprécier son nouveau rôle auprès du vicomte Bart ? Ned ne savait pas très bien ce qui serait le plus cruel.

Mais ce n'était pas vraiment pour Margery qu'il était là. Il parcourut la foule du regard, à la recherche des protestants. Repérant Dan Cobley, il entreprit de remplir sa mission.

Il traversa la place d'un air faussement dégagé pour aller lui parler. Dan était debout à l'angle nord-ouest de la cathédrale et paraissait changé, alors que cela ne faisait que trois mois qu'ils ne s'étaient pas vus : il avait maigri et son visage semblait plus émacié, plus dur. Ned se réjouit de cette transformation, car il était chargé de faire du jeune homme un chef d'armée.

Ce ne serait pas facile.

Tout en plaisantant avec Dan, il l'attira derrière un large contrefort et lui parla à voix basse.

« La reine lutte contre la mort.

— Il paraît », répondit Dan avec prudence.

Ned fut déçu de ce manque de confiance, qu'il comprenait cependant. Les Willard étaient passés du catholicisme au protestantisme et inversement, trop facilement pour Dan. Il ne savait plus très bien dans quel camp ils étaient.

« Élisabeth Tudor et Marie Stuart se disputent le trône, reprit Ned. Marie n'a que quinze ans et elle est l'épouse d'un mari souffreteux, encore plus jeune qu'elle : ce serait une reine faible, dominée par ses oncles français, les Guises – qui sont de fervents catholiques. Il faut la craindre.

— Mais Élisabeth va à la messe.

— Et continuera peut-être à y aller quand elle sera reine – personne n'en sait rien. »

Ce n'était pas vrai. Ned et tous les proches d'Élisabeth savaient qu'elle afficherait ouvertement son protestantisme dès qu'elle le pourrait, parce que c'était le seul moyen de briser le carcan de l'Église. Mais ils prétendaient le contraire pour désarmer l'opposition. Ned avait appris que dans l'univers des rois et des courtisans, personne ne disait l'entière vérité ; la plupart du temps en tout cas.

« Dans ce cas, reprit Dan, peu m'importe que notre prochaine souveraine soit Élisabeth Tudor ou Marie Stuart !

— Si Élisabeth accède au trône, elle ne brûlera pas les protestants à cause de leur foi. »

Cette allégation, au moins, était vraie.

Une lueur de rage passa dans le regard de Dan au souvenir de la mort terrible de son père, mais il contint ses émotions.

« C'est vite dit.

— Sois réaliste. Vous voulez que le massacre des protestants cesse. Élisabeth n'est pas seulement votre meilleure chance, c'est la seule. »

Dan ne voulait pas le croire, devina Ned, mais il vit dans ses yeux que la vérité commençait à s'imposer à lui et fut satisfait de sentir qu'il s'était légèrement rapproché de son but.

Dan demanda à contrecœur :

« Pourquoi me racontes-tu tout cela ? »

Ned répondit à la question de Dan par une autre question :

« Combien de protestants y a-t-il à Kingsbridge aujourd'hui ? »

Dan se mura dans le silence.

« Il faut me faire confiance, insista Ned. Alors ?

— Au moins deux mille, répondit enfin Dan.

— Vraiment ? fit Ned, agréablement surpris. J'aurais dit quelques centaines, tout au plus.

— Ils sont plusieurs groupes. Et leur nombre a augmenté depuis le mois de juin.

— À cause de ce qui est arrivé à ton père ?

— De ce qui est arrivé à ta mère, surtout, répondit Dan avec amertume. Ils ont peur à présent de conclure des affaires. Aucun contrat n'est plus sûr. La plupart de ces gens n'ont que faire d'un martyr protestant, mais ils ne peuvent pas supporter une Église qui leur vole leur argent. »

Ned acquiesça. Dan avait certainement raison. Rares étaient les gens que passionnaient les querelles de doctrine, mais tout le monde devait gagner sa vie, et une Église qui les en empêchait risquait fort de susciter le rejet.

« Dan, je suis venu de Hatfield pour te poser une question qui suffirait à elle seule à me mettre en danger. Je vais donc te demander de bien réfléchir avant de me répondre.

— Ne me demande rien qui puisse me faire accuser de trahison ! » rétorqua dan, apeuré.

C'était précisément ce que Ned s'apprêtait à faire :

« À la mort de la reine, sur ces deux mille protestants, combien pourrais-tu mobiliser d'hommes valides prêts à se battre pour Élisabeth contre les partisans de Marie Stuart ? »

Dan détourna le regard.

« Aucune idée. »

Il tergiversait, Ned le savait. Il se rapprocha de lui, et insista.

« Et si un groupe de nobles catholiques, conduits peut-être par le comte Swithin, levait une armée et marchait sur Hatfield pour y emprisonner Élisabeth en attendant que Marie Stuart et ses oncles ultra-catholiques arrivent de France ? Les laisserais-tu faire ?

— Ce ne sont pas quatre cents hommes de Kingsbridge qui y changeraient grand-chose. »

Ils étaient donc quatre cents, pensa Ned. Il avait l'information dont il avait besoin. Il était satisfait : c'était plus qu'il n'aurait pensé.

« Crois-tu que vous êtes les seuls protestants courageux d'Angleterre ? Toutes les villes du pays, ajouta-t-il en baissant encore la voix, comptent des groupes comme le vôtre, prêts à marcher sur Hatfield et à défendre Élisabeth ; ils n'attendent qu'un ordre de sa part. »

Pour la première fois, une lueur d'espoir – d'espoir de vengeance – éclaira le visage de Dan.

« Est-ce vrai ? » demanda-t-il.

C'était un peu exagéré, sans être entièrement faux.

« Si vous voulez être libres de pratiquer une religion que vous croyez avec tant de passion être la bonne – et de le faire sans craindre à chaque instant d'être envoyés au bûcher – vous devez vous tenir prêt à vous battre, épée au poing, s'entend. »

Dan hocha pensivement la tête.

« Il y a autre chose que je voudrais que tu fasses, poursuivit Ned. Surveille les agissements du comte Swithin et de sir Reginald. Envoie-moi immédiatement un messager à Hatfield s'ils font quelque chose d'inhabituel, s'ils constituent des stocks d'armes par exemple. Il est essentiel que nous soyons informés le plus tôt possible. »

Dan resta coi. Ned le regarda, attendant sa réaction, espérant son assentiment. Enfin, Dan répondit :

« Je vais réfléchir à ce que tu m'as dit. »

Et il s'éloigna.

Ned était déçu. Il avait été persuadé que Dan serait impatient de venger le meurtre de son père en menant une milice de Kingsbridge combattre pour Élisabeth, et c'est ce qu'il avait assuré à sir William Cecil. Peut-être avait-il été trop confiant.

Découragé, il retraversa la place pour rejoindre sa mère. À mi-chemin, il se retrouva nez à nez avec Rollo Fitzgerald qui lui demanda :

« Quelles sont les nouvelles de la reine ? »

Tout le monde ne pensait qu'à cela, évidemment.

« Elle est gravement malade, répondit Ned.

— Selon certaines rumeurs, Élisabeth aurait l'intention d'autoriser le protestantisme si elle accédait au trône, lança Rollo d'un ton presque accusateur.

— Des rumeurs, vraiment ? »

Ned n'avait pas l'intention de se laisser entraîner dans ce genre de discussion. Il fit un écart pour contourner Rollo.

Mais celui-ci lui barra le passage.

« Il paraît même qu'elle veut plonger l'Angleterre dans l'hérésie, comme son père avant elle. » Rollo haussa le menton dans une attitude agressive. « Est-ce vrai ?

— Qui t'a raconté cela ?

— Réfléchis, fit Rollo, qui était tout aussi capable que Ned d'éluder une question. Si elle cherche à le faire, qui s'opposera à elle ? Rome, évidemment.

— Assurément, convint Ned. La politique du pape à l'égard des protestants est l'extermination. »

Posant les mains sur les hanches, Rollo se pencha en avant dans une attitude belliqueuse. Ned connaissait bien cette posture depuis qu'ils avaient été à l'école ensemble : c'était Rollo jouant les fiers-à-bras.

« Elle rencontrera aussi l'opposition du roi d'Espagne, l'homme le plus riche et le plus puissant du monde.

— Peut-être. »

La position de l'Espagne n'était pas aussi simple, mais le

roi Philippe risquait effectivement de chercher à contrecarrer Élisabeth.

« Et s'agissant de puissance, le roi de France se classe juste après lui.

— Hum. »

Ce danger-là était réel, lui aussi.

« Sans parler du roi du Portugal et de la reine d'Écosse. »

Ned feignit l'indifférence, mais Rollo avait malheureusement raison. Si Élisabeth faisait ce que Ned savait pertinemment qu'elle avait l'intention de faire, presque toute l'Europe se dresserait contre elle. Il n'en ignorait rien, mais l'exposé de Rollo et les arguments qu'il avançait avaient quelque chose de terrifiant.

Rollo poursuivit :

« Et qui la soutiendrait ? Le roi de Suède et la reine de Navarre. »

La Navarre était un petit royaume situé entre l'Espagne et la France.

« Tu dresses un tableau bien tragique. »

Rollo se rapprocha de lui de manière fort gênante. Il était grand, et dominait Ned de façon menaçante.

« Il faudrait qu'elle manque cruellement de cervelle pour chercher querelle à autant d'hommes puissants.

— Recule un peu, Rollo, fit Ned. Faute de quoi, je te promets que je vais t'empoigner et te faire battre en retraite. »

Rollo sembla hésiter.

Ned posa la main sur l'épaule de Rollo dans un geste qui aurait pu paraître amical, et dit :

« Je ne te le répéterai pas deux fois. » Rollo repoussa la main de Ned, mais tourna les talons. « Voilà comment nous traitons les brutes, Élisabeth et moi », conclut Ned.

Une sonnerie de trompettes retentit, et la mariée apparut.

Ned retint son souffle. Elle était éblouissante. Elle portait une robe bleu ciel, très pâle, sur un jupon bleu foncé. Le haut col remontait derrière sa nuque comme un éventail, encadrant ses cheveux bouclés. Sa coiffe incrustée de joyaux était ornée d'une plume crânement inclinée.

Ned entendit un groupe de jeunes filles, à côté de lui, émettre un murmure approbateur. Leur jetant un coup d'œil, il lut surtout de l'envie sur leurs visages. Il songea que Margery avait mis le grappin sur l'homme qu'elles auraient toutes voulu séduire. Bart devait être le célibataire le plus convoité du pays. Elles pensaient qu'elle avait décroché le gros lot. Comme elles se trompaient !

Sir Reginald s'avançait à côté de sa fille, fier comme un paon dans un somptueux pourpoint de soie rouge brodé de fils d'or, et Ned songea rageusement : *C'est avec l'argent de ma mère qu'il a payé tout cela.*

Ned étudia l'expression de Margery alors qu'elle traversait la place et s'approchait des pierres massives de la façade ouest, l'air toute petite et impuissante. À quoi pouvait-elle bien penser ? Ses lèvres étaient figées dans un demi-sourire, et elle regardait d'un côté et de l'autre, saluant les amis d'un hochement de tête. Elle avait l'air fière et assurée. Mais Ned savait à quoi s'en tenir. La sérénité n'était pas son fort. La vraie Margery était facétieuse, espiègle, amusée et amusante. Ce jour-là, il n'y avait aucun rire en elle. Elle jouait un rôle, comme le jeune garçon qui incarnait Marie-Madeleine dans la pièce de théâtre.

En passant devant lui, elle croisa son regard.

Elle ne savait pas qu'il viendrait, et fut bouleversée de le voir. Ouvrant de grands yeux désemparés, elle se détourna aussitôt, mais avait perdu toute assurance. Son sourire figé vacilla et un instant plus tard, elle trébuchait.

Ned s'avança machinalement, mais il était à quinze pas d'elle. Sir Reginald attrapa Margery par le bras. Il avait cependant réagi trop tard, et son bras ne fut pas assez ferme pour la retenir. Elle perdit l'équilibre et tomba à genoux.

La foule étouffa un cri. Cela portait malheur. Tomber sur le chemin de l'autel était le plus mauvais présage possible pour une future mariée.

Margery resta à terre pendant quelques secondes, reprenant son souffle et cherchant à se redonner une contenance, tandis que sa famille se regroupait autour d'elle. De nombreux spectateurs essayaient, comme Ned, de tendre le cou pour voir comment elle allait. Ceux qui étaient plus éloignés se demandaient entre eux ce qui s'était passé.

Margery se releva, et parut tenir assez solidement sur ses pieds. Son visage avait retrouvé la même expression contrôlée.

Elle regarda autour d'elle avec un sourire contrit, comme si elle s'en voulait de sa maladresse.

Enfin, elle fit un pas en avant et reprit sa progression vers le porche de la cathédrale.

Ned ne bougea pas. Il ne tenait pas à voir la cérémonie de plus près. La femme qu'il aimait se liait à un autre pour la vie. Margery prenait les promesses au sérieux : pour elle, un vœu était sacré. Lorsqu'elle dit : « Oui », ce ne fut pas pure forme. Ned sut alors qu'il la perdait pour toujours.

Après l'échange des consentements, tout le monde entra dans la cathédrale pour assister à la messe de mariage.

Ned entonna les répons en regardant les pilastres sculptés et les arches qui s'élançaient vers le ciel, mais ce jour-là, le rythme intemporel et éternellement recommencé des arcades et des colonnes fut impuissant à apaiser son âme meurtrie. Bart rendrait Margery malheureuse, il le savait. Et il avait beau faire, une pensée lui tournait dans la tête, sans qu'il puisse la chasser : cette nuit-là, Bart, ce benêt obstiné en pourpoint jaune, partagerait le lit de Margery et lui ferait tout ce que Ned lui-même mourait d'envie de faire.

La cérémonie s'acheva. Ils étaient mari et femme.

Ned quitta la cathédrale. Il n'y avait désormais plus d'incertitude, et plus d'espoir. Il passerait sa vie sans elle.

Il était sûr qu'il n'aimerait jamais aucune autre femme. Il resterait à jamais célibataire. Mais il était heureux d'avoir une carrière passionnante. Il se concentrerait sur son travail pour Élisabeth. Puisqu'il ne pouvait passer sa vie avec Margery, il la consacrerait à Élisabeth. Son idéal de tolérance religieuse était d'un radicalisme extravagant, sans doute. Le monde entier, ou presque, jugeait que laisser chacun pratiquer sa religion comme il l'entendait était d'un laxisme honteux, absolument insensé. Mais Ned estimait que la majorité des gens étaient fous, et que ceux qui pensaient comme Élisabeth étaient les seuls sains d'esprit.

Sa vie sans Margery serait triste, mais au moins ne seraitelle pas inutile.

Il avait déjà impressionné Élisabeth une fois en la débarrassant du comte Swithin ; il ne lui restait qu'à renouveler cet exploit en recrutant Dan Cobley et les protestants de Kingsbridge comme soldats de son armée.

Il s'arrêta sur la place battue par les vents et chercha Dan du regard. Celui-ci n'était pas entré dans la cathédrale pour la messe de mariage. Sans doute avait-il passé cette heure à réfléchir à la proposition de Ned. Combien de temps lui faudrait-il ? Ned l'aperçut au cimetière et le rejoignit.

Philbert Cobley n'avait pas de tombe, évidemment : les hérétiques n'avaient pas droit à une sépulture chrétienne. Dan était debout devant le tombeau de ses grands-parents, Adam et Deborah Cobley.

« Nous avons recueilli quelques cendres, furtivement, après le bûcher, expliqua Dan, le visage ruisselant de larmes. Nous les avons apportées ici le soir même et les avons enfouies dans le sol au crépuscule. Nous le reverrons le jour du Jugement dernier. »

Ned n'aimait pas beaucoup Dan, mais ne put s'empêcher de compatir.

« Ainsi soit-il, dit-il. Mais de l'eau coulera sous les ponts avant le Jugement dernier, et entre-temps nous devons faire l'œuvre de Dieu ici, sur terre.

— Je t'aiderai, annonça Dan.

— Merci. »

Ned était heureux. Il avait accompli sa mission. Élisabeth serait contente.

« J'aurais dû accepter tout de suite, mais je suis devenu méfiant. »

C'était compréhensible, songea Ned. Mais il ne voulait pas s'appesantir sur le passé, maintenant que Dan s'était engagé. Il adopta un ton pragmatique et énergique.

« Il va falloir que tu recrutes dix capitaines, chacun responsable de quarante hommes. Comme ils n'auront pas tous une épée, tu leur diras de trouver de bons poignards, ou des marteaux. Même une chaîne de métal peut faire une arme utile.

— C'est le conseil que vous donnez à toutes les milices protestantes ?

— En effet. Nous avons besoin d'hommes disciplinés. Il faudra que tu les emmènes dans un champ, quelque part, et que tu les fasses marcher au pas, dans un sens et dans l'autre. Ça paraît stupide, mais tout ce qui les habituera à se déplacer en bon ordre sera utile. »

Ned ne parlait ni par expérience, ni par connaissance personnelle du terrain : il répétait ce que Cecil lui avait dit.

« Ne risque-t-on pas de nous voir faire l'exercice ? objecta Dan, dubitatif.

— À vous d'être discrets. »

Dan hocha la tête.

« Autre chose, dit-il. Tu voulais savoir ce que manigancent Swithin et les Fitzgerald.

— Oui.

— Ils sont allés à Bruxelles. »

Ned était abasourdi.

« Hein ? Quand cela ?

— Il y a quatre semaines. Je le sais parce qu'ils ont fait la traversée sur un de mes bateaux. Nous les avons conduits à Anvers, et nous les avons entendus engager un guide chargé de les emmener à Bruxelles. Ils sont aussi revenus sur un de mes bateaux. Ils craignaient de devoir repousser le mariage, mais ils sont rentrés il y a trois jours.

— Le roi Philippe est à Bruxelles.

— C'est ce que j'ai cru comprendre. »

Ned s'efforça d'analyser ces informations comme William Cecil l'aurait fait, et dans son esprit, les dominos tombaient l'un après l'autre. Pourquoi Swithin et les Fitzgerald voulaient-ils voir le roi Philippe ? Pour parler de la succession anglaise après la mort de Marie Tudor. Qu'avaient-ils dit à Philippe ? Que c'était Marie Stuart qui devait monter sur le trône, et non Élisabeth Tudor.

Ils avaient dû demander à Philippe de soutenir Marie.

Et si Philippe avait accepté, Élisabeth était en péril.

*

Ned fut encore plus soucieux en voyant la réaction de Cecil.

« Je ne m'attendais pas à ce que le roi Philippe soutienne Élisabeth, mais j'espérais qu'il se tiendrait à l'écart, dit Cecil visiblement inquiet.

— Pourquoi ne soutiendrait-il pas Marie Stuart ?

— De crainte que l'Angleterre ne tombe sous la coupe de ses oncles français. Il ne souhaite pas que la France devienne trop puissante. Alors, quel que soit son désir de nous voir redevenir catholiques, il est partagé. Je ne veux pas qu'il se laisse convaincre de prendre parti pour Marie Stuart. »

Ned n'avait pas pensé à cela. Cecil mettait très souvent le doigt sur des éléments qui lui avaient échappé. Le jeune homme avait beau apprendre vite, il avait l'impression que jamais, il ne parviendrait à saisir toutes les subtilités de la diplomatie internationale.

Cecil resta morose toute une journée, essayant d'imaginer ce qu'il pourrait dire ou faire pour dissuader le roi d'Espagne d'intervenir. Puis ils allèrent, Ned et lui, voir le comte de Feria.

Ned avait déjà fait la connaissance de Feria dans le courant de l'été, quand ce courtisan espagnol était venu à Hatfield. Élisabeth avait été contente de le voir, interprétant sa visite comme le signe que son maître, le roi Philippe, ne lui était peut-être pas irrémédiablement hostile. Elle avait déployé tous ses charmes avec Feria, et il était reparti presque amoureux d'elle. Néanmoins, dans le monde des relations internationales, les choses n'étaient jamais tout à fait ce qu'elles semblaient être. Ned n'était pas sûr qu'il fût vraiment épris d'Élisabeth. Sous ses dehors de diplomate onctueux, courtois envers tout le monde, il était impitoyable.

Cecil et Ned rencontrèrent Feria à Londres.

Londres était une petite ville par rapport à Anvers, Paris ou Séville, mais c'était le cœur de la vie commerciale anglaise en pleine expansion. De Londres, une route menait vers l'ouest, le long du fleuve, passant entre des palais et des demeures dont les jardins descendaient jusqu'à l'eau. La cité distincte de Westminster, siège du gouvernement, se trouvait à presque une lieue. Les nobles, les conseillers et les courtisans se réunissaient à White Hall, Westminster Yard et au palais de Saint James pour débattre des lois qui permettaient aux négociants de faire des affaires.

Feria occupait un appartement dans l'ensemble de bâtiments que l'on appelait le palais de White Hall. Cecil et Ned eurent de la chance : ils arrivèrent juste au moment où il s'apprêtait à rejoindre son maître à Bruxelles.

Cecil n'était pas très à l'aise en espagnol, mais par bonheur, Feria parlait bien anglais. Cecil prétendit être passé devant chez lui et n'être entré que pour lui présenter ses hommages. Feria feignit poliment de le croire. Ils passèrent quelques minutes à faire des ronds de jambe et à échanger des banalités.

Ces amabilités dissimulaient des enjeux de taille. Le roi Philippe jugeait de son devoir sacré de soutenir l'Église catholique : il était parfaitement possible que Swithin et sir Reginald l'aient convaincu de s'opposer à Élisabeth.

Une fois les formalités accomplies, Cecil dit :

« Nos deux royaumes réunis, l'Angleterre et l'Espagne, ont presque réussi à vaincre la France et l'Écosse. »

Ned releva l'étrange formulation. L'Angleterre n'avait pas grand-chose à voir dans cette guerre : c'était l'Espagne qui était sur le point de l'emporter. Quant à l'Écosse, elle ne comptait pour ainsi dire pas. Mais Cecil tenait à rappeler à Feria qui étaient ses amis.

« La guerre est pour ainsi dire gagnée, confirma Feria.

— Le roi Philippe doit être satisfait.

— Et très reconnaissant à ses sujets anglais de leur assistance. »

Cecil acquiesça d'un hochement de tête et entra dans le vif du sujet.

« À propos, monseigneur, avez-vous été récemment en relation avec Marie Stuart, la reine des Écossais ? »

Cette question prit Ned par surprise. Cecil ne l'avait pas informé de ce qu'il prévoyait de dire.

Feria fut tout aussi étonné.

« Grand Dieu, non, répondit-il. Quelle raison aurais-je de communiquer avec elle ?

— Oh, je ne dis pas que vous devriez le faire – il n'empêche qu'à votre place, c'est ce que je ferais.

— Et pourquoi donc ?

— Il n'est pas exclu qu'elle soit la prochaine reine d'Angleterre, bien qu'elle ne soit encore qu'une enfant.

— On pourrait en dire autant de la princesse Élisabeth. »

Ned fronça les sourcils. Si Feria pensait qu'Élisabeth n'était qu'une enfant, il l'avait mal jugée. Peut-être n'était-il pas aussi brillant qu'on le disait.

Cecil ignora la remarque.

« En réalité, j'avais cru comprendre que le roi Philippe avait été prié de soutenir les prétentions de Marie l'Écossaise au trône d'Angleterre. »

Cecil s'interrompit, pour laisser le temps à Feria de nier cette assertion. Feria ne répondit pas. Ned en conclut qu'il avait vu juste : Swithin et Reginald avaient effectivement demandé à Philippe d'appuyer Marie Stuart.

Cecil poursuivit :

« À votre place, je demanderais à Marie Stuart un engagement tout à fait précis. Je la prierais de garantir que, sous son règne, l'Angleterre ne changera pas de camp et n'engagera pas ses forces aux côtés de la France et de l'Écosse contre l'Espagne. Après tout, au point où nous en sommes, c'est à peu près la seule péripétie qui pourrait empêcher l'Espagne de gagner cette guerre. »

Ned s'émerveilla. Cecil avait imaginé la fable la plus susceptible d'effrayer Feria – et son maître, le roi d'Espagne.

« Vous ne pensez sûrement pas que pareille chose est possible ? demanda Feria.

— Je la crois inévitable, répondit Cecil, bien que Ned fût persuadé du contraire. Marie Stuart est en théorie la souveraine de l'Écosse, bien que sa mère assure la régence. Quant à l'époux de Marie, il est l'héritier du trône de France. Comment pourrait-elle se montrer déloyale envers ses deux pays ? Il est certain qu'elle retournera l'Angleterre contre l'Espagne – à moins que vous ne fassiez ce qu'il faut dès à présent pour l'en empêcher. »

Feria hocha pensivement la tête.

« Je suppose que vous avez une suggestion à me faire », avança-t-il.

Cecil haussa les épaules.

« Je n'aurais pas l'audace d'offrir mes conseils au plus éminent diplomate d'Europe. » Cecil pouvait, lui aussi, se montrer mielleux quand il le jugeait bon. « Mais si le roi Philippe prend réellement en considération une requête des catholiques anglais lui demandant de soutenir les prétentions de Marie Stuart au trône d'Angleterre, il me semble que Sa Majesté ferait bien de lui demander au préalable l'assurance qu'elle ne déclarera pas la guerre à l'Espagne en tant que reine d'Angleterre. Le roi Philippe pourrait en faire une condition de son soutien.

— Il pourrait », répéta Feria sur un ton neutre.

Ned était troublé. Cecil était censé convaincre Feria que l'Espagne ne devait pas accorder son appui à Marie Stuart. Au lieu de quoi, il semblait lui indiquer comment le roi Philippe pourrait surmonter le problème majeur de cette alliance. Y avait-il, cette fois encore, quelque chose que Ned n'avait pas saisi ?

Cecil se leva.

« Je suis heureux que nous ayons eu cette occasion de nous entretenir, dit-il. J'étais simplement venu vous souhaiter bon voyage.

— C'est toujours un plaisir de vous voir. Veuillez transmettre mes respects à la charmante princesse Élisabeth.

— Je n'y manquerai pas. Cela lui fera très plaisir. »

Dès qu'ils furent sortis, Ned explosa :

« Je ne comprends pas ! Pourquoi lui avez-vous fait cette suggestion à propos des garanties à demander à Marie Stuart ? »

Cecil sourit.

« Pour commencer, Henri, le roi de France, ne permettra jamais à sa bru de prendre de tels engagements. »

Ned n'avait pas pensé à cela. Elle n'avait que quinze ans : elle ne pouvait rien faire sans autorisation.

Cecil poursuivit :

« Ensuite, une telle promesse serait sans valeur. Elle pourrait parfaitement la rompre aussitôt montée sur le trône. Et personne ne serait en mesure de faire quoi que ce soit pour l'en empêcher.

— Ces deux obstacles n'échapperont pas au roi Philippe.

— S'ils lui échappent, le comte de Feria se chargera de les souligner.

— Alors pourquoi lui avoir fait cette suggestion ?

— Parce que c'est le moyen le plus rapide de faire prendre conscience à Feria et à Philippe des risques qu'il y aurait à soutenir Marie Stuart. Feria ne suivra pas mon conseil, mais il réfléchit en cet instant précis à tout ce qu'il pourrait faire d'autre pour protéger l'Espagne. Et Philippe ne tardera pas à y réfléchir lui aussi.

— Et que feront-ils ?

— Je l'ignore. En revanche, je sais ce qu'ils ne feront pas. Ils n'aideront pas le comte Swithin et sir Reginald. Ils ne pèseront pas de tout leur poids dans la campagne en faveur de Marie Stuart. Ce qui augmente considérablement nos chances de l'emporter. »

*

La reine Marie Tudor quittait sa vie terrestre lentement et majestueusement, comme un puissant vaisseau en partance pour la haute mer.

Tandis qu'elle s'affaiblissait au fond de son lit, dans ses appartements privés du palais londonien de Saint James, Élisabeth, à Hatfield, recevait un nombre croissant de visiteurs. Des représentants de nobles familles et de riches hommes d'affaires venaient lui dire combien ils déploraient les persécutions religieuses. D'autres lui adressaient des messages, s'engageant à faire pour elle tout ce qui était en leur pouvoir. Élisabeth passait la moitié de la journée à dicter des lettres à ses secrétaires, à envoyer une multitude de brèves notes remerciant les gens pour leur loyauté, à sceller des amitiés. Le message implicite de toutes ces missives était : *Je serai une souveraine énergique, et je saurai me souvenir de ceux qui m'auront aidée au début.*

Ned et Tom Parry étaient chargés des préparatifs militaires. Ils réquisitionnèrent une maison voisine, Brocket Hall, et en firent leur quartier général. De là, ils prirent contact avec les partisans d'Élisabeth dans les villes de province, où ils s'apprêtaient à faire face à un soulèvement catholique. Ned calcula le nombre de soldats qu'ils pouvaient mobiliser, estima le temps nécessaire pour que chaque groupe arrive à Hatfield, et fit des pieds et des mains pour leur trouver des armes.

L'intervention habile de Cecil auprès du comte de Feria avait été efficace. Feria revint en Angleterre la deuxième semaine de novembre. Il annonça au Conseil privé – le groupe de conseillers le plus puissant du monarque – que le roi Philippe soutenait les prétentions d'Élisabeth au trône. Sa femme, la reine Marie, pour autant qu'elle fût encore capable de quoi que ce soit, semblait avoir accepté la décision de son mari.

Puis Feria vint à Hatfield.

Il arriva, tout sourires, en homme porteur de bonnes nouvelles destinées à une femme fascinante. Le peuple espagnol était le plus riche du monde, et Feria était vêtu d'un pourpoint rouge délicatement ajouré révélant la doublure dorée. Son manteau noir était magnifiquement doublé de rouge et brodé d'or. Ned n'avait jamais vu d'homme qui eût l'air aussi satisfait de lui-même.

« Madame, dit-il, je vous apporte un présent. »

Outre Élisabeth et Feria, Cecil, Tom Parry et Ned se trouvaient dans la pièce.

Élisabeth, qui aimait les cadeaux mais détestait les surprises, répondit prudemment :

« Comme c'est aimable !

— Un présent de mon maître et du vôtre, le roi Philippe », poursuivit Feria.

En théorie, Philippe était toujours le maître d'Élisabeth, puisque Marie Tudor était encore en vie, encore reine d'Angleterre, ce qui faisait de son mari le roi d'Angleterre. Mais Élisabeth n'appréciait guère qu'on le lui rappelle. Ned reconnut les signes de son déplaisir – le menton très légèrement relevé, l'esquisse d'un plissement de son front d'albâtre, un raidissement à peine perceptible de son corps dans le fauteuil de chêne sculpté – mais tout cela échappa à Feria.

« Le roi Philippe vous accorde le trône d'Angleterre », dit-il. Il recula d'un pas et s'inclina comme s'il s'attendait à une salve d'applaudissements, ou à un baiser.

Malgré le calme apparent d'Élisabeth, Ned n'ignorait pas que les pensées se bousculaient dans sa tête. Feria lui apportait de bonnes nouvelles, mais les annonçait avec une condescendance pleine de morgue. Comment allait-elle réagir ?

Au bout d'un moment, Feria reprit :

« Permettez-moi d'être le premier à féliciter… Votre Majesté. »

Élisabeth hocha la tête royalement, conservant toujours le silence. Ned savait que c'était de mauvais augure.

« J'ai informé le Conseil privé de la décision du roi Philippe, ajouta Feria.

— Ma sœur est mourante, et je serai reine, dit alors Élisabeth. Mon cœur est partagé entre joie et abattement, allégresse et chagrin. »

Des paroles qu'elle avait probablement préparées, pensa Ned.

« La reine Marie, malgré sa maladie, ajouta Feria, a pu ratifier le choix de son époux. »

Quelque chose avait subtilement changé dans son attitude, et Ned soupçonna instinctivement que Feria mentait à présent.

Feria poursuivit :

« Elle vous a désignée comme héritière, à condition que vous promettiez que l'Angleterre resterait catholique. »

Le moral de Ned sombra à nouveau. Si Élisabeth acceptait, elle aurait les mains liées dès le début de son règne. L'évêque Julius et sir Reginald continueraient à agir selon leur bon plaisir à Kingsbridge.

Ned jeta un coup d'œil à Cecil. Il n'avait pas l'air consterné. Peut-être pensait-il, lui aussi, que Feria mentait. Son expression trahissait un léger amusement, et il observait Élisabeth avec intérêt.

Il y eut un long silence, que Feria rompit en disant :

« Puis-je annoncer au roi et à la reine que leur décision vous agrée ? »

Quand Élisabeth prit enfin la parole, ce fut d'une voix aussi cinglante qu'un coup de fouet :

« Non, monseigneur, vous ne pouvez pas. »

Feria réagit comme s'il avait été souffleté.

« Mais… »

Élisabeth ne lui laissa pas le temps de protester.

« Si je deviens reine, ce sera parce que j'aurai été choisie par Dieu, et non par le roi Philippe. »

Ned l'aurait volontiers applaudie.

Elle poursuivit :

« Si je règne, ce sera avec le consentement du peuple d'Angleterre, et non de ma sœur mourante. »

Feria était abasourdi.

Le mépris d'Élisabeth devint caustique.

« Et le jour où je serai couronnée, je prêterai le serment que prêtent tous les souverains anglais – sans y ajouter de promesses supplémentaires suggérées par le comte de Feria. »

Feria en resta coi.

Ned comprit que le comte avait joué ses cartes dans le mauvais ordre. Il aurait dû demander une promesse de maintien du catholicisme à Élisabeth avant de faire approuver ses prétentions au trône par le Conseil privé. Il était trop tard à présent. Ned devina que lors de leur première rencontre, l'attitude enjôleuse d'Élisabeth avait incité Feria à la prendre à tort pour une faible femme qu'un homme à l'esprit fort n'aurait aucun mal à manœuvrer. Mais en réalité, c'était elle qui s'était jouée de lui.

Feria, qui n'était pas sot, le comprit en un éclair, constata Ned. Il sembla se dégonfler d'un coup, telle une outre vide. Il parut vouloir parler, puis se raviser, plusieurs fois. Ned devina qu'il ne parvenait pas à trouver ce qu'il aurait pu dire pour redresser la situation.

Élisabeth abrégea son supplice.

« Merci de votre visite, milord, dit-elle. Soyez assez aimable pour transmettre nos meilleures salutations au roi Philippe. Et bien que l'espoir soit fort mince, nous prierons pour la reine Marie. »

Ned se demanda si elle incluait sa suite dans ses vœux, ou si elle employait le « nous » de majesté. La connaissant, il décida que l'ambiguïté était probablement voulue.

Feria se laissa congédier avec toute la grâce dont il était capable, et quitta la pièce à reculons.

Ned esquissa un sourire radieux. Pensant au comte Swithin, il dit tout bas à Cecil :

« Ma foi, le comte de Feria a payé cher le fait d'avoir sous-estimé la princesse Élisabeth, et il n'est pas le premier.

— En effet, répondit Cecil. Et je pense qu'il ne sera pas le dernier. »

*

À neuf ans, Margery avait annoncé qu'elle voulait entrer au couvent.

Elle était fascinée par l'existence dévote de sa grand-tante, sœur Joan, qui vivait au dernier étage de la maison entre son autel et ses chapelets. Joan était digne, indépendante et avait un but dans la vie.

Tous les couvents et les monastères avaient été supprimés par Henri VIII, et la reine Marie Tudor ne les avait pas rétablis ; mais ce n'était pas la raison pour laquelle Margery avait renoncé à son projet. En vérité, dès la puberté, elle avait su qu'elle ne pourrait jamais mener une vie de célibat. Elle aimait les garçons, même quand ils se conduisaient sottement. Elle aimait leur hardiesse, leur force et leur humour, et elle était émoustillée par les regards emplis de désir qu'ils promenaient sur son corps. Même leur incapacité à comprendre subtilités et sous-entendus lui plaisait : ils étaient directs, ce qu'elle trouvait attirant, alors que les filles étaient parfois tellement retorses.

Si elle avait renoncé à devenir religieuse, elle restait attirée par l'idée de consacrer sa vie à une mission. Elle l'avoua à sœur Joan, le jour de son départ pour le Château Neuf, pendant que l'on chargeait ses vêtements, ses livres et ses bijoux sur une charrette à quatre roues.

« Ne t'inquiète pas, lui avait dit sœur Joan, assise sur un tabouret de bois, bien droite et parfaitement alerte malgré son âge. Dieu a un but pour toi. Il a un but pour chacun d'entre nous.

— Mais comment trouverai-je celui qu'il a pour moi ?

— Tu ne peux pas le trouver ! lui avait répondu sœur Joan. Tu dois attendre qu'Il te le révèle. Dieu ne se laisse pas bousculer. »

Margery jura de faire preuve de patience, tout en commençant à se dire que décidément, toute sa vie était un exercice de patience. Elle s'était pliée au choix de ses parents en épousant Bart. Elle avait passé les deux dernières semaines en compagnie de son jeune époux sur l'île aux Lépreux, dans une maison appartenant au comte, et Bart avait mis ce temps à profit pour lui faire comprendre qu'il attendait d'elle qu'elle lui soit aussi soumise qu'elle l'était à ses parents. Il décidait sans la consulter où ils se rendaient et ce qu'ils faisaient, et se contentait de lui donner des instructions, comme il l'aurait fait avec un régisseur. Elle avait envisagé leur mariage plutôt comme une association, or cette idée n'avait apparemment jamais effleuré l'esprit de Bart. Elle espérait réussir à le faire changer peu à peu, subtilement, mais il ressemblait terriblement à son père.

La famille de Margery, bouffie d'orgueil, l'accompagna ensuite au Château Neuf. Sir Reginald, lady Jane et Rollo avaient désormais un lien de parenté avec le comte, et se délectaient de ces attaches aristocratiques.

De plus, les deux hommes étaient impatients de s'entretenir avec le comte Swithin. Leur mission à Bruxelles avait échoué. Le roi Philippe avait paru les écouter et partager leur point de vue, mais quelqu'un d'autre avait dû le circonvenir, car, en définitive, il avait apporté tout son soutien à Élisabeth. La déception de Rollo n'avait pas échappé à Margery.

En route, Reginald et Rollo avaient discuté de ce qu'il convenait de faire à présent. Le seul recours possible était un soulèvement armé contre Élisabeth aussitôt après la mort de Marie Tudor. Ils voulaient savoir de combien d'hommes d'armes le comte Swithin disposait, et quels membres de l'aristocratie catholique le soutiendraient.

Margery était troublée. Elle considérait le protestantisme comme une hérésie arrogante professée par des hommes qui se croyaient assez intelligents pour se permettre de critiquer une doctrine que l'Église enseignait depuis plusieurs centaines d'années, mais elle estimait aussi que des chrétiens ne devraient pas s'entretuer. Et puis, au moment où le Château Neuf se profila à l'horizon, ses pensées s'orientèrent vers des préoccupations plus terre à terre. Le comte Swithin était veuf, ce qui faisait de Margery – désormais vicomtesse de Shiring – la maîtresse de maison. Elle n'avait que seize ans, et n'avait aucune idée de ce que représentait l'administration d'un château. Elle en avait longuement parlé avec lady Jane, et avait échafaudé quelques projets, mais l'idée d'affronter la réalité l'angoissait.

Bart les avait devancés et, à l'arrivée des Fitzgerald, une vingtaine de serviteurs les attendaient dans la cour. Ils applaudirent et poussèrent des acclamations en voyant Margery, et elle se sentit la bienvenue. Peut-être en avaient-ils assez de travailler pour une famille exclusivement masculine et attendaient-ils avec impatience un peu de douceur féminine. Elle l'espérait en tout cas.

Swithin et Bart se portèrent à leur rencontre. Bart l'embrassa, et Swithin fit de même, laissant ses lèvres s'attarder sur sa joue et pressant son corps contre le sien. Swithin lui présenta ensuite une femme plantureuse d'une trentaine d'années.

« Sal Brendon est ma gouvernante, elle vous aidera en tout, dit-il. Faites faire le tour de la demeure à la vicomtesse, Sal. Nous autres, les hommes, avons beaucoup de choses à nous dire. »

Alors qu'il se retournait pour faire entrer Reginald et Rollo, il donna à Sal une tape sur son ample derrière. La gouvernante n'eut l'air ni surprise ni mécontente. Remarquant cela, Margery et lady Jane échangèrent un regard. Sal était visiblement plus qu'une gouvernante.

« Je vais vous montrer vos appartements, proposa Sal. Veuillez me suivre. »

Mais Margery tenait à visiter l'intégralité de la demeure. Elle était déjà venue, et, tout récemment encore, lors du banquet de l'Épiphanie, mais les lieux étaient si vastes qu'elle n'en avait pas bien retenu la disposition.

« Je souhaiterais voir d'abord la cuisine », décréta-t-elle.

Sal hésita, visiblement contrariée, avant de répondre :

« Comme madame voudra. »

Entrant dans la maison, elles se dirigèrent vers la cuisine. C'était une véritable étuve, plutôt mal tenue. Un domestique d'un certain âge, assis sur un tabouret, regardait travailler la cuisinière en buvant une chope. Quand Margery entra, il se leva sans se presser.

« Voici la cuisinière, Mave Brown », annonça Sal.

Un chat assis sur la table grignotait délicatement les restes d'un jambon. Margery le souleva prestement et le posa par terre.

Mave Brown grommela :

« Cette chatte est une excellente chasseuse de souris.

— Elle les chassera d'autant mieux si vous ne la laissez pas se gaver de jambon », rétorqua Margery.

Le serviteur commença à préparer un plateau sur lequel il

disposa une assiette de bœuf froid, un pichet de vin et du pain. Margery prit une tranche de bœuf et la goûta.

« C'est pour monsieur le comte, protesta le domestique.

— Et il est très bon, répliqua Margery. Comment vous appelez-vous ?

— Colly Knight. Cela fait quarante ans que je suis au service des Swithin, monsieur le comte et son fils, répondit-il d'un air supérieur, comme pour bien faire comprendre à Margery qu'elle n'était qu'une pièce rapportée.

— Je suis la vicomtesse, reprit Margery. Vous devez dire "milady" quand vous vous adressez à moi. »

Il y eut une longue pause, et Colly dit enfin :

« Oui, milady.

— Je voudrais à présent voir les appartements du vicomte », ordonna Margery.

Sal Brendon ouvrant la marche, elles traversèrent la grande salle, où une fillette de dix ou onze ans balayait nonchalamment le sol.

« Tu devrais tenir le manche du balai plus fermement », lui lança Margery alors qu'elles passaient devant elle.

La fille eut l'air surpris, mais obéit.

Après avoir gravi l'escalier, elles suivirent le corridor jusqu'au bout. La chambre à coucher était une pièce d'angle avec des portes communicantes donnant sur deux autres pièces. Margery apprécia aussitôt cette disposition : Bart disposerait ainsi d'un vestiaire pour ses bottes crottées, et Margery d'un boudoir où ses servantes pourraient l'aider à s'habiller et à se coiffer.

Mais toutes les pièces étaient sales. Les vitres n'avaient sûrement pas été nettoyées depuis un an. Deux gros chiens étaient couchés sur une couverture, un vieux et un jeune. Margery aperçut des crottes par terre – Bart laissait manifestement ses animaux familiers faire leurs besoins dans ses appartements. Un tableau représentant une femme nue ornait l'un des murs, mais il n'y avait ni fleurs ni verdure dans la pièce, pas de coupe de fruits ni de raisins secs, aucun pot-pourri pour embaumer l'air. Un fauteuil disparaissait sous un tas de linge, dont une chemise tachée de sang qui paraissait être là depuis longtemps.

« C'est répugnant, fit remarquer Margery à Sal Brendon. Je n'ouvrirai pas mes malles avant que cet endroit ait été nettoyé. Allez chercher des balais et une pelle. Vous commencerez par enlever les crottes de chien. »

Sal posa la main sur sa hanche, l'air rebelle :

« Mon maître est le comte Swithin. Vous feriez mieux de vous adresser à lui. »

Margery sentit quelque chose se rompre en elle. Elle avait trop longtemps cédé à tout le monde, à ses parents, à Mgr Julius, à Bart. Elle n'allait pas en faire autant avec Sal Brendon. Toute la rage accumulée pendant l'année déborda. Levant le bras pour prendre de l'élan, elle asséna à la gouvernante une terrible gifle en plein visage. Le claquement de sa paume sur la joue fut si sonore qu'un des chiens sursauta. Sal recula en poussant un cri scandalisé.

« Ne vous avisez pas de me reparler sur ce ton ! fit Margery. Je connais les femmes de votre espèce. Il suffit que le comte vous foute quand il a trop bu pour que vous vous preniez pour la comtesse. » Margery vit dans les yeux de Sal un éclair confirmant la véracité de l'accusation. « À présent, c'est moi la maîtresse de cette maison, et vous allez m'obéir. Et si vous renâclez le moins du monde, vous quitterez cette demeure si vite que vos pieds ne toucheront même pas le sol avant que vous atterrissiez au bordel de Kingsbridge, où vous serez tout à fait à votre place. »

Sal fut visiblement tentée de se rebiffer. Son visage était cramoisi de rage, et elle paraissait prête à répliquer, mais elle hésita. Elle devait comprendre que si la nouvelle bru du comte demandait à celui-ci de se débarrasser d'une domestique insolente, il ne pourrait pas refuser, et ce jour-là moins que jamais. Sal se rendit à la raison et son expression changea.

« Je… je vous demande pardon, milady, dit-elle humblement. Je vais tout de suite chercher les balais. »

Elle quitta la pièce. Lady Jane chuchota à Margery :

« Bien joué. »

Margery repéra une cravache sur un tabouret à côté d'une paire d'éperons, et s'en empara. Elle traversa la pièce et s'approcha des chiens couchés.

« Fichez le camp, sales bêtes ! » cria-t-elle en leur administrant un coup à chacun. Les deux chiens se levèrent, plus étonnés que meurtris, et détalèrent, visiblement indignés.

« Et ne revenez pas ! » ajouta Margery.

*

Rollo ne pouvait croire que le vent fût en train de tourner en défaveur de Marie Stuart. Comment était-ce possible, se demandait-il indigné, alors que l'Angleterre était un pays catholique et que Marie avait le soutien du pape ? Cet après-midi-là, il rédigea donc au nom du comte Swithin une lettre adressée au cardinal Pole, archevêque de Canterbury.

Elle demandait au prélat de bénir l'organisation d'une insurrection armée contre Élisabeth Tudor.

La violence était désormais leur seul espoir. Le roi Philippe avait pris parti contre Marie Stuart, et soutenait Élisabeth. C'était une catastrophe pour Rollo, pour la famille Fitzgerald et pour la vraie foi chrétienne catholique en Angleterre.

« Est-ce un acte de trahison ? demanda Swithin tout en prenant la plume.

— Non, répondit Rollo. Élisabeth n'étant pas encore reine, on ne peut pas nous accuser de conspirer contre la souveraine. »

Rollo savait que s'ils perdaient la partie et qu'Élisabeth accédait au trône, elle considérerait que c'était du pareil au même. Ils risquaient donc tous la peine de mort. Mais en de tels moments, il fallait bien prendre parti.

Swithin signa la lettre – non sans difficulté, car il avait plus de mal à écrire son nom qu'à mater un cheval rétif.

On savait Pole malade, ce qui ne l'empêcherait sûrement pas, songea Rollo, de dicter une lettre. Que répondrait-il à Swithin ? Pole était le plus radical de tous les évêques d'Angleterre, et Rollo était convaincu qu'il soutiendrait une révolte. Les actions entreprises par Swithin et ses partisans obtiendraient ainsi la sanction de l'Église.

La lettre fut remise à deux hommes de confiance de Swithin, avec pour mission de la porter au palais de Lambeth, la résidence de l'archevêque, à côté de Londres.

Pendant ce temps, sir Reginald et lady Jane regagnèrent Kingsbridge tandis que Rollo restait avec le comte. Il voulait s'assurer que celui-ci ne se déroberait pas.

En attendant la réponse, Swithin et Bart entreprirent de mobiliser une armée. Rollo supposait que d'autres comtes catholiques étaient censés faire de même à travers toute l'Angleterre, et que leurs forces combinées seraient irrésistibles.

Swithin était le seigneur et maître d'une centaine de villages du comté de Shiring, sur lesquels il exerçait une autorité presque aussi absolue que ses ancêtres au Moyen Âge. Swithin et Bart se rendirent personnellement dans certaines localités. Dans les autres, les serviteurs du comte lurent une proclamation, et les curés transmirent le même message à leurs paroissiens dans leurs sermons. Les célibataires âgés de dix-huit à trente ans furent convoqués au Château Neuf, avec ordre d'apporter des haches, des faux et des chaînes de fer.

Sans expérience aucune, Rollo était incapable d'imaginer la suite. La réaction l'enthousiasma. Tous les villages envoyèrent une demi-douzaine de gars impatients d'en découdre. Les armes improvisées et les jeunes gens qui les brandissaient n'étaient pas très utiles dans les champs en novembre. Le protestantisme était un mouvement urbain : il n'avait jamais pris dans les campagnes conservatrices. En outre, c'était l'entreprise la plus exaltante qu'on ait connue de mémoire d'homme. Tout le monde ne parlait que de cela. Des garçons imberbes et des vieillards pleuraient parce qu'on ne voulait pas d'eux.

L'armée ne pouvait pas rester longtemps au Château Neuf, et de toute façon, la marche était longue jusqu'à Hatfield, aussi se mirent-ils en route, sans attendre la réponse du cardinal Pole. Ils passeraient par Kingsbridge, où ils recevraient la bénédiction de l'évêque Julius.

Swithin chevauchait en tête de la colonne, Bart à son côté et Rollo derrière eux. Ils arrivèrent à Kingsbridge le troisième jour. Dès leur entrée dans la ville, ils furent arrêtés au pont de Merthin par le maire, sir Reginald. Il était accompagné par les échevins municipaux.

« Je suis désolé, annonça Reginald à Swithin. Il y a un problème. »

Rollo fit avancer son cheval pour se trouver au niveau de Swithin et Bart.

« Que se passe-t-il ? » demanda-t-il.

Son père semblait désespéré.

« Si vous voulez bien mettre pied à terre et m'accompagner, je vais vous montrer, dit-il.

— Quelle étrange manière d'accueillir une sainte croisade ! lança rageusement Swithin.

— Je sais, milord, répondit Reginald. Croyez-moi, j'en suis mortifié. Mais venez voir, je vous prie. »

Les trois chefs descendirent de cheval. Swithin convoqua les capitaines, leur donna de l'argent et leur dit d'aller chercher les barriques de bière qu'on avait fait venir de la taverne de l'Abattoir pour préserver la bonne humeur des troupes.

Reginald leur fit franchir le double pont menant à la ville, avant de leur faire remonter la rue principale vers la place du marché.

Un spectacle stupéfiant les y attendait.

Les éventaires étaient fermés, les constructions temporaires avaient été retirées et la place dégagée. Quarante ou cinquante solides troncs d'arbres de six ou huit pouces de diamètre avaient été fermement plantés dans la terre durcie par l'hiver. Plusieurs centaines de jeunes hommes entouraient les poteaux, et Rollo vit, avec un étonnement accru, qu'ils étaient tous équipés d'épées et de boucliers.

Une armée s'entraînait.

Sous leurs yeux, un chef monté sur une estrade effectua une démonstration, attaquant le tronc avec une épée et un bouclier de bois, utilisant alternativement son bras droit et son bras gauche sur un rythme qui eût été redoutable sur le champ de bataille, Rollo le croyait sans peine. La démonstration achevée, tous les autres essayèrent d'imiter ses mouvements, à tour de rôle.

Rollo se rappela avoir vu des exercices similaires à Oxford, quand la reine Marie Tudor s'apprêtait à envoyer une armée anglaise en France pour soutenir la guerre d'Espagne. C'était un exercice de frappe au poteau. Les pieux étaient solidement plantés et difficiles à renverser. Il se rappelait qu'au début, les coups des hommes non entraînés partaient dans tous les sens et manquaient parfois complètement leur cible. Mais ils apprenaient très vite à viser soigneusement et à frapper plus fort. Il avait entendu des hommes d'armes dire que quelques après-midi d'exercice au poteau pouvaient changer un malheureux cul-terreux en soldat déjà presque dangereux.

Lorsque Rollo reconnut Dan Cobley parmi les recrues, la dernière pièce du puzzle se mit en place.

C'était une armée protestante.

Ils ne se donneraient évidemment pas ce nom. Ils prétendraient peut-être se préparer à résister à une invasion espagnole. Sir Reginald et l'évêque Julius ne les croiraient pas, mais que pourraient-ils faire ? Même si ces recrues enfreignaient la loi, ce qui n'était probablement pas le cas, la douzaine d'hommes que comptait la garde de la ville ne pouvait pas les arrêter et les emprisonner par centaines.

Rollo regarda, désespéré, les jeunes hommes attaquer les poteaux, de plus en plus concentrés et gagnant rapidement en efficacité.

« Ce n'est pas une coïncidence, dit-il. Ils ont entendu dire que notre armée approchait, et ils ont levé la leur pour nous faire obstacle.

— Milord, fit remarquer Reginald, si votre armée entre en ville, nous aurons une bataille rangée dans les rues.

— Mes robustes villageois écraseront ces pitoyables protestants citadins.

— Les échevins ne laisseront pas entrer vos hommes.

— Passez outre à ces couards ! lança Swithin.

— Je n'en ai pas le droit. Et ils m'ont averti qu'ils m'arrêteraient si j'essayais.

— Qu'ils le fassent. Nous vous ferons sortir de prison. »

Bart intervint :

« Nous allons être obligés de nous battre pour traverser ce maudit pont.

— Nous pouvons y arriver, fulmina Swithin.

— Nous risquons de perdre beaucoup d'hommes.

— Ils sont là pour ça.

— Mais alors, qui emmènerons-nous à Hatfield ? »

Rollo observait le visage de Swithin. Il n'était pas dans sa nature de baisser les bras, même quand toutes les chances étaient contre lui. Son expression traduisait une terrible indécision.

« Je me demande, reprit Bart, s'il se passe la même chose ailleurs – si d'autres protestants s'apprêtent à livrer bataille. »

Cette idée n'était pas venue à l'esprit de Rollo. Quand il avait proposé à Swithin de lever une petite armée, il aurait dû deviner que les protestants en feraient autant. Alors qu'il avait envisagé un coup d'État clair et net, il allait devoir affronter une guerre civile sanglante. Et son instinct lui disait que le peuple d'Angleterre n'avait aucune envie d'un tel conflit – et pourrait se retourner contre ceux qui en seraient responsables.

Il commença à se demander s'il n'allait pas falloir renvoyer les paysans chez eux.

Deux hommes surgirent de la taverne de la Cloche voisine et se précipitèrent vers eux. En les voyant, Reginald se rappela quelque chose.

« Il y a un message pour vous, milord, dit-il. Ces deux hommes sont arrivés il y a une heure. Je leur ai dit d'attendre ici plutôt que de risquer de vous manquer sur la route. »

Rollo reconnut les hommes que Swithin avait envoyés au palais de Lambeth. Quelle était la réponse de l'archevêque Pole ? Elle risquait d'être capitale. Avec ses encouragements, peut-être l'armée de Swithin pourrait-elle poursuivre jusqu'à Hatfield. Dans le cas contraire, ils feraient mieux de se disperser.

« Il n'y a pas de réponse du cardinal », annonça l'aîné des deux courriers.

Le cœur de Rollo se serra.

« Comment ça, pas de réponse ? fulmina Swithin. Il a bien dû dire quelque chose !

— Nous avons parlé à son secrétaire, le chanoine Robinson. Il paraît que le cardinal est trop malade pour lire votre lettre, et a fortiori pour y répondre.

— Dans ce cas, il doit être à la porte de la mort ! s'exclama Swithin.

— En effet, milord. »

C'était une catastrophe, pensa Rollo. Ils étaient à un tournant de l'histoire de l'Angleterre, et le chef de file des catholiques extrémistes était mourant. Cette réalité changeait tout. L'idée d'enlever Élisabeth et de faire chercher Marie Stuart, qui faisait figure jusque-là d'entreprise prometteuse, paraissait maintenant suicidaire.

À certains moments, songea Rollo, le sort semblait être du côté du diable.

*

Ned s'installa à Londres, passant tout son temps à proximité du palais de Saint James dans l'attente de nouvelles de la reine Marie Tudor.

Son état se dégrada considérablement le 16 novembre, journée que les protestants commencèrent, alors même que le soleil n'était pas encore couché, à appeler le « Mercredi de l'Espoir ». Le lendemain matin, juste avant l'aube, Ned se trouvait au milieu de la foule qui grelottait devant le grand portail de brique rouge quand un serviteur se précipita au-dehors pour transmettre la nouvelle à mi-voix :

« La reine n'est plus. »

Ned traversa la rue en courant pour rejoindre la taverne du Coche et des Chevaux. Il ordonna qu'on selle un cheval et réveilla son messager, Peter Hopkins. Pendant que Hopkins s'habillait et avalait une cruche de bière en guise de petit déjeuner, Ned rédigea une note informant Élisabeth de la mort de Marie Tudor. Puis il envoya l'homme à Hatfield.

Il retourna au portail où la foule avait commencé à se masser.

Pendant les deux heures qui suivirent, il observa les allées et venues d'éminents courtisans et de messagers de moindre importance. Mais quand il vit sortir Nicholas Heath, il lui emboîta le pas.

Heath était probablement l'homme le plus puissant d'Angleterre. Il était archevêque d'York, lord-chancelier de la reine Marie, et garde du Grand Sceau. Cecil avait essayé de le gagner à la cause d'Élisabeth, mais Heath avait obstinément refusé de s'engager. Il allait devoir se décider à présent et choisir son camp.

Heath et son entourage parcoururent à cheval la courte

distance qui les séparait de Westminster où les membres du Parlement devaient se réunir pour la séance du matin. Ned et d'autres couraient derrière eux. Une autre foule se massait déjà à Westminster. Heath annonça qu'il allait s'adresser aux Lords et aux Communes réunis, et tous se rassemblèrent à la Chambre des lords.

Ned essaya de se faufiler à l'intérieur avec la suite de Heath, mais un garde lui barra le chemin. Ned feignit la surprise et protesta :

« Je représente la princesse Élisabeth. Elle m'a ordonné d'assister à la réunion et de lui faire un rapport. »

Le garde semblait enclin à s'obstiner, mais Heath, qui avait entendu l'altercation, intervint :

« Je vous ai rencontré, jeune homme, dit-il à Ned. En compagnie de sir William Cecil, me semble-t-il.

— Oui, milord. »

C'était exact, quoique Ned fût surpris que Heath s'en souvînt.

« Laissez-le passer », ordonna Heath au garde.

La réunion du Parlement signifiait que la succession pourrait être rapidement officialisée, surtout si Heath soutenait Élisabeth. Elle était populaire, c'était la sœur de la reine Marie Tudor, et elle se trouvait à huit lieues seulement. Au contraire de Marie Stuart, qui était inconnue des Anglais, avait un mari français et vivait à Paris. Les circonstances jouaient en faveur d'Élisabeth.

Mais l'Église était favorable à Marie Stuart.

La salle des débats résonnait de conversations animées, chaque membre de l'assistance discutant de la même question. Lorsque Heath se leva, tout le monde se tut.

« Ce matin même, Dieu, dans son infinie miséricorde, a rappelé à lui notre bien-aimée souveraine, la reine Marie, annonça-t-il. »

L'assemblée poussa un soupir collectif. Tout le monde le savait, ou avait entendu des rumeurs en ce sens, mais cette confirmation donnait plus de poids à la nouvelle.

« Nous avons cependant tout lieu de nous réjouir et de rendre grâce à Dieu Tout-Puissant, car il nous a laissé une juste et légitime héritière à la Couronne. » Un silence de mort se fit dans la salle. Heath allait prononcer le nom de la prochaine reine.

Laquelle serait-ce ? « Lady Élisabeth, dont le droit et le titre légitimes ne sauraient être mis en question ! »

Cette phrase déclencha un vrai tumulte. Heath continua à parler, mais personne ne l'entendait. L'archevêque avait apporté son soutien à Élisabeth, affirmant que son titre était « légitime » – en totale contradiction avec le jugement du pape. C'était terminé.

Quelques membres du Parlement protestaient avec véhémence, mais Ned remarqua que la plupart se réjouissaient : le Parlement était pour Élisabeth. Et s'ils avaient craint de trahir leurs sentiments tant que l'issue demeurait incertaine, ces hésitations n'étaient plus de mise. Ned songea que Cecil lui-même avait peut-être sous-estimé la popularité d'Élisabeth. Certains, dans la salle, faisaient grise mine, n'applaudissaient pas, ne se réjouissaient pas et restaient assis, bras croisés, mais ils étaient minoritaires. Les autres étaient enchantés. La guerre civile avait été évitée, l'Angleterre n'aurait pas de roi étranger, il n'y aurait plus de bûchers. Ned se surprit à pousser lui aussi des cris de joie.

Heath quitta la Chambre, suivi par presque tous les membres du Conseil privé, et répéta, sur l'escalier extérieur, sa proclamation à la foule qui attendait.

Il annonça ensuite qu'il la prononcerait une nouvelle fois dans la cité de Londres. Mais avant de partir, il fit signe à Ned.

« Je compte sur vous pour regagner Hatfield à bride abattue afin d'annoncer la nouvelle, dit-il.

— Oui, milord.

— Vous pouvez faire savoir à la reine Élisabeth que je la rejoindrai avant la tombée de la nuit.

— Merci, milord.

— Ne vous arrêtez pas pour boire à cette bonne nouvelle avant d'avoir transmis mon message.

— Vous pouvez compter sur moi, milord. »

Heath s'éloigna.

Ned retourna en courant à la taverne du Coche et des Chevaux. Quelques minutes plus tard, il était sur la route de Hatfield.

Il avait une bonne jument solide qu'il mit tour à tour au trot et au pas. Il préférait ne pas la pousser de crainte qu'elle ne s'effondre. La rapidité n'était pas capitale, pourvu qu'il arrivât avant Heath.

Il était parti en milieu de matinée, et aperçut les pignons de brique rouge du palais de Hatfield alors que l'après-midi était déjà bien avancé.

Hopkins s'y trouvait probablement déjà, et tout le monde devait être au courant du décès de la reine Marie Tudor. Mais personne ne savait encore qui était la nouvelle souveraine.

Comme il entrait au galop dans la cour, plusieurs serviteurs lui crièrent en même temps :

« Quelles sont les nouvelles ? »

Estimant qu'Élisabeth devait être la première informée, Ned ne leur répondit pas et conserva un visage impassible.

Élisabeth se trouvait dans son salon avec Cecil, Tom Parry et Nell Baynsford. Ils le regardèrent tous entrer dans un silence tendu.

Il s'avança vers Élisabeth, encore vêtu de sa lourde cape de voyage. Il eut beau essayer d'afficher une mine solennelle, il ne put s'empêcher de sourire. Élisabeth comprit et il vit ses lèvres esquisser un léger sourire en réponse.

« Madame, vous êtes reine d'Angleterre », annonça-t-il.

Il retira son chapeau, ploya le genou et se fendit d'une profonde révérence.

« Votre Majesté », dit-il.

*

Nous étions heureux, car nous n'avions pas idée des troubles que nous allions déclencher. Je n'étais pas le seul à les ignorer, évidemment : je n'étais que l'assistant de personnes plus âgées et infiniment plus sages que moi. Mais aucun de nous n'avait prévu ce qui allait se passer ensuite.

Nous avions pourtant été prévenus. Rollo Fitzgerald m'avait dépeint l'opposition à laquelle devrait faire face la reine Élisabeth, et le faible nombre de dirigeants européens qui la soutiendraient. Je n'y avais pas prêté attention, mais ce bâtard moralisateur avait raison.

Ce que nous fîmes en cette mémorable année 1558 fut à l'origine de dissensions politiques, de révoltes, d'une guerre civile et d'une invasion. Au cours des années suivantes, il m'arriva par moments, plongé dans un abîme de désespoir, de me demander si le jeu en avait valu la chandelle. La simple idée que des êtres humains puissent être autorisés à pratiquer la religion de leur choix provoqua plus de souffrances que les dix plaies d'Égypte.

Si j'avais su en cet instant ce que je sais aujourd'hui, aurais-je agi de même ?

Oh oui !

DEUXIÈME PARTIE

1559 à 1563

9

Comme ils longeaient la rive sud de l'île de la Cité par un vendredi de juin ensoleillé, la cathédrale d'un côté, le fleuve étincelant de l'autre, Sylvie Palot demanda à Pierre Aumande :

« Veux-tu m'épouser, oui ou non ? »

Elle eut la satisfaction de voir un éclair de panique dans ses yeux. C'était inhabituel. Il était généralement d'humeur égale, difficile à troubler, toujours maître de lui.

Il reprit son sang-froid si vite qu'elle aurait presque pu se convaincre d'avoir imaginé cette lueur.

« Bien sûr que oui, ma chérie, répondit-il, l'air offensé. Comment peux-tu me poser une telle question ? »

Elle la regretta aussitôt. Elle l'adorait, et détestait le voir contrarié. Il était particulièrement irrésistible en cet instant, alors que la brise montant de la rivière jouait dans ses cheveux blonds. Mais elle durcit son cœur et insista.

« Nous sommes fiancés depuis plus d'un an. C'est trop long. »

C'était la seule ombre dans la vie de Sylvie. La librairie de son père était florissante, et il prévoyait d'en ouvrir une seconde sur la rive gauche de la Seine, dans le quartier de l'Université. Son commerce illégal de bibles en français et d'autres livres interdits était encore plus prospère. Il se passait rarement une journée sans que Sylvie se rende à l'entrepôt secret de la rue du Mur chercher un ou deux livres à vendre à une famille protestante. Les nouvelles communautés protestantes fleurissaient comme des campanules au printemps, à Paris et partout ailleurs. Tout en diffusant le véritable Évangile, les Palot faisaient de jolis bénéfices.

Cependant, le comportement de Pierre intriguait Sylvie et l'inquiétait.

« Il faut que je termine mes études, et le père Moineau a refusé de m'autoriser à les poursuivre si j'étais marié, dit-il alors. Je te l'ai expliqué, et tu avais accepté d'attendre.

— Un an, oui. Dans quelques jours, les cours prendront fin pour l'été. Nous avons le consentement de mes parents. Nous avons assez d'argent. Nous pouvons vivre au-dessus de la boutique, au moins jusqu'à ce que nous ayons des enfants. Mais tu ne m'as toujours pas proposé de date.

— J'ai écrit à ma mère.

— Tu ne me l'avais pas dit.

— J'attends sa réponse.

— Que lui as-tu demandé ?

— Si elle se sentait assez bien pour venir à Paris assister au mariage.

— Et dans le cas contraire ?

— Il sera toujours temps de s'en inquiéter, le moment venu. »

La réponse était loin de satisfaire Sylvie qui préféra pourtant ne pas insister.

« Où organiserons-nous la cérémonie officielle ? » demanda-t-elle. Voyant Pierre lever les yeux vers les tours de Notre-Dame, elle éclata de rire : « Pas ici. Ça, c'est pour la noblesse.

— À l'église paroissiale, je suppose.

— Et ensuite, nous nous marierons pour de vrai, dans notre église à nous. »

Elle voulait parler de l'ancien pavillon de chasse dans la forêt. Les protestants ne pouvaient pas encore célébrer leur culte ouvertement à Paris, alors qu'ils pouvaient le faire dans certaines villes de France.

« J'imagine que nous devrons inviter la marquise, reprit Pierre avec une grimace de dégoût.

— Dans la mesure où le bâtiment appartient à son mari... »

Pierre était malheureusement parti du mauvais pied avec la marquise Louise, et n'avait jamais réussi par la suite à se concilier ses bonnes grâces. En réalité, plus il cherchait à lui plaire, plus elle lui battait froid. Sylvie avait pensé qu'il écarterait cette déconvenue d'un rire, mais c'était apparemment au-dessus de ses forces. L'inimitié de la marquise le mettait en rage, et Sylvie avait compris que son fiancé si sûr de lui en apparence prenait ombrage de la moindre vexation.

Cette vulnérabilité le rendait plus cher encore à son cœur, tout en la troublant, sans qu'elle sût dire pourquoi.

« J'imagine que l'on ne peut rien y faire, répondit Pierre d'un ton léger, mais la mine sombre.

— Tu te feras faire de nouveaux vêtements ? »

Elle savait qu'il adorait s'habiller.

Il sourit.

« Il faudrait que j'aie un manteau sombre, gris protestant, n'est-ce pas ?

— En effet. »

Pratiquant assidu, il assistait à l'office toutes les semaines. Ayant rapidement fait la connaissance de tous les fidèles, il cherchait à rencontrer les membres des autres groupes parisiens. Il lui était même arrivé d'assister au culte avec d'autres communautés. Il avait eu très envie de se rendre au synode national, qui avait eu lieu à Paris, en mai – c'était la première fois que des protestants français avaient l'audace de tenir ce genre de congrès –, mais le plus grand secret avait entouré les détails de l'organisation, et seuls les protestants de longue date y avaient été conviés. Malgré cette rebuffade, il était parfaitement accepté, ce qui enchantait Sylvie.

« Il existe sûrement un tailleur spécialisé dans les vêtements sombres destinés aux protestants, remarqua-t-il.

— En effet, Dubœuf, rue Saint-Martin. Mon père y va ; enfin, quand ma mère arrive à le convaincre. Il pourrait s'offrir un nouveau manteau tous les ans, mais refuse de dépenser de l'argent pour ce qu'il appelle des fripes. Je suppose qu'il me payera une robe de mariage, mais cela ne lui fera pas plaisir.

— S'il ne le fait pas, je m'en chargerai. »

Elle le prit par le bras, l'arrêta et l'embrassa.

« Tu es merveilleux, dit-elle.

— Et toi, tu es la plus jolie fille de Paris. De France. »

Elle éclata de rire. Ce n'était pas vrai, bien qu'elle fût très attirante dans sa robe noire à col blanc : les couleurs qu'affectionnaient les protestants allaient bien avec ses cheveux sombres et son teint frais. Se rappelant le sujet qui la préoccupait, elle reprit son sérieux.

« Quand ta mère te répondra…

— Oui ?

— Il faudra fixer une date. Quoi qu'elle décide, je n'ai pas envie d'attendre davantage.

— Très bien. »

Elle se demanda l'espace d'un instant s'il avait réellement donné son accord, et hésita à se réjouir.

« C'est vrai ?

— Bien sûr. Nous allons fixer une date. Promis !

— Je t'aime », dit-elle en riant, ravie, et elle l'embrassa à nouveau.

*

Je me demande combien de temps je vais pouvoir continuer comme cela, s'inquiéta Pierre après avoir laissé Sylvie à la porte de la boutique de son père pour remonter vers la rive droite en franchissant le pont Notre-Dame. Loin de la Seine, il n'y avait pas d'air, et il se mit bientôt à transpirer.

Il l'avait déjà fait attendre plus longtemps que de raison. Son père se montrait encore plus maussade que d'ordinaire, et sa mère, qui avait toujours adoré Pierre, se mettait à lui parler sèchement. Quant à Sylvie, elle avait beau être très éprise de lui, elle était mécontente, elle aussi. Tout le monde le soupçonnait de la mener en bateau – ce qui était effectivement le cas.

Mais elle lui apportait une moisson tellement riche ! Son carnet relié en cuir noir contenait désormais plusieurs centaines de noms de protestants parisiens, ainsi que les lieux où ils célébraient leurs offices hérétiques.

Aujourd'hui encore, il lui devait un nouvel ajout : un tailleur protestant ! Il lui avait tendu la perche sans trop y croire, mais il était tombé juste, et cette naïve de Sylvie avait mordu à l'hameçon. Cette piste pouvait être très précieuse.

Les dossiers du cardinal Charles étaient déjà bien remplis. Chose étonnante, il n'avait encore procédé à aucune arrestation.

Pierre prévoyait de lui demander avant longtemps quand il avait l'intention de passer à l'action.

Il avait justement rendez-vous avec le cardinal, mais avait du temps à perdre. Il suivit la rue Saint-Martin jusqu'à l'échoppe de René Dubœuf. De l'extérieur, le bâtiment ne se distinguait d'une maison parisienne ordinaire que par les dimensions des fenêtres et par l'enseigne qui surmontait la porte. Il entra.

Il fut frappé par l'ordre et la propreté qui régnaient dans cet atelier. La pièce était très encombrée, mais tout était parfaitement rangé : des rouleaux de soie et de tissu de laine alignés avec soin sur des étagères ; des jattes de boutons triés par couleur ; des meubles à tiroirs, tous munis d'étiquettes indiquant leur contenu.

Un homme chauve penché sur une table coupait soigneusement un lé de tissu avec une énorme paire de ciseaux qui paraissaient très aiguisés. Au fond, une jolie femme assise sous un lustre de métal cousait à la lumière d'une dizaine de chandelles : Pierre se demanda si elle portait une étiquette disant « Épouse ».

Un couple de protestants de plus, ce n'était pas grand-chose, mais Pierre espérait rencontrer certains de leurs clients.

L'homme posa ses ciseaux et s'approcha pour accueillir Pierre, se présentant par son nom, Dubœuf. Il riva un regard attentif sur le pourpoint à crevés de Pierre, le jaugeant apparemment d'un œil d'expert, et Pierre se demanda s'il ne le trouvait pas trop ostentatoire pour un protestant.

Pierre lui donna son nom.

« Il me faudrait un nouveau manteau, dit-il. Pas trop voyant. Gris foncé, peut-être.

— Très bien, monsieur, répondit prudemment le tailleur. Quelqu'un m'a recommandé à vous, peut-être ?

— Gilles Palot, l'imprimeur. »

Dubœuf se détendit.

« Je le connais bien.

— C'est mon futur beau-père.

— Félicitations. »

Pierre était accepté. Le premier pas était fait.

Malgré sa petite taille, Dubœuf souleva les lourds rouleaux

de tissu et les descendit des étagères avec l'aisance due à une longue pratique. Pierre choisit un gris presque noir.

Aucun autre acheteur ne se présenta. Déçu, Pierre se demandait comment il pourrait tirer parti de ce tailleur protestant. Il ne pouvait pas rester dans la boutique toute la journée, à attendre de croiser des clients. Il pouvait évidemment faire surveiller l'endroit – Gaston Le Pin, le chef de la garde de la maison de Guise, trouverait quelqu'un de discret pour s'en charger – mais le guetteur ne pourrait pas connaître le nom des hommes qui entraient et sortaient, et cela ne servirait à rien. Pierre se creusait la tête : il devait bien y avoir un moyen d'exploiter cette mine.

Le tailleur saisit une longue bande de cuir fin et commença à prendre ses mesures, disposant des épingles de couleur sur le ruban afin de noter la largeur de ses épaules, la longueur de ses bras et son tour de poitrine et de taille.

« Vous êtes bien bâti, monsieur, remarqua-t-il. Je suis sûr que ce manteau sera du plus bel effet sur vous. »

Pierre ignora cette flatterie commerçante. Comment allait-il obtenir les noms des clients de Dubœuf ?

Une fois toutes les mesures prises, Dubœuf sortit un carnet d'un tiroir.

« Pourriez-vous me donner votre adresse, monsieur ? »

Pierre regarda fixement le carnet. Évidemment, il fallait que Dubœuf sache où ses clients vivaient – sans quoi, il aurait été trop facile pour n'importe qui de commander un manteau puis de changer d'avis et de ne jamais revenir. Et même si Dubœuf était doté d'une mémoire prodigieuse et parvenait à se rappeler tous les clients et toutes les commandes, l'absence de document écrit pouvait créer des litiges sur les factures. Dubœuf était trop maniaque de l'ordre et de la précision pour ne pas prendre des notes.

Pierre devait consulter ce carnet. Reporter ces noms et ces adresses dans son propre registre, celui à la reliure de cuir noir où figurait la liste de tous les protestants qu'il avait démasqués.

« Votre adresse, monsieur ? répéta Dubœuf.

— J'habite au collège des Âmes. »

Dubœuf constata que son encrier était vide. Avec un petit rire gêné, il dit :

« Excusez-moi un instant, je vais chercher une bouteille d'encre. »

Il disparut par une porte.

C'était l'occasion ou jamais d'ouvrir ce carnet. Mais il fallait d'abord se débarrasser de l'épouse. Se dirigeant vers le fond de la boutique, Pierre l'aborda. Il lui donnait à peu près dix-huit ans ; en tout cas, elle était plus jeune que son mari, qui avait une trentaine d'années.

« Puis-je me permettre de vous demander une petite coupe de vin ? Il y a beaucoup de poussière en ville, aujourd'hui.

— Bien sûr, monsieur. »

Elle posa son ouvrage et sortit.

Pierre ouvrit le carnet du tailleur. Comme il l'espérait, il contenait les noms et adresses des clients, accompagnés de détails sur les vêtements commandés et les tissus désirés, les sommes dues et payées. Il reconnut certains noms de protestants qu'il avait déjà identifiés. L'impatience le gagna. Ce carnet contenait probablement la liste de la moitié des hérétiques de Paris. Ce serait un atout inestimable auprès du cardinal Charles. Il regrettait de ne pas pouvoir le glisser dans son pourpoint, mais c'eût été imprudent. Il entreprit donc de mémoriser le plus de noms possible.

Il était encore plongé dans la consultation du carnet lorsqu'il entendit la voix de Dubœuf, derrière lui.

« Que faites-vous ? »

Le tailleur était pâle et visiblement effrayé. À juste titre, pensa Pierre : il avait commis une grave erreur en laissant son carnet sur la table. Pierre referma celui-ci avec un sourire.

« Pure curiosité. Pardonnez-moi.

— Ce carnet n'est pas destiné au public ! » dit sévèrement Dubœuf. Son inquiétude était manifeste.

Pierre répondit avec légèreté :

« Figurez-vous que je connais la plupart de vos clients. Je suis ravi de voir que mes amis paient leurs factures ! »

Dubœuf ne rit pas. Mais que pouvait-il faire ?

Au bout d'un instant, il remplit l'encrier, y plongea sa plume et nota le nom et l'adresse de Pierre.

La femme reparut.

« Votre vin, monsieur, fit-elle en tendant à Pierre une coupe.

— Merci, Françoise », dit Dubœuf.

Elle avait une jolie silhouette, remarqua Pierre. Il se demanda ce qui avait bien pu lui plaire chez Dubœuf, nettement plus âgé qu'elle. La perspective d'une vie confortable auprès d'un mari prospère, peut-être. À moins que ce ne fût l'amour.

« Si vous voulez bien avoir l'amabilité de revenir dans une semaine, reprit alors Dubœuf, vous pourrez procéder à l'essayage de votre manteau. Cela vous coûtera vingt-cinq livres.

— C'est parfait. »

Estimant qu'il n'en apprendrait guère plus du tailleur ce jour-là, Pierre vida sa coupe et prit congé.

Le vin n'ayant pas étanché sa soif, il entra dans la taverne la plus proche pour prendre une chope de bière. Il acheta également une feuille de papier et emprunta une plume et de l'encre. Tout en buvant, il écrivit soigneusement :

« René Dubœuf, tailleur, rue Saint-Martin. Françoise Dubœuf, sa femme. »

Puis il ajouta tous les noms et adresses qu'il se rappelait avoir lus dans le calepin. Il sécha l'encre et rangea la feuille dans son pourpoint. Il recopierait ces informations plus tard.

Sirotant sa bière, il se demanda avec impatience quand le cardinal Charles exploiterait tous ces renseignements. Pour le moment, accumuler les noms et les adresses paraissait le satisfaire, mais le moment viendrait où le couperet tomberait. Ce serait un jour de carnage et Pierre partagerait le triomphe de Charles. Il se tortilla cependant, mal à l'aise sur son tabouret, en songeant aux centaines d'hommes et de femmes qui seraient emprisonnés, torturés et peut-être même brûlés vifs. Beaucoup de protestants n'étaient que des cuistres et des pharisiens, et il serait ravi de les voir souffrir – surtout la marquise Louise –, mais d'autres avaient été bons pour lui, ils l'avaient accueilli avec bienveillance dans leur église du pavillon de chasse, l'avaient invité chez eux et avaient répondu à ses questions sournoises avec une franchise et une honnêteté qui lui faisaient presque honte quand il pensait au manque de scrupule avec lequel il les abusait. Il y avait dix-huit mois à peine, son pire méfait avait été de vivre aux crochets d'une veuve en mal d'amour. Il avait l'impression que cela remontait à un passé bien plus lointain.

Il vida sa chope et sortit. Il n'était pas loin de la rue Saint-Antoine où un tournoi était organisé. Paris faisait à nouveau la fête. Le traité avec l'Espagne avait été signé, et le roi Henri II célébrait la paix, feignant de n'avoir pas perdu la guerre.

La rue Saint-Antoine était la plus large artère de Paris, raison pour laquelle les tournois s'y tenaient. D'un côté se dressait l'hôtel des Tournelles, massif et délabré, aux fenêtres duquel se pressaient les spectateurs appartenant à la royauté et à l'aristocratie, les couleurs de leurs coûteux atours se déployant en une rangée éclatante. De l'autre côté de la rue, les gens du commun jouaient des coudes à la recherche d'une place, et leurs vêtements bon marché déclinant toutes les nuances du brun passé offraient l'image d'un paysage de champ labouré en hiver. Ils étaient debout ou assis sur des tabourets qu'ils avaient apportés, ou perchés de façon précaire sur les appuis de fenêtres et sur les toits. Un tournoi était un spectacle grandiose, avec d'éventuelles blessures, voire le trépas de jouteurs de haute naissance comme agrément supplémentaire.

Dès son entrée dans l'hôtel, Pierre se vit offrir un plateau de pâtisseries par Odette, une servante d'une vingtaine d'années, voluptueuse mais quelconque. Elle lui lança un sourire aguicheur qui dévoila des dents irrégulières. Elle avait la réputation d'être une fille facile, mais Pierre ne s'intéressait pas aux domestiques – il aurait pu avoir l'une d'elles sans quitter Thonnance-lès-Joinville. Il fut tout de même content de la voir, car cela signifiait que l'adorable Véronique était dans les parages.

« Où est votre maîtresse ? » demanda-t-il.

Odette fit la moue et répondit :

« Mademoiselle est en haut. »

La plupart des courtisans se trouvaient à l'étage supérieur, dont les fenêtres donnaient sur le champ clos où se déroulait la joute. Véronique était assise à une table avec plusieurs jeunes aristocrates, qui buvaient du cordial aux fruits. Lointaine cousine des frères de Guise, elle comptait parmi les membres les moins éminents de la famille, mais n'en était pas moins noble.

Elle portait une robe vert pâle faite d'un mélange de soie et de lin, si légère qu'elle semblait flotter autour de sa silhouette parfaite. À la pensée de tenir dans ses bras une femme d'aussi haute naissance, Pierre se sentait défaillir. C'était elle qu'il voulait épouser – pas une petite bourgeoise, fille d'un imprimeur protestant.

Véronique l'avait traité avec un léger dédain la première fois qu'il l'avait rencontrée, mais elle s'était peu à peu prise de sympathie pour lui. Personne n'ignorait qu'il n'était que le fils d'un curé de campagne, mais on savait également qu'il était proche du puissant cardinal Charles, ce qui lui valait un prestige particulier.

Il s'inclina devant elle et lui demanda si elle appréciait le tournoi.

« Pas vraiment », répondit-elle.

Il lui adressa son sourire le plus enjôleur.

« Vous n'aimez pas voir des hommes galoper à trop vive allure et se faire mutuellement tomber à bas de leurs chevaux ? Comme c'est étrange.

— Je préfère danser, répondit-elle en riant.

— Moi aussi. Par bonheur, il y a un bal ce soir.

— J'ai hâte d'y être.

— J'espère vous y voir. Mais il faut que je m'entretienne avec votre oncle Charles. Excusez-moi. »

Il s'éloigna, satisfait de cette brève rencontre. Il l'avait fait rire, et elle l'avait presque traité en égal.

Charles se trouvait dans une pièce latérale en compagnie d'un petit garçon qui avait les cheveux blonds des Guises. C'était son neveu Henri, âgé de huit ans, le fils aîné du Balafré. Sachant que le garçonnet pourrait être le prochain duc de Guise, Pierre s'inclina devant lui et lui demanda s'il s'amusait bien.

« Ils ne veulent pas me laisser jouter, répondit Henri. Pourtant, je suis sûr que je pourrais. Je suis bon cavalier.

— Allons, Henri, filez, dit Charles. Il va y avoir une nouvelle joute d'ici une minute, il ne faudrait pas que vous la manquiez. »

Henri s'éclipsa et Charles invita Pierre à s'asseoir.

Depuis un an et demi que Pierre était l'espion de Charles, leur relation avait évolué. Charles lui était reconnaissant des noms et des adresses qu'il lui communiquait. Le dossier du cardinal sur les protestants du Paris clandestin s'était considérablement enrichi depuis l'arrivée de Pierre. Il arrivait encore à Charles de se montrer méprisant et de le prendre de haut, mais il se comportait ainsi avec tout le monde. Il semblait respecter le jugement de Pierre : il leur arrivait d'aborder des problèmes politiques généraux, et Charles allait jusqu'à écouter son avis.

« J'ai fait une découverte, annonça Pierre. Un grand nombre de protestants fréquentent un tailleur de la rue Saint-Martin qui tient un carnet contenant tous leurs noms et leurs adresses.

— Une mine d'or ! répondit Charles. Tudieu ! Ces gens font preuve d'une belle audace.

— J'ai été tenté de le prendre et de m'enfuir avec.

— Je préfère que vous ne vous dévoiliez pas tout de suite.

— Je sais. Mais un jour, je déroberai ce carnet. » Pierre glissa la main dans son pourpoint. « En attendant, j'ai noté tous les noms et adresses que j'ai pu retenir. »

Il tendit la feuille à Charles.

Charles jeta un coup d'œil à la liste.

« Très utile.

— Il m'a fallu commander un manteau à ce tailleur. » Pierre gonfla le prix. « Quarante-cinq livres. »

Charles prit sa bourse et tendit à Pierre vingt écus d'or valant chacun deux livres et demie.

« Un beau manteau, ce me semble, remarqua-t-il.

— Quand arrêterons-nous ces pervers ? demanda Pierre. Nos registres contiennent à présent les noms de plusieurs centaines de protestants parisiens.

— Soyez patient.

— Tout hérétique éliminé est un ennemi de moins. Pourquoi ne pas nous débarrasser d'eux ?

— Le jour où nous frapperons, nous voulons que tout le monde sache que c'est l'œuvre des Guises. »

Pierre pouvait comprendre cet argument.

« La famille gagnera ainsi la loyauté des ultra-catholiques, j'imagine.

— Et tous ces moyenneurs qui prônent la tolérance et refusent de s'engager seront rangés parmi les protestants. »

C'était habile, pensa Pierre. Les pires ennemis de la famille de Guise étaient ceux qui prônaient la tolérance. Ils compromettaient les fondements même de la force des Guises. Il fallait pousser ces individus vers un extrême ou un autre. La sagacité politique de Charles ne cessait d'impressionner Pierre.

« Mais comment faire pour que l'on nous charge d'éradiquer l'hérésie ?

— Un jour, le jeune François sera roi. Pas tout de suite, espérons-le – il faut d'abord qu'il s'affranchisse de la tutelle de la reine Catherine et tombe entièrement sous l'influence de son épouse, notre nièce, Marie Stuart. Mais lorsque cela arrivera… ». Charles agita la feuille de papier de Pierre. « … nous ferons bon usage de ceci.

— Je n'avais pas imaginé que vos projets étaient à aussi long terme, remarqua Pierre, abattu. Cela me pose un problème.

— Ah oui ?

— Cela fait plus d'un an que je suis fiancé à Sylvie Palot, et je commence à être à court de prétextes.

— Épousez cette garce, lança Charles.

— Je ne veux pas d'une épouse protestante dont je ne pourrais plus me défaire », s'écria Pierre, horrifié.

Charles haussa les épaules.

« Et pourquoi ?

— Je souhaite épouser une autre femme.

— Ah bon ? Qui est-ce ? »

Il était temps de révéler à Charles la récompense qu'il convoitait.

« Véronique de Guise. »

Charles éclata de rire.

« Quel petit arriviste présomptueux ! Vous, épouser ma parente ? Mais vous êtes l'arrogance incarnée ! Ne soyez pas ridicule ! »

Pierre se sentit rougir jusqu'à la racine des cheveux. Il avait agi précipitamment, et était humilié en retour.

« Il ne me semble pas que ce soit excessivement ambitieux, protesta-t-il. Ce n'est qu'une lointaine parente.

— C'est une petite cousine de Marie Stuart, qui sera probablement reine de France un jour ! Mais pour qui vous prenez-vous ? » Charles le congédia d'un geste de la main. « Allons, dégagez. »

Pierre se leva et sortit.

*

Alison McKay croquait la vie à pleines dents. Depuis que Marie Stuart n'était plus la fiancée mais l'épouse de François, celle-ci avait acquis un nouveau prestige, qui avait également bénéficié à Alison. Elles avaient davantage de domestiques, de robes, d'argent. Les gens s'inclinaient plus profondément et plus longuement devant Marie, qui faisait désormais incontestablement partie de la royauté française. Marie adorait cela, et Alison aussi. Et ce n'était que la préfiguration de ce qui les attendait, parce qu'un jour Marie serait reine de France.

Ce jour-là, elles se tenaient devant la plus grande fenêtre de la plus prestigieuse salle de l'hôtel des Tournelles, où la belle-mère de Marie, la reine Catherine, tenait sa cour. Catherine portait une robe volumineuse en tissu d'or et d'argent qui avait dû coûter une fortune. C'était la fin de l'après-midi, mais il faisait chaud, et la croisée ouverte laissait entrer une légère brise.

Le roi fit son apparition, accompagné d'une forte odeur de transpiration. Tout le monde se leva, à l'exception de Catherine. Henri avait l'air heureux. Il avait quarante ans, comme sa femme, et était dans la force de l'âge. Il aimait les tournois et ce jour-là, il gagnait. Il avait même désarçonné le Balafré, le duc de Guise, son grand général.

« Encore une, la dernière, annonça-t-il à Catherine.

— Il est tard, protesta-t-elle en français, avec l'accent italien prononcé qu'elle n'avait jamais perdu. Et vous êtes fatigué. Pourquoi ne pas vous reposer ?

— Mais c'est pour vous que je combats ! » dit-il.

Cette galanterie fut mal accueillie. Catherine détourna le regard et Marie fronça les sourcils. Tout le monde avait déjà remarqué que la lance d'Henri portait des rubans noir et blanc, les couleurs de Diane de Poitiers. Celle-ci avait séduit Henri un an après son mariage, et Catherine avait passé les vingt-cinq dernières années à fermer les yeux. Diane était beaucoup plus âgée – elle aurait soixante ans quelques semaines plus tard – et Henri avait d'autres maîtresses à présent, mais Diane était l'amour de sa vie. Bien que Catherine y fût habituée, le roi pouvait encore la blesser sans le vouloir.

Henri s'éloigna pour remettre son armure, et le brouhaha des conversations reprit. Catherine fit signe à Alison et se détourna du reste du groupe, signalant ainsi qu'il s'agissait d'une conversation privée, pour dire à voix basse :

« Cela fait quatorze mois. »

Alison savait de quoi elle parlait. C'était le temps écoulé depuis que François et Marie étaient mariés.

« Et elle n'est pas enceinte, acquiesça Alison.

— Y a-t-il quelque chose qui ne va pas ? Vous le sauriez.

— Elle prétend que non.

— Mais vous ne la croyez pas.

— Je ne sais que penser.

— J'ai eu du mal à être grosse au début de mon mariage, avoua alors Catherine.

— Réellement ? »

Alison n'en revenait pas. Catherine avait donné dix enfants à Henri.

La reine acquiesça.

« J'étais au désespoir – surtout après que mon mari a été séduit par Madame. » C'est ainsi que tout le monde appelait Diane. « J'adorais mon mari – je l'adore encore. Mais elle a volé son cœur. Je croyais pouvoir regagner son amour grâce à un enfant. Il me rejoignait encore dans mon lit – c'est elle qui le lui ordonnait, je l'ai appris par la suite. » Alison réprima une grimace : ces aveux étaient douloureux à entendre. « Mais je n'ai pas conçu.

— Qu'avez-vous fait ?

— J'avais quinze ans, et ma famille était à des centaines de lieues. J'étais vraiment désemparée. » Elle baissa la voix. « Je les ai espionnés. »

Alison fut bouleversée et gênée par cette révélation intime, mais Catherine était en veine de confidences. Le désinvolte « C'est pour vous que je combats » d'Henri avait plongé la reine dans un état d'esprit singulier.

« J'ai pensé que je m'y prenais peut-être mal avec Henri, et je me suis demandé si Madame procédait différemment, poursuivit Catherine. Ils couchaient ensemble l'après-midi. Mes servantes m'ont montré d'où je pourrais les observer. »

Quel tableau stupéfiant, songea Alison : *la reine lorgnant à la dérobée les ébats de son mari avec sa maîtresse.*

« Je puis vous dire que ce spectacle m'a été pénible car il la chérissait visiblement. Et je n'ai rien appris. Ils ont joué à des jeux dont j'ignorais tout, mais en fin de compte il l'a foutue comme il me foutait moi. La seule différence étant qu'avec elle, il prenait bien plus de plaisir. »

Catherine parlait d'une voix sèche, amère. Alison, qui n'était pourtant pas émotive, était au bord des larmes. Catherine avait dû avoir le cœur brisé, pensa-t-elle. Elle aurait voulu poser des questions, mais elle craignait de rompre le charme et de mettre un terme aux confidences de la reine.

« J'ai essayé toutes sortes de remèdes, certains absolument répugnants – des emplâtres de crottin dans le vagin, ce genre de chose. Rien n'a été efficace. Et puis j'ai rencontré le docteur Fernel, et j'ai découvert ce qui m'empêchait d'être grosse. »

Alison était fascinée.

« Et qu'était-ce ?

— Le roi a la queue grosse et courte. Adorable, mais fort peu longue. Il ne l'enfonçait pas assez loin, et je n'avais jamais perdu mon pucelage, si bien que son foutre ne remontait pas jusqu'en haut. Le docteur a rompu la membrane avec un instrument spécial, et un mois plus tard, j'étais enceinte de François. *Pronto.* »

La foule, au-dehors, poussa une immense acclamation, semblant ainsi saluer l'heureuse conclusion du récit de la reine. Alison devina que le roi venait de monter à cheval pour la joute suivante. Catherine posa la main sur le genou d'Alison, comme pour la retenir encore un instant.

« Le docteur Fernel est mort, mais son fils est tout aussi compétent. Dites à Marie de le consulter. »

Alison se demanda pourquoi la reine ne lui donnait pas elle-même ce conseil.

Comme si elle lisait dans ses pensées, Catherine reprit :

« Marie a sa fierté. Si je lui donne l'impression de penser qu'elle est peut-être stérile, elle risque d'en prendre ombrage. Ce genre de conseil sera mieux accepté d'une amie que d'une belle-mère.

— Je comprends.

— Faites-le par bonté pour moi. »

La reine faisait preuve d'une extrême courtoisie en demandant ce qu'elle aurait pu exiger.

« Je n'y manquerai pas », acquiesça Alison.

Catherine se leva et s'approcha de la fenêtre. Tout le monde se massa autour d'elle, Alison comprise, et regarda au-dehors.

Sur la partie médiane de la rue, deux palissades bordaient une longue piste étroite. Le cheval du roi, Malheureux, se trouvait à une extrémité ; à l'autre, la monture de Gabriel, le comte de Montgomery. Une barrière disposée au milieu de la lice empêchait les deux chevaux de se heurter.

Le roi parlait à Montgomery, au milieu du champ clos. On ne pouvait pas entendre leurs paroles de la fenêtre du palais, mais ils semblaient se quereller. Le tournoi était presque terminé, et certains spectateurs s'éloignaient déjà, mais Alison devinait que le roi si pugnace désirait livrer un dernier combat. Le roi éleva alors la voix, et tout le monde l'entendit s'écrier :

« C'est un ordre ! »

Montgomery s'inclina et remit son heaume. Le roi fit de même et les deux hommes gagnèrent les deux extrémités de la lice. Henri abaissa sa visière. Alison entendit Catherine murmurer, « Fermez-la bien, chéri », et le roi tourna le loquet qui empêchait la visière de se relever.

Impatient, Henri n'attendit pas la sonnerie de trompette ; il talonna son cheval et chargea. Montgomery l'imita.

Les chevaux étaient des destriers sélectionnés pour la guerre, de grandes bêtes d'une puissance terrible. Leurs sabots faisaient un bruit pareil à celui d'un titan qui aurait battu la terre avec des baguettes géantes. Alison sentit son pouls s'accélérer d'exaltation et de crainte tandis que les deux cavaliers prenaient de la vitesse. La foule applaudit follement quand les chevaux se ruèrent l'un vers l'autre, rubans au vent. Les deux cavaliers pointèrent leurs lances de bois par-dessus la barrière centrale.

La pointe des armes était émoussée : l'objectif n'était pas de blesser l'adversaire mais de le jeter à bas de sa selle. Alison n'en était pas moins soulagée que ce divertissement fût réservé aux hommes. Elle aurait été terrifiée.

Au dernier moment, les deux hommes serrèrent étroitement les flancs de leur cheval entre leurs jambes et se penchèrent en avant. Le choc fit un bruit terrible. La lance de Montgomery toucha le roi à la tête et sa pointe endommagea le heaume. La visière du roi se détacha et Alison comprit en un éclair que le loquet avait cédé sous la force du coup. La lance se rompit en deux.

Les deux hommes continuèrent à avancer, entraînés par l'élan des chevaux, et une fraction de seconde plus tard, l'extrémité de la lance brisée de Montgomery heurta à nouveau le visage du roi. Celui-ci bascula sur sa selle comme s'il venait de perdre connaissance. Catherine poussa un cri de terreur.

Alison vit le duc de Guise bondir par-dessus la barrière et se précipiter vers le roi, imité par plusieurs autres nobles. Ils maîtrisèrent le cheval, soulevèrent le roi de sa selle au prix d'un immense effort à cause de sa lourde armure, et l'allongèrent sur le sol.

*

Le cardinal Charles rejoignit son frère François en courant, Pierre sur ses talons. Dès que le heaume du roi fut retiré, très précautionneusement, ils constatèrent qu'il était grièvement blessé. Il avait le visage couvert de sang et l'œil percé d'un long et épais éclat de bois. D'autres échardes étaient fichées dans son visage et sa tête. Il gisait, immobile, apparemment insensible à la douleur et à peine conscient. Son médecin, dont la présence était requise dans l'éventualité d'un tel incident, s'agenouilla à côté du blessé.

Charles observa attentivement le roi pendant un long moment puis recula.

« Il va mourir », murmura-t-il à Pierre.

Pierre était consterné. Quelles seraient les conséquences pour les Guises, leur avenir et l'avenir de Pierre ? Le plan à long terme que Charles venait tout juste d'esquisser s'effondrait totalement. Pierre fut pris d'une angoisse proche de l'affolement.

« C'est trop tôt ! » dit-il d'une voix qui montait dans les aigus. Il fit un effort pour parler plus calmement et poursuivit : « François ne peut pas gouverner ce pays. »

Charles s'éloigna de la foule pour s'assurer que nul ne surprendrait leurs paroles, bien que l'attention de tous fût tournée vers le roi.

« La loi française prévoit qu'un roi peut régner dès quatorze ans. François en a quinze.

— C'est vrai. » Pierre se concentra. Sa panique se dissipa et la raison prit le relais. « Mais François aura besoin d'aide, reprit-il, et quiconque deviendra son plus proche conseiller sera le vrai roi de France. » Renonçant à toute prudence, il s'approcha du cardinal et lui dit d'une voix basse, pressante : « Monseigneur, vous devez être cet homme. »

Charles lui jeta un regard pénétrant que Pierre connaissait bien : il avait étonné le cardinal en lui suggérant une idée à laquelle lui-même n'avait pas pensé.

« Vous avez raison, répondit lentement Charles. Cependant, ce rôle devrait naturellement revenir à Antoine de Bourbon. C'est lui le premier prince du sang. »

Un prince du sang était un descendant direct et légitime d'un roi de France. Ces hommes étaient les aristocrates les plus haut placés, en dehors de la famille royale proprement dite. Ils jouissaient de la préséance sur tous les autres nobles. Et Antoine était l'aîné d'entre eux.

« Que Dieu nous en préserve, répliqua Pierre. Si Antoine devient le principal conseiller du roi François II, ce sera la fin du pouvoir de la famille de Guise. »

Et donc, de ma carrière, ajouta-t-il *in petto*.

Antoine était roi de Navarre, un petit pays situé entre la France et l'Espagne. Mais surtout, il était le chef de famille des Bourbons qui, avec le clan Montmorency, étaient les grands rivaux des Guises. Leurs politiques religieuses étaient fluctuantes, mais l'alliance Bourbons-Montmorency avait tendance à être moins rigoureuse sur le chapitre de l'hérésie que celle des Guises, ce qui leur valait le soutien des protestants – un soutien qui n'était pas bien perçu. Si Antoine influençait le roi-enfant, les Guises perdraient leur puissance. Cette idée était insupportable.

« Antoine manque d'intelligence, commenta Charles. Et on le soupçonne d'être protestant.

— Et surtout, il n'est pas à Paris.

— En effet. Il est à Pau. »

La résidence des rois de Navarre se trouvait dans les collines au pied des Pyrénées, à plus de deux cents lieues de Paris.

« Des messagers seront néanmoins en route pour Pau avant la tombée du jour, insista Pierre. Vous pouvez couper l'herbe sous le pied d'Antoine, à condition d'agir vite.

— Il faut que je parle à ma nièce. Marie sera reine de France. Elle doit convaincre le nouveau roi de refuser qu'Antoine soit son conseiller. »

Pierre secoua la tête. Charles raisonnait, mais Pierre avait une longueur d'avance sur lui.

« Marie est une belle enfant sur qui on ne peut compter pour une mission de cette importance.

— Dans ce cas, Catherine.

— Elle est trop accommodante avec les protestants, et risque de ne rien avoir à redire contre Antoine. J'ai une meilleure idée.

— Allez-y. »

Charles écoutait Pierre comme un égal, ce qui fit rougir le jeune homme de plaisir. Son flair politique lui avait valu le respect du politicien le plus compétent de France.

« Dites à Catherine que si elle vous accepte, votre frère et vous, comme principaux conseillers du roi, vous bannirez Diane de Poitiers de la Cour jusqu'à la fin de ses jours. »

Charles réfléchit longuement, puis hocha la tête très lentement, une fois.

*

Alison se réjouit secrètement de l'accident du roi Henri. Elle revêtit des vêtements de deuil blancs, et réussit même, parfois, à verser un pleur, mais ce n'était qu'une façade. Dans son cœur, elle jubilait. Marie Stuart allait être reine de France, et elle était sa meilleure amie !

Le roi avait été transporté à l'hôtel des Tournelles, et la Cour se réunit autour de la chambre du blessé. Il mit longtemps à mourir, mais l'issue ne faisait guère de doute. Parmi ses médecins se trouvait Ambroise Paré, le chirurgien qui avait retiré la pointe de lance des joues du duc François de Guise, y laissant les cicatrices qui lui avaient valu son surnom. Paré disait que si l'écharde n'avait pénétré que dans l'œil du roi, il aurait pu survivre, pourvu que la blessure ne s'infectât pas de façon fatale ; malheureusement, la pointe s'était enfoncée jusqu'au cerveau. Paré mena des expériences sur quatre criminels condamnés à mort, leur plantant des éclats de bois dans les yeux pour reproduire la blessure. Les quatre moururent. Il n'y avait aucun espoir de sauver le roi.

L'époux de Marie Stuart, qui avait quinze ans et serait bientôt le roi François II, sombra dans l'infantilisme. Il ne quittait plus son lit, se balançait d'avant en arrière comme un dément en émettant des gémissements incompréhensibles, et il fallut l'attacher pour l'empêcher de se cogner la tête contre le mur. Même Marie et Alison, ses amies depuis l'enfance, lui en voulaient de sa faiblesse.

La reine Catherine, qui n'avait jamais vraiment régné sur le cœur de son mari, n'en fut pas moins désespérée à l'idée de le perdre. Mais elle manifesta sa nature implacable en refusant à sa rivale, Diane de Poitiers, le droit d'approcher le roi. À deux reprises, Alison surprit Catherine en grande conversation avec le cardinal Charles, qui lui prodiguait peut-être un réconfort spirituel, mais l'aidait plus probablement à organiser une succession en douceur. Chaque fois, ils étaient en compagnie de Pierre Aumande, le mystérieux et séduisant jeune homme qui avait surgi de nulle part, environ un an auparavant, et que l'on voyait de plus en plus souvent aux côtés de Charles.

Le roi Henri reçut l'extrême-onction le matin du 9 juillet.

Peu après une heure, ce jour-là, Marie et Alison déjeunaient dans leurs appartements quand Pierre Aumande apparut. Il esquissa une profonde révérence avant d'annoncer à Marie :

« L'état du roi se dégrade rapidement. Nous devons agir tout de suite. »

C'était le moment qu'ils attendaient tous.

Marie ne fit pas mine d'être au désespoir, elle ne céda pas à l'hystérie. Elle avala sa bouchée, posa cuillère et couteau, se tapota les lèvres avec une serviette et demanda :

« Que dois-je faire ? »

Alison était fière du sang-froid de sa maîtresse.

« Vous devez aider votre mari, répondit Pierre. Le duc de Guise est avec lui, en ce moment même. Nous devons tous nous rendre immédiatement au Louvre avec la reine Catherine.

— Vous prenez possession de la personne du nouveau roi, à ce que je vois », dit Alison.

Pierre lui lança un regard acéré. Elle se rendit compte que c'était le genre d'homme qui ne voyait que les gens importants ; les autres lui étaient invisibles. Cette fois, il lui accordait du poids.

« C'est parfaitement exact, acquiesça-t-il. La reine mère s'est entendue avec les oncles François et Charles de votre maîtresse. En cette heure de danger, François doit rechercher l'aide de son épouse, la reine Marie – et de nul autre. »

Ce n'étaient que fadaises, Alison le savait. François et Charles voulaient que le nouveau roi recherche l'aide de François et Charles. Marie n'était qu'un prétexte. Dans les instants de flottement qui suivaient immanquablement la mort d'un souverain, celui qui détenait le pouvoir n'était pas le nouveau roi, mais l'homme qui tenait celui-ci entre ses mains. Voilà pourquoi Alison avait parlé de « possession de la personne » – l'expression qui avait fait comprendre à Pierre qu'elle n'était pas née de la dernière pluie.

Alison devina que Marie n'avait pas compris ; c'était sans importance. Le plan de Pierre était favorable à son amie. Une alliance avec ses oncles accroîtrait sa puissance. Contrairement à Antoine de Bourbon, qui essaierait sûrement de la mettre sur la touche s'il parvenait à jouer le rôle de conseiller de François. Aussi, quand Marie regarda Alison d'un air interrogateur, celle-ci répondit d'un léger hochement de tête.

« Fort bien », dit Marie, et elle se leva.

Se tournant vers Pierre, Alison s'aperçut que ce bref échange ne lui avait pas échappé.

Alison gagna la chambre de François avec Marie, Pierre sur leurs talons. La porte était gardée par des hommes d'armes. Alison reconnut leur chef, Gaston Le Pin, un personnage patibulaire qui commandait les sbires de la famille de Guise. Elle comprit qu'ils étaient prêts à retenir François, par la force au besoin.

François était en pleurs, mais il s'habillait, avec l'aide de ses serviteurs. Le Balafré et le cardinal Charles, qui étaient présents, le regardaient impatiemment, et la reine Catherine fit son entrée un instant plus tard. C'était le groupe qui prenait le pouvoir, comprit Alison. La mère de François avait conclu un accord avec les oncles de Marie.

Alison se demanda qui pourrait essayer de leur faire obstacle. Le candidat le plus probable était le duc de Montmorency, connétable de France. Mais l'allié royal de Montmorency, Antoine de Bourbon, qui avait toujours un temps de retard, n'était pas encore arrivé à Paris.

Les Guises étaient en position de force, constata Alison. Ils avaient raison d'agir immédiatement. La situation pouvait évoluer rapidement. Un avantage n'avait aucune valeur si l'on ne s'en saisissait pas.

« Le nouveau couple régnant occupera les appartements royaux du Louvre dès à présent, annonça Pierre à Alison. Le duc de Guise s'installera dans la suite de Diane de Poitiers, tandis que le cardinal Charles disposera des appartements du duc de Montmorency. »

C'était habile, songea Alison, ainsi, la famille de Guise aurait le roi *et* le palais.

Pierre avait l'air si content de lui qu'Alison se dit qu'il était peut-être à l'origine de cette idée.

Elle ajouta :

« Vous avez efficacement coupé l'herbe sous le pied de la faction rivale.

— Il n'y a pas de faction rivale, rétorqua Pierre.

— Bien sûr, convint-elle. Que je suis sotte. »

Le regard qu'il lui jeta était teinté d'une sorte de respect.

Elle en fut heureuse et se rendit compte qu'elle était attirée par ce jeune homme intelligent et sûr de lui. *Nous pourrions être alliés, toi et moi*, se dit-elle. *Alliés et peut-être davantage.* Ayant passé presque toute sa vie à la cour de France, elle en était venue à avoir du mariage la même conception que l'aristocratie, celle d'une alliance stratégique plus que d'un lien amoureux. Ils formeraient un couple redoutable, Pierre Aumande et elle. Et après tout, se réveiller le matin à côté d'un homme avec ce physique n'aurait rien d'une épreuve.

Le groupe descendit le grand escalier, traversa le vestibule et sortit sur les marches.

Devant la grille, une foule de Parisiens attendait la suite des événements. Tous applaudirent en voyant François. Ils savaient, eux aussi, qu'il serait bientôt leur roi.

Des carrosses stationnaient dans l'avant-cour, sous la garde d'autres sbires des Guises. Alison remarqua que les voitures étaient placées de telle sorte que tout le monde, dans la foule, voyait qui y montait.

Gaston Le Pin ouvrit la porte du premier carrosse. Le duc de Guise s'avança lentement avec François. La foule connaissait le Balafré, et tout le monde pouvait constater qu'il avait pris le roi sous sa protection. L'affaire avait été soigneusement mise en scène, comprit Alison.

François s'approcha du carrosse, gravit le marchepied et prit place sans se ridiculiser, au grand soulagement d'Alison.

Catherine et Marie le suivirent. Sur le marchepied, Marie s'effaça pour laisser passer Catherine. Mais celle-ci secoua la tête et attendit.

La tête haute, Marie monta dans le carrosse.

*

Pierre demanda à son confesseur :

« Est-ce un péché que d'épouser une personne que l'on n'aime pas ? »

Le père Moineau était un prêtre d'une cinquantaine d'années, solidement bâti, au visage carré. Son bureau, au Collège des Âmes, contenait plus de livres que la librairie du père de

Sylvie. C'était un intellectuel plutôt guindé, mais il appréciait la compagnie des jeunes hommes, et les étudiants l'aimaient bien. Il n'ignorait rien du travail que Pierre effectuait pour le cardinal Charles.

« Assurément non », répondit Moineau. Un goût prononcé pour les vins forts des Canaries conférait à sa puissante voix de baryton une certaine âpreté. « Les nobles sont obligés d'agir ainsi. Il se pourrait même que ce fût un péché pour un roi que d'épouser une personne dont il serait amoureux. »

Il gloussa. Il aimait les paradoxes, comme tous les professeurs.

Mais Pierre était d'humeur grave.

« Je vais briser la vie de Sylvie. »

Moineau avait beaucoup d'affection pour Pierre, et aurait de toute évidence aimé entretenir avec lui une intimité physique, mais ayant vite compris que Pierre n'était pas de ceux qui aimaient les hommes, il n'était jamais allé plus loin qu'une affectueuse tape dans le dos. Remarquant le ton du jeune homme, il s'assombrit.

« Je comprends, dit-il. Et vous voulez savoir si vous accomplirez la volonté de Dieu.

— C'est cela. »

Pierre n'était que rarement troublé par sa conscience, mais il n'avait encore jamais fait à personne le mal qu'il s'apprêtait à faire à Sylvie.

« Écoutez-moi, reprit Moineau. Il y a quatre ans, une terrible erreur a été commise. On la connaît sous le nom de paix d'Augsbourg, un traité qui permet aux différentes provinces allemandes de choisir de suivre l'hérésie du luthéranisme, si tel est le désir de leur souverain. Pour la première fois, il existe au monde des lieux où être protestant n'est pas un crime. C'est une catastrophe pour la foi chrétienne. »

Pierre prononça en latin la devise du traité d'Augsbourg : *« Cujus regio, ejus religio »*.

Elle signifiait « Tel prince, telle religion ».

Moineau poursuivit :

« En signant cet accord, l'empereur Charles Quint espérait mettre fin aux conflits religieux. Et que s'est-il passé ? Au début de cette année, la maudite reine Élisabeth d'Angleterre a imposé le protestantisme à ses malheureux sujets, désormais privés de la consolation des sacrements. La tolérance se répand. Telle est la vérité dans toute son horreur.

— Et nous devons faire tout ce qui est en notre pouvoir pour y remédier.

— Vous avez prononcé les mots justes : *tout ce qui est en notre pouvoir.* Nous avons maintenant un jeune roi soumis à l'influence de la famille de Guise. Le ciel nous a offert une occasion d'intervenir. Je sais ce que vous éprouvez : nul homme sensible n'aime voir des gens brûler vifs. Vous m'avez parlé de Sylvie, et elle me fait l'effet d'une jeune fille normale. Un peu trop sensuelle, peut-être. » Il gloussa encore avant de reprendre son sérieux. « À bien des égards, cette pauvre Sylvie n'est que la victime de ses parents pervers, qui l'ont élevée dans l'hérésie. Les protestants sont ainsi. Ils font des convertis. Et leurs victimes perdent leur âme immortelle.

— Vous dites donc que je ne fais rien de mal en épousant Sylvie avant de la trahir ?

— Bien au contraire, le rassura Moineau. Vous accomplirez la volonté de Dieu – et en serez récompensé au ciel, je vous le promets. »

C'était ce que Pierre voulait entendre.

« Merci, dit-il.

— Dieu vous bénisse, mon fils », répondit le père Moineau.

*

Sylvie épousa Pierre le dernier dimanche de septembre.

Leur mariage catholique eut lieu le samedi, à l'église paroissiale, mais pour Sylvie, cela ne comptait pas : c'était une exigence juridique, rien de plus. Ils ne partagèrent pas la nuit du samedi. Leur vrai mariage eut lieu le dimanche, dans le pavillon de chasse qui servait d'église protestante.

C'était une douce journée entre été et automne, nuageuse mais sans une goutte de pluie. La robe de Sylvie était d'un gris tourterelle très doux, et Pierre lui dit que la couleur rehaussait l'éclat de son teint et faisait briller ses yeux. Pierre lui-même était d'une beauté ravageuse dans le manteau que lui avait confectionné Dubœuf. Le pasteur Bernard célébra l'office, et la marquise de Nîmes leur servit de témoin. Quand Sylvie émit son consentement, elle fut envahie d'un sentiment de plénitude et eut l'impression que sa vie venait enfin de commencer.

Toute la communauté fut ensuite invitée à se rendre à la librairie. La boutique et l'appartement étaient bondés. Sylvie et sa mère avaient passé toute la semaine à cuisiner : du bouillon au safran, des pâtés de porc au gingembre, des tourtes au fromage et aux oignons, des pâtisseries à la crème, des beignets aux pommes, de la pâte de coing. Le père de Sylvie, d'humeur inhabituellement affable, remplissait les coupes de vin et faisait passer les plateaux de nourriture. Tout le monde but et mangea debout, sauf les jeunes mariés, ainsi que le marquis et la marquise, qui avaient le privilège d'être assis à table.

Sylvie trouva Pierre un peu tendu, ce qui ne lui ressemblait pas : généralement dans les grandes occasions, il était encore plus à l'aise, prêtant une oreille attentive aux hommes et charmant les femmes, ne manquant jamais de dire qu'un nouveau-né était superbe, à tort ou à raison. Mais ce jour-là, il ne tenait pas en place. Il s'approcha deux fois de la fenêtre et quand les cloches de la cathédrale sonnèrent l'heure, il sursauta. Sylvie supposa qu'il était inquiet de participer à une réunion protestante au cœur de la ville.

« Détends-toi, lui dit-elle. Ce n'est qu'une cérémonie de mariage comme les autres. Personne ne sait que nous sommes protestants.

— Évidemment », répondit-il avec un sourire crispé.

Sylvie pensait surtout à la nuit à venir. Elle l'attendait avec impatience et un peu de nervosité.

« Perdre sa virginité ne fait pas très mal, et ça ne dure qu'une seconde, lui avait dit sa mère. Il y a des filles qui ne sentent presque rien. Et ne t'en fais pas si tu ne saignes pas, cela arrive parfois. »

En réalité, ce n'était pas ce qui inquiétait Sylvie. Elle avait hâte de jouir de cette nouvelle intimité physique avec Pierre, d'être au lit avec lui pour pouvoir l'embrasser et le caresser à loisir. Mais elle se demandait avec angoisse s'il aimerait son corps à elle. Elle ne le trouvait pas assez parfait pour lui. Les statues féminines avaient toujours des seins rigoureusement identiques, alors que les siens n'étaient pas tout à fait pareils. Et sur les tableaux, les parties intimes des femmes nues étaient presque invisibles, parfois à peine ombrées d'un léger duvet, alors que les siennes étaient gonflées et couvertes d'une épaisse toison. Que penserait-il quand il la regarderait pour la première fois ? Elle était trop gênée pour partager ces inquiétudes avec sa mère.

Elle songea un instant à se confier à la marquise Louise, qui n'avait que trois ans de plus qu'elle, et était dotée d'une poitrine généreuse. Elle venait de décider que Louise n'était pas assez accessible quand le cours de ses pensées fut brutalement interrompu par des éclats de voix en provenance de la boutique. Puis quelqu'un poussa un cri. Bizarrement, Pierre retourna à la fenêtre, alors que le bruit venait à l'évidence de l'intérieur de la maison. On entendit un fracas de verre brisé. Que se passait-il ? Cela ressemblait de plus en plus à une bagarre. Quelqu'un s'était-il enivré ? Comment pouvaient-ils gâcher ainsi le jour de son mariage ?

Le marquis et la marquise avaient l'air inquiet. Pierre avait blêmi. Il était debout, dos à la fenêtre, et regardait la porte ouverte sur le palier et l'escalier. Sylvie courut au sommet des marches. Par une fenêtre donnant sur la cour, elle aperçut certains invités qui s'enfuyaient précipitamment. Baissant les yeux vers la cage d'escalier, elle vit un inconnu monter. Il portait un justaucorps de cuir et tenait un gourdin. Elle comprit avec horreur que ce n'était pas une simple bagarre d'ivrognes entre des invités du mariage. C'était bien pire : une opération de police. Sa colère se mua en peur. Effrayée par la brute qui gravissait les marches, elle retourna précipitamment vers la salle à manger.

L'homme la suivit. Il était petit, puissamment charpenté, et avait perdu presque toute une oreille : il était terrifiant. Pourtant, le pasteur Bernard, un homme frêle de cinquante-cinq ans, lui barra le passage et lui demanda courageusement :

« Qui êtes-vous, et que voulez-vous ?

— Je suis Gaston Le Pin, capitaine de la garde de la maison

de Guise, et vous êtes un hérétique et un blasphémateur », répondit l'homme.

Il leva son gourdin et frappa le pasteur. Celui-ci se détourna pour esquiver le coup, qui l'atteignit aux épaules. Il tomba à terre.

Le Pin regarda le reste des invités qui se plaquaient contre les murs.

« D'autres questions ? » tonna-t-il.

Personne ne pipa mot.

Deux autres sbires entrèrent dans la pièce et prirent position derrière Le Pin.

Sylvie eut alors la surprise d'entendre Le Pin s'adresser à Pierre :

« Lequel est le marquis ? »

Elle était abasourdie. Que se passait-il ?

Chose encore plus stupéfiante, Pierre tendit le doigt vers le marquis de Nîmes.

« Et je suppose que la garce aux gros seins est la marquise ? » ajouta Le Pin.

Pierre hocha la tête en silence.

Sylvie avait l'impression que le monde s'écroulait sous ses pieds. Son mariage s'était transformé en un cauchemar de violence dans lequel personne n'était ce qu'il semblait être.

La marquise Louise se leva et lança avec indignation à Le Pin :

« Comment osez-vous ? »

Le Pin la frappa brutalement au visage. Elle poussa un cri et retomba en arrière. Sa joue rougit instantanément et elle fondit en larmes.

Le vieux et corpulent marquis se redressa à moitié dans son fauteuil, mais comprenant que toute résistance était inutile, se rassit.

Le Pin ordonna à ses compagnons :

« Emparez-vous de ces deux-là et veillez à ce qu'ils ne s'échappent pas. »

Le marquis et la marquise furent traînés hors de la pièce.

Le pasteur Bernard, encore allongé au sol, tendit le doigt vers Pierre et s'exclama :

« Espèce de démon, vous êtes un espion ! »

Tout devint clair pour Sylvie. Elle comprit, horrifiée, que Pierre avait organisé ce coup de main. Il s'était introduit dans leur groupe dans le seul but de les trahir. Il n'avait fait semblant de tomber amoureux d'elle que pour gagner leur confiance. Voilà pourquoi il avait si longtemps repoussé la date de leur mariage.

Elle le regarda, atterrée, voyant un monstre en lieu et place de l'homme qu'elle aimait. Elle avait l'impression qu'on lui avait coupé le bras et qu'elle contemplait le moignon ensanglanté – à cette différence près que la douleur était plus grande encore. Ce n'était pas seulement le jour de son mariage qui était gâché, c'était toute sa vie. Elle aurait voulu mourir.

Elle s'approcha de Pierre.

« Comment as-tu pu ? » hurla-t-elle en s'avançant vers lui sans savoir ce qu'elle allait faire. « Judas Iscariote, comment as-tu osé ? »

Quelque chose la frappa alors à l'arrière de la tête, et tout devint noir.

*

« Il y a une chose qui m'a embarrassé lors du couronnement », disait Pierre au cardinal Charles.

Ils se trouvaient dans le vaste hôtel de la famille de Guise, Vieille-rue-du-Temple, dans le petit salon richement décoré qui avait vu la première rencontre de Pierre avec Charles et son frère aîné, le duc François. Depuis, Charles avait acheté de nouveaux tableaux, exclusivement des scènes bibliques en théorie, mais d'une sensualité marquée : Adam et Ève, Susanne et les vieillards, la femme de Putiphar.

Tantôt, Charles s'intéressait aux propos de Pierre ; tantôt, il le réduisait au silence d'un claquement dédaigneux de ses longs doigts élégants. Ce jour-là, il était d'humeur réceptive.

« Poursuivez. »

Pierre cita la phrase :

« François et Marie, par la grâce de Dieu, roi et reine de France, d'Écosse, d'Angleterre et d'Irlande.

— C'est ce qu'ils sont bel et bien. François est roi de France. Marie est reine d'Écosse. Et, par droit de succession ainsi que par l'autorité du pape, Marie est reine d'Angleterre et d'Irlande.

— Ils ont même fait graver ces mots sur leur nouveau mobilier et sur la vaisselle de la reine afin que tout le monde les voie – notamment l'ambassadeur d'Angleterre.

— Où voulez-vous en venir ?

— En encourageant Marie Stuart à proclamer à la face du monde qu'elle est la reine légitime d'Angleterre, nous nous sommes fait une ennemie de la reine Élisabeth.

— Et après ? Élisabeth ne constitue guère une menace pour nous.

— Mais qu'avons-nous obtenu en échange ? Lorsqu'on se fait un ennemi, autant que cela rapporte quelque profit. Faute de quoi, nous n'aurons réussi qu'à nous nuire à nous-mêmes. »

Une expression d'avidité se répandit sur le long visage de Charles.

« Nous régnerons sur le plus grand empire d'Europe depuis Charlemagne, fit-il valoir. Un empire plus vaste que celui de Philippe d'Espagne, car ses territoires sont dispersés, et donc ingouvernables, alors que le nouvel empire de France sera d'un seul tenant, sa richesse et sa force concentrées. Nous exercerons notre emprise d'Édimbourg à Marseille, et nous contrôlerons l'océan de la mer du Nord au golfe de Gascogne. »

Pierre prit le risque de poursuivre son argumentation :

« Si tel était vraiment notre objectif, il eût été plus avisé de dissimuler nos intentions aux Anglais. Maintenant, ils sont prévenus.

— Et que voulez-vous qu'ils fassent ? Élisabeth règne sur un pays pauvre et barbare qui ne possède même pas d'armée.

— L'Angleterre a une flotte.

— Fort peu impressionnante.

— Mais compte tenu de la difficulté d'attaquer une île… »

Charles claqua des doigts, indiquant ainsi que la conversation avait cessé de l'intéresser.

« Passons à un sujet plus immédiat. » Il tendit à Pierre une feuille de papier épais, portant un sceau officiel. « Voici. L'annulation de votre mariage. »

Pierre saisit le document avec reconnaissance. Les motifs étaient irréfutables – le mariage n'avait jamais été consommé –, mais obtenir une annulation n'était pas toujours facile.

« Voilà qui a été rondement mené, dit-il avec soulagement.

— Je ne suis pas cardinal pour rien. Et vous avez été courageux de participer à la cérémonie jusqu'au bout.

— Cela n'a pas été inutile. » Plusieurs centaines de protestants avaient été arrêtés à travers la ville au cours de coups de filet coordonnés préparés par Charles et Pierre. « Même si la plupart s'en sont sortis avec une amende.

— S'ils renient leur foi, nous ne pouvons pas les brûler vifs – surtout si ce sont des aristocrates comme le marquis et la marquise de Nîmes. Le pasteur Bernard mourra – il a refusé d'abjurer, même sous la torture. Et nous avons trouvé des pages d'une bible en français dans les locaux de l'imprimerie, de sorte que le père de votre ex-femme n'échappera pas au châtiment, même s'il renie sa foi. Gilles Palot sera condamné au bûcher.

— Ce qui fait de la famille de Guise des héros de la religion catholique.

— Grâce à vous. »

Pierre inclina obligeamment la tête, rayonnant de fierté. Sa satisfaction était sans borne. Il était arrivé à ses fins : il était désormais l'assistant de l'homme le plus puissant du pays, qui lui accordait toute sa confiance. C'était son heure de triomphe. Il essaya de ne pas montrer à quel point il exultait.

« Néanmoins, reprit Charles, j'avais une autre raison de me hâter d'obtenir cette annulation. »

Pierre se rembrunit. Que mijotait le cardinal ? Charles était le seul homme de Paris qui fût aussi retors que lui.

Charles poursuivit :

« Je souhaite vous marier à une autre.

— Grand Dieu ! »

Pierre était ébranlé. Il ne s'y attendait pas. Ses pensées s'envolèrent immédiatement vers Véronique de Guise. Charles avait-il changé d'avis et acceptait-il qu'il l'épouse ? L'espoir faisait battre son cœur. Se pouvait-il que deux de ses rêves les plus chers deviennent réalité ?

« Mon neveu Alain, reprit Charles, qui n'a que quatorze ans, a séduit une servante et l'a engrossée. Il est hors de question qu'il l'épouse.

— Une servante ? répéta Pierre, cruellement déçu.

— Alain fera un mariage politique arrangé, comme tous les hommes de la maison de Guise, hormis ceux qui sont appelés à la prêtrise. Mais je souhaite assurer l'avenir de cette domestique. Vous comprendrez cela, j'en suis sûr, étant vous-même né dans des circonstances similaires. »

Pierre en était malade. Il avait espéré qu'après le triomphe qu'ils avaient remporté, Charles et lui, il accéderait à un rang plus élevé, proche de celui de membre de la famille. Au lieu de quoi, on lui rappelait combien il leur était inférieur.

« Vous voulez me faire épouser une servante ? »

Charles éclata de rire.

« N'en parlez pas comme d'une condamnation à mort !

— Ce serait plutôt un emprisonnement à perpétuité. »

Comment allait-il se tirer de ce guêpier ? Charles n'aimait pas qu'on le contrarie. Si Pierre refusait, sa jeune carrière pourrait en pâtir.

« Nous vous verserons une pension, reprit Charles. Cinquante livres par mois…

— L'argent ne m'intéresse pas. »

Charles haussa les sourcils devant cette impertinence. « Vraiment ? Alors, qu'est-ce qui vous intéresse ? »

Pierre songea qu'une seule compensation pourrait rendre ce sacrifice acceptable.

« Je veux avoir le droit de m'appeler Pierre Aumande de Guise.

— Épousez-la et nous verrons.

— Non. » Pierre savait qu'il jouait son va-tout. « Je veux que le nom inscrit sur le certificat de mariage soit Pierre Aumande de Guise. Autrement, je ne le signerai pas. »

Il n'avait jamais fait preuve d'une telle audace avec Charles. Il retint son souffle, attendant sa réaction, redoutant l'explosion.

« Vous êtes un petit bâtard déterminé, me trompé-je ? fit Charles.

— Si je ne l'étais pas, je ne vous serais pas aussi utile.

— C'est vrai. » Charles réfléchit un instant en silence. « Entendu, j'accepte », dit-il enfin.

Pierre manqua défaillir de soulagement.

« À dater d'aujourd'hui, vous êtes Pierre Aumande de Guise.

— Je vous remercie, monseigneur.

— La fille se trouve dans la pièce voisine, dans le même couloir. Allez la voir. Faites connaissance. »

Pierre se leva et se dirigea vers la porte.

« Soyez gentil avec elle, ajouta Charles. Embrassez-la. »

Pierre quitta la pièce sans répondre. De l'autre côté de la porte, il resta immobile, tremblant, essayant de rassembler ses idées. Il ne savait pas s'il devait être ravi ou consterné. Il n'avait échappé à un mariage dont il ne voulait pas que pour en contracter un autre. Mais il était un Guise !

Il se ressaisit. Autant aller voir à quoi ressemblait sa future épouse. Elle était d'origine modeste, forcément. Mais elle devait être jolie, puisqu'elle avait séduit Alain de Guise. D'un autre côté, il ne fallait pas grand-chose pour éveiller l'appétit sexuel d'un garçon de quatorze ans : la disponibilité pouvait être un attrait irrésistible.

Il longea le couloir jusqu'à la porte suivante et entra sans frapper.

Une jeune fille était assise sur la banquette, la tête entre les mains. Elle pleurait. Elle portait une modeste robe de servante. Pierre remarqua qu'elle était assez plantureuse, peut-être à cause de sa grossesse.

Lorsqu'il referma la porte derrière lui, elle leva les yeux.

Il la connaissait. C'était Odette, la servante de Véronique. Elle lui rappellerait éternellement celle qu'il n'avait pas été autorisé à épouser.

Odette le reconnut et sourit courageusement à travers ses larmes, révélant ses dents de travers.

« Vous êtes mon sauveur ? demanda-t-elle.

— Bonté divine ! » s'écria Pierre.

*

Après la mort de Gilles Palot sur le bûcher, la mère de Sylvie sombra dans la dépression.

Pour Sylvie, c'était l'épreuve la plus cruelle qui pût lui être infligée, plus cataclysmique que la trahison de Pierre, plus triste encore que l'exécution de son père. Elle avait toujours considéré sa mère comme un roc inébranlable, le fondement même de sa vie. C'était elle qui avait soulagé ses chagrins d'enfant, qui l'avait nourrie quand elle avait faim et avait apaisé le tempérament volcanique de son père. À présent, Isabelle était sans défense. Elle passait ses journées assise dans un fauteuil. Si sa fille faisait du feu, Isabelle contemplait les flammes. Si elle préparait le repas, Isabelle mangeait, mécaniquement. Si Sylvie ne l'avait pas aidée à s'habiller, Isabelle aurait passé toute la journée en vêtements de dessous.

Le destin de Gilles avait été scellé quand on avait trouvé dans la boutique une pile de feuilles fraîchement imprimées de bibles en français. Les feuilles étaient prêtes à être découpées en pages et reliées en volumes, après quoi elles auraient été transportées dans l'entrepôt clandestin de la rue du Mur. Mais le travail n'avait pas été achevé à temps. Gilles était donc coupable, non seulement d'hérésie, mais de prosélytisme. Il n'avait bénéficié d'aucune clémence.

Aux yeux de l'Église, la Bible était le plus dangereux de tous les livres interdits – surtout traduite en français ou en anglais, avec des notes marginales expliquant comment certains passages prouvaient la justesse de la doctrine protestante. Le clergé catholique prétendait que le commun des mortels était incapable d'interpréter correctement la parole de Dieu et avait besoin d'être guidé. Pour les protestants, la Bible ouvrait les yeux des fidèles sur les erreurs du clergé catholique. Les deux camps considéraient la lecture de la Bible comme la question centrale du conflit religieux qui avait déchiré l'Europe.

Les employés de Gilles avaient prétendu ne rien savoir de ces feuillets. Ils n'avaient travaillé que sur des bibles en latin et autres ouvrages autorisés. Sans doute, affirmèrent-ils, Gilles avait-il imprimé les textes illégaux lui-même, la nuit, alors qu'ils étaient rentrés chez eux. Ils avaient tout de même dû payer une amende, mais avaient échappé à la condamnation à mort.

Quand un homme était exécuté pour hérésie, tous ses biens étaient confisqués. Cette loi était appliquée inégalement, et les interprétations variaient, mais Gilles avait tout perdu, et sa femme et sa fille s'étaient retrouvées sans ressources. Elles avaient réussi à emporter l'argent qui se trouvait dans la boutique avant que celle-ci ne soit reprise par un autre imprimeur. Lorsqu'elles étaient revenues demander qu'on veuille bien leur restituer leurs vêtements, elles avaient appris qu'ils avaient été vendus – le marché des fripes était lucratif. Elles occupaient maintenant une unique chambre dans un immeuble.

Sylvie était une médiocre couturière – elle avait été formée au commerce des livres, pas à la confection de vêtements – et ne pouvait même pas se mettre aux travaux d'aiguille, dernier recours traditionnel des femmes désargentées de la petite bourgeoisie. Le seul travail qu'elle put trouver fut de faire la lessive pour des familles protestantes. Malgré la répression, la plupart des protestants avaient continué à pratiquer la vraie religion, et après avoir payé leurs amendes, ils avaient rapidement reconstitué leurs communautés et aménagé de nouveaux lieux de culte clandestins. Les gens qui avaient connu Sylvie du temps de son père lui versaient souvent plus que le prix habituel pour son travail, mais cela ne suffisait tout de même pas à assurer le vivre et le chauffage pour deux personnes. Petit à petit, elles avaient fini par dépenser tout l'argent qu'elles avaient pu sauver de la boutique et se retrouvèrent ainsi complètement démunies par un mois de décembre d'un froid mordant, alors qu'un vent glacial balayait les rues étroites de Paris.

Un jour, alors que Sylvie lavait un drap pour Jeanne Mauriac dans l'eau glacée de la Seine, les mains tellement douloureuses à cause du froid qu'elle ne put s'empêcher de pleurer, un passant lui proposa cinq sous pour qu'elle le suce.

Elle secoua la tête en silence, continua à laver son drap, et l'homme s'éloigna.

Elle ne put s'empêcher d'y repenser. Cinq sous, soixante deniers, un quart de livre. Pareille somme lui permettrait d'acheter du bois de chauffage, un jambon et du pain pour une semaine. Tout ce qu'elle avait à faire en échange était de prendre la chose d'un homme dans sa bouche. Cela pouvait-il être pire que ce qu'elle faisait à présent ? Ce serait un péché, évidemment, mais elle avait tellement mal aux mains que c'était le dernier de ses soucis.

Elle remporta le drap chez elle et le suspendit dans leur chambre pour le faire sécher. Elles n'avaient presque plus de bois : elle ne pourrait pas faire sécher sa lessive le lendemain, et les protestants eux-mêmes ne la paieraient pas si elle leur livrait du linge trempé.

Cette nuit-là, elle ne dormit pas beaucoup. Elle se demandait comment quelqu'un pourrait la trouver désirable. Pierre lui-même avait fait semblant. Elle ne s'était jamais jugée belle, et maintenant, elle était de surcroît maigre et mal lavée. Mais cela n'avait pas empêché l'homme au bord du fleuve de lui faire des propositions. Peut-être d'autres voudraient-ils d'elle, eux aussi.

Le lendemain matin, elle acheta deux œufs avec ce qui lui restait d'argent. Elle posa les derniers fragments de bois dans le feu, fit cuire les œufs, et elles en mangèrent un chacune, sa mère et elle, avec le quignon de pain rassis de la semaine passée. Maintenant, elles n'avaient plus rien. Il ne leur restait qu'à mourir de faim.

Dieu pourvoira, disaient toujours les protestants. Mais il ne l'avait pas fait.

Sylvie se coiffa, se lava le visage. N'ayant pas de miroir, elle ne savait pas de quoi elle avait l'air. Elle retourna ses bas pour dissimuler la crasse et sortit.

Elle ignorait comment s'y prendre. Elle se promena dans la rue, mais personne ne l'aborda. Bien sûr, pourquoi l'auraient-ils fait ? C'était à elle de faire des avances. Elle eut beau essayer de sourire aux hommes qu'elle croisait, aucun ne réagit. Elle finit par chuchoter à l'un d'eux :

« Je peux vous sucer pour cinq sous. »

Il eut l'air gêné et pressa le pas. Peut-être aurait-elle dû montrer ses seins, mais il faisait si froid.

Elle remarqua une jeune femme vêtue d'un vieux manteau rouge qui se hâtait dans la rue en compagnie d'un homme entre deux âges, fort bien vêtu, dont elle serrait le bras dans la crainte – aurait-on dit – qu'il ne s'échappe. La femme lui lança un regard dur comme si elle avait reconnu en elle une rivale potentielle. Sylvie aurait bien aimé lui parler, mais elle semblait vouloir emmener l'homme quelque part, et Sylvie l'entendit lui dire :

« C'est juste au coin de la rue, chéri. »

Sylvie se rendit compte que si elle réussissait à appâter un client, elle ne pourrait l'amener nulle part.

Elle se retrouva rue du Mur, en face du dépôt de littérature illégale de la famille Palot. Ce n'était pas une artère fréquentée, mais peut-être les hommes seraient-ils plus disposés à faire affaire avec des prostituées dans les ruelles obscures. Effectivement, un homme s'arrêta et l'aborda.

« Jolis nichons », dit-il.

Son cœur s'arrêta de battre. Elle savait qu'elle aurait dû enchaîner, « Je peux vous sucer pour cinq sous ». Elle en avait la nausée. Allait-elle vraiment le faire ? elle avait si faim et si froid.

L'homme lui demanda :

« Combien pour te foutre ? »

Elle n'avait pas réfléchi à cela. Elle ne savait que répondre.

Son hésitation agaça l'homme.

« Où est ta chambre ? demanda-t-il. Par ici ? »

Sylvie ne pouvait pas l'emmener dans le logement qu'elle partageait avec sa mère.

« Je n'en ai pas, répondit-elle.

— Pauvre niaise ! » lança l'homme et il passa son chemin.

Elle retint ses larmes. Elle n'était qu'une pauvre niaise. Elle n'avait pas réfléchi à ce problème.

Son regard se posa alors sur l'entrepôt, de l'autre côté de la rue.

Les ouvrages illégaux avaient probablement été brûlés. Le nouvel imprimeur utilisait peut-être cette bâtisse, à moins qu'il ne l'ait louée à quelqu'un d'autre.

Mais la clé avait des chances de se trouver encore derrière la brique descellée. Ne pourrait-elle pas faire de cet ancien dépôt sa « chambre » ?

Elle traversa la rue.

Elle tira sur la demi-brique à côté du montant de la porte et enfonça la main dans la cavité. La clé était toujours là. Elle la sortit et remit la brique en place.

Du bout du pied, elle dégagea les détritus qui s'étaient accumulés devant la porte. Elle tourna la clé dans la serrure, entra, referma derrière elle, mit la barre en place et alluma la lanterne.

L'endroit semblait inchangé. Les fûts étaient toujours là, entassés du sol au plafond. Il y avait suffisamment de place entre le mur et les barriques pour faire ce que Sylvie avait envisagé. Le sol était de pierre nue. Ce serait sa chambre secrète de honte.

La poussière qui recouvrait les tonneaux donnait à penser que l'entrepôt était inutilisé. Elle se demanda si les barriques vides étaient toujours au même endroit. Elle essaya d'en déplacer une, et la souleva facilement.

Elle remarqua que les caisses qui avaient contenu les livres se trouvaient encore derrière les fûts. Une idée étrange lui passa par la tête.

Elle en ouvrit une. Elle était remplie de bibles en français.

Comment était-ce possible ? Elles avaient supposé, sa mère et elle, que le nouvel imprimeur avait fait main basse sur l'intégralité de leurs biens. Mais il ignorait manifestement l'existence de ce dépôt. Sylvie fronça pensivement les sourcils. Son père avait toujours exigé un secret absolu. Ses employés eux-mêmes ignoraient l'existence de l'entrepôt. Et il avait interdit à Sylvie d'en parler à Pierre avant leur mariage.

Personne n'était au courant, hormis Sylvie et sa mère.

Tous les livres – plusieurs centaines – étaient encore là.

Ils avaient de la valeur, si elle arrivait à trouver des clients assez courageux pour les acheter.

Elle prit une bible en français. Elle valait bien plus que les cinq sous qu'elle avait espéré gagner dans la rue.

Comme auparavant, elle l'emballa dans un carré de lin grossier qu'elle noua avec de la ficelle. Puis elle quitta l'entrepôt, referma soigneusement la porte derrière elle, et cacha la clé.

Elle s'éloigna, pleine d'un espoir nouveau.

Dans leur chambre, Isabelle contemplait le feu éteint.

Ces ouvrages avaient de la valeur, mais à qui Sylvie pourrait-elle les vendre ? Uniquement à des protestants, évidemment. Son regard se posa sur le drap qu'elle avait lavé la veille. Il appartenait à Jeanne Mauriac, qui faisait partie du groupe qui célébrait le culte protestant au pavillon de chasse, dans le faubourg Saint-Jacques. Son mari, Luc, était courtier de fret, un métier dont elle ne savait pas grand-chose. Elle savait pourtant qu'elle ne lui avait jamais vendu de bible, alors qu'il pouvait certainement s'en offrir une. Mais oserait-il la lui acheter, six mois seulement après les opérations de police du cardinal Charles ?

Le drap était sec. Elle demanda à sa mère de l'aider à le plier. Puis elle glissa le livre à l'intérieur et porta le paquet chez les Mauriac.

Elle avait soigneusement choisi son heure pour arriver au moment du repas de midi. Voyant sa robe élimée, la servante lui demanda d'attendre à la cuisine, mais Sylvie était trop désespérée pour se laisser rabrouer par une domestique. Elle fit irruption dans la salle à manger. L'odeur des côtes de porc lui donna des crampes d'estomac.

Luc et Jeanne étaient à table, avec Georges, leur fils. Luc salua chaleureusement Sylvie : il avait toujours été cordial. Jeanne en revanche paraissait sur ses gardes. Elle était le pilier de la famille, et semblait souvent agacée par les plaisanteries de son fils et de son mari. Le jeune Georges avait été un des admirateurs de Sylvie, mais à présent, c'est tout juste s'il arrivait à la regarder. Elle n'était plus la fille bien habillée d'un imprimeur prospère : elle était une pauvresse sordide.

Sylvie déplia le drap et montra le livre à Luc, le plus susceptible de l'acheter.

« Si je me rappelle bien, vous n'avez pas encore de bible en français, dit-elle. C'est une édition d'une qualité exceptionnelle. Mon père en était très fier. Tenez, voyez plutôt. »

Elle avait appris de longue date qu'un client était plus disposé à acheter un livre lorsqu'il l'avait tenu entre ses mains.

Luc feuilleta le volume, plein d'admiration.

« Nous devrions tout de même avoir une bible en français », dit-il à sa femme.

Sylvie regarda Jeanne en souriant et renchérit :

« Cela ferait sûrement plaisir au Seigneur.

— C'est contraire à la loi, remarqua Jeanne.

— Être protestant aussi, rétorqua son mari. Nous pourrons

facilement cacher ce livre. Combien en veux-tu ? demanda-t-il en se tournant vers Sylvie.

— Mon père en demandait six livres. »

Jeanne émit un murmure réprobateur, comme si elle trouvait le prix trop élevé.

« Mais compte tenu des circonstances, reprit Sylvie, je peux vous le laisser pour cinq. »

Elle retint son souffle.

Luc parut hésiter.

« Si tu pouvais descendre jusqu'à quatre...

— C'est entendu, acquiesça Sylvie. Le livre est à vous, et que Dieu vous bénisse. »

Luc prit sa bourse et compta huit pièces d'argent – des testons –, dont chacune valait dix sous, une demi-livre.

« Merci, dit Sylvie. Et ce sera dix deniers pour le drap. »

Elle n'avait plus besoin de cette somme, mais se rappelant combien elle avait eu mal aux mains en le lavant, il lui sembla qu'elle méritait bien ce supplément.

Luc sourit et lui tendit une petite pièce – un dixain qui valait dix deniers.

Luc rouvrit le livre.

« Quand mon associé, Radiguet, verra cela, il sera jaloux.

— C'est la seule que j'ai », dit précipitamment Sylvie. C'était leur rareté qui faisait le prix des livres protestants et son père lui avait appris à laisser entendre aux clients qu'on ne s'en procurait pas facilement. « Mais si jamais j'en trouvais une autre, j'irais voir Radiguet.

— N'y manque pas.

— Surtout, ne lui dites pas que vous l'avez eue à un aussi bon prix ! »

Luc lui adressa un sourire complice.

« Pas avant qu'il ne t'ait payée, en tout cas. »

Sylvie le remercia et prit congé.

Son soulagement la laissa sans forces au point qu'elle n'eut même pas l'énergie de se réjouir. Elle entra dans la première taverne venue, commanda une chope de bière qu'elle but d'un trait. Cela apaisa sa faim. Elle sortit, en proie à un léger vertige.

Près de chez elle, elle acheta un jambon, du fromage, du

beurre, du pain et des pommes, ainsi qu'un petit cruchon de vin. Elle prit aussi un sac de bois de chauffage et donna dix deniers à un gamin pour qu'il le porte jusque chez elle.

Quand elle entra dans la chambre qu'elle louait avec sa mère, celle-ci regarda ses achats avec stupéfaction.

« Bonjour, Maman, dit Sylvie. Nous sommes au bout de nos peines. »

*

Pierre se maria pour la seconde fois en 1559, trois jours après Noël. D'une humeur excécrable, il était bien décidé à réduire la cérémonie au strict minimum et à ne pas feindre de se réjouir. Il n'invita personne et n'organisa pas de repas de noces. Ne voulant pas avoir l'air d'un pauvre, il remit son nouveau manteau gris, dont la couleur sombre s'accordait à son état d'esprit. Il arriva à l'église paroissiale pile au moment où le clocher sonnait le début de la célébration.

À sa grande horreur, il constata que Véronique de Guise était là.

Elle était assise au fond de la petite église avec une demi-douzaine de servantes de la famille de Guise, sans doute des amies d'Odette.

Rien n'aurait pu être pire pour Pierre que de voir Véronique assister à son humiliation. C'était elle qu'il aurait voulu épouser. Il lui avait parlé, il l'avait charmée, et avait fait de son mieux pour lui donner l'impression qu'ils étaient du même rang. Ce n'était que chimère, ainsi que le cardinal Charles le lui avait brutalement rappelé. Mais que Véronique le voie épouser sa servante était une épreuve insupportable. Il dut résister à la tentation de sortir de l'église.

Il pensa alors à sa récompense. Lorsque ce supplice s'achèverait, il signerait le registre de son nouveau nom, Pierre Aumande de Guise. C'était son vœu le plus cher. Il serait reconnu comme un membre de la grande famille de Guise, personne ne pourrait lui contester ce droit. Il serait l'époux d'une servante laide, grosse de l'enfant d'un autre, mais il serait un Guise.

Il serra les dents et se jura de supporter cette avanie.

La cérémonie fut brève, le prêtre n'ayant reçu qu'une somme des plus modestes. Véronique et les autres jeunes filles passèrent tout leur temps à glousser. Pierre ignorait ce qui les divertissait tant, mais ne pouvait s'empêcher de penser qu'elles se moquaient de lui. Odette n'arrêtait pas de les regarder par-dessus son épaule et de leur sourire, montrant ses vilaines dents de travers, penchées dans tous les sens comme les pierres tombales d'un vieux cimetière.

La cérémonie terminée, elle sortit fièrement de l'église au bras d'un époux séduisant et ambitieux. Elle semblait avoir oublié qu'elle lui avait été imposée contre sa volonté. Se berçait-elle de l'illusion d'avoir, d'une manière ou d'une autre, gagné son amour et son affection ?

Comme si pareille chose eût été possible.

Ils se rendirent à pied de l'église à la modeste maison que le cardinal Charles avait mise à leur disposition. Elle était située à proximité de la taverne Saint-Étienne, dans le quartier des Halles, où les Parisiens faisaient leurs achats quotidiens : viande, vin, et vêtements d'occasion que tout le monde portait, sauf les riches. Sans y avoir été invitées, Véronique et les domestiques leur emboitèrent le pas. L'une d'elles avait apporté une bouteille de vin, et elles insistèrent pour entrer boire à la santé des jeunes mariés.

Elles repartirent enfin, après force plaisanteries graveleuses sur le nouveau couple qu'elles accusaient d'être pressé de faire ce qu'on attendait de jeunes mariés durant leur nuit de noces.

Pierre et Odette montèrent à l'étage. Il n'y avait qu'une chambre, et un seul lit ; jusqu'à cet instant, Pierre ne s'était même pas demandé s'il aurait des relations charnelles normales avec son épouse.

Odette s'allongea.

« Bon, eh bien, nous voilà mariés, à présent », dit-elle. Elle releva sa robe, révélant sa nudité. « Autant en profiter. Viens donc. »

Pierre fut révulsé. La vulgarité de sa posture lui inspira un écœurement insurmontable. Il était atterré.

Il sut alors que jamais il ne pourrait coucher avec elle, pas plus ce jour-là qu'aucun autre.

10

Barney Willard détestait l'armée. La nourriture était infecte, il était constamment frigorifié, sauf quand il avait trop chaud, et, pendant de longues périodes, les seules femmes qu'il voyait étaient des filles à soldats, désespérées et pitoyables. Le capitaine qui commandait la compagnie de Barney, Gómez, était une brute vicieuse qui adorait utiliser sa main de fer pour sanctionner les manquements à la discipline. Pis encore, personne n'avait touché sa solde depuis des mois.

Barney ne comprenait pas comment le roi d'Espagne pouvait manquer d'argent. Philippe était l'homme le plus riche du monde, et pourtant il était constamment aux abois. Barney avait vu les galions chargés d'argent qui revenaient du Pérou et faisaient voile vers Séville. Où tout cela passait-il ? En tout cas, les troupes n'en voyaient pas la couleur.

Après avoir quitté Séville deux ans auparavant, le *José y María* avait mis le cap vers un endroit appelé les Pays-Bas, une vague fédération de dix-sept provinces, sur la côte nord de l'Europe, entre la France et l'Allemagne. Pour des raisons historiques que Barney n'avait jamais tout à fait réussi à démêler, les Pays-Bas étaient gouvernés par le roi d'Espagne. L'armée de Philippe qui y était stationnée s'était battue pendant la guerre que l'Espagne avait livrée à la France.

Comme Barney, Carlos et Ebrima étaient des fondeurs confirmés, on en avait fait des canonniers : ils entretenaient et servaient les grosses pièces d'artillerie. Ils avaient assisté à certaines batailles, mais les canonniers ne participant généralement pas aux combats au corps à corps, ils avaient tous les trois survécu à la guerre sans blessure.

Le traité de paix entre l'Espagne et la France avait été signé en avril 1559, il y avait presque un an de cela, et Philippe était rentré chez lui, laissant son armée derrière lui. Barney supposait que le roi voulait s'assurer que les Néerlandais, prodigieusement riches, paieraient leurs impôts. Mais les soldats s'ennuyaient, ils en voulaient à la terre entière et étaient d'humeur rebelle.

La compagnie du capitaine Gómez était en garnison dans la ville de Courtrai, sur la Lys. Les habitants n'aimaient pas les soldats. C'étaient des étrangers, ils étaient armés, s'enivraient, faisaient du tapage, et comme ils n'étaient pas payés, ils volaient. Les Néerlandais avaient une tendance irréductible à l'insoumission. Ils voulaient le départ de l'armée espagnole, et le lui faisaient bien comprendre.

Les trois amis n'avaient qu'une envie, quitter l'armée. Barney avait une famille et une maison confortable à Kingsbridge qu'il avait hâte de retrouver. Carlos avait inventé un nouveau type de fourneau de fusion qui ferait sa fortune un jour, et tenait à reprendre son activité de fondeur. Quant à Ebrima, Barney ne savait pas très bien comment il envisageait l'avenir, mais il ne souhaitait certainement pas mener une vie de soldat. D'un autre côté, il n'était pas facile de déserter. Certains s'y risquaient quotidiennement, mais s'ils se faisaient prendre, ils pouvaient être fusillés. Barney était à l'affût d'une occasion depuis des mois, mais aucune ne s'était présentée, et il commençait à se demander s'il n'était pas trop prudent.

En attendant, ils passaient trop de temps dans les tavernes.

Ebrima était joueur et misait jusqu'à l'obsession le peu d'argent qu'il avait, rêvant d'en obtenir davantage. Carlos buvait chaque fois qu'il avait de quoi payer. Quant à Barney, il avait un faible pour les filles. La taverne Saint-Martin au Vieux Marché de Courtrai avait de quoi satisfaire chacun d'eux : des cartes, du vin d'Espagne et une jolie tenancière.

Barney écoutait justement celle-ci, Anouk, se plaindre en français de son mari pendant que Carlos faisait durer son unique verre tout l'après-midi. Ebrima jouait contre Gómez Main-de-Fer et deux autres soldats espagnols. Alors que tous les autres joueurs buvaient beaucoup en criant bruyamment quand ils gagnaient ou perdaient, Ebrima restait silencieux. C'était un joueur sérieux, toujours prudent, qui ne misait jamais ni trop ni trop peu. Il lui arrivait de perdre, mais souvent, il remportait la mise uniquement parce que les autres prenaient des risques inconsidérés. Ce jour-là, la chance était avec lui.

Anouk disparut dans la cuisine et Carlos dit à Barney :

« Le calibre des boulets de canon devrait être le même dans

toute l'armée et la marine espagnoles. C'est ainsi que procèdent les Anglais. Fabriquer mille boulets du même calibre revient moins cher qu'en fabriquer de vingt tailles différentes pour vingt canons différents. »

Comme toujours, ils parlaient espagnol entre eux.

« Et cela nous éviterait d'essayer d'utiliser un boulet trop gros d'un pouce pour le fût du canon – comme cela nous est arrivé plus d'une fois.

— Tu l'as dit. »

Ebrima quitta la table.

« J'arrête, lança-t-il aux autres joueurs. Merci pour la partie, messieurs.

— Attends une minute, fit Gómez irrité. Tu dois nous laisser une chance de nous refaire. »

Les deux autres joueurs acquiescèrent, l'un en hurlant et l'autre en frappant du poing sur la table.

« Demain, peut-être », répondit Ebrima. « Nous avons joué tout l'après-midi, et je voudrais bien boire quelque chose maintenant que j'ai de quoi me payer une chope.

— Allons, la dernière donne, quitte ou double.

— Vous n'avez pas assez d'argent pour cela.

— Dans ce cas, je te le devrai.

— Les dettes font des ennemis.

— Allez !

— Non, capitaine. »

Gómez se leva et renversa la table. Il mesurait six pieds et était aussi large que haut. Le visage rougi par le vin de xérès, il éleva la voix :

« Et moi je te dis que si ! »

Dans la taverne, tout le monde s'écarta, comprenant ce qui se préparait.

Barney s'avança vers Gómez et dit d'une voix douce :

« Capitaine, permettez-moi de vous payer un coup. Je vois que votre timbale s'est renversée.

— Va au diable l'Anglais, espèce de sauvage ! » rugit Gómez. Pour les Espagnols, les Anglais étaient des barbares du Nord, à l'image des Écossais pour les Anglais. « Il doit continuer à jouer.

— Non, rien ne l'y oblige. » Barney écarta les bras dans un geste d'apaisement. « Il faut bien que la partie s'arrête un jour ou l'autre !

— C'est moi qui dirai quand elle sera finie. Je suis le capitaine. »

Carlos s'en mêla.

« Ce n'est pas juste » », dit-il avec indignation. Il ne supportait pas l'injustice, peut-être parce qu'il en avait beaucoup souffert lui-même. « Quand les cartes sont distribuées, nous sommes tous égaux. » » Il avait raison : c'était la règle quand des officiers jouaient avec des hommes de troupe. « Vous le savez, capitaine Gómez, et vous ne pouvez pas prétendre l'ignorer. »

« Merci, Carlos, dit Ebrima en s'éloignant de la table renversée.

— Reviens ici, espèce de diable noir ! » s'exclama Gómez.

Dans les rares occasions où Ebrima était mêlé à une bagarre, son adversaire finissait toujours par l'insulter à cause de la couleur de sa peau. C'était d'une prévisibilité agaçante. Par bonheur, Ebrima avait un sang-froid remarquable et ne mordait jamais à l'hameçon. Il ne réagit pas aux invectives de Gómez, se contentant de lui tourner le dos.

Comme toutes les brutes, Gómez détestait qu'on l'ignore. Furieux, il frappa Ebrima par-derrière. Le coup avait été porté n'importe comment, par un homme ivre de surcroît, et il ne fit que frôler la tête d'Ebrima, mais le bras qui avait frappé s'achevait par une main artificielle en fer : Ebrima tituba et tomba à genoux.

Gómez se jeta sur lui dans l'intention manifeste de le frapper à nouveau. Carlos ceintura le capitaine pour l'en empêcher, mais Gómez désormais fou de rage ne se contrôlait plus. Il se débattit. Carlos était solide, mais Gómez l'était davantage encore, et il échappa à l'étreinte de Carlos.

De sa main valide, le capitaine tira alors sa dague.

Barney intervint. Aidé par Carlos, il chercha désespérément à maîtriser Gómez tandis qu'Ebrima, encore sonné, se relevait tant bien que mal. Gómez repoussa ses deux assaillants et s'avança vers Ebrima, brandissant son arme.

Barney comprit, épouvanté, que ce n'était plus une bagarre de taverne : Gómez voulait tuer.

Carlos attrapa le bras de Gómez, mais celui-ci l'écarta d'un revers de son bras à la main de fer.

Carlos avait tout de même retardé l'agresseur de deux secondes, laissant tout juste à Barney le temps de dégainer sa dague espagnole de deux pieds de long à garde en forme de disque.

Gómez dressait son coutelas en l'air et tendait l'autre bras vers l'extérieur pour s'équilibrer, laissant la partie antérieure de son tronc à découvert.

Au moment même où Gómez abattit sa dague, visant le cou exposé d'Ebrima, toujours étourdi, Barney fit décrire à son arme un large mouvement circulaire et poignarda Gómez du côté gauche du torse.

Ce fut un coup de chance, ou plus exactement de malchance. Barney avait frappé à l'aveuglette, mais la lame d'acier à double tranchant se glissa entre les côtes de Gómez et pénétra profondément dans sa poitrine. Le rugissement de douleur du capitaine ne dura qu'une demi-seconde. Barney retira aussitôt son poignard, faisant jaillir un jet de sang rouge vif. Il comprit que la lame s'était enfoncée dans le cœur de Gómez. L'instant d'après, celui-ci s'effondra, son arme échappant à ses doigts sans force. Il tomba à terre comme un arbre qu'on abat.

Barney le regarda, horrifié. Carlos lâcha un juron. Sortant de son hébétude, Ebrima murmura :

« Qu'avons-nous fait ? »

Barney s'agenouilla et palpa le cou de Gómez à la recherche du pouls. Il ne le trouva pas. Le sang avait cessé de couler de la plaie.

« Il est mort, conclut Barney.

— Nous avons tué un officier », ajouta Carlos.

Barney avait empêché Gómez d'assassiner Ebrima, mais ce serait difficile à prouver. Il parcourut la salle du regard et constata que les témoins filaient à toutes jambes.

Personne ne prendrait la peine d'enquêter sur les tenants et aboutissants de l'affaire. C'était une bagarre de taverne ; un simple soldat avait tué un officier. La justice militaire serait sans pitié.

Barney vit le tavernier donner des instructions, dans le

dialecte flamand de l'Ouest, à un jeune garçon qui sortit précipitamment.

« Il est allé chercher la garde municipale, dit Barney.

— Elle a certainement son siège à l'hôtel de ville, répondit Carlos. Il ne leur faudra pas cinq minutes pour nous arrêter.

— Et moi, je serai un homme mort, fit Barney.

— Moi aussi, ajouta Carlos. Je t'ai aidé.

— Un Africain n'a pas grand-chose à attendre de la justice », conclut Ebrima.

Sans discourir davantage, ils coururent à la porte et sortirent sur la place du marché. Barney vit que le soleil se couchait derrière un ciel nuageux. C'était une bonne chose. Il n'allait pas tarder à faire sombre.

« À la rivière, vite ! » s'écria-t-il.

Prenant leurs jambes à leur cou, ils traversèrent la place et empruntèrent la Leiestraat, la rue qui descendait vers la Lys. C'était une voie très fréquentée, au cœur d'une cité prospère, bondée d'hommes et de chevaux, de charrettes à bras chargées et de portefaix qui croulaient sous les fardeaux.

« Doucement, conseilla Barney. Inutile que les gens se rappellent le chemin que nous avons emprunté. »

Même en marchant vite, ils risquaient de se faire remarquer. Leurs épées révéleraient qu'ils étaient soldats. Ils portaient des tenues dépareillées, sans rien de remarquable, mais Barney était grand, avec une barbe rousse en broussaille, et Ebrima était africain. Heureusement, il ferait bientôt nuit.

Ils arrivèrent à la rivière.

« Il nous faut un bateau », dit Barney.

Il était capable de manœuvrer presque tous les types d'embarcation : il avait toujours adoré naviguer. De nombreux navires étaient amarrés au bord de l'eau ou ancrés au milieu du courant. Mais il aurait fallu être stupide pour laisser un bateau sans surveillance, surtout dans une ville qui servait de garnison à des troupes étrangères. Toutes les embarcations de taille respectable étaient sous bonne garde, et même les petites barques étaient enchaînées, leurs rames retirées.

« Baissez-vous, ordonna Ebrima. Quoi qu'il advienne, il ne faut pas qu'on nous voie. »

Ils s'accroupirent dans la boue.

Barney scruta les environs, désespéré. Il fallait faire vite. Dans combien de temps les gardes municipaux commenceraient-ils à fouiller les berges de la rivière ?

Ils pouvaient évidemment détacher un petit bateau, briser l'attache de la chaîne sur le bois, mais sans rames, ils ne pourraient que se laisser dériver vers l'aval, impuissants, incapables de se diriger, faciles à rattraper. Mieux valait encore nager jusqu'à une barge, assommer le garde et lever l'ancre, mais en avaient-ils le temps ? De surcroît, plus l'embarcation aurait de valeur, plus acharnée serait la poursuite.

« Je ne sais pas, murmura-t-il. Nous devrions peut-être franchir le pont et quitter la ville par la première route que nous trouverons. »

C'est alors qu'il aperçut le radeau.

C'était une embarcation qui ne valait pas grand-chose, une simple dizaine de troncs d'arbres attachés ensemble avec un abri bas permettant tout juste à un homme de s'y allonger. Son propriétaire, un homme âgé, se laissait porter par le courant, se dirigeant, debout, à l'aide d'une longue perche. Ils distinguèrent à côté de lui une pile d'ustensiles qui ressemblaient, dans le crépuscule, à des cordes et des seaux qui avaient pu servir pour la pêche.

« C'est notre bateau, déclara Barney. Allons-y, en douceur. »

Sans se relever, il se laissa glisser dans la rivière. Les autres le suivirent.

L'eau devenait rapidement profonde, et ils en eurent bientôt jusqu'au cou. Rejoignant le radeau, ils se cramponnèrent au bord et se hissèrent tous les trois dessus. Ils entendirent le vieil homme pousser un cri de peur et d'indignation. Carlos se jeta sur lui, le plaqua sur le radeau en lui couvrant la bouche pour l'empêcher d'appeler à l'aide. Barney réussit à mettre la main sur la perche qu'il avait lâchée avant qu'elle ne disparaisse dans l'eau et guida le bateau vers le milieu de la rivière. Il vit Ebrima déchirer la chemise de l'homme et la lui enfoncer dans la bouche pour le faire taire, avant de récupérer un morceau de corde dans la pile et de lui lier les poignets et les chevilles. Ils formaient tous les trois une bonne équipe, efficace, se dit Barney. Sans doute était-ce grâce aux longues heures qu'ils avaient passées ensemble à servir de lourds canons et à tirer.

Barney regarda autour d'eux. Pour autant qu'il pût voir, personne n'avait été témoin de leur acte de piraterie. Et maintenant ?

« Il faut que nous…, commença Barney.

— Tais-toi, coupa Ebrima.

— Pourquoi ?

— Fais attention à ce que tu dis. Ne livre aucune information. Il comprend peut-être l'espagnol. »

Barney saisit ce qu'il voulait dire. Tôt ou tard, le vieil homme raconterait ce qui lui était arrivé – à moins qu'ils ne le tuent, ce qu'aucun d'eux n'avait envie de faire. On l'interrogerait sur ses ravisseurs. Moins il en saurait, mieux cela vaudrait. Ebrima avait vingt ans de plus que les deux autres, et ce n'était pas la première fois que sa pondération réfrénait les ardeurs de ses cadets.

« Qu'allons-nous faire de lui ? demanda Barney.

— Le garder avec nous jusqu'à ce que nous soyons en rase campagne. Nous le déposerons alors sur la berge, ligoté et bâillonné. Nous ne lui ferons aucun mal, mais personne ne le retrouvera avant demain matin. À ce moment-là, nous serons loin. »

Ça se tient, songea Barney.

Que feraient-ils ensuite ? Ils voyageraient de nuit et se cacheraient pendant la journée, pensa-t-il : *chaque lieue qui les éloignerait de Courtrai compliquerait la tâche des autorités lancées à leurs trousses. Et puis ?* S'il avait bonne mémoire, la rivière se jetait dans l'Escaut, qui traversait Anvers.

Barney avait de la famille dans cette ville : Jan Wolman, un cousin de son défunt père. À y bien réfléchir, Carlos avait lui aussi un lien de famille avec Jan Wolman. Le réseau commercial Melcombe-Anvers-Calais-Séville avait été créé par quatre cousins : le père de Barney, Edmund Willard ; le frère d'Edmund, Oncle Dick ; le père de Carlos, et Jan.

Si les trois fugitifs parvenaient à rejoindre Anvers, ils seraient probablement tirés d'affaire.

La nuit tomba. Barney avait allègrement supposé qu'ils descendraient le fleuve de nuit, mais il avait du mal à guider le radeau dans le noir. Le vieil homme n'avait pas de lanterne, et de toute façon, il n'aurait pas été question de l'allumer de peur de se faire repérer. C'était à peine si les nuages laissaient filtrer la lueur des étoiles. Barney parvenait parfois à distinguer le fleuve vers l'avant, mais il lui arrivait de précipiter aveuglément le radeau dans la berge et de devoir l'en écarter à la perche.

Barney éprouvait une étrange sensation et se demandait pourquoi : il se rappela alors qu'il avait tué un homme. Comment un acte aussi terrible, se demanda-t-il avec étonnement, pouvait-il se laisser complètement oublier et vous revenir à l'esprit par surprise ? Il était d'humeur aussi sombre que la nuit, et avait les nerfs à fleur de peau. Il se souvint de la manière dont Gómez s'était écroulé, comme si la vie l'avait quitté avant même qu'il ne touche le sol.

Ce n'était pas la première fois que Barney tuait. Il avait tiré des boulets de canon de loin en direction de soldats qui avançaient et avait vu les hommes tomber par dizaines, morts ou fatalement blessés ; mais cela n'avait pas vraiment atteint sa conscience, peut-être parce qu'il ne pouvait pas voir leurs visages lorsqu'ils mouraient. Alors que tuer Gómez avait été un acte d'une affreuse intimité. Barney avait l'impression de sentir encore, dans son poignet, le moment où la pointe de sa dague avait touché le corps de Gómez avant de s'y enfoncer. Il voyait encore le sang rouge vif jaillir d'un cœur battant, vivant. Gómez avait été un être odieux et sa mort était un bienfait pour l'humanité, mais Barney avait du mal à s'en réjouir.

La lune se leva, et brilla par intermittence entre les nuages. Profitant d'un de ces instants de meilleure visibilité, ils libérèrent le vieil homme en un lieu qui leur semblait éloigné de toute habitation. Ebrima le conduisit jusqu'à un endroit sec, à l'écart de la rivière, et l'installa confortablement. Depuis le radeau, Barney l'entendit parler à l'homme à voix basse, lui présentant peut-être ses excuses. C'était raisonnable : le vieil homme n'avait rien fait pour mériter son sort. Barney perçut ensuite le tintement de pièces de monnaie.

Ebrima remonta à bord et Barney éloigna le radeau à la perche.

« Tu lui as donné l'argent que tu avais gagné contre Gómez, c'est ça ? » demanda Carlos à Ebrima.

Celui-ci haussa les épaules sous le clair de lune.

« Nous lui avons volé son radeau. C'était son gagne-pain.

— Et maintenant, nous n'avons plus un sou.

— Tu n'avais déjà plus un sou, rétorqua sèchement Ebrima. Maintenant, je suis dans le même cas, voilà tout. »

Barney réfléchit encore à leurs poursuivants. Il ignorait avec quelle énergie on les rechercherait. Si les autorités municipales n'aimaient pas les meurtres, la victime et les coupables étaient des soldats espagnols, et le conseil des échevins de Courtrai ne dépenserait pas une fortune pour courir après des étrangers qui avaient tué un étranger. L'armée espagnole les exécuterait pour peu qu'elle en ait l'occasion, mais Barney se demanda si l'affaire la préoccuperait suffisamment pour qu'elle organise une chasse à l'homme. L'armée se contenterait probablement de faire mine de se lancer à leurs trousses, et renoncerait assez vite.

Ebrima resta silencieux et pensif un moment, avant de dire solennellement :

« Carlos, il y a une chose dont il faut que nous parlions.

— Quoi donc ?

— Nous avons quitté l'armée, maintenant.

— En effet, s'ils ne nous rattrapent pas.

— Quand nous avons embarqué sur le *José y María*, tu as dit à l'officier que j'étais un homme libre.

— Je sais », répondit Carlos.

La tension était perceptible. Pendant deux ans, songea Barney, Ebrima avait été traité comme n'importe quel soldat – un soldat exotique, mais pas plus asservi que tous les autres. Qu'en était-il à présent ?

« Suis-je un homme libre à tes yeux, Carlos ? » insista Ebrima.

Barney nota la formulation *à tes yeux*. Elle signifiait qu'à ses propres yeux, Ebrima était un homme libre.

Barney ignorait ce que Carlos en pensait. Il n'avait pas été question de la servitude d'Ebrima depuis ce moment, à bord du *José y María*.

Au terme d'un long silence, Carlos répondit :

« Tu es un homme libre, Ebrima.

— Merci. Je suis heureux que nous soyons d'accord, tous les deux. »

Barney se demanda ce qu'Ebrima aurait fait si Carlos avait répondu non.

Les nuages commencèrent à se dissiper. Dans la lumière revenue, Barney put maintenir le radeau au milieu de la rivière, et ils avancèrent plus rapidement.

Au bout d'un moment, Carlos demanda :

« Au fait, où mène cette rivière ?

— À Anvers, répondit Barney. C'est là que nous allons. »

*

Ebrima se demandait s'il devait croire Carlos. Tous les esclaves sévillans savaient qu'il n'était pas sage de faire confiance aux paroles amicales de leur maître. Un homme qui vous maintenait captif, vous obligeait à travailler sans vous payer, vous fouettait lorsque vous désobéissiez et vous violait lorsque l'envie l'en prenait n'hésiterait pas à vous mentir. Carlos n'était pas comme les autres, mais jusqu'à quel point ? La réponse à cette question déterminerait le cours de la vie d'Ebrima jusqu'à la fin de ses jours.

Il avait mal à la tête à la suite du coup porté par Gómez. Se palpant prudemment le crâne, il sentit une bosse là où la main de fer l'avait atteint. Mais il n'était ni désorienté, ni étourdi ; il s'en remettrait, pensa-t-il.

Ils s'arrêtèrent au lever du jour à un endroit où la rivière traversait un bosquet. Ils tirèrent le radeau sur la berge et le dissimulèrent sous des branchages. Ensuite, ils firent le guet à tour de rôle pendant que les deux autres dormaient. Ebrima rêva qu'il se réveillait enchaîné.

Le matin du troisième jour, ils aperçurent au loin le haut clocher de la cathédrale d'Anvers. Ils abandonnèrent le radeau, le laissèrent dériver et firent les dernières lieues à pied. Ils n'étaient pas encore tirés d'affaire, leur rappela Ebrima. Ils pouvaient être arrêtés immédiatement, jetés en prison et livrés aux autorités militaires espagnoles, qui les jugeraient hâtivement et les exécuteraient encore plus promptement pour le meurtre de Gómez Main-de-Fer. Néanmoins, sur les routes encombrées qui menaient en ville, personne ne paraissait avoir entendu parler de trois soldats espagnols – dont un avec une barbe rousse et un autre africain – qui avaient tué un capitaine à Courtrai avant de prendre la fuite.

Les nouvelles circulaient de ville en ville surtout grâce aux gazettes des marchands, qui proposaient essentiellement des informations commerciales. Ebrima ne savait pas lire, mais il avait compris, d'après les propos de Carlos, que ces gazettes ne parlaient que des crimes qui avaient une portée politique : les assassinats, les émeutes, les coups d'État. Une bagarre de taverne dont tous les participants étaient des soldats étrangers ne présentait guère d'intérêt.

Anvers était entourée d'eau, comme il le découvrit lorsqu'ils explorèrent les faubourgs. À l'ouest coulait l'Escaut, qui dessinait une vaste courbe. Sur les trois autres côtés, la ville était séparée de la terre ferme par un canal muré. Des ponts franchissaient l'eau et menaient directement à des portes fortifiées. On disait que c'était la ville la plus riche du monde ; aussi était-il naturel qu'elle soit bien défendue.

Même si les gardes ignoraient tout de ce qui était arrivé à Courtrai, laisseraient-ils entrer des hommes en haillons, morts de faim, armés de surcroît ? Les amis approchèrent avec appréhension.

Au grand soulagement d'Ebrima, les gardes ne manifestaient aucune disposition à rechercher trois fugitifs. Ils considérèrent d'un œil soupçonneux la dégaine des trois hommes – vêtus comme le jour où ils étaient montés à bord du *José y María*, deux ans auparavant – mais dès que Barney annonça qu'ils étaient de la famille de Jan Wolman, leur méfiance s'évanouit. Les gardes leur indiquèrent même son adresse et comment s'y rendre, près de la grande cathédrale qu'ils avaient vue de si loin.

L'île était entaillée par de longues jetées étroites et sillonnée de canaux sinueux. En longeant les rues très passantes, Ebrima se demanda quel accueil Jan Wolman réserverait à deux petits cousins sans le sou accompagnés d'un Africain. Peut-être ne seraient-ils pas des visiteurs surprise très bienvenus.

Ils trouvèrent sa maison, une belle et grande habitation encadrée par d'autres. Ils frappèrent à la porte avec inquiétude et les domestiques leur jetèrent des regards hésitants. Mais Jan apparut et les accueillit à bras ouverts.

« Tu ressembles à s'y méprendre à feu mon père quand il était jeune et que j'étais petit garçon », dit-il à Barney.

Jan lui-même avait les cheveux roux et les yeux brun doré des Willard.

Ils avaient décidé de ne pas accabler Jan en lui disant toute la vérité sur leur fuite de Courtrai. Ils préférèrent lui faire croire qu'ils avaient déserté de l'armée espagnole parce qu'ils n'avaient pas été payés. Jan les crut, et parut même penser que des soldats qui ne touchaient pas leur solde avaient le droit de déserter.

Comme ils étaient affamés, Jan leur servit du vin, du pain et du bœuf froid. Puis il leur proposa de se laver et leur prêta des chemises propres, parce que, leur dit-il avec une aimable franchise, ils empestaient.

Ebrima n'avait jamais mis les pieds dans pareille demeure. Elle n'était pas assez grande pour être qualifiée de palais, bien qu'elle comptât de nombreuses pièces, surtout pour une maison de ville. Mais elle regorgeait de meubles et d'objets de prix : de grands miroirs muraux encadrés ; des tapis turcs ; des verreries de Venise ornementées ; des instruments de musique, de délicates cruches et jattes de céramique manifestement décoratives plutôt qu'utilitaires. Les tableaux eux-mêmes n'étaient comparables à rien de ce qu'il lui avait été donné de voir. Les Néerlandais paraissaient apprécier les représentations de personnages qui leur ressemblaient, qui se délassaient en lisant, en jouant aux cartes ou en faisant de la musique dans des décors confortables, semblables à ceux dans lesquels ils vivaient, comme s'ils trouvaient leur propre existence plus intéressante que celle des prophètes bibliques et des créatures légendaires plus répandus dans l'art espagnol.

Ebrima se vit attribuer une chambre plus petite que celles de Barney et Carlos, mais on ne lui demanda pas de dormir avec les domestiques, et il en conclut que Jan n'était pas très sûr de sa position.

Ce soir-là, ils prirent place à table avec la famille : Hennie, la femme de Jan ; leur fille, Imke, et trois petits garçons, Fritz, Jef et Daan.

Ils bavardèrent en mélangeant les langues. Le français était la langue la plus parlée dans le sud et l'ouest des Pays-Bas, d'autres régions privilégiant différents dialectes néerlandais. Jan, comme beaucoup de marchands, était capable de s'exprimer en plusieurs langues, dont l'espagnol et l'anglais.

Imke, la fille de Jan, âgée de dix-sept ans, était jolie, avec un grand sourire rayonnant et des cheveux blonds bouclés ; le portrait craché de Hennie, en plus jeune. Elle s'éprit aussitôt de Barney, et Ebrima remarqua que Carlos s'efforçait en vain de retenir son attention. Barney avait un sourire canaille qui plaisait aux filles. De l'avis d'Ebrima, le calme et sérieux Carlos ferait un meilleur mari, mais rares étaient les adolescentes suffisamment sages pour s'en rendre compte. Ebrima lui-même ne s'intéressait pas aux jeunes filles, mais il apprécia Hennie, qui lui parut intelligente et douce.

Celle-ci leur demanda comment ils s'étaient retrouvés dans l'armée espagnole, et Ebrima entreprit de raconter leurs aventures, dans un mélange d'espagnol et de français mâtiné de quelques termes empruntés au dialecte local quand il les connaissait. Il accentua les aspects dramatiques de son récit, et bientôt toute la table n'eut d'oreilles que pour lui. Il inclut les détails du nouveau four de fusion, soulignant qu'il avait participé à son invention à égalité avec Carlos. Il expliqua comment la ventilation attisait si bien le feu que le fer était en fusion et s'écoulait continuellement du four, ce qui permettait de produire une tonne de métal par jour ; tout en parlant, il constata que Jan le regardait avec un respect nouveau.

Les Wolman avaient beau être catholiques, ils furent horrifiés d'apprendre comment l'Église de Séville avait traité Carlos. Jan affirma que ce genre de chose n'arriverait jamais à Anvers, mais Ebrima se demanda s'il avait raison, dans la mesure où le même pape était à la tête de l'Église dans les deux pays.

Enthousiasmé par le nouveau modèle de fourneau, Jan proposa à Ebrima et Carlos de leur faire rencontrer son principal fournisseur de métaux, Albert Willemsen, et ce aussitôt que possible, le lendemain même.

Dès le matin suivant, ils se rendirent tous à pied dans un quartier moins commerçant, proche des quais. Albert vivait dans une modeste maison avec sa femme, Betje, une petite fille très sérieuse de huit ans, Drike, sa séduisante sœur, Evi, qui était veuve, et le fils d'Evi, Matthus, âgé d'une dizaine d'années. Les locaux d'Albert ressemblaient de façon étonnante à l'ancienne maison de Carlos à Séville, avec un passage menant à une cour qui servait d'atelier et abritait un fourneau et des réserves de minerai de fer, de chaux et de charbon. Il accepta de bon cœur que Carlos, Ebrima et Barney construisent leur modèle de fourneau dans sa cour, et Jan promit de leur prêter la somme nécessaire.

Pendant les journées et les semaines suivantes, ils découvrirent la ville. Ebrima fut frappé par la masse de travail qu'abattaient les Néerlandais – ils trimaient dur, pas seulement les pauvres, qui trimaient dur partout, mais aussi les riches. Jan était l'un des hommes les plus fortunés de la ville, ce qui ne l'empêchait pas de travailler six jours par semaine. Un Espagnol ayant ses moyens se serait retiré à la campagne, il aurait acheté une hacienda et payé un régisseur pour collecter les loyers des paysans afin que ses doigts d'une blancheur de lys n'aient pas à toucher du vulgaire argent, tout en cherchant un parti aristocratique pour sa fille dans l'espoir d'avoir des petits-enfants titrés. Les Néerlandais ne paraissaient pas faire aussi grand cas des titres de noblesse, et ils aimaient l'argent. Jan achetait du fer, du bronze et fabriquait des armes et des munitions ; il achetait des toisons en Angleterre et fabriquait des étoffes de laine qu'il revendait aux Anglais ; il achetait des parts profitables de cargaisons, des ateliers, des fermes et des tavernes ; et il prêtait de l'argent à des entreprises en développement, à des évêques qui avaient dépensé plus que leurs revenus, et à des princes. Il faisait toujours payer des intérêts, évidemment. Les lois de l'Église interdisant l'usure n'avaient pas cours ici.

L'hérésie était un autre sujet qui ne préoccupait pas le peuple d'Anvers. La ville grouillait de juifs, de musulmans et de protestants, tous reconnaissables à leur tenue, et qui faisaient des affaires sur un pied d'égalité. On croisait des gens de toutes les couleurs – des roux comme Barney, des Africains comme Ebrima, des Turcs à la peau basanée et à la fine moustache, et des Chinois à la peau jaune et aux cheveux de jais. Les Anversois ne détestaient personne, sauf ceux qui ne payaient pas leurs dettes. Ebrima adorait cet endroit.

Il ne fut plus jamais question de son affranchissement. Le matin, il se rendait avec Carlos et Barney dans la cour d'Albert, et le soir, ils mangeaient tous ensemble chez Jan. Le dimanche, Ebrima accompagnait la famille à l'église, et l'après-midi – quand les autres hommes faisaient la sieste, cuvant le vin bu au repas de midi –, il s'éclipsait et trouvait un endroit à la campagne où se livrer au rite de l'eau. Personne ne traitait Ebrima d'esclave, mais à tous autres égards, sa vie présentait une similitude inquiétante avec celle qu'il menait à Séville.

Quand ils travaillaient dans la cour, Evi, la sœur d'Albert venait souvent s'asseoir avec eux au moment des pauses. Elle avait une quarantaine d'années, elle était un peu corpulente – comme beaucoup de Néerlandaises bien nourries en atteignant l'âge mûr –, et ses yeux bleu-vert pétillaient. Elle parlait à tous, mais surtout à Ebrima, le plus proche d'elle par l'âge. Elle manifestait une vive curiosité à son égard, et l'interrogeait sur sa vie en Afrique, le pressant de lui donner des détails qu'il lui livrait au prix, parfois, d'un effort de mémoire. Étant veuve avec un enfant, elle cherchait probablement un mari ; et comme Carlos et Barney étaient trop jeunes pour s'intéresser à elle, il n'était pas impossible, songeait Ebrima, qu'elle eût des vues sur lui. Il n'avait pas eu de relation intime avec une femme depuis qu'il avait quitté Elisa, mais espérait que ce n'était que provisoire : il n'avait assurément pas l'intention de vivre comme un moine.

La construction du fourneau prit un mois.

Quand ils furent prêts à l'essayer, la famille de Jan et celle d'Albert vinrent assister à l'expérience.

Ebrima songea qu'ils n'avaient encore fait cela qu'une fois, et que rien ne leur permettait d'être sûrs qu'ils sauraient renouveler l'exploit. En cas d'échec, ils auraient l'air stupides, tous les trois. Pire, un fiasco assombrirait leurs perspectives d'avenir. Ce qui conduisit Ebrima à prendre conscience que, sans se l'être vraiment avoué jusque-là, il espérait rester à Anvers et y gagner sa vie. De plus, l'idée de se ridiculiser devant Evi le faisait frémir.

Carlos alluma le feu. Ebrima versa le minerai de fer et la chaux pendant que Barney fouettait les deux chevaux harnachés qui actionnaient le mécanisme de ventilation.

Comme la fois précédente, l'attente se prolongea, angoissante.

Barney et Carlos se rongeaient nerveusement les ongles. Ebrima s'efforçait de conserver son impassibilité habituelle. Il avait l'impression d'avoir tout misé sur une seule carte.

Les spectateurs commençaient à s'ennuyer un peu. Evi engagea la conversation avec Hennie à propos des problèmes des enfants adolescents. Les trois fils de Jan poursuivirent la fille d'Albert dans la cour. L'épouse d'Albert, Betje, fit passer un plateau d'oranges. Ebrima était trop tendu pour manger.

Le fer se mit enfin à couler.

Le métal fondu sortit lentement de la base du fourneau dans les canaux de pierre aménagés à cette fin. Au départ, la coulée fut d'une lenteur exaspérante, mais bientôt, le flux se renforça et remplit petit à petit les moules en forme de lingots creusés dans le sol. Ebrima versa davantage de matières premières dans la partie supérieure du fourneau.

Il entendit Albert dire, émerveillé :

« Regardez ! Ça n'arrête pas de couler !

— En effet, répondit Ebrima. Tant que vous alimenterez le fourneau, il continuera à vous donner du fer. »

Carlos l'avertit :

« C'est de la fonte brute – il faut l'affiner avant de l'utiliser.

— C'est ce que je vois, acquiesça Albert. Tout de même, c'est impressionnant.

— Vous voulez me faire croire que le roi d'Espagne a fait la fine bouche devant cette invention ? demanda Jan, incrédule.

— Je ne pense pas que le roi Philippe en ait entendu parler, répondit Carlos. Mais les autres fondeurs de Séville se sont sentis menacés. Les Espagnols n'aiment pas le changement. Ceux qui dirigent nos industries sont très conservateurs. »

Jan hocha la tête.

« Je suppose que c'est pour cela que le roi achète un aussi grand nombre de canons à des étrangers comme moi : l'industrie espagnole n'en produit pas suffisamment.

— Et ensuite, ils se plaignent que l'argent d'Amérique n'arrive en Espagne que pour en repartir aussitôt. »

Jan sourit.

« Bien, comme nous ne sommes que des marchands néerlandais et non des grands d'Espagne, entrons, buvons un coup et parlons affaires. »

À l'intérieur de la maison, ils prirent place autour de la table. Betje leur servit de la bière et de la saucisse froide. Imke donna des raisins secs aux enfants pour les faire tenir tranquilles.

« Les bénéfices de ce nouveau fourneau serviront tout d'abord à rembourser mon prêt, intérêts compris, annonça Jan.

— Bien sûr, répondit Carlos.

— Ensuite, l'argent devrait être partagé entre Albert et vous. Est-ce bien ainsi que vous voyez les choses ? »

Ebrima se rendit compte que le mot « vous » était délibérément vague. Jan ne savait pas si Ebrima était un associé à part entière de Carlos et Barney.

L'heure n'était plus à l'humilité.

« Nous avons construit le fourneau ensemble, tous les trois, Carlos, Barney et moi », fit remarquer Ebrima.

Tout le monde regarda Carlos, et Ebrima retint son souffle. Carlos hésita. C'était l'instant de vérité, songea Ebrima. Quand ils étaient sur le radeau, cela n'avait rien coûté à Carlos de dire : « Tu es un homme libre, Ebrima », mais la situation n'était pas la même. En reconnaissant Ebrima comme son égal devant Jan Wolman et Albert Willemsen, Carlos s'engagerait.

Et Ebrima serait libre.

Carlos dit enfin :

« Part à quatre, alors. Albert, Barney, Ebrima et moi. »

Le cœur d'Ebrima fit un bond dans sa poitrine, mais il resta impassible. Il croisa le regard d'Evi ; elle avait l'air contente.

C'est alors que Barney lança :

« Je n'en suis pas, dit-il.

— Comment cela ? demanda Carlos.

— C'est Ebrima et toi qui avez inventé ce fourneau, poursuivit Barney. Je n'ai presque rien fait. Et de toute façon, je ne compte pas rester à Anvers. »

Ebrima entendit Imke réprimer un hoquet. Elle était déçue, bien sûr : elle était tombée amoureuse de Barney.

« Où penses-tu aller, Barney ? demanda Carlos.

— Chez moi, répondit Barney. Il y a plus de deux ans que je n'ai pas de nouvelles de ma famille. À notre arrivée à Anvers, Jan m'a confirmé que ma mère avait tout perdu lors de la prise de Calais. Mon frère, Ned, ne travaille plus dans l'entreprise familiale – il n'y a plus d'entreprise – et il occupe un poste de secrétaire ou quelque chose de ce genre à la cour de la reine Élisabeth. Je veux les voir tous les deux. Je veux m'assurer qu'ils vont bien.

— Et comment iras-tu à Kingsbridge ?

— Un navire en provenance du port de Combe est à quai, ici, à Anvers en ce moment même – le *Hawk*, qui appartient à Dan Cobley, et dont le capitaine est Jonas Bacon.

— Tu n'as pas assez d'argent pour payer la traversée.

— J'ai parlé hier au second, Jonathan Greenland. Je le connais depuis toujours. Un des membres de l'équipage – le forgeron et charpentier de bord – est mort en venant ici. J'ai pris son poste, juste pour le voyage qui me ramènera chez moi.

— Mais comment gagneras-tu ta vie en Angleterre si l'entreprise de ta famille a disparu ? »

Barney esquissa ce sourire canaille qui brisait le cœur des filles comme Imke.

« Je ne sais pas encore, répondit-il. Je trouverai bien quelque chose. »

*

Barney interrogea Jonathan Greenland dès que le *Hawk* fut en pleine mer et que l'équipage put penser à autre chose qu'à manœuvrer le navire.

Jonathan avait passé l'hiver précédent à Kingsbridge, et n'avait embarqué que quelques semaines auparavant, de sorte qu'il était au courant des dernières nouvelles. Il était passé voir Alice, la mère de Barney, pensant qu'elle serait comme toujours avide d'obtenir des informations de par-delà des mers. Il l'avait trouvée assise et désœuvrée dans le grand salon de la maison, les yeux rivés sur la façade de la cathédrale, entourée de vieux registres qu'elle n'ouvrait pas. Il avait entendu dire qu'elle assistait aux séances du conseil des échevins mais n'y prenait jamais la parole. Barney avait du mal à imaginer sa mère autrement qu'en train de faire du négoce. D'aussi loin qu'il s'en souvînt, Alice ne vivait que pour les transactions, les pourcentages et les bénéfices ; gagner de l'argent en faisant des affaires était une tâche qui l'absorbait entièrement. Cette transformation était inquiétante.

Sir Reginald Fitzgerald, responsable de la ruine d'Alice, était encore maire de Kingsbridge, et habitait la Porte du Prieuré, son gigantesque nouveau palais, lui annonça Jonathan. En revanche, l'évêque Julius avait été destitué. La reine Élisabeth avait rompu toutes ses promesses et l'Angleterre était revenue au protestantisme. La reine exigeait de tous les ecclésiastiques qu'ils prêtent le serment de Suprématie lui jurant allégeance en tant que gouvernante suprême de l'Église d'Angleterre : tout refus était assimilé à une trahison. La quasi-totalité du bas clergé avait accepté, mais la plupart des vieux évêques catholiques s'y étaient refusés. Ils auraient pu être exécutés, si Élisabeth n'avait décrété que personne ne devait mourir pour sa foi, et elle tenait parole – pour l'instant. La plupart des évêques avaient été simplement démis de leurs fonctions. Julius vivait avec deux ou trois anciens moines dans une maison rattachée à l'église Saint-Marc, au nord de Kingsbridge. Jonathan l'avait vu ivre un samedi soir, à la taverne de la Cloche, racontant à qui voulait l'entendre que la véritable foi catholique allait bientôt être rétablie. Il offrait un spectacle pitoyable, disait Jonathan, mais Barney estimait que ce vieux prêtre malveillant aurait mérité un sort bien pis encore.

Jonathan exposa aussi à Barney les attraits de la vie de marin. Jonathan était chez lui en mer : il était tanné par le soleil, musclé, les pieds et les mains durs comme du bois, aussi agile qu'un écureuil dans les gréements. Vers la fin de la guerre contre la France, le *Hawk* avait capturé un vaisseau français. L'équipage avait partagé le butin avec le capitaine Bacon et Dan Cobley, et Jonathan avait reçu une prime de soixante livres en plus de son salaire. Il avait acheté une maison à Kingsbridge pour sa mère qui était veuve, et avait rejoint l'équipage dans l'espoir que l'opération se renouvellerait.

« Mais nous ne sommes plus en guerre, objecta Barney. Si vous vous emparez d'un navire français aujourd'hui, vous vous rendez coupable de piraterie. »

Jonathan haussa les épaules.

« On sera bien en guerre contre quelqu'un avant longtemps. »

Il tirailla sur un cordage, vérifia qu'un nœud était aussi serré qu'il pouvait l'être, et Barney devina qu'il ne souhaitait pas être interrogé de trop près sur la piraterie.

Changeant de sujet, il lui demanda des nouvelles de son frère. Ned était venu à Kingsbridge pour Noël, vêtu d'un coûteux manteau noir tout neuf et paraissant plus mûr que ses vingt ans. Jonathan savait qu'il travaillait avec sir William Cecil, qui était secrétaire d'État, et l'on disait à Kingsbridge que, malgré son jeune âge, Ned était un personnage de plus en plus puissant à la Cour. Jonathan lui avait parlé dans la cathédrale, le jour de Noël, sans apprendre grand-chose : il était resté dans le vague à propos de ses fonctions auprès de la reine, et Jonathan en avait déduit qu'il devait évoluer dans le monde impénétrable de la diplomatie internationale.

« J'ai hâte de les revoir, dit Barney.

— Je m'en doute.

— On ne devrait plus en avoir que pour quelques jours, maintenant. »

Jonathan vérifia un autre cordage et détourna le regard.

Personne ne s'attendait à devoir livrer bataille en traversant la Manche entre Anvers et le port de Combe, mais Barney se dit qu'il devrait payer sa traversée en veillant à ce que les canons du *Hawk* soient parés à tirer.

Les navires marchands avaient besoin de canons autant que n'importe quel vaisseau. La navigation maritime était une entreprise dangereuse. En temps de guerre, les bateaux d'une nation belligérante pouvaient légitimement attaquer les bâtiments ennemis ; or tous les grands pays étaient en guerre aussi souvent qu'en paix. En temps de paix, la même activité était qualifiée de piraterie, mais les choses se passaient à peu près de la même manière. Tous les vaisseaux devaient être capables de se défendre.

Le *Hawk* avait douze canons, exclusivement des *minions* de bronze, des petits canons qui tiraient des boulets de quatre livres. Les minions étaient disposés sur le pont-batterie, juste sous le pont supérieur, six de chaque côté. Ils faisaient feu à travers des trous carrés pratiqués dans la coque. La construction navale avait changé pour s'adapter à cette nécessité. Dans les vaisseaux anciens, pareils sabords auraient gravement affaibli la structure. Mais le *Hawk* avait un bordé à franc-bord, renforcé par une charpente intérieure de pièces de bois massif, les planches de la coque étant fixées à cette structure comme la peau sur la cage thoracique. L'avantage supplémentaire était que les boulets de canon ennemis pouvaient percer de multiples trous dans la coque sans que le bâtiment coule fatalement.

Barney nettoya et graissa les canons, en veillant à ce qu'ils glissent librement sur leurs roues, et procéda à de petites réparations à l'aide des outils laissés par le précédent forgeron qui était mort. Il vérifia le stock de munitions : tous les canons avaient des fûts de même calibre et pouvaient tirer des boulets de fonte interchangeables.

Sa tâche principale consistait à s'assurer que la poudre à canon était conservée dans de bonnes conditions. Elle avait tendance à absorber l'humidité – surtout en mer – et Barney vérifia que des filets de charbon de bois étaient accrochés au plafond du pont-batterie pour assécher l'atmosphère. L'autre risque était que les composants de la poudre à canon – le salpêtre, le charbon de bois et le soufre – se dissocient avec le temps, le salpêtre, plus lourd, tombant au fond, rendant le mélange inoffensif. Dans l'armée, Barney avait appris à retourner les tonneaux de poudre une fois par semaine.

Il avait même étalonné les canons. Il ne voulait pas perdre de munitions, mais le capitaine Bacon l'avait laissé tirer quelques boulets. Tous les fûts des canons étaient montés sur un tourillon fixé dans le support rainuré de l'affût, ce qui permettait de l'incliner facilement vers le haut ou le bas. Quand le fût était positionné à un angle de quarante-cinq degrés – l'inclinaison qui assurait la plus longue portée – les minions pouvaient projeter un boulet de quatre livres à environ mille brasses, soit cinq mille pieds. On modifiait l'inclinaison en relevant la partie arrière du fût à l'aide de cales. Quand le fût était à l'horizontale, le boulet tombait dans l'eau à mille pieds. Barney en déduisit que la portée s'accroissait d'un peu plus de six cents pieds chaque fois que l'on relevait le fût de sept degrés au-dessus de l'horizontale. Il avait apporté avec lui un rapporteur en fer de l'armée avec un fil à plomb et une échelle incurvée pour mesurer les angles. En plaçant la tige de l'instrument dans le fût du canon, il pouvait mesurer avec exactitude son angle de tir. Sur terre, cela fonctionnait bien, mais en mer, les mouvements constants du bateau nuisaient à la précision.

Le quatrième jour, Barney, désœuvré, se retrouva à nouveau sur le pont avec Jonathan. Ils traversaient une baie, longeant la côte par bâbord comme c'était le cas depuis que le *Hawk* avait quitté l'estuaire de l'Escaut occidental pour entrer dans la Manche. Sans être expert en navigation, Barney estimait qu'à présent, ils auraient dû avoir la côte d'Angleterre par tribord. Il fronça les sourcils :

« Dans combien de temps pensez-vous que nous arriverons au port de Combe ? »

Jonathan haussa les épaules.

« Je n'en sais rien. »

Une éventualité déplaisante traversa l'esprit de Barney.

« C'est bien là que nous allons ?

— Tôt ou tard, oui.

— Tôt ou tard ? répéta Barney, de plus en plus inquiet.

— Le capitaine Bacon ne me confie pas ses intentions. Ni à moi ni à un autre, d'ailleurs.

— Mais vous avez l'air de penser qu'il se pourrait que nous ne rentrions pas chez nous.

— J'observe la côte. »

Barney regarda plus attentivement. Dans la profondeur de la baie, juste au large du littoral, une petite île surgissait de l'eau. Des falaises escarpées conduisaient au sommet où une grande église était perchée de façon précaire comme une mouette géante. L'endroit lui disait quelque chose et il se rendit compte avec consternation qu'il l'avait déjà vu – à deux reprises. C'était le Mont-Saint-Michel. Il était passé devant une première fois en allant à Séville, trois ans auparavant, puis à nouveau en se rendant d'Espagne aux Pays-Bas, il y avait deux ans de cela.

« Nous allons en Espagne, c'est cela ? demanda-t-il à Jonathan.

— On dirait bien.

— Vous auriez pu me le dire.

— Je ne le savais pas. Quoi qu'il en soit, nous avons besoin d'un artilleur. »

Barney n'avait pas de mal à comprendre pourquoi. Et cela expliquait que Bacon l'ait engagé alors qu'il n'y avait pas grand-chose à faire à bord pour un forgeron.

« Autrement dit, vous m'avez piégé, Bacon et vous, pour que je rejoigne l'équipage. »

Jonathan haussa encore les épaules.

Barney regarda vers le nord. Le port de Combe était à vingt-cinq lieues dans cette direction. Le Mont-Saint-Michel se trouvait pour sa part à une demi-lieue peut-être, au milieu de vagues d'au moins trois pieds. Il n'avait aucune chance de l'atteindre à la nage, il le savait. Ce serait du suicide.

Au bout d'un long moment, il demanda :

« Mais après Séville, nous reviendrons au port de Combe, au moins ?

— Peut-être, répondit Jonathan. Ou peut-être pas. »

11

Pendant qu'Odette accouchait, péniblement et bruyamment, Pierre se demandait comment se débarrasser du bébé.

Les souffrances d'Odette étaient le châtiment divin de son impudeur. Elle les avait méritées. Il y avait une justice sur terre, après tout, pensait Pierre.

Et le bébé serait à peine là qu'il lui serait enlevé. Il s'assit au rez-de-chaussée de la petite maison et feuilleta son carnet relié en cuir noir pendant que la sage-femme s'occupait d'Odette dans la chambre à coucher. Les restes d'un petit déjeuner interrompu traînaient sur la table devant lui : du pain, du jambon et quelques radis précoces. La pièce était sinistre, avec ses murs nus, son sol de pierre, son âtre vide et une unique petite fenêtre donnant sur une ruelle étroite et sombre. Pierre la détestait.

D'habitude, il partait tout de suite après le petit déjeuner. Il commençait généralement par aller à l'hôtel de la famille de Guise, dans la Vieille-rue-du-Temple, où les sols étaient de marbre et les murs ornés de tableaux splendides. La plupart du temps, il y passait la journée, ou se rendait au palais du Louvre, auprès du cardinal Charles ou du duc François. La fin d'après-midi était souvent occupée par des réunions avec des membres de son réseau croissant d'espions qui allongeaient la liste des noms de protestants de son carnet noir. Il regagnait rarement la petite maison des Halles avant l'heure du coucher. Mais ce jour-là, il attendait la naissance du bébé.

On était en mai 1560, et ils étaient mariés depuis cinq mois.

Pendant les premières semaines, Odette avait cherché, à force de cajoleries, à l'amener à avoir des relations charnelles normales. Elle faisait des efforts de coquetterie, mais cela ne lui était pas naturel, et quand elle tortillait son gros postérieur en lui souriant, exhibant ses dents de travers, il n'éprouvait que répulsion. Par la suite, elle s'était mise à le railler alternativement pour son impuissance ou son homosexualité présumée. Ses flèches ne faisaient pas mouche. Il pensait avec nostalgie aux longs après-midi dans le lit douillet de la veuve Bauchêne – mais les quolibets d'Odette n'en étaient pas moins agaçants.

Leur ressentiment mutuel s'était cristallisé en une froide aversion au fur et à mesure que le ventre de la jeune femme enflait, tout au long d'un hiver rigoureux et du début d'un printemps pluvieux. Leurs conversations s'étaient réduites à des échanges laconiques à propos des repas, de la lessive, de l'argent du ménage et du travail de Nath, leur jeune servante maussade. Pierre enrageait sans discontinuer. L'image de sa détestable femme lui empoisonnait l'existence. La perspective de devoir vivre non seulement avec Odette mais avec son bébé, l'enfant d'un autre, en arriva à lui paraître tellement odieuse qu'elle en devint inenvisageable.

Peut-être le marmot serait-il mort-né. Il l'espérait. Cela simplifierait tout.

Odette cessa de hurler, et quelques instants plus tard, Pierre entendit les vagissements d'un bébé. Il soupira : son vœu n'avait pas été exaucé. La voix du petit bâtard paraissait d'une écœurante santé. Il se frotta les yeux, puis se prit la tête entre les mains, avec lassitude. Rien n'était facile, rien ne marchait jamais comme il l'espérait. Il était toujours déçu. Il lui arrivait de se demander s'il n'avait pas fait fausse route dans toute sa philosophie de vie.

Il rangea le carnet d'adresses dans un coffre à documents, le verrouilla et glissa la clé dans sa poche. Il ne pouvait pas garder le carnet chez les Guises car il n'y avait pas de pièce à lui.

Il se leva. Il savait ce qu'il allait faire.

Il monta à l'étage.

Odette gisait dans son lit, les yeux clos. Elle était pâle et trempée de sueur, mais elle respirait normalement. Soit elle dormait, soit elle reprenait des forces. Nath, la domestique, roulait en boule un drap taché de sang et de mucosités. La sage-femme tenait le minuscule bébé sur son bras gauche, tout en lui lavant, de la droite, la tête et le visage avec un linge trempé dans une cuvette d'eau.

C'était une chose affreuse, rouge et ridée, coiffée d'une sorte de paillasson de cheveux noirs, et qui faisait un bruit horripilant.

Sous les yeux de Pierre, la sage-femme enroula le bébé dans une petite couverture bleue – un cadeau, se rappela-t-il, fait à Odette par Véronique de Guise.

« C'est un garçon », annonça-t-elle.

Il n'avait pas prêté attention au sexe du bébé, et pourtant il l'avait vu nu.

Sans ouvrir les yeux, Odette dit :

« Il s'appelle Alain. »

Pierre aurait pu la tuer. Non seulement on exigeait qu'il élève l'enfant, mais elle prétendait l'obliger à repenser à longueur de journée à Alain de Guise, le jeune aristocrate gâté qui était le vrai père du bâtard. Eh bien, il lui réservait une surprise.

« Tenez, prenez-le », dit la sage-femme en tendant le paquet emmailloté à Pierre. Il remarqua que la couverture de Véronique était faite d'une laine douce et précieuse.

« Ne lui donnez pas le bébé », marmonna Odette.

Mais c'était trop tard. Pierre tenait déjà l'enfant. Il ne pesait pas plus lourd qu'une plume. L'espace d'un instant, il éprouva un sentiment étrange, une envie soudaine de protéger de tout mal ce petit être humain impuissant ; mais il la réprima promptement. *Je ne vais pas me laisser gâcher la vie par cette petite saleté*, pensa-t-il.

Se redressant dans le lit, Odette lui dit :

« Donne-moi le bébé. »

La sage-femme chercha à reprendre le paquet, mais Pierre résista.

« Comment as-tu dit qu'il s'appelait, Odette ? demanda-t-il d'un ton agressif.

— Peu importe, donne-le-moi. »

Elle écarta les couvertures, dans l'intention évidente de se lever, mais poussa un cri, comme prise d'un spasme de douleur, et retomba sur son oreiller.

La sage-femme parut inquiète.

« Il faudrait faire téter le bébé, maintenant », dit-elle.

Pierre constata que la bouche de l'enfant faisait une espèce de moue comme s'il cherchait à aspirer quelque chose, mais il n'avalait que de l'air. Il le garda tout de même dans ses bras.

La sage-femme s'approcha, déterminée à lui reprendre le bébé mais, le tenant au creux d'un bras, Pierre la frappa durement de l'autre main, au visage : elle tomba en arrière. Nath poussa un cri. Odette se redressa à nouveau, blême de douleur. Pierre se dirigea vers la porte avec l'enfant.

« Reviens ! s'écria Odette. Pierre, je t'en prie, ne me prends pas mon bébé ! »

Il sortit, claqua la porte derrière lui et descendit l'escalier.

Le bébé pleurait. Malgré la douceur de la soirée de printemps, Pierre jeta une cape sur ses épaules pour pouvoir dissimuler le petit. Puis il quitta la maison.

Le nouveau-né semblait apprécier le mouvement : dès que Pierre se mit à marcher d'un bon pas, il cessa de vagir. Ce fut un soulagement pour lui ; il se rendit compte que les cris de l'enfant l'avaient tracassé, comme s'il avait été censé y remédier.

Il se dirigea vers l'île de la Cité. Il n'aurait pas de mal à s'y débarrasser de l'enfant. Il y avait un endroit prévu pour cela, dans la cathédrale. Les bébés non désirés pouvaient être déposés au pied d'une statue de sainte Anne, la mère de la Vierge et la sainte patronne des mères. La coutume voulait que les prêtres placent l'enfant abandonné dans un berceau à la vue de tous, et parfois, un couple au cœur tendre l'adoptait par charité. Sinon, il était élevé par des religieuses.

Le bébé s'agita sous son bras, et une nouvelle fois, il lui fallut réprimer un sentiment irrationnel lui intimant de l'aimer et de prendre soin de lui.

Expliquer la disparition d'un enfant de Guise, fût-il bâtard, serait plus compliqué. Pierre avait cependant une fable toute prête. Dès son retour, il congédierait la sage-femme et la servante. Il raconterait ensuite au cardinal Charles que l'enfant était mort-né, que le chagrin avait plongé Odette dans la folie et qu'elle refusait d'admettre que son bébé était mort. Pierre brodait tout en marchant, inventant quelques détails : elle avait fait semblant d'allaiter le bébé, lui avait enfilé des vêtements neufs, l'avait couché dans un berceau et avait prétendu qu'il dormait.

Charles aurait des soupçons, mais le récit était plausible, et personne ne pourrait rien prouver. Pierre avait bon espoir de s'en sortir ainsi. Il avait fini par comprendre, au cours des deux années écoulées, que Charles ne l'aimait pas et ne l'aimerait jamais, mais qu'il le jugeait trop utile pour se passer de lui. Pierre avait retenu la leçon : tant qu'il serait indispensable, il n'aurait rien à craindre.

Les rues étaient noires de monde, comme toujours. Il passa devant un gros tas d'ordures : des cendres, des arêtes de poisson, les excréments de la nuit, des balayures d'écurie, des chaussures usées. Il envisagea un instant de déposer le bébé sur des immondices de ce genre ; encore faudrait-il s'assurer que personne ne le voie. Il remarqua alors un rat qui grignotait le museau d'un chat mort et songea que le bébé subirait le même sort, mais vivant. Il n'avait tout de même pas le cœur de faire une chose pareille. Il n'était pas un monstre.

Il traversa la Seine par le pont Notre-Dame et entra dans la cathédrale ; arrivé dans la nef, il commença à douter de l'ingéniosité de son plan. Comme d'habitude, la vaste église était loin d'être déserte : des prêtres y côtoyaient des fidèles, des pèlerins, des colporteurs et des prostituées. Il s'avança lentement dans la nef jusqu'au niveau de la petite chapelle latérale dédiée à sainte Anne. Pourrait-il déposer discrètement l'enfant par terre devant la statue ? Il ne savait pas comment s'y prendre. Sans doute une indigente ne se préoccupait-elle pas d'être vue : personne ne la connaissait et elle pouvait s'esquiver et disparaître avant que quiconque ait la présence d'esprit de l'interroger. C'était une autre affaire pour un jeune homme bien vêtu. Il suffirait que le bébé pleure pour qu'il ait des ennuis. Sous sa cape, il pressa le petit corps chaud contre lui, espérant à la fois étouffer tout bruit éventuel et le dissimuler aux regards. Il songea qu'il aurait mieux fait de venir tard dans la nuit, ou de très bonne heure le matin. Mais qu'aurait-il fait de l'enfant entre-temps ?

Une mince jeune femme en robe rouge attira son regard, et il eut une idée. Il donnerait de l'argent à l'une des prostituées pour qu'elle prenne le bébé et le dépose dans la chapelle. Ces femmes ne le connaissaient pas, et personne ne pourrait identifier l'enfant. Il était sur le point d'aborder la femme en rouge quand il entendit avec effroi une voix familière.

« Pierre, mon cher ami, comment allez-vous ? »

C'était son ancien directeur d'études.

« Père Moineau ! » s'exclama-t-il, catastrophé.

C'était désastreux. Si le bébé se mettait à pleurer, comment Pierre expliquerait-il ce qu'il s'apprêtait à faire ?

Le visage carré, rougeaud, du prêtre était plissé par un large sourire. « Quel plaisir de vous voir ! Il paraît que vous êtes devenu un homme important !

— Plus ou moins », répondit Pierre. Et il ajouta, aux abois : « Ce qui veut dire, hélas, que je suis pressé et obligé de vous laisser. »

Moineau blêmit sous la rebuffade.

« Je vous en prie, dit-il sèchement. Je m'en voudrais de vous retenir. »

Pierre mourait d'envie de lui avouer ses ennuis, mais la nécessité la plus pressante était de sortir de la cathédrale.

« Je vous demande pardon, mon père. Je passerai vous voir sans tarder.

— Si vous en trouvez le temps, répondit Moineau, sarcastique.

— Je suis désolé. Au revoir. »

Moineau lui tourna le dos sans répondre, irrité.

Pierre retraversa précipitamment la nef et sortit par le portail ouest. Il était consterné d'avoir offensé Moineau, la seule personne au monde à qui il aurait pu se confier. Pierre avait des maîtres et des serviteurs, mais n'avait pas d'amis, à l'exception de Moineau. Et voilà qu'il l'avait froissé.

Il chassa le vieux prêtre de son esprit et reprit le pont en sens inverse. Il aurait bien voulu pouvoir jeter son fardeau dans la Seine, mais on l'aurait vu. Et il savait que le père Moineau se serait refusé à lui affirmer qu'un tel crime était la volonté de Dieu. Les péchés commis pour une bonne cause pouvaient être absous, mais il y avait des limites.

Puisqu'il ne pouvait pas laisser le bébé dans la cathédrale, il le remettrait directement aux religieuses. Il connaissait un couvent qui faisait office d'orphelinat : il se trouvait dans le quartier opulent de l'est de la ville, non loin de l'hôtel de la famille de Guise. Il prit cette direction. Il aurait probablement dû choisir cette solution d'emblée : la cathédrale avait été une mauvaise idée.

Le lieu auquel il pensait était le couvent de la Sainte-Famille. Les sœurs ne dirigeaient pas seulement un orphelinat mais aussi une école pour filles et garçons. En approchant, Pierre entendit le chahut caractéristique d'enfants en train de jouer. Il gravit les marches menant à une grande porte sculptée et entra dans un vestibule frais, calme, au sol de pierre.

Il sortit le bébé de sous sa cape. Le petit avait les yeux fermés, mais il respirait encore. Il agita ses petits poings devant son visage comme s'il essayait d'enfoncer son pouce dans sa bouche.

Quelques instants plus tard, une jeune religieuse apparut silencieusement dans le vestibule. Elle regarda fixement l'enfant.

Pierre prit sa voix la plus autoritaire.

« Je dois parler à votre mère supérieure, et tout de suite.
— Oui, messire », répondit la sœur.

Elle était polie, mais fort peu intimidée : un homme qui tenait un nouveau-né dans ses bras ne pouvait pas être bien redoutable, songea Pierre.

« Puis-je vous demander qui vous êtes ? » reprit-elle.

Pierre avait prévu cette question.

« Je suis le docteur Jean de la Rochelle, et je suis attaché au collège de la Sainte-Trinité, à l'université. »

La religieuse ouvrit une porte.

« Si vous voulez bien attendre ici. »

Pierre entra dans une petite pièce agréable, ornée d'une statue en bois peint représentant Marie, Joseph et l'enfant Jésus. Le seul autre élément de mobilier était un banc, mais Pierre ne s'assit pas.

Une sœur plus âgée entra quelques minutes plus tard. « Docteur Roche ?

— De la Rochelle », rectifia Pierre. Peut-être avait-elle délibérément écorché son nom pour le tester.

« Excusez-moi. Je suis mère Ladoix.

— La maman de ce petit garçon est possédée du démon », déclara Pierre sur un ton dramatique.

Ses propos eurent l'effet escompté. Visiblement choquée, mère Ladoix se signa et dit :

« Que Dieu nous protège.
— Elle ne peut évidemment pas élever son bébé. Il mourrait.
— Et la famille ?
— C'est un enfant illégitime. »

La mère supérieure commençait à se remettre de son saisissement initial et elle jeta un regard sceptique à Pierre.

« Et le père ?
— Ce n'est pas moi, je vous assure, si c'est à cela que vous pensez », répondit-il avec hauteur.

Elle parut gênée.

« Assurément non.
— Il s'agit néanmoins d'un très jeune noble. Je suis le médecin de la famille. Naturellement, je ne puis vous révéler leur nom.

— Je comprends. »

Le bébé se mit à pleurer. Presque machinalement, mère Ladoix prit le petit paquet emmailloté des bras de Pierre et se mit à le bercer.

« Il a faim, remarqua-t-elle.

— Sans nul doute, acquiesça Pierre.

— Cette couverture est fort douce. Elle a dû coûter cher. »

C'était un appel du pied. Pierre sortit sa bourse. Il n'avait pas prévu cela, mais par bonheur, il avait de l'argent sur lui. Il compta dix écus d'or, suffisamment pour nourrir un enfant pendant des années.

« La famille m'a demandé de vous offrir dix écus, et de vous dire qu'elle vous verserait la même somme chaque année, aussi longtemps que le petit vivra ici. »

Mère Ladoix hésita. Pierre devina qu'elle se demandait ce qu'elle devait croire de ce récit. Mais s'occuper des enfants non désirés était sa mission dans la vie. Et dix écus étaient une grosse somme. Elle prit les pièces.

« Merci, dit-elle. Nous nous occuperons bien de ce petit garçon.

— Je prierai pour lui et pour vous.

— Et j'espère bien vous revoir ce même jour, dans un an. »

L'espace d'un instant, Pierre fut désarçonné. Puis il comprit qu'elle l'invitait à revenir avec les dix écus promis. Elle pourrait l'attendre longtemps. Il mentit :

« Je reviendrai. Le même jour, dans un an. »

Il ouvrit la porte et s'effaça pour laisser passer la religieuse. Quittant la pièce, elle disparut en silence dans les profondeurs du couvent.

Pierre sortit le cœur léger et s'éloigna d'un pas vif. Il exultait. Il s'était débarrassé du bâtard. Il pouvait s'attendre à une volée de bois vert à la maison, mais tant pis. Plus rien ne le rattachait désormais à la repoussante Odette. Peut-être réussirait-il également à se débarrasser d'elle.

Pour fêter cela, et retarder le moment où il devrait l'affronter, il entra dans une taverne et commanda une coupe de xérès. Assis là, seul, à siroter le vin fort et tuilé, il songea à son travail.

Il était plus ardu maintenant qu'à ses débuts. Le roi

François II avait multiplié les procès de protestants, peut-être sous l'influence de son épouse écossaise, Marie Stuart, mais plus sûrement sous celle des oncles de Marie. Face à ce durcissement des persécutions, les protestants étaient devenus plus prudents.

Plusieurs des espions de Pierre étaient des protestants qui avaient été arrêtés et menacés de torture s'ils n'acceptaient pas de trahir leurs frères. Mais les hérétiques avaient percé le stratagème et ne faisaient plus systématiquement confiance à leurs coreligionnaires. Désormais, ils se connaissaient souvent par leur seul prénom, ne révélant ni leur nom de famille, ni leur adresse. C'était comme un jeu dans lequel à chaque mouvement de l'Église répondait une parade des hérétiques. Charles était patient, cependant, et Pierre implacable. Et c'était un jeu qui se terminait par la mort.

Il vida sa coupe et rentra chez lui à pied.

À son arrivée, il eut la désagréable surprise de trouver le cardinal Charles qui l'attendait dans son salon, en pourpoint de soie rouge.

La sage-femme était campée derrière le cardinal, bras croisés, menton relevé dans une attitude de défi.

Charles lui demanda sans préambule :

« Qu'avez-vous fait de l'enfant ? »

Pierre reprit rapidement ses esprits et réfléchit. Odette avait réagi plus vite que prévu. Il avait sous-estimé la force de l'instinct maternel. Elle avait dû retrouver suffisamment de vigueur après son accouchement pour envoyer au cardinal un appel au secours, probablement par l'intermédiaire de Nath. Celle-ci avait eu la chance que Charles soit chez lui et accepte de venir aussitôt. Résultat, Pierre se trouvait dans de beaux draps.

« En lieu sûr, répondit-il à la question du cardinal.

— Si vous avez tué un enfant de Guise, par Dieu, vous en mourrez, aussi utile que vous puissiez être pour traquer les blasphémateurs.

— Le bébé est en vie et en bonne santé.

— Où ? »

Toute résistance était inutile. Pierre céda.

« Au couvent de la Sainte-Famille. »

La sage-femme prit l'air triomphant. Profondément humilié, Pierre regretta de l'avoir giflée.

« Retournez le chercher », ordonna Charles.

Pierre hésita. Cette simple idée le révulsait, mais il ne pouvait tenir tête au cardinal sans détruire tout ce qu'il avait bâti.

« Et je vous conseille de le ramener ici vivant », insista Charles.

Pierre songea que si le bébé mourait à présent de causes naturelles – comme cela arrivait souvent aux nourrissons dans les premières heures de leur vie – c'était lui que l'on accuserait, et il risquait fort d'être exécuté pour meurtre.

Il se dirigea vers la porte.

« Un instant, reprit Charles. Écoutez-moi bien. Vous vivrez avec Odette et prendrez soin d'elle et de son enfant jusqu'à la fin de vos jours. Telle est ma volonté. »

Pierre resta coi. Personne ne pouvait défier la volonté de Charles, pas même le roi.

« Et l'enfant s'appelle Alain », ajouta le cardinal.

Pierre acquiesça d'un hochement de tête, et quitta la maison.

*

Pour Sylvie, ce fut la belle vie pendant six mois.

La vente des livres lui permit de louer avec sa mère une agréable petite maison avec deux chambres rue de la Serpente, dans le quartier de l'Université, sur la rive gauche de la Seine, et elle transforma le salon donnant sur l'avant en boutique. Elles vendaient du papier, de l'encre et toutes les fournitures nécessaires aux professeurs, aux étudiants et au public cultivé. Sylvie achetait le papier dans le quartier Saint-Marcel, un faubourg situé hors de l'enceinte de la ville, au sud, où les fabricants disposaient d'eau à volonté grâce à la Bièvre, un affluent de la Seine. Elle confectionnait l'encre elle-même à partir de noix de galle, les excroissances verruqueuses qu'elle recueillait sur l'écorce des arbres dans les bois. C'était son père qui lui avait transmis cette recette. L'encre d'imprimerie était différente : comme elle devait être plus visqueuse, on y mettait de l'huile, mais Sylvie savait aussi préparer une encre plus diluée pour l'usage quotidien. Bien que la boutique ne rapportât pas suffisamment pour les faire vivre toutes les deux, c'était une bonne couverture pour leur commerce plus lucratif.

Isabelle s'était remise de son état dépressif, mais elle avait vieilli. L'horreur que les deux femmes avaient vécue semblait avoir affaibli la mère et fortifié la fille. C'était maintenant Sylvie qui avait les rênes en main.

Elle menait une vie dangereuse de criminelle et d'hérétique, et pourtant, paradoxalement, elle était heureuse. Quand elle y songeait, elle se demandait si ce n'était pas parce que, pour la première fois de sa vie, aucun homme ne lui disait ce qu'elle devait faire. C'était elle qui avait décidé d'ouvrir la boutique, choisi de rejoindre la communauté protestante et continué à vendre les livres interdits. Elle tenait sa mère informée de tout, mais c'était elle qui prenait les décisions. Elle était heureuse parce qu'elle était libre.

Elle aurait bien voulu tout de même avoir un homme à serrer dans ses bras la nuit, mais pas au prix de sa liberté. La plupart des maris traitaient leurs épouses comme des enfants, la seule différence étant que les femmes pouvaient travailler plus dur. Peut-être existait-il quelque part des hommes qui ne les considéraient pas comme leur propriété ; en tout état de cause, elle n'en avait jamais rencontré.

Sylvie leur avait inventé de nouveaux noms, afin que les autorités ne puissent pas établir de lien avec Gilles Palot, l'hérétique mort sur le bûcher. Elles s'appelaient désormais Thérèse et Jacqueline Saint-Quentin. Comprenant leurs raisons, les protestants avaient respecté leur décision. Les deux femmes n'avaient pas d'amis qui ne fussent pas protestants.

Leurs faux noms avaient abusé un membre de l'administration municipale qui était venu inspecter la boutique peu après son ouverture. Il avait fait le tour des locaux et posé toutes sortes de questions. Sylvie s'était même demandé si ce n'était pas un informateur de Pierre Aumande. D'un autre côté, n'importe quelle papeterie aurait pu fait l'objet d'un contrôle destiné à vérifier qu'on n'y vendait pas de littérature illégale. Il n'y avait pas de livres dans la maison, uniquement des carnets et des registres, et l'homme était reparti satisfait.

Les ouvrages de contrebande étaient conservés dans l'entrepôt de la rue du Mur, et Sylvie ne les sortait qu'un par un, quand elle avait un client ; aussi les ouvrages compromettants ne restaient-ils jamais plus de quelques heures chez elle. Mais un dimanche matin de l'été 1560, lorsqu'elle se rendit à l'entrepôt chercher une bible de Genève en français, elle s'aperçut qu'il n'en restait plus qu'une.

En vérifiant les caisses, elle constata que la plupart contenaient des textes obscurs, comme les œuvres d'Érasme, qu'elle ne pouvait vendre qu'occasionnellement à des prêtres à l'esprit ouvert ou à des étudiants curieux. Elle aurait dû s'en douter : ces livres étaient restés dans l'entrepôt parce qu'ils ne se vendaient pas. En dehors de la Bible, le seul ouvrage relativement populaire était l'*Institution de la religion chrétienne*, le manifeste de Jean Calvin. Voilà pourquoi son père était en train d'imprimer de nouvelles bibles à la fin du mois de septembre, quand les Guises avaient frappé. Mais les exemplaires qui avaient été découverts dans la boutique et avaient condamné Gilles à mort avaient été brûlés.

Elle se reprocha alors son manque de prévoyance. Qu'allait-elle faire à présent ? Elle repensa avec horreur à l'activité à laquelle elle avait failli se livrer pendant l'hiver, alors qu'elles étaient sur le point de mourir de faim, sa mère et elle. Jamais, se jura-t-elle.

En rentrant chez elle, elle passa par les Halles, le quartier où vivait Pierre. Malgré la répugnance qu'il lui inspirait, elle essayait de ne pas le perdre de vue. Son maître, le cardinal Charles, était responsable de la répression royale contre les protestants de Paris, et Sylvie était convaincue que Pierre continuait, de près ou de loin, à prendre part à la chasse. Il ne pouvait plus espionner lui-même, car tout le monde le connaissait, mais était probablement à la tête d'un réseau d'espions.

Sylvie avait discrètement surveillé la maison de Pierre, et bavardé avec des clients de la taverne Saint-Étienne, juste à côté de chez lui. Les gardes de la maison de Guise venaient souvent y boire, et il lui arrivait de recueillir ainsi des informations utiles sur ce que tramait la famille. Elle avait également appris que Pierre s'était remarié très rapidement après l'annulation de leur mariage. Il avait maintenant une femme appelée Odette, un petit garçon, Alain, et une servante du nom de Nath : à en croire les ragots des buveurs, Odette et Nath détestaient Pierre. Sylvie n'avait pas encore parlé ni à l'une ni à l'autre, mais elles se connaissaient de vue, et elle espérait bien réussir un jour à les convaincre de trahir les secrets du jeune homme. En attendant, à la Cour, Pierre était surveillé par la jeune marquise de Nîmes qui notait soigneusement tous ceux qu'elle voyait lui parler.

À son retour, quand Sylvie annonça à sa mère qu'elles étaient à court de bibles, celle-ci répondit :

« Nous pourrions laisser tomber les livres et ne vendre que de la papeterie.

— Cela ne rapporterait pas assez, remarqua Sylvie. Et puis je n'ai pas envie de passer ma vie à vendre du papier et de l'encre. Nous avons une mission à accomplir, nous devons aider nos frères et sœurs à lire eux-mêmes la parole de Dieu et à trouver la voie du véritable Évangile. Je veux continuer à le faire. »

Sa mère lui sourit.

« Tu es une bonne fille.

— Mais comment trouver des livres ? Nous ne pouvons pas les imprimer. Les machines de Papa appartiennent à un autre, maintenant.

— Il doit bien y avoir d'autres imprimeurs protestants à Paris.

— Bien sûr – j'ai vu leurs livres chez certains de mes clients. Et nous avons gagné suffisamment d'argent avec les ventes passées pour reconstituer nos réserves. Mais je n'arrive pas à trouver où ils travaillent : le secret est bien gardé. De toute façon, ils peuvent vendre leurs livres eux-mêmes. Pourquoi auraient-ils besoin de moi ?

— Il n'y a qu'un endroit où l'on peut acheter des livres protestants en grandes quantités, c'est Genève », annonça Isabelle d'un ton qui aurait pu faire croire que cette ville était aussi éloignée que la lune.

Sylvie n'était pas du genre à se laisser décourager.

« À quelle distance se trouve Genève ?

— Il n'est pas question que tu y ailles ! C'est une longue route, et un voyage dangereux. Rappelle-toi, tu n'es jamais allée plus loin que les faubourgs de Paris. »

Sylvie fit la brave.

« Il y a bien des gens qui le font. Tu te souviens de Guillaume ?

— Bien sûr. Tu aurais dû l'épouser.

— Je n'aurais jamais dû épouser personne. Comment se rend-on de Paris à Genève ?

— Je n'en ai aucune idée.

— Luc Mauriac le saurait peut-être. »

Isabelle hocha la tête.

« Il est courtier de fret.

— Je n'ai jamais vraiment compris ce que fait un courtier de fret.

— Imagine qu'un capitaine venu de Bordeaux remonte la Seine jusqu'à Paris avec une cargaison de vin. Il charge ensuite son bateau de tissu à destination de Bordeaux, mais cela ne remplit que la moitié de sa cale. Il ne veut pas attendre, il a besoin de trouver de quoi compléter sa cargaison au plus vite. Alors il va voir Luc, qui connaît tous les marchands de Paris et tous les ports d'Europe. Luc lui trouve une cargaison de charbon, de cuir, ou de chapeaux à la mode, dont quelqu'un a besoin à Bordeaux.

— Ce qui veut dire que Luc sait comment aller n'importe où, y compris à Genève.

— Il te répondra qu'il est impossible à une jeune femme de faire un tel voyage.

— Le temps où des hommes me disaient ce que je pouvais ou ne pouvais pas faire est révolu. »

Isabelle la regarda. À la grande surprise de Sylvie, les yeux de sa mère s'emplirent de larmes.

« Tu es tellement courageuse, dit-elle. J'ai du mal à croire que c'est moi qui t'ai mise au monde. »

Ébranlée par l'émotion de sa mère, Sylvie réussit néanmoins à murmurer :

« Je suis exactement comme toi. »

Isabelle secoua la tête.

« Comme la cathédrale est pareille à l'église paroissiale, peut-être. »

Sylvie ne savait comment réagir. Une mère n'était pas censée admirer sa fille : cela aurait dû être l'inverse. Surmontant son embarras, elle finit par annoncer :

« Il est l'heure d'aller à l'office. »

La communauté du relais de chasse avait trouvé un nouveau lieu pour ce qu'ils appelaient parfois leur temple. Sylvie et Isabelle entrèrent dans une vaste cour où l'on pouvait louer des chevaux et des voitures. Elles étaient vêtues comme d'ordinaire, pour qu'on ne les soupçonne pas d'aller à la messe. L'affaire, qui appartenait à un protestant, était fermée ce jour-là, un dimanche, mais les portes n'étaient pas verrouillées. Elles pénétrèrent dans l'écurie, un grand bâtiment de pierre. Un jeune et solide palefrenier brossait la crinière d'un cheval. Il leur jeta un regard dur, prêt à les empêcher de passer, puis il les reconnut et s'écarta.

Au fond de l'écurie, une porte donnait sur un escalier dérobé rejoignant un vaste grenier, qui servait de lieu de culte. Comme toujours, le local ne contenait ni tableaux ni statues, et était meublé de chaises et de bancs très simples. Un des grands avantages de ce lieu était l'absence de fenêtres, qui évitait que l'on entende quoi que ce fût de l'extérieur. Sylvie s'était déjà tenue dehors, dans la rue, alors que l'assemblée chantait à tue-tête et elle n'avait perçu que de très faibles échos de musique qui auraient pu provenir de n'importe lequel des bâtiments religieux voisins : l'église paroissiale, un monastère ou un collège.

Tout le monde dans la salle connaissait Sylvie. Sa profession de libraire en faisait un membre clé de la communauté. De plus, pendant les séances de discussion qu'ils appelaient le temps de partage, elle exprimait souvent des opinions incisives, surtout sur le sujet sensible de la tolérance. Ses idées, comme sa voix lorsqu'elle chantait, ne passaient pas inaperçues. Elle ne serait jamais une aînée, ce rôle étant réservé aux hommes, mais elle n'en était pas moins considérée comme une meneuse.

Sa mère et elle prirent place au premier rang. Sylvie aimait les offices protestants, bien que, contrairement à nombre de ses coreligionnaires, elle ne méprisât pas les rites catholiques : elle comprenait que le parfum de l'encens, les paroles en latin et les mystérieuses harmonies des chants choraux faisaient partie de l'expérience spirituelle de beaucoup de gens, mais elle-même était émue par d'autres choses : la simplicité du langage, la logique des croyances et les cantiques qu'elle pouvait chanter avec les autres.

Ce jour-là toutefois, elle attendit avec impatience la fin de l'office. Luc Mauriac était présent avec sa famille, et elle avait hâte de l'interroger.

Elle n'oubliait jamais les affaires. Aussitôt après le dernier amen, elle remit sa dernière bible en français à Françoise Dubœuf, la jeune épouse du tailleur, et reçut cinq livres en retour.

Louise, la marquise de Nîmes, s'approcha d'elle ensuite.

« La Cour part pour Orléans », lui annonça-t-elle.

Il n'était pas inhabituel que le roi et son entourage se retirent à la campagne de temps en temps.

« Cela accordera peut-être un répit aux protestants de Paris, répondit Sylvie, pleine d'espoir. Que se passe-t-il à Orléans ?

— Le roi a convoqué les états généraux. » C'était une assemblée nationale traditionnelle. « Le cardinal Charles et Pierre Aumande y accompagnent la Cour. »

Sylvie se rembrunit.

« Je me demande quelle nouvelle calamité ces deux démons nous préparent.

— Quoi que ce soit, ce ne sera pas bon pour nous.

— Que le Seigneur nous protège.

— Amen. »

Sylvie quitta Louise et se mit en quête de Luc.

« Il faut que je me rende à Genève », avança-t-elle.

Luc esquissa une moue réprobatrice.

« Puis-je te demander pourquoi, Sylvie ? Enfin, je devrais plutôt dire Thérèse.

— Nous avons vendu toutes nos bibles en français, et il faut que j'en achète d'autres.

— Que Dieu te bénisse. J'admire ton courage. »

Pour la seconde fois de la matinée, Sylvie fut troublée par une admiration inattendue. Elle n'était pas courageuse, elle mourait de peur.

« Je fais ce qu'il faut, c'est tout, répondit-elle.

— Mais tu ne peux pas faire ça, poursuivit Luc. La route n'est pas sûre, et tu n'es qu'une jeune femme qui ne peut pas s'offrir une escorte d'hommes d'armes pour la protéger des bandits, des taverniers voleurs et des paysans lubriques armés de pelles en bois. »

Sylvie fronça les sourcils à l'idée des paysans lubriques. Pourquoi les hommes parlaient-ils si souvent du viol sur le ton de la plaisanterie ? Elle refusa pourtant de se laisser détourner de son projet.

« Je vous en prie, dites-moi comment font les gens pour aller à Genève ?

— Le plus rapide est de remonter la Seine jusqu'à Montereau, qui se trouve à vingt-cinq lieues d'ici. Le reste du trajet, une bonne centaine de lieues, se fait essentiellement par voie de terre, ce qui est fort bien quand on n'a pas de marchandises à transporter. Le voyage dure deux ou trois semaines, s'il n'y a pas d'aléas, mais il y en a toujours. Ta mère t'accompagne, évidemment.

— Non. Il faut qu'elle reste ici pour tenir la boutique.

— Sérieusement, Sylvie, tu ne peux pas partir seule.

— Je risque de ne pas avoir le choix.

— Dans ce cas, il faudra que tu te joignes à un groupe important à chaque étape de ton voyage. Privilégie les familles, elles sont plus sûres. Et évite les groupes d'hommes seuls, pour des raisons évidentes.

— Bien entendu. »

Tout cela était nouveau pour Sylvie et cette perspective était terrifiante. Elle regrettait d'avoir parlé avec autant de désinvolture de ce voyage à Genève.

« Je veux tout de même le faire, dit-elle en feignant plus d'assurance qu'elle n'en éprouvait.

— Dans ce cas, que raconteras-tu ?

— Que voulez-vous dire ?

— Tu voyageras en compagnie. En voyage, les gens n'ont rien d'autre à faire que de parler. Ils te poseront des questions. Il ne faut pas avouer que tu vas à Genève acheter des livres interdits. En réalité, tu ferais mieux de ne pas dire du tout que tu vas à Genève, puisque tout le monde sait que c'est la capitale mondiale de l'hérésie. Il faut que tu inventes une histoire. »

Sylvie était prise de court.

« Je vais y réfléchir.

— Tu pourrais dire que tu fais un pèlerinage, suggéra-t-il pensivement.

— Où cela ?

— À Vézelay. C'est à mi-chemin de Genève. L'abbaye contient des reliques de Marie-Madeleine. Les femmes y vont souvent.

— Cela me semble parfait.

— Quand comptes-tu partir ?

— Bientôt. » Elle ne voulait pas avoir le temps de se faire du mauvais sang. « Cette semaine.

— Je trouverai un capitaine de confiance pour te conduire à Montereau. Au moins, tu seras en sécurité jusque-là. Ensuite, reste sur tes gardes.

— Merci. » Elle hésita, pensant qu'elle devait dire quelques mots aimables après lui avoir soutiré toutes ces informations. « Comment va Georges ? Il y a un moment que je ne l'ai pas vu.

— Bien, merci. Il est en train d'ouvrir une succursale de notre affaire à Rouen.

— Il a toujours été astucieux. »

Luc esquissa un sourire en coin.

« J'aime beaucoup mon fils, mais il ne t'est jamais arrivé à la cheville, Sylvie. »

C'était vrai, mais gênant. Préférant ne pas relever, Sylvie conclut :

« Merci de votre aide. Je passerai vous voir à votre bureau demain, si vous le permettez.

— Viens plutôt mardi matin. À ce moment-là, je t'aurai trouvé un capitaine. »

Sylvie arracha sa mère à un groupe de femmes. Elle était impatiente de rentrer commencer ses préparatifs.

En approchant de la rue de la Serpente, elle s'arrêta chez un marchand drapier qui vendait des articles bon marché et acheta un coupon de gros tissu gris, vilain mais inusable.

« Quand nous serons à la maison, je voudrais que tu me couses un costume de religieuse, dit-elle à sa mère.

— Si tu veux, mais je suis presque aussi incompétente que toi en couture.

— Tant mieux. Moins il sera élégant, mieux cela vaudra, pourvu qu'il ne tombe pas en morceaux.

— Entendu.

— Mais avant cela, tu me couperas les cheveux. Entièrement. Il faut m'en laisser moins d'un pouce sur toute la tête.

— Tu seras affreuse.

— En effet, répondit Sylvie. C'est le but recherché. »

*

À Orléans, Pierre préparait un meurtre.

Il ne porterait pas le coup fatal lui-même mais guiderait le bras de l'assassin.

Charles l'avait fait venir à Orléans à cette fin. Le cardinal en voulait encore à Pierre d'avoir tenté de se débarrasser de l'enfant d'Odette mais, comme s'en était douté Pierre, il avait su se rendre indispensable.

En d'autres circonstances, il aurait refusé de commettre un meurtre. Il n'avait jamais commis péché aussi terrible, bien qu'il en eût été fort près : il avait éprouvé la vive tentation de tuer le petit Alain, mais avait compris qu'il aurait du mal à se faire pardonner. S'il avait été responsable de nombreuses morts, dont celle de Gilles Palot, il s'était toujours agi d'exécutions légitimes. Il savait qu'il était sur le point de franchir une ligne effroyable.

Mais il devait regagner la confiance de Charles, et c'était le meilleur moyen d'y parvenir. Il espérait que le père Moineau admettrait que telle était la volonté de Dieu. Sinon, Pierre serait damné.

La victime désignée était Antoine de Bourbon, roi de Navarre. Et l'assassinat était l'élément clé d'un coup d'État qui devait neutraliser en même temps les deux autres ennemis les plus acharnés de la famille de Guise : Louis, prince de Condé, le jeune frère d'Antoine ; et l'allié majeur des Bourbons, Gaspard de Coligny, amiral de France, et membre le plus énergique de la famille de Montmorency.

Ces trois hommes, que l'on rencontrait rarement ensemble car ils redoutaient précisément un complot de ce genre, avaient été attirés à Orléans par la promesse d'un débat sur la liberté de culte à une réunion des états généraux. En tant que chefs de file de la faction favorable à la tolérance, ils ne pouvaient manquer pareille occasion. C'était un risque à prendre.

Orléans se trouvait sur la rive nord de la Loire. Bien que la ville fût à quatre-vingts lieues de la mer, le fleuve fourmillait d'embarcations, surtout des bateaux à fond plat dont on pouvait replier les mâts, ce qui permettait de naviguer en eaux peu profondes et de passer sous les ponts. Au cœur de la cité, en face de la cathédrale, se dressait un magnifique palais de construction récente appelé l'hôtel Groslot, dont le fier propriétaire, Jacques Groslot, avait été chassé pour faire place à la suite royale.

C'était un bâtiment splendide, songea Pierre en l'approchant à l'aube, le matin de l'assassinat. Des briques noires serties au milieu de briques rouges dessinaient un motif de losanges entourant des rangées de hautes fenêtres. Deux escaliers jumeaux montaient en formant des courbes symétriques vers l'entrée principale. Pierre admira cette architecture astucieuse et novatrice qui savait en même temps respecter la tradition.

Il ne logeait pas là mais, comme d'habitude, avec les domestiques, bien qu'il portât maintenant le nom de Guise. Un jour, il aurait un palais comme celui-ci.

Il entra avec Charles de Louviers, l'assassin.

Pierre éprouvait une étrange impression en présence de Louviers. Celui-ci était élégamment vêtu, il avait des manières courtoises, mais ses épaules massives et la lueur qui brillait dans ses yeux trahissaient une violence latente. Les meurtriers étaient légion, évidemment, et Pierre avait vu plus d'une fois des hommes de ce genre pendus en place de Grève, à Paris. Toutefois, Louviers était différent. Issu de la petite noblesse, d'où la particule qui précédait son nom, il était prêt à tuer des membres de sa propre classe sociale. Aussi singulier que cela pût paraître, tout le monde s'accordait à penser qu'un prince du sang comme Antoine ne pouvait être tué par un vulgaire criminel.

L'intérieur du palais était un étalage de fortune récente. Les lambris miroitaient, les riches couleurs des tapisseries n'avaient pas eu le temps de se ternir, et les énormes lustres étincelaient. Les peintures raffinées des plafonds à caissons étaient toutes fraîches. Le bailli Groslot était un politicien et un homme d'affaires local, qui tenait à ce que le monde entier sache qu'il avait réussi.

Pierre conduisit Louviers vers la suite qu'occupait la reine. Il demanda alors à une domestique de prévenir Alison McKay qu'il était là.

Alison étalait sa superbe maintenant que son amie intime, Marie Stuart, était reine de France. Pierre avait vu les deux jeunes femmes, vêtues de robes d'une valeur inestimable, étincelantes de pierreries, répondre aux profondes révérences et aux courbettes de la noblesse avec un hochement de tête de pure forme ou un sourire condescendant. Il avait alors songé que les gens s'habituaient bien vite à jouir d'un immense prestige et de tous les égards. Il aurait tant voulu lui-même faire l'objet d'une telle vénération…

Il était impudent de sa part de demander à voir Alison d'aussi bonne heure. Mais ils s'étaient rapprochés depuis le jour, plus d'un an auparavant, où il avait annoncé à Marie la mort imminente du roi Henri II. L'avenir d'Alison, comme le sien, était lié aux destinées de la famille de Guise. Elle n'ignorait pas qu'il venait en tant qu'émissaire du cardinal Charles, et lui faisait confiance. Elle savait qu'il ne lui ferait pas perdre son temps.

Quelques minutes plus tard, la servante le conduisit dans une petite pièce latérale. Alison était assise à une table ronde. Elle s'était visiblement habillée précipitamment, passant un manteau de brocart sur sa chemise de nuit. Avec ses cheveux noirs coiffés à la diable et ses yeux bleus lourds de sommeil, elle était adorablement échevelée.

« Comment va le roi François ? lui demanda Pierre.

— Il ne va pas bien, répondit-elle. Mais il ne va jamais bien. Il a eu la petite vérole dans son enfance, vous le savez ; cela a retardé sa croissance et l'a laissé définitivement souffreteux.

— Et la reine Marie ? Sans doute porte-t-elle encore le deuil de sa mère. »

La mère de Marie Stuart, Marie de Guise, était morte à Édimbourg en juin.

« Pour autant que l'on puisse pleurer une mère que l'on a à peine connue.

— Je suppose qu'il n'est pas question que la reine Marie parte pour l'Écosse. »

C'était une question qui tenaillait Pierre et les frères de Guise.

Si Marie Stuart décidait, sur un coup de tête, de régner sur l'Écosse, les Guises pourraient avoir du mal à l'en empêcher.

Alison n'acquiesça pas immédiatement, laissant Pierre en proie à un malaise croissant.

« Les Écossais auraient assurément besoin d'être gouvernés fermement », dit-elle enfin.

Ce n'était pas la réponse que souhaitait Pierre, mais elle avait raison. Le Parlement écossais, dominé par les protestants, venait de voter une loi rendant illégale la célébration de la messe. Pierre répondit :

« Mais le devoir premier de Marie est assurément ici, en France. »

Par bonheur, Alison l'approuva.

« Marie doit rester avec François jusqu'à ce qu'elle lui ait donné un fils, ou deux dans l'idéal. Elle n'ignore pas qu'assurer la succession du royaume de France est plus important que la pacification des Écossais rebelles.

— Au demeurant, reprit Pierre avec un sourire de soulagement, pourquoi une reine de France voudrait-elle échanger cette couronne pour celle de l'Écosse ?

— En effet. Nous n'avons toutes deux que de très vagues souvenirs de l'Écosse : lorsque nous l'avons quittée, Marie avait cinq ans, et moi huit. Nous ne parlons ni l'une ni l'autre le dialecte écossais. Mais vous ne m'avez certainement pas tirée du lit à cette heure matinale pour me parler de l'Écosse. »

Pierre se rendit compte qu'il avait évité le vrai sujet de sa visite. *N'aie pas peur*, se dit-il. *Tu es Pierre Aumande de Guise.*

« Tout est prêt, annonça-t-il alors à Alison. Nos trois ennemis sont en ville. »

Elle savait très bien de quoi il parlait.

« Agirons-nous tout de suite ?

— Nous avons déjà commencé. Louis de Bourbon a été arrêté, il est accusé de haute trahison et risque la peine de mort. » Il était probablement coupable, songea Pierre, encore que cela n'eût guère d'importance. « Les appartements de Gaspard de Coligny sont entourés par des hommes d'armes qui le suivent en tout lieu. Il est prisonnier de fait, sinon de nom. » Gaston Le Pin avait mené cette opération avec la garde de la famille de

Guise, une armée privée forte de plusieurs centaines d'hommes. « Antoine de Bourbon a été convoqué ce matin devant le roi François. Et, poursuivit Pierre en indiquant Louviers d'un geste, Charles de Louviers est l'homme qui le tuera. »

Alison ne tressaillit même pas. Pierre fut impressionné par son sang-froid.

« Qu'attendez-vous de moi ? » demanda-t-elle.

Louviers prit la parole pour la première fois. Il parlait d'une voix distinguée et nette, aux intonations aristocratiques.

« Le roi me donnera un signal lorsqu'il souhaitera que j'accomplisse l'acte.

— Pour quelle raison ? s'étonna Alison.

— Parce qu'un prince de sang ne peut être tué que sous l'autorité du roi. »

Louviers voulait dire que chaque membre de l'assistance devait comprendre clairement que le roi François était responsable de l'assassinat. Faute de quoi, celui-ci pourrait fort bien désavouer ce crime, proclamer son innocence et faire exécuter Louviers, Pierre, le cardinal Charles et tous ceux qui paraîtraient mêlés à ce complot.

« Évidemment », répondit Alison, avec sa vivacité d'esprit coutumière.

Pierre poursuivit :

« Louviers doit disposer de quelques instants en tête à tête avec Sa Majesté, afin qu'ils puissent convenir d'un signal. Le cardinal Charles l'a déjà fait savoir au roi.

— Très bien, répondit Alison en se levant. Venez avec moi, monsieur de Louviers. »

Louviers la suivit vers la porte ; arrivée là, elle se retourna.

« Avez-vous votre arme sur vous ? »

Il plongea la main sous son manteau, révélant, dans un fourreau accroché à sa ceinture, une dague de deux pieds de long.

« Vous feriez mieux de la confier à M. Aumande de Guise pour l'instant. »

Louviers retira l'arme et son fourreau de sa ceinture, les posa sur la table et suivit Alison hors de la pièce.

Pierre se dirigea vers la fenêtre et regarda les grandes arcades en ogives de la façade ouest de la cathédrale. Il était nerveux et rongé de remords. C'est pour l'Église que j'agis ainsi, se rassura-t-il, pour le Dieu dont c'est la maison, et pour la foi immortelle, authentique.

Il fut soulagé de voir réapparaître Alison. Elle s'approcha de lui, son épaule effleurant la sienne, et porta les yeux dans la même direction que lui.

« C'est là que Jeanne d'Arc venait prier, pendant le siège d'Orléans, remarqua-t-elle. Elle a sauvé la ville de la barbarie de l'armée anglaise.

— Sauvé la France, disent certains, répondit Pierre. Comme nous cherchons à le faire aujourd'hui.

— Oui.

— Tout se passe bien entre le roi François et Louviers ?

— Oui. Ils discutent. »

Pierre en fut ragaillardi.

« Nous sommes sur le point d'éradiquer la menace des Bourbons – pour toujours. Je n'espérais plus voir ce jour. Tous nos ennemis auront disparu. »

Alison ne répondit pas, visiblement mal à l'aise.

« Vous n'êtes pas de cet avis ? lui demanda Pierre.

— Méfiez-vous de la reine mère, murmura alors Alison.

— Qu'est-ce qui vous fait dire cela ?

— Je la connais. Elle m'apprécie. Quand nous étions enfants, je m'occupais beaucoup de François et de Marie – surtout de lui, en raison de sa faiblesse. La reine Catherine m'en a toujours été reconnaissante.

— Et… ?

— Elle me parle. Elle estime que ce que nous faisons est mal. »

Pierre savait que lorsqu'elle disait « nous », elle désignait la famille de Guise.

« Mal ? releva-t-il. En quoi est-ce mal ?

— Elle est convaincue que nous ne nous débarrasserons jamais du protestantisme en envoyant des malheureux au bûcher. Cela ne fait que créer des martyrs. Nous ferions mieux de remédier à ce qui pousse les gens à devenir protestants en réformant l'Église catholique. »

Elle avait raison au sujet des martyrs. Personne n'avait beaucoup apprécié le tyrannique Gilles Palot de son vivant, alors que désormais, à en croire les espions de Pierre, on en faisait presque un saint. D'un autre côté, réformer l'Église était un idéal inaccessible.

« Cela conduirait à priver de leur fortune et de leurs privilèges des hommes tels que le cardinal Charles. Cela n'arrivera jamais ; ils sont trop puissants.

— Selon la reine Catherine, tel est bien le problème.

— Les gens trouveront toujours quelque chose à reprocher à l'Église. La seule réponse est de leur faire comprendre qu'ils n'ont pas le droit de la critiquer. »

Alison haussa les épaules.

« Je n'ai pas dit que la reine Catherine avait raison. Je pense seulement que nous devons rester sur nos gardes. »

Pierre esquissa une grimace dubitative.

« Si elle avait le moindre pouvoir, je vous donnerais raison. Mais le roi ayant épousé une nièce de la famille de Guise, nous contrôlons la situation. Je ne pense pas que nous ayons quoi que ce soit à craindre de la reine mère.

— Ne la sous-estimez pas parce que c'est une femme. Rappelez-vous Jeanne d'Arc. »

Pierre était persuadé qu'Alison avait tort, ce qui ne l'empêcha pas de répondre en lui adressant son sourire le plus enjôleur :

« Je ne sous-estime jamais les femmes. »

Alison se tourna légèrement, de sorte que son sein frôla la poitrine de Pierre. Pierre était convaincu que les femmes ne faisaient jamais ce genre de chose par accident. Elle dit :

« Nous sommes pareils, vous et moi. Nous nous sommes consacrés au service de personnalités très puissantes. Nous conseillons des géants. Nous devrions toujours travailler de conserve.

— Je ne demande pas mieux. »

Elle parlait d'alliance politique, mais ses paroles recelaient un autre message. Le ton de sa voix, l'expression de son visage révélaient une attirance plus intime.

Il n'avait pas pensé à l'amour depuis un an. La déception qu'il avait subie avec Véronique et la répugnance que lui inspirait l'épouvantable Odette ne laissaient pas de place dans son cœur aux sentiments pour d'autres femmes.

L'espace d'un instant, il ne sut comment réagir. Puis il

s'avisa que lorsqu'elle parlait de travailler ensemble, il ne s'agissait certainement pas de menus propos dissimulant un intérêt sentimental mais plutôt du contraire : elle badinait pour le convaincre d'être son associé. En général, c'était Pierre qui feignait d'être amoureux pour tirer quelque chose d'une femme. Ce retournement de situation lui arracha un sourire, qu'elle prit pour un encouragement. Elle inclina très légèrement la tête en arrière, relevant ainsi le visage vers lui. L'invitation était limpide.

Il hésitait quand même. Qu'avait-il à en tirer ? La réponse lui vint aussitôt : une emprise sur la reine de France. S'il avait pour maîtresse la meilleure amie de Marie Stuart, il pourrait devenir encore plus puissant que le duc François et le cardinal Charles.

Il se pencha et l'embrassa. Elle avait les lèvres douces et dociles. Elle posa sa main sur sa nuque, l'attirant contre elle, et ouvrit la bouche, accueillant sa langue. Puis elle s'écarta.

« Pas maintenant, dit-elle. Pas ici. »

Pierre se demanda ce que cela signifiait. Voulait-elle coucher avec lui ailleurs, plus tard ? Une célibataire comme Alison ne pouvait pas faire le sacrifice de sa virginité. Si cela venait à se savoir – et à la Cour, ce genre de chose finissait généralement par se savoir –, cela ruinerait définitivement tous ses espoirs de faire un bon mariage.

Néanmoins, une pucelle de haut rang pouvait se permettre certaines libertés avec un homme qu'elle espérait épouser.

Ce fut alors qu'il comprit.

« Oh non ! s'exclama-t-il.

— Qu'avez-vous ?

— Vous ne savez pas, sans doute ?

— Qu'est-ce que je ne sais pas ?

— Que je suis marié. »

Elle s'assombrit.

« Grand Dieu, non !

— Un mariage arrangé par le cardinal Charles. Une femme qui avait besoin d'un mari de façon pressante, pour la raison habituelle.

— De qui s'agit-il ?

— Alain de Guise avait engrossé une servante.

— Oui, j'en ai entendu parler. Alors c'est vous qui avez épousé Odette ? »

Atterré et honteux, Pierre ne put qu'acquiescer.

« Mais pourquoi ?

— J'ai obtenu en échange le droit de m'appeler Pierre Aumande de Guise. Ce nom figure sur le certificat de mariage.

— Diable !

— Je suis désolé.

— Moi aussi – mais je dois convenir que j'en aurais peut-être fait autant, pour porter un tel nom. »

Pierre en fut un peu rasséréné. Il avait gagné et perdu en quelques instant une occasion inestimable de se rapprocher de la reine, mais au moins, Alison ne le méprisait pas parce qu'il avait épousé Odette. Son dédain eût été une torture.

La porte s'ouvrit sur Louviers tandis que Pierre et Alison s'écartaient l'un de l'autre d'un air coupable.

« Tout est arrangé », dit Louviers.

Il reprit la dague posée sur la table, rattacha le fourreau à sa ceinture, et se drapa dans sa cape pour dissimuler l'arme.

« Je vais m'habiller, dit Alison. Veuillez attendre tous les deux dans la salle de réception. »

Elle sortit par la porte intérieure.

Pierre et Louviers longèrent un corridor et traversèrent un salon donnant sur une pièce richement décorée de lambris dorés, d'un papier peint aux couleurs somptueuses et d'un tapis turc. Ce n'était qu'une antichambre. Au-delà se trouvaient la salle d'audience du roi proprement dite, puis une salle de garde occupée par vingt ou trente soldats, et enfin la chambre à coucher royale.

Il était tôt, mais quelques courtisans s'étaient déjà rassemblés.

« Il sera là d'ici une heure ou deux, annonça Louviers. Il n'est même pas encore habillé. »

Pierre s'assit pour attendre en ruminant. Repensant à sa conversation avec Alison, il éprouva une brûlure à l'estomac en songeant qu'il aurait pu épouser la meilleure amie de la reine de France s'il avait été célibataire. Quelle équipe ils auraient formée, intelligents, séduisants et ambitieux comme ils l'étaient ! Peut-être serait-il devenu duc un jour. Cette occasion manquée était aussi douloureuse qu'un deuil. Sa haine pour Odette grandit encore. Cette femme vulgaire et de basse extraction le faisait redescendre tout en bas de l'échelle sociale, alors qu'il s'était donné tant de mal pour s'élever. Elle condamnait à l'échec la mission de sa vie.

La pièce se remplit peu à peu. Antoine de Bourbon arriva vers le milieu de la matinée. Il avait un visage séduisant mais faible, avec des paupières lourdes et une moustache tombante qui lui donnaient une expression de léthargie boudeuse. Son frère étant emprisonné et Coligny de fait en état d'arrestation, Antoine ne pouvait que comprendre qu'un grave complot s'était ourdi contre lui. En le regardant, Pierre eut le sentiment qu'il savait qu'il risquait fort de mourir le jour même. Tout dans son attitude semblait dire : « Vous pouvez m'infliger le pire, peu me chaut. »

Le Balafré et le cardinal Charles arrivèrent à leur tour. Ils saluèrent les visages connus d'un mouvement de tête et passèrent dans les pièces intérieures sans s'arrêter.

Quelques minutes plus tard, les courtisans qui attendaient furent appelés dans la chambre d'audience.

Le roi François siégeait sur un trône richement sculpté. Le visage pâle et moite, il était incliné sur le côté, comme s'il avait besoin de prendre appui sur l'accoudoir. « Il ne va jamais bien », avait dit Alison, mais il semblait en plus piteux état encore que d'habitude.

Le cardinal Charles se tenait debout à côté du trône.

Pierre et Louviers prirent place devant la foule pour être bien visibles du roi. Antoine de Bourbon était à quelques pas.

Il suffisait à présent que le roi donne le signal.

Mais François fit signe à un courtisan qui s'avança et répondit à une question sans importance. Pierre ne put saisir la teneur de cet échange. Le roi aurait dû ordonner l'exécution immédiatement. Il était étrange qu'il juge bon de s'occuper d'affaires triviales, comme si l'assassinat n'était qu'un point comme un autre de l'ordre du jour. Le roi entreprit alors d'interroger un second courtisan sur une autre affaire tout aussi banale.

Le cardinal Charles murmura à l'oreille du roi, sans doute pour lui demander d'en finir, mais François esquissa un geste d'impatience, comme pour dire : « Un instant. »

L'évêque d'Orléans commença à prononcer un discours. Pierre l'aurait volontiers étranglé. Le roi s'appuya au dossier de son trône et ferma les yeux. Il imaginait sans doute que l'assistance penserait qu'il se concentrait sur les paroles du prélat. On aurait plutôt dit qu'il allait s'endormir… ou même s'évanouir.

Au bout d'une minute, il rouvrit les yeux et regarda autour de lui. Son regard se posa sur Louviers, et Pierre eut la certitude que le moment était venu, mais le regard du roi glissa sur lui.

Puis il se mit à trembler.

Pierre le regarda, horrifié. La fièvre frissonnante était une affection qui faisait rage en France et dans certains autres pays d'Europe depuis trois ans. Elle était parfois fatale.

Donne le signal, pour l'amour de Dieu – tu pourras t'effondrer ensuite ! pensa-t-il.

Le roi essaya de se redresser. Apparemment trop faible pour se lever, il retomba assis. L'évêque poursuivait son oraison, sans remarquer ou sans se soucier de l'air souffrant du roi mais le cardinal Charles se montra plus réactif. Il chuchota quelque chose à François, qui secoua faiblement la tête en signe de dénégation. Perplexe, Charles l'aida à se mettre debout.

Le roi se dirigea vers la porte intérieure au bras du cardinal.

Pierre se tourna vers Antoine de Bourbon. Il semblait aussi surpris que le reste de l'assistance. De toute évidence, la scène qui venait de se passer n'était pas le fruit de quelque manigance de sa part. Il était hors de danger, pour le moment, sans savoir manifestement pourquoi.

Charles fit signe à son frère, le Balafré. Mais au grand étonnement de Pierre, le duc prit l'air profondément écœuré, avant de tourner le dos à Charles et au roi – une incivilité pour laquelle un roi plus énergique aurait pu le jeter en prison.

S'appuyant lourdement sur Charles, le roi François sortit.

*

Le temps commença à fraîchir lorsque Sylvie gravit les contreforts des Alpes en direction de Genève. On était en hiver, et elle aurait eu grand besoin d'un manteau de fourrure. Elle n'avait pas prévu cela.

Il y avait tant de choses qu'elle n'avait pas prévues ! Elle n'aurait jamais cru que les souliers s'usaient aussi vite quand on marchait toute la journée, quotidiennement. Elle était outrée par la rapacité des taverniers, surtout dans les endroits où il n'y avait qu'une auberge : ils exigeaient des sommes exorbitantes, même d'une religieuse. Elle s'était attendue à devoir faire face aux avances importunes des hommes, et les décourageait promptement mais fut surprise, une nuit, de se faire tripoter par une femme dans le dortoir d'une hostellerie.

Elle éprouva un profond soulagement, et une certaine fierté, en apercevant à l'horizon les flèches des églises protestantes de Genève. On lui avait dit que c'était mission impossible, mais elle y était arrivée, avec l'aide de Dieu.

La ville se dressait sur la pointe sud du lac du même nom, à l'endroit où le Rhône quittait le lac pour se diriger vers la lointaine Méditerranée. En se rapprochant, elle constata que c'était une ville modeste par rapport à Paris. Il est vrai que comparées à Paris, toutes les villes qu'elle avait vues étaient modestes.

Le paysage était d'une beauté bienvenue. Le lac était limpide, les montagnes environnantes bleu et blanc, et le ciel d'un gris nacré.

Avant de se présenter à la porte de la ville, Sylvie retira sa coiffe de religieuse, dissimula sa croix pectorale sous sa robe et enroula un foulard jaune autour de sa tête et de son cou. Ainsi, elle ne ressemblait plus à une religieuse, mais à une femme du peuple mal attifée. On la laissa entrer sans difficulté.

Elle trouva à se loger dans une auberge tenue par une femme. Le lendemain, elle acheta un bonnet de laine rouge. Il recouvrait ses cheveux coupés ras et était plus chaud que son châle jaune.

Le vent âpre et glacé qui soufflait de la vallée du Rhône cinglait la surface du lac, y formant des vaguelettes écumantes, et il refroidissait toute la ville. Sylvie trouva que les habitants étaient aussi froids que le temps. Elle aurait bien aimé leur dire qu'être protestant n'obligeait pas à être grincheux.

La ville regorgeait d'imprimeurs et de libraires. Ils publiaient des bibles et d'autres ouvrages en anglais et en allemand aussi bien qu'en français, qu'ils vendaient un peu partout en Europe. Entrant dans la boutique la plus proche de son logement, elle y trouva un homme et son apprenti qui s'affairaient autour d'une presse, au milieu de piles de livres. Elle demanda le prix d'une bible en français.

L'imprimeur regarda sa robe grossière et répondit :

« Trop cher pour vous. »

L'apprenti pouffa.

« Je suis sérieuse, reprit-elle.

— Vous n'en avez pas l'air, répliqua l'homme. Deux livres.

— Et si j'en prends une centaine ? »

Il se détourna pour manifester son désintérêt.

« Je n'en ai pas cent.

— Dans ce cas, je ne vais sûrement pas faire affaire avec un commerçant aussi peu diligent », lança-t-elle aigrement avant de quitter la boutique.

La même déconvenue l'attendait chez l'imprimeur suivant. C'était à devenir fou. Elle ne comprenait pas qu'ils ne veuillent pas vendre leurs livres. Elle cherchait à leur expliquer qu'elle avait fait tout le chemin depuis Paris pour venir les voir, mais ils ne la croyaient pas. Quand elle leur disait qu'elle avait une mission sacrée, celle d'apporter la Bible aux catholiques français qui étaient dans l'erreur, ils se contentaient de rire.

Après une journée infructueuse, elle retourna à l'auberge, frustrée et désemparée. Était-elle venue d'aussi loin pour rien ? Épuisée, elle dormit d'un sommeil de plomb et se réveilla déterminée à user d'une autre méthode.

Elle se rendit au collège des Pasteurs. Leur mission étant de répandre le véritable Évangile, ils accepteraient certainement de l'aider. Là, dans la cour du modeste bâtiment, elle aperçut une silhouette connue. Elle mit quelques instants à identifier le jeune missionnaire qui était entré dans la boutique de son père près de trois ans auparavant et avait dit : « Je suis Guillaume de Genève. »

Elle le salua avec soulagement.

Quant à lui, il parut considérer l'apparition soudaine de Sylvie à Genève comme un don de Dieu. Après deux tournées d'évangélisation en France, il enseignait désormais à de plus jeunes que lui à marcher sur ses traces. Cette vie plus facile lui avait fait perdre un peu de sa flamme, et il n'était plus mince comme un fil ; il arborait même une corpulence satisfaite. Et l'arrivée de Sylvie ajoutait à son bonheur.

Si la nouvelle de la trahison de Pierre le scandalisa, il ne put dissimuler une certaine satisfaction à l'idée que son rival plus séduisant n'eût été qu'un imposteur. Puis il écouta, les larmes aux yeux, Sylvie lui raconter le martyre de Gilles.

Quand elle lui relata sa malheureuse expérience avec les libraires de Genève, il ne fut pas surpris.

« C'est parce que vous les traitez comme si vous étiez leur égale », dit-il.

Sylvie avait appris à avoir l'air sûre d'elle et à donner l'impression de dominer la situation. C'était la seule manière d'éviter que les hommes n'essaient de profiter d'elle.

« Et quel mal y a-t-il à cela ? demanda-t-elle.

— Ils s'attendent à ce qu'une femme soit humble.

— À Paris aussi, ils aiment les femmes respectueuses, mais ne refusent pas les clients pour autant. Si une femme a de l'argent, et s'ils ont quelque chose à vendre, ils font affaire.

— Paris n'est pas Genève. »

À l'évidence, pensa-t-elle.

Guillaume ne demandait qu'à l'aider. Il annula ses cours de la journée et la conduisit chez un imprimeur de sa connaissance. Elle resta en retrait et le laissa négocier.

Elle voulait deux sortes de bibles : une assez bon marché pour être à la portée du tout-venant, et une édition de luxe, coûteusement imprimée et reliée, pour les clients plus fortunés. En suivant ses instructions, Guillaume marchanda pied à pied et elle obtint l'une et l'autre à un prix qu'elle pourrait multiplier par trois à Paris. Elle acheta une centaine d'exemplaires de luxe, et mille ordinaires.

Elle fut ravie de découvrir, dans le même atelier, des exemplaires des Psaumes dans la traduction du poète français Clément Marot. Cet ouvrage avait eu un grand succès du temps de son père et elle savait qu'elle pourrait en vendre beaucoup. Elle en acheta cinq cents.

En voyant sortir les caisses des réserves, à l'arrière de la boutique, elle tressaillit de joie. Son voyage n'était pas encore terminé, mais jusqu'à présent, c'était un succès. Elle avait persévéré dans sa mission, et elle avait eu raison. Ces livres aideraient des centaines de personnes à accéder à la vraie religion. Et ils les nourriraient, sa mère et elle, pendant au moins une année. Une grande victoire.

Mais il fallait d'abord les rapporter à Paris, ce qui exigeait une petite supercherie.

Elle acheta également une centaine de rames de papier pour le vendre dans la boutique de la rue de la Serpente. Sur ses instructions, Guillaume demanda à l'imprimeur de recouvrir les livres que contenait chaque caisse de paquets de papier, de sorte que si l'on ouvrait une caisse pour une raison ou une autre, les livres interdits ne soient pas immédiatement visibles. Elle fit aussi figurer sur les caisses l'inscription en italien *Carta di Fabriano*. La ville de Fabriano était célèbre pour son papier de grande qualité. Son stratagème pourrait résister à une inspection de routine. Si les caisses étaient soumises à une fouille plus approfondie, elle ne s'en tirerait évidemment pas.

Ce soir-là, Guillaume l'invita à souper chez ses parents.

Elle ne pouvait refuser parce qu'il avait été bon pour elle, et que sans son aide, sa mission aurait eu toutes les chances d'échouer. Mais elle était mal à l'aise. Elle savait qu'il avait un faible pour elle ; il avait quitté Paris brusquement dès qu'elle s'était fiancée à Pierre. Et leurs retrouvailles avaient manifestement ravivé ces sentiments – à moins qu'ils ne l'aient jamais abandonné.

Il était enfant unique, et gâté par ses parents, des gens chaleureux et gentils, qui savaient de toute évidence que leur fils était épris d'elle. Sylvie dut raconter une nouvelle fois le martyre de son père, et comment elles avaient, sa mère et elle, refait leur vie. Le père de Guillaume, qui était joaillier, était aussi fier de Sylvie que si elle avait déjà été sa bru. Sa mère admirait son courage, mais ses yeux exprimaient la certitude, triste mais indéniable, que son fils n'avait pas su gagner le cœur de la jeune femme.

Ils l'invitèrent à loger chez eux, ce qu'elle refusa, ne voulant pas donner de faux espoirs à Guillaume.

Cette nuit-là, elle se demanda pourquoi elle n'était pas amoureuse de lui. Ils avaient beaucoup de points communs. Ils étaient issus de la petite bourgeoisie prospère. Ils avaient l'un comme l'autre voué leur vie à répandre le véritable Évangile. Ils avaient connu tous les deux les privations et les risques des voyages lointains. Ils n'ignoraient rien du danger et avaient vu la violence. Et pourtant, Sylvie avait repoussé cet homme courageux, intelligent, honnête, pour se laisser séduire par un espion, un menteur beau parleur. Comment expliquer cela ? Peut-être n'était-elle tout simplement pas faite pour l'amour et le mariage.

Le lendemain, Guillaume l'accompagna jusqu'aux quais et lui présenta un batelier de confiance. L'homme fréquentait, avec sa femme et ses enfants, la même église que Guillaume. Sylvie estima qu'elle pouvait se fier à lui, autant qu'on pût se fier à un homme.

Elle était encombrée désormais d'un lourd chargement, très difficile à transporter en charrette sur des routes de campagne, ce qui l'obligeait à regagner Paris en bateau. La barge descendrait le Rhône jusqu'à Marseille, où elle transférerait ses livres sur un bateau qui rejoindrait Rouen, sur la côte nord de la France, par la mer. De là, elle remonterait la Seine jusqu'à Paris.

Ses caisses furent chargées dès le lendemain, et le matin suivant, Guillaume l'accompagna à bord. Elle s'en voulait un peu d'accepter une telle aide de sa part alors qu'elle n'avait pas l'intention de lui donner ce qu'il voulait réellement. Elle avait beau se dire que Guillaume s'était proposé de lui-même et qu'elle ne l'avait pas manipulé, elle se sentait tout de même coupable.

« Écrivez-moi quand vous aurez vendu tous vos livres, lui dit-il. Vous me direz ce qu'il vous faut et je me chargerai moi-même de la prochaine livraison. »

Elle n'avait pas envie que Guillaume vienne à Paris. Il lui ferait une cour assidue, et elle ne pourrait pas lui fausser compagnie aussi facilement. L'ambiguïté de la situation lui apparut en un éclair, mais il était difficile de refuser une telle proposition. Cela lui permettrait de recevoir une cargaison de livres en évitant ce voyage long et difficile.

Serait-il déloyal d'accepter ? Elle n'ignorait pas pourquoi il agissait ainsi. Mais elle n'était pas seule en cause. Guillaume et elle partageaient un devoir sacré.

« Ce serait merveilleux, acquiesça-t-elle. Je vous écrirai.

— J'attendrai votre lettre avec impatience. Je prierai qu'elle arrive vite.

— Au revoir, Guillaume », dit Sylvie.

*

Alison redoutait que le roi François meure. Marie serait alors veuve, une ex-reine, et Alison ne serait plus que l'amie de l'ex-reine. Ne méritaient-elles pas de jouir plus longtemps de leur place au soleil ?

La maladie de François rendait tout le monde très nerveux. Le décès d'un souverain était toujours un moment de terrible incertitude. Une fois de plus, les frères de Guise allaient se disputer le pouvoir avec les Bourbons et les Montmorency ; une fois de plus, la vraie religion allait affronter l'hérésie ; une fois de plus, le pouvoir et la richesse iraient à ceux qui sauraient abattre leurs cartes le plus vite et se montrer le plus pugnaces.

Alors que François déclinait, la reine Catherine convoqua Alison McKay. La reine mère arborait une imposante robe de soie noire et des parures de diamant inestimables.

« Je voudrais que vous transmettiez un message à votre ami Pierre », dit-elle.

Dotée d'une grande intuition féminine, Catherine avait sans nul doute deviné les sentiments d'Alison pour le jeune homme. Aucun ragot n'échappait à la reine mère, qui savait donc aussi probablement que Pierre était marié et que cette idylle était condamnée.

Alison avait été contrariée par la révélation de Pierre. Elle s'était laissée aller à s'amouracher de lui. Il était intelligent et charmant, tout autant qu'élégant et beau garçon. Elle avait imaginé qu'ils pourraient être le couple de pouvoir agissant derrière le trône, dévoués l'un à l'autre autant qu'au roi et à la reine. Un rêve auquel il lui fallait désormais renoncer.

« Bien sûr, madame, répondit-elle.

— Dites-lui que je veux voir le cardinal Charles et le duc François dans la salle d'audience dans une heure.

— Y a-t-il un motif à leur communiquer ? »

La reine mère sourit.

« Si votre ami vous pose la question, rétorqua-t-elle, vous lui direz que vous n'en savez rien. »

Quittant la suite de Catherine, Alison traversa les couloirs de l'hôtel Groslot. Les hommes s'inclinaient et les femmes faisaient la révérence sur son passage. Elle ne pouvait s'empêcher de savourer cette déférence, d'autant plus qu'elle la sentait menacée.

Tout en marchant, elle se demanda ce que Catherine avait à l'esprit. Elle la savait rusée et coriace. À la mort d'Henri, Catherine avait craint d'être affaiblie, raison pour laquelle elle s'était alliée aux frères de Guise ; mais cette décision paraissait à présent malavisée : Charles et François avaient tenu Catherine à l'écart et exerçaient leur emprise sur le roi par l'intermédiaire de la reine Marie. Alison était persuadée que Catherine ne se laisserait pas abuser une deuxième fois.

Les Guises avaient des chambres au palais, avec la famille royale. Ils comprenaient qu'il était essentiel d'être physiquement proches du roi. Quant à Pierre, il tenait à ne pas s'éloigner du cardinal Charles. Il logeait à la taverne Sainte-Jeanne, à côté de la cathédrale, mais Alison savait qu'il se présentait à l'hôtel Groslot, tous les matins avant le lever des frères de Guise et restait jusqu'à ce qu'ils se soient retirés pour la nuit. Ainsi, il était certain de ne rien manquer.

Elle le trouva dans le salon du cardinal Charles avec plusieurs autres assistants et serviteurs. Pierre portait un pourpoint bleu, sans manches, sur une chemise blanche brodée de bleu, avec une fraise. Il avait toujours fière allure, surtout en bleu.

Le cardinal se trouvait encore dans sa chambre, mais il était certainement habillé et recevait des visiteurs : Charles était tout sauf paresseux.

« Je vais l'interrompre, dit Pierre à Alison en se levant. Que veut Catherine ?

— Elle s'est montrée très mystérieuse, répondit Alison. Ambroise Paré a examiné le roi, ce matin. Mais pour le moment, Catherine est seule à savoir ce que le médecin a dit.

— Peut-être le roi se remet-il.

— Et peut-être pas. »

Le bonheur d'Alison, et celui de Marie Stuart, étaient suspendus à la santé chancelante de François. La situation eût été différente si Marie avait eu un enfant, malheureusement, elle n'était toujours pas enceinte. Elle avait vu le médecin recommandé par Catherine, mais n'avait pas voulu confier à Alison ce qu'il lui avait dit.

Pierre murmura pensivement :

« Si le roi François meurt sans héritier, le trône reviendra à son frère Charles. »

Alison hocha la tête.

« Or Charles n'a que dix ans et aura besoin d'un régent.

— Une position qui revient au premier prince du sang, autrement dit à Antoine de Bourbon.

— Notre grand ennemi. »

Alison entrevoyait comme dans un cauchemar un avenir où la famille de Guise perdrait toute influence, et où Marie Stuart et elle ne seraient plus que quantités négligeables devant lesquelles les gens ne prendraient guère la peine de s'incliner.

Elle était convaincue que Pierre partageait ses craintes, mais constata qu'il réfléchissait déjà à la manière d'éviter un tel désastre. Il n'avait jamais l'air découragé, ce qu'elle appréciait fort.

« Si François meurt, dit-il alors, il faudra nous rendre maîtres d'Antoine. Pensez-vous que ce soit de cela que Catherine veuille s'entretenir avec les frères de Guise ? »

Alison sourit :

« Si quelqu'un vous pose la question, vous direz que vous n'en savez rien. »

Une heure plus tard, Alison et Pierre étaient debout, côte à côte, avec le Balafré et le cardinal Charles dans le décor somptueux de la chambre d'audience. Un feu crépitait dans une immense cheminée. Alison constata avec stupéfaction qu'Antoine de Bourbon était présent, lui aussi. Les rivaux se regardaient en chiens de faïence d'un bout à l'autre de la pièce. Le Balafré était rouge de fureur et Charles se caressait la barbe, la rassemblant en pointe, ce qui était toujours chez lui un signe de colère. Quant à Antoine, il avait l'air terrifié.

Pourquoi Catherine avait-elle réuni ces ennemis mortels ?

Avait-elle l'intention d'organiser un combat de gladiateurs afin de déterminer quelle faction l'emporterait si François mourait ?

Les principaux courtisans, pour la plupart membres du Conseil privé du roi, se trouvaient eux aussi dans la chambre, l'air perplexe. Apparemment, nul n'avait la moindre idée de ce qui se passait. Antoine allait-il se faire assassiner devant tout ce monde ? Le tueur, Charles de Louviers, n'était pas là.

De toute évidence, un événement majeur se préparait, mais Catherine s'était donné le plus grand mal pour garder le secret. Pierre lui-même n'avait aucune information, lui qui savait tout d'ordinaire.

Il n'était pas habituel, songea Alison, que Catherine prenne une initiative de ce genre. Mais la reine mère pouvait être retorse. Alison se souvenait du petit flacon de sang frais qu'elle avait glissé à Marie Stuart pour sa nuit de noces et n'avait pas oublié les chatons. Catherine avait indéniablement une tendance à la dureté qu'elle dissimulait le plus souvent.

Quand Catherine entra, tout le monde s'inclina profondément. Jamais encore Alison ne lui avait vu cet air impérieux, et elle comprit que la soie noire et les diamants avaient été délibérément choisis pour incarner l'autorité. Elle portait à présent la même tenue que quand elle avait reçu Alison, mais y avait ajouté un diadème qui évoquait une couronne. Elle traversa la pièce, suivie par quatre hommes d'armes qu'Alison n'avait jamais vus. D'où venaient-ils ? Deux greffiers chargés d'une petite écritoire et d'ustensiles d'écriture leur emboîtaient le pas.

Catherine s'assit sur le trône qu'occupait habituellement François. Quelqu'un étouffa une exclamation de surprise.

Elle tenait deux feuilles de papier dans la main gauche.

Les greffiers installèrent l'écritoire et les gardes du corps prirent position derrière Catherine.

« Mon fils François est très malade », annonça-t-elle.

Alison et Pierre échangèrent un coup d'œil. Mon fils ? Et non Sa Majesté le roi ?

« Les chirurgiens ne peuvent rien faire pour lui », poursuivit-elle. Sa voix se brisa dans un instant de faiblesse maternelle, et elle porta un mouchoir de dentelle à ses yeux. « Le docteur Paré m'a fait savoir que François n'a plus que quelques jours à vivre. »

Ah, pensa Alison. *Il s'agit donc de la succession.*

Catherine reprit :

« J'ai fait venir mon cadet, Charles-Maximilien, du château de Saint-Germain-en-Laye, et il est ici, avec moi, maintenant. »

Alison ne s'attendait pas à cela. Catherine avait agi promptement et avec rouerie. Dans le moment périlleux où un roi succédait à un autre, le pouvoir pouvait revenir à n'importe qui, pourvu qu'il se fût assuré la personne du nouveau monarque. Catherine les avait tous pris de vitesse.

Alison se tourna vers Pierre. Il était bouche bée.

À côté de lui, le cardinal Charles lui chuchota d'une voix furieuse :

« Aucun de vos espions ne nous avait prévenus de cela ! »

Pierre rétorqua, sur la défensive :

« Ils sont payés pour espionner les protestants, et non la famille royale ! »

Catherine prit l'un des deux feuillets qu'elle tenait et le brandit bien haut.

« Cependant, annonça-t-elle, le roi François a trouvé la force nécessaire pour signer l'ordre d'exécution de Louis de Bourbon, prince de Condé. »

Plusieurs courtisans laissèrent échapper une exclamation de surprise. Louis avait été convaincu de trahison, mais jusqu'alors, le roi avait hésité à le faire exécuter. Tuer un prince du sang était une mesure extrême : toute l'Europe en serait horrifiée. Seuls les frères de Guise avaient hâte de se débarrasser définitivement de Louis. Or tout semblait indiquer qu'ils allaient parvenir à leurs fins, comme c'était généralement le cas. Catherine veillerait, semblait-il, à ce que la domination de la famille de Guise se poursuive.

Catherine agita le document. Alison se demanda si le roi l'avait véritablement signé. Personne ne pouvait réellement le voir.

« Madame, je vous en prie, implora Antoine. Je vous en supplie, n'exécutez pas mon frère. Je vous jure qu'il est innocent.

— Vous n'êtes innocents ni l'un ni l'autre ! » lança Catherine. Alison ne l'avait jamais entendue parler sur ce ton. « Pour le roi, la vraie question est de savoir s'il convient ou non que vous mouriez tous les deux. »

Audacieux sur le champ de bataille, Antoine était timoré en toute autre circonstance. Il se mit alors à ramper.

« J'implore Votre Majesté d'épargner nos vies. Je jure que nous sommes de fidèles sujets du roi. »

Alison jeta un coup d'œil aux frères de Guise. Ils avaient peine à dissimuler leur joie. Leurs ennemis se faisaient étriller, juste au bon moment.

« Si le roi François meurt, reprit Catherine, et si mon cadet de dix ans devient roi sous le nom de Charles IX, comment pourriez-vous prétendre assurer la régence alors que vous avez pris part à un complot contre son prédécesseur ? »

Rien ne prouvait qu'Antoine ou Louis eussent jamais conspiré contre le roi François, mais Antoine adopta alors une position différente.

« Je ne veux pas être régent, dit-il, acculé. Je veux bien renoncer à la régence. Mais épargnez la vie de mon frère, et la mienne.

— Vous renonceriez à la régence ?

— Immédiatement, madame, si tel est votre souhait. »

Depuis le début de cette réunion, songea Alison, Catherine n'avait eu d'autre intention que de conduire Antoine à prononcer ces paroles. Ce qui se passa ensuite confirma ce soupçon.

La reine mère brandit le second papier.

« Dans ce cas, je vous demande de signer ce document devant la Cour, aujourd'hui même. Vous reconnaissez par la présente céder votre droit de régence à… une autre personne. »

Elle jeta un regard significatif au duc de Guise, sans le nommer.

« Je signerai tout ce que Votre Majesté voudra », répondit Antoine.

Le grand sourire du cardinal Charles n'échappa pas à Alison. C'était exactement ce que voulaient les frères de Guise. Ainsi, ils exerceraient leur emprise sur le nouveau roi et poursuivraient leur politique d'extermination des protestants. Pierre fronçait pourtant les sourcils.

« Pourquoi a-t-elle fait cela sans consulter personne ? murmura-t-il à Alison. Pourquoi n'en a-t-elle pas informé les Guises ?

— Peut-être pour leur donner une petite leçon, suggéra Alison.

Ils n'ont pas été très empressés avec elle depuis la mort du roi Henri. »

Catherine tendit la feuille au greffier, et Antoine s'avança.

Antoine lut le document, qui était bref. À un moment, il parut surpris, et releva la tête vers Catherine.

De sa nouvelle voix autoritaire, elle lança :

« Signez, c'est tout ! »

Un greffier plongea une plume dans l'encrier et la tendit à Antoine.

Antoine signa.

Catherine quitta le trône, l'ordre d'exécution à la main. Elle s'approcha de la cheminée et jeta le document dans les braises. Il lança une haute flamme pendant une seconde avant de se consumer.

Personne ne saura jamais, pensa Alison, *si le roi François l'avait vraiment signé.*

Catherine regagna le trône. Apparemment, elle n'en avait pas encore fini.

« L'avènement du roi Charles IX inaugurera un temps de réconciliation pour la France », annonça-t-elle.

De réconciliation ? Pour Alison, cela n'y ressemblait guère. Cette succession avait tout en revanche d'une victoire retentissante de la famille de Guise.

Mais Catherine poursuivait :

« Antoine de Bourbon, vous serez nommé lieutenant de France, en reconnaissance de votre bonne volonté. »

Telle était sa récompense, se dit Alison ; le prix de consolation. Cela l'empêcherait peut-être de se rebeller. Elle se tourna vers les frères de Guise. Ils n'étaient pas ravis de cette annonce, mais c'était peu de chose en comparaison de la régence.

Catherine reprit :

« Antoine, veuillez lire devant la Cour le document que vous venez de signer. »

Antoine de Bourbon prit la feuille et se tourna vers l'assistance. Il avait l'air satisfait. Peut-être convoitait-il depuis longtemps le titre de lieutenant de France. Il commença à lire : « Moi, Antoine de Bourbon, roi de Navarre… »

Catherine l'interrompit.

« Allez à l'essentiel.

— Je renonce à mon droit à la régence, et transfère par la présente tous mes pouvoirs à cet égard à Sa Majesté royale, la reine Catherine, la reine mère. »

Alison faillit s'étrangler.

Le duc de Guise se leva d'un bond.

« Comment ? rugit-il. Pas à moi ?

— Non, pas à vous », répondit tranquillement Antoine.

Le Balafré fit un pas vers lui. Antoine rendit le document à Catherine. Le Balafré se tourna vers elle. Ses gardes du corps se rapprochèrent, visiblement avertis de cette éventualité. Le duc resta immobile, impuissant. Les cicatrices de son visage brunirent tandis qu'il s'empourprait de colère. Il se mit à hurler :

« C'est scandaleux !

— Silence ! cria Catherine. Je ne vous ai pas donné la parole ! »

Alison était hébétée. Catherine s'était jouée de tous et avait pris les rênes. Elle avait réussi à se faire nommer dans les faits monarque de France. La nouvelle puissance régnante de France ne serait ni les Guises ni les Bourbons-Montmorency, mais Catherine en personne. Elle avait réussi à se glisser entre les deux géants et à les réduire l'un et l'autre à l'impuissance. Quelle fourberie ! Personne n'avait rien deviné de ce plan. Avec habileté et assurance, elle s'était livrée à une manœuvre qui n'était rien de moins qu'un coup d'État. Aussi furieuse et déçue que pût être Alison, au fond d'elle-même, elle ne pouvait s'empêcher d'admirer la stratégie de Catherine.

Mais celle-ci avait encore quelque chose à ajouter.

« Et maintenant, dit-elle, pour sceller la paix conclue aujourd'hui, je demande au duc de Guise d'embrasser le roi de Navarre. »

Pour le Balafré, c'était l'humiliation suprême.

Le duc et Antoine se foudroyèrent du regard.

« Avancez-vous, je vous prie, poursuivit Catherine. C'est un ordre. »

Antoine fit le premier pas, s'approchant du Balafré sur le sol aux dalles multicolores. Si les deux hommes avaient presque le même âge, la ressemblance s'arrêtait là. Antoine avait l'air apathique, mais sous sa moustache, ses lèvres esquissaient à présent un petit sourire crâneur. Le Balafré était hâlé, émacié, défiguré et brutal. Antoine était cependant loin d'être un imbécile. Il s'arrêta à un mètre du duc, écarta largement les bras et déclara :

« J'obéis à Sa Majesté la reine mère. »

Le Balafré ne pouvait évidemment pas répliquer : « Pas moi. »

Il s'arrêta devant Antoine et les deux hommes échangèrent l'accolade la plus brève qui se puisse imaginer, avant de s'écarter comme s'ils craignaient d'attraper la peste.

Catherine sourit, applaudit, et le reste de la Cour l'imita.

*

Dans le port de Marseille grouillant d'activité, Sylvie transféra son chargement de la barge sur un navire marchand de haute mer. Il traversa le détroit de Gibraltar pour rejoindre le golfe de Gascogne où elle souffrit terriblement du mal de mer, avant de longer les côtes de la Manche et de remonter la Seine jusqu'à Rouen, le plus grand port du nord de la France.

Le tiers des habitants de la ville était protestant, et Sylvie assista à un office dominical qui cherchait à peine à dissimuler sa nature et se déroulait dans une vraie église. Elle aurait pu y vendre tous ses livres. Mais les besoins du Paris catholique étaient plus importants, et les prix y étaient plus élevés.

On était en janvier de l'an 1561, et en France, toutes les nouvelles étaient bonnes. Après la mort du roi François II, sa mère, la reine Catherine, avait pris la succession et avait démis les frères de Guise de certaines de leurs charges politiques. Elle avait promulgué de nouveaux règlements qui, sans être encore des lois en bonne et due forme, rendaient la vie plus facile aux protestants. Toutes les personnes emprisonnées pour raisons religieuses devaient être libérées, les procès en hérésie étaient suspendus et la peine de mort prévue pour ce crime abolie. Les protestants, que Sylvie entendait à présent régulièrement désigner par leur nouveau surnom de huguenots, se réjouissaient.

Vendre des livres interdits n'en restait pas moins de l'hérésie aggravée et était toujours considéré comme un crime.

Elle remonta la Seine sur une barge dont la cale était remplie de ses caisses, en proie à un mélange égal de peur et d'espoir. Elle arriva à Paris par un froid matin de février, sur le quai de la Grève. Des dizaines de vaisseaux et d'embarcations étaient amarrés le long des berges ou ancrés au milieu du fleuve.

Sylvie envoya un message à sa mère pour la prévenir de son arrivée, et une note à Luc Mauriac disant qu'elle espérait le voir bientôt pour le remercier personnellement de l'avoir aidée à organiser son fructueux voyage. Puis elle parcourut à pied la courte distance qui menait au poste de douane, sur la place de Grève. Si elle devait avoir des ennuis, c'était là qu'ils commenceraient.

Elle était munie de faux reçus soigneusement forgés avec l'aide de Guillaume, prétendant qu'elle avait acheté cent dix caisses de papier à un fabricant imaginaire de Fabriano. Elle avait également pris sa bourse afin de payer les droits de douane.

Elle présenta les reçus à un employé.

« Du papier ? demanda-t-il. Du papier blanc, sans rien d'écrit ni d'imprimé dessus ?

— Nous vendons, ma mère et moi, du papier et de l'encre aux étudiants, expliqua-t-elle.

— Vous en avez acheté une grande quantité. »

Elle essaya de sourire.

« Il y a beaucoup d'étudiants à Paris – heureusement pour moi.

— Et vous êtes allée le chercher bien loin. N'avons-nous pas des fabricants de papier à Saint-Marcel ?

— Le papier italien est de meilleure qualité – et moins cher.

— Il va falloir que vous parliez au chef. » Il lui rendit ses reçus et lui indiqua un banc. « Attendez là. »

Sylvie s'assit avec un pressentiment funeste. Ils n'avaient qu'à ouvrir les caisses et regarder attentivement à l'intérieur ! Elle avait l'impression d'avoir déjà été jugée coupable et d'attendre la sentence. La tension était insupportable. Elle aurait presque préféré qu'on la jette en prison tout de suite et qu'on en finisse.

Elle essayait de se distraire en regardant comment on réglait les affaires en ce lieu, et constata que la plupart des hommes qui franchissaient la porte étaient bien connus des employés. Leurs papiers étaient traités avec une efficacité pragmatique, ils payaient leur dû et repartaient. Ils avaient bien de la chance.

Au bout d'une heure de supplice, on la fit monter à l'étage dans un grand bureau occupé par l'adjoint du receveur des douanes, Claude Ronsard, un individu à l'air antipathique, tout de marron vêtu : pourpoint et calot de velours. Pendant qu'il lui reposait les mêmes questions que l'employé précédent, elle se demanda, mal à l'aise, si elle était censée graisser la patte à quelqu'un. Elle n'avait pas remarqué de tels agissements au rez-de-chaussée, mais cela ne se faisait certainement pas ouvertement.

Finalement, Ronsard déclara :

« Votre cargaison doit être inspectée.

— Fort bien », dit-elle en s'efforçant de prendre un ton léger, comme s'il s'agissait d'un contretemps mineur, mais le cœur battant la chamade.

Elle fit discrètement tinter sa bourse en guise d'allusion à un éventuel pot-de-vin, mais Ronsard ne parut pas le remarquer. Peut-être n'acceptait-il les dessous de table que de ceux qu'il connaissait bien. Elle ne savait plus que faire pour sauver son chargement – et peut-être sa vie.

Ronsard se leva et ils quittèrent son bureau. Tremblante, Sylvie marchait d'un pas mal assuré, mais Ronsard semblait aveugle à son désarroi. Il appela l'employé à qui Sylvie avait parlé à son arrivée, et ils longèrent le quai, en direction du bateau.

Sylvie eut la surprise de découvrir que sa mère l'y attendait. Elle avait embauché un porteur équipé d'une lourde charrette à quatre roues pour transporter les caisses jusqu'à l'entrepôt de la rue du Mur. Sylvie exposa la situation à Isabelle, au grand effroi de celle-ci.

Ronsard et l'employé montèrent à bord et choisirent une caisse à décharger et à inspecter. Le porteur la descendit sur le quai, et la posa par terre. Elle était en bois léger, cloué, et le côté portait l'inscription en italien : *Carta di Fabriano.*

Sylvie songea que maintenant qu'ils s'étaient donné tout

ce mal, il y avait peu de chance qu'ils s'abstiennent de vider la caisse – ils y découvriraient quarante bibles de Genève en français, avec des commentaires protestants incendiaires dans les marges.

Le porteur ouvrit la caisse avec un pied-de-biche, révélant plusieurs paquets de papier blanc.

À cet instant, Luc Mauriac arriva.

« Ronsard, mon ami, je vous cherchais », dit-il vivement. Il portait une bouteille. « Une cargaison de vin de xérès vient d'arriver, et j'ai eu l'idée que vous feriez bien d'en goûter un peu, juste pour vous assurer qu'il est bien tel qu'il le devrait, si vous voyez ce que je veux dire », fit-il avec un clin d'œil appuyé.

Sylvie était incapable de détacher ses yeux de la caisse. Juste sous ces ramettes de papier se trouvaient les bibles qui allaient la condamner.

Ronsard serra chaleureusement la main de Luc, prit la bouteille et lui présenta son employé.

« Nous étions en train d'inspecter les marchandises de cette jeune personne », dit-il en indiquant Sylvie.

Luc regarda Sylvie et feignit la surprise.

« Bonjour, mademoiselle. Vous êtes donc de retour ! Ne vous en faites pas pour elle, Ronsard. Je la connais bien – elle vend du papier et de l'encre aux étudiants de la rive gauche.

— Vraiment ?

— Oui, oui. Je me porte garant d'elle. Écoutez, mon ami, je viens de recevoir un chargement de fourrures de la Baltique, et j'ai repéré un loup blond qui irait à merveille à Mme Ronsard. Ce col de fourrure serait du meilleur effet avec ses cheveux. Si cela peut vous faire plaisir, le capitaine vous l'offrira – un geste de bonne volonté, comprenez-vous. Venez donc y jeter un coup d'œil avec moi.

— Volontiers », répondit Ronsard avec empressement. Il se tourna vers son employé. « Signez ses papiers. »

Ils partirent bras dessus bras dessous, Luc et lui.

Sylvie faillit s'évanouir de soulagement.

Elle s'acquitta des droits de douane auprès de l'employé. Il lui demanda un écu d'or « pour l'encre », ce qui était visiblement de l'extorsion, mais Sylvie paya sans protester, et il s'en alla satisfait.

Le porteur entreprit alors de mettre les caisses sur la charrette.

*

Au début de l'année 1561, Ned Willard fut chargé de sa première mission internationale pour la reine Élisabeth. Il était à la fois impressionné par le poids de cette responsabilité et bien déterminé à réussir.

Sir William Cecil lui donna toutes les instructions nécessaires, dans sa nouvelle et magnifique demeure du Strand, dans une pièce de derrière dont le bow-window donnait sur les champs de Covent Garden.

« Nous voulons que Marie Stuart reste en France, lui annonça Cecil. Si elle se rend en Écosse pour y régner, des troubles ne manqueront pas d'éclater. L'équilibre religieux y est précaire, et une souveraine résolument catholique provoquerait probablement une guerre civile. De plus, si elle devait en sortir victorieuse et écraser les protestants, elle risquerait de porter ensuite ses regards vers l'Angleterre. »

Ned comprenait. Aux yeux de la plupart des souverains européens, Marie Stuart était l'héritière légitime du trône d'Angleterre. Elle serait encore plus menaçante pour Élisabeth si elle traversait la Manche.

« Et j'imagine, commenta-t-il, que c'est pour cette raison précise que la famille de Guise souhaite qu'elle se rende en Écosse.

— Vous avez raison. Votre mission consistera donc à la persuader qu'il est grandement préférable qu'elle reste là où elle est.

— Je ferai de mon mieux », répondit Ned. Mais pour le moment, il n'avait pas idée de la façon dont il allait s'y prendre.

« Vous partirez avec son frère.

— Son frère ? Mais elle n'en a pas ! »

Ned savait que Marie était l'enfant unique du roi Jacques V d'Écosse et de la reine Marie de Guise.

« Elle a de nombreux frères, répliqua Cecil avec un

reniflement réprobateur. Son père était d'une infidélité monumentale même selon les critères de la royauté, et il a eu au moins neuf bâtards. » Cecil, petit-fils d'aubergiste, éprouvait un dédain de bourgeois pour les frasques royales. « Celui-ci s'appelle James Stuart. Marie a de l'affection pour lui, bien qu'il soit protestant. Il désire lui aussi qu'elle reste en France, où elle ne risque pas de causer trop de désagréments. Vous vous ferez passer pour son secrétaire : nous ne voulons pas que les Français sachent que la reine Élisabeth se mêle de cette affaire. »

James était un homme grave, aux cheveux blond-roux, de vingt-huit ou vingt-neuf ans, vêtu d'un pourpoint marron incrusté de pierreries. Tous les nobles écossais parlaient français, mais certains mieux que d'autres. Le français de James était hésitant, et entaché d'un fort accent ; heureusement, Ned pourrait l'aider.

Ils prirent le bateau pour Paris, un voyage relativement aisé maintenant que l'Angleterre et la France n'étaient plus en guerre. À leur arrivée, Ned apprit avec contrariété que Marie Stuart était partie à Reims pour Pâques.

« La dynastie de Guise s'est retirée en masse en Champagne pour lécher ses plaies », leur expliqua sir Nicholas Throckmorton, l'ambassadeur d'Angleterre, homme d'une quarantaine d'années au regard acéré et à la barbe d'un brun-roux encore juvénile. Il portait un pourpoint noir avec de charmants petits ruchés brodés au col et aux poignets.

« La reine Catherine a habilement déjoué tous leurs plans à Orléans, et n'a pas rencontré depuis d'opposition sérieuse. Les Guises en sont fort marris.

— Nous avons entendu dire qu'il y avait eu des émeutes de protestants à Pâques, répondit Ned.

— À Angers, au Mans, à Beauvais et à Pontoise, confirma Throckmorton, et Ned fut impressionné par sa connaissance des détails. Comme vous le savez, les catholiques superstitieux aiment défiler dans les rues avec des objets sacrés. Nous autres, protestants éclairés, nous savons que vénérer les images et les reliques est un péché d'idolâtrie, et certains de nos frères les plus enflammés s'en sont pris aux processions. »

Les violences protestantes irritaient Ned.

« Pourquoi ne peuvent-ils pas se contenter de se passer d'idoles dans leurs propres lieux de culte ? Qu'ils laissent donc Dieu juger ceux qui ne sont pas de leur avis.

— Peut-être », répondit Throckmorton.

C'était un protestant plus extrémiste que Ned – à l'instar de nombreux hommes de confiance d'Élisabeth, comme Cecil, bien qu'elle fût elle-même modérée.

« Il semblerait toutefois que Catherine ait étouffé l'affaire, reprit Ned.

— En effet. Elle n'aime pas répondre à la violence par la violence et s'efforce toujours d'éviter l'escalade. Après Pâques, les gens se sont calmés.

— Une femme raisonnable.

— Peut-être », répéta Throckmorton.

Comme Ned prenait congé, Throckmorton ajouta :

« À Reims, prenez garde à Pierre Aumande de Guise. Il a quelques années de plus que vous, et se charge de toutes les basses besognes de la famille.

— Pourquoi devrais-je m'en méfier ?

— Il est absolument venimeux.

— Grand merci du conseil. »

Ned et Jacques se rendirent donc à Reims en bateau, remontant la Seine puis la Marne : un moyen de transport lent mais plus confortable que trois ou quatre jours à cheval. Malheureusement, une nouvelle déception les attendait dans la grande ville de Champagne : Marie Stuart était déjà repartie pour aller voir son cousin Charles, le duc de Lorraine.

En suivant sa trace, à cheval cette fois, Ned parla comme toujours à tous ceux qu'il croisait pour recueillir des informations. Il apprit avec surprise qu'ils n'étaient pas seuls à chercher à atteindre Marie Stuart. Un certain John Leslie, prêtre écossais qui devait être, devina Ned, envoyé par les catholiques écossais, les devançait d'environ une journée. Sans doute était-il porteur d'un message destiné à Marie d'une teneur inverse de celui de Ned.

Ned et Jacques finirent par rejoindre Marie au château royal de Saint-Dizier, une forteresse dotée de huit tours. Ils se présentèrent et furent introduits dans la grande salle. Quelques instants plus tard, ils furent mis en présence d'un jeune homme séduisant, à l'air arrogant, qui parut mécontent de les voir.

« Je suis Pierre Aumande de Guise », annonça-t-il.

James et Ned se levèrent.

« Êtes-vous un parent de ma sœur, la reine Marie ? demanda James.

— En effet. » Pierre se tourna vers Ned. « Et vous, messire ?

— Je suis Ned Willard, le secrétaire de James Stuart.

— Pouvez-vous me dire ce que font deux protestants écossais ici ? »

Ned fut soulagé que Pierre n'ait pas mis sa couverture en doute. Marie serait peut-être plus facile à convaincre si elle pensait que le message venait d'un parent écossais plutôt que d'une rivale anglaise.

James ne réagit pas à la grossièreté de Pierre.

« Je suis venu parler à ma sœur, annonça-t-il calmement.

— À quelle fin ? »

Jacques sourit.

« Dites-lui simplement que James Stuart est là, je vous prie. »

Pierre releva le nez.

« Je vais voir si la reine Marie est prête à vous accorder une audience. »

Ned était certain que Pierre ferait tout ce qui était en son pouvoir pour empêcher pareille rencontre.

James se rassit et se détourna. Il était de sang royal, après tout, et avait déjà fait preuve de davantage de courtoisie que nécessaire à l'égard de ce jeune assistant.

L'air irrité, Pierre se retira néanmoins sans rien ajouter.

Ned s'assit pour attendre. Le château était en effervescence, des serviteurs traversaient constamment la salle, transportant des objets pour la visiteuse royale. Une heure s'écoula, puis deux.

Une jeune femme qui avait à peu près l'âge de Ned entra alors dans la salle. Sa robe de soie rose et la coiffe de perles qui ornait ses cheveux noirs révélaient qu'il ne s'agissait pas d'une domestique. Une lueur de vivacité perspicace brillait dans les yeux bleus qu'elle posa sur Ned. Mais quand elle vit James, elle sourit.

« Quelle surprise ! dit-elle. Lord James ! Vous souvenez-vous de moi ? Alison McKay. Nous nous sommes rencontrés au mariage de Marie. »

James se leva et s'inclina, imité par Ned.

« Comment aurais-je pu vous oublier ?

— Nous ignorions que vous étiez ici !

— J'ai donné mon nom à un certain Pierre quelque chose.

— Oh ! Il est chargé de tenir les gens comme vous à distance de Marie. Mais elle va vous recevoir, évidemment. Permettez-moi de la prévenir que vous êtes là et j'enverrai quelqu'un vous chercher… tous les deux, ajouta-t-elle en portant sur Ned un regard inquisiteur.

— Mon secrétaire, Ned Willard », expliqua James.

Ned s'inclina à nouveau. Alison le gratifia d'un infime hochement de tête et tourna les talons.

« Ce Pierre n'avait même pas prévenu Marie de notre arrivée ! grommela James.

— On m'avait dit de me méfier de lui. »

Quelques minutes plus tard, un serviteur vint les chercher et les fit entrer dans un petit salon confortable. Ned était tendu. C'était l'entrevue pour laquelle il avait fait tout ce chemin. Sa reine, Élisabeth, ainsi que son maître et mentor, Cecil, avaient toute confiance en lui. Une confiance qu'il était loin d'éprouver lui-même.

Marie Stuart fit son entrée peu après.

Ned qui l'avait déjà vue une fois par le passé fut à nouveau saisi par sa haute taille et sa beauté frappante. Ses cheveux roux offraient un vif contraste avec sa peau très pâle. Malgré ses dix-huit ans seulement, elle avait une allure incroyable et se mouvait tel un navire sur une mer étale, la tête très droite sur un long cou gracieux. Bien que sa période de deuil officiel fût terminée, elle était encore vêtue de blanc.

Elle était suivie d'Alison McKay et de Pierre Aumande de Guise.

James s'inclina profondément, mais Marie s'approcha aussitôt de lui pour l'embrasser.

« Vous êtes un malin, James, dit-elle. Comment avez-vous découvert que j'étais à Saint-Dizier ?

— J'ai mis un moment à vous rattraper », répondit-il en souriant.

Marie prit un siège et les invita tous à s'asseoir.

« Certains disent que je devrais regagner l'Écosse comme un soleil levant afin de dissiper les nuées du tumulte religieux qui pèsent sur ce pays.

— Sans doute avez-vous parlé à John Leslie » », suggéra James. C'était ce que Ned craignait. Leslie était arrivé le premier, et les propos qu'il lui avait tenus l'avaient visiblement exaltée.

« Vous savez tout ! » » répondit Marie. Il était évident qu'elle admirait son demi-frère. « Il prétend que si je prends le bateau pour Aberdeen, je trouverai à mon arrivée une armée de vingt mille hommes qu'il aura rassemblée pour marcher avec moi sur Édimbourg et renverser le Parlement protestant tandis que resplendira la gloire chrétienne.

— Vous n'en croyez rien, n'est-ce pas ? » répliqua James.

Ned redoutait le contraire. Il ne pouvait s'empêcher de penser que Marie était une jeune femme impressionnable. Sa prestance et sa grâce étaient royales, mais il n'avait encore décelé aucun signe de la sagesse et du scepticisme indispensables aux monarques constamment exposés à la flatterie.

Marie ignora allègrement la question de James.

« Si je rentre en Écosse, dit-elle, je vous ferai archevêque. »

Cette remarque étonna tout le monde. En tant que reine d'Écosse, elle n'aurait pas le pouvoir de nommer des évêques – contrairement au roi de France, qui disposait de cette autorité. Mais James releva un autre écueil.

« Je ne suis pas catholique, fit-il remarquer.

— Alors, il faut que vous le deveniez », rétorqua vivement Marie.

Sans réagir à sa désinvolture, James reprit gravement :

« C'est pour vous demander de devenir protestante que je suis venu. »

Ned se rembrunit. Telle n'était *pas* leur mission.

La réponse de Marie fut ferme.

« Je suis catholique et ma famille également. Il n'est pas question que je change de foi. »

Ned vit Pierre acquiescer. L'idée qu'une Guise pût devenir protestante ne pouvait que l'emplir d'horreur.

« Si vous refusez de devenir protestante, pourriez-vous au moins faire preuve de tolérance ? suggéra James. La loyauté des protestants vous serait acquise si vous les laissiez libres de pratiquer leur foi comme ils l'entendent. »

Cette discussion ne plaisait pas à Ned. Ils étaient chargés de convaincre Marie de rester en France.

Pierre paraissait mal à l'aise, lui aussi, mais pour une autre raison : les ultra-catholiques exécraient l'idée même de tolérance.

Marie demanda à James :

« Les protestants traiteront-ils alors les catholiques avec la même tolérance ? »

Ned prit la parole pour la première fois.

« Certainement pas, dit-il. Célébrer la messe est aujourd'hui un crime en Écosse.

— Vous vous trompez, messire, objecta Pierre. La messe n'est pas un crime.

— Le Parlement écossais vient d'adopter une loi en ce sens !

— Le Parlement autoproclamé a pu voter un *projet* de loi, précisa Pierre, mais seul le souverain a le pouvoir de transformer un projet en loi, et Sa Majesté la reine Marie n'a pas approuvé celui-ci.

— En théorie, vous avez raison, concéda Ned. Je voudrais simplement que Sa Majesté ne se fasse pas de fausses idées sur la place de la tolérance en Écosse.

— Et au nom de qui parlez-vous en disant ceci ? »

Pierre semblait avoir deviné que Ned était davantage qu'un secrétaire. Celui-ci ne répondit pas à sa question.

« Madame, dit-il en s'adressant directement à Marie, ici, en France, vous êtes duchesse, vous avez des terres, de la fortune et le soutien de parents puissants et fortunés. En Écosse, seul le conflit vous attend.

— En France, intervint Marie, je suis la veuve du roi. En Écosse, je suis reine. »

Ned comprit qu'il ne réussirait pas à la convaincre.

« Que penserait la reine Élisabeth, messire, d'un retour en Écosse de Sa Majesté la reine Marie ? » reprit Pierre.

C'était une question piège. Si la réponse de Ned montrait qu'il était bien renseigné, on saurait qu'il était l'envoyé d'Élisabeth. Aussi feignit-il l'ignorance.

« Nous autres Écossais ne savons que ce que nous entendons. N'oubliez pas qu'à Reims, vous êtes plus proches de Londres que nous ne le sommes à Édimbourg. »

Pierre n'était pas homme à se laisser détourner de son but par des questions de distance.

« Eh bien, qu'entendent les Écossais ? »

Ned répondit prudemment :

« Aucun monarque n'aime qu'on lui dise que quelqu'un d'autre revendique son trône, et il semblerait que la reine Élisabeth ait fort mal pris que le roi François et la reine Marie se déclarent monarques d'Angleterre et d'Irlande aussi bien que de France et d'Écosse. Il nous semble néanmoins que la reine Élisabeth est convaincue du droit légitime de Marie à gouverner l'Écosse, et nous pensons qu'elle ne lui ferait pas obstacle. »

Ce n'était pas tout à fait vrai. Élisabeth était déchirée. Sa foi idéologique dans la primauté de la succession royale le disputait à la crainte que lui inspiraient les prétentions de Marie au trône d'Angleterre. Voilà pourquoi elle souhaitait que Marie restât sagement en France.

Pierre le savait probablement, mais il fit mine de prendre Ned au sérieux.

« C'est bon à savoir, approuva-t-il, car les Écossais aiment leur reine. Ils l'accueilleront avec des acclamations et des feux de joie, ajouta-t-il en se tournant vers Marie.

— Oui, dit-elle en souriant. J'en suis sûre. »

Comment peut-on être aussi sotte, songea Ned.

James prit la parole, sans doute dans l'intention de dire avec plus de délicatesse ce que Ned avait pensé sans ménagements, mais Marie l'interrompit.

« Il est midi. Allons dîner. Nous pourrons poursuivre cette discussion à table. »

Elle se leva et ils l'imitèrent.

Tout en sachant la bataille perdue, Ned fit une dernière tentative.

« Madame, je crois qu'il serait fort déraisonnable de votre part de retourner en Écosse.

— Vraiment ? fit Marie d'un ton royal. Et moi, je crois que j'irai tout de même. »

*

Pierre passa la majeure partie de l'année suivante en Champagne. Ce fut un cauchemar pour lui. À la campagne, il était impuissant. Les Guises avaient perdu toute influence à la Cour, la reine Catherine réussissait – à grand-peine – à préserver la paix entre catholiques et protestants et Pierre ne pouvait rien faire tant qu'il se trouvait à quarante lieues de Paris. En outre, il n'appréciait pas d'être si près de son lieu de naissance, où les gens n'ignoraient rien de ses humbles origines.

À la fin du mois de février 1562, quand le Balafré quitta son domaine rural de Joinville pour reprendre le chemin de la capitale, Pierre se joignit à lui avec empressement. C'était sa seule chance de revenir dans la partie.

Le voyage commença sur d'étroites routes de terre battue qui serpentaient entre des champs récemment labourés et des vignes que l'hiver avait dépouillées de leurs feuilles. C'était une journée froide mais ensoleillée. Le Balafré était escorté par deux cents hommes d'armes commandés par Gaston Le Pin. Certains étaient munis des nouvelles longues épées à la mode appelées rapières. Ils n'avaient pas vraiment d'uniformes, mais beaucoup portaient les couleurs éclatantes du duc, le rouge et le jaune. On aurait dit une armée d'invasion.

Le Balafré passa la dernière nuit de février dans le village de Dommartin. Il y fut rejoint par un frère puîné, le cardinal Louis, surnommé le cardinal des bouteilles en raison de son goût immodéré pour le vin. L'armée du duc François avait obtenu le renfort du corps d'artilleurs de Louis, armés d'arquebuses. Ces armes à feu à canon long et à crosse en forme de J étaient assez légères pour être épaulées, contrairement au mousquet qu'il fallait appuyer sur une fourquine, une fourche enfoncée dans le sol.

Le lendemain, le 1er mars, un dimanche, ils partirent de bonne heure. Ils devaient être rejoints dans la localité de Vassy par un escadron de cavalerie lourde. Le temps que le Balafré arrive à Paris, il aurait suffisamment de soldats pour décourager ses ennemis de s'opposer à lui.

Vassy était une petite bourgade au bord de la Blaise, avec des forges dans les faubourgs et des moulins à eau le long des berges. Quand l'armée des Guises approcha de la porte sud, ils entendirent sonner des cloches. Lorsque les églises carillonnaient à une heure insolite, c'était souvent pour signaler des troubles et le Balafré s'informa auprès d'un passant.

« Ce sont sûrement les protestants qui appellent les fidèles à l'office », répondit l'homme.

Le duc s'empourpra de rage et les cicatrices de son visage s'assombrirent.

« Des cloches protestantes ? demanda-t-il. Comment se sont-ils procuré des cloches ? »

Le passant eut l'air effrayé.

« Je ne sais pas, monseigneur. »

C'était exactement le genre de provocation protestante qui déclenchait des émeutes. Pierre commença à reprendre espoir. Cet incident provoquerait peut-être un embrasement.

« Même si l'édit de tolérance prend force de loi – ce qui n'arrivera peut-être jamais –, dit le Balafré, ils sont censés se livrer à leurs rites blasphématoires discrètement ! Où est la discrétion ici ? »

L'homme ne répondit pas, mais le duc ne s'adressait plus à lui, il se contentait de donner libre cours à son indignation. Pierre savait pourquoi il était tellement furieux. La ville de Vassy faisait partie des terres de Marie Stuart dont le Balafré, le plus âgé de ses oncles, était responsable depuis le retour de sa nièce en Écosse. C'était donc son domaine.

Pierre mit de l'huile sur le feu.

« Comme tout le monde en ville, les protestants doivent savoir que Votre Grâce est attendue ici ce matin, dit-il. Voilà qui a tout d'une insulte personnelle délibérée. »

Gaston Le Pin avait suivi l'échange. C'était un soldat qui préférait éviter la violence lorsque c'était possible – ce qui expliquait peut-être qu'il fût encore en vie à trente-trois ans. Il prit alors la parole :

« Nous pourrions contourner la ville, monseigneur, et envoyer un messager à l'escadron pour qu'il nous rejoigne au-delà. Inutile de risquer de perdre des hommes avant même d'arriver à Paris. Cela pourrait affaiblir la démonstration de force que nous voulons y donner. »

Pierre n'apprécia pas ce raisonnement.

« Votre Grâce ne peut fermer les yeux devant cet affront, murmura-t-il. On y verrait un signe de faiblesse.

— Je ne saurais le tolérer, en effet », lança le Balafré avec emportement, et il éperonna son cheval.

Le Pin lança à Pierre un regard noir, mais ses soldats suivirent prestement le duc. La perspective d'en découdre les grisait. Pierre décida de les encourager avec habileté. Se laissant un peu distancer, il s'adressa au groupe qui suivait.

« Je flaire le butin », dit-il.

Les hommes éclatèrent de rire : il leur rappelait que quand il y avait violence, il y avait aussi généralement pillage.

Lorsqu'ils entrèrent dans la ville, les cloches se turent. « Envoyez chercher le prêtre de la paroisse », ordonna le duc.

L'armée progressa lentement dans la rue conduisant au centre du bourg. Un tribunal royal, un château et une église se dressaient sur une esplanade entourée de murs. Sur la place du marché, à l'ouest de l'église, ils découvrirent l'escadron de cavalerie lourde qu'ils étaient venus chercher : cinquante hommes, chacun accompagné de deux destriers et d'un animal de bât chargé d'une armure. Les grands chevaux hennirent et s'agitèrent un peu en flairant l'odeur des nouveaux venus.

Gaston Le Pin ordonna aux hommes d'armes du duc de mettre pied à terre dans le marché partiellement couvert, et parqua les artilleurs du cardinal Louis dans le cimetière, sur le côté sud de l'église. Plusieurs hommes entrèrent dans la taverne du Cygne, sur la place, et commandèrent du jambon et de la bière pour leur petit déjeuner.

Le curé arriva précipitamment, des miettes de pain sur sa soutane, suivi de près par le prévôt du château. Le Balafré les interrogea :

« Dites-moi, les protestants célèbrent-ils un office blasphématoire ici, à Vassy, ce matin ?

— Oui, répondit le prêtre.

— Je ne peux les en empêcher, intervint le prévôt. Ils refusent de m'écouter.

— L'édit de tolérance – qui n'a pas encore été ratifié – n'autorise ces cérémonies qu'à l'extérieur des villes, leur rappela le duc.

— À strictement parler, reprit le prévôt, ils ne sont pas dans la ville.

— Dans ce cas, où sont-ils ?

— Dans l'enceinte du château, qui n'est pas considéré comme faisant partie de la ville, sur le plan juridique. C'est du moins ce qu'ils prétendent.

— Argutie juridique contestable », commenta Pierre.

Le Balafré lança impatiemment :

« Mais où sont-ils au juste ? »

Le prévôt tendit le doigt vers une vaste grange décrépite, au toit crevé par endroits, appuyée contre le mur du château et située au-delà du cimetière.

« Là. Cette grange fait partie du domaine du château.

— Autrement dit, c'est ma grange ! gronda le Balafré. Voici qui est intolérable ! »

Pierre vit un moyen d'envenimer la situation.

« Monseigneur, l'édit de tolérance permet aux représentants de la royauté de surveiller les assemblées protestantes. Vous seriez dans votre droit en exigeant d'inspecter la cérémonie qui se déroule là-bas.

— Cela provoquerait certainement des troubles inutiles », objecta Le Pin, tentant à nouveau d'éviter le conflit.

Mais cette idée séduisit le prévôt.

« Monseigneur, si vous pouviez leur parler aujourd'hui, avec vos hommes d'armes derrière vous, peut-être réussiriez-vous à les intimider et les persuader de respecter la loi à l'avenir.

— Oui, renchérit Pierre. C'est votre devoir, monseigneur. »

Le Pin frotta son oreille mutilée comme si elle le démangeait.

« Il ne faut pas réveiller le chat qui dort », remarqua-t-il.

Le Balafré parut réfléchir, pesant le pour et le contre, et Pierre craignit que son indignation ne s'apaise et qu'il ne se range à l'attitude prudente de Le Pin. À cet instant, les protestants se mirent à chanter.

Les catholiques n'avaient pas l'habitude de chanter ensemble pendant la messe, mais les protestants adoraient cela, et ils entonnaient des psaumes à pleins poumons, avec ferveur – et en français. Le son d'un chœur de plusieurs centaines de voix s'entendait clairement par-delà le cimetière et jusque sur la place du marché. Le duc bouillait de rage.

« Ils se prennent tous pour des prêtres ! s'exclama-t-il.

— Leur insolence est insupportable, renchérit Pierre.

— Assurément, déclara le Balafré. Et je vais le leur faire savoir.

— Dans ce cas, intervint Le Pin, permettez-moi de vous devancer avec quelques hommes pour les prévenir de votre arrivée. S'ils comprennent que vous avez le droit de leur parler, et s'ils sont disposés à vous écouter paisiblement, peut-être pourrons-nous éviter toute effusion de sang.

— Très bien », acquiesça le Balafré.

Le Pin fit signe à deux hommes armés de rapières.

« Rasteau et Brocard, suivez-moi. »

Pierre reconnut les deux hommes qui l'avaient accompagné dans les rues de Paris depuis la taverne Saint-Étienne jusqu'à l'hôtel de la famille de Guise. Cela remontait à quatre ans déjà, mais il n'était pas près d'oublier cette humiliation. Il sourit en pensant combien il s'était élevé au-dessus de ces deux sbires. Sa vie avait bien changé !

Ils se dirigèrent vers le cimetière, et Pierre les accompagna.

« Je ne vous ai pas demandé de venir, marmonna Le Pin.

— Et moi, je ne vous ai pas demandé votre avis », rétorqua Pierre.

La grange était un bâtiment délabré. Certains bois d'œuvre manquaient aux murs, la porte pendait sur ses gonds, et un gros tas de gravats s'élevait au-dehors. Comme ils approchaient, il se rendit compte que les hommes d'armes en position devant l'église et les artilleurs du cimetière les observaient attentivement.

Le psaume prit fin, et le silence retomba lorsqu'ils arrivèrent devant la grange.

Le Pin fit signe aux autres de se tenir à distance et ouvrit la porte.

La grange contenait environ cinq cents fidèles, hommes, femmes et enfants, tous debout – il n'y avait pas de bancs. À en juger par leurs tenues, riches et pauvres étaient mélangés dans la plus grande confusion, à la différence des églises catholiques où l'élite disposait de sièges réservés. À une extrémité de la grange, Pierre distingua une chaire improvisée, et sous ses yeux, un pasteur en soutane commença à prêcher.

Quelques fidèles debout près de la porte repérèrent rapidement les nouveaux venus et s'avancèrent pour les empêcher de passer.

Le Pin fit plusieurs pas en arrière pour éviter tout affrontement. Rasteau et Brocard agirent de même.

« Le duc de Guise vient vous parler, annonça Le Pin. Veuillez préparer l'assemblée à le recevoir.

— Chut ! fit un jeune homme à la barbe noire. Le pasteur Morel prêche !

— Prenez garde, l'avertit Le Pin. Le duc est déjà mécontent que vous ayez organisé cet office illégalement dans sa grange. Je vous conseille de ne pas l'irriter davantage.

— Attendez que le pasteur ait terminé.

— Il n'appartient pas à des gens tels que vous de faire attendre le duc ! » rétorqua Pierre en haussant le ton.

D'autres membres de l'assemblée se tournèrent vers la porte.

« Vous ne pouvez pas entrer ! » protesta Barbe Noire.

Le Pin s'avança d'un pas, lentement mais résolument, et se dirigea droit sur lui.

« J'entrerai », dit-il posément.

Le jeune homme le repoussa avec une force surprenante. Le Pin recula en titubant.

Pierre entendit les soldats sur la place du marché pousser des cris indignés. Du coin de l'œil, il vit que certains d'entre eux s'engageaient dans le cimetière.

« Vous n'auriez pas dû faire cela », dit Le Pin. Rapide comme l'éclair, il balança son poing, atteignant le jeune homme en pleine mâchoire. Sa barbe n'offrait qu'une protection négligeable contre un coup aussi puissant. L'homme tomba comme une masse.

« Voilà, fit le Pin. J'entre. »

À la surprise de Pierre – et à sa plus grande joie – les protestants n'eurent pas le bon sens de le laisser faire. Au lieu de cela, ils ramassèrent tous des pierres et Pierre comprit qu'il avait eu tort de croire que les gravats situés à l'entrée n'étaient que des débris du bâtiment décrépi. Il observa les protestants avec stupéfaction. Avaient-ils vraiment l'intention de se battre contre plusieurs centaines d'hommes armés ?

« Écartez-vous », ordonna Le Pin en s'avançant.

Ils commencèrent à lui jeter des pierres.

Le Pin fut atteint par plusieurs projectiles. L'un d'eux le toucha à la tête et il s'écroula.

Pierre, qui n'était pas armé, se mit à l'abri.

Rasteau et Brocard poussèrent un rugissement de fureur en voyant leur capitaine attaqué. Ils tirèrent leurs rapières et se précipitèrent en avant.

Les protestants continuèrent à lancer des pierres, faisant s'abattre sur les deux hommes une grêle de projectiles. L'un ouvrit la joue de Rasteau, le plus âgé, celui qui n'avait pas de nez. Un autre atteignit Brocard au genou, le faisant tomber. D'autres hommes sortirent de la grange et ramassèrent des cailloux.

Rasteau courut en avant, le sang ruisselant sur son visage, brandissant sa rapière dont il enfonça la lame dans le ventre du jeune homme à la barbe noire. L'homme poussa un terrible cri de douleur. La lame étroite lui traversa le corps, et la pointe ensanglantée ressortit dans son dos. Pierre se rappela soudain avoir entendu Rasteau et Brocard parler de combat à l'épée, en ce jour mémorable, quatre ans auparavant. « Oublie le cœur », avait conseillé Rasteau. « Une lame dans les tripes ne tue pas un homme sur-le-champ, mais elle le paralyse. Il souffre tellement qu'il ne peut plus penser à rien d'autre. » Puis il avait gloussé.

Avec un bruit de succion, Rasteau retira sa lame des intestins de l'homme, et Pierre fut pris de nausée. Les protestants prirent alors Rasteau pour cible, à six ou sept, le frappant à coups de pierres. Rasteau se défendit comme un beau diable avant de battre en retraite.

Les hommes d'armes du duc traversaient à présent le cimetière en courant, bondissant par-dessus les tombes tout en dégainant leurs armes, criant vengeance. Les artilleurs du cardinal

Louis préparaient leurs arquebuses. D'autres protestants surgirent de la grange et, avec une témérité suicidaire, ramassèrent des pierres, les jetant contre les soldats qui fondaient sur eux.

Pierre vit que Le Pin s'était remis du coup reçu à la tête et se relevait. Il esquiva deux pierres avec une habileté qui lui fit comprendre qu'il était à nouveau en pleine possession de ses moyens. Puis il tira sa rapière.

À la grande consternation de Pierre, Le Pin fit une dernière tentative pour éviter de continuer à faire couler le sang. Brandissant son épée, il cria :

« Arrêtez ! Déposez vos armes ! Rengainez vos épées ! »

Personne ne lui prêta attention. Une énorme pierre le frôla. Il l'évita, puis chargea.

La rapidité et la violence de son assaut surprirent Pierre lui-même et ce fut presque avec horreur qu'il vit sa lame lancer des éclairs dans le soleil, frapper d'estoc et de taille, hacher, trancher, tandis qu'à chaque balancement de son bras, un protestant tombait, blessé ou mort.

Les autres hommes d'armes arrivèrent alors. Pierre les encouragea en hurlant :

« Tuez les hérétiques ! Tuez les blasphémateurs ! »

Le carnage devint général. Les troupes du duc pénétrèrent de force dans la grange et entreprirent de massacrer hommes, femmes et enfants. Pierre vit Rasteau s'en prendre à une jeune femme avec une sauvagerie effroyable, lui tailladant encore et encore le visage de sa dague.

Il suivit la foule de soldats en veillant à rester plusieurs pas derrière la première ligne : son rôle n'était pas de risquer sa vie dans la bataille. À l'intérieur, quelques protestants rendaient les coups avec des épées ou des dagues, mais la plupart n'avaient pas d'armes. Des centaines de gens hurlaient de terreur ou de souffrance. En quelques secondes, les murs de la grange furent éclaboussés de sang.

Pierre aperçut au fond du bâtiment un escalier de bois qui menait à un fenil. Des gens étaient massés sur les marches, certains avec des bébés dans les bras. Du grenier, ils s'enfuyaient par des trous dans le toit. À l'instant même où il remarquait cela, Pierre entendit une volée de coups de feu. Deux personnes passèrent à travers le toit pour s'écraser sur le sol de la grange. Les arquebusiers du cardinal des bouteilles avaient déployé leurs armes.

Pierre se retourna, remontant à contre-courant le flot de soldats qui continuaient d'entrer, et se fraya un passage vers l'extérieur afin d'avoir un meilleur aperçu de la situation.

Les protestants s'échappaient encore par le toit, certains essayant de redescendre jusqu'au sol, d'autres sautant sur les remparts du château. Les artilleurs du cardinal tiraient sur les fuyards. Les armes légères, avec leur mécanisme de tir moderne, étaient faciles à épauler et rapides à recharger, et faisaient pleuvoir une grêle ininterrompue de balles qui fauchaient presque tous ceux qui s'aventuraient sur la toiture.

Pierre porta son regard vers la place du marché, de l'autre côté du cimetière. Les villageois s'y précipitaient, sans doute alertés par les coups de feu. En même temps, d'autres hommes d'armes sortaient du Cygne, certains la bouche encore pleine de jambon. Des affrontements éclatèrent lorsque les soldats cherchèrent à empêcher les villageois de se porter au secours des protestants. Un cavalier emboucha sa trompette pour rallier ses compagnons.

Soudain, tout fut terminé, aussi vite que cela avait commencé. Gaston Le Pin sortit de la grange, tenant le pasteur par le bras d'une poigne de fer. D'autres soldats les suivirent au-dehors. Les gens cessèrent de fuir par les trous du toit et les arquebusiers arrêtèrent de tirer. Sur la place du marché, les capitaines rangeaient leurs troupes en escouades pour rétablir l'ordre, et ordonnaient aux villageois de rentrer chez eux.

En regardant dans la grange, Pierre vit que les combats avaient pris fin. Les protestants encore valides étaient penchés sur ceux qui gisaient à terre, essayant de secourir les blessés et pleurant les morts. Le sol était couvert de flaques de sang. Aux hurlements avaient succédé des gémissements de douleur et des sanglots de désespoir.

Pierre n'aurait pu espérer mieux. Il estima qu'une cinquantaine de protestants avaient trouvé la mort et que plus d'une centaine étaient blessés. La plupart de ces gens n'avaient pas d'armes ; il y avait parmi eux des femmes et des enfants. La nouvelle ne mettrait que quelques jours à se répandre dans la France entière.

Pierre songea que, quatre ans plus tôt, il aurait été horrifié par un tel massacre, or ce jour-là, il était satisfait. Comme il avait changé ! Il avait parfois du mal à croire que Dieu pût approuver son nouveau visage. Une peur vague et indicible s'insinua dans les profondeurs de son esprit, tel le sang qui s'assombrissait déjà sur le sol de la grange. Il réprima cette pensée. C'était la volonté de Dieu ; forcément.

Il imaginait déjà les opuscules de huit pages qui sortiraient bientôt des presses des protestants, avec, en première page, une gravure sur bois sinistre représentant le massacre de la grange. L'obscure bourgade de Vassy serait le sujet de mille sermons à travers toute l'Europe. Les protestants formeraient des milices armées, arguant qu'ils ne pouvaient être en sécurité autrement. Les catholiques réagiraient en mobilisant leurs forces.

Ce serait la guerre civile.

Exactement ce que voulait Pierre.

*

Assise à la taverne Saint-Étienne, devant une assiette de poisson fumé et une timbale de vin, Sylvie était désemparée.

Les violences ne connaîtraient-elles donc jamais de fin ? La plupart des Français ne demandaient qu'à vivre en paix avec leurs voisins, quelle que fût leur confession, mais toutes les tentatives de réconciliation étaient sabotées par des hommes comme les frères de Guise, pour qui la religion n'était qu'un moyen d'accéder au pouvoir et à la fortune.

Sylvie et ses amis cherchaient à découvrir ce que les autorités savaient sur eux. Elle fréquentait le plus souvent possible des endroits comme cette taverne et engageait la conversation avec des gens qui participaient à la chasse aux hérétiques : des membres de la milice urbaine, des parasites de la famille de Guise, et tous ceux qui étaient liés de près ou de loin à Pierre. Grâce à leurs bavardages, elle recueillait de nombreuses informations. Mais ce dont elle avait le plus besoin, c'était d'un sympathisant de l'intérieur.

Levant le nez de son assiette, elle vit la servante de Pierre, Nath, entrer avec un œil au beurre noir.

Sylvie connaissait Nath de vue, mais elle n'avait jamais échangé avec elle plus qu'un bonjour. Elle réagit promptement.

« Cela doit faire très mal, observa-t-elle. Permettez-moi de vous offrir un godet de vin pour soulager la douleur. »

Nath éclata en sanglots.

Sylvie la prit par les épaules. Sa compassion n'était pas feinte : sa mère et elle avaient été victimes de violences de la part de cette brute de Gilles Palot.

« Allons, allons », murmura-t-elle.

La servante apporta du vin, et Nath en but une grande rasade.

« Merci, dit-elle.

— Que vous est-il arrivé ? demanda Sylvie.

— Mon maître m'a frappée.

— Frappe-t-il aussi sa femme ? »

Nath secoua la tête.

« Il a trop peur d'elle. Elle lui rendrait les coups. »

Nath devait avoir environ seize ans ; elle était petite et fluette, probablement incapable de frapper un homme – comme Sylvie avait été incapable de tenir tête à son père. Ce souvenir attisa sa colère.

« Buvez encore un peu de vin », suggéra-t-elle.

Nath en prit une nouvelle gorgée.

« Je le déteste », avoua-t-elle.

Le cœur de Sylvie battit plus vite. Il y avait plus d'un an qu'elle attendait un tel moment. Elle savait qu'il se présenterait, si elle était patiente, car tout le monde détestait Pierre : tôt ou tard, quelqu'un le trahirait.

Et voici qu'enfin, le jour tant espéré était arrivé. Il fallait qu'elle agisse habilement, sans faire preuve de trop d'insistance et sans se dévoiler. Mais elle ne pourrait éviter de prendre quelques risques.

« Vous n'êtes pas la seule à détester Pierre Aumande de Guise, avança-t-elle prudemment. Il paraît que c'est le principal informateur de ceux qui persécutent les protestants. »

Ce n'était pas un renseignement confidentiel ; la moitié de Paris le savait.

« C'est vrai, confirma Nath. Il a une liste. »

Sylvie en eut le souffle coupé. Il avait une liste, évidemment, mais qu'en savait Nath ?

« Une liste ? répéta Sylvie d'une voix réduite à un chuchotement. Vous en êtes sûre ?

— Je l'ai vue. Un petit carnet noir, plein de noms et d'adresses. »

Ce renseignement valait de l'or. Il serait imprudent d'essayer de soudoyer Nath, mais le jeu en valait la chandelle. Elle décida de ne pas tergiverser.

« Si vous voulez vous venger, vous n'avez qu'à donner le carnet aux protestants, lança-t-elle d'un ton faussement insouciant.

— Si j'étais courageuse, c'est ce que je ferais. »

Réellement ? s'interrogea Sylvie. *Et comment réglerais-tu cela avec ta conscience* ? Elle poursuivit prudemment :

« Ce serait contraire aux prescriptions de l'Église, ne pensez-vous pas ?

— Je crois en Dieu, répondit Nath. Mais Dieu n'est pas à l'église. »

Sylvie en eut le souffle coupé.

« Comment pouvez-vous dire une chose pareille ?

— Le curé de la paroisse m'a foutue quand j'avais onze ans. Je n'avais même pas de poil entre les jambes. Est-ce que Dieu était là ? Ça m'étonnerait. »

Sylvie vida sa timbale, la reposa et dit :

« J'ai une amie qui serait prête à vous donner dix écus d'or pour pouvoir jeter un coup d'œil à ce carnet. »

Elle parviendrait à réunir cette somme : leur commerce était profitable, et sa mère admettrait que c'était une bonne façon de dépenser leur argent.

Nath ouvrit de grands yeux.

« Dix écus d'or ? »

C'était plus – beaucoup plus – qu'elle ne gagnait en une année.

Sylvie acquiesça. Puis elle compléta d'une justification morale son incitation pécuniaire.

« Mon amie pense sans doute qu'elle pourrait sauver beaucoup de gens en empêchant qu'ils soient brûlés vifs. »

Mais l'argent intéressait Nath plus que tout.

« Vous ne plaisantez pas à propos des dix écus ?
— Bien sûr que non. »

Sylvie fit mine de comprendre à l'instant que Nath parlait sérieusement.

« Mais vous… sans doute ne pouvez-vous pas mettre la main sur ce carnet… Ou bien ?
— Si.
— Où est-il ?
— Il le garde à la maison.
— Où cela, dans la maison ?
— Dans un coffre à documents qu'il ferme à clé.
— Si le carnet est sous clé, comment pourrez-vous vous le procurer ?
— En forçant la serrure.
— Comment cela ?
— Avec une épingle », répondit Nath.

*

La guerre civile répondait à toutes les espérances de Pierre. Un an après le massacre de Vassy, les catholiques, conduits par le duc, étaient sur le point de l'emporter. Au début de 1563, le Balafré assiégea Orléans, dernier bastion protestant, où se terrait Gaspard de Coligny. Le 18 février, un jeudi, le Balafré inspecta les ouvrages défensifs et annonça que l'assaut final serait donné le lendemain.

Pierre était avec lui, sentant que la victoire totale était désormais à leur portée.

À la tombée du jour, ils regagnèrent leurs quartiers, au château des Vaslins. Le Balafré portait un pourpoint de couleur chamois et un chapeau orné d'une grande plume blanche, une tenue beaucoup trop visible pour pouvoir être portée sur le champ de bataille. Mais il avait prévu de retrouver sa femme, Anne, ce soir-là. Leur fils aîné, Henri, âgé maintenant de douze ans, serait lui aussi au château. Pierre avait veillé à se mettre dans les bonnes grâces de l'héritier du duc depuis leur toute première rencontre, quatre ans auparavant, lors du tournoi où le roi Henri II avait été mortellement blessé à l'œil.

Ils devaient franchir une petite rivière sur un bac qui ne pouvait transporter que trois passagers. Pierre, le Balafré et Gaston Le Pin attendirent que les autres membres de leur entourage aient fait traverser les chevaux.

« Vous avez certainement appris que la reine Catherine souhaite que nous fassions la paix », dit le Balafré sur le ton de la conversation.

Pierre eut un rire méprisant.

« On fait la paix quand on perd, et non quand on gagne. »

Le Balafré hocha la tête.

« Demain, nous prendrons Orléans et tiendrons ainsi la ligne de la Loire. Puis nous remonterons vers la Normandie, au nord, et nous écraserons les vestiges de l'armée protestante.

— C'est bien ce que redoute Catherine, observa Pierre. Quand nous aurons conquis le pays et anéanti les protestants, vous serez, monseigneur, plus puissant que le roi. C'est vous qui gouvernerez la France. »

Et moi, pensa-t-il, *je ferai partie de vos plus proches conseillers.*

Quand tous les chevaux furent en sécurité sur la rive opposée, les trois hommes montèrent à bord du petit bac.

« Aucune nouvelle du cardinal Charles », fit remarquer Pierre.

Charles était en Italie, dans la ville de Trente, où il assistait à un concile convoqué par le pape Pie IV.

« Des paroles, des paroles, des paroles, répondit le Balafré avec dédain. En attendant, nous, nous tuons des hérétiques. »

Pierre s'aventura à émettre un point de vue différent.

« Il faut nous assurer que l'Église adopte une ligne dure. Faute de quoi, vos triomphes pourraient être compromis par des hommes faibles, proches des idées de tolérance et de compromis. »

Le duc prit l'air pensif. Quand Pierre parlait, son frère et lui l'écoutaient. Il avait prouvé à plusieurs reprises la valeur de son jugement politique, et n'était plus traité comme un arriviste impertinent. Cette constatation lui inspirait une profonde satisfaction.

Le Balafré ouvrait la bouche pour répondre à Pierre lorsqu'un coup de feu retentit.

La détonation sembla venir de la berge qu'ils avaient quittée à l'instant. Pierre et Le Pin se retournèrent d'un même mouvement. Malgré le soir, Pierre distingua nettement une silhouette au bord de l'eau. C'était celle d'un petit homme d'environ vingt-cinq ans, au teint basané, avec une houppette au milieu du front. Il s'éloigna presque immédiatement en courant et Pierre remarqua qu'il tenait un pistolet à la main.

Le Balafré s'écroula.

Le Pin lâcha un juron et se pencha sur lui.

Pierre constata que le duc avait reçu une balle dans le dos. Un tir facile, à courte distance, facilité par sa tenue claire.

« Le duc est en vie », déclara Le Pin. Il se tourna à nouveau vers la berge et Pierre devina qu'il se demandait s'il pourrait refaire, en pataugeant ou à la nage, les quelques mètres qui le séparaient de la rive et rattraper le tireur avant qu'il s'échappe. Entendant alors un bruit de sabots, ils comprirent que l'homme avait dû laisser un cheval à proximité. Toutes leurs montures étant déjà sur la rive opposée, Le Pin ne pouvait plus rejoindre l'assaillant. Le coup avait été soigneusement préparé.

Le Pin hurla au passeur :

« Vite ! Avancez ! »

L'homme commença à manier sa perche avec plus d'énergie, craignant sans doute d'être accusé de faire partie du complot.

La balle avait atteint le duc juste sous l'épaule droite. Elle avait probablement manqué le cœur. Du sang coulait sur le pourpoint couleur chamois – ce qui était bon signe, Pierre le savait, car les morts ne saignaient pas.

Mais il n'était pas certain que le duc s'en remette. Les blessures, même superficielles, pouvaient s'infecter, provoquer de la fièvre et souvent entraîner la mort. Pierre en avait la gorge nouée. Allaient-ils perdre leur chef héroïque alors qu'ils étaient sur le point de remporter la guerre ?

Comme le bac approchait de la rive opposée, les hommes qui les attendaient les bombardèrent de questions. Pierre les ignora. Il avait assez à faire avec ses propres incertitudes. Qu'adviendrait-il si le Balafré mourait ?

Le jeune Henri deviendrait duc à douze ans, le même âge

que le roi Charles IX. Il était trop jeune pour prendre part à la guerre civile. Le cardinal Charles était trop loin ; le cardinal Louis trop ivre. La famille de Guise perdrait toute influence du jour au lendemain. Le pouvoir était décidément bien fragile.

Pierre chassa le désespoir qui l'envahissait et s'obligea à continuer à réfléchir rationnellement. La famille de Guise étant désarmée, la reine Catherine, qu'elle soit maudite, ferait la paix avec Gaspard de Coligny et réaffirmerait l'édit de tolérance. Les Bourbons et les Montmorency rentreraient en grâce et les protestants seraient autorisés à chanter leurs psaumes aussi fort qu'ils le voudraient. Tout ce pour quoi Pierre s'était battu au cours des cinq dernières années serait réduit à néant.

Il fit un nouvel effort pour réprimer ses sentiments de désarroi et d'impuissance. Que pouvait-il faire ?

Sa priorité devait être de préserver sa position de principal conseiller de la famille.

Il commença à donner des ordres dès que le bac toucha la rive opposée. En temps de crise, les gens apeurés obéissaient à celui qui semblait savoir ce qu'il faisait.

« Il faut transporter le duc au château le plus vite possible, sans le secouer, dit-il. Le moindre cahot risquerait de le faire saigner à mort. Trouvez une planche. »

Il parcourut les environs du regard. Au besoin, ils pourraient démonter le plancher du petit bac. Repérant alors une maisonnette non loin de là, il en montra l'entrée.

« Que l'on retire la porte de ses gonds et qu'on allonge le duc dessus. Six hommes pourront ensuite le transporter. »

Ils se hâtèrent d'obéir, heureux qu'on leur dise quoi faire.

Sachant que Gaston Le Pin ne se laisserait pas commander aussi facilement, Pierre préféra lui présenter des suggestions plutôt que des ordres.

« Il me semble que vous devriez prendre un ou deux hommes ainsi que des chevaux, regagner l'autre rive et donner la chasse à l'assassin. L'avez-vous vu distinctement ?

— Un homme de petite taille, au teint foncé, vingt-cinq ans à peu près, avec une touffe de cheveux au-dessus du front.

— C'est également ce que j'ai vu.

— Je vais le poursuivre. » Le Pin se tourna vers ses hommes

de main. « Rasteau, Brocard, faites remonter trois chevaux sur le bac.

— J'ai besoin de la meilleure monture, intervint Pierre. Laquelle est la plus rapide ?

— Canon, le destrier du duc. Mais pourquoi en avez-vous besoin ? C'est moi qui dois poursuivre le tireur.

— La guérison du duc passe avant tout. Je me rends au château. Je pars devant pour qu'on fasse chercher des chirurgiens. »

La sagesse de cette décision s'imposa à Le Pin.

« Très bien. »

Pierre se mit en selle et éperonna l'étalon. Il n'était pas très bon cavalier, et Canon était un cheval fougueux, mais par bonheur, la journée avait été longue, l'animal était fatigué et se soumit avec lassitude à la volonté de Pierre. Il partit au trot et Pierre le mit prudemment au petit galop.

En quelques minutes, il était au château. Bondissant à bas de Canon, il se précipita dans le vestibule.

« Le duc a été blessé ! s'écria-t-il. Il ne va pas tarder à être ici. Envoyez à l'instant chercher les chirurgiens royaux ! Et préparez un lit au rez-de-chaussée ! »

Il dut répéter ses ordres plusieurs fois aux serviteurs abasourdis.

Alertée par le bruit, la duchesse Anne d'Este descendit l'escalier à la hâte. L'épouse du Balafré était une Italienne sans charme de trente et un ans. Leur union avait été arrangée, et si le duc n'était pas plus fidèle que les autres riches hommes de pouvoir, il éprouvait tout même pour Anne une affection qui était réciproque.

Le jeune Henri, un joli garçon aux cheveux clairs et bouclés, la suivait de près.

La duchesse Anne n'avait jamais adressé la parole à Pierre et semblait ignorer jusqu'à son existence. Il importait donc qu'il se présente comme un personnage d'autorité sur qui on pouvait compter dans cette crise. S'inclinant, il dit :

« Madame, monseigneur, j'ai le regret de vous informer que le duc a été blessé. »

Henri parut effrayé. Pierre se souvenait de lui à huit ans, se plaignant qu'on le jugeât trop petit pour prendre part au tournoi. Il avait du caractère et pourrait devenir un digne successeur de son valeureux père, mais ce jour était encore lointain. Pour le moment, le jeune garçon demanda d'une voix affolée :

« Comment ? Où ? Qui a fait cela ? »

Pierre l'ignora pour s'adresser à sa mère :

« J'ai envoyé chercher les chirurgiens royaux et ordonné à vos serviteurs de dresser un lit, ici, au rez-de-chaussée, afin que l'on n'ait pas à transporter le duc dans les étages.

— Quelle est la gravité de sa blessure ? demanda-t-elle.

— Il a été atteint dans le dos, et quand je l'ai quitté, il était inconscient. »

La duchesse étouffa un sanglot avant de reprendre son sang-froid.

« Où est-il ? Ma place est auprès de lui.

— Il sera ici dans quelques minutes. J'ai ordonné aux hommes d'improviser un brancard. Il faut éviter de le secouer.

— Comment est-ce arrivé ? Y a-t-il eu un combat ?

— Jamais personne n'aurait atteint mon père dans le dos au cours d'un combat ! s'exclama Henri.

— Chut, dit sa mère.

— Vous avez parfaitement raison, monseigneur, acquiesça Pierre. Au combat, votre père fait toujours face à l'ennemi. Je dois vous avouer qu'il y a eu traîtrise. » Il raconta comment l'assassin s'était caché et avait fait feu dès que le bac avait quitté la rive. « J'ai envoyé un groupe d'hommes d'armes pourchasser le criminel.

— Quand nous le rattraperons, il faudra l'écorcher vif ! » s'exclama Henri d'une voix entrecoupée de sanglots.

En un éclair, Pierre comprit que la catastrophe pourrait tourner à son avantage si le Balafré mourait.

« Écorché vif, certes, répondit-il finement, mais pas avant qu'il nous ait dit de qui il a reçu ses ordres. Je suis convaincu que l'homme qui a pressé la détente est un moins-que-rien. Le vrai criminel est celui qui a armé son bras. »

Avant qu'il ait pu dire à qui il pensait, la duchesse le fit pour lui, crachant un nom avec haine :

« Gaspard de Coligny. »

Coligny était assurément le principal suspect, à présent qu'Antoine de Bourbon était mort et son frère Louis prisonnier. Mais la vérité n'avait pas grande importance. Coligny serait une cible parfaite pour le ressentiment de la famille de Guise – et surtout du jeune garçon impressionnable dont le père venait d'être victime d'un attentat. Le plan de Pierre prenait forme dans son esprit quand des cris se firent entendre au-dehors, annonçant l'arrivée du Balafré.

Pierre resta près de la duchesse tandis que l'on faisait entrer le duc et qu'on l'allongeait sur un lit. Chaque fois qu'Anne exprimait un souhait, Pierre le répétait d'une voix forte, comme un ordre, faisant ainsi croire qu'il était devenu son bras droit. Elle était trop désespérée pour s'interroger sur ses intentions, et paraissait même soulagée d'avoir à ses côtés quelqu'un qui donnait l'impression de savoir ce qu'il fallait faire.

Le Balafré avait repris connaissance et put s'entretenir avec sa femme et son fils. Les chirurgiens arrivèrent. La blessure ne leur parut pas fatale, mais tout le monde savait que ce genre de plaie pouvait s'infecter mortellement, et personne n'osa encore se réjouir.

Gaston Le Pin et ses deux sbires revinrent à minuit, bredouilles. Prenant Le Pin à part dans un coin du vestibule, Pierre lui dit :

« Reprenez la traque dès l'aube. Il n'y aura pas de combats demain ; le duc ne se remettra pas en une nuit. Vous disposerez donc de nombreux soldats pour vous aider. Partez de bonne heure et fouillez une vaste zone. Il faut retrouver le petit homme à la houppette. »

Le Pin acquiesça d'un hochement de tête.

Pierre demeura toute la nuit au chevet du duc.

À l'aube, il rejoignit à nouveau Le Pin dans le vestibule.

« Si vous capturez le scélérat, je me chargerai de l'interrogatoire, dit-il. Ordre de la duchesse. » C'était un mensonge, mais Le Pin le crut. « Enfermez-le quelque part non loin d'ici et revenez me voir.

— Fort bien. »

Pierre le vit s'éloigner avec Rasteau et Brocard. Ils recruteraient en chemin tous ceux dont ils avaient besoin.

Pierre alla se coucher peu après ; il faudrait qu'il ait l'esprit prompt et le pied sûr pendant les journées à venir.

Le Pin le réveilla à midi.

« Je l'ai pris », annonça-t-il avec satisfaction.

Pierre se leva aussitôt.

« Qui est-ce ?

— Il dit s'appeller Jean de Poltrot, sieur de Méré.

— J'imagine que vous ne l'avez pas amené ici, au château.

— Non – le jeune Henri pourrait tenter de le tuer. Je l'ai laissé au presbytère, enchaîné. »

Pierre s'habilla rapidement et suivit Le Pin vers le village voisin. Dès qu'il fut seul avec Poltrot, il lui demanda :

« C'est bien Gaspard de Coligny qui vous a ordonné de tuer le duc ?

— Oui », répondit Poltrot.

Il devint rapidement évident que l'homme disait n'importe quoi. Ce n'était pas le premier mythomane que Pierre rencontrait.

Poltrot s'était probablement livré à quelques opérations d'espionnage pour les protestants, mais la question que tout le monde se posait était l'identité du commanditaire de l'attentat. Il pouvait s'agir de Coligny, comme l'affirmait parfois Poltrot ; ou d'un autre chef protestant ; peut-être aussi Poltrot avait-il agi de son propre chef.

Cet après-midi-là et durant les journées suivantes, il se montra extrêmement loquace. Il inventait probablement la moitié de ce qu'il racontait pour faire plaisir à celui qui l'interrogeait, et l'autre pour se mettre en valeur. Son récit d'un jour était contredit par ses aveux du lendemain. On ne pouvait absolument pas se fier à sa parole.

Ce qui n'était pas un problème.

Pierre rédigea les aveux de Poltrot, reconnaissant que Gaspard de Coligny l'avait payé pour qu'il assassine le duc de Guise, et Poltrot la signa.

Le lendemain, le Balafré fut pris d'une violente fièvre, et les chirurgiens lui conseillèrent de se préparer à rencontrer son créateur. Son frère, le cardinal Louis, lui administra l'extrême-onction, puis le duc fit ses adieux à Anne et au jeune Henri.

Quand la duchesse et le futur duc quittèrent, en larmes, la chambre du blessé, Pierre leur annonça : « Coligny a tué le duc », et il leur montra les aveux.

Le résultat dépassa tous ses espoirs.

« Coligny doit mourir ! Il doit mourir ! » vitupéra la duchesse.

Pierre lui apprit alors que la reine Catherine faisait déjà des ouvertures de paix aux protestants et que Coligny échapperait probablement au châtiment dans le cadre du traité qui serait signé.

Henri devint alors presque hystérique, pleurant et répétant de sa petite voix d'enfant tremblante :

« Je vais le tuer ! Je vais le tuer moi-même !

— Je suis convaincu que vous le ferez un jour, monseigneur, acquiesça Pierre. Et ce jour-là, je serai à votre côté. »

Le Balafré mourut le lendemain.

Le cardinal Louis fut chargé d'organiser les funérailles, mais il était rarement sobre assez longtemps pour être efficace, et Pierre n'eut aucun mal à prendre la direction des opérations. Avec le soutien d'Anne, il orchestra une magnifique cérémonie d'adieu. Le corps du duc serait transporté d'abord à Paris, où son cœur serait enterré à Notre-Dame. Le cercueil voyagerait ensuite en grande pompe à travers le pays jusqu'à Joinville, en Champagne, où serait inhumé le corps. Des obsèques aussi grandioses étaient généralement réservées aux rois. La reine Catherine aurait indéniablement préféré moins d'ostentation, mais Pierre ne la consulta pas. Toujours prête à éviter les conflits, la reine mère songea sans doute que le Balafré ne pourrait plus nuire à présent, même s'il bénéficiait de funérailles royales.

En revanche, le stratagème de Pierre pour faire porter le chapeau à Coligny fut moins fructueux. Catherine prouva une nouvelle fois qu'elle pouvait se montrer aussi rusée que Pierre. Elle envoya un exemplaire des aveux de Poltrot à Coligny qui s'était retiré dans l'arrière-pays protestant de Normandie, et lui demanda d'y répondre. Elle préparait déjà sa réhabilitation.

Mais les Guises n'oublieraient jamais.

Pierre se rendit à Paris, devançant la dépouille du duc pour mettre au point les derniers dispositifs. Il y avait déjà envoyé

Poltrot, et l'avait fait emprisonner à la Conciergerie, à la pointe ouest de l'île de la Cité. Pierre insista pour qu'il fût placé sous étroite surveillance. Les Parisiens ultra-catholiques avaient vénéré le Balafré, et si la populace s'emparait de Poltrot, elle le mettrait en pièces.

Pendant que le cercueil du duc cheminait vers Paris, Coligny rédigea une déposition déniant tout rôle dans cet assassinat. Il en adressa des exemplaires à la reine Catherine ainsi qu'à nombre d'autres. C'était une défense énergique, et Pierre dut admettre – intérieurement, bien sûr – qu'elle était plutôt convaincante. Gaspard avait beau être un hérétique, ce n'était pas un imbécile, et s'il avait envisagé d'assassiner le Balafré, il aurait probablement choisi un meilleur tueur que l'instable Poltrot.

La dernière partie de la déposition de Gaspard était particulièrement dangereuse. Il rappelait que les principes élémentaires du droit l'autorisaient à affronter son accusateur devant les tribunaux, et implorait la reine Catherine d'assurer la sécurité de Poltrot et de veiller à ce qu'il survive afin de pouvoir témoigner au cours d'une enquête en bonne et due forme.

Une enquête impartiale et objective était la dernière chose que souhaitait Pierre.

Pis encore, à la Conciergerie, Poltrot revint sur ses aveux.

Pierre devait redresser la situation au plus vite. Il se rendit au parlement de Paris, la cour suprême, et proposa que Poltrot soit jugé immédiatement. Il fit remarquer que si l'assassin restait impuni, des émeutes ne manqueraient pas d'éclater quand le corps du héros arriverait dans la capitale. Les juges lui donnèrent raison.

Le 18 mars, aux premières heures du jour, le cercueil du duc fit son entrée dans les faubourgs sud de Paris et fut hébergé dans un monastère.

Le lendemain matin, Poltrot fut déclaré coupable et condamné à être écartelé.

L'exécution eut lieu en place de Grève, devant une foule en délire. Pierre était venu s'assurer de la mort de l'assassin. Les bras et les jambes de Poltrot étaient attachés par des cordes à quatre chevaux, chacun orienté vers l'un des quatre points cardinaux : on les cravacha pour qu'ils avancent. Théoriquement, les membres du condamné auraient dû s'arracher de son torse, qui se serait vidé de son sang. Mais le bourreau avait bâclé ses nœuds, et les cordes glissèrent. Pierre envoya chercher une épée, et le bourreau entreprit de sectionner lui-même les bras et les jambes de Poltrot. La foule l'encourageait, mais la procédure était laborieuse. À un moment, au cours de la demi-heure que dura l'exécution, Poltrot cessa de hurler et perdit conscience. Finalement, sa tête, avec sa houppette caractéristique, fut tranchée et exhibée sur un pieu.

Le lendemain, la dépouille du Balafré fit son entrée dans la ville.

*

Sylvie Palot observa la procession, pleine d'optimisme.

Le cortège entra à Paris par le sud, par la porte Saint-Michel, et traversa le quartier de l'Université, où se trouvait la boutique de Sylvie. Il était précédé de vingt-deux crieurs publics en livrée de deuil, blanche, qui faisaient solennellement tinter des clochettes et appelaient les citoyens affligés à prier pour l'âme de leur grand héros défunt. Venaient ensuite des prêtres de toutes les paroisses de la ville, chacun portant une croix. Ils étaient suivis de deux cents notables brandissant des torches enflammées d'où montait un linceul de fumée noire qui assombrissait le ciel. Les armées qui avaient accompagné le Balafré dans tant de victoires étaient représentées par six mille soldats aux étendards en berne frappant sur des tambours voilés de crêpe qui résonnaient comme des coups de canon dans le lointain. Enfin marchait la milice urbaine accompagnée d'une multitude de drapeaux noirs flottant dans le vent de mars qui montait de la froide Seine.

Les Parisiens en deuil se pressaient le long des rues, mais Sylvie savait que certains étaient, comme elle, secrètement ravis de la mort du Balafré. Son assassinat avait ramené la paix, au moins pour un moment. Peu après, la reine Catherine avait rencontré Gaspard de Coligny pour discuter d'un nouvel édit de tolérance.

Si les persécutions s'étaient aggravées pendant la guerre civile, les protestants du cercle de Sylvie bénéficiaient désormais d'une certaine protection. Un jour où Pierre était parti avec le Balafré et qu'Odette dînait avec ses amies, Sylvie s'était assise devant le bureau de Pierre et avait recopié tous les noms figurant dans son carnet noir pendant que Nath jouait avec Alain, maintenant âgé de deux ans : il ne parlait pas encore assez bien pour risquer de trahir le secret de sa visite.

La plupart des noms étaient inconnus de Sylvie. Beaucoup étaient sans doute faux : sachant qu'ils pouvaient être espionnés, les protestants se présentaient souvent sous des noms d'emprunt et donnaient d'autres informations fallacieuses. Ainsi, Sylvie et sa mère prétendaient s'appeler Thérèse et Jacqueline. Parmi tous ces noms, Sylvie n'avait aucun moyen de distinguer le vrai du faux.

Cependant, un certain nombre de ceux qui étaient mentionnés dans le carnet étaient ses amis et ses coreligionnaires. Ils avaient été discrètement prévenus. Quelques-uns, effrayés, avaient quitté la communauté et s'étaient reconvertis au catholicisme ; d'autres avaient déménagé et changé de nom. Plusieurs avaient quitté Paris pour des villes plus tolérantes.

Chose plus importante à long terme, Nath était désormais membre à part entière de la communauté du grenier au-dessus de l'écurie, chantant avec les autres les psaumes à tue-tête, d'une voix discordante. Ses dix écus d'or en poche, elle avait parlé de quitter le service de Pierre, mais Sylvie l'avait convaincue de rester et de continuer à l'espionner au profit des protestants.

L'atmosphère plus sûre était profitable aux ventes de livres, et Sylvie fut heureuse de recevoir une nouvelle cargaison que Guillaume apporta de Genève. Le pauvre garçon était encore amoureux d'elle. Elle l'appréciait, et elle lui était reconnaissante de son aide, mais elle était incapable de l'aimer. Sa mère était consternée de la voir rejeter ce parti qui lui paraissait idéal. C'était un jeune homme intelligent, prospère, séduisant, qui partageait sa religion et ses idéaux : que pouvait-elle désirer de plus ? Cette question laissait Sylvie aussi perplexe qu'Isabelle.

Enfin, le cercueil arriva, recouvert d'une bannière aux armes des Guises, posé sur un affût de canon tiré par six chevaux blancs. Sylvie ne pria pas pour l'âme du Balafré et remercia au contraire Dieu d'avoir mis fin à sa vie. Elle pouvait maintenant espérer le retour de la paix et de la tolérance.

Sa veuve, Anne, suivait le cercueil à cheval, tout de blanc vêtue, entourée de ses dames de compagnie. En queue de cortège, Sylvie aperçut un jeune garçon blond, aux traits avenants, qui devait être Henri, l'héritier du Balafré. À sa droite, portant un pourpoint blanc avec un col de fourrure clair, marchait un homme séduisant de vingt-cinq ans, à l'épaisse chevelure blonde.

Atterrée, écœurée et horrifiée, Sylvie reconnut celui qui se tenait à côté du nouveau duc de Guise.

C'était Pierre.

12

L'île caribéenne d'Hispaniola était sûrement l'endroit le plus chaud du monde, songeait Barney.

En cet été 1563, trois ans après avoir embarqué sur le *Hawk* à Anvers dans la seule intention de rejoindre au plus vite le port de Combe, il était toujours maître-canonnier à bord. S'il se languissait de rentrer chez lui et de revoir sa famille, curieusement, il n'en voulait plus au capitaine de l'avoir enrôlé par la ruse dans son équipage. Aussi dangereuse et impitoyable que fût la vie en mer, elle lui convenait. Il aimait se réveiller le matin sans savoir ce que la journée lui réservait. De plus en plus, il avait le sentiment que la ruine de l'entreprise de sa mère, pour désolante qu'elle fût, lui avait fourni une échappatoire.

S'il avait eu une plainte à formuler, c'eût été de vivre dans un environnement exclusivement masculin. Il avait toujours adoré la compagnie des femmes, qui le lui rendaient bien. Contrairement à nombre de marins, il ne fréquentait pas les prostituées des ports, qui transmettaient souvent d'horribles infections. Il aspirait seulement à se promener dans la rue, une fille à son côté, à badiner en guettant l'occasion de lui voler un baiser.

D'Anvers, le *Hawk* avait navigué jusqu'à Séville, avant de rejoindre les Canaries. S'ensuivit une série d'allers et retours lucratifs, au cours desquels ils avaient livré des couteaux, des carreaux de céramique et des vêtements de Séville dans les îles, pour en rapporter des tonneaux du vin puissant des Canaries. C'était un commerce paisible, si bien que les compétences de canonnier de Barney n'avaient pas été sollicitées, même s'il avait veillé à ce que son artillerie fût toujours prête à servir. De cinquante hommes, l'équipage s'était réduit à quarante pour cause d'accidents et de maladie, les aléas habituels de la vie en mer, mais il n'y avait pas eu de combat.

Puis le capitaine Bacon avait décrété que la voie de la fortune passait par le commerce des esclaves. À Tenerife, il avait recruté un pilote portugais du nom de Duarte, familier aussi bien de la côte africaine que de la traversée transatlantique. Face à la réticence de l'équipage devant un projet aussi dangereux, surtout après tant de temps déjà passé en mer, Bacon avait promis qu'ils rentreraient en Angleterre après un unique voyage et toucheraient une prime.

L'esclavage était une industrie importante en Afrique de l'Ouest. Depuis des temps immémoriaux, des rois et des chefs de tribu de la région vendaient leurs hommes à des acheteurs arabes qui approvisionnaient les marchés aux esclaves du Proche-Orient. Les marchands européens étaient de nouveaux acteurs de ce commerce bien établi.

Bacon acheta trois cent vingt hommes, femmes et enfants en Sierra Leone. Puis le *Hawk* mit cap à l'ouest et traversa l'Atlantique pour rejoindre le vaste territoire non encore cartographié appelé la Nouvelle-Espagne.

Ce commerce d'esclaves ne plaisait pas à l'équipage. Les malheureuses victimes s'entassaient dans la cale, enchaînées, dans des conditions abominables. On entendait les enfants pleurer et les femmes gémir. Et quand ils entonnaient des chansons tristes pour garder courage, c'était encore pire. Tous les deux ou trois jours, l'un d'eux mourait, et l'on jetait son corps par-dessus bord sans plus de cérémonie.

« C'est du bétail », disait Bacon si quiconque se plaignait.

Sauf que le bétail ne chantait pas de mélopées.

Lorsque les premiers Européens avaient touché terre après avoir traversé l'Atlantique, ils s'étaient crus arrivés en Inde. Aussi avaient-ils baptisé ces îles les Indes occidentales. Depuis, Magellan et Elcano avaient effectué la circumnavigation du globe, mais le nom était resté.

Hispaniola était la plus développée de nombreuses îles, dont quelques-unes seulement avaient un nom. Sa capitale, Saint-Domingue, la première ville européenne de Nouvelle-Espagne, possédait même une cathédrale, que Barney regretta de ne pas avoir l'occasion de voir. Mais Hispaniola était gouvernée par le roi d'Espagne, et les marchands anglais n'avaient pas le droit d'y commercer, si bien que Duarte, le pilote du *Hawk*, évita la ville et conseilla au capitaine Bacon de se diriger vers la côte nord, pour s'éloigner le plus possible des représentants de la force publique.

Les planteurs de canne à sucre avaient un besoin crucial de main-d'œuvre. D'après ce que Barney avait entendu dire, près de la moitié des Européens qui émigraient aux Indes occidentales mouraient dans les deux ans, et le taux de mortalité était presque aussi élevé chez les Africains, apparemment résistants à certaines maladies de Nouvelle-Espagne, mais pas à toutes. En conséquence, les planteurs n'avaient aucun scrupule à se fournir auprès des marchands anglais hors la loi. Dès le lendemain de leur arrivée dans une petite ville anonyme, Bacon vendit quatre-vingts esclaves, qui lui furent payés en or, perles et peaux.

Jonathan Greenland, le second, acheta des provisions, et l'équipage goûta à sa première nourriture fraîche depuis deux mois.

Le lendemain matin, sur le pont supérieur du navire, Barney faisait part de ses inquiétudes à Jonathan. Depuis leur position, ils distinguaient la plus grande partie de la bourgade où ils avaient enfin accosté. Un débarcadère en bois menait à une petite plage, derrière laquelle s'étendait une place. Toutes les constructions étaient en bois à une exception près, un modeste palais en calcaire corallien couleur d'or pâle.

« L'illégalité de toute cette affaire ne me plaît pas, confia-t-il à Jonathan. Nous pourrions très bien finir dans une geôle espagnole, et qui sait combien de temps il nous faudrait pour en sortir.

— Et tout ça pour rien », renchérit le second.

L'équipage ne partageait pas les profits du commerce régulier, mais seulement l'argent du butin, en cas de capture d'un autre navire. Or la traversée avait été paisible.

Pendant qu'ils conversaient, un jeune homme vêtu d'une soutane noire sortit par la grande porte du palais, traversa la place d'un air important, descendit sur la plage et s'engagea sur l'embarcadère. Arrivé à la passerelle, il hésita une seconde avant de la franchir pour monter à bord, puis se dirigea vers eux.

« Je dois parler à votre maître », déclara-t-il en espagnol.

Barney lui répondit dans la même langue.

« Le capitaine Bacon est dans sa cabine. Qui êtes-vous ? »

L'homme parut offusqué qu'on ose le questionner.

« Je suis le père Ignacio et j'apporte un message de don Alfonso. »

Barney devina que ledit Alfonso était le représentant local des autorités, et Ignacio, son secrétaire.

« Donnez-moi le message et je le ferai remettre au capitaine.

— Don Alfonso somme votre capitaine d'aller le trouver immédiatement. »

Peu désireux d'offenser les autorités locales, Barney fit mine de ne pas remarquer l'arrogance d'Ignacio.

« Dans ce cas, je suis sûr que le capitaine s'y rendra, répondit-il d'un ton aimable. Si vous voulez bien attendre un instant, je vais le chercher. »

Barney rejoignit le capitaine, qu'il trouva dans sa cabine, en train de manger des bananes plantains frites et du pain frais. Barney lui communiqua le message.

« Vous pouvez m'accompagner, lui dit Bacon. Votre espagnol est meilleur que le mien. »

Ils débarquèrent ensemble quelques minutes plus tard. Barney sentit la chaleur du soleil levant sur son visage ; encore une journée torride en perspective. Ils remontèrent la plage à la suite d'Ignacio. Quelques lève-tôt les dévisagèrent avec un vif intérêt : les étrangers devaient être assez rares ici pour offrir un spectacle captivant.

Alors qu'ils traversaient la place poussiéreuse, Barney remarqua une jeune fille en robe jaune qui faisait rouler un tonnelet de l'entrée d'une maison vers une charrette. C'était une Africaine à la peau dorée, trop bien habillée toutefois pour être une esclave. Levant les yeux vers les visiteurs, elle soutint avec hardiesse le regard de Barney, qui constata avec stupéfaction qu'elle avait les yeux bleus.

Il se força à reporter son attention sur le palais. Deux gardes armés, plissant les yeux pour se protéger de l'éclat du soleil, les regardèrent en silence franchir la grande porte derrière Ignacio. Barney avait l'impression d'être un criminel, ce qu'il était effectivement, et se demanda s'il ressortirait d'ici aussi facilement qu'il y était entré.

Il faisait frais à l'intérieur du palais aux plafonds hauts et aux sols de pierre. Les murs étaient recouverts d'azulejos bleu vif et jaune doré dans lesquels il reconnut la production des ateliers de poterie de Séville. Ignacio les escorta en haut d'un large escalier puis leur demanda de s'asseoir sur un banc de bois. Un affront délibéré, estima Barney. Le maire de cet endroit n'était certainement pas assailli de visiteurs tous les matins. Il les faisait attendre dans le seul but de leur montrer qu'il avait le pouvoir de le faire. Barney jugea que c'était bon signe. On ne se donne pas la peine de froisser quelqu'un que l'on s'apprête à jeter en prison.

Au bout d'un quart d'heure, Ignacio reparut et dit :

« Don Alfonso va vous recevoir. »

Il les fit entrer dans une pièce spacieuse, percée de hautes fenêtres aux volets clos.

Alfonso était obèse. C'était un homme d'une cinquantaine d'années, aux cheveux gris et aux yeux bleus, assis dans un fauteuil qui semblait avoir été fabriqué spécialement pour loger son exceptionnelle corpulence. Les deux robustes cannes posées sur une table à côté de lui laissaient penser qu'il n'était pas capable de se déplacer sans assistance.

En le voyant plongé dans la lecture d'une liasse de documents, Barney comprit qu'il s'agissait encore d'une mise en scène à leur intention. Bacon et lui restèrent debout avec Ignacio, attendant qu'Alfonso prenne la parole. Il sentit la colère du capitaine monter. Ce dédain le mettait hors de lui. Barney l'exhorta intérieurement à garder son calme.

Enfin, Alfonso leva la tête.

« Vous êtes en état d'arrestation, annonça-t-il. Vous avez fait du commerce en toute illégalité. »

C'était précisément ce que Barney avait redouté.

Il traduisit pour Bacon, qui répliqua :

« S'il tente de m'arrêter, le *Hawk* réduira sa ville en miettes. »

Il exagérait. Le *Hawk* était armé de minions, des petits canons incapables de détruire une solide architecture en maçonnerie. Ils n'auraient même pas pu couler un navire, sinon par un coup de chance extraordinaire. Les boulets de quatre livres étaient destinés à paralyser un vaisseau ennemi en détruisant son mât et son gréement, et en tuant ou en démoralisant l'équipage, ce qui réduisait le capitaine à l'impuissance. Pour autant, le *Hawk* pourrait causer de fâcheux dégâts sur la petite place de la ville.

Barney se creusa la tête pour formuler la réponse de Bacon dans des termes plus conciliants. Au bout d'un instant, il dit :

« Le capitaine Bacon vous suggère d'envoyer un message à ses hommes, pour les prévenir qu'il a été emprisonné conformément à la loi et leur ordonner de ne pas bombarder votre ville, même s'ils sont furieux.

— Ce n'est pas ce qu'il a dit. »

Manifestement, Alfonso possédait quelques notions d'anglais.

« C'est ce qu'il voulait dire. »

Bacon s'impatienta.

« Il va falloir lui graisser la patte. Demandez-lui combien il veut. »

Une fois encore, Barney fit preuve de davantage de délicatesse dans sa traduction.

« Le capitaine Bacon souhaite savoir combien il lui en coûterait pour acheter une licence afin de commercer ici. »

Il y eut un silence. Alfonso allait-il s'emporter et les faire emprisonner pour corruption en plus de leur commerce illicite ?

« Cinq escudos par esclave, payable à moi-même », répondit le gros homme.

Le ciel soit loué, songea Barney.

Le prix était élevé, sans être déraisonnable. L'escudo espagnol était une pièce de monnaie contenant un huitième d'once d'or.

« Je ne peux pas payer plus d'un escudo, fit répondre Bacon.

— Trois.

— Marché conclu.

— Une dernière chose.

— Bon sang, marmonna Bacon. J'ai accepté trop vite. À présent, il va exiger un supplément. »

Barney déclara en espagnol :

« Le capitaine Bacon ne paiera pas davantage.

— Vous devez menacer de détruire la ville, poursuivit Alfonso.

— Comment ? » Barney ne s'attendait pas à cela.

« Quand les autorités de Saint-Domingue m'accuseront d'avoir autorisé une activité commerciale illégale, j'arguerai pour ma défense que je devais sauver ma ville de la colère de sauvages pirates anglais. »

Une fois que Barney eut traduit, Bacon répondit :

« Entendu.

— Il me faut un document écrit. »

Le capitaine acquiesça d'un hochement de tête.

Quant à Barney, si l'idée d'avouer par écrit un crime, aussi réel fût-il, ne lui disait rien qui vaille, il ne voyait pas comment y échapper.

La porte s'ouvrit alors, et la jeune fille à la robe jaune entra. Ignacio ne lui accorda qu'un coup d'œil distrait, tandis qu'Alfonso lui adressa un sourire affectueux. Elle traversa la pièce aussi naturellement que si elle faisait partie de la famille et l'embrassa sur le front.

« Bella, ma nièce », annonça-t-il.

Barney devina que « nièce » était un euphémisme pour « fille naturelle ». Alfonso, semblait-il, avait eu une enfant avec une belle esclave. Barney se remémora les paroles d'Ebrima : « Les maîtres d'esclaves leur imposent toujours des relations charnelles. »

Bella apportait une bouteille, qu'elle posa sur la table où se trouvaient les cannes.

« Je me suis dit que vous seriez peut-être heureux d'avoir un peu de rhum », déclara-t-elle, parlant un espagnol distingué, agrémenté d'une pointe d'accent que Barney ne sut pas identifier. Quand elle le regarda en face, il s'aperçut qu'elle avait les yeux du même bleu lumineux que ceux d'Alfonso.

« Régalez-vous, ajouta-t-elle, avant de ressortir.

— Sa mère avait un tempérament de feu, paix à son âme », murmura Alfonso d'un ton nostalgique. Il resta silencieux un instant, comme perdu dans ses souvenirs. « Vous devriez acheter le rhum de Bella, reprit-il. C'est le meilleur. Goûtons-le, voulez-vous ? »

Barney commença à se détendre. L'atmosphère s'était transformée. Ils n'étaient plus des adversaires, mais des partenaires.

Le secrétaire sortit trois verres d'un buffet, déboucha la bouteille et servit des doses généreuses à la ronde. Ils burent. C'était un rhum excellent, à la fois épicé et moelleux, qui fit courir un frisson dans le corps de Barney.

« C'est un plaisir de faire affaire avec vous, don Alfonso », remarqua Bacon.

Alfonso sourit.

« J'ai cru comprendre que vous aviez vendu quatre-vingts esclaves.

— Ma foi, nous ignorions l'interdiction de…, commença Barney.

— Vous me devez donc déjà deux cent quarante escudos, le coupa Alfonso. Vous pouvez régler votre dette immédiatement. »

Bacon fronça les sourcils.

« C'est un peu difficile… »

Alfonso l'interrompit à nouveau, avant que Barney ait eu le temps de traduire.

« La vente des esclaves vous a rapporté quatre mille escudos. »

Barney était surpris : il ignorait que Bacon avait empoché autant. Le capitaine n'était pas bavard quand il s'agissait d'argent.

« Vous avez donc de quoi me payer deux cent quarante escudos tout de suite », poursuivit Alfonso.

Il avait raison. Bacon sortit une lourde bourse dont il tira la somme demandée, comptant un à un les doublons, de grosses pièces contenant chacun un quart d'once d'or et valant deux escudos. Son visage était déformé par une grimace, comme s'il avait mal au ventre. Il souffrait visiblement de payer pareil pot-de-vin.

Ignacio vérifia le compte et hocha la tête à l'intention de son maître.

Alors que Bacon se levait pour partir, Alfonso déclara :

« Vous me ferez parvenir votre lettre de menace avant de vendre d'autres esclaves. »

Voyant Bacon hausser les épaules, Barney se raidit. Il craignait que ses mauvaises manières n'irritent l'Espagnol ombrageux. Tant qu'ils se trouvaient sous juridiction espagnole, mieux valait ne pas froisser Alfonso.

« Merci, don Alfonso, d'avoir eu l'amabilité de nous recevoir, dit-il poliment. Votre courtoisie nous honore. »

Alfonso leur donna congé d'un geste pompeux, et Ignacio les escorta au-dehors.

Barney était soulagé, sans être toutefois certain qu'ils fussent complètement tirés d'affaire. Il désirait cependant revoir Bella. Était-elle mariée, ou avait-elle un prétendant ? se demanda-t-il. Il lui donnait une vingtaine d'années – peut-être même moins, mais les peaux noires paraissaient toujours plus jeunes. Il avait très envie d'en apprendre davantage à son sujet.

« Nous avons besoin de rhum à bord – il n'en reste presque plus, dit-il à Bacon, une fois sur la place. Et si j'en achetais un tonneau à cette femme, Bella, la nièce ? »

Le capitaine ne fut pas dupe.

« Eh bien, allez-y, mon gaillard. »

Pendant que Bacon s'en retournait vers le *Hawk*, Barney se dirigea vers la maison d'où il avait vu Bella sortir un peu plus tôt. Quoique en bois, elle était bâtie sur le même modèle que celle de Carlos Cruz à Séville, avec son arche centrale menant à une cour servant d'atelier – l'habitation typique des artisans.

Barney sentit l'odeur terreuse de la mélasse, ce sirop noir et amer produit par la deuxième ébullition de la canne à sucre et utilisé avant tout pour la fabrication du rhum. Elle provenait sûrement des énormes tonneaux alignés d'un côté de la cour.

Des barriques plus petites et des piles de bouteilles étaient rangées de l'autre côté, tandis que des limettiers poussaient dans le petit verger au fond.

Deux grandes cuves occupaient le centre de l'espace. La première, un carré de planches calfatées arrivant à hauteur de taille, était remplie d'une mixture collante que remuait un Africain muni d'une grande palette en bois. À en juger par l'odeur de levure qui s'en dégageait, il devait s'agir de la cuve de fermentation. À côté, au-dessus d'un feu, se trouvait un chaudron de fer pourvu d'un couvercle conique terminé par un long bec. Un liquide sombre en sortait, tombant goutte à goutte dans un seau. Barney supposa que la pulpe fermentée était distillée dans ce chaudron pour produire l'alcool.

Penchée sur le seau, Bella en humait l'odeur. Barney l'observa, admirant sa concentration. Mince, mais robuste, elle avait les bras et les jambes musclés, sans doute à force de manipuler les tonneaux. Son haut front lui rappela Ebrima et, sans réfléchir, il s'adressa à elle en mandingue.

«*I be nyaadi?*» demanda-t-il, ce qui signifiait «Comment allez-vous?»

Elle sursauta et fit volte-face. Une fois remise de sa surprise, elle lui répondit par un flot de paroles dans la même langue.

Barney repassa à l'espagnol.

«Pardon, mais je ne parle pas vraiment le mandingue. Un ami de Séville m'en a seulement appris quelques mots.

— Ma mère le parlait, dit Bella. Elle est morte. Vous m'avez fait peur.

— Je suis désolé.»

Elle le regarda, la mine pensive.

«Rares sont les Européens qui se donnent la peine de retenir ne serait-ce que quelques mots d'une langue africaine.

— Mon père nous a conseillé d'acquérir le plus de notions possibles de toutes les langues. D'après lui, c'était plus utile qu'avoir de l'argent à la banque.

— Vous êtes espagnol? Vous n'en avez pas l'air, avec cette barbe rousse.

— Anglais.

— Vous êtes le premier Anglais que je rencontre.»

Elle ramassa le seau à ses pieds, le renifla puis le vida par terre.

« Ce rhum n'est pas bon ? demanda Barney.

— Il faut toujours se débarrasser des premières mesures du distillat. C'est du poison. On peut le conserver et l'utiliser pour nettoyer les bottes, mais tôt ou tard, un imbécile sera tenté de le boire et en mourra. Je préfère donc le jeter. » Elle effleura le bec du bout d'un de ses doigts fins et le renifla. « Voilà qui est mieux. » Puis elle roula un tonneau vide sous le bec, avant de reporter son attention sur Barney. « Vous voulez acheter du rhum ?

— Oui, j'en serais heureux.

— Venez avec moi. Je vais vous montrer la meilleure manière de le boire. »

Elle l'emmena au fond de la cour, où elle cueillit des petits citrons verts qu'elle lui tendit au fur et à mesure. Barney l'observait, fasciné par la grâce et la fluidité de ses mouvements. Elle s'arrêta quand il en tint une douzaine.

« Vous avez de grandes mains », remarqua-t-elle. Les contemplant de plus près, elle ajouta : « Mais très abîmées. Que leur est-il arrivé ?

— Ce sont des cicatrices de brûlures. J'ai été canonnier dans l'armée espagnole. C'est comme les cuisiniers – on se brûle sans arrêt.

— Dommage, dit-elle. Ce n'est pas beau à voir. »

Barney sourit. Le culot de la jeune femme lui plaisait.

Il la suivit dans la maison. La pièce principale avait un sol en terre battue et des meubles faits de bric et de broc, mais la jeune femme l'avait égayée avec des fleurs de bougainvilliers et des coussins colorés. De mari il ne vit aucune trace : pas de bottes posées dans un coin, d'épée pendue à un crochet ou de grand chapeau à plume. Elle lui désigna une simple chaise en bois pour l'inviter à s'asseoir.

Barney fut surpris de la voir sortir d'un placard deux hauts verres : c'étaient des objets de luxe. Il est vrai qu'elle faisait commerce de rhum, et que tous les alcools ont meilleur goût servis dans de la verrerie.

Lui reprenant les citrons verts des mains, elle les coupa en deux avant de les presser au-dessus d'une cruche. Elle savait qu'il l'observait et ne semblait pas s'en formaliser.

Elle versa un pouce de rhum dans chaque verre, mélangea une cuillerée de sucre, puis ajouta le jus de citron vert jusqu'à ras bord.

Barney prit une gorgée. Jamais il n'avait goûté de boisson aussi délicieuse.

« Ma foi, convint-il. Vous avez raison. C'est la meilleure façon de le boire.

— Dois-je vous en livrer sur le *Hawk* cet après-midi ? La qualité supérieure vaut un demi-escudo la barrique. »

Ce n'était pas cher, songea Barney ; environ le même prix que la bière à Kingsbridge. La mélasse ne devait pratiquement rien coûter sur cette île sucrière.

« Mettez-en deux barriques, précisa-t-il.

— Entendu. »

Il prit une nouvelle gorgée du breuvage vivifiant.

« Comment vous êtes-vous lancée dans cette activité ?

— Quand ma mère se mourait, don Alfonso lui a offert tout ce qu'elle voulait. Elle lui a demandé de m'accorder la liberté et de me donner un moyen de gagner ma vie.

— Et il a pensé à cela. »

Elle éclata de rire.

« Non, il a suggéré des travaux d'aiguille. Le rhum, c'était mon idée. Et vous ? Qu'est-ce qui vous a amené à Hispaniola ?

— Le hasard.

— Vraiment ?

— Disons plutôt un concours de circonstances.

— Comment cela ? »

Barney songea à Sancho à Séville, au *José y María*, au meurtre du capitaine Gómez, au radeau sur la Lys, à la famille Wolman d'Anvers et au mauvais tour que lui avait joué le capitaine Bacon.

« C'est une longue histoire.

— J'aimerais beaucoup l'entendre.

— Et j'aimerais beaucoup vous la raconter, mais on a besoin de moi à bord.

— Votre capitaine ne vous donne jamais quartier libre ?

— Si, le soir en général.

— Si je vous prépare à souper, me raconterez-vous votre histoire ? »

Le cœur de Barney battit plus vite.

« Si vous voulez.

— Ce soir ?

— Volontiers. »

Il se leva.

Quelle ne fut pas sa surprise quand elle l'embrassa sur les lèvres, un baiser rapide et doux.

« Venez au coucher du soleil », dit-elle.

*

« Tu crois au coup de foudre ? demanda Barney à Bella trois semaines plus tard.

— Peut-être, je n'en sais rien »

Ils étaient chez elle, au lit. Le soleil se levait à peine. Comme il faisait déjà chaud, ils avaient repoussé les draps. Ils dormaient nus : les vêtements de nuit n'étaient pas nécessaires sous ce climat.

Barney n'avait jamais rien vu de plus ravissant que le corps brun doré de Bella languissamment étendu sur le drap de lin dans la lumière matinale. Il ne se lassait pas de la contempler, et elle n'y voyait jamais d'inconvénient.

« Le jour où je suis allé parler à don Alfonso, reprit-il, quand j'ai traversé la place et que je t'ai vue sortir de cette maison en faisant rouler un tonnelet, que tu as levé les yeux et croisé mon regard – j'ai été conquis tout de suite, sans rien savoir de toi.

— J'aurais pu être une sorcière.

— Qu'as-tu pensé, en me voyant te dévisager ?

— Eh bien, je préfère ne pas te le dire de peur que ça ne te monte à la tête.

— Allons, lance-toi.

— À cet instant, je n'ai plus été capable de penser du tout. Mon cœur s'est mis à battre très vite et j'ai eu le souffle court. Je me suis dit, ce n'est qu'un Blanc avec une drôle de couleur de cheveux et un anneau à l'oreille, pas de quoi t'emballer. Puis tu as détourné les yeux comme si tu ne m'avais pas remarquée, et j'en ai conclu qu'effectivement, il n'y avait pas de quoi s'emballer. »

Barney était tombé fou amoureux d'elle, c'était réciproque, et tous deux le savaient, mais il n'avait aucune idée de ce qu'ils allaient faire.

Bacon avait vendu presque tous les esclaves. Seuls quelques hommes tombés malades durant la traversée, des femmes enceintes et des enfants qui avaient dépéri après avoir été séparés de leurs parents n'avaient pas trouvé preneur. La cale du *Hawk* débordait d'or, de sucre et de peaux. Bientôt, le navire appareillerait pour l'Europe, et cette fois, Bacon semblait décidé à regagner le port de Combe.

Bella accepterait-elle de l'accompagner ? Cela l'obligerait à abandonner tout ce qu'elle connaissait, en particulier son commerce florissant. Il redoutait de lui poser la question. D'autant qu'il ignorait si Bacon accepterait une femme à bord.

Était-ce donc à lui, Barney, de renoncer à son ancienne existence pour s'installer ici, à Hispaniola ? Qu'y ferait-il ? Il pourrait aider Bella à développer son négoce. Ou peut-être se lancer dans la culture de la canne à sucre, bien qu'il n'eût aucun capital à investir. C'était un grand saut dans l'inconnu, après moins d'un mois sur place. Mais il voulait passer sa vie au côté de Bella.

Il devait lui parler d'avenir. La question informulée lui trottait perpétuellement dans la tête. Peut-être la jeune femme se la posait-elle aussi. Ils ne pouvaient pas tergiverser éternellement.

Il s'apprêtait à lui parler quand Jonathan Greenland entra.

« Barney ! s'exclama-t-il. Viens tout de suite ! » Puis voyant Bella, il ajouta : « Oh, bon Dieu, elle est superbe. »

La remarque était certes déplacée, mais la beauté de Bella avait de quoi troubler tout homme normalement constitué, même quand la jeune femme était entièrement vêtue. Barney dissimula un sourire et répondit :

« Sortez d'ici ! C'est la chambre d'une dame ! »

Jonathan tourna le dos, mais resta.

« Je suis désolé, señorita, mais c'est une urgence.

— Que se passe-t-il ? demanda-t-elle en remontant le drap pour cacher sa nudité.

— Un galion approche à grande vitesse. »

Barney sauta du lit et enfila son pantalon.

« Je reviens au plus vite, dit-il à Bella en mettant ses bottes.

— Sois prudent ! »

Barney et Jonathan sortirent de la maison et traversèrent la place en courant. Le *Hawk* levait déjà l'ancre. La plupart des hommes se trouvaient sur le pont et dans le gréement pour déployer les voiles. Les amarres avaient été larguées, ce qui obligea les deux retardataires à faire un bond de trois pieds au-dessus du vide pour embarquer.

Une fois à bord, Barney tourna les yeux vers le large. À quelque huit cents brasses à l'est, un galion espagnol hérissé de canons avançait rapidement vers eux par vent arrière. Pendant trois semaines, il avait oublié le danger qui les guettait, l'équipage et lui. Mais voilà que les représentants de la loi étaient arrivés.

Les hommes utilisèrent de longues gaffes pour écarter le *Hawk* de la jetée et l'orienter vers la pleine mer, le capitaine Bacon mit cap à l'ouest, et le vent gonfla les voiles.

Le galion naviguait haut sur l'eau, ce qui laissait penser qu'il était peu ou pas chargé. Il avait quatre mâts et plus de voiles que Barney ne pouvait en dénombrer d'un coup d'œil, ce qui lui assurait une grande vitesse. Large de bau, doté d'un haut château arrière, il devait être relativement difficile à manœuvrer, mais en ligne droite, il ne pouvait manquer de rattraper le *Hawk*.

Une détonation retentit au loin, que Barney identifia immédiatement comme un tir de canon. Elle fut suivie d'un fracas tout proche, de craquements de bois et d'un chœur de cris stupéfaits de la part de l'équipage. Un énorme boulet passa à trois pieds de Barney, troua la charpente du château arrière et disparut.

À en juger d'après la taille du projectile, beaucoup plus gros que ceux de quatre livres qui armaient le *Hawk*, le galion devait avoir des canons plus lourds. Leur canonnier avait néanmoins eu de la chance d'atteindre sa cible à une telle distance.

Un instant plus tard, le *Hawk* vira de bord brusquement, déséquilibrant Barney. Il craignit soudain que le navire n'eût été gravement touché et ne fût incontrôlable, voire en train de sombrer. La perspective de mourir en mer le terrifia – l'espace d'une seconde seulement. Il vit le capitaine Bacon barrer pour mettre cap au nord et passer en vent de travers. Son effroi se mua en perplexité. À l'évidence, Bacon avait compris qu'il ne pourrait pas distancer les Espagnols – mais quel était son plan ?

« Arrête de regarder, triple buse ! hurla Jonathan. Descends à ton poste sur le pont-batterie ! »

Barney comprit qu'il était sur le point de vivre sa première bataille navale. Serait-ce aussi la dernière ? Il regretta de ne pas avoir pu retourner à Kingsbridge, ne fût-ce qu'une fois avant de mourir.

Il avait déjà essuyé le feu et se savait capable de maîtriser suffisamment sa peur pour remplir sa mission.

Il gagna d'abord la cuisine, dans le château avant. Le cuisinier avait été blessé par un éclat de bois, mais la cuisine était intacte, et Barney put enflammer un allume-feu. Entendant une deuxième détonation, il se raidit dans l'attente de l'impact, submergé par un nouvel accès de terreur, mais le boulet manqua sa cible.

Au fond de la cale, les quelques esclaves restants, comprenant ce qui se passait, se mirent à hurler d'épouvante, craignant certainement de mourir enchaînés à un navire en plein naufrage.

Il y eut une troisième explosion, sans effet une nouvelle fois, confirmant ce qu'avait deviné Barney : le premier tir réussi avait été le fait de la chance. Le canonnier du galion arriva probablement à la même conclusion et décida d'économiser ses munitions pour de meilleures occasions, car il n'y eut pas de quatrième tentative.

Barney retourna sur le tillac en protégeant la flamme de sa main. La plupart des hommes d'équipage étaient sur le pont ou dans le gréement, en train de border les voiles en fonction des ordres que leur criait le capitaine. Barney courut jusqu'à l'écoutille donnant accès aux ponts inférieurs et dévala l'échelle en protégeant toujours son allume-feu.

Les hommes avaient déjà ouvert les sabords et défait les cordes qui arrimaient les canons quand ils n'étaient pas utilisés ; ainsi, les lourds affûts pourraient rouler en arrière sous l'effet du recul. Les hommes avisés faisaient très attention lorsqu'ils se déplaçaient sur le pont-batterie une fois les canons détachés : quiconque se tenait derrière au moment de la mise à feu risquait d'être blessé sinon tué.

À côté de chaque canon se trouvait une caisse contenant tout le matériel nécessaire à son fonctionnement : un seau en cuir rempli de poudre et fermé par un couvercle ; une pile de chiffons pour le bourrage ; une mèche à combustion lente faite de trois brins de corde de coton tressés, imprégnée de salpêtre et de potasse ; des outils pour charger le canon puis le nettoyer entre les tirs ; un seau d'eau. Les munitions étaient entreposées dans un grand coffre au centre du pont, à côté d'un baril de poudre.

Il y avait deux servants par canon. L'un utilisait une cuillère à long manche pour puiser l'exacte quantité de poudre nécessaire – du même poids que le boulet, même si les canonniers compétents procédaient à de légers ajustements lorsqu'ils connaissaient l'arme. L'autre fourrait ensuite la bourre dans la bouche à feu, juste avant d'y introduire le boulet.

En quelques minutes, tous les canons à tribord furent chargés. Barney en fit le tour avec son allume-feu pour embraser les mèches lentes. Celles-ci étaient enroulées au bout d'un bâton fourchu, le boutefeu, permettant de se tenir à l'écart du canon au moment où l'on approchait la flamme de ce qu'on appelait la lumière.

Barney jeta un coup d'œil par un sabord. Le *Hawk* filait à huit ou neuf nœuds, courant largue avec la forte brise d'est, tandis qu'à tribord, à environ cinq cents brasses de distance, le quatre-mâts plus rapide fonçait vers eux.

Barney attendit. À cette portée, il réussirait peut-être à l'atteindre et à causer des dégâts mineurs, mais ce ne serait pas la meilleure façon d'utiliser son artillerie.

Tel qu'il était orienté, le galion ne pouvait pas se servir de ses puissants canons latéraux. Deux petites explosions indiquèrent que le canonnier essayait ses canons de proue, mais Barney constata aux éclaboussures que les deux boulets avaient atterri dans la mer sans causer le moindre dommage.

Cependant, le galion serait bientôt suffisamment proche pour tourner et déployer ses canons latéraux, et à ce moment-là, le *Hawk* aurait du souci à se faire. Bon sang, quel était donc le plan du capitaine Bacon ? *Peut-être ce vieil idiot n'en a-t-il pas*, songea Barney en luttant contre la panique.

Un membre de l'équipage dénommé Silas l'interpella avec impatience :

« On tire, chef ? »

Barney dut faire un effort pour garder son calme.

« Pas encore, répondit-il avec plus d'assurance qu'il n'en ressentait. Ils sont trop loin. »

Du pont, Bacon cria :

« Canonniers, ne tirez pas ! »

Le capitaine n'avait pas pu entendre Silas, mais son instinct lui soufflait qu'on devait commencer à s'agiter sur le pont-batterie.

Le galion approchant, son angle de tir s'améliora. À trois cents brasses, il ouvrit le feu.

Une détonation retentit, accompagnée d'un nuage de fumée. Le boulet volait assez lentement pour être visible, et Barney remarqua sa trajectoire haute. Il résista à la tentation de se baisser. Avant même qu'il fût plus près, Barney comprit qu'il allait les atteindre. Mais le canonnier espagnol avait visé légèrement au-dessus, si bien que le boulet traversa le gréement. Barney entendit un bruit de déchirure de toile et de cordages, mais apparemment, aucune structure en bois n'avait été endommagée.

Sur le point de riposter, il hésita en entendant Bacon hurler un flot d'ordres. Puis le *Hawk* tangua encore et tourna. Pendant quelques instants, il eut le vent dans le dos, mais Bacon continua de virer à cent quatre-vingts degrés pour repartir vers le sud, en direction de l'île.

Sans qu'il fût besoin de leur en donner l'ordre, tous les canonniers passèrent à bâbord et chargèrent les six autres canons.

Mais que fabriquait donc Bacon ?

Par un sabord, Barney vit le galion changer de cap, sa proue se tournant pour intercepter la nouvelle course du *Hawk*. C'est alors qu'il comprit la manœuvre de Bacon.

Le capitaine lui offrait une cible idéale.

Dans une minute ou deux, le *Hawk* serait perpendiculaire à l'avant du navire ennemi, à cent cinquante brasses. Barney serait alors en mesure de tirer une bordée, envoyant un boulet après l'autre dans la proue vulnérable du galion, puis tout le long du pont jusqu'à la poupe, en causant un maximum de dégâts à son gréement et à son équipage.

S'il réussissait son coup.

La cible était si proche qu'il n'eut pas besoin des cales qui surélevaient les canons. En tirant à l'horizontale, leur portée serait probablement parfaite. Mais la cible n'était pas large.

« Maintenant, chef ? demanda Silas.

— Non, répondit Barney. Du calme, du calme. »

Il s'accroupit à côté du premier canon, le plus proche de la poupe, et regarda vers la mer, surveillant l'angle du galion, le cœur battant. C'était tellement plus facile à terre, où canon et cible ne bougeaient pas au rythme des vagues.

Le navire ennemi parut tourner lentement. Barney lutta contre la tentation de faire feu trop tôt. Il observait les quatre mâts. Quand ils seraient parfaitement alignés et que le premier dissimulerait les autres, il tirerait. Ou juste avant, pour tenir compte du temps que mettrait le boulet à l'atteindre.

« C'est quand vous voulez, chef ! dit Silas.

— Paré ! » Les mâts étaient presque alignés. « Feu ! »

Il tapa sur l'épaule de Silas. Celui-ci approcha la pointe incandescente du boutefeu de la lumière du canon.

L'explosion fut assourdissante dans l'espace confiné du pont-batterie.

Le canon recula brutalement.

Barney regarda au-dehors et vit le boulet fracasser le château avant du galion. Une clameur monta de l'équipage du *Hawk*.

Se déplaçant vers le deuxième canon, Barney tapa sur l'épaule de l'homme.

« Feu ! »

Le deuxième boulet monta plus haut et s'écrasa contre les mâts du galion.

Barney entendait les joyeuses acclamations en provenance du pont. Il passa au canon suivant, se concentrant pour programmer les tirs à la fraction de seconde près, jusqu'à ce que les six canons aient fait feu.

Puis il retourna au premier, s'attendant à trouver Silas en train de recharger, et fut contrarié de les voir, le second servant et lui, se serrer la main et se congratuler.

« Rechargez ! cria-t-il. Ces porcs ne sont pas encore morts. »

En hâte, Silas ramassa l'écouvillon, une longue tige terminée par une lame en spirale, avec lequel il retira l'excédent de bourre. Les détritus encore fumants sortirent de la bouche à feu en jetant des étincelles. Silas écrasa les braises pieds nus, apparemment insensible à la douleur. Son compagnon prit une longue hampe entourée d'une grosse épaisseur de chiffons, la plongea dans le seau d'eau puis l'enfonça dans le canon pour éteindre toute étincelle ou fragment incandescent qui aurait pu sinon faire exploser prématurément la charge de poudre suivante. Il ressortit l'éponge, et la chaleur du canon fit s'évaporer rapidement toute trace d'eau. Les deux hommes rechargèrent alors le canon nettoyé.

En face d'eux, l'avant du galion était percé en deux points, et son mât de misaine penchait. Du pont ennemi montaient les gémissements des blessés et les cris de panique des survivants. Mais le navire lui-même n'avait pas été mis hors de combat, et le capitaine gardait son sang-froid. Le galion avait à peine réduit son allure.

Barney était contrarié par la lenteur avec laquelle ses canonniers rechargeaient. Il savait d'expérience qu'une unique bordée ne suffisait jamais à remporter la bataille. Les armées pouvaient se relever. Mais des salves successives, décimant les rangs de l'adversaire à mesure que tombaient les combattants, sapaient le moral des hommes qui finissaient par fuir ou par se rendre. La répétition était essentielle. Cependant, les hommes du *Hawk* n'étaient pas des artilleurs mais des marins, et personne ne leur avait enseigné l'importance d'un rechargement rapide et discipliné.

Le galion fonçait droit sur le *Hawk*. Son capitaine avait renoncé à utiliser ses canons latéraux. Forcément, songea Barney : les Espagnols ne voulaient pas couler le *Hawk*, mais le capturer pour confisquer son trésor illégalement acquis. Ils tiraient avec leurs petits canons de proue, et certains boulets atteignaient le gréement ; l'étroitesse du *Hawk* en faisait cependant une cible difficile. La tactique du galion, comprit Barney, serait de heurter l'ennemi puis de l'aborder.

Quand les canons du *Hawk* seraient prêts, le galion serait à moins de cinquante brasses. Mais il était plus haut que le bateau anglais, et Barney voulait toucher le pont plutôt que la coque, si bien qu'il dut relever légèrement ses canons. Il parcourut la rangée en ajustant les cales.

Les instants suivants lui parurent interminables. Bien que le bâtiment espagnol avançât rapidement, à neuf ou dix nœuds, sa proue fendant la houle écumante, il donnait l'impression d'approcher pouce par pouce. Marins et soldats s'étaient rassemblés sur le pont, semblant parés à sauter dans le *Hawk* et à ne pas faire de quartier. Silas et les autres canonniers regardaient alternativement le galion et Barney, impatients d'approcher leur boutefeu de la poudre.

« Attendez mon ordre ! » cria-t-il.

Un tir prématuré, même de peu, serait le plus beau cadeau fait à l'ennemi, puisqu'il pourrait alors se rapprocher sans danger pendant que les canonniers rechargeraient.

Quand le galion fut à cinquante brasses, Barney ouvrit le feu.

Une fois encore, le capitaine lui avait présenté une cible parfaite. Le galion se dirigeait droit sur les canons du *Hawk*. À si courte portée, Barney ne pouvait pas rater sa cible. Il tira les six canons en succession rapide, puis hurla :

« Rechargez, rechargez ! »

Un coup d'œil lui apprit que les effets de cette salve avaient dépassé ses espérances. Un boulet avait dû atteindre le grand mât, qui penchait vers l'avant, poussé par le vent. Le galion ralentit, alors que certaines de ses voiles s'effondraient. Le grand mât finit par tomber dans le gréement du mât de misaine endommagé, qui à son tour commença à basculer. Le navire n'était plus qu'à vingt-cinq brasses, trop loin encore, toutefois, pour que ses hommes puissent se lancer à l'abordage. Il était hors de combat – mais comme il dérivait toujours vers le *Hawk*, ses marins pourraient grimper à bord lors de la collision.

C'est alors que Bacon repassa à l'action et vira de bord. Le vent d'est gonfla les voiles, le navire prit aussitôt de l'erre et, un instant plus tard, le *Hawk* filait vers l'ouest.

Le galion ne pouvait pas suivre.

Était-il possible que ce soit fini ?

Barney monta sur le pont, où il fut acclamé par l'équipage. Ils avaient gagné. Ils avaient battu un vaisseau plus grand et plus rapide. Barney était leur héros, bien qu'il sût que c'était à l'habileté de Bacon et à l'agilité de son navire qu'ils devaient la victoire.

Barney se retourna et vit le galion se diriger tant bien que mal vers le port. Hispaniola s'éloignait déjà.

Bella aussi.

Barney rejoignit Bacon au gouvernail.

« Où allons-nous, capitaine ?

— Chez nous, répondit Bacon. Au port de Combe. » Comme Barney ne disait rien, il ajouta : « Ce n'est pas ce que vous vouliez ? »

Barney se retourna vers Hispaniola, qui disparaissait dans la brume, sous le soleil caribéen.

« Ça l'était », dit-il.

13

Lorsqu'elle prit son balai pour nettoyer le sol de la chapelle en prévision de la messe, Margery savait qu'elle commettait un crime grave.

Le petit village de Tench ne possédait pas d'église et cette chapelle se trouvait à l'intérieur du manoir. Le comte de Swithin y venant rarement, l'édifice, sale et humide, était en mauvais état. Une fois qu'elle eut fini de balayer, Margery ouvrit une fenêtre pour aérer un peu. Dans la lumière de l'aube, la chapelle commençait à ressembler davantage à un lieu de culte.

Stephen Lincoln plaça des cierges sur l'autel, de part et d'autre d'un petit crucifix incrusté de pierreries qu'il avait dérobé à la cathédrale de Kingsbridge au tout début du règne d'Élisabeth, avant de quitter officiellement le clergé. Ses épaules étaient drapées d'une magnifique chape qu'il avait sauvée d'un bûcher dans lequel les protestants brûlaient des vêtements liturgiques. Elle était richement brodée de fils d'or et d'argent et de soie chatoyante. La broderie représentait le martyre de Thomas Becket, ainsi que des motifs floraux et, allez savoir pourquoi, plusieurs perroquets.

Margery alla chercher une chaise en bois dans l'entrée et s'assit pour se préparer à la messe.

Il n'y avait pas d'horloge à Tench, mais tout le monde voyait le soleil se lever. Alors que la pâle lumière de ce matin d'été filtrait par la fenêtre percée à l'est et transformait en or la pierre grise des murs, les familles de villageois pénétrèrent dans la chapelle, saluant silencieusement leurs voisins. Stephen tournait le dos aux fidèles, qui contemplaient, fascinés, les images colorées de sa chape.

Margery connaissait le nombre d'habitants de Tench, puisque le village faisait partie du comté de Shiring, et elle se réjouit de constater qu'ils étaient tous venus, y compris la doyenne, Grand-mère Harborough, que l'on porta à l'intérieur et qui fut la seule à rester assise pendant le service.

Tandis que Stephen commençait les prières, Margery ferma les yeux et laissa le son familier des mots latins pénétrer son esprit et remplir son âme du sentiment apaisant d'être en accord avec le monde et avec Dieu.

Lorsqu'elle parcourait le comté de Shiring, parfois en compagnie de Bart, son mari, parfois sans lui, Margery s'entretenait avec les gens de leurs sentiments religieux. Non seulement ils l'appréciaient, mais ils se confiaient plus volontiers à elle parce qu'elle était une jeune femme inoffensive. Elle s'adressait en général au bailli du village qu'elle visitait, un homme payé pour veiller sur les intérêts du comte et qui connaissait l'attachement des Shiring à la foi catholique. Si elle faisait preuve d'un peu d'habileté, il ne tardait pas à lui révéler la position des villageois. Dans des lieux pauvres et reculés comme Tench, il n'était pas rare de découvrir qu'ils étaient tous catholiques. Dans ce cas, elle s'arrangeait ensuite avec Stephen pour qu'il leur apporte les sacrements.

C'était un crime, mais Margery ignorait si elle courait un vrai danger. Depuis qu'Élisabeth était montée sur le trône, cinq ans plus tôt, personne n'avait été exécuté pour catholicisme. De ses conversations avec d'autres anciens prêtres, Stephen avait déduit que des messes clandestines comme celle-ci étaient assez courantes ; pourtant, elles ne provoquaient pas de réaction officielle, ni de campagne pour y mettre un terme.

La reine Élisabeth semblait prête à tolérer ce genre de pratiques. Du moins Ned Willard l'avait-il laissé entendre. Il revenait à Kingsbridge une ou deux fois par an, et Margery, qui le voyait en général à la cathédrale, lui parlait, même si son visage et sa voix lui inspiraient de mauvaises pensées. Il lui avait dit qu'Élisabeth ne se souciait pas de châtier les catholiques. Cependant, avait-il ajouté, comme pour la mettre en garde personnellement, quiconque contesterait son autorité à la tête de l'Église d'Angleterre – ou, pis, sa légitimité de souveraine – serait traité avec la plus extrême sévérité.

La démarche de Margery n'avait aucune visée politique. Malgré tout, elle n'était pas tranquille. Ce serait une erreur, songeait-elle, de relâcher sa vigilance. Les monarques étaient versatiles.

La peur avait beau être une présence constante dans sa vie, semblable à une cloche sonnant au loin pour des funérailles, elle ne l'empêchait pas d'accomplir son devoir. Elle était heureuse d'avoir été choisie pour préserver la vraie foi dans le comté de Shiring et acceptait le danger comme un élément indissociable de sa mission. Si celle-ci devait un jour lui valoir des ennuis, elle était sûre de trouver la force de les affronter. Presque sûre du moins.

Les croyants réunis là se protégeraient en se rendant plus tard dans la matinée au village voisin, où un pasteur célébrerait un office protestant en utilisant le livre de prières autorisé par Élisabeth et la Bible en langue anglaise introduite par son père, l'hérétique roi Henri VIII. Ils n'avaient pas vraiment le choix : toute absence à l'église était punie d'une amende d'un shilling, et personne à Tench ne pouvait faire l'économie d'un shilling.

Margery communia la première, afin d'encourager les autres. Puis elle se tint à l'écart et les observa. Leurs traits burinés de paysans s'illuminaient lorsqu'ils recevaient le sacrement qui leur avait été refusé si longtemps. Enfin, Grand-mère

Harborough fut portée devant l'autel. Ce serait sûrement sa dernière communion ici-bas. La joie irradiait son visage ridé. Margery imaginait ce qu'elle pensait. Son âme était sauvée, elle était en paix.

Elle pouvait mourir heureuse.

*

« Je t'épouserais, Ned Willard, si j'avais vingt ans de moins. Oui, sans hésitation », déclara Susannah, comtesse douairière de Brecknock, un matin.

Âgée de quarante-cinq ans, elle était une cousine du comte Swithin. Ned la connaissait de vue depuis l'enfance et n'avait jamais rêvé de devenir un jour son amant. Allongée dans le lit contre lui, elle avait posé la tête sur son torse et une cuisse potelée en travers de ses genoux. Il n'avait pas de mal à s'imaginer marié avec elle. Elle était intelligente, amusante et aussi voluptueuse qu'une chatte. Lascive, elle lui apprenait des jeux dont il n'avait même pas soupçonné l'existence. Elle avait un visage sensuel, des yeux bruns chaleureux, des seins ronds et doux. Et surtout, grâce à elle, il parvenait à chasser l'image de Margery dans les bras de Bart.

« Mais évidemment, c'est une idée ridicule, reprit-elle. Je ne suis plus en âge de te donner des enfants. Je pourrais certes favoriser la carrière d'un jeune homme, mais avec sir William Cecil pour protecteur, tu n'as pas besoin d'aide. Et je n'ai même pas de fortune à te laisser. »

De plus, nous ne sommes pas amoureux, songea Ned, qui s'abstint néanmoins de le dire. Il chérissait Susannah, qui depuis un an lui procurait un plaisir intense, mais il ne l'aimait pas, et il était presque certain qu'elle ne l'aimait pas non plus. Avant elle, il ignorait que ce genre de relations fût même possible. Elle lui avait enseigné tant de choses.

« Et puis, ajouta-t-elle, je crains que tu ne te remettes jamais d'avoir perdu cette pauvre Margery. »

Le seul inconvénient d'avoir une maîtresse plus âgée, avait découvert Ned, c'était qu'on ne pouvait rien lui cacher. Il ignorait comment elle s'y prenait, mais elle devinait tout, même ce qu'il ne voulait pas qu'elle sache. Surtout ce qu'il ne voulait pas qu'elle sache.

« Margery est une jeune femme adorable, qui aurait mérité de t'avoir, poursuivit Susannah. Mais sa famille tenait à rejoindre les rangs de l'aristocratie, et elle s'est servie d'elle.

— Les hommes de la famille Fitzgerald sont la lie de la terre, dit Ned avec ressentiment. Je suis sacrément bien placé pour le savoir.

— Sans aucun doute. Hélas, le mariage n'est pas qu'une question d'amour. Dans mon cas, c'est une nécessité. »

Ned fut stupéfait.

« Pourquoi ?

— Une veuve est un embarras. Je pourrais vivre avec mon fils, mais aucun garçon ne souhaite avoir sa mère à demeure. La reine Élisabeth m'apprécie, mais à la Cour, une femme célibataire passe pour mettre son nez partout. Et si elle a le tort d'être séduisante, elle fait peur aux épouses. Non, décidément, il me faut un mari, et Robin Twyford sera parfait.

— Tu vas épouser lord Twyford ?

— Je crois bien, oui.

— Le sait-il ? »

Elle rit.

« Non, mais il me trouve merveilleuse.

— Il a raison, mais tu es beaucoup trop bien pour lui.

— Ne sois pas condescendant. Il a cinquante-cinq ans, mais il est alerte, intelligent et il me fait rire. »

Ned comprit qu'il lui fallait se montrer beau joueur.

« Ma chérie, je te souhaite d'être très heureuse.

— Merci.

— Vas-tu voir la pièce ce soir ?

— Oui. »

Elle adorait le théâtre, tout comme lui.

« Alors, je t'y rencontrerai.

— Si Twyford est là, sois aimable avec lui. Pas de jalousie déplacée. »

La jalousie de Ned avait un autre objet, mais il garda cette pensée pour lui.

« Je te le promets.

— Fort bien », approuva-t-elle.

Du bout de la langue, elle lui mordilla le téton.

La cloche de Saint Martin-in-the-Fields retentit alors.

« C'est délicieux, chuchota Ned, mais je dois aller voir Sa Majesté.

— Pas tout de suite. » Elle s'attaqua à son autre téton.

« Mais bientôt.

— Ne t'inquiète pas, murmura-t-elle en roulant sur lui. Je vais faire vite. »

Une demi-heure plus tard, Ned remontait le Strand d'un pas vif.

La reine Élisabeth n'avait pas encore nommé le nouvel évêque de Kingsbridge, qui devait remplacer Julius, et Ned souhaitait que la fonction revînt à Luke Richards, doyen de Kingsbridge et ami de la famille Willard.

Tout le monde à la Cour cherchait à obtenir des postes pour ses amis, et Ned hésitait à importuner la reine avec ses préférences personnelles. Au cours des cinq années passées à son service, il avait appris avec quelle rapidité un courtisan pouvait tomber en disgrâce s'il perdait de vue qui servait qui. Aussi avait-il attendu le moment opportun. Ce jour-là, la reine devait s'entretenir des évêques avec son secrétaire d'État, sir William Cecil, et ce dernier avait demandé à Ned d'être présent.

Le palais appelé White Hall se composait de dizaines de bâtiments, de cours et de jardins, et possédait même un court de tennis. Ned, qui connaissait le chemin des appartements royaux, traversa rapidement la salle des gardes pour pénétrer dans une vaste antichambre. Il fut soulagé de constater que Cecil n'était pas encore arrivé. Comme promis, Susannah avait été rapide et ne l'avait pas trop retardé.

Álvaro de la Quadra, l'ambassadeur d'Espagne, se trouvait lui aussi dans la pièce, où il faisait les cent pas, affichant une expression de colère que Ned estima sans doute partiellement feinte. Un ambassadeur n'avait pas la tâche facile, songea-t-il : il devait transmettre les sentiments de son maître, qu'il les partageât ou non.

Au bout de quelques minutes à peine, le secrétaire d'État entra et entraîna Ned dans la chambre d'audience.

Âgée désormais de trente ans, la reine Élisabeth avait perdu la fraîcheur juvénile qui, à une époque, l'avait rendue presque belle. Elle s'était alourdie, et son goût pour les sucreries lui avait gâté les dents. Par chance, elle était de bonne humeur ce jour-là.

« Avant de passer aux évêques, nous recevrons l'ambassadeur d'Espagne », annonça-t-elle.

Ned devina qu'elle avait attendu Cecil, ne voulant pas être seule lors de son entrevue avec Quadra, le représentant du monarque le plus puissant d'Europe.

Quadra salua la reine avec une brusquerie qui frôlait l'irrespect, puis déclara :

« Un galion espagnol a été attaqué par des pirates anglais.

— Je suis absolument désolée de l'apprendre, répondit la reine.

— Trois membres de la noblesse ont été tués ! Plusieurs marins sont morts, et les pirates ont gravement endommagé le navire avant de prendre la fuite. »

Lisant entre les lignes, Ned devina que le galion avait perdu la bataille. Le roi Philippe avait été blessé dans son orgueil, d'où sa colère.

« Je crains de ne pas être en mesure de contrôler ce que font mes sujets lorsqu'ils sont en mer et loin d'ici. Aucun souverain n'a ce pouvoir. »

L'affirmation d'Élisabeth n'était qu'à moitié vraie. S'il était certes difficile de contrôler les navires en mer, la reine ne déployait guère d'efforts en ce sens. Les navires marchands jouissaient d'une certaine impunité, pour ne pas dire d'une impunité certaine, en raison du rôle qu'ils jouaient dans la sécurité du royaume. En temps de guerre, la souveraine pouvait leur donner l'ordre de joindre leurs forces à celles de la marine royale. Ensemble, ils assuraient la défense d'une nation insulaire dépourvue d'armée de métier. Élisabeth ressemblait en cela à la propriétaire d'un chien méchant, utile pour effrayer les intrus.

« Où cela s'est-il produit ? s'enquit-elle.

— Au large de la côte d'Hispaniola. »

Cecil, qui avait étudié le droit à Gray's Inn, demanda :

« Qui a ouvert le feu ? »

La question était judicieuse.

« Je ne dispose pas de cette information », répondit Quadra. Ned en déduisit que les Espagnols avaient tiré les premiers. L'ambassadeur ne fut pas loin de confirmer ce soupçon lorsqu'il ajouta avec humeur : « En tout état de cause, un navire de Sa Majesté le roi Philippe est parfaitement en droit de tirer sur tout vaisseau se livrant à des activités criminelles.

— De quel crime parle-t-on ici ? demanda Cecil.

— Ce navire anglais n'était pas autorisé à se rendre en Nouvelle-Espagne. Aucun navire étranger ne l'est.

— Sait-on ce que le capitaine faisait dans le Nouveau Monde ?

— Du commerce d'esclaves !

— Que je vous comprenne bien, intervint Élisabeth, et Ned se demanda si Quadra percevait aussi distinctement que lui la note de menace dans sa voix. Un vaisseau anglais, faisant paisiblement du commerce avec des acheteurs consentants d'Hispaniola, se fait tirer dessus par un galion espagnol – et *vous* venez vous plaindre auprès de *moi* parce que les Anglais ont riposté ?

— Leur seule présence était illégale ! Votre Majesté n'ignore pas que Sa Sainteté le pape a placé tout le Nouveau Monde sous l'autorité des rois d'Espagne et du Portugal. »

La voix de la reine se fit glaciale.

« Et Sa Majesté le roi Philippe n'ignore pas que le pape n'a pas autorité pour octroyer telle ou telle partie de la terre de Dieu à tel ou tel monarque selon son bon plaisir !

— Le Saint Père, dans sa sagesse…

— Par le corps de Dieu ! s'exclama Élisabeth, proférant un juron qui offensait profondément les catholiques comme Quadra. Si vous ouvrez le feu sur des Anglais simplement parce qu'ils sont dans le Nouveau Monde, vos navires doivent prendre leurs responsabilités ! Ne venez pas vous plaindre auprès de moi des conséquences. Vous pouvez vous retirer. »

Quadra s'inclina, puis prit un air sournois.

« Vous ne voulez pas connaître le nom du navire anglais ?

— Dites-le-moi.

— C'était le *Hawk*, du port de Combe, dont le capitaine est Jonas Bacon. » Quadra se tourna vers Ned. « Le maître canonnier se nomme Barnabas Willard.

— Mon frère ! s'écria Ned, le souffle coupé.

— Votre frère, en effet, confirma Quadra avec une satisfaction manifeste. Et, d'après les lois en vigueur, un pirate. » Il salua à nouveau la reine. « Je souhaite humblement une bonne journée à Votre Majesté. »

Lorsqu'il se fut retiré, Élisabeth demanda à Ned :

« Vous le saviez ?

— Plus ou moins, répondit Ned, tentant de mettre de l'ordre dans ses pensées. Il y a trois ans, mon oncle Jan, qui vit à Anvers, nous a écrit pour nous annoncer que Barney rentrait à la maison à bord du *Hawk*. Depuis le temps, nous avons deviné que le bateau avait dévié de sa route. Mais nous n'imaginions pas qu'il ait pu traverser l'Atlantique !

— J'espère qu'il rentrera au pays sain et sauf, dit la reine. Maintenant, puisqu'il est question de Kingsbridge, à qui pouvons-nous confier son évêché ? »

Encore stupéfait par ces nouvelles de Barney, Ned manqua de présence d'esprit, mais après un bref silence, Cecil l'encouragea :

« Ned connaît un candidat qui ferait l'affaire.

— Luke Richards. Quarante-deux ans. Il est déjà doyen, se reprit Ned.

— Un ami à vous, je suppose, lança la reine avec une pointe de dédain.

— Oui, Votre Majesté.

— Quel homme est-il ?

— C'est un modéré. Un bon protestant – bien que l'honnêteté m'oblige à dire à Votre Majesté qu'il y a cinq ans, c'était un bon catholique. »

Cecil fronça les sourcils pour marquer sa désapprobation, mais la reine Élisabeth rit de bon cœur.

« C'est parfait, approuva-t-elle. Tout à fait le genre d'évêque que j'apprécie. »

*

Depuis cinq ans que Margery était mariée, pas un jour n'avait passé sans qu'elle eût songé à s'enfuir.

Bart Shiring n'était pas ce qu'on aurait pu appeler un mauvais mari. Il ne l'avait jamais battue. Elle devait bien se résoudre à accomplir parfois son devoir conjugal, mais la plupart du temps, il prenait son plaisir ailleurs, ce en quoi il ne différait pas de la majorité des autres représentants de la noblesse. Il était déçu de ne pas avoir d'enfant et, comme tout homme, attribuait cet échec à sa femme, mais du moins ne l'accusait-il pas de sorcellerie comme l'auraient fait certains. Tout cela n'empêchait pas Margery de le détester.

Son rêve d'évasion prenait de nombreuses formes. Elle envisageait parfois d'entrer dans un couvent français, mais évidemment, Bart la retrouverait et la ramènerait. Elle imaginait se couper les cheveux, se déguiser en garçon et prendre la mer ; mais eu égard à l'absence d'intimité sur les bateaux, elle serait démasquée dans la journée. Elle pouvait aussi enfourcher son cheval préféré un matin et ne plus jamais revenir, mais où irait-elle ? À Londres ? Et de quoi vivrait-elle ? Elle n'était pas ignorante de la marche du monde, or il était de notoriété publique que les filles qui se réfugiaient dans la capitale sombraient le plus souvent dans la prostitution.

Parfois, elle était même tentée par le suicide, bien que ce fût un péché.

Ce qui la maintenait en vie c'était son travail clandestin auprès des catholiques d'Angleterre. Non seulement il donnait un sens à son existence, mais il était excitant, encore qu'effrayant. Sans lui, elle n'eût été qu'une malheureuse victime des circonstances. Avec lui, elle était une aventurière, une hors-la-loi, un agent secret de Dieu.

En l'absence de Bart, elle était presque heureuse. Elle appréciait d'avoir le lit pour elle toute seule la nuit, sans personne qui ronflait, pétait ou se levait pour utiliser le pot de chambre, et elle aimait être seule le matin pour faire sa toilette et s'habiller. Elle profitait de son boudoir, avec sa petite étagère de livres et ses bouquets dans des brocs, où elle pouvait se retirer l'après-midi pour lire de la poésie ou étudier sa Bible en latin, sans qu'on lui fasse remarquer avec dédain qu'aucune personne normale ne s'adonnait à ce genre de passe-temps.

Hélas, cela n'arrivait pas assez souvent. Lorsque Bart s'absentait, il se rendait le plus souvent à Kingsbridge, et elle l'accompagnait : elle en profitait pour voir des amis et rester en relation avec les catholiques clandestins de la ville. Mais cette fois, Bart était parti au port de Combe, et Margery appréciait sa solitude.

Elle assista au souper, évidemment. Le comte Swithin s'était remarié avec une femme plus jeune que Margery, mais la nouvelle comtesse avait rendu l'âme en accouchant d'un enfant mort-né, de sorte que Margery était redevenue la maîtresse de la maison. Les repas étaient de sa responsabilité. Ce soir-là, elle avait commandé du mouton au miel et à la cannelle. Elle était seule à table avec le comte Swithin et Stephen Lincoln, qui vivait désormais au Château Neuf : officiellement secrétaire, il était en réalité l'aumônier du comte. Il célébrait la messe dans la chapelle tous les dimanches pour la famille et les domestiques, sauf quand Margery et lui partaient faire la même chose ailleurs.

Bien que tout le monde se montrât discret, ces pratiques ne pouvaient rester éternellement cachées. Un grand nombre de gens savaient ou devinaient qu'on célébrait le culte catholique au Château Neuf, comme probablement dans toute l'Angleterre. Les puritains du Parlement – uniquement des hommes, bien sûr – étaient furieux. Mais la reine Élisabeth refusait de faire respecter les lois. C'était un compromis bien dans sa manière, ainsi que Margery commençait à le comprendre. Tout hérétique qu'elle fût, la souveraine était aussi une femme sensée, ce dont Margery rendait grâce à Dieu.

Elle quitta la table du souper dès que la politesse le lui permit. Elle avait une bonne excuse : sa gouvernante étant malade, et même probablement mourante, elle voulait s'assurer que la pauvre femme était installée aussi confortablement que possible pour la nuit.

Elle se dirigea vers le quartier des domestiques et trouva Sal Brendon couchée dans une alcôve donnant sur la cuisine. Toutes deux avaient connu des débuts difficiles, cinq ans auparavant, mais petit à petit, Margery avait réussi à s'en faire une alliée, et elles avaient fini par diriger la maison en bonne intelligence. Hélas, une tumeur était apparue dans un des seins généreux de Sal et, au cours de l'année écoulée, la femme plantureuse qu'elle avait été s'était transformée en squelette.

La tumeur avait percé la peau et s'était étendue à l'épaule, que l'on avait entourée d'un épais bandage pour essayer de dissimuler la mauvaise odeur. Margery l'encouragea à boire quelques gorgées de vin de xérès et s'assit à son chevet pour bavarder un moment avec elle. Sal lui apprit, avec une résignation non dénuée d'amertume, que le comte ne s'était pas donné la peine de venir la voir depuis des semaines. Elle avait le sentiment d'avoir gâché sa vie à essayer de faire le bonheur d'un ingrat.

Margery se retira ensuite dans sa chambre et dissipa son humeur sombre en lisant un livre français remarquablement amusant intitulé *Pantagruel*. Il y était question d'une race de géants, dont certains avaient des testicules si gros que trois auraient suffi à emplir une barrique. Stephen Lincoln aurait condamné pareille lecture, qu'elle jugeait cependant inoffensive. Pendant une heure, elle lut à la lueur de la chandelle, pouffant de temps en temps, puis se déshabilla et passa sa chemise de nuit en lin.

La maison était pourvue de hautes fenêtres, et la demi-lune perçait l'obscurité de la chambre. Laissant ouverts les rideaux de son lit à baldaquin, Margery se glissa sous les couvertures et ferma les yeux.

Elle aurait aimé montrer *Pantagruel* à Ned Willard. Il se serait délecté des incroyables inventions comiques de l'auteur, comme il avait goûté la pièce sur la vie de Marie-Madeleine ici, au Château Neuf. Chaque fois qu'elle découvrait quelque chose d'intéressant ou d'original, elle se demandait ce que Ned aurait à en dire.

Elle songeait souvent à lui la nuit. Naïvement, elle avait le sentiment que ses pensées impudiques étaient plus secrètes quand elle était couchée dans le noir. Elle se remémora la première fois où Ned et elle s'étaient embrassés dans le vieux four désaffecté, et regretta qu'ils ne fussent pas allés plus loin. À ce souvenir, une agréable chaleur envahit tout son corps. Elle savait que c'était un péché de se caresser, mais ce soir-là – comme cela lui arrivait parfois –, les sensations déferlèrent sur elle sans même qu'elle eût besoin de se toucher, et elle ne put s'empêcher de serrer les cuisses pour chevaucher les vagues du plaisir.

Ensuite, la tristesse l'envahit. Elle se rappela les regrets de Sal et se vit sur son propre lit de mort. Serait-elle aussi amère que la gouvernante ? Les larmes lui montèrent aux yeux. Tendant le bras vers le petit coffre près du lit où elle conservait ses affaires personnelles, elle en sortit un mouchoir de lin brodé de glands. Il appartenait à Ned – elle ne le lui avait jamais rendu. Enfouissant son visage dans l'étoffe, elle s'imagina qu'elle était avec lui, qu'il lui effleurait les joues et séchait ses larmes.

C'est alors qu'elle perçut le bruit d'une respiration.

Il n'y avait pas de serrures au Château Neuf, mais elle avait l'habitude de fermer sa porte et ne l'avait pas entendue s'ouvrir. À moins qu'elle ne l'eût laissée entrebâillée ? Mais qui serait entré aussi discrètement ?

Peut-être un chien : ceux du comte avaient le droit de se promener dans les couloirs la nuit, et l'un d'eux aurait pu venir fouiner dans sa chambre. Elle tendit l'oreille : la respiration était retenue, comme celle de quelqu'un qui chercherait à passer inaperçu – aucun chien n'était capable de faire cela.

Elle ouvrit les yeux et se redressa, le cœur battant. À la lueur argentée de la lune, elle distingua la silhouette d'un homme en chemise de nuit.

« Sortez de ma chambre », dit-elle d'un ton qu'elle voulait ferme.

Mais sa voix tremblait. Seul le silence lui répondit. Il faisait trop sombre pour qu'elle pût reconnaître l'intrus. Bart était-il rentré inopinément ? Non – personne ne voyageait après le crépuscule. Il ne pouvait pas s'agir d'un domestique : il aurait risqué la mort en pénétrant de nuit dans la chambre d'une femme de la noblesse. Cela ne pouvait pas non plus être Stephen Lincoln, car elle était certaine qu'il n'était pas attiré par les femmes – s'il devait commettre le péché de chair, ce serait plutôt avec un joli garçon.

L'homme prit alors la parole.

« N'ayez pas peur. »

C'était Swithin.

« Allez-vous-en ! » s'exclama Margery.

Il s'assit au bord du lit.

« Nous sommes tous les deux fort esseulés », dit-il.

Il avait la voix un peu pâteuse, comme toujours en fin de soirée. Elle voulut se lever, mais il l'arrêta d'un bras solide.

« Vous en avez envie, vous le savez aussi bien que moi, poursuivit-il.

— Non, certainement pas ! » Elle lutta pour se dégager de son étreinte, mais il était grand et puissant et pas assez ivre pour en être affaibli.

« J'aime qu'on me résiste, murmura-t-il.

— Lâchez-moi ! » s'écria-t-elle.

De sa main libre, il repoussa la couverture, révélant la chemise de nuit de Margery remontée autour de ses hanches. En le voyant contempler avec convoitise ses cuisses, elle ressentit une honte irrationnelle et tenta de cacher sa nudité avec ses mains.

« Ah, fit-il ravi. Vous êtes prude. »

Elle ne savait comment se débarrasser de lui.

Avec une vivacité surprenante, il lui saisit les chevilles et la tira brusquement. Elle glissa le long du lit et ses épaules retombèrent sur le matelas. Alors qu'elle était encore sous le choc, il bondit et s'allongea sur elle. Il était lourd et avait mauvaise haleine. Il lui pétrit un sein de sa main mutilée.

La voix de Margery monta dans les aigus.

« Allez-vous-en ou je crie, et tout le monde sera informé.

— Je dirai que vous m'avez séduit. C'est moi que l'on croira, et non vous. »

Il avait raison, elle le savait. Les gens jugeaient les femmes incapables de contrôler leurs désirs, contrairement aux hommes. Margery était convaincue du contraire, mais elle n'avait aucun mal à se représenter les scènes d'accusation et de réfutation, tous les hommes prenant parti pour le comte, tandis que les femmes lui jetteraient des regards soupçonneux. Bart serait tiraillé, car s'il connaissait bien son père, il n'aurait sûrement pas le courage de s'opposer à lui.

Elle sentit Swithin se tortiller pour remonter sa propre chemise de nuit. Peut-être ne parviendrait-il pas à bander ? songea-t-elle avec un fol espoir. Cela arrivait parfois à Bart, en général quand il avait trop bu, même s'il reportait toujours la faute sur elle. Or Swithin avait beaucoup bu.

Pas assez, manifestement. Elle sentit son sexe durcir contre elle, et son espoir s'évanouit.

Comme elle serrait les jambes l'une contre l'autre, il tenta de les écarter de force, prenant appui sur un coude tout en glissant l'autre main entre ses cuisses. L'effort lui arracha un grognement. Peut-être son érection ne durerait-elle pas et finirait-il, dégoûté, par abandonner la partie ?

« Écarte les jambes, petite garce ! » ordonna-t-il d'une voix sifflante.

Elle les serra encore plus fort.

De sa main libre, il la frappa au visage. Ce fut comme une explosion. De forte constitution, Swithin avait de larges épaules et des bras puissants, et il s'était beaucoup battu dans sa vie. Elle n'imaginait pas qu'un coup pût faire aussi mal. Elle eut l'impression que sa tête se détachait de son cou. Sa bouche s'emplit de sang. L'espace d'un instant, elle perdit toute force de résistance, et il en profita pour lui écarter les cuisses et s'introduire en elle.

Cela ne dura pas longtemps. Elle endura ses coups de reins dans un brouillard. Elle avait si mal au visage qu'elle sentait à peine le reste de son corps. Une fois qu'il eut fini, il roula sur le côté, essoufflé.

Elle se leva et alla se réfugier dans un coin de la chambre où elle s'assit par terre, tenant sa tête douloureuse. Une minute plus tard, elle l'entendit sortir à pas feutrés, haletant toujours.

Elle s'essuya le visage avec le mouchoir que – constata-t-elle avec étonnement – elle serrait toujours dans sa main. Lorsqu'elle eut la certitude que Swithin était parti, elle regagna son lit. Elle resta allongée là, pleurant sans bruit jusqu'à ce que, enfin, le sommeil lui apporte la consolation de l'inconscience.

Au matin, elle aurait pu penser avoir rêvé, si un côté de son visage ne l'avait élancée douloureusement. Dans le miroir, elle vit qu'il était enflé et meurtri. Au petit déjeuner, elle prétendit être tombée du lit ; elle se moquait qu'on la crût ou non, mais accuser le comte lui aurait causé des problèmes encore plus graves.

Swithin prit un petit déjeuner copieux et se comporta comme si de rien n'était.

Dès qu'il eut quitté la table, Margery renvoya la servante et alla s'asseoir à côté de Stephen.

« Swithin est venu dans ma chambre la nuit dernière, dit-elle à voix basse.

— Pour quoi faire ? » demanda-t-il.

Elle lui lança un regard incrédule. Il était prêtre, bien sûr, mais il avait vingt-huit ans et avait étudié à Oxford. Il ne pouvait pas être complètement innocent.

Au bout d'un instant, il murmura :

« Oh !

— Il m'a agressée.

— Avez-vous résisté ?

— Bien sûr, mais il est plus fort que moi. » Elle effleura son visage enflé du bout des doigts, prenant soin de ne pas appuyer. « Je ne suis pas tombée du lit. C'est la trace de son poing.

— Avez-vous crié ?

— J'ai menacé de le faire. Il m'a répondu qu'il dirait à tout le monde que je l'avais séduit. Il a ajouté que c'était lui qu'on croirait, et non moi. Il avait raison sur ce point – comme vous devez le savoir. »

Stephen parut mal à l'aise.

Le silence s'installa. Enfin, Margery l'interrogea :

« Que dois-je faire ?

— Prier pour le pardon, répondit Stephen.

— Que voulez-vous dire ?

— Demander le pardon de vos péchés. Dieu sera miséricordieux. »

Margery éleva la voix.

« Quels péchés ? Je n'ai commis aucun péché ! Je suis la victime d'un pécheur – comment pouvez-vous me conseiller de demander le pardon ?

— Ne criez pas ainsi ! Je vous dis que Dieu pardonnera votre adultère.

— Et son péché à lui ?

— Parlez-vous du comte ?

— Oui. Il a commis un péché bien plus grave que l'adultère. Que comptez-vous faire ?

— Je suis prêtre, pas shérif. »

Elle le dévisagea, incrédule.

« C'est tout ? C'est là votre réponse à une femme qui s'est fait violer par son beau-père ? Dire que vous n'êtes pas shérif ? »

Il détourna les yeux.

Margery se leva.

« Misérable, lança-t-elle. Vous n'êtes qu'un misérable. »

Et elle quitta la pièce.

Elle envisagea d'abjurer sa religion, mais cela ne dura pas. Elle songea à Job, dont les souffrances avaient mis la foi à l'épreuve. « Maudis Dieu, et meurs », lui avait dit sa femme, mais Job avait refusé. Si tous ceux qui rencontraient des prêtres pusillanimes rejetaient Dieu, il n'y aurait plus beaucoup de chrétiens. Mais qu'allait-elle faire ? Bart ne serait pas de retour avant le lendemain. Et si Swithin revenait le soir même ?

Elle passa la journée à se préparer à cette éventualité. Elle ordonna à une jeune bonne, Peggy, de dormir dans sa chambre, sur une paillasse au pied du lit. Il était courant que des femmes seules gardent une servante auprès d'elles la nuit, une pratique que Margery n'avait jamais appréciée, mais dont elle comprenait maintenant l'utilité.

Elle se procura aussi un chien. Il y avait toujours quelques chiots dans l'enceinte du château. Elle en choisit un suffisamment jeune pour lui apprendre à être loyal, et lui donna le nom – il n'en avait pas encore – de Mick. Dès à présent, il pourrait aboyer et, avec le temps, elle le dresserait pour qu'il la protège.

Au cours de la journée, elle s'interrogea sur l'attitude de Swithin. Elle le revit de nouveau au dîner et au souper. Il ne lui adressa pour ainsi dire pas la parole, ce qui était habituel, et parla avec Stephen Lincoln de sujets d'actualité : le Nouveau Monde, la conception des navires et l'indécision persistante de la reine Élisabeth quant au choix d'un époux. C'était comme s'il avait oublié le crime odieux qu'il avait commis durant la nuit.

Lorsqu'elle alla se coucher, elle prit soin de bien refermer derrière elle et, avec l'aide de Peggy, poussa un coffre devant la porte. Elle aurait souhaité qu'il fût plus lourd, mais dans ce cas, elles n'auraient pas été capables de le déplacer.

Enfin, elle noua une ceinture par-dessus sa chemise de nuit et y accrocha un petit couteau dans un fourreau, tout en se promettant de se procurer un vrai poignard à la première occasion.

La pauvre Peggy était terrifiée, mais Margery ne lui expliqua pas la raison de toutes ces précautions, car il lui eût fallu accuser le comte.

Peggy souffla les chandelles et se recroquevilla sur sa paillasse. Manifestement surpris par son nouveau logis, Mick accepta le changement avec un stoïcisme canin et s'endormit devant la cheminée.

Incapable de se tourner sur le côté gauche car tout contact, fût-ce celui d'un oreiller de plume, réveillait la douleur dans sa joue, Margery resta allongée sur le dos, les yeux ouverts. Elle savait pertinemment qu'elle ne parviendrait pas à dormir.

Si seulement elle pouvait passer cette nuit sans encombres, se disait-elle. Le lendemain, Bart serait de retour, et ensuite, elle ferait en sorte de ne jamais se retrouver seule avec Swithin. Mais à l'instant où elle formula cette pensée, elle sut que ce serait impossible. Elle n'accompagnait Bart que quand il le décidait, et il ne lui demandait pas toujours son avis. Sans doute la laissait-il au château lorsqu'il comptait voir une maîtresse, emmener tous ses amis au bordel ou s'adonner à quelque autre activité où une épouse n'avait pas sa place. Margery ne pourrait aller contre sa volonté sans une bonne raison – raison qu'elle n'était pas en mesure de révéler. Elle était prise au piège, et Swithin le savait.

La seule solution était de tuer le comte. Mais ce serait la pendaison assurée. Aucune excuse ne lui permettrait d'échapper au châtiment.

À moins qu'elle ne réussisse à faire croire à un accident…

Dieu lui pardonnerait-il ? Peut-être. Il ne la destinait certainement pas à se faire violer.

Alors qu'elle y réfléchissait, la poignée de la porte bougea.

Mick émit un aboiement inquiet.

Quelqu'un cherchait à entrer. La voix effrayée de Peggy s'éleva :

« Qui cela peut-il être ? »

La poignée tourna à nouveau, puis le battant de la porte heurta le coffre avec un bruit sourd.

« Allez-vous-en ! » dit Margery d'une voix forte.

Elle entendit un grognement à l'extérieur, comme celui d'un homme haletant sous l'effort, et le coffre recula.

Peggy hurla.

Margery bondit hors du lit.

Le coffre racla le sol, la porte s'ouvrit plus grand, et Swithin réussit à se glisser à l'intérieur, en chemise de nuit.

Comme Mick s'avançait vers lui en aboyant, le comte lui décocha un coup de pied dans le poitrail. Avec un gémissement terrifié, le chien fila par le battant entrouvert.

Apercevant Peggy, Swithin lui ordonna :

« Sors d'ici, si tu ne veux pas subir le même sort. »

La servante déguerpit sans demander son reste.

Swithin s'approcha de Margery.

Elle tira le couteau de sa ceinture.

« Si vous ne partez pas, je vous tue ! » menaça-t-elle.

Swithin détendit son bras gauche qui s'abattit sur le poignet droit de Margery avec la force d'un marteau. Le couteau vola en l'air. Le comte la saisit par les épaules, la souleva comme si elle ne pesait rien et la fit retomber sur le lit. Puis il se jeta sur elle.

« Écarte les jambes, dit-il. Je sais que tu en meurs d'envie.

— Je vous hais !

— Écarte les jambes, ou tu t'en repentiras ! » rétorqua-t-il en brandissant le poing.

Elle ne supporterait pas qu'il lui touche le visage. Elle avait l'impression que s'il la frappait encore, elle mourrait. Elle fondit en larmes, impuissante, et ouvrit les cuisses.

*

Rollo Fitzgerald ne ménageait pas sa peine pour surveiller les faits et gestes des puritains de Kingsbridge. Sa principale source d'informations était Donal Gloster, le bras droit de Dan Cobley. Une double motivation animait Donal : il détestait les Cobley qui l'avaient jugé indigne d'épouser la fille de la famille et il convoitait l'argent de Rollo car Dan lui versait un salaire de misère.

Rollo rencontrait régulièrement Donal à la taverne du Coq, sise au lieu-dit de la Croisée du Gibet. L'établissement était en réalité un bordel, ce qui permettait à Rollo d'y louer une chambre particulière où ils pouvaient discuter en toute discrétion. Et s'il venait aux filles l'envie de cancaner à leur propos, les gens en déduiraient qu'ils avaient une relation homosexuelle. C'était un péché et un crime, mais ceux qui recueillaient les ragots des prostituées n'étaient généralement pas en position de lancer des accusations.

« Dan est furieux que le doyen Luke ait été nommé évêque, lui apprit Donal, un jour d'automne 1563. Pour les puritains, c'est une girouette.

— Ils ont raison », répondit Rollo avec mépris.

Changer de croyance à chaque changement de monarque était un comportement que l'on disait « politique », et ceux qui agissaient ainsi étaient appelés « politiciens ». Rollo les détestait.

« Je suppose que la reine l'a choisi pour sa malléabilité. Qui Dan voulait-il comme évêque ?

— Le père Jeremiah. »

Jeremiah était le pasteur de Saint-Jean du champ aux Amoureux, un faubourg situé au sud de Kingsbridge. Bien qu'il fût resté dans l'Église, il avait toujours été un partisan de la Réforme. Il aurait fait un évêque protestant extrémiste, sans aucune tolérance pour les nostalgiques des anciennes pratiques.

« Remercions le ciel que Dan n'ait pas obtenu gain de cause.

— Il ne s'avoue pas vaincu.

— Que veux-tu dire ? La décision a été prise. La reine l'a annoncée. Luke sera consacré après-demain.

— Dan prépare quelque chose. C'est pourquoi j'ai demandé à te voir. Cela t'intéressera.

— Je t'écoute.

— Lors de la consécration d'un nouvel évêque, le clergé sort toujours saint Adolphe.

— Ah, oui. Mais cette fois, Luke laissera peut-être les ossements à leur place. »

Depuis des siècles, la cathédrale de Kingsbridge détenait les reliques de saint Adolphe, conservées dans une châsse précieuse exposée dans le chœur. Des pèlerins venaient de toute l'Europe occidentale prier le saint pour en obtenir santé et bonne fortune.

Donal secoua la tête.

« Il les sortira pour la procession, parce que les habitants de Kingsbridge le souhaitent. Il prétend que personne ne voue de véritable culte à ces reliques, qu'il ne s'agit pas d'idolâtrie mais d'une manière d'honorer la mémoire d'un saint homme.

— Toujours partisan du compromis, ce Luke.

— Les puritains estiment que c'est du blasphème.

— Rien d'étonnant à cela.

— Dimanche, ils passeront à l'action. »

Rollo haussa les sourcils. Voilà qui devenait intéressant.

« Que vont-ils faire ?

— Au cours de la cérémonie, lorsque les reliques seront présentées, ils s'empareront du reliquaire et profaneront les restes du saint – tout en appelant Dieu à les foudroyer sur-le-champ s'il les désapprouve. »

Rollo était consterné.

« Ils s'attaqueraient à des reliques que les prêtres de Kingsbridge honorent depuis cinq cents ans ?

— Oui. »

La reine Élisabeth elle-même était hostile à ce genre d'initiative. De nombreux actes iconoclastes avaient été perpétrés au cours du règne d'Édouard VI, mais Élisabeth avait adopté une loi interdisant la destruction d'images ou d'objets appartenant à l'Église. Cette interdiction n'avait cependant remporté qu'un succès partiel : les protestants fanatiques étaient nombreux.

« Je ne devrais pas être vraiment surpris, ajouta Rollo.

— Je me suis dit que tu serais heureux d'en être informé. »

En quoi il ne se trompait pas. Un secret était une arme. Plus encore, le fait de détenir des renseignements dont les autres ne disposaient pas procurait à Rollo un plaisir intense, de même qu'un sentiment de puissance grisant.

Il tendit à Donal cinq pièces d'or, appelées des anges, valant chacune dix shillings, soit une demi-livre.

« Bien joué », dit-il.

En voyant Donal empocher sa récompense d'un air satisfait, il ne put que penser aux trente deniers d'argent de Judas Iscariote.

Après avoir quitté la taverne, Rollo traversa le pont de Merthin menant au centre-ville et remonta la rue principale. La froidure automnale de l'air semblait le galvaniser. Levant les yeux vers les vieilles pierres sacrées de la cathédrale, il fut parcouru d'un frisson d'horreur à la pensée du blasphème qui se préparait et se fit le serment de l'empêcher.

Il s'avisa alors qu'il pouvait peut-être faire encore mieux. Existait-il un moyen de tourner l'incident à son avantage ?

Marchant lentement, l'esprit en ébullition, il entra dans le palais de son père, la Porte du Prieuré. Sa construction avait failli causer la ruine des Fitzgerald, mais en définitive, c'était la famille Willard qui avait été brisée. En cinq ans, la demeure avait perdu le lustre du neuf et s'était patinée. Le gris pâle de la pierre, provenant de la même carrière que celle de la cathédrale, avait foncé sous l'effet de la pluie et de la fumée des deux mille cheminées de Kingsbridge.

Le comte de Shiring était en ville à l'occasion de la consécration du nouvel évêque, accompagné de Bart et de Margery, Ils résidaient dans la demeure du comte, sur l'île aux Lépreux, mais passaient la plupart de leur temps à la Porte du Prieuré. Rollo espérait les y trouver, car il brûlait de transmettre à Swithin ce que venait de lui apprendre Donal. Le comte serait encore plus scandalisé que lui.

Gravissant l'escalier de marbre, il pénétra dans le salon de sir Reginald. Bien que la demeure possédât des pièces plus grandioses, c'était ici qu'on se réunissait pour parler affaires. Sir Reginald, que son âge rendait plus sensible au froid, avait fait allumer un feu. Les invités étaient là, et une cruche de vin avait été posée sur une petite table.

Rollo éprouva une certaine fierté à voir le comte prendre ses aises chez eux. Il savait que son père partageait son sentiment, même s'il ne l'avait jamais dit. Sir Reginald veillait cependant à tenir des propos plus modérés et circonspects en présence de Swithin et, refoulant son tempérament impulsif et belliqueux, se présentait en homme sage et plein d'expérience.

À côté de Swithin, Bart apparaissait physiquement comme une version plus jeune du comte, bien qu'il ne possédât pas sa force de caractère. S'il révérait ce père puissant et autoritaire, il ne serait probablement jamais de la même trempe.

La vieille garde était toujours là, songea Rollo, en dépit d'Élisabeth. Ils avaient subi des revers, mais ne s'avouaient pas vaincus.

Il prit place à côté de sa sœur et accepta la coupe de vin que lui tendait sa mère. Margery l'inquiétait quelque peu. Elle paraissait plus âgée que ses vingt ans. Amaigrie, les joues pâles, elle avait un bleu à la mâchoire. Elle qui avait toujours tiré fierté de son apparence – et même vanité d'après Rollo – portait aujourd'hui une robe sans élégance, et ses cheveux étaient gras et négligés. Il ne doutait pas qu'elle fût malheureuse, mais ne savait pas pourquoi. Quand il lui avait demandé de but en blanc si Bart était violent avec elle, elle avait démenti fermement : « Bart est un époux correct. » Peut-être était-elle simplement déçue de ne pas avoir encore conçu d'enfant ? Quelle que fût la raison de son malheur, il espérait qu'elle ne leur causerait pas de tracas.

Il but une gorgée de vin puis déclara :

« J'ai parlé à Donal Gloster, qui m'a transmis des nouvelles inquiétantes.

— Un personnage détestable, commenta sir Reginald.

— Méprisable, mais utile. Sans lui, nous ignorerions que Dan Cobley et les puritains se préparent à commettre un sacrilège, lors de la consécration de Luke Richards, qu'ils ne trouvent pas suffisamment hérétique à leur goût.

— Un sacrilège ? s'étonna son père. Que comptent-ils faire ? »

Rollo lança :

« Profaner les reliques du saint. »

Un silence stupéfait l'accueillit.

« Non, murmura enfin Margery.

— Qu'il essaie, et je le passerai au fil de mon épée », s'écria le comte.

Rollo écarquilla les yeux, comprenant soudain que la violence ne serait sans doute pas unilatérale.

Sa mère intervint :

« Si vous tuez un homme dans une église, milord, vous serez exécuté. Un comte lui-même ne peut échapper au châtiment en pareil cas. »

Le charme enjoué de lady Jane l'autorisait à parler franchement.

« Vous avez raison, bon sang, se désola Swithin, apparemment abattu.

— Et moi, je pense qu'elle a peut-être tort, milord, répliqua Rollo.

— Comment cela ?

— Oui, reprit lady Jane, arquant un sourcil. Dis-nous en quoi j'ai tort, mon brillant fils. »

Rollo se concentra, et le plan prit forme dans son esprit à mesure qu'il parlait.

« Un meurtre prémédité dans une église ? En effet, même un comte risque l'exécution pour ce crime. Mais voyons plus loin. Le maire de Kingsbridge aurait peut-être une histoire différente à raconter. »

Swithin paraissait perplexe, mais Reginald encouragea son fils :

« Continue, Rollo, c'est intéressant.

— Toute action peut être légitime ou condamnable, selon le point de vue où l'on se place. Considérez ceci. Un groupe de brutes en armes pénètre dans une ville ; ils assassinent les hommes, violent les femmes et repartent avec toutes les richesses. Ce sont d'abominables criminels – sauf si la ville en question se situe en Assyrie et que les victimes sont des musulmans. Dans ce cas, les hommes armés ne sont pas des criminels, mais des croisés, des héros.

— Tu dis cela sans ironie aucune », commenta Margery, dégoûtée.

Rollo ne comprenait pas ce qui la heurtait.

« Et alors ? demanda sir Reginald avec impatience.

— Alors, voici ce qui se passera dimanche : les puritains attaqueront les membres du clergé pour tenter de s'emparer des reliques, en violation de la loi édictée par la reine Élisabeth. De fidèles paroissiens se dresseront alors pour défendre le nouvel évêque nommé par la reine et sauver les ossements du saint. Il serait préférable qu'aucune épée ne soit utilisée, mais les hommes porteront évidemment les couteaux dont ils se servent tous les jours pour couper leur viande à table. Malheureusement, dans la confusion qui s'ensuivra, Dan Cobley sera poignardé ; mais puisqu'il aura été le principal instigateur de la bagarre, sa mort apparaîtra comme la volonté de Dieu. De toute façon, il sera impossible de déterminer l'auteur du coup fatal. Et vous, mon père, en tant que maire de Kingsbridge, vous adresserez un rapport à Sa Majesté la reine lui communiquant ce récit fort simple.

— La mort de Dan Cobley serait une bénédiction, fit remarquer sir Reginald, pensif. C'est le chef des puritains.

— Et le pire ennemi de notre famille, ajouta Rollo.

— Beaucoup de gens risqueraient de se faire tuer », protesta Margery.

Sa désapprobation ne surprenait pas Rollo. C'était une catholique fervente, convaincue que la foi devait être soutenue par tous les moyens, à l'exception de la violence.

« Elle a raison, c'est dangereux, reconnut le comte de Shiring. Mais cela ne doit pas nous retenir d'agir. Les femmes s'inquiètent de telles choses. C'est la raison pour laquelle Dieu a fait de l'homme le maître », conclut-il avec un sourire.

*

Dans son lit, Margery repensait aux événements de la journée. Si elle méprisait Dan Cobley et les puritains qui préparaient une aussi épouvantable profanation, son père et son frère ne valaient guère mieux à ses yeux, puisqu'ils comptaient exploiter cet acte sacrilège à des fins politiques.

Peu lui importait que l'un d'eux fût blessé dans l'échauffourée. Elle n'avait plus le moindre sentiment pour eux. Ils s'étaient servis d'elle sans vergogne pour assurer leur avancement dans le monde – de la même façon qu'ils voulaient se servir de ce sacrilège des puritains. Ils se moquaient pas mal d'avoir gâché sa vie. L'affection qu'ils lui manifestaient lorsqu'elle n'était qu'une petite fille ressemblait à celle qu'on réserve à un poulain promettant de devenir un jour un utile cheval de trait. Des larmes lui montèrent aux yeux lorsqu'elle repensa avec nostalgie à son enfance, quand elle croyait qu'ils l'aimaient vraiment.

La possibilité que Swithin lui-même fût blessé ne la laissait pas indifférente. Elle désirait de tout cœur qu'il se fasse tuer, ou du moins mutiler au point de ne plus jamais pouvoir l'agresser. Dans ses prières, elle implora Dieu d'envoyer Swithin en enfer le dimanche suivant. Elle s'endormit en s'imaginant libérée de son bourreau.

Et se réveilla en songeant qu'il ne tenait qu'à elle d'agir pour que son désir devienne réalité.

Swithin se mettait en danger de son propre chef, mais il fallait qu'elle trouve le moyen de s'assurer qu'il n'en sortirait pas indemne. En raison du travail clandestin qu'elle effectuait avec Stephen Lincoln, Rollo et Reginald la considéraient comme une alliée parfaitement sûre, de sorte qu'ils ne lui cachaient rien. Elle connaissait le secret – il ne lui restait qu'à en tirer parti.

Elle se leva de bonne heure et trouva sa mère déjà dans la cuisine, en train de donner des ordres aux domestiques pour les repas de la journée. Lady Jane, en femme perspicace, se doutait certainement que quelque chose ne tournait pas rond dans la vie de Margery, et pourtant elle ne l'évoquait jamais. Elle prodiguerait des conseils si on la sollicitait, mais ne poserait pas de questions sans y être invitée. Peut-être y avait-il dans sa propre vie conjugale des choses qu'elle préférait garder pour elle.

Elle chargea sa fille d'aller sur les quais voir s'il n'y avait pas eu un arrivage de beaux poissons frais. C'était un samedi matin pluvieux. Margery enfila un vieux manteau, prit un panier et sortit. Sur la place du marché, les commerçants installaient leurs éventaires.

Elle devait avertir les puritains du piège qui les attendait, afin qu'ils arrivent à la cathédrale suffisamment armés pour pouvoir se défendre. Mais elle ne pouvait pas aller frapper à la porte de Dan Cobley en lui annonçant qu'elle avait un secret à lui communiquer. En premier lieu, les passants la verraient et, en quelques minutes, la nouvelle étonnante selon laquelle Margery de Shiring était passée chez Dan Cobley ferait le tour de la ville. Par ailleurs, Dan ne la croirait pas et soupçonnerait une ruse. Elle devait donc trouver un moyen indirect de le prévenir.

Elle traversait la place, cherchant une solution à son dilemme, quand une voix l'arracha à ses pensées.

« Quel plaisir de vous voir ici ! »

Elle leva les yeux, stupéfaite, et son pouls s'accéléra. Devant elle se tenait Ned Willard, toujours aussi séduisant, dans un coûteux manteau noir, tel un ange gardien envoyé par Dieu.

Au même instant, elle prit conscience de son apparence négligée, de son manteau peu flatteur et de ses cheveux attachés sous un fichu défraîchi. Heureusement, Ned ne parut pas s'en soucier. À le voir, on aurait pu croire qu'il ne demandait qu'à rester planté là à lui sourire pour toujours.

« Vous avez une épée désormais », remarqua-t-elle.

Il haussa les épaules.

« Les courtisans portent l'épée. J'ai même pris des leçons d'escrime, histoire de savoir m'en servir. »

Revenant de sa surprise, elle essaya de réfléchir rationnellement. C'était l'occasion ou jamais d'exploiter le secret qu'elle détenait. Si les gens la voyaient parler avec Ned, ils hocheraient la tête d'un air entendu en se disant qu'elle n'avait jamais réussi à l'oublier, et sa famille en penserait autant si elle l'apprenait.

Elle ne savait pas exactement ce qu'elle devait lui révéler.

« Il va y avoir une bagarre lors de la consécration de l'évêque, commença-t-elle. Dan Cobley va s'emparer des reliques du saint.

— Comment le savez-vous ?

— Donal Gloster a averti Rollo. »

Ned haussa les sourcils. Il ne s'était pas douté, évidemment, que l'employé de Dan Cobley espionnait au profit des catholiques, mais il ne fit aucun commentaire, paraissant seulement noter l'information pour pouvoir y repenser plus tard.

« Rollo en a parlé à Swithin, poursuivit Margery, et Swithin va s'en servir comme prétexte pour déclencher une rixe et tuer Dan.

— Dans l'église ?

— Oui. Il est convaincu de pouvoir s'en sortir en affirmant avoir voulu protéger le clergé et les reliques.

— Swithin n'est pas assez intelligent pour élaborer pareil plan.

— En effet, l'idée vient de Rollo.

— Le démon !

— Je cherchais un moyen de prévenir les puritains afin qu'ils viennent armés, mais vous pourrez certainement vous en charger.

— Oui, acquiesça-t-il. Remettez-vous-en à moi. »

Elle résista à la tentation de se jeter à son cou et de l'embrasser.

*

« Il faut annuler la cérémonie, dit le doyen Luke quand Ned lui fit part de ce qui allait se passer.

— Et à quand comptez-vous la remettre ?

— Je ne sais pas. »

Ils se trouvaient dans le chœur de la cathédrale, à côté d'un des puissants piliers soutenant la tour. Levant les yeux, Ned se souvint qu'il s'agissait de la tour de Merthin, reconstruite par le bâtisseur après l'effondrement de la précédente. L'épisode figurait dans le *Livre de Timothée*, retraçant l'histoire de Kingsbridge. Merthin avait dû faire du bel ouvrage, puisque cela remontait à deux cents ans.

Ned reporta son attention sur le visage inquiet de Luke et sur son doux regard bleu. Le prêtre était du genre à éviter le conflit à tout prix.

« Nous ne pouvons pas reporter la consécration, affirma Ned. Ce serait un affront politique envers la reine Élisabeth. On dirait que les puritains de Kingsbridge l'ont empêchée de nommer l'évêque de son choix. Les protestants radicaux d'autres villes penseraient qu'ils ont un droit de regard sur la nomination de leur évêque, et pourraient fomenter des troubles similaires. La reine ne nous le pardonnerait pas, ni à vous ni à moi.

— Oh là, là, s'écria Luke. Dans ce cas, mieux vaut laisser le saint derrière ses grilles. »

Ned tourna le regard vers la tombe de saint Adolphe, protégée par une grille de fer cadenassée. Quelques pèlerins agenouillés contemplaient le reliquaire. En forme d'église, avec arcades, tourelles et flèche, la châsse en or était sertie de perles, de rubis et de saphirs qui étincelaient dans la pâle lumière entrant par la grande fenêtre orientée à l'est.

« Je ne suis pas sûr que cela suffise, objecta Ned. Maintenant qu'ils ont tout préparé, ils risquent de détruire la grille.

— Il ne peut pas y avoir de rixe pendant ma consécration ! s'inquiéta Luke.

— En effet. Du point de vue de la reine, ce serait presque aussi préjudiciable qu'une annulation.

— Que faire, alors ? »

Ned savait ce qu'il voulait, mais il hésitait. Margery ne lui avait pas tout dit. Elle lui avait demandé d'armer les puritains, et non d'empêcher l'échauffourée, ce qui était surprenant pour une femme hostile à toute forme de violence religieuse. Cette pensée, qui n'avait fait que l'effleurer lors de leur entretien, lui apparaissait plus clairement avec le recul. Nul doute qu'il se passait autre chose, mais quoi ? Il l'ignorait.

Pour autant, il ne pouvait faire reposer une intervention sur des idées aussi nébuleuses. Il repoussa l'image de Margery de son esprit. Il devait proposer une solution sûre à Luke.

« Il faut retirer la poudre du canon, dit-il.

— Qu'entendez-vous par là ?

— Nous devons nous débarrasser des reliques.

— Nous ne pouvons tout de même pas les jeter ! s'offusqua Luke.

— Bien sûr que non. Mais nous pouvons les enterrer, avec tout le cérémonial requis. Organisez un service funéraire demain à la première heure – un ou deux prêtres et vous suffiront. Ce soir, demandez à George Cox, le fossoyeur, de creuser un trou quelque part dans la cathédrale, dont vous ne révélerez l'emplacement à personne. Enterrez les reliques, dans leur châsse en or, puis demandez à George de replacer les dalles du sol de manière que personne ne s'aperçoive qu'elles ont été dérangées. »

Luke réfléchissait, le front plissé par l'inquiétude.

« Que diront les fidèles en voyant que le saint a disparu, lorsqu'ils viendront pour la consécration ?

— Placardez un mot sur les grilles de fer, annonçant que saint Adolphe est enterré ici dans la cathédrale. Puis expliquez, dans votre sermon, que le saint est toujours là, nous bénissant de sa présence, mais qu'il a dû être inhumé dans une tombe secrète afin que ses reliques soient protégées de ceux qui voudraient les profaner.

— C'est astucieux, convint Luke avec admiration. Le peuple sera satisfait, et les puritains n'auront plus matière à se plaindre. Leur protestation sera comme de la poudre à canon dont les composants se sont désagrégés.

— Bonne image. Utilisez-la dans votre sermon. » Luke hocha la tête. « L'affaire est donc entendue.

— Il faut encore que j'en discute avec le chapitre. »

Ned retint une remarque impatiente.

« Rien ne vous y oblige. Vous êtes l'évêque élu », lui rappela-t-il. Il sourit et ajouta : « C'est vous qui commandez.

— Il vaut toujours mieux expliquer aux gens les raisons des ordres qu'on leur donne », répliqua Luke apparemment mal à l'aise.

Ned préféra ne pas insister.

« Faites comme bon vous semble. Je viendrai à l'aube assister à l'inhumation.

— Très bien. »

N'étant pas sûr que Luke irait jusqu'au bout, Ned jugea utile de lui rappeler la dette qu'il avait envers lui.

« Je me réjouis d'avoir réussi à convaincre la reine que vous étiez l'homme qu'il fallait à la tête de l'évêché de Kingsbridge.

— Et je vous suis profondément reconnaissant de la confiance que vous placez en moi, Ned.

— Je suis persuadé que, dans les années à venir, nous œuvrerons de concert pour éviter la haine religieuse.

— Que Dieu vous entende. »

Luke était encore susceptible de changer d'avis si l'un des membres du chapitre s'opposait à l'enterrement des reliques, mais pour l'heure, Ned ne pouvait rien faire de plus. Il décida de repasser le voir avant la tombée de la nuit pour s'assurer de sa résolution.

En redescendant la nef le long de l'alignement de piliers, d'arcs élancés et de vitraux étincelants, il songea à tout le bien et à tout le mal dont cet édifice avait été témoin au cours des quatre derniers siècles. Lorsqu'il sortit par le portail ouest, il aperçut Margery qui rentrait chez elle, son panier de poissons au bras. L'apercevant, elle obliqua pour le rejoindre.

Sous le porche de la cathédrale, elle demanda :

« Avez-vous pu faire quelque chose ?

— Je crois avoir pu éviter la violence, répondit-il. J'ai persuadé Luke d'enterrer les reliques en secret, demain à l'aube. Il n'y aura donc plus motif à se battre. »

Il s'attendait à ce qu'elle soit soulagée et reconnaissante, mais à sa grande consternation, elle le dévisagea un long moment, l'air horrifiée.

« Non ! C'est impossible ! protesta-t-elle enfin.

— Que dites-vous ?
— Il faut que l'on se batte.
— Mais vous avez toujours été hostile à la violence.
— Swithin doit mourir !
— Chut ! »

Il la prit par le coude et l'entraîna à l'intérieur de la cathédrale. Le collatéral nord abritait une chapelle dédiée à sainte Dymphna. Ce n'était pas une figure très populaire, et le petit espace était vide. Le tableau représentant la décapitation de la martyre avait été décroché pour apaiser les puritains.

Faisant face à Margery, Ned lui prit les mains.

« Vous feriez mieux de me raconter ce qui se passe. Pourquoi Swithin doit-il mourir ? »

Elle ne répondit pas tout de suite mais, devinant à son visage qu'elle livrait un combat intérieur, il prit patience.

« Quand Bart s'absente, finit-elle par avouer, Swithin me rejoint dans mon lit la nuit. »

Ned la dévisagea, atterré. Elle était victime de viol – commis par son beau-père. C'était obscène et inhumain. Une rage froide s'empara de lui qu'il dut refouler pour retrouver des idées claires. Plusieurs questions lui vinrent à l'esprit, dont les réponses allaient cependant de soi.

« Vous lui résistez, mais il est trop fort, énonça-t-il. Il vous dit que si vous criez, il vous accusera de l'avoir séduit et que tout le monde le croira. »

Des larmes coulèrent sur les joues de Margery.

« Je savais que vous comprendriez.
— Cet homme est un porc.
— Je n'aurais pas dû vous en parler. Mais demain, Dieu prendra peut-être la vie de Swithin. »

Si Dieu ne s'en charge pas, je le ferai, se jura Ned en son for intérieur.

« Je vais revoir Luke et ferai en sorte qu'il y ait rixe.
— Comment ?
— Je ne sais pas. Il faut que j'y réfléchisse.
— Ne risquez pas votre vie. Ce serait encore pire.
— Rentrez vite chez vous avec vos poissons. »

Elle hésita un long moment avant de murmurer :

« Vous êtes le seul à qui je puisse me fier. Le seul.

— Je sais, dit-il, hochant la tête. Rentrez chez vous. »

Elle s'essuya les yeux de sa manche et quitta la cathédrale. Il attendit une minute avant de la suivre.

S'il avait vu Swithin en cet instant, il se serait précipité sur lui et l'aurait étranglé de ses propres mains – ou peut-être se serait-il fait transpercer par l'épée du comte, mais il était trop furieux pour le redouter.

Il se retourna vers l'imposante façade occidentale de la cathédrale, mouillée par l'incessante et indolente pluie anglaise. C'était là le portail que franchissaient ceux qui cherchaient Dieu : comment Ned pouvait-il penser au meurtre en pareil endroit ? Pourtant, il ne pensait à rien d'autre.

Regarde les choses en face, se dit-il en s'exhortant à la raison. *Tu n'es pas sûr de l'emporter en duel contre Swithin, et si tu gagnes, tu seras pendu pour avoir assassiné un aristocrate. Mais puisque tu es intelligent, contrairement à Swithin, trouve un moyen astucieux de te débarrasser de lui.*

Il se détourna et traversa la place du marché. Toujours animée le samedi, elle était envahie ce matin-là par tous les visiteurs venus pour la cérémonie du lendemain. En temps normal, en circulant entre les éventaires, il aurait noté les hausses et les baisses de prix, les produits manquants ou ceux qui abondaient, la quantité d'argent dont disposaient les clients et ce qu'ils achetaient. Ce jour-là, il ne voyait rien. Il prit conscience que des connaissances le saluaient, mais était trop préoccupé pour répondre autrement que par un vague geste de la main ou un hochement de tête distrait. Enfin, il arriva devant la porte de la maison familiale et entra.

De désespoir, sa mère s'était laissée glisser sur la pente de la vieillesse. Le dos voûté, comme physiquement racornie, elle paraissait aussi avoir perdu tout intérêt pour le monde extérieur : à Ned, elle avait posé des questions de pure forme sur son travail auprès de la reine, écoutant à peine ses réponses. Autrefois, elle se serait montrée très curieuse de toutes les manœuvres politiques et aurait voulu tout savoir de la façon dont Élisabeth dirigeait sa maisonnée.

Cependant, l'atmosphère de la maison avait changé depuis

qu'il était sorti ce matin-là. Il trouva sa mère dans l'entrée principale, avec leurs trois domestiques : Janet, la gouvernante, Malcolm, son mari boiteux, et Eileen, leur fille de seize ans. À les voir si réjouis, Ned devina aussitôt qu'ils avaient reçu de bonnes nouvelles. Dès qu'elle l'aperçut, sa mère s'écria :

« Barney est de retour en Angleterre ! »

Tout n'allait pas si mal, songea Ned, qui s'arracha un sourire.

« Où est-il ?

— Il a accosté au port de Combe avec le *Hawk.* Nous avons reçu un message : il attend de recevoir sa solde – trois années d'arriérés ! – puis il rentre à la maison.

— Et il est sain et sauf ? Je t'avais bien dit qu'il était allé dans le Nouveau Monde.

— Il en est rentré indemne !

— Eh bien, il faut nous préparer à fêter son retour – tuer le veau gras. »

Il n'en fallut pas davantage pour ternir la joie d'Alice.

« Nous n'avons pas de veau, gras ou maigre. »

La jeune Eileen, qui avait eu autrefois le béguin pour Barney, déclara d'un ton enthousiaste :

« Mais nous avons un porcelet de six mois dans la cour, que Maman comptait utiliser pour le lard de cet hiver. Nous pourrions le faire rôtir à la broche. »

Ned était content : toute la famille allait être à nouveau réunie.

Mais le tourment de Margery lui revint à l'esprit quand il prit place à table avec sa mère pour le repas de midi. Alice, revigorée, tentait d'imaginer le genre d'aventures qu'avait vécues Barney à Séville, Anvers et Hispaniola. Ned laissa couler le flot de paroles maternelles tout en remâchant ses pensées.

Margery avait imaginé de prévenir les puritains afin qu'ils viennent armés, dans l'espoir que Swithin se ferait tuer dans la rixe qui suivrait. Faute de connaître toute l'histoire, et malgré ses bonnes intentions, Ned avait sapé ses espoirs. Il n'y aurait pas d'échauffourée : les reliques ne seraient pas visibles durant la cérémonie de consécration, ce qui priverait les puritains d'une raison de protester et Swithin d'un prétexte pour les attaquer.

Ned pouvait-il défaire ce qu'il avait fait ? C'était presque impossible. Le doyen Luke refuserait assurément de revenir au programme initial à seule fin d'assurer une empoignade.

Ned comprit alors qu'il était en mesure de recréer le scénario de la bagarre, en avertissant les deux parties que les reliques seraient inhumées à l'aube. Un problème demeurait cependant. Il était impossible de prévoir l'issue d'un combat, et il était envisageable que Swithin en sorte indemne. Ned devait être sûr de son coup, pour le bien de Margery.

Y avait-il moyen de transformer la cérémonie d'inhumation en piège pour Swithin ?

De préserver le projet violent de Rollo, tout en le privant de sa justification ?

Un plan commença à prendre forme dans son esprit. Peut-être parviendrait-il à attirer Swithin dans la cathédrale grâce à une fausse information. Évidemment, les catholiques ne feraient pas confiance à Ned. À qui pourraient-ils bien se fier ?

Il se souvint alors de ce que Margery lui avait appris du rôle d'espion joué par Donal Gloster. Rollo ferait confiance à ce dernier.

Ned reprit espoir.

Dès qu'il le put, il quitta la table familiale. Après avoir descendu la grand-rue, il longea le quai de l'Abattoir, dépassa les mouillages pour rejoindre les Tanneries, le faubourg d'industries malodorantes et de petites maisons, situé en bordure du fleuve, et frappa chez Donal Gloster. Ce fut sa mère qui ouvrit.

« Qu'est-ce qui vous amène, messire Willard ? s'enquit-elle d'un air méfiant.

— Bonjour, madame Gloster, répondit Ned poliment. Je voudrais parler à Donal.

— Il est au travail. Vous savez où Dan Cobley mène ses affaires. »

Ned hocha la tête. Dan possédait un entrepôt sur les quais.

« Je ne voudrais pas déranger Donal là-bas. Quand l'attendez-vous ?

— Il termine au coucher du soleil, mais s'arrête en général à la taverne de l'Abattoir avant de rentrer à la maison.

— Merci.

— Que lui voulez-vous ?

— Aucun mal, je vous assure.

— Tant mieux », dit la veuve d'un ton si dubitatif que Ned la soupçonna de ne pas le croire.

Il retourna au bord du fleuve et s'assit sur un rouleau de corde, méditant son plan incertain et dangereux, tandis qu'il observait l'activité commerciale, le va-et-vient des bateaux et des charrettes, le chargement et le déchargement des céréales et du charbon, de la pierre issue de la carrière et du bois de la forêt, des balles de tissus et des tonneaux de vin. C'était ainsi que sa famille avait prospéré : en achetant des marchandises ici avant de les revendre là-bas, et en empochant le bénéfice. Une activité simple, mais un bon moyen de s'enrichir – le seul, à moins d'être un noble et de pouvoir obliger les paysans à vous louer la terre qu'ils cultivaient.

La lumière baissait en cet après-midi finissant. On fermait les entrepôts et les écoutilles. Les hommes commençaient à quitter les quais, impatients d'aller souper chez eux, chanter à la taverne ou lutiner une femme dans une ruelle sombre. Ned vit Donal sortir de la maison Cobley et se diriger vers l'Abattoir, avec l'expression de celui qui n'a pas de décision à prendre parce qu'il fait tous les jours la même chose.

Ned le suivit à l'intérieur de la taverne.

« Un mot, Donal, si tu veux bien. »

Ces temps-ci, personne ne refusait de s'entretenir avec Ned Willard. Il était devenu un homme de pouvoir, un personnage important, et tout le monde le savait à Kingsbridge. Curieusement, il n'en retirait pas grande satisfaction. Certains étaient en quête de considération, d'autres avaient soif de vin et du corps de jolies femmes, d'autres encore aspiraient à l'ordre et à l'obéissance propres à la vie monastique. Et Ned, que poursuivait-il ? La réponse lui vint avec une rapidité et une évidence qui le prirent par surprise : la justice.

Voilà qui méritait réflexion.

Il paya deux chopes de bière et entraîna Donal dans un coin. Dès qu'ils furent assis, il attaqua :

« Tu vis dangereusement, Donal.

— Ned Willard, toujours le plus malin de la classe, répliqua Donal avec une grimace déplaisante.

— Nous ne sommes plus à l'école. Là-bas, on nous fouettait pour nos erreurs. Aujourd'hui, elles sont punies de mort. »

Donal parut intimidé, avant d'afficher une mine bravache.

« Heureusement que je n'en commets pas.

— Si Dan Cobley et les puritains découvrent ce que tu mijotes avec Rollo, ils te tailleront en pièces. »

Donal blêmit.

Au bout d'un long moment, il ouvrit la bouche pour parler, mais Ned ne lui en laissa pas le loisir.

« Inutile de nier. Tu perdrais ton temps et tu me ferais perdre le mien. Concentre-toi sur ce que tu dois faire pour t'assurer que je garderai ton secret. »

Donal déglutit et hocha la tête.

« Ce que tu as dit à Rollo Fitzgerald était exact hier, mais la situation a changé.

— Comment…

— Peu importe comment je sais ce que tu lui as dit. Tout ce que tu dois savoir, toi, c'est que les reliques seront bien profanées dans la cathédrale demain – mais l'heure a changé. Cela se passera à l'aube, en présence de quelques personnes seulement.

— Pourquoi me racontes-tu cela ?

— Pour que tu préviennes Rollo.

— Tu détestes les Fitzgerald – ils ont ruiné ta famille.

— N'essaie pas de comprendre. Contente-toi de faire ce qu'on te dit si tu tiens à ta peau.

— Rollo me demandera comment j'ai eu vent du changement.

— Dis que tu as entendu Dan Cobley en parler.

— Bien.

— Vas-y tout de suite. Tu as sûrement un moyen de prévenir Rollo que tu veux le voir de toute urgence.

— Je vais d'abord finir ma bière.

— Ne serait-il pas préférable d'être parfaitement sobre ? » Donal lança un regard de regret à sa chope. « Maintenant, Donal », insista Ned.

Donal se leva et sortit.

Quelques minutes plus tard, Ned le suivit et reprit la rue principale. Il n'était pas tranquille. Certes, il avait un plan, mais sa réussite ne serait certaine que si les autres agissaient exactement comme il l'espérait : le doyen Luke, Donal Gloster, Rollo Fitzgerald et – le personnage le plus important de tous, et aussi le plus obstiné – le comte Swithin. Qu'un élément de la chaîne se brise, et tout le projet échouerait.

Or il lui fallait maintenant ajouter un maillon supplémentaire.

Dépassant la cathédrale, la taverne de la Cloche et la Porte du Prieuré, il pénétra dans la halle de la guilde et frappa à la porte du shérif Matthewson. Entrant sans attendre de réponse, il le trouva en train de souper de pain et de viande froide. Matthewson posa son couteau et s'essuya la bouche.

« Bonsoir, messire. J'espère que vous allez bien.

— Très bien, shérif, je vous remercie.

— Puis-je faire quelque chose pour vous ?

— Pas pour moi, mais pour la reine. Sa Majesté a une tâche à vous confier – ce soir même. »

*

Rollo tripotait nerveusement la garde de son épée. Il n'avait jamais participé à un combat. Dans son enfance, comme la plupart des fils de familles prospères, il s'était entraîné avec une arme en bois, mais n'avait jamais risqué sa vie dans un affrontement.

La chambre à coucher de sir Reginald était pleine de monde, mais aucune chandelle n'y brûlait et personne n'était couché. Par les fenêtres, on avait une vue spectaculaire sur les côtés nord et ouest de la cathédrale de Kingsbridge. La nuit était claire et, à la faible lumière des étoiles, Rollo distinguait les contours fantomatiques de l'église. Sous ses arcs en ogive, toutes les portes et fenêtres ressemblaient à des trous noirs, telles les orbites d'un faux-monnayeur à qui on aurait crevé les yeux. Plus haut, les tourelles, avec leurs crochets et leurs épis de faîtage, se dessinaient en ombres chinoises sur le ciel nocturne.

Avec Rollo se trouvaient son père, sir Reginald, son beau-frère, Bart de Shiring, le père de celui-ci, le comte Swithin, ainsi que deux hommes d'armes du comte parmi les plus dignes de confiance. Tous portaient épée et dague.

Quand quatre heures avaient sonné à la cathédrale, Stephen

Lincoln avait dit la messe et donné aux six hommes l'absolution pour les péchés qu'ils s'apprêtaient à commettre. Depuis, ils étaient aux aguets.

Les femmes de la maison, lady Jane et Margery, étaient couchées, mais Rollo doutait qu'elles fussent endormies.

La place du marché, si populeuse et bruyante durant la journée, était déserte et silencieuse. L'école et le palais de l'évêque, à l'extrémité opposée, étaient plongés dans le noir. Derrière, la cité descendait en pente douce vers le fleuve, et les toits des maisons, collés les uns aux autres, évoquaient les marches dallées d'un escalier géant.

Rollo espérait que Swithin, Bart et les hommes d'armes qui faisaient profession de violence se chargeraient du combat.

La lueur de l'aube perça le dôme étoilé du ciel, et la cathédrale passa du noir au gris. Peu après, quelqu'un murmura :

« Là ! »

Rollo aperçut alors six silhouettes sombres sortir en procession du palais de l'évêque, chacune portant une lanterne à chandelle. Elles traversèrent la place et entrèrent dans l'église par le portail ouest, leurs lanternes disparaissant comme si elles s'éteignaient une à une.

Rollo fronça les sourcils. Dan Cobley et les autres puritains se trouvaient-ils déjà à l'intérieur ? Peut-être étaient-ils passés discrètement par les bâtiments monastiques en ruine pour se faufiler par un des portails situés du côté opposé, sans que le groupe de la Porte du Prieuré les repère ? Cette incertitude le taraudait, mais il n'osa pas s'en ouvrir à ses compagnons, de crainte que ses doutes, aussi peu de temps avant le moment décisif, ne passent pour de la lâcheté.

« Attendons encore une minute, chuchota le comte. Pour qu'ils aient le temps de commencer leur œuvre satanique. »

Il avait raison. Il ne fallait pas intervenir trop tôt et faire irruption dans la cathédrale avant que les reliques n'aient été sorties et que la profanation n'ait commencé.

Rollo se représenta les prêtres descendant le bas-côté jusqu'à l'extrémité est, déverrouillant la grille de fer pour retirer le reliquaire. Que feraient-ils ensuite ? Jetteraient-ils les ossements dans le fleuve ?

« Bon, allons-y », ordonna Swithin.

Il passa devant et les autres le suivirent dans l'escalier. Une fois dehors, ils se mirent à courir. Leurs pas résonnaient comme le tonnerre dans le silence de la nuit. Ceux qui se trouvaient dans la cathédrale les entendaient-ils ? Et seraient-ils assez avisés pour s'interrompre et fuir ?

Dès que Swithin ouvrit le grand portail, ils dégainèrent tous leurs épées et se précipitèrent à l'intérieur.

Ils arrivèrent juste à temps. Au centre de la nef, devant l'autel secondaire où brûlaient quelques cierges, le doyen Luke brandissait le reliquaire en or, tandis que les autres chantaient ce qui faisait sans nul doute partie de leur rituel démoniaque. En raison de la faible lumière, il était impossible de distinguer combien ils étaient dans les ombres de la vaste cathédrale. Alors que, avec ses compagnons, Rollo remontait la nef en courant, il remarqua le trou creusé dans le sol de l'église et la grande dalle posée contre un pilier. George Cox, le fossoyeur, se tenait à côté, s'appuyant sur une pelle. Ce n'était pas la scène à laquelle Rollo s'attendait, mais peu importait : l'attitude du doyen Luke révélait assez son dessein blasphématoire.

À la tête de leur groupe, le comte Swithin, épée au poing, se précipita sur Luke. Celui-ci se retourna, tenant toujours bien haut la châsse.

George Cox saisit sa pelle et courut vers le comte.

À cet instant, Rollo entendit une voix gronder :

« Arrêtez-vous, au nom de la reine ! »

Il ne put repérer d'où elle venait.

Swithin frappa Luke, qui recula d'un bond au dernier moment. L'épée l'atteignit à l'avant-bras gauche, déchirant sa soutane noire et entaillant profondément sa chair. Poussant un cri de douleur, il lâcha le reliquaire, qui se fracassa au sol. Plusieurs pierres précieuses s'en détachèrent et roulèrent sur les dalles.

Du coin de l'œil, Rollo crut voir bouger dans le transept sud. Quelques secondes plus tard, dix ou douze hommes envahissaient la nef, armés d'épées et de bâtons. La même voix répéta l'ordre leur intimant de cesser au nom de la reine : c'était le shérif Matthewson. Que faisait-il là ? s'étonna Rollo.

George Cox brandit sa pelle, visant Swithin à la tête, mais

le comte l'esquiva et l'outil s'abattit sur son épaule gauche. Enragé, le comte riposta d'un coup d'épée, et Rollo vit avec horreur la lame transpercer le ventre du fossoyeur pour ressortir dans son dos.

Les autres prêtres s'agenouillèrent près du reliquaire, comme pour le protéger.

Alors que le shérif et ses hommes se ruaient sur le comte et ses compagnons, Rollo reconnut le casque de cuir d'Osmund Carter parmi les têtes faiblement éclairées. Et n'étaient-ce pas là les cheveux brun-roux de Ned Willard ?

Les hommes du comte étaient deux fois moins nombreux que ceux du camp adverse. *Je vais mourir*, songea Rollo, *mais Dieu me récompensera.*

Il s'apprêtait à foncer dans la mêlée quand une idée le frappa. La présence inattendue de Ned Willard éveillait ses soupçons. Pouvait-il s'agir d'un piège ? Où étaient les puritains ? S'ils avaient été dissimulés dans l'ombre, ils seraient déjà intervenus. Or Rollo ne voyait que les hommes du comte d'un côté, ceux du shérif de l'autre et les prêtres effrayés au milieu.

Donal lui avait-il livré une information erronée ? Pourtant, les prêtres étaient bien là à l'aube, comme l'avait prédit Donal, et manifestement prêts à infliger un sort sinistre aux reliques. Dan Cobley avait dû changer d'avis et juger inutile de protester dans une église vide. Cela n'expliquait cependant pas la présence du shérif. Avait-il eu vent des intentions du comte ? C'était impossible : les seules personnes dans la confidence, en dehors de la famille, étaient les deux hommes d'armes et Stephen Lincoln, tous au-dessus de tout soupçon. Le doyen Luke avait sans doute tenu à prendre toutes les précautions possibles. La peur accompagnait toujours la mauvaise conscience.

Qu'il s'agît d'un piège ou d'une aventure téméraire ayant échoué, peu importait : la bagarre faisait rage.

Le shérif et le comte furent les premiers à croiser le fer. Swithin tirait sur son épée pour l'extraire du corps de George Cox quand l'arme du shérif s'abattit sur sa main. Le comte hurla de douleur, lâcha son arme, et Rollo vit un pouce sectionné tomber par terre au milieu des pierres précieuses.

Ned Willard émergea de la troupe des hommes du shérif et

s'élança vers le comte, brandissant son épée ; Rollo s'avança pour lui barrer le passage et protéger le comte blessé. Ned s'arrêta net et les deux jeunes gens se firent face.

Rollo était plus grand et plus massif. À l'école, il n'avait eu aucun mal à persécuter le petit Neddy Willard. Mais depuis, ce dernier avait grandi. En cet instant, quelque chose dans sa posture et dans son regard farouche entamait le sentiment de supériorité de Rollo.

Ils se tournèrent autour, en position de garde, cherchant l'occasion de frapper. Le visage de Ned affichait une expression proche de la haine. *Qu'ai-je fait pour que tu me détestes autant ?* se demanda Rollo. Les réponses se bousculèrent dans son esprit, aussi nombreuses qu'accablantes : la mariage forcé de Margery avec Bart ; l'accusation d'usure qui avait ruiné la famille Willard ; les manœuvres manquées pour empêcher Élisabeth d'accéder au trône ; tout cela s'ajoutant aux brimades à l'école.

Entendant un rugissement derrière lui, Rollo lança un bref coup d'œil par-dessus son épaule et vit le comte Swithin repartir à la charge malgré sa blessure. Il tenait son épée de la main gauche, mais avait réussi à entailler le front du shérif. La blessure, quoique superficielle, saignait abondamment, et le sang obscurcissait la vue de Matthewson. Les deux hommes diminués ferraillaient maladroitement, comme deux ivrognes.

Ned profita de la seconde de distraction de Rollo pour attaquer. Sa lourde épée brilla à la lueur des cierges tandis qu'elle fendait l'air, fouettait et frappait. Rollo se défendit tant bien que mal, parant les coups et reculant ; puis quelque chose roula sous la semelle de sa botte droite – des pierres précieuses du reliquaire, comprit-il malgré sa peur – et sa jambe se déroba sous lui. Il tomba sur le dos et lâcha son épée. Les deux bras écartés, il était à la merci de son adversaire ; en une fraction de seconde, il se vit mort.

À sa grande surprise, Ned l'enjamba d'un bond.

Rollo se redressa sur ses genoux et regarda derrière lui. Ned attaquait le comte avec plus d'acharnement encore, pendant que le shérif s'écartait et tentait d'essuyer le sang qui ruisselait dans ses yeux. Swithin recula jusqu'à ce qu'un pilier bloque sa retraite. D'un coup d'épée, Ned le désarma et pointa sa lame sur sa gorge.

« Arrêtez-le ! » cria le shérif.

La pointe de l'épée de Ned perça la peau de Swithin, et un filet de sang coula le long de son cou. Pendant un long moment, le comte regarda la mort en face. Mais Ned retint son bras et éleva la voix :

« Dites à vos hommes de déposer leurs armes. »

Swithin cria :

« Rendez-vous ! Rendez-vous ! »

Le bruit des combats cessa rapidement, remplacé par celui des épées de fer tombant sur le sol de pierre. Regardant autour de lui, Rollo vit son père à genoux, tenant sa tête ensanglantée. Il remarqua que Ned ne quittait pas Swithin des yeux.

« Je vous arrête au nom de la reine pour blasphème, profanation et meurtre. »

Rollo se releva d'un bond.

« Nous ne sommes pas des blasphémateurs !

— Ah oui, vraiment ? répondit Ned avec un calme surprenant. Pourtant, vous vous trouvez dans une église, les armes à la main. Vous avez blessé l'évêque élu et assassiné le fossoyeur, et par votre faute, les saintes reliques sont tombées par terre.

— Et vous, alors ?

— Le shérif et ses hommes sont venus, fort heureusement, protéger le clergé et les reliques. »

Rollo était consterné. Comment la situation avait-elle pu aussi mal tourner ?

« Osmund, ligotez-les, puis emmenez-les à la halle de la guilde et enfermez-les dans la prison », ordonna Ned.

Osmund sortit promptement une robuste corde.

« Puis envoyez chercher le chirurgien, poursuivit Ned, et assurez-vous qu'il soigne le doyen Luke en premier. »

Tandis qu'on lui nouait les mains dans le dos, Rollo observa Ned, dont le visage trahissait une satisfaction féroce. Il se creusait la tête pour trouver des explications. Le shérif avait-il été averti des intentions de Swithin, ou ce couard de doyen Luke ne l'avait-il fait venir que par mesure de précaution ? Les puritains avaient-ils été prévenus ?

Ned Willard avait-il organisé toute cette aventure désastreuse ?

Rollo l'ignorait.

*

Le comte de Shiring a été exécuté, et j'ai été responsable de sa mort. J'étais loin de me douter, à l'époque, qu'il n'était que le premier d'une longue liste.

Rollo, Bart et sir Reginald ont été condamnés à de lourdes amendes, mais un des agresseurs devait mourir. Or le comte avait tué un homme dans une église – tel a été le prétexte invoqué. En réalité, en défiant la volonté de la reine, il avait commis un acte bien plus impardonnable, scellant ainsi son sort. Élisabeth voulait faire comprendre à tous qu'elle et elle seule détenait le pouvoir de nommer les évêques. Quiconque lui contestait cette prérogative risquait de le payer de sa vie. Aussi scandaleuse que fût l'exécution d'un comte, il fallait que Swithin meure.

J'ai veillé à ce que le juge comprenne la volonté de notre souveraine.

Alors que la foule se rassemblait sur le parvis de la cathédrale de Kingsbridge pour l'exécution, Rollo m'a observé d'un regard perçant. Il soupçonnait un piège, je le savais, mais je ne crois pas qu'il ait jamais résolu cette énigme.

Sir Reginald était présent, le crâne barré d'une longue cicatrice sur laquelle les cheveux n'ont jamais repoussé. La blessure avait également causé des lésions cérébrales, et il n'a jamais recouvré toute sa raison. Je sais que Rollo me l'a toujours reproché.

Bart et Margery ont assisté, eux aussi, à l'exécution.

Bart pleurait. Swithin était un mauvais homme, mais c'était son père.

Margery ressemblait à un prisonnier que l'on extrait d'un affreux cachot et qui redécouvre enfin la lumière et l'air frais. Elle avait perdu cet air maladif et retrouvé toute son allure, bien qu'elle fût en deuil : sur elle, même un chapeau noir à panache noir réussissait à paraître coquet. Son bourreau était sur le point de descendre en enfer, comme de juste, et elle était débarrassée de lui.

Swithin a été conduit sous bonne garde de la halle de la guilde jusqu'au parvis ; je ne doute pas que pour lui, le pire châtiment ait été cet humiliant trajet dans la rue principale, sous les huées d'une foule de gens qu'il avait toujours méprisés et considérés comme ses inférieurs. On lui a tranché la tête – la mort rapide par décapitation était un privilège réservé à la noblesse. J'imagine que sa fin a été un soulagement pour lui.

Justice était faite. Swithin, un meurtrier et un violeur, méritait de mourir. Pour autant, ma conscience ne me laissait pas en paix. Je l'avais attiré dans une embuscade. D'une certaine manière, j'étais aussi responsable du décès du pauvre George Cox. Je m'étais mêlé d'une affaire qui aurait dû être réglée par la loi ou, à défaut, par Dieu.

Peut-être connaîtrai-je les tourments de l'enfer à cause de mon péché. Mais dussé-je revivre ces événements, j'agirais de la même façon, afin de mettre un terme au calvaire de Margery. J'ai préféré souffrir moi-même plutôt que de savoir qu'elle continuait à endurer ses tourments. Son bonheur passait avant le mien.

J'ai appris, au cours d'une longue existence, que telle est la définition de l'amour.

TROISIÈME PARTIE

1566 à 1573

14

Le rêve d'Ebrima Dabo était devenu réalité. Il était libre, riche et heureux.

Un dimanche après-midi d'été, en 1566, il sortait de la ville d'Anvers avec son associé Carlos Cruz pour se rendre à la campagne : deux habitants élégants et prospères d'une des plus riches cités du monde. Ensemble, ils possédaient la plus importante fonderie d'Anvers. Pour ce qui était de l'intelligence, ils se valaient, songeait Ebrima : à lui la sagesse de l'âge, à Carlos l'imagination débridée de la jeunesse. Carlos était marié à Imke – la fille de Jan Wolman, son cousin éloigné – qui lui avait donné deux enfants. Ebrima, qui fêterait ses cinquante ans l'année suivante, avait épousé Evi Dirks, une veuve de son âge, et avait un beau-fils adolescent qu'il employait à la fonderie.

Ebrima songeait souvent avec nostalgie au village qui l'avait vu naître. S'il avait pu revenir en arrière et éviter d'être fait prisonnier de guerre et vendu comme esclave, il aurait vécu une longue vie paisible et sans histoire parmi les siens. Ce genre de pensées l'attristait. Il n'y avait pourtant pas de retour possible. D'abord, parce qu'il n'avait aucune idée de la façon de se rendre là-bas. Mais aussi parce qu'il en savait trop. Il avait mangé le fruit de l'arbre du savoir, comme Ève dans le mythe auquel croyaient les chrétiens, et ne pourrait jamais retourner au jardin. Il parlait l'espagnol, le français ainsi que le dialecte brabançon en usage dans la région, et n'avait pas prononcé un mot de mandingue depuis des années. Il accrochait des tableaux aux murs de sa maison, aimait écouter des ensembles musicaux jouer des partitions complexes et se montrait exigeant sur la qualité de son vin. Il était devenu un autre homme.

Grâce à son intelligence, à un dur labeur et à la chance, il s'était forgé une nouvelle vie. À présent, il ne désirait qu'une chose : conserver ce qu'il avait acquis. Mais il sentait la menace planer.

Carlos et lui n'étaient pas les seuls à quitter la ville. Par beau temps, les Anversois allaient souvent se promener à la campagne, mais aujourd'hui, leur nombre était inhabituel. Des centaines de gens cheminaient sur l'étroite route. Ebrima en reconnut beaucoup : des hommes qui lui fournissaient du minerai, d'autres qui lui achetaient son fer, des familles qui habitaient sa rue, des boutiquiers chez qui il se fournissait en viande, en gants ou en verrerie. Tous se dirigeaient vers le même endroit, une vaste prairie connue sous le nom de « pâturage du seigneur Hubert ». Et si c'était le lieu favori des enfants de Carlos pour aller souper en plein air, cette foule-là n'était pas venue dans cette intention.

C'étaient des protestants.

Beaucoup tenaient un exemplaire du même petit livre : les Psaumes, traduits en français par le poète Clément Marot et imprimés à Anvers. La possession de cet ouvrage était interdite et son commerce puni de mort, même s'il était facile de se le procurer pour presque rien.

La plupart des hommes jeunes portaient aussi des armes.

Ebrima devina que le pâturage du seigneur Hubert avait été choisi comme lieu de rassemblement parce qu'il échappait à la juridiction des autorités de la ville d'Anvers ; la garde municipale n'y avait pas autorité, tandis que la police rurale ne disposait pas d'effectifs suffisants pour disperser une telle multitude. Pour autant, le risque de violence existait : tout le monde avait entendu parler du massacre de Vassy. Et certains jeunes gens paraissaient d'humeur belliqueuse.

Carlos était catholique. Quant à Ebrima, les chrétiens l'auraient qualifié de païen s'ils avaient pu lire au fond de son cœur, bien qu'il se prétendît aussi fervent catholique que son associé. Sa femme elle-même, Evi, ignorait la réalité de sa foi, et si elle se demandait pourquoi il aimait aller marcher le long du fleuve à l'aube le dimanche matin, elle avait la délicatesse de ne pas lui poser de question. Ebrima et Carlos fréquentaient assidûment l'église paroissiale avec leur famille, et la cathédrale d'Anvers dans les grandes occasions. Tous deux craignaient l'éventualité d'une guerre de religion aux Pays-Bas, qui pourrait détruire leur bonheur comme elle avait ruiné la vie de beaucoup de gens de l'autre côté de la frontière, en France.

Carlos, dont la philosophie était simple, ne comprenait pas qu'on pût désirer embrasser une autre religion. Mais Ebrima percevait avec tristesse et inquiétude ce qui attirait tant d'habitants des Pays-Bas vers le protestantisme. Le catholicisme était la religion des suzerains espagnols dans un pays qui supportait mal la domination étrangère. De plus, les Flamands étaient des innovateurs, alors que l'Église catholique, conservatrice dans tous les domaines, se révélait aussi prompte à condamner les nouvelles idées que lente à changer. Pis, le clergé voyait d'un mauvais œil les activités commerciales qui avaient permis à tant d'habitants des Pays-Bas de s'enrichir, en particulier la banque, indissociable du péché d'usure. En revanche, l'influent Jean Calvin, à la tête des protestants genevois jusqu'à sa mort deux ans plus tôt, avait autorisé les prêts avec intérêts.

Cet été-là, alors qu'une nouvelle vague de pasteurs calvinistes itinérants venus de Genève donnaient des sermons officieux dans les forêts et les champs néerlandais, la propagation du protestantisme, d'abord timide, avait pris de l'ampleur.

Les persécutions étaient sévères, mais épisodiques. La duchesse Marguerite de Parme, gouvernante des Pays-Bas et demi-sœur illégitime du roi Philippe d'Espagne, était encline à faire preuve de clémence envers les hérétiques par souci d'apaisement, alors que son frère était déterminé à extirper l'hérésie de tous ses territoires. Quand la duchesse devenait excessivement tolérante, le Grand Inquisiteur, Pierre Titelman, sévissait : les protestants étaient torturés, mutilés et condamnés au bûcher. Mais cette ligne dure recueillait peu de soutien, même auprès des catholiques et la loi était généralement appliquée sans zèle excessif. Les hommes tels que Carlos s'intéressaient davantage à l'industrie et au commerce. La nouvelle religion se développait.

Dans quelles proportions ? C'était précisément pour le découvrir qu'Ebrima et Carlos se rendaient à ce rassemblement en plein air. Les échevins souhaitaient se faire une idée de la popularité de la foi protestante, difficile à estimer puisqu'elle était à demi clandestine. La réunion de ce jour offrait une occasion unique de le savoir et un conseiller avait demandé à Carlos et Ebrima, deux honorables citoyens catholiques sans fonction officielle, d'aller dénombrer les protestants en toute discrétion.

À en juger par la foule qui encombrait la route, le total serait plus élevé que prévu.

« Comment avance le tableau ? demanda Ebrima en marchant.

— Il est presque fini. »

Carlos avait commandé à un artiste anversois de renom une toile pour la cathédrale. Ebrima savait que dans ses prières, Carlos remerciait Dieu pour ses bienfaits et exprimait l'espoir de pouvoir continuer à en jouir. Ils n'ignoraient pas plus l'un que l'autre que rien n'était jamais acquis, surtout pas la prospérité. Carlos mentionnait souvent l'histoire de Job, qui avait tout possédé et tout perdu, et aimait à citer le passage de la Bible qui disait : « Le Seigneur a donné, le Seigneur a ôté. »

Ebrima s'étonnait que Carlos n'eût pas rejeté l'Église après les persécutions qu'il avait subies à Séville. Son associé parlait peu de sa vie spirituelle, mais au fil des années, à travers des remarques anodines et des allusions, Ebrima avait compris qu'il puisait un grand réconfort dans les offices catholiques, comme lui-même dans son rituel de l'eau. Aucun d'eux n'éprouvait la même émotion lors d'une austère cérémonie protestante dans une église blanchie à la chaux.

« Quel sujet as-tu finalement choisi pour ce tableau ? lui demanda Ebrima.

— Les noces de Cana, le moment où Jésus change l'eau en vin. »

Cette réponse fit rire Ebrima.

« Ton récit biblique favori. Je me demande bien pourquoi. »

Le penchant de Carlos pour le vin était connu. Il sourit.

« Il sera dévoilé à la cathédrale la semaine prochaine. »

Officiellement, l'œuvre serait un cadeau des fondeurs de

la ville, mais tout le monde saurait qu'elle avait été payée par Carlos. Cela prouvait avec quelle rapidité il était devenu un éminent citoyen d'Anvers. Chaleureux, sociable et très intelligent, il serait peut-être invité un jour à rejoindre le conseil des échevins.

Introverti et prudent, Ebrima n'était pas fait du même bois. S'il pouvait rivaliser avec Carlos en matière d'intelligence, il était dénué d'ambition politique. Par ailleurs, il préférait garder son argent pour lui.

« Nous donnons une grande réception après l'inauguration, ajouta Carlos. J'espère que vous viendrez, Evi et toi.

— Très volontiers. »

Les chants leur parvinrent aux oreilles les premiers. Ebrima sentit ses cheveux se dresser sur sa nuque, tant l'effet en était impressionnant. Il avait l'habitude des chœurs qui chantaient les répons dans les églises catholiques – et celui de la cathédrale était imposant –, mais jamais il n'avait entendu des milliers de voix s'élever à l'unisson.

La route traversait un petit bois avant de déboucher au sommet d'une légère élévation d'où ils virent la prairie tout entière, qui descendait en pente douce jusqu'à un petit ruisseau pour remonter de l'autre côté. Tout cet espace, qui mesurait environ vingt arpents, était envahi d'hommes, de femmes et d'enfants. Tout au bout, un pasteur dirigeait le chant, juché sur une estrade de fortune.

L'hymne était en français :

Si seulement, que quand au val viendroye
D'ombre de mort, rien de mal ne craindroye

Ebrima comprit les paroles et reconnut la traduction du psaume 23, qu'il avait entendu à l'église en latin – mais jamais ainsi. On aurait cru un puissant phénomène naturel, tel un grand vent au-dessus de l'océan. Ces gens-là croyaient véritablement à ce qu'ils chantaient – et se voyaient traverser sans peur la vallée des ombres.

Ebrima repéra son beau-fils, Matthus, à proximité. Si l'adolescent accompagnait sa mère et son beau-père tous les dimanches à la messe, il avait récemment commencé à critiquer l'Église catholique. Evi l'exhortait à garder ses doutes pour lui, mais comment l'eût-il pu ? Il avait dix-sept ans, un âge où l'on a une vision très tranchée du bien et du mal. Ebrima s'alarma de le voir au milieu d'un groupe de jeunes munis de sinistres bâtons.

Carlos l'aperçut au même moment.

« Ces garçons ont l'air prêts à en découdre », remarqua-t-il avec inquiétude.

Pour le moment, l'atmosphère semblait pourtant paisible et détendue dans la prairie.

« À mon avis, ils vont être déçus, dit Ebrima d'un ton rassurant.

— Quelle foule impressionnante !

— Combien sont-ils, à ton avis ?

— Plusieurs milliers.

— Je me demande comment nous allons faire pour les compter. »

Carlos était doué pour les chiffres.

« Disons qu'ils sont à nombre égal de part et d'autre du ruisseau. Maintenant, imagine une ligne partant d'ici jusqu'au prédicateur. Combien sont-ils dans le quart le plus proche ? Divisons-le encore en quatre.

— Cinq cents dans chaque seizième ? » évalua Ebrima.

Carlos ne lui répondit pas, mais murmura :

« Voilà les ennuis qui s'annoncent. »

Il avait le regard braqué par-dessus l'épaule d'Ebrima. Celui-ci se retourna et comprit aussitôt ce qui avait alerté son associé. Sur la route, émergeant du bois, s'avançait une petite troupe d'ecclésiastiques et d'hommes d'armes.

S'ils étaient venus disperser le rassemblement, ils n'étaient pas assez nombreux. Cette foule armée et exaltée ne ferait d'eux qu'une bouchée.

Au milieu du groupe marchait un prêtre d'environ soixante-cinq ans, exhibant une grande croix en argent au-dessus de sa soutane noire. Alors qu'il s'approchait, Ebrima remarqua ses yeux noirs enfoncés dans leurs orbites et son nez aquilin. Ses lèvres serrées dessinaient une ligne inflexible.

« C'est Pierre Titelman, doyen de Renaix, dit Carlos. Le Grand Inquisiteur. »

Ebrima lança un regard inquiet en direction de Matthus et

de ses amis. Ils n'avaient encore rien remarqué. Comment réagiraient-ils en découvrant que le Grand Inquisiteur était venu espionner leur rassemblement ?

Tandis que le groupe approchait, Carlos déclara :

« Ne restons pas sur son chemin, il me connaît. »

Mais il était trop tard. Titelman croisa son regard, trahit sa surprise et déclara :

« Je m'étonne de vous voir dans ce foyer d'impiété.

— Je suis un bon catholique ! » protesta Carlos.

Titelman inclina la tête en arrière, tel un faucon affamé repérant un mouvement dans l'herbe.

« Et que fait un bon catholique au milieu de cette débauche d'hymnes protestants ? »

Ce fut Ebrima qui lui répondit.

« Le conseil des échevins souhaite connaître le nombre de protestants d'Anvers. Nous avons été envoyés pour en faire le compte. »

La mine sceptique, Titelman s'adressa à Carlos.

« Pourquoi me fierais-je à la parole de cet Éthiopien ? Il est probablement musulman. »

Si vous saviez…, songea Ebrima. Dans le groupe de Titelman, il reconnut alors un homme aux cheveux poivre et sel, dont le teint rubicond révélait l'amateur de bon vin.

« Le père Huus, ici présent, me connaît, dit-il.

— Ils sont tous deux de bons catholiques, monseigneur, confirma Huus, chanoine de la cathédrale d'Anvers. Ils fréquentent l'église paroissiale Saint-Jacques. »

Le psaume arriva à son terme et le prédicateur commença à parler. Certains s'approchèrent pour mieux entendre les paroles qu'il lançait du fond du champ. D'autres remarquèrent Titelman et sa grande croix d'argent, et des murmures furieux parcoururent l'assistance.

« Monseigneur, murmura Huus avec inquiétude, les protestants sont plus nombreux que nous ne l'imaginions. Si des troubles éclatent, nous disposons de trop peu d'hommes pour vous protéger. »

Titelman l'ignora. D'un air sournois, il reprit :

« Si vous êtes bien tous les deux ce que vous prétendez,

vous pourrez certainement me donner le nom de certains de ces dévoyés. »

Il indiqua l'assemblée d'un grand geste du bras.

Ebrima n'avait aucune intention de trahir ses voisins sur l'ordre d'un tortionnaire, et savait que Carlos n'en ferait rien non plus. Voyant son associé sur le point de lancer une réplique cinglante, il le devança.

« Bien sûr, monseigneur, dit-il. Nous serions ravis de vous donner des noms. » Il fit mine de regarder autour de lui, puis ajouta : « Malheureusement, pour l'heure, je ne vois personne de ma connaissance.

— C'est invraisemblable. Il doit y avoir sept ou huit mille personnes ici.

— Anvers est une cité de quatre-vingt mille habitants. Je ne les connais pas tous.

— Il n'empêche que vous devriez pouvoir en identifier quelques-uns.

— Je ne crois pas. Peut-être est-ce parce que tous mes amis sont catholiques. »

Titelman était acculé, et Ebrima soulagé. Il s'en était tiré face à cet interrogatoire.

C'est alors qu'il entendit une voix s'écrier :

« Carlos ! Ebrima ! Bonjour ! »

Pivotant sur ses talons, Ebrima reconnut Albert Willemsen, le fondeur qui les avait aidés à leur arrivée à Anvers six ans auparavant, et dont il était devenu le beau-frère. Albert avait construit un four de fusion en tout point semblable au leur, et tous avaient fort bien réussi. Il était accompagné de sa femme, Betje, et de leur fille, Drike, une mince adolescente de quatorze ans au visage angélique. Toute la famille s'était convertie au protestantisme.

« N'est-ce pas magnifique ? s'exclama Albert d'un ton réjoui. Tous ces gens qui chantent la parole de Dieu, et personne pour les faire taire ! »

Carlos lui répondit tout bas :

« Prends garde à ce que tu dis. »

Mais l'exubérant Albert n'avait pas remarqué Titelman ni sa croix.

« Allons, Carlos, tu es un homme tolérant, pas un de ces fanatiques. Je te défie de voir ici quoi que ce soit qui déplairait au Dieu d'amour.

— Tais-toi ! » lui intima Ebrima.

Albert parut blessé et perplexe, jusqu'à ce que Betje, sa femme, attire son attention sur le Grand Inquisiteur. Le fondeur blêmit.

D'autres venaient également de reconnaître l'Inquisiteur, et la plupart des protestants qui se trouvaient à proximité s'étaient détournés du prédicateur pour observer la scène. Matthus et ses amis approchaient, gourdins à la main.

« Restez à l'écart, les garçons, je ne veux pas vous voir ici », leur lança Ebrima.

Matthus ignora son beau-père et se posta près de la jeune Drike. C'était un grand gaillard qui ne s'était pas encore habitué à sa taille. L'expression de son visage juvénile paraissait mi-effrayée, mi-menaçante. Il affichait cependant une attitude protectrice à l'égard de Drike, et Ebrima se demanda si le jeune homme était amoureux. *Il faudra que j'interroge Evi*, songea-t-il.

« Nous ferions mieux de rentrer en ville, monseigneur », conseilla le père Huus à l'Inquisiteur.

Titelman semblait décidé à ne pas repartir bredouille.

« Dites-moi, père Huus, comment s'appelle cet homme ? demanda-t-il en désignant Albert du doigt.

— Je suis désolé, monseigneur, je ne le connais pas. »

Ebrima savait que c'était un courageux mensonge.

Titelman se tourna vers Carlos.

« Vous, apparemment, vous le connaissez – il vous parle comme à un vieil ami. Qui est-il ? »

Carlos hésita.

Titelman avait raison, pensa Ebrima : Carlos ne pouvait pas faire semblant de ne pas connaître Albert après son salut si chaleureux.

« Allons, parlez ! reprit Titelman. Si vous êtes aussi bon catholique que vous le prétendez, vous serez heureux d'identifier cet hérétique. Si vous refusez, vous serez interrogé dans un autre lieu, où nous avons les moyens de vous faire avouer la vérité. »

Voyant Carlos frissonner, Ebrima devina qu'il repensait à Pedro Ruiz, victime du supplice de l'eau à Séville.

Albert intervint bravement.

« Je ne laisserai pas mes amis être torturés à ma place. Je m'appelle Albert Willemsen.

— Profession ?

— Fondeur.

— Et les femmes qui vous accompagnent ?

— Cela ne les concerne pas.

— Tout le monde est concerné par la miséricorde divine.

— Je ne les connais pas, s'obstina Albert au désespoir. Ce sont deux prostituées que j'ai rencontrées sur la route.

— Elles n'ont pas l'air de prostituées. Mais je saurai la vérité. » Titelman se tourna vers Huus. « Prenez note de son nom : Albert Willemsen, fondeur. »

Remontant le bas de sa soutane, il fit demi-tour et repartit par où il était venu, accompagné de sa petite suite.

Tous le regardèrent s'éloigner.

« Merde », lança Carlos.

*

La tour nord de la cathédrale d'Anvers mesurait plus de soixante-six toises. Le plan initial prévoyait deux tours, mais la seconde n'avait jamais été bâtie. Ebrima estimait que l'édifice était plus impressionnant avec une seule, tel un unique doigt tendu vers les cieux.

En pénétrant dans la nef, il ne put que se sentir intimidé. L'étroite allée centrale possédait un plafond voûté d'une hauteur vertigineuse, qui l'aurait presque incité à croire parfois en l'existence du dieu des chrétiens. Puis il se souvenait qu'aucune construction humaine ne pouvait rivaliser avec la puissance et la majesté d'un fleuve.

Au-dessus du maître-autel se dressait l'orgueil de la ville, une grande effigie du Christ en croix entouré des deux larrons. Anvers était une cité de richesse et de culture, et sa cathédrale abondait en tableaux, sculptures, vitraux et objets précieux. Aujourd'hui, son ami et associé, Carlos, enrichirait encore ce trésor.

Ebrima espérait que ce don rachèterait leur rencontre acerbe avec le détestable Pierre Titelman. Il ne faisait pas bon avoir le Grand Inquisiteur pour ennemi.

Sur le côté sud, une chapelle était dédiée à saint Urbain, patron des vignerons. C'était là qu'était accroché le nouveau tableau, recouvert d'une étoffe de velours rouge. Dans la petite chapelle, des sièges avaient été réservés à la famille et aux amis de Carlos, ainsi qu'aux responsables de la guilde des fondeurs. Une centaine de voisins et d'autres entrepreneurs, dans leurs plus beaux atours, s'étaient rassemblés à proximité, impatients de découvrir la toile.

Carlos rayonnait de bonheur. Il trônait à la place d'honneur dans l'église qui se dressait au centre de la grande cité. Cette cérémonie confirmerait qu'il avait trouvé sa place ici. Il se sentait aimé, respecté et en sécurité.

Le père Huus vint célébrer la messe de consécration. Dans son court sermon, il loua les qualités chrétiennes de Carlos, qui élevait ses enfants dans la piété et dépensait son argent pour enrichir la cathédrale. Il suggéra même qu'il était destiné à jouer un rôle dans le gouvernement de la cité un jour. Ebrima appréciait le père Huus. S'il prêchait souvent contre le protestantisme, il ne voulait pas aller plus loin que sermonner. Ebrima avait la certitude qu'il aidait Titelman à contrecœur, parce qu'il y était contraint et forcé.

Les enfants commencèrent à s'agiter pendant les prières. Ils avaient déjà du mal à écouter longuement quelqu'un qui parlait dans leur langue, alors en latin… Carlos leur intima gentiment de se taire ; c'était un père indulgent.

Le service terminé, Huus demanda à Carlos de s'avancer pour dévoiler le tableau.

Une main sur le carré de velours rouge, son associé hésita. Ebrima crut qu'il s'apprêtait à faire un discours, ce qui eût été une erreur : les gens ordinaires ne prenaient pas la parole dans une église, sauf chez les protestants. Puis Carlos tira sur le velours, d'un geste d'abord timide, puis avec plus de vigueur. Enfin, le tissu tomba telle une cascade écarlate, révélant le tableau.

Sur la toile, la grande maison de ville où se tenaient les noces aurait pu être celle d'un banquier anversois. Jésus était assis en bout de table, dans une robe bleue. À son côté, l'hôte de la cérémonie, un homme large d'épaules, au visage mangé par une barbe noire fournie, ressemblait étrangement à Carlos; la femme blonde et souriante assise près de lui aurait pu être Imke. Un brouhaha de commentaires monta du groupe rassemblé dans la nef. Il y eut des sourires et des rires tandis qu'ils identifiaient d'autres visages parmi les invités de la noce: Ebrima, coiffé d'un couvre-chef dans le style arabe; Evi, dont la robe soulignait l'opulente poitrine. L'homme richement vêtu, à côté d'Imke, était manifestement son père, Jan Wolman; quant à l'intendant qui examinait les jarres de vin vides, un personnage grand et mince, à la mine consternée, il rappelait Adam Smits, le négociant en vins le plus célèbre d'Anvers. Il y avait même un chien semblable à Samson, celui de Carlos.

Éclairé par le soleil qui pénétrait par la fenêtre orientée au sud, le tableau était du plus bel effet dans la cathédrale, rehaussé par les vieilles pierres sur lesquelles il était accroché. Les robes orange, bleues et vertes des riches convives scintillaient contre le blanc de la nappe et les murs pâles de la salle à manger.

Carlos paraissait ravi. Le père Huus lui serra la main, avant de prendre congé. Comme tout le monde voulait féliciter l'heureux donateur, celui-ci se promena dans la foule, souriant et acceptant les éloges de ses concitoyens. Enfin, il frappa dans ses mains et lança:

« Vous êtes tous invités chez moi ! Et je vous promets que le vin ne manquera pas ! »

Ils parcoururent en procession les rues sinueuses du centre-ville jusqu'à la maison de Carlos. Du vin et des mets étaient déjà disposés sur des tables dans le salon d'apparat à l'étage. Les invités s'attaquèrent au buffet avec enthousiasme. Plusieurs protestants qui n'étaient pas venus à la cathédrale, dont Albert et sa famille, se joignirent à la fête.

Carlos servait toujours du très bon vin. Ebrima prit un verre et but une longue gorgée qui lui réchauffa le sang et lui monta un peu à la tête. Il parla affaires avec Jan Wolman, dit quelques paroles aimables à Imke sur ses enfants et glissa un mot à Carlos à propos d'un client qui n'avait pas réglé sa facture: puisque l'homme était présent, profitant de l'hospitalité de Carlos, Ebrima jugeait que c'était le moment de lui réclamer son dû, mais son associé ne voulut pas gâcher la joie générale. Le volume sonore augmentait. Les enfants se chamaillaient, les jeunes gens recherchaient les faveurs des filles et les hommes mariés badinaient avec les épouses de leurs amis. Les fêtes étaient les mêmes partout, songea Ebrima, même en Afrique.

C'est alors que Pierre Titelman fit son entrée.

Ebrima sentit d'abord le silence se faire tout à coup dans la salle, se propageant aux quatre coins depuis la porte. Il s'entretenait avec Albert des avantages des canons en fonte sur ceux de bronze quand tous deux comprirent qu'il se passait quelque chose. Ils levèrent les yeux. Titelman se tenait à l'entrée du salon, sa grande croix d'argent autour du cou, accompagné du père Huus et de quatre hommes d'armes.

« Que veut-il, ce démon ? murmura Ebrima.

— Il est peut-être venu féliciter Carlos pour le tableau », répondit Albert d'un ton plein d'espoir.

Carlos se fraya un passage au milieu de la foule muette et s'adressa à Titelman avec une amabilité forcée.

« Je vous souhaite le bonjour, monseigneur. Soyez le bienvenu dans ma maison. Puis-je vous offrir une coupe de vin ? »

Titelman l'ignora.

« Y a-t-il des protestants dans cette salle ? demanda-t-il.

— Cela m'étonnerait, répondit Carlos. Nous revenons de la cathédrale, où nous avons dévoilé…

— Je sais ce que vous avez fait dans la cathédrale, le coupa grossièrement Titelman. Y a-t-il des protestants ici ?

— Je vous assure, à ma connaissance…

— Vous vous apprêtez à mentir, je le sens. »

La bonhomie de Carlos commença à flancher.

« Si vous ne me croyez pas, pourquoi me poser la question ?

— Pour vous mettre à l'épreuve. Maintenant, taisez-vous.

— Je suis chez moi ! » répliqua Carlos.

Titelman haussa la voix pour se faire entendre de toute l'assemblée.

« Je suis venu voir Albert Willemsen. »

L'Inquisiteur semblait ne pas reconnaître Albert – il ne l'avait vu que quelques minutes au pâturage du seigneur Hubert –, et l'espace d'un instant, Ebrima espéra qu'ils prétendraient tous qu'il était absent. Mais la foule manqua de présence d'esprit, et nombre de convives se tournèrent sottement vers Albert.

Après un moment d'hésitation, celui-ci s'avança.

« Que me voulez-vous ? demanda-t-il avec une certaine bravade.

— Votre femme aussi », reprit Titelman, pointant le doigt. Malheureusement, Betje se tenait près d'Albert, et Titelman devina juste. Pâle et effrayée, Betje fit un pas en avant.

« Et votre fille. »

Drike n'était pas avec ses parents, or Titelman ne se souviendrait sûrement pas d'une gamine de quatorze ans.

« L'enfant n'est pas là », mentit Carlos.

Peut-être pourrait-elle être sauvée, songea Ebrima.

Mais elle ne voulait pas être sauvée. Une voix juvénile s'éleva :

« Je suis Drike Willemsen. »

Ebrima poussa un soupir de consternation.

Il l'aperçut alors près de la fenêtre, vêtue d'une robe blanche, parlant à Matthus, son beau-fils, et tenant dans ses bras le chat de Carlos.

« Ce n'est qu'une enfant, monseigneur, plaida ce dernier. Vous ne pouvez… »

Mais Drike n'avait pas terminé.

« Et je suis protestante, poursuivit-elle d'un ton de défi. Ce dont je rends grâce au Seigneur. »

Un murmure traversa l'assemblée, l'admiration le disputant à la désolation.

« Viens par ici », ordonna Titelman.

Elle traversa la salle, la tête haute.

« Emmenez-les tous les trois, ordonna Titelman à son escorte.

— Pourquoi ne pas nous laisser en paix ? » cria quelqu'un.

Titelman lança un regard furieux dans la direction d'où était venue la protestation, mais ne put déterminer qui avait parlé. Ebrima, lui, le savait : il avait reconnu la voix du jeune Matthus.

« C'est vrai, retournez donc à Renaix ! » cria un autre.

Les autres invités approuvèrent et se mirent à conspuer

l'Inquisiteur, pendant que les hommes d'armes emmenaient la famille Willemsen. Alors que Titelman se retournait pour partir, Matthus lui lança un petit pain, qui l'atteignit dans le dos. L'Inquisiteur fit celui qui n'avait rien remarqué. Puis une coupe vola pour aller s'écraser contre le mur près de lui, éclaboussant sa soutane. Les huées s'intensifièrent. Avec ce qui lui restait de dignité, Titelman se hâta de franchir la porte avant qu'un autre projectile ne le menace.

La foule rit et applaudit son départ. Mais Ebrima savait qu'ils n'avaient aucune raison de se réjouir.

*

La jeune Drike fut condamnée à périr sur le bûcher deux semaines plus tard.

L'annonce en fut faite à la cathédrale. Titelman déclara qu'Albert et Betje avaient renié le protestantisme, imploré le pardon de Dieu et supplié d'être réadmis au sein de l'Église. S'il savait probablement que leur confession manquait de sincérité, il avait été contraint de les laisser partir en leur imposant une amende. Cependant, à la stupeur générale, Drike avait refusé d'abjurer sa foi.

Bien que Titelman eût interdit toute visite en prison, Albert graissa la patte des gardiens et put voir sa fille. Il ne réussit pourtant pas à la faire changer d'avis. Avec l'idéalisme des très jeunes, elle affirma préférer mourir plutôt que trahir son Dieu.

Ebrima et Evi allèrent rendre visite à Albert et Betje la veille de l'exécution, désireux d'apporter soutien et réconfort à leurs amis, mais ce fut peine perdue. Betje pleurait sans discontinuer et Albert était presque incapable de prononcer une parole. Drike était leur fille unique.

Le jour dit, un pieu fut planté dans le sol sur la place du marché, devant la cathédrale, les élégantes maisons des corporations et l'imposant hôtel de ville inachevé. Une charretée de bois à brûler bien sec fut déchargée au pied du poteau.

La foule se rassembla dès avant l'aube pour l'exécution prévue au lever du soleil. L'humeur était sombre, remarqua Ebrima. Quand des criminels honnis tels des voleurs ou des violeurs étaient mis à mort, les spectateurs venaient pour se moquer d'eux et se réjouir de leur agonie, mais rien de tel n'aurait lieu ce jour-là. Nombreux étaient les protestants présents, qui craignaient de subir un jour le même sort. Quant aux catholiques comme Carlos, s'ils en voulaient aux protestants de semer le désordre et s'ils craignaient que les guerres de religion françaises ne s'étendent aux Pays-Bas, ils étaient bien peu à approuver l'exécution d'une jeune fille.

Egmont, le bourreau, un homme corpulent en tablier de cuir, brandissant une torche enflammée, escorta Drike depuis l'hôtel de ville. Elle portait toujours la robe blanche qu'elle avait lors de son arrestation. Ebrima comprit immédiatement que, dans son arrogance, Titelman avait commis une erreur. Elle ressemblait à une vierge, ce qu'elle était sans aucun doute, et affichait la beauté diaphane des représentations picturales de la vierge Marie. En la voyant, la foule poussa un long soupir.

« Ce sera un martyre », murmura Ebrima à sa femme.

Jetant un regard à Matthus, il vit que le jeune homme avait les larmes aux yeux.

L'un des deux portails ouest de la cathédrale s'ouvrit, et Titelman apparut, à la tête d'un petit groupe de prêtres semblables à des corbeaux.

Deux hommes d'armes attachèrent Drike au poteau et disposèrent le bois autour de ses pieds.

Titelman se mit à haranguer la foule, parlant de vérité et d'hérésie. L'homme n'avait aucune idée de l'effet qu'il produisait sur les spectateurs, comprit Ebrima. Tout chez lui les rebutait : son ton impérieux, son air hautain, et le fait qu'il ne fût pas originaire de la ville.

Ce fut alors que la voix de soprano de Drike s'éleva, couvrant les éructations de Titelman. Elle chantait en français :

Mon Dieu me paist sous sa puissance haute
C'est mon berger, de rien je n'auray faute

C'était le psaume 23, celui que la foule avait chanté au pâturage du seigneur Hubert. L'émotion déferla sur l'assistance tel un raz-de-marée. Les yeux d'Ebrima s'embuèrent. D'autres pleurèrent ouvertement. Tous avaient le sentiment d'assister à une tragédie sacrée.

Titelman était furieux et Ebrima, se trouvant suffisamment près, l'entendit réprimander le bourreau :

« Vous deviez lui couper la langue ! »

Il existait un instrument, semblable à une pince, conçu pour arracher les langues. Le supplice, destiné à châtier les menteurs, était parfois utilisé pour réduire au silence les hérétiques, afin qu'ils ne pussent s'adresser à la foule lors de leur trépas.

« Uniquement si j'en reçois l'ordre formel », répondit Egmont d'un ton maussade.

Drike poursuivait :

En tect bien seur, joignant les beaulx herbages,
Coucher me faict, me meine aux clairs rivages.

Elle avait les yeux levés vers le ciel, et Ebrima ne doutait pas qu'elle vît les verts pâturages et les eaux tranquilles que toutes les religions promettent dans l'au-delà.

« Déboîtez-lui la mâchoire, ordonna Titelman.

— Si vous l'ordonnez », répondit Egmont. Aussi peu sensible que fût le bonhomme, on voyait que cette décision lui répugnait, et il ne prenait pas la peine de le cacher. Il n'en tendit pas moins sa torche à l'un des hommes d'armes.

À côté d'Ebrima, Matthus se retourna en criant :

« Ils vont lui démettre la mâchoire !

— Tais-toi ! » lui dit sa mère avec inquiétude, mais la voix forte du jeune homme avait déjà porté au loin. À mesure que ses mots étaient répétés, un grondement de colère courut parmi la foule.

« Laissez-la prier ! » cria-t-il. Et son appel fut aussitôt relayé par d'autres :

« Laissez-la prier ! Laissez-la prier !

— Tu vas t'attirer des ennuis », observa Evi.

Egmont s'approcha de Drike. Levant les mains vers le visage de la jeune fille, il lui enfonça les deux pouces dans la bouche et lui agrippa fermement les mâchoires, de manière à pouvoir lui déboîter l'os.

Ebrima perçut un mouvement soudain et brusque à côté de lui ; la pierre que venait de jeter Matthus frappa Egmont à l'arrière du crâne.

C'était une grosse pierre, lancée avec précision par un bras puissant de dix-sept ans. Ebrima entendit le bruit sourd de l'impact. Le bourreau chancela une seconde, comme étourdi, et il lâcha le visage de Drike. Tout le monde poussa des cris d'approbation.

Titelman comprit que la situation lui échappait.

« Fort bien, cela n'a pas d'importance, allumez le feu ! dit-il.

— Non ! » hurla Matthus.

D'autres pierres volèrent, mais manquèrent leur cible.

Egmont récupéra sa torche et l'approcha du bûcher. Les branches sèches s'enflammèrent rapidement.

Matthus poussa Ebrima et fendit la foule pour se précipiter vers Drike.

« Arrête-toi ! » s'écria sa mère, en pure perte.

Les hommes d'armes sortirent leurs épées, mais Matthus fut trop rapide pour eux. Il écarta d'un coup de pied le bois en feu puis s'enfuit, se fondant dans la masse.

Les hommes se lancèrent à sa poursuite, brandissant leurs armes, et les gens se dispersèrent devant eux, effrayés.

« Ils vont le tuer », gémit Evi.

Ebrima comprit qu'il n'y avait qu'un moyen de sauver le jeune homme : déclencher une bagarre générale. Ce ne serait pas difficile, la foule étant déjà chauffée à blanc.

Il se précipita vers le poteau abandonné par les gardes, et d'autres l'imitèrent. Tirant sa dague, il trancha les liens qui retenaient Drike. Albert surgit et la prit dans ses bras – elle ne pesait pas lourd – et ils se perdirent au milieu de la cohue.

Les spectateurs s'en prirent alors aux ecclésiastiques, qu'ils bousculèrent. Les hommes d'armes durent laisser filer Matthus pour se porter à leur secours.

Titelman se hâta de regagner la cathédrale, suivi des prêtres. Ils ne marchaient plus : ils couraient. Conspués par la foule, ils passèrent sous l'arc de pierre richement sculpté, poussèrent la grande porte de bois et disparurent dans l'obscurité de l'église.

*

Le soir même, Albert et sa famille quittèrent Anvers.

Ebrima comptait parmi les rares à savoir qu'ils partaient pour Amsterdam. C'était une plus petite ville, mais étant située au nord-est, donc plus éloignée du centre du pouvoir espagnol à Bruxelles, elle prospérait et se développait rapidement.

Ebrima et Carlos rachetèrent la fonderie d'Albert, le payant en or qu'il rangea en sécurité dans les sacoches de selle fermées d'un robuste petit cheval.

Éperdu d'amour, Matthus voulut partir avec eux. S'il n'avait tenu qu'à lui, Ebrima – qui conservait de lointains souvenirs de la force des passions de jeunesse – l'eût laissé faire ; mais Albert décréta que Drike était trop jeune pour se marier, et qu'ils devraient attendre un an. À ce moment-là, Matthus pourrait les rejoindre à Amsterdam et faire sa demande, s'il le voulait toujours. Matthus jura que ce serait le cas, et sa mère conclut : « Nous verrons. »

Titelman se tint tranquille. Il n'y eut plus d'affrontements, plus d'arrestations. Peut-être avait-il compris que les catholiques anversois abhorraient son extrémisme. À moins qu'il n'attendît son heure.

Ebrima aurait voulu que les protestants se fassent discrets eux aussi, mais ils semblaient au contraire avoir gagné en assurance, sinon en arrogance. Si seulement ils s'étaient contentés de réclamer la tolérance et le droit de célébrer librement leur culte ! Toutefois, cela ne leur suffisait pas. À leurs yeux, leurs rivaux n'étaient pas simplement dans l'erreur, ils étaient les suppôts du démon. Quant aux pratiques catholiques – suivies par les Européens depuis des siècles – elles étaient blasphématoires et devaient être abolies. Ils n'appliquaient pas la tolérance qu'ils prêchaient.

Ebrima s'inquiétait de voir vaciller l'autorité des suzerains espagnols et de leurs alliés du clergé. La haine et la violence couvaient en profondeur, sous la vie citadine. À l'instar de tout entrepreneur, Ebrima n'aspirait qu'à la paix et à la stabilité pour pouvoir conduire ses affaires.

Il était justement en train de négocier avec un acheteur dans la fonderie, transpirant un peu dans la chaleur estivale, quand des troubles éclatèrent à nouveau, le vingtième jour du mois d'août.

Il entendit de l'agitation dans la rue : des pas précipités, un fracas de verre brisé et des cris d'hommes surexcités. Il se hâta d'aller voir ce qui se passait, suivi de Carlos et Matthus. Quelque deux cents jeunes gens, dont une poignée de filles, couraient dans la rue. Ils portaient des échelles, des cordes et des poulies ainsi que des outils plus rudimentaires telles des masses à manche de bois, des barres de fer et des chaînes.

« Que faites-vous ? » leur cria Ebrima, mais personne ne lui répondit.

Il remarqua que le verre brisé dont le bruit leur était parvenu provenait d'une fenêtre de la maison du père Huus, qui habitait dans la même rue que celle de la fonderie, mais ce n'était apparemment qu'une péripétie : le groupe se dirigeait vers le centre-ville avec ce qui semblait être une farouche détermination.

« Qu'est-ce qu'ils fabriquent, bon sang ? » demanda Carlos.

Ebrima avait une petite idée, mais espérait se tromper.

Les trois hommes les suivirent jusqu'à la place du marché où Drike avait échappé au bûcher. Les jeunes s'étaient rassemblés au milieu. L'un d'eux, s'exprimant en brabançon, demanda la bénédiction du Seigneur. Chez les protestants, n'importe qui pouvait prier, pas seulement les prêtres, et l'on pouvait s'adresser à Dieu dans sa langue et non en latin. Ebrima craignit qu'ils ne fussent venus s'en prendre à la cathédrale, et ses craintes se révélèrent vite justifiées. Leur prière achevée, ils se tournèrent tous comme un seul homme et, selon un plan manifestement préétabli, marchèrent d'un pas résolu vers l'édifice.

Le porche d'entrée était un arc en ogive surmonté d'une accolade. Un Dieu au firmament était sculpté sur le tympan, entouré d'anges et de saints sur les voussures concentriques. À côté d'Ebrima, Carlos étouffa un cri d'horreur au moment où le groupe commença à attaquer les ornements à coups de masses et d'autres armes de fortune. Tout en fracassant les ouvrages de pierre, ils criaient des citations bibliques, au point que les saintes écritures sonnaient comme des jurons.

« Arrêtez-vous ! hurla Carlos. Il y aura des représailles ! » Personne ne lui prêta attention.

Ebrima sentait que Matthus brûlait du désir de se joindre à

eux. Quand le jeune homme fit un pas en avant, il lui saisit le bras d'une puissante poigne de fondeur.

« Que dirait ta mère ? demanda-t-il. C'est son église ! Réfléchis un instant.

— Ils font l'œuvre de Dieu ! » s'écria Matthus.

Les émeutiers découvrirent que les portes de la grande cathédrale étaient verrouillées : les prêtres les avaient vus venir. Au moins ne pourraient-ils causer que des dommages limités, songea Ebrima avec soulagement. Peut-être allaient-ils se calmer. Il lâcha le bras de Matthus.

Mais la foule se précipita vers le nord de la cathédrale, cherchant un autre accès. Les trois spectateurs suivirent. À la consternation d'Ebrima, ils trouvèrent un portail latéral ouvert, sans doute oublié par les prêtres affolés. Comme ils s'engouffraient à l'intérieur, Matthus faussa compagnie à son beau-père pour s'élancer à leur suite.

Arrivé à l'intérieur, Ebrima vit les protestants courir dans tous les sens, poussant des hurlements de triomphe et frappant toute image peinte ou sculptée. Ils semblaient saisis d'une ivresse qui n'avait rien à voir avec l'alcool, possédés par une fièvre destructrice. Carlos et lui leur crièrent d'arrêter, rejoints par d'autres citoyens plus âgés, mais leurs appels restèrent sans effet.

Les quelques prêtres qui se trouvaient dans le chœur s'enfuirent par le porche sud, à l'exception de l'un d'eux qui se dirigea vers les intrus, mains levées comme pour les arrêter. Ebrima reconnut le père Huus.

« Vous êtes les enfants de Dieu », ne cessait-il de répéter. Il marcha droit sur les jeunes en furie. « Calmez-vous et parlons. »

Un grand gaillard le bouscula, il tomba par terre, et les autres le piétinèrent dans leur course.

Ils décrochèrent de précieuses tentures et les entassèrent dans la croisée du transept, où des jeunes filles hurlantes y mirent le feu en utilisant les cierges de l'autel. Des statues de bois furent brisées, des livres anciens déchirés, de coûteux habits sacerdotaux taillés en pièces, et tous les débris allèrent alimenter les flammes.

Ebrima était épouvanté, non seulement par les destructions, mais aussi par leurs inévitables conséquences. De telles actions ne demeureraient pas impunies. C'était une scandaleuse provocation adressée à la fois au roi Philippe et au pape Pie V, les deux hommes les plus puissants d'Europe. Anvers allait en payer le prix. Cela prendrait peut-être du temps, car les rouages de la politique internationale tournaient lentement ; mais le moment venu, le châtiment serait effroyable.

Les plus déterminés se rassemblèrent autour du maître-autel, dans l'intention évidente de s'en prendre à l'imposante sculpture. Comme s'ils avaient préparé leur intervention, ils dressèrent précipitamment leurs échelles et leurs poulies. Carlos était atterré.

« Ils vont profaner le Christ en croix ! » murmura-t-il.

Il les regarda avec effroi nouer des cordes autour de Jésus et lui briser les jambes pour affaiblir la structure. Alors même qu'ils continuaient de crier à l'idolâtrie, il était évident, même aux yeux d'un païen comme Ebrima, qu'en cet instant, c'étaient eux les blasphémateurs. Avec une concentration inébranlable, ils actionnèrent les poulies pour tendre les cordes, jusqu'au moment où la statue de Jésus agonisant bascula vers l'avant, se brisa au niveau des genoux pour aller se fracasser au sol, face contre terre. Comme si cela ne leur suffisait pas, les protestants s'acharnèrent encore, abattant leurs masses sur les bras et la tête sculptés, avec une allégresse quasi satanique.

Les deux larrons crucifiés, qui jusqu'ici entouraient Jésus, semblaient à présent contempler tristement son corps en miettes.

Quelqu'un apporta une cruche de vin liturgique et un calice d'or, et tous se congratulèrent avant de boire.

Alerté par un cri en provenance du côté sud, Ebrima et Carlos se retournèrent. Bouleversé, Ebrima constata qu'un petit groupe s'était rassemblé dans la chapelle de saint Urbain et contemplait le tableau des noces de Cana offert par Carlos.

« Non ! » hurla ce dernier, mais personne ne l'entendit.

Ebrima et lui traversèrent toute la longueur de l'église en courant, mais avant qu'ils aient atteint la chapelle, un des garçons avait brandi sa dague et lacéré le tableau. Carlos se jeta sur lui, et l'arme vola. Mais ses comparses se précipitèrent pour maîtriser Carlos et Ebrima, qui se débattirent en vain.

Le garçon à la dague se releva, apparemment indemne. Il ramassa son arme et frappa la toile de plus belle, tailladant l'image de Jésus et des disciples, ainsi que les effigies de Carlos, de sa famille et de ses amis au milieu des invités aux noces.

Une jeune fille apporta un cierge et l'approcha de la toile déchirée, qui commença à se consumer en dégageant une âcre fumée. Puis une petite flamme apparut. Elle se propagea rapidement et, bientôt, le tableau entier s'embrasa.

Ebrima cessa de se débattre. Il regarda Carlos, qui avait fermé les yeux. Les jeunes vandales les lâchèrent pour aller poursuivre ailleurs leur œuvre de destruction.

Carlos tomba à genoux et pleura.

15

Alison McKay était en prison avec Marie Stuart, reine des Écossais.

Elles étaient confinées dans un château, sur une île, au milieu du Loch Leven, un lac d'Écosse, avec quinze hommes d'armes montant la garde jour et nuit : plus qu'il n'en fallait pour surveiller deux jeunes femmes.

Elles comptaient pourtant bien s'évader.

Marie ne renonçait jamais. Certes, elle manquait de discernement : Alison devait bien s'avouer – aux heures les plus noires de la nuit – que presque toutes les décisions de la reine s'étaient révélées désastreuses. Mais Marie possédait un caractère indomptable, qui la fascinait.

Loch Leven était un endroit sinistre. La tour carrée en pierre grise servant d'habitation ne possédait que de minuscules fenêtres, pour se protéger du vent froid qui soufflait violemment sur les eaux, même en été. L'enceinte ne mesurait pas plus de cinquante toises de large. Seule une mince bande de broussailles la séparait du lac. Par gros temps, les vagues submergeaient ce ruban de terre pour aller fouetter les pierres de la muraille. Le lac était vaste, au point qu'il fallait une demi-heure à un homme vigoureux pour rejoindre la terre ferme à la rame.

Il ne serait pas facile de s'échapper de cette prison, mais elles n'avaient pas le choix. Jamais jusqu'ici Alison n'avait imaginé qu'elle envisagerait le suicide comme remède à l'ennui.

Elles avaient été élevées dans le monde étincelant de la cour de France, entourées de gens parés d'habits somptueux et de bijoux précieux. Tous les jours, elles étaient invitées à des banquets, des spectacles fastueux ou des pièces de théâtre. Les complots politiques et les intrigues mondaines constituaient alors la trame de leurs conversations quotidiennes. Les hommes de leur entourage déclenchaient des guerres puis signaient des traités de paix ; les femmes étaient reines et mères de rois. En comparaison, Loch Leven avait des allures de purgatoire.

En cette année 1568, Alison avait vingt-sept ans et Marie vingt-cinq. Au cours des longs mois qu'elles venaient de passer à Loch Leven, Alison avait eu largement le temps de ressasser leurs déboires.

La première erreur de Marie avait été de tomber amoureuse puis d'épouser Henry, lord Darnley, le cousin de la reine Élisabeth, un charmant alcoolique atteint de syphilis. Alison s'était sentie écartelée entre son bonheur de voir Marie amoureuse, et l'horreur suscitée par ce choix.

Leur passion n'avait pas duré, et quand Marie s'était retrouvée enceinte, Darnley avait assassiné le secrétaire particulier de son épouse : il le soupçonnait d'être le père de l'enfant.

S'il existait en Écosse un noble encore plus épouvantable que Darnley, c'était, aux yeux d'Alison, le brutal et querelleur comte de Bothwell. La seconde erreur de Marie avait été d'encourager ce dernier à tuer Darnley. Bothwell avait réussi, mais tout le monde savait ou devinait ce qui s'était passé.

Ni Marie ni Alison n'avaient prévu la réaction des Écossais. C'était une nation de gens honnêtes, et tant les catholiques que les protestants désapprouvèrent l'immoralité royale. Marie avait perdu l'estime de son peuple.

Alison avait eu le sentiment que la malchance les poursuivait quand Bothwell les avait enlevées et avait contraint Marie à passer la nuit avec lui. En d'autres circonstances, le pays scandalisé par l'agression de sa reine se serait uni pour la défendre ; mais la réputation de Marie étant déjà entachée, la reine n'était plus assurée du soutien populaire. Ensemble, elles avaient estimé que le seul moyen pour Marie de recouvrer sa respectabilité était d'épouser Bothwell et de prétendre qu'il ne l'avait pas véritablement violée. L'épouse légitime de Bothwell, lassée des frasques de son mari, avait obtenu un divorce rapide non reconnu par l'Église catholique, et Marie et lui s'étaient mariés sans attendre.

C'était la troisième erreur.

Vingt-six nobles écossais outrés avaient levé une armée et écrasé les forces de Bothwell et de Marie. Elle avait été capturée, obligée d'abdiquer en faveur de son fils d'un an, Jacques, et emprisonnée ici, à Loch Leven – sans son petit garçon.

Nul doute que la reine Élisabeth d'Angleterre avait suivi de près tous ces événements. En principe, elle soutenait Marie en tant que reine légitime d'Écosse ; dans les faits, aucune troupe n'avait surgi à l'horizon pour les délivrer. Élisabeth se comportait plutôt comme quelqu'un qui entend deux ivrognes se battre dans la rue la nuit : peu importait lequel gagnait tant qu'aucun ne tentait de s'introduire dans la maison.

À l'époque où Marie était unie à Darnley, Alison avait épousé un bon catholique, un homme aux yeux noisette et à la crinière blonde qui lui rappelait Pierre Aumande. Il était tendre et attentionné, mais comme elle aurait dû le prévoir, il s'attendait à ce qu'Alison se dévouât corps et âme à lui et non à Marie, ce qui lui était difficile. Enceinte, elle avait fait une fausse couche au quatrième mois de grossesse. Peu après, son mari était mort lors d'un accident de chasse, et Alison avait été presque soulagée de retrouver son rôle familier d'amie intime et dévouée de Marie.

Et voilà où elles en étaient à présent.

« Personne ne m'a jamais aimée comme vous m'aimez », lui avait dit Marie au cours d'une des longues et sombres soirées à Loch Leven. Alison s'était empourprée, saisie d'une vague mais puissante émotion.

« Mon père est mort quand j'étais enfant, avait poursuivi la reine. Ma mère vivait ailleurs la plupart du temps. Mes trois maris, chacun à leur façon, étaient d'une faiblesse désespérante. Vous avez été une mère, un père et un mari pour moi. N'est-ce pas étrange ? »

Alison en avait pleuré.

Leur geôlier, propriétaire de Loch Leven, se nommait sir William Douglas. Marie savait gagner les cœurs comme nulle autre, et sir William avait succombé. Il se comportait comme un hôte obligeant recevant une invitée de marque. Ses filles adoraient Marie, elles aussi ; elles trouvaient l'idée d'une reine emprisonnée follement romanesque. Seule son épouse, lady Agnes, ne s'était pas laissé séduire. Animée d'un grand sens du devoir, elle ne relâchait pas sa vigilance.

Cependant, Agnes était encore confinée dans sa chambre après la naissance de son septième enfant ; aussi le moment était-il particulièrement propice à une tentative d'évasion.

Marie était constamment sous la garde du capitaine Drysdale et de ses hommes d'armes. Toutefois, en ce dimanche 2 mai, jour de la fête du printemps, les soldats étaient bien décidés à profiter des réjouissances. D'ici à la fin de l'après-midi, espérait Alison, leur attention se relâcherait sous l'effet de la boisson. C'était le moment qu'elles comptaient mettre à profit pour s'évader.

La tâche serait ardue, mais elles avaient des complices.

Loch Leven abritait également le demi-frère de sir William, George, surnommé le Beau Geordie, ainsi que Willie Douglas, un grand jeune homme de quinze ans, orphelin – le fils naturel de sir William, pensait Alison.

Marie avait entrepris de gagner le cœur du Beau Geordie. On l'avait autorisée à faire venir ses vêtements – mais pas ses bijoux d'apparat –, ce qui lui permettait de s'apprêter à son avantage. En tout état de cause, la tâche était facile : Marie avait toujours eu un charme fou, et sur cette île minuscule, elle était sans rivale. En groupe réduit, isolé dans un espace restreint, les passions s'enflammaient rapidement. George étant aussi charmant que séduisant, Marie n'avait pas eu de mal à jouer le jeu, devinait Alison. Peut-être ses sentiments pour lui étaient-ils même sincères.

Alison ignorait quelles faveurs Marie avait accordées à George : plus que des baisers, sans doute, car c'était un homme fait ; mais moins que des relations charnelles, puisque Marie, avec sa réputation déjà entachée, ne pouvait risquer la honte supplémentaire d'une grossesse illégitime. Alison ne lui demanda pas de détails. Les heureux jours de Paris où les deux jeunes filles se confiaient tout étaient depuis longtemps révolus. Tout ce qui comptait à présent, c'était que George soit suffisamment épris pour endosser le costume du preux chevalier et sauver sa bien-aimée de ce château de malheur.

Alison, quant à elle, avait fait son affaire du jeune Willie. Une entreprise aisée, là encore, bien qu'elle eût presque le double de son âge. À peine pubère, Willie serait tombé amoureux de n'importe quelle femme attirante qui lui aurait accordé un peu d'attention. Il avait suffi à Alison de lui parler, de l'interroger sur sa vie, tout en se tenant un tout petit peu trop près de lui ; de l'embrasser presque comme une sœur, mais pas tout à fait ; de sourire quand elle le surprenait en train de lorgner ses seins ; et de faire des remarques appuyées sur « vous, les hommes » pour renforcer son courage. Elle n'avait pas eu besoin d'aller plus loin, et en concevait un très léger regret dans les replis les plus secrets de sa conscience – même si elle avait honte de se l'avouer. Willie n'en avait pas moins succombé facilement ; il était maintenant son esclave.

Depuis plusieurs mois, George et Willie convoyaient clandestinement le courrier de Marie dans et hors de la prison. Une évasion serait néanmoins beaucoup plus ardue.

Marie aurait du mal à traverser la petite enceinte sans se faire voir, puisqu'une cinquantaine de personnes y vivaient : outre la famille et les hommes d'armes, il y avait les secrétaires de sir William et un important personnel domestique. La porte était toujours fermée à clé, et quiconque voulait entrer ou sortir devait la faire déverrouiller, à moins d'escalader le mur. Trois ou quatre barques étaient constamment remontées sur la plage, mais Marie devrait disposer d'un complice robuste pour manier les rames, d'autant qu'elle risquait d'être rapidement poursuivie. Ensuite, une fois le lac traversé, il faudrait que d'autres amis l'attendent avec des chevaux pour la conduire dans un endroit secret, à l'abri de ses poursuivants.

Les obstacles potentiels étaient fort nombreux.

Alison eut toutes les peines du monde à rester assise calmement durant la messe du matin dans la chapelle. Malgré son désir de fuite, elle craignait les conséquences si elles se faisaient prendre : elles seraient probablement consignées dans une seule pièce, Marie et elle, et peut-être même privées de ces promenades au sommet des remparts qui, aussi mornes fussent-elles, leur permettaient au moins de prendre l'air et d'apercevoir de loin le monde extérieur. Pis, elles pourraient être séparées.

Avec sa hardiesse coutumière, Marie était prête à courir le risque. Alison aussi. Mais elle savait qu'en cas d'échec, les représailles seraient sévères.

Les festivités du jour débutèrent après la messe. Willie excella dans le rôle du Prince des Sots, jouant à l'ivrogne pour le plus grand amusement des spectateurs, tout en restant l'un des rares habitants de l'île à être parfaitement sobre.

Le Beau Geordie était déjà parti : à l'heure qu'il était, il avait dû rejoindre le village de Kinross, situé au bord du lac. Sa tâche consistait à réunir des hommes et des chevaux qui assureraient une escorte à Marie et Alison dans leur fuite. Fort impatiente de savoir s'il avait mené à bien sa partie du plan, Alison attendait avec inquiétude un signal de lui.

Marie dîna en tout début d'après-midi en compagnie de sir William et de sa famille, tandis qu'Alison et Willie aidaient à faire le service. La salle à manger se trouvait au deuxième étage de la tour carrée, et l'on distinguait l'autre rive du lac par les petites fenêtres : un dispositif défensif nécessaire. Alison avait le plus grand mal à ne pas porter constamment ses regards par-delà l'étendue d'eau.

À la fin du repas, Willie quitta la pièce. Il était prévu qu'il escalade les remparts pour aller attendre l'arrivée du bateau censé apporter un message de George annonçant que tout était prêt.

Lorsqu'ils avaient mis au point ce projet d'évasion, le jeune Willie avait suggéré que Marie s'élance depuis le sommet du mur pour rejoindre l'autre côté, un saut de sept pieds que lui-même effectuait aisément. Alison avait tenu à faire elle-même l'expérience et s'était foulé la cheville. Comme ils ne pouvaient pas risquer une blessure qui ralentirait Marie, la proposition de Willie avait été abandonnée. Ils devraient sortir par la porte, ce qui les obligeait à se procurer la clé.

En sa qualité de noble autant que de confidente de Marie,

Alison était autorisée à rejoindre les autres à table après le dîner, lorsqu'ils conversaient en grignotant des noix et des fruits, et que sir William sirotait son vin. Même si les sujets manquaient à Loch Leven, la conversation y était la principale distraction, faute de mieux.

Ce fut lady Margaret, la mère de sir William, qui, jetant un coup d'œil par la fenêtre, remarqua du mouvement sur l'autre rive.

« Qui peuvent bien être ces cavaliers ? » demanda-t-elle d'un ton à peine curieux.

Alison se figea. Comment George pouvait-il se montrer aussi négligent ? Ses hommes auraient dû demeurer invisibles ! Si sir William nourrissait le moindre soupçon, il pouvait fort bien enfermer Marie dans une chambre, et elles n'auraient qu'à faire une croix sur leur plan. Aurait-il déjà échoué ? C'était impensable !

Sir William regarda au-dehors, sourcils froncés.

« Je ne comprends pas ce qu'ils font là. »

Marie fit montre d'une brillante présence d'esprit.

« Lady Margaret, il faut que je vous parle de votre fils James, mon frère », dit-elle d'une voix pleine de défi.

Il n'en fallait pas davantage pour retenir l'attention de tous. Dans sa jeunesse, lady Margaret avait compté parmi les nombreuses maîtresses du père de Marie, le roi Jacques V. Elle avait donné naissance à son fils illégitime, James Stuart, qu'Alison avait rencontré à Saint-Dizier en compagnie de l'énigmatique Ned Willard, lorsque les deux jeunes gens avaient tenté de persuader Marie de ne pas regagner l'Écosse. Il était fort discourtois de la part de Marie d'aborder ce sujet.

Embarrassée, lady Margaret répondit :

« James est en France.

— Où il rend visite à l'amiral de Coligny, le héros des huguenots !

— Je ne peux hélas rien y faire, comme Votre Majesté le sait assurément. »

Marie fit en sorte que tous les regards restent braqués sur elle.

« Il jouissait de mon affection ! poursuivit-elle d'un ton indigné. Je l'ai fait comte de Moray ! »

L'éclat de colère soudain de la jeune reine intimida lady Margaret.

« Et je sais à quel point il vous est reconnaissant de votre bienveillance », s'empressa-t-elle de répondre avec nervosité.

Plus personne ne songeait à regarder par la fenêtre.

« Alors, pourquoi James a-t-il comploté contre moi ? » s'écria Marie. Alison savait que sa colère, quoique calculée, était sincère. « Depuis que l'on m'a conduite ici, il m'a forcée à signer l'acte d'abdication, il a couronné mon fils nourrisson sous le nom de Jacques VI et a lui-même pris la régence. Il est aujourd'hui roi d'Écosse de fait, sans l'être de droit ! »

S'ils étaient navrés pour Marie, les Douglas approuvaient certainement l'initiative de James Stuart, comme le suggérait leur air embarrassé – une excellente chose, songea Alison, car ils en oubliaient les cavaliers sur la rive du lac.

Sir William se voulut apaisant.

« Évidemment, vous auriez souhaité une autre issue, madame, dit-il à Marie. Mais n'oubliez pas que votre fils est roi et votre frère régent, de sorte que ce compromis n'est pas dénué de toute légitimité. »

Alison jeta un coup d'œil discret par la fenêtre. Il n'y avait plus trace des cavaliers. Elle supposa que George leur avait ordonné de s'éloigner du rivage, ramenant un peu de discipline dans les rangs de ses hommes impatients après avoir déjà passé une ou deux heures à Kinross. Tout paraissait normal désormais.

Bien que la crise fût passée, elle avait souligné le caractère hasardeux de toute l'entreprise et laissé Alison plus tendue que jamais.

Marie, quant à elle, paraissait à bout de patience.

« Je me sens lasse, après les festivités de ce matin, dit-elle en se levant. Je vais me reposer. »

Alison l'accompagna. De l'autre côté de la porte, un escalier de pierre en spirale, étroit et sombre, menait aux autres étages. Elles montèrent pour rejoindre les appartements de la reine.

Contrairement à ce qu'elle avait prétendu, Marie n'était absolument pas fatiguée. Incapable de tenir en place, elle ne cessait d'aller et venir entre son fauteuil et la fenêtre.

Pendant ce temps, Alison vérifia leurs déguisements, rangés

dans une malle sous les robes de Marie. Elles avaient réussi à se procurer deux de ces grossières cottes en laine et lin portées par les nombreuses domestiques du château au-dessus de leur jupon, ainsi que ce qu'on appelait des coiffes flamandes, qui recouvraient les cheveux et rendaient les traits difficiles à distinguer sauf de face. Les servantes mettaient parfois de grosses bottes en cuir si raide qu'il était impossible à Marie et Alison de marcher avec, mais heureusement, les suivantes récupéraient également les chaussons en soie et satin dont leurs maîtresses ne voulaient plus. Depuis des semaines, Alison et Marie enfilaient donc de vieux souliers chaque fois qu'elles étaient seules, pour leur donner un aspect suffisamment éculé.

La taille de Marie constituait leur problème majeur. Aucune femme de l'île n'était aussi grande qu'elle, si bien qu'elle aurait du mal à passer inaperçue.

Alison remit les déguisements dans la malle. Il leur fallut encore patienter une heure puis, à dix-huit heures, on servit le souper de Marie dans sa chambre.

Comme à l'ordinaire, ce fut sir William qui l'apporta, une marque de courtoisie du geôlier à l'égard de sa royale prisonnière. Alison quitta la chambre et se mit en quête de Willie, curieuse de savoir ce qui se passait. Dehors, une partie de jeu de paume opposait les soldats aux domestiques, tandis que des spectateurs encourageaient l'une ou l'autre équipe. Alison constata que Drysdale, assigné à la surveillance de Marie, était capitaine de celle des soldats. Elle se félicita de le voir ainsi distrait.

Willie traversait la cour dans sa direction, la mine réjouie.

« Je l'ai ! » murmura-t-il en lui montrant une boucle d'oreille en perle.

C'était le signal envoyé par George depuis l'autre rive. Ce bijou signifiait que tout était prêt pour l'évasion de Marie. Alison fut électrisée par cette nouvelle mais Willie avait gravement manqué de discrétion.

« Cachez cela ! lui chuchota-t-elle, furieuse. Vous risquez d'attirer l'attention. »

Heureusement, dans la cour, tous les yeux étaient rivés sur la partie de balle.

« Pardonnez-moi », fit Willie. Il referma les doigts autour du bijou puis le glissa à Alison d'un geste qu'il voulait désinvolte.

« Maintenant, allez à la plage et sabotez toutes les embarcations sauf une, lui ordonna-t-elle.

— Je suis prêt ! » répondit-il, écartant un pan de son manteau pour lui montrer la masse pendue à sa ceinture.

Alison retourna auprès de Marie. La reine n'avait presque rien mangé, ce qui ne l'étonna pas. Elle-même était trop nerveuse pour avaler quoi que ce soit.

« Voici la boucle d'oreille que vous aviez perdue, dit-elle en lui tendant le bijou. Un des garçons l'a retrouvée.

— Quel soulagement ! » répondit la reine en souriant. Elle avait compris le message.

Regardant par la fenêtre, sir William émit un grognement de surprise.

« Qu'est-ce que cet idiot fabrique avec les bateaux ? » grommela-t-il d'un ton où l'affection le disputait à l'exaspération.

Alison suivit son regard. Willie était agenouillé dans l'une des trois barques remontées sur la plage. Si, de loin, il était difficile de distinguer ce qu'il faisait, Alison savait qu'il perçait un trou dans la coque afin de rendre l'embarcation inutilisable par d'éventuels poursuivants. La panique la saisit. Que faire ? Se tournant vers Marie, elle articula silencieusement : « Willie ! »

Une nouvelle fois, la reine prouva sa promptitude d'esprit.

« Je me sens défaillir, murmura-t-elle, avant de se laisser tomber dans son fauteuil, les yeux fermés.

— Oh, mon Dieu, que vous arrive-t-il ? » s'exclama Alison d'une voix faussement effrayée.

Elle savait que Marie jouait la comédie, mais sir William l'ignorait. La mine inquiète, il s'approcha aussitôt de Marie. Si elle mourait sous sa garde, il devrait en répondre. James Stuart, le régent, serait obligé de nier avoir organisé son assassinat et, pour prouver sa bonne foi, pourrait fort bien faire exécuter sir William.

« Qu'y a-t-il, que s'est-il passé ? s'enquit-il.

— Il faudrait un peu d'alcool fort pour la ragaillardir. Messire, avez-vous du vin des Canaries ?

— Bien sûr. Je vais en faire porter sur-le-champ. »

Il quitta la pièce.

« Félicitations, murmura Alison.

— Où en est Willie ? » demanda Marie.

Regardant par la fenêtre, Alison vit que le jeune homme était à l'œuvre sur une autre barque.

« Vite, Willie ! » chuchota-t-elle.

Combien de temps fallait-il pour percer un trou dans une coque ?

Sir William revint avec un sommelier qui portait un pichet de vin et une coupe.

« J'ai les mains qui tremblent, dit Alison. Messire, voulez-vous bien porter la coupe à ses lèvres ? »

Sir William ne se fit pas prier, profitant de l'occasion pour poser tendrement la main sur la nuque de Marie. Il en oublia de regarder par la fenêtre.

Marie but une gorgée, toussa, et fit mine de recouvrer un peu de force.

Alison lui posa une main sur le front, puis lui prit le pouls.

« Tout ira bien, madame, mais peut-être devriez-vous vous retirer pour la nuit.

— Vous avez raison », acquiesça Marie.

Sir William parut soulagé.

« Je vais vous laisser, dans ce cas, dit-il. Bonsoir, mesdames. »

Il lança un regard par la fenêtre. Alison en fit autant. Willie n'était plus sur la plage. Pour autant, il était impossible de voir s'il avait accompli sa mission.

Sir William se retira sans faire de commentaire.

Le sommelier débarrassa la table et sortit à son tour, laissant les deux femmes seules.

« A-t-il réussi ? demanda Marie.

— Il me semble. Sir William oubliera peut-être ce qu'il a vu de la fenêtre : il a passé l'après-midi à boire, et doit être un peu éméché à l'heure qu'il est.

— J'espère que le soupçon ne le rendra pas plus vigilant. Willie doit encore dérober la clé. »

Sir William la conservait à portée de main. Quand quelqu'un quittait l'île ou y arrivait, soit il ouvrait la porte lui-même, soit il en confiait la clé à un garde pour quelques minutes seulement.

Pour le reste, personne n'avait à sortir de l'enceinte : il n'y avait rien au-delà, hormis les barques.

L'expérience d'Alison leur ayant appris qu'elles seraient incapables de franchir le mur, elles ne pouvaient sortir qu'en déverrouillant la porte. Willie leur avait assuré qu'il réussirait à s'emparer de la clé à l'insu de sir William. Leur sort dépendait de lui.

« Nous devrions nous changer », suggéra Alison.

Elles troquèrent leurs coûteux habits contre les cottes rêches et enfilèrent leurs vieux souliers usés. Les coiffes flamandes leur couvraient la tête, dissimulant les cheveux roux si reconnaissables de Marie.

Il ne leur restait qu'à attendre.

Sir William aimait se faire servir son souper par Willie. La tendresse que lui inspirait l'orphelin incitait tout le monde à supposer qu'ils étaient père et fils. Mais le charme d'Alison avait eu raison de la loyauté du jeune homme.

Elle imagina qu'à l'instant présent, un étage plus bas, Willie posait puis débarrassait assiettes, serviettes et pichets. La clé était peut-être sur la table, à côté de la coupe de vin de sir William. Elle se représenta Willie, laissant tomber une serviette sur la clé puis ramassant les deux. Réussirait-il ? Sir William était-il assez ivre pour ne rien remarquer ? Seul l'avenir le dirait.

Si le plan aboutissait, l'évasion de Marie provoquerait un tremblement de terre politique. Elle reviendrait sur l'acte d'abdication qu'elle avait été contrainte de signer et revendiquerait le trône qui lui revenait légitimement. Son demi-frère, James, lèverait une armée de protestants, tandis que les partisans de Marie se regrouperaient – ceux du moins qui n'avaient pas perdu foi en elle. La guerre civile reprendrait. Marie serait encouragée par son beau-frère, le roi de France, qui livrait un même combat de longue haleine contre les huguenots. Pour marquer son soutien, le pape s'empresserait d'annuler son mariage avec Bothwell. Dans toutes les cours royales, de Rome à Stockholm, les conjectures iraient bon train à propos d'un possible nouveau mari. L'équilibre des forces en Europe s'en trouverait radicalement modifié. La reine Élisabeth d'Angleterre serait furieuse.

Et tout cela dépendait d'un Willie Douglas de quinze ans.

Un coup léger mais insistant fut frappé à la porte. Alison ouvrit et découvrit Willie, tout sourire, brandissant une grosse clé en fer.

Il entra dans la pièce, et Alison referma derrière lui.

Marie se leva.

« Partons sans tarder.

— Ils sont encore à table, déclara Willie. Sir William s'est endormi devant son vin, mais lady Margaret s'entretient avec ses petites-filles. Elles risquent de nous voir par l'embrasure de la porte quand nous descendrons. »

L'escalier en colimaçon passait devant les portes à chaque étage de la tour.

« C'est pourtant le bon moment, remarqua Alison. Les soldats jouent toujours à la paume.

— Il faut prendre le risque, trancha Marie d'un ton décidé. Allons-y. »

Willie parut désolé.

« J'aurais dû fermer la porte de la salle à manger, se lamenta-t-il. Je n'y ai pas pensé.

— Peu importe, Willie. Vous vous en tirez merveilleusement bien », dit Alison, avant de poser un baiser léger sur ses lèvres. Il sembla être au paradis.

Alison poussa la porte, et ils sortirent.

Willie ouvrit la marche, suivi de Marie puis d'Alison. Ils descendirent l'escalier de pierre sur la pointe des pieds, espérant ne pas attirer l'attention. Les deux femmes ramenèrent leur coiffe en avant en approchant de la porte ouverte de la salle à manger. De la lumière en sortait, ainsi que le chuchotement de voix féminines. Willie passa devant sans jeter un coup d'œil. Marie porta la main à son visage au moment où elle traversait le trait de lumière. Alison s'attendait à entendre résonner un cri d'alerte. Elle descendit à son tour derrière les autres. Un éclat de rire lui fit croire un instant que lady Margaret se moquait de leur piètre tentative de travestissement ; mais son hilarité avait manifestement une autre cause. On ne les avait pas remarquées ; ou, si lady Margaret avait relevé la tête, elle n'avait peut-être rien vu de plus notable que quelques domestiques descendant l'escalier.

Ils sortirent.

Quelques pas seulement séparaient la porte de la tour de celle de l'enceinte, mais la distance paraissait plus grande. La cour était remplie de gens qui observaient la partie. Alison repéra Drysdale, frappant la balle de ses deux mains jointes, l'air concentré.

Willie arriva à la porte.

Il introduisit la clé en fer dans la grosse serrure et la tourna. Alison restait dos à la foule, dissimulant ses traits, de sorte qu'elle ne pouvait savoir si quelqu'un les regardait. Il lui fallut un immense effort de volonté pour résister à la tentation de regarder par-dessus son épaule. La lourde porte de bois grinça quand Willie la poussa : le bruit avait-il couvert les acclamations ? Les trois fugitifs la franchirent. Personne ne réagit. Willie referma derrière eux.

« Verrouillez-la, conseilla Alison. Cela pourra les ralentir. »

Willie obéit puis enfonça la clé dans la bouche du canon proche de l'entrée.

Personne ne leur avait prêté attention.

Ils coururent jusqu'à la plage.

Willie poussa la barque intacte à l'eau et maintint la proue près du rivage le temps qu'Alison monte à bord puis aide Marie à en faire autant. Une fois qu'elles furent assises, Willie écarta l'embarcation d'une poussée, grimpa à son tour et empoigna les rames.

Alison regarda derrière. Rien n'indiquait qu'on eût remarqué leur disparition : personne sur les remparts, pas plus qu'aux fenêtres du château ou descendant en courant sur la plage.

Leur évasion aurait-elle réussi ?

Le soleil n'était pas encore couché, et une longue soirée d'été s'étendait devant eux. La brise, quoique vive, était tiède. Willie ramait avec énergie. Il avait de longs bras et de longues jambes, et l'amour décuplait ses forces. Malgré tout, la traversée du grand lac semblait d'une lenteur atterrante. Alison ne cessait de se retourner ; personne ne les poursuivait encore. Même si les gens du château s'apercevaient de la disparition de la reine, qu'auraient-ils pu faire ? Il leur faudrait réparer un des bateaux avant de se lancer à leurs trousses.

Elle commença à se persuader qu'elles étaient libres.

Alors qu'ils se rapprochaient de l'autre rive, Alison distingua une silhouette inconnue, attendant sur la berge.

« Ciel, qui est-ce ? » demanda-t-elle, saisie de la terrible crainte d'être à nouveau piégée après avoir franchi toutes ces épreuves.

Willie lança un coup d'œil par-dessus son épaule.

« C'est Alistair Hoey. Il est avec George. »

Les battements de cœur d'Alison se calmèrent.

Ils accostèrent et mirent pied à terre. Alistair les conduisit le long d'un sentier entre des maisons. Alison entendit des chevaux piétiner et s'ébrouer d'impatience. Après avoir traversé le village, les fuyards débouchèrent sur la grand-route – pour retrouver le Beau Geordie, affichant un sourire de triomphe au milieu de ses hommes d'armes. Des chevaux attendaient les fugitives. George aida Marie à monter en selle, tandis que Willie eut la joie de tenir le pied d'Alison pendant qu'elle se hissait sur sa monture.

Puis tous s'éloignèrent au grand galop vers la liberté.

*

Deux semaines plus tard précisément, Alison eut la certitude que Marie s'apprêtait à commettre la plus grave erreur de sa vie.

Les deux femmes se trouvaient à l'abbaye de Dundrennan, sur la côte sud de l'Écosse, séparée de l'Angleterre par le golfe de Solway. Dundrennan avait été le plus imposant monastère d'Écosse. Bien que sécularisé comme les autres, il possédait toujours une magnifique église gothique et quantité de logements confortables. Assises seules dans ce qui avait été les luxueux appartements de l'abbé, Marie et Alison envisageaient leur avenir avec morosité.

Tout avait mal tourné pour la reine – une fois de plus.

L'armée de Marie avait affronté les forces de son frère, James Stuart, à Langside, un village proche de Glasgow. Elle avait chevauché au côté de ses hommes, manifestant une telle hardiesse qu'ils avaient dû l'empêcher de mener elle-même la charge ; elle n'en avait pas moins été vaincue, et était à nouveau en fuite. En route vers le sud, elle avait traversé de mornes landes balayées par le vent, incendiant les ponts derrière elle pour ralentir ses poursuivants. Un soir funeste, Alison avait coupé ses beaux cheveux roux, pour la rendre moins facilement reconnaissable. Elle portait désormais une perruque d'un brun terne, qui semblait un point d'orgue à son malheur.

Elle voulait se rendre en Angleterre, et Alison tentait de l'en dissuader.

« Vous disposez encore de milliers de partisans, lui fit remarquer Alison d'un ton qu'elle voulait enjoué. Le peuple écossais est en majorité catholique. Seuls les parvenus et les marchands sont protestants.

— Vous exagérez, mais ce n'est pas entièrement faux, répondit Marie.

— Vous pouvez les regrouper, mettre sur pied une armée plus importante et reprendre la lutte. »

Marie secoua la tête.

« À Langside, j'avais l'armée la plus nombreuse. Il me semble que je ne gagnerai pas la guerre civile sans aide extérieure.

— Dans ce cas, retournons en France. Vous y avez des terres, et de l'argent.

— En France, je ne suis qu'une ancienne reine. Je suis trop jeune pour jouer ce rôle. »

Marie était une ancienne reine en tout lieu, songea Alison, gardant pourtant sa réflexion pour elle.

« Votre famille française est la plus puissante du pays. Si vous leur en faites personnellement la requête, peut-être accepteront-ils de constituer une armée pour vous soutenir.

— Si je me rends en France à présent, je ne reviendrai jamais en Écosse. Je le sais.

— Autrement dit, vous êtes déterminée…

— J'irai en Angleterre. »

Ce n'était pas leur première discussion à ce sujet, et chaque fois, Marie parvenait à la même conclusion.

« Élisabeth est peut-être protestante, poursuivit-elle, mais elle est convaincue qu'un monarque ayant reçu l'onction – ce qui a été mon cas alors que j'avais neuf mois – gouverne de droit divin. Elle ne peut pas reconnaître un usurpateur comme mon frère James – elle risque trop de voir son propre pouvoir usurpé. »

La position d'Élisabeth était-elle aussi précaire ? Alison l'ignorait. La souveraine anglaise régnait depuis dix ans sans sérieuse opposition. Mais peut-être tous les monarques se sentaient-ils vulnérables.

« Élisabeth doit m'aider à retrouver mon trône, reprit Marie.

— Vous êtes la seule à le penser. »

Tous les nobles qui avaient combattu à Langside et accompagné Marie dans sa fuite vers le sud étaient en effet hostiles à son projet.

Mais comme toujours, elle n'en ferait qu'à sa tête.

« J'ai raison, affirma-t-elle. Et ils ont tort. »

Marie avait toujours été obstinée, songea Alison, mais cette fois, son entêtement était presque suicidaire.

« Il est l'heure de partir », dit Marie en se levant.

Elles sortirent. George et Willie les attendaient devant l'église, en compagnie d'un groupe de nobles venus faire leurs adieux et de domestiques qui accompagneraient la reine. Elles montèrent à cheval et s'engagèrent sur un chemin herbeux longeant un ruisseau qui murmurait gaiement en traversant les terres du monastère en direction de la mer. Le sentier passait par un bois verdoyant tapissé de fleurs sauvages, puis la végétation changea, et les arbres laissèrent place à de robustes bosquets d'ajoncs éclaboussés de fleurs jaune doré. Le réveil printanier de la nature symbolisait l'espoir, mais Alison n'en éprouvait aucun.

Elles atteignirent une large plage de galets, où le ruisseau se jetait dans la mer.

Une barque de pêche attendait le long d'une jetée de bois rudimentaire.

Avant de monter à bord, Marie s'arrêta, se retourna et s'adressa à Alison à voix basse.

« Vous n'êtes pas obligée de m'accompagner », lui dit-elle.

Elle avait raison. Alison aurait pu partir. Les ennemis de Marie l'auraient laissée tranquille, la jugeant inoffensive : pour eux, une simple dame d'honneur n'avait pas le pouvoir d'organiser une contre-révolution, ce en quoi ils avaient raison. Alison avait un oncle au grand cœur à Stirling, qui l'accueillerait volontiers. Elle pourrait peut-être se remarier : elle était indéniablement encore assez jeune.

Pourtant, la perspective d'une liberté sans Marie lui semblait le plus sinistre de tous les dénouements. Elle avait consacré sa vie à la servir. Même au cours de ces longs mois de désœuvrement à Loch Leven, elle n'avait aspiré à rien d'autre. Elle était prisonnière, non pas de murs de pierre, mais de son amour.

« Alors ? demanda Marie. Venez-vous ?

— Bien sûr », répondit Alison.

Elles embarquèrent.

« Nous pourrions encore rejoindre la France », ajouta-t-elle d'un ton désespéré.

Marie sourit.

« Vous négligez un point, souligna-t-elle. Le pape et tous les monarques d'Europe jugent qu'Élisabeth est une enfant illégitime. Par conséquent, elle n'a jamais eu de droit sur le trône d'Angleterre. » Elle s'interrompit, observant la rive opposée de l'estuaire, par-delà la vaste étendue d'eau. Suivant son regard, Alison distingua les collines verdoyantes de l'Angleterre à travers la brume. « Et si Élisabeth n'est pas reine d'Angleterre, poursuivit Marie, je le suis. »

*

« Marie l'Écossaise est arrivée à Carlisle », annonça Ned Willard à la reine Élisabeth dans la chambre d'audience du palais de White Hall.

La reine comptait sur Ned pour se procurer ce genre d'informations, et il se faisait un devoir d'avoir toujours des solutions prêtes. C'était la raison pour laquelle elle lui avait accordé le titre de sir Ned.

« Elle s'est installée dans le château de la ville, poursuivit Ned. Le lieutenant du gouverneur de Carlisle a écrit à Votre Majesté pour lui demander ce qu'il doit faire d'elle. »

Carlisle se trouvait à l'extrême nord-ouest de l'Angleterre, non loin de la frontière écossaise, ce qui expliquait la présence d'une forteresse.

Élisabeth faisait les cent pas dans la pièce, sa somptueuse robe de soie bruissant au rythme de sa démarche impatiente.

« Que diable vais-je lui dire ? »

Élisabeth avait trente-quatre ans. Depuis dix ans, elle régnait sur l'Angleterre d'une main ferme. Grâce à une intelligence subtile de la politique européenne et aux conseils avisés de sir William Cecil, elle réussissait à louvoyer habilement entre les vagues et les courants dangereux. Mais elle ne savait que faire de Marie. La reine écossaise lui posait un problème auquel elle était incapable de trouver une solution satisfaisante.

« Je ne peux pas laisser Marie d'Écosse parcourir l'Angleterre en attisant le mécontentement des catholiques, déclara-t-elle. Ils commenceront à affirmer qu'elle est la reine légitime, et nous nous retrouverons avec une rébellion sur les bras avant d'avoir eu le temps de dire "transsubstantiation".

— Rien n'oblige Votre Majesté à accepter qu'elle reste, fit observer Cecil, le juriste. Il s'agit d'une souveraine étrangère qui se trouve sur le sol anglais sans votre autorisation. Au mieux, on peut y voir une impolitesse, au pire une invasion.

— On me jugerait sans cœur si je la jetais aux loups écossais », remarqua Élisabeth.

Ned savait que la reine pouvait se montrer impitoyable quand cela l'arrangeait. Cependant, elle était toujours sensible à l'opinion du peuple anglais.

« Marie souhaite que Votre Majesté envoie une armée anglaise en Écosse pour l'aider à reconquérir son trône, expliqua Ned.

— Je n'en ai pas les moyens », répondit aussitôt Élisabeth.

Elle détestait la guerre et détestait dépenser de l'argent. Ni Ned ni Cecil ne s'étonnèrent donc de son refus catégorique.

« Faute d'obtenir votre concours, elle risque de demander l'aide de sa parentèle française, fit remarquer Cecil. Et nous ne voulons pas d'armée française en Écosse.

— Dieu nous en préserve !

— En effet, renchérit Cecil. N'oublions pas que du temps où elle était l'épouse de François, ils se faisaient appeler roi et reine de France, d'Écosse, d'Angleterre et d'Irlande. Elle l'avait même fait graver sur sa vaisselle. La famille française de Marie est, me semble-t-il, d'une ambition sans limites.

— Quelle plaie ! gémit Élisabeth. Par le corps de Dieu, que dois-je faire ? »

Ned se remémora sa rencontre avec Marie, sept ans plus tôt, à Saint-Dizier. Plus grande que lui, elle avait une allure impressionnante et était d'une beauté éthérée. Il l'avait trouvée courageuse mais impulsive, et s'était dit qu'elle était sûrement capable de prendre des décisions aussi audacieuses qu'imprudentes. Sa venue en Angleterre était certainement une erreur de sa part. Il se rappelait aussi sa compagne, Alison McKay, une brune aux yeux bleus, à peu près du même âge que lui. Moins belle que Marie, elle était sans doute plus réfléchie. Un jeune courtisan arrogant du nom de Pierre Aumande de Guise assistait également à cette rencontre : Ned l'avait détesté d'emblée.

Cecil et Ned savaient quelle décision devait prendre la reine Élisabeth, mais ils la connaissaient trop bien pour tenter de lui imposer leurs vues. Aussi lui avaient-ils exposé les solutions possibles, la laissant éliminer elle-même les mauvaises. Ce fut d'un ton neutre que Cecil énonça enfin celle à laquelle allait sa préférence.

« Vous pourriez tout simplement l'incarcérer.

— Ici, en Angleterre ?

— Oui. Vous l'autoriseriez à rester, mais en la retenant prisonnière. Cela présenterait certains avantages. » Cecil et Ned en avaient déjà dressé la liste ensemble, mais Cecil les énuméra comme s'ils venaient juste de lui surgir à l'esprit. « Vous sauriez toujours où elle se trouve. Elle ne serait pas en mesure de fomenter une rébellion. Et les catholiques écossais se trouveraient affaiblis si leur figure de proue était captive en terre étrangère.

— Mais elle serait ici, et les catholiques anglais le sauraient.

— C'est fâcheux, admit Cecil. Mais nous pourrions prendre des mesures pour l'empêcher de communiquer avec les mécontents. Ou avec qui que ce soit, au demeurant. »

Dans les faits, songea Ned, il serait sans doute difficile de garder la prisonnière au secret. Mais l'esprit d'Élisabeth avait déjà pris une direction différente.

« Je serais parfaitement en droit de l'incarcérer, dit-elle d'un ton pensif. Elle s'est donné le nom de reine d'Angleterre. Quel sort réserverait Philippe à un homme qui prétendrait être le roi d'Espagne légitime ?

— Il l'exécuterait, cela ne fait aucun doute, répondit promptement Cecil.

— En effet, acquiesça Élisabeth, se persuadant du bien-fondé du choix qui commençait à s'imposer à elle. En me contentant d'emprisonner Marie, je ferais preuve de clémence.

— Le peuple le verrait certainement ainsi, confirma Cecil.

— Sans doute est-ce la meilleure solution, conclut-elle. Merci, Cecil. Que ferais-je sans vous ?

— Votre Majesté est trop bonne. »

La reine se tourna vers Ned.

« Vous feriez bien de vous rendre à Carlisle pour vous assurer que tout soit fait comme il convient.

— Très bien, Votre Majesté, répondit Ned. Quelle raison dois-je invoquer pour justifier l'incarcération de Marie ? Nous ne voudrions pas que le peuple la juge illégale.

— C'est vrai, reconnut Élisabeth. Je ne sais pas.

— Sur ce point, reprit Cecil, j'ai une suggestion à faire à Votre Majesté. »

*

Carlisle était une redoutable forteresse, dont le long mur défensif n'était percé que d'une unique porte fort étroite. Le château était bâti en pierre de la région, un grès rouge rosé, tout comme la cathédrale qui lui faisait face. À l'intérieur des murailles se dressait une tour carrée dont le toit était équipé de canons. Tous étaient pointés vers l'Écosse.

Alison et Marie logeaient dans une tour plus petite, dans un angle de l'enceinte. L'endroit était aussi austère que Loch Leven, et il y faisait froid même en juin. Alison regrettait qu'elles n'aient pas de chevaux pour se promener, une activité qu'appréciait beaucoup Marie et qui lui avait manqué à Loch Leven. Mais elles devaient se contenter de marcher, toujours escortées de surcroît par une troupe de soldats anglais.

Marie décida de ne pas se plaindre auprès d'Élisabeth. L'essentiel était que la reine d'Angleterre l'aide à retrouver son trône écossais.

Elles devaient rencontrer ce jour-là l'émissaire de la cour

d'Élisabeth. Il était arrivé tard la veille au soir et s'était retiré aussitôt.

Alison avait réussi à faire passer des messages aux amis de Marie en Écosse, qui leur avaient fait parvenir quelques vêtements et perruques, même si les bijoux de Marie – offerts pour la plupart par le roi François II lorsqu'elle était reine de France – se trouvaient toujours entre les mains de son demi-frère protestant. Ce matin-là, elle avait néanmoins réussi à se donner une allure royale. Après le petit déjeuner, assises dans la misérable petite pièce qu'elles occupaient au château, elles attendaient d'apprendre quel sort leur était réservé.

Jour et nuit, depuis un mois, toutes leurs conversations avaient tourné autour d'Élisabeth, de ses convictions religieuses, de ses positions sur la monarchie, de sa réputation d'érudite et de sa personnalité notoirement autoritaire. Elles avaient tenté de deviner ce qu'elle déciderait au sujet de Marie, sans parvenir à une conclusion – ou, plutôt, en parvenant chaque jour à une conclusion différente. Elles n'allaient pas tarder à en avoir le cœur net.

Le messager d'Élisabeth était à peine plus âgé qu'Alison : il devait frôler la trentaine, estima-t-elle. Mince, il avait un sourire agréable, des yeux brun doré et portait des vêtements de qualité, malgré leur sobriété. En l'observant de plus près, elle fut surprise de le reconnaître. Marie fronça légèrement les sourcils, comme si ses traits lui disaient également quelque chose. Alors qu'il saluait profondément la reine et adressait un hochement de tête à Alison, celle-ci se souvint de l'endroit où ils s'étaient déjà rencontrés.

« Saint-Dizier ! dit-elle tout haut.

— Il y a six ans », acquiesça-t-il.

Il s'exprimait en français : il savait ou devinait que Marie était plus à l'aise dans cet idiome, l'écossais étant sa deuxième langue et l'anglais arrivant loin derrière. Il affichait une attitude courtoise, sans rien de guindé toutefois.

« Je suis sir Ned Willard. »

Alison songea que sous ses bonnes manières étudiées se cachait une dureté dangereuse, tel un fourreau de velours dissimulant une épée bien aiguisée.

« Sir Ned, à présent ! remarqua-t-elle. Félicitations.

— Vous êtes trop bonne. »

Alison se souvenait que Ned avait prétendu n'être qu'un secrétaire de James Stuart, mais à sa manière de tenir tête à Pierre Aumande, tout le monde avait pu se convaincre qu'il jouait un rôle plus important.

« Vous aviez tenté de me persuader de ne pas me rendre en Écosse, remarqua Marie.

— Vous auriez mieux fait de suivre mon conseil », répondit-il sans sourire.

L'ignorant, Marie en vint immédiatement au fait.

« Je suis reine d'Écosse, dit-elle. La reine Élisabeth ne contestera pas ce fait.

— En effet.

— J'ai été emprisonnée illégalement par certains de mes sujets qui m'ont trahie. Sur ce point également, je suis certaine que ma cousine Élisabeth me donnera raison. »

Elles n'étaient pas réellement cousines, leur lien de parenté étant plus lointain : le grand-père d'Élisabeth, le roi Henri VII d'Angleterre, était l'arrière-grand-père de Marie. Mais sir Ned ne chicana pas.

« Et je suis venue ici, en Angleterre, de mon plein gré. Tout ce que je demande, c'est la possibilité de parler en personne à Élisabeth pour solliciter son aide.

— Soyez assurée que je lui transmettrai votre message », répondit Ned.

Alison réprima un soupir de déception. Ned tergiversait. C'était mauvais signe.

« Lui transmettre mon message ? s'indigna Marie. Je pensais que vous me feriez connaître sa décision ! »

Ned ne se laissa pas démonter. Ce n'était peut-être pas la première fois qu'il se trouvait face à une reine en colère.

« Sa Majesté ne peut prendre pareille décision immédiatement, observa-t-il d'un ton raisonnable et posé.

— Et pourquoi, je vous prie ?

— D'autres questions doivent être préalablement réglées. »

On ne se débarrassait pas aussi aisément de Marie.

« Quelles questions ?

— La mort de votre époux, lord Darnley, roi consort d'Écosse et cousin de la reine Élisabeth demeure… inexpliquée, répondit Ned à contrecœur.

— Je ne suis pour rien dans cette affaire !

— Je n'en doute pas un instant », dit Ned. Alison soupçonnait le contraire. « Et Sa Majesté la reine Élisabeth non plus. » Ce qui était également inexact. « Mais la vérité doit être formellement établie à la face du monde, avant que vous ne puissiez être reçue à la cour d'Élisabeth. Sa Majesté espère qu'étant reine vous-même, vous comprendrez cela. »

C'était une fin de non-recevoir, songea Alison. Elle en aurait pleuré. Le meurtre de Darnley n'était qu'un prétexte. La réalité était qu'Élisabeth ne voulait pas rencontrer Marie.

Autrement dit, elle refusait de l'aider.

Marie était parvenue à la même conclusion.

« Quelle cruelle injustice ! » s'écria-t-elle en se levant. Son visage s'empourpra et les larmes lui montèrent aux yeux. « Comment ma cousine peut-elle me traiter avec pareille froideur ?

— La reine Élisabeth vous demande de vous montrer patiente. Entre-temps, elle pourvoira à tous vos besoins.

— Je n'admets pas cette décision. Je partirai pour la France. La famille que j'y ai m'accordera l'aide que me dénie Élisabeth.

— La reine Élisabeth ne souhaite pas voir d'armée française débarquer en Écosse.

— Il ne me reste donc plus qu'à rentrer à Édimbourg et à prendre le risque d'affronter mon perfide demi-frère, votre ami James Stuart. »

Ned hésita. Alison remarqua qu'il avait légèrement pâli et serrait les mains derrière son dos comme pour les empêcher de s'agiter nerveusement. Le courroux d'une reine était un spectacle redoutable. Ned avait cependant toutes les cartes en main. Lorsqu'il reprit la parole, sa voix était ferme et intransigeante.

« Je crains que cela ne soit pas possible. »

Ce fut au tour de Marie de paraître effrayée.

« Que voulez-vous dire ?

— Selon les ordres de la reine, vous devrez rester ici jusqu'à ce que les tribunaux anglais vous aient innocentée de toute complicité dans l'assassinat de lord Darnley. »

Alison sentit ses yeux s'embuer.

« Non ! » s'écria-t-elle. C'était le pire qui pût leur arriver.

« Je suis navré d'être porteur d'aussi mauvaises nouvelles », ajouta Ned Willard, et Alison le crut sincère. C'était un homme bon, chargé de transmettre un message impitoyable.

« La reine ne me recevra donc pas à la Cour ? demanda Marie d'une voix tremblante.

— Non.

— Elle ne me laissera pas retourner en France ?

— Non.

— Ni rentrer chez moi en Écosse ?

— Non, répondit Ned pour la troisième fois.

— Autrement dit, je suis prisonnière ?

— Oui.

— À nouveau », soupira Marie.

16

À la mort de sa mère, Ned éprouva des sentiments de tristesse, de solitude et d'abandon, mais surtout, de colère. Alors qu'Alice Willard aurait dû vivre ses dernières années dans l'opulence et la consécration, elle avait été ruinée par une querelle religieuse et avait quitté ce monde habitée par un sentiment d'échec.

Elle mourut à Pâques, en 1570. Par bonheur, Barney se trouvait là, pour un court séjour entre deux voyages en mer. Le lundi, les frères célébrèrent la résurrection du Christ en la cathédrale de Kingsbridge, avant de se tenir côte à côte le lendemain au cimetière, où le cercueil de leur mère fut inhumé dans la tombe où reposait déjà leur père. La rage au cœur, Ned se jura une fois encore de consacrer sa vie à empêcher des hommes tels que l'évêque Julius de détruire d'honnêtes commerçants comme Alice Willard.

Tandis qu'ils s'éloignaient de la tombe, Ned s'efforça de fixer son esprit sur des questions matérielles.

« La maison est à toi, évidemment », dit-il à Barney.

À trente-deux ans, Barney était l'aîné. Il avait rasé sa barbe broussailleuse, révélant un visage prématurément vieilli par les âpres vents marins et l'éclat du soleil.

« Je sais, répondit-il, mais je ne vois pas ce que j'en ferais. Je t'en prie, sens-toi libre d'y résider chaque fois que tu viendras à Kingsbridge.

— Tu as donc choisi de passer ta vie en mer ?

— Oui. »

Barney avait prospéré. Après des années sur le *Hawk*, il était devenu capitaine d'un autre vaisseau, touchant une partie des bénéfices, avant d'acquérir son propre bateau. Il avait hérité des compétences financières de leur mère.

Ned regarda la maison où il était né, de l'autre côté de la place. Il adorait la vieille bâtisse, avec sa vue sur la cathédrale.

« Je serai ravi de m'en occuper pour toi. Les Fife se chargeront de l'entretien, mais je garderai un œil sur eux.

— Ils vieillissent, fit remarquer Barney.

— Ils ont tous deux passé la cinquantaine. Mais Eileen n'a que vingt-deux ans.

— Elle épousera peut-être un homme qui sera heureux de reprendre la place de Malcolm.

— Eileen n'a jamais eu d'yeux que pour toi, Barney. »

Barney haussa les épaules. Nombre de femmes étaient tombées amoureuses de lui, sans espoir ; la pauvre Eileen n'en était qu'une parmi beaucoup d'autres.

« L'idée de te marier ne te tente jamais ? lui demanda Ned.

— À quoi bon ? Un marin ne voit presque jamais sa femme. Et toi ? »

Ned réfléchit un instant. Le décès de sa mère lui avait fait prendre conscience que son temps ici-bas était limité. Il le savait déjà, bien sûr, mais ce deuil le lui avait rappelé et l'incitait à se demander s'il menait vraiment la vie qu'il désirait. La réponse qu'il fit à Barney le surprit lui-même.

« Je veux la même chose qu'eux, dit-il, montrant la tombe de leurs parents derrière eux. Une union qui dure toute la vie.

— Ils ont commencé jeunes. Ils se sont mariés à vingt ans, je crois. Tu as déjà dix ans de retard.

— Je ne vis pas comme un moine…

— Heureux de l'apprendre.

— Mais je n'ai jamais rencontré de femme avec qui j'aie eu envie de passer ma vie.

— À une exception près », objecta Barney en lançant un coup d'œil par-dessus l'épaule de Ned.

Se retournant, Ned aperçut Margery Fitzgerald. Elle avait dû assister au service funèbre, mais il ne l'avait pas remarquée au milieu de la foule rassemblée dans l'église. Son cœur tressaillit dans sa poitrine. Vêtue de couleur sombre pour les obsèques, elle portait un chapeau, comme toujours, en velours pourpre posé de biais sur ses boucles luxuriantes. Elle était en pleine discussion avec le vieux père Paul, un ancien moine du prieuré de Kingsbridge, aujourd'hui chanoine de la cathédrale, et probablement catholique clandestin. Le catholicisme obstiné de Margery aurait dû rebuter Ned ; pourtant, il admirait au contraire son idéalisme.

« Je crains qu'il n'y en ait pas deux comme elle, et il a fallu qu'elle en épouse un autre », murmura-t-il. C'était un sujet de conversation stérile, songea-t-il avec impatience. « Où te conduira ton prochain voyage ?

— Je veux retourner dans le Nouveau Monde. Je n'aime pas le commerce des esclaves – le risque de voir la cargaison mourir au cours de la traversée est trop grand –, mais ils ont besoin de presque tout là-bas, hormis le sucre. »

Ned sourit.

« Et je crois me rappeler t'avoir entendu parler d'une fille…

— Vraiment ? Quand ?

— Voilà des questions qui ressemblent fort à un oui. »

Barney parut embarrassé, comme s'il se refusait à admettre qu'il éprouvait un sentiment profond.

« Eh bien, il est vrai que je n'ai jamais rencontré de femme comme Bella.

— C'était il y a sept ans.

— Je sais. À l'heure qu'il est, elle est probablement mariée à un riche planteur, à qui elle aura donné deux ou trois enfants.

— Mais tu veux en avoir le cœur net. » Ned était très surpris. « Nous ne sommes pas si différents, en fin de compte. »

Leurs pas les avaient conduits près du monastère en ruine. « L'Église n'a jamais rien fait de ces vieux bâtiments, remarqua Ned. Maman rêvait de les transformer en marché couvert.

— Elle était intelligente. C'est une bonne idée. Nous devrions le faire un jour.

— Je n'aurai jamais assez d'argent.

— Moi si, pourvu que la mer soit généreuse. »

Margery approcha, suivie d'une dame d'honneur et d'un homme d'armes : elle se déplaçait rarement seule, maintenant qu'elle était comtesse de Shiring. Sa petite escorte demeura quelques pas en arrière, alors qu'elle serrait la main de Barney puis celle de Ned en disant :

« Quelle triste journée.

— Merci, Margery, lui répondit Barney.

— Il y avait un monde impressionnant aux funérailles. Votre mère était très aimée.

— En effet.

— Bart vous prie de pardonner son absence – il a été obligé de se rendre à Winchester.

— Vous voudrez bien m'excuser ? dit Barney. Il faut que je parle à Dan Cobley. Je voudrais qu'il investisse dans mon prochain voyage, pour diviser les risques. »

Il s'éloigna, laissant Ned seul avec Margery.

Quand elle reprit la parole, ce fut d'un ton plus bas, intime. « Comment allez-vous, Ned ?

— Ma mère avait presque soixante ans, de sorte que je m'étais préparé à sa disparition », répondit Ned. Voilà ce qu'il avait dit à tout le monde, mais ce n'était pas sincère, et il ressentit le besoin de se confier davantage à Margery. « Malheureusement, on n'a qu'une mère, ajouta-t-il tristement.

— Je sais. Moi, je n'aimais pas mon père, d'autant qu'il m'avait obligée à épouser Bart, et pourtant, j'ai pleuré quand il est mort.

— Leur génération a presque disparu. » Ned sourit. « Vous souvenez-vous de cette soirée de l'Épiphanie, il y a douze ans, à laquelle assistait William Cecil ? À l'époque, ces gens-là semblaient diriger le monde : votre père, ma mère et le père de Bart. »

Les yeux de Margery pétillèrent de malice.

« Je ne suis pas près de l'oublier. »

Ned savait qu'elle songeait aux minutes enfiévrées qu'ils avaient passées à s'embrasser dans le vieux four à pain. L'image le fit sourire. Pris d'une impulsion, il proposa :

« Venez donc boire un verre de vin à la maison. Nous parlerons du bon vieux temps. C'est un jour propice à l'évocation des souvenirs. »

Ils se frayèrent un passage au milieu du marché bondé – le commerce ne s'arrêtait pas pour des funérailles –, traversèrent la rue principale et pénétrèrent dans la maison des Willard. Il fit entrer Margery dans le petit salon de devant, là où sa mère s'installait toujours pour profiter de la vue sur la façade ouest de la cathédrale.

Elle se tourna vers les deux personnes qui l'escortaient.

« Vous pouvez aller m'attendre à la cuisine.

— Janet vous donnera une chope de bière et de quoi manger, ajouta Ned. Et demandez-lui, je vous prie, d'apporter du vin pour votre maîtresse et moi. »

Ils sortirent et Ned referma la porte derrière eux.

« Comment va votre bébé ? s'enquit-il.

— Bartlet n'est plus un bébé. Il a déjà six ans, il marche et parle comme un grand et porte une épée en bois.

— Bart ne se doute…

— Taisez-vous ! » Margery poursuivit dans un murmure : « Maintenant que Swithin est mort, nous sommes les seuls à savoir, vous et moi. Nous devons garder ce secret pour toujours.

— Vous avez ma parole. »

Margery était presque sûre que Bartlet était l'enfant de Swithin et non de Bart ; et Ned pensait qu'elle avait certainement raison. En douze ans de mariage, elle n'avait conçu qu'une fois, après que son beau-père l'eut violée.

« Cela modifie-t-il vos sentiments ?

— Envers Bartlet ? Non. Je l'ai adoré dès le premier instant où je l'ai vu.

— Et Bart ?

— Il en est fou, lui aussi. La ressemblance entre Bartlet et Swithin paraît assez naturelle, évidemment. Bart veut faire de lui sa copie conforme…

— Ce qui est parfaitement naturel, là encore.

— Écoutez, Ned. Je sais que certains hommes pensent que si une femme conçoit, cela signifie qu'elle a pris du plaisir.

— Je ne crois pas une chose pareille.

— Et vous avez raison parce que c'est faux. Interrogez n'importe quelle femme. »

Ned vit qu'elle avait terriblement besoin d'être rassurée sur ce point.

« Je n'ai pas besoin d'interroger qui que ce soit. Sincèrement.

— Vous n'imaginez pas que j'aie pu séduire Swithin, n'est-ce pas ?

— Pas un instant.

— J'espère que vous en êtes sûr.

— Plus sûr que de mon propre nom. »

Des larmes perlèrent aux yeux de Margery.

« Merci. »

Ned lui prit la main.

Au bout d'une minute, elle murmura :

« Puis-je vous poser une autre question ?

— Allez-y.

— Y en a-t-il eu une autre ? »

Il hésita.

Cette seconde suffit à Margery.

« Je ne m'étais donc pas trompée.

— Pardonnez-moi, mais je n'ai pas fait vœu de chasteté.

— Plusieurs, donc. »

Ned garda le silence.

« Il y a des années, reprit Margery, Susannah Brecknock m'a confié qu'elle avait un amant deux fois plus jeune qu'elle. C'était vous, n'est-ce pas ? »

Ned fut surpris par la finesse de son intuition.

« Comment l'avez-vous deviné ?

— Cela me paraissait juste, c'est tout. Elle m'a dit qu'il

ne l'aimait pas, mais qu'elle n'en avait cure, car elle prenait beaucoup de bon temps au lit avec lui. »

Ned fut gêné que les deux femmes aient parlé de lui de cette façon.

« Cela vous fâche-t-il ? demanda-t-il.

— Rien ne m'y autorise. Je partage le lit de Bart, pourquoi devriez-vous être chaste ?

— Mais vous avez été obligée de vous marier.

— Et vous avez été séduit par une femme au grand cœur et au corps voluptueux. Je ne suis pas fâchée, je l'envie, c'est tout. »

Ned porta la main de Margery à ses lèvres.

Comme la porte s'ouvrait, il s'empressa de la lâcher.

La gouvernante entra avec un pichet de vin et une assiette de noix et autres fruits secs.

« C'est une bien triste journée pour vous aussi, Janet », lui dit Margery.

Janet fondit en larmes et quitta la pièce sans un mot.

« La pauvre, soupira Margery.

— Elle a commencé à travailler pour ma mère quand elle était toute jeune fille. » Ned aurait voulu reprendre la main de Margery, mais se retint, préférant changer de sujet. « Je dois m'entretenir avec Bart d'un petit problème.

— Ah ? Lequel ?

— La reine m'a fait seigneur de Wigleigh.

— Félicitations ! Vous allez être riche.

— Riche sûrement pas, mais à l'aise, oui. »

Ned toucherait des loyers de tous les fermiers du village. Les monarques payaient leurs conseillers ainsi – surtout lorsqu'ils étaient aussi pingres qu'Élisabeth.

« Vous êtes donc maintenant sir Ned Willard de Wigleigh.

— Mon père disait toujours que Wigleigh avait appartenu jadis à notre famille. Il pensait que nous descendions de Merthin, le bâtisseur de ponts. D'après le *Livre de Timothée*, Ralph, le frère de Merthin, était seigneur de Wigleigh, et Merthin a construit le moulin à eau qui s'y trouve encore.

— Vous descendez donc d'une noble lignée.

— De la petite noblesse, tout au moins.

— Eh bien, quel est le problème dont vous voulez discuter avec Bart ?

— Un de mes métayers a défriché une parcelle de bois située de l'autre côté du ruisseau, sur une terre qui vous appartient. Il n'en avait pas le droit, évidemment. » Les métayers tentaient toujours d'augmenter discrètement la surface de leur terrain. « Mais comme je répugne à punir l'esprit d'entreprise, je voudrais trouver un arrangement permettant de dédommager Bart de la perte de deux arpents.

— Pourquoi ne viendriez-vous pas dîner au Château Neuf un jour de la semaine prochaine, pour lui en parler ?

— Volontiers.

— Vendredi à midi ? »

Ned fut soudain tout heureux.

« Oui, répondit-il. Vendredi, c'est parfait. »

*

Margery avait honte d'être aussi émoustillée par la prochaine visite de Ned.

Elle croyait en la vertu de la fidélité. Même si elle avait été contrainte d'épouser Bart et malgré la ressemblance croissante de son mari avec son père, un rustre brutal et salace, elle n'en avait pas moins un devoir de loyauté à son égard. Elle ne se trouvait pas d'excuses : un péché était un péché.

Troublée par la vague de désir qui l'avait submergée quand Ned avait promis de se rendre au Château Neuf, elle se promit de le traiter avec une courtoisie retenue, sans plus de chaleur que n'en témoignerait une hôtesse polie à un invité de marque. Elle espérait qu'il tomberait amoureux, se marierait et ne s'intéresserait plus à elle. Peut-être pourraient-ils songer alors l'un à l'autre paisiblement, comme à de vieilles flammes éteintes depuis longtemps.

La veille de sa visite, elle avait ordonné à la cuisinière de tuer et de plumer deux oies grasses. En se rendant à la cuisine ce matin-là pour donner ses instructions sur leur préparation, elle vit une fille sortir de la chambre de Bart.

C'était Nora Josephs, la plus jeune des femmes de chambre,

qui n'avait que quinze ans. Elle était tout ébouriffée et semblait s'être habillée à la hâte. Sans être jolie, elle avait un jeune corps bien en chair du genre qui plaisait à Bart.

Ils faisaient chambre à part depuis environ cinq ans. Margery préférait qu'il en fût ainsi. Bart venait encore la retrouver dans son lit de temps en temps, de moins en moins souvent cependant. Elle savait qu'il couchait avec d'autres femmes, mais prétendait s'en moquer parce qu'elle ne l'aimait pas. Ce qui ne l'empêchait pas de regretter amèrement que son mariage n'eût pas été différent.

Pour autant qu'elle le sût, aucune de ses maîtresses n'avait jamais été enceinte, et Bart ne se demandait pas pourquoi. Il n'avait pas un esprit très rationnel, et s'il lui arrivait d'y songer, sans doute y voyait-il la volonté de Dieu.

Margery était prête à faire semblant de n'avoir rien remarqué, mais la jeune Nora lui adressa un regard effronté, qui ne lui plut pas. N'étant pas encline à se laisser humilier, elle décida qu'il valait mieux régler le problème sur-le-champ. Ce n'était pas la première fois qu'elle se trouvait dans cette situation, aussi savait-elle comment procéder.

« Viens avec moi, ma fille », ordonna-t-elle de son ton le plus autoritaire, et Nora n'osa pas regimber.

Margery la fit entrer dans son boudoir.

Elle s'assit et laissa Nora debout. La jeune fille avait maintenant l'air effrayée, et Margery songea que tout n'était peut-être pas encore perdu.

« Écoute-moi bien, parce que le reste de ta vie dépend de ton comportement à venir, lui dit-elle. Me comprends-tu ?

— Oui, madame.

— Si tu le souhaites, tu peux choisir d'afficher ta relation avec le comte. Le toucher en présence d'autres domestiques. Exhiber les cadeaux qu'il te fait. Tu peux même me faire l'outrage de l'embrasser en ma présence. Tout le monde dans cette maison et la moitié des habitants de Shiring sauront que tu es la maîtresse du comte. Tu en tireras fierté. » Elle s'interrompit. Nora n'osait pas soutenir son regard. « Mais qu'adviendra-t-il le jour où il se lassera de toi ? Je te mettrai à la porte, évidemment, et Bart ne lèvera pas le petit doigt pour m'en empêcher.

Tu tenteras de trouver une place dans une autre maison et te rendras compte alors qu'aucune femme n'acceptera de t'engager, de crainte que tu n'essaies de séduire son époux. Et sais-tu où tu finiras ? »

Margery ménagea une nouvelle pause, pour laisser à Nora le temps de murmurer :

« Non, madame.

— Dans un bordel du port de Combe, à satisfaire les désirs de dix marins par nuit, avant de mourir d'une horrible maladie. »

Margery ne savait pas exactement ce qui se passait dans les bordels, mais elle dut être convaincante, car elle vit Nora lutter contre les larmes.

« Ou alors, reprit Margery, tu peux me traiter avec respect. Si le comte t'entraîne dans sa chambre, quitte-le dès qu'il s'endort pour retourner avec les domestiques. Refuse de répondre aux questions que te posent les autres. Dans la journée, ne le regarde pas et ne lui parle pas, et ne le touche jamais devant moi ni devant quiconque. Ainsi, le jour où il se fatiguera de toi, tu garderas ta place ici, et ta vie reprendra son cours normal. Comprends-tu le choix qui s'offre à toi ?

— Oui, madame, chuchota Nora.

— Tu peux disposer. » Au moment où Nora ouvrait la porte, Margery ajouta d'un ton amer : « Et lorsque tu prendras un mari, essaie d'en choisir un qui ne soit pas comme le mien. »

Nora se retira à la hâte, et Margery alla superviser la cuisson des oies.

Ned arriva vers midi, portant un coûteux manteau noir et un col de dentelle blanc – le nouvel uniforme des riches protestants, comme l'avait remarqué Margery. L'ensemble était assez austère sur lui ; elle le préférait en vert et or.

Mick, le chien de Margery, lécha la main de Ned. Bart l'accueillit amicalement, lui aussi, sortant son meilleur vin pour le repas de midi. Margery en fut soulagée. Son mari avait peut-être oublié qu'elle avait voulu épouser Ned autrefois. À moins qu'il ne s'en moquât, puisque c'était lui qui l'avait eue. Pour des hommes tels que Bart, seule comptait la victoire.

Peu porté sur la réflexion, Bart n'avait jamais soupçonné Ned d'avoir organisé la chute et l'exécution de Swithin. Il avait une autre théorie. Selon lui, le piège avait été tendu par Dan Cobley, le chef des puritains, dans le but de venger l'exécution de son propre père, fomentée par sir Reginald et Rollo. Il était vrai que Dan conservait une rancune tenace à l'égard de Rollo.

Margery s'inquiétait également à cause de Stephen Lincoln, qui vint les rejoindre à table. Ned ne manquerait pas de deviner le rôle qu'il tenait dans la maison du comte, mais il ne dirait rien. La présence de prêtres chez les nobles catholiques était connue, sans être reconnue. En général, Margery désapprouvait l'hypocrisie : le prétendu orphelin dont on ne mentionnait jamais le père bien que son identité ne fît aucun doute, la gouvernante célibataire qui mettait au monde des enfants ressemblant à s'y méprendre au prêtre qui l'employait. Mais en l'occurrence, la mystification la servait.

Elle craignait en revanche que Stephen ne montrât pas autant de délicatesse que Ned. Le prêtre détestait la reine Élisabeth, à qui Ned devait toute sa carrière. Et Ned avait des raisons de détester l'Église catholique, qui avait puni si durement sa mère en l'accusant d'usure. Le dîner risquait d'être tendu.

« Alors, Ned, dit Bart aimablement, vous êtes devenu l'un des plus influents conseillers de la reine, à ce qu'on m'a raconté. »

La voix de Bart ne trahissait qu'une infime pointe de ressentiment. D'après lui, les conseillers de la reine auraient dû être des comtes, et non des fils de marchands ; mais il savait également au fond de lui-même qu'il n'aurait jamais su guider la reine dans les méandres complexes de la politique européenne.

« Je travaille avec sir William Cecil, et ce depuis douze ans, expliqua Ned. C'est lui l'homme influent.

— Mais elle vous a fait chevalier, et maintenant seigneur de Wigleigh.

— J'en suis très reconnaissant à Sa Majesté. »

Un sentiment inhabituel envahit Margery alors qu'assise à table, elle regardait Ned parler. Il possédait une vive intelligence, et ses yeux pétillaient souvent d'amusement. Sirotant son vin, elle aurait voulu que ce dîner dure toujours.

« Quelle est votre fonction exacte auprès de la reine Élisabeth, messire ? lui demanda Stephen Lincoln.

— Je m'efforce de la prévenir le plus tôt possible de problèmes éventuels. »

Margery eut l'impression qu'il s'agissait d'une réponse toute faite, comme si Ned avait déjà souvent entendu la même question.

Stephen fit la grimace.

« Cela signifie-t-il que vous espionnez ceux qui sont en désaccord avec elle ? »

Margery frémit intérieurement. Par son agressivité, Stephen risquait fort de gâcher l'atmosphère.

Ned se recula contre son dossier et carra les épaules.

« Peu lui chaut que les gens ne partagent pas son avis, pourvu qu'ils gardent leur opinion pour eux. Vous devriez le savoir, Stephen, puisque le comte s'acquitte régulièrement d'une amende d'un shilling pour ne pas aller à l'église.

— J'assiste aux grands événements à la cathédrale de Kingsbridge, protesta Bart d'un ton bougon.

— Ce qui est fort sage de votre part, si vous me permettez. Mais dans l'Angleterre d'Élisabeth, personne ne subit la torture à cause de sa religion, et personne n'a été condamné au bûcher – une grande différence avec le règne de notre précédente souveraine, la reine Marie.

— Et le soulèvement du Nord ? » demanda Bart.

Margery savait de quoi il parlait. Juste avant Noël, un groupe de comtes catholiques avait pris les armes contre la reine Élisabeth, lançant ce qui avait été jusqu'alors la seule rébellion de son règne. Ils avaient célébré une messe en latin à la cathédrale de Durham, occupé plusieurs autres villes dans le nord du pays et marché sur Tutworth, où était emprisonnée Marie Stuart, dans l'intention manifeste de la libérer et de la proclamer reine d'Angleterre. Mais le soulèvement n'avait reçu que peu de soutien, les forces d'Élisabeth l'avaient promptement écrasé et la reine d'Écosse était demeurée prisonnière.

« Il a tourné court, répondit Ned.

— Cinq cents hommes ont été pendus ! s'indigna Bart. Par la reine qui reproche sa cruauté à Marie Tudor !

— Ceux qui tentent de renverser un monarque sont généralement exécutés, rétorqua Ned d'un ton mesuré. C'est le cas, ce me semble, dans tous les pays du monde. »

Bart qui, à l'instar de son père était incapable d'écouter son interlocuteur, reprit comme s'il n'avait pas entendu Ned :

« Le Nord est déjà assez pauvre, sans qu'on le pille ainsi. Des terres ont été confisquées et tout le cheptel a été saisi et emmené dans le Sud ! »

Margery se demanda si cela ne rappelait pas à Ned la brutalité avec laquelle sa famille avait été dépouillée par son père à elle ; si tel était le cas, il le cachait bien. La tirade maladroite de Bart le laissa de marbre, et Margery supposa que, passant sa vie parmi les conseillers de la reine, il avait appris à garder son calme lors de discussions enflammées.

« Je puis vous assurer que la reine n'a pas obtenu grand-chose en matière de butin, répondit-il d'un ton neutre. Rien qui soit à la mesure de ce qu'elle a dû débourser pour étouffer l'insurrection.

— Le Nord fait partie de l'Angleterre ; il ne devrait pas être dévasté comme un pays étranger.

— Dans ce cas, ses habitants devraient se comporter comme des Anglais et obéir à leur reine. »

Margery préféra changer de sujet.

« Ned, et si vous exposiez à Bart le problème que vous rencontrez à Wigleigh ?

— Ce sera vite fait, Bart. Un de mes métayers a empiété sur vos terres et déboisé deux arpents de forêt de votre côté de la rivière.

— Vous n'avez qu'à l'en déloger, observa Bart.

— Si tel est votre souhait, je lui dirai de cesser d'utiliser cette parcelle, bien sûr.

— Et s'il vous désobéit ?

— Je ferai brûler sa récolte. »

Margery savait que Ned feignait la sévérité afin de rassurer Bart, qui ne se rendait pas compte qu'il était manipulé.

« C'est ce qu'il mérite, approuva-t-il, satisfait. Ces paysans connaissent les limites mieux que quiconque : s'il a empiété sur mes terres, il l'a fait délibérément.

— Je suis de votre avis, mais peut-être y aurait-il une

meilleure solution, suggéra Ned, d'un ton faussement indifférent. Après tout, quand les paysans prospèrent, leurs propriétaires s'enrichissent également. Supposons que je vous cède quatre arpents de bois ailleurs, en échange des deux arpents déjà défrichés ? Ainsi, nous y gagnerions tous les deux. »

Malgré sa réticence évidente, Bart parut ne trouver aucun argument à lui opposer. Aussi choisit-il de temporiser.

« Allons à Wigleigh ensemble voir sur place ce qu'il en est », proposa-t-il.

Il n'était pas à l'aise dans l'abstraction, Margery le savait : il préférerait de beaucoup prendre une décision en voyant le lopin de terre en question.

« Bien sûr, très volontiers, surtout si cela pouvait être fait rapidement – maintenant que ma mère a été inhumée, il faut que je regagne Londres sans tarder. »

Le cœur de Margery se serra ; sans se l'avouer, elle avait espéré que Ned resterait plus longtemps à Kingsbridge.

« Que diriez-vous de vendredi prochain ? » suggéra Bart.

Ned réprima un mouvement d'impatience qui n'échappa pas à Margery bien qu'elle fût sans doute la seule à l'avoir remarqué. À l'évidence, il aurait souhaité régler immédiatement ce problème insignifiant, pour pouvoir retourner aux affaires d'État.

« Lundi ne vous conviendrait-il pas ? » demanda-t-il.

Bart parut agacé, et Margery comprit qu'il s'offusquait qu'un simple chevalier lui demandât à lui, un comte, de se hâter.

« Non, je crains que cela me soit impossible, s'obstina-t-il.

— Très bien, acquiesça Ned. Vendredi, alors. »

*

Au cours des jours qui suivirent les funérailles, Ned songea souvent à l'heure où lui-même serait rappelé auprès du Créateur et se demanda s'il serait fier de sa vie. Il s'était consacré à une vision, que partageait la reine Élisabeth : celle d'une Angleterre où personne ne mourait pour sa foi. Pourrait-il prétendre avoir fait tout son possible pour défendre cet idéal ?

Le plus grave danger venait peut-être du roi d'Espagne. Philippe était perpétuellement en guerre, souvent pour des motifs religieux. Il avait combattu les musulmans ottomans en Méditerranée et les protestants flamands aux Pays-Bas. Tôt ou tard, Ned en avait la certitude, il dirigerait son attention vers l'Angleterre et l'Église anglicane.

L'Espagne était le plus riche et le plus puissant pays du monde, et personne ne savait comment défendre l'Angleterre.

Ned confia son inquiétude à son frère.

« Il n'y a que pour la marine que la reine Élisabeth acceptera de dépenser volontiers de l'argent, lui dit-il. Mais jamais nous n'aurons de flotte capable de rivaliser avec les galions du roi Philippe. »

Ils étaient dans la salle à manger, où ils finissaient leur petit déjeuner. Barney s'apprêtait à partir au port de Combe, où l'on chargeait son navire de provisions en prévision de son prochain voyage. Il avait rebaptisé le bateau *Alice*, en l'honneur de leur mère.

« L'Angleterre n'a pas besoin de galions », déclara Barney.

Ned, qui était sur le point de donner un petit morceau de poisson fumé à Maddie, la chatte écaille de tortue – fille ou peut-être petite-fille de celle qu'il avait eue dans son enfance –, se figea. Levant les yeux vers Barney, il lui demanda :

« Et de quoi avons-nous besoin, d'après toi ?

— L'idée des Espagnols est d'avoir de grands vaisseaux, pour transporter des centaines de soldats. Leur tactique consiste à venir bord à bord avec le navire ennemi, afin que ces soldats montent à l'abordage et terrassent l'équipage.

— Ce n'est pas idiot.

— Et cela réussit souvent. Mais les galions ont un haut château arrière, qui contient des cabines pour tous les officiers et nobles présents à bord. Cette structure agit comme une voile impossible à régler et entraîne le navire dans la direction du vent, où que le capitaine veuille aller. En d'autres termes, le bâtiment est plus difficile à gouverner. »

La chatte impatiente émit un miaulement plaintif, et Ned lui donna le morceau de poisson.

« Si nous n'avons pas besoin de galions, de quoi avons-nous besoin pour assurer notre protection ?

— La reine devrait faire construire des navires étroits et bas, plus faciles à manœuvrer de ce fait. De tels bateaux peuvent danser autour d'un galion, en le bombardant sans le laisser approcher suffisamment pour se faire aborder.

— Il faut que je le lui dise.

— L'autre élément clé d'une bataille navale est la vitesse de rechargement.

— Vraiment ?

— Oui. C'est plus important que d'avoir une artillerie lourde. Mes marins sont entraînés à nettoyer et recharger les canons le plus vite possible et en toute sécurité. Avec de la pratique, ils réussissent à le faire en moins de cinq minutes. Une fois qu'on est suffisamment proche pour atteindre le navire ennemi à coup sûr, l'issue de la bataille dépend du nombre de fois où l'on peut faire feu. Des bordées successives de boulets démoralisent l'adversaire et le détruisent prestement. »

Ned était fasciné. Élisabeth ne disposait pas d'une armée régulière, aussi la marine était-elle sa seule force militaire permanente. Le pays n'était pas riche, selon les critères européens, et son peu de prospérité lui venait du commerce maritime. La flotte anglaise constituait une présence redoutable en haute mer, au point que les autres hésitaient à attaquer ses navires marchands. Elle dominait notamment dans la Manche. La reine Élisabeth, toute parcimonieuse qu'elle fût, savait discerner ce qui était essentiel et prêtait une attention particulière à ses vaisseaux.

Barney se leva.

« Je ne sais pas quand nous nous reverrons », dit-il.

Je ne sais pas si *nous nous reverrons*, songea Ned. Il saisit le lourd manteau de voyage de Barney et l'aida à l'enfiler.

« Que Dieu te garde, Barney. »

Ils se séparèrent sans cérémonie, en frères.

Ned gagna le salon de devant et s'assit au bureau que sa mère avait utilisé pendant tant d'années. Profitant de ce que la conversation était encore fraîche dans son esprit, il consigna par écrit tout ce que Barney lui avait expliqué sur la conception des navires de combat.

Lorsqu'il eut fini, il contempla par la fenêtre la façade ouest de la cathédrale. *J'ai trente ans*, se dit-il. *À cet âge, mon père nous avait déjà, Barney et moi. Dans trente ans, je reposerai peut-être au cimetière auprès de mes parents. Mais qui se recueillera sur ma tombe ?*

Voyant Dan Cobley approcher, il chassa ces pensées morbides.

Dan entra.

« Barney vient de sortir, lui dit Ned, présumant que le visiteur était là pour parler de son investissement dans la prochaine expédition de son frère. Il prend la barge pour le port de Combe. Mais si tu te dépêches, tu le rattraperas sur le quai.

— Mon affaire avec Barney est réglée, à notre satisfaction mutuelle, répondit Dan. C'est toi que je suis venu voir.

— Dans ce cas, assieds-toi, je t'en prie. »

À trente-deux ans, plus gras que jamais, Dan affichait encore l'air supérieur qu'il avait déjà dans sa jeunesse. Dan n'en était pas moins un homme d'affaires avisé, qui avait su développer l'entreprise dont il avait hérité. C'était sans doute à présent l'homme le plus riche de Kingsbridge. Il recherchait une maison plus vaste et avait proposé un bon prix pour la Porte du Prieuré, mais Rollo ne voulait pas vendre. Dan était aussi le chef incontesté des puritains de la ville, pratiquant à l'église Saint-Jean du champ aux Amoureux.

Comme Ned le craignait, Dan était venu lui parler religion. Il se pencha théâtralement en avant.

« Il y a un catholique dans le clergé de la cathédrale de Kingsbridge, chuchota-t-il.

— Vraiment ? » Ned soupira. « Comment peux-tu le savoir ? »

Dan répondit à une question qui ne lui avait pas été posée.

« Il s'appelle frère Paul. »

Paul Watson, un vieux prêtre d'une grande douceur, avait été le dernier prieur de Kingsbridge et n'avait sans doute jamais accepté la religion réformée.

« Et quel est exactement le crime du père Paul ?

— Il célèbre la messe en secret, dans la crypte, derrière des portes verrouillées ! s'exclama Dan d'un ton triomphant.

— C'est un homme âgé, fit valoir Ned avec lassitude. Ces gens-là ont du mal à changer constamment de convictions religieuses.

— C'est un blasphémateur !

— Oui, c'est vrai. » Ned était d'accord avec Dan d'un point de vue théologique, mais pas sur les conséquences à en tirer. « As-tu été témoin de ces rites interdits ?

— J'ai vu des gens entrer furtivement dans la cathédrale par une porte latérale le dimanche à l'aube – dont certains que je soupçonne depuis longtemps d'être retombés dans l'idolâtrie : Rollo Fitzgerald, pour commencer, ainsi que sa mère, lady Jane.

— En as-tu parlé à l'évêque Luke ?

— Non ! Je suis sûr qu'il tolère ces agissements.

— Alors, que proposes-tu ?

— L'évêque Luke doit partir.

— Et je suppose que tu veux le remplacer par le père Jeremiah, de Saint-Jean ? »

Dan hésita, surpris que Ned ait si facilement percé à jour ses intentions.

« C'est à Sa Majesté de décider, déclara-t-il avec une feinte déférence. Seule la souveraine peut nommer et révoquer les évêques dans l'Église anglicane, comme tu le sais. Mais je souhaite informer la reine de ce qui se passe – et si tu refuses de le faire, je m'en chargerai.

— Laisse-moi t'expliquer quelque chose, Dan, même si cela ne te plaît pas. Élisabeth n'aime peut-être pas les catholiques, mais elle déteste les puritains. Si je lui raconte ce que tu viens de me dire, elle me fera mettre à la porte de la chambre d'audience. Tout ce qu'elle veut, c'est la paix.

— Mais la messe est illégale, en plus d'être hérétique !

— La loi n'est pas appliquée avec une grande rigueur. Comment as-tu pu ne pas le remarquer ?

— Quel est l'intérêt d'une loi que l'on n'applique pas ?

— De satisfaire tout le monde. Les protestants sont contents parce que la messe est illégale. Les catholiques le sont parce qu'ils peuvent tout de même aller à la messe. Et la reine est contente parce que ses sujets peuvent vaquer à leurs affaires sans s'entretuer pour des motifs religieux. Je te conseille vivement de ne pas aller te plaindre auprès d'elle. Elle ne fera rien contre le père Paul, en revanche, tu pourrais avoir à en pâtir.

— C'est scandaleux », protesta Dan en se levant.

Ned ne tenait pas à se quereller avec lui.

« Je regrette de te laisser partir sur une réponse aussi peu satisfaisante, Dan. Mais c'est ainsi. Je te mentirais en te disant autre chose.

— J'apprécie ta franchise », reconnut Dan à contrecœur, et ils se séparèrent sur un semblant de cordialité.

Cinq minutes plus tard, Ned quitta la maison à son tour. Il remonta la rue principale et, passant devant la Porte du Prieuré, la demeure dont il n'oublierait jamais qu'elle avait été bâtie avec l'argent volé à sa mère, il vit Rollo en sortir. Celui-ci avait déjà le front largement dégarni pour ses trente-cinq ans. À la mort de sir Reginald, il avait brigué sa place de receveur des douanes au port de Combe, mais ces fonctions lucratives étaient réservées à ceux que la souveraine souhaitait récompenser pour leur loyauté. Aussi ce poste était-il revenu, sans surprise, à un protestant convaincu. Cependant, la famille Fitzgerald possédait encore une grande entreprise de négoce de laine, que Rollo dirigeait avec compétence, plus habilement que ne l'avait jamais fait son père.

Sans adresser la parole à Rollo, Ned pressa le pas dans la rue principale jusqu'à une grande et vieille maison près de l'église Saint-Marc. C'était là que vivaient les anciens moines de Kingsbridge. Le roi Henri VIII avait octroyé un modeste traitement à certains de ceux qu'il avait dépossédés, et les quelques survivants continuaient à toucher leur pension. Le père Paul vint lui ouvrir, silhouette courbée, nez rubicond et cheveux clairsemés.

Il invita Ned à entrer dans le salon.

« Je suis désolé que vous ayez perdu votre mère, dit-il simplement. C'était une femme bonne. »

L'ancien évêque Julius, qui vivait également dans cette demeure, était assis dans un coin, le regard fixe. Atteint de démence, il lançait des imprécations incompréhensibles et furieuses vers le mur, le visage déformé par la rage.

« C'est généreux de votre part de prendre soin de Julius, remarqua Ned.

— C'est la mission des moines – s'occuper des malades, des pauvres et des affligés. »

S'ils avaient été plus nombreux à s'en souvenir, nous aurions peut-être encore un monastère, songea Ned, qui garda cependant sa réflexion pour lui.

« Bien sûr, approuva-t-il. La légendaire Caris, qui a fondé l'hôpital, était religieuse à Kingsbridge.

— Paix à son âme. » Plein d'espoir, Paul proposa : « Un verre de vin, peut-être ? »

Ned détestait l'effet grisant du vin le matin.

« Non, merci. Je ne m'attarderai pas. Je suis venu vous prévenir. »

Le front ridé de Paul se plissa encore davantage.

« Oh, ciel, voilà qui paraît inquiétant.

— En effet. Figurez-vous qu'on m'a rapporté que certaines activités se tenaient dans la crypte le dimanche à l'aube. »

Paul pâlit.

« J'ignore… »

Ned leva la main pour l'interrompre.

« Je ne vous demande pas si c'est exact, et vous n'êtes pas obligé de me dire quoi que ce soit. »

Paul était agité, mais fit un effort visible pour reprendre son sang-froid.

« Très bien.

— Ceux qui utilisent la crypte à cette heure, quelle qu'en soit la raison, doivent savoir que les puritains de la ville ont des soupçons. Pour éviter de possibles troubles, les messes – si c'est bien de cela qu'il s'agit – devraient peut-être se tenir ailleurs.

— Je comprends, acquiesça Paul.

— Sa Majesté la reine croit que la religion nous a été donnée pour nous apporter la consolation ici-bas et le salut dans l'au-delà. D'après elle, si elle peut être source de désaccord, jamais les Anglais ne devraient y trouver une cause de violence.

— Certes.

— Je n'ai peut-être pas besoin d'en dire davantage.

— Je pense vous avoir parfaitement entendu.

— Il serait sans doute préférable que vous ne parliez à personne de ma visite.

— Cela va de soi. »

Ned serra la main de Paul.

« Je suis heureux que nous ayons eu l'occasion de nous entretenir.

— Moi aussi.

— Au revoir, mon père.

— Que Dieu vous bénisse, Ned », dit Paul.

*

Le vendredi matin, le mari de Margery était indisposé. Cela n'avait rien d'inhabituel, en particulier après un souper aussi copieux et aussi arrosé que celui de la veille. Malheureusement, Bart était censé se rendre à Wigleigh ce jour-là pour y retrouver sir Ned Willard.

« Vous ne pouvez pas faire faux bond à Ned, lui dit Margery. Il s'y rend tout spécialement pour cela.

— Il faudra que vous me remplaciez, lui répondit Bart du fond de son lit. Vous me rapporterez de quoi il s'agit. »

Puis il enfonça la tête sous la couverture.

L'humeur de Margery s'égaya à la perspective de passer une heure ou deux avec Ned. Son cœur se mit à battre plus vite et elle en eut le souffle court, au point qu'elle se félicita que Bart ne la regardât pas.

Sa réaction l'alerta cependant sur le danger qu'elle courait.

« Je ne veux pas y aller, mentit-elle. J'ai tellement de choses à faire ici, au château. »

Si la voix de Bart était assourdie par la couverture, ses mots étaient sans appel.

« Ne soyez pas stupide. Allez-y. »

Margery se devait d'obéir à son mari.

Elle fit seller son meilleur cheval, une grande jument répondant au nom de Roussette, puis appela la dame d'honneur et l'homme d'armes qui l'accompagnaient généralement – une escorte suffisante pour sa sécurité. Elle se changea pour enfiler des vêtements de voyage, un long manteau bleu, ainsi qu'un foulard rouge et un chapeau pour protéger ses cheveux de la poussière. *Une tenue pratique*, se dit-elle. Qu'y pouvait-elle si les couleurs lui allaient bien au teint et si son chapeau lui donnait l'air mutin ?

Elle embrassa Bartlet, siffla son chien, Mick, qui adorait l'accompagner en promenade, et ils se mirent en route.

Par cette belle journée de printemps, elle décida de cesser de s'inquiéter et de profiter du soleil et du grand air. Elle avait vingt-sept ans, elle était comtesse, riche, en bonne santé et séduisante : si elle ne réussissait pas à être heureuse, qui le pourrait ?

Sur le chemin, elle fit halte dans une auberge pour prendre une chope de bière et un morceau de fromage. Mick, apparemment infatigable, se désaltéra en buvant l'eau de l'étang, pendant que l'homme d'armes donnait une poignée d'avoine à chacun des chevaux.

Ils parvinrent à Wigleigh en début d'après-midi. C'était un village prospère, où certains champs étaient encore cultivés selon l'ancien système d'assolement collectif, tandis que d'autres appartenaient à des fermiers individuels. Un ruisseau au courant rapide actionnait un vieux moulin à eau, le moulin de Merthin, utilisé pour fouler le drap. Au centre du village se trouvaient une taverne, une église et un petit manoir. Ned l'attendait à la taverne.

« Où est Bart ? demanda-t-il.

— Il est souffrant. »

Sur le visage de Ned, la surprise céda rapidement au plaisir puis à l'appréhension à l'annonce de cette nouvelle. Margery en comprenait la raison : il redoutait le risque de la tentation. Elle partageait cette anxiété.

« J'espère que ce n'est pas grave, reprit Ned.

— Non. C'est le genre d'affection dont souffre un homme après avoir trop bu.

— Je vois.

— Je suis venue à sa place – un piètre substitut », dit-elle avec une modestie facétieuse.

Il sourit gaiement.

« Je ne m'en plaindrai pas.

— Et si nous allions voir les lieux ?

— Ne souhaitez-vous pas vous reposer d'abord quelques instants ?

— Je ne suis pas fatiguée », répondit Margery, qui ne tenait pas à s'asseoir dans une salle étouffante, livrée aux regards curieux d'une poignée de paysans.

Ils chevauchèrent le long d'un sentier entre les champs vert tendre de blé et d'orge.

« Comptez-vous vous installer au manoir ? lui demanda-t-elle.

— Non. J'aime trop la vieille maison de Kingsbridge. J'y passerai peut-être une ou deux nuits quand je viendrai ici. »

S'imaginant soudain en train de se glisser nuitamment dans la maison de Ned, Margery se força à chasser cette vision de son esprit.

Ils parvinrent au bois. Le ruisseau qui alimentait le moulin marquait aussi une partie de la limite entre Wigleigh et les terres du comte. Ils suivirent le cours d'eau sur une demi-lieue, jusqu'au site en question. Margery comprit immédiatement ce qui s'était passé. Un paysan plus entreprenant qu'un autre, ou plus gourmand, voire les deux, avait défriché la forêt du côté du ruisseau appartenant au comte et faisait paître des moutons dans l'herbe haute qui avait poussé là.

« La parcelle que je propose à Bart en échange se trouve là-bas », dit Ned en désignant une zone boisée un peu plus loin.

Ils mirent pied à terre et conduisirent les chevaux sous le couvert des arbres. Margery repéra plusieurs chênes d'un certain âge qui fourniraient un bois d'œuvre précieux. Ils s'arrêtèrent dans une jolie clairière au sol herbeux tapissé de fleurs sauvages, bordant la rivière.

« Je ne vois pas pourquoi Bart refuserait cet échange, convint Margery. Il me semble que nous ferons même une affaire.

— Parfait, se félicita Ned. Voulez-vous que nous nous arrêtions ici un moment ? »

Cette idée était délicieuse.

« Oh oui, avec plaisir », répondit-elle.

Ils attachèrent les chevaux à un endroit où ils pouvaient brouter.

« Et si nous envoyions votre escorte à la taverne chercher de quoi nous restaurer ? suggéra Ned.

— Bonne idée. » Margery se tourna vers la dame d'honneur et l'homme d'armes. « Retournez au village tous les deux. Allez-y à pied, les chevaux ont besoin de repos. Rapportez-nous une cruche de bière ainsi qu'un peu de pain et de jambon. Prenez-en pour vous aussi, bien sûr. »

Les deux serviteurs disparurent dans les bois.

Margery s'assit dans l'herbe près du ruisseau, et Ned s'allongea à son côté. Dans la clairière silencieuse, on n'entendait que le murmure de l'eau et le souffle d'une légère brise entre les jeunes feuilles. Mick se coucha et ferma les yeux, mais il se réveillerait et donnerait l'alerte si quiconque approchait.

« Ned, j'ai appris ce que vous aviez fait pour le père Paul », dit alors Margery.

Ned haussa les sourcils.

« Les nouvelles vont vite.

— Je tenais à vous en remercier.

— Je suppose que c'est vous qui fournissez les hosties consacrées. » Elle ne sut que répondre, mais Ned s'empressa d'ajouter : « Je ne souhaite pas connaître les détails, pardonnez-moi d'avoir posé la question.

— Tant que vous savez que jamais je ne conspirerais contre la reine Élisabeth. » Margery voulait qu'il en soit certain. « Elle a reçu l'onction royale. S'il m'arrive de me demander pourquoi Dieu, dans sa sagesse, a choisi de placer une hérétique sur le trône, il ne m'appartient pas de remettre son choix en question. »

Ned leva les yeux vers elle et sourit.

« Je suis ravi de l'entendre », murmura-t-il en lui effleurant le bras.

Elle contempla son visage, empreint d'intelligence et de bonté. Et le désir qu'elle lut dans ses yeux était si violent qu'il faillit lui briser le cœur. Personne n'avait éprouvé pour elle de sentiments aussi intenses, elle le savait. En cet instant, il lui sembla que le seul péché envisageable serait de repousser cette passion. Elle inclina la tête et l'embrassa sur les lèvres.

Fermant les yeux, elle céda à l'amour qui l'habitait et remplissait son âme comme le sang remplissait son corps. Elle y pensait toujours depuis la dernière fois où ils s'étaient embrassés, et ce baiser, après une si longue attente, fut encore plus doux. Elle aspira la lèvre inférieure de Ned puis joua du bout de la langue avec sa lèvre supérieure, avant de l'embrasser à pleine bouche. Elle ne pouvait se rassasier de lui.

Il l'attrapa par les épaules et l'attira sur lui. Sentant son membre en érection, elle craignit de lui faire mal et voulut rouler sur le côté, mais il la maintint sur lui. Elle se détendit alors, goûtant la sensation d'être si proches qu'ils auraient pu se fondre l'un dans l'autre. Le monde se résumait soudain à elle et lui ; il n'existait plus rien que leurs deux corps.

Mais cette intimité elle-même ne suffit pas à la satisfaire, et chacun de leurs mouvements lui donnait envie d'aller plus loin. S'agenouillant près de lui, elle défit le devant de son haut-de-chausses pour libérer son membre pâle et légèrement incurvé, se dressant dans une toison de boucles acajou. Elle le caressa amoureusement et se pencha pour l'embrasser, arrachant à Ned un soupir de plaisir. Une petite goutte de sperme apparut au bout de son gland, et elle ne put résister à l'envie de la recueillir du bout de la langue.

Incapable d'attendre plus longtemps, elle se glissa à califourchon sur ses hanches, disposant le bas de sa robe au-dessus de lui comme une tente, et elle le guida en elle. Elle était si humide qu'il la pénétra sans effort. Puis elle se pencha pour l'embrasser de nouveau. Ils ondulèrent ainsi doucement pendant un long moment, qu'elle aurait souhaité voir durer toujours.

Puis ce fut Ned qui en voulut davantage. Il roula sur elle. Elle écarta les jambes et releva les genoux pour l'inciter à la pénétrer plus profondément. Le sentant perdre le contrôle, elle le regarda dans les yeux en disant :

« Ned, c'est toi, c'est toi. »

Alors que, dans un spasme, il répandait en elle sa semence, elle jouit à son tour et se sentit heureuse, pleinement heureuse pour la première fois depuis des années.

*

Rollo Fitzgerald aurait préféré mourir que de changer de religion. Aucun compromis n'était possible à ses yeux. L'Église catholique détenait la vérité, toutes ses rivales étaient dans l'erreur, c'était une évidence, et Dieu ne pardonnerait pas à ceux qui l'ignoraient. Chaque homme tenait son âme au creux de sa main telle une perle, et s'il la laissait tomber dans l'océan, jamais il ne la retrouverait.

Il avait du mal à croire que cela faisait déjà douze ans qu'Élisabeth Tudor occupait illégitimement le trône d'Angleterre. Elle avait accordé au peuple une certaine liberté de culte et, chose surprenante, son accord religieux avait tenu bon. Les comtes catholiques n'avaient pas réussi à la renverser, et tous les monarques d'Europe avaient tergiversé tandis qu'elle entretenait l'illusion qu'elle finirait par épouser un bon catholique. La déception était si profonde que Rollo aurait pu croire que Dieu s'était endormi, si cette idée n'avait pas été blasphématoire.

Mais voilà qu'en mai 1570, la situation changea, non seulement pour lui, mais pour toute l'Angleterre.

Rollo apprit la nouvelle au petit déjeuner, à la Porte du Prieuré. Sa sœur, Margery, était présente. Elle était venue en visite prolongée à Kingsbridge pour s'occuper de leur mère, qui avait été souffrante. Bien que lady Jane fût à peu près rétablie et fût attablée avec eux, Margery ne semblait pas pressée de rentrer chez elle. Peggy, la femme de chambre, entra et tendit à Rollo une lettre qu'un coursier, dit-elle, avait apportée de Londres. La grande feuille de papier épais, aux coins repliés en triangle vers le centre, portait un cachet de cire rouge marqué du sceau des Fitzgerald. Rollo reconnut l'écriture de Davy Miller, l'homme de confiance londonien de la famille.

Les lettres de Davy traitaient en général des cours de la laine, mais ce n'était pas le cas de celle-ci. Le pape avait récemment promulgué un acte officiel, une bulle pontificale. Bien que ce genre de message ne fût évidemment pas diffusé en Angleterre, Rollo avait eu vent de rumeurs à ce propos. Or Davy lui apprenait qu'un audacieux en avait cloué une copie sur la porte du palais de l'évêque à Londres : son contenu était désormais connu de tous. En lisant le résumé qu'en faisait Davy, Rollo eut le souffle coupé.

Le pape Pie V avait excommunié la reine Élisabeth.

« Quelle excellente nouvelle ! s'exclama-t-il. Le pape présente Élisabeth comme "la prétendue reine d'Angleterre et servante du crime" ! Enfin !

— La reine doit être furieuse, dit Margery. Je me demande si Ned Willard sait cela.

— Ned Willard sait tout, commenta lady Jane, l'air sombre.

— De mieux en mieux, poursuivit Rollo en jubilant. Les Anglais sont déliés de leur allégeance à l'égard d'Élisabeth, même s'ils ont prêté serment.

— Je ne suis pas certaine que tu doives te réjouir à ce point, objecta Margery. Cela ne présage rien de bon.

— Mais le pape a bien fait ! Élisabeth est une hérétique et une reine illégitime. Personne ne devrait lui obéir.

— Ta sœur a raison, Rollo, intervint lady Jane. Ce ne sont pas forcément de bonnes nouvelles pour nous. »

Rollo continua sa lecture.

« En réalité, le peuple a l'ordre de ne pas lui obéir, et quiconque le fait est inclus dans la sentence d'excommunication.

— C'est une catastrophe ! » s'écria Margery.

Rollo ne les comprenait pas.

« Cela doit être dit, et le pape le dit enfin ! Comment pourrait-il s'agir d'une mauvaise nouvelle ?

— Ne comprends-tu donc pas ce que cela signifie ? s'étonna Margery. Le pape fait de tous les catholiques anglais des traîtres.

— Il affirme ouvertement ce que tout le monde sait, voilà tout.

— Mieux vaut parfois taire ce que tout le monde sait.

— Comment cela ?

— Tout le monde sait que le père Paul célèbre la messe pour nous, comme Stephen Lincoln et tous les autres prêtres clandestins, mais personne ne le dit. C'est la seule raison pour laquelle nous n'avons pas d'ennuis. Maintenant, tout cela est menacé. Nous sommes tous des traîtres en puissance. »

Rollo comprenait leur point de vue, mais estimait qu'elles avaient tort. Le peuple était idiot, et la liberté incroyablement périlleuse. Les hommes devaient lutter contre l'hérésie d'Élisabeth, même si cela rendait leur vie difficile voire dangereuse.

« Vous, les femmes, vous n'entendez rien à la politique », conclut-il.

Bartlet, le fils de Margery, entra, et Rollo regarda avec fierté son neveu, qui deviendrait un jour comte de Shiring.

« Pourrons-nous aller jouer avec les chatons aujourd'hui ? demanda l'enfant.

— Bien sûr, mon chéri, acquiesça Margery. La chatte de Ned a eu des petits, expliqua-t-elle aux autres, et Bartlet en raffole.

— Si j'étais toi, observa lady Jane, je ne m'attarderais pas chez les Willard. »

Rollo se demanda pourquoi sa mère s'exprimait d'un ton aussi glacial, avant de se remémorer combien il avait été difficile de convaincre Margery d'épouser Bart plutôt que Ned. C'était de l'histoire ancienne, mais peut-être lady Jane craignait-elle que les gens ne prêtent un motif caché aux visites de Margery.

Il était possible au demeurant qu'elle en ait un.

Rollo chassa cette pensée : des choses plus importantes réclamaient son attention.

« Il faut que j'assiste à une réunion du conseil des échevins, annonça-t-il. Je vous verrai au dîner. »

Il embrassa sa mère et sortit.

Kingsbridge était gouverné par un conseil de douze échevins, tous marchands, que présidait le maire de la ville, actuellement Elijah Cordwainer, un compère de Dan Cobley. Lorsqu'il avait hérité de l'entreprise lainière familiale, Rollo avait pris la place d'échevin de son père et rejoint le conseil, qui se rassemblait depuis des siècles à la halle de la guilde.

Il remonta la rue principale jusqu'au croisement, entra dans la halle de la guilde et monta l'escalier pour rejoindre la salle du conseil, conscient de perpétuer une vénérable tradition. La pièce était lambrissée de bois noirci par la fumée. Des sièges de cuir étaient disposés autour d'une grande table, gravée de vieilles inscriptions. Un morceau de rond de gîte de bœuf et une cruche de bière étaient disposés sur un buffet, à l'intention de ceux qui n'avaient pas eu le temps de petit-déjeuner.

Rollo prit place. Il était le seul catholique présent : aucun des autres échevins n'avait jamais assisté à l'un des services clandestins du père Paul. Vaguement effrayé, Rollo avait l'impression d'être un espion infiltré dans le camp ennemi. Jamais encore il n'avait éprouvé ce sentiment, et il se demanda si c'était l'effet de la bulle pontificale. Margery avait peut-être raison, bien qu'il espérât le contraire.

Le conseil réglementait le commerce et l'industrie de la ville. La réunion de ce matin-là était consacrée aux poids et aux mesures, aux salaires et aux prix, aux maîtres et aux apprentis. On rapporta qu'au marché, certains négociants extérieurs à la ville utilisaient la livre de la tour, plus légère que la livre de troy, seule autorisée. Ils évoquèrent la rumeur selon laquelle la reine Élisabeth envisageait de fixer le mile à cinq mille deux cent quatre-vingts pieds au lieu de cinq mille. Ils étaient sur le point de lever la séance pour le dîner quand le maire annonça un ajout de dernière minute à l'ordre du jour : la bulle pontificale.

Rollo était intrigué. Le conseil ne discutait jamais de religion. De quoi s'agissait-il ?

« Malheureusement, déclara Elijah Cordwainer, le pape de Rome a jugé bon d'ordonner aux Anglais de ne pas obéir à Sa Majesté la reine Élisabeth.

— Quel est le rapport avec notre réunion ? » demanda Rollo.

Cordwainer parut mal à l'aise.

« Eh bien, l'échevin Cobley estime que cela pourrait créer des problèmes… »

Autrement dit, songea Rollo avec un frémissement d'inquiétude, Dan Cobley préparait un sale coup. Il lui reprochait toujours l'exécution de Philbert et avait soif de vengeance.

Tous les regards se tournèrent vers Dan.

« Il ne serait pas bon que l'ombre de la trahison plane sur la ville de Kingsbridge, déclara-t-il, prononçant ce qui ressemblait à un discours bien préparé. Je suis sûr que vous êtes tous de cet avis. »

Un murmure d'approbation parcourut la tablée. Se rappelant les propos de Margery le matin même, selon lesquels la bulle papale faisait de tous les catholiques des traîtres, Rollo éprouva un funeste pressentiment.

« Pour éviter tout soupçon, poursuivit Dan, j'ai une suggestion fort simple à vous faire : que tous les marchands de Kingsbridge prêtent serment aux Trente-Neuf Articles. »

Le silence se fit dans la salle. Tout le monde comprenait ce que cela signifiait : c'était une attaque directe contre Rollo. Les Trente-Neuf Articles définissaient la doctrine de l'Église anglicane. Pour un catholique, les accepter revenait à abjurer sa foi. Rollo aurait préféré mourir que de prêter pareil serment.

Et toute l'assistance le savait.

Les protestants de Kingsbridge n'étaient pas tous aussi intransigeants que Dan. La plupart ne désiraient qu'une chose : mener leurs affaires en paix. Mais Dan pouvait se montrer sournoisement persuasif.

Paul Tinsley, le juriste qui exerçait les fonctions de juge de paix, intervint :

« Le Parlement a tenté à plusieurs reprises d'exiger de tous les représentants de l'autorité publique qu'ils jurent de respecter les Trente-Neuf Articles, mais la reine Élisabeth a toujours refusé de ratifier une telle mesure.

— La prochaine fois que cette proposition lui sera soumise, elle ne refusera pas. Après cette bulle, elle va être obligée de serrer la vis, observa Dan.

— Peut-être, admit Tinsley. Mais nous pourrions attendre une décision du Parlement au lieu d'en prendre l'initiative.

— Pourquoi ? demanda Dan. Personne dans cette salle ne contesterait la vérité de ces articles, j'imagine ? Dans le cas contraire, cet homme-là devrait-il être autorisé à faire du commerce à Kingsbridge, compte tenu de cette bulle ? »

Tinsley conserva son ton mesuré.

« Vous avez peut-être raison, Dan. Je suggère seulement de ne pas agir avec précipitation.

— L'échevin Tinsley a raison, intervint Rollo. En ce qui me concerne, je ne signerai pas une déclaration religieuse présentée par l'échevin Cobley. » Hypocritement, il ajouta : « Si Sa Majesté la reine le demandait, ce serait différent. »

C'était un mensonge, mais Rollo était aux abois : son gagne-pain était en jeu.

« Et si le bruit court que nous avons discuté du sujet et décidé de ne pas agir ? reprit Dan. Ne serait-ce pas de nature à attirer les soupçons sur nous ? »

Voyant quelques hochements de tête hésitants autour de la table, Rollo commença à craindre que Dan ne gagne la partie.

« Je crois que nous devrions voter, proposa Cordwainer. Ceux qui sont en faveur de la suggestion de l'échevin Cobley, je vous prie de lever la main. »

Dix mains se levèrent. Seuls Rollo et Tinsley étaient contre.

« La résolution est adoptée », conclut Cordwainer.

Rollo se leva et quitta la salle.

*

Allongée dans son lit au Château Neuf, en ce matin de juillet, Margery écoutait chanter les oiseaux. Elle se sentait tout à la fois heureuse, coupable et effrayée.

Heureuse, parce qu'elle aimait Ned et qu'il l'aimait. Il était resté à Kingsbridge pendant tout le mois de mai, et ils s'étaient vus plusieurs fois par semaine. Puis on l'avait envoyé inspecter les défenses de la côte sud. Margery ayant coutume d'accompagner Stephen Lincoln au moins une fois par semaine pour célébrer la messe clandestinement dans des villages reculés et des granges de faubourgs, Ned et elle s'étaient arrangés pour que leurs routes se croisent. Ils faisaient en sorte de passer la nuit dans la même ville ou dans des villages voisins. Dès qu'il faisait sombre et que la plupart des gens étaient couchés, ils se retrouvaient. Si elle descendait dans une taverne, Ned allait la rejoindre furtivement dans sa chambre. Quand les nuits étaient chaudes, ils se donnaient parfois rendez-vous dans les bois. Le secret rendait leur liaison terriblement excitante. En ce moment même, Ned était à quelques lieues du Château Neuf, et elle espérait bien réussir à s'échapper sous un prétexte quelconque pour le voir. Elle vivait dans un état permanent d'exaltation qui lui coupait presque entièrement l'appétit, et elle ne se nourrissait plus que de pain et de beurre et d'un peu de vin coupé d'eau.

Bart ne s'apercevait apparemment de rien. Il ne lui serait pas plus venu à l'idée que sa femme pût lui être infidèle qu'il ne se serait attendu à se faire mordre par son chien. La mère de Margery avait peut-être des soupçons, mais elle ne dirait rien par peur des conséquences. Cependant, Margery savait que Ned et elle ne pourraient pas continuer ainsi indéfiniment. Tôt ou tard, ils se feraient prendre, dans une semaine ou dans un an. Elle était pourtant incapable de mettre fin à leur relation.

Son bonheur ne l'empêchait pas d'être rongée de remords. Souvent, elle repensait au moment où elle avait quitté le droit chemin : celui où elle avait ordonné à sa dame d'honneur et à son homme d'armes de retourner à pied à Wigleigh chercher des provisions. Sans doute savait-elle déjà alors au fond d'elle-même qu'elle allait se donner à Ned au milieu des fleurs sauvages au bord du ruisseau ; cette perspective était trop douce pour qu'elle y résistât. Elle avait vu le chemin escarpé et épineux menant au ciel, et lui avait préféré celui, plus aisé, de l'adultère. Elle péchait, y prenait plaisir et recommençait. Tous les jours elle se promettait d'y mettre un terme, et sa résolution s'évaporait chaque fois qu'elle voyait Ned.

Les conséquences, tant ici-bas que dans l'au-delà, l'effrayaient. Dieu ne manquerait pas de la punir, en lui envoyant peut-être une terrible maladie, en lui faisant perdre la raison ou en la frappant de cécité. Elle y réfléchissait tant parfois qu'elle en avait la migraine. Mais ce n'était pas là son seul motif de crainte. Son funeste pressentiment à propos de la bulle pontificale s'était, hélas, révélé exact. Les puritains pouvaient désormais accuser allègrement les catholiques de compromettre la sécurité nationale. L'intolérance s'était trouvé un prétexte.

Désormais, le fait de ne pas aller à l'église coûtait à Bart une livre entière par semaine, au lieu d'un shilling. C'était le prix d'un mousquet, d'une chemise élégante ou d'un petit poney. Cela grevait son budget, qui s'élevait à environ cinquante livres par semaine – le revenu fourni par ses loyers. Bien que le marguillier redoutât le comte, il prenait son courage à deux mains et se présentait au château une fois par semaine pour réclamer l'argent, et Bart était bien obligé de payer.

Rollo en avait pâti bien plus gravement encore. Non seulement il avait perdu son affaire après avoir refusé de prêter serment aux Trente-Neuf Articles, mais il avait été contraint de vendre la Porte du Prieuré, que Cobley s'était fait une joie de racheter. Lady Jane était donc venue vivre au Château Neuf avec Margery et Bart. Quant à Rollo, il avait disparu ; sa mère elle-même ignorait où il était.

Ned, pour sa part, se consumait de rage. La reine Élisabeth avait tout risqué pour un idéal de liberté religieuse qu'elle avait réussi à préserver pendant une décennie, prouvant du même coup que c'était possible. Or aujourd'hui, cette politique était compromise – par le pape, qui plus est, fulminait-il. Margery n'aimait pas l'entendre critiquer le souverain pontife, bien qu'elle fût secrètement de son avis. Aussi essayait-elle d'éviter le sujet.

En réalité, elle évitait autant que faire se pouvait toute réflexion sérieuse, préférant laisser l'amour occuper tout son esprit. Lorsqu'elle n'était pas avec Ned, elle rêvait au moment où ils se retrouveraient et à ce qu'ils feraient. À cet instant, alors qu'elle s'imaginait à son côté et entendait en pensée les mots intimes qu'il lui murmurait en la caressant, elle éprouva une sensation familière dans son bas-ventre et glissa la main entre ses cuisses, là où naissait le plaisir. Curieusement, ses rendez-vous avec Ned n'atténuaient pas ces envies ; au contraire, elle le faisait plus souvent, comme si un péché nourrissait l'autre.

Mick, couché au pied du lit, se réveilla et grogna.

« Chut », murmura-t-elle, mais le chien se mit à aboyer.

Un instant plus tard, elle entendit frapper à la porte de la maison. Il ne lui en fallut pas davantage pour comprendre que les problèmes commençaient. Les coups redoublèrent, sonores, impérieux, autoritaires. Peu de gens osaient frapper à la porte d'un comte avec autant d'agressivité et d'arrogance. Bondissant de son lit pour courir à la fenêtre, elle reconnut le shérif Matthewson, accompagné d'un groupe de neuf ou dix hommes.

Si elle ne savait pas précisément ce que voulait le shérif, elle ne doutait pas qu'il s'agît de religion.

Elle se précipita dans le couloir en enfilant un peignoir au-dessus de sa chemise de nuit. Bart sortit à son tour de sa chambre.

« Que se passe-t-il ? demanda-t-il d'une voix pâteuse.

— N'ouvrez pas », lança Margery.

On frappait toujours.

Margery traversa en toute hâte le palier et fit irruption dans la chambre de Stephen Lincoln : l'heure n'était pas aux politesses. Elle le trouva tout habillé, agenouillé sur son prie-dieu.

« Le shérif est en bas, lui annonça-t-elle. Venez avec moi. Emportez les sacrements. »

Stephen prit un coffret contenant les objets du culte et suivit Margery.

Elle vit Bartlet, en chemise de nuit, accompagné par une jeune bonne ensommeillée.

« Retourne dans ta chambre, Barty, lui dit-elle. Je viendrai te chercher quand le petit déjeuner sera prêt. »

Elle dévala l'escalier, priant pour que les domestiques n'aient pas laissé entrer Matthewson. Elle faillit arriver trop tard : la jeune Nora Josephs était déjà en train de retirer la barre en criant :

« C'est bon ! C'est bon ! J'arrive !

— Attends ! » dit Margery dans un chuchotement impérieux.

Tous les domestiques étaient catholiques. Ils comprendraient ce qui se passait et ne révéleraient rien de ce qu'ils savaient.

Stephen sur les talons, Margery longea précipitamment le couloir, traversa une réserve jusqu'à un escalier en colimaçon qu'elle gravit avant de redescendre quelques marches pour rejoindre l'ancienne boulangerie du vieux château, à présent désaffectée. Elle ouvrit la porte en fer du grand four à pain dans lequel Ned et elle s'étaient embrassés, tant d'années auparavant.

« Là, chuchota-t-elle à Stephen. Cachez-vous !

— Ne regarderont-ils pas ici ?

— Allez jusqu'au fond et poussez la paroi. Ce four donne sur une pièce secrète. Vite ! »

Stephen se glissa à l'intérieur avec son coffret, et Margery referma le battant.

À bout de souffle, elle revint sur ses pas jusqu'au vestibule. Sa mère était là, coiffée d'un bonnet de nuit, la mine inquiète. Margery resserra son peignoir autour d'elle et fit un signe de tête à Nora.

« Tu peux ouvrir, maintenant. »

Nora obéit.

« Bonjour, shérif, dit Margery d'un ton enjoué. Avec quelle vigueur vous frappez à notre porte ! Seriez-vous pressé ? »

Matthewson était un homme costaud, brutal avec les malfaiteurs, mais mal à l'aise en présence d'une comtesse. Relevant le menton d'un air de défi, il annonça d'une voix forte :

« Sa Majesté la reine a ordonné l'arrestation de Stephen Lincoln, soupçonné de conspirer avec la reine des Écossais. »

L'accusation était grotesque. Non seulement Stephen n'avait jamais rencontré Marie Stuart, mais il n'aurait jamais eu le courage de participer à un complot. C'était pure calomnie, et Margery soupçonna Dan Cobley d'en être l'instigateur. Elle n'en sourit pas moins en répondant :

« Dans ce cas, il était inutile de nous réveiller d'aussi bonne heure. Stephen n'est pas prêtre, de surcroît, il n'est pas ici.

— Il habite ici !

— Il a été le secrétaire du comte, mais il est parti. » Dans une improvisation désespérée, elle ajouta : « Il n'est pas impossible qu'il soit allé à Canterbury. » C'était suffisant en matière de détail, décida-t-elle. « Quoi qu'il en soit, je puis vous assurer qu'il n'a jamais rien eu à voir avec la reine des Écossais. Je regrette que vous ayez fait tout ce chemin pour rien. Mais puisque que vous êtes là, vos hommes et vous-même aurez peut-être envie d'un petit déjeuner ?

— Non, merci. » Le shérif se tourna vers ses hommes. « Fouillez la maison. »

Margery entendit Bart dire :

« Oh, non, n'y comptez pas. »

Se retournant, elle le vit descendre l'escalier. Il portait son épée et avait enfilé son haut-de-chausses et ses bottes.

« Que diable faites-vous ici, Matthewson ?

— J'obéis aux ordres de la reine, milord, et j'espère que vous n'offenserez pas Sa Majesté en prétendant me faire obstacle. »

Margery s'interposa entre Bart et le shérif, et parla tout bas à son mari.

« Ne vous battez pas contre lui. Ne risquez pas l'exécution à l'image de votre père. Laissez-le fouiller la maison. Il ne trouvera rien.

— Morbleu, il n'en est pas question.

— Vous êtes soupçonné d'héberger un prêtre catholique du

nom de Stephen Lincoln, qui est un traître, expliqua le shérif. Vous avez tout à gagner à le livrer immédiatement. »

D'une voix plus forte, Margery dit à Bart :

« J'ai déjà expliqué au shérif que Stephen n'était pas prêtre et qu'en outre, il ne logeait plus ici. »

Bart parut perplexe. Il s'approcha davantage encore de Margery et chuchota :

« Mais que…

— Faites-moi confiance », dit-elle entre ses dents.

Bart se tut.

Margery éleva la voix.

« Nous devrions peut-être autoriser le shérif à vérifier par lui-même que nous disons la vérité. Ainsi, tout le monde sera satisfait. »

Bart eut une illumination.

« Dans le vieux four ? demanda-t-il à Margery en remuant silencieusement les lèvres.

— Oui. Qu'il fouille », lui répondit-elle.

Bart se tourna vers Matthewson.

« Fort bien, mais sachez que je n'oublierai pas cette intrusion – et encore moins le rôle que vous y avez joué.

— La décision n'est pas la mienne, milord, comme vous le savez. »

Bart lâcha un grommellement de mépris.

« Au travail, reprit le shérif à l'intention de ses hommes. Et prêtez une attention particulière aux vestiges du vieux château, ils sont sûrement pleins de cachettes. »

Il n'était pas né de la dernière pluie.

« Sers le petit déjeuner dans la salle à manger – pour la famille uniquement », dit Margery à Nora. Il était inutile de continuer à feindre l'hospitalité.

Bart se dirigea à contrecœur vers la salle à manger, suivi par lady Jane, mais Margery n'eut pas le courage de s'asseoir à table pendant que ces intrus cherchaient Stephen. Aussi emboîta-t-elle le pas au shérif.

Tandis que ses hommes fouillaient les salles et les salons de la nouvelle demeure, Matthewson s'intéressa essentiellement au vieux château, éclairant les recoins les plus sombres avec une lanterne. Il examina d'abord la chapelle. Le regard attiré par la tombe d'un ancêtre oublié, il saisit le haut de l'effigie du chevalier et tenta de la faire bouger, pour s'assurer que le tombeau n'avait pas été ouvert. En vain.

La boulangerie fut presque le dernier endroit qu'il inspecta. Alors qu'il ouvrait la porte de fer, Margery retint son souffle. Il se pencha en avant et, la tête et les épaules à l'intérieur du four, déplaça sa lanterne. La porte du fond était-elle aussi invisible que se le rappelait Margery ? Matthewson grogna, sans qu'elle sût pourquoi.

Puis il se recula et claqua la porte.

« Imaginiez-vous vraiment que nous dissimulions des prêtres dans un four ? » s'exclama gaiement Margery. Elle espéra toutefois qu'il n'avait pas remarqué le léger tremblement de sa voix.

L'air contrarié, il ne prit pas la peine de répondre à sa question facétieuse.

Ils regagnèrent le vestibule. Matthewson était furieux : il se doutait qu'il avait été berné, sans pouvoir comprendre comment.

Au moment où il s'apprêtait à repartir, la porte s'ouvrit et sir Ned Willard entra.

Margery le contempla avec horreur. Il connaissait le secret de l'ancienne boulangerie. Que faisait-il là ?

Un léger voile de transpiration couvrait son front et il avait le souffle court, comme s'il avait chevauché à bride abattue. Elle devina qu'il avait eu vent de la mission du shérif. Mais quel était son objectif? Sans doute s'inquiétait-il pour Margery. D'un autre côté, c'était un protestant convaincu : serait-il tenté de débusquer le prêtre fugitif? Sa loyauté à l'égard de la reine Élisabeth, si profonde qu'elle s'apparentait à de l'amour, prendrait-elle le pas sur celui qu'il éprouvait pour elle ?

Il lança un regard hostile à Matthewson.

« Que se passe-t-il, ici ? » demanda-t-il.

Le shérif répéta son explication.

« Stephen Lincoln est soupçonné de trahison.

— Je n'ai pas entendu parler de ces soupçons.

— Peut-être est-ce parce que vous n'êtes pas retourné à Londres depuis Pâques, messire, si j'ai bien compris. »

Les paroles du shérif étaient polies, mais son expression railleuse.

Ned se sentait ridicule, comprit Margery. Il s'enorgueillissait de tout savoir le premier. Cette fois, il était pris en défaut – ce dont elle était certainement responsable.

« Stephen Lincoln n'est pas ici, intervint-elle. Le shérif a fouillé ma demeure jusqu'au moindre recoin. Si nous logions une souris catholique dans le garde-manger, je ne doute pas qu'il l'eût trouvée.

— Je suis heureux d'apprendre que les ordres de la reine sont exécutés de manière aussi méticuleuse, déclara Ned, changeant apparemment de camp. Je vous félicite, shérif. »

Margery était si crispée qu'elle aurait pu hurler. Ned était-il sur le point de demander : « Mais avez-vous inspecté la chambre secrète derrière le vieux four ? »

« Si vous avez terminé, shérif... », reprit-elle en faisant un effort pour maîtriser sa voix.

Matthewson hésita, mais il ne pouvait rien faire de plus. Une lueur de colère dans les yeux, il s'éloigna sans se donner la peine de prendre congé.

Ses hommes le suivirent un par un.

Bart sortit de la salle à manger.

« Sont-ils partis ? » demanda-t-il.

Incapable de parler, Margery fondit en larmes.

Bart la prit dans ses bras.

« Allons, allons, dit-il. Vous avez été magnifique. »

Regardant Ned par-dessus l'épaule de son mari, elle vit le visage d'un homme au supplice.

*

Rollo était déterminé à se venger.

Il était épuisé, couvert de poussière et consumé de haine et de rancœur quand il arriva à Douai, ville universitaire du sud-ouest francophone des Pays-Bas, en ce mois de juillet 1570. Avec ses nombreuses églises, ses collèges élégants, ses jardins et ses vergers où étudiants et professeurs pouvaient se promener en conversant, la cité lui rappela Oxford, où il avait fait ses études.

Quel âge d'or, songea-t-il avec amertume ; son père était alors vivant et prospère, une fervente catholique occupait le trône d'Angleterre, et son avenir à lui, Rollo, paraissait assuré.

Il avait parcouru une longue distance à travers le plat paysage des Flandres, mais ses pieds étaient moins meurtris que son cœur. Les protestants n'étaient jamais satisfaits, enrageait-il. L'Angleterre avait une reine protestante, des évêques dociles, une Bible en anglais et un livre de prières réformé. Les tableaux avaient été décrochés des églises, les statues décapitées, les crucifix en or fondus. Mais ce n'était pas encore assez. Il leur avait fallu de surcroît priver Rollo de son entreprise et de sa maison, et le chasser de son propre pays.

Un jour, ils le regretteraient.

Demandant son chemin dans un mélange d'anglais et de français, il rejoignit une maison de ville en brique, vaste mais quelconque, dans une rue commerçante. Tous ses espoirs se concentraient sur cet édifice d'une banalité décevante. Si l'Angleterre devait retrouver la vraie foi, et si Rollo devait être vengé de ses ennemis, la reconquête débuterait ici.

La porte était ouverte.

Dans l'entrée, il rencontra un homme alerte au visage rose d'environ dix ans son cadet.

« Bonjour, monsieur, dit-il poliment.

— Vous êtes anglais, n'est-ce pas ? demanda l'autre.

— Suis-je bien au Collège anglais ?

— En effet.

— Dieu soit loué. »

Rollo était soulagé. Le voyage avait été long, mais il était arrivé à destination. Restait à découvrir si celle-ci serait à la mesure de ses espérances.

« Je suis Leonard Price. Vous pouvez m'appeler Lenny. Que faites-vous ici ?

— J'ai perdu mes moyens de subsistance à Kingsbridge parce que j'ai refusé de signer les Trente-Neuf Articles.

— Je vous en félicite !

— Merci. Je voudrais œuvrer à la restauration de la vraie foi en Angleterre, et je me suis laissé dire que c'est la mission que vous vous êtes donnée.

— On ne vous a pas trompé. Nous formons des prêtres que nous renvoyons ensuite là-bas – clandestinement, bien sûr – pour qu'ils apportent les sacrements aux catholiques fidèles. »

Cette idée le grisa. Maintenant que la reine Élisabeth commençait à révéler sa vraie nature tyrannique, l'Église allait contre-attaquer. Et Rollo en ferait autant. Sa vie ayant été ruinée, il n'avait plus rien à perdre. Alors qu'il aurait dû être un échevin prospère de Kingsbridge, habitant la plus belle demeure de la ville et destiné à devenir maire comme son père, il n'était qu'un proscrit, foulant les routes poussiéreuses d'un pays étranger. Mais la roue du destin finirait bien par tourner à son avantage.

Lenny baissa la voix.

« Si vous interrogez William Allen, notre fondateur, il vous répondra que la formation des prêtres est notre seule mission. Mais certains d'entre nous nourrissent de plus grands desseins.

— Que voulez-vous dire ?

— Élisabeth doit être déposée et Marie d'Écosse doit régner. »

C'était exactement ce que Rollo voulait entendre.

« Est-ce là réellement votre projet ? »

Lenny hésita, craignant probablement d'avoir été trop bavard.

« Parlons de rêve plus que de projet, rectifia-t-il. Mais beaucoup le partagent. »

C'était indéniable. Le droit de Marie à accéder au trône était un sujet de discussion récurrent à la table des catholiques.

« Puis-je voir William Allen ? demanda Rollo avec empressement.

— Allons nous renseigner. Il reçoit un visiteur de marque, mais peut-être souhaiteront-ils tous deux parler à une éventuelle nouvelle recrue. Venez avec moi. »

Rollo le suivit au premier étage, frémissant d'optimisme. Sa vie n'était peut-être pas terminée, finalement. Lenny frappa à une porte avant de l'ouvrir, révélant une vaste pièce lumineuse, aux murs tapissés de livres, où deux hommes étaient plongés dans une conversation animée. Lenny s'adressa à l'un d'eux, au visage maigre, plus âgé que Rollo de quelques années, et dont la tenue négligée lui rappela ses professeurs d'Oxford.

« Excusez-moi de vous interrompre, milord, mais j'ai pensé que vous seriez heureux de rencontrer un visiteur qui vient d'arriver d'Angleterre. »

Allen se tourna vers son invité et dit en français :

« Vous permettez… ? »

Plus jeune, mais plus richement vêtu d'une tunique verte brodée de jaune, ce dernier était d'une rare beauté, avec ses yeux noisette et ses épais cheveux blonds.

« Comme vous voudrez », répondit-il avec un haussement d'épaules.

Rollo s'avança et tendit la main.

« Je m'appelle Rollo Fitzgerald. Je viens de Kingsbridge.

— William Allen. » Allen lui serra la main puis désigna son invité d'un geste. « Je vous présente un grand ami de notre collège, monsieur Pierre Aumande de Guise, de Paris. »

Le Français adressa un hochement de tête glacial à Rollo et ne lui serra pas la main.

« Rollo Fitzgerald a perdu tous ses moyens de subsistance parce qu'il a refusé de signer les Trente-Neuf Articles, déclara Lenny.

— C'est tout à son honneur, approuva Allen.

— Et il souhaite nous rejoindre.

— Asseyez-vous donc avec nous. »

M. Aumande de Guise parlait un anglais appliqué.

« Quelle formation avez-vous suivie, messire Fitzgerald ? demanda-t-il.

— J'ai fréquenté Oxford, puis j'ai étudié le droit à Gray's Inn, avant d'entrer dans l'entreprise de mon père. Je n'ai pas été ordonné prêtre, mais je le souhaite à présent.

— Bien. » Aumande se dégelait un peu.

« La mission qui attend nos étudiants, au terme de leur formation, les oblige à risquer leur vie, expliqua Allen. En avez-vous conscience ? En cas d'arrestation, vous pourriez être exécuté. Je vous en prie, ne nous rejoignez pas si vous n'êtes pas prêt à affronter ce sort. »

Rollo réfléchit avant de répondre.

« Il serait déraisonnable de prendre ce risque à la légère. » Il eut la satisfaction de voir Allen hocher la tête en signe d'approbation. « Mais avec l'aide de Dieu, poursuivit-il, je pense que j'aurai la force nécessaire.

— Quel est votre sentiment à l'égard des protestants ? l'interrogea Aumande. Votre sentiment personnel.

— Personnel ? » Rollo chercha à formuler une nouvelle réponse judicieuse mais, submergé par l'émotion, il serra les poings. « Je les exècre », lâcha-t-il. Il était tellement bouleversé qu'il avait du mal à parler. « Je veux les éliminer, les détruire, les tuer tous jusqu'au dernier. Voilà mon sentiment personnel. »

L'ombre d'un sourire joua sur le visage d'Aumande.

« Dans ce cas, il me semble que votre place pourrait être parmi nous. »

Rollo comprit alors qu'il avait bien répondu.

« Eh bien, déclara Allen avec davantage de prudence, j'espère que vous resterez avec nous pendant quelques jours au moins, de manière que nous puissions faire plus ample connaissance. Ensuite, nous parlerons en détail de votre avenir.

— Il lui faut un pseudonyme, intervint Aumande.

— Déjà ? s'étonna Allen.

— Moins il y aura de gens qui le connaissent sous son vrai nom, mieux cela vaudra.

— Vous avez sans doute raison.

— Appelons-le Jean Langlais.

— Très bien », approuva Allen. Se tournant vers Rollo, il ajouta : « À partir de maintenant, vous serez donc Jean Langlais.

— Pourquoi cela ? interrogea Rollo.

— Vous verrez. Chaque chose en son temps », répondit Aumande.

*

Cet été-là, l'Angleterre vécut dans la peur panique de l'invasion. La bulle pontificale avait été interprétée comme une incitation à l'agression adressée par le pape aux pays catholiques. Aussi les Anglais s'attendaient-ils à voir surgir à l'horizon d'un jour à l'autre des galions chargés de soldats armés jusqu'aux dents, impatients d'incendier, de piller et de violer. Tout le long de la côte sud, des maçons réparaient les murailles des châteaux endommagées par les ans. Les canons, à l'embouchure des ports, étaient nettoyés, graissés et remis en état. De robustes garçons de ferme rejoignaient les milices locales et s'entraînaient au tir à l'arc pendant les dimanches après-midi ensoleillés.

La comtesse de Shiring était habitée d'une ferveur bien différente. Alors qu'elle allait retrouver Ned, Margery imaginait déjà ce qu'ils feraient ensemble et elle sentait son désir s'éveiller. Elle avait entendu dire un jour que les courtisanes françaises lavaient et parfumaient quotidiennement leurs parties intimes, dans l'éventualité où des hommes voudraient les embrasser. Elle n'y avait pas cru, et Bart ne lui avait jamais prodigué ce genre de caresses ; Ned s'y adonnait au contraire très souvent. Elle faisait donc désormais une toilette de courtisane tout en sachant qu'elle s'apprêtait à commettre un péché mortel une fois encore ; elle savait aussi que l'heure du châtiment sonnerait un jour, mais ces pensées lui donnant mal à la tête, elle préférait les chasser.

Elle se rendit à Kingsbridge et s'installa dans la maison que Bart possédait sur l'île aux Lépreux. Elle avait prétendu devoir voir Guillaume Forneron, un réfugié protestant venu de France, qui fabriquait le batiste le plus fin du sud de l'Angleterre et chez qui elle se fournissait en chemises pour Bart, en linge de corps et de nuit pour elle.

Le deuxième matin, elle sortit seule de chez elle et alla rejoindre Ned chez son amie Susannah, devenue lady Twyford. Cette dernière possédait toujours à Kingsbridge la maison qu'elle avait héritée de son père, où elle logeait quand son mari était en voyage. C'était Ned qui avait suggéré ce lieu de rendez-vous : les deux amants étaient sûrs que Susannah garderait le secret.

Margery s'était habituée à l'idée que Susannah avait été jadis la maîtresse de Ned, et Susannah avait été embarrassée quand la jeune femme lui avait confié qu'elle avait deviné la vérité.

« Vous aviez son cœur, lui avait alors dit Susannah. Je n'avais que son corps, mais Dieu merci je n'en demandais pas davantage. »

Margery était si étourdie par la passion qu'elle était incapable de réfléchir à cela, ou à quoi que ce fût d'autre. Susannah la reçut dans son salon, lui posa un baiser sur les lèvres et dit :

« Montez vite, heureuse femme. »

Un escalier fermé menait du salon au boudoir de Susannah, où Ned l'attendait.

Margery se jeta dans ses bras et ils s'embrassèrent avidement, comme affamés d'amour. Elle n'interrompit leur baiser que pour dire : « Au lit. »

Ils se rendirent dans la chambre de Susannah et se dévêtirent. Ned avait un corps svelte à la peau blanche et une épaisse toison brune sur le torse. Margery ne se lassait pas de le contempler. Quelque chose pourtant n'allait pas. Son sexe restait inerte. Cela arrivait assez souvent à Bart, quand il était ivre, mais c'était la première fois avec Ned. Margery s'agenouilla devant lui et le prit dans sa bouche, comme Bart lui avait appris à le faire, mais il demeura insensible à ses caresses. Se relevant, elle prit son visage entre ses mains et plongea le regard dans ses yeux brun doré. Sa gêne était palpable.

« Que se passe-t-il, mon chéri ?

— Je suis préoccupé, avoua-t-il.

— Par quoi ?

— Qu'allons-nous faire ? Quel sera notre avenir ?

— Pourquoi y penser ? Pourquoi ne pas nous contenter de nous aimer ? »

Il secoua la tête.

« Je dois prendre une décision. »

Il plongea la main dans la poche du manteau qu'il avait retiré et en sortit une lettre.

« De la reine ? demanda Margery.

— De sir William Cecil. »

Margery eut l'impression qu'un vent d'hiver venait soudain balayer cette radieuse journée d'été.

« De mauvaises nouvelles ? »

Ned jeta la missive sur le lit.

« Je ne saurais dire si elles sont bonnes ou mauvaises. »

Margery observa la lettre, gisant sur la courtepointe comme un oiseau mort, ses coins dressés telles des ailes raidies, le sceau de cire rouge semblable à une éclaboussure de sang.

« Dis-moi ce qu'elle contient », demanda-t-elle tout bas.

Ned s'assit sur le lit, jambes croisées.

« Cela concerne la France. Les protestants de là-bas, qu'on appelle les huguenots, semblent en passe de gagner la guerre civile, grâce à un prêt considérable de la reine Élisabeth. »

Margery le savait déjà. Si les inexorables progrès de l'hérésie l'horrifiaient, Ned en revanche s'en réjouissait ; Margery tenta de ne pas penser à cela, ni à tout ce qui les séparait.

« Par bonheur, le roi catholique a engagé des pourparlers de paix avec le chef de file des protestants, un certain Gaspard de Coligny. »

Au moins, Margery pouvait partager l'approbation de Ned à ce sujet. Ils voulaient l'un comme l'autre que les chrétiens cessent de s'entretuer. Mais comment cela pouvait-il gâcher leur amour ?

« La reine Élisabeth envoie sir Francis Walsingham, un de ses fidèles, à la conférence pour servir de médiateur.

— Les Français ont-ils vraiment besoin d'un Anglais pour mener leurs négociations de paix ? s'étonna Margery.

— Non, il s'agit d'une couverture. » Il hésita. « Cecil n'en dit pas davantage dans sa lettre, mais je devine la vérité. Je te raconterai volontiers ce que je pense, mais tu dois me promettre de n'en parler à personne.

— Je te le promets. » Margery participait sans joie à cette conversation, dont le seul effet était de repousser le moment redouté où elle connaîtrait son sort.

« Walsingham est un espion. La reine veut connaître les intentions du roi de France à propos de Marie Stuart. Si les catholiques et les huguenots réussissent à faire la paix, le roi de France pourrait être conduit à tourner son attention vers l'Écosse, voire vers l'Angleterre. Élisabeth tient toujours à savoir ce que les autres sont susceptibles de manigancer.

— Autrement dit, la reine envoie un espion en France.

— Présenté ainsi, ce n'est pas un grand secret.

— Quoi qu'il en soit, je ne le répéterai pas. Mais pour l'amour du ciel, en quoi cela nous concerne-t-il toi et moi ?

— Walsingham a besoin d'un assistant qui parle couramment français, et Cecil désire que je l'accompagne. Je crois qu'il me tient rigueur d'être resté aussi longtemps éloigné de Londres.

— Donc, tu me quittes », murmura tristement Margery. Telle était la signification de l'oiseau mort.

« Je n'y suis pas obligé. Nous pouvons continuer comme maintenant, en nous aimant et en nous retrouvant en secret. »

Margery secoua la tête. L'esprit clair à présent, pour la première fois depuis des semaines, elle recouvrait enfin sa capacité de réflexion.

« Nous prenons chaque fois des risques inconsidérés. Un jour ou l'autre, nous finirons par être découverts. Alors, Bart te tuera, divorcera et me prendra Bartlet.

— Dans ce cas, nous n'avons qu'une solution, la fuite. Nous prétendrons être mariés : M. et Mme Weaver. Nous prendrons un bateau pour Anvers : j'ai un cousin éloigné là-bas, Jan Wolman, qui me donnera du travail.

— Et Bartlet ?

— Il viendra avec nous – de toute façon, il n'est pas vraiment le fils de Bart.

— Nous serions coupables d'avoir enlevé l'héritier d'un comté. Il s'agit indéniablement d'un délit passible de la peine de mort. Nous risquerions l'exécution tous les deux.

— Si nous rejoignons le port de Combe à cheval, nous pourrions prendre la mer avant que quiconque remarque notre disparition. »

Margery brûlait d'accepter. Au cours des trois derniers mois, elle avait été heureuse pour la première fois depuis ses quinze ans. Son désir d'être avec Ned embrasait son corps comme une fièvre. Mais elle savait, même si lui n'en avait pas conscience, qu'il ne serait jamais heureux en travaillant pour son cousin à Anvers. Pendant toute sa vie d'adulte, Ned avait participé au gouvernement de l'Angleterre, et il aimait cela plus que tout. Il adorait la reine Élisabeth, révérait William Cecil, et les défis qu'ils affrontaient le passionnaient. Si elle l'éloignait de tout cela, elle le détruirait.

Par ailleurs, elle avait également une œuvre à mener à bien. Si, ces dernières semaines, elle s'était honteusement servie de sa mission religieuse pour dissimuler ses rendez-vous amoureux, elle n'en était pas moins dévouée à la tâche que Dieu lui avait assignée. Y renoncer serait un péché aussi grave que l'adultère.

Le moment était venu de mettre fin à leur liaison. Elle confesserait ses péchés et prierait Dieu de lui accorder sa miséricorde. Et elle se consacrerait à nouveau à la tâche sacrée d'apporter les sacrements aux catholiques anglais qui en étaient privés. Peut-être avec le temps parviendrait-elle à se sentir pardonnée.

Alors qu'elle prenait sa décision, elle fondit en larmes.

« Ne pleure pas, la consola-t-il. Nous trouverons une solution. »

C'était impossible et elle le savait. Elle le prit dans ses bras et l'attira contre elle. Ils s'allongèrent sur le lit.

« Ned, mon bien-aimé Ned », chuchota-t-elle. Et tandis qu'ils s'embrassaient, elle inonda de pleurs le visage de son amant. Cette fois, son sexe était dressé.

« Encore une fois, murmura-t-elle.

— Ce ne sera pas la dernière », répondit-il en roulant sur elle.

Hélas si, songea-t-elle mais, se rendant compte qu'elle était incapable de parler, elle se livra tout entière au chagrin et au plaisir.

*

Six semaines plus tard, Margery sut qu'elle était enceinte.

17

Sir Francis Walsingham était obsédé par les listes, une passion qui n'avait d'égale que sa foi dans les Évangiles. Il établissait des listes des personnes qu'il avait vues la veille et de celles qu'il devait rencontrer le lendemain. Sir Ned Willard et lui détenaient la liste de tous les Anglais suspects qui arrivaient à Paris.

En 1572, Walsingham était ambassadeur de la reine Élisabeth en France, et Ned était son premier conseiller. Ned éprouvait pour Walsingham autant de respect que pour sir William Cecil, mais pas la même vénération. Ses sentiments à son égard tenaient plus de la loyauté que du dévouement, de l'admiration que de la fascination. Certes, les deux hommes étaient différents ; mais surtout, le premier conseiller de Walsingham n'était plus le jeune homme exalté que William Cecil avait pris sous son aile. Il avait mûri.

Dès le début, Ned avait rempli des missions secrètes pour Élisabeth ; désormais, Walsingham et lui faisaient partie du réseau de renseignement en plein essor créé pour protéger la reine et son gouvernement de tout risque de renversement violent.

La bulle pontificale mettait en péril la paix qu'Élisabeth avait réussi à préserver entre catholiques et protestants pendant les dix premières années de son règne. Il y avait déjà eu un grave complot contre elle. L'émissaire du pape en Angleterre, Roberto Ridolfi, avait projeté de l'assassiner pour la remplacer par Marie Stuart à qui il aurait ensuite fait épouser le duc de Norfolk. Les services secrets avaient déjoué leur plan et le duc avait eu la tête tranchée quelques jours auparavant. Mais personne ne pensait l'affaire réglée pour autant.

Comme tous les conseillers d'Élisabeth, Ned craignait d'autres conspirations. Tous ses efforts des dernières années menaçaient d'être réduits à néant. Son rêve de liberté religieuse pouvait virer au cauchemar du jour au lendemain avec le retour de l'Inquisition et de la torture. Alors l'Angleterre connaîtrait à nouveau l'odeur écœurante des corps d'hommes et de femmes brûlés vifs.

Des dizaines de catholiques aisés avaient fui l'Angleterre. La plupart s'étaient réfugiés en France. Ned et Walsingham pensaient que le prochain complot contre Élisabeth serait ourdi à Paris. Ils étaient chargés d'identifier les conspirateurs, de déceler leurs intentions et de contrecarrer leurs projets.

L'ambassade d'Angleterre occupait un grand bâtiment sur la rive gauche, au sud de la Seine, dans le quartier de l'Université. Walsingham n'était pas riche, l'Angleterre non plus ; ils n'avaient pas les moyens de résider sur l'onéreuse rive droite où se trouvaient les belles demeures de l'aristocratie française.

Ned et Walsingham s'apprêtaient à se rendre à la cour du roi au palais du Louvre, un moment que Ned attendait avec impatience. La réunion des hommes et des femmes les plus puissants de France offrait une occasion unique de glaner des informations. En bavardant, les courtisans laissaient parfois échapper des secrets. Ned parlerait à tous pour sonder les esprits.

Il était cependant vaguement inquiet, non pour lui-même mais à cause de son maître. À quarante ans, Walsingham était un homme brillant, mais il manquait de rondeur. Sa première visite au roi Charles IX avait été embarrassante. En puritain rigoriste, il était tout de noir vêtu ; c'était sa tenue habituelle, mais dans l'entourage tapageur de la cour de France, on l'avait interprétée comme un reproche de protestant.

Ce jour-là, Ned avait aperçu Pierre Aumande de Guise qu'il avait rencontré à Saint-Dizier avec Marie Stuart. Bien que douze ans se soient écoulés depuis, Ned avait gardé de lui un souvenir vivace. Malgré sa prestance et ses beaux habits, il faisait froid dans le dos.

Le roi Charles avait sèchement demandé à Walsingham s'il était vraiment nécessaire qu'Élisabeth emprisonne Marie Stuart, ancienne reine de France, reine des Écossais déposée et belle-sœur de Charles. Walsingham aurait dû connaître suffisamment bien le livre des Proverbes pour se souvenir qu'« une réponse douce calme la fureur ». Il avait pourtant répliqué avec raideur, sur le ton de vertueuse indignation propre aux puritains, s'attirant la froideur du roi.

Depuis, Ned s'efforçait de se montrer plus aimable et plus conciliant que son inflexible patron. Il avait adopté le style vestimentaire propre à un diplomate subalterne sans convictions religieuses intransigeantes. Il enfila un pourpoint bleu pastel à crevés dévoilant une doublure fauve, une tenue discrète selon les critères de la mode parisienne, mais assez élégante, du moins l'espérait-il, pour faire oublier la sombre allure de Walsingham, toujours obstinément vêtu de noir.

De sa fenêtre sous les toits, Ned voyait la Seine jusqu'aux tours de Notre-Dame. Près de son miroir voilé de suie, il gardait un petit portrait que Margery lui avait donné. Avec son teint incroyablement pâle et ses joues d'un rose irréel, le visage était légèrement idéalisé, mais l'artiste avait su restituer la cascade de boucles et le sourire espiègle que Ned aimait tant.

Il était toujours amoureux d'elle. Deux ans plus tôt, il lui avait fallu admettre qu'elle ne quitterait jamais son mari. N'étant plus alimentée par l'espoir, sa passion avait faibli, mais la flamme couvait encore et ne s'éteindrait peut-être jamais.

Il n'avait pas de nouvelles de Kingsbridge. Il n'avait eu aucun signe de vie de Barney, qui était sans doute toujours en mer. Margery et lui avaient décidé de ne pas s'écrire pour ne pas aggraver eux-mêmes leur souffrance. Son dernier acte avant de quitter l'Angleterre avait été d'annuler l'ordre d'arrestation de Stephen Lincoln, établi sur la foi de preuves forgées par Dan Cobley. Si Margery croyait de son devoir sacré d'apporter la consolation aux catholiques à l'abandon, il ne laisserait pas Dan Cobley l'en empêcher.

Pendant qu'il ajustait son col en dentelle devant le miroir, il sourit en se remémorant la pièce qu'il avait vue la veille, *Les Corrivaus*, une comédie extrêmement originale avec pour personnages des gens ordinaires s'exprimant en prose et non en vers. Il s'agissait de deux jeunes gens qui voulaient enlever la même jeune fille, laquelle, dans un coup de théâtre final, se révélait être la sœur de l'un d'entre eux. Toute l'intrigue se déroulait dans un même lieu, un tronçon de rue, en un peu moins d'une journée. Il n'avait jamais rien vu d'aussi ingénieux, ni à Londres ni à Paris.

Ned était prêt à partir quand un serviteur entra.

« Une femme est en bas qui prétend vendre l'encre et le papier les moins chers de Paris, annonça l'homme en français. Souhaitez-vous la recevoir ? »

Ned utilisait d'énormes quantités d'encre et de papier coûteux pour rédiger et coder les lettres confidentielles que Walsingham adressait à la reine et à Cecil. Or la reine n'était pas plus généreuse avec ses espions qu'avec les autres, et il était toujours à la recherche d'une bonne affaire.

« Que fait sir Francis en ce moment ?

— Il lit la Bible.

— Dans ce cas, j'ai le temps. Faites-la monter. »

Un instant plus tard, sa porte s'ouvrit sur une femme d'une trentaine d'années. Ned l'observa avec intérêt. Vêtue simplement, elle avait du charme sans être vraiment belle, et son regard déterminé était adouci par le bleu de ses yeux. Elle se présenta sous le nom de Thérèse Saint-Quentin. Elle sortit des échantillons d'encre et de papier d'une sacoche en cuir et invita Ned à les essayer.

Il s'assit à son bureau. L'encre et le papier lui semblèrent de bonne qualité.

« Où vous fournissez-vous ? lui demanda-t-il.

— Le papier est fabriqué près de Paris, dans le faubourg Saint-Marcel. Je peux aussi vous proposer un très beau papier qui vient de Fabriano, en Italie, pour vos lettres d'amour. »

C'était une réflexion un peu leste ; pourtant, la jeune femme n'avait rien d'une séductrice. Il supposa que cela faisait partie de ses arguments commerciaux.

« Et l'encre ?

— Je la fabrique moi-même. C'est pourquoi elle est si bon marché – elle n'en est pas moins excellente, croyez-moi. »

En comparant ses prix à ceux qu'il payait habituellement, il constata qu'ils étaient en effet très raisonnables. Il lui passa commande.

« Je vous apporterai tout cela aujourd'hui même », promit-elle. Elle baissa la voix. « Avez-vous la Bible en français ? »

Ned fut étonné. Était-il possible que cette jeune femme à l'air si respectable se livrât au commerce de littérature illicite ?

« C'est illégal, voyons !

— Depuis la paix de Saint-Germain, plus personne n'est condamné à mort pour avoir enfreint la loi », répondit-elle calmement.

Elle faisait allusion à l'accord obtenu à l'issue de la conférence à laquelle Ned et Walsingham avaient participé à Saint-Germain. Ned en connaissait donc tous les détails. Ce traité accordait une liberté de culte limitée aux huguenots. Pour Ned, un pays catholique qui tolérait les protestants ou un pays protestant qui tolérait les catholiques se valaient : c'était la liberté qui comptait. Cependant, cette liberté était fragile. Ce n'était pas le premier traité signé en France. Aucun n'avait duré. Les prédicateurs parisiens réputés pour la véhémence de leurs discours vitupéraient contre toutes les tentatives de conciliation. Ce traité-ci devait être scellé par un mariage. La fougueuse sœur du roi, la princesse Margot, était fiancée au débonnaire Henri de Bourbon, roi de Navarre et protestant. Pourtant, dix-huit mois plus tard, le mariage n'avait toujours pas été célébré.

« Le traité de paix peut être annulé, remarqua Ned, et la répression s'abattre du jour au lendemain sur les gens comme vous.

— Ce ne serait pas très surprenant. » Ned s'apprêtait à lui demander pourquoi, mais elle ne lui en laissa pas le loisir. « Je crois pouvoir vous faire confiance. Si vous êtes un émissaire d'Élisabeth, vous êtes forcément protestant.

— Pourquoi m'avez-vous posé cette question ? demanda Ned prudemment.

— Si vous voulez une bible en français, je peux vous en procurer une. »

Ned s'émerveilla de son aplomb. Il souhaitait en effet avoir une bible en français. Il parlait assez bien cette langue pour qu'on le prenne pour un Français, mais il arrivait que, dans la conversation, il ne saisisse pas les citations et allusions bibliques que les protestants employaient à tout bout de champ. Il s'était souvent dit qu'il devrait lire les passages les plus connus pour se familiariser avec leur version française. De plus, en tant que diplomate étranger, il ne risquait guère d'ennuis dans l'éventualité peu probable où on le découvrirait en possession de ce livre.

« Combien en demandez-vous ?

— J'ai deux éditions, imprimées à Genève l'une et l'autre : une édition ordinaire, très bon marché, et un beau volume relié, avec deux couleurs d'encre et des illustrations, qui coûte sept livres. Je peux vous apporter un exemplaire de chaque pour vous les montrer.

— Très bien.

— Je vois que vous êtes sur le point de sortir dans ce beau manteau… vous vous rendez au Louvre, sans doute ?

— Oui.

— Serez-vous revenu à l'heure du dîner ?

— Probablement. »

Ned était stupéfait. Elle avait pris les rênes de la conversation. Il se contentait d'acquiescer à ses propositions. Elle était un peu insistante, mais si simple et si agréable qu'il ne pouvait s'en offusquer.

« Je vous apporterai vos articles de papeterie à ce moment-là, ainsi que deux bibles afin que vous puissiez faire votre choix. »

Ned n'avait pas le sentiment de s'être engagé à en acheter une, mais il ne releva pas.

« Je suis impatient de les voir.

— Je reviendrai cet après-midi. »

Son sang-froid était impressionnant.

« Vous êtes très courageuse, observa Ned.

— Le Seigneur me donne la force nécessaire. »

Certainement, pensa-t-il, mais elle devait en avoir déjà en abondance au départ.

« Expliquez-moi, dit-il, reprenant l'initiative de la discussion. Comment en êtes-vous arrivée à vous livrer à la contrebande de livres ?

— Mon père était imprimeur. Il a été condamné au bûcher pour hérésie en 1559. Tous ses biens ont été confisqués et ma mère et moi nous sommes retrouvées sans ressources. Il ne nous restait que quelques bibles qu'il avait imprimées.

— Vous faites donc cela depuis treize ans ?

— Presque. »

Son intrépidité le laissait sans voix.

« Pendant la majeure partie de cette période, vous auriez pu être exécutée, à l'image de votre père.

— En effet.

— Alors que vous auriez pu vous contenter de vivre en toute innocence en vendant du papier et de l'encre.

— Oui, mais nous croyons que les gens ont le droit de lire eux-mêmes la parole de Dieu et de se faire leur propre idée du vrai Évangile. »

C'était bien l'avis de Ned.

« Et vous êtes prête à risquer votre vie pour ce principe. »

Il s'abstint de préciser que si elle se faisait prendre, elle serait certainement torturée avant d'être exécutée.

« Oui. »

Ned la dévisagea avec fascination. Elle soutint hardiment son regard pendant un moment avant de dire :

« À cet après-midi donc.

— Au revoir. »

Après son départ, Ned s'approcha de la fenêtre pour observer l'animation du marché de la place Maubert. Cette jeune femme ne paraissait pas redouter autant qu'elle l'aurait pu un mouvement de répression contre les protestants. « Ce ne serait pas très surprenant », avait-elle dit. Il se demandait par quel moyen elle pouvait connaître à l'avance les intentions des ultra-catholiques.

Quelques minutes plus tard, il la vit surgir en contrebas et s'éloigner, petite silhouette bien droite marchant d'un pas vif et assuré ; disposée à mourir pour un idéal de tolérance que Ned partageait. *Quelle femme !* se dit-il. *Quelle héroïne !*

Il la suivit des yeux jusqu'à ce qu'elle eût disparu.

*

Pierre Aumande de Guise taillait sa barbe blonde en prévision de sa visite au palais du Louvre. Il la façonnait toujours en pointe pour ressembler davantage à son maître et supposé parent Henri, le duc de Guise, âgé de vingt et un ans.

Il examina son visage. Il était atteint d'une sécheresse cutanée qui se manifestait par des plaques rouges qui avaient tendance à se desquamer aux coins des yeux et de la bouche ainsi que sur le cuir chevelu. Il en avait également au creux des coudes et derrière les genoux, qui le démangeaient terriblement. Le médecin de la famille de Guise avait diagnostiqué un excès de chaleur et prescrit un onguent qui ne faisait, semblait-il, qu'empirer les choses.

Alain, son beau-fils âgé de douze ans, entra dans la pièce. C'était un enfant malingre, chétif et timide comme une fillette. Pierre l'avait envoyé acheter du lait et du fromage chez le crémier et il revenait avec un pichet et une timbale. Pierre demanda :

« Où est le fromage ? »

L'enfant hésita.

« Ils n'en ont pas aujourd'hui. »

Pierre le dévisagea.

« Menteur ! Tu as oublié.

— Non, ce n'est pas vrai, je vous assure ! s'écria Alain, terrifié, et il fondit en larmes.

— Que se passe-t-il, Alain ? s'inquiéta Nath, la servante fluette, qui entra dans la pièce.

— Il m'a menti, expliqua Pierre, et il a peur d'être corrigé. Que veux-tu ?

— Un prêtre demande à vous voir. Il s'appelle Jean Langlais. »

C'était le pseudonyme que Pierre avait donné à Rollo Fitzgerald, le plus prometteur des exilés venus étudier au Collège anglais.

« Envoie-le-moi. Et emmène ce pleurnicheur. Et puis, va chercher du fromage pour mon petit déjeuner. »

Pierre avait vu Rollo à deux reprises depuis leur première rencontre et en avait été chaque fois très impressionné. C'était un homme intelligent, animé d'un zèle farouche. On voyait briller dans son regard l'ardeur d'une sainte mission. Il détestait passionnément les protestants, sans doute parce que sa famille avait été ruinée par les puritains de Kingsbridge, sa ville natale. Pierre plaçait de grands espoirs en lui.

Rollo entra, vêtu d'une longue soutane, une croix en bois au bout d'une chaîne autour du cou.

Ils se serrèrent la main. Pierre ferma la porte. Rollo demanda :

« Cette jeune femme est-elle votre épouse ?

— Certainement pas ! Mme Aumande de Guise était dame d'honneur de Véronique de Guise. » C'était faux, Odette avait été sa servante, mais Pierre ne voulait pas que cela se sût. « Elle est sortie. »» Odette était allée au marché aux poissons. « La personne qui vous a ouvert est une domestique.

— Je suis vraiment confus, fit Rollo gêné.

— Ce n'est rien. Bienvenue dans notre modeste demeure. Je suis le plus souvent à l'hôtel de Guise dans la Vieille-rue-du-Temple, mais une vingtaine d'individus auraient pu nous y voir ensemble. Ce lieu présente un grand avantage : il est tellement insignifiant que personne n'aurait l'idée de venir nous espionner. »

En réalité, Pierre rêvait de quitter ce taudis mais n'avait pas encore réussi à persuader le jeune duc de lui attribuer une chambre au palais. Il avait beau occuper désormais une place de premier plan parmi les conseillers de la famille de Guise, celle-ci tardait comme toujours à lui accorder le statut qu'il méritait.

« Comment cela se passe-t-il à Douai ?

— Très bien. Depuis que le pape a excommunié Élisabeth, nous avons été rejoints par une quinzaine de jeunes fervents catholiques anglais. Au demeurant, William Allen m'a chargé de vous informer que nous sommes quasiment prêts à en renvoyer quelques-uns en Angleterre.

— Comment compte-t-il s'y prendre ?

— Le père Allen m'a prié de diriger l'opération. »

Une excellente décision selon Pierre. Rollo avait manifestement les compétences nécessaires pour être bien plus qu'un simple prêtre clandestin.

« Quel est votre plan ?

— Nous les ferons débarquer sur une plage reculée au crépuscule. Ils se rendront de nuit au château de ma sœur, l'actuelle comtesse de Shiring. Elle organise des offices religieux catholiques en secret depuis des années et dispose déjà de tout un réseau de prêtres clandestins. De là, ils se disperseront dans toute l'Angleterre.

— Peut-on faire confiance à votre sœur ?

— Entièrement, tant que le sang ne coule pas. C'est une limite qu'elle se refuse à franchir, hélas. Elle n'a jamais compris que la violence est parfois nécessaire pour servir la cause de l'Église.

— C'est une femme. »

Pierre était heureux de constater que, de toute évidence, Rollo admettait quant à lui l'utilité de la manière forte.

« Et à Paris, qu'en est-il ? demanda Rollo. Les nouvelles que nous avons reçues à Douai nous ont inquiétés.

— La paix de Saint-Germain a été pour nous un grave revers, inutile de le nier. La politique de Pie V vise manifestement à exterminer tous les protestants, mais le roi Charles IX s'y est opposé, lui préférant la coexistence pacifique. »

Rollo acquiesça.

« Dans une certaine mesure, le roi y a été contraint par la défaite militaire.

— Oui. Il est regrettable qu'à la tête des troupes huguenotes,

Coligny se soit révélé un général aussi habile et talentueux. La reine mère, Catherine, défend elle aussi la tolérance face à l'ignoble hérésie. » Pierre avait parfois l'impression que toutes les forces se liguaient contre lui. « Mais d'autres édits de tolérance ont déjà été adoptés par le passé et ils ont fait long feu, ajouta-t-il avec optimisme.

— La princesse Margot épousera-t-elle Henri de Bourbon ? »

Rollo posait toutes les questions pertinentes. Henri était le fils du défunt Antoine de Bourbon. En tant que roi de Navarre, il était le chef de file de la coalition Bourbons-Montmorency favorable à la tolérance. Une alliance matrimoniale avec la lignée royale des Valois lui permettrait de préserver la paix de Saint-Germain. À elles trois, les familles des Bourbons, des Montmorency et des Valois auraient suffisamment de poids pour écraser les Guises.

« Nous avons fait tout ce qui était en notre pouvoir pour empêcher ce mariage, répondit Pierre. Mais Coligny agit dans la coulisse et représente une menace constante.

— Quel dommage qu'il ne se trouve pas quelqu'un pour lui planter un poignard dans le cœur.

— Ce ne sont pas les volontaires qui manquent, croyez-moi. » Pierre était du nombre. « Mais Coligny n'est pas né de la dernière pluie. Il ne leur en donne pas l'occasion. Il vient rarement à Paris. » La cloche de Saint-Étienne sonna dix heures. « Je dois me rendre à la Cour. Où logez-vous ? »

Rollo regarda autour de lui. Sans doute avait-il espéré être hébergé chez Pierre et constatait-il que sa demeure était trop exiguë.

« Je ne sais pas encore.

— Le comte de Beaulieu accueille volontiers les catholiques anglais. Vous y rencontrerez peut-être des gens qui pourraient vous être utiles. Mais méfiez-vous des protestants anglais.

— Sont-ils nombreux à Paris ?

— Quelques-uns, surtout à l'ambassade. L'ambassadeur est sir Francis Walsingham. Un homme austère, mais rusé comme un renard.

— Un puritain blasphémateur.

— Je le tiens à l'œil. Cependant, son premier conseiller est encore plus dangereux car non content d'être intelligent, il a du charme. Il s'appelle sir Ned Willard.

— Vraiment ? Ned Willard est premier conseiller de l'ambassadeur ? réagit aussitôt Rollo.

— Vous le connaissez, manifestement.

— Il est de Kingsbridge. Je ne savais pas qu'il était devenu aussi important.

— Oh si. »

Pierre se souvenait du jeune homme qui s'était fait passer pour un protestant écossais à Saint-Dizier. Plus tard, il avait appris, par une lettre qu'Alison McKay lui avait fait parvenir clandestinement, que Willard s'était rendu au château de Carlisle pour annoncer à Marie Stuart qu'elle était prisonnière. Et voilà que cet homme se trouvait à Paris.

« Il ne faut pas le sous-estimer.

— Il m'est arrivé de lui donner le fouet quand il était écolier.

— Vraiment ?

— Je regrette de ne pas l'avoir battu à mort. »

Pierre se leva.

« Le comte de Beaulieu demeure rue Saint-Germain. Je vais vous indiquer le chemin. » Il conduisit Rollo au rez-de-chaussée et l'accompagna jusqu'à la rue. « Revenez me voir avant de quitter Paris. J'aurai peut-être des lettres pour William Allen. »

Il expliqua à Rollo comment se rendre à l'hôtel de Beaulieu et les deux hommes se serrèrent la main.

Alors que Rollo s'éloignait, Pierre aperçut une femme qui marchait dans la même direction. Vue de dos, elle lui parut vaguement familière. Elle tourna au coin de la rue et disparut avant qu'il ait pu la reconnaître.

À en juger par la modestie de sa tenue, ce n'était sûrement pas quelqu'un d'important. Il rentra et n'y pensa plus.

Il trouva Alain à la cuisine. Il s'adressa à lui d'une voix plus douce que d'ordinaire :

« Alain, j'ai une triste nouvelle à t'annoncer. Ta mère a eu un accident. Elle a été renversée par un cheval. Malheureusement, elle est morte. »

Alain le regarda longuement, les yeux écarquillés. Puis son visage se plissa et il se mit à gémir :

« Maman ! Maman, Maman !

— Inutile de l'appeler, fit Pierre du ton agacé qu'il employait d'ordinaire pour s'adresser au garçon. Elle ne peut pas t'entendre. Elle est morte. Elle est partie et nous ne la reverrons jamais. »

Alain hurlait de chagrin. La supercherie de Pierre avait si bien pris qu'il faillit la regretter.

Quelques instants plus tard, Odette rentra précipitamment avec son panier de poissons.

« Qu'y a-t-il ? Alain, qu'y a-t-il ? » s'écria-t-elle.

L'enfant ouvrit les yeux et, voyant sa mère, se jeta dans ses bras.

« Il a dit que tu étais morte ! sanglota-t-il.

— Tu es un monstre ! lança Odette à Pierre. Pourquoi as-tu raconté cela ?

— Pour lui donner une leçon, répondit Pierre, très content de lui. Il m'a menti, je lui ai menti. Il ne recommencera pas de si tôt. »

*

Le Louvre était un fort médiéval carré flanqué de tours rondes aux toits coniques. Ned et Walsingham franchirent un pont-levis enjambant un fossé pour pénétrer dans la cour. Ned était alerte, impatient, plein d'entrain. C'était le siège du pouvoir. Entre ces murs se trouvaient les hommes qui commandaient les armées et déclaraient les guerres, qui élevaient leurs amis aux rangs les plus éminents et abattaient leurs ennemis, qui décidaient de la vie ou de la mort. Et Ned allait les rencontrer.

Le défunt roi Henri II avait détruit le mur ouest de l'enceinte pour édifier à son emplacement un palais dans le style italien, orné de pilastres cannelés, de fenêtres tout en hauteur et d'une débauche de sculptures. Il n'existait rien de tel à Londres, songea Ned. Plus récemment, le fils d'Henri, Charles IX, avait agrandi le nouveau bâtiment en y adjoignant une aile en angle.

Comme toujours, la Cour se répartissait dans une série d'espaces attenants, selon une hiérarchie bien définie. Les palefreniers, femmes de chambre et gardes restaient dehors, par tous les temps. Ned et Walsingham entrèrent par la porte centrale donnant sur la salle de bal qui occupait tout le rez-de-chaussée de l'aile ouest. C'était là que se tenait le personnel de plus haut rang, comme les dames d'honneur. En traversant la salle pour monter à l'étage supérieur, Ned eut la surprise d'apercevoir une femme superbe qui le dévisageait avec une expression où se mêlaient étonnement, espoir et incertitude.

Il la regarda plus attentivement. D'un âge voisin du sien, c'était une beauté méditerranéenne classique, avec une épaisse chevelure brune, des sourcils marqués et des lèvres sensuelles. Vêtue de rouge vif et de noir, elle arborait assurément la toilette la plus éclatante de l'assemblée, à défaut d'être la plus coûteuse. Quelque chose dans son attitude donnait à penser qu'elle était davantage qu'une dame d'honneur.

Elle lui adressa la parole avec un accent qui n'était ni français ni anglais.

« Non, aucun doute, vous n'êtes pas Barney. »

C'était une étrange entrée en matière, mais Ned comprit aussitôt.

« Mon frère s'appelle Barney, mais il est plus grand que moi, plus beau aussi.

— Alors, vous devez être Ned ! »

Ned perçut dans ses intonations des sonorités espagnoles.

« En effet, señorita, admit-il en s'inclinant.

— Barney m'a souvent parlé de vous. Il avait beaucoup d'affection pour son petit frère. »

Walsingham les interrompit d'un ton impatient.

« J'y vais. Ne vous attardez pas. »

La femme se présenta alors à Ned :

« Je m'appelle Jerónima Ruiz. »

Ce nom lui disait quelque chose.

« Vous avez rencontré Barney à Séville ?

— Rencontré ? Je voulais l'épouser. Mais le destin en a décidé autrement.

— Et maintenant, vous voilà à Paris.

— Je suis la nièce du cardinal Romero qui est ici en mission diplomatique pour le roi Philippe d'Espagne. »

S'il s'était agi d'une mission officielle, Ned en aurait entendu parler. Il s'agissait donc d'une visite privée. Toujours en quête d'informations, il déclara :

« Je suppose que le roi Philippe ne souhaite pas que la princesse Margot épouse un huguenot. »

Sur l'échiquier de la diplomatie internationale, le roi d'Espagne soutenait les catholiques de France tandis que la reine d'Angleterre apportait son aide aux protestants.

« Une simple femme ne s'intéresse pas à ces choses. »

Ned sourit.

« Une réponse de diplomate avertie. »

Elle poursuivit dans la même veine.

« Mon rôle consiste à tenir la place d'hôtesse à la table de mon oncle. Le cardinal n'est pas marié, évidemment. » Elle lui jeta un regard provocateur. « Contrairement à vos prêtres anglais à qui tout est permis. »

Ned la trouvait terriblement séduisante.

« Pourquoi n'avez-vous pas épousé mon frère ? »

Son visage se durcit.

« Mon père est mort pendant qu'il était "interrogé" par l'Inquisition. Ma famille a tout perdu. L'archidiacre Romero, qui n'était pas encore cardinal, m'a accueillie chez lui. Il m'a sauvée, mais naturellement, j'ai dû renoncer à me marier. »

Ned comprit. Elle n'était pas la nièce de Romero mais sa maîtresse. L'ecclésiastique avait profité d'elle lorsque tout son univers s'était effondré. Il lut dans ses yeux un insondable chagrin.

« Vous avez été bien mal traitée, murmura-t-il.

— J'ai fait mes choix. »

Ned se demanda si son histoire l'avait retournée contre l'Église catholique et, le cas échéant, si elle serait prête à se venger en soutenant la cause protestante. Il hésitait cependant à lui poser la question de but en blanc.

« J'espère que nous aurons l'occasion de nous reparler. »

Elle lui glissa un regard entendu. Il eut la désagréable impression qu'elle savait pertinemment ce qu'il avait en tête.

« Très bien », acquiesça-t-elle.

Ned s'inclina et s'éloigna. Il passa sous la tribune des musiciens, soutenue par quatre caryatides, et gravit l'escalier. *Quelle belle femme*, se dit-il, bien qu'elle fût plutôt le genre de Barney que le sien. *Quel est mon genre ?* se demanda-t-il. *Quelqu'un comme Margery, évidemment.*

Il traversa la salle de garde des mercenaires suisses qui assuraient la protection personnelle du roi, et passa dans une vaste pièce lumineuse appelée l'antichambre. C'était là qu'attendaient ceux, membres de la petite noblesse et solliciteurs, qui espéraient être admis à se présenter devant le roi.

Walsingham lui lança d'un ton rogue :

« Vous avez pris votre temps avec la catin espagnole.

— Cela en valait la peine.

— Vraiment ? »

Walsingham parut sceptique.

« C'est la maîtresse du cardinal Romero. Il n'est pas impossible que je puisse la recruter comme informatrice. »

Walsingham changea de ton.

« Parfait ! J'aimerais bien savoir ce que trame ce prêtre espagnol obséquieux. »

Son visage s'éclaira quand son regard se posa sur le marquis de Lagny, un gros homme sympathique qui dissimulait sa calvitie sous une coiffe constellée de pierres précieuses. Protestant, Lagny était proche de Gaspard de Coligny. Les aristocrates huguenots étaient tolérés à la Cour, tant qu'ils s'abstenaient de défier ouvertement le roi.

« Venez avec moi », dit Walsingham en entraînant Ned.

Walsingham salua le marquis dans un français courant et précis. Il avait vécu en exil pendant presque tout le règne de la sœur aînée d'Élisabeth, la très catholique Marie Tudor, surnommée « Marie la Sanglante », et maîtrisait plusieurs langues.

Il questionna Lagny sur le sujet qui occupait tous les esprits, les Pays-Bas espagnols. Le duc d'Albe, général redoutablement efficace du roi Philippe, y écrasait impitoyablement les rebelles protestants. Une armée française de protestants conduite par Jean de Hangest, seigneur de Genlis, était en marche pour apporter son aide aux insurgés néerlandais.

« Coligny a ordonné à Hangest de s'allier aux forces de Guillaume d'Orange », répondit Lagny. Le prince d'Orange était gouverneur de Hollande. « Orange a demandé un prêt de trente mille livres à la reine Élisabeth. Pensez-vous qu'elle le lui accordera, messire ?

— Peut-être », répondit Walsingham.

Ned jugeait cela peu probable. Élisabeth n'avait probablement pas trente mille livres à sa disposition et, si tel était le cas, elle leur trouverait certainement d'autres usages.

Ned fut détourné de la conversation par une femme d'âge mûr richement vêtue qui s'adressa à lui en anglais.

« Sir Ned ! Quel superbe pourpoint ! »

Ned s'inclina devant la comtesse Marianne de Beaulieu, une Anglaise catholique qui avait épousé un aristocrate français. Elle était accompagnée de sa fille, une jeune beauté potelée de dix-huit ans, au tempérament enjoué. Elle se prénommait Aphrodite : son père était un grand connaisseur de la Grèce antique. La comtesse avait un faible pour Ned qu'elle encourageait à bavarder avec Aphrodite. Certes, la comtesse ne laisserait jamais sa fille épouser un protestant, mais sans doute imaginait-elle que Ned pourrait se convertir. Ned appréciait Aphrodite sans éprouver cependant d'attirance amoureuse pour elle : c'était une jeune fille gaie et désinvolte, qui ne s'intéressait à rien de sérieux, et elle l'ennuyait rapidement. Il badina néanmoins avec la mère et la fille, espérant être reçu dans la demeure des Beaulieu, rue Saint-Denis, qui servait de refuge aux Anglais catholiques exilés et où pourrait bien se tramer le prochain complot contre la reine Élisabeth. Jusqu'à présent, il n'y avait pas été invité.

Il parlait avec les deux femmes du secret le moins bien gardé de Paris, la liaison entre la princesse Margot et le duc Henri de Guise. La comtesse déclara d'un air sombre :

« Le duc Henri n'est pas le premier homme à avoir "courtisé" la princesse. »

La jeune Aphrodite était à la fois offusquée et émoustillée à l'idée qu'une princesse puisse avoir des mœurs aussi libres.

« Mère ! s'indigna-t-elle. Vous ne devriez pas répéter ces calomnies. Margot doit épouser Henri de Bourbon !

— Peut-être confond-elle les deux Henri », murmura Ned.

La comtesse pouffa.

« Il y a trop d'Henri dans ce pays. »

Ned s'abstint d'évoquer une autre rumeur encore plus scandaleuse prétendant que Margot entretenait en même temps une relation incestueuse avec son frère de dix-sept ans, Hercule-François.

Les deux femmes furent distraites par l'arrivée de Bernard Housse, un jeune et brillant courtisan qui avait l'art de se rendre indispensable au roi. Aphrodite lui adressa un sourire radieux et Ned songea qu'il ferait un mari parfait pour elle.

Se retournant, Ned croisa le regard de la voluptueuse marquise de Nîmes, membre de la noblesse protestante. Ayant à peu près le même âge que Ned, Louise de Nîmes était la seconde épouse du marquis, beaucoup plus âgé qu'elle. C'était la fille d'un riche négociant, comme le père de Ned. Elle lui rapporta aussitôt les derniers potins :

« Le roi a découvert l'idylle de Margot et Henri de Guise !

— Ah oui ? Et qu'a-t-il fait ?

— Il l'a sortie de son lit et l'a fait fouetter !

— Mon Dieu ! Elle a dix-huit ans, n'est-ce pas ? Elle a passé l'âge d'être fouettée.

— Un roi fait ce qu'il veut. »

Le regard de Louise se porta au-delà de Ned et son expression changea. Son sourire s'évanouit comme si elle venait d'apercevoir un rat mort.

La métamorphose fut si soudaine que Ned se retourna, se demandant quelle en était la cause. Il reconnut alors Pierre Aumande.

« J'ai l'impression que vous n'appréciez guère monsieur Aumande de Guise, dit-il.

— C'est un homme perfide, qui n'appartient pas vraiment à la famille de Guise. Je viens de la même région que lui et je connais ses origines.

— Ah oui ? Je vous en prie, dites-moi tout.

— Son père est le fils illégitime d'un Guise. La famille a envoyé le bâtard à l'école et l'a fait curé de la paroisse de Thonnance-lès-Joinville.

— S'il était prêtre, comment peut-il être le père de Pierre ?

— La mère de Pierre était sa "gouvernante".

— Autrement dit, Pierre est le fils illégitime du fils illégitime d'un Guise.

— Et pour couronner le tout, ils l'ont obligé à épouser une domestique qui avait été engrossée par un autre Guise dévoyé.

— Fascinant. »

Ned se retourna à nouveau pour mieux examiner Pierre. Il était richement vêtu d'un pourpoint lavande ajouré sur une doublure violette.

« Cela ne paraît pas l'avoir abattu.

— C'est un être abominable. Un jour, il s'est montré grossier envers moi, je l'ai remis à sa place et depuis, il me déteste. »

Pierre était en train de parler à un homme à la mine brutale qui, à en juger par la médiocrité de sa tenue, n'était pas à sa place en ce lieu.

« J'ai toujours trouvé Pierre un peu sinistre, reconnut Ned.

— Un peu ! »

Walsingham lui fit signe de le rejoindre. Quittant Louise, il le rattrapa alors qu'il se dirigeait vers la dernière salle, la plus importante, la chambre privée du roi.

*

Voyant Walsingham entrer dans la chambre privée flanqué de son adjoint, Ned Willard, Pierre éprouva un dégoût proche de la nausée : ces deux-là étaient les ennemis de tout ce qui assurait la puissance et la richesse de la famille de Guise. Ils n'étaient pas nobles, ils venaient d'un pays pauvre et arriéré et c'étaient des hérétiques ; bref, il les craignait autant qu'il les haïssait.

Lui-même était accompagné de son principal espion, Georges Biron, seigneur de Montagny, un petit village du Lyonnais. Biron était un membre de la petite noblesse presque sans ressources, dont le seul atout était sa facilité à évoluer avec aisance dans la haute société. Sous la houlette de Pierre, il était devenu implacable et retors.

« Je fais surveiller Walsingham depuis un mois, lui annonça Biron, mais je n'ai rien appris qui pourrait nous servir contre lui. Il n'a ni amants ni maîtresses ; il ne joue pas, ne boit pas et ne cherche pas à corrompre les serviteurs du roi, ni personne au demeurant. Il est soit innocent, soit remarquablement discret.

— Je pencherais plutôt pour la seconde solution. »

Biron haussa les épaules.

Intuitivement, Pierre soupçonnait les deux protestants anglais de préparer quelque chose. Il prit une décision.

« Faites donc surveiller son conseiller.

— Willard. » Le nom était difficile à prononcer en français.

« Même méthode. Vingt-quatre heures sur vingt-quatre. Découvrez quelles sont ses faiblesses.

— Très bien, messire. »

Pierre le laissa et suivit Walsingham dans la salle d'audience. Il était fier de se compter parmi les privilégiés. En même temps, il se rappelait avec une amère nostalgie l'époque où les frères de Guise et lui vivaient au palais avec la famille royale.

Nous y reviendrons, se jura-t-il.

Traversant la salle, il alla s'incliner devant Henri, le jeune duc de Guise. Henri avait douze ans quand Pierre lui avait annoncé l'assassinat de son père en l'assurant que le responsable de ce meurtre était Gaspard de Coligny. Il en avait maintenant vingt et un mais n'avait pas oublié son serment de vengeance – Pierre y avait veillé.

Le jeune duc Henri ressemblait beaucoup à son père : grand, blond, bel homme et belliqueux. À quinze ans, il était allé combattre les Turcs en Hongrie. Il ne lui manquait que la cicatrice qui avait valu à François le surnom de « Balafré ». Henri avait été élevé dans l'idée qu'il était destiné à défendre l'Église catholique et la famille de Guise et il n'avait jamais remis cette mission en question.

Sa liaison avec la princesse Margot dénotait un courage certain, avait plaisanté un courtisan facétieux, car la jeune femme était d'un tempérament de feu. Pierre imaginait qu'ils devaient former un couple tumultueux.

Une porte s'ouvrit sur une sonnerie de trompette : l'assemblée se tut et le roi Charles fit son entrée.

Il était devenu roi à l'âge de dix ans et, pendant de longues années, toutes les décisions avaient été prises par autrui, et plus particulièrement par sa mère, la reine Catherine. À vingt et un ans, il pouvait désormais gouverner lui-même. Mais il était en mauvaise santé – on parlait de problèmes pulmonaires

– et il se laissait encore facilement influencer, par Catherine ou d'autres ; malheureusement pas par la famille de Guise.

Il commença par échanger des politesses et traiter les affaires courantes, interrompu de temps en temps par une toux rauque et malsaine, assis sur un siège peint et sculpté tandis que tous les autres restaient debout. Pierre pressentait pourtant qu'il avait une annonce à faire. Celle-ci ne tarda pas.

« Le mariage de notre sœur Marguerite avec Henri de Bourbon, roi de Navarre, a été décidé en août voici déjà deux ans. »

Henri de Guise se raidit ostensiblement. Ce n'était pas seulement parce qu'il était l'amant de Margot. Les Bourbons étaient les ennemis jurés des Guises. Ces deux Henri n'étaient pas encore nés que leurs familles se disputaient déjà la place dominante auprès du roi de France.

Le roi Charles poursuivit :

« Cette union consolidera la réconciliation religieuse dans notre royaume. »

C'était exactement ce que craignaient les Guises. Pierre reconnaissait l'esprit pacificateur de la reine Catherine derrière les paroles du roi.

« Nous avons donc décidé que le mariage se tiendrait le 18 août prochain. »

Un murmure parcourut la foule : c'était une grande nouvelle. Beaucoup avaient espéré ou craint que le mariage ne soit jamais célébré. La date venait d'en être fixée. C'était une victoire pour les Bourbons, un cuisant échec pour les Guises.

Henri fulminait.

« Un Bourbon blasphémateur, qui se marie au sein de la famille royale de France ! »

Pierre était effondré. Ce qui menaçait la famille de Guise le menaçait également. Il risquait de perdre tout ce qu'il avait acquis.

« Lorsque votre cousine écossaise Marie Stuart a épousé François, cette union a placé notre famille au tout premier rang, fit-il remarquer à Henri d'une voix lugubre.

— Maintenant, ce seront les Bourbons. »

L'analyse politique d'Henri était juste, mais il entrait

certainement une part de jalousie charnelle dans son élan de colère. Margot devait être une maîtresse particulièrement ensorcelante ; cela se voyait à son regard de braise. Et voilà qu'elle lui était enlevée – et par un Bourbon !

Pierre réussit à se calmer et à réfléchir plus posément. Il lui vint une idée à laquelle le jeune Henri n'avait pas pensé.

« Le mariage peut ne jamais avoir lieu », observa-t-il.

Henri était aussi insensible que son guerrier de père aux subtilités de langage.

« Que voulez-vous dire ?

— Ce mariage sera le plus grand événement de l'histoire du protestantisme en France. Il marquera le triomphe des huguenots.

— En quoi est-ce une bonne nouvelle ?

— Les protestants de tout le pays se rendront à Paris – ceux qui sont invités et des milliers d'autres, qui souhaiteront simplement voir passer le cortège et manifester leur joie.

— Quel affreux spectacle ! Je les imagine déjà en train de se pavaner dans les rues avec leurs costumes noirs. »

Pierre baissa la voix.

« Et alors, il y aura du grabuge. »

Le visage d'Henri s'éclaira : il commençait à comprendre.

« Vous pensez que des violences pourraient éclater entre les visiteurs protestants et les catholiques parisiens pleins de ressentiment ?

— Certainement, assura Pierre. Nous saurons en tirer parti. »

*

En se rendant à son entrepôt, Sylvie s'arrêta à la taverne Saint-Étienne où elle commanda une assiette d'anguille fumée pour son repas de midi. Elle glissa également un pourboire au garçon pour qu'il aille livrer une chope de bière légère à la porte de service de la maison de Pierre Aumande, dans la rue voisine. C'était le signal convenu avec Nath pour que celle-ci la rejoigne à la taverne, si elle en avait la possibilité. La servante de Pierre arriva effectivement peu après.

Toujours aussi maigre à vingt-cinq ans passés, Nath considérait désormais le monde avec un regard intrépide. C'était un pilier de la communauté protestante qui se réunissait au-dessus des écuries et l'appartenance à ce nouveau groupe lui avait donné un peu d'assurance. L'amitié de Sylvie n'y était pas étrangère non plus.

Sylvie alla droit au but.

« Ce matin, j'ai vu Pierre en compagnie d'un prêtre que je ne connais pas. Je passais devant la porte au moment où ils sortaient. »

Quelque chose chez cet homme l'avait frappée. Sa physionomie n'avait pourtant rien de remarquable ; il avait les cheveux noirs, un front dégarni et une barbe brune tirant sur le roux. Mais la ferveur de son expression révélait un dangereux fanatique.

« Oui. J'allais t'en parler, acquiesça Nath. Il est anglais.

— Ah ! Intéressant. Sais-tu comment il s'appelle ?

— Jean Langlais.

— Voilà qui ressemble fort à un faux nom, s'agissant d'un Anglais.

— C'est la première fois qu'il venait, mais Pierre a l'air de le connaître. Ils ont dû se rencontrer ailleurs.

— Sais-tu de quoi ils ont parlé ? »

Nath secoua la tête.

« Pierre a fermé la porte.

— Dommage. »

Nath paraissait soucieuse.

« Pierre t'a-t-il vue quand tu es passée ? »

Elle avait raison de s'inquiéter, songea Sylvie. Il ne fallait surtout pas qu'il sache qu'il était surveillé par les protestants.

« Je ne crois pas. Nos regards ne se sont pas croisés. Je serais surprise qu'il ait pu me reconnaître de dos.

— Il ne t'a certainement pas oubliée.

— En effet. Nous avons tout de même été mariés. »

Sylvie ne put retenir une grimace en évoquant ce détestable souvenir.

« D'un autre côté, il n'a jamais parlé de toi.

— Il estime que je n'ai plus aucune importance. Ce qui me convient parfaitement. »

Quand Sylvie eut terminé son repas, elles quittèrent la taverne séparément. Sylvie prit la direction de la rue du Mur. La visite de ce prêtre anglais intéresserait sûrement Ned Willard.

Elle avait trouvé Ned sympathique. Les hommes avaient trop souvent tendance, en présence d'une commerçante, à la prendre pour une proie facile et à se laisser aller à badiner, ou pire, à la croire prête à sucer un homme pour le convaincre de lui acheter un flacon d'encre. Ned était un homme important, proche du pouvoir, et pourtant dénué de toute arrogance ; il manifestait même une certaine retenue qui ne manquait pas de charme. En même temps, ce n'était certainement pas un tendre. Elle avait remarqué l'épée et la dague espagnole qui pendaient le long de son manteau et ne semblaient pas avoir seulement une fonction décorative.

La rue du Mur était déserte quand Sylvie sortit la clé cachée derrière la brique descellée et entra dans la vieille écurie aveugle où elle dissimulait depuis si longtemps ses livres interdits.

Sa réserve commençait à s'épuiser. Il lui faudrait bientôt passer une nouvelle commande à Guillaume, à Genève.

Sa correspondance avec lui se faisait par l'intermédiaire d'un banquier protestant de Rouen qui avait un cousin dans la ville suisse. Le banquier pouvait recevoir de l'argent de Sylvie et le transmettre à Guillaume grâce à son cousin. Sylvie devait toujours descendre la Seine jusqu'à Rouen, mais c'était nettement plus facile que d'aller jusqu'à Genève. Elle prenait elle-même possession de la cargaison et la rapportait à Paris, toujours par bateau. Avec l'aide de Luc Mauriac, elle versait tous les pots-de-vin nécessaires pour éviter que ses caisses de « papeterie » ne soient inspectées par la douane. C'était risqué, comme toute activité illégale, mais jusqu'à présent, elle s'en était bien tirée.

Elle trouva deux bibles qu'elle glissa dans sa sacoche, avant de rejoindre la boutique de la rue de la Serpente. Entrant par derrière, elle cria à sa mère :

« C'est moi !

— Je suis avec un client. »

Sylvia prit le papier et l'encre que lui avait commandés Ned et chargea les paquets sur une petite charrette à bras. Elle envisagea de parler à sa mère de l'importante commande passée par le charmant Anglais, mais y renonça. Elle n'en avait pas envie. Elle se sentait un peu sotte de s'être entichée de lui après une aussi brève rencontre. Isabelle était une femme de caractère aux opinions bien arrêtées et Sylvie devait toujours être prête à l'approuver ou à lui expliquer dans le détail pourquoi elle n'était pas de son avis. Elles n'avaient aucun secret l'une pour l'autre : le soir, elles se racontaient tout ce qui leur était arrivé pendant la journée. D'ici là, Sylvie aurait revu Ned. Elle le trouverait peut-être moins charmant cette fois.

« J'ai une livraison à faire », lança-t-elle avant de quitter la boutique.

Elle remonta la rue de la Serpente en poussant sa charrette, passa devant l'imposante église Saint-Séverin, traversa la rue Saint-Jacques, longea la modeste chapelle de Saint-Julien-le-Pauvre, se fraya un chemin à travers le marché animé de la place Maubert hérissée de potences avant d'arriver à l'ambassade d'Angleterre. Les rues pavées ne facilitaient pas la marche, mais elle avait l'habitude.

Le trajet ne lui prit qu'une dizaine de minutes et quand elle se présenta à l'ambassade, Ned n'était pas encore revenu du Louvre. Elle sortit les paquets de la carriole et un domestique l'aida à les porter à l'étage.

Elle attendit ensuite dans le vestibule, assise sur un banc, sa sacoche à ses pieds. Celle-ci était munie d'une sangle qu'elle attachait parfois à son poignet pour qu'on ne la lui vole pas. Les livres coûtaient cher et les voleurs étaient légion à Paris. Mais elle se sentait en sécurité dans ce lieu.

Quelques minutes plus tard, Walsingham entra. Il avait des traits sérieux, intelligents et Sylvie comprit aussitôt que ce n'était pas une force à sous-estimer. Il était vêtu entièrement de noir, avec un col blanc, non pas en dentelle, mais en toile unie. Il était coiffé d'un simple bonnet noir sans plumes ni ornements. Il tenait manifestement à ce que l'on sache d'emblée qu'il était puritain.

Ned parut à sa suite, en pourpoint bleu. Apercevant Sylvie, il sourit.

« Voici la jeune femme dont je vous ai parlé, annonça-t-il à Walsingham en s'exprimant en français pour que Sylvie le comprenne. Mademoiselle Thérèse Saint-Quentin. »

Walsingham lui serra la main.

« Vous êtes courageuse, mademoiselle. C'est bien, continuez. »

Et il s'éclipsa dans une pièce voisine.

Ned conduisit Sylvie dans la pièce du premier étage qui lui servait apparemment à la fois de vestiaire et de bureau. Ses articles de papeterie étaient posés sur sa table à écrire.

« Le roi a annoncé la date du mariage », dit-il.

Sylvie n'avait pas besoin de demander de quel mariage il s'agissait.

« Quelle bonne nouvelle ! Ce traité de paix sera peut-être le premier à durer. »

Ned leva la main pour l'appeler à la prudence.

« Ce n'est pas encore fait. Il n'empêche qu'il est prévu pour le 18 août.

— J'ai hâte d'annoncer cela à ma mère.

— Prenez place si vous voulez. »

Elle s'assit.

« J'ai une information qui pourrait vous intéresser, reprit-elle alors. Connaissez-vous un certain Pierre Aumande de Guise ?

— En effet, oui. Pourquoi ?

— Un prêtre catholique qui se fait appeler Jean Langlais lui a rendu visite ce matin.

— Merci. Vous avez eu raison de penser qu'une telle information pourrait m'intéresser.

— Il se trouve que je passais devant chez lui quand le prêtre est sorti. Je l'ai vu.

— Comment est-il ?

— Il portait une soutane et une croix en bois. Il est un peu plus grand que la moyenne, mais pour le reste, je n'ai rien remarqué de particulier. Il faut dire que je n'ai fait que l'entrevoir.

— Pourriez-vous le reconnaître ?

— Il me semble.

— Merci de m'avoir prévenu. Vous êtes fort bien informée. Comment connaissez-vous Pierre Aumande ? »

La réponse à cette question était intime autant que douloureuse. Elle ne connaissait pas suffisamment Ned pour s'aventurer sur ce terrain.

« C'est une longue histoire, soupira-t-elle avant de changer de sujet. Votre femme vous a-t-elle accompagné à Paris ?
— Je ne suis pas marié. » Comme elle avait l'air surprise, il poursuivit : « Il y avait à Kingsbridge, la ville d'où je viens, une jeune fille que j'aurais bien voulu épouser.
— Celle du tableau ? »
Ned parut stupéfait, comme s'il ne lui était pas venu à l'esprit que Sylvie pourrait apercevoir le petit portrait posé près du miroir et en tirer les conclusions qui s'imposaient.
« Oui, mais elle en a épousé un autre.
— Quel dommage.
— C'est du passé.
— Lointain ?
— Quatorze ans. »
Sylvie avait envie de lui faire remarquer *Et vous avez toujours son portrait ?* Mais elle se retint et ouvrit sa sacoche.
Elle en sortit les deux volumes.
« La bible ordinaire est parfaite, commenta-t-elle. Une excellente traduction, bien imprimée, idéale pour une famille modeste. » Elle ouvrit ensuite l'édition de luxe, celle qu'elle voulait lui vendre. « Cet ouvrage-là est magnifique. Il a l'air de ce qu'il est, un livre qui renferme la parole de Dieu. »
Elle avait beau apprécier Ned, elle avait besoin de gagner sa vie et l'expérience lui avait appris que la méthode la plus efficace était de persuader l'éventuel acheteur que le livre le plus coûteux le poserait aux regards d'autrui.
Malgré sa modestie, il ne fut pas insensible à son argument et lui acheta la bible la plus chère.
Elle calcula ce qu'il lui devait, il la paya et la raccompagna à la porte de la maison.
« Où se trouve votre boutique ? lui demanda-t-il. J'y passerai peut-être un jour.
— Rue de la Serpente. Nous serions ravies de vous y voir. » Elle était sincère. « Au revoir. »
Elle retourna chez elle en poussant sa charrette, le cœur léger. Une princesse catholique allait épouser un roi protestant, ici, à Paris ! Peut-être le temps des persécutions était-il vraiment révolu.

De plus, elle avait trouvé un nouveau client et conclu une bonne vente. Les pièces d'or de Ned tintaient dans sa poche.

Il était si charmant. Elle se demanda s'il viendrait vraiment à la boutique. Que restait-il de son amour pour la jeune fille dont il gardait le portrait depuis si longtemps ?

Elle était impatiente d'annoncer à sa mère la nouvelle des prochaines noces royales. En revanche, elle ne savait que lui dire à propos de Ned. Elles étaient très proches sa mère et elle, ne fût-ce qu'à cause des épreuves et de la misère qu'elles avaient endurées ensemble. Sylvie était rarement tentée de cacher quelque chose à Isabelle. Le problème, ce jour-là, était qu'elle avait du mal à définir ses sentiments.

En arrivant, elle rangea la charrette sous l'abri, derrière la maison.

« Je suis rentrée ! » lança-t-elle en entrant dans la boutique.

Un client en sortait au même instant.

Sa mère se retourna.

« Eh bien, dit-elle en la regardant, tu as l'air bien réjouie. Serais-tu amoureuse ? »

18

Barney Willard jeta l'ancre de l'*Alice* dans la baie d'une ville sans nom, sur la côte nord d'Hispaniola. Il venait voir Bella.

Il n'amarra pas le bateau à l'embarcadère : des soldats hostiles auraient pu monter à bord facilement. Il l'aligna dans une position telle que les canons de tribord étaient braqués vers le petit palais de calcaire corallien, qui était toujours le principal bâtiment de la bourgade. Côté bâbord, ils visaient les vaisseaux qui pourraient venir du large.

Malgré toutes ces précautions, Barney ne s'attendait pas réellement à avoir des ennuis ici.

L'*Alice* était un navire marchand, un trois-mâts de cent soixante tonneaux et quatre-vingt-dix pieds de long. Barney en avait modernisé la structure en abaissant les châteaux de poupe et de proue. Il avait installé seize canons de poids moyen appelés couleuvrines qui projetaient des boulets de dix-huit livres. Il avait exigé une longueur de canon de quinze pieds. Le bateau ne mesurant que trente pieds dans sa plus grande largeur, les affûts devaient être répartis sur le pont-batterie à une certaine distance les uns des autres pour ne pas risquer de se heurter au moment du recul. Mais les longs canons tiraient plus loin et avec plus de précision et Barney savait d'expérience que pour mettre en déroute un puissant galion espagnol, il fallait le neutraliser avant qu'il ne soit trop près.

L'équipage de l'*Alice* ne comprenait que vingt hommes. Les bateaux de cette dimension en embarquaient généralement quarante ou davantage. C'était plus qu'il n'était nécessaire, mais les capitaines comptaient large en prévision des morts qui surviendraient au cours du voyage, non seulement à cause des batailles mais aussi des fièvres, fréquentes à bord. Barney envisageait les choses différemment. Il estimait que les risques de contamination étaient plus grands sur un bateau grouillant de monde et avait pu vérifier, à sa grande satisfaction, qu'il était préférable d'embarquer au départ un équipage moins nombreux dans de meilleures conditions de salubrité. Son navire transportait également du bétail vivant et des barriques de pommes et de poires afin que les marins disposent de nourriture fraîche, imitant en cela le pirate sir John Hawkins. Quand, malgré toutes ces précautions, il perdait des hommes, il les remplaçait par de nouvelles recrues qu'il trouvait à volonté dans les ports. Ceci expliquait la présence à bord de l'*Alice* de trois Africains à la peau sombre qu'il avait embauchés à Agadir.

En fin d'après-midi, il envoya un petit groupe de marins à terre. Ils achetèrent des poulets et des ananas et, après les avoir nettoyées, remplirent les barriques d'eau claire à la rivière qui traversait la ville. Ils racontèrent à leur retour que les habitants avaient été enchantés d'apprendre ce que contenaient les cales de l'*Alice* : des ciseaux et des couteaux en acier de Tolède, des balles de fines étoffes d'Amsterdam, des chapeaux, des souliers, des gants – autant d'articles de première nécessité ou de luxe qui n'étaient pas fabriqués dans cette île des Caraïbes.

Barney mourait d'envie de descendre immédiatement du bateau pour se mettre à la recherche de Bella. Pendant la longue traversée de l'Atlantique, sa curiosité s'était peu à peu transformée en désir. Il s'obligea cependant à attendre. Il ne savait pas ce qu'il allait trouver. Il serait malvenu de faire irruption dans un foyer tranquille et uni. Quand il avait quitté Hispaniola, Bella était jeune et jolie ; pourquoi ne se serait-elle pas mariée ? D'un autre côté, elle avait une petite entreprise lucrative et n'avait donc pas besoin d'homme pour l'entretenir. Peut-être avait-elle refusé de renoncer à son indépendance pour prendre un mari. C'était son plus grand espoir.

En se présentant à elle comme un vieil ami, il serait à même de faire face à la situation quelle qu'elle fût. S'il découvrait qu'elle était mariée, il cacherait sa déception et serrerait la main de l'heureux élu en le félicitant de sa bonne fortune. Si elle était seule et célibataire – plût à Dieu qu'il en fût ainsi ! –, il la serrerait dans ses bras.

Le lendemain matin, il enfila un manteau vert orné de boutons dorés, qui lui donnait une allure officielle et dissimulait en partie l'épée accrochée à sa ceinture. Sans la cacher entièrement, il la rendait moins ostentatoire. Puis il alla se présenter au maire avec Jonathan Greenland.

La ville s'était un peu étendue mais n'avait pas beaucoup changé. Quand ils arrivèrent sur la place centrale, ils attirèrent tous les regards, comme neuf ans auparavant, et sans doute des mêmes personnes. Cette fois, Barney dévisagea tous les passants, dans l'espoir d'apercevoir une belle Africaine aux yeux bleus. Il ne la vit pas.

Dans la fraîcheur du palais, on les fit attendre assez longtemps pour leur faire prendre la mesure de l'importance du personnage qu'ils souhaitaient rencontrer.

Puis ils furent conduits à l'étage par un jeune homme en soutane qui devait être le père Ignacio ou un remplaçant – Barney ne se souvenait pas très bien du modèle original.

En revanche, il se rappelait fort bien Alfonso, le père obèse de Bella. Le jeune homme assis derrière le bureau du maire n'était certainement pas Alfonso.

« Don Alfonso est mort, annonça celui qui occupait son

fauteuil. Il y a cinq ans. » Barney ne fut pas surpris : dans les Caraïbes, les colons succombaient souvent à d'étranges maladies tropicales. « C'est moi qui suis maire à présent. » Malgré sa jeunesse, le successeur d'Alfonso ne vivrait peut-être pas longtemps lui non plus : son teint révélait qu'il était atteint de jaunisse. « Je m'appelle don Jordi. À qui ai-je l'honneur ? »

Barney fit les présentations, puis ils se livrèrent au chassé-croisé rituel, don Jordi prétendant ne pas réclamer de pot-de-vin, Barney faisant mine de ne pas lui en proposer. Quand ils se furent entendus sur le prix d'une « licence de commerce temporaire », le prêtre apporta une bouteille et des verres.

Barney en but une gorgée et demanda :

« Est-ce le rhum de Bella ?

— Aucune idée, répondit Jordi. Qui est Bella ? »

C'était de mauvais augure.

« Autrefois, c'était elle qui fabriquait le meilleur rhum de l'île. » Barney prit soin de cacher sa déception. « Peut-être a-t-elle déménagé ?

— C'est fort probable. Il n'est pas à votre goût ?

— Au contraire. À l'amitié. »

En partant, Jonathan et Barney traversèrent la place et se dirigèrent vers le bâtiment qui avait abrité la maison et la distillerie de Bella. Ils franchirent l'arcade et pénétrèrent dans l'arrière-cour. L'affaire s'était développée : il y avait désormais deux alambics.

Un homme aux allures de patron s'avança vers eux. Âgé d'une trentaine d'années, il avait la peau noire et des cheveux raides, ce qui laissait penser qu'il était le fils d'un planteur et d'une esclave. Il leur adressa un sourire amical.

« Je vous souhaite le bonjour, messieurs. J'imagine que vous venez acheter le meilleur rhum du monde. »

Barney songea avec inquiétude que c'était exactement le genre d'homme que Bella avait pu épouser.

« En effet, acquiesça-t-il. Et peut-être aussi vous vendre une paire de pistolets espagnols par la même occasion.

— Entrez, venez goûter mes produits. Je suis Pablo Trujillo, le propriétaire. »

Barney ne put contenir plus longtemps son impatience.

« Qu'est devenue Bella ?

— Je lui ai acheté son affaire il y a deux ans. Mais je continue à utiliser ses recettes. »

Il les conduisit à l'intérieur et se mit à presser des citrons verts, comme faisait Bella.

« Où est-elle maintenant ? demanda Barney.

— Elle habite une maison sur les terres de don Alfonso. Depuis qu'il est mort, la plantation appartient à un autre. Mais Alfonso avait légué cette maison à Bella. »

Barney avait l'impression que Pablo lui cachait quelque chose.

« Est-elle mariée ?

— Je ne crois pas. »

Pablo sortit une bouteille et des verres.

Barney éprouvait quelques scrupules à poser autant de questions sur Bella. Il ne voulait pas qu'on pût le croire sentimental au point d'avoir traversé l'Atlantique pour une fille. Il retint donc les interrogations qui se pressaient sur ses lèvres et acheta deux barriques à un prix ridiculement bas.

Au moment de partir, ravalant sa fierté, il lança :

« J'irai peut-être rendre visite à Bella. Y a-t-il quelqu'un en ville qui pourrait me conduire chez elle ?

— Le voisin. Mauricio Martinez se rend parfois à la plantation avec une mule chargée de provisions.

— Merci. »

Le voisin en question tenait un magasin odorant encombré de barils de riz et de haricots, de bouquets d'herbes aromatiques, de marmites, de clous et de rubans multicolores. Il consentit à fermer aussitôt sa boutique pour conduire Barney à la plantation.

« Dois aller de toute façon, dit-il. Besoin de farine et d'huile d'olive. »

Il tronquait ses phrases comme pour dire un maximum de choses dans un minimum de temps.

Barney demanda à Jonathan de retourner veiller sur l'*Alice*.

Mauricio sella un cheval pour Barney, cheminant pour sa part à pied afin de guider sa mule. Ils s'engagèrent sur un chemin de terre qui gravissait les collines. Si Barney n'avait pas très envie de parler, Mauricio avait en revanche mille choses à dire dans son langage elliptique. Par bonheur, il ne semblait pas attendre de réponse, ni même se soucier de savoir si Barney comprenait. Ainsi, celui-ci gardait l'esprit libre pour évoquer ses souvenirs.

Ils longèrent bientôt des champs de canne à sucre, aux tiges aussi hautes que Barney sur son cheval. Des Africains déambulaient entre les rangées, les hommes en culottes courtes loqueteuses, les femmes en robes droites toutes simples. Quant aux enfants, ils allaient tout nus. Ils portaient tous des chapeaux de paille rudimentaires. Dans un des champs, ils creusaient des trous dans lesquels ils repiquaient de nouveaux plants en transpirant sous le soleil. Barney vit un autre groupe s'activer autour d'un énorme pressoir en bois. La canne y était broyée et son jus s'écoulait dans un réservoir en contrebas. Ils passèrent à proximité d'une bâtisse en bois où pétillait un feu crachant des tourbillons de vapeur. Mauricio expliqua :

« La sucrerie.

— Je me demande comment on peut arriver à travailler dans un endroit pareil par un temps pareil, remarqua Barney.

— Beaucoup n'y résistent pas. Gros problème, esclaves morts dans la sucrerie. Coûte cher. »

Ils aperçurent enfin la demeure du planteur, une maison à étage construite dans le même calcaire corallien que le palais de la bourgade. Quand ils furent plus près, Mauricio désigna une petite case en bois nichée à l'ombre d'un agréable bosquet de palmiers.

« Bella », dit-il.

Et il se dirigea vers la grande maison.

La gorge serrée, Barney descendit de son cheval et l'attacha à un arbre. *Neuf ans*, songea-t-il. *Il peut se passer bien des choses en neuf ans.*

Il s'approcha. La porte était ouverte. Il entra.

Une vieille femme était allongée sur un lit étroit dans un angle. Il n'y avait personne d'autre dans la pièce.

« Où est Bella ? » demanda-t-il en espagnol.

La femme le dévisagea longuement et murmura :

« Je savais que tu reviendrais. »

Profondément troublé par le timbre de sa voix, il observa la vieille femme plus attentivement.

« Bella ?

— Je suis mourante », dit-elle.

Il la rejoignit en deux enjambées et s'agenouilla à son chevet.

C'était Bella. Ses cheveux étaient si fins qu'elle paraissait presque chauve, sa peau dorée avait pris une teinte de vieux parchemin, son corps autrefois si robuste était efflanqué. Il la reconnut à ses yeux bleus.

« Que t'est-il arrivé ?

— La fièvre rouge. »

Barney n'en avait jamais entendu parler, mais peu importait : il sautait aux yeux qu'elle était aux portes de la mort.

Il se pencha pour l'embrasser. Elle se détourna.

« Je suis affreuse. »

Il déposa un baiser sur sa joue.

« Ma Bella bien-aimée. » Le chagrin l'accablait tant qu'il arrivait à peine à parler. Refoulant des larmes fort peu viriles, il parvint enfin à murmurer : « Puis-je faire quelque chose pour toi ?

— Oui. Je voudrais te demander une faveur.

— Tout ce que tu voudras. »

Avant qu'elle ait pu poursuivre, Barney entendit une voix d'enfant dans son dos :

« Qui êtes-vous ? »

Il se retourna. Un petit garçon se tenait dans l'embrasure de la porte. Il avait la peau dorée, des cheveux frisés d'Africain d'un brun tirant sur le roux et des yeux verts.

Barney interrogea Bella du regard.

« Il doit avoir à peu près huit ans… »

Elle hocha la tête.

« Il s'appelle Barnardo Alfonso Willard. Occupe-toi de lui. »

Barney eut l'impression d'avoir été heurté de plein fouet par un cheval au galop. Il en avait le souffle coupé. Deux chocs d'un coup : Bella était mourante et il avait un fils. En l'espace d'un instant, sa vie avait basculé.

Bella s'adressa au petit :

« Alfo, c'est ton père. Je t'ai parlé de lui. »

Alfo regarda Barney, les traits crispés par une rage enfantine.

« Pourquoi êtes-vous venu ? s'écria-t-il. Elle vous a attendu si longtemps. Et maintenant, elle va mourir !

— Tais-toi, Alfo, le gronda Bella.

— Partez ! cria l'enfant. Retournez en Angleterre ! Nous n'avons pas besoin de vous ici !

— Alfo ! dit Bella.

— Ça n'a pas d'importance, Bella, fit Barney. Laisse-le crier. » Il se tourna vers l'enfant. « J'ai perdu ma maman moi aussi, Alfo. Je comprends. »

Le chagrin du petit garçon prit alors le pas sur sa colère. Éclatant en sanglots, il se jeta sur le lit à côté de sa mère.

Bella l'entoura de son bras décharné. Il enfouit son visage contre sa poitrine en pleurant.

Barney lui caressa les cheveux. Ils étaient épais et doux. *Mon fils*, se dit-il. *Mon pauvre petit garçon.*

Un long moment s'écoula dans le silence. Alfo finit par sécher ses larmes et se mit à sucer son pouce en regardant Barney.

Bella ferma les yeux. *C'est bien*, pensa Barney. *Elle se repose.*

Dors bien, mon amour.

19

Sylvie était débordée – au point que cela devenait dangereux.

Paris était pleine de huguenots venus assister au mariage royal. Ils se pressaient dans la boutique de la rue de la Serpente pour lui acheter de l'encre et du papier. Ils voulaient aussi se procurer des livres interdits, non seulement la Bible en français, mais aussi les écrits incendiaires de Martin Luther et Jean Calvin critiquant l'Église catholique. Elle avait mal aux pieds à force d'aller au dépôt de la rue du Mur et de sillonner Paris pour livrer sa marchandise clandestine aux maisons et pensions de famille où logeaient les protestants.

De surcroît, la plus grande discrétion était de mise. Elle

en avait l'habitude, mais ce rythme d'activité était nouveau. Ce n'était plus trois fois par semaine, mais trois fois par jour qu'elle risquait de se faire arrêter. Cette tension était épuisante.

Les moments passés avec Ned lui apportaient des parenthèses de repos, des oasis de calme et de sécurité. Il se montrait préoccupé, sans toutefois céder à l'anxiété. Il ne s'affolait jamais. Il la trouvait courageuse, héroïque même. Son admiration la flattait, même si elle savait qu'elle n'était qu'une jeune femme transie de peur.

La troisième fois qu'il vint à la boutique, Isabelle lui révéla leurs vrais noms et le pria de rester pour le dîner.

Elle n'avait pas consulté sa fille. Elle le fit de sa propre initiative et prit Sylvie par surprise. Ned accepta sans hésiter. Quoiqu'un peu déconcertée, Sylvie en fut ravie.

Ils fermèrent à clé la porte donnant sur la rue et se retirèrent dans l'arrière-boutique. Isabelle prépara des truites pêchées le matin même avec des courges et du fenouil. Ned mangea avec appétit. Elle leur servit ensuite un bol de reines-claudes jaunes tachetées de rouge et un flacon d'eau-de-vie ambrée. Elles n'avaient pas d'eau-de-vie chez elles d'ordinaire. Les deux femmes ne buvaient jamais d'alcool fort, seulement du vin, et encore, le plus souvent dilué. Isabelle avait manifestement organisé ce repas dans le plus grand secret.

Ned leur rapporta les nouvelles en provenance des Pays-Bas. Elles ne présageaient rien de bon.

« Hangest a désobéi aux ordres de Coligny, il est tombé dans une embuscade et a essuyé une défaite cuisante. Il a été fait prisonnier. »

Isabelle ne s'intéressait pas à Hangest, mais à Ned.

« Combien de temps pensez-vous rester à Paris ? demanda-t-elle.

— Aussi longtemps que la reine Élisabeth le souhaitera.

— Ensuite, vous retournerez en Angleterre, c'est cela ?

— J'irai là où la reine m'enverra.

— Vous lui êtes très dévoué.

— La servir est un honneur pour moi. »

Isabelle aborda un autre sujet.

« Les maisons anglaises sont-elles très différentes des maisons françaises ? La vôtre, par exemple ?

— Je suis né dans une grande maison, en face de la cathédrale de Kingsbridge. Elle appartient désormais à mon frère aîné, Barney, mais c'est là que je loge quand je suis à Kingsbridge.

— En face de la cathédrale ? Elle est bien située alors ?

— Merveilleusement. J'adore m'installer dans le salon pour contempler cette grande église.

— Que faisait votre père ? »

Sylvie protesta :

« Maman, on dirait l'Inquisition !

— Cela ne me gêne pas, la rassura Ned. Mon père était négociant. Il avait un grand entrepôt à Calais. Après sa mort, ma mère a continué à diriger l'entreprise pendant dix ans. » Il ajouta avec un petit sourire désabusé : « Elle a tout perdu le jour où vous, les Français, nous avez repris Calais.

— Y a-t-il des Français à Kingsbridge ?

— Un certain nombre de huguenots persécutés se sont réfugiés en Angleterre. Un certain Guillaume Forneron a ouvert une fabrique de batiste dans le faubourg du champ aux Amoureux. On s'arrache les chemises de Forneron.

— Et votre frère, de quoi vit-il ?

— Il est capitaine. Il a un bateau, l'*Alice*.

— Il en est propriétaire ?

— Oui.

— Sylvie m'a parlé d'un manoir.

— La reine Élisabeth m'a fait lord d'un village appelé Wigleigh, non loin de Kingsbridge. C'est un tout petit bourg, mais il y a un manoir où je me rends deux ou trois fois par an.

— En France, nous vous appellerions sieur de Wigleigh.

— En effet. » Le nom était difficile à prononcer en français, à l'instar de Willard.

« Vous vous êtes bien remis des revers de fortune de votre famille, votre frère et vous. Vous êtes diplomate et Barney possède un bateau. »

Ned avait certainement compris qu'Isabelle cherchait à connaître sa situation sociale et financière, songea Sylvie, mais il n'avait pas l'air de s'en offusquer. Il semblait même désireux de donner des gages de respectabilité. Sylvie n'en était pas moins gênée. Ned allait croire qu'on attendait de lui une demande en mariage. Pour mettre un terme à cet interrogatoire, elle annonça :

« Il est temps d'ouvrir la boutique. »

Isabelle se leva.

« Je m'en occupe. Restez donc encore un instant à bavarder tous les deux. Je t'appellerai si j'ai besoin de toi, Sylvie. »

Et elle les laissa.

« Veuillez pardonner son indiscrétion, déplora Sylvie.

— Ne vous excusez pas. » Ned sourit. « Il est normal qu'une mère veuille tout savoir d'un homme qui se lie d'amitié avec sa fille.

— C'est gentil de votre part.

— Je ne suis certainement pas le premier à subir le feu de ses questions. »

Sylvie n'ignorait pas qu'elle devrait, tôt ou tard, lui raconter son histoire.

« J'ai fréquenté quelqu'un, voici longtemps déjà. C'est mon père qui l'a interrogé à l'époque.

— Puis-je vous demander pourquoi les choses n'ont pas tourné ainsi que vous le souhaitiez ?

— C'était Pierre Aumande.

— Dieu tout-puissant ! Il était protestant ?

— Non, mais il nous l'a fait croire pour pouvoir espionner notre communauté. Une heure après le mariage, nous avons tous été arrêtés. »

Ned se pencha sur la table et lui prit la main.

« Quelle cruauté !

— Il m'a brisé le cœur.

— Figurez-vous que j'en ai appris un peu plus long sur ses origines. Son père était curé de campagne, fils illégitime d'un membre de la famille de Guise. Sa mère était la gouvernante de ce curé.

— Comment le savez-vous ?

— Par la marquise de Nîmes.

— Louise ? Elle fait partie de notre communauté. Elle ne me l'a jamais dit.

— Elle craint sans doute de vous mettre mal à l'aise en vous parlant de lui.

— Pierre n'a cessé de me mentir. Sans doute est-ce pour cela que je ne fais plus confiance à personne… »

Ned lui jeta un regard interrogateur. Sylvie comprit sa question muette : *Et moi ?* Mais elle n'était pas prête à y répondre.

Il attendit. Enfin convaincu qu'elle n'en dirait pas davantage, il rompit le silence :

« Eh bien, je vous remercie pour ce délicieux repas. »

Alors qu'elle se levait pour prendre congé, elle lui trouva la mine déconfite. Elle en eut le cœur serré. Spontanément, elle contourna la table et l'embrassa.

Elle avait eu l'intention de se contenter d'un petit baiser amical, mais les choses prirent une autre tournure. Sans qu'elle le veuille, leurs lèvres se rejoignirent. C'était comme un festin délectable : une saveur réclamait la suivante. Elle n'en avait jamais assez. Posant la main sur sa nuque, elle pressa sa bouche contre la sienne avec avidité.

Il ne se fit pas prier. L'entourant de ses bras, il la serra contre lui. Elle fut submergée par une émotion oubliée, le bonheur de se rassasier du corps d'un autre. Elle tentait de se persuader qu'elle allait couper court d'une seconde à l'autre.

Il posa les deux mains sur ses seins et appuya tout doucement, exhalant un petit bruit de gorge. Le frisson qui la parcourut tout entière lui fit reprendre ses esprits. Elle le repoussa en lui disant, haletante :

« Je ne voulais pas. »

Sans répondre, il lui adressa un sourire radieux.

Elle comprit qu'elle venait de lui faire l'aveu qu'elle avait l'intention de lui taire. Elle s'en moquait désormais.

« Vous feriez mieux de partir, avant que je ne fasse quelque chose que je pourrais regretter », ajouta-t-elle pourtant.

Cette idée sembla le réjouir encore davantage.

« Très bien, acquiesça-t-il. Quand vous reverrai-je ?

— Bientôt. Allez dire au revoir à ma mère. »

Il voulut l'embrasser encore, mais elle posa une main sur sa poitrine.

« Brisons là. »

Il n'insista pas et passa dans la boutique.

« Madame Palot, je vous remercie de votre hospitalité. »

Sylvie se laissa tomber sur une chaise. Elle entendit bientôt la porte de la boutique se refermer. Sa mère entra, aux anges.

« Il est parti, mais il reviendra.

— Je l'ai embrassé, dit Sylvie.

— Je m'en suis doutée en voyant son sourire.

— Je n'aurais pas dû faire ça.

— Pourquoi ? Je l'aurais embrassé moi-même, si j'avais eu vingt ans de moins.

— Ne sois pas triviale, Maman. Il va croire que je veux l'épouser.

— Si j'étais toi, je me hâterais de le faire avant qu'une autre fille ne jette son dévolu sur lui.

— Arrête. Tu sais parfaitement que je ne peux pas l'épouser.

— Première nouvelle ! Que veux-tu dire ?

— Ma mission est d'apporter au monde le véritable Évangile.

— Ne crois-tu pas que nous en avons assez fait ? »

Sylvie fut offusquée par la réflexion de sa mère. Jamais elle n'avait parlé ainsi. Voyant sa réaction, Isabelle ajouta :

« Dieu lui-même s'est reposé le septième jour, après avoir créé le monde.

— Notre travail n'est pas terminé.

— Il ne le sera sans doute jamais, jusqu'au Jugement dernier.

— Raison de plus pour continuer.

— Je veux que tu sois heureuse. Tu es ma petite fille.

— Mais que veut le Seigneur ? Tu m'as appris à me poser toujours cette question. »

Isabelle soupira.

« C'est vrai. J'étais plus dure quand j'étais jeune.

— Tu étais sage. Il n'est pas question que je me marie. J'ai une mission à accomplir.

— Il n'en demeure pas moins que Ned ou pas Ned, il nous faudra peut-être trouver un jour d'autres manières de servir Dieu.

— Je ne vois pas comment.

— Cela nous sera révélé.

— Tout est donc entre les mains de Dieu, n'est-ce pas, Maman ?

— Oui.

— Dans ce cas, soyons satisfaites de ce que nous avons. »

Isabelle poussa un nouveau soupir.

« Exactement », acquiesça-t-elle, mais Sylvie doutait de sa sincérité.

*

En sortant de la boutique, Ned remarqua un jeune homme dépenaillé qui errait, seul et sans but, devant la taverne d'en face. Ned se dirigea vers l'est, pour rejoindre l'ambassade d'Angleterre. En jetant un coup d'œil derrière lui, il constata que l'homme prenait la même direction que lui.

Ned était d'excellente humeur. Sylvie l'avait embrassé avec fougue. Il l'adorait. Pour la première fois de sa vie, il rencontrait une femme de la trempe de Margery. Sylvie était vive, courageuse, en même temps que chaleureuse et attirante. Il était impatient de la revoir.

Il n'avait pas oublié Margery. Il ne l'oublierait jamais. Mais elle avait refusé de fuir avec lui et il avait encore toute une vie à passer sans elle. Il avait droit à un autre amour.

Il appréciait aussi la mère de Sylvie. Isabelle était encore séduisante dans sa maturité, avec ses formes plantureuses et son beau visage. Les petites rides autour de ses yeux bleus donnaient du caractère à sa physionomie. Elle n'avait pas caché sa sympathie pour Ned.

Il était furieux de ce que Sylvie lui avait dit de Pierre Aumande. Il était allé jusqu'à l'épouser ! Pas étonnant qu'elle soit restée aussi longtemps sans se remarier ! À l'idée qu'il ait pu la trahir le jour même de leur mariage, Ned l'aurait volontiers étranglé de ses propres mains.

Mais il ne se laissa pas abattre par cette pensée. Il avait trop de raisons de se réjouir. Il était même envisageable que la France fût le deuxième pays au monde à accorder la liberté religieuse à son peuple.

En traversant la rue Saint-Jacques, il regarda furtivement derrière lui et revit le jeune homme aperçu rue de la Serpente.

Il fallait faire quelque chose.

Il s'arrêta de l'autre côté de la rue et se retourna pour admirer la magnifique église Saint-Séverin. L'homme traversa précipitamment et disparut dans une ruelle.

Ned s'engagea dans le domaine de Saint-Julien-le-Pauvre en passant par le petit cimetière désert. Il contourna l'église et se glissa dans un renfoncement de porte qui le déroba aux regards. Aussitôt, il dégaina sa dague et l'empoigna de façon que le manche dépasse entre le pouce et l'index de sa main droite.

Quand le gueux passa à proximité, Ned bondit de sa cachette et le frappa au visage avec le pommeau. L'homme cria et recula en titubant, le nez et la bouche en sang. Mais il reprit rapidement l'équilibre et tourna les talons. Ned se lança à sa poursuite, l'agrippa et le projeta face contre terre. Il s'agenouilla sur son dos, la pointe de sa dague sur sa nuque.

« Qui t'a envoyé ? »

L'homme balbutia, en avalant du sang :

« Je ne comprends pas. Qu'est-ce qui vous prend ? »

Ned enfonça un peu la lame, qui écorcha la peau malpropre de l'homme et fit perler une goutte de sang.

« Non, par pitié ! s'écria l'homme.

— Personne ne nous voit. Je te tuerai et repartirai – si tu ne me dis pas qui t'a donné l'ordre de me suivre.

— C'est bon, c'est bon ! C'est Georges Biron.

— Parbleu, qui est-ce ?

— Le seigneur de Montagny. »

Ce nom lui disait vaguement quelque chose.

« Pourquoi s'intéresse-t-il à moi ?

— Je n'en sais rien, je vous le jure par le Christ ! Il ne nous donne jamais d'explication, il nous envoie, c'est tout. »

Il faisait donc partie d'une organisation. Biron devait être leur chef. Il avait placé Ned sous surveillance, lui ou celui pour qui il travaillait.

« Qui d'autre suis-tu ?

— Avant, c'était Walsingham. Maintenant, c'est vous.

— Biron est-il au service d'un grand seigneur ?

— Peut-être, mais il ne nous dit rien. Je vous assure, c'est vrai ! »

C'était plausible, songea Ned. Il était inutile d'expliquer à ces pouilleux les raisons de leur mission.

Il se leva, remit son arme dans son fourreau et s'éloigna.

Il traversa la place Maubert pour rejoindre l'ambassade et entra. Walsingham se trouvait dans le vestibule.

« Savez-vous qui est Georges Biron, seigneur de Montagny ? lui demanda Ned.

— Oui. Il est sur la liste de la clique de Pierre Aumande de Guise.

— Ah, ceci explique cela.

— Explique quoi ?

— Pourquoi il nous fait suivre, vous et moi. »

*

Pierre regardait la petite boutique de la rue de la Serpente. Il connaissait bien les lieux : il habitait ce quartier quand il était étudiant, il y avait fort longtemps. Il fréquentait la taverne située de l'autre côté de la rue, mais la boutique n'existait pas à l'époque.

Revoir ce quartier l'incita à réfléchir au parcours qu'il avait suivi depuis cette lointaine époque. Le jeune étudiant d'alors avait bien des rêves qui s'étaient réalisés depuis, songea-t-il avec satisfaction. Il était le conseiller le plus écouté de la famille de Guise. Il avait de beaux habits qu'il portait pour voir le roi. Il avait de l'argent et un bien plus précieux encore : du pouvoir.

Il avait aussi des soucis. Les protestants n'avaient pas été éradiqués. Ils semblaient au contraire de plus en plus puissants. Les pays scandinaves et certaines provinces allemandes étaient résolument protestants, tout comme le minuscule royaume de Navarre. La bataille n'était pas encore gagnée en Écosse et aux Pays-Bas.

Toutefois, les nouvelles des Pays-Bas étaient bonnes : vaincu à Mons, le chef huguenot Hangest était à présent enfermé dans un donjon avec quelques-uns de ses lieutenants, soumis à la torture par le féroce duc d'Albe. Pour fêter cette victoire, les catholiques de Paris avaient composé une ritournelle qu'on entendait chanter tous les soirs dans les tavernes :

Hang-est !
Ha ! Ha ! Ha !
Hang-est !
Ha ! Ha ! Ha !

Mais le succès de Mons n'était pas décisif. La rébellion n'avait pas encore été écrasée.

Pire, la France s'acheminait cahin-caha, tel un ivrogne qui voudrait avancer mais titube et recule, vers un ignoble compromis sur le modèle de celui qu'avait inauguré la reine Élisabeth en Angleterre, ni tout à fait catholique ni tout à fait protestante, une sorte de fade permissivité. Le mariage royal aurait lieu dans quelques jours seulement et n'avait pas encore provoqué le genre d'émeutes susceptible de justifier son annulation.

Tout n'était pas perdu pourtant. Et le jour venu, Pierre serait prêt. Il avait ajouté un certain nombre de noms de visiteurs protestants à son carnet noir. Depuis quelques jours, le duc Henri et lui avaient forgé de nouveaux plans. Ils avaient dressé une autre liste où figuraient les nobles ultra-catholiques qu'ils savaient disposés à commettre des meurtres. Dès le déclenchement d'une insurrection huguenote, les cloches de Saint-Germain-l'Auxerrois sonneraient à toute volée, appelant chacun de ces aristocrates catholiques à aller assassiner le protestant qui lui avait été attribué.

Ils avaient tous accepté, en principe. Pierre savait que certains reculeraient, mais il en resterait suffisamment pour mener l'affaire à bien. Dès les premiers signes de soulèvement, les catholiques frapperaient. Ils terrasseraient la bête en lui tranchant la tête. La milice de la ville se chargerait ensuite du menu fretin. Le mouvement huguenot serait paralysé, définitivement peut-être. Ce serait la fin de l'indigne politique de tolérance à l'égard des hérétiques. Et les Guises redeviendraient la famille la plus puissante de France.

Pierre avait sous les yeux une nouvelle adresse à ajouter à son carnet noir.

« L'Anglais est tombé amoureux, lui avait annoncé Georges Biron.

— De qui ? Quelqu'un que nous pourrions faire chanter ? avait demandé Pierre.

— Une femme qui vend de la papeterie dans une boutique de la rive gauche.

— Son nom ?

— Thérèse Saint-Quentin. Elle tient ce commerce avec sa mère, Jacqueline.

— Elles doivent être protestantes. Je ne vois pas l'Anglais courtiser une catholique.

— Voulez-vous que je me renseigne à leur sujet ?

— Je m'en chargerai moi-même. »

Les Saint-Quentin habitaient une maison modeste ne comportant qu'un étage au-dessus du rez-de-chaussée. Un passage de la largeur d'une charrette desservait probablement une arrière-cour. La façade était en bon état et les menuiseries repeintes à neuf, signes que ces dames jouissaient d'une certaine aisance. La porte était ouverte sur la chaleur du mois d'août. La vitrine était joliment agencée : on y voyait des feuilles de papier déployées en éventail, des plumes d'oie disposées en bouquet dans un vase, des flacons d'encre de tailles diverses.

« Attendez ici », dit Pierre à ses gardes.

Entrant dans la boutique, il eut la surprise de reconnaître Sylvie Palot.

C'était bien elle. D'après ses calculs, elle avait trente et un ans, mais on lui en aurait donné un peu plus, sans doute en raison des épreuves qu'elle avait traversées. Elle était plus mince que par le passé et avait perdu un peu de sa fraîcheur juvénile. De petites rides commençaient à se creuser autour de sa mâchoire bien dessinée. Elle portait une robe de lin bleu très simple, sous laquelle on devinait un corps toujours aussi ferme et robuste.

L'espace d'un instant, il fut transporté comme par magie dans un passé vieux de quatorze ans : le marché aux poissons où il l'avait abordée pour la première fois, la librairie à l'ombre de la cathédrale, l'église clandestine dans le pavillon de chasse et lui, plus jeune et plus ignorant, qui n'avait rien et voulait tout.

Sylvie était seule dans la boutique. Assise à une table, elle reportait une colonne de chiffres dans un livre de comptes et ne leva pas tout de suite les yeux.

Il l'observa. Elle avait manifestement survécu à la mort de son père et à la confiscation de son entreprise. Elle avait adopté un faux nom et ouvert sa propre boutique – visiblement florissante. Pierre ne comprenait pas que Dieu pût permettre aux protestants sacrilèges de réussir dans le commerce et les affaires. Ils employaient leurs gains à payer des pasteurs, construire des lieux de prière et acheter des livres interdits. Décidément, les desseins de Dieu étaient parfois insondables.

Et voilà qu'elle avait un admirateur – un ennemi juré de Pierre.

« Bonjour, Sylvie », lança-t-il au bout d'un petit moment.

Malgré le ton amical qu'il avait employé, elle poussa un cri de frayeur. Elle avait dû reconnaître sa voix après toutes ces années.

Son air épouvanté le ravit.

« Que viens-tu faire ici ? demanda-t-elle d'une voix tremblante.

— Pur hasard. Quelle délicieuse surprise !

— Tu ne me fais pas peur. » Il comprit avec satisfaction qu'elle mentait. « Que pourrais-tu me faire de plus ? Tu as déjà brisé ma vie.

— Je pourrais recommencer.

— Non. Nous sommes protégés par la paix de Saint-Germain.

— Il est toujours illégal de vendre des livres interdits.

— Nous ne vendons pas de livres. »

Pierre regarda autour de lui. Il n'y avait effectivement pas d'ouvrages en vente, uniquement des registres vierges semblables à celui dans lequel elle écrivait et des carnets plus petits qui servaient de livres de raison. Peut-être son prosélytisme avait-il été refroidi par la vision de son père sur le bûcher : c'était le but recherché. Cependant, ces exécutions produisaient parfois l'effet inverse en créant des martyrs qui faisaient des émules. Elle avait parfaitement pu décider de poursuivre l'œuvre de son père. Et peut-être dissimulait-elle une réserve d'ouvrages hérétiques ailleurs. Il pourrait la faire suivre jour et nuit pour s'en assurer. Malheureusement, maintenant qu'elle était prévenue, elle redoublerait de précautions.

Il changea de stratégie.

« Tu m'aimais autrefois. »

Elle pâlit.

« Dieu me pardonne.

— Allons, allons. Tu ne te faisais pas prier pour m'embrasser.

— Des baisers empoisonnés. »

Il s'avança d'un air menaçant. Il n'avait aucune envie de l'embrasser, pas plus à présent qu'autrefois. C'était plus amusant de l'effrayer.

« Tu ne demanderais qu'à recommencer, je le sais.

— Je t'arracherais le nez de mes dents. »

Il avait le sentiment qu'elle en serait capable, ce qui ne l'empêcha pas de poursuivre son badinage.

« C'est moi qui t'ai appris tout ce que tu sais de l'amour.

— Tu m'as appris qu'on peut être chrétien et mentir sans vergogne.

— Nous sommes tous pécheurs. C'est pourquoi nous avons besoin de la grâce de Dieu.

— Certains pécheurs sont pires que d'autres… et ils vont en enfer.

— Et ton admirateur anglais, tu l'embrasses ? »

Il constata avec joie que cette fois, elle était vraiment terrifiée. De toute évidence, elle n'avait pas imaginé qu'il pourrait connaître l'existence de sir Ned.

« Je ne vois pas de qui tu veux parler.

— Bien sûr que si. »

Elle reprit son sang-froid tant bien que mal.

« Tu es content de ce que tu as gagné, Pierre ? Tu as de beaux habits et je t'ai vu chevaucher au côté du duc de Guise. Tu as eu ce que tu voulais. Cela valait-il tout le mal que tu as fait ? »

Il ne résista pas à l'envie de fanfaronner.

« J'ai de l'argent et plus de pouvoir que j'en avais rêvé.

— Ce n'était pas exactement ce que tu voulais. Tu oublies que je te connais par cœur. »

Pierre fut saisi d'une angoisse soudaine.

Sylvie poursuivit implacablement :

« Tout ce que tu voulais, c'était être l'un des leurs, un membre de la famille de Guise.

— Et je le suis devenu.

— Non. Ils connaissent tous la vérité sur ton origine. »

Pierre sentit un indicible malaise l'envahir.

« Je suis le conseiller le plus proche du duc !

— Peut-être, mais tu n'es pas son cousin. Ils contemplent tes atours luxueux, se souviennent que tu es le fils illégitime d'un fils illégitime et rient de tes prétentions, pas vrai ?

— Qui t'a raconté ces fables ?

— La marquise de Nîmes sait tout de toi. Elle est de ta région. Tu t'es remarié, n'est-ce pas ? »

Le visage de Pierre se crispa. Était-ce une supposition ou le savait-elle ?

« Une union malheureuse, peut-être ? » continua-t-elle. Il était incapable de dissimuler ses sentiments et elle lisait en lui comme dans un livre. « Ce n'est pas une femme de la noblesse, pourtant. Elle est de basse extraction, raison pour laquelle tu la détestes. »

Elle avait raison. S'il avait pu oublier le prix qu'il avait payé pour obtenir le droit de se donner le nom de Guise, son épouse odieuse et son beau-fils insupportable se chargeaient de le lui rappeler à chaque instant. Il ne put réprimer la grimace amère qui lui tordit les traits.

Elle n'échappa pas à Sylvie.

« Pauvre femme. »

Il aurait dû contourner la table, l'assommer puis appeler ses gardes qui attendaient au-dehors pour qu'ils la rouent de coups. Mais il n'en avait pas la force. Au lieu d'être galvanisé par la fureur, il était paralysé par un profond désarroi. Elle avait vu juste. Elle le connaissait trop bien. Elle l'avait blessé et il ne songeait plus qu'à aller se cacher pour lécher ses plaies.

Il s'apprêtait à partir quand la mère de Sylvie entra dans la boutique par une porte donnant sur la pièce du fond. Elle le reconnut aussitôt. Sa surprise fut telle qu'elle recula d'un air aussi apeuré et dégoûté que si elle avait vu un chien enragé. En un éclair, son étonnement se mua en colère.

« Monstre ! s'écria-t-elle. C'est toi qui as tué mon Gilles. Tu as détruit la vie de ma fille ! »

Plus elle hurla, plus sa voix monta dans les aigus, comme si elle était prise d'une crise de folie. Pierre battit en retraite vers la porte.

« Si j'avais un couteau, je t'étriperais et j'arracherais tes entrailles puantes ! criait Isabelle. Vil rebut ! Ignoble rejeton de putain scrofuleuse ! Immonde vermine, je vais t'étrangler ! »

Pierre déguerpit et claqua la porte derrière lui.

*

Dès le début des noces, l'atmosphère fut exécrable.

La foule s'assembla de bonne heure en ce lundi matin, car les Parisiens n'auraient pour rien au monde manqué le spectacle. Sur le parvis de Notre-Dame, on avait dressé des gradins et une estrade en bois recouverte d'un drap broché d'or d'où partaient des passerelles permettant d'accéder à la cathédrale et à l'évêché. En tant que dignitaire de second rang, Ned prit place sur les bancs plusieurs heures avant le début de la cérémonie. En cette journée d'août, le soleil brillait dans un ciel sans nuage et tout le monde souffrait de la chaleur. Autour de cette scène éphémère, la place était bondée de citoyens en nage. D'autres spectateurs s'étaient massés aux fenêtres et sur les toits des bâtiments voisins. Leur silence était de mauvais augure. Les Parisiens ultra-catholiques ne voulaient pas que leur princesse chérie, aussi dissolue fût-elle, épouse une crapule protestante. Et tous les dimanches, des prédicateurs virulents attisaient leur colère en leur rappelant que ce mariage était une abomination.

Ned avait toujours peine à croire qu'il allait avoir lieu. La foule pouvait s'insurger et interrompre la cérémonie. Et selon certaines rumeurs, la princesse Margot menaçait de refuser son consentement à la dernière minute.

Les tribunes se remplirent au cours de la journée. Vers trois heures de l'après-midi, Jerónima Ruiz prit place à côté de Ned. Depuis leur surprenante conversation au palais du Louvre, il avait eu l'intention d'avoir un nouvel entretien avec elle, mais l'occasion ne s'était pas présentée. Il la salua chaleureusement et elle remarqua d'un ton nostalgique :

« Vous avez le même sourire que Barney.

— Monseigneur Romero doit être déçu, remarqua Ned. Il semblerait que ce mariage se fasse finalement. »

Elle baissa la voix.

« Il m'a dit quelque chose qui devrait vous intéresser.

— Parfait ! »

Ned avait espéré convaincre Jerónima de lui transmettre des informations. En fait, il n'avait même pas eu besoin de l'en persuader.

« Le duc de Guise possède une liste des noms et des adresses des plus éminents protestants de Paris. Chacun d'entre eux a été assigné à un gentilhomme catholique digne de confiance. En cas d'émeutes, les huguenots seront massacrés.

— Mon Dieu ! Sont-ils à ce point dénués de scrupules ?

— Pour ce qui est de la famille de Guise, cela ne fait aucun doute.

— Merci de m'avoir averti.

— Je tuerais volontiers Romero, malheureusement, je ne peux pas parce que j'ai besoin de lui. Mais vous révéler cela va dans le même sens. »

Ned la considéra, subjugué et quelque peu horrifié. Les Guises n'étaient pas les seuls à ne pas s'encombrer de scrupules.

Ils furent interrompus par un murmure qui montait de la foule. Tournant la tête, ils virent le cortège nuptial venu du Louvre par le pont Notre-Dame reliant la rive droite à l'île de la Cité. Henri de Bourbon, roi de Navarre, portait une tenue de satin jaune pâle brodé d'argent, de perles et de pierres précieuses. Il était escorté par des aristocrates protestants, parmi lesquels le marquis de Nîmes. Le peuple de Paris, silencieux et maussade, les regardait avancer.

Ned se tourna vers Jerónima pour lui parler, mais elle avait disparu. Walsingham avait pris sa place.

« Je viens d'apprendre une nouvelle effrayante », lui annonça Ned. Et il lui répéta ce que Jerónima venait de lui confier.

« Cela ne devrait pas nous surprendre, observa Walsingham. Ils auront forcément préparé quelque chose.

— Mais maintenant, nous connaissons leurs plans, grâce à cette catin espagnole. »

Walsingham esquissa un de ses rares sourires.

« Entendu, Ned, au temps pour moi. »

Le roi Charles sortit de l'évêché au bras de la future mariée, sa sœur. Il portait la même tenue de satin jaune qu'Henri de Bourbon, en signe de fraternité. Il arborait cependant de plus gros joyaux, et en plus grand nombre. Tandis qu'ils approchaient, Walsingham se pencha vers Ned et lui dit d'un ton dédaigneux :

« Il paraît que les vêtements du roi ont coûté cinq cent mille écus. »

Ned n'en croyait pas ses oreilles.

« Cela représente cent cinquante mille livres !

— Soit la moitié du budget annuel du gouvernement anglais. »

Pour une fois, Ned partagea l'aversion de Walsingham pour l'excès de luxe.

La princesse Margot était vêtue d'une robe de velours d'un violet lumineux et d'une cape bleue prolongée par une longue traîne que tenaient trois dames d'honneur. Elle allait avoir chaud, songea Ned. On disait toujours des princesses qu'elles étaient belles, mais dans le cas présent, c'était la vérité. Elle avait des traits sensuels, de grands yeux sous l'arc que dessinaient de sombres sourcils et des lèvres vermeilles qui appelaient les baisers. Ce jour-là pourtant, ce joli visage affichait une expression amère et obstinée.

« Elle n'a pas l'air heureuse, dit Ned à Walsingham.

— Elle sait depuis toujours qu'il ne lui sera pas permis de choisir son mari. C'est le prix à payer pour le train de vie d'une indécente extravagance qu'affectionne la famille royale de France. »

Ned pensa au mariage arrangé de Margery.

« Je plains Margot.

— Si les rumeurs qui courent à son sujet sont exactes, elle ne se laissera certainement pas brider par les liens conjugaux. »

Derrière le roi marchaient ses frères, tous également vêtus de satin jaune. Ils s'assuraient ainsi que la foule comprendrait bien le message : à dater de ce jour, les Valois et les Bourbons étaient frères. La mariée était suivie par une bonne centaine de femmes de l'aristocratie. Ned n'avait jamais vu pareil déploiement de diamants et de rubis. Chacune portait plus de bijoux que n'en possédait la reine Élisabeth.

On n'entendait encore aucune acclamation.

Le cortège s'engagea sur la passerelle menant à l'estrade et la mariée prit place auprès de son futur époux. C'était le premier mariage royal entre une catholique et un protestant, et un rituel complexe avait été élaboré pour éviter d'offenser l'une ou l'autre partie.

Selon la tradition, le mariage était célébré à l'extérieur de la cathédrale. Le cardinal de Bourbon était chargé de recevoir les consentements. Tandis que les secondes s'égrenaient et que les paroles étaient prononcées, Ned fut saisi par la solennité du moment : un grand pays s'acheminait, lentement et dans la douleur, vers un idéal de liberté religieuse. Ned l'appelait de tous ses vœux. C'était ce que la reine Élisabeth souhaitait et ce dont Sylvie Palot avait besoin.

Le cardinal demanda alors à Margot si elle acceptait de prendre le roi de Navarre pour époux.

Elle le regarda fixement, lèvres serrées, impassible.

Elle n'allait quand même pas tout gâcher maintenant ? s'inquiéta Ned. Mais on la disait entêtée.

Le futur époux se balançait d'un pied sur l'autre nerveusement.

Le cardinal et la princesse se dévisagèrent ainsi pendant un long moment.

Le roi Charles qui se tenait derrière sa sœur tendit alors le bras, posa la main sur sa nuque et la poussa légèrement.

La princesse Margot eut l'air d'acquiescer.

Ce n'était pas un consentement, songea Ned. Dieu le savait, aussi bien que la foule des spectateurs. Le cardinal s'en contenta cependant et s'empressa de les déclarer mari et femme.

Ils étaient mariés – mais le moindre incident avant que le mariage soit consommé pourrait provoquer son annulation.

Le cortège entra dans la cathédrale pour entendre la messe. Le marié, qui ne comptait pas y assister, ressortit presque aussitôt.

Sur le parvis, il se mit à discuter avec Gaspard de Coligny, l'amiral huguenot. Ils n'avaient sans doute pas l'intention de heurter les sensibilités, mais leur désinvolture donnait l'impression qu'ils n'éprouvaient que dédain pour la cérémonie qui se déroulait à l'intérieur. C'est ainsi en tout cas que la foule l'interpréta et elle se mit à pousser des huées. Puis elle entonna son chant de victoire :

Hang-est !
Ha ! Ha ! Ha !
Hang-est !
Ha ! Ha ! Ha !

Cela ne pouvait qu'indigner les huguenots dont les chefs étaient torturés dans les donjons du duc d'Albe.

Les notables allaient et venaient dans les tribunes en bavardant. Comme le tumulte enflait, ils se turent et jetèrent des regards inquiets autour d'eux.

Un groupe de huguenots perchés sur le toit d'une maison voisine répliqua en chantant un psaume. D'autres voix se joignirent aux leurs. Quelques jeunes durs se détachèrent de la foule amassée sur la place et se dirigèrent vers la maison.

Tout semblait réuni pour provoquer une échauffourée. Le cas échéant, ce mariage censé favoriser l'apaisement produirait l'effet inverse.

Apercevant l'ami de Walsingham, le marquis de Lagny avec son bonnet serti de bijoux, Ned l'interpella d'un ton pressant :

« Pouvez-vous faire taire ces huguenots ? Leur chant exaspère la foule. Si elle s'agite, nous perdrons tout le bénéfice de ces noces.

— Je pourrai les faire taire, lui répondit Lagny, si les catholiques cessent de scander leur refrain. »

Cherchant des yeux un catholique amical, Ned aperçut Aphrodite de Beaulieu. Il l'aborda.

« Pourriez-vous obtenir d'un prêtre ou de quelqu'un d'autre qu'il demande à la foule d'arrêter de chanter cette ritournelle sur Hangest ? Nous allons au-devant de graves désordres. »

En fille intelligente, elle comprit le danger.

« Je vais aller trouver mon père dans l'église pour lui parler. »

Quand le regard de Ned se posa sur Henri de Bourbon et Gaspard de Coligny, il comprit que c'étaient eux qui étaient à l'origine du problème. Il retourna parler à Lagny :

« Il faudrait dire à ces deux-là de se faire plus discrets. Je suis sûr que telle n'est pas leur intention, mais ils provoquent la foule. »

Lagny acquiesça.

« Je vais leur parler. Ils n'ont envie ni l'un ni l'autre de créer d'incident. »

Quelques minutes plus tard, Henri et Gaspard disparaissaient à l'intérieur de l'évêché. Un prêtre sortit alors de la cathédrale et expliqua à la foule qu'elle perturbait la messe. Les chants décrurent. Les huguenots perchés sur le toit firent silence à leur tour. Le calme revint sur le parvis.

La crise était passée. *Pour le moment*, se dit Ned.

*

Les noces furent suivies de trois jours de fêtes somptueuses mais à la grande déception de Pierre, il n'y eut pas de troubles.

On observa bien quelques combats de rue, quelques rixes de tavernes entre protestants ravis et catholiques dépités, mais aucun de ces heurts ne se transforma, comme il l'avait espéré, en bataille générale.

La reine Catherine ne souhaitait pas voir éclater d'affrontements violents. Coligny, à l'image des huguenots les plus avisés, jugeait préférable d'éviter une effusion de sang. Les modérés des deux partis préservaient la paix coûte que coûte.

La famille de Guise était au désespoir. Ils voyaient le prestige et le pouvoir leur échapper pour de bon. C'est alors que Pierre eut une idée.

Ils allaient assassiner Gaspard de Coligny.

Le jeudi, alors que la noblesse assistait au tournoi qui marquait l'apogée des festivités, Pierre retrouva Georges Biron dans une salle située dans la partie médiévale du Louvre. Le sol était en terre battue et les murs en pierre inégale.

Biron tira une table sous la fenêtre pour être mieux éclairé. Il portait un sac de toile d'où il sortit une arme à feu au canon allongé.

« C'est une arquebuse, remarqua Pierre. Ce modèle a deux canons superposés.

— Ainsi, si notre homme manque Coligny au premier coup, il aura une seconde chance.

— Très bien. »

Biron désigna le mécanisme de déclenchement.

« C'est une platine à rouet.

— Pas de mèche à allumer donc. Mais cette arme peut-elle le tuer ?

— À moins de cent pas, sans conteste.

— J'aurais préféré un mousquet espagnol. »

Les mousquets étaient plus lourds et plus encombrants, et leur tir avait plus de chances d'être fatal.

Biron secoua la tête.

« Trop difficile à dissimuler. Tout le monde devinerait les intentions de notre homme. En plus, Louviers n'est plus tout jeune. Je ne sais même pas s'il arriverait à manier un mousquet. »

Il fallait de la force pour soulever ces armes. C'est pourquoi les mousquetaires étaient réputés pour leur carrure.

Pierre avait fait venir Charles de Louviers à Paris. Louviers avait gardé la tête froide à Orléans : l'assassinat d'Antoine de Bourbon avait échoué du fait de l'indécision du roi François II ; Louviers n'y était pour rien. Quelques années plus tard, il avait exécuté un chef huguenot, le capitaine Luzé, et reçu deux mille écus en récompense. Louviers était noble, ce qui, pensait Pierre, garantissait qu'il tiendrait parole, alors qu'un quelconque tueur à gages ramassé dans la rue risquait de changer d'avis pour le prix d'une bouteille de vin. Pierre espérait ne pas s'être trompé.

« Parfait, reprit-il. Voyons l'itinéraire. »

Biron remit l'arme dans son sac et ils sortirent dans la cour intérieure. Elle était fermée sur deux côtés par les murs de l'ancienne forteresse médiévale, de l'autre par deux palais récents dans le style italien.

« Quand Gaspard de Coligny vient ici à pied depuis son domicile, ou se rend d'ici à son domicile, expliqua Biron, il est escorté par une vingtaine d'hommes en armes.

— Cela risque de nous poser un problème. »

Pierre parcourut le chemin que Coligny devrait emprunter, de la porte médiévale à la rue des Poulies. La famille de Bourbon possédait un palais situé juste en face du Louvre. À côté se trouvait celui du frère du roi, Hercule-François. Pierre observa attentivement la rue.

« Où demeure Coligny ?

— Tout près, rue de Béthisy, après l'angle.

— Allons voir. »

Ils reprirent leur marche, s'éloignant du fleuve.

L'atmosphère restait tendue dans les rues. Pierre voyait des huguenots continuer à se pavaner dans leurs costumes noirs et gris, sombres mais coûteux, comme s'ils étaient les maîtres de la ville. S'ils avaient eu deux sous de raison, ils n'auraient pas affiché ces airs triomphants. *Mais s'ils avaient eu deux sous de raison*, se dit-il, *ils ne seraient pas protestants.*

Le peuple ultra-catholique de Paris haïssait ces visiteurs. Sa tolérance était précaire, elle ne tenait qu'à un fil.

Au moindre prétexte, les deux partis se déchaîneraient. Et ensuite, si les morts étaient nombreux, la guerre civile reprendrait et la paix de Saint-Germain volerait en éclats, mariage ou non.

Pierre allait leur fournir ce prétexte.

Il scruta la rue en quête d'un point élevé d'où un homme armé pourrait tirer sur un passant : une tour, un grand arbre, une lucarne sous les toits. Il faudrait également que le tueur ait le moyen de s'échapper, car les gardes lui donneraient certainement la chasse.

Il s'arrêta devant une demeure qu'il connaissait. Elle appartenait à la mère d'Henri de Guise, Anne d'Este. Devenue duchesse de Nemours depuis qu'elle s'était remariée, elle n'en nourrissait pas moins une haine farouche à l'encontre de Coligny qu'elle tenait pour responsable de la mort de son premier mari. Elle s'était employée autant que Pierre à entretenir la soif de vengeance du jeune duc Henri. Il pourrait sûrement compter sur sa collaboration.

Il examina la façade de près. Les fenêtres des étages étaient agrémentées de treillages de bois supportant des plantes grimpantes, un ajout ornemental probablement voulu par la duchesse. Mais ce jour-là, les treillis étaient drapés de linge qui séchait, ce qui donnait à penser que la duchesse n'était pas en ville. *Tant mieux*, songea Pierre.

Il frappa à une porte. Reconnaissant Pierre, le serviteur qui ouvrit lui parla sur un ton de déférence mêlée de crainte.

« Je vous souhaite le bonjour, monsieur de Guise, en quoi puis-je vous être utile ? »

Pierre était sensible aux marques d'obséquiosité tout en faisant mine d'y être indifférent. Il passa devant le domestique sans lui répondre.

Il s'engagea dans l'escalier, suivi par Biron toujours chargé du long sac renfermant l'arquebuse.

La partie de l'étage donnant sur la rue était occupée par un vaste salon. Pierre ouvrit une fenêtre. Malgré le linge qui ondulait au vent, il avait une vue dégagée sur les deux côtés de la rue, en direction du Louvre.

« Passez-moi l'arme. »

Biron sortit l'arquebuse de son sac. Pierre la posa sur l'appui de la fenêtre et son regard glissa jusqu'au bout du canon. Il vit un couple qui marchait bras dessus bras dessous. Il visa l'homme. À sa grande surprise, il reconnut le vieux marquis de Nîmes. Pierre dévia légèrement son arme et observa la femme, vêtue d'une robe jaune vif. Oui, c'était bien la marquise Louise qui lui avait infligé un double camouflet : la première fois, il y avait fort longtemps, elle l'avait écrasé de son mépris lors d'un office protestant qui se tenait dans leur pavillon de chasse, et la deuxième, pas plus tard que la semaine précédente, lorsque Sylvie, dans sa boutique de la rue de la Serpente, l'avait nargué en lui jetant à la figure les secrets de son origine que lui avait révélés la marquise. Il aurait pu se venger immédiatement. Il lui suffisait d'actionner la détente du rouet. Il visa son buste. Elle avait passé la trentaine mais conservait des formes voluptueuses et sa poitrine des rondeurs généreuses. Pierre avait grande envie de faire jaillir une tache écarlate sur le jaune de sa robe. Il entendait déjà ses cris.

Un jour, se promit-il. *Pas maintenant.*

Il se leva.

« Ça ira », dit-il à Biron en lui rendant l'arquebuse.

Il sortit de la pièce. Le serviteur était sur le palier, attendant les ordres.

« Il y a certainement une sortie par-derrière, lui demanda Pierre.

— Oui, monsieur. Voulez-vous que je vous la montre ? »

Ils redescendirent, traversèrent la cuisine, la buanderie et débouchèrent dans une cour fermée par un portillon. En l'ouvrant,

Pierre se trouva sur le domaine de l'église de Saint-Germain-l'Auxerrois.

« C'est parfait, chuchota-t-il à l'oreille de Biron. On peut mener ici un cheval qui l'attendra, tout sellé, et Louviers aura disparu une minute après avoir tiré. »

Biron approuva d'un hochement de tête.

« Cela marchera. »

Ils retournèrent à l'intérieur. Pierre glissa un écu d'or au domestique en lui disant :

« Je ne suis pas venu aujourd'hui. Personne n'est venu. Vous n'avez rien vu.

— Merci, monsieur. »

Songeant alors que l'argent ne suffisait pas, Pierre ajouta :

« Je n'ai pas besoin de vous dire comment la famille de Guise traite ceux qui la trahissent. »

Le domestique assura, d'une voix terrifiée :

« Je comprends, monsieur. Je comprends. »

Pierre hocha la tête et s'éloigna. Mieux valait être craint qu'aimé.

Il longea la rue. Arrivé à la hauteur d'un petit cimetière abrité derrière un mur bas bordé d'arbres, il traversa et se retourna. Il avait une vue bien dégagée sur l'hôtel de Nemours.

« C'est parfait », répéta-t-il.

*

Le vendredi matin, Gaspard de Coligny devait assister à une réunion du conseil royal au palais du Louvre. La présence des conseillers était obligatoire, toute absence étant considérée comme un acte de désobéissance et une offense envers le roi. Quand un homme trop souffrant pour sortir de son lit envoyait un billet de plates excuses, le souverain faisait la moue en demandant pourquoi, si la maladie était aussi grave, l'homme n'en était pas mort.

Si Coligny suivait son trajet habituel, il passerait devant l'hôtel de Nemours en revenant du Louvre.

En milieu de matinée, Charles de Louviers avait pris position devant la fenêtre, à l'étage. Biron était posté devant le portillon, à l'arrière de la maison, avec un cheval sellé. Pierre était caché dans le petit cimetière, dissimulé derrière les arbres, et observait la scène par-dessus le muret.

Il ne leur restait qu'à attendre.

Henri de Guise avait immédiatement approuvé le plan de Pierre. Le jeune duc n'avait qu'un regret, celui de ne pas pouvoir tirer lui-même la balle qui tuerait l'homme responsable de la mort de son père.

Un groupe de quinze à vingt personnes surgit à l'extrémité de la rue.

Pierre se raidit.

Coligny était un bel homme d'une cinquantaine d'années avec une chevelure argentée aux boucles bien taillées et une barbe tout aussi soignée. Il marchait très droit, à une allure militaire. À cet instant, pourtant, il lisait en même temps et de ce fait, avançait lentement, ce qui faciliterait la tâche de Louviers, songea Pierre, frémissant d'excitation et d'appréhension. Coligny était entouré d'hommes d'armes et d'autres compagnons qui ne semblaient toutefois pas très vigilants. Ils parlaient entre eux, ne jetant qu'occasionnellement des regards alentour, apparemment peu inquiets pour la sécurité de leur chef. Ils étaient devenus négligents.

Le groupe marchait au milieu de la rue. Pas encore, calcula Pierre ; ne tirez pas tout de suite. De loin, Louviers pourrait difficilement atteindre Coligny car il serait gêné par la présence des autres hommes. Mais à mesure que la petite troupe s'approchait de la maison, son poste d'observation surélevé lui offrait un meilleur angle de tir.

Coligny était tout près. Dans quelques secondes, l'angle serait idéal. Louviers devait l'avoir exactement dans sa ligne de mire.

Maintenant, songea Pierre. *N'attendez pas trop*...

Coligny s'arrêta soudain et se tourna vers un de ses compagnons. Au même instant, un coup de feu retentit. Pierre retint son souffle. Les amis de Coligny se figèrent. Au milieu du silence consterné qui suivit, Coligny poussa un juron en agrippant son bras gauche de sa main droite. Il était blessé.

Pierre bouillait de rage. L'arrêt inattendu de Coligny lui avait sauvé la vie.

Mais Louviers avait une arquebuse à deux canons. Un second

coup de feu fut tiré presque aussitôt. Cette fois, Coligny s'effondra. Pierre ne le voyait plus. Était-il mort ?

Ses compagnons se regroupèrent autour de lui. Tout n'était que confusion. Pierre aurait beaucoup donné pour savoir ce qui se passait. La tête argentée de Coligny apparut soudain au milieu de l'attroupement. Avaient-ils soulevé son cadavre ? Pierre constata alors que Coligny avait les yeux ouverts et qu'il parlait. Voilà qu'il se redressait. Il était vivant !

Recharge, Louviers, et tire encore, vite ! Mais remis de leur surprise, les gardes de Coligny commencèrent à regarder autour d'eux. L'un d'eux désigna l'étage de l'hôtel de Nemours où un rideau blanc flottait derrière une fenêtre ouverte. Quatre hommes se précipitèrent vers la maison. Louviers aurait-il pris le temps de recharger froidement son arme ? Les hommes pénétrèrent dans la maison. Depuis le mur du cimetière, Pierre assistait à la scène, pétrifié dans l'attente d'un troisième coup de feu. Qui ne vint pas. Si Louviers était encore là, ils devaient l'avoir maîtrisé.

Pierre reporta son attention sur Coligny. Il était debout, soutenu peut-être par ses hommes. Même s'il n'était que blessé, il pouvait encore succomber. Mais au bout d'un moment, il parut repousser ses compagnons et demander qu'on lui laisse de l'air. Cela permit à Pierre de mieux voir. Il constata que l'amiral se tenait debout sans aucune aide. Il étreignait son buste de ses deux bras, ses manches et son pourpoint étaient maculés de sang, mais au grand désarroi de Pierre, les blessures semblaient superficielles. Au demeurant, dès que ses hommes se furent écartés, il se remit en marche, manifestement décidé à rentrer chez lui sans assistance avant de consulter un médecin.

Les hommes qui avaient investi la demeure de Nemours ressortirent. L'un d'eux tenait l'arquebuse. Pierre n'entendait pas ce qu'ils disaient, mais il put interpréter leurs mimiques : signes de dénégation, gestes d'impuissance, balancement des bras indiquant une course rapide. Louviers s'était enfui.

Le groupe approchait du cimetière où Pierre se cachait. Tournant les talons, il gagna rapidement la grille du fond et s'éloigna, profondément déçu.

*

Dès qu'ils apprirent la nouvelle, Ned et Walsingham comprirent que cela risquait de mettre fin à tout ce en quoi ils avaient placé leurs espoirs, la reine Élisabeth et eux.

Ils se précipitèrent aussitôt rue de Béthisy, où ils trouvèrent Coligny alité, entouré d'un certain nombre d'éminents protestants, parmi lesquels le marquis de Lagny. Plusieurs médecins s'affairaient autour de lui, en particulier Ambroise Paré, le chirurgien du roi, un homme d'une soixantaine d'années au front dégarni et à la longue barbe brune qui lui donnait l'air pensif.

Ned savait que, pour désinfecter les plaies, la méthode habituelle consistait à les cautériser à l'huile bouillante ou au fer rouge. C'était tellement douloureux que certains patients en mouraient. Paré, quant à lui, préférait appliquer un onguent à base de térébenthine. Il avait même écrit un livre à ce sujet, *La Manière de traiter les plaies faites tant par haquebuts que par flèches*. Malgré ses succès, ses méthodes n'avaient pas été adoptées par ses confrères : la profession médicale était très conservatrice.

Fort pâle, Coligny souffrait visiblement, mais toutes ses facultés étaient apparemment intactes. Ambroise Paré leur expliqua qu'une des balles lui avait arraché une partie de l'index droit. L'autre s'était logée dans son coude gauche. Paré l'avait extraite, faisant subir à son patient un véritable supplice qui expliquait sans doute sa pâleur. Il la leur montra : une petite sphère de plomb d'un demi-pouce de diamètre.

Le médecin leur assura cependant, au vif soulagement de tous, que Coligny s'en remettrait. Les huguenots n'en seraient pas moins outrés qu'on ait attenté à la vie de leur héros et il n'allait pas être facile d'éviter une émeute.

Parmi ceux qui se pressaient autour du lit, ils étaient nombreux à vouloir riposter. Les amis de Coligny avaient soif de vengeance. Tous convaincus que cette tentative d'assassinat avait été commanditée par le duc de Guise, ils voulaient se rendre au Louvre séance tenante pour demander audience au roi et réclamer l'arrestation immédiate d'Henri de Guise. S'ils n'obtenaient pas satisfaction, ils menaceraient de lancer un soulèvement huguenot à l'échelle de tout le pays. Certains parlaient même de s'emparer de la personne du roi.

Coligny les exhortait au calme, mais sa voix était celle d'un homme blessé et affaibli.

Walsingham tenta d'apaiser les esprits.

« J'ai une information qui pourrait être importante. » Comme il représentait le seul grand pays protestant du monde, la noblesse huguenote l'écouta attentivement. « Les catholiques extrémistes n'attendent qu'une chose : que vous vous révoltiez. Le duc de Guise a préparé un plan dans le dessein d'écraser toute éventuelle manifestation de force des protestants après le mariage. Chacune des personnes présentes dans cette pièce… » Il regarda autour de lui pour souligner ses propos. « Chacune des personnes présentes dans cette pièce s'est vu assigner un assassin personnel parmi les aristocrates catholiques les plus fanatiques. »

La nouvelle souleva un murmure d'horreur et d'indignation.

Retirant sa coiffe, le marquis de Lagny gratta son crâne chauve.

« Pardonnez-moi, monsieur l'ambassadeur, demanda-t-il d'un air sceptique, d'où tenez-vous pareille information ? »

Ned se crispa. Il était presque certain que Walsingham ne prononcerait pas le nom de Jerónima Ruiz. Elle pourrait en effet leur livrer d'autres renseignements.

En effet, il ne révéla pas sa source.

« J'ai un espion dans la maison de Guise, naturellement. »

Habituellement plutôt pacifiste, Lagny répliqua pourtant sur un ton de défi :

« Nous devons donc être prêts à nous défendre.

— La meilleure défense, c'est l'attaque ! » renchérit quelqu'un.

Tous approuvèrent.

Malgré sa position subalterne, Ned avait quelque chose d'important à dire et il prit la parole.

« Le duc de Guise appelle de tous ses vœux une insurrection protestante qui inciterait le roi à rompre la paix de Saint-Germain. Vous feriez son jeu en réagissant ainsi. »

Rien n'y faisait, les esprits étaient trop échauffés.

Soudain, le roi Charles parut.

Son arrivée surprit tout le monde. Personne ne s'attendait à le voir. Sa visite n'avait pas été annoncée. Sa mère, la reine Catherine, l'accompagnait et Ned supposa que l'idée venait d'elle. Ils étaient escortés par une foule de courtisans parmi lesquels se trouvaient la plupart des nobles catholiques qui haïssaient Coligny. Ned remarqua cependant que le duc de Guise n'était pas parmi eux.

Charles était roi depuis onze ans, mais il n'avait encore que vingt et un ans et Ned lui trouva l'air particulièrement jeune et vulnérable. Son visage pâle à la fine moustache et à la barbe à peine visible exprimait une peine et une inquiétude sincères.

Ned en fut un peu rasséréné. La présence du roi représentait une marque de soutien extraordinaire que les huguenots ne pourraient manquer d'apprécier.

Les paroles qu'il prononça renforcèrent son optimisme. S'adressant à Coligny, le roi dit :

« Si la blessure est pour vous, la douleur est pour moi. »

C'était de toute évidence une phrase préparée pour être répétée dans tout Paris, mais elle n'en était pas moins remarquable.

On apporta en hâte un siège et le roi s'assit face au lit.

« Je jure devant vous que je trouverai le coupable. »

Quelqu'un marmonna :

« Henri de Guise...

— ... quel qu'il soit, continua le roi. J'ai déjà nommé une commission d'enquête. En cet instant précis, les domestiques de la demeure où s'était dissimulé l'assassin sont interrogés. »

Selon Ned, c'était une mesure purement symbolique. Il était rare que l'on cherche vraiment à découvrir la vérité de manière officielle. Un souverain ne s'aventurerait jamais à laisser une commission indépendante mener une investigation dont le résultat risquait d'enflammer les esprits. Cette commission était une manœuvre visant, non pas à établir les faits, mais à gagner du temps pour faire baisser la tension – ce qui était indéniablement une bonne chose.

« Je vous prie, poursuivit le roi, de vous faire transporter au Louvre pour demeurer en notre royale présence. Vous y serez à l'abri de nouveaux malheurs. »

Ned estimait que ce n'était pas une très bonne idée. Coligny n'était en sécurité nulle part, mais il serait certainement mieux chez lui, au milieu de ses amis, que sous la protection hasardeuse de Charles.

À son expression, il était clair que Coligny éprouvait les mêmes doutes, mais il ne pouvait s'en ouvrir au roi, de peur de l'offenser.

Ambroise Paré vola à son secours en déclarant :

« Il doit rester ici, sire. Ses plaies risquent de se rouvrir s'il quitte son lit et il ne peut se permettre de perdre davantage de sang. »

Le souverain se rallia au conseil du médecin :

« Dans ce cas, je vais vous envoyer le seigneur de Cosseins accompagné de cinquante piquiers et arquebusiers pour renforcer votre petite garde. »

Ned fronça les sourcils. Cosseins était un homme du roi. On ne pouvait faire confiance à des gardes dont la loyauté allait à un autre. La générosité de Charles était-elle pure naïveté, simple volonté de donner un signe d'apaisement ? Il était assez jeune et candide pour ne pas se rendre compte que son offre n'était pas la bienvenue.

Cependant, on avait déjà rejeté le premier geste de conciliation de Charles. L'étiquette obligeait Coligny à accepter.

« Votre Majesté me fait un grand honneur. »

Charles se leva pour partir.

« Je vengerai cet outrage », déclara-t-il d'une voix forte.

Ned parcourut la pièce du regard et, observant les attitudes et les expressions des huguenots rassemblés dans la chambre, il constata qu'ils étaient pour la plupart disposés à croire en la sincérité du roi et à lui accorder au moins une chance d'éviter que le sang ne coule.

Le roi sortit. Alors que la reine Catherine le suivait, le regard de celle-ci croisa celui de Ned. Il lui adressa un imperceptible signe de tête pour la remercier d'avoir défendu la paix en faisant venir le roi. En guise de réponse, elle esquissa un infime sourire, très bref et à peine visible.

*

Ned passa une grande partie de la journée du samedi à coder une lettre de Walsingham adressée à la reine Élisabeth, lui relatant les événements inquiétants de la semaine et les efforts déployés par Catherine de Médicis pour préserver la paix. Il termina tard, en fin d'après-midi, et quitta l'ambassade pour se rendre rue de la Serpente.

La soirée était douce. Des foules de jeunes gens se pressaient devant les tavernes pour boire, se moquer des mendiants et siffler les filles, semblables en cela à la jeunesse turbulente de Kingsbridge dotée de quelque argent et d'énergie à revendre. Des bagarres éclateraient un peu plus tard : il en allait toujours ainsi les samedis soir. En revanche, Ned ne vit pas de huguenots parader dans les rues. Ils évitaient raisonnablement de se montrer, soupant probablement chez eux derrière des portes soigneusement verrouillées. Avec un peu de chance, il n'y aurait pas d'émeute durant la nuit. Et le lendemain était un dimanche.

Ned s'installa dans l'arrière-boutique avec Sylvie et Isabelle. Elles lui racontèrent qu'elles avaient reçu la visite de Pierre Aumande.

« Nous pensions qu'il nous avait oubliées, dit Isabelle avec angoisse. Nous ne savons pas comment il nous a retrouvées.

— Je le sais, moi, avoua Ned, penaud. Un de ses sbires m'a suivi. Je l'ai probablement conduit jusqu'ici quand je suis venu dîner la semaine dernière. Je suis navré. Je ne savais pas que j'étais surveillé. Je ne l'ai découvert qu'après vous avoir quittées.

— Comment savez-vous que l'homme qui vous a suivi travaille pour Pierre ? lui demanda Sylvie.

— Je l'ai assommé et je lui ai mis le couteau sous la gorge en menaçant de le tuer s'il ne me disait pas qui l'avait envoyé.

— Oh ! »

Les deux femmes restèrent muettes. Ned se rendit compte que jusqu'à présent, elles n'avaient pas imaginé qu'il pût être mêlé à des actions violentes. Il finit par rompre le silence.

« Que pensez-vous qu'il va faire ?

— Je l'ignore, répondit Sylvie. Je vais devoir redoubler de prudence pendant quelque temps. »

Ned leur fit le récit de la visite du roi auprès de Coligny blessé. Sylvie réagit aussitôt à la mention de la liste des protestants qui avaient tous un assassin désigné.

« Si le duc de Guise est en possession d'une telle liste, elle a dû être dressée par Pierre.

— Je ne sais pas, mais c'est plausible, reconnut Ned. Il est manifestement le principal espion du duc.

— Dans ce cas, je sais où se trouve cette liste. »

Ned se dressa sur son siège.

« Vraiment ? Où ?

— Il conserve un carnet chez lui. Il pense qu'il y est plus en sécurité que chez les Guises.

— Avez-vous vu ses notes ? »

Sylvie hocha la tête.

« Plusieurs fois. Voilà comment je sais quels protestants sont en danger. »

Ned tomba des nues. C'était donc de là qu'elle tenait ses informations.

Sylvie ajouta :

« Mais ce carnet n'a jamais contenu de liste d'assassins potentiels.

— Pourrais-je le voir ?

— Peut-être.

— Maintenant ?

— Je ne peux rien vous promettre, mais le samedi soir est en général un moment favorable. Nous pouvons essayer. »

Elle se leva.

Isabelle protesta.

« Les rues ne sont pas sûres. La ville est pleine d'hommes excités, ivres de surcroît. Vous feriez mieux de rester ici.

— Maman, nos amis sont en danger de mort. Nous devons les prévenir.

— Alors pour l'amour de Dieu, soyez prudents. »

Il ne faisait pas encore nuit quand Ned et Sylvie quittèrent la boutique et traversèrent l'île de la Cité. Dans le crépuscule, la cathédrale dressait sa masse sombre et menaçante au-dessus de la ville fiévreuse. Quand ils furent sur la rive droite, Sylvie conduisit Ned à une taverne proche de l'église Saint-Étienne, dans le quartier des Halles aux maisons serrées les unes contre les autres.

Elle commanda une chope de bière et demanda qu'elle soit livrée à la porte de service d'une maison située dans la rue voisine – un signal, supposa Ned. La salle était comble. Comme il n'y avait pas de siège libre, ils attendirent debout dans un coin. Ned ne tenait pas en place. Allait-il vraiment voir enfin la liste secrète de Pierre Aumande ?

Quelques minutes plus tard, une jeune femme ordinaire et très mince d'une bonne vingtaine d'années vint les rejoindre. Sylvie la présenta à Ned : c'était Nath, la servante de Pierre.

« Elle appartient à notre communauté », précisa Sylvie.

Ned comprit. Sylvie avait converti la domestique de Pierre, ce qui lui avait donné accès à ses documents. C'était habile.

« Voici Ned, dit Sylvie à Nath. On peut lui faire confiance.

— Vous allez vous marier ? » demanda Nath, narquoise.

Ned réprima un sourire.

Gênée, Sylvie s'en sortit par une plaisanterie.

« Pas ce soir. » Et elle s'empressa de changer de sujet. « Quelle est l'atmosphère chez vous ?

— Pierre est de mauvaise humeur. Quelque chose s'est mal passé hier.

— Coligny n'est pas mort, expliqua Ned. Voilà ce qui le contrarie.

— En tout cas, il s'est rendu à l'hôtel de Guise ce soir.

— Odette est à la maison ? demanda Sylvie.

— Elle est allée voir sa mère. Elle a emmené Alain. »

Sylvie se tourna vers Ned :

« Odette est la femme de Pierre. Alain est son beau-fils. »

Ned comprit alors qu'Odette était la servante engrossée par un Guise, dont lui avait parlé la marquise de Nîmes.

Sylvie s'adressa à Nath.

« Ned voudrait jeter un coup d'œil au carnet noir. »

Nath ne se le fit pas dire deux fois.

« Venez. C'est le moment ou jamais. »

Ils tournèrent au coin de la rue. C'était un quartier pauvre et Pierre habitait une petite maison dans une rangée de constructions mitoyennes. Ned fut étonné par sa simplicité. Pierre affichait une aisance tapageuse, arborant des bijoux et des costumes de prix. Mais les aristocrates tels que le duc de Guise préféraient parfois loger leurs conseillers dans des gîtes modestes pour qu'ils ne soient pas tentés de s'élever au-dessus de leur condition.

De plus, un endroit pareil pouvait se prêter à des rencontres clandestines.

Nath les fit entrer discrètement par la porte de service. Le rez-de-chaussée ne comportait que deux pièces, le salon et la cuisine. Ned avait peine à croire qu'il se trouvait dans la demeure privée du redouté Pierre Aumande. Il avait l'impression d'être Jonas dans le ventre de la baleine.

Un coffre à documents était posé sur le sol du salon. Nath prit un sac à couture d'où elle sortit une épingle tordue en forme de crochet. Elle s'en servit pour ouvrir le coffre.

Et voilà. Tout simplement, se dit Ned.

Nath souleva le couvercle du coffre.

Il était vide.

« Oh ! s'exclama-t-elle. Le carnet n'y est plus ! »

Abasourdis, ils restèrent silencieux un moment.

Sylvie murmura enfin d'un air songeur :

« Il l'a emporté à l'hôtel de Guise. Mais pourquoi ?

— Sans doute pour s'en servir, répondit Ned. Ce qui signifie qu'il s'apprête à mettre en œuvre son projet d'assassiner tous les aristocrates protestants de Paris – sans doute cette nuit même.

— Que Dieu nous garde, murmura Sylvie terrifiée.

— Vous devez les avertir.

— Il faut qu'ils quittent Paris – s'ils le peuvent.

— Dans le cas contraire, dites-leur de venir se réfugier à l'ambassade d'Angleterre.

— Ils doivent être des centaines, sans compter ceux qui sont venus assister au mariage. Vous ne pourrez pas les accueillir tous à l'ambassade.

— Non. Mais de toute façon, nous ne réussirons pas à prévenir plusieurs centaines de personnes. Il nous faudrait plusieurs jours.

— Que pouvons-nous faire ?

— Tout notre possible. En sauver le plus que nous pourrons.

20

Le samedi soir, le duc Henri était fou de rage, comme peut l'être un jeune homme qui découvre que le monde ne marche pas comme il le pensait.

« Hors de ma vue ! cria-t-il à Pierre. Vous êtes congédié. Je ne veux plus jamais vous voir. »

Pour la première fois, Pierre éprouva devant le jeune duc la terreur que lui inspirait son père, le Balafré. Il avait mal au ventre, comme s'il était blessé.

« Je comprends votre colère », reconnut-il, déconfit. Il était conscient que s'il ne trouvait pas d'issue à cette crise, c'en était fini de sa carrière.

« Vous aviez prédit qu'il y aurait des émeutes, rugit Henri. Et il ne s'est rien passé. »

Pierre écarta les bras dans un geste d'impuissance.

« La reine mère a préservé la paix. »

Ils se trouvaient à l'hôtel de Guise, Vieille-rue-du-Temple, dans le somptueux cabinet où Pierre avait rencontré pour la première fois le duc François et le cardinal Charles. Il se sentait aussi mortifié qu'en ce jour lointain, quatorze ans auparavant, où il n'était qu'un étudiant accusé d'usurper le nom de Guise. Il était sur le point de perdre tout ce qu'il avait conquis depuis. Il imaginait déjà les regards méprisants et ravis de ses ennemis et dut refouler ses larmes.

Il regretta que le cardinal Charles fût absent. La famille aurait eu grand besoin de son sens politique et de son cynisme. Mais il était à Rome, occupé aux affaires de l'Église. Pierre était seul.

« Vous avez essayé d'assassiner Coligny et vous avez échoué ! tonna Henri. Vous n'êtes qu'un bon à rien. »

Pierre ne savait plus où se mettre :

« J'avais conseillé à Biron de donner un mousquet à Louviers, mais il a prétendu qu'il serait trop lourd.

— Vous étiez certain que les huguenots se soulèveraient même si Coligny n'était que blessé.

— La visite du roi à l'amiral les a apaisés.

— Rien de ce que vous entreprenez ne réussit ! Bientôt, tous les aristocrates huguenots de passage quitteront Paris et rentreront chez eux triomphants. Et nous, nous aurons laissé passer l'occasion de nous en débarrasser. Et pourquoi ? Parce que je vous ai fait confiance ! C'est la dernière fois, croyez-moi ! »

Pierre avait du mal à garder les idées claires sous le feu des invectives d'Henri. Il savait pourtant ce qu'il fallait faire. Mais dans l'état d'esprit où il était, Henri l'écouterait-il ?

« Je me suis demandé ce qu'aurait conseillé votre oncle Charles », dit-il alors.

Cette idée intrigua Henri. Son visage s'adoucit un peu et il eut l'air intéressé.

« Qu'aurait-il proposé, selon vous ?

— Je pense qu'il nous aurait suggéré d'agir comme si la rébellion des protestants avait réellement commencé. »

Henri mit un moment à saisir.

« Qu'entendez-vous par là ?

— Faisons sonner les cloches de Saint-Germain l'Auxerrois. » Pierre brandit le carnet relié en cuir dans lequel il avait noté les noms des assassins et de leurs victimes désignées. « Les aristocrates loyalistes penseront que les huguenots se sont révoltés et iront exécuter leurs chefs pour sauver la vie du roi. »

Quoique déconcerté par l'audace de ce plan, Henri ne le rejeta pas d'emblée. Pierre reprit espoir. Henri observa :

« Les huguenots riposteront.

— Armez la milice.

— Seul le prévôt des marchands en a le pouvoir. » Cette fonction était l'équivalent de celle d'un maire. « Et il ne le fera pas sur simple demande de ma part.

— Laissez-moi faire. »

Pierre n'avait qu'une vague idée de la façon dont il s'y prendrait, mais il était désormais sur sa lancée, entraînant Henri avec lui : il ne pouvait se permettre d'achopper sur des détails.

« Peut-on être sûrs que la milice viendra à bout des huguenots ? poursuivit Henri. Ils sont des milliers dans les faubourgs. Que se passera-t-il s'ils décident de venir dans Paris pour se porter au secours de leurs frères ? Nous risquons d'avoir du mal à l'emporter.

— Nous fermerons les portes. »

La ville était entourée d'un rempart et, une fois les portes fermées, il était difficile de sortir de la ville ou d'y entrer.

« Je vous répète que seul le prévôt peut en décider.

— Et je vous répète que j'en fais mon affaire. » Pierre aurait promis n'importe quoi pour regagner la faveur d'Henri. « Vous n'avez qu'une chose à faire : ordonner à vos hommes d'être prêts à se rendre chez Coligny et à le tuer dès que je vous le dirai.

— Coligny est sous la protection du seigneur de Cosseins et de cinquante hommes de la garde du roi, en plus de ses propres gens.

— Cosseins est aux ordres du roi.

— Le roi annulera-t-il sa mission ? »

Pierre répondit la première chose qui lui passa par la tête.

« L'essentiel est que Cosseins le croie. »

Henri observa Pierre pendant un long moment.

« Vous êtes sûr de pouvoir accomplir tout cela ?

— Oui. » Pierre mentait. Mais il lui fallait saisir l'occasion. « Cela ne présente aucun risque pour vous, assura-t-il gravement. Si j'échoue, vous aurez rassemblé vos hommes pour rien, c'est tout. »

Cette remarque acheva de convaincre le jeune duc.

« Combien de temps vous faut-il ?

— Je serai de retour avant minuit », assura Pierre en se levant.

Encore une promesse qu'il n'était pas sûr de pouvoir tenir.

Il quitta la pièce, emportant son carnet noir.

Georges Biron l'attendait au-dehors.

« Sellez deux chevaux, lui dit Pierre. Nous avons beaucoup à faire. »

Ils ne purent sortir par la grande porte car une foule de huguenots s'était massée dans la rue en vociférant. Comme tout le monde, ils croyaient le duc responsable de la tentative d'assassinat. Ils criaient vengeance, sans rien entreprendre, pour le moment, qui pût autoriser les hommes d'Henri à ouvrir le feu. Heureusement, la demeure était immense. Elle occupait à elle seule tout un pâté de maisons. Il y avait d'autres issues. Pierre et Biron s'échappèrent par une porte latérale.

Ils se rendirent place de Grève, où demeurait le prévôt. Les rues étroites de Paris étaient aussi tortueuses que le plan qui prenait forme dans l'esprit de Pierre. Il préméditait depuis longtemps ce moment, qui était arrivé cependant de façon imprévue, l'obligeant à improviser. Il respira profondément pour se calmer. C'était le pari le plus risqué de sa vie : tant de choses pouvaient mal tourner. Si un seul élément de son projet échouait, tout serait perdu. Il ne se sortirait pas d'un autre désastre par de belles paroles. Sa vie de conseiller riche et puissant de la famille de Guise s'achèverait dans la honte et l'indignité.

Il essaya de ne pas y penser.

Le prévôt était un riche libraire-imprimeur dénommé Jean Le Charron dont Pierre interrompit le souper familial pour lui annoncer que le roi voulait le voir.

Naturellement, il n'en était rien. Le Charron le croirait-il ?

Prévôt depuis une semaine seulement, il fut fort impressionné de recevoir la visite du célèbre Pierre Aumande de Guise et beaucoup trop flatté d'être convoqué par le roi pour mettre en doute l'authenticité du message. Il accepta de partir aussitôt. Le premier obstacle avait été franchi.

Le Charron sella son cheval et le trio se mit en route en direction du Louvre à la lueur du crépuscule.

Biron resta dans la cour carrée pendant que Pierre conduisait Le Charron auprès du roi. Pierre jouissait d'un rang suffisant pour pénétrer dans la garde-robe, la salle d'attente jouxtant la chambre d'audience, mais il ne pouvait aller au-delà.

C'était une nouvelle étape périlleuse. Le roi Charles n'avait demandé à voir ni Pierre ni Le Charron. Pierre n'était pas d'assez haute naissance, loin s'en fallait, pour pouvoir approcher le roi à sa guise.

Laissant Le Charron dans un coin de la pièce, il s'adressa au garde posté à la porte avec une assurance tranquille qui n'admettait pas de contradiction.

« Ayez l'obligeance d'avertir Sa Majesté que je suis porteur d'un message d'Henri, duc de Guise. »

Le roi Charles n'avait pas parlé à Henri, et ne l'avait même pas vu, depuis l'assassinat manqué. Pierre espérait qu'il serait curieux de savoir ce que le jeune duc avait à dire pour sa défense.

Au bout d'une longue attente, Pierre fut prié d'entrer.

Il dit au prévôt de rester dans la garde-robe en attendant d'être appelé et passa dans la chambre d'audience.

Le roi Charles et la reine Catherine étaient à table, en train de finir de souper. La présence de la reine mère contraria Pierre. S'il pouvait facilement duper Charles, sa mère était plus fine et plus méfiante.

« Mon noble maître, le duc de Guise, dit Pierre, demande humblement pardon à Votre Majesté de ne pas se présenter en personne devant elle. »

Charles acquiesça d'un hochement de tête, mais la reine Catherine, assise en face de lui, ne s'en satisfit pas aussi aisément.

« Quelle en est la raison ? demanda-t-elle sèchement. Aurait-il mauvaise conscience ? »

Pierre avait prévu cette question et préparé sa réponse.

« Le duc craint pour sa vie, madame. Une foule de huguenots en armes est massée devant sa porte. Il ne peut sortir de chez lui sans risquer la mort. Les huguenots fomentent leur revanche. Ils sont des milliers dans la ville et dans les faubourgs, armés, assoiffés de sang…

— Vous vous trompez, l'interrompit la reine mère. Sa Majesté le roi a apaisé leurs craintes. Il a ordonné une enquête et promis de châtier les coupables. Il a rendu visite à Coligny sur son lit de douleur. Peut-être quelques exaltés se sont-ils réunis dans la Vieille-rue-du-Temple, mais leurs chefs sont rassurés.

— C'est précisément ce que j'ai dit au duc Henri. Mais il croit les huguenots sur le point de se révolter et craint que son seul espoir soit de lancer une attaque préventive pour les empêcher de continuer à le menacer. »

Le roi intervint :

« Dites-lui que moi, le roi Charles IX, je garantis sa sécurité.

— Merci, Votre Majesté. Je ne manquerai pas de lui faire part de cette assurance hautement réconfortante. »

En réalité, cet engagement n'avait aucune valeur. Un roi puissant, redouté de ses barons, aurait su protéger le duc, mais Charles était mentalement et physiquement trop faible. La reine Catherine le savait évidemment, même si Charles, lui, ne s'en rendait pas compte. Aussi Pierre s'adressa-t-il à elle :

« Le duc Henri demande l'autorisation de vous présenter quelques suggestions. »

Il retint son souffle. C'était téméraire : le roi pouvait accepter d'entendre les conseils de nobles, mais certainement pas transmis par un messager de second ordre.

Il y eut un silence. Pierre craignit d'être congédié pour insolence.

Catherine le dévisagea, les yeux plissés. Elle avait compris que c'était là le but véritable de sa visite. Pourtant, elle ne le tança pas, ce qui suffisait à démontrer à quel point elle avait perdu le contrôle de la situation dans une ville au bord du chaos.

Le roi demanda enfin :

« Que proposez-vous ?

— Quelques simples mesures de précaution pour éviter toute violence d'un parti comme de l'autre.

— C'est-à-dire ? demanda Catherine, méfiante.

— Fermer les portes de la ville pour que personne ne puisse venir de l'extérieur, pas plus les huguenots des faubourgs que des renforts catholiques. »

Pierre se tut. Les renforts catholiques étaient purement imaginaires. C'étaient les huguenots qu'il voulait tenir à l'écart de la ville. Catherine le devinerait-elle ?

Le roi Charles trancha :

« C'est une excellente idée. »

La reine Catherine resta muette.

Pierre poursuivit comme si sa proposition avait été approuvée.

« Enchaîner ensuite les embarcations le long de la berge et tirer les chaînes de fer en travers du fleuve pour empêcher des bateaux ennemis d'approcher de la ville. Ainsi, les fauteurs de troubles ne pourront pas non plus entrer dans Paris par le fleuve. »

Ni les huguenots en sortir.

« Il me semble que c'est également une précaution utile », reconnut Charles.

Se sentant en train de gagner la partie, Pierre continua à creuser son sillon.

« Donner ordre au prévôt d'armer la milice et placer des

gardes aux principaux carrefours de la ville avec pour instruction de disperser tout rassemblement d'hommes en armes, quelle que soit leur religion. »

Catherine comprit aussitôt que cette disposition n'était pas neutre.

« Les milices sont toutes catholiques, bien entendu.

— En effet, concéda Pierre. Néanmoins, elles constituent la seule force dont nous disposons pour maintenir l'ordre. »

Il n'en dit pas davantage. Il ne tenait pas à s'engager dans une discussion sur l'impartialité car en vérité, son plan n'avait rien d'équitable. Quant à la reine Catherine, sa préoccupation majeure était de maintenir l'ordre.

Charles s'adressa à sa mère :

« Je ne vois rien de répréhensible à envisager des mesures purement défensives.

— Sans doute », admit Catherine. Elle se méfiait de la famille de Guise, mais les recommandations de Pierre ne manquaient pas de bon sens.

« Le duc a encore une autre idée à vous soumettre », ajouta Pierre. Le duc Henri n'avait rien suggéré de tel, mais pour respecter l'étiquette, Pierre devait prétendre que le conseil venait de son noble maître. « Faites déployer l'artillerie municipale. Si nous alignons des canons en place de Grève, ils seront prêts à défendre l'hôtel de ville ou à être disposés ailleurs au besoin. » *Ou à faucher une horde de protestants*, compléta Pierre.

Le roi acquiesça.

« Faisons tout cela. Le duc de Guise est un fin stratège. Transmettez-lui mes remerciements. »

Pierre s'inclina.

Catherine se tourna vers Charles.

« Vous allez devoir convoquer le prévôt. »

Sans doute prévoyait-elle que ce délai lui laisserait le temps de réfléchir aux recommandations de Pierre et d'en déceler les possibles écueils.

Pierre n'allait pas lui accorder cette chance.

« Madame, j'ai pris la liberté de me faire accompagner du prévôt. Il est juste à côté, attendant vos ordres.

— Excellente initiative, approuva Charles. Faites-le entrer. »

Le Charron s'avança en s'inclinant très bas, intimidé et confus de se trouver en présence du roi.

Pierre prit sur lui de parler au nom du roi et pria le prévôt de mettre en œuvre toutes les mesures qu'il avait préconisées. Pendant qu'il les énumérait, il craignait que Charles, ou plus probablement Catherine, ne reviennent sur leurs décisions, mais ils acquiescèrent jusqu'à la fin. Catherine semblait douter que le duc Henri eût pour seul souci d'assurer sa protection et de prévenir une rébellion. Mais ne pouvant imaginer quelles étaient les véritables motivations de Pierre, elle n'émit aucune objection.

Le Charron exprima sa gratitude avec effusion, remerciant le roi de l'honneur qu'il lui faisait en lui confiant ces tâches, qu'il s'engageait à accomplir scrupuleusement. Puis on les congédia. En se retirant à reculons, courbé en deux, Pierre avait peine à croire qu'il était arrivé à ses fins et s'attendait à être rappelé à tout instant par la reine Catherine. Ils sortirent pourtant, et la porte se referma sur eux. Il s'était encore rapproché de la victoire.

Ils traversèrent la garde-robe et la salle des gardes avant de descendre l'escalier.

La nuit était tombée quand ils débouchèrent dans la cour carrée où Biron les attendait avec les chevaux.

Avant de laisser partir Le Charron, Pierre devait se livrer à une ultime perfidie.

« Une dernière chose que le roi a omis de vous dire. »

Cette phrase à elle seule aurait éveillé les soupçons de tout courtisan averti, mais Le Charron, fort impressionné par l'apparente intimité dont jouissait Pierre auprès du monarque, ne cherchait qu'à plaire.

« Bien sûr, monsieur, tout ce que vous voudrez.

— Si la vie du roi est en danger, la cloche de Saint-Germain-l'Auxerrois sonnera sans discontinuer. Ce sera le signal d'alarme vous indiquant que les huguenots se sont soulevés contre le roi et que vous devez passer à l'attaque.

— Cela risque-t-il vraiment de se produire ? demanda Le Charron, subjugué.

— En effet, et dès cette nuit, alors tenez-vous prêt. »

Il ne vint pas à l'idée du prévôt de mettre en doute la parole de Pierre. Il accepta tout ce qu'on lui disait comme un fait établi.

« Je serai prêt », promit-il.

Pierre sortit son carnet noir de sa sacoche de selle. Il déchira les pages où figuraient les noms des assassins et victimes appartenant à la noblesse. Les autres étaient consacrées aux huguenots ordinaires. Il tendit le carnet à Le Charron en lui disant :

« Vous trouverez là la liste de tous les huguenots connus de Paris avec leurs adresses.

— J'ignorais l'existence d'un tel document, s'étonna Le Charron.

— Je le prépare depuis des années, dit Pierre, non sans fierté. Ce soir, il va enfin remplir sa fonction. »

Le Charron prit le carnet avec respect.

« Merci.

— Si vous entendez les cloches, lui rappela Pierre d'un ton solennel, il sera de votre devoir de tuer tous ceux dont les noms figurent dans ce carnet. »

Le Charron déglutit. Jusqu'alors, il ne lui était pas venu à l'esprit qu'il pourrait avoir à participer à un massacre. Mais Pierre l'avait si habilement amené jusqu'à ce point, pas à pas, par petites étapes raisonnables, qu'il ne put qu'acquiescer. Il alla jusqu'à ajouter lui-même une suggestion.

« En cas d'affrontements, j'ordonnerai aux membres de la milice de s'identifier, par un brassard blanc, par exemple, afin qu'ils puissent se reconnaître entre eux.

— Très bonne idée. J'informerai Sa Majesté qu'elle vient de vous. »

Le Charron en fut tout réjoui.

« Ce serait un grand honneur.

— Allez-y à présent. Vous avez fort à faire.

— Oui, monsieur. » Le Charron mit le pied à l'étrier, le carnet noir à la main. Au moment de s'éloigner, il fut saisi d'un scrupule. « Espérons que toutes ces précautions seront inutiles.

— Bien sûr », approuva Pierre hypocritement.

Le Charron s'éloigna.

Biron monta à cheval.

Pierre prit un instant pour se retourner vers le palais à

l'italienne qu'il venait de quitter. Il n'en revenait pas d'avoir réussi à abuser ses royaux occupants. *Quand des gouvernants sont aussi affolés*, songea-t-il, *ils cherchent désespérément à agir et sont prêts à adhérer au premier projet tant soit peu prometteur.*

Mais le tour n'était pas encore joué. Ses tentatives des derniers jours s'étaient soldées par des échecs. Or, la manœuvre de la nuit était plus compliquée encore : tout pouvait fort bien aller à vau-l'eau.

Il se hissa sur sa monture en disant à Biron :

« Rue de Béthisy. Allons-y. »

La demeure de Coligny était proche. Les gardes du roi étaient postés devant la porte, certains en ligne, lances et arquebuses au poing, d'autres, sans doute au repos, assis par terre à proximité, armes à portée de main. Ils formaient un barrage impressionnant.

S'arrêtant, Pierre s'adressa à l'un d'eux :

« Un message de Sa Majesté le roi pour le seigneur de Cosseins.

— Je vais le lui porter, dit le garde.

— Non. Allez le chercher.

— Il dort.

— Faut-il que je retourne au Louvre et que j'explique que votre maître refuse de sortir du lit pour recevoir un message du roi ?

— Non, monsieur, bien sûr, pardonnez-moi. »

L'homme s'en alla et revint quelques instants plus tard avec Cosseins qui s'était manifestement couché tout habillé.

« Changement de plan, annonça Pierre à Cosseins. Les huguenots ont conspiré pour s'emparer de la personne du roi et prendre le contrôle du gouvernement. Le complot a été éventé par des hommes loyaux, mais le roi exige l'arrestation de Coligny. »

Cosseins était moins crédule que Le Charron. Il parut sceptique, trouvant sans doute curieux que le roi eût choisi le conseiller du duc de Guise pour messager.

« Pouvez-vous m'en donner confirmation ? demanda-t-il d'un air inquiet.

— Vous n'êtes pas tenu de l'arrêter vous-même. Le roi enverra quelqu'un. »

Cosseins haussa les épaules. Au moins n'était-il pas obligé d'intervenir personnellement.

« Très bien.

— Tenez-vous prêt, c'est tout », conclut Pierre en repartant.

Il avait fait tout ce qu'il pouvait. Par une succession de petites tromperies plausibles, il avait pavé la voie à la bataille finale. Il ne lui restait qu'à espérer que tous ceux qu'il cherchait à manipuler, du roi au curé de Saint-Germain-l'Auxerrois, agiraient conformément à ses prévisions.

Dans la Vieille-rue-du-Temple, la foule s'était dispersée à la tombée de la nuit. Il restait cependant quelques huguenots en colère, assez nombreux pour inciter Pierre et Biron à entrer par une porte latérale.

Il fallait avant tout s'assurer que le duc Henri était prêt à passer à l'action. Ordinairement, il ne demandait que cela, mais il n'avait plus une entière confiance en Pierre. Peut-être avait-il changé d'avis et préféré finalement ne pas mobiliser ses hommes.

Soulagé autant qu'électrisé, Pierre constata que cinquante hommes en armes étaient assemblés dans la cour intérieure avec leurs chevaux sellés, tenus par des palefreniers. Il aperçut Rasteau, l'homme au nez coupé, et son éternel compagnon Brocard. Les casques et plastrons reflétaient le scintillement de multiples torches. Ils formaient une troupe disciplinée de gentilshommes et d'hommes en armes qui attendaient dans un silence menaçant.

Pierre se fraya un chemin jusqu'au duc Henri qui se tenait au milieu d'eux. Dès qu'il le vit, le duc lui demanda :

« Alors ?

— Tout est prêt. Le roi nous a accordé tout ce que nous voulions. Au moment où je vous parle, le prévôt arme la milice et déploie l'artillerie municipale. » *Je l'espère, du moins,* ajouta-t-il en son for intérieur.

« Et Cosseins ?

— Je lui ai annoncé que le roi enverrait quelqu'un arrêter Coligny. S'il ne me croit pas, vous devrez entrer par la force.

— Qu'il en soit ainsi. » Henri se tourna vers ses hommes et

s'adressa à eux d'une voix forte : « Nous sortons par la grande porte. Mort à quiconque se dresse en travers de notre chemin. »

Ils montèrent en selle. Un palefrenier tendit à Pierre un ceinturon portant une épée dans son fourreau, qu'il fixa à sa taille. Il s'efforcerait de ne pas prendre personnellement part aux combats, mais mieux valait être équipé.

Au fond de l'arche donnant sur la rue, deux serviteurs ouvrirent les battants du grand portail. Les huguenots qui attendaient à l'extérieur en furent momentanément déconcertés. Ils n'avaient pas envisagé que l'on ouvre les portes. Le duc Henri éperonna son cheval et la troupe s'élança à sa suite dans un grondement de sabots. La foule, terrorisée, s'égailla mais tous ne réussirent pas à s'échapper. Au milieu des cris, les cavaliers chargèrent en agitant leurs rapières, laissant derrière eux des dizaines de morts et de blessés.

Le massacre avait commencé.

Ils parcoururent les rues au grand galop au mépris du danger. Les rares passants encore dehors à cette heure tardive s'écartaient vivement, craignant pour leur vie. Pierre était à la fois exalté et inquiet. C'était le moment qu'il attendait depuis le jour où le roi Charles avait signé l'indigne paix de Saint-Germain. Les événements de la nuit montreraient au monde que jamais la France ne tolérerait l'hérésie – et qu'il fallait compter avec la famille de Guise. Pierre avait peur tout en étant porté par un fol espoir.

Cosseins le préoccupait. Pierre regrettait de n'avoir pas obtenu la promesse de son concours, mais l'homme n'était pas né de la dernière pluie. S'il résistait, il y aurait une violente escarmouche, qui laisserait peut-être à Coligny le temps de s'enfuir. Tout son plan pourrait achopper sur ce détail.

L'hôtel de Guise se trouvait dans la partie est de la ville, le logis de Coligny à l'ouest. Mais les distances étaient courtes et à cette heure de la nuit, les rues étaient peu encombrées. Les cavaliers arrivèrent rue de Béthisy en quelques minutes.

Les hommes de Cosseins avaient dû entendre le bruit de la chevauchée. Quand la résidence de Coligny leur apparut à la lumière des étoiles, Pierre constata que les gardes, alignés en rangs ordonnés devant la porte, lances et armes à feu à la main, constituaient un obstacle bien plus redoutable qu'une demi-heure plus tôt.

Le duc Henri ramena son cheval au pas et cria :

« Je viens arrêter Gaspard de Coligny. Ouvrez, au nom du roi ! »

Cosseins s'avança, le visage éclairé d'une lueur diabolique par les torches des hommes de Guise.

« Je n'ai pas reçu d'instructions en ce sens, objecta-t-il.

— Cosseins, répondit Henri, vous êtes un bon catholique et un loyal serviteur du roi Charles, mais je ne souffrirai aucun refus. Je tiens mes ordres du roi et je les exécuterai, dussé-je vous passer sur le corps. »

Cosseins hésita. Comme Pierre l'avait prévu, il se trouvait dans une situation délicate. Bien qu'il eût été chargé de protéger Coligny, Cosseins ne pouvait exclure que le roi eût changé d'avis et ordonné son arrestation. S'il s'opposait à Henri et que leurs hommes armés en venaient aux mains, beaucoup de sang coulerait – à commencer par le sien.

Comme Pierre l'avait espéré, Cosseins préféra sauver sa vie d'abord et en assumer les conséquences potentielles plus tard.

« Ouvrez ! » lança-t-il.

Les grilles s'écartèrent. Les hommes du duc de Guise pénétrèrent triomphalement dans la cour.

L'entrée de la maison proprement dite était fermée par une grande porte en bois à double battant renforcée de traverses de fer. Au moment où Pierre débouchait dans la cour, elle se claqua avec fracas. La garde personnelle de Coligny devait se trouver à l'intérieur. Les hommes de Guise s'élancèrent contre la porte et l'un d'eux fit sauter la serrure d'un coup d'arquebuse. Pierre regretta qu'ils n'aient pas pensé à s'armer d'une ou deux masses. Une fois de plus, il craignit que ce contretemps ne permette à Coligny de prendre la fuite. Personne n'avait songé à vérifier s'il existait une issue à l'arrière de la maison.

La porte finit par être enfoncée. Un combat acharné s'engagea dans l'escalier contre une dizaine de gardes, défenseurs de Coligny, qui tentèrent de repousser les hommes du duc de Guise, mais inférieurs en nombre, ils tombèrent en quelques minutes, morts ou agonisants.

Pierre sauta de son cheval et se précipita dans l'escalier. Les hommes d'armes ouvraient successivement toutes les portes à la volée. L'un d'eux cria :

« Le voilà ! »

Suivant la direction d'où venait la voix, Pierre arriva dans une superbe chambre à coucher.

Coligny était agenouillé au pied de son lit, en chemise de nuit, un bonnet sur sa chevelure argentée, son bras blessé en écharpe. Il priait à haute voix.

Les hommes d'armes hésitèrent à tuer un homme en prière.

Mais ils avaient déjà fait pire. Pierre hurla :

« De quoi avez-vous peur ? Tuez-le, par le diable ! »

Besme, un homme de Guise, plongea son épée dans la poitrine de Coligny. Quand il la retira, le sang jaillit de la blessure. Coligny tomba en avant.

Pierre courut à la fenêtre et l'ouvrit. Henri était toujours à cheval dans la cour.

« Monseigneur, appela Pierre. Je suis fier de vous annoncer que Coligny est mort.

— Montrez-moi son cadavre ! » répondit Henri.

Pierre se retourna.

« Besme. Apportez le corps. »

Empoignant Coligny sous les aisselles, l'homme le traîna sur le plancher.

« Hissez-le jusqu'à la fenêtre », lui ordonna Pierre.

Besme s'exécuta.

« Je ne vois pas son visage ! » cria Henri.

Agacé, Pierre saisit le corps par les hanches et le souleva. Le cadavre bascula dans le vide et s'écrasa sur les pavés avec un son mat, face contre terre.

Henri descendit de cheval. D'un geste d'un ignoble mépris, il retourna le corps du bout du pied.

« C'est bien lui, confirma-t-il. C'est l'homme qui a tué mon père. »

Une ovation s'éleva du cercle de ses compagnons.

« Voilà qui est fait, dit encore Henri. Faites sonner la cloche de Saint-Germain-l'Auxerrois. »

*

Sylvie regrettait de ne pas avoir de cheval.

À courir d'une maison à l'autre pour parlementer avec les membres de la communauté qui se réunissaient dans le grenier de l'écurie, elle devenait folle d'angoisse et d'impatience. Chaque fois, il fallait trouver la bonne adresse, expliquer la situation à la famille, la convaincre que tout cela n'était pas le fruit de son imagination et passer au plus vite à la maison protestante suivante. Elle suivait un plan rationnel : elle remontait la rue Saint-Martin, la principale artère du centre de la ville, du sud au nord, parcourant les rues latérales sur de courtes distances. Malgré tout, elle mettait une bonne heure à alerter trois ou quatre familles seulement. À cheval, elle serait allée deux fois plus vite.

Elle aurait aussi été moins vulnérable. Un ivrogne pouvait difficilement faire tomber une jeune femme vigoureuse de son cheval. Seule, à pied, dans les rues sombres de Paris, il pouvait lui arriver n'importe quoi sans que personne ne s'en aperçoive.

Alors qu'elle approchait de la demeure du marquis de Lagny, non loin de son entrepôt secret près des remparts, elle entendit tinter des cloches dans le lointain. Elle s'inquiéta. De quoi pouvait-il bien s'agir ? Une sonnerie de cloches à une heure inhabituelle annonçait généralement un péril imminent. Le bruit s'amplifia. Elle se rendit compte que tous les clochers se joignaient peu à peu au carillon. Une situation d'urgence à l'échelle de la ville entière ne pouvait vouloir dire qu'une chose : les craintes qu'ils avaient éprouvées, Ned et elle, en découvrant que le carnet de Pierre avait disparu étaient en train de se réaliser.

Quelques minutes plus tard, elle arriva devant la maison du marquis et frappa à la porte. Il ouvrit lui-même : sans doute était-il encore debout alors que ses serviteurs dormaient. C'était la première fois, songea Sylvie, qu'elle le voyait sans sa coiffe ornée de bijoux. Il était presque complètement chauve, une unique mèche lui barrant le front.

« Pourquoi les cloches sonnent-elles ? lui demanda-t-il.

— Parce qu'ils vont tous nous tuer », répondit-elle en entrant.

Il la conduisit au salon. Il était veuf, et ses enfants, adultes, vivaient ailleurs. Il était donc probablement seul chez lui, avec ses serviteurs. Elle vit qu'avant son arrivée, il était en train de lire à la lumière d'un chandelier en fer forgé. Elle reconnut le livre : c'était elle qui le lui avait vendu. Une carafe de vin était posée près de son fauteuil. Il lui en proposa. Elle s'aperçut qu'elle avait faim et soif. Elle marchait dans les rues depuis des heures. Elle but un verre d'un trait mais en refusa un second.

Elle lui expliqua qu'elle avait deviné que les ultra-catholiques s'apprêtaient à lancer une attaque et qu'elle avait arpenté la ville pour avertir les protestants. Elle craignait cependant que l'opération ait commencé et qu'il soit désormais trop tard pour prévenir les autres.

« Il faut que je rentre chez moi, ajouta-t-elle.

— Croyez-vous ? Vous seriez plus en sécurité ici.

— Je dois m'assurer que ma mère est saine et sauve. »

Il la raccompagna à la porte. Comme il tournait la poignée, quelqu'un frappa.

« N'ouvrez pas ! » supplia Sylvie.

Mais il était trop tard.

En regardant par-dessus l'épaule de Lagny, elle vit un aristocrate debout sur le seuil, accompagné de quelques hommes. Le reconnaissant, Lagny s'exclama, surpris :

« Villeneuve ! »

Le vicomte de Villeneuve portait un luxueux manteau rouge. Sylvie remarqua avec terreur qu'il avait l'épée à la main.

Lagny garda son calme.

« Qu'est-ce qui vous amène chez moi à cette heure de la nuit ?

— L'œuvre du Christ », répondit Villeneuve et, d'un geste brusque, il plongea son épée dans le ventre du marquis.

Sylvie hurla.

Lagny poussa un cri de douleur, et tomba à genoux.

Pendant que Villeneuve retirait sa lame du corps de Lagny, Sylvie s'élança dans le couloir vers l'arrière de la maison. Elle ouvrit une porte, la franchit précipitamment et se retrouva dans une vaste cuisine.

À Paris comme ailleurs, les serviteurs se voyaient refuser le luxe de coucher dans des lits. Ils dormaient comme ils pouvaient sur le sol de la cuisine. Une dizaine de domestiques se réveillèrent, demandant d'un ton apeuré ce qui se passait.

Sylvie traversa la pièce en évitant les hommes et les femmes arrachés à leur sommeil. Elle atteignit la porte du fond. Elle était verrouillée. Nulle clé en vue.

Remarquant une fenêtre ouverte pour laisser pénétrer un peu d'air dans la pièce surpeuplée en cette nuit d'août, elle l'enjamba sans plus réfléchir.

Elle se retrouva dans une cour occupée par un poulailler et un pigeonnier. Tout au fond, se dressait un haut mur de pierre percé d'un portillon. Elle tenta de l'ouvrir. Il était fermé. Elle en aurait pleuré de rage et de frayeur.

Des cris lui parvinrent depuis la cuisine. Villeneuve et ses hommes avaient dû y faire irruption. Supposant sans doute que tous les serviteurs étaient protestants comme leur maître – c'était souvent le cas –, ils prendraient certainement le temps, songea Sylvie, de les passer tous par le fil de l'épée avant de se lancer à sa poursuite.

Elle grimpa sur le toit du poulailler, provoquant une cacophonie de gloussements. Le toit n'était séparé du mur que d'une demi-toise environ. Sylvie sauta. En atterrissant sur l'étroit rebord, elle vacilla et se reçut douloureusement sur les genoux, mais reprit son équilibre, avant de se laisser glisser de l'autre côté du mur dans une ruelle malodorante.

Elle la parcourut à toutes jambes et déboucha dans la rue du Mur. Elle gagna son dépôt sans cesser de courir et y parvint sans avoir croisé qui que ce fût. Déverrouillant la porte, elle se glissa à l'intérieur et referma à clé.

Elle était sauvée. Elle s'appuya contre le battant, la joue contre le bois. Elle avait réussi à s'enfuir, songea-t-elle avec une étrange euphorie. Une pensée surprenante lui traversa l'esprit : *je ne veux pas mourir maintenant que j'ai rencontré Ned Willard.*

*

Walsingham comprit tout de suite ce qu'impliquait la disparition du carnet noir. Il dépêcha aussitôt Ned et plusieurs autres aux domiciles des éminents protestants anglais de Paris pour leur conseiller de venir se réfugier à l'ambassade. Comme il n'y avait pas assez de chevaux pour tous, Ned partit à pied. Il portait de hautes bottes de cheval et un pourpoint de cuir malgré la chaleur, et était armé d'une épée ainsi que d'une dague à la lame affûtée de deux pieds de long.

Il avait accompli sa mission et sortait de la dernière maison qu'on l'avait chargé de visiter lorsque les cloches se mirent à sonner.

Il était inquiet pour Sylvie. Le plan de Pierre prévoyait l'assassinat des seuls protestants membres de l'aristocratie, mais quand les hommes commençaient à tuer, il était difficile de les arrêter. Deux semaines plus tôt, Sylvie n'aurait pas été en danger, car son activité de libraire protestante restait un secret bien gardé. Depuis, Ned avait malheureusement conduit Pierre jusque chez elle et elle devait désormais figurer sur sa liste. Ned voulait la conduire à l'ambassade, ainsi que sa mère.

Il se rendit rue de la Serpente et frappa à la porte de la boutique.

Une fenêtre s'ouvrit à l'étage. Une silhouette se pencha.

« Qui est-ce ? »

C'était la voix d'Isabelle.

« Ned Willard.

— Attendez. Je descends. »

Elle referma la croisée et la porte s'ouvrit quelques instants plus tard.

« Entrez. »

Elle verrouilla derrière lui. Une unique chandelle éclairait les cahiers et les flacons d'encre.

« Où est Sylvie ? demanda Ned.

— Toujours en ville, en train de prévenir les gens.

— Il est trop tard maintenant.

— Elle s'est peut-être réfugiée quelque part. »

Ned était à la fois déçu et préoccupé.

« Où croyez-vous qu'elle puisse être ?

— Elle devait remonter la rue Saint-Martin et terminer par la demeure du marquis de Lagny. Peut-être y est-elle encore. À moins que… » Isabelle hésita.

Ned la pressa :

« Quoi donc ? C'est une question de vie ou de mort !

— Nous avons un endroit secret. Mais vous devez me promettre de ne jamais en parler.

— Vous avez ma parole.

— Rue du mur, à deux cents pas de l'angle de la rue Saint-Denis, il y a une ancienne écurie en brique avec une seule porte et sans fenêtres.

— Je devrais trouver. Mais puis-je vous laisser seule ? »

Ouvrant un tiroir de la table, elle lui montra deux petits pistolets à un coup, avec un mécanisme à rouet, ainsi qu'une dizaine de balles et une boîte de poudre.

« Je les ai toujours sous la main dans l'éventualité où les ivrognes de la taverne d'en face auraient l'idée de traverser la rue en croyant pouvoir dévaliser facilement une boutique tenue par deux femmes seules.

— Vous en êtes-vous déjà servie ?

— Non. En général, la menace suffit. »

Il posa la main sur la poignée de la porte.

« Barricadez-vous derrière moi.

— Je le ferai, soyez tranquille.

— Et veillez à bien fermer tous les volets avec les loquets.

— Oui.

— Éteignez la chandelle. N'ouvrez à personne. Si on frappe, ne répondez pas. Il serait préférable qu'ils croient la maison vide.

— Entendu.

— Je reviendrai vous chercher avec Sylvie et nous irons ensemble à l'ambassade d'Angleterre.

Ned ouvrit la porte.

Isabelle agrippa son bras.

« Prenez soin d'elle, dit-elle d'une voix légèrement tremblante. Quoi qu'il advienne, veillez sur ma petite fille.

— J'en ai bien l'intention », la rassura Ned.

Et il s'éloigna à grands pas.

Les cloches sonnaient toujours. Il n'y avait pas grand monde dans les rues de la rive gauche. Mais en traversant le pont Notre-Dame entre ses rangées de boutiques prospères, il découvrit avec horreur deux corps au milieu de la chaussée. Un homme et une femme en vêtements de nuit avaient été poignardés. L'intimité de ce spectacle donna la nausée à Ned : deux époux allongés côte à côte comme dans un lit, mais baignant dans leur sang.

Passant devant une joaillerie grande ouverte, il vit deux hommes en sortir, chargés de sacs contenant probablement des bijoux volés. Ils lui jetèrent un regard mauvais et il s'éloigna au plus vite. Il ne voulait pas être retardé par une altercation. Les voleurs étaient sans doute du même avis car ils ne tentèrent pas de le poursuivre.

Sur la rive droite, il croisa un groupe d'hommes qui tambourinaient à une porte. Ils avaient des rubans d'étoffe blanche noués autour du bras, sans doute, songea Ned, en guise de signe de reconnaissance. La plupart étaient armés de dagues et de gourdins, mais l'un d'eux, mieux vêtu que les autres, avait une épée. Il cria d'une voix d'homme instruit :

« Ouvrez, protestants blasphémateurs ! »

Il s'agissait donc de catholiques, rassemblés en escouade sous les ordres d'un officier. Ned en déduisit qu'ils appartenaient à la milice de la ville. Selon les informations que lui avait livrées Jerónima, l'objectif de cette opération était de massacrer les aristocrates protestants. Pourtant, la maison en question était un logis ordinaire, celui d'un artisan ou d'un modeste commerçant. Comme il l'avait craint, les tueries s'étendaient déjà au-delà de leurs cibles initiales. Le résultat risquait d'être absolument effroyable.

Tout en se reprochant sa lâcheté, il passa son chemin en espérant que les hommes aux brassards blancs ne le remarqueraient pas. D'un autre côté, qu'aurait-il pu faire ? Il ne pouvait à lui seul défendre les occupants de cette maison contre six agresseurs. S'il tentait de s'interposer, ils commenceraient par le tuer avant de s'en prendre aux autres. Et il fallait qu'il retrouve Sylvie.

Il suivit la rue Saint-Martin vers le nord, l'œil aux aguets à la lueur des étoiles, scrutant les rues transversales dans l'espoir d'apercevoir une petite femme à l'allure fière et au pas vif venir à sa rencontre avec un sourire de soulagement. En jetant un regard dans une ruelle, il remarqua la présence de trois autres hommes portant des brassards blancs. Ils avaient l'air de brutes et ne portaient pas d'épées. Il s'apprêtait à poursuivre son chemin quand leur attitude l'alerta.

Ils lui tournaient le dos, penchés sur une forme gisant à

terre. Ned entrevit avec effroi la courbe gracieuse d'une jambe de jeune femme.

Il s'arrêta. Il faisait noir, mais un des hommes tenait une lanterne. En regardant plus attentivement, Ned discerna une jeune fille couchée à terre et un quatrième homme agenouillé entre ses cuisses. Elle gémissait. Ned l'entendit protester :

« Non, non… »

Il éprouva la vive tentation de prendre ses jambes à son cou, mais ne put s'y résoudre. Apparemment le viol n'avait pas encore eu lieu. S'il intervenait immédiatement, il pourrait l'empêcher.

Ou se faire tuer.

L'attention des hommes était concentrée sur la jeune femme. Ils ne l'avaient pas vu, mais l'un d'eux pouvait se retourner à tout instant. Il n'avait pas le temps de tergiverser.

Ned posa sa lanterne et dégaina son épée.

Il s'approcha silencieusement et, sans se laisser le temps d'avoir peur, planta sa lame dans la première cuisse à sa portée. L'homme poussa un cri de douleur.

Ned retira son épée. Un de ses compagnons se retourna pour voir ce qui se passait. Ned brandit son arme. Le coup fut heureux. La pointe de la lame entailla la joue du gredin du menton à l'œil gauche. Il hurla en portant ses deux mains à son visage. Le sang ruisselait entre ses doigts.

Voyant ses camarades blessés, le troisième s'affola et s'enfuit à toutes jambes. Les deux victimes de Ned ne tardèrent pas à en faire autant.

L'homme à genoux se redressa d'un bond et détala à son tour en tenant ses chausses à deux mains.

Ned rengaina son arme ensanglantée, s'agenouilla près de la jeune fille et rabattit sa robe sur ses jambes pour couvrir sa nudité.

Levant enfin les yeux vers son visage, il reconnut Aphrodite de Beaulieu.

Elle n'était même pas protestante. Ned se demanda ce qu'elle faisait dehors au beau milieu de la nuit. Ses parents ne l'auraient jamais autorisée à sortir seule, même en plein jour. Sans doute avait-elle un rendez-vous et Ned se souvint du sourire heureux qu'elle avait adressé à Bernard Housse au Louvre. Son escapade aurait pu passer inaperçue s'il ne s'était agi précisément de la nuit choisie pour lâcher les chiens.

Elle le reconnut alors.

« Ned Willard ? Dieu merci ! Mais comment… ? »

Il lui prit la main et l'aida à se relever.

« Je n'ai pas le temps de vous expliquer. » La demeure des Beaulieu se trouvait non loin de là, rue Saint-Denis. « Je vous raccompagne. »

Il ramassa sa lanterne et lui prit le bras.

Elle était sous le choc, incapable de parler davantage et même de pleurer.

Ned surveillait attentivement les alentours tout en marchant. Le danger rôdait partout.

Ils étaient presque arrivés lorsque quatre hommes portant des brassards blancs surgirent d'une rue latérale et les accostèrent.

« Cherchez-vous à fuir, protestants ? » demanda l'un d'eux.

Ned se figea. Il songea à tirer son épée, mais ils étaient armés, eux aussi, et ils étaient quatre. Il avait réussi à effrayer la bande précédente en jouant sur l'effet de surprise, mais ceux-là lui faisaient face, main sur la poignée de leurs épées, prêts à dégainer. Il n'avait aucune chance.

Il allait devoir parlementer. Un étranger serait forcément suspect à leurs yeux. Il avait un assez bon accent pour faire illusion – les Parisiens pensaient qu'il était de Calais – mais il lui arrivait de commettre quelques fautes de grammaire élémentaires. Il pria pour ne pas se trahir en disant *le* maison au lieu de *la* maison.

Il se força à émettre un petit rire hautain.

« Ne reconnaissez-vous pas Mlle de Beaulieu, sots que vous êtes ? C'est une bonne catholique. Le comte de Beaulieu habite ici. Si vous levez la main sur elle, j'ameute toute la maison. »

Ce n'était pas une vaine menace. Ils étaient assez près pour que ses appels soient entendus. Aphrodite serra son bras plus fort. Sans doute ne voulait-elle pas que ses parents sachent qu'elle était sortie, se dit Ned.

Le chef du groupe prit un air narquois.

« Si mademoiselle est une aristocrate catholique, que fait-elle dehors à une heure pareille ?

— Allons poser la question à son père. » Ned parvenait à afficher un air assuré et un ton arrogant – au prix d'un grand effort cependant. « Il vous demandera pour qui vous vous prenez, à importuner ainsi sa fille. »

Il inspira profondément et leva la tête comme s'il s'apprêtait à appeler à l'aide.

« C'est bon, c'est bon, dit l'homme. Voyez-vous, les huguenots se sont soulevés contre le roi et la milice a reçu l'ordre de les débusquer et de les tuer tous, alors vous feriez mieux de rentrer chez vous et d'y rester. »

Ned dissimula son soulagement.

« Et vous, vous feriez mieux de faire attention à la façon dont vous traitez les aristocrates catholiques », répliqua-t-il.

Il s'éloigna au bras d'Aphrodite en passant devant l'homme ainsi réduit au silence.

Dès qu'ils furent hors de portée de voix, Aphrodite lui glissa : « Il faut que je passe par-derrière. »

Il hocha la tête. C'était bien ce qu'il pensait.

« Quelqu'un est là pour vous ouvrir ?

— Oui, ma femme de chambre. »

Une histoire vieille comme le monde. La femme de chambre d'Aphrodite couvrait les amours illicites de sa maîtresse. Eh bien, ce n'était pas son affaire. Il la conduisit jusqu'à l'arrière de la maison. Elle frappa à une grande porte en bois qu'une jeune fille ouvrit aussitôt.

Aphrodite saisit la main de Ned avec force et posa un baiser sur ses doigts.

« Je vous dois la vie », dit-elle.

Elle disparut à l'intérieur et la porte se referma.

Ned repartit vers la demeure du marquis de Lagny avec une anxiété croissante. Il était seul désormais et d'autant plus suspect. Il serrait nerveusement la poignée de son épée.

Beaucoup de maisons étaient éclairées. Alarmés par les carillons, les habitants avaient dû se lever et allumer des chandelles. Des visages hagards se profilaient aux fenêtres, scrutant la rue avec inquiétude.

Heureusement, la demeure de Lagny n'était pas loin. En gravissant le perron, il constata que la maison était plongée dans le noir et dans le silence. Peut-être le marquis et ses serviteurs voulaient-ils faire croire qu'elle était déserte, comme il l'avait conseillé à Isabelle.

Quand il frappa à la porte, elle s'ouvrit d'elle-même. Sans doute l'avait-on mal fermée. Ned pénétra dans un vestibule obscur, où régnait une écœurante odeur semblable à celle d'un étal de boucher. Levant sa lanterne, il suffoqua.

Il y avait des corps partout, du sang recouvrait toute la surface du sol carrelé et avait éclaboussé les murs lambrissés. Il reconnut le marquis, gisant sur le dos, le ventre et la poitrine transpercés. Ned frémit d'effroi. Il examina les visages à la lueur de sa lanterne, redoutant d'y découvrir celui de Sylvie. Il n'en connaissait aucun. D'après leurs vêtements, il devait s'agir de domestiques.

Il passa dans la cuisine, où il trouva encore d'autres cadavres. Apercevant une fenêtre qui donnait sur une cour, il se prit à espérer que quelques membres de la maisonnée aient pu s'échapper par cette issue.

Il fouilla la maison, cherchant Sylvie parmi tous les morts, soulagé de ne pas la trouver.

Il n'avait plus qu'à se mettre en quête de son entrepôt secret. Si elle n'y était pas, le pire était à redouter.

Avant de sortir, il arracha le col en dentelle de sa chemise et le noua autour de son bras gauche afin de se faire passer pour un membre de la milice. On pouvait encore l'interpeller et découvrir l'imposture, mais tout bien pesé, cela valait la peine de courir le risque.

Il commençait à désespérer. Depuis qu'il la connaissait, ses sentiments pour Sylvie n'avaient fait que croître. Elle était tout pour lui. *J'ai perdu Margery ; je ne peux pas perdre Sylvie également,* songea-t-il. *Que ferais-je ?*

Arrivé rue du Mur, il repéra un bâtiment en brique très simple dépourvu de fenêtres. Il frappa à la porte en murmurant d'un ton pressant :

« C'est moi. Ned. Sylvie, êtes-vous là ? »

Seul le silence lui répondit. Il crut que son cœur allait cesser de battre. C'est alors qu'il entendit le frottement d'une barre qu'on enlève et le cliquetis d'une serrure. La porte s'entrouvrit. Il se faufila à l'intérieur. Sylvie referma, remit la barre en place et se tourna vers lui. Il leva sa lanterne vers son visage. Elle était éperdue, effrayée, éplorée, mais vivante et apparemment indemne.

« Je t'aime », dit Ned.

Elle se jeta dans ses bras.

*

Pierre était impressionné par le résultat de ses machinations. La milice parisienne massacrait les protestants avec plus de brutalité et de hargne qu'il ne l'avait espéré.

Son ingéniosité n'en était pas la vraie cause, il le savait. Les Parisiens étaient furieux que le mariage ait eu lieu et les prédicateurs populaires les avaient confortés dans ce sentiment. La ville abreuvée de haine avait été au bord de l'explosion, attendant que quelqu'un allume la mèche. Pierre était celui qui avait frotté l'allumette.

Avant l'aube du dimanche, jour de la Saint-Barthélemy, les rues de Paris étaient jonchées des corps de centaines de huguenots morts ou mourants. Peut-être réussirait-on finalement à tuer tous les protestants de France. Avec un sentiment de triomphe mêlé de stupeur, Pierre se fit la réflexion que c'était peut-être la solution finale.

Il s'était entouré d'une petite escouade de brutes à qui il avait promis qu'ils pourraient voler tout ce qu'ils voudraient à ceux qu'ils tueraient. Parmi eux se trouvaient Brocard et Rasteau, Biron, son maître espion, et une poignée de truands que Biron employait pour surveiller ses suspects.

Pierre avait remis son carnet noir au prévôt, Le Charron, mais il connaissait par cœur la plupart des noms et adresses. Cela faisait quatorze ans qu'il espionnait tous ces gens.

Ils se rendirent d'abord chez René Dubœuf, le tailleur de la rue Saint-Martin.

« Ne les tuez, lui et sa femme, que lorsque je vous le dirai », ordonna-t-il.

Ils entrèrent dans la boutique en fracassant la porte. Quelques hommes montèrent à l'étage.

Pierre ouvrit un tiroir où il trouva le registre du tailleur contenant les noms et adresses de ses clients. Cela faisait longtemps qu'il le voulait. Il en ferait bon usage.

Les hommes traînèrent les Dubœuf en chemise de nuit au rez-de-chaussée.

René était un petit homme d'une cinquantaine d'années. Il était déjà chauve quand Pierre l'avait rencontré pour la première fois treize ans plus tôt. Sa femme était alors jolie. Elle était encore attirante avec son air terrifié. Pierre lui sourit.

« Françoise, si je me souviens bien. »» Il se tourna vers Rasteau. « Coupe-lui un doigt. »

Rasteau s'esclaffa de son rire suraigu.

Indifférents aux pleurs de la femme et aux supplications de son mari, un homme d'armes posa la main de Françoise Dubœuf à plat sur la table où elle coupait les tissus, et Rasteau lui trancha le petit doigt et une partie de l'annulaire. Le sang se répandit et imprégna un rouleau de lainage gris clair. Elle poussa un cri et s'évanouit.

« Où est votre argent ? demanda Pierre au tailleur.

— Dans la chaise percée, derrière le pot de chambre. S'il vous plaît, ne lui faites plus de mal. »

Pierre fit un signe à Biron qui monta à l'étage.

Voyant que Françoise avait rouvert les yeux, Pierre dit :

« Relevez-la. »

Biron revint avec une sacoche en cuir qu'il vida sur la table tachée du sang de Françoise. Il y avait là un tas de pièces diverses.

« Il a sûrement plus d'argent que cela, observa Pierre. Retirez sa chemise à cette femme. »

Elle était plus jeune que son mari et bien faite. Les hommes se turent.

« Où est le reste ? demanda Pierre au tailleur.

— Dans le conduit de cheminée. Je vous en prie, laissez-la tranquille. »

Biron glissa la main dans le conduit, froid à cette époque de l'année, et en sortit un coffret en bois. Il fit sauter la serrure avec la pointe de son épée et renversa le contenu sur la table, une belle quantité de pièces d'or.

« Tranchez-leur la gorge maintenant et partagez-vous l'argent », ordonna Pierre. Il sortit sans assister à la scène.

Ceux qu'il rêvait le plus de faire souffrir étaient le marquis et la marquise de Nîmes. Il aurait adoré tuer le mari sous les yeux de sa femme. Aurait-on pu imaginer plus belle vengeance ? Mais ils habitaient hors des murs, dans le faubourg Saint-Jacques, et les portes de la ville avaient été fermées, ce qui les mettait provisoirement à l'abri de sa colère.

À défaut, il lui restait les Palot.

Isabelle Palot avait fait pire que l'insulter quand il était passé à la boutique quelques jours plus tôt : elle l'avait effrayé. Et cela n'avait pas échappé à l'intuitive Sylvie. Elles allaient le payer.

Les hommes mettaient du temps à se partager le butin. Pierre supposa qu'ils violaient la femme avant de la tuer. Il avait déjà remarqué par le passé que quand les hommes commençaient à tuer, les viols suivaient rapidement. Lever un interdit suffisait apparemment à les lever tous.

Ils sortirent enfin de la boutique. Pierre à leur tête, ils reprirent la rue Saint-Martin puis traversèrent l'île de la Cité. Pierre ne pouvait oublier les injures qu'Isabelle lui avait jetées à la tête : « Vil rebut, ignoble rejeton de putain scrofuleuse, immonde vermine. » Il les lui rappellerait en la regardant mourir.

*

La réserve de livres de Sylvie était astucieusement cachée, constata Ned. En entrant dans l'entrepôt, on ne voyait que des tonneaux empilés du sol au plafond. La plupart étaient remplis de sable, mais Sylvie avait montré à Ned que certains étaient vides et pouvaient être facilement déplacés pour dégager l'espace où étaient rangées les caisses de livres. Personne n'avait jamais découvert son secret.

Ils éteignirent la chandelle de Ned, de peur que la lumière ne filtre à l'extérieur par des fentes du mur, et s'assirent dans le noir en se tenant par la main. Les cloches sonnaient à toute volée. Ils entendaient des bruits de lutte : des cris, les exclamations rauques d'hommes en train de se battre, des coups de feu épars. Sylvie s'inquiétait pour sa mère. Ned la persuada qu'ils seraient plus en danger à errer dans les rues qu'Isabelle ne l'était, calfeutrée chez elle.

Ils passèrent ainsi plusieurs heures, l'oreille tendue. Les bruits de la rue s'atténuèrent peu à peu tandis qu'une faible lueur apparaissait tout autour de la porte, dessinant un cadre annonçant l'aurore.

« Nous ne pouvons pas nous attarder ici indéfiniment », murmura alors Sylvie.

Ned entrebâilla la porte, passa prudemment la tête à l'extérieur et scruta la rue dans le petit jour.

« La voie est libre », annonça-t-il en sortant.

Sylvie le suivit et verrouilla derrière elle.

« Les tueries ont peut-être cessé, remarqua-t-elle.

— Il est plus difficile de commettre des atrocités en plein jour. »

Sylvie cita un passage de l'Évangile selon saint Jean :

« Les hommes ont préféré les ténèbres à la lumière car leurs œuvres étaient mauvaises. »

Ils s'éloignèrent dans la rue, marchant côte à côte d'un pas vif. Ned portait toujours son brassard blanc, à tout hasard. Il faisait davantage confiance à son épée et gardait la main sur la poignée pour se rassurer. Ils prirent la direction du fleuve, vers le sud.

Au premier carrefour, deux hommes gisaient, morts, devant la boutique d'un sellier, en partie masqués par la silhouette d'une vieille femme aux cheveux gris penchée sur eux. Ned constata, intrigué, qu'ils étaient à demi nus : il se rendit compte qu'elle était en train de les déshabiller.

Les vêtements d'occasion avaient de la valeur. Seuls les riches pouvaient en acheter des neufs. Les sous-vêtements sales et usés eux-mêmes pouvaient être vendus comme chiffons aux fabricants de papier. La malheureuse vieille volait le linge des morts pour le vendre. Elle arracha les chausses d'un cadavre et s'enfuit, un ballot sous le bras. La nudité des corps transpercés rendait le spectacle encore plus obscène. Ned vit Sylvie détourner les yeux en passant.

Évitant les larges avenues rectilignes offrant une perspective trop dégagée, ils préférèrent emprunter les rues étroites et tortueuses du quartier des Halles. Dans ces ruelles aussi gisaient des cadavres, dont la plupart avaient été dépouillés de leurs vêtements. À certains endroits, ils étaient entassés les uns sur les autres, comme si on avait voulu dégager un passage pour les piétons. Ned aperçut des visages tannés d'ouvriers travaillant à l'extérieur, des mains blanches de femmes riches, des membres graciles de jeunes enfants. Il en perdit rapidement le compte. On aurait dit un tableau de l'enfer comme on en exposait dans les églises catholiques. Mais ces scènes-là étaient bien réelles, et se déroulaient sous ses yeux dans une des plus grandes villes du monde. Pareille horreur lui donnait la nausée. Il aurait vomi s'il n'avait eu l'estomac vide. Il jeta un regard à Sylvie. Elle était pâle et son visage exprimait une sombre détermination.

Ils n'avaient pas encore vu le pire.

Au bord du fleuve, la milice se débarrassait des corps. Les morts et quelques blessés sans défense étaient précipités dans la Seine sans plus de cérémonie que des rats empoisonnés. Certains étaient charriés par le courant, mais d'autres n'étaient pas entraînés et l'eau peu profonde de la berge était saturée de cadavres. Un homme armé d'une longue perche tentait de les pousser vers le milieu du fleuve afin de faire de la place aux suivants, mais ils semblaient récalcitrants, comme réticents à s'éloigner.

Les hommes étaient trop occupés pour remarquer Ned et Sylvie, qui se dépêchèrent de franchir le pont.

*

Pierre sentait croître son excitation à mesure qu'il approchait de la petite papeterie de la rue de la Serpente.

Il se demandait s'il inciterait ses hommes à violer Isabelle. Ce serait un châtiment approprié. Il eut alors une meilleure idée : leur faire violer Sylvie sous les yeux de sa mère. Les gens supportent plus mal de voir souffrir leurs enfants que de souffrir eux-mêmes : il avait appris cela avec sa femme, Odette. Il songea un instant à violer Sylvie lui-même, mais cela risquait de compromettre son autorité vis-à-vis de ses hommes. Mieux valait leur laisser la sale besogne.

Il ne prit pas la peine de frapper. Dans Paris, cette nuit-là, plus personne n'ouvrait aux visiteurs. Frapper ne faisait que donner aux gens le temps de s'armer. Les compagnons de Pierre enfoncèrent la porte à coups de masse, ce qui ne leur prit que quelques secondes, et se ruèrent à l'intérieur.

Entrant à son tour, Pierre entendit un coup de feu. Il en fut abasourdi. Ses hommes n'avaient pas d'armes à feu : elles étaient chères et seuls les aristocrates pouvaient s'offrir ce luxe. Il aperçut alors Isabelle, debout au fond de la boutique. Un des hommes de Pierre gisait à ses pieds, apparemment mort. Brandissant un deuxième pistolet, elle visa Pierre. Avant que celui-ci ait eu le temps de faire un geste, un autre de ses hommes la transperça avec son épée. Elle s'effondra sans avoir pu tirer.

Pierre jura. Il avait envisagé une vengeance plus raffinée. Mais il restait Sylvie.

« Il y a une autre femme, lança-t-il. Fouillez la maison. »

L'affaire fut rondement menée. Biron se précipita à l'étage et revint une minute plus tard en annonçant :

« Il n'y a personne là-haut. »

Pierre tourna les yeux vers Isabelle. Dans l'obscurité, il lui était impossible de savoir si elle était morte ou vivante.

« Traînez-la au-dehors », ordonna-t-il.

À la lumière du jour, il constata qu'elle avait une profonde blessure à l'épaule d'où le sang coulait à flots. Il s'agenouilla à côté d'elle en hurlant d'une voix hargneuse :

« Où est Sylvie ? Réponds-moi, chienne ! »

Bien qu'elle dût souffrir atrocement, elle grimaça un sourire et murmura :

« Démon ! Que le diable t'emporte. »

Pierre poussa un rugissement de rage. Il se leva et lui donna un coup de pied dans l'épaule. C'était inutile : elle avait cessé de respirer et fixait sur lui des yeux sans vie.

Elle s'était échappée.

Il retourna à l'intérieur. Ses hommes cherchaient de l'argent. La boutique était pleine de toutes sortes d'articles de papeterie. Il entreprit de faire tomber les cahiers des étagères, de vider placards et tiroirs dont il amoncela le contenu au milieu du plancher. Arrachant sa lanterne à Brocard, il l'ouvrit et approcha la flamme du tas de papier qui s'embrasa aussitôt.

*

Ned songea qu'ils avaient eu de la chance d'atteindre la rive gauche sans encombre. D'une façon générale, la milice n'agressait pas les gens au hasard. Elle se limitait apparemment à la liste que Pierre lui avait certainement fournie. Ned avait néanmoins été arrêté et interrogé une première fois, en compagnie d'Aphrodite de Beaulieu, et cela pouvait se reproduire, sans qu'on pût en prévoir l'issue. Ce fut donc avec un immense soulagement qu'il arriva rue de la Serpente avec Sylvie.

En approchant de la boutique, il aperçut un corps au milieu de la rue. Il fut pris d'un affreux pressentiment. Sylvie eut la même intuition, et dans un sanglot, elle se mit à courir. Un instant plus tard, ils étaient tous les deux penchés sur la forme inerte allongée sur le pavé sanglant. Ned constata immédiatement qu'Isabelle ne vivait plus. Il effleura son visage. Il était encore tiède. Elle n'était pas morte depuis longtemps, ce qui expliquait que ses vêtements n'aient pas encore été volés.

Sylvie demanda, en pleurs :

« Pourras-tu la porter ?

— Oui. Il faudra simplement que tu m'aides à la hisser sur mon épaule. »

Isabelle était lourde, mais l'ambassade n'était pas loin. Ned espéra qu'on le prendrait pour un membre de la milice en train d'évacuer un cadavre. Ainsi, on lui poserait moins de questions.

Il commençait à soulever Isabelle par les aisselles quand il sentit une odeur de fumée. Il suspendit son geste. Se tournant vers la boutique, il perçut des mouvements à l'intérieur. Y avait-il le feu ? Une flamme jaillit alors et éclaira les lieux. Des hommes allaient et venaient d'un air concentré, comme s'ils cherchaient quelque chose : des objets de valeur sans doute.

« Ils sont encore là ! » chuchota-t-il à Sylvie.

À cet instant précis, deux hommes franchirent la porte. L'un d'eux avait le visage mutilé : il ne restait de son nez que deux trous entourés de tissu cicatriciel fripé et livide. L'autre avait d'épais cheveux blonds et une barbe en pointe. Ned reconnut Pierre.

« Il faut la laisser, chuchota-t-il à Sylvie. Viens vite ! »

Accablée de chagrin, Sylvie hésita, puis partit en courant. Ned la suivit. Mais Pierre les avait reconnus. Ned l'entendit crier :

« La voilà ! Attrape-la, Rasteau ! »

Ned et Sylvie remontèrent en courant la rue de la Serpente. En passant sous les grands vitraux de Saint-Séverin, il jeta un regard derrière lui et vit Rasteau lancé à leur poursuite, épée au poing.

Traversant la rue Saint-Jacques, Ned et Sylvie débouchèrent dans le cimetière de Saint-Julien-le-Pauvre. Mais Sylvie commençait à fatiguer et Rasteau se rapprochait. Le cerveau de Ned tournait à plein régime. Rasteau avait beau avoir plus de trente ans, il était grand et costaud et, de toute évidence, avait perdu son nez dans un combat. C'était certainement un bretteur habile et aguerri. Ce serait un ennemi redoutable. Au bout de quelques secondes de lutte, sa supériorité en taille et en adresse ferait la différence. Ned n'avait d'autre espoir que de le prendre par surprise et de l'achever au plus vite.

Il connaissait bien les lieux. C'était ici qu'il avait piégé l'homme qui le surveillait. En contournant l'église par l'est, il sortit un instant du champ de vision de Rasteau. Il s'immobilisa et attira Sylvie dans le renfoncement d'un porche.

Ils étaient tous les deux à bout de souffle. Ned entendait le pas lourd et précipité de leur poursuivant. Il empoigna son épée de la main droite, sa dague de la main gauche. Il fallait qu'il anticipe correctement, il n'était pas question de laisser l'homme les dépasser. Mais le temps n'était plus à la réflexion. Il surgit hors de sa cachette au moment où Rasteau aurait dû arriver à leur hauteur.

Il avait mal calculé son coup. Un peu plus tôt, Rasteau avait ralenti, soupçonnant sans doute un coup fourré, et il était encore hors de portée de Ned. Emporté par son élan, Rasteau ne pouvait s'arrêter mais réussit à obliquer et à éviter de s'empaler sur sa lame.

Ned réagit aussitôt. Bondissant en avant, il planta la pointe de son épée dans le flanc de Rasteau. L'homme poursuivit sa course sur sa lancée. La lame ressortit. Rasteau se tourna à demi, chancela et s'écroula lourdement. Sans en avoir vraiment conscience, Ned le poignarda sauvagement. Rasteau brandit alors son arme d'un ample mouvement, faisant voltiger l'épée de Ned qui atterrit sur une tombe.

En un clin d'œil, il se remit debout, témoignant d'une étonnante souplesse pour un homme de sa corpulence. Voyant Sylvie sortir du porche, Ned lui cria :

« Cours, Sylvie, cours ! »

Rasteau fondit sur lui en fendant l'air de sa lame. Ned recula, brandissant sa dague pour parer une attaque, puis un moulinet, puis une autre attaque. Il savait pourtant qu'il ne résisterait pas longtemps. Rasteau simula un coup descendant puis, avec une surprenante agilité, allongea une botte, pointant sa lame sous la garde de Ned.

Soudain, il se figea, la pointe d'une épée lui sortant du ventre. Ned faisait un bond en arrière pour échapper à son estocade, mais ce fut inutile car le coup de Rasteau perdit toute force. Il tomba en avant en poussant un cri de douleur. Derrière lui apparut la petite silhouette de Sylvie tenant l'épée que Ned avait lâchée et qui était plantée dans le dos de Rasteau.

Ils ne s'attardèrent pas auprès du mourant. Ned saisit la main de Sylvie et l'entraîna vers la place Maubert, qu'ils traversèrent en courant pour atteindre l'ambassade.

Deux gardes armés surveillaient l'entrée. Ce n'étaient pas des employés habituels : Ned ne les avait jamais vus. L'un d'eux s'avança et annonça :

« Vous ne pouvez pas entrer.

— Je suis le premier conseiller de l'ambassadeur et voici ma femme, répliqua Ned. Écartez-vous. »

La voix autoritaire de Walsingham leur parvint alors d'une fenêtre de l'étage.

« Ils sont sous la protection du roi. Laissez-les passer ! »

Le garde fit un pas de côté. Ned et Sylvie gravirent les marches. La porte s'ouvrit aussitôt devant eux. Ils entrèrent, enfin à l'abri.

*

J'ai épousé Sylvie deux fois : une première fois dans la petite église de Saint-Julien-le-Pauvre à côté de laquelle elle avait tué l'homme sans nez ; la deuxième lors d'un office protestant, dans la chapelle de l'ambassade d'Angleterre.

À trente et un ans, Sylvie était vierge. Pendant des mois, nous avons fait l'amour matin et soir, comme pour rattraper le temps perdu. Quand j'étais allongé sur elle, elle se cramponnait à moi comme si je la sauvais de la noyade. Ensuite, elle pleurait souvent jusqu'à ce qu'elle s'endorme dans mes bras.

Nous n'avons jamais retrouvé le corps d'Isabelle. Le deuil de Sylvie n'en a été que plus difficile. Finalement, nous avons considéré la boutique incendiée comme sa tombe et tous les dimanches, nous venions nous y recueillir en évoquant le souvenir d'une femme forte et courageuse.

Si étonnant que cela pût paraître, les protestants se sont remis de la nuit de la Saint-Barthélemy. Trois mille personnes avaient été tuées dans Paris et plusieurs milliers d'autres avaient trouvé la mort dans des massacres perpétrés dans d'autres villes. Mais les protestants ont riposté. Les villes à majorité protestante ont accueilli des foules de réfugiés et fermé leurs portes aux envoyés du roi. Les Guises, catholiques influents du parti du roi, ont retrouvé leur place dans l'entourage du souverain alors qu'éclatait une nouvelle guerre civile.

On a recommencé à célébrer des offices sous les toits de l'écurie et dans d'autres lieux clandestins à travers tout le pays.

Walsingham a été rappelé à Londres et nous sommes repartis avec lui. Avant de quitter Paris, Sylvie a montré à Nath son entrepôt de la rue du Mur et Nath a repris à son compte la vente d'ouvrages interdits aux protestants de Paris. Ma femme ne souhaitait cependant pas renoncer à sa mission. Elle m'a annoncé qu'elle continuerait à commander les livres à Genève. Elle traverserait la Manche pour rejoindre Rouen, y prendrait livraison des cargaisons, en assurerait elle-même le transport jusqu'à Paris en payant les pots-de-vin d'usage à l'arrivée et les livrerait rue du Mur.

Je m'inquiétais pour elle, mais mes relations avec la reine Élisabeth m'avaient appris que les hommes n'ont pas de pouvoir sur certaines femmes. Au demeurant, même si j'avais pu, je ne suis pas sûr que j'aurais tenté de l'en empêcher. Elle se sentait investie d'une mission sacrée et je ne pouvais pas l'en priver. Si elle poursuivait sa tâche assez longtemps, elle finirait certainement par être arrêtée. Et elle mourrait, je le savais.

Tel était son destin.

21

À l'approche des côtes d'Angleterre, Rollo se tenait sur le pont de la *Petite Fleur.* Ce moment était le plus dangereux.

Parti de Cherbourg, le navire faisait voile vers le port de Combe avec à son bord des fûts d'eau-de-vie, d'énormes roues de fromage et huit jeunes prêtres du Collège anglais de Douai.

Rollo portait une soutane et une croix pectorale. Ses cheveux commençaient à se clairsemer sur le haut de son crâne et il s'était fait pousser une barbe fournie pour compenser. Sur ses épaules, il avait jeté une cape blanche qui n'avait rien de sacerdotal : c'était un signal.

Il avait préparé l'opération avec une extrême minutie, mais trop de détails concrets pouvaient contrecarrer ses plans. Il n'était même pas certain de pouvoir faire confiance au capitaine. Celui-ci avait été grassement payé pour accepter cette escale, mais un autre – Ned Willard ou n'importe quel fidèle de la reine Élisabeth – avait très bien pu lui offrir une somme supérieure pour le convaincre de trahir Rollo.

Il aurait préféré ne pas avoir à compter entièrement sur sa sœur. Elle était intelligente, bien organisée et courageuse, mais tout de même, c'était une femme. Néanmoins, dans la mesure où Rollo ne souhaitait pas, pour le moment, poser le pied sur le sol anglais, il était obligé de s'en remettre à elle.

À la tombée de la nuit, le capitaine jeta l'ancre dans une baie anonyme à un peu plus d'une lieue de sa destination. Dieu merci, la mer était calme. Un petit bateau de pêche à la poupe arrondie, équipé d'un mât et de rames, était amarré au bord de la plage. Rollo connaissait cette embarcation du temps où son père était receveur des douanes au port de Combe. Après s'être appelée *Sainte Ava*, elle n'était plus que l'*Ava* tout court. Au-delà de la plage, on apercevait, accrochée à la pente d'un goulet, une maison trapue en pierres claires dont la cheminée laissait échapper un panache de fumée.

Fou d'angoisse, Rollo la regardait fixement, attendant un signal. Son espoir était tel qu'il en avait le corps crispé et que la crainte de l'échec lui mettait le cœur au bord des lèvres. C'était le commencement de la fin. Les jeunes gens qu'il accompagnait étaient les envoyés de Dieu. Une modeste avant-garde que d'autres suivraient. Bientôt, les années sombres seraient balayées, l'Angleterre abandonnerait ses folles idées de liberté religieuse et la masse ignorante des ouvriers et des paysans se soumettrait de nouveau avec bonheur à l'autorité de la vraie Église. La famille Fitzgerald reprendrait la place qui lui revenait – sinon mieux : Rollo serait peut-être nommé évêque et son beau-frère Bart deviendrait duc. On assisterait à Kingsbridge à une purge des puritains sur le modèle de la nuit parisienne de la Saint-Barthélemy – bien qu'il dût cacher cette partie de son rêve à Margery qui lui aurait refusé son aide si elle avait eu connaissance de ses projets de violence.

Il aperçut enfin la réponse à sa cape blanche : quelqu'un agita un drap blanc à une fenêtre de l'étage.

Il pouvait encore s'agir d'un piège. Mal Roper, le pêcheur catholique de toute confiance qui habitait la maison, avait peut-être été arrêté par Ned Willard et interrogé sous la torture. Et le drap blanc n'était peut-être qu'un appât destiné à les attirer. Mais Rollo n'y pouvait rien. Ses compagnons et lui risquaient leur vie et ils le savaient.

Dans l'obscurité grandissante, Rollo rassembla les prêtres sur le pont ; chacun portait un sac contenant ses effets personnels et les objets liturgiques nécessaires pour administrer les sacrements aux familles anglaises qui en avaient été si longtemps privées : hosties consacrées, vin de messe, chrême pour les confirmations et eau bénite.

« Silence complet jusqu'à la maison, leur murmura-t-il. Même si vous chuchotez, les voix sont amplifiées sur l'eau. Il ne devrait y avoir personne dans la baie à part la famille du pêcheur, mais on ne sait jamais – et votre mission pourrait s'achever avant même que vous ayez atteint l'Angleterre. » Parmi les prêtres se trouvait le bouillant Lenny Price, le premier homme qu'il avait rencontré au collège de Douai et l'aîné du groupe. « Lenny, quand vous serez à terre, ce sera toi le responsable. »

Le capitaine mit un canot à la mer dans une grande gerbe d'eau. Les prêtres y descendirent par une échelle de corde, Rollo en dernier. Deux marins empoignèrent les rames et la barque partit silencieusement à l'assaut des vagues. Rollo discerna sur la plage la silhouette menue d'une femme accompagnée d'un chien : Margery. Il commença à respirer.

Le canot s'échoua doucement et les prêtres bondirent sur le sable humide. Margery les accueillit d'une poignée de main, sans un mot. Son chien, parfaitement dressé, n'émit pas un son.

Rollo resta dans l'embarcation. Margery croisa son regard, sourit et s'effleura le menton, caressant une barbe imaginaire. Elle ne l'avait encore jamais vu barbu. *Quelle idiote !* se dit-il en se détournant aussitôt. Les prêtres ne devaient pas savoir que Rollo était le frère de Margery : ils ne le connaissaient que sous le nom de Jean Langlais.

Éloignant le canot de la rive, les marins repartirent vers la *Petite Fleur*. Tourné vers la poupe, Rollo regarda les prêtres suivre Margery sur les galets et atteindre la maison du pêcheur. Ils se bousculèrent sur le seuil, puis disparurent à l'intérieur.

*

Mal Roper, sa femme Peg et leurs trois robustes fils étaient agenouillés sur le sol de pierre de l'unique pièce du rez-de-chaussée pendant que Lenny Price disait la messe. Margery faillit pleurer en voyant le bonheur de ces simples croyants au moment de recevoir la communion. Si elle devait perdre la vie pour cette seule minute, elle estimait que cela en vaudrait la peine.

Elle pensait souvent à sa grand-tante, sœur Joan, que Dieu avait depuis longtemps rappelée à lui. Jeune mariée de seize ans en proie au trouble, Margery était montée au dernier étage de la maison de son père où sa vieille tante avait transformé deux petites pièces en cellule monacale et en oratoire. Sa tante Joan lui avait annoncé que Dieu avait un dessein pour elle et qu'elle devait attendre qu'il le lui révèle. Elle ne s'était pas trompée. Margery avait attendu et Dieu lui avait révélé son dessein. C'était aussi simple que cela.

La pénurie de prêtres catholiques était considérable. Quand Bart siégeait à la chambre, Margery avait l'occasion de parler aux catholiques de la riche bourgeoisie ou de l'aristocratie. Les sondant discrètement, elle s'était vite rendu compte que la plupart d'entre eux désiraient ardemment communier. Quand elle était à Londres, elle veillait à se tenir à l'écart des ambassades de France et d'Espagne pour ne pas être soupçonnée de conspirer. Elle avait convaincu Bart d'être tout aussi prudent. Il soutenait son action. Il haïssait le protestantisme, mais l'âge venant, il était devenu indolent et passif et ne demandait qu'à la laisser œuvrer seule pourvu qu'elle lui permît de se prendre pour un héros. Margery n'y voyait pas d'inconvénient.

Après la célébration, Peg Roper leur servit un copieux ragoût de poisson dans des bols en bois avec un pain maison grossier. Les prêtres mangèrent de bon appétit. Margery s'en réjouit : ils avaient un long chemin à parcourir avant l'aube.

Les Roper n'étaient pas riches. Mal refusa pourtant l'argent qu'elle lui offrit.

« Je vous remercie, milady, mais nous n'avons pas besoin d'être payés pour accomplir la volonté de Dieu. »

Devant la fierté de son ton, Margery n'insista pas.

Il était minuit quand ils partirent.

Margery avait deux lanternes. Elle prit la tête de la colonne avec l'une, Lenny fermant la marche avec l'autre. Elle les entraîna vers le nord, sur une route qu'elle connaissait bien. Elle enjoignait aux hommes de faire silence quand ils passaient à proximité d'un village ou d'une ferme, car elle ne voulait surtout pas qu'on les entende ou qu'on les voie. Elle était particulièrement prudente aux abords des grands manoirs, souvent gardés par des hommes d'armes qui risquaient d'être envoyés à leur rencontre, torche à la main, pour les interroger.

La nuit était douce, la route sèche. Margery trouvait pourtant la marche pénible. Depuis la naissance de son second enfant,

Roger, elle avait souvent mal au dos, surtout quand elle avait un long trajet à faire à pied. Mais elle ne pouvait que serrer les dents et prendre son mal en patience.

Toutes les deux ou trois heures, elle s'arrêtait à une étape définie à l'avance, loin de toute habitation humaine, où ils pouvaient se reposer, s'abreuver à un ruisseau, manger le pain que Peg Roper leur avait donné et se soulager avant de repartir.

Margery tendait l'oreille tout en avançant, guettant les moindres bruits signalant la présence d'autres voyageurs sur la route. Les villes étaient toujours pleines de rôdeurs qui erraient dans les rues, généralement en quête d'un mauvais coup, mais en rase campagne, il n'y avait pas grand-chose à voler. Du coup, les brigands étaient plus rares. Elle préférait néanmoins rester sur ses gardes.

Elle avait pleuré toute une journée quand leur était parvenue la nouvelle du massacre de la Saint-Barthélemy. Tous ces malheureux assassinés par des catholiques ! C'était infiniment pire qu'une bataille où des soldats tuent d'autres soldats. À Paris, les citoyens avaient tué sauvagement des milliers de femmes et d'enfants sans défense. Dieu pouvait-il vraiment permettre pareilles horreurs ? Comme si cela ne suffisait pas, le pape avait adressé une lettre de félicitations au roi de France. Cela ne pouvait pas être la volonté de Dieu. Même si elle avait peine à l'admettre, le pape avait eu tort.

Margery savait que Ned se trouvait à Paris à ce moment-là. Elle avait craint pour sa vie, mais on avait annoncé que tous les occupants de l'ambassade d'Angleterre étaient sains et saufs. Et juste après, elle avait appris qu'il avait épousé une Française. Cela l'avait attristée – à tort, estimait-elle. Il lui avait proposé de fuir avec lui, mais elle avait refusé. Il n'allait pas passer le restant de ses jours à languir après elle. Il voulait une femme et une famille. Elle aurait dû être heureuse qu'il ait trouvé le bonheur sans elle. Mais elle ne parvenait pas à se réjouir.

Elle se demandait à quoi ressemblait la nouvelle Mme Willard. On disait les Françaises incroyablement raffinées. Était-elle vêtue de beaux atours et couverte de bijoux ? Margery ne pouvait s'empêcher d'espérer que c'était une tête de linotte frivole et superficielle dont Ned ne tarderait pas à se lasser. *Quelle vilaine pensée*, se disait-elle. *Je devrais lui souhaiter d'être heureux. Je le lui souhaite.*

Une faible lueur pointait à l'est quand ils arrivèrent aux abords du Château Neuf. Distinguant les remparts qui se découpaient contre le ciel, elle éprouva un immense soulagement mêlé de lassitude. La route avait été longue.

Le chemin conduisait directement à l'entrée. Comme toujours, les corbeaux perchés sur les murailles accueillirent les visiteurs par des croassements railleurs.

Margery frappa au portail. Un visage s'encadra dans une meurtrière du corps de garde. Un moment plus tard, une sentinelle à moitié endormie ouvrait les grands vantaux de bois. Ils entrèrent et la porte fut aussitôt refermée à double tour derrière eux. Margery se sentit enfin à l'abri.

Elle traversa la cour avec ses protégés et les conduisit à l'intérieur de la chapelle.

« Dans quelques instants, leur expliqua-t-elle, les serviteurs du château vous apporteront un petit déjeuner et des paillasses. Ensuite, vous pourrez dormir, toute la journée et toute la nuit si vous voulez. Mais n'oubliez pas : secret absolu. Les gens d'ici sont tous catholiques, mais vous ne devez ni leur demander leur nom ni leur donner le vôtre. Ne posez pas de questions sur ce château, sur le lieu où il se trouve, ni sur l'identité de son propriétaire. Ce que vous ignorez, vous ne pourrez pas le révéler – même sous la torture. »

Tout cela leur avait déjà été dit par Rollo, mais il n'était pas inutile de le leur répéter.

Le lendemain, elle les conduirait deux par deux pour les mettre sur la route de leurs différentes destinations. Deux d'entre eux devaient partir vers l'ouest, pour Exeter, deux vers le nord, pour le pays de Galles, deux autres devaient rejoindre Salisbury, au nord-est, et deux Arundel, à l'est. Une fois qu'elle leur aurait dit adieu, ils seraient livrés à eux-mêmes.

Elle sortit de la chapelle et se dirigea vers la demeure, de l'autre côté de la cour. L'arrivée des prêtres avait déjà provoqué un débordement d'activité, et les domestiques s'affairaient. Elle monta dans la chambre des enfants, endormis dans des lits jumeaux. Elle se pencha sur Bartlet, un grand garçon de presque neuf ans, et l'embrassa sur le front. Puis elle alla poser un baiser sur la joue du petit Roger, un blondinet qui n'avait pas encore deux ans.

Roger ouvrit les yeux. Ils étaient d'un brun doré. Comme ceux de Ned.

*

Sylvie était impatiente de découvrir Kingsbridge. C'était la ville qui avait forgé l'homme qu'elle aimait. Ils étaient mariés depuis moins d'un an et elle avait l'impression d'avoir encore beaucoup à apprendre à son sujet. Elle le savait courageux, bon et intelligent. Elle connaissait jusqu'au moindre recoin de son corps, qu'elle adorait de la pointe des cheveux jusqu'au bout des orteils. Quand ils faisaient l'amour, elle avait l'impression d'être dans sa tête et de deviner toutes ses pensées. Ses connaissances comportaient néanmoins des lacunes : il n'abordait pas volontiers plusieurs sujets et évoquait rarement certaines périodes de sa vie. Il parlait en revanche beaucoup de Kingsbridge et elle avait hâte de voir la ville. Elle avait surtout très envie de rencontrer les êtres qui avaient compté pour lui, ceux qu'il détestait, ceux qu'il aimait ; et tout particulièrement, la femme du petit tableau posé à côté de son miroir, dans sa chambre à Paris.

Ils décidèrent de s'y rendre à l'invitation de Barney, le frère de Ned qui leur avait écrit pour leur annoncer qu'il était rentré à Kingsbridge avec son fils.

« Je ne savais pas qu'il avait un fils, s'étonna Ned en lisant la lettre dans le salon de la petite maison qu'ils avaient louée près de la cathédrale Saint Paul à Londres.

— A-t-il une femme ? demanda Sylvie.

— Il faut le croire. On ne peut pas avoir d'enfants autrement. Pourtant, il n'en parle pas.

— Ne peux-tu obtenir de Walsingham la permission de quitter Londres ? »

Elle savait que Ned et Walsingham s'employaient à étendre le réseau des services secrets de la reine Élisabeth afin de dresser la liste des hommes susceptibles de comploter pour renverser la reine et faire monter Marie Stuart sur le trône.

« Si, bien sûr. Il me chargera d'enquêter discrètement sur les catholiques du comté de Shiring, et notamment sur Bart, mais cela ne devrait pas poser de problèmes. »

Ils se rendirent de Londres à Kingsbridge à cheval, en s'accordant cinq jours pour faire le voyage tranquillement. Sylvie n'étant pas encore enceinte, elle pouvait monter à cheval sans risque. Elle était déçue de mettre aussi longtemps à concevoir, mais heureusement, Ned ne s'en était pas plaint.

Sylvie avait l'habitude des capitales. Elle avait toujours vécu à Paris et depuis leur arrivée en Angleterre, ils habitaient Londres. Les petites villes de province paraissaient plus sûres, plus calmes, moins agitées. Kingsbridge lui plut tout de suite.

Elle admira l'ange de pierre perché au sommet de la flèche de la cathédrale. Ned lui apprit que, selon la légende, il avait les traits de Caris, la religieuse qui avait créé l'hôpital. Sylvie demanda d'un ton un peu réprobateur pourquoi cette statue n'avait pas été décapitée comme toutes les représentations idolâtres d'anges et de saints.

« On ne peut pas l'atteindre, lui expliqua Ned. On serait obligé de construire un échafaudage. » Il lui fit cette réponse avec légèreté ; il considérait ces questions avec une certaine désinvolture. « Il faudra que tu montes en haut de la tour un jour. On a une vue magnifique sur la ville. »

Kingsbridge lui rappelait Rouen avec ses quais le long du fleuve et sa cathédrale. On y sentait la même atmosphère de prospérité et d'animation. En évoquant Rouen, elle se reprit à penser à son projet de continuer à livrer clandestinement des ouvrages protestants à Paris. Elle avait reçu une lettre enthousiaste de Nath, que lui avait fait parvenir l'ambassade d'Angleterre : son commerce de livres illégaux était florissant, annonçait-elle, et elle disposait encore d'importantes réserves. Elle écrirait à Sylvie dès qu'il faudrait les renouveler.

Sylvie envisageait de se lancer parallèlement dans une autre activité. Des milliers de huguenots s'étaient réfugiés à Londres, et nombre d'entre eux avaient du mal à apprendre l'anglais. Elle songeait donc à leur vendre des livres en français. Ned lui ayant expliqué que les étrangers n'avaient pas le droit d'ouvrir des librairies dans la ville de Londres, elle cherchait un local hors les murs, peut-être du côté de Southwark où vivaient de nombreux émigrés.

Sylvie fut immédiatement séduite par Barney. Il faisait cet effet aux femmes, lui dit Ned en souriant. Barney portait une ample culotte de marin sur des souliers lacés serré et une toque de fourrure. Sa luxuriante barbe rousse s'étalait largement sur son visage buriné. Il avait un sourire canaille qui devait faire tourner la tête des filles. Quand ils arrivèrent dans la maison située en face de la cathédrale, il gratifia Ned d'une accolade chaleureuse et embrassa Sylvie avec un enthousiasme peu conforme à la bienséance.

Ned et Sylvie s'étaient imaginé que son fils était un bébé, or Alfo avait déjà neuf ans. Il arborait le même costume de marin que son père, en miniature, toque de fourrure comprise. Il avait un teint café au lait, les mêmes cheveux roux bouclés que Barney et ses yeux verts. Si du sang africain coulait manifestement dans ses veines, il était aussi indéniablement le fils de Barney.

Sylvie s'accroupit pour lui parler.

« Comment t'appelles-tu ?

— Barnardo Alfonso Willard.

— On l'appelle Alfo, précisa Barney.

— Bonjour Alfo, je suis ta tante Sylvie.

— Je suis ravi de faire votre connaissance », répondit poliment l'enfant.

Quelqu'un lui avait visiblement appris les bonnes manières.

« Qui est sa mère ? demanda Ned à Barney.

— La femme la plus merveilleuse que j'aie jamais connue, répondit Barney dont les yeux s'emplirent de larmes.

— Où est-elle ?

— Dans une tombe à Hispaniola, en Nouvelle-Espagne.

— Oh ! mon frère, j'en suis navré pour toi.

— Eileen s'occupe de moi », dit Alfo.

Les Fife, le vieux couple qui tenait la maison, avaient une fille d'une vingtaine d'années, Eileen.

Ned sourit.

« Bientôt tu iras à l'école de Kingsbridge, comme ton père et moi, et tu apprendras à écrire le latin et à compter l'argent.

— Je ne veux pas aller à l'école. Je veux être marin, comme le capitaine.

— Nous verrons», dit Barney. Il expliqua à Ned: «Il sait que je suis son père, mais à bord, il a pris l'habitude de m'appeler capitaine, comme les autres.»

Le lendemain de leur arrivée, Ned accompagna Sylvie chez les Forneron, la plus importante famille huguenote de Kingsbridge. Ils bavardèrent en français. Sylvie n'avait pas été longue à apprendre l'anglais, mais elle appréciait de pouvoir se détendre et parler sans avoir à chercher ses mots. Les Forneron avaient une fille de dix ans, Valérie, une enfant précoce qui décida d'enseigner à Sylvie quelques expressions anglaises utiles, ce qui amusa tout le monde.

Les Forneron voulaient tout savoir du massacre de la Saint-Barthélemy. On en parlait encore avec effroi dans toute l'Europe. Tous ceux que rencontrait Sylvie la questionnaient à ce sujet.

Le troisième jour, Sylvie reçut un cadeau de prix, un rouleau de fine étoffe d'Anvers suffisamment grand pour y tailler une robe, de la part de Dan Cobley, l'homme le plus riche de la ville. Sylvie connaissait déjà son nom car Ned et elle avaient fait la traversée de la Manche sur un de ses bateaux.

«Il veut s'attirer mes bonnes grâces, dans l'éventualité où il aurait un jour besoin d'une faveur de la reine», commenta Ned.

Dan leur rendit visite le lendemain. Sylvie le fit entrer au salon, la pièce donnant sur la cathédrale, et lui offrit du vin et des gâteaux. C'était un gros homme prétentieux et Ned s'adressait à lui avec une sécheresse qui ne lui était pas coutumière. Après le départ de Dan, Sylvie demanda à Ned pourquoi il semblait le détester à ce point.

«Il se dit puritain mais c'est un hypocrite. Il s'habille de noir et réprouve les baisers au théâtre, ce qui ne l'empêche pas d'escroquer les gens avec qui il fait des affaires.»

Un blanc encore plus important de la vie de Ned fut comblé lorsqu'ils furent invités à dîner chez lady Susannah Twyford, une femme sensuelle d'une cinquantaine d'années. Il ne fallut pas plus d'une minute à Sylvie pour deviner que Ned avait été son amant. Elle s'adressait à lui sur un ton intime et libre que seule une relation charnelle permet. Ned semblait heureux et détendu avec elle. Sylvie en revanche n'était pas à son aise. Elle savait bien que Ned n'était pas vierge quand ils s'étaient mariés, mais elle supportait mal de le voir sourire tendrement à une ancienne maîtresse.

Ayant sans doute perçu l'inquiétude de Sylvie, Susannah vint s'asseoir près d'elle et lui prit les deux mains.

« Ned est tellement heureux de vous avoir épousée, Sylvie, et je comprends parfaitement pourquoi, lui dit-elle. J'ai toujours espéré qu'il rencontrerait une personne qui non contente d'être belle, serait intelligente et courageuse. C'est un homme merveilleux qui mérite une femme merveilleuse.

— Il a l'air d'éprouver beaucoup d'affection pour vous.

— C'est vrai. Et j'en ai beaucoup pour lui. Mais il est amoureux de vous, ce qui n'est pas la même chose. Je désire sincèrement que nous puissions être amies, vous et moi.

— Je ne demande pas mieux. Quand j'ai rencontré Ned, il avait trente-deux ans. Il aurait été ridicule de ma part d'imaginer que j'étais la première à compter dans sa vie.

— Tout de même, nous avons tendance à imaginer de drôles de choses quand nous sommes amoureuses, ne trouvez-vous pas ? »

Sylvie comprit que cette femme était foncièrement bonne et sage et se sentit mieux.

Elle entra pour la première fois dans la cathédrale le dimanche de Pentecôte.

« Quelle splendeur, murmura-t-elle en avançant dans la nef au côté de Ned.

— Oui, c'est une église superbe, acquiesça-t-il. Je ne me lasse pas de la regarder.

— C'est vrai, mais ce n'est pas ce que je veux dire. Il n'y a pas de statues de marbre, de peintures criardes, d'ossements enchâssés dans des boîtes couvertes de pierres précieuses.

— Vos temples huguenots et vos lieux de réunion sont pareils. »

Sylvie passa au français pour s'exprimer plus aisément.

« Mais c'est une cathédrale ! Un édifice magnifique, immense, qui existe depuis des siècles, conforme à ce que doit être une église, et il est protestant ! En France, les offices huguenots sont célébrés à la sauvette dans des lieux improvisés et paraissent toujours un peu bâclés. Je suis si heureuse d'assister au culte protestant dans un endroit où l'on vénère Dieu depuis des siècles.

— J'en suis ravi, approuva Ned. Tu as connu plus de malheur que la plupart des gens. Tu as droit à un peu de bonheur. »

Ils s'approchèrent d'un homme de leur âge, grand, dont le beau visage était rougi par l'alcool ; un luxueux manteau jaune enveloppait sa silhouette imposante.

« Sylvie, je te présente Bart, le comte de Shiring. »

Sylvie se souvint que Ned devait surveiller la communauté catholique de la région, dont Bart était le membre le plus éminent. Elle fit la révérence.

Bart lui sourit, inclina brièvement la tête et lui adressa un sourire goguenard.

« Tu es un malin, Ned, de rentrer au pays avec une jolie petite donzelle de France. »

Sylvie eut le sentiment que le mot *donzelle* n'était pas très courtois, mais préféra ne pas relever. Le comte était accompagné d'un garçonnet richement vêtu. Elle demanda :

« Qui est ce jeune homme ?

— Mon fils, Bartlet, le vicomte. Il a neuf ans. Dis bonjour, Bartlet. »

L'enfant s'exécuta. Il avait la même prestance que son père malgré sa petite taille. L'épée en bois qu'il portait à sa ceinture fit sourire Sylvie.

« Et voici la comtesse Margery », annonça Ned.

Levant les yeux, Sylvie eut la stupéfaction de reconnaître la femme du portrait. Son émoi fut d'autant plus vif qu'elle était encore plus belle en réalité que sur la toile. À en juger par les légères rides qui commençaient à se dessiner autour de ses yeux et de sa bouche, Sylvie lui donnait à peu près trente ans. Mais bien qu'elle fût plus âgée que sur le tableau, il émanait de la femme de chair et d'os une vivacité et un charme magnétique évoquant la lourde atmosphère d'un orage qui couve. Elle avait une épaisse chevelure de boucles indisciplinées, surmontée d'un petit chapeau rouge posé de travers. *Je ne m'étonne pas qu'il vous ait aimée*, se dit aussitôt Sylvie.

Margery répondit à sa révérence en la dévisageant avec un intérêt non dissimulé. Puis elle se tourna vers Ned, et Sylvie lut de l'amour dans son regard. Elle rayonnait de bonheur en lui disant bonjour. *Vous ne l'avez pas oublié*, songea Sylvie. *Vous ne l'oublierez jamais. Il est l'amour de votre vie.*

Se tournant vers Ned, elle constata qu'il était, lui aussi, visiblement heureux. Margery tenait une grande place dans son cœur, c'était évident.

Sylvie était accablée. La rencontre de Susannah Twyford l'avait déjà vaguement perturbée, mais celle-ci n'avait que de l'affection pour Ned. Margery éprouvait des sentiments autrement puissants et Sylvie fut saisie d'angoisse. *Cette femme veut mon mari*, se dit-elle.

Eh bien, elle ne l'aura pas.

Elle remarqua alors un petit garçon d'environ deux ans, encore hésitant sur ses jambes, à demi caché dans les plis de la grande jupe rouge de Margery. Suivant le regard de Sylvie, Margery dit :

« C'est mon deuxième fils, Roger. » Se penchant, elle souleva l'enfant d'un geste vif. « Roger, je te présente sir Ned Willard. C'est un homme très important qui travaille pour la reine. »

Roger tendit le doigt vers Sylvie.

« C'est la reine ? »

Tous éclatèrent de rire.

« C'est ma reine à moi », répondit Ned.

Merci, Ned, pensa Sylvie.

Ned demanda à Margery :

« Votre frère est-il à Kingsbridge ?

— Nous ne voyons pas beaucoup Rollo ces temps-ci.

— Où est-il ?

— Il est devenu conseiller du comte de Tyne.

— Sa formation juridique et son expérience doivent certainement être utiles au comte. Vit-il au château de Tyne ?

— C'est là qu'il réside normalement, mais le comte possède des propriétés dans tout le nord de l'Angleterre et je crois que Rollo voyage beaucoup. »

Pendant que Ned continuait à prendre des renseignements

sur les catholiques locaux, Sylvie observa le jeune Roger. Un je-ne-sais-quoi chez lui la tracassait et elle ne tarda pas à comprendre qu'il lui rappelait quelqu'un.

Il ressemblait à Ned.

Elle vit que Ned le regardait également d'un air songeur. Il avait, lui aussi, remarqué quelque chose. Sylvie lisait sur son visage comme à livre ouvert et devina, à son expression, qu'il n'avait toujours pas saisi ce qui l'intriguait. Les hommes n'étaient pas aussi prompts que les femmes à discerner les ressemblances. Elle croisa le regard de Margery. Les deux femmes se comprirent instantanément, tandis que Ned demeurait perplexe et Bart indifférent.

La cérémonie commença par un cantique et les conversations se turent jusqu'à la fin de l'office. Le soir, ils avaient du monde à souper et une chose en entraînant une autre, Sylvie ne put se trouver en tête à tête avec Ned qu'à l'heure du coucher.

C'était le printemps et ils dormaient nus. Sylvie effleura la poitrine duveteuse de Ned.

« Margery t'aime, énonça-t-elle.

— Elle est l'épouse du comte.

— Cela n'empêche pas.

— Comment peux-tu dire une chose pareille ?

— Parce qu'elle a déjà couché avec toi. »

Contrarié, Ned se tut.

« Il y a trois ans, juste avant que tu viennes à Paris.

— Comment le sais-tu ?

— Roger a deux ans.

— Oh ! Tu as remarqué.

— Il a tes yeux. » Elle plongea son regard dans le sien. « Du même brun doré magnifique.

— Tu ne m'en veux pas ?

— Je savais en t'épousant que je n'étais pas la première que tu aies aimée. Mais…

— Continue.

— Mais j'ignorais que tu pouvais l'aimer encore et que tu avais eu un enfant d'elle. »

Ned prit ses deux mains entre les siennes.

« Je ne peux pas nier qu'elle ne me laisse pas indifférent ni que je lui sois très attaché. Mais comprends, je t'en prie, que tu es tout ce que je désire au monde. »

C'était ce que Sylvie voulait entendre, mais elle hésitait à le croire. Elle ne savait qu'une chose : elle l'aimait et elle ne laisserait personne le lui enlever.

« Fais-moi l'amour », demanda-t-elle.

Il l'embrassa.

« Diable, quel tyran tu fais », plaisanta-t-il.

Et il l'embrassa encore.

Mais cela ne lui suffisait pas. Elle voulait de son amant quelque chose que ni Susannah Twyford ni Margery Shiring n'avaient partagé avec lui.

« Attends, dit-elle en réfléchissant. As-tu un désir que tu as toujours eu envie de combler avec une femme ? » Jamais elle ne lui avait parlé ainsi – ni à personne d'autre au demeurant. « Un rêve qui t'excite quand tu y penses, mais que tu n'aies jamais réalisé ? »

Elle retint son souffle. Qu'allait-il dire ?

Il prit l'air pensif et vaguement gêné.

« Oui ! dit-elle triomphalement. Je le savais. » Elle était ravie d'être capable d'interpréter aussi facilement ses expressions. « Alors, de quoi s'agit-il ?

— Je n'ose pas. »

Sa timidité soudaine lui parut adorable. Elle se lova contre lui, son corps serré contre le sien et chuchota :

« Alors dis-le-moi tout bas. »

Il lui murmura quelque chose à l'oreille.

Elle le regarda en souriant, à la fois un peu surprise et émoustillée.

« Vraiment ? »

Il secoua la tête.

« Non. Oublie cela. Je n'aurais pas dû. »

Elle était excitée et put constater que lui aussi.

« Je ne sais pas, dit-elle. Nous pouvons toujours essayer. »

Ce qu'ils firent.

QUATRIÈME PARTIE

1583 à 1589

22

Ned observait le visage de son fils, Roger. Il était si ému qu'il pouvait à peine parler. Roger était un enfant au seuil de l'adolescence. Il avait déjà beaucoup grandi, mais ses joues étaient encore lisses et sa voix aiguë. Il avait les boucles brunes de Margery et son air espiègle, mais les yeux brun doré de Ned.

Ils se trouvaient dans le salon avec vue sur la cathédrale. Bart était arrivé à Kingsbridge pour assister à la session de printemps de la cour de justice en compagnie de ses deux fils, ou de ceux qu'il tenait pour tels : Bartlet, dix-huit ans, et Roger, qui en avait douze. Ned était là pour la même raison : il était désormais député de Kingsbridge au Parlement.

Ned n'avait pas d'autre enfant. Sylvie et lui avaient fait l'amour pendant plus de dix ans, avec une ardeur presque constante, mais elle n'était jamais tombée enceinte. C'était un chagrin pour eux et Roger n'en était que plus précieux aux yeux de Ned.

Ned se souvenait de sa propre adolescence. *Je sais ce qui t'attend*, songeait-il en regardant Roger. *J'aimerais pouvoir t'en parler et te rendre l'avenir plus facile. Mais quand j'avais ton âge, je ne croyais pas les gens plus âgés qui prétendaient savoir ce qu'était la vie des plus jeunes et je serais surpris que tu me croies davantage.*

Roger se comportait envers Ned avec simplicité et naturel. Ned était un ami de sa mère, qu'il considérait un peu comme un oncle. Ned ne pouvait exprimer son affection autrement qu'en l'écoutant avec attention, en le prenant au sérieux et en répondant consciencieusement à ses questions. C'était peut-être la raison pour laquelle l'enfant se confiait volontiers à lui. Ned en éprouvait une grande joie.

« Messire, lui dit alors Roger, vous qui connaissez la reine, savez-vous pourquoi elle déteste les catholiques ? »

Ned ne s'attendait pas à cela. Il aurait pourtant dû. Roger savait que ses parents étaient catholiques dans un pays protestant et il était maintenant assez grand pour s'interroger.

« La reine ne déteste pas les catholiques, répondit Ned, cherchant à gagner du temps.

— Elle oblige mon père à payer une amende parce qu'il ne va pas à l'église. »

Roger avait l'esprit vif. En le constatant, Ned éprouva une bouffée de plaisir, gâchée cependant par la nécessité de devoir dissimuler sa fierté, surtout à l'enfant lui-même.

Il lui fit la même réponse qu'à tous :

« Quand elle était jeune, la princesse Élisabeth m'a dit que si elle devenait reine, plus aucun Anglais ne mourrait à cause de ses opinions religieuses.

— Elle n'a pas tenu parole, répliqua promptement Roger.

— Elle a essayé. » Ned cherchait les mots susceptibles de faire comprendre les complexités de la politique à un enfant de douze ans. « Pour commencer, des puritains membres du Parlement lui reprochent tous les jours d'être trop clémente, ils voudraient qu'elle envoie des catholiques au bûcher, comme la reine Marie Tudor qui l'a précédée l'a fait des protestants. Ensuite, elle est bien obligée de punir les traîtres catholiques comme le duc de Norfolk qui veulent la tuer. »

Roger s'entêta :

« On exécute aussi des prêtres simplement parce qu'ils ramènent des fidèles à la foi catholique, n'est-ce pas ? »

Ned se rendit compte que Roger avait bien préparé ses questions. Sans doute craignait-il de les aborder avec ses parents. Ned était heureux qu'il lui fasse suffisamment confiance pour lui faire part de ses préoccupations. Mais pourquoi ces inquiétudes ? Peut-être, songea Ned, parce que Stephen Lincoln vivait encore plus ou moins clandestinement au Château Neuf. Il devait être le précepteur de Bartlet et de Roger, et célébrait sans doute régulièrement la messe pour la famille. Roger avait peur qu'il soit exécuté si on le découvrait.

Ces prêtres étaient beaucoup plus nombreux qu'autrefois. Stephen était un des rescapés de la vieille garde qui avaient survécu à la révolution religieuse de la reine Élisabeth. Mais on avait vu apparaître des dizaines de nouveaux prêtres, des centaines peut-être même. Ned et Walsingham en avaient arrêté dix-sept. Ils avaient tous été exécutés pour trahison.

Ned les avait presque tous interrogés avant leur exécution. Il n'en avait pas appris grand-chose, en partie parce qu'ils avaient été formés à résister aux interrogatoires, mais surtout parce qu'ils ne savaient presque rien. Leur meneur agissait sous le nom, évidemment faux, de Jean Langlais et ne leur livrait que le strict minimum d'informations sur les opérations auxquelles ils devaient prendre part. Ils ne savaient pas exactement où ils avaient débarqué sur la côte, ils ignoraient les noms des personnes mystérieuses qui les avaient accueillis et leur avaient indiqué leurs destinations.

« Ces prêtres sont formés à l'étranger et entrent illégalement en Angleterre, lui répondit Ned. Ils font acte d'allégeance au pape, non à notre reine. Certains appartiennent à l'ordre des Jésuites, un groupe d'ultra-catholiques intransigeants. Élisabeth craint qu'ils ne complotent pour la renverser.

— Complotent-ils réellement ? »

Face à un adulte, Ned aurait argumenté avec force, déplorant la naïveté de ceux qui imaginaient que des prêtres clandestins pouvaient être dénués de toute volonté de trahison. Mais il ne souhaitait pas sortir vainqueur d'un débat avec son fils. Il voulait seulement qu'il sache la vérité.

Ces prêtres contestaient tous la légitimité d'Élisabeth et estimaient que la vraie reine d'Angleterre était Marie Stuart, reine des Écossais ; pourtant, aucun n'était encore passé à l'action, pour le moment du moins. Ils n'avaient pas cherché à prendre contact avec Marie Stuart dans sa prison, à rassembler des groupes de nobles catholiques mécontents, ni conspiré dans le but d'assassiner la reine Élisabeth.

« Non. Pour autant que je sache, ils ne complotent pas contre Élisabeth.

— Ce qui veut dire qu'on les tue uniquement parce que ce sont des prêtres catholiques.

— Tu as raison, d'un point de vue moral. Et je regrette profondément qu'Élisabeth n'ait pas pu tenir parole. Mais d'un point de vue politique, elle ne peut pas tolérer la présence à l'intérieur du royaume d'un réseau d'hommes fidèles à un potentat étranger, le pape, qui s'est déclaré son ennemi. Aucun monarque au monde n'accepterait cela.

— Alors, si quelqu'un cache un prêtre chez lui, il peut être puni de mort. »

Voilà donc ce que le jeune Roger avait en tête. Si Stephen Lincoln était surpris à dire la messe ou à détenir des objets liturgiques au Château Neuf, Bart et Margery risquaient la peine de mort.

Ned avait peur, lui aussi, pour Margery. Il n'était pas certain de pouvoir la protéger des rigueurs de la loi.

« Je crois que nous devrions tous pouvoir honorer Dieu de la manière qui nous semble juste, dit-il, sans nous préoccuper de ce que font les autres. Je ne déteste pas les catholiques. Je suis l'ami de ta mère… et de ton père… depuis toujours. Je pense que les chrétiens ne devraient pas s'entretuer pour des questions de théologie.

— Les catholiques ne sont pas les seuls à brûler des gens. À Genève, les protestants ont envoyé Michel Servet au bûcher. »

Ned fut tenté de lui faire remarquer que si le nom de Servet était connu dans toute l'Europe, c'était précisément parce qu'il n'était pas dans les habitudes des protestants de condamner des gens au bûcher. Il préféra ne pas user de ce genre d'argument avec Roger.

« Tu as raison, admit-il, et le nom de Jean Calvin en sera entaché jusqu'au Jugement dernier. Mais il y a des gens, dans les deux camps, qui se battent pour la tolérance. La reine Catherine, la mère du roi de France, en fait partie. Ainsi que la reine Élisabeth.

— Mais elles tuent des gens l'une et l'autre !

— Ce ne sont pas des saintes. Il faut que tu comprennes une chose, Roger. Il n'y a pas de saints en politique. Mais des êtres imparfaits peuvent tout de même changer le monde et le rendre meilleur. »

Ned avait fait de son mieux. Pourtant, Roger ne semblait pas satisfait. Il n'avait pas envie de s'entendre dire que la vie était compliquée. À douze ans, il cherchait des certitudes incontestables. Il apprendrait peu à peu, comme tout le monde.

Leur conversation fut interrompue par l'arrivée d'Alfo. Roger rentra aussitôt dans sa coquille et prit poliment congé au bout de quelques instants.

« Que voulait-il ? demanda Alfo à Ned.

— Il se pose des questions de son âge et me considère comme un ami inoffensif de la famille. Et toi, comment vont les études ? »

Alfo s'assit. À dix-neuf ans, il avait la silhouette longiligne et l'aisance naturelle de son père.

« À vrai dire, cela fait un an que je n'apprends plus rien à l'école. Je passe maintenant la moitié de mon temps à lire et l'autre moitié à enseigner aux plus jeunes.

— Vraiment ? » Apparemment, il était écrit qu'il devait, ce jour-là, conseiller les jeunes gens. Il n'avait que quarante-trois ans, et estimait n'avoir pas encore l'âge de jouer ce rôle. « Tu devrais peut-être partir pour Oxford étudier à l'université. Tu pourrais loger à Kingsbridge College. »

Ned n'était qu'à moitié convaincu par cette idée. Lui-même n'avait jamais fréquenté l'université et ne pouvait pas dire qu'il en avait souffert. Il était tout aussi instruit et compétent que la plupart des hommes d'Église auxquels il avait à faire. Il lui était cependant arrivé de remarquer que ceux qui étaient passés par l'université maniaient l'art de la discussion avec plus d'habileté que lui, un talent qu'ils avaient appris lors des débats entre étudiants.

« Je ne suis pas fait pour une carrière ecclésiastique. »

Ned sourit. Alfo aimait les filles, qui le lui rendaient bien. Il avait hérité du charme facile de son père. Les plus timides étaient un peu rebutées par ses traits africains, qui intriguaient au contraire les plus délurées.

L'attitude des Anglais à l'égard des étrangers était irrationnelle, jugeait Ned : ils détestaient les Turcs, se méfiaient des

Juifs mais voyaient dans les Africains des créatures exotiques parfaitement inoffensives. Les hommes comme Alfo qui se retrouvaient en Angleterre pour une raison ou une autre se mariaient généralement avec des Anglaises, et leur physionomie particulière s'effaçait en deux ou trois générations.

« Aller à l'université ne t'oblige pas à embrasser une carrière ecclésiastique. Mais quelque chose me dit que tu as un autre projet en tête.

— Ma grand-mère Alice rêvait de transformer l'ancien monastère en marché couvert.

— En effet. » Cela remontait désormais à un passé lointain, mais Ned gardait le souvenir d'avoir visité les ruines avec sa mère en imaginant des éventaires dans les niches du cloître. « Cela reste une bonne idée.

— Pourrais-je me servir de l'argent du capitaine pour acheter ce bien ? »

Ned réfléchit. Il était chargé d'administrer la fortune de Barney pendant que celui-ci était en mer. Il en gardait une grande part en liquidités, mais avait aussi fait des investissements – dans un verger à Kingsbridge, une laiterie à Londres –, faisant ainsi gagner de l'argent à son frère.

« Cela devrait être possible, si le prix est raisonnable, dit-il prudemment.

— Faut-il que j'adresse une demande au chapitre ?

— Renseigne-toi d'abord. Informe-toi des ventes récentes de terrains à bâtir à Kingsbridge, du prix de l'acre.

— Je vais le faire, acquiesça Alfo avec enthousiasme.

— Sois discret. Ne parle pas de ton projet. Tu n'auras qu'à dire que tu cherches un terrain pour moi. Ensuite, nous verrons ensemble quelle offre nous pouvons faire au monastère. »

Eileen Fife entra alors au salon, un paquet à la main. Elle sourit affectueusement à Alfo et tendit le colis à Ned.

« Un messager vient d'apporter ceci de Londres pour vous, messire. Il est dans la cuisine si vous voulez le voir.

— Sers-lui quelque chose à manger, dit Ned.

— C'est déjà fait, répondit Eileen, indignée que Ned ait pu penser qu'elle avait négligé cette politesse.

— Bien sûr, Eileen, excuse-moi. »

Ned ouvrit le paquet. Il contenait une lettre pour Sylvie, de l'écriture enfantine de Nath, certainement expédiée par l'ambassade d'Angleterre à Paris. Sans doute réclamait-elle une nouvelle livraison de livres, comme cela s'était déjà produit à trois reprises au cours des dix dernières années.

Ned savait, grâce aux lettres de Nath et aux voyages de Sylvie à Paris, que la vente de livres n'était pas la seule activité de Sylvie que Nath avait reprise. Elle était toujours au service de la famille de Pierre Aumande de Guise et continuait à surveiller celui-ci et à transmettre des informations aux protestants de Paris. Pierre avait déménagé à l'hôtel de Guise avec Odette, son fils Alain, qui avait maintenant vingt et un ans et était étudiant, et Nath. Cela ouvrait un vaste champ aux activités d'espionnage de Nath, en particulier sur les catholiques anglais de Paris. Elle avait également converti Alain au protestantisme, à l'insu de ses parents. Nath transmettait toutes ses informations à Sylvie dans des lettres telles que celle-ci.

Ned la mit de côté à l'intention de Sylvie.

L'autre missive était pour lui. Elle était écrite en cursives penchées à droite, de la main d'un homme méthodique et pressé. Ned reconnut l'écriture de sir Francis Walsingham, son maître. Il ne pouvait cependant pas la lire tout de suite car elle était codée. « Il me faut un peu de temps pour rédiger la réponse, dit-il à Eileen. Donne au messager un lit pour la nuit. »

Alfo se leva.

« Je vais m'attaquer à notre nouveau projet ! Merci, oncle Ned. »

Ned entreprit de déchiffrer la lettre. Elle ne contenait que trois phrases. Il était évidemment tentant de noter le texte décrypté au-dessus du message codé, mais cette pratique était strictement interdite. Si une lettre codée accompagnée de son texte en clair tombait entre de mauvaises mains, l'ennemi posséderait la clé lui permettant de lire tous les autres messages utilisant le même code. Les décrypteurs de Ned qui travaillaient sur la correspondance interceptée dans les ambassades étrangères à Londres avaient maintes fois tiré parti de cette négligence de la part de ceux qu'ils espionnaient. Ned écrivait le message décodé avec une mine en alliage métallique sur une ardoise qu'il pouvait ensuite effacer avec un chiffon humide.

Il avait le code en tête, ce qui lui permit de déchiffrer rapidement la première phrase : *Nouvelles de Paris*.

Son pouls s'accéléra. Walsingham et lui étaient impatients de savoir quelle serait la ligne de conduite des Français. Tout au long des années 1550 et 1560, la reine Élisabeth avait tenu ses ennemis en haleine, feignant d'étudier les propositions de mariage de princes catholiques. Sa dernière victime avait été Hercule-François, frère d'Henri III, roi de France. Alors qu'elle allait avoir cinquante ans, Élisabeth exerçait encore un grand pouvoir de séduction sur les hommes. Elle avait ensorcelé le jeune Hercule-François, qui n'avait pourtant qu'un peu plus de vingt ans et qu'elle appelait « ma petite grenouille ». Elle l'avait fait lanterner trois ans, jusqu'à ce qu'il parvienne à la même conclusion que tous ses prédécesseurs, à savoir qu'elle n'avait aucune intention d'épouser qui que ce fût. Ned estimait cependant que c'était la dernière fois qu'elle avait joué la carte du mariage et craignait que ses ennemis n'entreprennent à présent ce dont ils parlaient depuis si longtemps et ne tentent de se débarrasser d'elle pour de bon.

Il se concentrait sur la deuxième phrase quand la porte s'ouvrit brutalement. Margery fit irruption.

« Comment oses-tu ? cria-t-elle. Comment oses-tu ? »

Ned en resta bouche bée. Les serviteurs de Margery redoutaient ses accès de colère, mais lui-même n'en avait jamais été victime. Il entretenait avec elle des rapports amicaux, voire affectueux.

« Qu'ai-je bien pu faire, grand Dieu ? demanda-t-il.

— Comment oses-tu prêcher à mon fils ton hérésie protestante ? »

Ned fronça les sourcils.

« Roger m'a posé des questions, répondit-il en contenant son indignation. J'ai essayé de lui répondre en toute honnêteté.

— J'élèverai mes fils dans la foi de leurs ancêtres et il n'est pas question que tu les pervertisses.

— Fort bien, lança Ned, gagné par l'exaspération. Mais tôt ou tard, quelqu'un leur dira qu'il existe d'autres opinions. Tu devrais te réjouir que ce soit moi qui lui en aie parlé et non un puritain bigot comme Dan Cobley. »

Malgré l'agressivité déplaisante de Margery, il ne pouvait s'empêcher de la trouver infiniment charmante avec ses cheveux en bataille et ses yeux qui lançaient des éclairs. Elle était plus belle à quarante ans qu'à quatorze, l'âge qu'elle avait quand il l'avait embrassée derrière la tombe du prieur Philip.

« Ils prendraient Cobley pour ce qu'il est, un blasphémateur borné, rétorqua-t-elle. Alors que toi, tu joues à l'homme raisonnable pour mieux instiller ton poison dans leurs esprits.

— Ah ! Je comprends. Ce n'est pas ma foi protestante qui te tracasse, c'est ma modération. Tu ne veux pas que tes fils sachent qu'on peut parler de religion posément et avoir des avis différents sans chercher à s'entretuer. »

Tout en discutant, il comprit vaguement qu'elle ne croyait pas vraiment qu'il pervertissait l'esprit de Roger. En réalité, elle s'insurgeait contre le sort qui les avait séparés, Ned et elle, et leur interdisait d'élever leur enfant ensemble.

Mais tel un cheval lancé au galop, elle poursuivit sur sa lancée.

« Oh, tu es tellement intelligent, bien sûr !

— Non, mais je ne fais pas semblant d'être idiot, comme tu le fais en ce moment.

— Je ne suis pas venue ici pour me battre. Tout ce que je te demande, c'est de ne pas parler à mes enfants.

— Roger est aussi mon fils, dit-il tout bas.

— Il ne doit pas souffrir du fait de mes péchés.

— Dans ce cas, ne lui inculque pas ta religion de force. Expose-lui tes convictions en admettant que des gens respectables puissent être en désaccord. Il ne t'en respectera que davantage.

— Je ne te permets pas de me dire comment je dois élever mes enfants.

— Et toi, tu n'as pas à te mêler de ce que je peux ou ne peux pas dire à mon fils. »

Elle se dirigea vers la porte.

« Je t'enverrais bien au diable, mais tu en as déjà pris toi-même le chemin. »

Elle sortit. Un instant plus tard, il entendit claquer la porte d'entrée.

Ned s'approcha de la fenêtre, mais exceptionnellement, il ne put savourer la beauté de la cathédrale. Il était désolé de s'être disputé avec Margery.

Ils s'étaient entendus sur un point : ils ne révéleraient jamais à Roger le secret de sa filiation. Ils estimaient l'un et l'autre qu'il serait extrêmement perturbant pour lui, ou même pour l'homme qu'il serait un jour, de découvrir qu'il avait été trompé à ce point toute sa vie. Ned n'aurait jamais la joie de reconnaître son fils, mais il devait accepter ce sacrifice pour son bien. Le bien-être de Roger était plus important que le sien ; c'était cela, être parent.

Il reprit la lettre et transcrivit la deuxième phrase : *Le cardinal Romero est de retour et sa maîtresse avec lui.* C'était intéressant. Romero était un émissaire officieux du roi d'Espagne. Sans doute tramait-il quelque chose avec les ultra-catholiques français. Sa maîtresse, Jerónima Ruiz, qui avait transmis des informations à Ned au moment du massacre de la Saint-Barthélemy, accepterait peut-être de lui dévoiler les intentions de Romero.

Alors qu'il cherchait à décrypter la troisième phrase, Sylvie le rejoignit au salon. Ned lui tendit la lettre qui était arrivée pour elle. Elle ne l'ouvrit pas tout de suite.

« J'ai entendu une partie de ta conversation avec Margery, dit-elle. Les moments où vous avez élevé la voix. Un échange houleux, m'a-t-il semblé. »

Déconcerté, Ned lui prit la main.

« Je n'essayais pas de convertir Roger. J'ai simplement cherché à répondre à ses questions le plus honnêtement possible.

— Je sais.

— Je suis désolé si cette histoire ancienne a pu te contrarier.

— Je ne suis pas contrariée. Il y a longtemps que j'ai compris que tu nous aimes toutes les deux. »

Interloqué, Ned dut reconnaître que c'était vrai, bien qu'il ne l'eût jamais admis.

Lisant une fois de plus dans ses pensées, Sylvie reprit :

« Tu ne peux pas cacher ce genre de chose à une épouse. »

Puis elle ouvrit sa lettre.

Ned se pencha à nouveau sur la sienne. Encore remué par les paroles de Sylvie, il déchiffra la dernière phrase : *Jerónima n'accepte de parler qu'à vous.*

Levant les yeux vers Sylvie, il sut ce qu'il fallait lui dire :
« Tant que tu sais que je t'aime.
— Oui, je le sais. C'est un mot de Nath. Elle a besoin de livres. Il faut que j'aille à Paris.
— Moi aussi. »

*

Sylvie n'était toujours pas montée au sommet de la tour pour admirer la vue. Après l'office du dimanche qui s'était déroulé dans la lumière colorée du soleil printanier filtrant à travers les vitraux, elle s'arrêta devant l'escalier. Une petite porte percée dans le mur du transept sud ouvrait sur une volée de marches en spirale. Alors qu'elle hésitait à franchir le seuil, ne sachant si elle devait demander l'autorisation, Margery s'approcha d'elle et lui dit :

« Je n'avais pas le droit de m'introduire ainsi chez vous pour faire une scène. Je suis confuse. »

Sylvie referma la petite porte. C'était important et la vue pouvait attendre.

Elle avait le sentiment d'avoir eu plus de chance que Margery, ce qui la rendit magnanime.

« Je comprends ce qui vous chagrine. Du moins, je crois. Et je ne vous en veux pas.
— Que voulez-vous dire ?
— Ned et vous devriez pouvoir élever Roger ensemble. Mais c'est impossible et cela vous brise le cœur. »

Margery parut bouleversée.

« Ned m'avait juré de n'en parler à personne.
— Il ne m'a rien dit. J'ai deviné et il n'a pas pu nier. Mais je garderai le secret, soyez tranquille.
— Bart me tuera s'il l'apprend.
— Il ne l'apprendra pas.
— Merci. »

Margery avait les larmes aux yeux.

« Si Ned vous avait épousée, il aurait une maison pleine d'enfants. Il semblerait que je ne puisse pas en avoir. Ce n'est pourtant pas faute d'avoir essayé. » Sylvie ne savait pas vraiment pourquoi elle se confiait avec pareille franchise à celle que son mari aimait. Peut-être simplement parce qu'il lui semblait inutile de feindre.

« J'en suis désolée. Quoique… je m'en doutais.

— Si je devais mourir avant Ned, et Bart avant vous, épousez Ned.

— Comment pouvez-vous dire une chose pareille ?

— Du haut du ciel, je bénirai votre mariage.

— Cela n'arrivera pas – mais je vous remercie de m'avoir dit cela. Vous êtes une femme merveilleuse.

— Vous aussi. » Sylvie sourit. « Il a bien de la chance, ne trouvez-vous pas ?

— Ned ?

— Oui. D'être aimé de nous deux.

— Je ne sais pas. Vous croyez ? »

*

Rollo fut très impressionné par l'hôtel de Guise. Plus grand que le Louvre, il occupait au moins deux acres avec ses cours et ses jardins. L'endroit grouillait de serviteurs, d'hommes d'armes, de parents éloignés et de parasites, qui y étaient nourris tous les jours et logés toutes les nuits. À elles seules, les écuries étaient plus vastes que la maison que le père de Rollo s'était fait bâtir à Kingsbridge au faîte de sa prospérité.

Rollo y fut invité en juin 1583 à l'occasion d'une réunion avec le duc de Guise.

Le duc François le Balafré avait rendu l'âme depuis longtemps, tout comme son frère, le cardinal Charles. Le nouveau duc était le fils de François, Henri, qui avait alors trente-deux ans. Rollo l'observa avec fascination. Par une coïncidence considérée par beaucoup de Français comme un acte divin, Henri avait été blessé au visage, à l'image de son père. François avait été défiguré par une lance, alors que son fils l'avait été par une balle d'arquebuse, mais ils en avaient tous les deux gardé des cicatrices très visibles. Aussi Henri avait-il reçu, lui aussi, le surnom de Balafré.

Le cardinal Charles, d'une roublardise notoire, avait été remplacé dans les conseils de la famille de Guise par Pierre Aumande de Guise, son ancien protégé. Pierre, protecteur du Collège anglais, était celui qui avait donné à Rollo le pseudonyme de Jean Langlais, le seul nom sous lequel on le connaissait dans le cadre de ses activités clandestines.

Rollo rencontra le duc dans une salle de dimensions modestes mais richement ornée, aux murs couverts de tableaux de scènes de la Bible peuplées d'hommes et de femmes nus pour la plupart. Cette atmosphère décadente mit Rollo mal à l'aise.

Il était tout à la fois flatté et vaguement intimidé par le haut rang du reste de l'assistance. Celle-ci comprenait le cardinal Romero et Giovanni Castelli, qui représentaient respectivement le roi d'Espagne et le pape, ainsi que Claude Matthieu, recteur des Jésuites profès. Ces hommes constituaient l'artillerie lourde de l'orthodoxie catholique et Rollo n'en revenait pas de se trouver parmi eux.

Pierre s'assit à côté du duc Henri. Sa maladie de peau avait empiré avec le temps. Il avait désormais des plaques rouges desquamantes aux mains et au cou, ainsi qu'au coin des yeux et de la bouche, qu'il grattait continûment.

Trois domestiques des Guises servirent du vin et des friandises pendant que chacun prenait place, avant de se poster près de la porte en attendant d'autres ordres. Tout en les supposant absolument dignes de confiance, Rollo aurait tout de même préféré qu'on les fasse attendre dehors. Il était obsédé par le secret. Dans cette pièce, Pierre était le seul à connaître son vrai nom. En Angleterre, c'était l'inverse : tout le monde, même sa sœur Margery, ignorait que Rollo Fitzgerald et Jean Langlais ne faisaient qu'une seule et même personne. Rollo était théoriquement employé par le comte de Tyne, un catholique timoré et pieux mais effrayé par toute idée de conspiration ; le comte lui versait un salaire, lui accordait des congés illimités et ne posait pas de questions.

Le duc Henri ouvrit la séance par une déclaration qui enthousiasma Rollo :

« Nous sommes réunis ici pour parler de l'invasion de l'Angleterre. »

C'était son rêve. L'activité à laquelle il se livrait depuis dix ans en introduisant clandestinement des prêtres dans son pays avait son importance mais n'était qu'un expédient : elle entretenait la vraie foi sans rien changer à la situation. Son véritable intérêt était de préparer une invasion conduite par le duc Henri pour ramener l'Angleterre dans le sein de l'Église catholique et rendre à la famille Fitzgerald la place qui lui revenait dans l'élite gouvernante.

Il imaginait déjà la flotte conquérante, pavillons au vent, les hommes en armes déferlant sur les plages, l'entrée triomphale dans Londres sous les acclamations de la foule, le couronnement de Marie Stuart, et, lui, célébrant la messe dans la cathédrale de Kingsbridge dans son rochet épiscopal.

De ses discussions avec Pierre, Rollo avait retenu que la reine Élisabeth était une épine dans le pied des Guises. Chaque fois que les ultra-catholiques prenaient le dessus en France, des hordes de huguenots se réfugiaient en Angleterre où ils étaient accueillis à bras ouverts pour leur savoir-faire et leur esprit d'entreprise. Ils s'y enrichissaient et envoyaient de l'argent à leurs coreligionnaires en France. Élisabeth intervenait aussi aux Pays-Bas espagnols en y favorisant l'envoi de volontaires anglais qui combattaient aux côtés des rebelles.

Ce n'était cependant pas le seul motif d'Henri.

« Il est intolérable, poursuivit-il, qu'Élisabeth, déclarée illégitime par le pape, règne sur l'Angleterre et maintienne la vraie reine, Marie Stuart, en prison. »

Marie Stuart était la cousine du duc Henri. Si elle accédait au trône d'Angleterre, les Guises deviendraient la famille la plus puissante d'Europe. Indéniablement, c'était cette perspective qui animait Henri et Pierre.

Rollo hésita un instant à l'idée que son pays pût passer sous la domination d'une famille étrangère. Mais c'était un modeste prix à payer pour le rétablissement de la vraie foi.

« Je vois l'invasion comme une fourche à deux dents, expliqua Henri. Une force de deux mille hommes débarquera sur la côte est, mobilisera la noblesse catholique locale et s'emparera du nord du pays. Une autre force, plus petite peut-être, débarquera sur la côte sud et là encore, recrutera les catholiques pour qu'ils prennent le contrôle de la région. Les deux groupes, équipés et renforcés par des partisans anglais, marcheront sur Londres. »

« Très bien, mais qui financera tout cela ? intervint le responsable des jésuites.

— Le roi d'Espagne s'est engagé à payer la moitié des frais, lui répondit le cardinal Romero. Le roi Philippe ne supporte plus que des pirates anglais attaquent ses galions et pillent leurs cargaisons d'or et d'argent à leur retour de Nouvelle-Espagne.

— Et l'autre moitié ? »

— Je pense que le pape apportera sa contribution, intervint Castelli, surtout si on lui présente un plan de bataille sérieux. »

Rollo savait les rois et les papes plus prompts à promettre de l'argent qu'à en donner. Au demeurant, la question financière n'était pas aussi cruciale que d'ordinaire. Le duc Henri venant d'hériter un demi-million de livres de sa grand-mère, il avait les moyens de régler une partie des dépenses en cas de besoin.

« L'armée d'invasion aura besoin des plans de ports propices à un débarquement », reprit Henri.

Rollo comprit que Pierre avait parfaitement orchestré la rencontre. Il connaissait déjà les réponses à toutes les questions. L'objectif de cette réunion était de faire savoir à chacun que tous les autres étaient prêts à jouer leur rôle.

« Je me procurerai ces cartes », dit Rollo.

Henri se tourna vers lui.

« À vous seul ?

— Non, monseigneur. Je dispose en Angleterre d'un vaste réseau de riches et puissants catholiques. »

C'était le réseau de Margery, et non le sien, mais tout le monde ici l'ignorait. Rollo avait toujours exigé de savoir où étaient envoyés ses prêtres, sous prétexte de s'assurer de leur bonne entente avec leurs protecteurs.

« Pouvez-vous vous fier à eux ? demanda Henri.

— Monseigneur, ces hommes ne sont pas seulement des catholiques. Ils risquent leur vie pour héberger les prêtres que j'introduis clandestinement en Angleterre depuis dix ans. Nous pouvons avoir en eux une confiance aveugle. »

Le duc parut agréablement surpris.

« Je vois.

— Non contents de nous fournir des cartes, ils seront au cœur du soulèvement qui appuiera l'invasion.

— Parfait », approuva Henri.

Pierre prit la parole pour la première fois.

« Il reste un élément essentiel : Marie Stuart. Nous ne pouvons nous lancer dans cette entreprise sans avoir obtenu d'elle l'engagement ferme qu'elle soutiendra la rébellion, autorisera l'exécution d'Élisabeth et montera sur le trône. »

Rollo prit une profonde inspiration.

« Je ferai le nécessaire pour nous en assurer. »

En son for intérieur, il pria le ciel de pouvoir tenir cette ambitieuse promesse.

« Mais elle est en prison. Et son courrier est surveillé, fit observer Henri.

— C'est un problème, certes, mais il n'est pas insurmontable. »

Le duc parut satisfait. Il balaya la salle du regard et avec la brusquerie commune aux hommes de pouvoir, il conclut :

« Je crois que c'est tout. Messieurs, merci pour votre attention. »

En jetant un coup d'œil vers la porte, Rollo remarqua, non sans étonnement, que les trois domestiques avaient été rejoints par une quatrième personne, d'une vingtaine d'années, aux cheveux coupés court selon la mode en usage chez les étudiants. Son visage lui disait vaguement quelque chose. En tout état de cause, ce jeune homme l'avait probablement entendu promettre de trahir son pays. Troublé, Rollo le désigna du doigt en demandant d'une voix forte :

« Qui est cet homme ?

— Mon beau-fils, répondit Pierre. Que fais-tu ici, Alain ? »

Rollo le reconnut alors. Il l'avait croisé plusieurs fois au fil des ans. Il avait la barbe et les cheveux blonds de la famille de Guise.

« Ma mère est malade », annonça Alain.

Rollo observa avec intérêt la succession d'émotions qui se dessinèrent sur le visage de Pierre. Ce fut tout d'abord une lueur d'espoir fugace, vite réprimée, puis une mine inquiète que Rollo ne trouva pas très convaincante, et enfin une détermination efficace :

« Fais immédiatement venir un médecin, s'écria alors Pierre.

Cours au Louvre et va chercher Ambroise Paré. Peu importe ce que cela coûtera. Ma chère Odette doit obtenir les meilleurs soins. Va, mon fils, fais vite ! » S'adressant au duc, il ajouta : « Si vous n'avez plus besoin de moi, monseigneur…

— Vous pouvez aller, Pierre », dit Henri.

Pierre quitta la pièce, laissant Rollo s'interroger sur le sens de cette comédie.

*

Ned Willard était venu à Paris pour rencontrer Jerónima Ruiz, mais il devait faire preuve de la plus extrême prudence. Si on la soupçonnait de lui transmettre des informations secrètes, elle serait exécutée – et Ned aussi peut-être.

Il se trouvait dans une librairie à l'ombre de Notre-Dame. La boutique avait appartenu autrefois au père de Sylvie. Ned ne connaissait pas Sylvie en ce temps-là, mais elle lui avait montré les lieux en 1572, quand ils avaient commencé à se fréquenter. La librairie avait à présent un autre propriétaire, et Ned trouvait l'endroit propice pour musarder.

Il examinait les titres qui figuraient au dos des livres tout en gardant un œil attentif sur la façade de la cathédrale encadrée de ses deux tours. Dès que le grand portail s'ouvrit, il cessa de jouer au client et se précipita à l'extérieur.

La première personne à sortir fut Henri III, devenu roi de France à la mort de son frère Charles IX, neuf ans auparavant. Ned le regarda sourire et saluer la foule de Parisiens massés sur le parvis. Le roi avait trente et un ans, des yeux bruns et des cheveux foncés qui avançaient sur son front entre ses tempes déjà dégarnies. Il était considéré comme un « politique », c'est-à-dire un souverain qui prenait, en matière de religion, les décisions qu'il jugeait bonnes pour son pays et non l'inverse.

Il était suivi de près par sa mère, la reine Catherine, une vieille dame empâtée de soixante-quatre ans coiffée d'une guimpe de veuve. La reine mère avait eu cinq fils, tous de santé délicate. Trois déjà étaient morts prématurément. Pis encore, aucun n'avait eu de fils. C'est pourquoi les frères se succédaient sur le trône de France. Cependant, ce malheur avait fait de Catherine la femme la plus puissante d'Europe. Comme la reine Élisabeth, elle avait usé de son autorité pour régler les conflits religieux par le compromis plutôt que par la violence ; avec, à l'image d'Élisabeth, un succès limité.

Tandis que le cortège royal s'éloignait vers le pont menant à la rive droite, les trois portes cintrées de la cathédrale déversèrent un flot humain auquel Ned se joignit en espérant passer inaperçu au milieu de tous ceux qui étaient venus voir le roi.

Il repéra rapidement Jerónima Ruiz. Elle était facile à distinguer dans la foule, vêtue de rouge, comme toujours. Elle avait à présent atteint la quarantaine : sa taille de guêpe s'était épaissie, sa chevelure était moins luxuriante, ses lèvres moins charnues. Mais elle avait toujours sa démarche sensuelle et son regard charmeur sous ses longs cils noirs. Elle dégageait un érotisme plus puissant qu'aucune autre femme à la ronde, bien que Ned eût conscience que le charme qui jadis émanait d'elle naturellement relevait désormais d'un art consommé.

Elle croisa son regard. Une lueur de reconnaissance éclaira furtivement son visage. Puis elle se détourna.

Il ne pouvait pas l'aborder ouvertement : leur rencontre devait paraître fortuite – et être brève.

Il parvint à s'approcher d'elle. Elle était accompagnée du cardinal Romero. Cependant, pour des raisons de convenance, elle ne le tenait pas par le bras mais marchait quelques pas derrière lui. Lorsque le cardinal s'arrêta pour parler au vicomte de Villeneuve, Ned en profita pour la rejoindre comme si de rien n'était.

Sans cesser de sourire à la cantonade, Jerónima lui chuchota :

« Je risque ma vie. Nous n'avons que quelques secondes.

— Très bien. » Ned regarda autour de lui d'un air d'innocente curiosité, cherchant en réalité à s'assurer que personne ne les avait remarqués.

« Le duc de Guise a l'intention d'envahir l'Angleterre, lui confia alors Jerónima.

— Corbleu ! Comment…

— Ne parlez pas, écoutez, ordonna-t-elle. Sinon je n'aurai pas le temps de tout vous dire.

— Pardonnez-moi.

— Il doit y avoir deux débarquements, l'un sur la côte est, l'autre au sud.

— Combien d'hommes ? » C'était une question essentielle.

« Je ne sais pas.

— Je vous en prie, poursuivez.

— C'est à peu près tout. Les deux armées mobiliseront leurs partisans locaux et marcheront sur Londres.

— Ces renseignements sont infiniment précieux. »

Ned remerciait le ciel que Jerónima Ruiz haïsse à ce point l'Église catholique qui avait torturé son père. Il était frappé par la similitude de leurs motivations : il avait pris cette religion autoritaire en horreur depuis que sa famille avait été ruinée par l'évêque Julius et sa clique. Chaque fois qu'il sentait faiblir sa détermination, il se rappelait qu'ils s'étaient emparés de tout ce pour quoi sa mère avait travaillé toute sa vie, réduisant une femme forte et intelligente à une ombre effacée qui s'était laissée dépérir jusqu'à la délivrance de la mort. Ce souvenir ravivait la douleur et raffermissait sa volonté.

Il jeta un regard en biais à Jerónima. De près, il distingua les rides de son visage et perçut une dureté cynique sous ses traits sensuels. Devenue la maîtresse de Romero à dix-huit ans, elle était parvenue à conserver l'affection du prélat jusqu'à la quarantaine passée, mais cela devait exiger d'elle un effort constant.

« Merci de m'avoir prévenu », lui dit-il. Sa gratitude était sincère. Mais une information capitale lui manquait encore. « Le duc de Guise doit avoir des complices anglais.

— Certainement.

— Savez-vous qui ils sont ?

— Non. N'oubliez pas que tout cela n'est que le fruit de confidences sur l'oreiller. Je ne peux pas poser de questions. Si je le faisais, il se méfierait.

— Je comprends.

— Avez-vous des nouvelles de Barney ? » Ned sentit une ombre de nostalgie dans sa voix.

« Il passe sa vie en mer. Il ne s'est jamais marié. Mais il a un fils de dix-neuf ans.

— Dix-neuf ans, murmura-t-elle, pensive. Comme le temps passe.

— Il s'appelle Alfo. Il semble avoir le même sens des affaires que son père.

— Un garçon intelligent, donc… comme tous les Willard.

— Il est intelligent, en effet.

— Transmettez mes amitiés à Barney, Ned, voulez-vous.

— Une dernière chose.

— Faites vite. Romero revient.»

Ned avait besoin d'une filière permanente pour communiquer avec Jerónima. Il improvisa à la hâte.

«Quand vous serez de retour à Madrid, un homme viendra vous voir pour vous vendre une crème de beauté.»

Il était à peu près certain de pouvoir arranger cela avec des négociants anglais en Espagne.

Elle esquissa une moue attristée.

«J'en fais grand usage.

— Toutes les informations que vous lui livrerez me seront transmises à Londres.

— C'est entendu.»

Elle se détourna pour adresser un sourire radieux au cardinal tout en bombant la poitrine. Puis elle s'éloigna à son côté en balançant son ample postérieur. *Quel triste couple*, songea Ned : *la courtisane vieillissante déployant avec l'énergie du désespoir ses charmes fanés pour retenir un prêtre décrépit, ventripotent et corrompu.*

Il se disait parfois qu'il vivait dans un monde pourri.

*

La maladie d'Odette réjouissait Pierre plus encore que le projet d'invasion de l'Angleterre.

Odette était le seul obstacle à la poursuite de son ascension. Il était le principal conseiller du duc, écouté avec davantage d'attention et investi d'une plus grande confiance que jamais auparavant. Il occupait un appartement dans l'hôtel de la Vieille-rue-du-Temple avec Odette, Alain et leur servante, Nath. On lui avait attribué la seigneurie d'un petit village de Champagne, ce qui lui conférait le titre de «sieur de Mesnil» et faisait de lui un membre de la petite noblesse. Le duc Henri ne lui accorderait peut-être jamais le titre de comte, mais l'aristocratie française avait obtenu le droit de nommer des hommes à de hautes fonctions ecclésiastiques sans avoir besoin de l'approbation de Rome et il aurait pu demander au duc de le faire abbé d'un monastère ou même évêque – s'il n'avait pas été marié.

Mais peut-être Odette allait-elle mourir. Cette perspective l'emplissait d'un espoir presque douloureux. Il serait libre alors, libre de s'élever dans les assemblées des puissants, et ses possibilités d'ascension seraient presque sans limites.

Les symptômes de la maladie d'Odette étaient des douleurs après les repas, des diarrhées, du sang dans les selles et une grande fatigue. Elle avait toujours été replète, mais sa graisse avait fondu, sans doute parce que la souffrance lui coupait l'appétit. Ambroise Paré avait diagnostiqué une fièvre gastrique aggravée par une chaleur sèche et avait recommandé de lui faire boire beaucoup de bière légère et de vin coupé d'eau.

Pierre n'avait qu'une crainte : qu'elle guérisse.

Malheureusement, Alain la soignait avec dévouement. Il avait abandonné ses études et quittait rarement son chevet. Si Pierre méprisait son fils, celui-ci était curieusement fort apprécié du personnel du palais qui le prenait en pitié parce que sa mère était malade. Il avait obtenu qu'on apporte des repas à leur appartement et dormait par terre dans la chambre de sa mère.

Dès qu'il le pouvait, Pierre faisait avaler à Odette tout ce qu'Ambroise Paré avait conseillé d'éviter : de l'eau-de-vie, du vin fort, des mets salés et épicés. En conséquence de quoi, elle souffrait souvent de crampes musculaires, de maux de tête et avait mauvaise haleine. S'il avait été le seul à s'occuper d'Odette, il aurait fini par la tuer ainsi, mais Alain ne s'absentait jamais assez longtemps.

Quand elle commença à se rétablir, Pierre, voyant s'éloigner ses rêves d'épiscopat, sombra dans le désespoir.

Lors de sa visite suivante, le docteur Paré déclara qu'Odette était en bonne voie de guérison. Pierre en fut encore plus abattu. Il voyait s'échapper la douce perspective d'être libéré de cette femme vulgaire et en éprouvait une déception aussi cuisante qu'une blessure.

« Il faut à présent lui administrer une potion tonifiante », décréta le médecin. Il demanda du papier, une plume et de l'encre, qu'Alain lui apporta. « L'apothicaire italien d'en face, Giglio, pourra vous la préparer en quelques minutes. Ce n'est qu'une mixture de miel, de réglisse, de romarin et de poivre. »

Il nota la composition sur la feuille et la tendit à Alain.

Une folle inspiration traversa l'esprit de Pierre. Sans réfléchir encore aux détails, il décida de se débarrasser d'Alain. Il lui donna une pièce en disant :

« Va chercher cette potion tout de suite. »

Alain hésita. Il regarda Odette, qui s'était endormie sur son oreiller de plumes.

« Je n'aime pas m'éloigner d'elle. »

Avait-il deviné l'idée insensée qui avait germé dans le cerveau de son père ? C'était impossible.

« Vous n'avez qu'à envoyer Nath, poursuivit Alain.

— Elle est allée au marché aux poissons. Va chez l'apothicaire, te dis-je. Je veillerai sur Odette. Je ne la laisserai pas seule, ne t'inquiète pas. »

Alain demeurait indécis. Il avait peur de Pierre – comme la plupart des gens –, mais pouvait se montrer opiniâtre.

Paré intervint :

« Allez-y, mon garçon. Plus vite elle prendra cette potion, plus vite elle se remettra. »

Pouvant difficilement s'opposer au médecin, Alain obtempéra.

Pierre s'adressa avec morgue à Paré :

« Merci de votre dévouement, docteur. Nous vous en sommes reconnaissants.

— C'est toujours un plaisir d'apporter mon aide à un membre de la famille de Guise.

— Je ne manquerai pas d'en faire part au duc Henri.

— Comment va monseigneur le duc ? »

Pierre était impatient de faire quitter la pièce à Paré avant le retour d'Alain.

« Fort bien. » Odette émit une faible plainte dans son sommeil. « Il me semble qu'elle réclame le pot de chambre.

— Dans ce cas, je vous quitte. »

Paré sortit. C'était l'occasion ou jamais. Pierre avait le cœur qui battait la chamade. Il pouvait résoudre tous ses problèmes, immédiatement, en l'espace de quelques minutes.

Il pouvait tuer Odette.

Deux raisons l'en avaient empêché avant sa maladie. La robustesse de sa femme d'abord : il n'avait pas été sûr de pouvoir la maîtriser. Et puis il redoutait la colère du cardinal Charles. Celui-ci l'avait prévenu que la mort d'Odette entraînerait la sienne, quelles que fussent les circonstances.

Mais à présent, Odette était affaiblie et Charles n'était plus.

Risquait-on néanmoins de le soupçonner ? Pierre s'efforçait de jouer les maris empressés. Charles ne s'y était pas laissé prendre, pas plus qu'Alain, mais les autres, ceux qui ne savaient rien de cette histoire, y compris le duc Henri, n'avaient aucune raison de douter de sa sincérité. Si Alain l'accusait, ce qui n'était pas exclu, Pierre attribuerait ses propos à l'égarement d'un fils éperdu de chagrin, prêt à reprocher à son beau-père le décès naturel de sa mère. Henri le croirait.

Pierre ferma la porte.

Il jeta un regard haineux à sa femme endormie. Son mariage forcé avec elle avait été la pire des humiliations. Il tremblait d'impatience. Il tenait enfin sa vengeance.

Il tira un gros fauteuil devant la porte pour empêcher toute intrusion. Le bruit réveilla Odette, qui releva la tête et demanda d'une voix inquiète :

« Que se passe-t-il ? »

Pierre répondit d'un ton qui se voulait rassurant :

« Alain est allé te chercher une potion tonifiante chez l'apothicaire. »

Il s'approcha du lit.

Sentant le danger, Odette murmura, apeurée :

« Pourquoi as-tu bloqué la porte ?

— Pour qu'on ne te dérange pas. »

Sur ces mots, il arracha l'oreiller de sous sa tête et le plaqua sur son visage, d'un geste assez rapide pour étouffer son cri.

Elle se débattit avec une vigueur étonnante. Elle réussit à se dégager et à happer une bouffée d'air avant qu'il ne lui écrase à nouveau le nez et la bouche sous l'oreiller. Elle se démenait si bien qu'il dut monter sur le lit et s'agenouiller sur son buste.

De ses bras restés libres, elle lui martelait les côtes et le ventre à coups de poing, l'obligeant à serrer les dents pour supporter la douleur et continuer à appuyer l'oreiller avec toute la vigueur dont il était capable.

Il crut un instant qu'elle réussirait à prendre le dessus et qu'il n'arriverait pas à ses fins ; cette idée affolante décupla ses forces.

Odette finit par s'épuiser. Ses coups faiblirent et ses bras retombèrent, inertes, le long de son corps. Ses jambes s'agitèrent encore quelques instants, puis cessèrent de bouger. Pierre maintint la pression sur l'oreiller. Il ne voulait pas risquer qu'elle reprenne connaissance. Il espérait qu'Alain ne reviendrait pas trop vite – il fallait sûrement un moment à Giglio pour préparer sa mixture.

Pierre n'avait jamais tué personne. Il avait été responsable de la mort de centaines d'hérétiques et de nombreux passants innocents et faisait encore des cauchemars à propos de la Saint-Barthélemy et de ses amoncellements de cadavres nus dans les rues de Paris. En ce moment même, il préparait une guerre contre l'Angleterre qui entraînerait la mort de milliers de gens. Mais jusqu'à présent, il n'avait jamais assassiné personne de sa propre main. Ce n'était pas la même chose. L'âme d'Odette quittait son corps parce qu'il l'empêchait de respirer. C'était terrible.

Au bout de deux minutes d'immobilité complète, il souleva prudemment l'oreiller et observa son visage, émacié par la maladie. Elle ne respirait plus. Il posa la main sur sa poitrine. Son cœur ne battait plus.

Elle s'était éteinte.

Il exultait. Éteinte !

Il remit l'oreiller sous sa tête. Ses traits étaient paisibles et ne trahissaient rien de la violence de sa mort.

Passé le premier frisson d'exaltation, il se mit à réfléchir au danger qu'il courait. Il devait veiller à ne pas être découvert. Il écarta le fauteuil de la porte, ne sachant plus où il se trouvait auparavant. Quelqu'un risquait-il de remarquer qu'il l'avait déplacé ? C'était peu probable.

En cherchant autour de lui d'éventuels indices susceptibles d'éveiller les soupçons, il releva le désordre inhabituel des draps et les tira sur le corps d'Odette.

Ensuite, il ne sut plus que faire.

Il aurait volontiers quitté la pièce, mais il avait promis à Alain de ne pas s'éloigner et aurait l'air coupable s'il s'absentait. Mieux valait feindre l'innocence. Il lui était cependant pénible de rester en présence du cadavre. Il détestait Odette, il était heureux qu'elle soit morte, mais il avait commis un grave péché.

Il pensa soudain que, même si personne ne se doutait de rien, Dieu saurait ce qu'il avait fait. Il avait tué sa femme. Comment pareil péché pourrait-il lui être pardonné ?

Elle avait les yeux ouverts. Il ne voulait pas les voir, craignant qu'ils ne lui rendent son regard. Il aurait pu les fermer, mais l'idée même de toucher son corps le révulsait.

Il s'efforça de se ressaisir. Le père Moineau lui avait toujours assuré qu'il pouvait compter sur le pardon de Dieu car il accomplissait sa volonté. Était-ce encore le cas ? Non, bien sûr. Il avait commis cet acte par pur égoïsme. Il n'avait pas d'excuse.

Il serait damné. Ses mains tremblaient, les mains qui avaient maintenu l'oreiller sur le visage d'Odette jusqu'à l'étouffer. Pour ne pas la voir, il s'assit sur un banc devant la fenêtre et regarda au-dehors, sans pouvoir s'empêcher de se retourner tout le temps pour s'assurer qu'elle n'avait pas bougé, imaginant qu'elle allait se redresser dans son lit, tourner vers lui son regard sans vie et pointer un doigt accusateur en articulant silencieusement les mots : « Il m'a assassinée. »

Enfin, la porte s'ouvrit sur Alain. L'espace d'un instant, Pierre fut saisi de panique et faillit crier *C'est moi, je l'ai tuée !* Mais il retrouva rapidement son calme habituel.

« Chut, dit-il alors qu'Alain n'avait fait aucun bruit. Elle dort.

— Mais non. Elle a les yeux ouverts. » Le jeune homme fronça les sourcils. « Vous avez arrangé ses draps.

— Ils étaient un peu froissés. »

Alain ne put dissimuler sa surprise.

« C'est très gentil de votre part. » Il fronça à nouveau les sourcils. « Pourquoi avez-vous déplacé le fauteuil ? »

Pierre était consterné qu'Alain ait remarqué des détails aussi ordinaires. Ne trouvant pas d'explication anodine, il se réfugia dans le déni.

« Il a toujours été là, voyons. »

Alain eut l'air intrigué, mais n'insista pas. Il posa un flacon sur la table de chevet et rendit la monnaie à Pierre. S'adressant alors au cadavre, il dit :

« Maman, je t'ai apporté ton médicament. Tu ferais bien de le prendre tout de suite. Il faut le mélanger avec un peu d'eau ou de vin. »

Pierre avait envie de lui crier : *Regarde-la. Elle est morte !*

Un pichet de vin et une coupe étaient posés sur la table. Alain versa un peu de potion dans la coupe, ajouta du vin et mélangea avec un couteau. Puis – enfin – il s'approcha du lit.

« Je vais t'aider à t'asseoir. » Examinant sa mère plus attentivement, il plissa le front. « Maman ? » Sa voix se brisa. « Sainte Vierge, non ! »

Il laissa tomber la coupe. La potion se répandit sur le sol, formant une flaque visqueuse sur le carrelage.

Pierre observait la scène avec une fascination mêlée d'horreur. Après être resté un instant figé sous le coup de l'émotion, Alain s'approcha encore et se pencha sur le corps inerte.

« Maman ! hurla-t-il comme s'il pouvait la ramener à la vie en élevant la voix.

— Que se passe-t-il ? » demanda Pierre.

Alain saisit Odette par les épaules et la souleva. Sa tête retomba mollement en arrière.

Pierre rejoignit le lit, restant prudemment de l'autre côté, hors d'atteinte d'Alain. Physiquement, le jeune homme ne lui faisait pas peur – c'était plutôt l'inverse –, mais il préférait éviter une bagarre.

« Ta mère a-t-elle un malaise ? »

Alain lui jeta un regard haineux.

« Qu'avez-vous fait ?

— Rien. J'ai veillé sur elle, c'est tout. Mais elle paraît inconsciente. »

Alain la reposa doucement sur le lit, la tête sur l'oreiller qui l'avait tuée. Il palpa sa poitrine pour sentir son cœur ; puis son poignet pour chercher son pouls. Enfin, il colla sa joue contre son nez, espérant percevoir un souffle. Il réprima un sanglot.

« Elle est morte.

— En es-tu sûr ? » À son tour, Pierre lui tâta la poitrine et secoua la tête d'un air affligé. « C'est affreux. Au moment où nous pensions qu'elle allait guérir.

— Elle était en train de se remettre ! C'est vous qui l'avez tuée, misérable !

— Tu es bouleversé, Alain.

— Je ne sais pas ce que vous lui avez fait, mais vous l'avez tuée. »

Pierre s'approcha de la porte pour appeler un domestique.

« Holà ! Quelqu'un ! Vite !

— Je vous tuerai », souffla Alain.

La menace était risible.

« Ne dis pas des choses que tu ne penses pas.

— Je le ferai. Cette fois, vous êtes allé trop loin. Vous avez assassiné ma mère et vous le paierez. Dussé-je y consacrer ma vie, je vous tuerai de mes propres mains et je vous regarderai mourir. »

Un bref frisson de terreur parcourut Pierre. Il le réprima aussitôt. Alain ne tuerait jamais personne.

Il vit Nath s'avancer dans le couloir, un panier au bras, de retour du marché.

« Viens ici, Nath. Fais vite. Un grand malheur vient d'arriver. »

*

Sylvie se coiffa d'un chapeau noir avec un épais voile pour assister aux funérailles d'Odette Aumande de Guise.

Elle voulait être aux côtés de Nath et d'Alain, tous deux très affectés. Elle se sentait par ailleurs étrangement proche d'Odette parce qu'elles avaient l'une et l'autre épousé Pierre.

Ned ne vint pas. Il s'était rendu à Notre-Dame pour essayer de découvrir quels éminents catholiques anglais se trouvaient à Paris : ceux qui apportaient leur concours au duc de Guise étaient peut-être assez fous pour se montrer en public.

Il pleuvait. Le cimetière était boueux. La majorité de l'assistance devait être, songea Sylvie, des domestiques de la maison de Guise ou des membres de rang inférieur de la famille. Les seuls personnages importants étaient Véronique, qui connaissait

Odette depuis leur jeunesse, et Pierre, qui feignait d'être accablé de chagrin.

Sylvie l'observa avec inquiétude, bien qu'elle fût convaincue qu'il ne pourrait pas la reconnaître sous son voile de deuil. Elle avait raison : il ne lui jeta pas un regard.

Seuls Nath et Alain pleuraient.

À la fin de la cérémonie, lorsque Pierre et les autres furent partis, Sylvie, Nath et Alain s'abritèrent sous la frondaison d'un chêne pour parler.

« Je suis sûr qu'il l'a tuée », dit Alain.

Alain avait hérité la beauté des Guises, nota Sylvie, malgré ses yeux rougis par les pleurs.

« Elle était malade, objecta-t-elle.

— Je sais. Mais je l'ai laissé seul avec elle quelques minutes pour aller chercher une potion chez l'apothicaire, et à mon retour, elle était morte.

— Mon pauvre. »

Sylvie n'avait aucun moyen de savoir si Alain disait vrai, mais elle croyait Pierre capable de meurtre.

« Je vais quitter l'hôtel de Guise, poursuivit Alain. Je n'ai plus aucune raison d'y rester maintenant qu'elle n'est plus là.

— Où iras-tu ?

— Je peux trouver une chambre à l'université.

— Je pars, moi aussi, ajouta Nath. J'ai été congédiée. Pierre m'a toujours détestée.

— Oh, mon Dieu ! Que vas-tu faire ?

— Je n'ai pas besoin d'emploi. La vente des livres me suffit amplement. »

Nath était combative. Depuis que Sylvie en avait fait une espionne, de longues années auparavant, elle était devenue plus déterminée, plus ingénieuse aussi.

Sylvie n'en était pas moins préoccupée.

« Es-tu obligée de partir ? Tu es notre principale source d'information sur Pierre et les Guises.

— Je n'ai pas le choix. Il m'a mise à la porte.

— Ne peux-tu essayer de l'amadouer ? demanda Sylvie en désespoir de cause.

— Tu le connais aussi bien que moi. »

En effet. Aucune supplication ne ferait revenir Pierre sur une bassesse.

Le problème était grave – mais une solution se présenta immédiatement à l'esprit de Sylvie. Elle se tourna vers Alain.

« Ne pourrais-tu pas rester avec Pierre, toi ?

— Non.

— Il faut que nous sachions ce qu'il manigance ! »

Alain prit l'air accablé.

« Je ne peux tout de même pas vivre avec l'homme qui a tué ma mère !

— Mais tu crois en la vraie religion, la foi protestante.

— Assurément.

— Et il est de notre devoir de croyants de répandre la parole.

— Je sais.

— Si tu veux vraiment servir la cause, tu pourrais me rapporter les faits et gestes de ton beau-père. »

Le jeune homme se trouvait devant un dilemme déchirant.

« Vraiment ?

— Sers-lui de secrétaire, rends-toi indispensable.

— La semaine dernière, je lui ai juré que je me vengerais en le tuant.

— Il oubliera vite : tu n'es pas le premier à faire ce serment ! La meilleure manière de venger la mort de ta mère – et de plaire au Seigneur – serait de l'empêcher d'anéantir la vraie religion.

— Et ainsi, murmura Alain d'un air songeur, j'honorerais la mémoire de ma mère.

— Absolument. »

Encore indécis, il déclara :

« Je vais y réfléchir. »

Du coin de l'œil, Sylvie vit Nath poser discrètement son doigt sur sa poitrine d'un geste qui signifiait *Laisse-moi faire. Je m'en occupe.* Sylvie savait pouvoir compter sur elle : elle avait été une seconde mère pour Alain.

S'adressant toujours à Alain, Sylvie reprit :

« Je ne te dirai jamais assez à quel point il est important que nous connaissions l'identité des catholiques anglais qui fréquentent la famille de Guise.

— Il y a eu une grande réunion à l'hôtel de Guise la semaine dernière. Ils envisagent d'envahir l'Angleterre.

— C'est épouvantable ! »

Sylvie ne lui avoua pas qu'elle était déjà au courant de cette réunion. Ned lui avait appris à ne jamais révéler aux espions l'existence d'autres sources d'information : c'était une règle absolue.

« Des Anglais assistaient-ils à cette réunion ?

— Oui, il y avait un prêtre du Collège anglais. Mon beau-père l'a déjà rencontré plusieurs fois. Il est censé se mettre en relation avec Marie Stuart pour s'assurer qu'elle soutiendra l'invasion. »

Jerónima Ruiz ignorait ce détail capital. Sylvie était impatiente de le confier à Ned, mais il lui manquait encore une information essentielle.

« Qui est ce prêtre ? demanda-t-elle en retenant son souffle.

— Il se fait appeler Jean Langlais.

— Ah oui ? Bien, bien », murmura Sylvie avec un petit soupir de satisfaction.

23

Le château de Sheffield était la prison la plus inconfortable qu'Alison eût partagée avec Marie Stuart au cours des quinze dernières années. Le fort avait trois cents ans et accusait son âge. Il avait été bâti au confluent de deux rivières et des douves avaient été creusées sur les deux autres côtés. Dire qu'il était humide eût été un doux euphémisme. Son propriétaire, le comte de Shrewsbury, s'était querellé avec la reine Élisabeth au sujet de la maigre pension qu'elle lui allouait pour l'entretien de Marie. En conséquence de quoi, le comte assurait nourriture et boisson à ses prisonnières à moindre coût.

L'unique agrément du lieu était un parc de près de deux mille acres, peuplé de cerfs et de biches, qui s'étendait au-delà des douves.

Marie était autorisée à s'y promener à cheval, toujours accompagnée d'une escorte de gardes armés. Les jours où elle ne souhaitait pas sortir, pour une raison ou pour une autre, Alison était libre de chevaucher seule dans le parc : elle pouvait s'enfuir, personne ne s'en souciait. Elle montait un cheval noir nommé Garçon, relativement calme en général.

Dès qu'elle abordait l'allée de noyers, elle lançait Garçon au galop sur une lieue pour qu'il dépense son trop-plein d'énergie. Il était ensuite plus docile.

La vitesse lui procurait un sentiment de liberté aussi bref qu'illusoire. Quand elle ramenait Garçon au pas, elle se rappelait qu'elle était en prison. Elle se demandait pourquoi elle y restait. Personne ne l'empêcherait de regagner l'Écosse ou la France. En réalité, elle était prisonnière de l'espoir.

Sa vie tout entière avait été une succession d'espoirs – et de déceptions. Elle avait attendu que Marie devienne reine de France, mais cela n'avait duré que deux ans. Marie était revenue dans son pays pour régner sur l'Écosse, mais n'avait jamais été acceptée par ses sujets et avait été contrainte d'abdiquer. À présent, elle était la souveraine légitime d'Angleterre, reconnue par tous – sauf par les Anglais. Il y avait pourtant des milliers, voire des millions de fidèles catholiques prêts à se battre pour elle et à la proclamer reine. Alison attendait, sans se décourager, le moment où cela arriverait.

Mais c'était bien long.

Comme elle traversait un bosquet, un inconnu surgit de derrière un gros chêne et se planta devant elle.

Surpris, Garçon fit un écart. Alison tenta de le maîtriser, mais l'étranger eut le temps de s'approcher et de saisir la bride.

« Lâchez mon cheval ou je vous ferai fouetter, lança-t-elle d'un ton péremptoire.

— Je ne vous veux aucun mal.

— Alors, lâchez-le. »

Il obéit et recula d'un pas.

L'homme devait avoir un peu moins de cinquante ans ; des cheveux clairsemés sur le haut du crâne, une barbe rousse fournie. Il n'avait pas l'air vraiment menaçant. Peut-être d'ailleurs n'avait-il empoigné la bride que pour l'aider à retenir sa monture.

« Êtes-vous Alison McKay ? »

Elle releva le menton avec hauteur.

« Quand je me suis mariée, j'ai pris le nom de lady Ross et lorsque j'ai enterré mon mari un an plus tard, je suis devenue la douairière lady Ross. Mais il y a fort longtemps, je me suis effectivement appelée Alison McKay. Qui êtes-vous ?

— Jean Langlais. »

Alison réagit dès qu'elle l'entendit.

« J'ai entendu parler de vous. Mais vous n'êtes pas français.

— Je suis un messager de France. Plus précisément de Pierre Aumande de Guise.

— Je le connais. »

Elle se souvenait d'un jeune homme aux cheveux blonds ondulés, qui semblait posséder des talents impitoyables. Elle avait eu envie de l'avoir à son côté, rêvant de faire équipe avec lui, mais le destin en avait décidé autrement. Ce n'était plus un jeune homme, évidemment.

« Que devient Pierre ?

— Il est le bras droit du duc de Guise.

— Évêque, ou même archevêque peut-être ? Non, c'est vrai, il est marié. »

À une domestique engrossée par un vaurien de la famille de Guise. Au grand regret d'Alison.

« Sa femme est morte récemment.

— Ah ! Préparez-vous à une ascension vertigineuse. Il finira peut-être pape. Quel est son message ?

— Votre incarcération touche à sa fin. »

D'abord transportée de bonheur, Alison réprima aussitôt sa joie. Il était facile de dire : « Votre incarcération touche à sa fin. » Quant à réaliser cette promesse, c'était une autre affaire. Sans rien laisser paraître, elle demanda :

« Comment cela ?

— Le duc de Guise projette d'envahir l'Angleterre avec l'aide du roi Philippe d'Espagne et du pape Grégoire XIII. Marie Stuart doit être le chef symbolique de cette armée. Ils la libéreront et la feront accéder au trône. »

Était-ce possible ? Alison n'osait y croire. Elle pesa soigneusement ses mots et, pour gagner du temps, prit l'air songeur.

« La dernière fois que j'ai vu Henri de Guise, dit-elle, c'était un blondinet de dix ans et vous me dites qu'à présent, il veut conquérir l'Angleterre.

— La puissance des Guises ne le cède qu'à celle de la famille royale. Si le duc Henri dit qu'il veut conquérir l'Angleterre, il le fera. Mais il lui faut s'assurer que sa cousine Marie jouera pleinement son rôle dans cette révolution. »

Alison l'observa. Son visage aux traits fins n'était pas dénué de beauté, mais donnait une impression de froide dureté. Il lui rappelait vaguement Pierre. Elle prit sa décision.

« Je puis vous donner cette assurance. »

Jean Langlais secoua la tête.

« Le duc Henri ne se contentera pas de votre parole, ni de la mienne d'ailleurs. Il exige un engagement écrit de la main de Marie. »

Alison sentit fléchir ses espérances. Cela n'allait pas être facile.

« Vous savez que toute sa correspondance, les lettres qu'elle envoie comme celles qu'elle reçoit, passe entre les mains d'un certain Ned Willard. »

Alison l'avait rencontré, tout jeune, à Saint-Dizier en compagnie de James Stuart, le demi-frère de Marie, et une seconde fois au château de Carlisle. Comme Pierre, Ned Willard avait fait du chemin depuis.

Un éclair passa dans les yeux de Langlais. Alison en conclut qu'il connaissait Ned, lui aussi.

« Il faut organiser une filière de communication secrète.

— Nous pouvons nous retrouver ici, vous et moi. Je sors seule à cheval environ une fois par semaine.

— Pour l'instant, nous nous en contenterons. J'ai surveillé le château. La sécurité dont la reine Marie fait l'objet est assez relâchée. Mais elle pourrait être renforcée. Il nous faut un moyen plus discret encore. »

Alison acquiesça. Il avait raison.

« Que suggérez-vous ?

— C'est la question que j'allais vous poser. Y aurait-il un serviteur, quelqu'un qui entre et sort régulièrement du château, et accepterait de porter secrètement des lettres ? »

Alison réfléchit. Elle l'avait déjà fait, à Loch Leven, et pourrait recommencer. Les allées et venues quotidiennes étaient nombreuses. Il fallait livrer la nourriture, les boissons et tous les autres articles nécessaires à la reine Marie et à son entourage de trente personnes, car même en prison, une souveraine tenait sa cour. Et cela sans compter la famille et les visiteurs du comte de Shrewsbury. Mais qui parmi les domestiques pourrait consentir, par conviction, par cupidité, ou sous la menace, à se lancer dans cette dangereuse entreprise ?

Alison songea à Peg Bradford, une fille de dix-huit ans, laide et décharnée, qui venait chercher le linge sale pour le laver chez elle. Elle n'avait jamais vu de reine avant Marie Stuart et ne faisait pas mystère de son adoration pour elle. La reine des Écossais avait désormais plus de quarante ans. Sa beauté s'était envolée. La captivité avait épaissi sa silhouette et sa chevelure autrefois si abondante s'était clairsemée au point qu'en public, elle portait une perruque acajou. Elle n'en restait pas moins ce personnage de conte de fées, cette reine infortunée, supportant vaillamment la cruauté et l'injustice, qui suscitait l'attachement de beaucoup. Presque machinalement, sans même y penser, Marie jouait de son charme auprès de Peg : elle se montrait à la fois royale et amicale envers les gens de basse extraction, afin qu'ils la jugent merveilleusement chaleureuse et humaine. Alison savait que quand on est reine, il n'est pas difficile de se faire aimer.

« Peg Bradford, une lingère, dit-elle alors. Elle habite Brick Street, près de l'église Saint-Jean.

— Je vais prendre contact avec elle. Mais vous devrez la préparer.

— Entendu. »

Ce ne serait pas difficile. Alison imaginait déjà Marie lui parler à voix basse, sur le ton de la confidence, en lui tenant la main. Elle imaginait la joie et la fierté de Peg à se voir confier une mission spéciale par la reine.

« Dites-lui qu'un étranger viendra la voir. Avec une bourse pleine d'or. »

*

À Shoreditch, au-delà du mur est de la cité de Londres, entre un abattoir et une mare où s'abreuvaient les chevaux, se dressait un bâtiment qu'on appelait le Théâtre.

Au moment de sa construction, personne en Angleterre n'avait jamais vu d'édifice de ce genre. Une cour centrale pavée était entourée d'un octogone de gradins en bois couverts d'un toit de tuiles. Adossée à l'un des huit côtés, une plateforme, appelée scène, s'avançait vers la cour. Le Théâtre avait été spécialement conçu pour des représentations théâtrales et s'y prêtait beaucoup mieux que les salles et cours intérieures où se donnaient habituellement les spectacles.

Rollo Fitzgerald s'y trouvait un soir de l'automne 1583. Il avait pris en filature Francis Throckmorton. Il avait besoin d'un maillon supplémentaire dans la chaîne de communication entre le duc de Guise et la reine des Écossais.

Sa sœur Margery ignorait qu'il était en Angleterre. Cela lui semblait préférable. Elle ne devait jamais avoir le moindre soupçon de ce qu'il tramait. Elle continuait à introduire les prêtres du Collège anglais dans le pays, mais ne supportait pas l'idée que des chrétiens puissent se combattre mutuellement. Si elle apprenait qu'il fomentait une révolte, elle risquait de leur créer des ennuis. Elle était tellement hostile à la violence qu'elle serait capable de dénoncer leur complot.

Pour le moment en tout cas, tout se passait bien. Il était même étonné que le plan se déroule aussi aisément, sans anicroche. Sans doute était-ce la volonté de Dieu.

Comme Alison l'avait prévu, la lingère Ped Bradford avait été facile à convaincre. Elle aurait caché des lettres dans son panier à linge simplement pour plaire à la reine. La gratification de Rollo avait presque été superflue. Elle ne se doutait pas que ses actes pourraient la conduire à la potence. Rollo avait éprouvé un petit sentiment de culpabilité à l'idée d'inciter une fille aussi naïve et pleine de bonne volonté à la trahison.

À l'autre bout de la chaîne, Pierre Aumande de Guise avait obtenu que les missives qu'il adressait à Marie passent par l'ambassade de France à Londres.

Rollo devait trouver quelqu'un qui vienne chercher les lettres à Londres et les remette à Peg à Sheffield. Son choix s'était porté sur Throckmorton.

L'entrée au Théâtre coûtait un penny. Throckmorton paya un penny de plus pour avoir accès aux gradins couverts, et un troisième pour louer un tabouret. Rollo le suivit et s'installa derrière lui, une marche plus haut, guettant une occasion de lui parler discrètement et sans témoins.

Throckmorton était issu d'une famille fortunée et distinguée qui avait pour devise *La vertu est la seule noblesse.* Son père s'était enrichi sous le règne de Marie Tudor, mais était tombé en disgrâce à l'avènement d'Élisabeth Tudor, à l'image du père de Rollo. Le père de Throckmorton avait accepté avec empressement d'héberger un des prêtres clandestins de Rollo.

Throckmorton arborait des vêtements coûteux, et exhibait une fraise blanche extravagante. Il n'avait pas encore trente ans : avec son nez aquilin, sa barbe pointue et ses tempes dégarnies, il avait l'air d'un oiseau de proie. Après des études à Oxford, il s'était rendu en France où il s'était mis en relation avec des catholiques anglais exilés. C'est ainsi que Rollo avait eu connaissance de ses opinions religieuses. Cependant, ils ne s'étaient jamais rencontrés et Rollo n'était pas du tout certain de pouvoir le convaincre de risquer sa vie pour la cause.

La pièce s'intitulait *Ralph Roister Doister*, du nom du personnage principal, un fanfaron dont les actes avaient moins d'éclat que ses paroles. Le rusé Matthew Merrygreeke jouait de sa forfanterie pour l'entraîner dans des situations absurdes qui suscitaient une folle hilarité dans la salle. Cette comédie rappela à Rollo une pièce de l'Africain Térence, écrite en latin au IIe siècle avant Jésus-Christ. Tous les étudiants avaient dû la lire. Rollo s'amusait tellement qu'il faillit en oublier sa terrible mission.

L'entracte le rappela à la réalité.

Voyant sortir Throckmorton, il lui emboîta le pas et prit place derrière lui dans la file de ceux qui attendaient pour acheter une coupe de vin. S'approchant de lui, il lui dit :

« Dieu vous bénisse, mon fils. »

Throckmorton sursauta.

Rollo ne portait pas sa soutane, mais il sortit subrepticement la croix en or qu'il dissimulait sous le col de sa chemise et la montra brièvement à Throckmorton avant de la cacher à nouveau. La croix révélait qu'il était catholique : les protestants estimaient que ce symbole relevait de la superstition.

« Qui êtes-vous ? demanda Throckmorton.

— Jean Langlais. »

Il avait envisagé d'adopter d'autres pseudonymes pour mieux brouiller les pistes. Mais le nom de Jean Langlais avait acquis une certaine aura. Il était attaché à un personnage doté d'un pouvoir mystérieux, une sorte de fantôme qui allait et venait entre la France et l'Angleterre, œuvrant en secret au service de la cause catholique. Ce nom était devenu un atout.

« Que voulez-vous ?

— Dieu a une mission à vous confier. »

Le visage de l'homme s'éclaira d'une joie teintée de peur à l'idée de ce que cela signifiait.

« Quel genre de mission ?

— Il faut que vous vous rendiez à l'ambassade de France à la nuit tombée, vêtu d'une cape et d'un capuchon. Vous demanderez les lettres de monsieur de Guise, puis vous les porterez à Sheffield où vous les remettrez à une lingère appelée Peg Bradford. Vous attendrez ensuite que Peg vous confie à son tour des lettres que vous rapporterez à l'ambassade. C'est tout. »

Throckmorton hocha lentement la tête.

« Sheffield, c'est le lieu où est emprisonnée Marie Stuart.

— En effet. »

Il s'ensuivit un long silence.

« Je pourrais être pendu pour cela.

— Vous n'entreriez que plus promptement au paradis.

— Pourquoi ne pas vous en charger vous-même ?

— Parce que vous n'êtes pas le seul à avoir été choisi par Dieu pour accomplir son œuvre. Il y a en Angleterre plusieurs milliers de jeunes gens comme vous qui veulent que les choses changent. Mon rôle consiste à leur dire comment ils peuvent participer à la lutte pour rétablir la vraie foi. Je peux, moi aussi, être rappelé par Dieu à tout instant. »

Arrivés en tête de la file, ils achetèrent leur vin. Rollo

entraîna Throckmorton à l'écart de la foule. Ils s'arrêtèrent au bord de la mare aux chevaux, les yeux fixés sur l'eau noire.

« Il faut que je réfléchisse, dit Throckmorton.

— Non. » Rollo voulait éviter cela à tout prix. Il lui fallait un engagement ferme de Throckmorton. « Le pape a excommunié l'usurpatrice Élisabeth et interdit aux Anglais de lui obéir. Il est de votre devoir d'aider la vraie reine d'Angleterre à recouvrer son trône. Vous le savez, n'est-ce pas ? »

Throckmorton but une gorgée de vin.

« Oui.

— Donnez-moi la main et promettez-moi de tenir votre rôle. »

L'homme hésita longuement. Puis, regardant Rollo droit dans les yeux, il répondit :

« Je vous le promets. »

Ils se serrèrent la main.

*

Ned mit une semaine à rejoindre Sheffield.

La distance de soixante-dix lieues pouvait être parcourue plus rapidement, à condition de disposer de chevaux à l'écurie tout au long de la route et de pouvoir changer de monture plusieurs fois par jour ; ce système était surtout utilisé par les commerçants qui avaient besoin d'un service de messagerie régulier entre des villes comme Paris et Anvers ; pour eux, en effet, la rapidité des informations présentait un intérêt financier vital. Il n'existait pas de service de messagerie entre Londres et Sheffield.

Il eut tout le loisir de s'inquiéter pendant le trajet.

Son cauchemar était en train de se réaliser. Les ultra-catholiques français, le roi d'Espagne et le pape avaient enfin décidé de s'unir pour passer à l'action. Ils formaient une alliance redoutable. Ensemble, ils avaient le pouvoir et les moyens financiers nécessaires pour envahir l'Angleterre. Des espions dressaient déjà des cartes des ports où les envahisseurs pourraient débarquer. Ned était certain que les nobles catholiques mécontents comme Bart aiguisaient leurs épées et fourbissaient leurs armes.

Pis encore, Marie Stuart était mêlée à ce complot.

Ned avait reçu un message d'Alain de Guise par l'intermédiaire de l'ambassade d'Angleterre à Paris. Alain vivait toujours avec Pierre et l'espionnait : c'était sa vengeance. Pierre, quant à lui, traitait son beau-fils comme une bête de somme inoffensive, il lui faisait faire ses commissions et semblait ravi d'avoir un homme à tout faire à sa botte.

Dans son message, Alain lui annonçait que Pierre se félicitait d'avoir réussi à établir le contact avec la reine des Écossais.

La nouvelle était mauvaise. L'approbation de Marie conférerait à cette félonie une apparence de respectabilité. Nombreux étaient ceux qui la considéraient comme la reine légitime et tenaient Élisabeth pour une usurpatrice. Sous l'égide de Marie, une bande de vauriens étrangers se transformait en armée de justiciers aux yeux du monde.

C'était insensé. Après tout ce qu'Élisabeth avait accompli en Angleterre depuis vingt-cinq ans, en instaurant la paix religieuse et en apportant la prospérité économique au pays, ces gens-là ne désarmaient pas.

Les intrigues de cour, si fréquentes en politique, compliquaient encore la tâche de Ned, protecteur d'Élisabeth. Son maître puritain, Walsingham, se heurtait au bon vivant Robert Dudley, comte de Leicester. « Codes secrets et encre invisible ! » ironisait ce dernier quand il croisait Walsingham au palais de White Hall ou dans les jardins de Hampton Court. « Le pouvoir se conquiert par les armes, pas avec de l'encre et des plumes ! » Dudley était impuissant à convaincre la reine de se débarrasser de Walsingham – elle était bien trop avisée pour l'écouter – mais son scepticisme la confortait dans son avarice et les activités de Walsingham et de ses hommes n'étaient jamais correctement financées.

Ned aurait pu atteindre Sheffield en six jours. Mais, en un moment où il risquait de devoir faire montre d'autorité, il ne voulait pas arriver fatigué et couvert de poussière. Aussi fit-il halte dans une auberge à une lieue de la ville. Le lendemain matin, il se leva tôt, enfila une chemise propre et se présenta à l'entrée du château de Sheffield à huit heures.

C'était une forteresse imposante. Il constata cependant, non sans irritation, que la sécurité n'y était pas très stricte. Il traversa le pont qui enjambait les douves avec trois personnes : une fille chargée de deux seaux fermés par des couvercles qui devaient contenir du lait ; un ouvrier musclé portant un long madrier sur son épaule, sans doute destiné à des travaux de réparation ; et un homme poussant une balle de foin impressionnante sur une charrette. Trois ou quatre autres individus passèrent en sens inverse. Aucun ne fut interpellé par les deux gardes armés qui grignotaient des côtelettes de mouton dont ils jetaient les os dans le fossé.

Ned arrêta son cheval au milieu de la cour intérieure et regarda autour de lui pour se repérer. Il aperçut une tourelle qui devait servir de prison à Marie. La charrette de foin se dirigea vers une bâtisse abritant manifestement les écuries. Le comte habitait certainement le troisième corps de bâtiment, celui qui semblait le moins inconfortable.

Il conduisit sa monture à l'écurie. Adoptant son ton le plus arrogant, il héla un jeune palefrenier :

« Hé ! Toi ! Viens t'occuper de mon cheval ! »

Et il mit pied à terre.

Le jeune garçon ébahi lui prit les rênes.

« Je suppose que c'est là que je trouverai le comte, dit Ned en désignant le bâtiment.

— Oui, messire. Puis-je vous demander votre nom ?

— Je suis sir Ned Willard et tu as intérêt à t'en souvenir. » Sur ces mots, Ned s'éloigna d'un pas décidé.

Poussant la porte en bois de la maison, il pénétra dans un petit vestibule enfumé par une cheminée qui tirait mal. D'un côté, une porte s'ouvrait sur une grande salle d'allure médiévale sinistre et déserte.

Le portier ne fut pas aussi facile à impressionner que le palefrenier. Il le salua en lui barrant le passage :

« Bonjour, messire. »

Il avait de bonnes manières, mais en tant que garde, il n'était pas très convaincant : Ned aurait pu l'assommer d'une main.

« Je suis sir Ned Willard. J'apporte un message de la reine Élisabeth. Où puis-je trouver le comte de Shrewsbury ? »

Le portier prit son temps pour examiner Ned des pieds à la tête. Quelqu'un qui n'était que « sir » était socialement inférieur à un comte. D'un autre côté, il pouvait être malavisé de heurter un émissaire de la reine.

« C'est un honneur de vous accueillir dans cette demeure, messire, dit l'homme prudemment. Je vais voir de ce pas si le comte peut vous recevoir. »

Il ouvrit une porte du côté opposé de la grande salle. Ned entrevit une salle à manger.

La porte se referma, ce qui n'empêcha pas Ned de l'entendre dire :

« Monseigneur, êtes-vous disposé à recevoir sir Ned Willard porteur d'un message de Sa Majesté la reine Élisabeth ? »

Ned n'attendit pas la réponse. Poussant le battant, il fit irruption dans la pièce et passa devant le garde interloqué. La pièce, de petites dimensions, comportait une table ronde et une grande cheminée. C'était un lieu nettement plus chaleureux et confortable que la grande salle. Autour de la table, quatre personnes étaient en train de déjeuner. Il en connaissait deux. La grande quadragénaire au double menton, coiffée d'une perruque rousse, était Marie Stuart. Il l'avait vue pour la dernière fois quinze ans auparavant, quand il s'était rendu au château de Carlisle pour lui annoncer que la reine Élisabeth avait décidé de la garder en captivité. L'autre femme, un peu plus âgée, assise près d'elle était son amie d'enfance, Alison, lady Ross, qui l'avait déjà accompagnée à Carlisle et, avant cela, à Saint-Dizier. Ned n'avait jamais vu les deux autres mais pouvait facilement deviner leur identité. L'homme d'une cinquantaine d'années partiellement chauve, à la longue barbe en forme d'as de pique, devait être le comte, et l'imposante femme du même âge qui se trouvait à son côté était indéniablement la comtesse, son épouse, Bess de Hardwick.

Ned vit rouge. Le comte et sa femme faisaient preuve d'une négligence coupable et mettaient en péril tout ce qu'Élisabeth avait accompli.

« Qu'est-ce que… ? bégaya le comte.

— Je suis un espion jésuite envoyé par le roi de France pour enlever Marie Stuart, l'interrompit Ned. Je cache deux pistolets sous mon manteau, le premier pour tuer le comte, le second pour tuer la comtesse. Dehors, six hommes armés jusqu'aux dents sont dissimulés dans une charrette de foin. »

Ils ne savaient pas s'ils devaient le prendre au sérieux. Le comte demanda :

« Serait-ce une forme de plaisanterie ?

— Parlez plutôt d'une forme d'inspection. Sa Majesté la reine Élisabeth m'a chargé de vérifier si vous tenez Marie sous bonne garde. Que vais-je lui répondre, milord ? Que j'ai pu entrer et m'approcher de votre prisonnière sans avoir été une seule fois interrogé ni fouillé – et que j'aurais pu amener six hommes avec moi ?

— Mieux vaudrait ne pas lui dire cela, j'en conviens », balbutia le comte d'un air ahuri.

Marie protesta d'une voix pleine d'une autorité toute royale :

« Comment osez-vous vous comporter ainsi en ma présence ? »

Ned continua à s'adresser au comte :

« À partir d'aujourd'hui, elle prendra ses repas dans la tour.

— Cette insolence est intolérable », s'insurgea Marie.

Ned l'ignora. Il ne devait aucun respect à celle qui voulait assassiner sa reine.

Mary se leva et se dirigea vers la porte. Alison s'empressa de la suivre.

Ned se tourna alors vers la comtesse.

« Veuillez les accompagner, milady. Il n'y a pas d'espions jésuites dans la cour pour le moment, mais nul ne sait quand il y en aura et il est préférable de prendre immédiatement de bonnes habitudes. »

La comtesse n'était pas habituée à recevoir des ordres, mais se sachant dans son tort, elle obéit promptement.

Ned tira une chaise devant la table.

« Maintenant, milord, parlons des mesures à prendre pour que je puisse faire un rapport satisfaisant à la reine. »

*

De retour à Londres, Ned informa Walsingham, dans sa maison de Seething Lane, que Marie Stuart était désormais plus solidement gardée qu'auparavant.

Walsingham alla droit au but.

« Pouvez-vous me garantir qu'elle ne communique pas avec l'extérieur ?

— Non, admit Ned à regret. Il faudrait pour cela renvoyer tous les serviteurs et l'enfermer seule dans un donjon.

— Si seulement nous pouvions le faire, s'écria Walsingham avec ferveur. Mais la reine Élisabeth ne permettra pas qu'on lui impose des conditions de détention aussi rigoureuses.

— Notre reine a le cœur trop tendre. »

Walsingham avait sur Élisabeth un point de vue plus cynique.

« Elle craint surtout de voir sa réputation entachée par des rumeurs l'accusant de cruauté envers sa cousine. »

Ned n'avait pas l'intention de le contredire.

« Quoi qu'il en soit, nous ne pouvons rien faire de plus à Sheffield.

— Dans ce cas, il faut nous concentrer sur cette extrémité-ci de la chaîne, reprit Walsingham en caressant sa barbe. L'ambassade de France joue certainement un rôle. Cherchez quels sont les catholiques anglais qui s'y présentent. Nous avons une liste.

— Je m'en occupe tout de suite. »

Montant dans la pièce fermée à clé de l'étage, où Walsingham conservait ses précieux registres, Ned s'installa pour les étudier.

La liste la plus longue était celle des catholiques anglais de haute naissance. Elle n'avait pas été difficile à établir. Toutes les familles dont la situation avait été prospère sous Marie Tudor et qui étaient tombées en disgrâce sous Élisabeth étaient soupçonnées d'office. Et leurs membres confirmaient leurs tendances de différentes manières, souvent ouvertement. Un grand nombre d'entre eux s'acquittaient d'une amende pour être dispensés d'assister au culte protestant. Ils portaient des vêtements voyants, n'éprouvant que dédain pour les tenues noires et grises des protestants convaincus. Il n'y avait jamais de bibles en anglais dans les demeures catholiques. Ces faits étaient rapportés à Walsingham par des évêques et des lords lieutenants de comtés.

Bart et Margery figuraient l'un et l'autre sur cette liste.

Mais elle était trop longue. La plupart de ces gens n'étaient pas des traîtres. Ned estimait parfois avoir trop d'informations. Il pouvait être difficile de séparer le bon grain de l'ivraie. Il prit alors le répertoire alphabétique des catholiques de Londres.

En plus de ceux qui y vivaient, Walsingham recevait quotidiennement des rapports lui signalant les catholiques qui arrivaient dans la ville ou en sortaient. Les catholiques de passage logeaient habituellement chez des coreligionnaires londoniens ou dans des auberges fréquentées par d'autres catholiques. Cette liste était certainement incomplète. Londres comptait cent mille habitants et il était impossible de poster des espions dans toutes les rues. Mais Ned et Walsingham avaient des informateurs partout où les catholiques avaient leurs habitudes et ils étaient en mesure de retracer les allées et venues de la plupart d'entre eux.

Ned feuilleta ce répertoire. Il connaissait plusieurs centaines de ces noms – les listes étaient toute sa vie – mais il n'était pas inutile de se rafraîchir la mémoire. Bart et Margery y étaient encore mentionnés pour les séjours qu'ils faisaient à l'occasion des séances du Parlement dans la demeure du Strand que possédait le comte de Shiring.

Ned s'intéressa ensuite au registre quotidien des visiteurs de l'ambassade de France, Salisbury Square. Le bâtiment était épié jour et nuit depuis la taverne de Salisbury, juste en face, une surveillance mise en place dès que Walsingham était revenu de Paris en 1573. Ned compara tous les noms avec ceux du répertoire alphabétique en remontant le temps à partir de la veille.

Margery n'y apparaissait pas. En fait, on ne les avait jamais vus, ni Bart ni elle, approcher des ambassadeurs étrangers ou d'autres personnages suspects pendant leurs séjours à Londres. Ils rencontraient d'autres catholiques, évidemment, et leurs serviteurs fréquentaient une taverne catholique, l'Irish Boy, proche de leur domicile. Mais rien ne permettait de leur prêter la moindre activité subversive.

Cependant, de nombreux visiteurs de l'ambassade de France étaient impossibles à identifier nommément. Le registre contenait malheureusement beaucoup de notices ainsi libellées :

Livreur de charbon inconnu, Porteur de lettres non identifié, Femme difficile à reconnaître dans l'obscurité. Ned persévéra néanmoins dans l'espoir de dénicher un indice, n'importe quoi.

Soudain une mention vieille de deux semaines accrocha son

regard : *Mme Aphrodite Housse, épouse du premier conseiller d'ambassade.*

Ned avait connu à Paris une certaine Aphrodite de Beaulieu qui semblait très amoureuse d'un jeune courtisan du nom de Bernard Housse. Il s'agissait sûrement de la même personne. Dans ce cas, c'était celle à qui il avait permis d'échapper à un viol la nuit de la Saint-Barthélemy.

Se replongeant dans le répertoire, il constata que M. Housse, premier conseiller à l'ambassade de France, demeurait dans le Strand.

Il enfila son manteau et sortit.

Pendant qu'il se hâtait vers l'ouest de la ville, deux questions le tracassaient. Aphrodite connaissait-elle l'identité du messager de Sheffield ? Et, le cas échéant, accepterait-elle de lui confier ce secret pour s'acquitter de sa dette à son égard ?

Il n'allait pas tarder à le savoir.

Quittant l'enceinte de la cité de Londres à Ludgate, il traversa la Fleet malodorante et arriva devant la demeure des Housse, une jolie maison plutôt modeste située dans la partie nord, la moins huppée, du Strand. Il frappa à la porte et donna son nom à une servante. Il attendit quelques minutes en songeant qu'il se pouvait, bien que cela fût peu probable, que Bernard Housse eût épousé une autre Aphrodite. On le fit ensuite monter dans un petit salon confortable à l'étage.

Il se souvenait d'une jeune fille de dix-huit ans, impatiente et coquette et découvrit alors une gracieuse jeune femme de vingt-neuf ans, dont les formes laissaient penser qu'elle avait récemment enfanté et allaitait peut-être encore. Elle l'accueillit chaleureusement, en français.

« C'est bien vous ! Il y a si longtemps !

— Vous avez donc épousé Bernard.

— Oui, confirma-t-elle avec un sourire ravi.

— Des enfants ?

— Trois… pour le moment. »

Ils s'assirent. Ned n'était pas optimiste. Les gens qui trahissaient leur pays étaient en général des personnes aigries, vindicatives, rongées par de profondes rancœurs, comme Alain de Guise et Jerónima Ruiz. Aphrodite était une femme épanouie, mère de famille et mariée à un homme qu'elle semblait aimer. Il y avait peu de chances qu'elle soit prête à livrer des secrets. Cela valait tout de même la peine d'essayer.

Il lui confia qu'il avait épousé une Française qui l'avait accompagnée en Angleterre et Aphrodite exprima le désir de la rencontrer. Elle lui donna les prénoms de ses trois enfants, qu'il mémorisa aussitôt tant il était habitué à retenir les noms. Après cet échange de nouvelles, il orienta la conversation vers le sujet qui lui tenait à cœur.

« Je vous ai sauvé la vie autrefois, à Paris. »

Elle prit un air grave.

« Je vous en serai éternellement reconnaissante. Mais, s'il vous plaît… Bernard n'en sait rien.

— Je cherche aujourd'hui à sauver la vie d'une autre femme.

— Vraiment ? De qui s'agit-il ?

— De la reine Élisabeth. »

Son visage s'assombrit.

« Nous ne devrions pas parler politique ensemble, Ned.

— Le duc de Guise projette de tuer Élisabeth pour faire accéder sa cousine Marie Stuart au trône. Vous ne pouvez pas approuver un assassinat, insista-t-il.

— Bien sûr, mais…

— Un Anglais vient à votre ambassade recueillir les lettres envoyées par Henri de Guise ; il les porte à Marie, à Sheffield. » Ned était fort contrarié de dévoiler tout ce qu'il savait, mais c'était sa seule chance de réussir à la persuader. « Il rapporte ensuite les réponses de Marie. » En parlant, il regardait fixement Aphrodite, guettant ses réactions, et il crut déceler un éclair significatif dans son regard. « Vous le connaissez sans doute.

— Ned, ce n'est pas loyal.

— Il faut que je sache de qui il s'agit, s'obstina-t-il, navré du ton suppliant qu'il perçut dans sa voix.

— Comment pouvez-vous me faire cela ?

— Je dois protéger la reine Élisabeth de ceux qui lui veulent du mal, comme je vous ai protégée autrefois. »

Aphrodite se leva.

« Je regrette que vous soyez venu si votre seul but était de m'arracher des informations.

— Je vous demande de sauver la vie d'une reine.

— Vous me demandez de trahir mon mari et mon pays et de dénoncer un homme que mon père a reçu sous son toit !

— Vous avez une dette envers moi.

— Je vous dois la vie, pas mon âme. »

Ned ne pouvait que reconnaître sa défaite et s'en voulut d'avoir fait cette tentative. Il avait tenté de suborner une femme parfaitement honnête qui éprouvait de l'amitié pour lui. Il lui arrivait de détester son travail.

Il se leva à son tour.

« Je vais vous laisser.

— Je crois que cela vaudrait mieux. »

Quelque chose pourtant le titillait. Il lui semblait qu'elle avait livré un renseignement important qui lui avait échappé dans le feu de la discussion. Il aurait voulu prolonger sa visite et la questionner plus avant pour lui faire répéter ses propos, mais elle le regardait d'un air courroucé, manifestement impatiente de le voir disparaître. Il savait que s'il ne partait pas immédiatement, c'était elle qui quitterait la pièce.

Il prit congé et repartit vers la ville, dépité. Il gravit la colline de Ludgate, passa devant la masse gothique de la cathédrale Saint Paul aux pierres grises noircies par la suie de milliers de cheminées. Arrivé en vue de la Tour, où les traîtres étaient interrogés et torturés, il obliqua dans Seething Lane.

En entrant dans la demeure de Walsingham, il se souvint des propos d'Aphrodite :

« Vous me demandez de trahir mon mari et mon pays et de dénoncer un homme que mon père a reçu sous son toit ! »

Un homme que mon père a reçu sous son toit.

La première liste que Ned avait dressée à son arrivée à Paris dix ans auparavant était celle des catholiques anglais qui rendaient visite au comte de Beaulieu chez lui, rue Saint-Denis.

Walsingham ne jetait jamais rien.

Ned se précipita dans la pièce fermée à clé du premier étage. Le registre contenant la liste de Paris se trouvait au fond d'un coffre. Il le prit et l'épousseta.

Elle évoquait certainement, songea-t-il, la résidence parisienne de son père. Le comte possédait aussi une maison de campagne en France mais, à la connaissance de Ned, il n'y avait jamais reçu d'exilés anglais. Et Beaulieu n'avait jamais figuré sur la liste des catholiques établis à Londres.

Mais il ne pouvait être sûr de rien.

Ouvrant le registre d'une main impatiente, il entreprit de parcourir attentivement la succession de noms qu'il avait notés de sa main tant d'années auparavant. Il s'obligea à les lire lentement en se remémorant les visages de tous ces jeunes Anglais en colère partis pour la France parce qu'ils ne se sentaient plus chez eux dans leur pays. Ce faisant, il fut assailli par les souvenirs de son séjour à Paris : l'éclat des boutiques, les vêtements magnifiques, la puanteur des rues, l'extravagance des divertissements royaux, la sauvagerie du massacre.

Un nom le frappa soudain. Ned n'avait jamais rencontré cet homme, mais son nom lui était familier.

Il eut l'impression que son cœur s'arrêtait de battre. Il reprit le répertoire alphabétique des catholiques de Londres. Effectivement, l'un de ceux qui avaient fréquenté la maison parisienne du comte de Beaulieu se trouvait maintenant à Londres.

Sir Francis Throckmorton.

« Je te tiens, canaille », murmura Ned.

*

« Quoi que vous fassiez, ne l'arrêtez pas, dit Walsingham.

— Je pensais que tel était notre but, s'étonna Ned.

— Réfléchissez. Il se trouvera toujours un autre Throckmorton. Bien sûr, nous continuerons à tout faire pour protéger la reine Élisabeth, mais tôt ou tard, un de ces traîtres nous glissera entre les doigts. »

Ned avait toujours admiré la vision à long terme de Walsingham, mais cette fois, il ne comprenait pas où il voulait en venir.

« Que pouvons-nous faire, sinon maintenir la plus extrême vigilance ?

— Chercher à apporter la preuve que Marie Stuart complote contre la reine Élisabeth.

— Élisabeth autorisera sans doute que l'on inflige la torture à Throckmorton puisqu'il a menacé son trône ; et Throckmorton avouera. Mais tout le monde sait que les aveux ne sont pas fiables.

— Absolument. C'est pourquoi nous avons besoin d'une preuve irréfutable.

— Afin de traduire Marie Stuart en justice ?

— Exactement. »

Ned était intrigué mais ne perçait toujours pas à jour ce qui se tramait dans l'esprit tortueux de Walsingham.

« Quel bénéfice en retirerions-nous ?

— Cela présenterait au minimum l'avantage de rendre Marie impopulaire aux yeux du peuple anglais. À part les ultra-catholiques les plus acharnés, tout le monde réprouverait celle qui aurait cherché à détrôner leur reine bien-aimée.

— Cela n'arrêtera pas les assassins.

— Cela affaiblira leurs soutiens. Et nous donnera plus de poids quand nous demanderons que les conditions de détention de Marie soient renforcées. »

Ned acquiesça.

« Élisabeth craindra moins d'être accusée de cruauté inhumaine envers sa cousine. Tout de même…

— L'idéal serait de réussir à prouver que Marie ne projetait pas seulement de renverser Élisabeth mais de la faire assassiner. »

Ned commençait à entrevoir le cheminement de la pensée de Walsingham et était effaré par son inflexibilité.

« Vous voulez que Marie soit condamnée à mort ?

— Oui. »

Ned en eut froid dans le dos. L'exécution d'une reine était presque un sacrilège.

« La reine Élisabeth n'acceptera jamais.

— Même si nous prouvons que Marie a ourdi son assassinat ?

— Je ne sais pas, avoua Ned.

— Moi non plus », dit Walsingham.

*

Ned fit surveiller Throckmorton vingt-quatre heures sur vingt-quatre.

Aphrodite avait certainement parlé de la visite de Ned à son mari et l'ambassade de France avait dû avertir Throckmorton. Celui-ci devait donc savoir désormais que Ned soupçonnait l'existence d'une correspondance avec Marie. Cependant, s'il s'en remettait à l'échange entre Ned et Aphrodite, Throckmorton croyait probablement que Ned ignorait l'identité du messager.

Les hommes qui le surveillaient étaient remplacés deux fois par jour, ce qui n'excluait pas qu'il les remarque. Pourtant, il n'en était apparemment rien. Ned supposait que Throckmorton n'avait pas l'habitude des activités clandestines et ne pensait même pas à vérifier s'il était suivi.

Alain de Guise avait écrit de Paris pour l'informer que Pierre avait confié à un messager une lettre de première importance destinée à Marie Stuart. Sans doute Throckmorton serait-il chargé de la faire parvenir à la prisonnière. S'il était arrêté alors qu'il avait la lettre de Pierre sur lui, ce serait une preuve irréfutable de sa trahison.

Mais c'était Marie que Walsingham voulait, et non Throckmorton. Ned décida donc d'attendre de voir si Throckmorton recevait une réponse de Marie. Si elle acceptait l'idée d'un complot et surtout, si elle écrivait des mots d'encouragement, elle serait condamnée.

Un jour d'octobre, alors que Ned rongeait son frein, un courtisan du nom de Ralph Ventnor se présenta à la maison de Seething Lane pour annoncer à Ned et Walsingham que la reine Élisabeth voulait les voir immédiatement sans que Ventnor sût pourquoi.

Ils enfilèrent leurs manteaux et le suivirent jusqu'à la Tour, où une barque les attendait pour les conduire à White Hall.

Dans l'embarcation qui remontait le fleuve, Ned était inquiet. Une convocation péremptoire n'était jamais bon signe. Élisabeth avait toujours été capricieuse. Le ciel serein de sa bienveillance pouvait en un instant virer à l'orage et inversement.

À White Hall, ils traversèrent la salle de garde grouillante de soldats derrière Ventnor qui les conduisit à la chambre d'audience où se pressaient les courtisans et de là, à la chambre privée.

La reine Élisabeth était assise sur un siège en bois sculpté et doré. Elle portait une robe rouge et blanche au corsage recouvert d'un voile de gaze argentée sur des manches à crevés laissant entrevoir une doublure de taffetas écarlate. Une tenue colorée d'allure juvénile qui ne pouvait effacer le passage du temps. Élisabeth venait de fêter son cinquantième anniversaire et les années se lisaient sur son visage malgré les fards dont elle abusait. Quand elle parlait, elle révélait une denture brunie et irrégulière, incomplète qui plus est.

Le comte de Leicester était présent. Du même âge que la reine, il arborait ce jour-là un costume de soie bleu pâle rehaussé de broderies dorées avec une chemise dont le col et les poignets s'ornaient de ruchés. Une tenue de jeune homme – comparable à celle de jeune femme de la reine – et un luxe ridicule, de l'avis de Ned.

Leicester semblait très content de lui, ce qui ne rassura pas Ned. Il s'apprêtait sans doute à prendre l'avantage sur Walsingham.

Ned et Walsingham s'inclinèrent.

La reine déclara, d'une voix glacée comme une nuit d'hiver :

« On a arrêté dans une taverne d'Oxford un homme qui disait vouloir se rendre à Londres pour tuer la reine. »

Diable, se dit Ned, *en voici un qui nous a échappé*. Il se souvint des propos de Walsingham : « Un jour, un de ces traîtres nous glissera entre les doigts. »

Leicester parla à son tour, d'un ton dédaigneux qui semblait vouloir souligner l'absurdité de toute cette affaire.

« L'homme était armé d'un pistolet. Il a traité la reine de serpent et de vipère, assurant qu'il brandirait sa tête au bout d'une pique. »

On pouvait compter sur Leicester pour en rajouter. En réalité, ce prétendu assassin ne paraissait pas vraiment dangereux. Il manquait tellement de discrétion qu'il s'était fait prendre alors qu'il était encore à vingt lieues de la reine.

« Pouvez-vous me dire pourquoi je vous paye si cher, reprit Élisabeth, si ce n'est pour me protéger de ce genre d'individu ? »

C'était un comble : elle ne leur accordait que sept cent cinquante livres par an, une somme tellement insuffisante que Walsingham finançait lui-même une bonne part de leurs activités. Mais les reines ne sont pas tenues d'être équitables.

« Qui est cet homme ? demanda Walsingham.

— John Somerfield », répondit Leicester.

Ned connaissait ce nom. Il figurait sur leur liste.

« Nous connaissons Somerfield, madame. C'est un catholique du Warwickshire. Il est fou. »

Le comte de Leicester éclata d'un rire sarcastique.

« Voulez-vous dire par là qu'il ne présente aucun danger pour la reine ? »

Ned s'empourpra.

« Je veux dire qu'il ne risque pas d'être mêlé à un complot sérieux, milord.

— Oh, parfait ! Dans ce cas, ses balles ne peuvent atteindre personne.

— Ce n'est pas ce que… »

Leicester l'interrompit.

« Madame, je souhaiterais que Votre Majesté confie à quelqu'un d'autre le soin de protéger sa précieuse personne. » Il ajouta d'une voix mielleuse : « C'est la tâche la plus importante qui soit dans ce royaume. »

Il possédait incontestablement l'art de la flatterie et malheureusement, Élisabeth n'y était pas insensible.

Walsingham reprit la parole.

« Madame, je me suis montré indigne de la confiance de Votre Majesté. Je n'ai pas pris la mesure du danger que représentait Somerfield. Il ne fait aucun doute qu'il y a en Angleterre nombre d'hommes capables de mieux remplir cette mission que moi. Je prie Votre Majesté d'en confier la responsabilité à l'un d'entre eux. En ce qui me concerne, je serai heureux d'abandonner un fardeau que je porte depuis trop longtemps et d'accorder quelque repos à mes vieux os. »

Il n'en pensait évidemment pas un mot. Mais c'était la meilleure façon d'apprivoiser la reine dans l'état d'esprit qui était le sien à cet instant-là. Ned comprit qu'il avait eu tort de discuter. Si elle était contrariée, on ne faisait qu'attiser son irritation en lui disant de ne pas s'inquiéter. L'humble abnégation était plus propre à la séduire.

« Vous avez le même âge que moi », répliqua la reine.

Les regrets exprimés par Walsingham semblaient pourtant l'avoir radoucie ; ou peut-être s'était-elle avisée qu'elle ne trouverait dans toute l'Angleterre aucun homme susceptible d'œuvrer aussi infatigablement et consciencieusement que lui pour la protéger de tous ceux, fous ou sains d'esprit, qui voulaient sa mort. Elle n'était pas encore prête cependant à abandonner la partie.

« Quelles mesures comptez-vous prendre pour renforcer ma sécurité ?

— Madame, je suis sur le point de démanteler une conspiration soigneusement organisée par des ennemis de Votre Majesté. Ces hommes-là sont d'un autre calibre que John Somerfield. Ils n'agitent pas leurs armes dans les tavernes et ne crient pas leurs intentions sur tous les toits. Ils sont de connivence avec le pape et le roi d'Espagne, ce qui n'est pas le cas de Somerfield, je puis l'assurer à Votre Majesté. Ils sont déterminés, disposent d'un solide financement et cultivent le secret le plus absolu. J'espère néanmoins arrêter leur chef dans les prochains jours. »

C'était une défense intelligente contre la perfidie de Leicester, mais Ned n'en était pas moins consterné. Cette annonce était prématurée. S'ils procédaient dès à présent à une arrestation, le complot serait déjoué trop tôt pour qu'ils aient pu obtenir la preuve de la complicité de Marie Stuart. Une fois de plus, les rivalités personnelles leur faisaient obstacle.

« Qui sont ces hommes ? demanda la reine.

— Je craindrais, madame, qu'ils ne soient avertis si je donne des noms… » Walsingham regarda ostensiblement Leicester. « … en public. »

Leicester s'apprêtait à protester avec indignation, mais la reine approuva :

« Vous avez raison. Je n'aurais pas dû vous poser cette question. Eh bien, messire, vous feriez mieux de vous retirer afin de vous remettre au travail.

— Je vous remercie, madame », dit Walsingham.

*

Rollo se faisait du souci à propos de Francis Throckmorton.

Il n'était pas comme les hommes formés au Collège anglais. Ceux-là avaient placé toute leur existence sous le commandement de l'Église. Ils comprenaient ce qu'obéissance et dévouement voulaient dire. Ils avaient quitté l'Angleterre, consacré plusieurs années à étudier et prononcé des vœux avant de regagner leur pays pour y accomplir la mission à laquelle ils avaient été préparés. Ils savaient qu'ils risquaient leur vie : chaque fois que l'un d'entre eux se faisait prendre par Walsingham et était exécuté, le collège célébrait sa mort comme celle d'un martyr.

Throckmorton n'avait pas prononcé de vœux. C'était un jeune aristocrate fortuné sentimentalement attaché à la religion catholique. Il avait consacré sa vie à ses propres plaisirs et non à la volonté de Dieu. Son courage et sa détermination n'avaient jamais été mis à l'épreuve. Il pouvait parfaitement faire machine arrière.

Même s'il tenait son engagement, d'autres incertitudes demeuraient. Serait-il assez discret ? Il n'avait aucune expérience de l'action clandestine. Comment être certain qu'un soir de beuverie, il ne laisserait pas échapper, pour se vanter devant ses amis, quelque allusion à sa mission secrète ?

Rollo se méfiait aussi de Peg Bradford. Alison avait beau jurer ses grands dieux que la jeune lingère ferait n'importe quoi pour Marie, elle pouvait se tromper et Peg hésiter.

Mais c'était encore Marie qui le préoccupait le plus. Accepterait-elle de coopérer ? Sans elle, le complot n'avait aucun sens.

Une chose à la fois, se dit-il. *D'abord Throckmorton.*

Il aurait préféré ne plus avoir aucun contact avec lui, pour des raisons de sécurité, mais ce n'était pas possible. Il devait vérifier si tout se déroulait comme prévu. Aussi fut-ce à contrecœur qu'il se rendit chez Throckmorton à St Paul's Wharf, en contrebas de la cathédrale, un soir au crépuscule, à l'heure où l'on distinguait mal les visages.

Malheureusement, Throckmorton était sorti, ainsi que le lui apprit son domestique. Rollo envisagea de repartir et de revenir une autre fois, mais il était impatient d'avoir des nouvelles. Il préféra donc attendre.

Le serviteur le conduisit dans un petit salon, dont une fenêtre donnait sur la rue. Au fond de la pièce, une porte à deux battants était légèrement entrouverte. En y jetant un coup d'œil, Rollo vit une pièce plus luxueuse, confortable et richement meublée, où flottait cependant une âcre odeur de fumée : le valet brûlait des déchets dans la cour.

Il accepta une coupe de vin et, pour tuer le temps, passa mentalement en revue ses agents secrets. Dès qu'il aurait établi la communication entre Pierre à Paris et Marie à Sheffield, il ferait le tour de l'Angleterre pour rendre visite à ses prêtres clandestins. Il fallait que ceux-ci ou leurs protecteurs lui remettent des cartes topographiques et lui confirment qu'ils accorderaient leur soutien à l'armée d'invasion. Il avait encore le temps – l'invasion était prévue pour le printemps de l'année suivante. Mais il y avait beaucoup à faire. Throckmorton revint à la nuit tombée. Rollo entendit le domestique ouvrir la porte et lui annoncer :

« Un monsieur vous attend au salon, messire. Il n'a pas voulu me donner son nom. »

Throckmorton fut enchanté de voir Rollo. Il sortit de la poche de son manteau un petit paquet qu'il jeta sur la table d'un geste triomphant.

« Des lettres pour la reine Marie, annonça-t-il d'un air réjoui. J'arrive à l'instant de l'ambassade de France.

— Bien joué ! »

Rollo bondit sur ses pieds pour examiner les lettres. Il reconnut le sceau du duc de Guise ainsi que celui de l'homme de confiance de Marie à Paris, John Leslie. Il aurait eu fort envie de lire leur contenu, mais briser le cachet l'aurait mis dans une situation embarrassante.

« Quand pourrez-vous les porter à Sheffield ?

— Demain.

— C'est parfait. »

On frappa à la porte d'entrée. Les deux hommes se figèrent et tendirent l'oreille. Ce n'était pas l'aimable signal d'un visiteur animé de bonnes intentions mais le martèlement péremptoire d'un intrus hostile. Rollo s'approcha de la fenêtre et vit deux hommes bien habillés, éclairés par la lanterne surmontant la porte. L'un d'eux leva son visage vers la lumière et Rollo reconnut Ned Willard.

« Diantre, dit-il. Les hommes de Walsingham. »

Il comprit en un éclair que Ned avait dû placer Throckmorton sous surveillance. Il avait certainement été suivi lorsqu'il s'était rendu à l'ambassade de France et Ned avait évidemment deviné pour quelle raison il s'y rendait. Mais comment son attention s'était-elle portée sur Throckmorton ? Rollo dut admettre que les services secrets de Walsingham étaient beaucoup plus efficaces qu'on ne l'imaginait.

Et voilà que lui-même risquait de tomber entre leurs mains.

« Je vais demander à mon domestique de dire que je suis sorti », annonça Throckmorton.

Il ouvrit la porte du salon, mais il était trop tard : ils entendirent la porte de la rue s'ouvrir et l'éclat de voix impérieuses. Les événements se précipitaient.

« Essayez de les retenir », recommanda Rollo.

Throckmorton gagna le vestibule en s'exclamant :

« Eh bien, eh bien, quel est ce vacarme ? »

Le regard de Rollo se posa sur les lettres. Elles étaient terriblement compromettantes. Si elles contenaient ce qu'il pensait, elles signeraient sa condamnation à mort ainsi que celle de Throckmorton.

Tout leur plan était en péril, sauf s'il parvenait à se tirer d'affaire en quelques secondes.

Il saisit le paquet de lettres et se glissa dans la pièce du fond par la porte entrouverte. Une fenêtre donnait sur la cour. Il l'ouvrit d'un geste vif. Au moment où il l'enjambait, il entendit la voix de Ned Willard dans le petit salon.

Un feu de feuilles mortes, de déchets de cuisine et de paille souillée provenant des écuries brûlait au milieu de la cour. Plus loin, à la lumière rougeoyante du brasier, il aperçut une ombre qui s'approchait à travers les arbres. Il s'agissait sans doute du troisième membre de l'équipe de Ned. En homme consciencieux, celui-ci n'avait pas oublié de poster quelqu'un à l'arrière de la maison.

« Hé, vous ! » cria l'homme.

Rollo n'eut qu'une seconde pour se décider.

Throckmorton était perdu. Il serait arrêté et torturé et dirait tout ce qu'il savait avant d'être exécuté. Par bonheur, il ignorait la véritable identité de Jean Langlais. Il ne pourrait trahir personne à part Peg Bradford ; c'était une domestique ignorante qui ne ferait rien de sa vie inutile sinon donner naissance à d'autres domestiques ignorants. Et surtout, Throckmorton ne pourrait pas compromettre Marie Stuart. La seule preuve contre elle se trouvait dans les missives que Rollo avait en main.

Il les roula en boule et les jeta dans le feu.

Le troisième homme s'élança vers lui.

Rollo perdit quelques précieuses secondes pour s'assurer que le papier s'enflammait, noircissait et était réduit en cendres.

Quand il fut certain que toutes les preuves étaient détruites, il surprit le troisième homme en courant droit sur lui. Il lui asséna un coup violent qui le précipita à terre et s'enfuit.

Il traversa toute la cour. Elle débouchait sur la berge boueuse de la Tamise. Il fila le long du fleuve sans ralentir.

*

Au printemps 1584, Pierre assista à l'expulsion de la marquise de Nîmes.

Son mari, le marquis, avait pu pratiquer la religion protestante pendant plusieurs dizaines d'années sans être inquiété. Mais Pierre était patient. La maison du faubourg Saint-Jacques avait continué d'abriter des activités hérétiques même après le grand coup de filet que Pierre avait organisé en 1559, et qui lui avait permis d'arrêter toute la communauté. En cette année 1584, Paris était sous le joug d'un groupe informel, la Ligue catholique, qui s'était donné pour tâche d'éradiquer le protestantisme. Pierre avait ainsi pu traîner le marquis devant le parlement de Paris, qui faisait office de cour suprême et l'avait condamné à mort.

Mais ce n'était pas le vieux marquis qui intéressait vraiment Pierre. Le véritable objet de sa haine personnelle était la marquise Louise, qui était désormais une attrayante veuve de quarante ans. Les biens des hérétiques étant confisqués, l'exécution du marquis la condamnait à la misère.

Pierre attendait cette heure depuis vingt-cinq ans.

Il arriva à l'instant où la marquise affrontait le bailli dans le vestibule. Il se mêla aux hommes du bailli pour observer la scène. Elle ne remarqua pas sa présence.

Elle était entourée des témoignages de la richesse qu'elle avait perdue : tableaux de scènes campagnardes sur les murs lambrissés, fauteuils en bois sculpté cirés, sols de marbre et lustres aux plafonds. Elle portait une robe ample en soie verte qui dessinait des vagues autour de ses hanches généreuses. Dans sa jeunesse, son opulente poitrine attirait les regards de tous les hommes et elle avait conservé des formes plantureuses.

« Comment osez-vous ? disait-elle au bailli d'un ton autoritaire. Vous ne pouvez contraindre une aristocrate à quitter son domicile. »

Le bailli avait déjà vécu ce genre de situation. Il se montra poli, mais inflexible.

« Je vous conseille de partir sans faire d'histoires, madame. Faute de quoi, nous serons contraints de vous porter dehors, ce qui manquerait de dignité. »

Elle se rapprocha de lui, se redressant pour mettre en valeur sa poitrine.

« Vous pouvez user de votre pouvoir de décision, lui dit-elle d'une voix plus aimable. Revenez dans une semaine pour me laisser le temps de prendre mes dispositions.

— La cour vous a accordé un délai, madame. Il est maintenant expiré. »

Ni l'arrogance ni le charme n'ayant eu l'effet souhaité, elle donna libre cours à son désespoir.

« Je ne peux pas quitter ma maison. Je ne sais où aller ! Je ne peux même pas louer une chambre. Je n'ai plus d'argent, pas un sou. Mes parents sont morts et mes amis refusent de m'aider de peur d'être eux aussi accusés d'hérésie ! »

Pierre la regardait, éprouvant une infinie jouissance devant le spectacle de ses larmes et de son désarroi. C'était elle qui l'avait rabroué, il y avait de cela un quart de siècle. Quand Sylvie l'avait fièrement présenté à la jeune marquise, il avait fait une plaisanterie qui lui avait déplu et elle avait lancé :

« Même en Champagne, on devrait apprendre aux jeunes gens à se montrer respectueux de leurs supérieurs. »

Elle lui avait ensuite tourné le dos avec mépris. Ce souvenir était encore cuisant.

Il savourait le retournement de situation. Il avait été nommé récemment abbé du monastère du Saint-Arbre qui possédait des milliers d'arpents de terre en Champagne. Il en gardait les recettes pour lui-même, laissant les moines vivre dans la pauvreté conformément à leur vœu. Il était riche et puissant alors que Louise était ruinée et sans ressources.

Le bailli répondit :

« Il fait doux. Vous pouvez dormir dans la forêt. Ou, s'il pleut, le couvent de Sainte-Marie-Madeleine, rue de la Croix, accueille les femmes sans logis.

— Mais il est destiné aux prostituées ! » s'offusqua la marquise.

Le bailli haussa les épaules.

Louise se mit à pleurer de plus belle. Elle enfouit son visage entre ses mains et ses épaules s'affaissèrent, secouées de sanglots.

Pierre était émoustillé par sa détresse.

C'est alors qu'il vola à son secours.

Se détachant du petit groupe rassemblé près de la porte, il s'interposa entre le bailli et la marquise.

« Calmez-vous, madame, lui dit-il. La famille de Guise ne laissera pas une femme de votre condition dormir dans les bois. »

Écartant ses mains de son visage, elle posa sur lui des yeux mouillés de larmes.

« Pierre Aumande. Êtes-vous là pour vous moquer de moi ? »

Elle souffrirait encore plus parce qu'elle ne l'avait pas appelé Pierre Aumande de Guise.

« Je suis venu vous aider dans votre malheur. Si vous voulez bien me suivre, je vous conduirai en un lieu où vous serez en sécurité. »

Elle ne bougea pas.

« Où cela ?

— Un appartement vous a été réservé, et le loyer payé, dans un quartier paisible. Vous disposerez d'une servante. Ce n'est pas très luxueux, mais vous y serez confortablement installée. Venez voir. Vous pourrez y demeurer au moins temporairement. »

De toute évidence, elle hésitait à lui faire confiance. Les Guises détestaient les protestants. Pourquoi se montreraient-ils généreux envers elle ? Au bout d'un long moment, elle comprit qu'elle n'avait pas le choix et céda.

« Laissez-moi le temps de mettre quelques affaires dans un sac.

— Pas de bijoux, avertit le bailli. J'inspecterai votre bagage avant de vous laisser partir. »

Sans répondre, elle tourna les talons et s'éloigna, la tête haute.

Pierre avait du mal à contenir son impatience. Il allait bientôt avoir cette femme à sa botte.

La marquise n'entretenait aucune relation avec les Guises et dans la guerre de religions, elle appartenait au clan ennemi. Mais étrangement, dans l'esprit de Pierre, tous ces gens étaient de la même espèce. Les Guises l'employaient comme conseiller et homme de main mais continuaient à le traiter comme un inférieur. Il était leur serviteur le plus influent et le mieux rétribué, mais restait un serviteur ; toujours convié aux conseils de guerre, jamais à la table familiale. Il ne pouvait pas se venger de cette exclusion. En revanche, il pouvait punir Louise.

Elle revint avec un sac de cuir bien rempli. Fidèle à sa parole, le bailli l'ouvrit et le vida entièrement. Elle y avait mis quantité de luxueux dessous en soie et en coton fin, agrémentés de broderies et de rubans, incitant Pierre à se demander ce qu'elle portait sous sa robe verte.

Avec sa morgue habituelle, elle tendit le sac à Pierre, comme s'il était son domestique.

Il ne protesta pas. La désillusion viendrait en son temps.

Il sortit avec elle. Brocard et Biron attendaient au-dehors avec des chevaux. Ils avaient prévu une monture supplémentaire pour la marquise. Ils quittèrent le domaine du marquis de Nîmes, entrèrent dans Paris par la porte Saint-Jacques et suivirent la rue Saint-Jacques jusqu'au Petit-Pont. Ils traversèrent l'île de la Cité et gagnèrent une modeste maison mitoyenne proche de l'hôtel de Guise. Pierre renvoya Brocard et Biron en leur ordonnant de reconduire les chevaux à l'écurie, avant d'entraîner Louise à l'intérieur.

« Vous êtes au dernier étage.

— Qui d'autre habite ici ? » demanda-t-elle avec inquiétude.

Il lui dit la vérité.

« Un occupant différent à chaque étage. Ils ont tous été au service des Guises par le passé : un précepteur à la retraite, une couturière dont la vue a baissé, une Espagnole qui fait quelques traductions de temps en temps. Tous des gens respectables. »

Et qui ne voulaient surtout pas perdre leur place en déplaisant à Pierre.

Louise parut un peu rassurée.

Ils gravirent l'escalier. Louise arriva en haut tout essoufflée.

« Ces marches vont m'épuiser », déplora-t-elle.

Pierre se réjouit intérieurement. Cela signifiait qu'elle se faisait déjà à l'idée de vivre là.

La servante leur ouvrit en s'inclinant. Pierre fit visiter à Louise le salon, la cuisine, l'office et enfin la chambre. Elle fut agréablement surprise. Pierre lui avait annoncé que l'appartement n'était pas très luxueux. En réalité, il l'avait meublé sans regarder à la dépense : il avait l'intention d'y passer du temps.

Louise était visiblement déconcertée. Celui qu'elle prenait pour son ennemi se montrait étonnamment généreux. Pierre vit à son expression qu'elle se posait mille questions. Parfait.

Quand il ferma la porte de la chambre à coucher, elle commença à comprendre.

« Je me souviens de les avoir admirés », dit-il en posant les mains sur ses seins.

Elle recula.

« Imaginiez-vous que je deviendrais votre maîtresse ? » lâcha-t-elle d'un ton méprisant.

Pierre sourit.

« Vous êtes ma maîtresse, répondit-il en goûtant chaque mot. Retirez votre robe.

— Non.

— Dans ce cas, je vous l'arracherai.

— Je crierai.

— Criez autant que vous voudrez. La servante s'y attend. » »

Il la poussa violemment. Elle tomba à la renverse sur le lit.

« Non, je vous en prie !

— Sans doute avez-vous oublié : "Même en Champagne, on

devrait apprendre aux jeunes gens à se montrer respectueux de leurs supérieurs." Voilà ce que vous m'avez dit, il y a vingt-cinq ans. »

Elle le dévisagea, horrifiée et incrédule.

« Et c'est pour cela que vous voulez m'infliger pareil châtiment ?

— Écartez les jambes. Ce n'est qu'un début. »

*

Il regagna l'hôtel de Guise éprouvant une sensation qui lui était familière au sortir d'un festin : rassasié mais légèrement nauséeux. L'humiliation d'une aristocrate lui avait inspiré un plaisir infini, presque excessif. Il y retournerait, bien sûr, mais attendrait quelques jours. Louise était un mets trop riche pour qu'on en abusât.

En arrivant chez lui, il trouva Rollo Fitzgerald, ou plus exactement Jean Langlais, qui l'attendait dans son salon.

Il en fut agacé. Il avait besoin d'une heure de tranquillité pour se remettre de ce qu'il venait de faire et laisser le temps à son esprit en ébullition de retrouver sa sérénité. Or voilà qu'il lui fallait déjà se replonger dans le travail.

Rollo portait une mallette de toile qu'il ouvrit pour en sortir une liasse de cartes.

« Tous les grands ports des côtes est et sud de l'Angleterre », annonça-t-il fièrement.

Il posa les documents sur le bureau de Pierre.

Pierre les examina. Dessinées par des mains différentes, certaines plus artistiques que d'autres, elles étaient toutes parfaitement claires : mouillages, quais, hauts-fonds y étaient indiqués avec précision.

« Elles sont parfaites, mais elles se sont fait attendre.

— Je sais. J'en suis désolé. L'arrestation de Throckmorton nous a retardés.

— Que va-t-il lui arriver ?

— Il a été convaincu de trahison et condamné à mort.

— Encore un martyr. »

Rollo commenta, d'un ton lourd de sous-entendus :

« J'espère qu'il ne sera pas mort en vain.

— Que voulez-vous dire ?

— Le duc de Guise a-t-il toujours l'intention d'envahir l'Angleterre ?

— Plus que jamais. Il veut voir Marie Stuart sur le trône, comme la plupart des dirigeants européens.

— Tant mieux. La sécurité a été renforcée autour de Marie, mais je trouverai le moyen de rétablir la communication.

— Nous pouvons donc commencer à préparer l'invasion pour l'année prochaine, en 1585 ?

— Certainement. »

Le beau-fils de Pierre entra alors dans la pièce en proclamant :

« Des nouvelles de Picardie. Hercule-François est mort.

— Mon Dieu ! » s'exclama Pierre. Hercule-François était le plus jeune fils du défunt roi Henri et de la reine Catherine. « C'est une catastrophe, expliqua-t-il à Rollo. C'était l'héritier du trône. »

Rollo fronça les sourcils.

« Mais le roi Henri III est en bonne santé. Pourquoi vous inquiéter de son héritier ?

— Henri est le troisième frère à accéder au trône. Les deux précédents sont morts prématurément, et sans enfants. Henri III pourrait fort bien connaître le même sort.

— Maintenant que Hercule-François est mort, qui est le successeur ?

— C'est bien là le malheur. Le roi de Navarre. Et il est protestant.

— La France ne peut pas avoir un roi protestant ! s'indigna Rollo.

— C'est hors de question, en effet. » De plus, le roi de Navarre appartenait à la famille des Bourbons, ennemis héréditaires des Guises, ce qui était une autre bonne raison de le tenir éloigné du trône. « Nous devons demander au pape de rejeter les prétentions du roi de Navarre à la Couronne. »

Pierre réfléchissait tout haut. Le duc Henri devrait convoquer un conseil de guerre avant la fin de la journée et il faudrait que Pierre ait préparé un plan au préalable.

« La guerre civile va reprendre. Le duc de Guise sera à la tête des forces catholiques. Il faut que j'aille le voir immédiatement. »

Il se leva.
Rollo montra ses cartes.
« Et l'invasion de l'Angleterre ?
— L'Angleterre attendra. »

24

Le jour où Marie Stuart fêta ses quarante-trois ans, Alison fit une promenade à cheval avec elle. Leur haleine se changeait en brume dans la fraîcheur matinale et Alison remercia en pensée Garçon, sa monture, pour la chaleur de ses flancs. Elles étaient accompagnées par un escadron d'hommes d'armes. Marie et ses gens s'étaient vu interdire de parler à quiconque en dehors de cette escorte. Si un enfant offrait une pomme à la reine, un soldat la lui arrachait aussitôt.

Elles avaient un nouveau geôlier, sir Amias Paulet, un puritain si rigide que, par comparaison, Walsingham faisait figure de libertin. Paulet était le premier homme qu'Alison découvrait imperméable au charme séducteur de Marie. Lorsque celle-ci lui posait une main sur le bras, lui adressait un sourire radieux ou lui parlait avec légèreté de baisers, de seins ou de lit, il la regardait comme si elle était démente et ne répondait rien.

Paulet lisait toutes les lettres qu'elle recevait et ne s'en cachait pas : il les lui donnait ouvertes sans s'en excuser. Si elle était autorisée à écrire à ses parents et à ses amis, en France comme en Écosse, il lui était naturellement impossible dans de telles conditions d'évoquer une invasion de l'Angleterre, une expédition destinée à la délivrer, l'exécution d'Élisabeth ou sa propre accession au trône.

Cette chevauchée revigora Alison mais, lorsqu'elles reprirent le chemin de leur demeure, elle retrouva la mélancolie qui lui était familière. C'était le vingtième anniversaire que Marie fêtait en captivité. Alison, âgée désormais de quarante-cinq ans, les avait tous célébrés en sa compagnie, espérant chaque fois que ce serait le dernier derrière les barreaux. Elle avait l'impression qu'elles avaient passé leur vie entière à attendre et à espérer. Que de longues et horribles années depuis le temps où elles étaient les jeunes filles les mieux habillées de Paris !

Le fils de Marie, âgé désormais de vingt et un ans, était devenu roi d'Écosse sous le nom de Jacques VI. Elle ne l'avait pas vu depuis qu'il avait un an. Sa mère ne semblait lui inspirer aucun intérêt et il ne faisait rien pour l'aider ; d'un autre côté, pourquoi s'en serait-il soucié ? Il ne la connaissait pas. Marie était furieuse contre la reine Élisabeth, qui l'avait tenue à distance de son fils unique pendant presque toute la vie de celui-ci.

Elles approchaient de leur prison du moment. Le manoir de Chartley possédait des douves et des remparts, mais c'était une demeure plutôt qu'un château, une maison à colombages pourvue de nombreuses cheminées accueillantes et de rangées de fenêtres qui laissaient entrer la lumière à flots. Elle n'était pas tout à fait assez vaste pour loger l'entourage de Marie et la famille Paulet, aussi les hommes d'armes étaient-ils hébergés dans des habitations voisines. Mais si Marie et Alison ne se sentaient pas entourées constamment de gardes, le lieu n'en était pas moins une prison.

Les cavaliers passèrent le pont qui franchissait les douves, entrèrent dans la grande cour et firent halte près du puits qui en occupait le centre. Alison mit pied à terre et laissa Garçon boire dans l'abreuvoir. La charrette d'un brasseur était garée dans un coin et des hommes robustes faisaient rouler des tonneaux de bière vers les appartements de la reine en passant par les cuisines. Alison remarqua un petit groupe de femmes près de la porte principale. Elle reconnut lady Margaret Paulet et quelques-unes de ses servantes, massées autour d'un homme au manteau taché de boue. Lady Margaret était plus aimable que son époux et Alison traversa la cour pour voir ce qui se passait.

L'homme au centre du petit groupe tenait une sacoche ouverte contenant des rubans, des boutons et des colifichets. Marie vint se placer derrière Alison. Les femmes examinaient les articles, en demandaient le prix et échangeaient des commentaires animés sur ceux qu'elles préféraient. L'une d'elles demanda malicieusement :

« Avez-vous des philtres d'amour ? »

C'était une invitation à badiner, car nombre de colporteurs n'avaient pas leur pareil pour charmer leurs clientes, mais celui-ci parut gêné et marmonna quelque chose à propos de la supériorité des rubans sur les philtres.

Sir Amias Paulet apparut sur le seuil de la porte d'entrée et s'approcha pour voir de quoi il retournait. Âgé d'une cinquantaine d'années, il n'avait plus qu'une frange de cheveux gris autour du crâne et arborait une moustache rousse et broussailleuse.

« Qu'est-ce donc que cela ? » demanda-t-il.

Lady Margaret afficha une mine coupable.

« Oh ! ce n'est rien », répondit-elle.

Paulet s'adressa au colporteur :

« Lady Margaret ne s'intéresse pas aux fanfreluches. » Margaret et ses servantes s'éloignèrent à contrecœur, et Paulet ajouta avec dédain :

« Montrez-les à la reine écossaise. De telles futilités sont davantage à son goût. »

Marie et ses compagnes de captivité laissèrent passer cette impudence, dont il était coutumier. Elles avaient grand besoin de distraction et se massèrent bientôt autour du colporteur, remplaçant les domestiques déçues des Paulet.

À cet instant, Alison observa l'homme de plus près et étouffa un hoquet en le reconnaissant. Il avait des cheveux rares et une épaisse barbe roussâtre. C'était l'individu qui l'avait abordée dans le parc du château de Sheffield ; il s'appelait Jean Langlais.

Elle se tourna vers Marie et se rappela que la reine ne l'avait jamais vu. Alison était la seule à qui il ait parlé. Un frisson d'espoir et d'excitation la parcourut. De toute évidence, il était venu là pour la revoir.

Elle éprouva aussi une étincelle de désir. Depuis leur rencontre dans le parc, elle avait cultivé un vague songe dans lequel elle l'épousait et où ils devenaient le couple le plus en vue de la cour de Marie désormais reine d'une Angleterre catholique. Il était ridicule, elle le savait, d'entretenir de telles pensées à propos d'un homme qu'elle n'avait vu que quelques minutes, mais une captive était peut-être en droit de se laisser aller à des rêves absurdes.

Elle devait entraîner Langlais loin de cette cour ouverte à tous, en un lieu où il pourrait cesser de passer pour un marchand de fanfreluches et parler en toute franchise.

« J'ai froid, dit-elle. Rentrons.

— Notre promenade m'a bien réchauffée, objecta Marie.

— Je vous en prie, madame, s'obstina Alison, n'oubliez pas que vous avez les poumons fragiles, mettons-nous à l'abri. »

Marie parut s'offusquer de son insistance ; puis elle perçut sans doute l'urgence de son ton, car elle haussa un sourcil interrogateur avant de la regarder dans les yeux. Remarquant l'intensité de son regard, elle dit :

« Réflexion faite, oui, rentrons. »

Elles conduisirent Langlais dans les appartements privés de Marie et Alison congédia toutes les servantes. Puis elle annonça en français :

« Votre Majesté, voici Jean Langlais, le messager du duc de Guise. »

Marie s'anima.

« Que souhaite me dire le duc ?

— La crise est passée », répondit l'homme, s'exprimant en français avec un accent anglais. « L'édit de Nemours est signé et le protestantisme à nouveau illégal en France. »

Marie agita la main en signe d'impatience.

« Ce n'est pas une nouvelle. »

Sans se laisser démonter par l'attitude de la reine, Langlais poursuivit sans broncher :

« Cet édit est un triomphe pour l'Église, pour le duc de Guise et pour le reste de la famille française de Votre Majesté.

— Oui, je le sais.

— Ce qui signifie que votre cousin, le duc Henri, est en mesure de relancer le projet qu'il rêve de réaliser depuis si longtemps : faire monter Votre Majesté sur le trône d'Angleterre, qui lui revient légitimement. »

Alison hésitait à se réjouir. Elle n'avait que trop souvent triomphé avant l'heure. Néanmoins, son cœur fit un bond, pris d'un soudain espoir. Elle vit le visage de Marie s'illuminer.

« Une nouvelle fois, notre priorité est de renforcer les communications entre le duc et Votre Majesté, reprit Langlais. J'ai choisi un jeune Anglais, un bon catholique, qui nous servira de courrier. Mais nous devons trouver le moyen de faire entrer et sortir des messages d'ici sans que Paulet les lise.

— Nous y sommes déjà parvenues, intervint Alison, mais la chose est chaque fois plus difficile. Nous ne pouvons plus passer par les lingères. Walsingham a éventé cette ruse. »

Langlais acquiesça.

« Throckmorton a sans doute trahi votre secret avant de mourir. »

Alison fut surprise par la froideur avec laquelle il évoquait le martyre de sir Francis Throckmorton. Elle se demanda combien de ses frères en conspiration avaient subi la torture et la peine capitale.

Chassant cette pensée de son esprit, elle reprit :

« Quoi qu'il en soit, Paulet nous interdit de faire laver notre linge à l'extérieur. Les domestiques de la reine sont contraintes de faire la lessive dans les douves.

— Il faut trouver un autre stratagème, convint Langlais.

— Personne de notre entourage ne peut nouer librement le moindre contact avec le monde extérieur, ajouta Alison d'un air sombre. Je suis fort surprise que Paulet ne vous ait pas jeté dehors.

— J'ai remarqué qu'on vous livrait des tonneaux de bière.

— Ah ! fit Alison. C'est une idée. Vous avez l'esprit vif.

— D'où viennent-ils ?

— De la Tête de Lion, une auberge de Burton, la ville la plus proche.

— Paulet les inspecte-t-il ?

— Vous voulez savoir s'il regarde à l'intérieur des tonneaux ? Non.

— Bien.

— Mais comment pourrions-nous glisser des lettres dans une barrique ? Le papier prendrait l'humidité et l'encre se diluerait...

— Et en les introduisant dans des bouteilles scellées ? »

Alison acquiesça lentement.

« Et nous ferions de même avec les réponses de la reine.

— Il suffirait de les placer dans les mêmes bouteilles et de sceller à nouveau celles-ci – vous avez sûrement de la cire.

— Elles feraient du bruit en roulant dans les tonneaux vides. Quelqu'un s'en inquiéterait forcément.

— On peut trouver le moyen de prévenir cela. Remplir le tonneau de paille, par exemple. Ou envelopper la bouteille de chiffons et les clouer au bois afin qu'elle ne bouge pas. »

Alison était de plus en plus excitée.

« Nous trouverons quelque chose. Mais il nous faudrait obtenir la coopération du brasseur.

— C'est vrai, acquiesça Langlais. Je m'en occupe. »

*

Gilbert Gifford avait l'air innocent, mais il ne fallait pas s'y fier, se dit Ned Willard. Il paraissait plus jeune que ses vingt-quatre ans : il n'avait encore qu'une ombre de barbe et de moustache, et sans doute ne s'était-il jamais rasé de sa vie. Mais Alain de Guise avait fait savoir à Sylvie, dans une lettre transmise par l'ambassade d'Angleterre à Paris, que Gifford avait récemment rencontré Pierre Aumande. De l'avis de Ned, Gifford était un dangereux agent des ennemis de la reine Élisabeth.

Il se conduisait pourtant comme un naïf. En décembre 1585, il avait traversé la Manche depuis la France pour débarquer à Rye. Bien entendu, il ne disposait pas de l'autorisation royale indispensable à un Anglais pour voyager à l'étranger, aussi avait-il tenté de graisser la patte au capitaine de port. Autrefois, il se serait tiré d'affaire sans peine, mais les temps avaient changé. Tout officier qui laissait entrer en Angleterre une personne suspecte était passible de la peine de mort, en théorie du moins. Le capitaine de port avait arrêté Gifford et Ned avait ordonné qu'il fût conduit à Londres pour y être interrogé.

Ned réfléchissait à cette énigme tandis que Walsingham et lui faisaient face à Gifford de part et d'autre d'un bureau dans la maison de Seething Lane.

« Comment avez-vous pu croire un instant que vous vous en tireriez ? s'étonna Walsingham. Votre père est un catholique notoire. La reine Élisabeth l'a traité avec indulgence, allant jusqu'à le nommer shérif du Staffordshire… ce qui ne l'a pas empêché de refuser d'assister à un office religieux alors que la reine en personne se trouvait dans son église paroissiale ! »

Gifford paraissait à peine inquiet, alors qu'il avait affaire à un interrogateur qui avait déjà envoyé maints catholiques à la mort. Ned devina qu'il n'avait aucune idée de la gravité de sa situation.

« Je sais, j'ai eu tort de quitter l'Angleterre sans permission, reconnut-il avec nonchalance, comme s'il ne s'agissait que d'une peccadille. Rappelez-vous, je vous prie, que je n'avais alors que dix-neuf ans. » Il esquissa un sourire complice. « N'avez-vous jamais fait de folie dans votre jeunesse, messire ? »

Walsingham ne lui rendit pas son sourire.

« Non », répondit-il d'une voix impassible.

Ned faillit s'esclaffer. C'était probablement la vérité. Il demanda au suspect :

« Pourquoi êtes-vous revenu en Angleterre ? Quel est le but de votre voyage ?

— Cela fait près de cinq ans que je n'ai pas vu mon père.

— Pourquoi maintenant ? insista Ned. Pourquoi pas l'année dernière, ou l'année prochaine ? »

Gifford haussa les épaules.

« Ce moment en valait bien un autre. »

Ned passa à un autre sujet.

« Où avez-vous l'intention de loger à Londres, si on ne vous enferme pas dans la Tour ?

— À l'enseigne de la Charrue. »

L'auberge de la Charrue, située à l'ouest de la ville, derrière Temple Bar, était fréquentée par des visiteurs catholiques. Le premier valet d'écurie était à la solde de Walsingham et lui rapportait fidèlement toutes les allées et venues.

« Où comptez-vous aller ensuite ? demanda Ned.

— À Chillington, bien sûr. »

Chillington Hall était la résidence de Gifford père dans le Staffordshire. Elle se trouvait à une demi-journée de cheval de Chartley, où Marie Stuart était alors emprisonnée. Était-ce une coïncidence ? Ned ne croyait pas aux coïncidences.

« Quand avez-vous vu le prêtre Jean Langlais pour la dernière fois ? »

Gifford ne répondit pas.

Ned lui laissa un peu de temps. Il tenait absolument à en savoir plus sur cet énigmatique personnage. Sylvie avait brièvement vu Langlais à Paris, en 1572, et ne savait rien de lui hormis qu'il était anglais. Nath et Alain l'avaient croisé à quelques reprises au cours des années suivantes, et ils le décrivaient comme un homme légèrement plus grand que la moyenne, avec une barbe roussâtre et des cheveux rares, qui parlait couramment français, comme quelqu'un qui l'a longtemps pratiqué, mais avec un fort accent anglais. Deux des prêtres clandestins interrogés par Ned l'avaient désigné comme l'organisateur de leur entrée illicite en Angleterre. C'était tout. Nul ne connaissait son véritable nom, ni la région d'où il était originaire.

« Alors ? fit Ned.

— J'ai beau réfléchir, je puis vous assurer que je ne connais personne qui s'appelle ainsi.

— Je pense que j'en ai assez entendu », déclara Walsingham.

Ned se dirigea vers la porte et appela un domestique.

« Conduisez M. Gifford au petit salon et restez avec lui, je vous prie. »

Gifford sortit et Walsingham demanda :

« Qu'en pensez-vous ?

— Il ment.

— Je suis de votre avis. Alertez nos agents et dites-leur de l'avoir à l'œil.

— Très bien, approuva Ned. Peut-être est-il temps que j'aille faire un tour à Chartley. »

*

Alison jugea sir Ned Willard d'une amabilité exaspérante durant la semaine qu'il passa au manoir de Chartley. Il était courtois et charmant même quand il accomplissait les plus viles besognes. Lorsqu'elle regardait par la fenêtre de bon matin, il était dans la cour, assis près du puits, mangeant un quignon de pain et observant les va-et-vient d'un œil auquel rien n'échappait. Il ne frappait jamais à la porte. Il entrait dans toutes les chambres, celles des hommes comme celles des femmes, en disant poliment : « J'espère que je ne vous dérange pas. » Si vous lui répondiez que si, il annonçait d'un air contrit, « Je n'en ai que pour une minute », puis restait aussi longtemps que cela lui chantait. S'il vous trouvait en train d'écrire une lettre, il la lisait par-dessus votre épaule. Il surgissait lors des repas de la reine Marie et de ses gens et écoutait leurs conversations. Il ne servait à rien de parler français, car il maîtrisait parfaitement cette langue. À la première protestation, il déclarait :

« Je suis navré, mais vous savez que les prisonniers n'ont droit à aucune intimité. »

Toutes les femmes trouvaient ce quadragénaire séduisant et l'une d'elles avoua qu'elle se promenait nue dans sa chambre dans l'espoir qu'il y entrerait.

Sa méticulosité était d'autant plus agaçante que cela faisait quelques semaines que Marie avait commencé à recevoir des lettres dissimulées dans les tonneaux de la Tête de Lion, à Burton ; depuis l'arrestation de Throckmorton, plus d'un an auparavant, les missives secrètes s'étaient en effet accumulées à l'ambassade de France à Londres. Marie et son secrétaire, le fidèle Claude Nau, travaillaient jour après jour sur cette masse de courrier, renouant les relations secrètes de Marie avec de puissants soutiens en Écosse, en France, en Espagne et à Rome. C'était une tâche importante. Comme le savaient Alison et Marie, les gens oublient facilement un héros dès qu'il est loin des yeux. À présent, les cours d'Europe se voyaient rappeler sans ambiguïté que Marie était bien vivante et prête à monter sur le trône qui lui revenait de droit.

L'arrivée de sir Ned Willard avait mis fin à toute cette activité. On ne pouvait plus écrire de lettres, et encore moins les chiffrer, de crainte qu'il ne mette la main sur un brouillon révélateur. Plusieurs missives se trouvaient déjà dans des bouteilles scellées, à l'intérieur d'un tonneau vide prêt à être chargé sur la charrette de la Tête de Lion. Alison et Marie discutèrent longuement de ce qu'il convenait d'en faire. Concluant qu'elles risquaient d'attirer l'attention sur le tonneau si elles l'ouvraient pour reprendre les bouteilles, elles le laissèrent tel quel ; mais, pour la même raison, elles n'y ajoutèrent pas de nouveaux documents.

Alison priait le ciel que Ned soit reparti avant la prochaine livraison de bière. C'était en voyant les barriques que celui qui se faisait appeler Jean Langlais avait envisagé de dissimuler des messages dedans ; Ned ne risquait-il pas d'avoir la même idée, tout aussi promptement ? Sa prière ne fut pas exaucée.

Alison et Marie étaient à la fenêtre, épiant Ned dans la cour, lorsque la lourde charrette arriva, chargée de trois tonneaux de vingt setiers.

« Allez lui parler, dit Marie d'une voix précipitée. Essayez de le distraire. »

Alison descendit en hâte et s'approcha de Ned.

« Alors, messire, dit-elle d'un ton anodin, êtes-vous satisfait des dispositions prises par sir Amias Paulet ?

— Il est bien plus rigoureux que le comte de Shrewsbury. »

Alison partit d'un rire cristallin.

« Je n'oublierai jamais le jour où vous avez surgi en plein déjeuner au château de Sheffield, dit-elle. On aurait cru un ange vengeur. Vous étiez terrifiant ! »

Ned sourit, mais Alison vit qu'il n'était pas dupe. Il savait qu'elle badinait. Cela ne paraissait pas le troubler, mais elle était sûre qu'il ne croyait pas à ses flatteries.

« C'était la troisième fois que je vous rencontrais, reprit-elle, mais je ne vous avais jamais vu dans cet état. Pourquoi étiez-vous aussi furieux, du reste ? »

Il ne lui répondit pas tout de suite. Il observait les livreurs qui déchargeaient les tonneaux pleins de bière de la charrette avant de les faire rouler vers les appartements de Marie. Alison avait le cœur qui battait à tout rompre : ces tonneaux contenaient certainement des messages secrets compromettants émanant des ennemis de la reine Élisabeth. Il suffisait à Ned d'interrompre ces hommes, avec la détermination polie qui lui était coutumière, et d'exiger qu'ils ouvrent les tonneaux afin qu'il en examine le contenu. Leur ruse serait alors éventée et un nouveau conspirateur serait torturé et exécuté.

Mais Ned ne réagit pas. Son visage séduisant n'affichait pas plus d'émotion que lors de la livraison de charbon. Se tournant à nouveau vers elle, il demanda :

« Puis-je vous répondre par une question ?

— Bien sûr.

— Pourquoi êtes-vous ici ?

— Que voulez-vous dire ?

— Marie Stuart est prisonnière, mais pas vous. Vous ne représentez aucune menace pour la couronne d'Angleterre. Vous n'avez aucune prétention sur le trône d'Angleterre, aucun parent puissant à la cour du roi de France. Vous n'adressez pas de lettres au pape ni au roi d'Espagne. Si vous décidiez de quitter le manoir de Chartley, nul ne vous en empêcherait. Pourquoi restez-vous ici ? »

C'était une question qu'elle-même se posait parfois.

« La reine Marie et moi vivons ensemble depuis notre enfance, expliqua-t-elle. Je suis son aînée de quelques années et me suis beaucoup occupée d'elle quand elle était petite. Puis elle a grandi, elle est devenue une belle femme, pleine de charme, et, d'une certaine façon, je suis tombée amoureuse d'elle. Je me suis mariée à notre retour en Écosse, mais mon époux est mort peu après nos noces. Il m'a semblé que ma destinée était de servir la reine Marie.

— Je comprends.

— Vraiment ? »

Du coin de l'œil, Alison vit les livreurs ressortir avec les barriques vides – dont celle qui contenait les messages secrets dans leurs bouteilles – et les charger sur la charrette. Cette fois encore, il suffisait à Ned d'en donner l'ordre et on les ouvrirait, révélant leur secret. Mais Ned ne fit pas mine de parler aux livreurs.

« Oui, je comprends, reprit-il, car j'éprouve les mêmes sentiments pour la reine Élisabeth. Voilà pourquoi je me suis mis en colère en constatant que le comte de Shrewsbury avait failli à son devoir. »

Les employés de la brasserie allèrent dîner à la cuisine avant de se remettre en route. La crise était passée. Alison respira plus librement.

« Il est temps que je parte, annonça Ned. Je dois retourner à Londres. Au revoir, lady Ross. »

Alison ignorait qu'il fût sur le départ.

« Au revoir, messire », dit-elle.

Il entra dans la maison.

Alison retourna auprès de la reine Marie. Ensemble, elles se postèrent à la fenêtre. Ned ressortit avec une paire de sacoches contenant sans doute ses maigres effets. Il échangea quelques mots avec le palefrenier qui lui amena son cheval.

Il avait disparu avant que les livreurs aient fini leur repas.

« Quel soulagement ! soupira la reine Marie. Dieu merci.

— Oui, fit Alison. Il semblerait que nous soyons tirées d'affaire. »

*

Au lieu de se rendre à Londres, Ned s'arrêta à Burton et prit une chambre à la Tête de Lion.

Après avoir envoyé son cheval à l'écurie et défait ses bagages, il explora l'auberge. Une buvette ouvrait sur la rue. Une porte cochère voûtée conduisait à une cour, avec des écuries d'un côté et des chambres de l'autre. Le fond en était occupé par une brasserie, et une odeur de levure flottait dans l'air. C'était une affaire qui tournait bien : l'auberge était bondée, les voyageurs ne cessaient d'arriver et de repartir, les charrettes d'entrer et de sortir de la cour.

Ned remarqua que les tonneaux vides descendus des charrettes étaient roulés dans un coin, où un garçon retirait leurs couvercles pour nettoyer l'intérieur à l'eau et à la brosse à récurer puis les rangeait en les retournant pour les faire sécher.

Le propriétaire était un colosse qui, à en juger par son ventre, consommait une bonne partie de sa production. Ned entendit quelqu'un l'appeler Hal. Il était toujours sur la brèche, allant de la brasserie aux écuries, houspillant ses employés et leur hurlant des ordres.

Lorsque Ned se fut fait une bonne idée des lieux, il s'assit sur un banc dans la cour avec une chope et attendit. Comme tout le monde s'affairait, nul ne lui prêta attention.

Il était presque certain que les messages entraient et sortaient de Chartley dans les tonneaux. Durant la semaine écoulée, il avait observé toutes les activités du manoir et c'était la seule possibilité qu'il eût décelée. Lors de la livraison du jour, la présence d'Alison l'avait légèrement distrait. Qu'elle ait choisi ce moment précis pour venir bavarder avec lui était peut-être une coïncidence. Mais Ned ne croyait pas aux coïncidences.

Les livreurs, estimait-il, mettraient plus de temps que lui pour revenir de Chartley, car son cheval était frais et leurs animaux de trait fatigués. Le soir commençait en effet à tomber quand la charrette entra dans la cour de la Tête de Lion. Ned ne bougea pas et observa. L'un des hommes disparut et revint avec Hal tandis que les autres déharnachaient l'attelage. Puis ils firent rouler les tonneaux vers le garçon qui les attendait avec sa brosse à récurer.

Hal le regarda retirer les couvercles avec un pied-de-biche. Adossé au mur, il semblait indifférent. Peut-être l'était-il. Plus probablement, il avait estimé que s'il ouvrait les tonneaux en cachette, ses employés se douteraient qu'il menait quelque entreprise criminelle, alors que s'il feignait la nonchalance, ils ne soupçonneraient rien.

Une fois les couvercles ôtés, Hal regarda à l'intérieur de chaque tonneau. Il se pencha au-dessus de l'un deux et en retira deux objets en forme de bouteille enveloppés dans des chiffons et attachés avec une ficelle.

Ned se laissa aller à pousser un soupir de satisfaction.

Hal fit un signe de tête au garçon, puis traversa la cour pour gagner une porte que Ned ne l'avait pas encore vu emprunter. Il s'empressa de le suivre.

La porte donnait sur une succession de pièces qui constituait apparemment le logis de l'aubergiste. Ned traversa un salon et entra dans une chambre. Hal se tenait devant un placard ouvert, où il s'apprêtait de toute évidence à ranger les deux objets sortis du tonneau. Entendant le plancher grincer sous les pas de Ned, il se retourna et lança d'une voix furieuse :

« Sortez d'ici, vous êtes dans un appartement privé ! »

Ned lui dit tout bas :

« Jamais vous n'avez été aussi près de la corde. »

L'expression d'Hal s'altéra aussitôt. Il pâlit et sa mâchoire tomba. Il était atterré et terrifié. La transformation était saisissante chez un fier-à-bras de sa carrure, et Ned en déduisit que Hal – contrairement à la pauvre Peg Bradford – savait fort bien quel crime il commettait. Après une longue hésitation, il demanda d'une voix apeurée :

« Qui êtes-vous ?

— Le seul homme en ce monde qui puisse vous sauver de la potence.

— Oh ! que Dieu me garde.

— Peut-être le fera-t-Il si vous acceptez de m'aider.

— Que dois-je faire ?

— Me dire qui vient chercher les bouteilles de Chartley et vous en apporter de nouvelles à livrer là-bas.

— Je ne connais pas son nom – en toute honnêteté ! Je vous le jure !

— Quand doit-il revenir ?

— Je l'ignore – il arrive toujours sans se faire annoncer et ses visites n'ont rien de régulier. »

Rien d'étonnant, songea Ned. *C'est un homme prudent.*

« Ô mon Dieu, gémit Hal, j'ai été bien stupide.

— Je ne vous le fais pas dire. Pourquoi avez-vous agi ainsi ? Êtes-vous catholique ?

— Je pratique la religion qu'on me dit de pratiquer.

— L'appât du gain, alors.

— Que Dieu me pardonne.

— Il a pardonné pis que cela. Maintenant, écoutez-moi bien. Tout ce que vous avez à faire, c'est continuer comme avant. Donnez les bouteilles au messager, prenez celles qu'il vous apporte, envoyez-les à Chartley et rapportez les réponses, comme vous l'avez fait jusqu'ici. Ne parlez de moi à personne, où que vous alliez.

— Je ne comprends pas.

— Vous n'avez pas besoin de comprendre. Contentez-vous d'oublier notre rencontre. Est-ce clair ?

— Oui, et je vous remercie de votre miséricorde. »

Tu ne la mérites pas, traître cupide, songea Ned.

« Je resterai ici jusqu'au retour du messager, annonça-t-il, dussé-je attendre longtemps. »

Il arriva deux jours plus tard. Ned le reconnut immédiatement.

C'était Gilbert Gifford.

*

Recruter des hommes pour un complot destiné à assassiner la reine était une tâche dangereuse. Rollo devait se montrer très prudent. S'il choisissait mal, il risquait les pires ennuis.

Il avait appris à chercher un éclat particulier dans leurs yeux. Un éclat traduisant tout à la fois la noblesse du mobile et un profond désintérêt pour les conséquences. Si ce n'était pas de la folie, c'était au moins de l'irrationalité. Rollo se demandait parfois si son propre regard ne contenait pas cet éclat-là. Il ne le pensait pas : sa prudence frisait l'obsession. Peut-être l'avait-il eu dans sa jeunesse, mais il l'avait sans nul doute perdu, autrement, on l'aurait depuis longtemps pendu, traîné sur une claie jusqu'à la potence et écartelé, comme Francis Throckmorton, et comme tous les autres jeunes catholiques idéalistes qui s'étaient fait prendre par Ned Willard. Auquel cas, il les aurait rejoints au paradis ; mais il n'appartenait pas à l'homme de choisir l'heure de ce voyage.

Rollo estimait qu'Anthony Babington avait cet éclat.

Cela faisait trois semaines qu'il l'observait, de loin seulement. Il ne lui avait pas encore parlé. Il n'était même pas entré dans les maisons et les tavernes où Babington avait ses habitudes, car il les savait surveillées par les espions de Ned Willard. Il n'approchait Babington que dans des lieux peu fréquentés par les catholiques, et au sein d'assemblées si nombreuses qu'une personne de plus passait inaperçue : sur les terrains de boulingrin, autour d'un combat de coqs ou d'ours et de chiens, ou encore parmi les spectateurs d'une exécution publique. Mais il ne pouvait prendre indéfiniment de telles précautions. Le moment était venu de risquer sa tête.

Babington était un jeune homme du Derbyshire, membre d'une famille catholique qui hébergeait l'un des prêtres clandestins de Rollo. Il connaissait Marie Stuart ; dans son enfance, il avait été page dans la maisonnée du comte de Shrewsbury, du temps où celui-ci était le geôlier de la reine, et le petit garçon avait succombé au charme de la belle prisonnière. Cela suffisait-il ? Il n'y avait qu'un moyen de s'en assurer.

Rollo finit par l'aborder lors d'un combat de taureaux et de chiens qui se déroulait aux Paris Gardens de Southwark, au sud de la Tamise. L'entrée coûtait un penny, mais Babington paya deux pence pour pouvoir prendre place dans la galerie, à l'écart de l'odeur et de l'agitation des gens du commun qui se pressaient à l'étage inférieur.

Le taureau était attaché à un pieu au milieu d'une arène mais pour le reste, il était libre de ses mouvements. On amena six grands chiens de chasse qui se jetèrent aussitôt sur lui, cherchant à lui mordre les pattes. Le taureau était d'une agilité remarquable, il ne cessait de tourner la tête pour donner des coups de cornes. Les molosses ne parvenaient pas toujours à les esquiver. Les plus heureux n'étaient que projetés dans les airs ; les autres se retrouvaient empalés à une corne puis secoués mortellement. Une odeur de sang saturait l'air.

Le public ne cessait de hurler et d'encourager les combattants. Les paris allaient bon train : le taureau réussirait-il à tuer tous les chiens avant de succomber à ses blessures ?

Tous les regards étaient fixés sur l'arène.

Comme toujours, Rollo commença par faire savoir à sa cible qu'il était un prêtre catholique.

« Soyez béni, mon fils », murmura-t-il à Babington et, lorsque celui-ci lui adressa un regard étonné, il lui montra prestement sa croix en or.

Babington fut tout à la fois médusé et enthousiaste.

« Qui êtes-vous ?

— Jean Langlais.

— Que voulez-vous ?

— L'heure de Marie Stuart est arrivée. »

Babington écarquilla les yeux.

« Que voulez-vous dire ? »

Il le savait parfaitement, songea Rollo. Il reprit :

« Le duc de Guise est prêt ; il a levé une armée de soixante mille hommes. » C'était une exagération – le duc n'était pas prêt, et peut-être n'aurait-il jamais autant de soldats –, mais il fallait inspirer la confiance. « Le duc possède les cartes de tous les grands ports du Sud et de l'Est où ses forces sont susceptibles de débarquer. Il possède aussi une liste de nobles catholiques loyaux – votre beau-père est du nombre –, sur qui on peut compter pour se rallier aux envahisseurs et lutter pour la restauration de la vraie foi. »

Ce point-là était exact.

« Est-ce possible ? demanda Babington, qui ne demandait qu'à y croire.

— Il ne nous manque qu'une chose et nous avons besoin d'un homme valeureux pour y remédier.

— Continuez.

— Un catholique de haute naissance, à la foi inébranlable, doit rassembler un groupe d'amis de la même trempe et libérer la reine Marie à l'instant crucial. C'est vous, Anthony Babington, qui avez été choisi pour être cet homme. »

Rollo se détourna de Babington pour lui donner le temps d'assimiler l'information. Dans l'arène, on avait évacué le taureau et les chiens, morts ou mourants. Le point culminant de cet après-midi de divertissements allait débuter. On fit entrer un vieux cheval que chevauchait un singe. Les spectateurs lancèrent des vivats : c'était leur attraction préférée. On lâcha six jeunes chiens. Ils attaquèrent le cheval, qui tenta désespérément d'échapper à leurs crocs ; mais ils bondirent aussi vers le singe, qui semblait les exciter davantage. Sous les rires de la foule, le singe, fou de terreur, s'efforçait frénétiquement d'éviter leurs morsures, sautant d'une extrémité du cheval à l'autre et cherchant même à se jucher sur sa tête.

Rollo se retourna vers Babington. Il avait totalement oublié le spectacle. Il rayonnait de fierté, d'exaltation et de peur. Rollo lisait sans peine dans ses pensées. Il avait vingt-trois ans et son heure de gloire était venue.

« La reine Marie est détenue au manoir de Chartley, dans le Staffordshire, reprit alors Rollo. Vous irez là-bas en reconnaissance – mais ne tentez pas de lui parler de peur d'attirer l'attention. Lorsque vos plans seront arrêtés, vous lui écrirez pour lui en exposer les détails, et vous me confierez votre lettre. J'ai un moyen de lui transmettre des messages secrètement. »

Le feu de son exceptionnelle destinée illuminait les yeux de Babington.

« Je le ferai, déclara-t-il. Et avec joie. »

Dans l'arène, le cheval s'effondra et les chiens se ruèrent sur le singe pour le dépecer.

Rollo serra la main de Babington.

« Comment ferai-je pour vous retrouver ? demanda celui-ci.

— N'entreprenez rien, répondit Rollo. C'est moi qui me mettrai en relation avec vous. »

*

Ned conduisit Gifford à la Tour de Londres, son bras droit attaché au poignet gauche d'un garde.

« C'est ici que les traîtres sont soumis à la question », annonça Ned d'un ton anodin tandis qu'ils montaient l'escalier de pierre.

Gifford avait l'air terrifié. Ils entrèrent dans une petite salle où se trouvaient une table à écrire et un âtre, vide durant l'été. Ils s'assirent de part et d'autre de la table, Gifford toujours lié au garde qui se tenait derrière lui.

Dans la salle voisine, un homme hurla.

Gifford pâlit.

« Qui est-ce ? s'inquiéta-t-il.

— Un traître nommé Launcelot, répondit Ned. Il avait le projet de tirer sur la reine Élisabeth pendant sa promenade à cheval dans Saint James's Park. Il a exposé ce complot meurtrier à un autre catholique qui se trouvait être un loyal sujet de la reine. » Ainsi qu'un agent de Ned. « Nous pensons que Launcelot est un dément œuvrant en solitaire, mais sir Francis Walsingham tient à s'en assurer. »

Le visage lisse et juvénile de Gifford était livide et ses mains tremblaient.

« Si vous ne voulez pas partager les souffrances de Launcelot, il vous suffit de coopérer, reprit Ned. Rien de plus facile.

— Jamais, refusa Gifford, mais sa voix manquait d'assurance.

— Après avoir récupéré les lettres à l'ambassade de France, vous me les apporterez pour que j'en fasse des copies avant de les porter à Chartley.

— Vous ne pourrez pas les lire. Je ne le peux pas non plus. Elles sont codées.

— C'est mon affaire. »

Ned disposait d'un décrypteur de génie nommé Phelippes.

« La reine Marie verra que les sceaux ont été brisés et saura ce que j'ai fait.

— Les sceaux seront restaurés. » Phelippes se doublait d'un faussaire de talent. « Personne n'y verra rien. »

Gifford était ébranlé par ces révélations. Il n'avait pas imaginé la qualité et la complexité du service secret de la reine Élisabeth. Ainsi que Ned l'avait soupçonné, Gifford n'avait aucune idée des forces qu'il affrontait.

« Vous agirez de même quand vous relèverez les lettres de Chartley, poursuivit Ned. Vous me les confierez et je les ferai copier avant que vous les apportiez à l'ambassade de France.

— Jamais je ne trahirai la reine Marie. »

Launcelot poussa un nouveau hurlement, qui s'estompa, cédant la place à des sanglots et à des supplications.

« Vous avez de la chance », déclara Ned à Gifford.

Gifford renifla, incrédule.

« Si, si, croyez-moi, renchérit Ned. Vous ne savez pas grand-chose, voyez-vous. Vous ne connaissez même pas le nom de l'homme qui vous a recruté à Paris. »

Gifford ne dit rien, mais Ned devina à son expression qu'il en savait davantage.

« Il se fait appeler Jean Langlais », poursuivit Ned.

Peu doué pour dissimuler ses émotions, Gifford laissa transparaître sa surprise.

« C'est évidemment un pseudonyme, mais c'est le seul qu'il vous ait donné. »

L'étendue des connaissances de Ned accabla à nouveau Gifford.

« Vous avez de la chance, parce que vous pouvez m'être utile, et que si vous faites ce que l'on vous dit, vous ne serez pas soumis à la question.

— Je refuse. »

Launcelot glapit comme un damné.

Gifford tourna la tête et vomit sur les dalles de pierre. Une odeur âcre emplit la petite pièce.

Ned se leva.

« J'ai pris des dispositions pour que vous soyez torturé cet après-midi. Je reviendrai vous voir demain. Vous aurez sûrement changé d'avis. »

Launcelot se mit à pleurer :

« Non, non, par pitié, arrêtez. »

Gifford s'essuya la bouche et murmura :

« Je le ferai.

— Je ne vous entends pas bien », insista Ned.

Gifford éleva la voix.

« Je le ferai, que Dieu vous damne !

— Bien », approuva Ned. Il se tourna vers le garde. « Détachez-le. Laissez-le partir. »

Gifford n'en croyait pas ses oreilles.

« Je peux m'en aller ?

— À condition de faire ce que je vous ai dit. Vous serez surveillé, alors ne vous imaginez pas pouvoir me duper. »

Launcelot se mit à appeler sa mère.

« Et la prochaine fois qu'on vous conduira ici, vous ne vous en sortirez pas comme ça, ajouta Ned.

— J'ai compris.

— Allez-y. »

Gifford quitta la pièce et Ned l'entendit descendre à pas pressés l'escalier de pierre. Il fit un signe au garde qui sortit à son tour. Ned se laissa choir sur son siège, épuisé. Il ferma les yeux, mais, au bout d'une minute, Launcelot se remit à hurler et Ned s'en fut.

Il sortit de la Tour et longea la Tamise. Une brise fraîche montant du fleuve chassa l'odeur de vomissures qui s'attardait dans ses narines. Regardant autour de lui, il vit des bateliers, des pêcheurs, des marchands, des passants affairés et des oisifs, des centaines de visages occupés à parler, à crier, à rire, à bâiller, à chanter – mais aucun qui hurlât de souffrance ou transpirât de peur. La vie normale.

Il traversa le Pont de Londres pour gagner la rive sud. C'était là que vivaient la plupart des huguenots. Grâce à la technologie du textile très avancée qu'ils avaient apportée de France et des Pays-Bas, ils avaient rapidement prospéré dans la capitale anglaise. Sylvie les considérait comme de bons clients.

Sa boutique se trouvait au rez-de-chaussée d'une maison à colombages, un immeuble typiquement londonien comme tous ceux de la rue, avec une succession d'étages en encorbellement. La porte d'entrée était ouverte et Ned en franchit le seuil. Les rangées de livres et l'odeur d'encre et de papier l'apaisèrent.

Sylvie déballait un paquet en provenance de Genève. Elle se redressa en entendant ses pas. Il se plongea dans ses yeux bleus et embrassa ses douces lèvres.

Elle le repoussa et lui demanda avec un léger accent français :

« Au nom du ciel, que s'est-il passé ?

— J'ai dû accomplir une tâche désagréable. Je te raconterai tout, mais il faut d'abord que je me lave. »

Il sortit dans l'arrière-cour, plongea un bol dans un tonneau rempli d'eau de pluie et se passa le visage et les mains à l'eau froide.

De retour à l'intérieur, il monta à l'étage et s'effondra dans son siège préféré. Fermant les yeux, il entendit Launcelot appeler sa mère.

Sylvie le rejoignit. Elle se dirigea vers l'office, prit une bouteille de vin et remplit deux timbales. Elle lui en tendit une, l'embrassa sur le front et s'assit tout près de lui, cuisse contre cuisse. Il sirota son vin et la prit par la main.

« Raconte, dit-elle.

— Aujourd'hui, on torturait un homme dans la Tour. Il avait menacé la vie de la reine. Ce n'est pas moi qui l'ai questionné – j'en suis bien incapable, je n'ai pas le cœur à cela. Mais je me suis arrangé pour interroger un suspect dans la pièce voisine, afin qu'il entende bien ses cris.

— C'est horrible.

— La méthode a été efficace. J'ai transformé un agent ennemi en agent double. Maintenant, c'est moi qu'il sert. Mais j'entends encore ces hurlements. »

Sylvie lui étreignit la main en silence. Au bout d'un moment, il reprit :

« Parfois je déteste mon travail.

— Grâce à toi, des hommes comme le duc de Guise et Pierre Aumande ne peuvent faire en Angleterre ce qu'ils font en France : condamner quelqu'un au bûcher pour sa foi.

— Mais pour mieux les vaincre, je suis devenu comme eux.

— Non, tu te trompes, le rassura-t-elle. Tu ne luttes pas pour obliger les gens à être protestants, contrairement à ce qu'ils font pour le catholicisme. Tu défends la tolérance.

— C'était vrai au début. Mais aujourd'hui, quand on s'empare d'un prêtre clandestin, il est aussitôt exécuté, qu'il représente ou non une menace pour la reine. Sais-tu ce que nous avons fait à Margaret Clitherow ?

— La femme qui a été exécutée à York pour avoir hébergé un prêtre catholique ?

— Oui. On l'a déshabillée, ligotée et allongée sur le sol ; puis on a posé sur elle sa propre porte avant d'y empiler des pierres jusqu'à ce qu'elle périsse écrasée.

— Oh ! mon Dieu, je l'ignorais.

— C'est écœurant.

— Tu n'as jamais voulu qu'il en soit ainsi ! Tu voulais que les gens de différentes confessions vivent en bon voisinage.

— Oui, mais peut-être est-ce impossible.

— Roger m'a rapporté des propos que tu lui as tenus il y a déjà un moment. Te rappelles-tu le jour où il t'a demandé pourquoi la reine détestait les catholiques ? »

Ned sourit.

« Oui.

— Il n'a pas oublié ce que tu lui as dit.

— Peut-être ai-je fait quelque chose de bien ce jour-là. Qu'ai-je dit à Roger ?

— Qu'il n'y avait pas de saints en politique, mais que des êtres imparfaits pouvaient rendre ce monde meilleur.

— J'ai dit cela ?

— C'est ce que Roger m'a répété.

— Bien, fit Ned. J'espère que c'est vrai. »

*

L'été renouvela les espoirs d'Alison, dont l'humeur s'améliora avec le temps. Seul le premier cercle du manoir de Chartley connaissait l'existence de leur correspondance secrète avec Anthony Babington, mais l'enthousiasme de Marie rejaillissait sur tous.

Alison ne se laissait pas aveugler par son optimisme. Elle aurait aimé en savoir davantage sur Babington. Il appartenait à une bonne famille catholique, mais c'était presque tout ce qu'on pouvait dire en sa faveur. Il n'avait que vingt-quatre ans. Serait-il vraiment capable de prendre la tête d'une rébellion contre une reine qui tenait d'une main ferme les rênes du pouvoir depuis vingt-sept ans ? Alison voulait connaître les détails de son plan.

Ils leur parvinrent en juillet 1586.

Après un premier échange de lettres destiné à prendre contact et à confirmer l'ouverture des lignes de communication aux deux parties, Babington leur envoya une description complète de son projet. La missive arriva dans un tonneau de bière et fut décodée par Claude Nau, le secrétaire de Marie. Assise en leur compagnie dans la chambre de cette dernière au manoir de Chartley, Alison la parcourut avec attention.

Il y avait de quoi être euphorique.

« Babington évoque "cette grande et honorable action" et "le dernier espoir de restaurer la foi de nos ancêtres", mais il va plus loin, commenta Nau en consultant ses notes. Il énumère six conditions nécessaires à la réussite du soulèvement. Premièrement, que l'Angleterre soit envahie par une puissance étrangère. Deuxièmement, que cette puissance soit de taille à garantir une victoire militaire.

— Le duc de Guise a levé une armée de soixante mille hommes, nous assure-t-on », affirma Marie.

Alison espérait que c'était vrai.

« Troisièmement, que l'on choisisse des ports où les armées pourront débarquer et être réapprovisionnées.

— Voilà qui est réglé depuis longtemps, me semble-t-il, et mon cousin le duc Henri a dû recevoir les cartes, intervint Marie. Mais peut-être Babington l'ignore-t-il.

— Quatrièmement : qu'une fois à terre, les armées soient renforcées par des unités locales afin de protéger leurs têtes de pont en cas de contre-attaque immédiate.

— Le peuple se soulèvera spontanément », assura Marie.

Alison était d'avis qu'il faudrait sans doute l'y encourager, mais cela n'avait rien d'impossible.

« Babington a bien réfléchi à la question, poursuivit Nau. Il a sélectionné des hommes qu'il appelle "vos lieutenants" dans l'Ouest, le Nord, les Galles du Sud, les Galles du Nord et les comtés de Lancaster, Derby et Stafford. »

Alison ne put s'empêcher d'être impressionnée par cette organisation.

« "Cinquièmement, la reine Marie doit être libérée, lut Nau à haute voix. En compagnie de dix gentilshommes et d'une centaine de nos hommes, je veillerai personnellement à arracher votre royale personne des mains de ses ennemis."

— Bien, approuva Marie. Sir Amias Paulet est loin d'avoir cent gardes à sa disposition, et la plupart d'entre eux sont logés dans le voisinage et non au manoir. Avant qu'il ait pu les rassembler, nous serons loin. »

Alison en était toute ragaillardie.

« Sixièmement, bien sûr, il faudra tuer Élisabeth. Babington écrit : "Quant à l'élimination de l'usurpatrice, dont l'excommunication nous libère de tout devoir de loyauté à son égard, six gentilshommes de mes amis les plus proches, inspirés par leur zèle pour la cause catholique et par la volonté de servir Votre Majesté, se chargeront de cette tragique exécution." On ne saurait être plus clair. »

En effet, songea Alison, et, l'espace d'un instant, la perspective d'un régicide la fit frémir.

« Il convient que je lui réponde promptement », observa Marie.

Nau paraissait inquiet.

« Nous devons prendre garde à ce que nous dirons.

— Je ne puis dire qu'une chose : "oui".

— Si votre lettre tombait en de mauvaises mains…

— Elle sera en mains sûres, et chiffrée qui plus est.

— Mais si les choses tournaient mal… »

Le visage de Marie s'empourpra, et Alison y lut toute la colère et la frustration des vingt dernières années.

« Je dois saisir l'occasion. C'est l'unique espoir qui me reste.

— Votre réponse à Babington sera une preuve de trahison.

— Advienne que pourra », dit Marie.

*

L'espionnage était une activité qui exigeait une grande patience, songea Ned en juillet 1586.

En 1583, il avait espéré que Francis Throckmorton lui permettrait d'obtenir les preuves tangibles de la trahison de Marie Stuart. Cet espoir s'était envolé lorsque la milice du comte de Leicester l'avait obligé à arrêter prématurément Throckmorton. Puis, en 1585, il avait trouvé un nouveau Throckmorton en la personne de Gilbert Gifford. Cette fois-ci, le comte de Leicester n'était plus là pour lui mettre des bâtons dans les roues : la reine Élisabeth l'avait en effet envoyé aux Pays-Bas à la tête d'une armée pour lutter aux côtés des rebelles protestants contre leurs maîtres espagnols catholiques. Leicester s'acquittait de cette tâche de façon lamentable – il était plus doué pour les numéros de charme et les propos galants que pour combattre et faire couler le sang –, mais cela l'empêchait de nuire à Walsingham.

Ned était ainsi en position de force. Alors que Marie croyait envoyer et recevoir des messages secrets, il lisait la totalité de sa correspondance.

Toutefois, on était déjà en juillet et, en dépit de six mois de surveillance constante, il n'avait toujours pas trouvé ce qu'il cherchait.

Certes, la trahison était *implicite* dans chacune des lettres envoyées ou reçues par Marie, qu'elle correspondît avec Pierre Aumande ou avec le roi d'Espagne, mais Ned avait besoin d'éléments plus probants. La missive envoyée par Babington début juillet était explicite, et il serait probablement exécuté pour cela. Ned attendait avec impatience la réponse de Marie. Allait-elle se décider à clarifier ses intentions par écrit ? La formulation précise de sa réponse la condamnerait peut-être enfin.

Ladite réponse parvint à Ned le 19 juillet. Elle couvrait sept pages.

Comme d'habitude, c'était Claude Nau, son secrétaire, qui l'avait rédigée et chiffrée. Ned la transmit à Phelippes afin qu'il la décrypte et attendit dans la fièvre. Il s'aperçut qu'il ne pouvait se concentrer sur rien d'autre. Jerónima Ruiz lui avait envoyé de Madrid une longue lettre portant sur la politique intérieure de la cour d'Espagne, mais il la lut à trois reprises sans en comprendre un traître mot. Il finit par renoncer et quitta la maison de Walsingham dans Seething Lane pour traverser le pont et regagner son domicile de Southwark où il dînerait. La présence de Sylvie ne manquait jamais d'apaiser son âme.

Elle ferma boutique et lui prépara du saumon au vin et au romarin. Pendant qu'ils mangeaient au-dessus de la librairie, il lui parla de la lettre de Babington et de la réponse de Marie. Il n'avait aucun secret pour Sylvie : ils formaient un vrai couple d'espions.

Comme ils finissaient leur repas, un des assistants de Ned arriva avec la lettre décryptée.

Elle était en français. Ned lisait cette langue moins bien qu'il ne la parlait, mais il parcourut le texte avec Sylvie.

Marie commençait par féliciter Babington pour ses intentions de façon très générale.

« Cela suffirait à la faire condamner pour trahison, remarqua Ned d'un air satisfait.

— Quelle tristesse », soupira Sylvie.

Ned la fixa en haussant les sourcils. Sylvie était une protestante convaincue qui avait maintes fois risqué sa vie au nom de sa foi, et pourtant elle avait pitié de Marie Stuart.

Elle surprit son regard.

« Je n'ai pas oublié son mariage. Ce n'était qu'une toute jeune fille, mais elle était si belle, et avait un avenir radieux devant elle. Elle allait être reine de France. C'était à mes yeux la jeune femme la plus comblée au monde. Et vois ce qu'elle est devenue.

— Elle est seule responsable de tous ses malheurs.

— Prenais-tu de sages décisions quand tu avais dix-sept ans ?

— Sans doute pas.

— À dix-neuf ans, j'ai épousé Pierre Aumande. Suis-je donc, moi aussi, responsable de mes malheurs ?

— Bien répondu. »

Ned poursuivit sa lecture. Marie ne se limitait pas aux éloges. Elle commentait chaque élément du plan de Babington, l'encourageant à préparer avec plus de rigueur l'accueil des envahisseurs, la levée de groupes de rebelles pour les soutenir, leur approvisionnement en armes et en vivres. Elle réclamait un exposé plus détaillé de son évasion du manoir de Chartley.

« De mieux en mieux », murmura Ned.

Plus important encore, elle exhortait Babington à réfléchir plus avant à la façon dont les assassins de la reine Élisabeth accompliraient leur mission meurtrière.

Lorsque Ned lut ce passage, il eut l'impression d'être enfin délivré d'un lourd fardeau. C'était une preuve irréfutable. Marie participait activement à une tentative de régicide. Elle était aussi coupable que si elle avait elle-même tenu l'arme du crime.

D'une manière ou d'une autre, c'en était fini de Marie Stuart.

*

Rollo surprit Anthony Babington en pleines agapes.

Babington se trouvait dans la demeure londonienne de Robert Pooley en compagnie de plusieurs autres conspirateurs, autour d'une table croulant sous les poulets rôtis, les jattes d'oignons cuits au beurre, les miches de pain frais et les carafes de xérès.

Rollo fut troublé par leur légèreté. Des hommes ourdissant la mort de leur monarque n'auraient pas dû s'enivrer en plein jour. Toutefois, contrairement à lui, ce n'étaient pas des conspirateurs endurcis mais des amateurs idéalistes embarqués dans une grande aventure. La suprême assurance de la jeunesse et de la noblesse les incitait à faire fi de toute prudence.

Rollo enfreignait ses propres règles en se rendant chez Pooley. En temps normal, il évitait les lieux fréquentés par les catholiques, que Ned Willard avait placés sous surveillance. Mais cela faisait huit jours qu'il n'avait pas vu Babington et il tenait à savoir ce qui se passait.

Parcourant la salle du regard, il attira l'attention de Babington et lui fit signe. Mal à l'aise dans la demeure d'un catholique notoire, il l'entraîna au-dehors. La maison possédait un spacieux jardin, où un petit verger de figuiers et de mûriers permettait de se protéger du soleil d'août. Néanmoins, le lieu n'était pas assez sûr aux yeux de Rollo, car seul un muret le séparait de la rue animée, où résonnaient les cris des marchands, le grincement des charrettes et le fracas d'un chantier de construction de l'autre côté de la chaussée. Il insista pour qu'ils sortent du jardin et se réfugient à l'ombre du porche ombragé de l'église voisine.

« Que se passe-t-il ? demanda-t-il alors. Voici un moment que je n'ai plus de nouvelles.

— Déridez-vous, monsieur Langlais, fit Babington d'une voix enjouée. Des nouvelles, en voici, et des bonnes. »

Il sortit une liasse de papiers de sa poche et la lui tendit d'un geste plein d'emphase.

C'était une lettre chiffrée, accompagnée d'une transcription de la main de Babington. Rollo s'écarta du porche pour la lire à la lumière. Une missive de Marie Stuart rédigée en français. Elle approuvait tous les projets de Babington et l'incitait à prendre des dispositions plus précises.

L'anxiété de Rollo se dissipa. Cette lettre exauçait tous ses vœux, c'était l'élément ultime et décisif de ses plans. Il la transmettrait au duc de Guise, qui rassemblerait aussitôt son armée d'invasion. Les vingt-huit années de règne tyrannique et impie d'Élisabeth touchaient à leur fin.

« Bien joué », approuva Rollo. Il empocha la lettre. « Je pars dès demain pour la France. J'en reviendrai à la tête de l'armée du Seigneur pour la libération. »

Babington lui donna une tape dans le dos.

« Excellent, lança-t-il. Allons, venez dîner avec nous. »

Rollo s'apprêtait à refuser, mais son instinct le mit en alerte avant qu'il ait pu ouvrir la bouche. Il fronça les sourcils. La rue était soudain étrangement silencieuse. Les charrettes s'étaient arrêtées, les marchands avaient cessé de bonimenter, le chantier ne faisait plus aucun bruit. Que se passait-il ?

Il agrippa Babington par le coude.

« Il faut partir d'ici », chuchota-t-il.

Babington s'esclaffa.

« Pourquoi donc ? Il y a dans la salle à manger de Pooley un tonnelet d'excellent vin, à peine entamé.

— Taisez-vous, imbécile, et suivez-moi, si vous tenez à la vie. »

Rollo entra dans l'église, sombre et silencieuse, et traversa la nef d'un pas vif pour gagner une petite porte percée dans le mur du fond. Il l'entrouvrit : elle donnait sur la rue. Il jeta un œil à l'extérieur.

Comme il l'avait redouté, la maison de Pooley était prise d'assaut.

Des hommes d'armes se mettaient en position dans la rue, observés d'un œil inquiet par les ouvriers, les marchands et les passants. À quelques pas de Rollo, deux colosses armés d'épées se postaient à la porte du jardin, prêts de toute évidence à s'emparer de ceux qui tenteraient de fuir. Il vit alors apparaître Ned Willard, qui frappa à la porte de Pooley.

« Diable », murmura Rollo. Comme un des hommes d'armes se tournait vers lui, il s'empressa de refermer la porte. « Nous sommes découverts.

— Par qui ? demanda Babington, visiblement terrifié.

— Willard, le bras droit de Walsingham.

— Nous pouvons nous cacher ici.

— Pas très longtemps. Willard ne néglige rien. Si nous restons ici, il finira par nous trouver.

— Qu'allons-nous faire ?

— Je ne sais pas. »

Rollo regarda à nouveau dehors. La porte de Pooley était grande ouverte et Willard avait disparu. Il devait être à l'intérieur. Les hommes d'armes étaient tendus et prêts à intervenir, parcourant les lieux d'un œil méfiant. Rollo referma le battant.

« Êtes-vous rapide à la course ? »

Babington éructa et vira au vert.

« Je suis prêt à me battre », affirma-t-il d'un air peu convaincu. Il chercha son épée de la main, mais il n'en portait pas. Elle devait être accrochée quelque part dans l'entrée de Pooley, supposa Rollo.

C'est alors qu'il entendit un bêlement.

Il plissa le front. Tendant l'oreille, il identifia non pas une bête mais tout un troupeau. Il se rappela qu'il y avait un abattoir dans la rue. Un fermier y conduisait ses moutons, événement quotidien dans toutes les villes du monde.

Le bruit se rapprocha.

Rollo regarda à l'extérieur pour la troisième fois. Il voyait les moutons à présent, et même il les sentait. Ils étaient une centaine, qui occupaient la chaussée sur toute sa largeur. Les piétons pestaient et se réfugiaient sur les pas de porte pour les éviter. Les premiers arrivèrent au niveau de la maison de Pooley et Rollo comprit soudain que ces moutons pouvaient les sauver.

« Tenez-vous prêt », dit-il à Babington.

Les hommes d'armes étaient furieux contre ces bestiaux qui les forçaient à s'écarter, mais ils ne pouvaient rien faire. Face à des hommes, ils auraient brandi leurs épées, mais il était impossible de convaincre des moutons terrifiés de faire autre chose que marcher en masse vers la mort. S'il n'avait tant craint pour sa vie, Rollo en aurait ri de bon cœur.

Lorsque les premières bêtes dépassèrent les deux sentinelles qui montaient la garde devant le jardin, tous les hommes d'armes furent pris au piège.

« En avant ! » lança Rollo, ouvrant la porte en grand.

Il sortit, Babington sur les talons. Deux secondes plus tard, les moutons leur auraient bloqué le passage. Il prit ses jambes à son cou, les pas de Babington résonnant derrière lui.

« Halte-là ! » crièrent les hommes d'armes.

Rollo jeta un coup d'œil derrière lui, le temps d'apercevoir deux ou trois d'entre eux qui se frayaient un passage parmi les bêtes pour se lancer à leur poursuite.

Traversant la chaussée en diagonale, Rollo passa devant une taverne. Un buveur de bière tendit le pied pour lui faire un croc-en-jambe, mais il l'évita. Les autres se contentèrent d'observer la scène. En général, les Londoniens n'appréciaient guère les hommes d'armes, qui agissaient souvent en brutes, notamment quand ils étaient pris de boisson ; certains badauds encouragèrent même les fuyards.

Quelques instants plus tard, Rollo entendit le claquement d'une arquebuse, mais il ne sentit aucun impact et Babington, derrière lui, ne ralentit pas : le coup avait raté sa cible. Un autre suivit, sans plus d'effet que de pousser les badauds à se mettre à couvert, sachant qu'une balle ne va pas toujours dans la direction où pointe le canon.

Rollo tourna dans une rue latérale. Un homme armé d'un gourdin leva une main pour l'arrêter, criant :

« Guet ! Halte-là ! »

Les hommes de guet avaient le droit d'arrêter et d'interroger toute personne suspecte. Rollo essaya de contourner l'obstacle, mais l'autre balança son gourdin. Frappé à l'épaule, Rollo perdit l'équilibre et tomba. Il roula sur lui-même et leva les yeux à temps pour voir le bras de Babington décrire un demi-cercle qui s'acheva par un violent coup de poing sur la tempe de l'homme de guet, qui s'effondra sur le pavé.

Il voulut se relever, mais trop étourdi, il retomba.

Babington hissa Rollo sur ses pieds et ils reprirent leur course.

Ils s'engagèrent dans une autre rue, s'engouffrèrent dans une ruelle, en sortirent pour déboucher dans un marché en plein air et ralentirent le pas. Ils se frayèrent un chemin à travers la foule de chalands. Un vendeur proposa à Rollo une brochure dénonçant les péchés du pape, une prostituée leur offrit ses charmes, prête à accepter deux clients pour le prix d'un. Rollo se retourna. Apparemment, personne ne les poursuivait. Ils avaient réussi à s'échapper. Peut-être certains des autres avaient-il pu fuir, eux aussi, en profitant de la confusion.

« Dieu nous a envoyé ses anges pour nous aider, déclara Rollo avec solennité.

— Des anges déguisés en moutons », ajouta Babington, qui éclata de rire.

*

Alison fut stupéfaite lorsque le revêche sir Amias Paulet proposa à Marie Stuart de l'accompagner à la chasse au cerf avec quelques gentilshommes des environs. Comme Marie adorait aussi bien monter à cheval que rencontrer du monde, elle sauta sur l'occasion.

Alison l'aida à se vêtir. Marie voulait paraître à la fois belle et royale aux yeux de ceux qui seraient bientôt ses sujets. Elle recouvrit d'une perruque ses cheveux grisonnants et la maintint en place avec une toque.

Alison fut autorisée à l'accompagner, ainsi que Nau, le secrétaire. Ils sortirent de la cour de Chartley, franchirent les douves puis se dirigèrent vers la brande près du village où les chasseurs avaient rendez-vous.

Le soleil, la brise et les visions d'avenir faisaient tourner la tête d'Alison. Plusieurs conspirations s'étaient déjà ourdies pour libérer Marie, et Alison avait subi une série d'amères déceptions, mais cette tentative semblait différente, car cette fois, on avait tout prévu.

Trois mois s'étaient écoulés depuis que Marie avait approuvé par écrit le plan d'Anthony Babington. Faudrait-il encore attendre longtemps ? Alison tenta d'estimer le temps nécessaire au duc de Guise pour assembler son armée : quinze jours ? Un mois ? Peut-être Marie et elle auraient-elles vent d'une invasion imminente. D'un jour à l'autre, l'Angleterre pouvait apprendre qu'une flotte était massée sur la côte nord de la France et que des milliers de soldats embarquaient avec armes et montures. À moins que le duc, faisant preuve de plus de subtilité, ne dissimule jusqu'à la dernière minute ses navires dans des fleuves et des ports discrets, pour profiter de l'effet de surprise.

Comme elle ruminait ces pensées, elle aperçut au loin un groupe de cavaliers, qui avançaient à bride abattue. Elle en eut le souffle coupé. Étaient-ce leurs libérateurs ?

Les cavaliers s'approchèrent. Ils étaient six. Le cœur d'Alison battit à tout rompre. Paulet chercherait-il à résister ? Il n'était accompagné que de deux hommes d'armes et se trouvait face à des effectifs supérieurs.

Le chef du groupe était un inconnu. Malgré la fièvre qui l'animait, elle remarqua qu'il était richement vêtu d'une tunique de serge verte aux broderies extravagantes. Sans doute était-ce Anthony Babington.

Se tournant alors vers Paulet, Alison s'étonna de son calme. L'approche d'une bande de cavaliers en plein jour aurait dû l'alarmer, et pourtant, on aurait presque dit qu'il s'y attendait.

Elle examina plus attentivement les nouveaux venus et reconnut, bouleversée et horrifiée, la mince silhouette de Ned Willard qui fermait la marche. Ce n'étaient donc pas leurs sauveurs. Cela faisait un quart de siècle que Willard traquait Marie. Aujourd'hui proche de la cinquantaine, il avait la barbe striée de fils gris et le visage sillonné de rides. Bien qu'il chevauchât le dernier, Alison eut le sentiment que c'était lui le véritable chef du groupe.

Paulet présenta l'homme en serge verte sous le nom de sir Thomas Gorges, émissaire de la reine Élisabeth, et une terreur glacée étreignit Alison. Gorges prononça un discours manifestement préparé. S'adressant à Marie, il dit :

« Madame, ma maîtresse la reine trouve fort étrange que, contrairement au pacte et à l'engagement auxquels vous avez souscrit, vous ayez comploté contre elle et contre son État, un forfait auquel elle n'aurait jamais cru si elle n'en avait vu de ses yeux la preuve la plus formelle. »

Alison comprit qu'il n'y avait jamais eu de chasse au cerf. C'était un piège de Paulet pour isoler Marie du gros de son entourage.

La surprise de Marie fut affreuse. Perdant toute contenance, elle se mit à bafouiller, à peine cohérente.

« Je n'ai jamais… j'ai toujours été une sœur loyale… je suis l'amie d'Élisabeth… »

Gorges resta indifférent.

« Vos serviteurs, également reconnus coupables, vous seront retirés.

— Je dois rester à son côté ! » protesta Alison.

Gorges se tourna vers Willard, qui lui adressa un bref signe de tête.

« Vous rejoindrez les autres domestiques », reprit Gorges.

Marie se tourna vers Nau.

« Ne les laissez pas faire cela ! »

Nau avait l'air terrifié, et Alison ne put que compatir. Que pouvait faire un humble secrétaire ?

Marie descendit de cheval et s'assit par terre.

« Je ne bougerai pas d'ici ! » s'écria-t-elle.

Willard prit la parole pour la première fois. S'adressant à l'un des cavaliers, il dit :

« Rejoignez cette maison. » Il désigna un imposant corps de ferme à moitié caché par les arbres, à moins d'une demi-lieue. « Vous y trouverez sûrement une charrette. Amenez-la. Au besoin, nous attacherons Marie et la chargerons dedans. »

Marie se releva, vaincue.

« J'irai à cheval », murmura-t-elle d'une voix éteinte.

Elle remonta en selle.

Gorges tendit un feuillet à Paulet, sans doute un mandat d'arrêt. Paulet le lut et l'approuva d'un signe de tête. Il le conserva, souhaitant peut-être pouvoir prouver – dans l'éventualité où les choses tourneraient mal – qu'on lui avait ordonné de livrer Marie.

Celle-ci était pâle et tremblante.

« Vais-je être exécutée ? » demanda-t-elle d'une petite voix.

Alison avait les larmes aux yeux.

Paulet jeta à Marie un regard méprisant. Après une pause d'une cruelle longueur, il répondit :

« Pas aujourd'hui. »

Le peloton s'apprêta à repartir. L'un de ses membres frappa du pied l'arrière-train du cheval de Marie, qui se cabra et faillit la jeter à terre ; mais elle était bonne cavalière et resta en selle tandis que l'animal se mettait en marche. Les autres cavaliers formèrent l'escorte, la cernant de toutes parts.

Alison pleura en voyant Marie s'éloigner, sans doute vers une nouvelle prison. Comment était-ce possible ? De toute évidence, Ned Willard avait percé à jour le complot de Babington.

Alison se tourna vers Paulet.

« Que va-t-on faire d'elle ?

— Elle sera jugée pour trahison.

— Et ensuite ?

— Ensuite elle sera châtiée pour ses crimes, répondit Paulet. Et la volonté de Dieu sera faite. »

*

Babington était un gibier difficile à lever. Ned fouilla toutes les demeures londoniennes où avait logé le conspirateur sans trouver un seul indice. Il organisa une traque à l'échelle du pays, envoyant le signalement de Babington et de ses complices aux shérifs, aux capitaines de port, aux lords-lieutenants de tous les comtés. Il dépêcha deux agents chez les parents de Babington, dans le Derbyshire. Dans chacune de ses missives, il menaçait de la peine capitale toute personne qui aiderait les conspirateurs à échapper à la justice.

En vérité, Ned ne s'inquiétait guère de Babington. Celui-ci n'était plus très dangereux. Son complot était éventé. Marie avait été transférée dans une autre prison, la plupart des conspirateurs étaient interrogés à la Tour de Londres et Babington lui-même était un fugitif. Tous les nobles catholiques qui s'étaient préparés à soutenir l'invasion avaient probablement remisé leur vieille armure.

Une longue et douloureuse expérience lui avait cependant enseigné qu'un nouveau complot risquait toujours de naître des cendres du précédent. Il devait trouver un moyen d'empêcher cela. Le procès en trahison de Marie Stuart ne manquerait pas de la discréditer aux yeux de tous, hormis ses partisans les plus fanatiques, pensait-il.

Il y avait cependant un homme sur lequel il tenait absolument à mettre la main. Tous les prisonniers avaient mentionné Jean Langlais au cours de leur interrogatoire. Tous affirmaient qu'il n'était pas français mais anglais, et certains l'avaient rencontré au Collège anglais. Ils le décrivaient comme un homme de haute taille, âgé d'une cinquantaine d'années, au crâne dégarni : son aspect ne présentait apparemment rien qui sortît de l'ordinaire. Nul ne connaissait son vrai nom, ni ses origines.

Le silence qui entourait un personnage de cette importance donnait à penser, estimait Ned, que c'était un homme d'une extraordinaire compétence, ce qui ne le rendait que plus dangereux.

Lors de l'interrogatoire de Robert Pooley, Ned avait appris que Langlais et Babington se trouvaient dans la maison quelques instants avant son arrivée. Sans doute s'agissait-il des deux fuyards aperçus par les hommes d'armes, qui étaient sortis de l'église en courant : ils devaient leur liberté à un troupeau de moutons qui avait gêné leurs poursuivants. Ned les avait manqués de peu. Mais ils étaient probablement toujours ensemble, en compagnie des quelques conspirateurs qui avaient échappé à la rafle.

Il lui fallut dix jours pour les débusquer.

Le 14 août, un cavalier terrifié arriva sur un cheval en nage à la maison de Seething Lane. C'était un jeune membre de la famille Bellamy, des catholiques bien connus mais qui n'étaient pas suspects de trahison. Babington et les autres fugitifs s'étaient présentés à Uxendon Hall, la demeure familiale proche du village de Harrow-on-the-Hill, à cinq lieues à l'ouest de Londres. Épuisés et affamés, ils avaient supplié qu'on leur accordât l'asile. Les Bellamy leur avaient servi à boire et à manger – contraints par des menaces de mort, affirmaient-ils – puis avaient exigé qu'ils reprennent aussitôt la route. Craignant désormais d'être pendus pour complicité, ils tenaient à prouver leur loyauté en aidant les autorités à mettre la main sur les conspirateurs.

Ned fit immédiatement venir des chevaux.

Galopant à bride abattue, ses hommes d'armes et lui mirent moins de deux heures pour rejoindre Harrow-on-the-Hill. Comme son nom le suggérait, ce village était perché au sommet d'une colline surplombant les champs environnants, et s'enorgueillissait de posséder une petite école récemment fondée par un fermier de la région. Ned fit halte à l'auberge et apprit qu'on avait vu passer un peu plus tôt un groupe suspect d'inconnus déguenillés, qui se dirigeaient à pied vers le nord.

Guidés par le jeune Bellamy, Ned et ses compagnons suivirent la route jusqu'à la limite de la paroisse de Harrow, marquée par une antique pierre de sarsen, avant de traverser le village suivant, dénommé Harrow Weald ainsi que le leur apprit leur guide. Un peu plus loin, dans une auberge appelée le Cerf, ils rejoignirent leurs proies.

Ned et ses hommes firent leur entrée épée au poing, prêts à se battre, mais le groupe de Babington ne leur opposa aucune résistance. Ils offraient un spectacle pitoyable avec leurs cheveux coupés à la diable et leur visage coloré par quelque jus de baies dans une piètre tentative de déguisement. C'étaient de jeunes nobles habitués à des lits moelleux, et cela faisait dix nuits qu'ils dormaient à la dure. Ils semblaient presque soulagés d'être pris.

« Lequel d'entre vous est Jean Langlais ? » demanda-t-il.

Durant quelques instants, personne ne répondit.

Puis Babington déclara :

« Il n'est pas avec nous. »

*

Le 1er février 1587, Ned était au comble de l'exaspération. Il annonça à Sylvie qu'il envisageait de quitter le service de la reine. Il se retirerait de la Cour, continuerait d'être député de Kingsbridge au Parlement et aiderait Sylvie à faire tourner sa librairie. Ce serait une vie plus terne mais plus heureuse.

La raison de sa contrariété était Élisabeth elle-même.

Ned avait fait tout son possible pour libérer la reine de la menace que Marie Stuart faisait peser sur elle. Marie était à présent emprisonnée au château de Fotheringhay, dans le Northamptonshire, et, bien qu'on eût fini par l'autoriser à avoir ses serviteurs auprès d'elle, Ned avait veillé à ce que le sévère sir Amias Paulet l'accompagne et impose les mesures de sécurité les plus strictes. En octobre, les preuves qu'il avait rassemblées avaient été présentées au tribunal chargé de juger Marie, reconnue coupable de trahison. En novembre, le Parlement l'avait condamnée à mort. Au début du mois de décembre, la nouvelle de la sentence s'était répandue dans tout le pays, pour la plus grande joie de la population. Walsingham avait aussitôt préparé l'ordre d'exécution. Élisabeth devrait encore y apposer sa signature. L'ancien mentor de Ned, William Cecil, aujourd'hui lord Burghley, en avait approuvé la teneur.

Près de deux mois plus tard, Élisabeth n'avait toujours pas signé.

À la grande surprise de Ned, Sylvie éprouvait de la compassion pour Élisabeth.

« Elle se refuse à tuer une reine, expliqua-t-elle. Cela créerait un fâcheux précédent. Elle est reine elle-même. Et elle n'est pas la seule de cet avis. Tous les monarques d'Europe seront outrés si elle fait exécuter Marie. Qui sait comment ils décideraient de se venger ? »

Ned ne voyait pas les choses sous cet angle. Il avait consacré sa vie à protéger Élisabeth, et avait le sentiment qu'elle ne faisait pas grand cas de ses efforts.

Comme pour donner raison à Sylvie, les ambassadeurs de France et d'Écosse rendirent visite à Élisabeth le 1er février au palais de Greenwich afin de plaider la cause de Marie. Élisabeth ne souhaitait pas de querelle avec l'un ou l'autre de ces pays. Elle venait de signer un traité de paix avec le roi Jacques VI d'Écosse, le fils de Marie. D'un autre côté, la vie d'Élisabeth était toujours menacée. En janvier, un dénommé William Stafford avait avoué qu'il cherchait à l'empoisonner. Walsingham avait fait grand bruit de ce complot, le présentant comme plus avancé qu'il ne l'était afin de faire pencher l'opinion publique en faveur de l'exécution de Marie. Toute exagération mise à part, cet incident rappelait à tous qu'Élisabeth ne serait jamais en sécurité tant que Marie serait en vie.

Après le départ des ambassadeurs, Ned décida de soumettre une nouvelle fois l'ordre d'exécution à la reine. Peut-être serait-elle enfin d'humeur à le signer.

Il travaillait avec William Davison, secrétaire d'État par intérim du fait de la maladie de Walsingham. Davison approuva l'initiative de Ned – tous les conseillers d'Élisabeth étaient désespérés par son indécision. Davison et Ned glissèrent l'ordre d'exécution au milieu d'une liasse de papiers qui attendaient que la reine les signe.

Ned savait qu'elle ne serait pas dupe de ce petit subterfuge. Mais elle pouvait feindre de l'être. Il avait l'impression qu'elle cherchait un moyen de signer tout en pouvant affirmer ensuite qu'elle n'en avait pas eu l'intention. Si tel était son vœu, il lui faciliterait la tâche.

Elle paraissait de bonne humeur, constata-t-il non sans soulagement lorsqu'ils entrèrent dans la chambre d'audience.

« Le temps est remarquablement doux pour un mois de février », remarqua-t-elle.

La reine avait souvent trop chaud. Sylvie prétendait que c'était en raison de son âge : elle avait cinquante-trois ans.

« Vous portez-vous bien, Davison ? demanda-t-elle. Faites-vous suffisamment d'exercice ? Vous travaillez trop.

— Je vais très bien, et Votre Majesté est trop aimable de s'en enquérir », répondit Davison.

Elle ne bavarda pas avec Ned. Elle le savait irrité par ses atermoiements. Jamais il ne pourrait lui dissimuler ses sentiments. Elle le connaissait trop bien, peut-être aussi bien que Sylvie.

Elle était douée d'une remarquable intuition, ce qu'elle

prouva encore ce jour-là. S'adressant toujours à Davison, elle demanda :

« Ces papiers que vous pressez sur votre sein comme un enfant bien-aimé – l'ordre d'exécution y figure-t-il ? »

Ned se sentit ridicule. Il ne comprenait pas comment elle avait pu deviner.

« En effet, madame, avoua Davison.

— Donnez-le-moi. »

Davison sortit le feuillet de la liasse et le tendit à la reine tout en s'inclinant. Ned se demanda si elle allait les morigéner pour avoir tenté de lui forcer la main, mais elle n'en fit rien. Elle lut le document, le tenant à bout de bras pour accommoder sa vision défaillante.

« Apportez-moi une plume et un encrier », dit-elle ensuite.

Stupéfait, Ned se dirigea vers une petite table et donna à la reine ce qu'elle réclamait.

Allait-elle vraiment signer ? Ou se jouait-elle encore de lui, comme elle s'était jouée de tous ces princes européens qui voulaient jadis l'épouser ? Elle ne s'était jamais mariée : peut-être ne signerait-elle jamais l'arrêt de mort de Marie Stuart.

Elle trempa la plume dans l'encrier qu'il tenait. Elle hésita, le regarda avec un sourire qu'il ne put déchiffrer, puis parapha l'ordre d'exécution.

Ayant peine à en croire ses yeux, Ned reprit le document et le tendit à Davison.

Élisabeth leur dit alors avec une affliction visible :

« N'êtes-vous pas navrés de voir pareille chose ?

— Je préfère voir Votre Majesté vivante, fût-ce au prix de la vie d'une autre reine », répondit Davison.

Bien répondu, songea Ned ; cela rappelait à Élisabeth que Marie la tuerait si elle le pouvait.

« Apportez ce papier au lord-chancelier afin qu'il y appose le grand sceau. »

Encore mieux, pensa Ned ; elle était bel et bien décidée.

« Oui, Votre Majesté, acquiesça Davison.

— Mais usez-en dans le plus grand secret, ajouta-t-elle.

— Oui, Votre Majesté. »

Davison pouvait approuver Sa Majesté autant qu'il le

souhaitait, songea Ned, mais que diable voulait-elle dire en parlant d'user de ce document dans le plus grand secret ? Il préféra ne pas poser de questions.

Elle se tourna vers lui.

« Informez Walsingham de ce que j'ai fait. » Elle ajouta d'un ton caustique : « Probablement en mourra-t-il de soulagement.

— Dieu merci, il n'est pas malade à ce point, protesta Ned.

— Dites-lui que la sentence sera exécutée à l'intérieur du château de Fotheringhay et non sur le pré – il n'y aura pas d'exécution publique.

— Fort bien. »

La reine sembla prise d'une humeur songeuse.

« Si seulement quelque ami loyal pouvait frapper en cachette, murmura-t-elle sans regarder les deux hommes. Les ambassadeurs de France et d'Écosse ne pourraient m'en blâmer. »

Ned fut outré. Ce qu'elle proposait là était un meurtre. Il décida sur-le-champ de ne pas être mêlé à pareil projet et de ne même pas en parler à autrui. Il serait trop facile à la reine de nier avoir ourdi un tel plan et de prouver ses dires en faisant pendre son exécutant.

Elle regarda Ned en face. Semblant percevoir sa réticence, elle tourna les yeux vers Davison. Lui aussi resta muet. Poussant un soupir, elle dit alors :

« Écrivez à sir Amias à Fotheringhay. Dites-lui que la reine regrette qu'il n'ait pas trouvé moyen d'abréger l'existence de Marie Stuart, compte tenu du grand péril qui pèse sur Élisabeth à toute heure de la journée. »

Voilà qui était brutal, même de la part de la reine.

« Abréger l'existence » n'était même pas un euphémisme. Toutefois Ned connaissait bien Paulet. C'était un geôlier des plus stricts, mais le sens moral qui l'incitait à traiter sa prisonnière avec sévérité lui interdirait aussi de la tuer. Il serait incapable de se persuader que ce meurtre était la volonté de Dieu. Il rejetterait la requête d'Élisabeth – qui l'en punirait probablement. Elle supportait mal ceux qui ne lui obéissaient pas.

Elle congédia Davison et Ned.

Dans l'antichambre, Ned s'adressa à Davison à voix basse.

« Une fois l'ordre d'exécution scellé, je vous suggère de

l'apporter à lord Burghley. Il convoquera probablement une réunion d'urgence du Conseil privé. Je suis sûr que ses membres voteront pour que ce document soit envoyé à Fotheringhay sans nouvelle consultation de la reine. Tout le monde désire en finir au plus vite.

— Qu'allez-vous faire ? demanda Davison.

— Moi ? Engager un bourreau. »

*

Le seul membre de l'entourage de Marie à garder les yeux secs était Marie elle-même.

Les femmes passèrent la nuit assises autour de son lit. Aucune ne trouva le sommeil. Elles entendaient dans la grande salle les marteaux des charpentiers occupés sans nul doute à construire un échafaud. À l'extérieur des appartements exigus de Marie, de lourdes bottes arpentèrent le couloir durant toute la nuit : inquiet, Paulet craignait une tentative d'évasion et avait renforcé la garde.

Marie se leva à six heures. Il faisait encore nuit. Alison l'habilla à la lueur des chandelles. Marie choisit un jupon rouge foncé et un corselet de satin rouge décolleté. Elle compléta sa tenue par une jupe de satin noir et un manteau du même tissu brodé d'or, dont les manches à crevés laissaient voir la doublure pourpre. Elle avait un col en fourrure pour se protéger de la sinistre froidure de Fotheringhay. Alison l'aida à se coiffer d'un bonnet blanc prolongé d'un long voile en dentelle qui descendait jusqu'au sol. Cela lui rappela la splendide traîne de velours bleu-gris qu'elle avait portée lors du mariage de Marie, à Paris, tant de douloureuses années auparavant.

Marie alla ensuite prier seule dans le petit oratoire, laissant Alison et les autres à l'extérieur. L'aube se levait. En regardant par la fenêtre, Alison vit que la journée serait belle et ensoleillée. Sans qu'elle sût pourquoi, ce détail anodin la mit en colère.

L'horloge sonna huit coups et, peu après, on frappa avec insistance à la porte des appartements de Marie. Une voix d'homme lança :

« Les lords attendent la reine. »

Jusqu'à cet instant, Alison n'avait pas vraiment cru que Marie serait exécutée. Elle avait imaginé une farce, une mascarade machinée par Paulet pour vider quelque rancune ; ou par Élisabeth, qui annulerait ses ordres à la dernière minute. Elle se rappela que William Appletree, qui avait tiré sur Élisabeth alors qu'elle voguait sur la Tamise, avait été spectaculairement gracié alors qu'il était déjà sur l'échafaud. Mais si les lords étaient venus assister à l'exécution, il n'y avait plus d'espoir. Elle eut l'impression que son cœur se changeait en une masse de plomb et ses jambes flageolèrent. Elle aurait voulu s'allonger, fermer les yeux et s'endormir pour l'éternité.

Mais elle devait veiller sur sa reine.

Elle frappa à la porte de la chapelle et l'entrouvrit. Marie, à genoux devant l'autel, tenait son bréviaire en latin.

« Accordez-moi un moment pour terminer mes prières », demanda-t-elle.

Alison transmit ce message à travers la porte close, mais les hommes qui attendaient au-dehors n'étaient pas d'humeur à faire des concessions. La porte s'ouvrit brusquement et le shérif entra.

« J'espère qu'elle ne nous obligera pas à la traîner là-bas », dit-il d'une voix inquiète, et Alison perçut, avec un pincement de compassion qui la surprit, qu'il était lui aussi affligé.

Il ouvrit la porte de la chapelle sans frapper. Marie se releva aussitôt. Elle était pâle mais calme, et en cet instant Alison – qui la connaissait bien – sut avec certitude qu'elle conserverait son royal maintien durant l'épreuve qui l'attendait. Elle en fut soulagée : elle aurait été profondément malheureuse de voir Marie perdre sa dignité en même temps que la vie.

« Suivez-moi », ordonna le shérif.

Marie se retourna un instant et décrocha un crucifix d'ivoire suspendu au-dessus de l'autel. La croix pressée contre sa lourde poitrine et le bréviaire à la main, elle suivit le shérif tandis qu'Alison fermait la marche.

Marie était plus grande que le shérif de quelques pouces. La maladie et l'incarcération avaient épaissi sa silhouette et voûté ses épaules, mais Alison constata avec une fierté attristée qu'elle se faisait un point d'honneur de se tenir bien droite, le visage hardi, le pas résolu.

On les arrêta dans la petite antichambre donnant sur la grande salle.

« À partir d'ici, la reine va seule », annonça le shérif.

Les servantes de Marie protestèrent, mais il demeura inflexible.

« Ordre de la reine Élisabeth », précisa-t-il.

Marie prit la parole d'une voix claire et ferme.

« Je ne vous crois pas. Reine vierge, jamais Élisabeth ne condamnerait une femme à mourir sans dames autour d'elle. »

Le shérif fit la sourde oreille. Il ouvrit la porte de la salle.

Alison entrevit une estrade provisoire de deux pieds de haut, drapée d'un tissu noir et entourée d'une foule de nobles.

Marie franchit le seuil puis fit halte, empêchant le shérif de refermer la porte, et déclara d'une voix qui porta jusqu'au fond de la salle :

« Je vous supplie, messeigneurs, d'autoriser mes servantes à m'accompagner, afin qu'elles puissent témoigner des circonstances de ma mort. »

Quelqu'un répliqua :

« Elles risqueraient de tremper leurs mouchoirs dans son sang, pour que des imbéciles superstitieux en usent ensuite comme de reliques blasphématoires. »

On s'inquiétait déjà des réactions du peuple à cette exécution publique, comprit Alison. Quoi qu'ils fassent, se dit-elle avec rage, ceux qui participaient à cette vilenie seraient à jamais des objets de haine et de mépris.

« Elles n'en feront rien, répondit Marie. Je vous en donne ma parole. »

Les lords se rassemblèrent, Alison les entendit échanger des murmures, puis la voix reprit :

« Fort bien, mais elles ne seront que six. »

Marie s'inclina, désigna une par une celles qu'elle souhaitait voir à son côté – en commençant par Alison – puis s'avança.

Alison put alors embrasser toute la salle du regard. L'estrade se trouvait au centre. Deux hommes y étaient assis sur des tabourets, et elle reconnut les comtes de Kent et de Shrewsbury. Un troisième tabouret, recouvert d'un coussin, était de toute évidence destiné à Marie. Devant lui, également drapé de noir, se trouvait le billot, et sur le sol était posée une grande hache de bûcheron, à la lame fraîchement affûtée à la meule.

Deux autres sièges avaient été disposés devant l'estrade, le premier occupé par Paulet, le second par un inconnu. Alison aperçut debout un peu plus loin un homme massif vêtu comme un journalier, ce qui le distinguait du reste de l'assistance ; après un instant d'incompréhension, Alison songea qu'il devait s'agir du bourreau. Un important contingent de soldats en armes entourait l'estrade. À l'extérieur de ce cercle se massait une foule de spectateurs : il ne pouvait y avoir d'exécution sans témoins.

Alison reconnut sir Ned Willard parmi eux. Plus que tout autre, il était responsable de l'horreur qui se déroulait ce jour-là. Il avait déjoué tous les plans des ennemis d'Élisabeth. Mais il n'avait nullement l'air triomphant. Il semblait plutôt atterré par le spectacle de l'estrade, de la hache et de la reine condamnée. Alison aurait préféré le voir exulter : elle ne l'en aurait haï que davantage.

Des bûches flambaient dans la grande cheminée, sans répandre pourtant de chaleur, et Alison songea que cette salle devait être bien plus froide que la cour inondée de soleil que l'on apercevait par les fenêtres.

Marie s'approcha de l'estrade. À cet instant, Paulet se leva et lui tendit la main pour l'aider à monter les marches.

« Merci », dit-elle. Sans doute perçut-elle la cruelle ironie de cette courtoisie, car elle ajouta avec amertume : « C'est la dernière fois que je vous dérangerai. »

Elle gravit les trois marches la tête haute.

Puis, calmement, elle s'assit sur le tabouret disposé à son intention.

Tandis qu'on lisait son ordre d'exécution, elle resta immobile, le visage impassible, mais lorsqu'un pasteur se mit à prier, d'une voix sonore et pompeuse, implorant Dieu de la convertir à la foi protestante en ses ultimes instants, elle se récria.

« Je ne reconnais que la religion catholique romaine de nos ancêtres, affirma-t-elle avec des accents royaux, et suis prête à verser mon sang en son nom. »

Sans lui prêter attention, l'homme poursuivit son oraison.

Marie se tourna sur son tabouret de façon à ne plus le voir et ouvrit son bréviaire en latin. Elle se mit à lire d'une voix posée pendant que l'autre continuait à déclamer, et Alison songea avec fierté que Marie était sans conteste la plus digne des deux. Au bout d'une minute, Marie se laissa glisser de son tabouret, et continua de prier à genoux sur le sol, faisant face au billot comme si c'était un autel.

Les prières s'achevèrent enfin. Marie dut retirer une partie de ses vêtements. Alison monta sur l'estrade pour l'aider. Marie semblait vouloir faire vite, comme impatiente d'en finir, et Alison lui ôta avec célérité son manteau et sa robe, puis son bonnet et son voile.

Marie se dressa alors dans ses vêtements de dessous rouges, l'image même d'une martyre catholique, et Alison comprit que c'était à dessein qu'elle avait choisi ces couleurs.

Ses servantes sanglotaient et priaient tout haut, mais Marie les réprimanda, disant en français :

« Ne me pleurez pas. »

Le bourreau s'empara de sa hache.

Une des femmes apporta un linge blanc pour voiler les yeux de la reine.

Marie s'agenouilla. Incapable de voir le billot, elle le chercha à tâtons, puis baissa la tête, la couchant dessus en exhibant son cou pâle et nu. Dans quelques secondes, la hache trancherait cette blanche chair. Alison éprouvait une horreur insondable.

D'une voix forte, Marie s'écria en latin :

« En tes mains, Seigneur, je remets mon esprit. »

Le bourreau leva sa hache et l'abaissa vivement.

Il manqua sa cible. Au lieu de trancher le cou de Marie, la lame heurta l'os de l'occiput. Incapable de se contenir, Alison poussa un sanglot. Jamais de sa longue vie, elle n'avait rien vu d'aussi effroyable.

Marie ne bougea pas, et Alison n'aurait su dire si elle était encore consciente. Elle n'émit aucun bruit.

Le bourreau releva la hache et la rabaissa, et cette fois-ci il visa mieux. La lame d'acier trancha le cou comme il le fallait et le traversa presque entièrement. Un tendon résista cependant et la tête de Marie ne tomba pas.

Image affreuse, le bourreau saisit alors le manche de la hache à deux mains et scia le tendon.

Enfin, la tête de Marie tomba du billot sur la paille disposée pour la recevoir.

L'homme la saisit par les cheveux, la brandit bien haut afin que tous la voient en disant :

« Que Dieu sauve la reine ! »

Mais Marie portait une perruque et, sous les yeux révulsés d'horreur d'Alison, tête et perruque se dissocièrent. La tête de Marie tomba sur l'estrade ; le bourreau ne tenait plus que sa perruque acajou. Et tous purent constater que la tête tombée était couverte de courts cheveux gris.

C'était l'ultime, l'atroce indignité, et Alison ne put que fermer les yeux.

25

Sylvie avait la nausée en pensant à l'invasion espagnole. Elle imaginait un nouveau massacre de la Saint-Barthélemy. En esprit, elle revoyait les tas de cadavres nus exhibant leurs plaies hideuses dans les rues de Paris. Elle croyait en avoir fini avec toutes ces horreurs. Cela n'allait tout de même pas recommencer ?

Les ennemis de la reine Élisabeth avaient changé de tactique. Au lieu de conspirer dans l'ombre, ils préféraient désormais agir au grand jour. Le roi Philippe II assemblait une armada. Cela faisait longtemps qu'il caressait un tel projet, mais la décollation de Marie Stuart légitimait cette invasion aux yeux des monarques européens. Sixte Quint, un pape pourtant connu pour son avarice, avait été tellement indigné par cette exécution qu'il s'était engagé à verser un million de ducats d'or pour financer la guerre.

Ned avait été informé très tôt de l'existence de l'armada, mais c'était aujourd'hui le secret le plus mal gardé d'Europe. Sylvie en avait entendu parler à l'église protestante des

Français de Londres. Philippe II ne pouvait espérer dissimuler le rassemblement de plusieurs centaines de navires et de milliers de soldats autour du port de Lisbonne. La marine espagnole achetait des quantités effarantes de fournitures – vivres, poudre, boulets de canon, précieux barils permettant de stocker les produits – et Philippe avait dépêché à travers tout le continent européen des agents chargés de se procurer ces articles. Ils avaient même acquis des marchandises anglaises, savait Sylvie, car un négociant de Kingsbridge nommé Elijah Cordwainer avait été pendu pour leur en avoir vendu.

Ned cherchait désespérément des informations sur le plan de bataille espagnol. Sylvie avait demandé à ses contacts parisiens d'être à l'affût d'indices de toute nature. Entre-temps, ils avaient reçu des nouvelles de Barney. L'*Alice*, son navire, avait brièvement jeté l'ancre à Douvres sur la route du port de Combe et il en avait profité pour écrire à son frère, l'avisant qu'il arriverait à Kingsbridge quelques jours plus tard et souhaitait l'y voir pour une raison tout à fait spéciale.

Sylvie avait engagé une assistante compétente capable de s'occuper de la librairie en son absence. Ned, lui aussi, pouvait s'absenter quelques jours de Londres. Ils arrivèrent à Kingsbridge avant Barney. Ne sachant quand il les rejoindrait, ils se rendaient tous les jours sur les quais pour attendre la barge de Combe. Alfo, le fils de Barney, alors âgé de vingt-trois ans, les accompagnait. Ainsi que Valérie Forneron.

Alfo fréquentait en effet Valérie, la séduisante fille de Guillaume Forneron, l'immigrant huguenot fabricant de batiste. Elle était l'une des innombrables filles de Kingsbridge attirées par Alfo, qui alliait le charme de son père à une beauté exotique. Sylvie se demandait si Guillaume avait des préventions contre un soupirant si différent des autres. Toutefois, la seule chose qui comptait apparemment pour Guillaume était qu'Alfo fût protestant. Si Valérie s'était entichée d'un catholique, il y aurait eu du grabuge.

Alfo confia à Sylvie que Valérie et lui étaient officieusement fiancés.

« Pensez-vous que le capitaine sera d'accord ? demanda Alfo avec inquiétude. Je n'ai pas pu lui en parler. »

Sylvie réfléchit une minute.

« Dis-lui que tu es désolé de n'avoir pas pu lui demander son autorisation, puisque tu ne l'as pas vu depuis trois ans, mais ajoute que tu es sûr que Valérie lui plaira. Je serais étonnée qu'il s'en offusque. »

Barney arriva le troisième jour, et il avait une surprise pour eux. Il descendit de la barge accompagné d'une femme d'une quarantaine d'années, aux joues vermeilles, aux cheveux blonds et bouclés et au sourire rayonnant.

« Je vous présente Helga, dit-il d'un air fort content de lui. Mon épouse. »

Helga se précipita aussitôt sur Alfo. Elle prit ses mains dans les siennes et lui déclara avec un fort accent allemand :

« Votre père m'a tout raconté à propos de votre mère, et je sais que je ne la remplacerai jamais. Mais j'espère que nous apprendrons à nous aimer, vous et moi. Et j'essaierai de ne pas ressembler à la méchante marâtre des contes de fées. »

C'était exactement ce qu'il fallait dire, songea Sylvie.

Son histoire leur fut révélée par bribes. Helga était une veuve sans enfants originaire d'Hambourg. Elle avait été à la tête d'un fructueux négoce de vin doré de Rhénanie fort apprécié des Anglais. Barney avait tour à tour été son client, son amant puis son fiancé. Elle avait vendu son affaire pour l'épouser, mais avait l'intention de reprendre ses activités à Kingsbridge et d'y importer le même vin.

Alfo leur présenta Valérie et, comme il cherchait la meilleure façon d'annoncer leurs fiançailles, Barney lui coupa la parole et déclara :

« Elle est merveilleuse, Alfo – dépêche-toi de l'épouser. »

Tout le monde s'esclaffa et Alfo parvint à répondre :

« C'est exactement ce que je compte faire, capitaine. »

Ces retrouvailles firent le bonheur de Sylvie : tous s'étreignaient et se serraient la main, les nouvelles pleuvaient, tout le monde parlait en même temps, riait avec ravissement. Comme toujours en pareille circonstance, elle était frappée par le contraste entre la famille de Ned et la sienne. Ils n'avaient été que trois, son père, sa mère et elle-même, puis deux seulement. Les nombreux parents de Ned l'avaient d'abord déconcertée, mais elle les adorait tous à présent, et du coup, sa propre famille lui paraissait un peu étriquée avec le recul.

Enfin ils remontèrent la rue principale. Lorsqu'ils arrivèrent devant la maison Willard, Barney se tourna vers la place du marché et lança :

« Holà ! Que sont devenues les ruines du monastère ?

— Venez voir », proposa Alfo.

Il conduisit le petit groupe vers la nouvelle entrée percée dans le mur ouest du cloître. Il avait pavé le sol afin que les allées et venues ne le transforment pas en bourbier. Il avait réparé les arches et les voûtes, et un éventaire occupait à présent chacune des baies. Le lieu grouillait d'acheteurs.

« Mais c'était le rêve de ma mère ! s'exclama Barney. Qui a fait cela ?

— Vous, capitaine », répondit Alfo.

Ned lui expliqua :

« J'ai acheté le terrain avec ton argent, et Alfo l'a transformé pour en faire le marché couvert que Maman avait imaginé il y a trente ans.

— C'est merveilleux, approuva Barney.

— Et très rentable », ajouta fièrement Alfo.

Sylvie, qui connaissait parfaitement les besoins des marchands, avait donné de nombreux conseils à Alfo lors des travaux. Comme tous les jeunes gens, Alfo ne s'étendait guère sur l'aide reçue et, en tante indulgente, elle se garda bien d'intervenir.

En toute justice, Alfo était doué pour le commerce. Sylvie supposait qu'il avait hérité cela de sa mère, qui, disait-on, distillait le meilleur rhum de Nouvelle-Espagne.

« C'est plein à craquer, remarqua Barney.

— Je voudrais l'agrandir en transformant l'ancien réfectoire des moines », expliqua Alfo. Il se hâta d'ajouter : « Si vous êtes d'accord, capitaine.

— Cela me semble une bonne idée, acquiesça Barney. Nous étudierons les chiffres un peu plus tard. Nous avons tout le temps. »

Retraversant la place, ils entrèrent enfin dans la maison. La famille se rassembla autour de la table du dîner et la conversation porta évidemment sur l'invasion espagnole imminente.

« Après tout ce que nous avons fait..., remarqua Ned d'un air lugubre qui serra le cœur de Sylvie. Nous ne voulions qu'une chose, un pays où chacun pourrait faire la paix avec Dieu comme il l'entend au lieu de répéter des prières comme un perroquet. Mais ils nous le refusent.

— Y a-t-il des esclaves en Espagne, capitaine ? » demanda Alfo à Barney.

Pourquoi cette question ? s'interrogea Sylvie. Elle se rappela le jour où Alfo avait commencé à s'intéresser au problème de l'esclavage. Il devait avoir treize ou quatorze ans. Sa mère lui avait raconté quand il était petit que sa grand-mère était esclave et que nombre d'esclaves avaient la peau noire, comme lui. Il avait été très rassuré d'apprendre que l'esclavage était illégal en Angleterre. Il n'avait plus abordé le sujet depuis, mais Sylvie comprit à présent qu'il ne lui était jamais sorti de l'esprit. Pour lui, l'Angleterre incarnait la liberté ; et la perspective d'une invasion espagnole avait réveillé ses craintes.

« Oui, dit Barney. Il y a des esclaves en Espagne. À Séville, où je vivais autrefois, toutes les familles riches en possédaient.

— Et tous les esclaves étaient noirs ? »

Barney soupira.

« Oui. On trouve bien parmi eux quelques prisonniers de guerre européens, en général des galériens, mais la plupart sont turcs ou africains.

— Si les Espagnols nous envahissent, changeront-ils nos lois ?

— Très certainement. Ils veulent que nous soyons tous catholiques. Ils n'en font pas mystère.

— Et autoriseront-ils l'esclavage ?

— Sans doute. »

Alfo hocha la tête d'un air lugubre et Sylvie se demanda s'il sentirait peser toute sa vie durant la menace de la servitude.

« Ne peut-on rien faire pour empêcher cette invasion ? demanda-t-elle.

— Si, répliqua Barney. Il ne faut pas attendre qu'ils débarquent – il faut les attaquer les premiers.

— Nous avons déjà proposé une frappe préventive à la reine, intervint Ned.

— Arrêtez-les avant qu'ils se mettent en route. »

Ned était plus modéré.

« Provoquons plutôt suffisamment de dégâts par une attaque avant qu'ils prennent la mer, pour inciter Philippe à réfléchir.

— La reine Élisabeth a-t-elle approuvé ce plan ? demanda Barney avec enthousiasme.

— Elle a décidé d'envoyer six bâtiments : quatre navires de guerre et deux pinasses. »

Petites et rapides, les pinasses servaient de courriers et d'éclaireurs, mais n'étaient guère efficaces en cas de combat.

« Quatre navires de guerre – contre le pays le plus riche et le plus puissant du monde ? protesta Barney. C'est insuffisant !

— Nous ne pouvons pas risquer toute notre flotte ! Le royaume resterait sans défense. Mais nous proposons aux navires marchands armés de se joindre à nous. Si la mission est un succès, il y aura du butin à se partager.

— J'en serai, annonça aussitôt Barney.

— Oh ! » fit Helga, qui avait à peine ouvert la bouche jusque-là. Elle semblait consternée. « Si tôt ? »

Sylvie avait de la peine pour elle. Mais elle avait épousé un marin. Un homme qui vivait dangereusement.

« J'engagerai mes deux navires », poursuivit Barney. Outre l'*Alice*, il possédait un second bâtiment, le *Bella.* « Qui commande l'expédition ?

— Sir Francis Drake, répondit Ned.

— C'est l'homme de la situation ! » s'exclama Alfo.

Drake était le héros des jeunes Anglais : il avait fait le tour du monde, un exploit qu'il n'était que le second navigateur de l'histoire à accomplir. Cette prouesse était propre à enflammer l'imagination des jeunes gens, se dit Sylvie.

« Tout ira bien si Drake est avec nous, conclut Alfo.

— Peut-être, acquiesça Sylvie, mais je prierai également pour que Dieu vous accompagne.

— Moi aussi », renchérit Helga.

*

Nul ne devrait aimer la mer, mais Barney la chérissait. La sensation de voguer, les voiles claquant au vent, les vagues scintillant au soleil, tout en elle l'exaltait.

Cela tenait un peu de la folie. La mer était dangereuse. Alors que la flotte anglaise n'avait même pas encore aperçu l'ennemi, elle avait déjà perdu un navire, le *Marengo*, au cours d'une violente tempête dans le golfe de Gascogne. Même par beau temps, on courait à tout moment le risque d'être attaqué par des vaisseaux ennemis – voire par des pirates, qui feignaient d'être animés de bonnes intentions jusqu'à la dernière minute. Les marins faisaient rarement de vieux os.

Le fils de Barney aurait voulu les accompagner. Il aurait voulu être en première ligne pour défendre son pays. Alfo adorait l'Angleterre et Kingsbridge en particulier. Mais Barney s'y était fermement opposé. La véritable passion d'Alfo était le commerce, en quoi il différait de son père, qui avait toujours détesté les livres de comptes. Et puis, s'il n'hésitait pas à risquer sa vie, Barney répugnait à mettre en danger son fils bien-aimé.

Les eaux traîtresses de l'Atlantique s'étaient calmées à mesure que la flotte s'approchait de la chaleur de la Méditerranée. Barney estimait qu'ils se trouvaient à un peu moins de cent encablures de Cadix, près de Gibraltar, sur la pointe sud-ouest de l'Espagne, lorsque retentit un coup de canon : l'*Elizabeth Bonaventura*, leur navire amiral, hissait pavillon pour convoquer tous les capitaines à un conseil de guerre avec le vice-amiral sir Francis Drake.

Il était quatre heures, en ce bel après-midi du mercredi 29 avril 1587, et une forte brise du sud-ouest poussait les vingt-six navires vers leur destination à une vitesse de cinq nœuds. Un peu à contrecœur, Barney ramena les voiles de l'*Alice* qui ralentit jusqu'à s'immobiliser, ballottant sur la houle à en rendre malade un marin d'eau douce.

Seuls six bâtiments étaient des navires de guerre appartenant à la reine. Les vingt autres, dont ceux de Barney, étaient des navires marchands armés. Nul doute que Philippe II les accuserait de n'être que de vulgaires pirates – ce qui n'était pas entièrement faux, songea Barney. Mais, contrairement à Philippe, Élisabeth ne disposait pas des inépuisables mines d'argent de

Nouvelle-Espagne pour financer sa marine, et n'avait pas d'autre moyen de rassembler une flotte de guerre.

Barney ordonna à son équipage de mettre un canot à la mer pour le conduire à bord de l'*Elizabeth Bonaventura.* Il constata que les autres capitaines en faisaient autant. Quelques minutes plus tard, le canot accosta le navire amiral, et il grimpa à l'échelle de coupée.

C'était un grand vaisseau, long d'une centaine de pieds et lourdement armé – quarante-cinq canons, dont deux massifs tirant des boulets de soixante livres –, mais aucune de ses cabines n'était assez vaste pour abriter tous les capitaines. Ils restèrent donc sur le pont, autour d'un fauteuil en bois sculpté sur lequel personne n'osait s'asseoir.

Une partie de la flotte étant à la traîne à une dizaine d'encablures voire davantage, tous les capitaines n'étaient pas encore arrivés lorsqu'un Drake impatient fit son apparition.

C'était un homme d'une quarantaine d'années, plutôt corpulent, avec des boucles rousses, des yeux verts et un teint blanc nuancé de rose que certains disaient « frais ». Sa tête semblait un peu trop petite pour son corps.

Barney ôta son chapeau, imité par les autres capitaines. Drake était réputé pour son orgueil, sans doute parce que, d'humble fils de fermier du Devon, il s'était hissé parmi les grands de ce monde. Mais le respect qu'il inspirait aux capitaines était sincère. Tous connaissaient dans ses moindres détails son périple de trois ans autour du globe.

Il s'assit sur le fauteuil ouvragé, jeta un coup d'œil au ciel et annonça :

« Nous serons à Cadix avant le coucher du soleil. »

C'était Cadix qu'il avait choisie pour cible plutôt que Lisbonne, où se rassemblait la flotte espagnole. Aussi obsédé par les informations que l'était la défunte mère de Barney, il avait interrogé deux marchands néerlandais qu'ils avaient croisés au large de Lisbonne. Ils lui avaient appris que c'était à Cadix que les Espagnols embarquaient leur ravitaillement, un renseignement qui n'était pas tombé dans l'oreille d'un sourd. Ces navires-là seraient plus faciles à vaincre, et – détail important pour cet homme âpre au gain – leurs cargaisons feraient un butin plus précieux.

Son second, William Borough, célèbre navigateur, auteur d'un traité sur la boussole, déclara :

« Mais nous ne sommes pas au complet – plusieurs navires sont encore à une bonne distance d'ici. »

On n'aurait pu imaginer deux hommes plus différents que Drake et Borough, songea Barney. Ce dernier était un homme instruit, érudit et pondéré, un maniaque des archives, des documents et des cartes. Drake était impulsif, téméraire, un homme d'action.

« Le temps et le vent sont de notre côté, remarqua ce dernier. Il ne faut pas laisser passer cette chance.

— Cadix est un vaste port, mais l'entrée de la baie est traître », objecta Borough.

Il agita une carte que Drake ne daigna pas regarder. Borough insista néanmoins.

« Il n'existe qu'un seul chenal et il frôle la pointe de la péninsule – où se trouve une forteresse hérissée de canons.

— Nous entrerons sans pavillon, annonça Drake. Quand ils nous auront reconnus, il sera trop tard.

— Nous ignorons combien de bateaux se trouvent dans le port, contra Borough.

— Uniquement des navires marchands, à en croire ces deux Néerlandais.

— Peut-être y a-t-il également des navires de guerre.

— Ils sont tous à Lisbonne – raison pour laquelle nous allons à Cadix. »

Borough était agacé par l'insouciance de Drake.

« Alors quel est notre plan de bataille ? demanda-t-il avec colère.

— Notre plan ? répondit Drake sans broncher. Suivez-moi ! »

Il lança aussitôt des ordres à son équipage. En hâte, Barney et les autres capitaines regagnèrent leurs canots, se réjouissant de l'audace de Drake, impatients eux aussi de passer à l'action. Le démon de l'anxiété murmurait à Barney que Borough avait raison de se méfier, mais l'intrépidité de Drake était contagieuse.

De retour sur l'*Alice,* Barney ordonna aussitôt à l'équipage de hisser les voiles. Il y en avait six en tout, deux par mât, toutes de forme carrée. Les marins grimpaient comme des singes et, moins d'une minute plus tard, la brise gonflait la toile, la proue du navire fendait les eaux et Barney était heureux.

Il regarda vers l'avant. Une tache apparut à l'horizon, et on vit peu à peu se dessiner une forteresse.

Barney connaissait bien Cadix, bâtie près de l'embouchure du Guadalquivir, à une trentaine de lieues de Séville, où il avait vécu près de trente ans plus tôt avec Carlos et Ebrima. À l'intérieur des terres se trouvait Xérès, où l'on produisait le vin fort si prisé des Anglais. La ville de Cadix et sa forteresse occupaient la pointe d'une longue péninsule entourant un vaste port naturel. Deux fleuves se jetaient dans une grande baie bordée de villages et d'habitations.

Les bâtiments de la flotte se placèrent en file indienne derrière le vaisseau amiral, les navires de guerre d'abord, les navires marchands ensuite. Sans avoir besoin d'ordres, ils adoptèrent la formation dite en « ligne de bataille » : un ennemi leur faisant face – les Espagnols étaient actuellement droit devant – ne pourrait ainsi tirer que sur une cible à la fois. Par ailleurs, si Drake réussissait à trouver le chenal d'accès, ils n'auraient qu'à le suivre.

Barney avait peur, mais cela se traduisait chez lui par un curieux effet : l'excitation. C'était encore mieux qu'un verre de xérès. Il se sentait plus vivant en présence du danger. Ce n'était pas un imbécile : il savait que les blessures faisaient souffrir et avait observé la panique d'hommes en train de se noyer quand leur navire coulait. Mais, sans qu'il sût pourquoi, rien de tout cela n'atténuait le frisson qui le parcourait à l'approche du combat, alors qu'il se préparait à tuer ou à être tué.

Il restait une heure avant le coucher de soleil, estima-t-il, lorsque l'*Elizabeth Bonaventura* entra dans le port de Cadix.

Barney examina la forteresse. Il ne voyait aucun mouvement autour des canons, personne en train de charger des boulets dans leur gueule, de courir chercher de la poudre, des seaux ou de longs tire-bourres. Il n'apercevait qu'une poignée de soldats accoudés aux remparts, jetant un regard vaguement curieux à la flotte en approche. De toute évidence, personne n'avait donné l'alarme.

Comme l'*Alice* entrait à son tour dans le port, Barney tourna son regard vers la ville. Il distingua ce qui ressemblait à une grande place noire de monde. Il ne s'y trouvait aucun canon, pour la bonne raison que leurs boulets auraient risqué de toucher les bateaux serrés les uns contre les autres le long des quais.

Intrigué, il remarqua que certains navires n'avaient plus de voiles, que leurs mâts étaient dénudés. Pourquoi avait-on fait cela ? Il fallait réparer les voiles régulièrement, mais pas toutes en même temps. Il se rappela que Ned lui avait dit que Philippe II avait réquisitionné des dizaines de bateaux étrangers pour former son armada, sans se soucier des souhaits de leurs propriétaires. Peut-être cherchait-on ainsi à les empêcher de s'éclipser en douce, songea-t-il. En tout état de cause, ils étaient désormais immobilisés, incapables d'échapper aux canons anglais. Double malchance pour eux.

En scrutant la ville dans la lumière du crépuscule, il constata que la plupart des occupants de la grande place tournaient le dos à la mer. Ils formaient deux groupes distincts et, lorsque la flotte approcha, il remarqua que le premier assistait à une représentation théâtrale donnée sur une estrade tandis que le second entourait une troupe d'acrobates. Cadix n'avait jamais connu le feu du vivant de Barney, ni même depuis de longues années auparavant, à sa connaissance, et il devina que ces gens se sentaient en sécurité. Pourquoi se seraient-ils attardés à contempler le spectacle quotidien de navires entrant dans le port ?

Un terrible choc les attendait dans les minutes à venir.

Parcourant la baie du regard, il estima qu'il y avait en tout une soixantaine de bateaux. La moitié étaient des navires marchands, l'autre un assortiment de bâtiments plus petits, amarrés au quai ou ancrés au large. La plupart des marins devaient être à terre, heureux de déguster des aliments frais, de boire dans les tavernes ou de lutiner les filles. Ils étaient certainement nombreux au milieu de la foule massée sur la place. Les navires anglais étaient les loups dans la bergerie, prêts à bondir. Barney éprouva un élan d'enthousiasme : quel coup fatal ce serait pour le plan du roi Philippe si la flotte anglaise parvenait à détruire tous ces bateaux !

Il avait exécuté un tour presque complet et était tourné vers le nord lorsqu'il aperçut les galères.

Elles étaient deux, qui sortaient d'El Puerto de Santa María, à l'embouchure du Guadalete. Il les reconnut à leur profil effilé et aux rames saillant de leurs flancs, plongeant et émergeant de l'eau en parfait unisson. Une galère chavirait aisément dans une tempête en Atlantique, mais elles étaient fort communes dans les eaux calmes de la Méditerranée. Propulsées par des esclaves, elles étaient rapides, faciles à manœuvrer et indifférentes aux caprices du vent, un net avantage sur les voiliers.

Barney les regarda filer à travers la baie. Leurs canons étaient montés sur la proue, de sorte qu'elles ne pouvaient tirer que vers l'avant. Elles étaient généralement équipées d'un éperon en fer ou en cuivre, leur contingent de piquiers et d'arquebusiers abordant ensuite le vaisseau ennemi paralysé pour achever son équipage. Mais personne n'aurait envoyé deux galères attaquer vingt-six navires, et Barney conclut qu'elles étaient en mission de renseignement. Leurs capitaines voulaient interroger le commandant de la flotte.

Ils n'en eurent pas le temps.

Drake fit virer l'*Elizabeth Bonaventura* en direction des galères, une manœuvre exécutée à la perfection. Il aurait rencontré des difficultés en l'absence de vent, car les voiliers étaient impuissants une fois encalminés, alors que les galères ne souffraient pas de cet inconvénient. Mais la chance était avec lui.

Les autres navires de guerre suivirent son exemple avec précision.

Les bateaux marchands gardèrent le cap, s'engageant l'un après l'autre dans le chenal d'accès devant la forteresse puis se déployant dans le port.

Barney observa les galères. Chacune d'elles comportait vingt-quatre rames, calcula-t-il. Chaque rame était manœuvrée par cinq esclaves. Enchaînés à leurs bancs, ces hommes ne survivaient pas longtemps : brûlés par le soleil, macérant dans leurs déjections, ils étaient constamment victimes de maladies contagieuses. Les plus faibles tenaient quelques semaines, les plus forts un an ou deux, après quoi on jetait sans cérémonie leurs cadavres dans les flots.

Alors que les galères s'approchaient de l'*Elizabeth Bonaventura*, Barney attendit que Drake passe à l'action. Au moment même où il se demandait si le vice-amiral ne tardait pas trop à ouvrir le feu, un plumet de fumée monta de son vaisseau et, l'instant suivant, le grondement du canon résonna dans la baie. Le premier boulet s'abîma dans l'eau, l'artilleur tentant encore d'ajuster son tir ; l'artillerie n'était pas une science exacte, comme le savait bien le canonnier Barney. Malheureusement, le deuxième coup manqua, le troisième aussi : peut-être avait-on affaire à un incompétent.

Les galères ne ripostèrent pas : l'ennemi n'était pas encore à portée de leurs petits canons.

Le canonnier de Drake n'était pas incompétent. Son quatrième boulet fracassa une galère en son milieu, le cinquième l'atteignit à la proue.

Deux coups meurtriers, deux projectiles de gros calibre, et la galère se mit aussitôt à chavirer. Barney entendit les hurlements des blessés et les cris de panique de ceux qui avaient la chance d'être indemnes. Les soldats jetèrent leurs armes, sautèrent par-dessus bord et gagnèrent l'autre galère à la nage, s'accrochant parfois à des débris de bois. Quelques instants plus tard, les membres de l'équipage les imitèrent. Un chœur de cris et de prières monta des bancs de rameurs qui suppliaient qu'on les libère de leurs chaînes, mais personne n'avait le temps de s'occuper d'eux et on les laissa, poussant des gémissements pitoyables, couler avec l'épave.

La seconde galère ralentit sa course pour repêcher les survivants. Drake cessa le feu, peut-être, en gentilhomme qu'il était, pour épargner les malheureux qui étaient à l'eau, ou plus probablement pour économiser ses munitions.

Presque aussitôt, de nouvelles galères arrivèrent d'El Puerto de Santa María, leurs rames montant et descendant avec une grâce et une régularité évoquant la course d'un pur-sang. Barney en dénombra six qui fendaient les eaux calmes du port. Il félicita mentalement l'officier qui les commandait : il fallait du courage pour envoyer six navires en affronter vingt-six.

Elles s'étaient déployées – côte à côte –, leur tactique habituelle, afin que chacune protège les flancs vulnérables de ses voisines.

Les quatre navires de guerre se tournèrent vers elles et chacun ouvrit le feu dès qu'elles furent à leur portée.

Comme le combat commençait, Barney remarqua que, dans la baie, quelques navires levaient l'ancre et hissaient les voiles. Leurs équipages n'étaient pas descendus à terre, supposa-t-il, et leurs capitaines, comprenant que Cadix était attaquée, avaient décidé de prendre la fuite. Mais la plupart d'entre eux étaient coincés : ils n'avaient pas le temps de rassembler leurs marins dispersés dans les tavernes et les bordels, et il leur était impossible de prendre le large sans équipage.

Sur la grande place, les gens s'affolaient, certains fuyant le port pour rentrer chez eux, la plupart courant se réfugier dans la forteresse.

Barney se concentra sur les navires qui n'avaient pas bougé de leur mouillage. Sans doute n'étaient-ils gardés que par un ou deux veilleurs de nuit. Il les inspecta de plus près et s'arrêta sur un petit trois-mâts à la poupe arrondie qui semblait conçu pour le transport plus que pour le combat. Il ne distinguait aucune activité sur le pont.

Il ordonna à son équipage de réduire la voilure, et l'*Alice* ralentit pour se diriger vers sa proie. À cet instant, Barney vit deux hommes abandonner leur poste : ils descendirent une corde pour gagner un canot, le détachèrent et ramèrent frénétiquement vers le rivage. Cela confirmait son impression. Le navire serait bientôt désert.

Il se tourna vers les bâtiments de guerre, de l'autre côté de la baie, et constata qu'ils avaient mis les galères en déroute.

Quelques minutes plus tard, l'*Alice* était suffisamment proche du but pour amener les voiles, se retrouvant presque à l'arrêt. L'équipage de Barney lança cordes et grappins pour rapprocher les deux navires. Puis ils passèrent de l'un à l'autre.

Il n'y avait personne à bord.

Jonathan Greenland, le second, descendit dans la cale pour examiner la cargaison.

Il remonta en faisant la grimace, portant d'une main des lattes de bois et de l'autre des bandes métalliques.

« Des douelles, expliqua-t-il d'un air dégoûté. Et des cercles de bouge pour tonneaux. »

Barney était déçu. Comme butin, c'était bien maigre. D'un autre côté, détruire cette cargaison affaiblirait l'armada en provoquant une pénurie de tonneaux destinés à ses provisions.

« Brûlez ce navire », ordonna-t-il.

Les matelots allèrent chercher de la térébenthine à bord de l'*Alice* et en aspergèrent le pont et l'intérieur de l'autre bateau. Puis ils y mirent le feu en plusieurs points et se hâtèrent de regagner leur bord.

Le soir tombait, mais le brasier éclairait les navires les plus proches et Barney choisit une deuxième cible. Une nouvelle fois, l'*Alice* s'approcha et on constata que les gardiens avaient déserté leur poste. L'équipage répéta la manœuvre et cette fois, Jonathan Greenland remonta de la cale le sourire aux lèvres.

« Du vin, annonça-t-il. Du xérès. Il y en a des lacs, non, des océans. »

Les marins anglais n'avaient droit qu'à de la bière, mais on servait du vin à ces veinards d'espagnols, et la flotte d'invasion en aurait besoin en quantité. Mais elle pouvait faire une croix sur cette cargaison.

« Prenez tout », commanda Barney.

On alluma des torches et on entama le transbordement, les matelots remontant les tonneaux de la cale pour les porter à bord de l'*Alice.* Ils s'activaient avec joie, sachant que chacun d'eux aurait droit à une part du produit de la vente de cette cargaison de prix.

Le navire ennemi était prêt pour un long voyage, et l'équipage de Barney s'empara également de provisions de viande salée, de fromage et de biscuits de mer qui rejoignirent les réserves de l'*Alice.* Le navire était armé, et Barney emporta tous les barils de poudre. Le calibre des boulets ne convenant pas à ses canons, il les fit tous jeter par-dessus bord afin qu'ils ne puissent jamais frapper des marins anglais.

Une fois la cale vide, il incendia le navire.

En parcourant le port du regard, il aperçut cinq ou six autres bateaux en feu. Sur la grève, on avait allumé des torches le long des quais et il observa que des attelages de chevaux y traînaient des canons venus de la forteresse. Les navires anglais seraient encore hors de leur portée, mais le but de la manœuvre était sans doute de dissuader les attaquants de débarquer. Il crut voir des troupes se masser sur la grande place. Les habitants de Cadix, présumant que ce raid n'était que le prélude à une invasion, avaient fort intelligemment décidé de veiller aux défenses terrestres de leur ville. Ils ne pouvaient pas savoir que les ordres de Drake étaient de détruire les navires et non de s'emparer de la cité.

En conséquence de quoi, les Anglais ne rencontrèrent presque aucune résistance. Barney vit un navire de taille imposante tirer sur les bâtiments anglais, mais c'était une exception : les coups de canon étaient rares, les marins anglais pillaient et brûlaient sans aucune opposition.

Barney chercha du regard une nouvelle proie.

*

L'Angleterre exulta à l'annonce du raid de Drake sur Cadix, mais le comte Bart, l'époux de Margery, ne prit pas part aux réjouissances.

Les rapports s'accordaient, malgré des versions parfois différentes, à dire que quelque vingt-cinq grands navires avaient été détruits et que des quantités phénoménales de réserves avaient été pillées ou envoyées par le fond. L'armada espagnole avait été paralysée avant même d'avoir levé l'ancre. Aucun marin anglais n'avait été tué et on ne déplorait qu'un blessé, frappé par un boulet tiré d'une galère. La reine Élisabeth avait même fait un bénéfice au terme de l'expédition.

« Quelle infamie ! vitupéra Bart à la table du dîner au Château Neuf. Aucune semonce, aucune déclaration de guerre. Cette opération se résume à des meurtres et des vols commis par des pirates sans vergogne. »

À cinquante ans, Bart rappelait à Margery le beau-père qui l'avait violée, à cette différence près que Bart était encore plus rougeaud et plus gras que son père ne l'avait été. Elle répliqua avec mauvaise humeur :

« Ces navires s'apprêtaient à venir nous tuer – nous tous, y compris mes deux fils. Je suis très heureuse qu'ils aient coulé. »

Le jeune Bartlet prit la défense de son père, comme

d'habitude. À vingt-trois ans, il ressemblait beaucoup au père de Margery, par sa haute taille et ses taches de rousseur, mais malheureusement, tous ses comportements étaient ceux de Bart. Elle l'aimait, mais ce n'était pas sans peine, et elle s'en voulait.

« Philippe II ne souhaite que restaurer le catholicisme en Angleterre, expliqua Bartlet. La plupart des Anglais en seraient ravis.

— Certains, sans doute, mais pas au prix d'être conquis par une puissance étrangère », riposta Margery.

Stephen Lincoln était outré.

« Madame, comment pouvez-vous dire une chose pareille ? Le pape a approuvé le projet du roi d'Espagne. »

Stephen s'était révélé un piètre ami pour Margery, mais elle n'en éprouvait pas moins quelque compassion pour lui. Le prêtre avait vécu trente ans dans la clandestinité, célébrant des offices furtifs à la nuit tombée et dissimulant les objets du culte dans des lieux indignes, comme s'ils étaient une source de honte. Il avait consacré sa vie à Dieu, mais c'était une vie de criminel, qui avait gravé des rides sur son visage émacié et empli son âme d'amertume. Il se trompait cependant dans le cas présent, et le pape avec lui.

« Je pense que c'est une erreur, rétorqua-t-elle sèchement. Une invasion détournerait le peuple de la religion catholique, qu'il associerait à la domination étrangère.

— Comment pouvez-vous en être sûre ? »

Stephen sous-entendait : *Vous, une simple femme*, sans oser toutefois le dire tout haut.

« Si j'en suis sûre, c'est parce que c'est exactement ce qui s'est passé aux Pays-Bas, répliqua Margery. Ce n'est pas parce qu'ils se soucient de doctrine que les patriotes du pays se battent pour la cause protestante, mais parce qu'ils veulent être indépendants de l'Espagne. »

Roger intervint. *C'était un si beau bébé autrefois*, songea Margery en contemplant ce jeune homme de dix-sept ans, dont la barbe naissante foncée et bouclée poussait très vite. Le regard espiègle de Margery s'était transformé chez son fils en assurance pétulante, qui suscitait le sourire de tous. Il avait les yeux brun doré de Ned, son vrai père. Fort heureusement, Bart, à l'instar de nombre d'hommes de son genre, ne remarquait pas ce genre de détails, et tous ceux qui soupçonnaient la vérité sur la naissance de Roger ne pipaient mot de crainte d'être passés au fil de l'épée.

« Alors, Mère, demanda Roger, comment, selon vous, pourrions-nous ramener notre pays au catholicisme ? »

Elle était fière d'avoir un fils capable de poser des questions aussi réfléchies et audacieuses. Doué d'une vive intelligence, il avait l'intention d'étudier au Kingsbridge College, à Oxford. C'était un fervent catholique, et il participait activement à l'introduction de prêtres clandestins en Angleterre. Néanmoins, Stephen, son précepteur, avait été incapable de dompter l'indépendance d'esprit qu'il avait héritée de Ned.

Elle lui répondit :

« Si on le laisse en paix, le peuple anglais retrouvera lentement mais sûrement le chemin de la vraie foi. »

Malheureusement, certains n'avaient pas l'intention de laisser le peuple anglais en paix.

On ne vit pas d'armada espagnole en 1587, mais, comme l'été cédait la place à l'automne, Margery et tous les autres comprirent qu'ils avaient chanté victoire trop tôt. Ils avaient tous cru que Drake avait empêché l'invasion. En réalité, le raid sur Cadix n'avait fait que la retarder. Philippe II était si riche que, à la grande consternation des Anglais, il s'engagea tout simplement dans la construction de nouveaux navires et reconstitua ses réserves.

La reine Élisabeth et son gouvernement commencèrent à se préparer à une lutte à mort.

Cet hiver-là, on répara les défenses tout le long de la côte. On renforça les châteaux et on leva de nouveaux remparts de terre autour de villes qui n'avaient plus vu de combat depuis des siècles. On reconstruisit les murailles de Kingsbridge, les anciennes ayant depuis longtemps été absorbées par les nouveaux faubourgs. On nettoya les vieux canons rouillés du port de Combe, dont la voix retentit à nouveau au cours de tirs d'essai. On mit en place depuis la côte jusqu'à Londres un chapelet de fanaux au sommet des collines, prêts à signaler l'arrivée des redoutables galions.

Margery était consternée. Les catholiques allaient massacrer les protestants, et inversement. Mais un disciple du Christ n'était pas censé manier l'épée ni tirer le canon, pas plus que tuer ou estropier. Dans les Évangiles, seuls les ennemis du Christ faisaient couler le sang.

Elle ne pouvait s'empêcher de songer que Ned partageait son opinion et estimait, comme elle, que des chrétiens ne devaient pas s'entretuer pour des questions de doctrine. C'était également ce que pensait la reine Élisabeth, affirmait-il, tout en reconnaissant qu'elle n'était pas toujours à la hauteur de ses idéaux.

Margery souffrit le martyre durant les premiers mois de 1588, alors que leur parvenaient des détails sur l'importance et la force de la nouvelle armada. À en croire la rumeur, elle comptait plus de cent navires, un chiffre qui terrifiait les Anglais dont la flotte se composait en tout et pour tout de trente-huit bâtiments.

Par précaution, le gouvernement entreprit d'incarcérer des personnalités connues pour leur foi catholique. Margery espérait que les hommes de sa famille seraient mis sous les verrous, car ils seraient alors en sécurité. Toutefois, Bart n'était pas considéré comme dangereux. Jamais il n'avait pris part à un complot. Le seul agent secret du Château Neuf avait été Margery, et elle avait fait preuve d'une telle prudence que nul ne l'avait jamais soupçonnée.

Puis arrivèrent les armes.

Deux charrettes de foin entrèrent dans le château, mais une fois leur chargement vidé, on vit apparaître une demi-douzaine de haches, une quarantaine d'épées, dix arquebuses, un sac de balles et un tonnelet de poudre. Margery regarda les hommes transporter armes et munitions et les cacher dans le vieux four à pain, puis elle demanda à Bart :

« Que comptez-vous faire de tout cela ? »

Elle se posait la question en toute sincérité. Son époux avait-il l'intention de se battre pour sa reine et sa patrie, ou pour l'Église catholique ?

Il ne tarda pas à lui ouvrir les yeux.

« Je vais rassembler une armée de membres de la noblesse et de paysans fidèles au catholicisme et la diviser en deux bataillons. Je conduirai le premier au port de Combe pour accueillir les libérateurs espagnols, et Bartlet, à la tête du second, investira

Kingsbridge, où la messe sera célébrée en latin dans la cathédrale. »

Un cri de protestation monta aux lèvres de Margery – qui le ravala aussitôt. Si Bart découvrait ses véritables sentiments, il cesserait de lui donner des informations.

Bart croyait que la seule perspective d'une effusion de sang l'effarouchait. Mais la préoccupation de Margery était bien plus profonde. Elle ne pouvait pas se contenter de détourner les yeux. Elle devait agir pour empêcher cela.

Au lieu de protester, elle le sonda.

« Vous ne pouvez pas agir tout seul.

— Je ne serai pas seul. D'autres nobles catholiques feront comme moi à travers tout le pays.

— Comment le savez-vous ?

— C'est votre frère qui dirige l'opération.

— Rollo ? » Voilà qui était nouveau pour elle. « Mais il est en France !

— Plus maintenant. Il est chargé d'organiser la noblesse catholique.

— Mais comment sait-il à qui se fier ? »

Margery, horrifiée, sut la réponse avant même d'avoir fini de poser la question.

Bart confirma ses craintes.

« Tous les nobles qui ont risqué leur vie pour héberger un prêtre clandestin sont prêts à se battre contre Élisabeth Tudor. »

Margery en eut le souffle coupé, comme si elle avait reçu un coup de poing dans le ventre. Elle s'efforça de dissimuler ses sentiments à Bart – qui, fort heureusement, n'était guère observateur.

« Donc… » Elle déglutit, reprit son souffle et poursuivit. « Donc, Rollo s'est servi de mon réseau de prêtres clandestins pour fomenter une insurrection armée contre la reine Élisabeth.

— Oui, acquiesça Bart. Nous avons jugé préférable ne pas vous le dire. »

Évidemment, songea Margery avec amertume.

« Les femmes n'aiment pas parler de violence, poursuivit Bart, comme s'il était expert en matière d'âme féminine. Mais vous auriez bien fini par l'apprendre. »

Margery était partagée entre la colère et l'écœurement, mais ne voulait pas que Bart s'en rende compte. Elle lui posa une question purement pratique :

« Où comptez-vous dissimuler ces armes ?

— Dans le vieux four à pain.

— Cela ne suffira pas pour équiper une armée.

— Un autre chargement arrivera bientôt. Et il y a beaucoup de place derrière le four. »

Comme Bart se tournait vers les domestiques pour leur donner des instructions, Margery en profita pour s'éloigner.

Avait-elle été naïve ? Elle savait parfaitement que Rollo n'aurait pas hésité à lui mentir, pas plus que Bart. Mais elle avait cru que le seul désir de son frère était d'aider les catholiques fidèles à leur foi à recevoir les sacrements. Aurait-elle dû deviner ses véritables intentions ?

Peut-être aurait-elle percé Rollo à jour si elle avait pu lui parler. Mais cela faisait des années qu'elle se contentait de lui faire des signes de la main sur la plage quand il faisait débarquer un nouveau groupe de prêtres du Collège anglais. Cette absence de contact lui avait permis de la berner plus aisément.

Une chose était sûre : plus jamais elle ne ferait entrer en Angleterre des prêtres envoyés par Rollo. Elle avait agi dans l'ignorance de leur double rôle, mais à présent qu'elle connaissait la vérité, il n'était plus question qu'elle participe à cette entreprise, ni à toute autre machination de son frère. À la première occasion, elle lui enverrait un message chiffré pour le lui signifier. Il serait furieux, ce dont elle retirerait une certaine satisfaction.

Elle ne ferma pas l'œil cette nuit-là, ni les suivantes, puis elle décida de cesser de s'accabler de reproches et d'agir. Rien ne l'obligeait à respecter les secrets de Rollo, et ceux de Bart pas davantage. Pouvait-elle empêcher le sang de couler et préserver ses fils du danger ?

Elle décida de parler à Ned Willard.

La fête de Pâques approchait et, comme de coutume, elle accompagnerait Bart et les garçons à Kingsbridge pour la foire pascale. Ils assisteraient tous aux offices religieux dans la cathédrale. Bart ne pouvait plus éviter de pratiquer le culte protestant :

c'était trop dangereux et trop onéreux – toute absence était désormais sanctionnée par une amende de vingt livres.

Sa conscience la tenailla lorsque toute sa famille approcha de Kingsbridge et qu'elle aperçut la cathédrale au-dessus des toits. N'aurait-elle pas dû soutenir l'invasion espagnole et la rébellion catholique qui lui était associée ? Peut-être cette campagne entraînerait-elle après tout le retour de l'Angleterre à la vraie foi, et telle était sûrement la volonté de Dieu.

La fête de Pâques avait perdu beaucoup de son éclat sous les protestants. Finie la procession pittoresque des reliques de saint Adolphe à travers les rues de la ville. Finis les mystères dans la cathédrale. Désormais, chaque après-midi, une troupe d'acteurs interprétait une pièce intitulée *Everyman* dans la cour de la taverne de la Cloche. Les protestants ne comprenaient pas que les gens avaient besoin de couleur et de spectacle à l'église.

Mais à quarante-cinq ans, Margery avait cessé de croire que le protestantisme était le mal et le catholicisme la perfection. À ses yeux, le clivage majeur était celui qui séparait la tyrannie et la tolérance ; ceux qui tentaient d'imposer leurs vues à tout le monde et ceux qui respectaient une foi qui n'était pas la leur. Rollo et Bart appartenaient au clan autoritaire qu'elle méprisait. Ned était l'un des rares à croire en la liberté de culte. Elle décida de lui faire confiance.

Elle ne le croisa pas au cours de la première journée qu'elle passa à Kingsbridge, pas plus que le lendemain. Peut-être ne venait-il pas pour Pâques cette année-là ? Elle aperçut le neveu de Ned, Alfo, époux comblé de Valérie Forneron. Elle vit aussi Helga, la belle-sœur allemande de Ned, mais Barney n'était pas là. Revenu de Cadix avec une petite fortune dans ses cales, il avait repris la mer après un bref congé. Margery hésita à les interroger sur les projets de Ned. Elle ne voulait pas leur donner l'impression d'être impatiente de le voir. C'était pourtant la vérité.

Le jour de Pâques, elle alla au marché dans l'ancien cloître, désormais couvert. Elle examinait un rouleau de tissu couleur bordeaux dont elle pensait qu'il pourrait lui convenir à présent que… eh bien, qu'elle n'était plus une jeune fille. Jetant un coup d'œil de l'autre côté du vaste quadrilatère, elle aperçut la silhouette petite et trapue de Sylvie, l'épouse de Ned.

Sylvie ressemblait à Margery, et toutes deux le savaient. Peu soucieuse de modestie, Margery ne pouvait que constater que Sylvie et elle étaient des femmes séduisantes, également intelligentes et déterminées – qui rappelaient, en vérité, l'indomptable mère de Ned. Certes, Sylvie était protestante, et militante qui plus est ; mais Margery y voyait un autre point commun entre elles, car toutes deux couraient des risques terribles au nom de leur foi.

C'était à Ned qu'elle souhaitait parler, et non à Sylvie ; mais celle-ci surprit son regard, sourit et se dirigea vers elle.

Margery songea soudain qu'elle pourrait lui confier un message pour son mari. C'était peut-être même une meilleure solution, car personne ne pourrait jeter le soupçon sur elle en rapportant à Bart qu'elle s'était entretenue avec Ned.

« Quelle jolie coiffe, observa Sylvie avec son charmant accent français.

— Merci. »

Margery portait une toque de velours bleu ciel. Elle montra à Sylvie le tissu qu'elle envisageait d'acheter.

« Aimez-vous cette couleur ?

— Vous êtes trop jeune pour porter du bordeaux, répondit Sylvie en souriant.

— Vous êtes trop aimable.

— J'ai aperçu vos deux fils. Roger a de la barbe maintenant.

— Ils grandissent trop vite.

— Je vous envie. Je n'ai jamais pu avoir d'enfant. Ned est déçu, je le sais, même s'il ne se plaint jamais. »

Cette connaissance intime des sentiments cachés de Ned, révélée avec une telle désinvolture, inspira à Margery un pincement de jalousie. *Tu n'as pas d'enfants*, pensa-t-elle, *mais tu l'as, lui.*

« Je m'inquiète pour mes fils, dit-elle. Si les Espagnols nous envahissent, ils devront se battre.

— Ned affirme que les navires de la reine essaieront d'empêcher les soldats espagnols de débarquer.

— Je me demande si nous en avons assez.

— Peut-être Dieu sera-t-il dans notre camp.

— Je suis moins certaine qu'autrefois de savoir de quel côté est Dieu. »

Sylvie esquissa un sourire contrit.

« Moi aussi. »

Du coin de l'œil, Margery vit Bart entrer dans le marché. Cela précipita sa décision.

« Accepteriez-vous de transmettre à Ned un message de ma part ?

— Bien sûr. Mais il ne doit pas être très loin…

— Excusez-moi, mais le temps presse. Demandez-lui de faire une descente au Château Neuf et d'arrêter Bart, Bartlet et Roger. Il trouvera une cache d'armes dans le vieux four – ils ont l'intention d'aider les envahisseurs. »

Son plan était risqué, elle le savait, mais elle avait confiance en Ned.

« Je le lui dirai, répondit Sylvie en écarquillant les yeux. Mais pourquoi voulez-vous faire arrêter vos fils ?

— Pour qu'ils n'aient pas à se battre. Mieux vaut être en prison qu'au cimetière. »

Sylvie tressaillit. Peut-être n'avait-elle pas imaginé que les enfants étaient source de souffrance autant que de joie.

Margery jeta un coup d'œil à Bart. Il ne l'avait pas encore aperçue. Si elle prenait immédiatement congé de Sylvie, il ignorerait qu'elles s'étaient parlé.

« Merci », dit Margery, et elle s'éloigna.

Elle vit Ned le lendemain, à la cathédrale, pour l'office de Pâques. Sa mince silhouette familière lui était encore chère, après toutes ces années. Elle eut l'impression que son cœur battait plus lentement et éprouva un mélange d'amour et de regret qui lui inspira joie et souffrance en égale mesure. Elle se félicita d'avoir mis ce matin-là un nouveau manteau bleu. Elle s'abstint toutefois de lui adresser la parole. La tentation était forte ; elle mourait d'envie de le regarder dans les yeux et de les voir se plisser lorsqu'il lançait une remarque ironique. Mais elle résista.

Le mardi, elle quitta Kingsbridge pour regagner le Château Neuf avec sa famille. Ned Willard arriva le mercredi.

Margery était dans la cour lorsqu'une sentinelle cria depuis les remparts :

« Des cavaliers sur la route de Kingsbridge ! Ils sont douze… non, quinze… peut-être vingt ! »

Elle se précipita à l'intérieur. Bart, Bartlet et Roger se trouvaient dans la grande salle et ceignaient déjà leurs épées.

« C'est probablement le shérif de Kingsbridge », dit Bart.

Stephen Lincoln apparut.

« Ma cachette est pleine d'armes ! lança-t-il d'une voix terrifiée. Que vais-je faire ? »

Margery y avait déjà pensé.

« Prenez le coffret d'objets liturgiques et sortez par la porte de derrière. Rendez-vous à la taverne du village et attendez un message vous annonçant que la voie est libre. »

Les villageois, tous catholiques, ne le trahiraient pas.

Stephen partit en hâte.

Elle s'adressa ensuite à ses fils :

« Vous deux, ne faites rien et ne dites rien, c'est entendu ? Laissez parler votre père. Tenez-vous tranquilles.

— Sauf instruction contraire de ma part, objecta Bart.

— Sauf instruction contraire de la part de votre père », répéta-t-elle.

Bart n'était le père ni de l'un ni de l'autre, mais elle avait bien gardé ce secret.

Elle prit conscience que trente années s'étaient écoulées depuis le jour où elle avait vu Ned dans cette même salle à son retour de Calais. Quelle était la pièce à laquelle ils avaient assisté ? *Marie-Madeleine.* Elle avait été tellement émoustillée après l'avoir embrassé qu'elle avait assisté à la représentation sans y prêter la moindre attention. Son cœur était gonflé d'espoir à la perspective de vivre heureuse auprès de lui. *Si j'avais su alors quelle tournure allait prendre ma vie*, songea-t-elle, *je me serais peut-être jetée du haut des remparts.*

Elle entendit les chevaux entrer dans la cour et, une minute plus tard, le shérif s'avança dans la grande salle. C'était Rob Matthewson, le fils du défunt shérif Matthewson. Aussi colossal que son père, il était déterminé comme lui à n'accepter d'ordres que de la reine.

Matthewson était suivi d'un important groupe d'hommes d'armes, parmi lesquels se trouvait Ned Willard. En le voyant de près, Margery remarqua que son visage était creusé de rides autour du nez et de la bouche, et que ses cheveux bruns étaient teintés de gris.

Il laissa l'initiative au shérif.

« On m'a donné ordre de fouiller votre demeure, milord, annonça Matthewson.

— Que diable cherchez-vous, insolent maraud ? répliqua Bart.

— Il paraît qu'un certain Stephen Lincoln, prêtre catholique, se trouve dans vos murs. Vous resterez ici, votre famille et vous, pendant que je le cherche.

— Je n'ai pas l'intention de partir, lança Bart. C'est ici que je vis. »

Tandis que le shérif ressortait, suivi de son escorte, Ned fit halte sur le seuil.

« Je suis profondément désolé de cette intrusion, madame la comtesse », dit-il.

Elle entra dans son jeu.

« Vous ne l'êtes absolument pas, je le sais, rétorqua-t-elle en feignant la colère.

— Avec le roi d'Espagne qui s'apprête à nous envahir, ajouta-t-il, on ne saurait se fier à la loyauté de tous. »

Bart poussa un grognement de dégoût. Ned sortit sans ajouter un mot.

Quelques minutes plus tard, ils entendirent des cris de triomphe, et Margery devina que Ned avait guidé Matthewson jusqu'à la cache d'armes.

Elle se tourna vers son mari, qui était parvenu à la même conclusion. La consternation et la colère se dessinèrent sur le visage de Bart et Margery comprit qu'il ne se laisserait pas faire sans réagir.

Les hommes du shérif entreprirent de transporter les armes dans la grande salle.

« Des épées, commenta Matthewson. Des dizaines d'épées ! Des armes à feu et des munitions. Des haches. Des arcs et des flèches. Le tout soigneusement caché dans une pièce secrète. Milord, vous êtes en état d'arrestation. »

Bart frisait l'apoplexie. On l'avait percé à jour. Se levant, il se mit à vitupérer.

« Comment osez-vous ? hurla-t-il. Je suis le comte de Shiring. Vous paierez cet affront de votre vie ! » Le visage écarlate, il éleva encore la voix. « Gardes ! cria-t-il. Venez vite ! »

Puis il tira son épée.

Bartlet et Roger l'imitèrent.

Margery poussa un cri.

« Non ! » Si elle avait agi ainsi, c'était pour protéger ses fils – et voilà qu'elle avait mis leur vie en danger. « Arrêtez ! »

Le shérif et ses hommes tirèrent eux aussi leur épée de leur fourreau.

Quant à Ned, il leva les bras en criant :

« Halte-là, tous ! Un combat n'arrangera rien, et quiconque attaquera les hommes du shérif sera pendu. »

Les deux groupes se faisaient face de part et d'autre de la salle. Les hommes d'armes de Bart vinrent se placer derrière lui, et le shérif reçut lui aussi des renforts. Margery avait peine à croire que la situation ait pu dégénérer aussi rapidement. S'ils s'affrontaient ici, ce serait un massacre.

« Tuez-les tous ! » s'écria Bart.

Puis il s'effondra.

Il s'abattit comme un arbre, lentement d'abord puis de plus en plus vite, heurtant le sol de pierre dans un bruit affreux.

Margery l'avait souvent vu tomber sous l'effet de l'ivresse, mais cette défaillance était d'une autre nature.

Tous se figèrent.

Margery s'agenouilla près de Bart et porta une main sur son torse. Puis elle lui palpa le poignet et la gorge. Aucun signe de vie.

Elle regarda fixement son époux. C'était un jouisseur qui, au cours de ses cinquante années d'existence, n'avait pensé qu'à ses plaisirs, indifférent à tous ceux qui l'entouraient.

« Il est mort », annonça-t-elle.

Elle n'éprouva qu'un immense soulagement.

*

Pierre Aumande se rendit à l'appartement où il logeait Louise de Nîmes, sa maîtresse depuis quatre ans. Il la trouva richement vêtue, ses cheveux relevés dans une coiffure sophistiquée, comme si elle était sur le point de se rendre à la Cour, ce qu'elle n'était évidemment jamais autorisée à faire. Il l'obligeait toujours à se parer ainsi, car il n'en ressentait que plus de plaisir à l'avilir. N'importe qui peut humilier une domestique, mais Louise était marquise.

Il n'était toujours pas lassé de ce jeu, et sans doute ne s'en lasserait-il jamais. Il ne la battait pas souvent, car cela lui faisait mal aux mains. Il ne lui imposait plus que rarement des relations charnelles. Il existait des façons plus exquises de la faire souffrir. Ce qu'il préférait, c'était la priver de toute dignité.

Elle n'avait tenté de fuir qu'une fois. Il en avait bien ri : la suite était facile à prévoir. Ses rares amis et parents avaient refusé de la secourir, craignant d'être à leur tour soupçonnés d'hérésie, si bien qu'elle ne trouva aucun refuge. Habituée à une existence privilégiée, elle était totalement incapable de gagner sa vie. À l'instar de nombreuses femmes tombées dans la misère, elle avait été contrainte de se prostituer pour ne pas mourir de faim. Après une unique nuit au bordel, elle l'avait supplié de la reprendre.

Pour s'amuser un peu, il avait feint d'hésiter, l'obligeant à l'implorer à genoux. Mais naturellement, elle lui était trop précieuse pour qu'il la perde.

Ce jour-là, il fut légèrement surpris de découvrir Alain, son beau-fils, assis tout près de Louise sur une banquette, plongé dans un entretien intime.

« Alain et Louise ! » remarqua-t-il.

Tous deux bondirent sur leurs pieds.

« Que fais-tu ici ? » demanda-t-il.

Alain désigna une robe posée sur un fauteuil.

« Vous m'avez demandé de lui apporter ceci. »

C'était exact, se rappela Pierre.

« Je ne t'ai pas demandé de passer l'après-midi à bavarder, lâcha-t-il. Retourne au palais. Dis au duc Henri que je vais passer le voir. J'ai été informé des plans du roi d'Espagne pour envahir l'Angleterre. »

Alain haussa les sourcils.

« Qui vous les a donnés ?

— Peu importe. Attends-moi au palais, devant les appartements du duc. Tu prendras des notes. »

Il s'approcha de Louise et lui palpa machinalement les seins.

Alain s'éloigna.

Pierre leur inspirait une terreur égale. Dans ses rares instants d'introspection, il se rendait compte que c'était la raison pour laquelle il les gardait auprès de lui. L'utilité d'Alain en tant qu'homme à tout faire et les charmes de Louise n'expliquaient pas tout. C'était secondaire. Ce qu'il aimait chez eux, c'était cette terreur. Elle l'exaltait.

S'ils étaient amis, quelle importance ? Il n'y voyait aucun mal. Il allait même jusqu'à comprendre l'attitude d'Alain. Louise, son aînée de plusieurs années, était pour lui une mère de substitution.

Il lui pressa les seins avec plus de force.

« Ils ont toujours été ce que vous avez de mieux », observa-t-il.

Elle grimaça de dégoût. Ce ne fut qu'un tressaillement fugace, et elle se reprit aussitôt, mais il s'en aperçut et la gifla.

« Je vous interdis de faire cette mine, gronda-t-il.

— Je vous demande pardon, répondit-elle humblement. Souhaitez-vous que je vous suce ?

— Je n'ai pas le temps. Je suis venu vous dire que j'ai invité quelqu'un à souper demain. Je tiens à récompenser l'homme qui m'a remis le plan de bataille espagnol. Vous servirez le repas.

— Très bien.

— Vous serez nue. »

Elle le fixa du regard.

« Nue ? Devant un inconnu ?

— Vous vous conduirez le plus ordinairement du monde, mais vous ne porterez aucun vêtement. Cela devrait l'amuser. »

Les larmes perlèrent à ses paupières.

« Aucun ?

— Vous pourrez mettre des chaussures. »

Elle réussit à ne pas pleurer, mais ce fut un combat de haute lutte.

« Avez-vous d'autres instructions ?

— Non. Vous vous contenterez de nous servir.

— Très bien. »

Le spectacle de sa détresse le faisait bander, et il fut tenté de s'attarder, mais il voulait voir le duc Henri au plus vite. Il tourna les talons et quitta le salon. Comme il fermait la porte, il l'entendit sangloter, et sourit de satisfaction en descendant les marches.

*

Ned fut enchanté de recevoir une lettre d'Alain de Guise contenant le plan de bataille du roi d'Espagne.

L'armada espagnole remonterait la Manche et mouillerait au large de Dunkerque, où elle retrouverait l'armée espagnole des Pays-Bas, placée sous le commandement d'Alexandre Farnèse, duc de Parme, le plus brillant général jamais envoyé dans cette région par le roi d'Espagne. L'armada dotée de ces forces supplémentaires ferait alors demi-tour pour mettre le cap à l'ouest, droit sur l'estuaire de la Tamise.

Ned reçut également une lettre de Jerónima Ruiz lui apprenant que l'armada espagnole était composée de cent vingt-neuf bâtiments.

Jerónima se trouvait à Lisbonne, elle avait vu l'armada de ses propres yeux et avait compté les navires dans le port. Elle y avait accompagné le cardinal, qui faisait partie d'un important contingent d'ecclésiastiques chargés de bénir les navires et d'absoudre chacun des vingt-six mille soldats et marins pour les péchés qu'ils commettraient en Angleterre.

La reine Élisabeth était atterrée. Sa flotte se limitait à trente-huit navires, pas un de plus. Elle ne voyait pas comment repousser l'invasion espagnole, et Ned pas davantage. Élisabeth serait renversée, Philippe II régnerait sur l'Angleterre et les ultra-catholiques domineraient l'Europe.

Ned était mortifié. Il avait le sentiment d'être responsable de cette situation parce qu'il avait encouragé l'exécution de Marie Stuart.

D'autres espions confirmèrent les informations de Jerónima. Le nombre de navires ne variait guère d'un message à l'autre.

Élisabeth voulait savoir de combien de soldats le duc de Parme disposait aux Pays-Bas et comment il comptait leur faire traverser la Manche. Ned avait reçu des rapports de plusieurs espions, mais ils étaient contradictoires. Aussi décida-t-il de se rendre lui-même sur place.

C'était sa vie qu'il risquait. S'il se faisait prendre et si l'on découvrait qu'il était un espion anglais, le gibet serait un moindre mal. Mais il avait contribué à provoquer la catastrophe imminente, et il était de son devoir de la prévenir s'il le pouvait, fût-ce au péril de sa vie.

Il embarqua pour Anvers, où il découvrit une ville animée et cosmopolite : tout étranger était le bienvenu, devina-t-il, tant qu'il payait ses dettes.

« Et ici, personne n'est stupide au point de prétendre que l'usure est un péché », observa Carlos Cruz.

Ned avait été intrigué à l'idée de rencontrer Carlos, ce lointain cousin dont il avait tellement entendu parler. Âgé de cinquante et un ans, c'était un homme corpulent, à la barbe fournie et grisonnante. Il ressemblait, se dit Ned, à l'un de ces joyeux paysans que les peintres flamands aimaient montrer en train de festoyer. Il était difficile d'imaginer que Carlos et Barney aient pu jadis tuer un sergent lors d'une partie de cartes qui avait mal tourné.

Carlos vivait dans une grande maison près des quais, avec une gigantesque fonderie installée dans l'arrière-cour. Il avait une jolie épouse, Imke, au large sourire accueillant. Sa fille et son gendre demeuraient avec eux, ainsi que deux petits-enfants. Les hommes portaient des vêtements sombres, mais les femmes étaient parées de couleurs splendides, écarlate et bleu roi, pêche et lavande. La maison était pleine d'objets de prix : peintures à l'huile encadrées, instruments de musique, miroirs, carafes, compotiers décoratifs, verreries, livres reliés de cuir, tapis et rideaux. Les habitants des Pays-Bas semblaient attachés à leur foyer et exhibaient leur richesse avec un étrange naturel, que Ned n'avait observé nulle part ailleurs avant ce jour.

Il avait besoin de l'aide de Carlos pour remplir sa mission, mais n'était pas sûr de l'obtenir. Carlos était espagnol et catholique. D'un autre côté, c'était l'Église qui l'avait obligé à s'exiler. Accepterait-il d'œuvrer contre l'armada ? Ned ne tarderait pas être fixé.

Le jour de son arrivée, Ebrima Dabo, associé de longue

date de Carlos, les rejoignit pour le souper avec Evi, son épouse. Ebrima avait soixante-dix ans et ses cheveux crépus étaient tout blancs. Evi portait un collier d'or avec un pendentif de diamant. Barney avait raconté à Ned que, du temps où il était esclave, Ebrima était l'amant de Tante Betsy. Quelle vie avait menée cet homme : d'abord fermier en Afrique de l'Ouest, puis soldat, prisonnier de guerre, esclave à Séville, de nouveau soldat aux Pays-Bas puis, pour finir, riche fondeur à Anvers.

Carlos n'était pas avare de son vin et n'était pas le dernier à en boire. Au fil du repas, il apparut que l'armada espagnole les inquiétait, Ebrima et lui.

« C'est en partie grâce à la reine Élisabeth que les Espagnols ont échoué à pacifier les Pays-Bas, dit Carlos en français, une langue que tous comprenaient. Une fois que le roi d'Espagne aura conquis l'Angleterre, il aura les coudées franches pour intervenir ici.

— Quand ce sont les prêtres qui gouvernent, c'est mauvais pour les affaires, déclara Ebrima.

— Et si notre mouvement d'indépendance est vaincu, plus rien n'arrêtera l'Inquisition espagnole », conclut Carlos.

Leur inquiétude manifeste encouragea Ned, qui jugea que le moment était venu d'abattre ses cartes.

Il y avait longuement réfléchi. Il courrait moins de risques s'il était accompagné de Carlos, qui parlait couramment néerlandais, connaissait le pays et était connu de plusieurs centaines de personnes dans la région. Mais Carlos risquerait sa vie.

Ned prit une profonde inspiration avant de déclarer :

« Si vous voulez aider l'Angleterre, vous pouvez faire quelque chose.

— Continuez, dit Carlos.

— Je suis venu évaluer la puissance des forces espagnoles qui s'apprêtent à embarquer pour l'Angleterre.

— Ah ! fit Ebrima, du ton de celui qui a soudain compris. J'ai la réponse à la question que je me posais.

— L'armée espagnole est principalement stationnée autour de Dunkerque et de Nieuport, commenta Carlos.

— Pourriez-vous envisager de vendre aux Espagnols un chargement de boulets de canon ? Il leur en faudra des milliers pour la bataille qui les attend. Si nous arrivions, vous et moi, avec plusieurs charrettes pleines de munitions, on nous accueillerait avec joie plutôt que de nous soupçonner.

— Ne comptez pas sur moi, refusa Ebrima. Je vous souhaite de réussir, mais je suis trop vieux pour de telles aventures. »

C'était un mauvais départ, songea Ned, dont l'humeur s'assombrit ; la défection d'Ebrima risquait de décourager Carlos.

Mais celui-ci sourit et lança :

« Ce sera comme au bon vieux temps. »

Ned se détendit et reprit du vin.

Le lendemain, Carlos chargea sur des charrettes tout son stock de boulets, puis fouilla Anvers pour en trouver davantage. Pour finir, il eut de quoi en remplir huit charrettes. Il les attela deux par deux, chaque paire étant tirée par deux bœufs. Ils se mirent en route le troisième jour.

La route de Nieuport longeait la côte, aussi Ned ne tarda-t-il pas à avoir sous les yeux l'objet même de sa mission : les préparatifs d'invasion. Le rivage tout entier était bordé de bateaux à fond plat tout neufs, et tous les chantiers navals en construisaient activement d'autres. C'étaient des embarcations grossières et difficiles à manœuvrer, qui ne pouvaient avoir qu'une fonction : transporter des hommes en masse. Il semblait y en avoir des centaines, et Ned estima que chacune pouvait accueillir entre cinquante et cent soldats. Combien de milliers d'hommes le duc de Parme avait-il mobilisés ? Le sort de son pays dépendait de la réponse à cette question.

Ned aperçut bientôt les soldats qui campaient à l'intérieur des terres, assis autour d'un feu où chauffait une marmite, occupés à jouer aux dés ou aux cartes, trompant l'ennui comme font toutes les armées du monde. Un groupe d'entre eux les croisa sur la route, vit les charrettes chargées de munitions et lança des vivats. Ned fut soulagé de constater que les boulets seraient bel et bien un passeport utile.

Il commença à estimer les effectifs, mais les campements paraissaient innombrables. De nouvelles troupes surgissaient lieue après lieue à mesure que les bœufs traînaient leur lourde charge sur la route de terre.

Ils dépassèrent Nieuport et continuèrent vers Dunkerque, mais le tableau demeura inchangé.

Ils n'eurent aucune difficulté à entrer dans la cité fortifiée. Ils se dirigèrent vers la place du marché, près des quais. Pendant que Carlos marchandait ses boulets avec un capitaine, Ned rejoignit la grève et contempla la mer, plongé dans ses réflexions.

Le nombre de soldats présents sur place devait être plus ou moins identique à celui des hommes stationnés à Lisbonne, estima-t-il. En tout, ils seraient plus de cinquante mille à envahir l'Angleterre. Une armée colossale, plus importante que l'Europe n'en avait vu depuis des décennies. La plus grande bataille dont Ned eût entendu parler était le siège de Malte, auquel avaient participé trente ou quarante mille Turcs. Cette puissance démesurée, déterminée à détruire implacablement son pays, le terrassa.

Encore fallait-il qu'elle arrive en Angleterre.

Ces bateaux à fond plat pourraient-ils faire passer les troupes de l'autre côté de la Manche ? C'était douteux – ils chavireraient à la première houle. Leur rôle était plus probablement de conduire les soldats vers de plus grands navires ancrés près du rivage – une procédure bien plus rapide que si tous les galions devaient se mettre à quai normalement.

Contemplant le port, Ned imagina ces milliers d'hommes convoyés vers les galions ancrés au large – et comprit que c'était là le point faible du plan de bataille du roi d'Espagne. Une fois l'armée embarquée, il serait impossible de résister aux envahisseurs.

Cette idée le fit frémir. Si l'invasion réussissait, les bûchers se remettraient à flamber. Jamais il n'oublierait les horribles gémissements qu'avait poussés Philbert Cobley quand on l'avait brûlé vif devant la cathédrale de Kingsbridge. L'Angleterre n'allait tout de même pas replonger dans ces horreurs ?

Le seul espoir était d'arrêter l'armada dans la Manche avant qu'elle ait embarqué ses troupes. La flotte d'Élisabeth était inférieure en nombre, et ses perspectives de réussite étaient minces. Mais c'était leur unique chance.

26

Rollo Fitzgerald revit l'Angleterre le vendredi 29 juillet 1588 à quatre heures de l'après-midi. Son cœur en fut gonflé de joie.

Il se tenait sur le pont du *San Martin*, le vaisseau amiral de la flotte espagnole, ses jambes amortissant sans effort le mouvement de tangage des vagues. L'Angleterre n'était qu'une tache à l'horizon en direction du nord, mais les marins avaient des moyens de se repérer. L'un d'eux laissa tomber une ligne plombée par-dessus le bastingage et mesura sa longueur en la remontant. La profondeur en ce point était d'une trentaine de brasses, et la sonde rapporta du sable blanc du fond marin – preuve, pour ce navigateur expérimenté, que le navire entrait dans la Manche par l'ouest.

Rollo avait fui l'Angleterre après l'échec de son complot pour libérer Marie Stuart. Pendant quelques jours angoissants, il avait bien failli se faire prendre par Ned Willard, mais il avait réussi de justesse à quitter le pays.

Il s'était aussitôt rendu à Madrid, ville où le sort de l'Angleterre allait se décider. Toujours sous l'identité de Jean Langlais, il avait œuvré sans relâche pour aider et encourager l'invasion espagnole. Il jouissait d'une grande crédibilité. Les rapports de don Bernardino de Mendoza, ambassadeur d'Espagne à Londres puis à Paris, avaient assuré à Philippe II que Langlais avait fait plus que quiconque pour maintenir en vie la foi catholique dans l'Angleterre protestante. Seul William Allen, qui deviendrait archevêque de Canterbury à l'issue de l'invasion, occupait un rang plus élevé que le sien.

Le départ de l'armada n'avait cessé d'être retardé, mais elle avait enfin hissé les voiles le 25 mai 1588 – avec Rollo à son bord.

Le roi d'Espagne estimait mener une guerre défensive – ce n'étaient que des représailles, prétendait-il, face aux attaques des pirates anglais dans l'Atlantique, au soutien apporté aux rebelles néerlandais par la reine Élisabeth et au raid de Drake sur Cadix. Rollo en revanche se considérait comme un croisé. Il allait libérer son pays des infidèles qui s'en étaient emparés trente ans plus tôt. Il n'était qu'un des nombreux catholiques anglais regagnant leur patrie avec l'armada. Cent quatre-vingts prêtres étaient répartis sur les navires. Les défenseurs de la vraie foi en Angleterre les accueilleraient avec joie, Rollo en était persuadé. Et on lui avait promis l'évêché de Kingsbridge, en récompense de toutes ces années de travail clandestin sous la constante menace de Ned Willard. La cathédrale de Kingsbridge verrait à nouveau se dérouler de vraies messes catholiques, avec encens et crucifix – et Rollo les présiderait revêtu des splendides habits sacerdotaux correspondant à son rang.

Le grand amiral de l'armada était le duc Medina Sidonia, âgé de trente-huit ans et prématurément chauve. C'était le plus riche propriétaire foncier d'Espagne et il n'avait presque aucune expérience de la mer. Son maître mot était « prudence ».

Une fois confirmée la position de l'armada, Medina Sidonia fit hisser au grand mât un pavillon béni par le pape et qui avait été porté en procession dans la cathédrale de Lisbonne. Il hissa ensuite le pavillon royal, une croix de Saint-André, sur le mât de misaine. D'autres drapeaux fleurirent sur les navires de la flotte : châteaux de Castille, dragons du Portugal, oriflammes des aristocrates présents à bord, emblèmes de leurs saints tutélaires. Tous claquaient bravement au vent, proclamant la vaillance et la force de l'armada.

Le *San Martin* tira à trois reprises pour annoncer une prière d'action de grâces, avant de ferler les voiles et de jeter l'ancre. Medina Sidonia convoqua un conseil de guerre.

Rollo y assistait. Il avait appris suffisamment d'espagnol durant les deux dernières années pour suivre une conversation et même y participer au besoin.

Le vice-amiral de Medina Sidonia était le beau don Juan Martinez de Recalde, qui commandait le *San Juan de Portugal*. Officier de marine depuis son plus jeune âge, il avait aujourd'hui soixante-deux ans et était le commandant le plus expérimenté de l'armada. Un peu plus tôt dans la journée, il s'était emparé d'un bateau de pêche anglais et avait interrogé son équipage ; il leur révéla alors que la flotte anglaise se cachait dans l'estuaire du fleuve Plym. C'était le premier grand port de la côte sud.

« Si nous fonçons dès à présent sur Plymouth pour les prendre par surprise, nous pourrons anéantir la moitié de la marine anglaise, annonça Recalde. Nous serons alors vengés du raid de Drake sur Cadix. »

Le cœur de Rollo fit un bond, plein d'espoir. Pouvaient-ils vraiment en finir aussi vite ?

Medina Sidonia était dubitatif.

« Nous avons reçu des ordres très stricts de Sa Majesté le roi Philippe, objecta-t-il. Nous devons gagner sans tarder Dunkerque, pour y rejoindre le duc de Parme et l'armée espagnole des Pays-Bas, et rien ne doit nous écarter de notre route. Ce que veut le roi, c'est une invasion, pas une bataille navale.

— Nous savons à présent que nous serons amenés à affronter des navires anglais, argua Recalde. Ils essaieront de nous empêcher d'aller à notre rendez-vous. Si nous avons l'occasion de les détruire, il serait insensé de ne pas en profiter. »

Medina Sidonia se tourna vers Rollo.

« Connaissez-vous cet endroit ?

— Oui. »

Désormais, nombre d'Anglais auraient considéré Rollo comme un traître pur et simple. S'ils avaient pu le voir, sur le vaisseau amiral de la flotte des envahisseurs, dispensant aide et conseils à l'ennemi, ils l'auraient condamné à mort. Ils n'auraient pas compris. Mais c'était Dieu qui le jugerait et non les hommes.

« Le chenal d'accès du port de Plymouth est étroit, expliqua-t-il. Seuls deux ou trois navires peuvent y passer de front, pas davantage. Et son entrée est protégée par des canons. Néanmoins, une fois dans la place, quelques galions y feraient des ravages. Les hérétiques n'auraient aucune issue. »

Les navires espagnols étaient armés de canons lourds à tube court, inefficaces à longue distance mais destructeurs à courte portée. Par ailleurs, ils avaient à leur bord des masses de soldats impatients d'en découdre, alors que l'équipage des navires de guerre anglais était essentiellement formé de simples marins. Ce serait un massacre, songea Rollo en jubilant.

« Plymouth ne compte que deux mille habitants – moins d'un vingtième de notre contingent, conclut-il. Ils seraient totalement impuissants. »

Medina Sidonia réfléchit en silence un long moment, avant de dire :

« Non. Nous attendrons que les retardataires nous aient rejoints. »

Rollo était déçu. Mais peut-être Medina Sidonia avait-il raison. La supériorité des Espagnols sur les Anglais était écrasante, de sorte qu'il était inutile de prendre des risques. Peu importait le lieu et l'heure où ils affronteraient la marine d'Élisabeth : l'armada ne pouvait que l'emporter.

*

Barney Willard se trouvait à Plymouth Hoe, une promenade située au sommet des falaises basses dominant l'entrée du port. Il faisait partie d'un petit groupe d'hommes qui accompagnait lord Howard, l'amiral de la flotte anglaise. Depuis leur poste d'observation, ils avaient vue sur leurs vaisseaux, dont plusieurs embarquaient des provisions de bouche et de l'eau fraîche. Aux quelques vaisseaux de guerre de la marine royale s'étaient joints des navires marchands armés, plus petits, parmi lesquels ceux de Barney, l'*Alice* et le *Bella.* La rade contenait à présent environ quatre-vingt-dix bâtiments.

La brise qui soufflait du sud-ouest était chargée d'une odeur de mer, qui grisait toujours Barney, mais sa direction était malheureusement idéale pour l'armada espagnole qui entrait dans la Manche depuis l'Atlantique et filait vers l'est.

La reine Élisabeth avait fait un pari risqué. Au cours d'une réunion avec les commandants de sa flotte – lord Howard, sir Francis Drake et sir John Hawkins –, elle avait décidé d'envoyer le gros de ses vaisseaux à la rencontre de l'armada à l'extrémité occidentale de la Manche. L'est – la « mer étroite » du Pas-de-Calais, que le duc de Parme avait l'intention de traverser avec son armée – n'était ainsi défendu que par quelques navires de guerre. Tous savaient à quel point ce plan était périlleux.

L'atmosphère était tendue : le sort de l'Angleterre était entre les mains de ces hommes et ils allaient affronter un ennemi incomparablement supérieur. Dans un combat naval, comme le savait Barney, les caprices météorologiques pouvaient suffire à bouleverser toutes les prévisions ; mais le sort ne semblait pas en leur faveur et ils commençaient à s'inquiéter – tous, à une exception près : le vice-amiral Drake, qui témoigna de sa célèbre insouciance en se joignant à une partie de boules.

Comme Barney scrutait la mer avec inquiétude, une pinasse apparut dans le détroit. C'était un petit bateau d'environ cinquante tonneaux, qui filait sur l'eau comme un oiseau toutes voiles dehors. Barney le reconnut.

« C'est le *Golden Hind* », annonça-t-il.

Un murmure d'intérêt monta de l'assemblée. Le *Golden Hind* était l'un des nombreux navires rapides chargés de patrouiller les accès à l'ouest de l'Angleterre et de guetter les envahisseurs. Si cette pinasse se précipitait ainsi, cela ne pouvait être que pour une raison, se dit Barney, et l'appréhension lui donna la chair de poule.

Il regarda le bateau entrer dans le port, carguer les voiles et s'amarrer sur la plage. Avant même que le cordage ait été noué, deux hommes débarquèrent et coururent vers la ville. Quelques minutes plus tard, deux chevaux les rejoignaient au galop. Drake quitta ses compagnons de jeu et traversa la pelouse pour aller aux nouvelles, boitillant du fait d'une vieille blessure par balle au mollet droit.

Le plus âgé des deux arrivants se présenta comme étant Thomas Fleming, capitaine du *Golden Hind*.

« Nous avons rencontré les Espagnols à l'aube, dit-il en haletant. Depuis nous n'avons cessé de filer à toute allure. »

L'amiral Charles Howard était un vigoureux quinquagénaire à la barbe gris argent.

« Vous avez bien fait, approuva-t-il. Dites-nous ce que vous avez vu.

— Cinquante navires espagnols, près des îles Scilly.

— De quel type ?

— Surtout de grands galions, avec quelques bateaux de ravitaillement ainsi que des galéasses lourdement armées, avec voiles et rames. »

Soudain, Barney éprouva une étrange sensation de calme. L'événement qui les avait menacés si souvent et qu'ils avaient redouté si longtemps était enfin arrivé. Le pays le plus puissant du monde attaquait l'Angleterre. Cette certitude lui apportait un étrange soulagement. À présent, il n'y avait plus rien à faire hormis combattre jusqu'à la mort.

« Dans quelle direction voguaient les Espagnols ? demanda Howard.

— Aucune, milord. Ils avaient serré les voiles et semblaient attendre que d'autres navires les rejoignent.

— Êtes-vous sûr de vos chiffres, mon brave ? intervint lord Parminter.

— Nous ne nous sommes pas approchés, de peur d'être faits prisonniers et de ne pouvoir vous apporter les nouvelles.

— Vous avez bien agi, Fleming », approuva lord Howard.

Les îles Scilly devaient se trouver à cent milles marins de Plymouth, estimait Barney. Mais Fleming avait parcouru cette distance en moins d'une journée. L'armada ne pouvait atteindre la même vitesse, mais peut-être arriverait-elle avant la tombée de la nuit, calcula-t-il avec inquiétude, surtout si elle laissait derrière elle ses vaisseaux de ravitaillement plus lents.

Parminter était parvenu à la même conclusion.

« Nous devons lever l'ancre sans tarder ! annonça-t-il. Il faut affronter l'armada avant qu'elle ait le temps d'accoster. »

Parminter n'était pas un marin. Lancer une attaque frontale était la dernière chose à faire, et Barney le savait.

Lord Howard le lui expliqua avec patience et courtoisie.

« La marée monte et le vent souffle au sud-ouest. De ce fait, un navire, et plus encore la totalité de la flotte, auront des difficultés à sortir du port. Mais le changement de marée aura lieu ce soir à dix heures. Ce sera alors le moment de prendre la mer.

— Les Espagnols seront peut-être déjà là !

— Peut-être. Quelle riche idée a eue leur commandant d'attendre et de regrouper ses forces. »

Drake prit la parole pour la première fois.

« Moi, je n'aurais pas attendu », remarqua-t-il. Il n'était jamais le dernier à se vanter. « Celui qui hésite est perdu. »

Howard sourit. Drake était un fanfaron, mais c'était un allié précieux en cas de combat.

« Les Espagnols ont hésité, mais ils ne sont pas encore perdus, malheureusement, observa-t-il.

— Quoi qu'il en soit, notre position n'est pas idéale, ajouta Drake. L'armada est au vent par rapport à nous. Cela lui donne l'avantage. »

Barney acquiesça sombrement. L'expérience lui avait appris que le vent était essentiel dans un combat naval.

« Est-il possible d'inverser nos positions ? » demanda Howard.

Barney savait à quel point il est difficile de naviguer contre le vent. Lorsqu'un navire progresse par vent de travers, les voiles écartées de l'axe, il peut filer rapidement dans une direction perpendiculaire à celle du vent. Avec un vent du nord, par exemple, il peut mettre cap à l'est, à l'ouest ou au sud. Un bâtiment bien conçu, à l'équipage expérimenté, peut faire encore mieux et se diriger vers le nord-ouest ou le nord-est avec des voiles presque bordées dans l'axe. On appelle cela naviguer « au plus près » – un véritable défi, car la moindre erreur de jugement peut conduire le navire face au vent, et donc le ralentir puis l'arrêter. Si la flotte anglaise souhaitait mettre cap au sud-ouest par vent de sud-ouest, il lui faudrait partir d'abord vers le sud puis obliquer vers l'ouest et dessiner des zigzags, en d'autres termes louvoyer, une manœuvre aussi lente que pénible.

Drake paraissait dubitatif.

« Non seulement nous serons obligés de louvoyer, mais nous devrons aussi rester hors de vue de l'ennemi, faute de quoi il changera de cap pour nous barrer la route.

— Je ne vous ai pas demandé si c'était difficile, je vous ai demandé si c'était possible. »

Drake lui adressa un large sourire. Il appréciait ce genre de repartie.

« Oui, c'est possible », confirma-t-il.

L'audace de Drake réconforta Barney. C'était leur seul atout.

« Dans ce cas, faisons-le », dit lord Howard.

*

Durant la majeure partie du samedi, Rollo resta accoudé au bastingage bâbord du *San Martin* tandis que des vents favorables le poussaient en direction de Plymouth. L'armada formait une longue colonne, ses meilleurs vaisseaux de guerre à l'avant et à l'arrière, ses navires de ravitaillement au centre, bien protégés.

Alors qu'il contemplait les rivages rocheux des Cornouailles, Rollo était partagé entre deux sentiments contradictoires : l'exaltation et la culpabilité. Ce pays était le sien et il allait l'attaquer. Il savait qu'il accomplissait la volonté de Dieu, mais une petite voix au fond de lui-même lui soufflait qu'il n'en retirerait peut-être nul honneur, et sa famille pas davantage. Il ne se souciait pas vraiment de ceux qui allaient périr au combat : cela ne l'avait jamais préoccupé – des hommes meurent tous les jours, ainsi va le monde. Mais si l'invasion échouait, il redoutait que l'Histoire le considère comme un traître, ce qui le troublait profondément.

C'était le moment tant attendu par les guetteurs anglais, et des fanaux s'allumèrent l'un après l'autre au sommet des lointaines collines, donnant l'alarme le long de la côte plus vite que les navires ne pouvaient avancer. Rollo craignait que la flotte anglaise, ainsi alertée et voulant éviter d'être prise au piège ne quitte le port de Plymouth pour filer vers l'est. La prudence excessive de Medina Sidonia lui avait fait manquer une belle occasion.

Chaque fois que l'armada venait plus près des côtes, Rollo apercevait des foules massées sur les falaises, qui observaient la scène dans un silence stupéfait : de toute l'histoire du monde, on n'avait jamais vu un aussi grand nombre de navires sur la mer.

À l'approche du soir, les marins espagnols repérèrent les hauts-fonds et les noirs récifs d'Eddystone et firent un écart pour les éviter. Ce danger maritime bien connu se trouvait au sud de Plymouth. Peu après, quelques voiles lointaines à l'est reflétèrent le couchant, offrant à Rollo son premier aperçu poignant de la flotte anglaise.

Medina Sidonia ordonna à l'armada de jeter l'ancre, pour s'assurer que ses vaisseaux resteraient au vent des Anglais. Il y aurait sûrement bataille le lendemain, et il ne voulait donner aucun avantage à l'ennemi.

Cette nuit-là, rares furent ceux qui dormirent à bord du *San Martin.* Les soldats affûtaient leurs épées, vérifiaient et revérifiaient leurs pistolets et leurs poires à poudre, fourbissaient leurs armures. Les canonniers rangeaient les boulets dans les armoires et assuraient les cordages qui reliaient les canons aux affûts, avant de remplir des tonneaux d'eau de mer en cas d'incendie. Le passage le long des flancs des navires fut dégagé pour que les charpentiers puissent réparer au plus vite les éventuelles voies d'eau.

La lune se leva à deux heures du matin. Rollo se trouvait sur le pont, les yeux tournés vers le lointain pour apercevoir la flotte anglaise, mais il ne distinguait que des formes vagues, qui n'étaient peut-être que des bancs de brume. Il pria pour l'armada et pour lui-même, pria pour sortir indemne de l'affrontement du lendemain et pour vivre assez longtemps pour devenir évêque de Kingsbridge.

L'aube précoce des mois d'été leur confirma la présence de cinq navires anglais devant eux. Mais tandis que le soleil perçait, Rollo jeta un coup d'œil à la poupe et fut bouleversé par le spectacle qu'il découvrit. La flotte anglaise se trouvait *derrière* l'armada. Comment diable était-ce possible ?

Les cinq navires qu'il avait aperçus étaient sans doute des leurres. Le plus gros des bâtiments anglais avait contourné l'armada au mépris des vents et se trouvait désormais en position de force, prêt à livrer bataille.

Les marins espagnols étaient stupéfaits. Nul n'aurait cru que les nouveaux modèles de bateaux anglais, plus étroits et plus ramassés, fussent tellement plus faciles à manœuvrer. Rollo était consterné. Quel revers – à un moment aussi prématuré de l'épreuve de force !

Au nord, il aperçut les derniers navires anglais qui longeaient la côte pour rejoindre les autres, louvoyant péniblement vers le sud puis vers le nord dans l'étroit chenal. Au grand étonnement de Rollo, le bâtiment de tête, avant de reprendre son mouvement en zigzag, ouvrit le feu sur l'armada. Dès qu'il eut vidé ses canons, il reprit sa course. Aucun vaisseau espagnol ne fut touché et l'ennemi avait gaspillé des munitions, mais l'habileté et l'audace du capitaine anglais avaient vivement impressionné les troupes.

Et les premiers coups de feu avaient été tirés.

Medina Sidonia ordonna qu'on lance les signaux convenus,

pavillons et coups de canon, pour que l'armada se mette en position de combat.

*

Ce fut au tour des Anglais d'être étonnés. Les navires espagnols, mettant le cap à l'est pour s'éloigner de la flotte de Howard, se déployèrent en formation défensive avec une précision jamais atteinte par la marine anglaise. Comme guidés par une main divine, ils formèrent un arc parfait sur plusieurs milles, tel un croissant de lune braquant sur l'ennemi ses pointes menaçantes.

Ned Willard observait la manœuvre depuis le pont de l'*Ark Royal.* Il représentait Walsingham à bord du navire amiral. C'était un galion anglais à quatre mâts d'un peu plus de quinze toises de long. Sir Walter Raleigh, l'explorateur, l'avait construit pour son usage avant de le vendre à la reine Élisabeth, mais, plutôt que de lui payer son dû, la souveraine avaricieuse avait allégé de cinq mille livres la dette qu'il avait prétendument contractée à son égard. C'était un bâtiment lourdement armé : trente-deux canons répartis sur deux ponts et un gaillard d'avant. Ned ne disposait pas de sa propre cabine mais en partageait une avec quatre hommes, chacun ayant droit à sa couchette. Les trois cents matelots dormaient sur le pont, ainsi qu'une centaine de soldats, et les places étaient chères sur ce navire large au mieux de trente-sept pieds.

En contemplant la manœuvre quasi miraculeuse des Espagnols, Ned remarqua que les navires de ravitaillement étaient placés au milieu et les galions à l'avant, à l'arrière et sur les côtés. Il comprit immédiatement que les Anglais ne pourraient frapper que les pointes du croissant, car tout vaisseau s'avançant un peu trop loin entre elles serait vulnérable par l'arrière, se trouvant coupé du vent. Exception faite des navires situés aux deux extrémités, chacun était protégé par celui qui le suivait. C'était une formation soigneusement élaborée.

L'armada espagnole troublait Ned de bien d'autres façons. Les navires, fraîchement peints, étincelaient de couleurs vives et, malgré la distance, il pouvait voir que les soldats étaient vêtus de leurs plus beaux atours, pourpoints et chausses cramoisis, bleu roi, pourpres et dorés. Les rameurs des galéasses eux-mêmes portaient des tuniques rouge vif. Quels étaient ces gens qui s'apprêtaient pour le combat comme pour une fête ? Sur les vaisseaux anglais, seuls les nobles portaient des costumes recherchés. Même les capitaines comme Drake et Hawkins se contentaient d'une tenue pratique, chausses de laine et veste de cuir.

Lord Howard était posté sur la dunette de l'*Ark*, un point élevé derrière le grand mât depuis lequel il embrassait du regard la plupart de ses navires mais aussi ceux de l'ennemi. Ned se tenait tout près de lui. Derrière eux, la flotte anglaise formait une ligne brisée qui n'avait rien d'impressionnant.

Ned remarqua un marin occupé à répandre de la sciure sur le pont principal et il lui fallut quelque temps pour comprendre que c'était pour empêcher le sol de glisser quand le sang aurait coulé.

Howard aboya un ordre et l'*Ark* mena la flotte au combat.

Il fonça vers la pointe nord du croissant. À l'autre extrémité de celui-ci, le *Revenge* de Drake attaquait la pointe sud.

L'*Ark* arriva derrière le navire espagnol qui fermait la marche, un puissant galion en lequel Howard crut reconnaître le *Rata Coronada.* Comme le vaisseau anglais passait au niveau de sa proue, le capitaine espagnol vira afin que les deux bâtiments se retrouvent flanc contre flanc. Alors les canons tonnèrent.

Leur fracas si proche fit à Ned l'effet d'un coup de poing, et la fumée qui s'éleva alors était pire que la brume ; mais, une fois que le vent l'eut dissipée, il constata qu'aucun des deux navires n'avait touché sa cible. Sachant que les Espagnols souhaitaient avant tout s'approcher suffisamment pour les aborder, et soucieux d'éviter pareille catastrophe, Howard était resté trop loin pour causer des dégâts importants. Les canons espagnols, plus lourds, de portée encore plus courte, avaient été tout aussi inoffensifs.

Ned venait de vivre sa première escarmouche navale, et il ne s'était rien passé.

Les navires qui suivaient l'*Ark* attaquèrent à leur tour le *Rata*, ainsi que les trois ou quatre galions les plus proches, mais sans grandes conséquences. Quelques boulets anglais endommagèrent les haubans de l'ennemi, mais aucun camp n'eut de gros dégâts à déplorer.

En jetant un coup d'œil au sud, Ned remarqua que l'attaque de Drake à l'autre extrémité n'avait pas été plus fructueuse.

Le combat se déplaça vers l'est jusqu'à ce que les Espagnols n'aient plus la possibilité d'attaquer Plymouth. Cet objectif atteint, les Anglais se retirèrent.

C'était là une piètre victoire, se lamenta Ned. L'armada poursuivait sa route, plus ou moins intacte, pour retrouver l'armée espagnole des Pays-Bas massée à Dunkerque. Le danger qui menaçait l'Angleterre restait entier.

*

Cette semaine-là, l'optimisme de Rollo grandit chaque jour.

Majestueuse, l'armada voguait vers l'est, traquée et harcelée par la flotte anglaise, incapable cependant de l'arrêter ou même de la retarder sérieusement. Un roquet qui aboie après un cheval de trait peut être exaspérant, mais il finit tôt ou tard par prendre un coup de sabot sur la tête. Les Espagnols perdirent deux navires dans des accidents et, comme on pouvait s'y attendre, Drake déserta son poste le temps de s'emparer de l'un d'eux, le *Rosario*, un précieux galion. Mais la progression de l'armada était irrésistible.

Le samedi 6 août, regardant par-delà le beaupré du *San Martin*, Rollo reconnut les contours familiers du port français de Calais.

Medina Sidonia décida d'y faire halte. L'armada était encore à un peu plus de vingt-quatre milles marins de Dunkerque, où le duc de Parme était censé l'attendre avec son armée et sa flotte, prêtes à se joindre à l'invasion ; mais il y avait un obstacle. À l'est de Calais, des récifs et des bancs de sable s'avançaient jusqu'à une bonne centaine d'encablures de la côte, autant de pièges mortels pour un navigateur peu familier de ces eaux ; de plus, le vent d'ouest et les marées de printemps risquaient d'entraîner l'armada trop loin dans cette direction. Prudent comme à son habitude, Medina Sidonia décida de ne pas courir un tel danger.

Sur un coup de canon du *San Martin*, tous les bâtiments de la grande flotte amenèrent les voiles en même temps, s'arrêtèrent dans un mouvement soigneusement chorégraphié et jetèrent l'ancre.

Les Anglais stoppèrent à cinq encablures, de façon sensiblement plus brouillonne.

Au cours de leur périple, Rollo avait observé avec envie les embarcations venues des côtes anglaises pour ravitailler la flotte en barils de poudre et en jambons fumés. Les Espagnols n'avaient pas été réapprovisionnés depuis La Corogne : les Français avaient ordre de ne pas faire de commerce avec l'armada, leur roi souhaitant demeurer neutre dans le conflit. Toutefois, Rollo était souvent passé par Calais lors de ses voyages, et il savait que ses habitants haïssaient les Anglais. Trente ans plus tôt, le gouverneur de cette ville avait perdu une jambe lors de la reconquête française. Rollo conseilla donc à Medina Sidonia d'envoyer à terre une petite délégation, porteuse de cadeaux et de compliments, et l'armada reçut l'autorisation d'acheter tout ce dont elle avait besoin. Malheureusement, cela ne suffisait pas, et de loin : il ne restait plus assez de poudre à Calais pour remplacer le dixième de ce que l'armada avait consommé en une semaine.

Puis arriva un message qui rendit Medina Sidonia fou de rage : le duc de Parme n'était pas prêt. Aucun de ses navires n'avait été approvisionné et l'embarquement n'avait pas commencé. Il leur faudrait plusieurs jours pour se préparer et faire voile jusqu'à Calais.

Rollo estimait que la colère du commandant n'était pas justifiée. On ne pouvait pas demander à Parme de faire embarquer son armée sur des coquilles de noix et de la garder au mouillage pendant un temps indéterminé. Il était bien plus raisonnable d'attendre confirmation de l'arrivée des Espagnols.

Tard dans l'après-midi, Rollo eut la désagréable surprise de voir une seconde flotte anglaise se diriger vers Calais depuis le nord-est. C'était le reste de la pitoyable marine d'Élisabeth, raisonna-t-il, les navires qu'on n'avait pas envoyés à Plymouth pour y affronter l'armada. La plupart de ceux qu'il distinguait n'étaient pas des navires de guerre mais des petits bâtiments marchands armés, plutôt légèrement cependant, dont les puissants galions espagnols ne feraient qu'une bouchée.

La supériorité de l'armada était incontestable. Et ce retard n'était pas catastrophique. Les Espagnols avaient déjà tenu en respect les Anglais pendant une semaine. Il leur suffisait d'attendre le duc de Parme. Ils y parviendraient sans peine. Et ensuite, la victoire serait à leur portée.

*

La marine anglaise avait échoué, Ned le savait. L'armada espagnole, presque intacte et désormais réapprovisionnée, était sur le point de retrouver le duc de Parme et son armée des Pays-Bas. Ils seraient alors à moins d'une journée des côtes anglaises.

Le dimanche matin, lord Howard convoqua un conseil de guerre sur le pont de l'*Ark Royal.* C'était sa dernière chance d'empêcher l'invasion.

Une attaque frontale eût été un véritable suicide. Les navires et les canons de l'armada étaient nombreux et les Anglais ne tireraient aucun avantage de leur meilleure manœuvrabilité. Mais en pleine mer et en mouvement, leur formation en croissant rendait les Espagnols apparemment invulnérables.

Que faire ?

Plusieurs capitaines suggérèrent en même temps d'utiliser quelques brûlots.

Une manœuvre désespérée, de l'avis de Ned. Elle consistait à sacrifier des navires coûteux, à les incendier et à les envoyer contre l'ennemi. Les vents capricieux et les courants aléatoires pourraient les faire dévier de leur trajectoire ; de plus, les vaisseaux ennemis pouvaient être assez agiles pour les éviter, de sorte que rien ne garantissait qu'ils atteindraient leurs cibles et parviendraient à répandre le feu dans la flotte ennemie.

Mais personne n'avait d'idée plus satisfaisante.

On choisit huit bâtiments parmi les plus vétustes, et on les plaça au milieu de la flotte dans l'espoir de dissimuler les préparatifs, avant de remplir leurs cales de poix, de chiffons et de bois sec, et de badigeonner leurs mâts de goudron.

Se rappelant le siège d'Anvers, dont Carlos lui avait parlé, lors duquel les rebelles des Pays-Bas avaient employé une tactique similaire, Ned suggéra à Howard de faire charger les canons des brûlots. La chaleur embraserait la poudre et déclencherait le tir, au moment, si la chance leur souriait, où les navires seraient au cœur de la flotte ennemie. Howard, séduit par cette idée, donna des ordres en conséquence.

Ned supervisa le chargement des canons conformément aux explications de Carlos : on enfourna dans chaque tube de la mitraille en plus d'un boulet.

On attacha une chaloupe à la poupe de chaque navire afin que les courageux marins qui le dirigeaient vers l'ennemi puissent s'enfuir à la dernière minute.

À la grande consternation de Ned, les préparatifs ne passèrent pas inaperçus. Les Espagnols, qui n'étaient pas des débutants, devinèrent ce qui se tramait. Ned vit plusieurs pinasses et autres embarcations former un barrage entre les deux flottes et devina que Medina Sidonia avait un plan pour protéger son armada. Toutefois, il était incapable de comprendre ce qu'il comptait faire exactement.

La nuit tomba, le vent fraîchit et la marée changea. À minuit, les conditions étaient idéales. Les équipages réduits au strict minimum hissèrent les voiles des brûlots et les dirigèrent tous feux éteints vers les lueurs scintillantes de l'armada espagnole. Ned scruta les ténèbres, mais la lune ne s'était pas encore levée et les vaisseaux ne dessinaient que des taches sombres sur une mer sombre. Les deux flottes étaient à moins de cinq encablures de distance, mais l'attente lui parut interminable. Son cœur battait à tout rompre. Tout dépendait de cette manœuvre. Il ne priait pas souvent, mais cette fois, il adressa au ciel une fervente requête.

Une explosion de lumière l'éblouit soudain. L'un après l'autre, les huit navires prirent feu. Sur fond de flammes rougeoyantes, Ned vit les marins sauter dans leurs chaloupes. Les huit brasiers semblèrent bientôt se fondre les uns dans les autres pour ne former qu'un enfer continu. Et le vent poussait inexorablement cette bombe incendiaire vers la flotte ennemie.

*

Le cœur battant, le souffle court, Rollo observait la scène. Les brûlots approchaient de la barrière de petits navires que Medina Sidonia avait déployés pour les bloquer. La fumée qui lui emplissait les narines dégageait une odeur de bois et de goudron. Il sentait même la chaleur du feu.

Deux pinasses se détachèrent du groupe qui faisait barrage et se dirigèrent de part et d'autre de la colonne de brûlots. Au péril de leur vie, les matelots lancèrent des grappins sur deux d'entre eux. Dès qu'ils eurent assuré leur prise, ils entreprirent de les remorquer loin de l'armada. Tout en tremblant de peur, Rollo était stupéfait par le courage et l'habileté de ces marins espagnols. Ils se dirigèrent vers la haute mer, où les deux navires se consumeraient sans causer de dégâts.

Il en restait six. Deux autres pinasses, reproduisant la même manœuvre, s'approchèrent de deux autres brûlots. Avec un peu de chance, se dit Rollo, tous pourraient être ainsi écartés, deux par deux, et neutralisés. La tactique de Medina Sidonia était efficace. L'espoir gonfla le cœur de Rollo.

Mais un coup de canon brisa cet espoir.

Aucun matelot vivant ne se trouvait à bord des brûlots, et pourtant, leurs canons se mettaient à tonner comme par magie. Était-ce Satan lui-même qui, venu assister les hérétiques, tirait tandis que les flammes dansaient autour de lui ? Rollo comprit alors qu'on avait chargé les canons avant de lancer les navires et que la chaleur avait embrasé la poudre.

Ce fut un véritable carnage. À la lueur orangée du brasier, les silhouettes noires des matelots se tordaient comme des diables dansant la gigue, criblées de projectiles. On avait dû bourrer les canons de mitraille. Les malheureux semblaient hurler à pleins poumons, mais le rugissement des flammes et le fracas des détonations étouffaient leur voix.

La tentative pour s'emparer des brûlots et les détourner de leur cible échoua lamentablement, les équipages tombant, morts ou blessés, sur les ponts et dans la mer. Portés par la marée, les brûlots s'approchaient inexorablement de l'armada.

Les Espagnols n'avaient pas d'autre solution que la fuite.

À bord du *San Martin*, Medina Sidonia fit tirer un coup de canon, donnant ainsi l'ordre de lever l'ancre et de mettre les voiles ; mais c'était inutile. Sur tous les navires que Rollo distinguait à la lueur des flammes, les matelots grimpaient dans les haubans pour appareiller. Dans leur hâte, certains ne prirent même pas la peine de lever l'ancre, préférant trancher à coups de hache les cordages épais comme le bras et abandonner l'ancre au fond de la mer.

Le *San Martin* se déplaça tout d'abord avec une lenteur exaspérante. Comme tous les navires de l'armada, il s'était ancré face au vent pour assurer sa stabilité, ce qui l'obligeait à virer de bord avant de partir, une manœuvre laborieuse à accomplir avec des petites voiles. Convaincu que le galion s'embraserait avant d'avoir fait demi-tour, Rollo se tint prêt à sauter dans la mer et à nager jusqu'au rivage.

Sans perdre son sang-froid, Medina Sidonia envoya une pinasse ordonner à tous les navires de la flotte de mettre cap au nord et de se regrouper, mais Rollo se demanda combien obéiraient. La présence au milieu d'eux de ces vaisseaux en flammes était si terrifiante qu'une débandade générale semblait inévitable.

Lorsqu'ils lancèrent la manœuvre et que le vent gonfla enfin leurs voiles, ils durent se concentrer pour progresser sans se heurter les uns les autres. Dès qu'ils avaient la voie libre, la plupart des navires filaient en profitant du vent et de la marée, sans se soucier de leur direction.

Puis un brûlot passa dangereusement près du *San Martin*, et des étincelles mirent le feu à ses voiles.

Rollo contempla les eaux noires et hésita à plonger.

Mais le galion était prêt à lutter contre le feu. Sur le pont se trouvaient des barriques d'eau de mer et des piles de seaux. Un matelot s'empara de l'un d'eux et jeta de l'eau sur la toile en feu. Rollo l'imita aussitôt. D'autres les rejoignirent et ils eurent vite fait d'éteindre les flammes.

Puis le galion prit le vent et s'éloigna du danger.

Il s'arrêta à une dizaine d'encablures. Rollo se retourna. Les Anglais ne faisaient rien. À l'abri des flammes contre le vent, ils pouvaient se permettre de regarder le spectacle. L'armada était toujours en proie à la panique et à la confusion. Bien qu'aucun navire espagnol n'eût pris feu, le péril était tel que tous ne pensaient qu'à sauver leur peau.

Pour le moment, le *San Martin* était seul – et vulnérable. Il faisait nuit noire et on ne pouvait plus rien faire. Heureusement, les navires étaient sauvés. Le matin venu, Medina Sidonia affronterait la tâche difficile de reformer l'armada. Mais il y parviendrait. L'invasion pouvait toujours se dérouler comme prévu.

*

Lorsque l'aube se leva sur Calais, Barney Willard, debout sur le pont de l'*Alice*, constata que les brûlots n'avaient pas rempli leur mission. Leurs restes fumants jonchaient la plage, mais ils n'avaient mis le feu à aucun autre bâtiment. On ne comptait qu'une épave espagnole, le *San Lorenzo,* qui dérivait impuissant vers les falaises.

À une dizaine d'encablures au nord, il aperçut la silhouette du *San Martin*, le vaisseau amiral espagnol, et de quatre autres galions. Le reste de l'impressionnante flotte était hors de vue. Les navires s'étaient égaillés, leur formation s'était disloquée, mais ils étaient intacts. Sous les yeux de Barney, les cinq bâtiments mirent le cap à l'est et s'éloignèrent. Medina Sidonia s'apprêtait à rassembler ses brebis égarées. Une fois cette tâche accomplie, il reviendrait à Calais en force et rejoindrait le duc de Parme, comme prévu.

Barney sentait cependant que les Anglais avaient une chance à saisir. Tant que ses navires seraient dispersés et sa discipline relâchée, l'armada était vulnérable. On pouvait attaquer ses éléments un par un.

Si l'on parvenait en même temps à les pousser vers les bancs de sable des côtes flamandes, cela n'en serait que mieux. Barney avait souvent navigué dans ces hauts-fonds pour entrer dans le port d'Anvers, et Drake lui aussi les connaissait bien ; en revanche, ils représentaient un vrai risque pour la plupart des navigateurs espagnols. Oui, c'était une excellente occasion – mais il fallait la saisir vite.

À sa grande satisfaction, lord Howard était parvenu à la même conclusion.

L'*Ark Royal* tira un coup de canon en guise de signal, et

le *Revenge* de Drake leva l'ancre et hissa les voiles. Barney lança des ordres à ses marins, qui frottèrent leurs yeux bouffis de sommeil et entrèrent aussitôt en action, tel un chœur bien entraîné entonnant un madrigal.

La marine anglaise se jeta à la poursuite des cinq galions.

Barney était bien campé sur le pont, gardant l'équilibre sans peine en dépit de la forte houle. Le temps en ce mois d'août était agité, le vent ne cessait de changer de force et de direction, leur apportant, comme si souvent dans la Manche, des averses soudaines et une visibilité médiocre. Barney adorait filer ainsi sur les eaux, sentir ses poumons s'emplir d'air salé, une pluie glacée lui rafraîchissant les joues, tandis qu'il pensait au butin qu'il aurait conquis à la fin du jour.

Plus rapides, les navires anglais gagnaient régulièrement du terrain sur les galions, dont la fuite ne fut cependant pas infructueuse ; en effet, lorsqu'ils s'engagèrent dans la mer du Nord, ils retrouvèrent d'autres éléments de l'armada dispersée. Ils restaient néanmoins inférieurs numériquement aux Anglais, qui se rapprochaient inexorablement.

Il était neuf heures du matin et, d'après les calculs de Barney, ils devaient se trouver à une soixantaine d'encablures au large de la ville néerlandaise de Gravelines lorsque Medina Sidonia décida que toute fuite était vaine. Il se retourna pour faire face à l'ennemi.

Barney descendit sur le pont-batterie. Son maître canonnier était un Nord-Africain à la peau sombre nommé Bill Coory. Barney lui avait enseigné tout ce qu'il savait et Bill était désormais aussi bon que Barney l'avait jamais été, sinon meilleur. Barney lui ordonna de préparer les artilleurs de l'*Alice* au combat.

Il observa le *Revenge* qui se dirigeait sur le *San Martin.* Les deux navires allaient s'aborder par le flanc, manœuvre déjà effectuée des centaines de fois au cours des neuf derniers jours, sans grand effet. Mais cette fois-ci, c'était différent. Barney sentit la tension monter alors que le *Revenge* s'approchait dangereusement du navire espagnol. Drake avait senti l'odeur du sang, ou celle de l'or, et Barney craignit pour la vie du héros de l'Angleterre lorsqu'il parvint à une demi-encablure de sa cible.

Si Drake se faisait tuer dès le début de la bataille, les Anglais risquaient de perdre tout courage.

Les deux vaisseaux firent tirer leurs canons de proue, des pièces peu puissantes capables de semer la panique chez l'ennemi mais en aucun cas de neutraliser un navire. Puis, alors qu'ils arrivaient à niveau, l'avantage du vent devint apparent. Le galion espagnol, qui était sous le vent, gîta légèrement si bien que ses canons, même à leur plus faible élévation, se braquèrent sur le ciel. Le navire anglais, au vent, se pencha vers son ennemi, et ses canons, parfaitement à portée de tir, visèrent le pont et la coque exposée.

Tous deux ouvrirent le feu. Leurs canons ne produisaient pas le même bruit. Le *Revenge* tirait à une cadence soutenue, comme un battement de tambour, chaque canon parlant quand il arrivait en position idéale dans une démonstration de discipline qui réjouit le cœur d'artilleur de Barney. Plus sourd, le son du *San Martin* était aussi plus irrégulier, comme si ses canonniers économisaient leurs munitions.

Les deux navires étaient ballottés sur les vagues ainsi que des bouchons, mais ils étaient désormais si proches que même par gros temps, leurs canons n'auraient pu manquer leurs cibles.

Plusieurs boulets frappèrent le *Revenge.* Compte tenu de l'angle de tir, seule la voilure fut atteinte, mais il aurait suffi qu'un mât se brise pour que le navire soit paralysé. Le *San Martin* souffrit d'un autre genre de dégâts : certains des canons de Drake utilisaient des munitions non conventionnelles – des boîtes à mitraille contenant des cubes de fer qui déchiraient les chairs, des couples de boulets enchaînés l'un à l'autre qui tournoyaient dans les haubans et fracassaient les espars, et même des éclats de ferraille capables de détruire les voiles.

Un nuage de fumée obscurcit alors la scène. Entre deux explosions, Barney entendait les hurlements des blessés, et l'âcreté de la poudre lui imprégnait les narines et la bouche.

Les deux navires s'écartèrent, chacun tirant son canon de poupe. Comme ils émergeaient de la fumée, Barney constata que Drake, loin de ralentir l'allure pour faire demi-tour et revenir attaquer le *San Martin*, fonçait sur le galion espagnol le plus proche. Soulagé, il en déduisit que le *Revenge* n'avait subi que peu d'avaries.

Le *Nonpareil*, le navire anglais qui le suivait, fonça sur le *San Martin.* Suivant l'exemple de Drake, son capitaine vint le frôler de près, pas assez toutefois pour risquer un abordage aux grappins, et les canons tonnèrent à nouveau. Cette fois-ci, crut remarquer Barney, les Espagnols tirèrent moins de boulets, et il soupçonna leurs artilleurs de recharger trop lentement.

Barney avait suffisamment observé : il était temps de participer au combat. Il importait que l'on voie l'*Alice* attaquer les navires espagnols, car cela vaudrait à son capitaine et à son équipage une part du butin.

Le *San Felipe*, le galion suivant de la ligne espagnole, était déjà cerné par des navires anglais qui le pilonnaient sans merci. Barney songea à une meute de chiens attaquant un ours, le divertissement préféré des Anglais. Les bâtiments étaient si proches qu'un Anglais pris de folie sauta sur le pont du *San Felipe*, où les épées espagnoles le taillèrent aussitôt en pièces. C'était la première fois en neuf jours, songea-t-il soudain, qu'un marin mettait le pied sur un vaisseau ennemi – preuve que les Anglais avaient réussi à empêcher les Espagnols de recourir à leur tactique préférée.

Comme l'*Alice* se lançait à l'assaut, dans le sillage d'un navire de guerre baptisé l'*Antelope,* Barney jeta un regard à l'horizon et remarqua, consterné, un nouveau groupe de bâtiments espagnols fonçant au combat toutes voiles dehors. Il fallait du courage pour voler au secours d'une flotte numériquement inférieure, mais visiblement, les Espagnols en avaient à revendre.

Serrant les dents, Barney ordonna à son timonier de s'approcher à moins d'une demi-encablure du *San Felipe.*

Sur le galion, les soldats donnèrent du mousquet et de l'arquebuse, et ils étaient suffisamment proches de leurs cibles pour toucher plusieurs hommes sur le pont de l'*Alice.* Barney se laissa tomber à genoux et s'en tira indemne, mais une demi-douzaine de matelots s'effondrèrent en sang. Bill Coory ouvrit alors le feu et les canons de l'*Alice* se mirent à tonner. La mitraille laboura le pont du galion, fauchant marins et soldats, tandis que les boulets fracassaient les bordages de la coque.

Le galion riposta en tirant un coup de canon en réponse aux huit de l'*Alice,* mais lorsque le boulet de gros calibre s'écrasa sur la poupe, Barney perçut l'impact au creux de son ventre. Le charpentier, qui se tenait sur le pont, prêt à réagir, descendit en hâte réparer les dégâts.

Barney avait déjà connu l'épreuve du feu. Il n'ignorait pas la peur – les têtes brûlées ne survivaient pas longtemps en mer –, mais il avait découvert qu'une fois le combat entamé, il avait tellement à faire qu'il ne pensait plus au danger. En proie à une excitation qui le faisait vibrer d'énergie, il hurlait des ordres à ses hommes, changeait de position pour mieux suivre les événements, descendait régulièrement sur le pont-batterie pour encourager les artilleurs en nage. La fumée le faisait tousser, le sang sur le pont le faisait glisser, les cadavres et les blessés le faisaient trébucher.

Il fit décrire une boucle à l'*Alice* pour le placer derrière l'*Antelope* et suivit celui-ci lors de son second passage, donnant cette fois du canon côté bâbord. Il jura lorsqu'un boulet espagnol frappa son mât de misaine. Une fraction de seconde plus tard, il sentit une vive douleur à la tête. Levant la main, il retira une écharde de son cuir chevelu. Il sentit la chaleur humide du sang, mais ce n'était qu'un filet et il comprit qu'il s'en était tiré avec une égratignure.

Le mât tint bon et le charpentier s'empressa d'aller le renforcer.

Lorsque l'*Alice* fut sorti du banc de fumée âcre, Barney remarqua que l'armada prenait lentement sa formation en croissant. Que les officiers et les équipages fassent preuve d'une telle discipline au milieu d'une bataille infernale lui parut proprement stupéfiant. Les navires espagnols se révélaient diablement difficiles à faire sombrer et voilà qu'ils recevaient des renforts.

Barney fit manœuvrer l'*Alice* en vue d'une nouvelle attaque.

*

La bataille fit rage toute la journée, et en milieu d'après-midi, Rollo était désespéré.

Le *San Martin* avait été touché plusieurs centaines de fois. Trois de ses gros canons, délogés de leur affût, étaient inutilisables, mais il en possédait quantité d'autres. C'étaient les plongeurs qui empêchaient le navire criblé de trous de couler, des braves entre les braves qui allaient boucher les voies d'eau avec du chanvre et des plaques de plomb sous la mitraille. Tout autour de Rollo gisaient les morts et les blessés, nombre d'entre eux implorant Dieu ou leur saint patron d'abréger leurs souffrances. L'air qu'il respirait sentait le sang et la poudre.

Le *María Juan* avait été tellement endommagé qu'il ne pouvait plus flotter, et Rollo, anéanti, avait vu ce magnifique vaisseau couler lentement, inexorablement, dans les eaux grises et froides de la mer du Nord, pour y disparaître à jamais. Le *San Mateo* connaîtrait bientôt le même sort. Pour tenter de le maintenir à flot, ses marins jetaient par-dessus bord tout ce qu'ils pouvaient : armes, caillebottis, débris de bois et même les cadavres de leurs camarades. Le *San Felipe* était en si piteux état qu'on ne pouvait plus le piloter et il dérivait loin du combat, impuissant, en direction des bancs de sable.

L'infériorité numérique des Espagnols n'expliquait pas tout. C'étaient d'habiles marins et de valeureux combattants, mais ils l'emportaient généralement en montant à l'abordage, et les Anglais avaient su les en empêcher. Ils les avaient obligés à livrer une bataille au canon, domaine où ils n'étaient pas à leur avantage. Les Anglais avaient en effet mis au point une technique de tir rapide avec laquelle les Espagnols ne pouvaient rivaliser. Leurs canons, plus lourds, étaient difficiles à recharger, et les artilleurs étaient parfois obligés de se laisser pendre à des cordages le long de la coque pour enfourner le boulet par un sabord, une manœuvre presque impossible dans le feu de l'action.

Le résultat fut désastreux.

Comme pour rendre la défaite encore plus inéluctable, le vent avait tourné au nord, empêchant toute fuite dans cette direction. À l'est et au sud, des bancs de sable les attendaient, tandis que les Anglais les harcelaient à l'ouest. Les Espagnols étaient pris au piège. Ils résistaient avec courage, mais ils finiraient fatalement par sombrer sous le feu des Anglais ou par s'échouer près de la côte.

Il n'y avait plus d'espoir.

*

À quatre heures de l'après-midi, le temps changea.

Une tempête inattendue arriva du sud-ouest. Sur le pont de l'*Ark Royal,* Ned Willard fut frappé par la bourrasque et trempé par la pluie. Il aurait supporté cette épreuve avec joie, mais l'averse dissimulait l'armada espagnole, ce qui le contrariait. La flotte anglaise progressa prudemment vers l'endroit où aurait dû se trouver l'ennemi, or celui-ci avait disparu.

Se serait-il échappé ? C'était impensable.

Au bout d'une demi-heure, la tempête s'apaisa aussi vite qu'elle s'était levée et, à la soudaine lueur du soleil de l'après-midi, Ned remarqua avec consternation que les navires espagnols voguaient à vive allure à une vingtaine d'encablures plus au nord.

L'*Ark* hissa les voiles et se lança derrière eux, suivi par le reste de la flotte, mais il leur serait impossible de les rattraper rapidement et Ned comprit qu'il n'y aurait pas de combat avant la nuit.

Les deux flottes restèrent près de la côte est de l'Angleterre.

La nuit tomba. Épuisé, Ned s'endormit tout habillé sur sa couchette. Le lendemain au lever du jour, il scruta l'horizon et constata que les Espagnols conservaient leur avance et filaient toujours cap au nord.

Lord Howard était à son poste habituel, sur la dunette, et buvait de la bière légère.

« Que se passe-t-il, milord ? demanda poliment Ned. Il semblerait que nous ayons du mal à les rattraper.

— C'est inutile, répondit Howard. Voyez. Ils s'enfuient.

— Où iront-ils ?

— Bonne question. Selon moi, ils seront obligés de contourner l'Écosse par le nord, puis mettront le cap au sud pour s'engager en mer d'Irlande – une mer dont personne n'a encore établi la carte, comme vous le savez. »

Ned ignorait ce détail.

« Je suis resté à votre côté durant l'intégralité de ces onze derniers jours, et pourtant, je suis incapable de comprendre comment tout ceci est arrivé.

— La vérité, messire, est qu'il est très difficile de conquérir une île. L'envahisseur est terriblement désavantagé. Ses provisions s'épuisent, il est vulnérable chaque fois qu'il veut embarquer ou débarquer des troupes, il s'égare sur des terres ou dans des eaux qu'il connaît mal. Nous nous sommes contentés, grosso modo, de harceler l'ennemi jusqu'à ce qu'il succombe à toutes ces difficultés. »

Ned acquiesça.

« La reine Élisabeth a eu raison d'engager d'importantes dépenses pour sa marine.

— C'est exact. »

Ned contempla la mer où, dans le lointain, l'armada espagnole battait en retraite.

« Autrement dit, nous avons gagné », observa-t-il.

Il avait peine à le croire. Il savait qu'il aurait dû sauter de joie, et sans doute le ferait-il une fois qu'il aurait assimilé la nouvelle, mais pour le moment, il était littéralement assommé.

Howard sourit.

« Oui, confirma-t-il. Nous avons gagné.

— Alors ça ! murmura Ned. Je n'en reviens pas. »

27

Pierre Aumande fut réveillé par son beau-fils Alain.

« Il y a une réunion d'urgence du Conseil privé », lui annonça celui-ci.

Il paraissait inquiet, sans doute parce qu'il avait dû troubler le sommeil de son maître irascible.

Pierre se redressa et fronça les sourcils. Cette réunion était une surprise et il n'aimait pas les surprises. Pourquoi ne l'avait-on pas prévenu ? Quelle était cette urgence ? Il se gratta les bras tout en réfléchissant, et des squames tombèrent sur la courtepointe brodée.

« Que sais-tu d'autre ?

— Nous avons reçu un message de monsieur d'O », répondit Alain. François d'O, cet homme au nom étrange, était le surintendant des finances du roi Henri III. « Il tient à ce que vous vous assuriez de la présence du duc de Guise. »

Pierre se tourna vers la fenêtre. Il faisait encore nuit et on ne voyait rien au-dehors, mais une pluie torrentielle tambourinait sur le toit et éclaboussait les fenêtres. Il n'apprendrait rien de plus en restant au lit. Il se leva.

Deux jours les séparaient de la Noël 1588. Ils se trouvaient au château royal de Blois, à plus de quarante lieues au sud-ouest de Paris. C'était un immense palais d'au moins cent pièces, et Pierre occupait une splendide suite aussi vaste que celle de son maître, le duc de Guise, et presque aussi spacieuse que celle du roi.

À l'instar de l'un et de l'autre, Pierre avait apporté avec lui une partie de son luxueux mobilier, notamment son lit délicieusement confortable et son bureau dont les dimensions en imposaient à tous. Il conservait également près de lui l'un de ses plus précieux biens, une paire de pistolets à rouet avec garnitures en argent offerts par Henri III. C'était la première et unique fois qu'il avait reçu un cadeau royal. Il les gardait à son chevet, prêts à tirer.

Il était entouré de ses domestiques, placés sous l'autorité d'Alain aujourd'hui âgé de vingt-huit ans, qu'il avait parfaitement maté et qui était devenu son fidèle assistant. Et, bien entendu, de sa maîtresse, Louise de Nîmes, si agréablement soumise.

Pierre avait fait du duc Henri de Guise l'un des hommes les plus importants d'Europe, plus puissant encore que le roi de France. Et Pierre s'était élevé en même temps que son maître.

À l'image de sa mère Catherine de Médicis, Henri III était un partisan de la paix, et s'était efforcé de ne pas être trop dur envers les huguenots, les protestants français. Pierre avait immédiatement perçu le danger de cette situation. Il avait encouragé le duc à créer la Ligue catholique, un rassemblement des organisations les plus extrémistes afin de lutter contre la montée de l'hérésie. La Ligue avait réussi au-delà de ses espérances. C'était à présent la force dominante de la politique française, et elle contrôlait Paris ainsi que d'autres grandes villes. Elle était si puissante qu'elle était parvenue à chasser Henri III de Paris, ce qui expliquait sa présence à Blois. Et Pierre avait réussi à faire nommer le duc lieutenant-général des armées du royaume, ce qui privait de fait le souverain de son pouvoir militaire.

Les états généraux siégeaient à Blois depuis le mois d'octobre. Pierre avait conseillé au duc de Guise de se poser en représentant du peuple dans les négociations avec le roi, bien qu'il fût en réalité le chef de l'opposition au pouvoir monarchique. Le véritable objectif de Pierre était de s'assurer que le roi céderait à toutes les revendications de la Ligue.

Mais Pierre craignait que son maître pèche par excès d'arrogance. La semaine précédente, lors d'un banquet de famille chez les Guises, Louis, le frère d'Henri, cardinal de Lorraine, avait proposé de boire « À la santé de mon frère, le nouveau roi de France ! ». Naturellement, le roi avait immédiatement eu vent de cet affront. Pierre ne pensait pas qu'Henri III ait le courage de riposter, mais il était indéniable que le provoquer ainsi, c'était tenter le diable.

Pierre se vêtit d'un coûteux pourpoint blanc à crevés conçu pour mettre en valeur une doublure de soie dorée. Cette couleur évitait aux pellicules qui tombaient en permanence de son cuir chevelu désséché d'être trop visibles.

Le jour hivernal se leva comme à regret, révélant des nuages noirs et une pluie battante. Se faisant accompagner d'un valet de pied muni d'une chandelle, Pierre traversa les couloirs et les passages obscurs du château pour gagner les appartements du duc de Guise.

Le capitaine de sa garde, un Suisse nommé Colli auquel Pierre veillait à graisser la patte, l'accueillit aimablement et annonça :

« Il a passé la moitié de la nuit avec Mme de Sauves. Il est rentré à trois heures du matin. »

Charlotte de Sauves, une femme aux appétits charnels notoires, était l'actuelle maîtresse du duc. Sans doute celui-ci aurait-il préféré faire la grasse matinée.

« Je dois le réveiller, expliqua Pierre. Faites monter une chope de bière. Il n'aura pas le temps de prendre plus que cela. »

Pierre entra dans la chambre. Le duc était seul : son épouse se trouvait à Paris, sur le point de donner naissance à leur quatorzième enfant. Pierre secoua l'épaule du dormeur. Henri, qui n'avait pas encore quarante ans, était toujours vigoureux et se réveilla vite.

« Qu'y a-t-il de si urgent, je voudrais bien le savoir, pour que le Conseil ne puisse attendre qu'on ait déjeuné ? » grommela le duc tout en passant un pourpoint de satin gris au-dessus de ses vêtements de nuit.

Pierre répugnait à avouer qu'il n'en savait rien.

« Le roi s'inquiète à propos des états généraux.

— Je feindrais bien d'être souffrant, mais d'autres profiteraient peut-être de mon absence pour comploter contre moi.

— Ne dites pas *peut-être.* Ils le feraient *sûrement.* »

Telle était la rançon du succès. L'affaiblissement de la monarchie française, entamé trente ans plus tôt avec la mort prématurée du roi Henri II, avait ouvert de vastes perspectives à la famille de Guise – mais chaque fois que croissait sa puissance, certains s'évertuaient à la mettre à bas.

Un domestique entra avec une chope de bière. Le duc la vida d'un trait, éructa bruyamment et dit :

« Voilà qui est mieux. »

Son pourpoint de satin n'étant pas chaud et les couloirs du palais étant glacials, Pierre lui tendit une cape pour se rendre à la chambre du conseil. Le duc prit un chapeau et des gants, et ils s'en furent.

Colli ouvrait la marche. Le duc ne sortait jamais sans garde du corps, même pour se rendre d'un endroit à l'autre du palais. Toutefois, les hommes d'armes n'étant pas admis dans la chambre du conseil, Colli resta sur le palier du grand escalier tandis que le duc et Pierre entraient.

Un grand feu flambait dans la cheminée. Le duc de Guise ôta sa cape et s'assit à la longue table avec les autres conseillers.

« Apportez-moi des raisins de Damas, ordonna-t-il à un domestique. Je n'ai encore rien mangé. »

Pierre rejoignit les conseillers qui se tenaient debout le long des murs, et l'on commença à parler impôts.

Le roi avait convoqué les états généraux parce qu'il avait

besoin d'argent. Les négociants prospères qui constituaient le tiers état – les deux autres états étant ceux de la noblesse et du clergé – refusaient obstinément de lui céder une nouvelle part de leurs bénéfices durement gagnés. Non sans insolence, ils avaient envoyé des comptables examiner les finances royales avant de déclarer que le roi n'aurait pas besoin de lever de nouveaux impôts s'il gérait son argent plus intelligemment.

François d'O, le surintendant des finances, entra tout de suite dans le vif du sujet.

« Le tiers état doit parvenir à un compromis avec le roi, dit-il en regardant le duc de Guise bien en face.

— Cela viendra, répondit le duc. Il faut un peu de temps. Leur fierté leur interdit de céder immédiatement. »

L'affaire s'engageait bien, songea Pierre. Lorsqu'on serait parvenu à un compromis, le duc, qui l'aurait préparé, apparaîtrait comme le héros du jour.

« Personne n'ira dire qu'ils cèdent *immédiatement* ! remarqua d'O avec obstination. Cela fait des mois qu'ils défient le roi.

— Ils finiront par se montrer conciliants. »

Pierre se gratta les aisselles. Pourquoi avait-on convoqué le Conseil de façon aussi urgente ? La discussion durait depuis longtemps et de toute évidence, aucun événement nouveau n'était survenu.

Un domestique tendit une assiette au duc.

« Il n'y a pas de raisins, monseigneur, dit-il. Je vous apporté des prunes de Provence.

— Posez-les ici, rétorqua le duc. J'ai tellement faim que je mangerais des yeux de mouton. »

D'O refusa de se laisser distraire.

« Quand nous exhortons les représentants du tiers état à être raisonnables, savez-vous ce qu'ils nous répondent ? reprit-il. Ils affirment qu'ils n'ont pas besoin d'accepter de compromis car ils ont le soutien du duc de Guise. »

Il marqua une pause et parcourut la tablée du regard.

Le duc retira ses gants et commença à enfourner des prunes dans sa bouche.

« Monseigneur, poursuivit d'O, vous prétendez vouloir faire la paix entre le roi et le peuple, mais en réalité, c'est vous qui faites obstacle à tout accord. »

Pierre s'alarma. Cela ressemblait fort à un verdict.

Le duc Henri avala une prune. L'espace d'un instant, il resta sans voix.

Comme il atermoyait, une porte s'ouvrit et Revol, le secrétaire d'État, sortit de la suite contiguë, c'est-à-dire des appartements privés du roi. S'approchant du duc de Guise, il lui annonça, d'une voix basse mais audible :

« Sa Majesté le roi souhaite vous parler, monseigneur. »

Pierre était perplexe. C'était la seconde surprise de la matinée. Il se passait quelque chose dont il n'avait pas idée, et il flaira le danger.

Le duc répondit au messager royal avec une indolence effrontée. Il prit dans sa poche une bonbonnière d'argent en forme de coquille et y glissa quelques prunes à emporter, comme s'il comptait les grignoter pendant que le roi lui parlerait. Puis il se leva et attrapa sa cape. D'un signe de tête, il ordonna à Pierre de le suivre.

Dans la pièce voisine se tenaient les gardes du corps du roi, commandés par un dénommé Montséry, qui jeta au duc un regard hostile. Ces soldats d'élite grassement payés étaient surnommés les Quarante-Cinq et le duc de Guise, encouragé par Pierre, avait suggéré qu'on les congédie pour faire des économies – et, bien entendu, affaiblir un peu plus le monarque. Ce n'était pas une de ses idées les plus brillantes. Le duc avait essuyé un refus et s'était évidemment attiré l'inimitié des Quarante-Cinq.

« Attendez-moi ici. Je pourrais avoir besoin de vous », dit le duc à Pierre.

Montséry lui ouvrit la porte suivante.

Le duc de Guise s'avança puis s'arrêta et se retourna vers Pierre.

« Réflexion faite, reprit-il, retournez au Conseil. Vous me rapporterez ce qui se dira en mon absence.

— Fort bien, monseigneur », acquiesça Pierre.

Montséry poussa la porte, révélant le roi Henri debout dans la pièce voisine. Âgé de trente-sept ans, il occupait le trône depuis quinze ans. Son visage était charnu et sensuel, mais il respirait le calme et l'autorité. Fixant le duc du regard, il déclara :

« Ainsi, voici l'homme que certains appellent le nouveau roi de France. »

Il se tourna alors vers Montséry et lui adressa un signe de tête sans ambiguïté.

À ce moment-là, Pierre comprit que la catastrophe était imminente.

D'un mouvement vif et souple, Montséry tira une longue dague et poignarda le duc.

La lame transperça sans peine le pourpoint de satin et s'enfonça dans le torse puissant.

Pierre resta figé de stupeur.

Le duc ouvrit la bouche comme pour crier, mais nul bruit n'en sortit, et Pierre comprit aussitôt que la plaie était fatale.

Mais ce n'était pas assez pour les gardes du corps, qui entourèrent immédiatement le duc pour le larder de coups de poignard et d'épée. Le sang jaillit de son nez, de sa bouche, de partout.

Pierre resta paralysé d'horreur une seconde encore. Le duc de Guise s'effondra, saignant de multiples blessures.

Pierre se tourna vers le roi, qui observait calmement la scène.

Il finit par reprendre ses esprits. Son maître venait d'être assassiné et peut-être serait-ce bientôt son tour. Discrètement, mais promptement, il revint sur ses pas et regagna la salle du conseil.

Les conseillers rassemblés autour de la table le regardèrent en silence et il comprit en un éclair qu'ils avaient certainement été informés de ce qui allait se produire. La réunion d'« urgence » n'était qu'un prétexte, un piège tendu au duc de Guise. C'était un complot et ils y étaient tous mêlés.

Ils attendaient qu'il dise quelque chose, ne sachant pas encore si l'acte était accompli. Il tira parti de leur hésitation pour prendre la fuite. Pressant l'allure, il traversa la salle sans un mot et sortit. Il entendit un brouhaha derrière lui, interrompu par le bruit de la porte qui claquait.

Colli, le garde du corps du duc, le fixa d'un œil intrigué, mais il l'ignora et dévala le grand escalier. Nul ne tenta de l'arrêter.

Il était atterré. Il avait le souffle court et s'aperçut qu'il transpirait malgré le froid. Le duc était mort, assassiné – et de toute évidence sur ordre du roi. Henri de Guise avait péché par outrecuidance. Pierre aussi. Il avait été convaincu qu'Henri III, cet être faible, n'aurait jamais autant de courage ni de résolution – et il avait commis une erreur désastreuse, fatale.

Il avait beaucoup de chance de ne pas avoir été tué, lui aussi. Il combattit la panique tout en traversant le château précipitamment. Le roi et ses complices n'avaient probablement pas vu plus loin que l'assassinat. Mais à présent que le duc était mort, ils songeraient à consolider leur triomphe. Pour commencer, ils élimineraient les frères de Guise, le cardinal Louis et l'archevêque de Lyon ; leur attention se porterait ensuite sur Pierre, le principal conseiller du duc.

Mais durant les quelques minutes à venir, tout ne serait que chaos et confusion, offrant à Pierre une possibilité de salut.

Charles, le fils aîné d'Henri, était désormais duc de Guise, songea Pierre en s'engageant dans un nouveau couloir. Il avait dix-sept ans, un âge qui lui permettait de prendre la succession de son père – Henri lui-même n'avait que douze ans quand il était devenu duc. Si Pierre réussissait à se sortir de ce mauvais pas, il ferait avec Charles ce qu'il avait fait avec son père : il s'insinuerait dans les bonnes grâces de sa mère, deviendrait un conseiller indispensable du jeune homme, cultiverait chez l'un comme chez l'autre les graines de la vengeance et, le jour venu, rendrait le nouveau duc aussi puissant que l'ancien.

Il avait déjà connu des revers de fortune et en était sorti plus fort que jamais.

Il arriva hors d'haleine dans ses appartements. Alain se trouvait au salon.

« Fais seller trois chevaux, aboya Pierre. N'emporte que des armes et de l'argent. Nous devons être partis dans moins de dix minutes.

— Où partons-nous ? » demanda Alain.

Ce jeune imbécile aurait dû demander *pourquoi* et non pas *où.*

« Je ne l'ai pas encore décidé – allons, *dépêche-toi* », hurla Pierre.

Il fila dans la chambre. Louise, en chemise de nuit, était agenouillée sur le prie-Dieu et égrenait son chapelet.

« Habillez-vous vite, lança Pierre. Si vous n'êtes pas prête, je partirai sans vous. »

Elle se leva et se dirigea vers lui, les mains toujours jointes comme en prière.

« Vous avez des ennuis, observa-t-elle.

— Évidemment, c'est bien pour cela que je m'enfuis, confirma-t-il avec agacement. Habillez-vous, je vous dis. »

Louise écarta les mains, révélant une petite dague, dont elle tailLada le visage de Pierre.

« Seigneur ! »

Il hurla, mais la stupéfaction était plus grande encore que la douleur. Il n'aurait pas été plus surpris si la dague avait frappé de sa propre volonté. C'était *Louise*, cette souris terrorisée, cette faible femme dont il abusait pour son plaisir, qui l'avait *frappé* – lui infligeant non pas une banale estafilade mais une profonde entaille à la joue qui saignait copieusement, lui inondant le menton et la gorge.

« Espèce de garce, je vais te trancher la gorge ! » glapit-il, et il plongea sur elle, tentant de s'emparer du poignard.

Elle recula d'un pas avec souplesse.

« Tout est fini, démon, je suis libre ! » cria-t-elle, et elle le frappa à la gorge.

Incrédule, il sentit la lame lui pénétrer les chairs, lui infligeant une douleur atroce. Que se passait-il ? Pourquoi se disait-elle libre ? Un roi faible avait tué le duc, et voilà qu'une faible femme poignardait Pierre. Tout cela dépassait l'entendement.

Mais Louise était un piètre assassin. Elle ignorait que le premier coup devait être mortel. Elle s'y était mal prise et allait mourir.

La rage s'empara de lui. Sa main droite se porta à sa gorge meurtrie tandis que la gauche écartait le bras de Louise. Il était blessé mais vivant, et il la tuerait. Il se jeta sur elle, la heurtant violemment avant qu'elle ait pu frapper à nouveau, et elle perdit l'équilibre. Elle tomba à terre tandis que le poignard lui échappait des doigts.

Pierre le ramassa. S'efforçant d'ignorer la souffrance, il

s'agenouilla, à cheval sur le corps de Louise et leva la dague. Il marqua une brève pause, se demandant où la frapper : au visage ? Aux seins ? À la gorge ? Au ventre ?

Soudain, un violent coup à l'épaule droite le fit basculer sur sa gauche. L'espace d'un instant, son bras droit s'engourdit et il lâcha l'arme à son tour. Il tomba comme une masse, roulant loin de Louise avant de se retrouver sur le dos.

Levant les yeux, il reconnut Alain.

Le jeune homme tenait les pistolets à rouet qu'Henri III avait offerts à Pierre et il les braquait sur lui.

Pierre les fixa d'un regard impuissant. Il les avait utilisés à plusieurs reprises et savait qu'ils fonctionnaient à la perfection. Il ignorait si Alain était bon tireur, mais, à deux pas de distance, il pouvait difficilement manquer sa cible.

Durant ces quelques secondes de calme, Pierre entendit la pluie tambouriner. Il comprit qu'Alain avait été prévenu de l'assassinat du duc – raison pour laquelle il lui avait demandé *où* ils partaient et non *pourquoi.* Louise n'en ignorait rien, elle non plus. Ainsi, ils avaient conspiré pour se débarrasser de lui au moment où il serait vulnérable. Personne ne les soupçonnerait : tout le monde supposerait qu'il était mort sur ordre du roi, à l'image du duc.

Comment pareille chose pouvait-elle lui arriver, à lui, Pierre Aumande de Guise, maître de la manipulation depuis trois décennies ?

Il jeta un coup d'œil à Louise, puis à Alain, et lut sur leurs traits la même expression. De la haine mêlée à un autre sentiment : la joie. C'était leur heure de triomphe, et ils étaient heureux.

« Vous ne pouvez plus me servir à rien », déclara Alain. Ses doigts se crispèrent sur les longs leviers incurvés qui saillaient sous les armes.

Que voulait-il dire ? C'était Pierre qui se servait d'Alain et non le contraire. Quelque chose lui aurait-il échappé ? Une fois de plus, il ne comprenait pas.

Il ouvrit la bouche pour appeler au secours, mais aucun son ne sortit de sa gorge blessée.

Les chiens s'abaissèrent, des étincelles jaillirent, les deux pistolets tonnèrent à l'unisson.

Pierre eut l'impression de recevoir un coup de marteau en pleine poitrine. La douleur était insoutenable.

Il entendit la voix de Louise, qui semblait venir de très loin.

« À présent, retourne en enfer, d'où tu es sorti. »

Puis les ténèbres l'engloutirent.

*

Le premier fils du comte Bartlet fut baptisé Swithin, en souvenir de son arrière-grand-père, et le second Rollo, en l'honneur de son grand-oncle. Ces deux hommes avaient vaillamment lutté contre le protestantisme et Bartlet était un fervent catholique.

Ces deux prénoms déplaisaient pareillement à Margery. Swithin était un homme répugnant et Rollo l'avait dupée et trahie. Toutefois, à mesure que se dessinait la personnalité des deux garçons, leurs noms se transformèrent. Swithin, qui rampait avec une belle vélocité, fut rapidement surnommé Swifty, et Rollo, plutôt grassouillet, devint Roley.

Le matin, Margery prenait plaisir à aider Cecilia, l'épouse de Bartlet. Ce jour-là, elle faisait manger un œuf brouillé à Swifty pendant que Cecilia donnait le sein à Roley. Cecilia s'inquiétait souvent pour ses enfants et Margery exerçait sur elle une influence apaisante : sans doute était-ce le lot de toutes les grand-mères, songeait-elle.

Roger, son second fils, entra dans la nursery pour dire bonjour à ses neveux.

« Ils vont me manquer tous les deux quand je serai à Oxford », dit-il.

Margery remarqua que Dot, la jeune nourrice, s'animait en présence de Roger. Celui-ci possédait un charme discret et un sourire ironique qui faisait des ravages ; Dot aurait sans doute bien aimé le prendre dans ses filets. Peut-être était-il préférable qu'il parte pour l'université. Dot était une gentille fille, qui s'occupait très bien des enfants, mais ses perspectives étaient trop étroites pour Roger.

Cette idée conduisit Margery à s'interroger sur l'avenir qu'envisageait son fils, et elle lui demanda :

« Avez-vous réfléchi à ce que vous comptez faire après Oxford ?

— Je veux étudier le droit », répondit Roger.

Voilà qui était intéressant.

« Pourquoi ?

— Parce que c'est extrêmement important. Ce sont les lois qui font un pays.

— C'est donc le gouvernement qui vous intéresse.

— Sans doute. J'ai toujours été fasciné par ce que racontait père à son retour du Parlement : les manœuvres et les négociations, les raisons qui poussent les gens à se ranger dans tel ou tel camp. »

Le comte Bart ne s'était jamais vraiment intéressé à la vie parlementaire et ne siégeait à la Chambre des lords que par obligation. Mais Ned Willard, le véritable père de Roger, était un animal politique. L'hérédité était vraiment fascinante.

« Peut-être deviendrez-vous député de Kingsbridge et siégerez-vous à la Chambre des communes.

— Cela n'aurait rien d'extraordinaire pour le fils cadet d'un comte. Mais le député actuel est sir Ned.

— Il finira bien par prendre sa retraite. »

Et serait ravi, devina Margery, d'avoir son fils pour successeur.

Ils entendirent soudain des voix en provenance du rez-de-chaussée. Roger sortit un instant.

« Oncle Rollo vient d'arriver », annonça-t-il à son retour.

Margery était éberluée.

« Rollo ? répéta-t-elle, incrédule. Cela fait des années qu'il n'est pas venu au Château Neuf !

— Eh bien, le voici. »

Margery entendit des cris de joie dans la grande salle : Bartlet accueillait son héros.

Cecilia lança d'un ton ravi à ses deux enfants :

« Allons dire bonjour à votre grand-oncle Rollo ! »

Margery n'était guère pressée d'en faire autant. Elle tendit Swifty à Roger.

« Je vous retrouverai plus tard », murmura-t-elle.

Sortant de la nursery, elle emprunta le couloir menant à ses appartements, Maximus, son mastiff, sur les talons. Comme il se devait, Bartlet et Cecilia occupaient désormais les plus belles chambres, mais on avait réservé à la comtesse douairière une suite tout à fait agréable. Margery se réfugia dans son boudoir et ferma la porte.

Elle était en proie à une colère froide. Après avoir découvert que Rollo utilisait son réseau pour fomenter une insurrection armée, elle lui avait envoyé un bref message chiffré pour lui annoncer qu'elle refusait désormais de l'aider à faire entrer des prêtres clandestins en Angleterre. Il ne lui avait pas répondu et ils n'avaient plus eu aucune relation depuis. Elle avait passé des heures à composer le discours outré qu'elle prononcerait si jamais elle devait le revoir. Mais à présent qu'il était là, elle ne savait plus quoi lui dire.

Maximus s'allongea devant la cheminée. Margery s'approcha de la fenêtre et regarda au-dehors. On était en décembre : des domestiques traversaient la cour, emmitouflés dans d'épais manteaux. Au-delà de l'enceinte du château, les champs se réduisaient à des étendues de boue dure et froide, et les arbres dénudés pointaient leurs branches fourchues sur un ciel gris fer. Elle avait pensé qu'il ne lui faudrait que quelques instants pour reprendre contenance, mais elle était encore sous le choc. Elle égrena son chapelet pour se calmer.

Elle entendit les domestiques transporter de lourds bagages le long du corridor qui passait devant ses appartements et devina que Rollo s'installerait dans son ancienne chambre, juste en face de la sienne. Peu après, on toqua à sa porte et Rollo entra.

« Je suis là ! » annonça-t-il d'une voix enjouée.

Il était chauve désormais, constata-t-elle, et sa barbe était poivre et sel. Elle le regarda, le visage de marbre.

« Que fais-tu ici ?

— Moi aussi, je suis ravi de te voir », répliqua-t-il d'une voix sarcastique.

Maximus grogna tout bas.

« À quoi t'attendais-tu ? rétorqua Margery. Tu m'as menti durant des années. Tu sais ce que je pense des chrétiens qui s'entretuent pour des questions de doctrine – et pourtant, tu t'es servi de moi dans ce but. Tu as fait de ma vie une tragédie.

— J'ai accompli la volonté de Dieu.

— J'en doute. Pense à toutes les morts qu'ont causées tes complots – et notamment à celle de Marie, reine des Écossais !

— Aujourd'hui, c'est une sainte au paradis.

— Quoi qu'il en soit, je ne t'aiderai plus jamais, et il n'est pas question que tu te serves du Château Neuf pour tes activités.

— Le temps des complots est passé, me semble-t-il. Marie est morte, et l'armada espagnole vaincue. Mais, si une nouvelle occasion se présente, il existe d'autres lieux que le Château Neuf.

— Je suis la seule personne en Angleterre à savoir que tu es Jean Langlais. Je pourrais te dénoncer à Ned Willard. »

Rollo sourit.

« Mais tu n'en feras rien, répliqua-t-il avec assurance. Tu peux me trahir, certes, mais l'inverse est également vrai. Même si je ne voulais pas te dénoncer, peut-être le ferais-je sous la torture. Cela fait des années que tu caches des prêtres clandestins, un crime passible de la peine capitale. Tu serais exécutée – peut-être de la même façon que Margaret Clitherow, qui a péri écrasée sous des pierres. »

Margery lui jeta un regard horrifié. Ses réflexions n'étaient pas allées jusque-là.

« Et il n'y a pas que toi, poursuivit Rollo. Bartlet et Roger m'ont aidé à faire entrer des prêtres en Angleterre. Alors, vois-tu, si tu me trahis, tu seras responsable de l'exécution de tes deux fils. »

Il disait vrai. Margery était prise au piège. Aussi pervers que fût Rollo, elle n'avait pas d'autre solution que de le protéger. Elle en était malade d'exaspération, mais ne pouvait rien faire. Durant un long moment, elle contempla sa mimique suffisante.

« Sois damné, dit-elle enfin. Que l'enfer t'engloutisse. »

*

Le soir de l'Épiphanie, un grand souper réunit la famille Willard à Kingsbridge.

La tradition voulant qu'une pièce de théâtre fût jouée au Château Neuf était tombée en désuétude. Plusieurs années de discrimination anticatholique avaient appauvri le comte de

Shiring, qui ne pouvait plus se permettre de donner des banquets dispendieux. La famille Willard avait donc organisé sa propre fête.

Ils étaient six autour de la table. Barney était de retour, encore rayonnant de la victoire remportée sur les Espagnols. Il occupait la place d'honneur, avec à sa droite son épouse Helga. Son fils Alfo se tenait à sa gauche, et Sylvie remarqua que la prospérité l'avait empâté. Valérie, son épouse, tenait leur petite fille dans ses bras. Ned était assis en face de Barney, Sylvie à ses côtés. Eileen leur servit un grand plat de porc rôti aux pommes, et ils savourèrent le vin de Rhénanie importé par Helga.

Barney et Ned relataient inlassablement les hauts faits de leur bataille navale. Sylvie et Valérie bavardaient en français. Valérie donnait le sein à son bébé tout en mangeant. Barney déclara que la fillette ressemblerait à sa grand-mère Bella – ce qui était fort improbable, songea Sylvie, car un seul des huit bisaïeuls de la fillette était africain, et elle avait pour le moment un teint rose tout à fait ordinaire. Alfo exposa à Barney quelques-unes des améliorations qu'il envisageait d'apporter au marché couvert.

Sylvie se sentait en parfaite sécurité, entourée de sa famille qui jacassait devant une table bien garnie tandis qu'une belle flambée brûlait dans la cheminée. Les ennemis de l'Angleterre étaient vaincus, pour le moment, même s'il était à craindre qu'ils ne reviennent un jour à la charge. Et Ned avait appris par un de ses espions que Pierre Aumande était mort, assassiné le même jour que son maître, le duc de Guise. Il y avait donc une justice en ce monde.

Elle parcourut du regard les visages souriants réunis autour de la table et se rendit compte que le sentiment qui l'habitait n'était autre que le bonheur.

Après le dîner, ils enfilèrent leurs manteaux et sortirent. Pour remplacer la représentation au Château Neuf, la taverne de la Cloche avait fait venir une troupe qui se produisait sur une estrade temporairement érigée dans la grande cour. Les Willard payèrent leur écot et se joignirent au public.

La pièce qu'on jouait, *L'Aiguille de commère Gurton*, était une farce racontant l'histoire d'une vieille femme incapable de coudre parce qu'elle avait perdu son aiguille. Parmi les personnages figuraient un plaisantin nommé Diccon qui prétendait pouvoir invoquer le diable et un serviteur du nom de Hodge qui souillait ses hauts-de-chausses sous l'effet de la peur. Les spectateurs riaient à s'en tenir les côtes.

Ned était d'humeur joyeuse, et Barney et lui entrèrent dans la salle pour acheter une carafe de vin.

Sur la scène, la commère se battait à coups de poing avec sa voisine dame Chat. Sylvie aperçut dans la foule un homme qui ne riait pas. Elle eut l'impression d'avoir déjà vu ce visage. La résolution fanatique qu'exprimaient ses traits émaciés était restée gravée dans sa mémoire.

Il croisa son regard et ne parut pas la reconnaître.

Elle se rappela alors une rue de Paris et Pierre Aumande, debout devant sa petite maison, en train d'indiquer sa route à un prêtre aux cheveux rares et à la barbe roussâtre.

« Jean Langlais ? » marmonna-t-elle, incrédule.

Pouvait-il s'agir de l'homme que Ned traquait depuis si longtemps ?

Il tourna le dos à la scène et sortit de la cour.

Sylvie voulut en avoir le cœur net. Il ne fallait pas qu'elle le perde de vue, elle le savait. Elle ne pouvait pas le laisser s'éclipser. Jean Langlais était l'ennemi du protestantisme et celui de son époux.

Il lui vint à l'esprit que cet homme était peut-être dangereux. Elle chercha Ned du regard, mais il n'était pas encore sorti de la taverne. Le temps qu'il revienne, celui qu'elle pensait être Langlais risquait de s'évanouir. Elle ne pouvait pas attendre.

Sylvie n'avait jamais hésité à risquer sa vie pour sa foi.

Elle lui emboîta le pas.

*

Rollo avait décidé de regagner le château de Tyne. Il savait désormais qu'il ne pourrait pas utiliser le Château Neuf pour ses menées clandestines. Margery ne le trahirait pas intentionnellement – cela aurait entraîné l'exécution de ses fils –, mais si elle relâchait sa vigilance, elle pourrait mettre sa sécurité en péril. Mieux valait qu'elle ne sache rien.

Il était toujours rémunéré par le comte de Tyne, pour lequel il accomplissait effectivement des tâches ponctuelles de nature juridique afin de donner quelque crédibilité à sa couverture. Il ne savait pas vraiment à quelle œuvre secrète il pourrait se consacrer. L'insurrection catholique avait échoué. Mais il espérait ardemment que, tôt ou tard, on verrait naître de nouveaux efforts pour ramener l'Angleterre dans le giron de la vraie foi et qu'il pourrait y jouer un rôle.

En chemin, il avait fait halte à Kingsbridge où il s'était joint à un groupe de voyageurs partant pour Londres. C'était le jour de l'Épiphanie et on donnait une pièce de théâtre dans la cour de la Cloche ; aussi décidèrent-ils d'assister au spectacle et de ne se mettre en route que le lendemain matin.

Rollo était resté une minute, mais avait jugé la pièce vulgaire. Lors d'un moment d'hilarité générale, il surprit dans le public une petite femme d'un certain âge qui le fixait du regard comme si elle cherchait à l'identifier.

Il ne l'avait jamais vue et ignorait qui elle était, mais il n'apprécia pas sa manière de plisser le front en essayant de le remettre. Il rabattit sa capuche sur sa tête, se retourna et sortit de la cour.

Sur la place du marché, il contempla la façade ouest de la cathédrale. *Et dire que j'aurais pu être évêque de Kingsbridge*, pensa-t-il avec amertume.

Il y entra en ruminant sa rancœur. Les protestants avaient fait de cette église un lieu terne et sans couleur. On avait décapité les statues d'anges et de saints dans leurs niches afin de prévenir toute idolâtrie. Les fresques transparaissaient à peine sous une mince couche de blanc de chaux. Curieusement, les protestants n'avaient pas touché aux splendides vitraux, peut-être parce qu'il aurait été trop coûteux de remplacer le verre ; mais leurs couleurs manquaient de vivacité en cet après-midi d'hiver.

J'aurais changé tout cela, songea Rollo. *J'aurais donné aux fidèles une liturgie pleine de couleurs, de costumes et de pierres précieuses, au lieu de ce puritanisme froid et cérébral.* Une bouffée d'amertume l'envahit à l'idée de ce qu'il avait perdu.

L'église était déserte, tous les prêtres étant allés voir la farce, du moins le crut-il ; mais, en se retournant pour contempler la nef sur toute sa longueur, il constata que la femme qui l'avait dévisagé dans la cour de la taverne l'avait suivi dans la cathédrale. Lorsqu'il croisa à nouveau son regard, elle s'adressa à lui en français, et l'écho de ses paroles résonna sous les voûtes comme la voix du destin :

« C'est bien toi – Jean Langlais ? »

Il se détourna, tandis que les pensées se bousculaient dans son esprit. Il courait un terrible danger. On l'avait identifié sous le nom de Jean Langlais. Apparemment, cette femme ne connaissait pas Rollo Fitzgerald – mais cela ne tarderait pas. À tout moment, elle risquait de décrire Langlais à quelqu'un – Ned Willard, par exemple – qui comprendrait que c'était Rollo et ce serait pour lui une mort assurée.

Il devait fuir cette femme.

Il traversa précipitamment l'aile sud. Dans son souvenir, une porte à son extrémité donnait sur le cloître ; mais lorsqu'il baissa la poignée, elle resta obstinément fermée, et il comprit qu'on avait dû la condamner lorsque Alfo Willard avait transformé les lieux en marché couvert.

Il entendit l'inconnue avancer dans la nef d'un pas léger. Elle voulait le voir de près, devina-t-il, pour confirmer son impression. Il devait l'éviter à tout prix.

Il se précipita vers la croisée du transept en quête d'une sortie, espérant se perdre dans la ville avant qu'elle ait eu le temps de le dévisager. Côté sud, au pied de la grande tour, une petite porte était percée dans le mur. Pensant qu'elle donnait sur le nouveau marché, il l'ouvrit brusquement, mais ne vit qu'un étroit escalier en colimaçon qui montait. Se décidant en une fraction de seconde, il franchit le seuil, referma la porte derrière lui et gravit les marches.

Il espérait trouver un accès à la galerie de la tribune qui surplombait l'aile sud, mais, à mesure qu'il montait, il comprit que la chance n'était pas de son côté. Il entendit un bruit de pas derrière lui et n'eut d'autre solution que de poursuivre son ascension.

Il commençait à haleter. Il avait cinquante-trois ans et pareil exercice lui était plus pénible qu'autrefois. Mais sa poursuivante n'était pas beaucoup plus jeune que lui.

Qui était-ce ? Et comment l'avait-elle reconnu ?

De toute évidence, elle était française. Elle s'était adressée à lui en le tutoyant, ce qui signifiait soit qu'elle était de ses intimes – ce qui n'était pas le cas –, soit qu'elle ne l'estimait pas suffisamment respectable pour être vouvoyé. Sans doute l'avait-elle déjà vu, à Paris ou à Douai.

Une Française à Kingsbridge ne pouvait être qu'une immigrée huguenote. Il avait entendu parler de la famille Forneron, mais elle était originaire de Lille, une ville où Rollo n'avait jamais mis les pieds.

Il se rappela alors que l'épouse de Ned Willard était française.

C'était certainement elle qui gravissait l'escalier derrière lui. Il connaissait même son prénom : Sylvie.

Il espérait toujours trouver au tournant suivant une ouverture donnant sur l'un des nombreux passages aménagés dans l'édifice, mais l'escalier semblait interminable, comme dans un cauchemar.

Il était épuisé et hors d'haleine lorsque les dernières marches lui apparurent enfin, au pied d'une porte en bois. Il l'ouvrit et une bourrasque d'air froid le gifla. Se baissant pour passer sous le linteau, il sortit et la porte se referma en claquant. Il venait d'arriver sur une étroite galerie pavée au sommet de la tour centrale qui se dressait au-dessus de la croisée du transept. Seul un muret lui arrivant à peine aux genoux le séparait d'une chute de plusieurs centaines de toises. Il baissa les yeux vers le toit du chœur. À sa gauche se trouvait le cimetière, à sa droite l'ancien cloître converti en marché couvert. Derrière lui, dissimulée par la flèche, s'étendait la place du marché. Sa cape claquait violemment sous le vent.

La galerie faisait le tour de la base de la flèche. Tout en haut, sur la pointe, se dressait l'ange de pierre massif qui semblait de taille humaine vu du sol. Il s'empressa d'explorer les lieux, dans l'espoir de trouver un autre escalier, une échelle ou une volée de marches menant ailleurs. Arrivé de l'autre côté, il jeta un regard sur la place du marché, presque déserte car tout le monde était allé assister au spectacle dans la cour de la Cloche.

Il n'y avait aucune issue. Comme il revenait à son point de départ, la femme surgit sur le seuil.

Le vent lui soufflait les cheveux dans les yeux. Elle les écarta et le regarda fixement.

« C'est bien toi, dit-elle. Tu es le prêtre que j'ai vu avec Pierre Aumande. Je voulais en être sûre.

— Vous êtes la femme de Willard ?

— Cela fait des années qu'il est à la recherche de Jean Langlais. Que fais-tu à Kingsbridge ? »

Sa supposition était juste : elle ignorait qu'il était Rollo Fitzgerald. Leurs chemins ne s'étaient jamais croisés en Angleterre.

Jusqu'à ce jour. Mais voilà qu'elle avait découvert son secret. Il serait arrêté, torturé et pendu pour trahison.

Il fit un pas vers elle.

« Petite idiote, siffla-t-il entre ses dents. Avez-vous idée du danger que vous courez ?

— Je n'ai pas peur de toi », répondit-elle, et elle se jeta sur lui.

Il l'agrippa par les bras. Elle hurla et se débattit. Il était plus fort qu'elle, mais elle ne cessait de gigoter et de lui donner des coups de pied. Comme elle dégageait l'un de ses bras et voulait le griffer, il esquiva le coup.

Il la poussa vers l'angle de la galerie, jusqu'à ce qu'elle se retrouve dos au muret, mais elle réussit à se faufiler derrière lui. C'était lui maintenant qui risquait de tomber, et elle le poussa de toutes ses forces. Il était cependant trop fort pour elle et il l'écarta brutalement. Elle avait beau appeler au secours, le vent étouffait ses cris et il était sûr que personne ne pouvait l'entendre. Il la tira sur le côté, lui faisant perdre l'équilibre, puis la contourna et faillit réussir à l'envoyer dans le vide, mais elle lui échappa en se laissant mollement tomber sur le sol. Puis elle se libéra de son étreinte, se releva et courut.

Il la suivit le long de la galerie, virant dangereusement à chaque angle, à un pas de la chute fatale. Impossible de la rattraper. Elle arriva devant la porte. Celle-ci s'étant refermée, elle dut s'arrêter pour l'ouvrir. Il profita de cette fraction de seconde pour s'emparer d'elle. D'une main il l'agrippa par le col, de l'autre il empoigna sa robe, et il la tira en arrière pour l'écarter de la porte.

Il la tenait de toutes ses forces, tandis qu'elle battait des bras et traînait des pieds sur les pavés. Elle se laissa tomber une nouvelle fois. Mais cette ruse n'eut pas l'effet escompté ; en fait il ne la tira qu'avec plus de facilité. Il arriva à l'angle.

Il posa un pied sur le muret et tenta de la faire passer par-dessus. On avait creusé des dégorgeoirs au niveau du sol pour évacuer l'eau de pluie et elle réussit à s'y retenir d'une main. Il lui décocha un coup de pied au bras et elle lâcha prise.

Il réussit à la hisser à moitié sur le muret. Le visage tourné vers le sol en contrebas, elle hurlait de terreur. Il lâcha son col et essaya de lui saisir les chevilles pour la faire basculer. Il en attrapa une mais l'autre lui échappa. Il leva le pied qu'il tenait le plus haut possible. Elle avait presque tout le corps de l'autre côté, se retenant encore des deux mains au muret.

Il attrapa l'une d'elles et la força à lâcher la pierre. À la dernière minute, alors qu'elle était sur le point de tomber, elle lui attrapa le poignet. Il faillit l'accompagner dans sa chute, mais ses forces la trahirent et elle le lâcha.

L'espace d'un instant, il vacilla, moulinant des bras ; puis il réussit à reculer et se mettre en lieu sûr.

Elle perdit l'équilibre et s'abîma dans le vide avec une lenteur cauchemardesque. Éprouvant une sensation de triomphe et d'horreur mêlés, il la vit tourner sur elle-même dans sa chute, poussant des cris à peine audibles dans le vent.

Il entendit un choc sourd lorsqu'elle heurta le toit du chœur. Elle rebondit, retomba, sa tête dessinant un angle bizarre, et il devina qu'elle s'était rompu le cou. Elle roula doucement sur le toit pentu, en glissa, heurta le sommet d'un arc-boutant, atterrit sur le toit de l'aile nord, roula encore avant que sa course ne s'achève dans le cimetière, corps sans vie parmi les tombes.

Il n'y avait personne par là. Regardant de l'autre côté, Rollo ne vit que des toits. Leur lutte n'avait eu aucun témoin.

Il franchit le seuil en se baissant, referma la porte derrière lui et descendit l'escalier en colimaçon à toutes jambes. Il trébucha à deux reprises et faillit tomber, mais ralentit à peine l'allure.

Arrivé au pied des marches, il s'arrêta et tendit l'oreille. Silence. Il entrebâilla la porte. Pas de voix, pas un bruit de pas. Il glissa un œil à l'intérieur. La cathédrale semblait déserte.

Il s'engagea dans le transept et referma la porte derrière lui.

Il descendit l'aile sud d'un pas vif, rabattant sa capuche sur sa tête. Arrivé à l'extrémité ouest de l'église, il entrouvrit la porte. Il y avait du monde sur la place du marché, mais personne ne regardait dans sa direction. Il sortit. Sans s'arrêter, il se dirigea vers le sud, passant devant l'entrée du marché couvert, veillant à ne pas jeter de regards autour de lui : il ne voulait croiser les yeux de personne.

Il tourna derrière le palais de l'évêque et se dirigea vers la rue principale.

Il envisagea un instant de quitter la ville sur-le-champ pour ne plus jamais y revenir. Mais plusieurs personnes étaient informées de sa présence, et il devait rejoindre le lendemain matin un groupe de voyageurs ; s'il partait précipitamment, cela ne manquerait pas d'éveiller les soupçons. Le guet risquait même d'envoyer des cavaliers pour s'emparer de lui et le ramener. Mieux valait rester et jouer les innocents.

Il retourna vers la place du marché.

La représentation était achevée et la foule sortait de la cour de la Cloche. Il aperçut Richard Grimes, un entrepreneur prospère de Kingsbridge qui faisait partie du conseil des échevins.

« Bonjour, messire », dit-il poliment.

Grimes se rappellerait avoir vu Rollo arriver de la rue principale, et plus précisément venant du fleuve, très loin de la cathédrale.

Grimes fut surpris de le revoir après tant d'années, et il allait engager la conversation lorsqu'un cri d'horreur et de consternation s'éleva en provenance du cimetière. Grimes se dirigea vers le brouhaha qui enflait et Rollo le suivit.

Une petite foule était massée autour du corps. Sylvie gisait bras et jambes brisés, un côté de la tête réduit à une masse sanglante. Quelqu'un s'agenouilla près d'elle et lui tâta le pouls, mais sa mort ne faisait aucun doute. L'échevin Grimes se fraya un chemin parmi les badauds.

« C'est Sylvie Willard, constata-t-il. Comment est-ce arrivé ?

— Elle est tombée du toit. »

La femme qui avait répondu était Susan White, un amour de jeunesse de Rollo qui se rappelait une jolie fille au visage en forme de cœur. Mais les années l'avaient transformée en matrone grisonnante.

« Vous l'avez vue tomber ? » lui demanda Grimes.

Rollo se crispa. Il était sûr que personne ne les avait remarqués. Mais si Susan avait levé les yeux, elle l'avait probablement reconnu.

« Non, répondit-elle, je n'ai rien vu, mais cela paraît évident, non ? »

La foule s'écarta pour laisser passer Ned Willard.

Il contempla un instant le corps gisant sur le sol puis gronda comme un taureau blessé :

« Non ! »

Il tomba à genoux près de Sylvie. Tout doucement, il lui souleva la tête et vit qu'une moitié de son visage était écrasée. Alors il se mit à pleurer, sans cesser de murmurer : « Non, non », tout bas cette fois, entre des sanglots qui montaient du plus profond de son âme.

Grimes parcourut la foule du regard.

« Quelqu'un l'a-t-il vue tomber ? »

Rollo se prépara à fuir à toutes jambes. Personne ne dit mot. Le meurtre n'avait pas eu de témoin.

Il était tiré d'affaire.

*

Margery se tenait près de la tombe de Sylvie lorsqu'on y descendit le cercueil. C'était une journée calme et froide, avec un faible soleil hivernal perçant les nuages par intermittence, mais elle avait l'impression d'être au milieu d'une tornade.

Margery avait le cœur brisé pour Ned. Il pleurait dans son mouchoir, incapable de parler. Barney se tenait à sa droite, Alfo à sa gauche. Margery connaissait Ned, elle savait qu'il aimait Sylvie de tout son être. Il avait perdu son âme sœur.

Personne ne comprenait pourquoi Sylvie était montée en haut de la tour. Margery savait que son frère Rollo était en ville ce jour-là, et l'idée lui traversa l'esprit qu'il aurait pu les éclairer, mais il était parti le lendemain. Margery avait demandé l'air de rien à plusieurs personnes si elles l'avaient vu avant son départ, et trois d'entre elles avaient répondu quelque chose comme : « Oui, dans la cour de la taverne, il était à côté de moi. » À en croire Ned, Sylvie avait toujours eu envie d'admirer le paysage depuis le sommet de la tour, et peut-être, la pièce de théâtre lui ayant déplu, avait-elle choisi ce moment pour réaliser ce souhait ; tout compte fait, conclut Margery, c'était l'explication la plus vraisemblable.

Son chagrin était encore aggravé par une certitude : cette tragédie pourrait lui apporter, finalement, ce qu'elle désirait depuis trente ans. Cette pensée lui inspirait une honte extrême, mais elle ne pouvait se cacher que Ned était désormais sans attaches et libre de l'épouser.

Même si cela se produisait, son tourment prendrait-il fin ? Elle détiendrait un secret qu'elle ne pourrait révéler à Ned. En trahissant Rollo, elle condamnerait ses fils. Garderait-elle le silence, trompant ainsi l'homme qu'elle aimait ? Ou serait-elle condamnée à voir ses enfants au bout d'une corde ?

Tandis qu'on priait autour du corps brisé de Sylvie, Margery implora le Seigneur de ne jamais lui imposer ce choix.

*

C'était une amputation. Jamais je ne retrouverais la partie de moi-même qui a disparu à la mort de Sylvie. J'avais l'impression d'être un homme qui essayait de marcher après avoir perdu une jambe. Jamais je ne me déferais de l'impression qu'il devait y avoir quelque chose, là où s'était toujours trouvé le membre absent. Il y avait un trou dans ma vie, une profonde cavité béante qui ne pourrait jamais être comblée.

Mais les morts survivent dans notre imagination. Je pense que telle est la réalité des fantômes. Sylvie avait quitté ce monde, mais je la voyais chaque jour en esprit. Je l'entendais aussi. Elle me prévenait contre un partenaire indigne de confiance, se moquait de moi quand j'admirais les formes d'une jeune femme, riait avec moi d'un pompeux échevin et pleurait quand un enfant était malade.

Avec le temps, l'ouragan de peine et de rage s'est calmé et une résignation triste et apaisée m'a envahi. Margery est revenue dans ma vie, comme une vieille amie de retour de l'outre-mer. Cet été-là, elle est venue à Londres et s'est installée dans la maison des Shiring, dans le Strand, et bientôt, je suis allé la voir tous les jours. J'ai appris alors le sens du mot « doux-amer », le goût acide du chagrin et le miel de l'espoir réunis dans un seul fruit éclatant. Nous allions au théâtre, nous faisions du cheval dans les prés de Westminster, nous nous promenions en bateau et allions pique-niquer à Richmond. Et nous faisions l'amour – parfois le matin, parfois l'après-midi, parfois la nuit ; et parfois les trois.

Walsingham s'était méfié d'elle tout d'abord, mais elle l'a désarmé par un mélange d'intelligence et de séduction auquel il n'a pas pu résister.

L'automne venu, le fantôme de Sylvie m'a exhorté à épouser Margery.

« Cela ne me dérange pas le moins du monde, m'a-t-elle chuchoté. J'ai eu ton amour pendant que j'ai vécu. Margery peut l'avoir aujourd'hui. Je veux vous regarder depuis le paradis et vous voir heureux. »

Nous nous sommes mariés à la cathédrale de Kingsbridge, à Noël, presque un an après la mort de Sylvie, au cours d'une cérémonie discrète. Alors qu'un mariage concerne généralement des jeunes gens qui ont toute la vie devant eux, le nôtre ressemblait davantage à une fin. Walsingham et moi avions sauvé la reine Élisabeth et lutté pour son idéal de liberté religieuse ; avec les marins anglais, Barney et moi avions vaincu l'armada espagnole, et Margery et moi étions enfin ensemble. Il me semblait que tous les fils de nos vies étaient liés.

Je me trompais. Ce n'était pas encore fini ; pas tout à fait.

CINQUIÈME PARTIE

1602-1606

28

Rollo Fitzgerald vécut la dernière décennie du XVIe siècle dans un état de frustration et de déception exacerbées. Toutes ses tentatives n'avaient abouti à rien. L'Angleterre était plus que jamais acquise au protestantisme. Sa vie était un échec.

Puis, au tournant du siècle, il sentit frémir en lui un ultime espoir.

La reine Élisabeth avait soixante-six ans lorsque débuta le nouveau siècle. C'était un âge canonique, et la reine devenait pâle, hagarde et mélancolique. Elle refusait de penser à l'avenir et décréta que le simple fait d'évoquer sa succession constituait un acte de trahison. « Les hommes vénèrent toujours l'aube plus que le crépuscule », disait-elle, et elle n'avait pas tort. Mais en dépit de cette interdiction, tous s'interrogeaient sur ce qui adviendrait lorsqu'elle quitterait ce monde.

À la fin de l'été 1602, un envoyé de Rome rendit visite à Rollo au château de Tyne. C'était Lenny Price, son condisciple du Collège anglais dans les années 1570. Le jouvenceau au visage rougeaud de jadis était devenu un homme grisonnant de cinquante-cinq ans.

« L'Église a une mission pour vous, annonça-t-il. Nous voulons que vous alliez à Édimbourg. »

Ils se trouvaient au sommet d'une tour du château qui donnait sur des terres agricoles et, au-delà, sur la mer du Nord. Le cœur de Rollo battit plus vite lorsqu'il entendit ces mots. L'Écosse était le royaume de Jacques VI, le fils de Marie Stuart.

« Une mission ? demanda-t-il.

— La reine Élisabeth n'a pas d'héritier, poursuivit Lenny.

Aucun des trois enfants du roi Henri VIII n'a fait souche. Jacques est donc le candidat le plus probable à la succession d'Élisabeth au trône d'Angleterre. »

Rollo acquiesça.

« Il a fait publier un livre pour plaider sa cause. » Jacques croyait au pouvoir de l'écriture, une philosophie fort utile quand on régnait sur un pays aussi exigu et aussi pauvre que l'Écosse. « C'est de toute évidence son ambition. Il cherche des soutiens – Rome estime donc que le moment est propice pour lui arracher quelques promesses. »

Rollo sentit l'espoir renaître, mais s'obligea à être réaliste.

« En dépit de sa mère, Jacques n'est pas catholique. Il a été retiré à Marie Stuart alors qu'il avait un an, et depuis, le poison du protestantisme a été instillé chaque jour dans son oreille immature.

— Il y a pourtant un détail que vous ignorez, précisa Lenny. Presque personne n'est au courant, et vous devez garder un silence absolu. » Il baissa la voix, bien qu'ils fussent seuls. « L'épouse de Jacques est catholique. »

Rollo était stupéfait.

« Anne de Danemark, la reine d'Écosse, est catholique ? Mais elle a été élevée dans le protestantisme !

— Dieu lui a envoyé un homme pieux, et elle a vu la lumière.

— Voulez-vous dire que quelqu'un l'a convertie ? »

Dans un quasi-murmure, Lenny déclara :

« Elle a regagné le sein de l'Église.

— Dieu soit loué ! Voilà qui change tout. »

Lenny leva la main pour l'inciter à la prudence.

« Nous ne pensons pas néanmoins qu'elle réussisse à convertir son époux.

— Ne l'aime-t-il donc pas ?

— C'est difficile à dire. Nos informateurs en Écosse affirment qu'ils s'entendent très bien. Et ils ont trois enfants. Mais on dit également que Jacques est un pervers. »

Rollo haussa un sourcil interrogateur.

« Les jeunes gens », expliqua Lenny.

Les hommes qui aimaient les hommes commettaient un

péché mortel, mais on comptait nombre de prêtres parmi eux et il en fallait plus pour scandaliser Rollo.

« Jacques sait que son épouse est devenue catholique, reprit Lenny, et il l'a accepté. Si nous ne pouvons espérer qu'il restaurera le catholicisme en Angleterre, au moins pouvons-nous croire en une certaine tolérance de sa part. »

Ce mot fit grimacer Rollo. À ses yeux, la tolérance était immorale, une forme d'erreur et de décadence. Comment l'Église catholique pouvait-elle réclamer la *tolérance* ?

« Nous devons exploiter au mieux la situation, poursuivit Lenny qui n'avait rien remarqué, et c'est là que vous intervenez. Vous apporterez à Édimbourg un message de l'Église catholique anglaise. Si Jacques nous promet la liberté de culte, nous ne nous opposerons pas à ses prétentions au trône. »

Rollo comprit immédiatement que c'était la bonne solution et son cœur se gonfla d'optimisme. Mais il y avait un obstacle.

« Je ne suis pas assez haut placé dans la hiérarchie, dit-il. Jamais le roi d'Écosse ne me recevra.

— La reine le fera, elle, le rassura Lenny. Elle est des nôtres désormais, et nous pourrons arranger cela.

— Sa résolution est-elle donc si grande ?

— Oui.

— C'est merveilleux, se réjouit Rollo. J'irai, bien entendu.

— Parfait », approuva Lenny.

Six semaines plus tard, Rollo se trouvait au palais de Holyrood, à Édimbourg. Cette demeure était située au pied d'une colline baptisée le Siège d'Arthur. À l'ouest, la route conduisait à une demi-lieue de distance à une autre éminence où se dressait le château d'Édimbourg, un lieu de séjour bien moins confortable. Le roi Jacques et la reine Anne préféraient résider à Holyrood.

Rollo endossa sa soutane et passa un crucifix à son cou. Il se rendit dans l'aile ouest du palais et se présenta sous le nom de Jean Langlais, veillant au passage à graisser la patte du valet. On l'introduisit dans un joli petit salon aux hautes fenêtres ; un grand feu flambait dans la cheminée. L'Écosse était une région hospitalière, songea-t-il, à condition que l'on soit riche. Sans doute aurait-il eu une tout autre impression, par ce vent froid, s'il avait été un de ces enfants aux pieds nus qu'il avait vus en ville.

Une heure passa. Tout le monde savait que les serviteurs royaux feignaient d'être influents afin d'attirer les pots-de-vin, quel que fût leur pouvoir véritable. Mais Rollo ne comptait pas seulement sur la corruption. Le prêtre qui avait converti la reine Anne au catholicisme était censé lui conseiller, lui aussi, de recevoir le visiteur. Encore fallait-il évidemment qu'elle eût été informée de la présence de Jean Langlais.

La femme qui vint le trouver n'était pas la reine de vingt-sept ans mais une gracieuse sexagénaire qui lui parut familière.

« Bienvenue en Écosse, père Langlais, dit-elle. Vous souvenez-vous de moi ? Cela fait presque vingt ans. »

Dès qu'elle parla, il reconnut Alison, la fidèle amie de Marie Stuart. Ses cheveux étaient gris désormais, mais ses yeux bleus avaient conservé tout leur éclat. Il se leva et lui serra la main.

« Lady Ross !

— Lady Thurston aujourd'hui.

— Je ne m'attendais pas à vous voir.

— La reine Anne a été très bonne pour moi. »

Rollo comprit. Après l'exécution de Marie Stuart, Alison avait regagné l'Écosse et s'était remariée. Elle s'était rendue utile auprès de la reine Anne, dont elle était devenue la dame de compagnie. C'était certainement elle qui avait présenté à la reine le prêtre catholique qui l'avait convertie.

« J'imagine que c'est vous qui avez suggéré la mission qui est la mienne, avança-t-il.

— Peut-être », acquiesça-t-elle.

C'était une bonne nouvelle. Cela augmentait ses chances de succès.

« Merci de votre aide.

— Je vous dois beaucoup », reprit Alison avec chaleur, et Rollo se demanda soudain si elle n'avait pas le béguin pour lui.

Mais il ne s'était jamais beaucoup intéressé aux choses de l'amour. C'était une passion qui semblait l'avoir épargné. Il se demandait comment réagir lorsque la reine Anne entra.

Elle avait un long visage ovale, surmonté d'un front haut

et encadré de boucles châtain clair, et une silhouette avenante. Elle était vêtue d'une robe dont le décolleté faisait ressortir sa poitrine généreuse.

« Je suis ravie de vous voir, père Langlais », dit-elle d'une voix agréable.

Rollo s'inclina profondément :

« Votre Majesté me fait un grand honneur.

— Je fais honneur à l'Église que vous représentez, rectifia-t-elle.

— Bien sûr. » L'étiquette royale était d'une complexité qui le rendait fou. « Pardonnez-moi.

— Asseyons-nous et parlons. »

Elle prit place sur un siège, imitée par Rollo et Alison. La reine adressa à Rollo un regard interrogatif, attendant qu'il engage la conversation.

Rollo alla droit au but.

« Sa Sainteté le pape Clément est d'avis que Votre Majesté sera peut-être bientôt reine d'Angleterre.

— Naturellement, approuva-t-elle. Les droits de mon époux sur le trône d'Angleterre sont indiscutables. »

C'était loin d'être le cas. Marie Stuart avait été exécutée pour trahison, et il était couramment admis que les enfants d'un traître ne pouvaient hériter de ses titres. Rollo ajouta avec tact :

« Pourtant, il n'est pas impossible qu'il rencontre quelque opposition. »

Elle acquiesça. La situation n'avait aucun secret pour elle.

« Sa Sainteté a demandé aux catholiques anglais de soutenir la cause du roi Jacques, reprit Rollo, à condition qu'il s'engage à nous accorder la liberté de culte.

— Sa Majesté, mon époux, est un homme tolérant. »

Rollo ne put retenir un gémissement de dégoût en entendant ce mot, et il dut le masquer sous une quinte de toux.

La reine Anne sembla ne rien remarquer.

« Le roi Jacques a accepté ma conversion à la vraie foi, poursuivit-elle.

— C'est remarquable, murmura Rollo.

— Le roi Jacques autorise la présence à sa cour de théologiens catholiques et il lui arrive souvent de débattre avec eux. »

Rollo vit Alison confirmer ces propos d'un discret hochement de tête.

« Je puis vous assurer sans le moindre doute, ajouta la reine Anne d'une voix ferme, que lorsqu'il sera roi d'Angleterre, il accordera la liberté de culte aux catholiques.

— Voilà une nouvelle qui me ravit », déclara Rollo avec sincérité, entendant cependant en esprit la voix de Lenny Price qui demandait : *Mais est-ce vrai ?*

Rollo devait obtenir cette promesse du roi Jacques en personne.

La porte s'ouvrit alors et Jacques entra.

Rollo se leva d'un bond et s'inclina profondément.

Âgé de trente-six ans, le roi avait le visage charnu et bouffi d'un sybarite, et ses yeux aux paupières lourdes laissaient filtrer un regard sournois. Il embrassa sa femme sur la joue avec affection.

« Le père Langlais, ici présent, lui annonça la reine Anne, est venu nous dire que Sa Sainteté le pape soutient vos prétentions au trône d'Angleterre. »

Jacques sourit à Rollo et prit la parole avec un fort accent écossais.

« Merci de nous apporter cette bonne nouvelle, mon père. »

Il avait la voix pâteuse, comme si sa langue était trop épaisse pour sa bouche.

« Je lui ai assuré que vous accorderiez la liberté de culte aux catholiques anglais, poursuivit Anne.

— Parfait, approuva le roi. Ma mère était catholique, comme vous le savez, père Langlais.

— *Requiescat in pace*, dit Rollo, prononçant la formule en latin comme le préféraient les catholiques.

— Amen », conclut le roi Jacques.

*

Ned Willard pleura à la mort de la reine Élisabeth.

Elle rendit l'âme au palais de Richmond, le jeudi 24 mars 1603, aux premières heures d'un jour de pluie. Ned se trouvait dans la chambre, remplie de courtisans, d'ecclésiastiques et de dames de compagnie : une reine était un personnage trop important pour pouvoir mourir en paix.

Ned avait soixante-trois ans. Ses deux protecteurs, William Cecil et Francis Walsingham, avaient quitté ce monde plusieurs années auparavant, mais la reine avait toujours besoin d'informations secrètes et Ned avait continué à lui en livrer. Il se tenait devant le lit de la défunte aux côtés du secrétaire d'État Robert Cecil, le fils cadet du grand William, un homme de quarante ans, de petite taille et contrefait. « Mon pygmée », l'avait surnommé Élisabeth avec la cruauté inconsciente des monarques. Mais elle l'avait toujours écouté, car il était aussi brillant que son père. Le vieux William avait déclaré à propos de ses deux fils :

« Thomas serait presque incapable de gouverner un court de tennis, mais Robert pourrait régner sur l'Angleterre. »

Nous sommes tous des pygmées à présent, pensa Ned avec chagrin ; *Élisabeth était une géante et nous ses humbles serviteurs.*

Élisabeth avait gardé le lit trois jours, presque incapable de parler la plupart du temps. Elle s'était endormie la veille à dix heures du soir. Il était trois heures du matin et elle venait tout simplement de cesser de respirer.

Ned ne pouvait maîtriser ses sanglots. La femme qui avait dominé sa vie n'était plus. Pour la première fois depuis des années, il se rappela l'instant où il avait entrevu la jeune princesse Élisabeth sortant du bain, et il fut transpercé d'une douleur presque physique en songeant que l'adorable jeune fille de jadis était devenue l'enveloppe sans vie qui gisait devant lui.

Robert Cecil quitta la pièce dès que les docteurs eurent constaté le décès et Ned le suivit, essuyant ses joues mouillées d'un revers de manche. Ils n'avaient pas le temps de pleurer. Il y avait trop à faire.

Ils prirent une barge d'une lenteur exaspérante pour gagner Londres dans les ténèbres. Bien qu'un édit royal eût interdit d'évoquer la succession, le conseil avait décidé depuis longtemps que Jacques d'Écosse serait le prochain roi d'Angleterre. Mais il fallait agir vite. Les ultra-catholiques savaient la reine mourante et pouvaient eux aussi avoir élaboré des plans.

Jacques ne se connaissait aucun rival digne de ce nom, mais il y avait d'autres moyens de perturber la succession. Le scénario le plus probable était celui d'un enlèvement de Jacques et de son fils aîné, le prince Henri. Ensuite, soit les catholiques extrémistes tueraient Jacques, soit ils l'obligeraient à abdiquer en faveur de son fils – c'était ainsi que Jacques lui-même avait accédé au trône d'Écosse quand il était bébé. Le prince Henri n'avait que neuf ans, de sorte qu'un adulte devrait assurer la régence, et l'on confierait évidemment cette fonction à l'un des plus éminents représentants de l'aristocratie catholique, peut-être le beau-fils de Ned, Bartlet, le comte de Shiring.

Les protestants lèveraient alors une armée, la guerre civile éclaterait et l'Angleterre connaîtrait les horreurs et les massacres des guerres de religion françaises.

Ned et Cecil avaient passé les trois mois précédents à se prémunir contre cette perspective. Ned avait dressé une liste des catholiques les plus puissants et, avec l'autorisation de Cecil, les avait tous fait incarcérer. Une garde armée était disposée autour de l'Échiquier, la chambre des comptes. On avait vérifié le bon fonctionnement des canons du palais de White Hall.

Ned songea que désormais, les trois grandes femmes du XVIe siècle n'étaient plus de ce monde : Élisabeth, Catherine de Médicis et Marguerite de Parme, gouvernante des Pays-Bas. Elles avaient toutes tenté d'empêcher les hommes de s'entretuer au nom de la religion. Avec le recul, il lui semblait que leur réussite était malheureusement très relative. Les hommes au service du mal avaient toujours déjoué les efforts des pacificateurs. De sanglantes guerres de religion avaient ravagé la France et les Pays-Bas pendant des dizaines d'années. Seule l'Angleterre était restée plus ou moins en paix.

Ned ne voulait qu'une chose : consacrer le reste de sa vie à préserver cette paix.

Le jour se leva alors qu'ils étaient toujours sur le fleuve. Lorsqu'ils arrivèrent à White Hall, Cecil convoqua le Conseil privé.

Les conseillers s'entendirent sur le texte d'une proclamation, que Cecil rédigea de sa propre main. Ils sortirent ensuite sur la pelouse en face de la Lice où une foule s'était rassemblée, sans doute attirée par des rumeurs. Un héraut annonça à haute voix qu'Élisabeth était morte et que Jacques d'Écosse était le nouveau roi.

Ils montèrent ensuite à cheval pour se rendre dans la cité, où des habitants se massaient également dans les lieux où se faisaient d'ordinaire les proclamations. Le héraut lut l'annonce devant la cathédrale Saint Paul puis à Cheapside Cross.

Pour finir, le conseil se rendit à la Tour de Londres et prit formellement possession de la forteresse au nom du roi Jacques Ier d'Angleterre.

Les Londoniens réagirent avec calme, au vif soulagement de Ned. La popularité d'Élisabeth était grande et ils étaient tous attristés. Les négociants de Londres ayant prospéré sous son règne, ils auraient préféré que rien ne change. Jacques représentait une inconnue : c'était un souverain étranger, bien qu'un Écossais fût préférable à un Espagnol ; il était protestant, mais avait une épouse catholique ; c'était un homme, malheureusement la rumeur le disait efféminé.

Les funérailles de la reine Élisabeth se déroulèrent alors que Jacques n'était pas encore arrivé d'Édimbourg.

Mille invités officiels escortèrent le corbillard jusqu'à l'abbaye de Westminster et Ned estima que cent mille personnes observaient la brève procession. Le cercueil était recouvert de velours pourpre et surmonté par une effigie en cire peinte de la reine en tenue d'apparat.

Ned s'était vu assigner une place bien précise, mais dès qu'ils entrèrent dans l'église, il put s'éclipser et rejoindre Margery. Il lui tint la main pendant l'office et elle lui prodigua de la force comme un feu lui aurait donné de la chaleur. Elle pleurait elle aussi, car elle avait fini par partager les idées de Ned et par se convaincre que la paix entre chrétiens était plus importante que les querelles doctrinales. Or Élisabeth avait incarné ce credo qui avait épargné tant de vies.

Lorsque le cercueil descendit dans la tombe de la chapelle dédiée à Notre-Dame, Ned éclata de nouveau en sanglots.

Il se demanda alors sur quoi il pleurait. En partie sur l'idéalisme d'Élisabeth, qui était aussi le sien. Il pleurait parce que ces idéaux avaient été souillés et compromis au fil des années par les exigences de la politique quotidienne ; tout compte fait,

Élisabeth avait en effet mis à mort presque autant de catholiques que la reine Marie Tudor – Marie la Sanglante – avait fait exécuter de protestants. Marie avait tué ces derniers pour leur foi, alors qu'Élisabeth avait châtié les premiers pour leur traîtrise, mais la différence était trop souvent ténue. Élisabeth n'était pas exempte de défauts et son règne avait connu des hauts et des bas. Néanmoins, Ned l'avait admirée plus que toute autre personne en ce monde.

Margery lui tendit un mouchoir pour sécher ses larmes. Le tissu était brodé de motifs représentant des glands et il reconnut avec un petit sursaut d'étonnement le mouchoir qu'il lui avait donné dans le même dessein près d'un demi-siècle auparavant. Il s'essuya les joues, mais autant vouloir assécher la mer au port de Combe : ses larmes ne cessaient de couler, aussi irrépressibles que la marée montante.

Comme le voulait le rituel, les grands officiers de la Maison royale brisèrent leurs cannes blanches, insignes de leur fonction, et en jetèrent les morceaux dans la tombe, où ils rejoignirent le cercueil.

Alors que l'assemblée commençait à se disperser, Ned songea soudain que si sa vie avait valu la peine d'être vécue, c'était grâce à ceux qui l'avaient aimé, dont les plus importants étaient quatre femmes : Alice, sa mère, la reine Élisabeth, Sylvie et Margery. Sa peine était d'autant plus grande qu'Élisabeth était la troisième à mourir ; et il s'accrocha à Margery lorsqu'ils s'éloignèrent de la grande église, car il venait de comprendre qu'elle était tout ce qui lui restait.

*

Un an après la mort de la reine Élisabeth, Rollo Fitzgerald se jura de tuer le roi Jacques.

Celui-ci avait trahi ses engagements envers les catholiques. Il avait confirmé les lois anticatholiques d'Élisabeth et les avait appliquées avec plus de brutalité encore, comme s'il n'avait jamais promis à quiconque la tolérance et la liberté de culte. Rollo ne saurait jamais si les intentions de la reine Anne avaient été sincères, mais il soupçonnait le contraire. Ensemble, Jacques et Anne l'avaient dupé, en même temps que toute la communauté catholique anglaise et le pape en personne. Si Rollo était furieux, c'était parce qu'il savait qu'on l'avait berné et qu'on s'était servi de lui pour tromper les autres.

Il n'était pourtant pas question de renoncer. Jamais il n'accepterait la victoire de ce menteur de Jacques, de ces puritains méprisants, blasphémateurs et ennemis de la vraie foi. Il n'avait pas encore dit son dernier mot.

Tenter de tuer Jacques par le fer ou par le feu était dangereux : quiconque s'approcherait trop près du roi risquerait d'être maîtrisé par des gardes ou des courtisans avant d'avoir pu agir. Au sommet d'une tour du château de Tyne, Rollo ruminait des projets d'assassinat, et ce faisant sa soif de vengeance grandit encore et son plan devint d'une monstrueuse ambition. Il serait sûrement préférable de supprimer en même temps la reine Anne. Et peut-être les enfants du couple royal : Henri, Élisabeth et Charles. Ainsi que les courtisans les plus en vue, surtout Ned Willard. Si seulement il avait pu les éliminer tous d'un coup de canon, semblable à ceux qui avaient frappé l'armada. Repensant aux bateaux brûlots, il se demanda s'il pourrait incendier un palais où tous seraient rassemblés.

Peu à peu, un plan prit forme dans son esprit.

Il se rendit au Château Neuf et exposa ses intentions à Bartlet et au fils aîné de celui-ci, Swifty, qui avait à présent vingt ans. Enfant, Bartlet avait idolâtré Rollo, et il exerçait encore sur lui une certaine emprise. Quant à Swifty, depuis qu'il avait l'âge de parler, il avait entendu dire que le comté de Shiring n'avait eu qu'à souffrir du règne d'Élisabeth. Le père comme le fils étaient vivement déçus de voir Jacques persécuter les catholiques comme l'avait fait Élisabeth.

Roger, le frère cadet de Bartlet, n'était pas là. Il travaillait à Londres pour Robert Cecil et ne vivait plus au Château Neuf – ce qui était une bonne chose. Influencé comme il l'était par sa mère Margery et par son beau-père Ned Willard, Roger aurait pu désapprouver le plan de Rollo.

« Lors de l'ouverture de la session du Parlement », annonça Rollo une fois que les domestiques se furent retirés, laissant les trois hommes seuls après souper, « ils seront tous réunis :

le roi Jacques, la reine Anne, le secrétaire d'État Robert Cecil, sir Ned Willard et les membres de cette assemblée hérétique et blasphématoire – et ils périront tous d'un coup. »

Bartlet eut l'air perplexe.

« L'idée est tentante, bien sûr, remarqua-t-il. Mais franchement, je ne sais comment la mener à bien.

— Je sais, moi », dit Rollo.

29

Ned Willard était sur le qui-vive, parcourant la chapelle d'un regard inquiet, dévisageant les invités de la noce, à l'affût du moindre signe de danger. Le roi Jacques était censé assister à la cérémonie et Ned craignait pour sa vie, comme naguère pour celle d'Élisabeth. Les services secrets ne pouvaient jamais relâcher leur vigilance.

Cela se passait le troisième jour après Noël en cette année 1604.

Ned n'appréciait guère le nouveau monarque. Il s'était révélé moins tolérant qu'Élisabeth, et les catholiques n'étaient pas ses seules victimes. Les sorcières étaient ses bêtes noires – il leur avait même consacré un traité – et il avait édicté des lois sévères à leur encontre. Ned considérait pourtant que la plupart d'entre elles n'étaient que des vieilles femmes inoffensives. Il n'en était pas moins résolu à protéger le roi pour empêcher la guerre civile qu'il redoutait.

Le jeune marié, Philip Herbert, fils du duc de Pembroke, âgé de vingt ans, avait attiré l'attention du roi de façon embarrassante, comme nombre de jouvenceaux remarqués par le souverain de trente-huit ans. « Hier Élisabeth était roi, aujourd'hui Jacques est reine », avait plaisanté un courtisan en verve, et cette saillie avait fait le tour de Londres. Jacques avait encouragé le jeune Philip à se marier, comme pour prouver l'innocence de l'intérêt qu'il lui portait – mais personne n'était dupe.

La jeune mariée était Susan de Vere, petite-fille de feu

William Cecil et nièce de Robert Cecil, le secrétaire d'État, ami et collègue de Ned. Sachant que Jacques était attendu, les futurs époux patientèrent devant l'autel, car le roi devait être le dernier à arriver. La cérémonie se déroulait dans une chapelle du palais de White Hall, où un assassin n'aurait aucun mal à frapper.

Les espions de Ned lui avaient transmis des rumeurs provenant de Paris, de Rome, de Bruxelles et de Madrid : les catholiques anglais exilés en Europe conspiraient pour éliminer le roi Jacques, persuadés qu'il les avait trahis. Mais Ned ne connaissait encore aucun détail sur leurs complots, de sorte que, pour le moment, il devait se contenter d'ouvrir l'œil.

S'il avait réfléchi dans sa jeunesse à ce que serait sa vie à soixante-cinq ans, il aurait supposé que son œuvre serait alors accomplie. De deux choses l'une : ou Élisabeth et lui auraient réussi et l'Angleterre serait le premier pays au monde à jouir de la liberté de culte, ou il aurait échoué et des Anglais périraient encore sur le bûcher à cause de leur foi. Jamais il n'aurait imaginé que la lutte pût se poursuivre avec autant de férocité dans ses vieux jours, Élisabeth disparue, que le Parlement pût s'obstiner à persécuter les catholiques et ces derniers à vouloir tuer le monarque. Cela finirait-il un jour ?

Il jeta un coup d'œil à Margery qui se tenait près de lui, un chapeau bleu roi posé de biais sur ses boucles argentées. Elle croisa son regard et demanda :

« Qu'as-tu ?

— Je ne veux pas que le fiancé te voie, murmura-t-il pour la taquiner. Il pourrait décider de t'épouser au lieu de sa promise. »

Elle gloussa.

« Je suis une vieille dame.

— Tu es la plus jolie vieille dame de Londres. »

C'était la vérité.

Ned continuait à parcourir les lieux d'un regard inquiet. Il reconnaissait la plupart des invités. Cela faisait près d'un demi-siècle qu'il était l'intime des Cecil, et la famille du marié lui était tout aussi connue. Certains des jeunes gens qui avaient pris place au fond de la chapelle ne lui étaient que vaguement familiers, et il devina en eux des amis de l'heureux couple. Au fil des ans, il avait de plus en plus de mal à faire la différence entre tous ces jeunes gens.

Margery et lui se trouvaient dans les premiers rangs, mais il ne s'y sentait pas à l'aise et ne cessait de regarder par-dessus son épaule ; il finit par laisser Margery pour gagner le fond de l'église. De là, il pouvait observer toute l'assistance, telle une colombe guettant les autres oiseaux pour repérer la pie qui s'attaquerait à sa nichée.

Tous les hommes portaient l'épée, ce qui n'avait rien d'exceptionnel, si bien que n'importe qui aurait pu être un assassin en puissance. Mais il était vain de soupçonner tout le monde et Ned réfléchit à un moyen d'en savoir davantage.

Le roi et la reine arrivèrent enfin, sains et saufs, et Ned constata avec soulagement qu'ils étaient escortés par une dizaine d'hommes d'armes. Un assassin aurait du mal à franchir un tel barrage. Il se rassit et se détendit un peu.

Le couple royal prit son temps pour remonter l'allée centrale, saluant amis et favoris, répondant gracieusement à ceux qui s'inclinaient sur leur passage. Une fois arrivé devant l'autel, Jacques fit signe au prêtre de commencer.

Pendant que l'office se déroulait, un nouveau venu se glissa dans la chapelle et l'instinct de Ned l'alerta aussitôt.

Il resta au fond et Ned l'étudia du regard, sans se soucier de discrétion. C'était un homme d'une trentaine d'années, grand et massif, aux allures militaires. Néanmoins, il ne semblait ni anxieux ni même tendu. Adossé au mur, il suivait le rituel en caressant ses longues moustaches. Il émanait de lui une autorité teintée d'arrogance.

Ned décida d'aller lui parler. Il se leva et se dirigea vers lui. Le voyant approcher, le nouveau venu le salua nonchalamment :

« Bonjour, sir Ned.

— Vous me connaissez…

— Tout le monde vous connaît, messire. » Le compliment n'était pas exempt de raillerie.

« … et pourtant, moi, je ne vous connais pas, acheva Ned.

— Fawkes. Guy Fawkes, à votre service.

— Qui vous a invité ?

— Je suis un ami du marié, si vous voulez tout savoir. »

Un homme qui aurait eu l'intention de tuer le roi aurait été incapable de bavarder sur ce ton. Néanmoins, Ned se méfiait intuitivement de ce Fawkes. Quelque chose dans son détachement, dans son irrespect à demi dissimulé, dans sa voix sarcastique suggérait des tendances subversives. Ned insista.

« Je ne vous ai jamais rencontré.

— J'arrive de York. Mon père y était procureur au consistoire.

— Ah ! »

Un homme de loi dans un tribunal ecclésiastique. Pour occuper un tel poste, le père de Fawkes était forcément un protestant irréprochable, qui avait dû prêter le serment d'allégeance abhorré des catholiques. Fawkes était presque certainement inoffensif.

Toutefois, en regagnant son siège, Ned décida de garder l'œil sur Guy Fawkes.

*

Rollo partit en reconnaissance à Westminster, en quête d'un point faible.

Une série de bâtiments, petits et grands, se massaient autour de la cour de Westminster. Rôder dans les parages ne plaisait guère à Rollo, mais personne ne semblait lui prêter grande attention. Le lieu était une place mal éclairée fréquentée par les prostituées. Nul doute que d'autres activités illicites s'y commettaient la nuit venue. Des murs et des portes protégeaient l'ensemble de bâtiments, mais ces dernières étaient rarement fermées le soir. L'enceinte abritait le Parlement et ses annexes, ainsi que plusieurs tavernes, une boulangerie et un débit de vin surmontant de vastes caves.

La Chambre des lords, devant laquelle le roi se présenterait pour ouvrir la session parlementaire, présentait une forme évoquant un H aplati. La grande salle des lords, la plus spacieuse de toutes, correspondait à la barre. L'une des hampes du H était la Chambre du prince, utilisée comme vestiaire, l'autre la Chambre peinte, destinée aux réunions des comités. Mais ces trois salles occupaient le premier étage, alors que Rollo s'intéressait davantage aux pièces du rez-de-chaussée.

Sous la Chambre du prince se trouvaient la loge du portier et un appartement réservé au trésorier de la garde-robe royale. Ces locaux étaient bordés par une étroite ruelle, le passage du Parlement, conduisant à un quai qu'on appelait les escaliers du Parlement, sur la rive gauche de la Tamise.

Rollo entra dans la taverne du Batelier toute proche et se fit passer pour un marchand de bois de chauffage à la recherche d'un entrepôt, prêt à offrir à boire à qui lui donnerait des informations utiles. Il ramena deux belles prises : le trésorier de la garde-robe n'avait pas besoin de son appartement et était disposé à le louer, et ce logement était en outre pourvu d'une cave. Toutefois, lui précisa-t-on, son usage était réservé aux courtisans et un négociant comme lui ne pourrait y prétendre. Prenant l'air affligé, Rollo déclara qu'il lui faudrait chercher ailleurs. Les habitués de la taverne le remercièrent pour sa générosité et lui souhaitèrent bonne chance.

Rollo avait déjà recruté un autre conspirateur, le courtisan Thomas Percy. Étant catholique, il n'avait aucune chance de devenir conseiller du roi, mais Jacques avait fait de lui un des gentilshommes d'armes, c'est-à-dire un des membres de sa garde rapprochée, aux fonctions essentiellement cérémonielles. Enrôler Percy n'était pas sans risques, car il était d'un caractère versatile, tantôt d'une énergie fébrile, tantôt paralysé par la mélancolie, un peu comme son ancêtre Hotspur dans une pièce populaire sur la jeunesse d'Henri V ; mais à présent, il pouvait se montrer utile. À l'instigation de Rollo, Percy prétendit avoir besoin de l'appartement du trésorier de la garde-robe pour y loger sa femme pendant qu'il se trouvait à la Cour, et – à l'issue de négociations prolongées – il finit par louer ce local.

C'était un grand pas en avant.

Officiellement, Rollo était à Londres pour défendre les intérêts du duc de Tyne, en procès avec un de ses voisins à propos de la propriété d'un moulin à eau. Ce n'était qu'une couverture. Son véritable objectif était de tuer le roi. Pour cela, il lui fallait d'autres complices.

Guy Fawkes était le type même d'homme qu'il recherchait. Son père, fervent protestant, était mort alors que le petit Guy avait huit ans, et il avait été élevé par une mère et un beau-père catholiques. Devenu un jeune homme riche, Fawkes avait refusé une existence oisive, vendu les biens hérités de son père et était parti en quête d'aventures. Il avait quitté l'Angleterre et s'était mis au service de l'Espagne pour lutter contre les rebelles protestants des Pays-Bas, apprenant le métier d'ingénieur au cours de plusieurs sièges. De retour à Londres, il ne savait trop que faire et était prêt à s'engager dans n'importe quelle entreprise grisante.

Malheureusement, Fawkes était surveillé de près.

Cet après-midi-là, il se trouvait au théâtre du Globe, sur la rive sud de la Tamise, pour assister à une nouvelle pièce intitulée *Mesure pour mesure*. À deux places de lui était assis Nick Bellows, un homme discret aux vêtements ternes, que Rollo savait être un des espions de Ned Willard, un expert en filature.

Rollo se tenait debout parmi les spectateurs pauvres. La pièce ne lui inspira que réprobation. Cette histoire d'un dirigeant sévère violant hypocritement ses propres lois était visiblement conçue pour encourager le mépris de l'autorité. Rollo cherchait une occasion de parler à Fawkes sans attirer l'attention de Bellows, mais cela se révélait difficile. Bellows suivait discrètement Fawkes dès qu'il quittait son siège, la première fois pour acheter une coupe de vin, la seconde pour aller se soulager dans le fleuve.

Rollo ne l'avait toujours pas abordé lorsque la pièce s'acheva et que le public commença à vider les lieux. La foule obstruait la sortie et l'on n'avançait plus qu'en piétinant. Rollo se plaça derrière Fawkes et lui parla doucement à l'oreille.

« Surtout ne vous retournez pas, contentez-vous d'écouter. »

Peut-être Fawkes avait-il déjà pris part à des actions clandestines, car il obtempéra, se contentant d'un infime hochement de tête pour signaler qu'il avait compris.

« Sa Sainteté le pape a une mission pour vous, reprit Rollo dans un murmure. Mais vous êtes surveillé par un espion du roi Jacques, dont il va falloir d'abord vous débarrasser. Allez dans une taverne et buvez un verre de vin, pour me donner le temps de vous devancer. Ensuite, longez le fleuve vers l'ouest, en vous éloignant du pont. Attendez qu'il ne reste qu'un bateau sur la grève, et louez-le pour vous rendre sur l'autre rive, en faussant ainsi compagnie à celui qui vous suit. Une fois arrivé, dirigez-vous en toute hâte vers Fleet Street et retrouvez-moi à la taverne de York. »

Fawkes acquiesça de nouveau.

Rollo s'écarta de lui. Il franchit le Pont de Londres, traversa la cité d'un pas vif et gagna Fleet Street par-delà les murs. Il prit position en face de la taverne de York, se demandant si Fawkes viendrait. Le jeune homme serait incapable de résister à l'appel de l'aventure, devina-t-il, et il avait raison. Fawkes apparut, avançant d'une démarche chaloupée évoquant celle d'un pugiliste. Rollo attendit encore une ou deux minutes, mais il n'était pas suivi, ni par Bellows ni par un autre.

Il entra.

Fawkes s'était assis dans un coin, devant un pichet de vin et deux verres. Rollo prit place en face de lui, le dos tourné à la salle ; dissimuler son visage était devenu une seconde nature.

« Qui me suivait ? demanda Fawkes.

— Nick Bellows. Un petit homme au manteau brun, assis à deux places de vous.

— Je ne l'ai pas remarqué.

— Il prend grand soin de passer inaperçu.

— Naturellement. Que voulez-vous de moi ?

— J'ai une question très simple à vous poser, dit Rollo. Auriez-vous le courage de tuer le roi ? »

Fawkes le dévisagea, le jaugeant du regard. Ses yeux auraient intimidé nombre d'hommes, mais Rollo était son égal en matière d'assurance, et il ne broncha pas.

Finalement, Fawkes répondit : « Oui. »

Rollo hocha la tête, satisfait. C'était le genre de discours direct qu'il appréciait.

« Vous avez été soldat, vous respectez la discipline », observa-t-il.

Une nouvelle fois, Fawkes se contenta d'un :

« Oui.

— Vous vous appelez désormais John Johnson.

— N'est-ce pas un peu transparent ?

— Ne discutez pas. Vous allez devenir le gardien d'un petit

appartement que nous avons loué. Je vous y conduirai dans un instant. Vous ne retournerez pas à votre logis, il risque d'être surveillé.

— Il y a dans ma chambre une paire de pistolets que je regretterais d'abandonner.

— J'enverrai quelqu'un récupérer vos affaires lorsque nous nous serons assurés que la voie est libre.

— Entendu.

— Allons-y maintenant.

— Où se trouve cet appartement ?

— À Westminster. Dans la Chambre des lords. »

*

Il faisait déjà nuit en cette soirée pluvieuse, mais les tavernes et les boutiques londoniennes étaient éclairées par des lanternes et des torches flamboyantes, et Margery fut certaine de ne pas se tromper lorsqu'elle aperçut son frère de l'autre côté de la rue. Il se tenait devant une auberge nommée le Cygne blanc et semblait prendre congé d'un homme de haute taille qu'elle crut également reconnaître.

Cela faisait des années qu'elle n'avait pas vu Rollo. Elle ne s'en plaignait pas : elle n'aimait pas se rappeler qu'il était aussi Jean Langlais. Quinze ans plus tôt, elle avait failli refuser la demande en mariage de Ned à cause de ce terrible secret. Mais si elle l'avait fait, elle n'aurait jamais pu lui expliquer pourquoi. Elle l'aimait de tout son cœur, mais, en définitive, ce qui avait fait pencher la balance, c'était l'amour qu'il éprouvait pour elle. Il l'adorait, elle le savait, et si elle l'avait repoussé sans explication satisfaisante, il aurait passé le restant de ses jours blessé autant que perplexe. Elle jouissait d'un grand pouvoir sur lui et ne pouvait résister à l'envie de le rendre heureux.

Son secret pesait sur sa vie, un peu comme le mal de dos qui l'affectait depuis la naissance de Roger : il ne cessait jamais de la faire souffrir, mais elle avait appris à vivre avec.

Elle traversa la rue. À cet instant, le second homme s'éloigna et Rollo s'apprêta à regagner la taverne.

« Rollo ! » appela-t-elle.

Il s'arrêta devant la porte, surpris, et, l'espace d'un instant, parut si effrayé qu'elle s'inquiéta ; il la reconnut alors.

« Ah ! C'est toi, fit-il d'un air méfiant.

— J'ignorais que tu étais à Londres ! s'écria-t-elle. Ce n'est pas Thomas Percy avec qui tu discutais ?

— Si.

— Je m'en doutais. Je l'ai reconnu à ses cheveux qui grisonnent déjà. » Margery ignorait la religion de Percy, mais les catholiques étaient nombreux dans sa célèbre famille, ce qui éveilla ses soupçons. « J'espère que tu n'es pas encore en train de manigancer quelque chose, au moins ?

— Certainement pas. Tout cela est fini.

— Tant mieux. » Margery n'était pas tout à fait rassurée. « Alors, que fais-tu à Londres ?

— Je m'occupe d'un procès pour le compte du duc de Tyne. Un de ses voisins lui dispute la propriété d'un moulin à eau. »

C'était la vérité, Margery le savait. Son fils cadet avait évoqué cette affaire.

« D'après Roger, les frais de justice et les pots-de-vin ont déjà coûté bien plus que trois moulins.

— Mon brillant neveu a raison. Mais le duc est obstiné. Entre donc. »

Ils s'assirent dans l'auberge. Un homme au gros nez rouge apporta un verre de vin à Rollo sans qu'il ait eu besoin de le commander. Vu son allure, c'était sans doute le patron, songea Margery.

« Merci, Hodgkinson, lui dit Rollo.

— La dame désire quelque chose ? demanda l'homme.

— Un petit verre de bière, s'il vous plaît », répondit Margery.

Comme Hodgkinson s'éloignait, Margery se tourna vers Rollo :

« Loges-tu ici ?

— Oui. »

Elle était intriguée.

« Le comte de Tyne n'a-t-il pas de demeure à Londres ?

— Non, il en loue une pour les sessions du Parlement.

— Tu devrais venir à la maison. Bartlet serait ravi que tu loges chez nous.

— Il n'y a pas de domestiques excepté le gardien, sauf quand Bartlet est à Londres.

— Si tu le lui demandais, Bartlet enverrait deux serviteurs du Château Neuf pour s'occuper de toi. »

Rollo eut l'air agacé.

« Ils dépenseraient son argent pour s'offrir du vin et de la viande de bœuf, me réservant le porc et la bière, et si j'osais me plaindre, ils diraient à Bartlet que je suis trop exigeant et hautain. Franchement, je préfère l'auberge. »

Margery se demanda si c'étaient bien les serviteurs malhonnêtes qui l'irritaient et non sa propre présence, mais elle préféra ne pas insister.

« Comment vas-tu, à propos ? demanda-t-elle.

— Comme toujours. Le comte de Tyne est un bon maître. Et toi ? Que devient Ned ?

— Il est à Paris en ce moment.

— Ah bon ? fit Rollo, intéressé. Que fait-il là-bas ?

— Il travaille, répondit-elle d'un air vague. Je n'en sais pas plus. »

Rollo était sûr qu'elle mentait.

« Il espionne les catholiques, je suppose. Après tout, c'est là son travail, tout le monde le sait.

— Allons, Rollo, c'est de ta faute : tu as tenté de tuer sa reine. Ne joue pas les indignés.

— Tu es heureuse avec lui ?

— Oui. Le Seigneur, dans sa sagesse, m'a fait don d'une vie étrange, mais je suis profondément heureuse depuis quinze ans. » Elle remarqua que les souliers et les chausses de Rollo étaient couverts de boue. « Comment diable as-tu fait pour te salir ainsi ?

— J'ai dû marcher sur la grève.

— Pourquoi ?

— C'est une longue histoire. Et puis j'ai un rendez-vous. » » Rollo se leva.

Margery comprit qu'il la congédiait. Elle embrassa son frère sur la joue et sortit. Elle ne l'avait pas interrogé sur son rendez-vous et se demanda pourquoi tout en s'éloignant de l'auberge. La réponse lui vint tout de suite : il ne lui aurait certainement pas dit la vérité.

*

Rollo imposait la sécurité la plus stricte dans l'appartement du trésorier de la garde-robe. Tous arrivaient avant l'aube afin qu'on ne les voie pas entrer. Chacun apportait son repas et personne ne sortait durant la journée. Ils repartaient à la nuit tombée.

Rollo n'ayant pas loin de soixante-dix ans, il laissait le travail de force aux plus jeunes, tels Fawkes et Percy, mais la tâche n'était pas facile, même pour eux. Tous étaient issus de riches familles de la noblesse, et aucun d'eux n'avait accompli pareil travail de terrassier.

Il leur fallut d'abord démolir le mur de brique de la cave, puis évacuer la terre derrière lui. Le tunnel devait être assez large pour y faire passer des barils de douze boisseaux de poudre. Ils gagnèrent du temps en creusant au plus juste, ce qui présentait l'inconvénient de les obliger à travailler le dos courbé sinon carrément allongés, et la chaleur montait vite dans cet espace confiné.

Pendant la journée, ils se nourrissaient de poisson salé, de viande séchée et de raisins secs. Rollo refusait de faire livrer le genre de mets auquel ils étaient habitués, de crainte d'attirer l'attention.

C'était un travail salissant, ce qui expliquait l'état de Rollo lorsqu'il avait croisé inopinément Margery. La terre qu'ils sortaient du tunnel devait être hissée au niveau du sol avant d'être transportée, la nuit venue, dans le passage du Parlement et en bas des escaliers, d'où on pouvait la jeter dans le fleuve. Rollo avait tremblé lorsque Margery s'était intéressée à ses chausses boueuses, mais elle avait apparemment accepté son explication.

S'ils étaient discrets, les terrassiers n'étaient pas invisibles. Même en pleine nuit, les passants munis d'une lanterne observaient parfois leurs allées et venues. Pour détourner les soupçons, Fawkes avait fait savoir qu'il avait des ouvriers chez lui, chargés d'aménager les lieux conformément aux désirs de l'épouse de son maître. Rollo espérait que personne ne s'étonnerait de l'invraisemblable quantité de terre évacuée pour effectuer ces travaux.

C'est alors qu'ils rencontrèrent un obstacle si sérieux que Rollo crut leurs plans réduits à néant. Lorsqu'ils eurent creusé sur une longueur de plusieurs pieds, ils butèrent contre un mur de pierre. Évidemment, songea Rollo, le bâtiment de deux étages reposait sur de solides fondations : il aurait dû s'en douter. Le travail devint plus pénible et plus lent, mais ils devaient le poursuivre, car ils n'avaient pas encore progressé suffisamment sous la chambre des débats pour être certains que l'explosion tuerait toutes les personnes présentes.

Les fondations de pierre étaient épaisses de plusieurs pieds et Rollo craignit que le travail ne soit pas achevé pour la cérémonie d'ouverture. La session du Parlement fut ensuite repoussée en raison d'une épidémie de peste à Londres ; les terrassiers y gagnèrent un répit.

Rollo n'en demeurait pas moins inquiet. Leurs progrès étaient d'une lenteur effarante. Plus ils prendraient de temps, plus ils courraient de risques d'être découverts. Un autre danger s'y ajoutait. À mesure qu'ils avançaient et s'attaquaient aux fondations, Rollo redoutait un effondrement. Fawkes fabriqua d'épaisses poutres pour étançonner le plafond – comme il l'avait fait, affirma-t-il, lorsqu'il avait sapé les murailles des villes néerlandaises qu'il assiégeait –, mais Rollo se demandait si ce soldat connaissait bien le travail de la mine. Ils périraient tous dans le tunnel s'il venait à s'écrouler. Peut-être même détruirait-il l'ensemble du bâtiment – ce qui ne servirait à rien si le roi ne s'y trouvait pas.

Un jour, en faisant une pause, ils se demandèrent qui serait présent dans la chambre lorsque la poudre exploserait. Le roi Jacques avait trois enfants. Le prince Henri, onze ans, et le prince Charles, quatre ans, accompagneraient probablement leurs parents à la cérémonie.

« En supposant qu'ils périssent tous les deux, Élisabeth deviendra la princesse héritière, remarqua Percy. Elle va bientôt avoir neuf ans. »

Rollo avait déjà pensé à la princesse.

« Nous devons être prêts à nous emparer d'elle, dit-il. Celui qui la tiendra tiendra le trône.

— Elle vit à l'abbaye de Coombe, dans le Warwickshire.

— Elle aura besoin d'un Lord Protecteur, qui sera évidemment le dirigeant *de facto* de l'Angleterre.

— Je propose mon parent, le comte de Northumberland. »

Rollo hocha la tête. C'était une bonne suggestion. Northumberland était un pair du royaume et un sympathisant catholique. Mais il avait une meilleure idée.

« Et pourquoi pas le comte de Shiring ? »

Les autres ne manifestaient guère d'enthousiasme. Rollo savait ce qu'ils pensaient : Bartlet de Shiring était un bon catholique mais n'avait pas la stature de Northumberland.

Trop courtois pour dénigrer le neveu de Rollo, Percy reprit :

« Nous devons préparer un soulèvement dans toutes les régions du pays où les pairs catholiques sont en position de force. Il ne faut pas laisser aux protestants la chance de promouvoir un rival à la Couronne.

— Je me porte garant du comté de Shiring, assura Rollo.

— Il y aura beaucoup de morts », observa quelqu'un.

Rollo ne supportait pas ceux qui répugnaient à faire couler le sang. Une guerre civile serait une forme de purification.

« Les protestants méritent la mort, fit-il remarquer. Et les catholiques iront tout droit au paradis. »

On entendit alors un bruit étrange, pareil d'abord à une violente averse. Il se transforma peu à peu en grondement, évoquant une avalanche de pierres. Rollo craignit aussitôt un effondrement. De toute évidence, les autres eurent la même idée, car ils se précipitèrent instinctivement dans l'étroit escalier de pierre menant de la cave à l'appartement.

Là, ils firent halte et tendirent l'oreille. Le bruit se prolongea par intermittence, mais le sol ne tremblait pas et Rollo comprit qu'ils s'étaient affolés pour rien. Le bâtiment n'était pas en train de s'écrouler. Mais que se passait-il ?

Rollo se tourna vers Fawkes.

« Suivez-moi, dit-il. Nous allons voir de quoi il retourne. Les autres, restez ici et pas un bruit. »

Il sortit, Fawkes sur les talons, et fit le tour du bâtiment. Le bruit avait cessé, mais Rollo jugea qu'il avait pris naissance approximativement à l'endroit où passait leur tunnel.

À l'arrière du bâtiment, une rangée de fenêtres courait le long de l'étage, éclairant la chambre des débats. En son milieu se trouvait une petite porte donnant sur un escalier en bois : on ne devait pas l'utiliser souvent, car la grande entrée se trouvait sur la façade opposée. Sous cet escalier, au niveau du sol, s'ouvrait une double porte en bois que Rollo avait à peine remarquée jusque-là. S'il s'était posé des questions à son sujet, il aurait supposé qu'elle donnait accès à une sorte de remise où les jardiniers rangeaient leurs outils. C'était la première fois qu'il la voyait ouverte. Un cheval de trait patientait devant.

Rollo et Fawkes franchirent le seuil.

C'était bien une remise, mais elle était gigantesque. En fait, estima Rollo, ses dimensions devaient correspondre à celles de la chambre des débats à l'étage. Il n'en était pas tout à fait certain, car il faisait très sombre dans ce local aveugle, qui recevait pour toute lumière le jour qui passait par la porte. À première vue, on aurait dit la crypte d'une église, avec des colonnes massives s'incurvant vers un plafond bas qui devait correspondre au plancher de la chambre. Consterné, il comprit que les terrassiers avaient dû s'attaquer à la base d'une de ces colonnes. Le risque d'effondrement était encore plus élevé qu'il ne l'avait craint.

Le local était presque entièrement vide, ne contenant que quelques bûches, une poignée de sacs posés par terre et une table carrée percée d'un trou en son centre. Rollo identifia immédiatement l'origine du bruit. Un homme au visage noirci par la suie chargeait du charbon sur une charrette. C'était de là que venait le grondement.

Rollo se tourna vers Fawkes et vit qu'ils avaient eu la même idée. S'ils pouvaient disposer de cette remise, cela leur permettrait d'entreposer leur poudre bien plus près de leur cible – et ils ne seraient plus obligés de creuser.

Une femme d'un certain âge regardait travailler le charretier. Une fois le véhicule chargé, il compta quelques pièces dans ses mains noires et les lui tendit, lui payant manifestement le charbon. Elle se dirigea vers le seuil pour les examiner à la lumière du jour avant de le remercier. Puis, tandis que l'homme attelait son cheval, la femme se tourna vers Rollo et Fawkes et s'adressa à eux poliment :

« Bonjours, messieurs. Puis-je faire quelque chose pour vous ?

— Qu'est-ce que cet endroit ? demanda Rollo.

— Je crois que c'était la cuisine, du temps où l'on servait des banquets dans la chambre des débats. Maintenant, c'est, ou plutôt c'était, ma cave à charbon : le printemps arrive et je me débarrasse de mes réserves. Peut-être souhaiterez-vous en acheter : c'est le meilleur charbon des berges du fleuve Tyne, il brûle très bien… »

Fawkes l'interrompit.

« Nous n'avons pas besoin de charbon, en revanche, nous cherchons un lieu où entreposer une grande quantité de bois. Je m'appelle John Johnson et je m'occupe de l'appartement du trésorier de la garde-robe.

— Ellen Skinner, veuve et marchande de charbon.

— Je suis ravi de faire votre connaissance, madame Skinner. Cette remise est-elle à louer ?

— Mon bail court jusqu'à la fin de l'année.

— Mais vous vous débarrassez de votre charbon à l'approche du printemps, dites-vous. Peu de gens achètent du charbon quand il fait chaud. »

Elle prit un air rusé.

« Je lui trouverai peut-être un autre usage. »

Elle feignait de refuser leur offre, mais Rollo lut une lueur d'avidité dans ses yeux. Ses arguments n'étaient qu'une tactique de négociation. Il était optimiste.

« Mon maître serait prêt à payer un bon prix, déclara Fawkes.

— J'accepterais de céder mon bail pour trois livres, dit-elle. Il vous faudra toutefois payer le propriétaire en sus – il me demande quatre livres par an. »

Rollo ravala le « Marché conclu » qui lui venait aux lèvres. Le prix n'avait aucune importance, mais s'ils donnaient l'impression de jeter l'argent par les fenêtres, ils attireraient l'attention et peut-être les soupçons.

Fawkes marchanda pour sauver les apparences.

« Oh ! Madame, cela paraît beaucoup, protesta-t-il. Je peux vous proposer une livre pour votre bail, pas davantage.

— Peut-être vais-je garder cette remise après tout. J'aurai besoin d'y mettre du charbon en septembre.

— Divisons par deux la différence, suggéra Fawkes. Une livre et dix shillings.

— Si vous pouvez aller jusqu'à deux livres, je suis prête à toper.

— Bon, très bien, acquiesça Fawkes en lui tendant la main.

— Ce fut un plaisir, messire Johnson, ajouta la femme.

— Je vous assure, madame Skinner, que tout le plaisir est pour moi », conclut Fawkes.

*

Ned se rendit à Paris dans une tentative désespérée pour découvrir ce qui se tramait à Londres.

Il continuait d'entendre de vagues rumeurs sur des complots catholiques contre le roi Jacques. Et ses soupçons s'étaient accrus lorsque Guy Fawkes avait disparu après avoir habilement déjoué sa surveillance. Mais il était exaspéré par le manque de détails de tous les bruits qui couraient.

Plusieurs complots d'assassinat royal avaient été ourdis à Paris, souvent avec l'aide des Guises. Les protestants parisiens avaient entretenu le réseau d'espions mis en place par Sylvie. Ned espérait que l'un d'eux, sans doute Alain de Guise, pourrait l'aider à compléter le tableau.

Après les meurtres simultanés d'Henri de Guise et de Pierre Aumande, Ned avait craint qu'Alain cesse d'être une source d'information sur les exilés catholiques anglais, mais un peu de la ruse de son beau-père avait déteint sur lui. Il s'était rendu utile auprès de la veuve et s'était lié d'amitié avec le jeune duc, de sorte qu'il vivait toujours à l'hôtel de Guise à Paris et travaillait pour la famille. Et comme les comploteurs anglais catholiques avaient toute confiance en celle-ci, Alain était bien informé de leurs plans, et transmettait ces renseignements à Ned au moyen de lettres chiffrées envoyées par des filières aussi secrètes que solides. Si, le plus souvent, les projets des exilés ne débouchaient sur rien, au fil des ans, les messages d'Alain avaient conduit à quelques arrestations.

Ned lisait toutes ses lettres, mais espérait en apprendre davantage en lui rendant visite. Un tête-à-tête pouvait révéler fortuitement des détails susceptibles d'être importants.

Malgré l'inquiétude qui le rongeait, ce voyage en France éveilla sa nostalgie. Il lui rappela sa jeunesse, ainsi que le grand Walsingham auprès duquel il avait travaillé pendant vingt ans, et surtout, il lui rappela Sylvie. Avant d'aller voir Alain, il fit un détour par la rue de la Serpente et resta un moment devant la librairie de Sylvie, se souvenant de ce jour de bonheur où elle l'avait invité à souper et où il l'avait embrassée dans l'arrière-boutique. Mais il n'avait pas non plus oublié l'horrible journée où Isabelle avait été tuée.

La boutique abritait désormais une boucherie.

Il traversa le pont pour gagner l'île de la Cité, entra dans Notre-Dame et dit une prière d'action de grâces au nom de Sylvie. La cathédrale était catholique et Ned protestant, mais il était convaincu depuis des années que Dieu se souciait peu de telles distinctions.

Désormais, le roi de France partageait ses opinions. Henri IV avait signé l'édit de Nantes qui accordait la liberté de culte aux protestants. Le nouveau duc de Guise était un enfant et, cette fois, sa famille n'était pas parvenue à troubler la paix ; quarante années de guerre civile avaient donc pris fin. Ned remercia aussi le Seigneur pour l'avènement d'Henri IV. Peut-être la France, à l'instar de l'Angleterre, avançait-elle à tâtons vers la tolérance.

Les offices protestants étaient toujours célébrés dans la discrétion, généralement hors les murs pour éviter de provoquer les ultra-catholiques. Ned descendit la rue Saint-Jacques, franchit la porte et s'engagea dans les faubourgs. Un homme assis sur le bas-côté signalait l'entrée d'un sentier conduisant à travers bois vers un pavillon de chasse. C'était le temple clandestin que fréquentait Sylvie avant de rencontrer Ned. Pierre Aumande avait révélé son existence et la communauté s'était dispersée, mais il était redevenu un lieu de culte.

Alain était déjà là, assis aux côtés de sa femme et de ses enfants. Il était également accompagné de sa vieille amie, la marquise douairière de Nîmes. Tous deux se trouvaient au château de Blois lorsque Henri de Guise et Pierre Aumande avaient été assassinés, et Ned les soupçonnait d'avoir pris part au complot, quoique personne n'eût osé enquêter sur les deux meurtres, Henri III étant susceptible d'y avoir été mêlé. Ned aperçut aussi Nath, qui avait repris le commerce de livres illicites créé par Sylvie : c'était désormais une vieille dame prospère coiffée d'une toque de fourrure.

Ned s'assit près d'Alain mais attendit pour lui parler que l'on ait entonné les hymnes, car les voix des fidèles étouffaient le bruit de leur conversation.

« Ils détestent tous ce roi Jacques, murmura Alain en français. Ils disent qu'il a trahi ses promesses.

— Ils n'ont pas tort, reconnut Ned. Néanmoins, je dois les empêcher de le tuer. Sinon, la paix et la prospérité qu'Élisabeth a imposées au prix d'un effort héroïque seront réduites à néant par une guerre civile. Qu'avez-vous appris d'autre ?

— Ils ont l'intention de tuer toute la famille royale, hormis la petite princesse qu'ils proclameront reine.

— Toute la famille ! répéta Ned, horrifié. Quelles brutes sanguinaires !

— Ils comptent se débarrasser en même temps des ministres et des lords les plus importants.

— Ils ont sans doute l'intention d'incendier un palais, ce genre de chose. Pour cela, il faudrait que tous ces hauts personnages soient réunis pour un banquet ou assistent à une pièce de théâtre. »

Lui-même faisait partie des ministres les plus en vue. Soudain, il n'était plus seulement question de sauver la vie du roi mais aussi la sienne. Il frissonna.

« Quand doivent-ils agir ? demanda-t-il.

— J'ai été incapable d'élucider ce point.

— Avez-vous entendu parler d'un certain Guy Fawkes ? »

Alain secoua la tête.

« Non. Un groupe est venu voir le duc, mais j'ignore qui le composait.

— Aucun nom n'a été cité ?

— Aucun qui soit vrai.

— Que voulez-vous dire ?

— Le seul que j'aie entendu est un pseudonyme.

— Lequel ?

— Jean Langlais », répondit Alain.

*

Margery se faisait du souci à propos de Rollo. Les réponses qu'il avait faites à ses questions étaient toutes plausibles, et pourtant, elle ne lui faisait pas confiance, sans savoir néanmoins comment apaiser ses soupçons. Certes, elle aurait pu avouer à Ned que Rollo n'était autre que Jean Langlais, mais elle ne pouvait se résoudre à condamner son frère au gibet uniquement à cause de chausses boueuses.

Pendant que Ned était à Paris, Margery décida d'emmener son petit-fils Jack, le fils de Roger, en visite au Château Neuf. Elle estimait que c'était son devoir. Quoi que Jack décidât de faire de sa vie, ses parents aristocratiques ne pourraient que l'aider. Il n'était pas obligé de les apprécier, mais il devait les connaître. Il était parfois préférable d'avoir un oncle comte plutôt qu'un oncle riche. Et, à la mort de Bartlet, son successeur serait son fils Swifty, le cousin de Jack.

Jack était un garçon de douze ans curieux et raisonneur. Il se lançait avec fougue dans des controverses avec Roger comme avec Ned, adoptant toujours le point de vue contraire à celui de l'adulte avec lequel il discutait. À en croire Ned, c'était le portrait craché de la jeune Margery, mais elle avait peine à croire qu'elle ait été aussi effrontée. Jack était petit, comme elle, et avait les mêmes boucles noires. C'était pour le moment un joli garçon, mais dans un an ou deux, il commencerait à devenir un homme et ses traits perdraient de leur douceur. Regarder grandir et changer ses enfants et ses petits-enfants, occupation aussi agréable que fascinante, était pour Margery le soleil de sa vieillesse.

Naturellement, Jack contesta la nécessité de cette visite.

« Je veux être un aventurier, comme oncle Barney, expliqua-t-il. Les nobles n'ont rien à faire avec le commerce – ils se contentent de percevoir les loyers que leur versent les gens.

— C'est l'aristocratie qui maintient la paix et fait respecter les règles, rétorqua-t-elle. On ne peut traiter des affaires sans lois ni normes. Combien d'argent y a-t-il dans un penny ? Quelle est la largeur d'un rouleau d'étoffe ? Qu'arrive-t-il quand quelqu'un n'honore pas ses dettes ?

— Ils font les règles qui leur conviennent, répliqua Jack. De toute façon, c'est la guilde de Kingsbridge qui fait respecter les poids et les mesures, pas le comte. »

Elle sourit.

« Peut-être ne devrais-tu pas devenir aventurier, mais homme d'État, comme sir Ned.

— Pourquoi ?

— Tu as des idées tellement arrêtées sur le gouvernement. Tu pourrais *être* le gouvernement. Certains des hommes les plus puissants de la Cour ont été des écoliers brillants comme toi. »

Il prit l'air pensif. Il était à cet âge délicieux où tout paraît possible.

Mais elle tenait à ce qu'il se conduise correctement au Château Neuf.

« Sois poli, lui recommanda-t-elle comme ils approchaient. Ne te querelle pas avec ton oncle Bartlet. Tu es ici pour te faire des amis, pas des ennemis.

— J'ai compris, grand-mère. »

Elle doutait qu'il ait pris son avertissement au sérieux, mais elle avait fait de son mieux. *Un enfant sera toujours tel qu'il est*, songea-t-elle, *et non tel qu'on le souhaite.*

Ils furent accueillis par son fils, le comte Bartlet. Âgé désormais d'une quarantaine d'années, il avait les taches de rousseur du père de Margery, mais s'était modelé à l'image de Bart, qu'il croyait être son père. Par miracle, le fait que Bartlet fût en vérité le fruit d'un viol commis par le comte Swithin n'avait pas totalement empoisonné les relations entre la mère et le fils. Pendant que Jack explorait le château, Margery s'assit dans la grande salle en compagnie de Bartlet et but un verre de vin.

« J'espère que Swifty et Jack apprendront à mieux se connaître, dit-elle.

— Je doute qu'ils deviennent proches, remarqua Bartlet. Douze ans et vingt ans, cela fait une grande différence d'âge.

— J'ai croisé votre oncle Rollo à Londres. Il loge à l'auberge. J'ignore pourquoi il ne demeure pas dans la maison Shiring. »

Bartlet haussa les épaules.

« J'en serais pourtant ravi. Cela obligerait mon fainéant de gardien à travailler, pour une fois. »

Un échanson resservit Margery.

« Vous-même, vous irez sûrement à Londres cette année, pour l'ouverture de la session parlementaire.

— Pas nécessairement. »

Margery réagit avec étonnement.

« Vraiment ? Pourquoi ?

— Je dirai que je suis malade. »

Tous les comtes étaient tenus de participer aux séances, et s'ils voulaient se soustraire à cette obligation, ils devaient se prétendre trop souffrants pour voyager.

« Et quelle est la véritable raison ?

— J'ai trop à faire ici. »

Margery n'en croyait pas un mot.

« Vous n'avez jamais manqué une séance depuis que vous avez hérité du titre. Pas plus que votre père et votre grand-père. C'est pour cette raison que vous avez une maison à Londres.

— L'opinion du comte de Shiring n'intéresse en rien le nouveau roi. »

Cela ne lui ressemblait pas. Bartlet, comme Bart et Swithin, exprimait toujours son opinion – et avec force – sans se demander si quelqu'un souhaitait l'entendre.

« Ne voulez-vous pas vous opposer à de nouvelles lois anti-catholiques ?

— Je pense que nous avons perdu cette bataille.

— Je ne vous ai jamais connu aussi défaitiste.

— Il est bon de savoir quand il convient de se battre – et quand il est préférable de renoncer. » Bartlet se leva. « Probablement souhaitez-vous vous installer dans votre chambre avant le souper. Avez-vous tout ce qu'il vous faut ?

— Oui, je pense. »

Elle l'embrassa et monta à l'étage. Elle était intriguée. Peut-être ne ressemblait-il pas à Bart et à Swithin, après tout. Jamais leur fierté ne les aurait autorisés à prononcer ces mots : « Je pense que nous avons perdu cette bataille. » Jamais ils n'auraient admis qu'ils avaient pu se tromper.

Peut-être Bartlet devenait-il adulte.

*

Rollo affronta la partie la plus difficile et la plus dangereuse de son plan lorsqu'il fallut acheter trente-six barils de poudre et les acheminer jusqu'à Westminster.

Accompagné de deux conspirateurs plus jeunes, il traversa le fleuve pour aller à Rotherhithe, un quartier de docks et de chantiers navals. Ils pénétrèrent dans une écurie et firent savoir à un valet qu'ils souhaitaient louer une charrette robuste et deux chevaux pour la tirer.

« Nous avons à récupérer un chargement de bois provenant d'un vieux navire démoli, expliqua Rollo. Je compte m'en servir pour construire une grange. »

On recyclait souvent ainsi le bois des bateaux.

Le valet d'écurie se souciait peu de ses motivations. Il lui montra une charrette et deux chevaux et Rollo déclara :

« Parfait, c'est exactement ce qu'il me faut.

— Weston, mon employé, vous servira de charretier », proposa l'autre.

Rollo grimaça. Il ne pouvait accepter la présence d'un témoin.

« Je préfère m'en occuper moi-même, refusa-t-il en s'efforçant de masquer son agitation. J'ai deux aides. »

Le valet d'écurie secoua la tête.

« Si Weston ne vous accompagne pas, vous devrez me verser une caution, sinon comment puis-je être sûr que vous ramènerez la charrette ?

— Combien ? demanda Rollo pour sauver les apparences – il était prêt à payer ce qu'on lui demanderait.

— Cinq livres par cheval et une livre pour la charrette.

— Il faudra me donner un reçu. »

Une fois la transaction conclue, ils sortirent de l'écurie et se rendirent chez un marchand de bois de chauffage nommé Pearce. Rollo acheta des fagots ficelés de branches irrégulières ainsi que des billettes, également entourées de cordes. Ils chargèrent ce bois sur la charrette. Pearce se demanda pourquoi Rollo insistait pour disposer billettes et fagots de façon à laisser un carré vide en leur centre.

« Je parie que vous allez charger autre chose qui doit passer inaperçu, lança-t-il.

— Rien de précieux », répondit Rollo comme s'il redoutait des voleurs.

Pearce se tapota le nez d'un air entendu.

« N'en disons pas plus. »

Ils gagnèrent ensuite Greenwich, où Rollo avait rendez-vous avec le capitaine Radcliffe.

Guy Fawkes avait calculé la quantité de poudre nécessaire pour être assuré de détruire intégralement la Chambre des lords et d'en tuer tous les occupants. Un gentilhomme possédant un pistolet ou une arquebuse pouvait acheter une boîte de poudre pour son propre usage sans qu'on lui pose de questions, mais Rollo n'avait aucun moyen légitime de se procurer le volume dont il avait besoin sans éveiller les soupçons.

La solution était de s'adresser à un criminel.

Radcliffe était un quartier-maître corrompu qui achetait des fournitures pour la marine royale. La moitié de ses achats ne voyait jamais la cale d'un bateau, car il la revendait à son propre compte. Le plus gros problème de Radcliffe était de dissimuler sa fortune.

Son grand avantage, aux yeux de Rollo, était qu'il ne parlerait à personne de cette vente de poudre, car il aurait risqué d'être pendu pour avoir volé la Couronne. S'il tenait à la vie, il garderait le silence.

Rollo retrouva Radcliffe dans la cour d'une taverne. Ils chargèrent huit barils de poudre sur la charrette, les disposant deux par deux entre fagots et billettes. Un observateur peu attentif supposerait qu'ils contenaient de la bière.

« Vous vous attendez sans doute à une guerre », suggéra Radcliffe.

Rollo avait une réponse toute prête.

« Nous sommes dans la marine marchande, expliqua-t-il. Nous devons pouvoir nous défendre.

— En effet, approuva Radcliffe.

— Nous ne sommes pas des pirates.

— Non, fit Radcliffe. Bien sûr que non. »

Comme Pearce, Radcliffe ne croyait pas un mot des dénégations de Rollo.

Le chargement achevé, ils camouflèrent les barils en plaçant des fagots devant et au-dessus, de sorte qu'on ne les verrait pas, même depuis une fenêtre d'étage.

Rollo conduisit ensuite la charrette à Westminster. Il roula avec prudence. Les collisions entre véhicules étaient fréquentes, et donnaient souvent lieu à un pugilat entre charretiers qui pouvait déboucher sur une émeute de rue. Les Londoniens, prompts à saisir les occasions qui se présentaient, dérobaient souvent les chargements pendant que leurs convoyeurs étaient distraits. Si pareille chose lui arrivait, le complot serait éventé. Il se montrait si prudent, veillant à toujours céder le passage aux autres charretiers, que ces derniers en vinrent à lui jeter des regards soupçonneux.

Il regagna la cour de Westminster sans incident.

Fawkes, qui les attendait, ouvrit la double porte à leur approche, de sorte que Rollo put faire directement entrer la charrette dans la remise. Fawkes referma les battants et Rollo se détendit enfin, soulagé. Il s'était tiré d'affaire.

Il ne lui restait plus qu'à effectuer trois autres allers-retours.

Fawkes lui montra une nouvelle porte percée dans le mur, à peine visible à la lueur d'une lanterne.

« J'ai ouvert un passage entre ici et l'appartement du trésorier de la garde-robe, annonça-t-il. Nous pourrons ainsi aller d'un endroit à l'autre sans passer par l'extérieur et sans risquer d'être vus.

— Très bien, approuva Rollo. Et la cave ?

— J'ai muré le tunnel.

— Montrez-moi. »

Les deux hommes empruntèrent le nouveau passage pour gagner l'appartement, puis descendirent l'escalier de la cave. Fawkes avait comblé l'ouverture pratiquée dans le mur, mais son travail était visible même à la lueur d'une chandelle.

« Allez chercher de la boue ou de la suie et salissez ces briques, ordonna Rollo. Donnez même deux ou trois coups de pioche pour qu'elles semblent avoir été endommagées par le temps.

— Bonne idée.

— Il faut que ce pan de mur se confonde parfaitement avec les autres.

— Bien sûr. Mais personne ne descendra ici, de toute façon.

— On ne sait jamais, observa Rollo. Mieux vaut prévenir que guérir. »

Ils retournèrent dans la remise.

Les deux autres déchargeaient les barils de poudre et les faisaient rouler au fond de la salle. Rollo leur ordonna de placer le bois devant, en le disposant avec soin afin que la pile fût stable. Un des jeunes gens monta sur la table endommagée, veillant à ne pas glisser un pied dans le trou, et l'autre lui passa des fagots à ranger au-dessus des barils.

Lorsqu'ils eurent fini, Rollo examina leur travail avec attention. Personne ne soupçonnerait qu'il y avait là autre chose que du bois de chauffage. Il était satisfait.

« Même si quelqu'un venait fouiller les lieux, observa-t-il en souriant d'aise, il ne trouverait probablement pas la poudre. »

*

Ned et Margery vivaient dans le quartier de la cathédrale Saint Paul, où ils occupaient une agréable maison mitoyenne avec un poirier dans l'arrière-cour. Elle n'avait rien de grandiose, mais Margery en avait fait un nid douillet en y disposant tableaux et tapis, et ils faisaient brûler du charbon pour se chauffer durant l'hiver. Ned aimait bien cet endroit, car on voyait la cathédrale par la fenêtre, ce qui lui rappelait Kingsbridge.

Un soir, il revint de Paris à une heure tardive, fatigué et préoccupé. Margery lui prépara un souper léger, puis ils se couchèrent et firent l'amour. Au matin, il lui parla de son voyage. Pétrifiée par son récit, elle lutta pour dissimuler ses émotions. Heureusement, il était pressé de faire son rapport à Robert Cecil et sortit aussitôt après déjeuner, la laissant libre de réfléchir tranquillement.

D'après Ned, il existait un plan pour assassiner la famille royale, à l'exception de la princesse Élisabeth, en même temps que les plus éminents ministres du royaume, sans doute en incendiant un palais. Margery pourtant en savait un peu plus long. Pour la première fois depuis qu'il était devenu comte, Bartlet préférait manquer l'ouverture de la session du Parlement. Cette décision qui l'avait tant intriguée prenait à présent tout son sens. Les comploteurs frapperaient à Westminster.

La cérémonie d'ouverture devait se dérouler dix jours plus tard.

Comment Bartlet avait-il été informé? Ned avait appris que Jean Langlais était mêlé à ce complot, et Margery savait que Langlais n'était autre que Rollo. L'oncle de Bartlet l'avait averti de ce projet.

Elle savait tout, à présent, mais qu'allait-elle faire? Elle pouvait dénoncer Rollo à Ned, et peut-être s'y résoudrait-elle finalement, bien que l'idée d'envoyer son frère à la mort la fît frissonner d'horreur. Peut-être y avait-il cependant une meilleure solution. Elle pouvait aller voir Rollo. Elle savait où il logeait. Elle lui annoncerait qu'elle savait tout et menacerait d'en informer Ned. Si elle le faisait, le complot serait éventé. Rollo serait bien obligé de renoncer.

Elle enfila un épais manteau, chaussa de grosses bottes et sortit dans l'automne londonien.

Elle marcha jusqu'au Cygne blanc et trouva le tavernier au nez rouge.

« Bonjour, messire Hodgkinson, dit-elle. Je suis venue ici il y a quelques semaines. »

L'homme était grincheux, peut-être parce qu'il avait bu la veille un peu trop de son vin. Il lui jeta un regard indifférent et répondit :

« Comment voulez-vous que je me souvienne de tous ceux qui m'achètent un verre de vin?

— Peu importe. Je voudrais voir Rollo Fitzgerald.

— Il n'y a personne de ce nom ici, dit-il sèchement.

— Il logeait chez vous pourtant! »

Il lui jeta un regard hostile.

« Puis-je vous demander qui vous êtes? »

Margery afficha une hauteur tout aristocratique.

« Je suis la comtesse douairière de Shiring et vous feriez bien de ne pas oublier les bonnes manières. »

Il changea de ton. Personne ne souhaitait se quereller avec un aristocrate.

« Je vous demande pardon, madame, mais je ne me rappelle pas avoir eu un client de ce nom.

— Je me demande si certains de ses amis ne logeaient pas ici. Connaissez-vous Jean Langlais ?

— Oh ! oui, fit Hodgkinson. Un nom français, mais ce monsieur parlait anglais sans le moindre accent. Il n'est plus ici.

— Savez-vous où il est allé ?

— Non. M. Langlais n'est pas du genre à donner des informations superflues, madame. C'est plutôt un taiseux. »

Évidemment.

Elle sortit de l'auberge. Que faire à présent ? Elle ignorait où pouvait se trouver Rollo. Il ne servirait pas à grand-chose de le dénoncer à Ned, car lui non plus ne parviendrait pas à mettre la main sur lui. Elle cherchait désespérément une issue. Une atrocité était sur le point de se commettre, et elle devait l'empêcher.

Et si elle donnait l'alerte ? Peut-être y parviendrait-elle sans condamner Rollo au gibet. Elle songea à une lettre anonyme. Une lettre adressée à Ned, où elle déguiserait son écriture et prétendrait faire partie du complot. Il serait inutile d'évoquer Rollo. Elle se contenterait de conseiller à Ned de ne pas assister à la cérémonie d'ouverture de la session parlementaire s'il tenait à la vie.

Ce ne serait pas plausible. Pourquoi un conspirateur catholique chercherait-il à épargner un célèbre courtisan protestant ?

D'un autre côté, si la lettre était adressée à un catholique, il risquait d'approuver le complot et de garder l'information pour lui.

Ce qu'il lui fallait, c'était un homme dont les positions soient entre les deux extrêmes, qui soit à la fois loyal envers le roi mais suffisamment proche des catholiques pour que ceux-ci ne souhaitent pas le tuer. Il existait plusieurs personnes dans ce cas à la Cour, et Margery pensa à lord Monteagle, un catholique qui ne demandait qu'à vivre en paix avec ses compatriotes protestants. Rollo, Bartlet et leur clique le considéraient comme un faible et un indécis, mais Margery le jugeait raisonnable. S'il était prévenu, il donnerait l'alerte.

Elle décida de lui écrire.

Elle se rendit dans l'une des nombreuses papeteries du

quartier et acheta du papier d'une qualité dont elle ne se servait jamais. De retour chez elle, elle tailla une plume avec un canif. La prenant de la main gauche pour travestir son écriture, elle commença :

Milord, au nom de l'amour que je porte à certains de vos amis, je me soucie de votre salut.

Voilà qui était plaisamment imprécis, se dit-elle.

Par conséquent, je vous conseille si vous tenez à la vie de trouver quelque excuse pour ne pas venir au Parlement qui se réunira prochainement.

Impossible de s'y tromper : sa vie était en danger.

Que dirait Rollo dans pareil message ? Quelque chose de pieux, vraisemblablement.

Car Dieu et l'homme concourent à punir la perversité de ce temps.

La nuance apocalyptique semblait tout à fait opportune.

Ne prenez pas cet avertissement à la légère, mais retirez-vous dans votre domaine où vous attendrez l'événement en lieu sûr.

Elle devait trouver un moyen d'évoquer la nature de l'attentat. Mais elle ne savait que ce que lui avait dit Ned, à savoir qu'on comptait mettre le feu au bâtiment. Peut-être devrait-elle faire une vague allusion à un tel projet.

Car bien qu'aucune agitation ne soit apparente, un coup terrible sera porté au Parlement. Mais nul ne verra qui en a été l'auteur.

De quoi d'autre un conspirateur se soucierait-il ? De détruire les preuves.

Ne négligez pas ce conseil, car il peut vous être utile et ne saurait vous nuire ; car le danger sera passé aussitôt que vous aurez brûlé cette lettre.

Comment conclure ? Avec sincérité, décida-t-elle.

J'espère que le Seigneur vous accordera la grâce d'en faire bon usage : je vous recommande donc à sa sainte protection.

Elle plia la lettre et la scella, pressant une pièce de monnaie sur la cire en la déplaçant un peu pour en rendre l'empreinte illisible, comme si on avait apposé un sceau avec maladresse.

Il lui fallait maintenant la livrer.

Comme elle avait toutes les chances d'être vue par les domestiques, et peut-être par Monteagle lui-même, qui la connaissait bien, il lui fallait se déguiser.

Margery et Ned employaient une bonne à tout faire qui, en cet instant précis, lavait les draps dans l'arrière-cour. Margery lui offrit une journée de congé et lui donna six pence pour aller assister à un combat d'ours.

Elle se dirigea ensuite vers la garde-robe de Ned. Elle enfila des hauts-de-chausses, y enfonçant ses jupons pour accroître sa corpulence, puis un vieux pourpoint élimé. Ned était mince, mais ses vêtements étaient tout de même trop grands pour elle. Cependant, un vulgaire coursier n'était pas censé être élégant. Elle chaussa une paire de souliers usés, qu'elle bourra de chiffons pour les mettre à sa taille. Ses chevilles étaient trop fines pour appartenir à un homme, constata-t-elle. Elle releva ses cheveux et se coiffa d'un vieux chapeau de Ned.

Si celui-ci rentrait à cet instant, elle se trouverait en fâcheuse posture. Mais il passerait sans doute la journée à son bureau ; le travail avait dû s'accumuler pendant son voyage à Paris. Et il devait souper chez Cecil. Un retour prématuré était fort peu probable – du moins l'espérait-elle.

Son reflet dans le miroir ne lui parut pas très masculin. Elle était trop jolie, ses mains trop petites. Ramassant une pelle à charbon dans la cheminée, elle renversa un peu de suie et s'en salit les mains et le visage. Voilà qui était mieux, lui dit le miroir. À présent, elle pouvait passer pour un misérable petit vieillard ainsi qu'on en embauche parfois comme coursiers.

Elle passa par la porte de service et s'éloigna d'un pas vif, espérant ne pas être reconnue par les voisins. Elle se dirigea vers Ald Gate et sortit de la cité. Elle coupa à travers champs pour gagner le village de Hoxton, où Monteagle possédait une maison entourée d'un vaste jardin. Elle frappa à la porte de service, comme il seyait à un humble coursier.

Un homme lui ouvrit la porte, la bouche pleine. Elle lui tendit la lettre et dit d'une voix contrefaite :

« Pour lord Monteagle, personnel et urgent. »

L'homme mâcha et déglutit.

« C'est de la part de qui ?

— D'un gentilhomme qui m'a donné un penny.

— Très bien, mon gars, en voilà un autre. »

Elle tendit une main, petite mais crasseuse, prit la pièce puis tourna les talons.

*

Ned Willard et la plupart des autres membres du Conseil privé étaient assis autour de la table de Robert Cecil lorsqu'un domestique vint aviser celui-ci que lord Monteagle souhaitait lui parler au plus vite.

Cecil s'excusa et pria Ned de le suivre. Monteagle l'attendait dans une petite pièce, l'air inquiet, tenant à la main une feuille de papier comme s'il craignait qu'elle lui explose entre les doigts. Il se lança dans un discours manifestement préparé.

« L'auteur de ce message semble me prendre pour un traître, mais j'espère vous prouver le contraire en l'apportant au secrétaire d'État que vous êtes, moins d'une heure après l'avoir reçu. »

Ned s'amusa de constater que le jeune et fringant lord Monteagle était ostensiblement terrifié par cet avorton de Cecil.

« Votre loyauté ne fait aucun doute », murmura ce dernier d'une voix apaisante.

Ce n'était pas tout à fait exact, songea Ned, mais Cecil était courtois.

Monteagle tendit le message à Cecil qui le lut. Son front haut et pâle se plissa à mesure qu'il déchiffrait les mots.

« Tudieu, quel gribouillis. »

Il acheva sa lecture puis passa le papier à Ned. Cecil avait de longues mains aux doigts fins, comme celles d'une grande femme.

« Comment ceci est-il entré en votre possession ? demanda Cecil à Monteagle.

— Mon valet me l'a apporté à l'heure du souper. Il le tenait d'un homme qui s'était présenté à l'office. Il lui a donné un penny pour sa peine.

— Après avoir lu cette lettre, avez-vous envoyé quelqu'un essayer de rattraper le messager ?

— Bien sûr, mais il avait disparu. Pour être franc, je soupçonne mon domestique d'avoir fini son repas avant de m'apporter cette missive, même s'il jure ses grands dieux qu'il n'en est rien. Quoi qu'il en soit, nous n'avons pu retrouver le coursier. J'ai donc sellé mon cheval pour venir immédiatement ici.

— Vous avez bien fait, milord.

— Merci.

— Qu'en pensez-vous, Ned ?

— Ce message est de toute évidence un faux, déclara Ned.

— Vraiment ? s'étonna Monteagle.

— Regardez. Son auteur se préoccupe de votre salut, prétend-il, au nom de l'amour qu'il porte à certains de vos amis. Cela paraît assez peu probable.

— Pourquoi ?

— Ce message est une preuve de trahison. Si un homme a connaissance d'un complot contre la vie du roi, son devoir est d'en informer le Conseil privé, faute de quoi il risque la pendaison. Qui mettrait sa vie en danger pour sauver l'ami d'un ami ? »

Monteagle était perplexe.

« Cela ne m'est pas venu à l'esprit, convint-il. J'ai pris cet avertissement à la lettre. »

Cecil esquissa un sourire entendu.

« Sir Ned ne prend jamais rien au pied de la lettre, commenta-t-il.

— En fait, poursuivit Ned, je pense que l'auteur de ce message vous est bien connu, ou connu du moins de quelqu'un à qui vous étiez susceptible de montrer cette lettre. »

Monteagle semblait à nouveau dépassé par les événements.

« Pourquoi dites-vous cela ?

— Personne n'écrit ainsi, hormis un écolier n'ayant pas encore appris à maîtriser sa plume. Le style est pourtant celui d'un adulte. Autrement dit, l'écriture a été délibérément travestie, ce qui suggère que son destinataire probable connaît suffisamment bien l'auteur pour identifier sa plume.

— Mais c'est terrible, s'exclama Monteagle. Qui cela peut-il bien être ?

— Cette phrase sur la perversité du temps me fait l'effet d'un simple remplissage, poursuivit Ned en réfléchissant tout haut. L'essentiel du message figure dans la phrase suivante. Si Monteagle se rend au Parlement, il risque de se faire tuer. Ce point-ci au moins est exact, me semble-t-il, et coïncide avec ce que j'ai appris à Paris.

— Mais comment l'attentat sera-t-il accompli ? demanda Cecil.

— Bonne question. À mon avis, notre correspondant n'en sait rien. Voyez comme il reste dans le vague. "Un coup terrible sera porté… nul ne verra qui en a été l'auteur." Cela suggère un attentat commis à distance, un coup de canon peut-être, mais rien de plus précis. »

Cecil hocha la tête.

« À moins, bien entendu, que toute cette histoire ne soit que le fruit de l'imagination d'un fou.

— J'en serais surpris », dit Ned.

Cecil haussa les épaules.

« Nous n'avons aucune preuve concrète, rien que nous puissions vérifier. Une lettre anonyme, ce n'est qu'un morceau de papier. »

Cecil avait raison, les indices étaient fort minces – mais l'instinct de Ned lui soufflait que la menace était bien réelle.

« Quelle que soit notre opinion, reprit-il avec force, nous devons montrer cette lettre au roi.

— Bien sûr, approuva Cecil. Il est à la chasse dans le Hertfordshire, mais ce sera la première chose qu'il verra dès son retour à Londres. »

*

Margery avait toujours su que viendrait cet horrible jour. Elle avait réussi à l'oublier, pendant des années même parfois, et avait été heureuse, mais au fond de son cœur, elle savait qu'elle devrait rendre des comptes. Cela faisait des dizaines d'années qu'elle dupait Ned, mais les mensonges se payaient toujours, tôt ou tard, et l'heure en était venue.

« Je sais que Jean Langlais a l'intention de tuer le roi, lui confia Ned, inquiet et frustré. Mais je ne peux rien faire, car je ne sais ni qui est Langlais ni où le trouver. »

Margery était dévorée de culpabilité. Elle savait que l'homme que Ned traquait en vain depuis si longtemps n'était autre que Rollo, et elle avait jalousement gardé ce secret.

Mais à présent, Rollo semblait avoir l'intention de tuer le roi, la reine et leurs deux fils, ainsi que les ministres les plus éminents, dont Ned lui-même. Elle ne pouvait laisser commettre ce crime. En même temps, elle ignorait comment le prévenir, car même si elle révélait son secret, il n'était pas sûr que cela sauve quiconque. Elle savait qui était Langlais, mais ignorait où il se terrait, ainsi que la nature exacte de son plan.

Ils se trouvaient, Ned et elle, dans leur maison proche de Saint Paul. Ils avaient déjeuné d'œufs frais et de bière légère, et Ned venait de coiffer sa toque, prêt à se rendre chez Robert Cecil. À cette heure de la journée, il s'attardait souvent près du feu pour partager ses soucis avec elle.

« Langlais a toujours été d'une extrême prudence », remarqua-t-il.

Margery ne pouvait que lui donner raison. Les prêtres que Rollo avait fait entrer clandestinement en Angleterre avec son aide le connaissaient sous le nom de Langlais, et aucun ne savait qu'elle était sa sœur. Il en allait de même de tous ceux avec qui il avait comploté pour libérer Marie Stuart et la faire accéder au trône : ils le connaissaient tous sous le nom de Jean Langlais, aucun sous celui de Rollo Fitzgerald. Sa remarquable discrétion le distinguait de la plupart de ses complices. Ceux-ci avaient abordé leurs missions en têtes brûlées, alors que Rollo savait de quelle trempe étaient ses adversaires, Ned en particulier, et n'avait jamais pris de risques inutiles.

« Ne peut-on annuler l'ouverture de la session parlementaire ? demanda-t-elle à Ned.

— Non. On pourrait la reporter, ou la tenir dans un autre lieu ; mais cela ferait fort mauvais effet, car les ennemis de Jacques prétendraient que le roi est si détesté de son peuple qu'il n'ose ouvrir la session de son propre Parlement de crainte de se faire assassiner. C'est Jacques lui-même qui prendra la décision. Mais il faudra bien que la cérémonie se tienne à un moment ou à un autre, à la Chambre ou ailleurs. Le pays doit être gouverné. »

Margery n'y tenait plus.

« Ned, j'ai fait quelque chose d'affreux, murmura-t-elle.

— Quoi donc ? demanda-t-il interloqué.

— Je ne t'ai jamais menti, mais je t'ai caché quelque chose. J'ai cru devoir le faire. Je persiste à penser que je n'avais pas le choix, mais tu vas être furieux.

— De quoi diable parles-tu ?

— Je sais qui est Jean Langlais. »

La stupéfaction de Ned dépassa toute mesure.

« Quoi ? Comment as-tu pu… mais qui est-ce ?

— C'est Rollo. »

Ned réagit comme si on venait de lui apprendre la mort d'un être cher. Il pâlit et resta bouche bée. Il alla s'asseoir en titubant, avant de bégayer :

« Et tu le savais ? »

Margery ne pouvait plus parler. Elle avait l'impression qu'on l'étranglait. Elle s'aperçut que ses joues étaient inondées de larmes. Elle acquiesça.

« Depuis quand ? »

Elle hoqueta, sanglota et réussit à balbutier :

« Depuis toujours.

— Mais comment as-tu pu me cacher cela ? »

Lorsque enfin elle trouva ses mots, ils se bousculèrent dans sa bouche.

« Je croyais qu'il se contentait de faire entrer secrètement des prêtres en Angleterre pour célébrer le culte catholique, puis tu as découvert qu'il conspirait pour faire libérer Marie Stuart et tuer la reine Élisabeth, et ensuite il a quitté le pays, pour y revenir après la défaite de l'armada espagnole, mais il m'a dit que tout était fini et qu'il avait cessé de conspirer, et que si je le trahissais, il révélerait que Bartlet et Roger l'avaient aidé à introduire des prêtres clandestins.

— C'est toi qui as écrit cette lettre à Monteagle ? »

Elle acquiesça.

« Je voulais te prévenir sans nuire à Rollo.

— Mais comment as-tu découvert le complot ?

— Bartlet m'a annoncé qu'il n'assisterait pas à l'ouverture de la session parlementaire. Il ne l'a encore jamais manquée. Rollo a dû le prévenir.

— Et dire que je n'en ai jamais rien su ! Moi, le maître espion, dupé par ma propre épouse.

— Oh, Ned. »

Il la foudroya du regard comme si elle était la dernière des criminelles.

« Rollo était à Kingsbridge le jour où Sylvie est morte. »

Ces mots la frappèrent comme un coup de fusil, et ses jambes cédèrent sous elle. Elle tomba à genoux sur le tapis.

« Tu serais prêt à me tuer, je le vois, murmura-t-elle. Je t'en prie, je n'ai plus envie de vivre.

— Si tu savais comme j'ai été furieux contre ceux qui affirmaient qu'on ne pouvait plus se fier à moi pour travailler pour la reine Élisabeth parce que j'avais épousé une catholique. *Quels imbéciles*, pensais-je. Je découvre aujourd'hui que l'imbécile, c'était moi.

— Non, c'est faux. »

Il lui décocha un regard si furieux qu'il lui brisa le cœur.

« C'est la pure vérité », dit-il.

Et il sortit.

*

Ned et Cecil rencontrèrent le roi Jacques le 1er novembre. Il les reçut à White Hall, dans la longue galerie qui allait de ses appartements privés au verger. Cette galerie était décorée, non seulement de tableaux, mais aussi de tapisseries inestimables brodées d'or et d'argent, le type d'objets d'art que le souverain appréciait.

Ned savait que Cecil doutait de l'authenticité de la lettre adressée à Monteagle, n'y voyant qu'une provocation. Il n'en démordait pas, même lorsque Ned lui fit remarquer que le comte Bartlet, un pair catholique, avait l'intention de manquer l'ouverture de la session parlementaire sans raison plausible, ce qui signifiait sans doute qu'on l'avait alerté.

S'il comptait prendre toutes les précautions possibles, Cecil n'envisageait pas un instant de repousser la cérémonie. Ned en revanche avait d'autres desseins.

Déjouer l'attentat ne lui suffisait pas. Il avait trop souvent traqué des traîtres pour les voir ensuite disparaître dans la nature, avant de rassembler leurs forces et d'ourdir de nouveaux complots. Cette fois, il voulait les arrêter tous. Et il tenait plus que tout à s'emparer enfin de Rollo.

Cecil tendit à Jacques la lettre adressée à Monteagle en disant :

« Il va de soi que nul ne songerait à dissimuler ceci à Votre Majesté. D'un autre côté, peut-être ne faut-il pas prendre ces menaces trop au sérieux. Aucun fait n'est venu les corroborer.

— Aucun fait, sire, intervint Ned, mais des indices concordants. Des rumeurs sont parvenues à mes oreilles à Paris. »

Jacques haussa les épaules.

« Des rumeurs, répéta-t-il.

— On ne peut ni y ajouter foi ni les ignorer, commenta Ned.

— Exactement. »

Jacques lut la lettre, l'approchant de la lanterne car le jour hivernal passant par les fenêtres était faible.

Il prit tout son temps, et les pensées de Ned se portèrent sur Margery. Il ne l'avait pas revue depuis ses aveux. Il logeait dans une taverne. Il ne supportait pas l'idée de la voir ni de lui parler : c'était trop douloureux. Il ne pouvait même pas mettre un nom sur l'émotion qui l'envahissait – rage, haine ou chagrin. Il ne pouvait que détourner les yeux et essayer de penser à autre chose.

Le roi baissa la main baguée qui tenait la lettre et resta immobile quelques instants, le regard perdu au loin. Ned percevait de l'intelligence dans ses yeux, et un pli résolu sur ses lèvres, mais son teint blafard et ses paupières bouffies trahissaient également un tempérament jouisseur. *Il est difficile*, devina-t-il, *de pratiquer la discipline et la modération quand on exerce un pouvoir absolu.*

Le roi relut la lettre avant de s'adresser à Cecil :

« Qu'en pensez-vous ?

— Nous pourrions dans les plus brefs délais renforcer la protection de Westminster avec des gardes et des canons. Ensuite, il nous suffirait de fermer les accès et de procéder à une fouille en règle des lieux. Il serait ensuite aisé de surveiller les entrées et les sorties jusqu'à la fin de la cérémonie d'ouverture. »

Ce plan avait la préférence de Cecil, mais Ned savait aussi bien que lui qu'ils étaient censés présenter des suggestions au souverain et non lui donner des instructions.

Aussi soucieux fût-il de son droit divin à occuper le trône, Jacques ne perdait jamais de vue son image publique.

« Nous devons veiller à ne pas alarmer le peuple inutilement, remarqua-t-il. Le roi risquerait de paraître faible et timoré.

— C'est la sécurité de Votre Majesté qui importe avant tout. Mais sir Ned a une autre proposition à vous soumettre. »

Jacques adressa à Ned un regard curieux.

Ned était prêt.

« Voici ce que je me suis permis de penser, sire. Si ce complot est réel, il est possible que ses préparatifs ne soient pas achevés. En intervenant immédiatement, nous risquons donc de ne pas trouver ce que nous cherchons. Pis encore, nous pourrions mettre au jour des préparatifs inachevés, qui ne nous livreraient que des preuves incomplètes en cas de procès. Les pamphlétaires catholiques auraient alors beau jeu de prétendre que nos accusations n'étaient que prétexte à de nouvelles persécutions. »

Jacques n'avait pas encore compris où il voulait en venir.

« Nous devons cependant faire quelque chose.

— En effet. Si nous voulons nous emparer de tous les conspirateurs et rassembler toutes les preuves qui les condamnent, nous devons frapper à la dernière minute. Pareille entreprise assurera la protection de Votre Majesté tant dans l'immédiat que, chose plus importante encore, dans l'avenir. »

Ned retint son souffle : c'était le point essentiel.

Jacques se tourna vers Cecil.

« Il me semble qu'il a peut-être raison.

— Votre Majesté en est seule juge. »

Le roi se tourna à nouveau vers Ned.

« Très bien. Vous passerez à l'action le 4 novembre.

— Je vous remercie, sire », dit Ned, soulagé.

Tandis que Ned et Cecil s'inclinaient et sortaient à reculons, une idée vint soudain au roi qui demanda :

« Savons-nous qui a ourdi ce crime monstrueux ? »

La rage suscitée en lui par les aveux de Margery submergea à nouveau Ned qui maîtrisa à grand-peine les tremblements de ses membres.

« Oui, sire, dit-il en contrôlant difficilement sa voix. Il s'agit d'un certain Rollo Fitzgerald, du comté de Shiring. Et je suis au regret de vous avouer que c'est mon beau-frère.

— Dans ce cas, tonna Jacques d'une voix menaçante, par le sang de Dieu, vous avez intérêt à arrêter cette ordure. »

30

Le dimanche 3 novembre, lorsque les conspirateurs eurent vent de la lettre de Monteagle, ils commencèrent à s'accuser les uns les autres de trahison. L'atmosphère devint venimeuse dans l'appartement du trésorier de la garde-robe.

« C'est l'un de nous qui l'a écrite, forcément ! » lança Guy Fawkes d'un air belliqueux.

Rollo craignait de voir ces jeunes gens agressifs en venir aux mains.

« Peu importe qui en est l'auteur, intervint-il précipitamment. Cet homme a agi en sot plutôt qu'en traître.

— Comment pouvez-vous dire cela ?

— Parce qu'un traître nous aurait tous dénoncés nommément. Cet imbécile voulait seulement mettre Monteagle en garde. »

Fawkes se calma.

« Vous avez sans doute raison.

— L'important est à présent de mesurer l'étendue des dégâts.

— En effet, acquiesça Thomas Percy. Pouvons-nous continuer ou devons-nous renoncer à notre plan ?

— Après tout ce que nous avons accompli ? C'est hors de question.

— Mais si Cecil et Willard sont informés…

— D'après ce que j'ai pu apprendre, cette lettre ne contenait guère de détails et Cecil ne sait trop quelles mesures prendre, poursuivit Rollo. Nous avons encore de grandes chances de succès. Nous ne pouvons pas abandonner aussi vite – le triomphe est à notre portée !

— Comment nous en assurer ?

— Vous êtes le mieux placé pour vérifier ce point, dit Rollo à Percy. Vous partirez en reconnaissance dès demain matin. Allez voir votre parent, le comte de Northumberland. Vous trouverez bien un prétexte – sollicitez un prêt, par exemple.

— Mais à quelle fin ?

— Simple couverture, afin qu'il ne devine pas que l'objet de votre visite est de découvrir ce que sait exactement le Conseil privé.

— Et comment l'apprendrai-je ?

— À son attitude. Si vous êtes soupçonné de trahison, la rumeur en sera sûrement parvenue aux oreilles du comte. Il sera mal à l'aise en votre présence et impatient de vous voir repartir au plus vite. Peut-être même acceptera-t-il de vous prêter la somme demandée à seule fin de se débarrasser de vous. »

Percy haussa les épaules.

« Entendu. »

Ils se séparèrent, laissant l'appartement à la garde de Fawkes. Le lendemain matin, Percy rendit visite à Northumberland. À son retour, Rollo le rejoignit dans une taverne proche de Bishop's Gate, où il le trouva d'excellente humeur.

« Je suis allé le voir à Syon Place », raconta-t-il. Comme le savait Rollo, c'était la maison de campagne du comte, à l'ouest de Londres. « Il a refusé catégoriquement de me prêter de l'argent, m'a traité de vaurien et m'a invité à dîner.

— Il ne soupçonne donc rien.

— Ou alors, il joue la comédie mieux que l'acteur Richard Burbage.

— En tout cas, bravo.

— Cette entrevue n'est pas entièrement concluante.

— Elle n'en est pas moins positive. Je vais annoncer la bonne nouvelle à Fawkes. »

Rollo retraversa Londres. Il ne se sentait pas en sécurité – loin de là : Ned Willard était beaucoup trop près pour qu'il pût rester serein. Néanmoins, le cerf avait encore une légère avance sur les chiens. Et il n'avait besoin de la conserver que peu de temps encore. Demain à la même heure, tout serait accompli.

Mais une surprise fort déplaisante l'attendait lorsqu'il arriva en vue de la Chambre des lords.

À l'arrière du bâtiment où se trouvait l'entrée de la remise, plusieurs hommes bien mis sortaient par la porte dérobée de la chambre des débats située à l'étage et descendaient l'escalier en bois. Rollo ne se rappelait pas avoir jamais vu utiliser cette issue.

Il reconnut l'homme qui était en tête du groupe. C'était le comte de Suffolk qui, en qualité de lord chambellan, devait prendre toutes les dispositions nécessaires à l'ouverture de la session parlementaire.

Il était accompagné de lord Monteagle.

Rollo pesta. L'affaire était grave.

Il se tapit derrière un angle, pris d'une envie presque irrépressible de fuir. Mais il devait savoir ce qui se passait. Quelles que fussent les intentions de ces hommes, son plan était en péril. Il observa la scène, à demi caché, prêt à prendre ses jambes à son cou à tout moment.

Arrivés au pied de l'escalier, ils se dirigèrent vers la double porte de la remise où la poudre était dissimulée. Rollo remarqua qu'ils étaient silencieux et aux aguets. Suffolk tenta d'ouvrir la porte et constata qu'elle était verrouillée. À l'issue d'une brève délibération, il ordonna à un domestique de la forcer.

Ainsi, se dit Rollo le cœur serré, *c'est une perquisition.* C'était à devenir fou. Son plan pouvait-il échouer aussi près du but ?

Le serviteur de Suffolk empoigna un pied-de-biche. Rollo n'avait pas renforcé les battants : ce local n'était qu'une remise, et non un coffre-fort, et la pose de barres de fer ou de verrous sophistiqués aurait attiré l'attention. La porte céda donc sans trop de difficulté.

Le groupe entra.

Rollo se rua vers l'appartement et traversa en courant le nouveau passage aménagé par Fawkes. Il ouvrit sans bruit la porte de la remise et y jeta un œil. Le local était plongé dans l'obscurité, et les lanternes des hommes de Suffolk n'éclairaient que faiblement ce vaste espace.

Toutefois, ils avaient aperçu Guy Fawkes.

Que Dieu ait pitié de nous, pria Rollo en silence, ou nous sommes perdus.

Fawkes se tenait d'un côté de la salle, vêtu d'un manteau et d'un grand chapeau, une lanterne à la main. Apparemment, Suffolk venait de le remarquer, car Rollo l'entendit demander d'une voix étonnée :

« Qui êtes-vous, l'homme ? »

Rollo retint son souffle.

« Je m'appelle John Johnson, milord », répondit Fawkes.

Sa voix était posée : c'était un soldat, qui avait déjà affronté le danger.

Rollo regretta de ne pas avoir trouvé de pseudonyme plus convaincant.

« Et que diable faites-vous ici, Johnson ?

— Mon maître loue cette remise et l'appartement contigu. En son absence, je fais plus ou moins office de gardien. »

C'était une réponse parfaitement raisonnable, songea Rollo

en reprenant espoir. Pourquoi aurait-elle éveillé les soupçons de Suffolk ?

« Et quel usage votre maître fait-il de cette cave ?

— Il y entrepose du bois de chauffage, comme vous pouvez le constater. »

Les membres du groupe contemplèrent les tas de bois comme s'ils ne les avaient pas remarqués jusqu'alors – ce qui était possible dans cette obscurité.

« Tout ce bois pour un seul appartement ? » s'étonna Suffolk.

Fawkes ne répondit pas à cette question de pure forme. Rollo se rendit compte, atterré, que cette invraisemblance lui avait échappé.

« Qui est votre maître, au demeurant ? reprit Suffolk.

— Thomas Percy. »

Quelques murmures montèrent du groupe. Ses membres savaient évidemment que Percy était un gentilhomme d'armes, mais ils savaient aussi qu'il y avait des catholiques dans sa famille.

Rollo était terrifié à en avoir la nausée. Jamais le danger n'avait été aussi grand. Un des intrus aurait-il l'idée de chercher *à l'intérieur* d'une pile de bois ? Il se rappela avoir déclaré avec assurance : « Même si quelqu'un venait fouiller les lieux, il ne trouverait probablement pas la poudre. » Il allait pouvoir le vérifier par lui-même. Ses nerfs étaient tendus à se rompre.

Suffolk entraîna Monteagle à l'écart, et les deux hommes se rapprochèrent de la porte entrouverte derrière laquelle se tenait Rollo. Il entendit Monteagle s'écrier, fort agité :

« Cela veut dire que le comte de Northumberland est mêlé à cette affaire !

— Baissez la voix, fit Suffolk d'un ton plus posé. Nous ne pouvons accuser un des plus grands pairs du royaume sur la foi d'un excédent de bois de chauffage.

— Il faut faire quelque chose !

— Nous n'avons rien à faire, sinon informer le Conseil privé de ce que nous avons vu. »

Rollo en déduisit que Suffolk n'envisageait pas de fouiller la réserve de bois – pas encore.

Monteagle se calmait.

« Oui, bien sûr, vous avez raison, pardonnez-moi. Je crains, voyez-vous, d'être blâmé de tout ceci uniquement parce qu'on m'a adressé une lettre anonyme. »

Rollo se prit à espérer que l'angoisse de Monteagle avait distrait Suffolk de sa perquisition.

Suffolk tapota l'épaule de Monteagle.

« Je comprends. »

Les deux hommes rejoignirent le groupe.

À l'issue d'une brève conversation décousue, les visiteurs sortirent du bâtiment. Fawkes fit de son mieux pour refermer la porte fracassée.

Rollo le rejoignit dans la remise.

« J'ai tout entendu, annonça-t-il à Fawkes. J'étais derrière la porte. »

Fawkes se tourna vers lui.

« Que le Seigneur ait pitié de nous, dit-il. Il s'en est fallu de peu. »

*

La détresse de Margery était sans fond. Le sol s'était dérobé sous ses pieds. Après le départ de Ned, elle passa une semaine sans rien manger, et presque sans boire. Elle n'avait plus envie de se lever le matin. Lorsqu'elle se contraignait à sortir du lit, elle restait devant la cheminée, sanglotant jusqu'à ce que le soir tombe et qu'elle puisse se recoucher. Sa vie était terminée. Elle aurait pu se rendre chez son fils Roger, mais cela l'aurait obligée à donner des explications, et elle n'en avait pas la force.

Deux jours avant l'ouverture de la session parlementaire, l'angoisse la tira de son hébétude. Ned s'était-il emparé de Rollo ? La cérémonie se déroulerait-elle comme prévu ? Ned y assisterait-il ? Allaient-ils tous périr ?

Enfilant un manteau, elle descendit le Strand jusqu'à White Hall. Elle n'entra pas dans le palais mais resta devant, presque invisible dans la pénombre de cet après-midi d'hiver, guettant son époux. Les courtisans allaient et venaient, coiffés de toques de fourrure. Affaiblie par la faim, elle dut s'adosser à un mur pour ne pas s'effondrer. Une brume froide montait du fleuve, mais elle était si malheureuse qu'elle y était indifférente.

Elle regrettait de tout son cœur d'avoir gardé aussi longtemps le secret. Elle aurait dû avouer la vérité à Ned depuis des années. Le séisme eût été le même, mais maintenant que Ned faisait partie d'elle-même au point qu'elle ne pouvait vivre sans lui, elle n'aurait pu choisir pire moment.

Elle l'aperçut enfin. Il arrivait en compagnie d'un petit groupe d'hommes vêtus de gros manteaux – les membres du Conseil privé, peut-être. Il avait l'air sombre. Peut-être était-ce une illusion, mais il semblait avoir vieilli en une semaine, son visage creusé de rides, ses joues pâles hérissées d'un début de barbe grise.

Elle s'avança vers lui et il s'arrêta. Elle le dévisagea, cherchant à déchiffrer ses sentiments. Le premier fut la surprise. Puis son expression changea pour céder la place à la colère. L'instinct de Margery lui souffla qu'il avait cherché à l'oublier – elle et ce qu'elle avait fait – et n'appréciait guère d'être obligé d'y repenser. Percevait-elle sur ses traits un signe de fléchissement, de pitié ? Elle n'en était pas sûre.

Elle lui posa la question qui l'avait poussée à venir.

« As-tu mis la main sur Rollo ?

— Non », répondit Ned, et passant vivement devant elle, il entra dans le bâtiment.

Elle en fut accablée de tristesse. Son amour pour lui était si grand.

Elle s'éloigna des portes du palais. L'esprit embrumé par le chagrin, elle erra jusqu'à la rive boueuse de la Tamise. Les marées se faisaient sentir jusqu'à Londres, et en cet instant, un puissant courant se dirigeait vers l'aval, agitant et troublant la surface de l'eau.

Elle envisagea de s'abîmer dans les flots. La nuit était presque tombée et personne sans doute ne la verrait. Elle n'avait jamais appris à nager ; sa vie s'achèverait en quelques minutes. Elle aurait froid et chercherait désespérément à happer l'air pendant un long moment, mais ensuite ses souffrances prendraient fin pour de bon.

C'était un péché, un péché mortel, certes ; d'un autre

côté, l'enfer ne pourrait être pire que ce qu'elle vivait. Elle repensa à une pièce de théâtre où une jeune fille se noyait après avoir été repoussée par le prince du Danemark, après quoi deux fossoyeurs, des personnages comiques, se demandaient si elle aurait droit à une sépulture chrétienne. Si Margery se jetait dans le fleuve, elle n'aurait même pas de funérailles. Son corps serait emporté par le courant, jusqu'à la mer peut-être, et elle s'enfoncerait doucement dans les profondeurs, rejoignant les marins tués lors de la bataille de l'armada espagnole.

Qui dirait une messe pour elle ? Les protestants ne priaient pas pour les morts et les catholiques ne priaient jamais pour les suicidés. Sa damnation serait aussi certaine que sa mort.

Elle resta là un long moment, déchirée entre deux impulsions contraires, attirée par la paix du trépas et effarée à l'idée de susciter la colère éternelle de Dieu. Puis il lui sembla voir sœur Joan, sa grand-tante, qui s'avançait vers elle à travers la boue, non telle qu'elle avait été de son vivant, mais marchant parfaitement droite, sans canne. Malgré l'obscurité, Margery distinguait parfaitement ses traits, rajeunis et souriants. Sans prononcer un mot, cette vision la prit par le bras et l'écarta doucement des flots. Comme elles approchaient de White Hall, Margery vit deux jeunes gens marchant de concert, riant de bon cœur à quelque plaisanterie, et elle se tourna vers Joan pour lui demander s'ils pouvaient également les voir toutes deux, mais la vieille religieuse avait disparu et Margery était à nouveau seule.

*

L'après-midi du lundi 4 novembre, Rollo s'assit sur le sol avec Guy Fawkes au centre de la remise pour lui donner ses dernières instructions.

Rollo sortit une longue allumette en amadou – du bois attaqué par un champignon, hautement inflammable – et une boîte à briquet. À l'aide de son couteau, il pratiqua sur l'allumette des encoches à intervalles réguliers correspondant à l'épaisseur de son pouce avant de dire :

« Fawkes, vous allumerez l'amadou puis vous direz le Notre Père, ni trop vite ni trop lentement, comme vous le réciteriez à l'église. »

Fawkes s'exécuta. « *Pater noster* », commença-t-il, et il récita la prière en latin.

Quand il eut terminé, l'allumette s'était consumée presque jusqu'à la première encoche. Rollo l'éteignit.

« Et maintenant, reprit-il, combien de *Pater* vous faut-il pour vous mettre en lieu sûr ? »

Fawkes fronça les sourcils.

« Sortir d'ici, fermer les portes et rejoindre le fleuve : deux *Pater*, estima-t-il. Embarquer dans le canot, larguer les amarres, mettre les rames en place : deux autres. Six de plus, sans doute, pour me mettre hors de portée de l'explosion. Disons dix *Pater* en tout.

— Dans ce cas, vous devrez couper l'allumette à une longueur de dix épaisseurs de pouce. »

Fawkes acquiesça.

Rollo se releva.

« Il est temps de mettre un baril en perce. »

Fawkes traîna la table vers le fond de la remise, grimpa dessus et entreprit de retirer les fagots du sommet de la pile. Il les passait à Rollo au lieu de les jeter par terre, car ils devaient rester intacts pour pouvoir continuer de servir de camouflage – dans l'éventualité d'une nouvelle perquisition.

Rollo éprouvait une étrange sensation au creux du ventre. Le moment était enfin venu. Ils allaient tuer le roi.

Au bout de quelques minutes, ils s'étaient ouvert un passage jusqu'aux barils.

Rollo était équipé d'un pied-de-biche et d'une petite pelle. Il souleva le couvercle d'un des barils et l'inclina, répandant la poudre gris sombre sur le sol. Avec sa pelle, il traça une traînée depuis le baril jusqu'à la rangée extérieure de fagots. Cela ferait office de mèche. Il avait veillé à choisir une pelle en bois : le fer aurait risqué de produire des étincelles sur le sol pavé et de tout faire exploser en un clin d'œil.

L'entreprise devenait réelle au point d'en être terrifiante, et Rollo frissonna de tout son corps à cette idée. Ici la poudre, là l'allumette ; au-dessus, la chambre des débats ; le lendemain serait le grand jour. L'explosion ferait trembler le royaume et sonnerait le glas du protestantisme anglais. Le triomphe que Rollo espérait depuis un demi-siècle était à sa portée. Dans quelques heures à peine, il aurait accompli l'œuvre de sa vie.

« Il faut remettre le bois en place soigneusement, dit-il. La traînée de poudre doit arriver juste au-dessous du premier fagot. »

Ensemble, ils reconstituèrent le camouflage jusqu'à ce que Rollo soit satisfait.

« Ce soir, annonça-t-il à Fawkes, nous repartirons tous sauf vous dans les comtés pour nous apprêter à lancer le soulèvement. »

Fawkes acquiesça.

« Demain matin, dès que vous serez certain de la présence du roi, allumez l'amadou, posez-le par terre en plaçant sur la poudre l'extrémité qui n'est pas allumée et filez.

— Oui, approuva Fawkes.

— Vous entendrez l'explosion depuis le fleuve.

— Oui, répéta Fawkes. On l'entendra depuis Paris. »

*

Le calme régnait dans la longue galerie de White Hall, à quelques minutes à pied de la cour de Westminster, mais l'instinct de Ned était en alerte, telle une sonnerie stridente et insistante.

Bien que Robert Cecil ne fît pas confiance à Thomas Percy, il ne voyait pas ce qu'une réserve de bois pouvait avoir de répréhensible. Quant au comte de Suffolk, il s'inquiétait de l'agitation politique que ne manquerait pas de susciter une fausse accusation contre le comte de Northumberland. Ned en revanche était convaincu que quelqu'un avait l'intention de tuer le roi et il savait que le criminel n'avait pas encore été débusqué.

Par bonheur, le roi Jacques partageait sa vive inquiétude. Il possédait un corselet de fer dont il se vêtait souvent lorsqu'il se sentait vulnérable, et il décida de le porter le lendemain, à l'occasion de la cérémonie d'ouverture. La précaution n'était pas suffisante aux yeux de Ned et, tard dans la soirée, il persuada le roi d'autoriser une nouvelle perquisition de la Chambre des lords.

Les membres du Conseil privé qui craignaient encore les conséquences d'une fausse alerte insistèrent pour que l'équipe fût dirigée par Thomas Knyvet, un membre du Parlement, qui se prétendrait à la recherche de tenues de cérémonie égarées, appartenant au roi. Ned se souciait peu de ces prétextes, pourvu que lui-même fît partie du groupe.

Les autres portaient chacun une lanterne, mais Ned se saisit d'une torche, ce qui lui valut le regard réprobateur des partisans de la discrétion.

« Une perquisition est une perquisition, s'entêta-t-il. Si on ne voit rien, on ne trouve rien. »

Comme ils parcouraient la courte distance séparant le palais de White Hall de la cour de Westminster, leurs lanternes projetant des ombres mouvantes, Ned repensa à Margery. Pas un instant il ne l'oubliait, même quand il se battait pour sauver le roi. Il était furieux contre elle, mais elle lui manquait cruellement. Se retrouver chaque soir dans une taverne bruyante et dormir seul dans un lit inconnu était un supplice. Il aurait voulu se confier à elle et lui demander conseil. Il en avait le cœur brisé. Il se félicitait intérieurement d'être obligé de se consacrer à cette situation de crise, qui lui occupait l'esprit et le distrayait de son malheur.

Le petit groupe entra dans la Chambre des lords par la porte principale et fouilla la grande salle et les deux chambres adjacentes, la Chambre du prince et la Chambre peinte.

Malheureusement, Ned ignorait ce qu'il cherchait. Un assassin tapi dans un coin ? Un canon dissimulé ? Ils ne trouvèrent rien.

Qu'adviendra-t-il s'il s'agit vraiment d'une fausse alerte ? se demanda-t-il. J'aurai l'air idiot, mais le roi sera vivant, et c'est la seule chose qui importe.

Plusieurs logements occupaient le rez-de-chaussée. Ils fouillèrent la loge du portier et les appartements du trésorier de la garde-robe, loués par Thomas Percy ; puis ils entrèrent dans la remise, empruntant la porte que Suffolk avait forcée plus tôt. Ned fut surpris par les dimensions de ce local, mais pour le reste, il correspondait en tout point à la description qu'en avait donnée Suffolk, jusqu'au serviteur qui gardait les lieux, coiffé d'un chapeau et vêtu d'un manteau.

« Vous êtes probablement Johnson, dit-il à l'homme.

— À votre service, messire. »

Ned fronça les sourcils. Ce Johnson avait quelque chose de familier.

« Vous ai-je déjà rencontré ?

— Non, messire. »

Ned en doutait mais la lueur mouvante de la torche l'empêchait de bien distinguer les traits de l'homme.

Il se tourna vers les fagots empilés.

Le tas était vraiment énorme. Thomas Percy avait-il l'intention de déclencher un incendie ? Le feu se communiquerait rapidement au plafond de bois, qui devait correspondre au plancher de la chambre des débats. Mais c'était une méthode d'assassinat peu fiable. Il était à parier que quelqu'un sentirait la fumée et que la famille royale serait évacuée du bâtiment et conduite en lieu sûr avant que les flammes aient tout détruit. Pour constituer un vrai danger, il aurait fallu alimenter le feu avec du goudron et de la térébenthine, comme un brûlot, transformant les lieux en enfer avant que quiconque ait pu en sortir. Y avait-il du goudron ou de la térébenthine ici ? Ned n'en voyait pas.

Il s'approcha du bois de chauffe. À cet instant, il entendit Johnson étouffer une protestation. Il se retourna vers lui.

« Y a-t-il quelque chose qui ne va pas ?

— Pardonnez-moi, messire, mais votre torche fait des étincelles. Veillez à ne pas mettre le feu au bois. »

L'homme était étrangement agité.

« S'il s'enflamme, vous n'aurez qu'à l'éteindre en le piétinant », lâcha Ned, et il s'approcha davantage.

Le bois avait été empilé avec le plus grand soin. Un souvenir cherchait à remonter du fond de sa mémoire. Cette scène lui en rappelait une autre, située dans un lointain passé, mais l'image restait imprécise. Il avait l'impression de s'être déjà tenu ainsi, une fois dans sa vie, dans une remise enténébrée, face à une pile de quelque chose, mais il ne savait plus ni où ni quand.

S'écartant du bois, il constata que tout le monde l'observait en silence. On le croyait fou. Cela lui était égal.

Il reporta son regard sur le serviteur de Percy et remarqua qu'il portait des éperons.

« Vous avez l'intention de sortir, Johnson ? demanda-t-il.

— Non, messire.

— Alors pourquoi ces éperons ?

— J'étais à cheval tout à l'heure.

— Hum. Vos bottes sont remarquablement propres pour un homme qui est monté à cheval en cette saison. »

Sans attendre de réponse, il se retourna vers le tas de bois. Une vieille table percée d'un trou était placée à proximité et Ned devina qu'on était monté dessus pour disposer soigneusement les fagots du sommet.

Soudain, il se souvint.

La scène s'était déroulée durant la terrible nuit du massacre de la Saint-Barthélemy à Paris. Sylvie et lui s'étaient réfugiés dans l'entrepôt de la rue du Mur où elle conservait ses livres interdits. Ils avaient écouté les bruits étouffés de l'émeute qui faisait rage à travers la ville, les cris rauques des hommes qui s'affrontaient, les hurlements des blessés, les coups de feu et le vacarme dément de centaines de cloches d'églises. Dans l'entrepôt, à la lueur d'une lanterne, Ned avait découvert des piles de barils qui semblaient remplir l'espace d'un mur à l'autre et du sol au plafond.

Mais dès qu'on en retirait certains, on découvrait des caisses de littérature clandestine.

« Par le sang de Dieu », siffla Ned tout bas.

Il confia sa torche à l'un de ses compagnons et grimpa sur la table, veillant à ne pas passer le pied dans le trou.

Une fois assuré sur ses jambes, il tendit le bras et s'empara du fagot situé au sommet de la pile. Il le jeta à terre puis saisit le suivant.

Il entendit un bruit de piétinement et se retourna.

John Johnson courait à toutes jambes vers le fond de la remise.

Ned poussa un cri, mais Edmund Doubleday, un des membres de son groupe, avait déjà réagi et s'était lancé à ses trousses.

Johnson arriva devant une porte, invisible dans la pénombre, et l'ouvrit.

À cet instant, Doubleday se jeta sur lui et le heurta avec un bruit sourd. Les deux hommes tombèrent à terre.

Johnson tenta de se relever mais Doubleday lui agrippa la jambe. Johnson lui donna un coup de pied au visage. Les autres arrivèrent à la rescousse et comme Johnson essayait de se redresser, ils le plaquèrent à nouveau au sol. L'un d'eux s'agenouilla sur son torse. Un autre lui immobilisa les bras et un troisième s'assit sur ses jambes.

Johnson cessa de se débattre.

Ned traversa la salle et le regarda plus attentivement. Son visage était maintenant visible à la lueur de plusieurs lanternes.

« Je vous reconnais, dit alors Ned. Vous êtes Guy Fawkes.

— Allez au diable, cracha Fawkes.

— Liez-lui les mains derrière le dos, ordonna Ned, et attachez-lui les chevilles pour qu'il puisse marcher mais pas courir.

— Nous n'avons pas de corde, objecta quelqu'un.

— Ôtez-lui ses hauts-de-chausses et déchirez-les en lambeaux. »

Un homme sans hauts-de-chausses n'irait pas très loin.

De toute évidence, quelque chose avait provoqué la fuite éperdue de Fawkes.

« Que redoutez-vous ainsi ? » interrogea Ned pensivement.

L'autre ne répondit pas.

Il a pris ses jambes à son cou quand j'ai soulevé le deuxième fagot, se rappela Ned. *Qu'est-ce que cela signifie ?*

« Voyez ce qu'il a dans les poches », ordonna-t-il.

Doubleday s'agenouilla près de Fawkes et le fouilla. Le coup de pied qu'il avait reçu au visage lui avait laissé un hématome, qui commençait déjà à enfler, mais il ne l'avait pas encore remarqué, semblait-il.

D'une poche intérieure du manteau, Doubleday sortit une boîte à briquet et une allumette en amadou.

Fawkes avait donc l'intention de mettre le feu à quelque

chose, songea Ned. L'allumette portait des encoches, comme pour mesurer la durée de sa combustion – afin, sans nul doute, que celui qui l'avait allumée ait le temps de fuir avant…

Avant quoi ?

Alors que Ned considérait la pile de bois, puis l'homme qui tenait la torche, une terrible hypothèse lui vint à l'esprit.

« Sortez cette torche, je vous prie, et éteignez-la, dit-il en maîtrisant sa voix à grand-peine. Tout de suite. »

L'homme s'empressa de sortir. Ned entendit le sifflement des flammes que l'on plongeait dans l'eau, probablement celle d'un abreuvoir. Il respira un peu plus librement.

Les lanternes que tenaient les autres membres du groupe éclairaient encore faiblement les lieux.

« Maintenant, annonça Ned, voyons si cette réserve de bois cache bien ce que je crois. »

Les plus jeunes commencèrent à enlever les fagots. Presque aussitôt, Ned aperçut une traînée de poudre sur le sol. Elle était presque de la même couleur que les pavés. On aurait dit de la poudre à canon.

Il frissonna en songeant qu'il s'était tenu juste à côté, torche brasillante à la main. Fawkes avait eu de bonnes raisons d'avoir peur.

Derrière le bois se trouvait un espace dégagé, comme dans l'entrepôt de Sylvie, à cette différence près que ce n'étaient pas des bibles qui y étaient cachées mais des barils – des dizaines de barils. On avait incliné l'un d'eux pour répandre un peu de poudre sur le sol. Ned approcha une lanterne pour mieux voir et resta muet d'effroi. Il y avait une bonne trentaine de barils de diverses tailles – suffisamment de poudre pour détruire la Chambre des lords et en tuer tous les occupants.

Dont un certain Ned Willard.

Il fut lui-même surpris par la violence de la colère qu'il éprouva en songeant que Rollo avait projeté sa mort en même temps que celle de la famille royale, du reste du Conseil privé et de la plupart des membres du Parlement.

Il ne fut pas le seul à réagir ainsi.

« Ils allaient nous massacrer ! » lança Doubleday.

D'autres s'indignèrent à leur tour.

L'un des hommes qui maîtrisaient Fawkes lui asséna un solide coup de pied dans le bas-ventre et il se tordit de douleur.

Ned comprenait sa fureur, mais interdit immédiatement toute brutalité.

« Il doit rester en état de parler, expliqua-t-il. Il nous donnera les noms de tous ses complices.

— Dommage, lança un autre. J'aurais bien aimé le battre à mort.

— Ne vous en faites pas, reprit Ned. Dans quelques heures, il sera attaché au chevalet. Il souffrira le martyre avant de trahir ses amis. Et quand on en aura fini avec lui, il sera pendu, traîné sur une claie et écorché. » Il fixa longuement l'homme à terre. « Un châtiment amplement suffisant, me semble-t-il. »

*

Rollo chevaucha toute la nuit, changeant de monture quand il le pouvait, et arriva au Château Neuf le 5 novembre au matin. En compagnie du comte Bartlet, il attendit là avec anxiété le messager de Londres qui leur apporterait la bonne nouvelle de la mort de Jacques Ier.

La chapelle aménagée dans l'enceinte du château contenait plusieurs dizaines d'épées, d'armes à feu et d'armures. Dès l'annonce de la mort du roi, Bartlet convoquerait les catholiques loyaux des environs pour les équiper, avant de marcher sur Kingsbridge, où Rollo célébrerait une messe en latin dans la cathédrale.

Si les choses tournaient mal et si les nouvelles de Londres n'étaient pas celles qu'il attendait, il avait un plan de rechange. Un cheval rapide se tenait prêt, chargé de deux sacoches contenant quelques objets de première nécessité. Il rejoindrait le port de Combe et embarquerait sur le premier navire en partance pour la France. Avec un peu de chance, il réussirait à s'enfuir avant que Ned Willard, traquant les membres de la conspiration des poudres, ne ferme les ports anglais.

Tout en sachant qu'ils ne risquaient guère de recevoir de nouvelles dès le mardi, Rollo et Bartlet préférèrent cependant veiller tard, à tout hasard. Rollo passa une nuit agitée et se leva dès l'aube du mercredi. Le monde avait-il changé ? L'Angleterre était-elle en proie à la révolution ? Ils en auraient sûrement le cœur net avant le coucher du soleil.

Ils n'eurent pas à attendre aussi longtemps.

Rollo déjeunait en compagnie de Bartlet et de sa famille lorsqu'ils entendirent un bruit de cavalcade qui se rapprochait. Tous se levèrent d'un bond, sortirent en courant par la porte principale, impatients d'avoir des nouvelles.

Une dizaine de cavaliers venaient d'entrer dans la cour. L'espace d'un instant, Rollo se demanda qui était leur chef. Il scruta leurs visages, en quête de traits familiers. Ils étaient tous lourdement armés, certains d'une épée ou d'une dague, d'autres d'une arquebuse.

Puis il reconnut Ned Willard.

Il se figea. Que faisait-il là ? Le plan aurait-il échoué ? Ou la révolution avait-elle éclaté et Ned participait-il à une opération d'arrière-garde désespérée menée par les quelques survivants du gouvernement protestant ?

Ned le détrompa immédiatement.

« J'ai trouvé tes barils de poudre », lui annonça-t-il.

Ces mots frappèrent Rollo comme autant de balles en plein cœur. Le complot avait échoué. La rage s'empara de lui alors qu'il repensait à tous les obstacles que Ned n'avait cessé de mettre en travers de ses projets au fil des ans. Il n'avait qu'une envie, le prendre à la gorge et serrer jusqu'à ce que mort s'ensuive.

Il s'efforça de maîtriser ses émotions et de réfléchir. Ned avait trouvé la poudre – mais comment pouvait-il savoir que c'était Rollo qui l'avait placée là ?

« Est-ce ma sœur qui m'a trahi ? demanda-t-il.

— Elle a gardé ton secret trente ans de plus qu'elle ne l'aurait dû. »

Trahi par une femme. Comment avait-il pu lui faire confiance ?

Il pensa au cheval qui l'attendait. Avait-il une chance, aussi mince fût-elle, d'échapper à ces robustes gaillards, de rejoindre les écuries et de prendre la fuite ?

Ned semblait lire dans ses pensées. Pointant l'index sur lui, il ordonna :

« Surveillez-le de près. Cela fait trente ans qu'il me glisse entre les doigts. »

Un des hommes leva une arquebuse à canon long et visa le nez de Rollo. C'était une arme vétuste, avec une platine à mèche, et il vit le serpentin allumé prêt à embraser le pulvérin dans le bassinet.

Rollo comprit alors que tout était fini.

Le comte Bartlet entreprit de protester en bredouillant, mais Rollo était impatient d'en finir. À soixante-dix ans, il n'avait plus aucune raison de vivre. Il avait voué son existence à essayer de libérer l'Angleterre d'une monarchie hérétique et avait échoué. Il n'aurait plus droit à une autre chance.

Le shérif Matthewson, le petit-fils de celui que Rollo avait connu dans sa jeunesse, s'adressa à Bartlet d'une voix ferme mais calme.

« Évitons tout désordre, milord. Personne n'a rien à y gagner. »

Le ton raisonnable du shérif, les vitupérations de Bartlet, tout cela faisait à Rollo l'effet d'un simple bruit de fond. Ayant l'impression d'être dans un rêve, ou peut-être sur une scène de théâtre, il glissa une main dans son pourpoint et tira sa dague.

L'adjoint du shérif qui le tenait en respect avec son arquebuse lança d'une voix affolée :

« Lâchez ce poignard ! »

Son arme tremblait entre ses mains, mais elle resta pointée sur le visage de Rollo.

Le silence se fit et tous les regards se tournèrent vers lui.

« Je vais vous tuer », dit Rollo à l'adjoint. Il n'avait aucune intention de passer à l'acte, mais brandit la dague bien haut, veillant à ne pas bouger la tête afin de continuer à offrir une cible parfaite. « Préparez-vous à mourir », ajouta-t-il.

Ned se glissa derrière l'adjoint du shérif.

Celui-ci appuya sur la gâchette et la mèche allumée toucha le pulvérin dans le bassinet. Rollo aperçut un éclair, entendit une détonation et sut immédiatement qu'une mort facile lui avait été refusée. À la dernière fraction de seconde, Ned avait dévié le canon de l'arme. Rollo éprouva une vive douleur à la tempe, le sang ruissela sur son oreille, et il comprit que la balle n'avait fait que l'érafler.

Ned lui empoigna le bras et le désarma.

« Je n'en ai pas encore fini avec toi », dit-il.

*

Margery était convoquée chez le roi.

Ce ne serait pas leur première rencontre. Au cours des deux années qu'avait duré son règne, elle avait assisté à plusieurs réjouissances royales en compagnie de Ned : banquets, processions et représentations théâtrales. Ned considérait Jacques Ier comme un sybarite, qui s'intéressait avant tout aux plaisirs des sens ; mais Margery avait perçu chez lui une pointe de cruauté.

Son frère Rollo avait probablement tout avoué sous la torture, révélant le rôle qu'elle avait joué dans l'introduction clandestine de prêtres catholiques sur le sol anglais. On allait l'arrêter, l'accuser et l'exécuter avec lui, présumait-elle.

Elle pensa à Marie Stuart, vaillante martyre catholique. Margery tenait à mourir dans la dignité, à son exemple. Mais Marie était reine et on l'avait décapitée, lui épargnant maintes souffrances. Les femmes coupables de trahison périssaient sur le bûcher. Margery parviendrait-elle à conserver sa dignité et à prier pour ses tortionnaires alors même qu'elle agonisait ? Ou se mettrait-elle à hurler et à pleurer, à maudire le pape et à implorer grâce ? Elle l'ignorait.

Le pire, à ses yeux, était que Bartlet et Roger connaîtraient le même sort.

Elle se vêtit de ses plus beaux atours pour se rendre à White Hall.

À sa grande surprise, Ned l'attendait dans l'antichambre.

« Nous serons reçus ensemble, lui annonça-t-il.

— Pour quelle raison ?

— Tu verras. »

Il était crispé, les nerfs à fleur de peau, et elle n'aurait su dire s'il était encore fâché contre elle.

« Vais-je être exécutée ? demanda-t-elle.

— Je n'en sais rien. »

Soudain prise de vertige, Margery crut qu'elle allait s'effondrer. Ned la vit chanceler et la rattrapa. L'espace d'un instant, elle se laissa aller entre ses bras, trop soulagée pour se tenir debout. Puis elle s'écarta. Elle n'avait pas droit à son affection.

« Cela va aller », le rassura-t-elle.

Il lui retint le bras un peu plus longtemps, avant de la lâcher, et elle parvint à ne pas tomber. Mais il la fixait toujours d'un regard ombrageux. Quel était le sens de tout cela ?

Elle n'eut pas à s'interroger longuement, car un domestique du roi adressa à Ned un signe de tête pour les inviter à entrer.

Ils s'engagèrent côte à côte dans la longue galerie. Margery avait entendu dire que le roi Jacques aimait tenir audience dans cette salle car il pouvait contempler les tableaux quand il s'ennuyait.

Ned s'inclina, Margery fit la révérence, et Jacques s'écria :

« L'homme qui m'a sauvé la vie ! »

Il bavait un peu en parlant, un léger défaut apparemment lié à ses goûts sybaritiques.

« Votre Majesté est trop aimable, répondit Ned. Vous connaissez bien sûr lady Margery, comtesse douairière de Shiring, mon épouse depuis seize ans. »

Jacques acquiesça sans mot dire, et Margery déduisit de son attitude qu'il n'ignorait rien de ses convictions religieuses.

« Je me permets de prendre la liberté de demander une faveur à Votre Majesté, reprit Ned.

— Je suis tenté de vous répondre : "Serait-ce la moitié de mon royaume", mais cette phrase est issue d'une bien triste histoire. »

Il faisait allusion à Salomé, qui avait réclamé la tête de saint Jean-Baptiste sur un plateau.

« Il ne me semble pas avoir sollicité de faveur de Votre Majesté avant ce jour, même si je puis espérer l'avoir servie avec un zèle susceptible de me valoir ses bonnes grâces.

— Vous m'avez sauvé de cette maudite conspiration des poudres – moi, ma famille et tout le Parlement, observa Jacques. Allons, parlez – que désirez-vous ?

— Au cours de son interrogatoire, Rollo Fitzgerald a formulé certaines accusations concernant des crimes fort anciens, commis durant les années 1570 et 1580, sous le règne d'Élisabeth Ire.

— De quelle nature sont les crimes dont il était question ?

— Il a reconnu avoir introduit subrepticement des prêtres catholiques en Angleterre.

— De toute manière, il sera pendu.

— Il prétend avoir eu des complices.

— Lesquels ?

— Le défunt comte de Shiring, Bart ; celle qui fut l'épouse de celui-ci et qui est aujourd'hui la mienne ; et leurs deux fils, Bartlet, qui a hérité du titre, et lord Roger. »

Le visage du roi s'assombrit.

« Ce sont là de graves accusations.

— J'implore Votre Majesté d'admettre qu'une femme puisse être dominée par un époux autoritaire et par un frère qui l'est tout autant, et d'envisager qu'elle et ses enfants ne soient pas entièrement responsables de crimes commis sous une influence masculine aussi puissante. »

Ce n'était pas la vérité et Margery le savait. C'était elle qui était à la tête de cette entreprise. Peut-être l'aurait-elle revendiquée, si sa seule vie en avait dépendu. Mais elle tint sa langue.

« Je supplie Votre Majesté d'épargner leur vie, conclut Ned. C'est l'unique récompense que je vous prie de m'accorder pour avoir sauvé la vôtre.

— Je ne peux pas dire que cette requête m'agrée », remarqua le roi.

Ned resta muet.

« Mais cette affaire de prêtres s'est commise il y a longtemps, dites-vous.

— Elle a pris fin après la défaite de l'armada espagnole. Dès cet instant, Rollo Fitzgerald n'a plus fait participer sa famille à ses crimes.

— Je n'examinerais même pas cette requête si vous n'aviez pas rendu d'aussi remarquables services à la Couronne durant tant d'années.

— Durant toute ma vie, sire. »

Le roi paraissait contrarié, mais il finit par acquiescer.

« Fort bien. Ses complices ne seront pas poursuivis.

— Je vous en remercie.

— Vous pouvez vous retirer. »

Ned s'inclina, Margery fit la révérence, et ils sortirent.

Ils traversèrent ensemble, sans dire un mot, une série d'antichambres et se retrouvèrent dans la rue. Ils tournèrent alors vers l'est. Ils passèrent devant l'église de Saint Martin-in-the-Fields et descendirent le Strand. Le soulagement de Margery était tel qu'elle ne pouvait penser à rien d'autre. Tous ces mensonges, toute cette duplicité appartenaient au passé.

Ils longèrent les palais des bords de la Tamise et s'engagèrent dans la modeste Fleet Street. Margery ignorait tout des pensées de Ned, mais il semblait vouloir regagner leur maison, avec elle. Était-ce trop espérer ?

Ils entrèrent dans la cité par Lud Gate et commencèrent à gravir la colline. Devant eux, sur les hauteurs, la cathédrale Saint Paul se dressait au-dessus des maisons basses aux toits de chaume, telle une lionne au milieu de ses petits. Ned n'avait toujours pas dit un seul mot, mais Margery sentait qu'il avait changé d'humeur. Son visage se détendait peu à peu, ses rides d'inquiétude et de colère semblaient s'estomper, et on percevait même une esquisse de son ancien sourire narquois. Enhardie, elle tendit le bras et lui prit la main.

Durant un long moment, il ne répondit pas à son étreinte. Puis, enfin, elle le sentit serrer ses doigts, doucement mais fermement ; elle sut alors que tout irait bien.

*

Nous l'avons pendu sur le parvis de la cathédrale de Kingsbridge.

Nous ne souhaitions pas nous joindre à la foule, Margery et moi, mais ne pouvions pas non plus être absents, si bien que nous avons assisté à l'exécution depuis la fenêtre de la vieille maison. Elle a éclaté en sanglots quand ils ont fait sortir Rollo de la halle de la guilde pour lui faire descendre la rue principale, le conduire sur la place du marché et le faire monter sur l'échafaud.

Lorsqu'on a retiré le tabouret de sous ses pieds, Margery s'est mise à prier pour le salut de son âme. Protestant, je n'ai jamais cru aux prières pour les âmes défuntes, mais j'ai joint ma voix à la sienne par amour pour elle. Et, toujours par amour pour elle, j'avais entrepris une démarche plus pratique. Rollo aurait dû être démembré et étripé vivant, avant d'être dépecé, mais j'avais versé un copieux pot-de-vin au bourreau, qui a accepté de l'étrangler avant que son corps subisse les mutilations rituelles – à la grande déception de la foule, impatiente de voir le traître souffrir le martyre.

Je me suis retiré ensuite de la vie de la Cour. Margery et moi nous sommes établis à Kingsbridge de façon permanente. Roger, qui n'a jamais su qu'il était mon fils, m'a succédé comme député de Kingsbridge au Parlement. Mon neveu Alfo est devenu l'homme le plus riche de Kingsbridge. Je suis resté lord Wigleigh – je m'étais pris d'une vive affection pour les habitants de mon petit village.

Rollo est donc le dernier homme que j'ai envoyé sur l'échafaud. Mais il reste encore une partie de l'histoire à raconter...

Épilogue

1620

À quatre-vingts ans, Ned passait beaucoup de temps à dormir. Il faisait la sieste l'après-midi, se couchait tôt le soir et il lui arrivait parfois de s'assoupir après le petit déjeuner dans le salon de la maison de Kingsbridge qui donnait sur la cathédrale.

La maison était toujours pleine. Alfo, le fils de Barney, et Roger, le fils de Ned, avaient tous deux des enfants et des petits-enfants. Roger avait acheté la maison voisine et les jeunes considéraient que les deux demeures n'en faisaient qu'une.

Quelqu'un leur avait dit que Grand-papa Ned savait tout et ses arrière-petits-enfants accouraient souvent au salon pour lui poser des questions. Il ne cessait d'être intrigué par ce qu'ils lui demandaient. Combien de temps faut-il pour aller en Égypte ? Le Christ avait-il une sœur ? Quel est le plus grand nombre qui existe ?

Il les observait avec un immense plaisir, fasciné par le hasard des ressemblances familiales : l'un avait le charme un peu canaille de Barney, l'autre l'implacable détermination d'Alice, et une petite fille lui faisait monter les larmes aux yeux lorsqu'elle souriait exactement comme Margery.

Les traits dont ils avaient hérité apparaissaient aussi sous d'autres formes. Alfo était maire de Kingsbridge, comme l'avait été son grand-père Edmund. Roger appartenait au Conseil privé du roi Jacques. Au Château Neuf, le comte Swifty était, hélas, aussi brutal et arrogant que Swithin, Bart et Bartlet avant lui.

La famille avait poussé comme un arbre qui étend sa ramure, et Ned l'avait regardée croître avec Margery, jusqu'à ce que celle-ci s'éteigne paisiblement trois ans plus tôt. Ned lui parlait encore de temps à autre, quand il était seul.

« Alfo vient d'acheter la taverne de l'Abattoir », lui annonçait-il en se couchant à la fin de journée. Ou encore : « Le petit Eddie est aussi grand que moi maintenant. » Peu importait qu'elle ne lui réponde jamais : il savait ce qu'elle aurait pensé. « Alfo attire l'argent comme le miel les mouches », aurait-elle dit, et puis : « Eddie va bientôt commencer à courir les filles. »

Cela faisait des années que Ned n'était plus allé à Londres, et il n'y retournerait jamais. Aussi étrange que cela pût paraître, il ne regrettait pas la traque exaltante des traîtres et des espions, pas plus que les défis et les intrigues du gouvernement. C'était le théâtre qui lui manquait. Il adorait la scène depuis qu'il avait vu l'histoire de Marie-Madeleine représentée au Château Neuf à l'occasion de l'Épiphanie, bien longtemps auparavant. Or le théâtre était un divertissement rare à Kingsbridge : les troupes itinérantes n'y venaient qu'une ou deux fois l'an, pour jouer dans la cour de la taverne de la Cloche. Ned se consolait en lisant le texte de certaines de ses pièces préférées. Il y avait un auteur qu'il goûtait particulièrement, mais il n'arrivait jamais à se rappeler son nom. Il oubliait beaucoup de choses depuis quelque temps.

Il tenait alors un livre sur ses genoux et s'était endormi pendant sa lecture. Se demandant ce qui avait pu le réveiller, il leva les yeux sur un jeune homme qui arborait les boucles brunes de Margery : son petit-fils Jack, le fils de Roger. Il souriait. Jack ressemblait à Margery de bien d'autres façons : beau, charmant, combatif – et bien trop sérieux en matière de religion. Son extrémisme l'avait entraîné dans une direction opposée à celle de Margery et il était devenu une sorte de puritain. Cela donnait lieu à de vives querelles avec son pragmatique de père.

À vingt-sept ans, Jack était célibataire. À la grande surprise de sa famille, il avait choisi d'être bâtisseur et avait fort bien réussi. Il y avait eu autrefois de célèbres bâtisseurs dans la famille : encore une question d'héritage, sans doute.

Prenant place en face de Ned, il lui annonça :

« J'ai une nouvelle pour vous, Grand-père. Je vais partir.

— Pourquoi ? Tu as une entreprise qui marche bien ici, à Kingsbridge.

— Le roi rend la vie difficile à ceux qui prennent au sérieux les enseignements de la Bible. »

Il voulait dire que ses amis puritains et lui s'opposaient obstinément à l'Église d'Angleterre sur de nombreux points de doctrine, et que le roi Jacques les tolérait aussi peu que les catholiques.

« Je serai navré de te voir partir, Jack, regretta Ned. Tu me rappelles ta grand-mère.

— Je serai tout aussi navré de vous dire adieu. Mais nous voulons vivre en un lieu où nous pourrons accomplir librement la volonté de Dieu.

— J'ai passé ma vie à tenter de faire de l'Angleterre une terre de liberté.

— Et elle ne l'est pas devenue !

— C'est pourtant à ma connaissance le pays le plus tolérant de tous. Où espères-tu donc trouver la liberté ?

— Dans le Nouveau Monde.

— Par le corps de Dieu ! » Ned n'en revenait pas. « Je n'imaginais pas que tu envisageais pareil voyage. Pardon d'avoir juré, mais tu m'as surpris. »

Jack accepta son excuse d'un signe de tête. Il réprouvait presque autant que les catholiques les exclamations blasphématoires que Ned tenait de la reine Élisabeth, mais ne s'appesantit pas sur le sujet.

« Un petit groupe d'entre nous a décidé de faire voile vers le Nouveau Monde pour y fonder une colonie.

— Quelle aventure ! Voilà le genre de chose que ta grand-mère Margery aurait adoré faire. »

Ned envia à Jack sa jeunesse et son audace. Lui-même ne prendrait plus jamais la mer. Par chance, il avait de nombreux souvenirs – de Calais, de Paris, d'Anvers. Il se rappelait le moindre détail de ses voyages, alors même qu'il oubliait souvent quel jour on était.

Jack reprit :

« En théorie, Jacques continuera d'être notre souverain, mais nous espérons qu'il s'intéressera moins à nos choix religieux, dans la mesure où il lui sera impossible de faire respecter ses lois à pareille distance.

— J'ose croire que tu as raison. Je te souhaite de réussir.

— Priez pour nous, si vous le voulez bien.

— Je n'y manquerai pas. Donne-moi le nom de votre navire, afin que je puisse demander au Seigneur de veiller sur lui.

— Il s'appelle le *Mayflower.*

— Le *Mayflower.* Je vais essayer de m'en souvenir. »

Jack se dirigea vers la table à écrire.

« Je vais le noter pour vous. Je tiens beaucoup à figurer dans vos prières.

— Merci. »

Il était étrangement touchant que Jack se soucie autant des prières de Ned.

Jack écrivit le nom du navire sur une feuille de papier et reposa sa plume.

« Je dois vous quitter à présent – j'ai beaucoup de choses à faire.

— Bien sûr. De toute façon, je suis fatigué. Je vais peut-être faire une petite sieste.

— Dormez bien, Grand-père.

— Que Dieu t'accompagne, mon enfant bien-aimé. »

Jack sortit et Ned se tourna vers la fenêtre pour contempler la splendide façade ouest de la cathédrale. De l'endroit où il était, il apercevait l'entrée du cimetière où reposaient Sylvie et Margery. Il ne revint pas à sa lecture. Ses pensées suffisaient à son bonheur. C'était souvent le cas ces derniers temps.

Son esprit était pareil à une maison qu'il aurait passé sa vie à meubler. Les tables et les lits étaient les chansons qu'il avait chantées, les pièces de théâtre qu'il avait vues, les cathédrales qu'il avait visitées et les livres qu'il avait lus, en anglais, en français et en latin. Il partageait cette maison idéale avec sa famille, les vivants comme les morts : ses parents, son frère, les femmes qu'il avait aimées, les enfants. Il y avait des chambres d'amis pour des visiteurs de marque comme Francis Walsingham, William et Robert Cecil, Francis Drake et, bien entendu, la reine Élisabeth. Ses ennemis étaient là, eux aussi – Rollo Fitzgerald,

Pierre Aumande de Guise, Guy Fawkes –, mais ils étaient enfermés à la cave, car ils ne pouvaient plus lui nuire.

Les tableaux qui ornaient les murs représentaient les circonstances où il s'était montré courageux, astucieux ou généreux. Elles faisaient de cette maison un lieu de bonheur. Quant aux mauvaises actions qu'il avait commises, aux mensonges qu'il avait proférés, aux gens qu'il avait trahis, à ses moments de lâcheté, ce n'étaient que des gribouillis hideux sur les murs des cabinets extérieurs.

Sa mémoire constituait la bibliothèque de la maison. Il lui suffisait de saisir un livre, et aussitôt il était transporté en un autre lieu, en un autre temps : l'école de Kingsbridge de son enfance innocente, le palais de Hatfield en cette palpitante année 1558, les berges de la Seine lors de la nuit sanglante de la Saint-Barthélemy, la Manche pendant la bataille contre l'armada espagnole. Étrangement, le personnage de Ned qui vivait ces aventures ne restait pas le même. Il lui semblait parfois que c'était un autre que lui qui avait appris le latin, un autre encore qui avait succombé au charme de la jeune princesse Élisabeth, un troisième qui avait poignardé un homme sans nez dans le cimetière de l'église de Saint-Julien-le-Pauvre, et encore un autre qui avait vu les brûlots disperser les galions au large de Calais. Ce n'étaient pourtant bien sûr que des versions différentes de lui-même, le propriétaire de cette maison.

Un jour prochain, cette maison s'effondrerait, comme il en va des vieux bâtiments, et ensuite, elle tomberait rapidement en poussière.

Sur cette pensée, il glissa doucement dans le sommeil.

FIN

REMERCIEMENTS

Mes conseillers historiques pour *Une colonne de feu* ont été : Mercedes Garcia-Arenal pour l'Espagne, le regretté Roderick Graham pour l'Écosse, Robert Hutchinson pour l'Angleterre, Guy Le Thiec pour la France et Geoffrey Parker pour les Pays-Bas.

J'ai également bénéficié de l'aide d'Anne-Laure Béatrix et de Béatrice Vingtrinier au musée du Louvre de Paris, de Dermot Burke à Hatfield House, de Richard Dabb et Timothy Long au Museum of London, de Simon Lennox, Trisha Muir et Richard Waters au château de Loch Leven, de Sarah Pattinson au château de Carlisle, de Les Read sur le théâtre anglais du XVIe siècle, et d'Elizabeth Taylor à la National Portrait Gallery de Londres.

J'ai eu pour éditeurs Cherise Fisher, Leslie Gelbman, Phyllis Grann, Neil Nyren, Brian Tart et Jeremy Trevathan.

Un certain nombre d'amis et de membres de ma famille parmi lesquels John Clare, Barbara Follett, Emanuele Follett, Tony McWalter, Chris Manners, Charlotte Quelch, John Studzinski, Jann Turner et Kim Turner m'ont prodigué leurs conseils.

Vous m'avez tous aidé à écrire un meilleur livre et je vous en remercie de tout cœur.

Du même auteur :

L'Arme à l'œil, Laffont, 1980.
Triangle, Laffont, 1980.
Le Code Rebecca, Laffont, 1981.
L'Homme de Saint-Pétersbourg, Laffont, 1982.
Comme un vol d'aigles, Stock, 1983.
Les Lions du Panshir, Stock, 1987.
La Nuit de tous les dangers, Stock, 1992.
La Marque de Windfield, Laffont, 1994.
Le Pays de la liberté, Laffont, 1996.
Le Troisième Jumeau, Laffont, 1997.
Apocalypse sur commande, Laffont, 1999.
Code zéro, Laffont, 2001.
Le Réseau Corneille, Laffont, 2002.
Le Vol du frelon, Laffont, 2003.
Peur blanche, Laffont, 2005.
Un monde sans fin, Laffont, 2008.
La Chute des géants, *Le Siècle*, 1, Laffont, 2010.
L'Hiver du monde, *Le Siècle*, 2, Laffont, 2012.
Aux portes de l'éternité, *Le Siècle*, 3, Laffont, 2014.
Les Piliers de la Terre, Stock, 1990,
Laffont (2 vol.), 2017.